CHRONIQUES D'AVENT

L'INTÉGRALE DE LA TRILOGIE

PHIL CARTIER

Couverture et mise en page : **@Sibbrys**

Phil Cartier. Chroniques d'Avent.
Septembre 2021.

ISBN : 9798766054788

À Delphine et Sébastien, en souvenir de nos dimanches soirs…

Brice… Merci…
« We're Old Souls… In a new life… »

TABLE DES MATIÈRES

TOME I

LA COMPAGNIE DE MORTAGNE

« AVENT » PROPOS

Notre Monde n'avait pas de nom, en ces temps reculés où seules les légendes trouvent racines, lorsque l'éclair déchira la pénombre, faisant surgir Ovoïs, superbe et irisée, qui descendit majestueuse et divine.

Ovoïs s'immobilisa au milieu du ciel, et s'habilla progressivement de couleurs changeantes s'entremêlant, indécises dans leur définition finale. Sa forme originelle s'arrêta soudain, laissant paraître çà et là des protubérances déformant crescendo sa surface en saccades désordonnées… Comme une gigantesque matrice sur le point de donner la vie à des rejetons multiples et indisciplinés, Ovoïs s'abandonna dans une ultime contraction et expulsa ses quatre enfants qui plongèrent sur le monde.

Les quatre sphères survolèrent notre Continent de non-existence. La course de l'une s'infléchit et tomba… Elle creusa la couche de néant et l'enflamma en son centre. Le rouge avait frappé et le feu naquit. La noire quitta ses deux comparses et choisit d'exploser en surface, modelant la roche, créant les montagnes et les plaines. Puis la bleue, qui noya pour bonne part la terre, engendra les mers, les fleuves et les sources. La dernière sphère transparente éclata sur place et le premier vent souffla sur notre monde.

Ovoïs grandit en ce ciel conquis et devint la demeure céleste, invisible et mystérieuse… Alors, l'Œuvre commença à partir du palais divin, matrice prolifique de laquelle se détachaient différents globes avec pour destination ce Nouveau Monde, donnant naissance aux espèces, faune et flore, au gré de la fantaisie arythmique d'Ovoïs.

La première Confusion vint par Séréné la Sombre qui apparut du néant dans un fracas assourdissant. Menaçante, sans attendre, elle attaqua Ovoïs de traits violets. Ovoïs chancela et ne riposta qu'une seule fois, blessant à mort Séréné qui tomba.

Touchée, dans un dernier spasme, elle perdit une partie d'elle-même qui s'abîma sur Avent, notre Monde ainsi nommé après la venue des Dieux…

PROLOGUE

Amandin le Barde restait interdit.

De l'abondante clientèle regroupée dans l'auberge montait un mécontentement légitime. Son regard incrédule allait de ce qui aurait dû être son auditoire à sa lyre dont les cordes venaient de sauter au premier accord. Son visage s'empourpra de honte, alors que ceux qui lui avaient offert, comme le veut la tradition, le gîte et le couvert contre quelques ballades, devenaient noirs de colère.

Ces habitants des contrées reculées du Continent d'Avent étaient aussi rudes que leurs terres. Amandin commençait à regretter sa région d'origine.

Un homme de forte stature s'approcha du Barde malchanceux et, le doigt accusateur, lança :

– Si tu ne peux exercer ton art, il va te falloir travailler pour rembourser. Aussi, demain, tu m'accompagneras et tu verras ce qu'est de gagner son pain à la sueur de son front !

– J'accepte…, s'inclina le Barde qui n'avait guère le choix. Que fais-tu comme métier ?

La salle éclata de rire, éveillant la méfiance d'Amandin qui regrettait déjà son engagement.

– Je fais des trous, Barde, des trous… Les dernières demeures de ceux qui rejoignent le royaume de la mort.

L'évocation fit frissonner Amandin, mais reprenant de l'assurance, il avisa son interlocuteur :

– Fossoyeur, quel que soit le nombre de trous que tu as fait dans ta vie, jamais tu n'égaleras les prouesses de l'enfant de Thorouan !

Le croque-mort avait bien envie de rabrouer le sot, mais n'en fit rien ! Loin d'être impressionné, le Barde se leva avec majesté de sa chaise, la tourna pour s'asseoir à califourchon, le dévisageant d'un air mystérieux :

– Car des trous, fossoyeur, ce gamin en a creusé plus en trois jours que toi en un cycle…

Une voix monocorde s'éleva au fond de la salle. Seul à une table, un voyageur, le visage dissimulé par l'ombre de sa capuche, proféra :

– Thorouan a disparu il y a bien longtemps, Barde, bien avant le Grand Conflit. Alors qu'est-ce que tu en sais ?

Le Barde se redressa pour tenter d'entrevoir l'individu, sans succès. Il répondit pourtant avec assurance :

– J'en sais que l'histoire de cet enfant vaut cent ballades… Et c'est toi, croque-mort, qui vient de me la remémorer.

Le fossoyeur se tourna vers le voyageur inconnu :

– Nos terres sont bien éloignées du monde d'Avent. Les informations qui nous parviennent sont toujours déformées.

Il appuya son regard sur l'étranger, tentant lui aussi d'entrevoir ses traits, puis poursuivit :

– L'histoire de cet enfant a-t-elle un rapport avec le Grand Conflit ?

On devina un sourire de l'homme apostrophé qui répondit :

– On ne peut dissocier l'enfant de Thorouan du Grand Conflit, fossoyeur, tout le monde le sait de la Terre d'où je viens !

Le croque-mort fit un signe à l'aubergiste qui obtempéra immédiatement, servant en vin fin le gobelet du voyageur, et s'adressa à lui :

– Ton Barde nous doit cette histoire !

Il leva son menton en direction de l'étranger.

– Acceptes-tu de l'écouter pour valider ses propos ? Ainsi aurons-nous un récit fidèle des événements du Continent.

L'homme acquiesça en levant son verre. Le fossoyeur s'assit en désignant le Barde d'un geste de main impérieux, l'invitant à conter son histoire. Ce dernier, le sourire aux lèvres, se moquait visiblement de la pression que pouvait exercer l'arbitrage de l'étranger. L'aubergiste se saisit d'une fillette de vin et emplit sa chope. Hommes et femmes s'approchèrent en cercle autour du conteur dont le regard brillait, comme déjà possédé par l'aventure qu'il allait narrer.

Une bûche cracha une flammèche. Le bruit sec fit sursauter l'assemblée. C'est alors qu'Amandin, d'une voix chaude et envoûtante, entama son récit...

CHAPITRE I

Je suis le Messager. Le pourvoyeur de nouvelles. Bonnes ou mauvaises… Un des huit Dieux d'Ovoïs… Certes pas un pilier de la Machine divine. Ni même un rouage. Peut-être la fluidité de l'ensemble… Toujours en mouvement. Sur le fil, en limite… Normal pour le référent de la communication et de la négociation ! Évident pour le Dieu des marchands et des voleurs, du déguisement et du mensonge !

Lorbello. Introduction.

La densité de la végétation dissimulait le chasseur, à l'affût sur le passage habituel des sorlas où il s'estimait correctement placé, contre le vent, prêt à décocher ses flèches. Tous les sens en éveil, le guetteur patientait, immobile. Un éclat de voix, non loin de sa cachette, le fit jurer dans sa barbe. Le ou les gêneurs l'empêchaient d'espérer la moindre présence de gibier. Résigné, mais prudent, il glissa vers la source des cris qui s'amplifiait, ne lui laissant maintenant aucun doute sur sa nature. On se battait !

Le chasseur grimaça d'effroi lorsque l'épée transperça le corps frêle de la jeune femme. Elle s'écroula lentement, le sang aux lèvres, avec dans le regard cette incompréhension mêlée de surprise qui caractérise ceux qui voient trop tôt arriver leur mort. Un hurlement inhumain s'éleva de la colline. Le chasseur n'eut qu'à tourner la tête et crut apercevoir le Dieu de la Guerre en personne. Un Elfe Sombre, cimeterre et dague en main, défiait une vingtaine d'adversaires ! L'incrédule se frotta les yeux. Les Sombres avaient pourtant disparu de la surface d'Avent depuis de nombreux cycles !

La danse guerrière de la légende commença, belle et implacable, coupant la tête d'un attaquant trop confiant et lacérant la poitrine d'un second. Puis les mouvements de l'Elfe se suspendirent momentanément ; une profonde inspiration du combattant permit au témoin d'entrevoir, caché dans les fourrés, que l'échauffement était terminé. La danse reprit alors sur un rythme infernal et les gestes offensifs, d'une puissance inouïe, s'accompagnaient d'une précision de chirurgien. Les coups pleuvaient sur le groupe des belligérants et, en quelques secondes, les rangs s'éclaircirent tant le cimeterre et la dague, dans leur ronde folle, ne semblaient laisser aucune chance de survie à leurs caresses meurtrières. Le chasseur remarqua tout de même quelques plaies sur le corps du Sombre, et constata que son sang n'était pas noir, comme la rumeur légendaire le colportait. Des souvenirs récents revinrent à sa mémoire, emplissant sa tête jusqu'au mal…

Trop d'Elfes étaient tombés. Son visage se ferma. Les yeux fixes et la mâchoire serrée, il sauta de derrière le bosquet et se mit à courir. Il atteignit rapidement les combattants et fut repéré par deux d'entre eux. La réflexion du plus âgé transforma le chasseur en machine de guerre.

– Eh ! Tu veux ta part d'Elfe, toi aussi ? furent ses dernières paroles.

D'un geste d'horloger, la dague lui trancha les cordes vocales. Le second fut plus coriace, l'élément de surprise ne jouant plus. Sa pique le repoussait à bonne distance. Le spadassin prit de l'assurance et s'avança en criant. Le chasseur accompagna le mouvement en reculant, lui faisant croire que sa manœuvre d'intimidation lui donnait avantage. Prenant confiance, le lancier se jeta sur lui, pointe visant sa poitrine. L'homme à la dague attendit le dernier moment pour esquiver l'attaque, le laissant s'empaler sur sa lame effilée.

Le danseur Sombre, blessé, vacillait comme une flamme de chandelle devant l'unique survivant, un colosse armé d'une épée à deux mains, qui profita du moment où la garde de l'Elfe était levée pour porter un coup à flanc gauche, lui faisant mordre la poussière. Le cimeterre s'échappa de la main experte du dernier Sombre du Continent d'Avent. Il sembla au chasseur que la lame, sans le contact de sa peau, perdait sa luminescence, comme si l'absence des doigts du jouteur lui ôtait son aura, et par la même son âme. La dague, en revanche, n'était pas tombée à terre. Dans un sursaut machinal, son propriétaire la ficha dans la carotide de l'agresseur, ne lui laissant pas le temps de savourer sa furtive victoire.

Le silence habituel de la colline reprit ses droits. Où que portât son regard, le chasseur ne découvrit que des cadavres. La mort, omniprésente, avait emporté vingt-quatre hommes, une femme, un Elfe Sombre et la raison de ce combat de légende que le témoin du massacre ne connaissait que trop bien.

Un petit cri le sortit de la torpeur dans laquelle il s'était prostré. Non, pas un cri, plutôt un pleur... Une plainte d'enfant...

Ce jour, il revint à son village sans aucun sorla. Le sourire d'un nouveau-né l'avait attendri, il l'emmenait déjà loin du charnier.

La compagne du chasseur ne l'attendait pas si tôt dans leur masure isolée non loin du village de Thorouan. Son visage d'une rare beauté, qui n'avait d'égal que la lumière étrange de ses yeux, s'assombrit en voyant les blessures de celui qui partageait sa vie. Avec un sourire contrit, il lui tendit sa seule et unique « prise ». Le regard vert interrogateur passa alternativement de l'enfant au chasseur, qui finit par expliquer brièvement les événements qui l'avaient conduit à sauver le bambin. Il conclut :

– Je n'ai pas pu me résoudre à le laisser dans la colline, il a à peu près l'âge de Candela. Mais si tu penses ne pas pouvoir le nourrir...

Sa femme, sans un mot, leva la tête vers lui et plongea ses magnifiques yeux dans les siens, manifestant ainsi sa réprobation à une solution aussi radicale qu'imbécile. Elle se contenta de hausser les épaules sans daigner répondre, s'empara du nouveau-né pour le poser sur le lit dans un large panier d'osier tressé. Éveillé, l'enfant inquiet tournait la tête en mouvements saccadés, roulant deux yeux ronds jusqu'à croiser le regard de celle qui l'avait adopté bien avant d'écouter le récit de son compagnon. Cette dernière, en l'observant, prit tout à coup un air sérieux.

– Je sens cet enfant différent, je perçois la...

L'homme acquiesça en opinant du chef et lui narra son aventure du matin dans les moindres détails. Tristesse et amertume se lurent tour à tour sur le beau visage. Puis il s'éclipsa, laissant sa compagne s'occuper de ses dorénavant deux enfants. Elle entreprit de donner le sein à Candela qui commençait à manifester son impatience. De son côté, tandis qu'il se défaisait de ses vêtements, le chasseur décida de cacher cette histoire et de n'en rien dire à quiconque. Après tout, à part sa femme, il n'avait personne à qui la raconter. Cela faisait trop peu de temps qu'ils avaient échoué à Thorouan et n'étaient pas encore, tant s'en fallait, admis comme villageois en titre. Partout, la méfiance prévalait en ce qui concernait les étrangers, et ils n'échappaient pas à la règle. Sa cabane était construite à l'écart de la communauté, avec pour seul contact le chef du village avec lequel il troquait le produit de sa chasse.

– Quel nom a-t-il, au fait ?

La réflexion le fit sortir de sa rêverie. Le chasseur se retourna et fit une moue ne laissant planer aucun doute sur son ignorance, trouvant même la question incongrue. Il avait eu autre chose à faire que demander poliment son nom à ses parents !

– Allez, Candela, c'est fini pour toi, annonça la mère en posant dans son berceau sa fille repue de son repas au sein. Donne-moi le garçon, il faut qu'il mange aussi.

– Mais je ne l'ai pas ! répliqua le chasseur, soudain inquiet.

Le couple échangea un regard paniqué face au couffin où l'enfant brillait par son absence et se mit à chercher sous le lit puis la table, par réflexe. L'homme s'assura de nouveau que le panier était bien vide et décela un mouvement sous l'unique petit drap en tapon dans son fond. Il appela sa femme en souriant.

– Regarde où il est !

Sa compagne se précipita, retira complètement le tissu et attrapa le bébé qui gigotait. Puis elle éclata de rire en voyant sa frimousse et déclara :

– Passe-Partout sera ton nom… Oui, ça t'ira bien, Passe-Partout !

Au cœur de la Cité, la plus haute tour abritait la Guilde d'une des castes les plus respectées d'Avent. Sa mission essentielle : écrire sans relâche l'histoire des peuples, donner une mémoire au Continent. Dans un monde de traditions orales, seule cette confrérie couchait inlassablement sur parchemins les alliances, les déchirements, les gloires et les errances des humains… Et des autres ! Le passé et le présent.

– Et parfois l'avenir…, se surprit à murmurer le vieil homme.

Perchée au sommet de ce somptueux édifice, dominant la ville, l'habitation était vaste, les murs flanqués de rayonnages sur lesquels de nombreux livres, grimoires, cartes et feuillets semblaient avoir été déposés au hasard de leur découverte par un collectionneur avide. Un escalier, au fond de la pièce, laissait entrevoir un accès à la même surface à l'étage, et vraisemblablement l'existence d'un autre entassement d'écrits.

Dans un large fauteuil sculpté, face à une table en pierre taillée de dimensions exceptionnelles, l'homme, dans un geste machinal, lissait sa courte barbe grisonnante, son attention fixée sur le centre du plateau où se dessinait une légère protubérance ovale. Un œil d'un noir profond s'était ouvert. Il restait toujours fasciné par le phénomène magique qu'il ne maîtrisait d'ailleurs pas. Si l'œil s'ouvrait, c'était de la seule volonté de son correspondant inconnu qui souhaitait lui transmettre un message important. C'était le cas… La vérité lui apparaissait peu à peu. Évidente. Implacable.

Les différentes images se succédaient dans l'œil, criantes de réalisme, et confirmaient ses doutes. Ainsi, le Monde Magique avait bel et bien perdu sa Déesse… Il fallait se replonger dans le passé du Continent d'Avent pour comprendre les déséquilibres du présent. Passé pas si lointain d'ailleurs, avec comme point de départ la folie des hommes, une fois de plus. Dans un mouvement xénophobe inexplicable, les humains avaient traqué, chassé et finalement décimé tous les Elfes, Clairs ou Sombres. Un génocide sans précédent qui eut pour cause la suppression pure et simple de la grande majorité des fidèles de la Déesse de la Magie : Mooréa.

L'homme se leva nerveusement.

– Bien sûr, les Dieux ne se nourrissent et ne vivent que de la Foi de leurs ouailles ! Le nombre de croyants détermine leur puissance. Ce qui signifiait qu'il n'y aurait bientôt plus de Magie en Avent...

Il se rassit lourdement. Ses yeux fixèrent un point imaginaire au plafond. Il ne restait plus qu'à souhaiter que personne ne parvienne à se réapproprier la Force Magique. Animé de mauvaises intentions, il pourrait alors asservir tout le Continent...

Passe-Partout grandissait dans ce petit village de Thorouan et, comme tous les enfants en bas âge, était plus ou moins élevé par la communauté. Ses capacités naturelles progressaient à toute vitesse ; son agilité d'esprit n'avait d'égale que celle de son corps. Espiègle, mais jamais méchant, il ne se servait de ses dons que pour des farces où il plongeait enfants et adultes dans des situations cocasses. Sa rapidité était telle qu'il pouvait disparaître comme par enchantement, laissant tout loisir d'imaginer d'autres blagues à rendre fou ses « victimes ». Ce n'était que lorsqu'il accompagnait son père adoptif à la chasse aux sorlas qu'il renonçait à ses talents. Attentif et discipliné, il écoutait religieusement les conseils du chasseur pour s'en imprégner.

Ce matin-là, son père prit comme à l'accoutumée son sac à dos, son arc et son carquois. Passe-Partout admirait de nouveau le magnifique poignard. Une lame effilée, élégante dans un manche en obsidienne taillé à la main. Mais quelle main ! Celle d'un artiste, sculpteur génial d'une précision inimaginable ! Le manche finissait par une tête de chien sauvage aux babines retroussées, avec deux rubis finement ciselés en guise d'yeux. Une merveille. Le propriétaire du couteau bouscula son fils, son terrain de chasse de prédilection se situant à environ deux heures de marche. Passe-Partout, fébrile, fut vite prêt à suivre son père. À peine eut-il franchi le seuil qu'il entendit la voix envoûtante de sa mère.

– Bonne chasse, Passe-Partout... Que Mooréa te protège.

Elle l'embrassa tendrement. Passe-Partout lui sourit en retour et remarqua qu'elle avait une nouvelle fois dormi avec son bonnet. Il rit sous cape en pensant qu'elle devait avoir toujours froid à la tête.

– Et souviens-toi, l'inconnu est souvent dangereux !

Combien de fois lui avait-elle prodigué ce conseil qu'il ne comprenait pas bien ? Il trouvait même que cette recommandation avait un goût d'inachevé.

Ils partirent tous deux dans la brume matinale sans éveiller Candela dormant encore profondément. Arrivés au lieu de traque, le chasseur autorisait Passe-Partout à poser des collets, ramasser des baies, des champignons ou des racines qu'il avait appris à identifier et que sa mère arrivait toujours à accommoder dans un plat dont elle avait le secret.

Un chant d'oiseau persistant l'intrigua ; son instinct lui suggérait qu'il s'agissait d'un cri de souffrance. En s'approchant de la source d'où émanaient les plaintes, il aperçut un rapace visiblement pris au piège sur la première branche d'un résineux, qui comportait une longue éraflure, comme s'il eut s'agit d'un coup de griffe, et la sève de l'arbre suintait par cette blessure. Particulièrement collante, la résine emprisonnait le magnifique volatile aux plumes argentées, une de ses serres soudée à la branche. Passe-Partout chassa une abeille agaçante et entreprit de délivrer l'oiseau.

La première tentative s'avéra désastreuse. En montant à l'arbre, il repéra d'autres entailles sur le tronc d'où s'écoulait la résine, l'empêchant de progresser. Sans compter les abeilles dont il aperçut la ruche un peu plus haut. Le deuxième essai obtint plus de succès. Improvisant une échelle et se servant de son agilité naturelle, il arriva rapidement à la hauteur du rapace. Mais en jouant de son petit couteau pour dégager la patte engluée, l'oiseau, qui l'observait de ses yeux d'or avec crainte, finit par lui envoyer un coup de bec sur le bras, le faisant grimacer de douleur. Passe-Partout, d'abord furieux, réalisa que l'animal n'était pas censé comprendre qu'il venait en sauveur et tenta de lui expliquer d'une voix douce sa démarche. Étrangement, le rapace se calma et laissa patiemment l'enfant le libérer du piège dans lequel il était tombé. Néanmoins le cri qu'il poussa en prenant son envol ne ressemblait pas à une manifestation de joie à recouvrer la liberté, mais s'apparentait plutôt à un signe de peur teinté d'alerte ! Danger qui se confirma quelques secondes plus tard lorsqu'un grognement lui fit faire l'association entre les éraflures sur l'arbre et les abeilles.

L'ours d'environ vingt pieds s'approcha de lui, menaçant, le considérant comme un concurrent dans sa quête de gourmandise : le miel. Inquiet, Passe-Partout le fixa dans les yeux, la branche sur laquelle il était assis étant approximativement à sa hauteur. L'instant suivant, il évitait un puissant coup de patte en se laissant tomber au sol et se cachait, sans trop d'espoir, derrière le tronc du résineux.

Une flèche frappa le flanc de l'animal, le rendant fou de douleur. L'ours géant se retourna pour affronter son agresseur qui savait qu'il n'aurait pas le temps de lui en décocher une seconde. Le chasseur sortit alors son couteau et, dans un cri, se jeta sur la bête. Quelques secondes, un coup de patte, trois coups du poignard au manche de chien grimaçant, et les combattants tombèrent ensemble à terre.

Paralysé par la violence de l'attaque, Passe-Partout ne put que hurler le nom de son père qui se releva seul, gémissant, sérieusement blessé au ventre par les griffes du monstre.

– Près de l'étang… Ces petites feuilles violacées. À l'ombre des rochers… Au bord. Là-bas…

Il ne fallut qu'une poignée de minutes à Passe-Partout pour les trouver et les rapporter.

– Maintenant, les trèfles que je t'ai montrés dernièrement. Va en chercher… Vite !

L'enfant, récupérant ses moyens devant l'urgence, se précipita vers l'endroit présumé où poussaient ces plantes et revint auprès de son père qui grimaçait. Entre deux gémissements de douleur, il lui expliqua comment concevoir le pansement.

– As-tu ramassé des baies violettes ?

Passe-Partout hocha la tête et lui montra sa cueillette du matin. Son père en prit cinq, les enveloppa dans un grand trèfle et mâcha consciencieusement l'ensemble.

– Un truc que ta mère m'a appris. Ce sont des surges, elles aident à la cicatrisation et empêchent les infections. L'inconvénient, c'est qu'il s'agit aussi d'un puissant calmant ! Surveille bien les environs, fils, réveille-moi lorsque le soleil aura tourné et éclairera la clairière.

Et il sombra immédiatement, à la grande surprise de l'enfant.

À son réveil, le chasseur avait repris quelques couleurs et regarda son fils en souriant.

– Le pays d'Avent est dangereux. Redouble d'attention, souviens-t'en !

Pour sûr qu'il n'oublierait jamais le combat héroïque de son père !

Ils rentrèrent plus tard que de coutume, ce soir-là, retrouvant leurs deux femmes inquiètes et rapportant quelques sorlas, un panier empli de baies et de racines, du miel et… une peau d'ours géante sur laquelle les deux enfants pourraient dormir.

Sa mère examina le bras de Passe-Partout et pinça ses lèvres fines. La blessure infligée par le bec du rapace était profonde. Elle s'empara d'un onguent de sa fabrication et massa lentement la lésion. L'enfant sentit une douce chaleur se répandre jusque dans son épaule. Puis elle banda la plaie, l'embrassa comme le feraient toutes les mères d'Avent et entreprit de soigner son père.

Les habitants de Thorouan apprirent le soir même l'exploit du chasseur qui dut leur expliquer l'origine de ses blessures. À son retour du village dans sa modeste masure, il serra fort son fils contre lui et lui souffla :

– Il peut m'arriver malheur à tout moment, aussi sois attentif… À ma disparition, et seulement à ma disparition, je veux que tu regardes derrière la plaque du foyer de la cheminée. Ce que tu y trouveras t'appartient.

Passe-Partout s'endormit en contemplant le feu qui protégeait de manière permanente la cachette de son père.

La porte massive s'ouvrit sur le vaste appartement, laissant apparaître un homme de grande taille. Sa cape pourpre, qui dissimulait mal la garde d'une épée à la facture exceptionnelle, était fermée par une broche d'argent constituée de deux dauphins bondissants finement ciselés. Son visage déjà peu enclin à la détente s'alourdissait d'une ride unique barrant son front, signe d'inquiétude que remarqua son interlocuteur, surpris par sa visite inopinée, et de la gravité du problème qui le préoccupait. Le vieil homme délaissa ses éternels grimoires et attendit.

– Nos craintes sont fondées. Des voyageurs de différentes provenances d'Avent confirment que des groupes armés déciment des villages entiers !

– Des survivants, Capitaine ?

– Jamais ! Les témoins ne parlent que de cadavres et de tueurs menés par un cavalier noir. Des loups… Impossible d'en connaître le nombre !

L'érudit grisonnant se caressa la barbe, pensif, et déclara :

– De nouvelles heures sombres en prévision… Notre Dame est-elle au courant ?

– Elle préside au concile des chefs de guilde de la ville. Elle nous attend.

Le vieil homme se leva de son imposant fauteuil et suivit le Maître d'Armes qui se dirigeait vers la sortie d'un pas décidé, sa haute stature l'obligeant à baisser la tête pour passer l'encadrement. À son tour, il franchit le seuil puis caressa négligemment la serrure de la porte. Une aura bleutée paraissant jaillir de ses doigts la ferma, rendant impossible toute intrusion.

– Chasseur, quel âge a ton fils, maintenant ? interrogea Bortokilame.

L'ex-chasseur solitaire, car dorénavant accompagné constamment par son fils, le regarda avec fierté avant de se tourner vers le chef du village de Thorouan.

– Un peu plus de huit cycles.

Bortokilame s'approcha.

– Mais où est-il ?

Le père de Passe-Partout désigna à son interlocuteur l'endroit où était censé se tenir l'enfant, pensant que Bortokilame commençait à avoir la vue qui baisse avec l'âge. Mais le gamin avait disparu en un clin d'œil, les abandonnant côte à côte à tourner la tête de gauche et de droite. Bortokilame, devant la situation cocasse, finit par en rire :

– Mérite bien son nom, celui-là !

Le chasseur avait constaté que l'agilité et la rapidité innée de son rejeton progressaient de jour en jour et racontait aux villageois que Mooréa, la Déesse, avait dû se pencher sur son berceau. Pieu mensonge, car lui seul savait que la vérité était de toute autre nature ! Il fallait bien que l'enfant hérite de son père biologique…

– Bortok ? Gary ? Coucou ! proféra la petite voix du bien nommé derrière eux.

Les deux gaillards se retournèrent d'un même élan et se retrouvèrent nez à nez, leurs chevilles attachées par une fine liane, provoquant leur posture grotesque et le rire moqueur de Passe-Partout.

– Coupe cette foutue liane ! hurla Bortokilame, furieux et blessé par cette position qui n'inspirait guère le respect dû à son rang.

La petite voix goguenarde chanta une nouvelle fois « *Bortok, Gary, Bortok, Gary !* » qui acheva de le mettre en colère.

– Ton fils ne fait rien comme les autres ! C'est agaçant, cette manie de donner des surnoms ou des diminutifs à tout le monde ! Limite irrespectueux ! cracha-t-il en le fixant lourdement dans les yeux.

Sans répondre à l'affront déguisé du chef du village, le père adoptif de l'enfant terrible sectionna le lien qui les retenait. Lui que tous appelaient « Chasseur » depuis son arrivée à Thorouan…

À huit cycles, Passe-Partout se débrouillait tout seul autour du territoire de chasse de son père. Depuis peu, Gary, comme le nommait désormais son fils, choisissait l'option de partir deux jours d'affilée et donc de bivouaquer sur place. Passe-Partout partit pour la première fois avec un arc et des flèches, comme un vrai chasseur !

Lorsque son père le laissa à leur habituel lieu de campement avec les recommandations d'usage, l'enfant s'éloigna de son côté, dans les endroits où il récoltait sans souci les plantes et baies dont il avait besoin. Ce qui fut fait en un temps record. Puis il s'engagea dans une forêt au pied d'une colline que Gary lui avait toujours demandé d'éviter. Sans nul doute, personne avant lui ne s'était aventuré en ce lieu, et il marchait prudemment, tous ses sens en éveil. Ses yeux s'illuminèrent à la découverte d'une plante rare. Près d'un arbre géant poussait de la donfe, une herbe médicinale prisée par sa mère, qu'elle lui avait appris à reconnaître et à cueillir. Un frémissement non loin lui fit tendre l'oreille. Le temps de bander son arc armé d'une flèche fabriquée la veille qu'apparut un magnifique sorla mâle, d'une taille imposante. L'animal méfiant se dressa sur ses pattes arrière pour humer l'air afin de détecter d'éventuelles présences indésirables. Trop tard ! Le trait siffla et se ficha dans son flanc. *Maladroit !* se fustigea Passe-Partout le voyant, blessé, claudiquer vers les fourrés proches. Sa fierté mise à mal, il s'élança derrière sa proie avec la ferme intention de le fourrer dans sa besace. La forêt dense ne faisait pas de cadeau à l'enfant ; les ronces lacéraient sa chemise de lin, les branches fouettaient son visage tandis que les racines s'évertuaient à lui crocheter les pieds. Il perdit un court moment de vue l'animal et se concentra. Il n'entendit rien...

Inexplicablement, il sentait la présence du sorla toute proche, mais sans pouvoir le localiser, et il en rageait d'autant plus ! Il bifurqua sans raison apparente à l'opposé du parcours où sa course l'aurait mené, et tomba sur lui, mort au pied d'un arbre jouxtant la colline interdite. Sans allant, il l'enfouit dans sa besace, perturbé. Quelque chose l'attirait en haut de cet endroit, un sentiment bizarre mêlé de curiosité et de malaise. Mais le sorla lui avait pris trop de temps, aussi détourna-t-il le regard et rebroussa-t-il chemin vers le bivouac où il devait rejoindre Gary.

Passe-Partout ne s'était jamais égaré en forêt, il savait d'instinct comment s'orienter. Un don, lui avait dit un jour son père. Inné ou pas, Il trouvait pratique de ne jamais se perdre ! Il repéra des baies rouges, des strias, notamment appréciées de sa sœur, qui avaient la particularité de revigorer immédiatement en cas de fatigue. Passe-Partout en mangea deux et rangea précautionneusement les autres dans son mouchoir. Peu après, il atteint une des sentes habituelles qui menait à son campement et sentit la présence de son père. Le bivouac était pourtant encore à dix minutes de marche.

Gary était fier ! Il demanda tous les détails sur la chasse de son fils, lassant Passe-Partout à répéter les mêmes choses. Pour un coup d'essai, c'était un coup de maître ! À son tour, il jeta un œil sur les prises de son père. À ses pieds gisaient un sanglier gigantesque et un... Les yeux de l'apprenti chasseur s'écarquillèrent de surprise.

– C'est quoi, ça ?

– Un loup noir... Pas bon signe ! Je n'en avais jamais vu.

L'enfant vit un bandeau noué au bras de Gary.

– Il t'a attaqué ?

– Oui, répondit-il laconiquement. Il avait probablement dans l'idée de me voler mon sanglier !

La voix faussement joyeuse de Gary ne trompa pas Passe-Partout. Il constata la plaie au cou du monstre d'ébène et fit immédiatement le rapprochement avec le poignard au manche de chien. Aucun doute, il s'agissait bien de l'animal qui avait attaqué et son père avait riposté de fort belle manière.

– Arrête de rêvasser ! La chasse, c'est bien beau, mais nous n'allons pas les remporter comme ça... Au travail !

L'enfant acquiesça d'un sourire ; il s'y entendait à effectuer ce type d'ouvrage. Il sortit le couteau de dépeçage de l'attirail de Gary et commença l'opération, non sans frissonner quelque peu, et pour cause : le sang du loup, noir, s'écoulait sur le sol.

Sur le chemin du retour, Passe-Partout fût une seconde fois surpris. Son père, habituellement peu bavard, se révélait aujourd'hui loquace.

Sans doute considère-t-il que je suis devenu un homme, pensa l'enfant.

Aussi buvait-il ses paroles pour les graver dans sa mémoire. Gary paraissait avoir connu tout le pays d'Avent, des marais du Sud aux neiges éternelles de Port Nord, des Kobolds farceurs aux Dragons rouges mystérieux, des Nains colériques aux Elfes Clairs. Rien ne lui semblait étranger.

– Et je ne me suis arrêté que le jour où j'ai rencontré ta mère, répondit Gary, devinant la question. Probablement ma plus belle aventure, ajouta-t-il en souriant.

Ils approchaient maintenant du village.

– Par Sagar, mais qu'est-ce que c'est que cette fumée ? gronda Gary.

Passe-Partout n'en crut pas ses oreilles. Jamais son père ne jurait ! Surtout pas au nom d'un Dieu d'Avent et encore moins au nom de celui de la guerre et des armes ! Mais à son tour, il vit la fumée s'élever et sentit le danger. Une peur étrange et inconnue s'insinua en lui.

Mu par des réflexes anciens, Gary se débarrassa prestement de sa charge, arma son carquois et empoigna son arc. Il s'abaissa, intima à Passe-Partout de se tapir contre un bosquet et le fixa de ses yeux sombres :

– Ne quitte pas cet endroit, tu y seras en sécurité ! Je reviendrai te chercher, attends-moi ici, d'accord ?

Le regard bleu s'embua d'un sanglot que l'enfant retint.

– Oui, père.

Gary s'élança vers le village. Passe-Partout tomba à genoux et laissa couler ses larmes. Il ressentait le danger, il savait.

Un grognement lui fit lever la tête. En d'autres circonstances, il aurait « senti » l'animal bien plus tôt. L'haleine fétide du loup noir, identique à celui dépecé la veille, agressait ses narines. Ses yeux rouges et féroces le fixaient tandis que ses babines se soulevaient, découvrant des crocs puissants. Son agilité lui servit une fois encore. Il esquiva l'attaque-surprise du monstre qui le frôla sans l'atteindre. L'animal faisant deux fois sa taille se retourna, furieux de n'avoir mordu que le vide.

Impossible de fuir, se dit Passe-Partout. *Et je ne pourrais pas l'éviter tout le temps.*

En un éclair, il pensa aux préceptes de chasse de Gary et trouva le calme nécessaire afin de ne pas céder à la panique. Il porta la main à son ceinturon et dégaina le couteau de dépeçage que, par chance, il n'avait pas rendu à son père. Le loup se rua sur lui dans un grognement de satisfaction tant l'enfant, cette fois, lui parût une proie facile. Passe-Partout n'esquiva pas. Le poids de l'animal le déséquilibra, la gueule visant la gorge. Un réflexe salvateur empêcha le monstre noir d'arriver à ses fins. En s'accrochant de sa main gauche aux poils fournis du poitrail, protégé par son avant-bras, il obligeait la bête à relever la tête. La main armée s'abattit à l'aveugle plusieurs fois sur son flanc. L'animal, fou de rage, se dégagea, non sans lui mordre maladroitement l'épaule. La plaie du loup tué par son père lui revint en mémoire. Dans une manœuvre désespérée, il chercha la carotide et la trouva par deux fois. Dans un gémissement, le prédateur s'écroula. Une dernière convulsion, et les yeux rouges se fermèrent à jamais.

Passe-Partout, dans l'inquiétude d'une autre rencontre de ce genre, se sentit libéré de la promesse faite à Gary, ramassa rapidement ses affaires et courut jusqu'à Thorouan, oubliant la douleur de la morsure.

L'Archiprêtre ressentit de nouveau cette sorte de brume qui envahissait progressivement ses pensées, le plongeant dans une catalepsie étrange où il rêvait éveillé. Les songes de quelqu'un d'autre, tel un spectateur, voyant en lui-même des images qui se succédaient à une allure folle, se superposant avant de se fondre... Des villageois tombant sous les coups meurtriers d'assassins sans scrupules, un cavalier noir tout droit sorti de la spirale du Dieu de la Mort, un guerrier solitaire le bravant... La silhouette d'un enfant... La Reine des Elfes... L'Enfant de Légende, le Petit Prince des Elfes sûrement ! Un nom : Thorouan !

– Le temps est proche, souffla-t-il.

CHAPITRE II

À la réflexion, le Fourbe ourdit son complot de manière simple. Il convainquit Mooréa d'accroître son nombre de disciples sur Avent pour augmenter sa puissance. Le moyen qu'il lui suggéra fut bien entendu de faire accéder à la Magie ceux qui en étaient dépourvus... Manipulée, la Déesse créa Bellac afin que les peuples y puisent plus facilement l'énergie nécessaire à l'accomplissement des rites et des formules. Il ne lui restait plus qu'à imaginer la manière de s'approprier la Fontaine pour réaliser son noir dessein sur Avent.

Lorbello. Extrait de « Rencontres Divines »

Des hurlements d'effroi, coupés nets, montaient des pâturages exploités par les paysans de Thorouan. Passe-Partout sentait maintenant une odeur pour lui inconnue, forte, persistante, qui l'intriguait et le terrorisait. Pour la première fois, il respirait la Mort.

L'enfant connaissait parfaitement les proches environs du hameau. Il avait créé un chemin pratiqué par lui seul, qui lui servait de terrain de jeu, pour accéder chez lui sans se faire remarquer. Et pour cause ! Sa sente passait par les gigantesques toubas qui bordaient le côté est de Thorouan, jouxtant le village et en particulier sa maison. Son don inné d'acrobate, allié à sa vélocité naturelle, lui permettait de se déplacer de branche en branche avec une aisance et une discrétion telles qu'un singe du sud d'Avent rougirait en le voyant. Par les airs, il arriva à la lisière et se posta à l'abri d'une frondaison d'un touba autorisant une vue d'ensemble sans risque d'être aperçu. Ce qu'il vit alors marqua sa vie entière.

Des fantassins noirs... Passe-Partout en dénombra peut-être vingt, poursuivant les quelques survivants qui couraient en hurlant de terreur. Hommes, femmes et enfants mouraient sous le feu nourri d'archers sanguinaires ou de guerriers armés d'épées longues lacérant les fuyards. D'autres quittaient leurs habitations incendiées par quelques spadassins se réjouissant d'achever les blessés à terre. Impuissant, il voyait tomber sous ses yeux ses amis, ses voisins, tous ceux qui, de près ou de loin, l'avaient aidé à grandir. Sa maison en flammes déjà s'effondrait. Interdit, le jeune spectateur, ne supportant plus ces visions atroces, décida de se battre contre cet obscur ennemi. S'il fallait qu'il meure, lui aussi, que ce ne soit pas sans en découdre !

Tel un félin, il se faufila silencieusement, rasant les murs des bâtiments en feu, tous ses sens en éveil. Il entendit un grognement sourd, puis une voix inconnue. En se rapprochant, il en perçut une autre, forte et reconnaissable, celle de Gary !

— Tecla ! Tu pourriras dans la fange, rejeton de la spirale !

Passe-Partout, camouflé par l'angle de la maison de Bortok qui gisait, le thorax criblé de flèches, devant le seuil de sa porte, était le témoin d'une scène hallucinante.

Gary se tenait au milieu d'un cercle de loups noirs, sa chemise déchirée de toutes parts dévoilant des plaies multiples, mosaïque sanguinolente de morsures et de coupures. Il brandissait son éternel couteau au manche façonné, et deux spadassins ainsi que trois loups morts à ses pieds en avaient tâté. D'autres soldats noirs derrière les bêtes, sabres en main, attendaient les ordres dudit Tecla, reconnaissable à son casque grimaçant et son épée flamboyante dont on devinait en son sein la présence d'une Magie infernale. Sa voix démoniaque retentit sur la place centrale de ce qu'avait été Thorouan.

– Alors, louveteau, prêt à rejoindre le Dieu de la Mort comme ta famille ?

La lame svelte de Gary atteignit en plein cœur un monstre trop sûr de lui.

– Tu vas mourir, Tecla ! Comme tes loups !

Passe-Partout, à bout d'inaction, ne put s'empêcher de crier :

– Gary !

Le casque grimaçant tourna lentement la tête vers l'enfant. Le chasseur, horrifié, reconnut son fils adoptif.

– Fiche le camp, Passe-Partout ! Fiche le camp !

Le chef des assassins noirs eut comme un geste de lassitude, propulsant un spadassin dans sa direction, sabre au clair. Passe-Partout détala dans le sens opposé. Un nouveau loup trépassa sous la lame de Gary. Tecla prit néanmoins un plaisir sadique à l'avoir vu mordre juste avant son bras gauche, puis décida qu'il en avait assez.

– Allez ! hurla-t-il à ses troupes.

Une volée de flèches décochée des cavaliers, et la haute stature du chasseur s'effondra lentement, criant dans un ultime effort le nom de son fils. Son corps au sol ressemblait désormais à une poupée torturée par un druide.

Passe-Partout entendit le dernier cri de Gary et fit brusquement volte-face, surprenant son assaillant qui ne put correctement placer son attaque. Son inattention et sa maladresse le menèrent à sa perte. Le fils adoptif du chasseur, en un éclair, lui avait planté le couteau de dépeçage dans la cuisse et subtilisé son poignard à la ceinture. Le soldat noir tomba sur les genoux et se livra malgré lui au fatal coup double que l'enfant lui asséna à la gorge, une lame dans chaque poing. Il s'écroula sans un cri, ses mains ne retenant pas les flots de sang ébène jaillissants, puis mordit la poussière. Passe-Partout se réfugia dans sa forêt de toubas et ne s'arrêta que lorsque lui-même ne sut plus où il se trouvait. En dépit de ses jambes flageolantes, il alla chercher l'énergie pour grimper à un arbre et l'escalada jusqu'aux plus hautes branches, ne cessant son ascension qu'au moment où ces dernières devinrent trop frêles pour le supporter. Blotti en un creux du tronc, le poids de son malheur l'envahit en un instant. Son esprit passait et repassait toutes les scènes du massacre de Thorouan où, un par un, les hommes, les femmes et les enfants étaient tombés sans aucune pitié, sans aucune raison. Et où lui-même avait donné la mort. Son visage entre ses genoux tremblants, il se laissa aller à pleurer.

Passe-Partout ne sut pas combien de temps il resta prostré, la peine et la colère se mêlant tour à tour, antagonistes pour toute décision d'action. De la haine à la vengeance, il n'y avait qu'un pas que l'enfant franchit, trouvant le courage de revenir dans le village en ruines. Les flammes avaient cessé, repues, ne laissant subsister que quelques volutes de fumée. Le silence régnait dans ce qui fut Thorouan, celui de la mort. Les yeux embués, Passe-Partout se rendit à l'endroit où son père avait mené son dernier combat. Lorsqu'il le découvrit, il ne put réprimer un sanglot, mais bien vite se reprit, la rage supplantant la tristesse. L'honorant d'une courte prière, il abaissa ses paupières, enleva chacune des flèches qui lui avaient ôté la vie et entreprit de le déplacer vers la lisière des toubas, ne supportant pas l'idée que les charognards se disputent son corps. En vain. Ses bras de huit cycles n'y parvenaient pas. Son courage l'abandonna, et il hurla son désespoir au ciel. À son cri répondit un braiment.

– Boron ! s'écria Passe-Partout, reconnaissant l'animal de bât de Bortok dont il flatta l'encolure. Les Dieux t'envoient, nous avons du travail.

L'enfant chercha en vain le poignard de combat de Gary. Nulle trace du couteau au manche de chien. Dépité de ne pouvoir conserver un souvenir de son père, il le hissa sur le petit âne et emprunta le sentier en direction du bois, tirant derrière lui Boron et son triste bagage. En chemin, il prit une pelle dans la main d'un de ses voisins visiblement tué d'un coup d'épée dans le dos. Les lâches, murmura-t-il en serrant les poings face à l'ignominie des assaillants. S'approchant des restes de sa propre maison dont il ne subsistait que les murs et la cheminée de pierre, il aperçut une masse humaine noire, recroquevillée, étreignant une autre plus menue, informe et soudée dans ses bras calcinés, qui gisait dans ce qui avait été l'unique pièce de l'endroit où ils avaient vécu. Il pleura sur sa mère et sa sœur, puis la ronde incessante commença.

L'enfant creusa, sans relâche, sans trêve, avec détermination. Il ne comptait plus les tombes. Des amis, des proches, ses parents… Jusqu'à l'épuisement, les yeux rouges de larmes qui ne voulaient plus couler. Il mit en terre son univers, tout son village décimé… Et ce n'est qu'après avoir posé l'ultime pierre sur la sépulture de son père et de sa mère serrant sa sœur que le petit bonhomme de huit cycles s'effondra, harassé de fatigue et de chagrin.

Après s'être recueilli, il visita les ruines des différentes habitations et ramassa tout ce qui avait une valeur. Les villageois n'étaient pas fortunés et le butin fut maigre. Passe-Partout collecta quelques armes et les stocka au creux de son arbre préféré. Puis il se dirigea vers la cheminée de sa maison et entreprit d'en démonter le foyer. Derrière la plaque se trouvait une petite cassette contenant des feuillets couverts d'une écriture fine et rectiligne, et une lettre dont la prose plus grossière lui était familière, celle de Gary qu'il ne parvint pas à déchiffrer. Ses parents étaient partis sans avoir eu le temps de lui apprendre à lire. Un collier avec deux médailles oxydées, qu'il mit machinalement autour de son cou, les effigies et les inscriptions gravées sur chacune d'elles ne lui évoquant rien.

– Le temps est proche, répéta l'Archiprêtre au chef de la petite peuplade.

L'intéressé ne répondit pas et attendit patiemment la suite qui éclairerait certainement sa lanterne. Le Prêtre parlait tout haut, comme pour lui-même, et les yeux dans le vague, déclara :

– L'Enfant de Légende sera bientôt parmi nous. C'est à nous que reviendra l'honneur d'éveiller le Petit Prince à la Conscience. Tout cela pour l'avenir de notre peuple et de tous ceux d'Avent…

Puis il se tut brutalement, semblant recouvrer ses esprits, fronça les sourcils et s'adressa au chef du village comme s'il venait de le découvrir :

– Qu'est-ce que tu fais là ? Je ne t'ai pas entendu entrer !

Habitué aux « absences » du Prêtre de Mooréa qui le plongeaient dans une telle apathie qu'il en arrivait à oublier ce qu'il proférait dans ses phases quasi hypnotiques, son vis-à-vis leva les yeux au ciel, exaspéré.

– Ça fait dix minutes que je suis en face de toi ! rugit-il avant de se calmer, espérant ainsi plus amples informations. Tu évoquais l'Enfant de Légende et tu t'es interrompu.

Le Prêtre le regarda un instant d'un air dubitatif puis son visage s'éclaira :

– Oui, oui, bien sûr ! Préparons-nous à le recevoir. Il ne saurait tarder.

Le chef du village serra les mâchoires, contenant mal une bouffée de colère.

– Je te rappelle qu'il n'y a que toi qui sais de quoi tu parles ! hurla-t-il, ce qui fit illico redescendre sur terre le Petit Prêtre.

– D'accord... Tu te souviens, dans notre tradition orale, il est question d'un enfant qui viendra pour sauver notre peuple et réconcilier tous ceux d'Avent...

– Le Petit Prince ? C'est un conte que l'on raconte aux jeunes pour les endormir ! le rabroua-t-il sèchement.

Le Prêtre secoua négativement la tête et rétorqua, les lèvres pincées :

– Tu oublies que cette même tradition prévoyait le Grand Massacre ! Et là, il ne s'agit pas d'une berceuse !

Rembarré, le chef baissa les yeux sans mot dire. Le religieux poursuivit :

– J'ai retrouvé un passage, dans un grimoire ancien, qui peut correspondre à l'histoire à venir de cet enfant. Un poème prophétique. L'ensemble est flou, pour le moment incompréhensible, mais...

Son interlocuteur, à bout de patience, le coupa, ironique :

– Tu es en train de me dire que notre sort est lié à un gosse dont on ne sait rien et qui viendra on ne sait quand ! Sur la foi d'une tradition orale et d'une prophétie inintelligible ?

Le Prêtre, imperturbable, le fixa dans les yeux et répondit avec aplomb et conviction :

– Oui.

Boron ayant catégoriquement refusé de l'accompagner, Passe-Partout partit à pied. Sans savoir pourquoi, il choisit la direction du nord-ouest et marcha tout le jour sans s'arrêter. Le soir tombant, l'enfant chercha la sécurité d'un creux d'arbre, à l'abri des prédateurs à quatre pattes, tout en privilégiant des espèces à frondaisons fournies afin d'éviter des attaques d'autres indésirables, ailés ceux-là. Il s'endormit, cette première nuit hors de son univers habituel, après avoir avalé quelques baies glanées au hasard de sa route. Harassé par sa marche, il ferma les yeux, tenant fermement le manche du couteau de dépeçage de Gary, son sac à dos lui servant d'oreiller contre l'écorce. Il ne parvenait pas à se libérer des images et des odeurs de mort, entendait toujours les flammes dévorer Thorouan. Il serra les dents. Il avait pris la vie d'un homme. D'ailleurs, était-ce encore un homme ? La couleur de son sang le perturbait plus que son geste l'ayant fait jaillir ! Il cristallisa sa rage sur le cavalier noir au masque grimaçant, arborant une épée de feu : Tecla.

– Je le tuerai de mes propres mains, je le jure devant tous les Dieux d'Avent... Et les autres aussi ! ajouta-t-il pour n'oublier personne.

Il ne se souvenait plus du nombre de jours et de nuits écoulés depuis son départ de Thorouan. Quelle importance ? Marcher était comme une thérapie à sa peine et sa douleur. Il aperçut non loin de lui une forêt insolite composée d'essences inconnues, d'un vert émeraude d'une beauté à couper le souffle. Malgré l'angoisse de pénétrer en un lieu où tout lui était étranger, il se dirigea vers elle, la préférant à la steppe dépourvue d'arbres parcourue pendant deux jours et dans laquelle il ne s'était jamais senti en sécurité.

C'est à peine parvenu à l'orée que l'attaque se produisit en un éclair. Le frôlement imperceptible de l'agresseur ailé n'éveilla pas les sens de Passe-Partout, peu aguerri à ce genre de rencontre. Les serres du reptile volant tentèrent de se refermer sur son crâne pour le saisir. L'animal, sûr de son piqué surprise, n'anticipa pas le mouvement réflexe de l'enfant qui rentra la tête dans ses épaules. Hurlant de douleur, il roula sur le sol, les deux mains sur les tempes. Du liquide se répandit sur son visage qu'il essuya machinalement d'un revers. Son sang coulait abondamment, il s'écroula.

Le ptéro repassa prudemment plusieurs fois avant de fondre sur sa proie inerte pour l'emmener. À quelque cent pieds de hauteur, dans son nid de branchages, les yeux du reptile brillaient de convoitise. À l'instar de ses lointains cousins Dragons, le monstre ailé avait été attiré par les deux médaillons au cou de Passe-Partout. Il désirait plus encore se saisir de ces jolies pièces dorées que dévorer le jeune garçon. Hypnotisé par le collier, le ptéro ne vit pas l'enfant s'emparer du couteau de dépeçage. Au moment où sa gueule s'approcha de sa gorge, il frappa des deux mains sur le manche au sommet du crâne de la bête. Le hasard voulut que la lame se fiche entre les deux bosses, atteignant le cerveau. Le ptéro grogna, fou de douleur, et tenta un envol. Le dernier...

Passe-Partout entendit le fracas des branches qui brisaient sous le poids de l'animal et l'ultime bruit sourd augurant sa chute au sol. Dans l'aire du saurien ailé, l'enfant tremblait encore de peur. Mais Gary avait été bon professeur et il pensa une nouvelle fois à sa survie en constatant que le nid était vaste, qu'il pouvait fort bien abriter un autre monstre. Il se leva malgré sa faiblesse, jeta un regard alentour puis à ses pieds et ramassa toutes les pierres brillantes ainsi que trois pièces de cuivre. Un coup d'œil circulaire sur la forêt de couleur émeraude qu'il faudra traverser et entreprit lentement la descente du grand arbre. Habituellement, eu égard à ses capacités d'acrobate, c'eut été un jeu, mais Passe-Partout sentait ses jambes se dérober. À la fatigue et la peur s'ajoutait maintenant une blessure qui ne voulait pas s'arrêter de saigner. À peine arrivé sur le sol, il s'affaissa, harassé, juste à côté du ptéro mort.

Pas question de repartir sans mon arme ! pensa-t-il.

Il rassembla ses dernières forces pour ramper jusqu'à la tête de l'animal, extirpa le couteau de dépeçage de son père devenu sien. Et dans un sursaut d'énergie, il coupa une griffe du monstre et la fourra dans sa poche en guise de trophée chèrement gagné. Puis lentement, il se leva et s'enfonça dans les bois mystérieux en titubant, les yeux voilés et les genoux flageolants...

La pluie se mit à tomber copieusement, rajoutant à sa détresse, transformant le sol en une boue gluante et informe dans laquelle marcher relevait du prodige. Une boule d'amertume lui monta de l'estomac et se coinça dans la gorge. Épuisé, sans forces aucunes, il s'écroula face contre terre, une foule de pensées confuses se pressant pêle-mêle alors qu'une chaleur inhabituelle l'envahissait, paradoxale, l'entraînant dans le trou noir de l'inconscience.

Passe-Partout se réveilla au creux d'une souche aménagée presque confortablement, constituée de mousses disposées en couches épaisses.

Où suis-je ?

Les souvenirs affluèrent et, pour autant que sa mémoire ne lui joua pas de tours, il était tombé dans la boue, pas sur un lit ! La surprise passée, il se rendit vite compte qu'aucun mouvement ne lui était envisageable. Les liens qui le retenaient le clouaient au sol. Se débattre pour se libérer lui confirma qu'il était à priori vivant, le doute inverse l'ayant habité un instant. L'incapacité de bouger lui arracha quelques jurons dont il avait le souvenir que sa mère n'aimait guère qu'il les profère ! il se tut, par respect pour elle, et dans un silence environnant pesant, vint le moment de résignation. Exaspéré, il déclama à ses invisibles geôliers :

– Eh oh, il y a quelqu'un ? Je m'appelle Passe-Partout et je ne veux de mal à personne. Maintenant, détachez-moi !

Un léger chuchotement sur la gauche lui fit pencher la tête.

Impossible, pensa-t-il. *Je rêve. Le bruit est trop proche, je verrais la personne.*

Une petite voix retentit à proximité :

– Bonjour, Passe-Partout ! Passe-Partout... Drôle de nom pour un humain !

Il écarquilla les yeux à deux fois. Une créature haute de dix pouces, verte avec de grandes oreilles pointues, le regardait en riant.

– Je m'appelle Darzomentipalabrofetilis.

L'enfant de Thorouan resta médusé et le petit être fit mine de ne pas s'en apercevoir.

– Maintenant que nous nous sommes présentés, ce sera plus simple pour communiquer.

– Facile à dire..., grommela-t-il en tirant sur ses liens.

Le petit Elfe, car c'en était bien un, éclata d'un nouveau rire cristallin.

– Peut-être as-tu l'habitude de parler avec les mains. Je comprends que, dans ton cas, ça doit être compliqué !

Passe-Partout n'apprécia pas du tout la plaisanterie, faisant les frais de cette dernière. Il est vrai qu'à l'accoutumée, dans son village, c'était plutôt lui qui piégeait les autres. Le petit Elfe poursuivit sur un ton plus sérieux :

– À priori, tu es quelqu'un de sympathique, tu nous as débarrassés d'un gêneur indélicat, confia-t-il en s'emparant de la griffe du ptéro qui mesurait plus de cinq fois le plus long de ses doigts. Mais nous ne savons pas la raison de ta présence ici, et ce n'est pas parce que tu nous as offert ce ptéro sur un plateau d'argent que nous n'avons pas de motif d'être méfiants.

Passe-Partout souffla :

– C'est donc ça, le monde du dehors ! La défiance, la vengeance, la mort...

Puis, sans prévenir, il hurla, espérant déstabiliser son interlocuteur :

– Mais qui êtes-vous ? Quelle est cette forêt ? Pourquoi suis-je attaché ?

Il sentit un mouvement et redressa la tête. La stupeur le saisit : une vingtaine d'Elfes verts des deux sexes l'entouraient maintenant. En levant les yeux, il vit comme un essaim de grosses abeilles fondre sur lui. Les insectes, en se rapprochant, prenaient forme : de minuscules Elfes ailés, plus petits encore que leurs congénères verts, exécutant un vol organisé juste au-dessus de lui ! L'incrédulité le gagnant, il n'eut d'autre ressource que de chercher du regard son seul contact au sein de cette mystérieuse peuplade, et découvrit celui qu'il appelait déjà Darzo se tenant les côtes de rire rien qu'en observant ses mimiques d'incompréhension. Un Elfe vert visiblement plus âgé s'avança et s'adressa à Darzo dans un langage inconnu. Ce dernier arrêta brusquement de s'esclaffer et acquiesça en opinant du chef.

– D'où viens-tu, jeune humain ? demanda-t-il à l'intéressé.

Passe-Partout détourna la tête et répondit tristement :

– De Thorouan, ou ce qu'il en reste...

Le petit Elfe âgé, apparemment le chef du groupe, regarda un membre de sa tribu d'un air entendu et ordonna :

– Tu peux le libérer !

Darzo tendit son minuscule index. Le nœud maître se nimba d'une lueur bleue et se défit sans que l'intéressé y touche. Mais le sourire satisfait de Darzo se figea. Des cris retentirent dans le mini clan, comme une...

– Alerte !

Tous les Elfes verts détalèrent à une allure invraisemblable. Ceux ailés reformèrent une nuée et attaquèrent l'assaillant qui venait de pénétrer leur territoire.

Un sanglier chargeait le Petit Peuple, dévastant la communauté. L'essaim, loin de repousser l'importun, le rendait fou. Darzo, le seul resté à côté du prisonnier, regardait la scène, totalement pétrifié. Passe-Partout, maintenant libéré des liens qui l'immobilisaient, avisa son couteau posé au sol, s'en saisit et sauta sur l'intrus. Le combat fut de courte durée. À peine agrippé sur le dos du sanglier, la lame trouva le cœur et l'animal s'effondra dans un râle sous Passe-Partout, qui, assis sur la bête, tentait de reprendre son souffle en essuyant le tranchant ensanglanté sur son poil rêche. Seul Darzo osa s'approcher de lui.

– Pourquoi as-tu fait ça ? Tu aurais pu simplement te sauver !

L'enfant de Thorouan jeta le couteau de dépeçage dans l'herbe et regarda l'Elfe vert d'un œil malicieux.

– Parce que j'avais faim !

C'est ainsi que s'officialisa l'adoption de Passe-Partout par le Petit Peuple, par deux éclats de rire. Le fils de Gary avait retrouvé un instant son sens de l'humour.

CHAPITRE III

Mooréa sentait que la tradition orale n'assurait pas la pérennité des civilisations. Dès qu'elle sut qu'un prince Sombre avait un jour écrit un Manuel dédié à la gloire de leur Magie, elle suggéra à Tilorah de le mettre en lieu sûr. Par sécurité, la Déesse appela le Messager :

– Fais en sorte que le Manuscrit des Sombres soit à l'abri... Confie-le à Sébédelfinor.

– Je n'ai pas la possibilité d'intervenir sur Avent !

Mooréa reformula :

– S'il te plaît, Messager.

Elle sourit et ajouta :

– Tu vois bien qui doit intervenir. Je sais que ce ne sera pas toi en propre.

Le Messager ne répondit pas et s'en fut.

Lorbello. Extrait de « Rencontres Divines »

L'étrange peuplade des Peewees demeurait une légende dans les communautés d'Avent, y compris chez les Elfes. En des temps reculés, décimés par les hommes qui les considéraient comme de mauvais esprits, les Peewees avaient fui tout contact avec les autres espèces et vivaient cachés. Deux ethnies cohabitaient en bonne intelligence, les verts dits « terrestres » et leurs homologues ailés, de plus petite taille, que les humains d'aujourd'hui appelaient le Peuple des Fées. La forêt était réputée maudite chez les Aventiens qui prétendaient que ceux qui la traversaient en ressortaient fous. Quand ils en ressortaient ! Les Peewees entretenaient bien sûr cette légende en terrorisant les quelques aventuriers qui tentaient une incursion dans leur domaine.

L'enfant de Thorouan, malgré les différences – de taille ! –, s'adapta bien vite à la colonie peewees et fut adopté tout aussi rapidement par le clan. En peu de temps, il apprit les rudiments de la langue Elfe, les méthodes de tissage à partir d'herbes et de lianes environnantes, permettant d'améliorer considérablement ses chances de survie dans les bois. Il comprit un peu mieux, sans pouvoir bien entendu pratiquer, la Magie du petit peuple et s'exerça à ce qu'il affectionnait le plus, le maniement des armes de jet, véritable atavisme de cette communauté. Partout où il allait l'accompagnait Darzo, devenu son ami, et Elsaforjunalibas, rebaptisée illico Elsa, la Fée qui bourdonnait toujours avec bonheur auprès d'eux.

Darzo venait de fêter ses quarante printemps, ce qui correspondait à peu près, en âge Peewee, à celui de Passe-Partout, les Elfes ayant une longévité beaucoup plus importante que les humains.

– La contrepartie de cela est que notre peuple fait infiniment moins d'enfants, expliqua

Darzo. Tu comprends pourquoi, après le massacre de nos « Grands Cousins », l'espoir de voir de nouveau une communauté de Clairs est bien maigre. Quant aux Sombres, nul ! Et aujourd'hui, croiser une Elfe porteur d'un enfant relèverait d'un miracle. Surtout sans Reine...

— Sans Reine ? l'interrompit Passe-Partout. Pourquoi ?

— Chez les Elfes, la société est matriarcale, elle se regroupe autour d'une femme, un peu comme dans une ruche. La Reine ne symbolise pas seulement la fertilité, elle représente l'ensemble de la société Elfe. Sans elle, les abeilles sont perdues, désorientées... Jorus, notre Prêtre, se demande si le cas a été similaire chez nos lointains cousins cavernicoles, les Elfes Sombres. Leur extinction a peut-être été facilitée après la mort de leur grande Prêtresse, Tilorah, massacrée par les humains.

— Et la Reine des Clairs ?

— C'était aussi la nôtre, malgré nos différences physiques... Elle a disparu au cours d'une attaque. On n'a jamais retrouvé son corps. Il y avait deux cents Elfes dans la communauté ; tous ont été tués un par un. Et il y a eu autant de pertes humaines dans cette bataille. Les Clairs étaient à un contre cinq, écrasés par le nombre. Même la Magie n'a pu les sauver !

Son regard se voila et dans un sourire triste, il ajouta :

— Mais tu sais, nous gardons toujours l'espoir que notre Reine soit vivante et qu'un jour les Elfes reprennent leur place dans le monde d'Avent.

Passe-Partout, abasourdi par ces propos, ne put s'empêcher d'élever la voix.

— J'ai honte des miens ! Comment peut-on exterminer sans pitié un autre peuple ?

Darzo haussa les épaules, fataliste.

— Par peur, par méconnaissance, ce qui mène systématiquement à l'intolérance et à l'hostilité. Tu aurais vécu plus longtemps chez les humains, tu aurais été formé à détester les Elfes, toi aussi.

L'enfant de Thorouan n'en crut pas un traître mot. Jamais ses parents ne lui avaient inculqué de telles idées. Il aurait d'ailleurs juré que l'éducation qu'il avait reçue allait à l'encontre de ce postulat haineux et stupide !

À quelques pieds de là les observait Faro, Farodegionilenis pour sa tribu, chef du Petit Peuple. L'enfant maniait l'arc avec celui devenu son ami. Et le spectacle valait le coup d'œil ! Les deux tiraient en même temps, Darzo juché sur l'épaule gauche de Passe-Partout, chacun sur sa cible, bien sûr, la distance ayant été calculée en fonction de la hauteur des deux concurrents. Faro les entendit éclater de rire. Darzo, dans un délire qui n'appartenait qu'à lui, venait de tirer dans la cible de Passe-Partout et en avait atteint le centre, malgré l'éloignement ! Elsa entra dans une danse effrénée, laissant dans son sillage aérien une multitude d'étincelles, signe de sa joie.

Cela faisait maintenant un cycle que l'enfant de Thorouan vivait au sein du Petit Peuple. Il avait fallu trouver quelques aménagements du fait de sa hauteur, mais qu'importe, Passe-Partout rendait de multiples services à la communauté. Sa taille lui permettait, en une journée, de réaliser le travail de vingt Peewees en un mois, et ce malgré leur Magie qui leur facilitait grandement la vie ! Il avait transformé le camp des petits Elfes en le créant partiellement aérien. Le village était devenu totalement invisible et surtout à l'abri des prédateurs ou autres gêneurs à deux ou quatre pattes.

Faro examinait l'enfant des hommes, si sérieux par instants, si insouciant à d'autres, et pensait à son destin. Rongé par le doute, il se dirigea vers la demeure de son Archiprêtre, Jorusidanulisof, Jorus pour Passe-Partout, et entra dans son antre. Le propriétaire des lieux ne le laissa pas parler.

– Je connais ta question, chef, et la réponse est... Oui ! Depuis le début, souviens-toi, son arrivée m'avait été annoncée ! Enfin, selon toutes probabilités, il devrait s'agir de lui. L'incertitude me vient de notre Déesse, Mooréa. Je n'obtiens plus que mutisme à mes incantations. De plus, mon Œil magique semble perdre de la puissance.

Faro ignora les problèmes « techniques » de Jorus et le questionna plus avant :

– Qu'est-ce qui te fait vraiment penser que c'est lui ?

– Je viens de te le dire ! Et tu le sais aussi bien que moi. J'ai vu le massacre de son village, le nom de Thorouan m'était connu avant qu'il ne le prononce. Et notre tradition orale fait état qu'un enfant, le Petit Prince des Elfes, sauvera notre peuple. Les quelques indices que nous possédons l'identifieraient peut-être comme celui que notre communauté attend.

– Il n'a rien ni d'un Prince ni d'un Elfe ! grimaça Faro. C'est un humain. Il n'est pas doué de Magie.

Jorus ne se soucia pas du ton ironique, et sembla ignorer Faro en cherchant des documents qu'il repéra d'ailleurs facilement considérant leurs tailles.

– Passe-Partout m'a confié deux lettres. La première est en Sombre, indéchiffrable malheureusement. Celle-ci, en aventien, est de la main de son père adoptif. Elle raconte son histoire. Il fut trouvé et recueilli...

– Et alors ? le coupa Faro en haussant les épaules. C'est triste, mais ne démontre rien.

– Laisse-moi finir. Sa mère était humaine atteste ledit Gary, mais son géniteur un Elfe Sombre, vraisemblablement le dernier de ce peuple et probablement un noble d'après la description dans la lettre. La moitié du sang de cet enfant est donc Sombre !

Faro demeura bouche bée.

– Passe-Partout... Un métis ?

– Oui, soupira Jorus. Un handicap sérieux chez les humains... En revanche, il se peut qu'il soit doué de Magie.

– Comment en être sûr ?

– Fais lui manger une olive.

À ces mots, Faro changea de couleur. Avaler une olive pour un non-Magicien était signe de mort instantanée !

– C'est de la folie sans certitude qu'il s'agisse bien de lui. Jorus, j'ai besoin de l'Œil !

L'air grave, l'Archiprêtre se retourna vers Faro.

– Tu sais que la Magie de l'Œil est indépendante de la nôtre et qu'elle est de plus en plus faible. La gaspiller futilement nous serait pour le moins dommageable.

– J'ai le sentiment que ce ne serait pas inutile, insista-t-il, inflexible.

Jorus soupira et se rendit au fond de son antre, suivi de près par Faro, préoccupé. Il s'approcha d'une sorte de table en pierre recouverte d'un linge qu'il fit glisser afin de dégager le plateau. En son centre et en relief, une gemme noire ovale aux reflets bleutés était comme incrustée. Jorus fit une dernière tentative pour dissuader Faro.

– Tu es sûr ?

Faro se mordit la lèvre, assailli par le doute qui envahit à chaque décision grave. Il savait que cette demande allait diminuer considérablement le pouvoir de l'Œil, peut-être le fermer à jamais, mais il campa cependant sur sa position.

– Je dois savoir, fais ton office, Archiprêtre.

Alors commença le rituel, toujours impressionnant. Jorus, sollicitant sa propre force magique, entra dans une transe lui ouvrant les portes du divin. Ses bras entamèrent une sorte de danse, d'abord fluide et ordonnée, puis rapidement anarchique et saccadée. Son corps entier se nimbait d'une lumière bleu électrique dispersant des éclairs jusqu'au centre de l'Œil, contacts zébrés désireux d'alimenter le milieu du plateau de pierre. Nourri de la Magie de l'Archiprêtre dont la puissance déclinait, l'Œil s'ouvrit soudain.

Faro se précipita auprès de Jorus, qui, les traits tirés, titubait, harassé par l'effort. Bien lui en avait pris, car au moment où les visions commencèrent à défiler, le Prêtre tomba, ses jambes ne le soutenant plus. Faro se concentra sur la succession d'images, au début précises et nettes.

– Un Elfe Sombre, un noble… Une Elfe ! Pas n'importe laquelle : notre Reine ! Puis un aventurier barbu, non, un chasseur vu le couteau au manche de loup grimaçant…

Les scènes s'assombrissaient par instant ; Faro laissa échapper un juron.

– Ne rien perdre ! Un enfant riant… Passe-Partout ! Avec une petite fille à l'air grave… Un cavalier noir masqué avec une épée flamboyante… De nouveau Passe-Partout. Avec… Darzo ! Un conflit… La guerre !

Hélas, la puissance magique de l'Œil s'amoindrissait et les images à venir furent brouillées, attisant colère et panique du chef du Petit Peuple.

– La suite, quelle est la suite ?

D'un mouvement irraisonné, il plaqua ses deux mains sur l'Œil qui s'empara de sa propre manne magique, le laissant groggy, comme si on lui retirait ses forces vitales en le vidant de toutes substances. Lorsqu'il put extraire ses paumes de la gemme noire, seul un message apparut, qu'il lut avec courage et détermination, combattant l'extrême faiblesse qui l'entraînait vers l'inconscience. Il mémorisa les quelques mots et chiffres inscrits dans l'Œil et s'abandonna, épuisé, rejoignant Jorus dans le néant.

Ce n'est que le lendemain que le Petit Peuple, inquiet de l'absence de ses deux chefs, les trouva inanimés près de l'autel et les transporta à l'extérieur de l'antre de Jorus. Passe-Partout vit encore avec admiration une nouvelle manifestation de leurs pouvoirs. Une incantation, un geste, une nuée bleue, et les deux Peewees se réveillèrent, un peu sonnés, certes, mais immédiatement. La Magie des Elfes avait la capacité de guérir, pas de redonner la vie, et fort heureusement, Jorus et Faro n'étaient qu'inconscients.

Faro se leva en titubant, écartant les mains désireuses de l'assister à se remettre sur pied, et regarda furtivement Passe-Partout avant de se diriger chez lui, perplexe et bouleversé des images entrevues dans l'Œil divin qui marquaient sa mémoire. Il s'empara d'une plume et transcrivit la conclusion prophétique comme un automate, sans tenter d'en comprendre le sens, avec la vitesse de celui qui a peur d'oublier la fin s'il s'interroge sur le début. Puis prit une grande inspiration et étudia le texte qu'il venait de coucher sur le parchemin.

O4 22 24 24 C2
VENTS ! PEUPLE NOTRE RENAÎTRA
VIENDRA D'AVENT LA FIGURES SOLUTION
PARENTS PETIT LE MÊLÉS PRINCE APPARAÎTRA
LES ÉVEILLÉ LIBRES CYCLES REJOINDRA
CORBEAUX SEMBLABLES LES QUATRE DÉFIERONT

Faro, après plusieurs heures de lecture et de réflexion, finit par se gratter la tête. *Pour le moins abscons*, se dit-il. Et tout haut de pester contre la panne magique de l'Œil !

– Calme-toi, il n'a certainement pas pu continuer à créer des images et a voulu t'aider en terminant par le texte.

Si le titre indiquait un classement, d'autres extraits de ce style devaient exister. La question de fond qui le hantait était celle-ci : y avait-il un parallèle entre les images et le texte ? Ce dernier correspondait-il bien à Passe-Partout ?

Il se rendit chez Jorus, le parchemin sous le bras, avec une migraine naissante. Le Prêtre hocha la tête en lisant le paragraphe recopié de mémoire et se dirigea vers sa bibliothèque. Il en tira avec peine un ouvrage ancien comportant une vingtaine de feuillets, visiblement rédigé par un non-Peewee, eu égard à sa taille. Il en compulsa quelques pages avant que son visage s'illumine et, d'un index vainqueur, montra le même écrit à Faro qui se demandait une nouvelle fois si Jorus avait toute sa raison.

– Félicitations ! clama l'Archiprêtre. C'est du mot pour mot !

Le chef du Petit Peuple eut la surprise de lire le texte couché sur le grimoire, libellé en langage elfique. Interloqué, il le tourna avec difficulté pour en découvrir le titre. Jorus commenta :

– Le Livre des Prophéties, écrit par Adénarolis, grande Prêtresse des Elfes Clairs, il y a fort longtemps. Je t'ai déjà parlé de cette prédiction. On trouve aussi des phrases plus ou moins déchiffrables.

Faro fronça les sourcils :

– Adénarolis ?

– Il y a des lustres, la première Prêtresse de Mooréa eut des visions funestes. Elle en arrivait à prédire l'avenir avec une justesse jamais atteinte par un oracle. Son pouvoir grandissait de jour en jour, ses visions devinrent de plus en plus fréquentes et ses transes s'amplifiaient. À tel point que lorsqu'elle croisait quelqu'un, elle lui révélait les drames qui l'attendaient. Hélas, aucune de ses annonces n'était agréable, elle ne voyait que plaies, maladies, conflits et mort. Afin de ne pas finir complètement folle, elle choisit l'exil et la vie d'ermite. Poursuivie par ses visions, elle coucha sur parchemin le "Livre des Prophéties" dont notre Peuple a la garde.

Faro tournait des pages au hasard et se gratta de nouveau la tête, signe chez lui d'un profond désarroi.

– On n'y comprend rien ! Que des phrases écrites en différentes langues. Tiens ! Elle parle ici du sommeil de la Déesse… Là, d'un gardien de la mémoire magique… Mais les Gardiens… C'est nous !

Jorus sourit et confirma :

– Sa vision de l'avenir avait une telle justesse qu'elle choisit de rendre ses prédictions inintelligibles en combinant des mots non seulement de divers dialectes malheureusement aujourd'hui disparus, mais aussi de métaphores, et tous ses poèmes sont vraisemblablement dans le désordre. Si toi, Faro, tu connaissais précisément ton futur, quelle décision prendrais-tu ? Quelle direction emprunterais-tu ?

– Je serais paralysé à l'idée de savoir que je ne pourrais pas transformer mon destin. Par fatalisme, je ne prendrais plus aucune décision ni direction !

– Voilà pourquoi ces prophéties ne sont pas claires, rétorqua Jorus.

Malgré son érudition, Jorus ne pouvait travailler uniquement sur ces lignes, les seules écrites dans un langage lisible, mais hermétique. Mis à part les corbeaux, symbole du Dieu de la Mort, le reste ne lui évoquait rien. Ils cessèrent d'envisager d'autres hypothèses, d'autant qu'elles devenaient farfelues. Jorus, l'air morne, désigna la table où trônait l'Œil et déclara tristement :

– Il est éteint… Sa Magie propre a disparu, ce n'est pas un bon signe, Mooréa nous abandonne.

Faro, atterré par ces propos, le houspilla vertement.

– Jamais la Déesse ne nous abandonnera ! Si l'Œil se ferme, c'est que Mooréa en a la volonté ! Ou alors…

Il hésita, laissant sa phrase suspendue que Jorus finit d'un ton las :

– Ou alors elle n'en a plus le pouvoir, ce qui revient au même pour nous.

Mais il se ressaisit tout à coup, plein d'espoir.

– Passe-Partout est la clef du problème ! C'est lui que désigne notre tradition. Je suis sûr qu'il est l'enfant qui sauvera le peuple Elfe tout entier. Tu dois lui faire passer le test ! Quant à moi, je vais essayer de contacter grâce aux Fées un humain érudit de la ville de Mortagne, je n'ai plus que cette possibilité, conclut-il en se retournant vers l'Œil définitivement fermé. Seul cet homme pourra l'aider le jour où il faudra qu'il quitte notre forêt.

Faro sortit de l'antre de Jorus, habité d'affreux doutes sur l'expérience qu'il devait mener sur l'enfant de Thorouan.

– Darzo ! Passe-Partout ! cria-t-il.

Les deux jeunes cessèrent leur nouveau jeu bruyant qui consistait à réaliser un maximum de figures acrobatiques à partir d'un perchoir d'à peu près deux fois et demie sa hauteur respective. Darzo gagnait, mais il trichait en se servant de la Magie de lévitation lui permettant de passer outre la gravitation. Passe-Partout se doutait bien de quelque chose, mais le Peewee maîtrisait parfaitement cette capacité, obligeant l'enfant de Thorouan à des prouesses d'agilité pour tenter de le battre.

Passe-Partout, répondant à l'appel du chef du Petit Peuple, exécuta trois sauts périlleux à partir de la branche d'arbre où il était juché et toucha le sol en douceur, devant un Faro médusé. Ce dernier leva les yeux vers l'enfant qui comprit ce qu'il attendait de lui. Il s'abaissa pour que Faro accède à son épaule droite. À gauche, habitué à ce type de transport peu fatigant, se tenait déjà Darzo. Jamais bien loin, Elsa bourdonnait au-dessus de leurs têtes.

– Vers l'est, j'ai quelque chose à te montrer, intima Faro en désignant la direction.

Après une demi-heure de marche qui en aurait demandé quatre entières pour un Peewee, le groupe s'arrêta à la lisière d'une clairière étrange, peuplée d'oliviers d'où pendaient les fruits noirs. Passe-Partout, le souffle coupé par la beauté de l'endroit, déposa à terre ses deux passagers et ne fit pas attention à la panique, bien visible, sur le visage de Darzo.

– C'est magnifique, s'extasia l'enfant. Ces fruits sont-ils bons à manger ?

– Goûtes-en un, répondit le chef en jetant un regard éloquent à Darzo qui se tint coi malgré son désarroi.

Passe-Partout, confiant, cueillit délicatement une olive charnue et la porta à sa bouche. Une saveur étrange douce-amère fut immédiatement décelée par ses papilles. C'est au moment de déglutir qu'un brutal mal de ventre le courba en deux tandis que son crâne était au bord de l'explosion. Un poison s'inoculait en lui, de plus en plus vite, de plus en plus fort, et le terrassa. Couché à même le sol, agité de violents soubresauts, ne sachant plus s'il devait se tenir l'estomac ou la tête, il s'évanouit après une ultime série de convulsions. Darzo, impuissant, darda un regard haineux en direction de Faro.

– Tu l'as tué ! cracha-t-il comme du venin en courant près du corps de son ami, les joues inondées de larmes. Toute ma vie, on m'a dit qu'il fallait me méfier des humains, que le danger, c'était eux… Mais lui n'est pas comme ça, alors pourquoi ?

Il se tourna de nouveau vers le chef de clan, défiant son autorité. La réponse tomba, abrupte, déconcertante, ne laissant aucune possibilité à Darzo de légitimement se rebeller.

– Parce qu'il n'est pas complètement humain.

Faro s'approcha à son tour du corps gigantesque, monta sur son torse et entama une prière accompagnée de passes mystérieuses. Le fils de Gary retrouva une respiration profonde, comme tout simplement plongé dans un lourd sommeil. Le calme revint en lui dès que cessa la douleur. Il ne marchait ni ne volait, il flottait ! Cette sensation déroutante d'être à la fois acteur et spectateur ne lui laissait aucune possibilité de savoir si c'était lui qui allait vers le paysage ou l'inverse. Puis dans son esprit s'invita le vertige des scènes qui se succédaient à une vitesse folle… Un Elfe à peau sombre souriant à une femme d'une grande beauté portant un nouveau-né… Puis leurs corps massacrés, à terre… Sa mère et Candela… Au loin, son père, poignard à la ceinture puis sa main frappant le ventre d'un loup noir… Des flammes… Un petit âne épuisé et un gamin creusant des tombes…

Une envie, un besoin… Celui de crier, de hurler sa haine à la face de ceux qui lui avaient enlevé ce qui le rattachait à l'enfance, le propulsant trop vite dans un monde sans référents où l'on est plus que livré qu'à soi-même. Si la chose semblait naturelle à l'orée de la vie d'un homme, elle reste difficilement acceptable en tant qu'enfant !

Puis affluèrent des images de la Forêt d'Émeraude, d'un ptéro se mutant en sanglier, le rire de Darzo, le bruissement des ailes d'Elsa… Un animal blanc inconnu, grand, à quatre jambes. Un cheval, un cheval magnifique avec une corne en or sur le front ! Dans un tourbillon, il vit Faro lui présentant une olive, il sentit de nouveau sa douceur amère sur sa langue, mais plus aucune douleur au ventre. À cet endroit se tapissait désormais une tâche vivante, noire, minuscule, mais active… Une nouvelle force qui faisait partie de lui.

La tempête intérieure s'essouffla. Les images se brouillèrent jusqu'à s'estomper complètement. Un néant paisible et reposant s'offrit à l'enfant qui s'abandonna, comme un nouveau-né sur la poitrine généreuse de sa mère.

Darzo eut à nouveau les larmes aux yeux en voyant ceux de Passe-Partout s'ouvrir. Il lui serait bien tombé dans les bras, mais leurs tailles respectives ne permettaient guère ce genre de manifestation d'amitié.

– Comment te sens-tu ? s'étrangla le petit Elfe, ému.

– Différent… Comme toi…, souffla l'enfant, souriant malgré son extrême épuisement à Elsa qui voletait en surplace devant son visage.

Le lendemain, Passe-Partout avait oublié toute fatigue et se sentait même en pleine forme. Le souvenir de la veille méritait une clarification et c'est les sourcils froncés qu'il chercha Faro. Il le trouva facilement, assis devant son antre.

– Ne te mets pas en colère, prends place et écoute ce que j'ai à te dire.

L'enfant de Thorouan rechigna une seconde puis s'installa en face du chef, le visage renfrogné, le buste incliné en avant pour entendre au moins une explication, au mieux des excuses. Les deux médailles se balançaient autour de son cou et attirèrent l'œil de Faro.

– Tu les as nettoyées ? Elles brillent de mille feux !

Passe-Partout baissa machinalement la tête, constata qu'effectivement elles semblaient différentes, mais l'assura qu'il n'y avait pas touché.

– Incroyable ! s'écria Faro. Comment ne les ai-je pas vus avant ? Les deux sceaux des Elfes ! Celui de gauche représente le feu sacré des Sombres, l'autre la feuille de goji, l'arbre magique des Clairs.

Faro se recueillit un instant, l'air grave qu'il adoptait tout à coup l'impressionnant au point qu'il en oublia sa colère légitime contre lui.

– Il est temps que tu apprennes la vérité, mon garçon… Es-tu prêt à l'entendre ?

Il semble toujours naturel à un enfant de répondre par l'affirmative à cette question, les conséquences de la sincérité étant souvent mal mesurées par les plus jeunes. Passe-Partout n'échappa pas à la règle et sourit benoîtement à son interlocuteur tout en continuant d'observer ses deux « nouvelles » médailles.

– Il y a bientôt neuf cycles, débuta Faro, un noble Sombre, un des derniers, peut-être l'ultime Elfe de ce peuple, habitait, pour une raison que nous ne connaissons pas, à quelques lieues de Thorouan, dans une grotte au sommet d'une colline. Ce survivant avait une femme, une humaine, et ils eurent un enfant, un petit garçon…

– Un bâtard ? le coupa Passe-Partout en le dévisageant. Mais en quoi cela me concerne ?

Il se souvint tour à tour des propos de certains villageois de Thorouan crachant sur les métis, grimaçant à l'idée d'étreindre une femelle d'une autre ethnie, des histoires de lapidation sur les jeunes nés de parents d'origine différente, des massacres des Elfes par les humains aussi. Il comprit tout à coup le ton sérieux du chef peewee et ne fut plus tout à fait sûr de vouloir entendre la suite. Faro, conscient du désarroi de l'enfant, choisit pourtant la franchise brutale.

– Cet enfant, c'est toi, Passe-Partout. Gary t'a recueilli et adopté. Il a écrit toute ton histoire, le jour où il t'a trouvé, et conclut en te disant qu'il t'a considéré et aimé comme son fils.

Cette révélation entraîna un long silence, une gêne partagée entre celui qui apportait la vérité et celui qui devait la digérer. Faro sortit quelques feuillets que Passe-Partout identifia immédiatement : ceux contenus dans son coffret rapporté de Thorouan.

– Nous savons déchiffrer l'écriture humaine. Cette lettre a été rédigée de la main de ton père adoptif. Veux-tu que je te la lise ?

Le ciel sembla tomber sur la tête de l'enfant. Brusquement, il se leva, comme pour fuir, mais se rassit sans un mot. Faro entreprit la lecture la plus difficile de sa vie, en commençant par : « *À Passe-Partout, mon fils…* » qui apprit sa véritable histoire à presque dix cycles. Il résista tout le long à l'émotion qui l'étreignait. Ce n'est que lorsque Faro s'arrêta qu'il laissa échapper ses larmes.

Ainsi donc, il n'était qu'un bâtard, qu'une moitié de tout ou de rien, la « race », comme ils disaient, la plus haïe du pays d'Avent, recueilli par un homme qui l'avait sauvé de la folie meurtrière de ses pairs. C'en fut trop pour le jeune garçon qui, d'un bond, se leva pour s'éloigner en courant. Darzo, posté non loin de l'antre, voulut suivre son ami pour le réconforter, mais Faro l'arrêta d'un geste.

– Laisse-le… C'est trop de choses en une seule fois…

Les Elfes possédaient une notion du temps différente des humains et patientèrent jusqu'à ce que Passe-Partout se sente prêt à de nouveau parler de tous ces événements. Ce qui ne manqua pas d'arriver, une bonne semaine plus tard…

L'enfant s'assit au milieu de la clairière en regardant tristement le seuil de l'antre de Faro, se balançant d'avant en arrière, montrant qu'il l'attendait, sans le demander. Le chef Peewee s'approcha sans mot dire et prit place au creux de son arbre habituel, à sa hauteur. Il rompit enfin le silence dans un sourire forcé.

– Je suis un sang mêlé. Pour le pays d'Avent, une abomination à abattre… Je ne connais pas mes vrais parents. Massacrés. J'ai été élevé par deux êtres formidables de générosité, eux aussi assassinés. Faro, j'accepte ce que je suis par respect pour mes deux pères et mères morts pour que je vive. Mais pour quel avenir ? Je sens qu'un jour je devrais partir de chez les Peewees, mais je ne sais pas pourquoi.

Faro fut surpris par ce début de sagesse, mais ne voulut pas de nouveau évoquer la prophétie de l'Œil. Il lui répondit simplement :

– Pour découvrir qui tu es vraiment et quel sera ton rôle en ce monde.

Passe-Partout sourit en hochant la tête.

– J'ai quelques handicaps, tout de même.

– Certes ! À toi d'apprendre à garder le silence… Ton apparence est celle d'un humain. Ceux d'Avent ne sont pas censés connaître ta véritable histoire.

– Cacher surtout que je suis Magicien, pensa tout haut l'enfant.

Faro baissa les yeux et murmura, presque inaudible :

– Magicien, oui. Doué de magie sans formules magiques…

Puis sans plus de cérémonie, il se releva et fixa son imposant protégé.

– À l'école, demain, j'aborderai le sujet.

Jorus, les yeux cernés, visiblement anxieux, lâcha sa plume dès le point final apposé sur son parchemin, s'appuya sur le dossier de son fauteuil et se concentra. Magiquement, il entra en contact télépathique avec le peuple ailé et exposa le problème. Quelques secondes plus tard, le Porte-parole, en la personne d'Elsa, se trouva en face de l'Archiprêtre. Il ne fallut pas longtemps à la Fée pour comprendre son plan. L'Œil, seul relais des Peewees sur l'extérieur, leur faisant défaut ; les messagers potentiels ne pouvaient être que discrets, rapides et efficaces. L'objectif, un homme de la ville de Mortagne, au nord-ouest, devait être prévenu des conclusions des chefs du Petit Peuple. Elsa mesura l'importance de cette mission. De sa réussite dépendait une partie de l'avenir de la communauté Elfe tout entière.

Elle s'en fut vers les siens, chargée d'organiser cette tâche. Cela concernait Passe-Partout et sa motivation était aussi grande que sa tristesse à la perspective de le voir s'en aller un jour.

Jorus se préoccupait maintenant d'un autre problème. Il se dirigea vers son laboratoire et prépara une décoction particulière d'olives. Il lui fallait rendre de la puissance à l'Œil et la récente expérience involontaire de Faro, en posant accidentellement ses deux mains sur la pierre, lui avait donné l'idée de restituer de l'énergie à la gemme noire se servant de lui-même comme catalyseur. Cette décoction absorbée, elle devrait en quelque sorte doper sa propre Magie pour en transmettre à l'Œil.

Faro s'assura que sa classe, constituée de ses élèves réguliers, dont Darzo, où s'intégrait le grand Passe-Partout, était bien occupée à ses leçons. Mais les enfants furent bien vite perturbés par un bourdonnement ailé d'une importance inhabituelle. Un essaim considérable de Fées, telle une véritable escadrille, s'éleva au-dessus de leur tête, pour disparaître en altitude. Faro rattrapa l'attention de ses étudiants en toussant. Il avait de toute façon besoin de s'éclaircir la voix afin de parler plus fort pour le jeune humain, ses cordes vocales étant en rapport de sa taille.

— Nous allons commencer par un peu d'histoire, annonça-t-il en prenant une profonde respiration avant d'entamer son récit. À l'aube des temps, au moment de la création des peuples, les Dieux choisirent d'en doter certains de capacités différentes. Ainsi, Mooréa donna la Magie aux Elfes en échange de leur foi, apprit à chaque communauté les rudiments de la pratique, leur laissant toute liberté quant à leur évolution. Elle créa sur Avent Bellac, la Fontaine, source de l'Eau Noire, l'aliment de la Magie, pour que jamais les Elfes ne manquent de nourrir leur art et de le faire progresser. Bellac fut érigée par la Déesse elle-même sur le Mont Obside, au nord-est d'Avent. Ainsi, les Elfes Sombres ayant choisi une vie cavernicole remontaient à la surface par leurs nombreuses galeries secrètes pour se réapprovisionner, et les Clairs résidant au pied du Mont, dans la Forêt de Gojis, vivaient à proximité de la source. En raison de leur type d'habitat, les deux communautés réduisirent leurs contacts et, au cours de multiples lustres de recherches, affinèrent leur Magie respective. Lorsque les peuples des grands Elfes furent anéantis, dans leur totalité pour les Sombres et partiellement pour les Clairs, Mooréa offrit aux humains la faculté d'accéder à la Magie. Les desseins de ceux d'Ovoïs ne sont pas perceptibles par les mortels, mais nous pouvons dire qu'il fallait qu'elle reconquière des fidèles, un Dieu n'existant que par la foi qu'il inspire. Pour des raisons qui nous échappent encore, peu d'hommes atteignent le rang de Magicien ou d'Enchanteur. À notre connaissance, un humain ne naît pas avec de l'Énergie Astrale et son devenir d'Initié ne se révèle qu'en buvant de l'Eau Noire. Sur cent postulants, seul un survit à cette épreuve ; les autres meurent comme s'ils absorbaient un vulgaire poison.

Ménageant son effet, il ajouta avec crainte :

— Est-ce que c'est clair pour tout le monde ?

Faro connaissait les conséquences d'une telle question. Après l'habituel silence pensif de son auditoire, toutes les voix allaient de concert s'élever pour l'interroger. Ce qui ne manqua pas de se produire ! Une cacophonie prévisible enfla rapidement. Le maître d'école désigna Darzo, signifiant aux autres que leur tour viendrait.

– Est-ce qu'une formule magique d'un Clair marche si elle est prononcée par un Sombre ?

– Non, pas du tout. Les applications, les sorts et formules sont propres à chaque peuple sans passerelle possible.

Une nouvelle question fusa.

– Pourtant, l'Eau Noire est commune à tous, non ?

Faro acquiesça.

– Vrai ! Si l'aliment de la Magie est lui universel, la pratique reste spécifique à chaque communauté.

Le silence revint à nouveau, qu'une fillette Elfe rompit.

– Et nous, les Peewees, où sommes-nous dans cette histoire ?

Faro rit de la question et rétorqua :

– Bonne intervention ! Nous sommes cousins des Clairs. Mis à part notre taille et notre couleur, nos us et coutumes ont des origines semblables. Nous possédons d'autres formules magiques qu'eux, pour les mêmes effets d'ailleurs. Il me vient un exemple à l'esprit. Prenons le cas de la guérison. Un Clair dit : Salsimon, un Peewee : Salsimonen. Le résultat reste identique, mais la locution des Clairs prononcée par l'un des nôtres n'aboutit à rien ! Ah, une différence de taille réside aussi dans la mission qui nous a été confiée il y a fort longtemps par la Déesse et qui nous honore : celle de Gardien de la Tradition des Clairs quoi qu'il advienne. C'est également pour cela que nous vivons cachés.

Faro perçut la mine attristée de Passe-Partout et s'en inquiéta.

– Quelque chose ne va pas ?

– Non, rien ne peut aller. Tu viens de dire que ma Magie ne me sert à rien ! Les Sombres n'ayant aucune tradition magique écrite et comme ils ont tous disparu, c'est comme si j'étais sculpteur et que je me retrouvais avec un bloc de pierre sans avoir les outils pour l'exploiter.

Faro fut une nouvelle fois surpris de la vivacité d'esprit de l'enfant et, mal à l'aise, balbutia :

– Rien ne prouve qu'il n'y ait rien d'écrit et...

La question d'un autre élève tira Faro de l'embarras.

– La Fontaine est-elle toujours au Mont Obside ?

– Non, un jour, elle s'est évaporée. Ce que nous en savons, c'est qu'il s'agit d'une volonté de Mooréa. En fait, elle s'est effacée pour réapparaître ailleurs, rester une durée indéterminée et de nouveau disparaître, de manière aléatoire, semble-t-il... Nous l'avons eu quelque temps proche d'ici, et à sa place ont poussé les oliviers noirs, seule trace de son passage. C'est à ce moment que les Elfes, habituellement sédentaires, se mirent à parcourir le Pays d'Avent afin de retrouver Bellac, se mêlant aux humains, accélérant ainsi leur haine des autres et... le début des massacres.

Darzo, l'air grave, s'inquiéta :

– C'est donc important d'avoir de l'Eau Noire ?

– Primordial ! Celui qui posséderait la Fontaine tiendrait le Continent d'Avent dans le creux de sa main, car il pourrait dépenser sans compter... Mais parlons d'autre chose, cette perspective serait trop dramatique, conclut Faro en compulsant ses notes afin de changer prestement de sujet. Je rappelle que la Magie repose sur deux fondamentaux : le capital magique et l'énergie magique, appelée Énergie Astrale. Nous, les Peewees…

Un petit rire lui échappa et ses mains s'agitèrent comme pour dissiper une atmosphère devenue quelque peu oppressante. Puis il poursuivit, plus guilleret.

– Je nous prends pour exemple parce que c'est le peuple que je connais le mieux ! Nous avons des pouvoirs que l'on pourrait définir 'de base'. La guérison, la lévitation, l'invisibilité, l'ouverture et la fermeture des serrures, le rayon de mort, la protection font partie de notre capital magique. Nous pensons que ce capital est évolutif pour des Initiés hors normes, pourvus d'un 'réservoir d'énergie' important. Quant à cette boule que vous sentez vivre au bas de votre ventre, il s'agit justement de ce fameux réservoir qui alimente votre Magie. Il se vide en fonction de la formule prononcée et de l'intensité désirée.

Les petits Elfes comprirent que cette partie de la leçon ne leur était pas destinée. Ils laissèrent Passe-Partout assimiler leur monde dans un silence religieux, puis Faro reprit :

– Il est difficile d'appréhender la somme d'énergie que chacun d'entre nous possède ainsi que la dépense occasionnée par un sort. Un exemple : pour guérir un bobo, une quantité négligeable suffit. Pour une forte fièvre, vous utiliserez toute votre Énergie Astrale pour n'obtenir peut-être aucun résultat !

– Dans ce cas, tenta d'analyser Passe-Partout, c'est que le guérisseur n'a pas assez d'Eau Noire dans son ventre, même s'il a la Magie, parce que la maladie nécessite plus d'énergie pour être vaincue.

Ses compagnons de classe éclatèrent de rire à ses propos maladroits.

– Quelque part, c'est juste, conclut Faro en calmant l'assistance d'un regard sévère.

– Peut-on prononcer deux formules magiques à la fois ? questionna à nouveau l'enfant sans se soucier des moqueries.

– Non, impossible ! L'une après l'autre, et seulement si tu as…

Ce fut Passe-Partout qui se mit à rire, entraînant toute la classe.

– … Suffisamment d'Eau Noire dans mon ventre !

– Exact, jeune homme ! Bon, que manque-t-il à mon récit pour qu'il soit complet ? Oui… Essentiel… Les autres peuples n'ont jamais eu de Magie ni de pouvoirs magiques. À ma connaissance, les Nains en ont une peur ancestrale et ont développé des dons différents et les humains, jusqu'à très peu de temps, en étaient dépourvus. Un changement depuis deux générations, humaines, bien entendu, a cependant été observé. Quelques hommes sont devenus Enchanteurs par la volonté de Moonéa.

– Je n'y comprends rien ! l'interrompit Darzo. Pourquoi apporter aux humains la Magie qu'ils détestent au point de massacrer ceux qui en sont détenteurs ?

– Moonéa sait ce qu'elle fait ! le rabroua Faro. Ce que je peux en dire, c'est que l'apparition des premiers Magiciens correspond avec la période où la haine des hommes envers les Elfes enflait sans raison aucune.

Une voix s'éleva dans la petite classe.

– Leur Magie est trop récente pour être puissante.

– Certes, répondit Faro. Mais malgré leurs défauts, les hommes sont intelligents et vifs, il leur faut moins de temps que les autres pour comprendre. Ils progresseront vite.

Passe-Partout, lui, s'interrogeait sur un problème de fond le concernant peut-être directement.

– Seuls les Elfes viennent au monde Magiciens. Ces Enchanteurs ont-ils eu des enfants nés Initiés ?

– Non. De ce que nous en savons aujourd'hui, les humains ne naissent pas doués de Magie. Ceux qui la possèdent ont délibérément bu de l'Eau Noire, sans en mourir.

À cette incroyable déclaration, les élèves restèrent un moment sans voix. Passe-Partout, lui, ajouta, ironique :

– Ou en mangeant une olive !

Faro sourit à la réflexion, mais démentit aussitôt.

– Non, pour les rares humains qui connaissent cet arbre, ce fruit est considéré comme un poison violent.

Passe-Partout revint à la charge.

– Alors je ne comprends pas comment ils se multiplient s'ils meurent en buvant de l'Eau Noire ou en gobant une olive.

– Se multiplier est un bien grand mot ! C'est là que réside la différence. Beaucoup d'hommes sont prêts à mourir en tentant l'expérience.

Passe-Partout en conclut instantanément que les humains étaient fous, et ne fut pas rassuré en se rappelant qu'il l'était à moitié.

Lorsque Faro indiqua que le cours arrivait à son terme, les enfants se dispersèrent rapidement. Darzo monta sur l'épaule de son ami et lui demanda :

– Qu'est-ce que tu en penses ?

– Pas grand-chose... Je songeais aux propos de Faro sur les soi-disant éventuels écrits en Magie des Sombres.

– Et alors ?

– Alors ? grommela-t-il, dépité. Chez les Peewees, personne ne sait déchiffrer ce qu'a rédigé mon père biologique. Et même si l'on trouve un manuel de Magie Sombre, nul ne saura le traduire puisqu'il ne subsiste personne pour pouvoir le lire. Par conséquent, je ne serai jamais Magicien !

Darzo ne répondit pas. La conclusion semblait d'une logique implacable.

CHAPITRE IV

Le Fourbe pensa qu'il était alors temps d'agir, à sa manière… Il se servit de sa prêtrise, ignorante de ses objectifs, pour faire monter une haine farouche des humains envers les Elfes Sombres. La discrétion de ce peuple lui facilita la tâche, au même titre que la méfiance des humains envers l'inconnu. Le ver était dans le fruit, sans origine visible.

Les Dieux observaient Avent sans se douter que le mal naissant sur le Continent provenait d'Ovoïs…

Lorbello. Extrait de « Origines du Dieu Sans Nom »

L'armada ailée n'économisa pas ses efforts pour parcourir les nombreuses lieues jusqu'à son objectif. Il y eut bien quelques gêneurs d'altitudes, insectivores, qui voulurent améliorer leur ordinaire en piquant sur l'essaim féerique, mais malheur leur en prit ! La défense magique du groupe des petites Fées Elfes les dégoutta rapidement de toute velléité à les considérer comme des gourmandises. Elsa menait sa troupe tambour battant vers la ville indiquée par Jorus, et plus précisément l'immense tour où devait se trouver le contact désigné par l'Archiprêtre. Elle se dressait, fière et droite, au centre de la Cité protégée par de hauts remparts léchés par le fleuve de part et d'autre, avec à l'ouest la mer où les deux bras se jetaient. Une sorte d'île, vue du ciel…

Elsa se détacha du groupe et piqua sur la tour. La petite Fée regarda furtivement au travers de la fenêtre et vit l'humain assis derrière sa table de pierre, préoccupé par un écrit qu'il tentait visiblement de traduire. Elle prit son élan et tapa au carreau, faisant sursauter le vieil homme absorbé qui leva la tête sans bouger de son fauteuil. Le deuxième coup le fit grommeler et toutefois se déplacer, quelque peu méfiant. À cette hauteur, personne n'avait jamais sollicité d'entrer par cet accès.

Elsa, camouflée dans l'angle, observait son visage. Il avait dû être d'une beauté exceptionnelle et son regard clair trahissait une vivacité d'esprit que peu d'hommes de son âge devaient posséder. Scrutant le ciel, rassuré par la prévisible absence d'intrus, il ouvrit la fenêtre. Elsa se propulsa directement sur son nez, jouant l'importune à l'instar d'un vulgaire moustique. Elle évita sans difficulté les gestes maladroits et désireux de se débarrasser de la gêneuse et atterrit au centre de la table, au sommet de la forme ovale en relief qu'elle identifia comme un Œil d'un noir brillant, exacte réplique de celui de Jorus, échelle exceptée. Puis elle posa ses deux poings sur ses hanches et magiquement se fit luminescente, permettant à son hôte de la découvrir.

— Par Mooréa, une Fée ! émit le vieil homme, surpris et ravi.

Il s'assit et contempla la minuscule créature, parfaite petite femme ailée qui, par signes, tentait d'entrer en communication avec lui. Il comprit qu'elle lui demandait de patienter et fut déçu de la voir s'envoler par la fenêtre qu'il avait laissée ouverte.

Un vrombissement naquit tout à coup dans son antre. Une centaine d'Elfes ailés, tel un nuage vivant, s'introduisit dans la pièce. Il distingua tout de même son interlocutrice, chef d'orchestre de ce ballet original, et sourit lorsqu'elle se posa au même endroit que précédemment. Il se concentra donc sur elle qui leva les bras en fermant les yeux. La danse se modifia. En face de lui, les Fées créaient des formes de gauche à droite en se stabilisant les unes après les autres.

Des lettres ! se dit-il. *Oui, un message !*

Il s'affola, fébrile.

Bien sûr... Pas possible par l'Œil... Les Elfes aussi doivent manquer de Magie, par Mooréa !

Il finit par mettre la main sur un parchemin vierge, trempa sa plume et fixa Elsa. Cette dernière arborait une mimique ironique lui signifiant que les choses intéressantes se passaient plus haut. Il leva les yeux et lut la suite de lettres formée par l'essaim, accrochée en l'air.

PARANGON

— C'est moi ! hurla-t-il, excité.

Elsa fronça les sourcils et lui fit comprendre de se calmer. Elle ferma les yeux de nouveau et la sarabande reprit de plus belle. Tel un élève studieux et attentif, Parangon recopiait au fur et mesure les mots que composait le peuple ailé avec une rapidité déconcertante.

Il saisit qu'un conflit sans précédent allait éclater en Avent, que Mooréa ne les aiderait pas dans ces épreuves, que l'Énergie Astrale commençait à se tarir... Et qu'un enfant, pressenti comme un facteur essentiel dans le dénouement de cette guerre, ne tarderait pas à s'établir en ville.

— Un enfant ? Qu'est-ce que c'est que cette histoire ! proféra-t-il en essuyant son front perlant de sueur. Ah, encore ! comprit-il en regardant Elsa.

Nerveusement, il se remit à écrire les mots qui se dessinaient sous ses yeux : Petit Prince des Elfes, l'Enfant de Légende, le Livre des Prophéties, Adénarolis.

Une prédiction ?!

O4 22 24 24 C2
VENTS ! PEUPLE NOTRE RENAÎTRA
VIENDRA D'AVENT LA FIGURES SOLUTION
PARENTS PETIT LE MÊLÉS PRINCE APPARAÎTRA
LES ÉVEILLÉ LIBRES CYCLES REJOINDRA
CORBEAUX SEMBLABLES LES QUATRE DÉFIERONT

Il ne s'aperçut pas immédiatement que les Fées avaient composé une dernière phrase tant la prophétie absorbait ses pensées.

Adénarolis ! La grande Prêtresse des Elfes Clairs, la Rédactrice du livre des Prophéties... Ainsi donc, ce manuscrit existait vraiment !

Elsa lui fit comprendre qu'elle était encore là en jouant l'insecte inopportun, et il leva les yeux : L'enfant sera là bientôt

JORUS des PEEWEES

Il vit pour la première fois la signature de son interlocuteur, un nom qui attestait au monde des humains que lui non plus n'était pas une légende. Un ultime mot suspendu apparut :

– Elsa, lut-il tout haut, riant de bon cœur lorsque la petite créature ailée, le pouce tendu vers sa poitrine, lui indiqua son identité par un minuscule clin d'œil qu'il sut déceler.

Le temps passa sur la petite communauté. Passe-Partout atteignit ses douze cycles environ et sa vivacité d'esprit n'avait d'égale que son agilité physique. L'enfant avait progressé à tous niveaux et était devenu un véritable Peewee. Il parlait couramment l'Elfe, connaissait leur histoire, leurs coutumes et même les formules magiques qui ne lui servaient à rien ! Son habileté aux armes de jet était telle qu'il aurait pu se mesurer aux meilleurs guerriers Clairs. Javelot, arc et surtout couteau de lancer n'avaient plus aucun secret pour lui. Son arme favorite ? Le couteau de dépeçage de son père qui, loin d'être équilibré pour le tir, devenait une lame redoutable entre ses mains.

Jorus fit part de ses conclusions à Faro. Tous deux en convinrent. L'heure du départ de l'enfant avait sonné. Le cœur des deux Peewees ne se faisait pas à l'idée de se séparer de leur « Grand Frère ».

– Il te reste une tâche importante à accomplir, déclara solennellement Jorus à Faro.

Maussade, le chef du Petit Peuple répondit :

– Et une autre tout aussi ardue, lui annoncer qu'il doit s'en aller.

Faro interpella Passe-Partout et Darzo qui riaient de bon cœur d'une plaisanterie qu'eux seuls comprenaient. Il se campa sur ses deux jambes, le buste droit et l'air grave. Le sourire de l'enfant se figea devant la mine austère de Faro. Il s'accroupit, baissa la tête et posa la question fatidique sans que le chef Peewee n'eut à ouvrir la bouche.

– Quand ?

La gorge serrée, Faro répondit :

– Dans douze jours… Un rite aura lieu dans la clairière à l'occasion de ton départ. Les détails de la cérémonie te seront expliqués par Jorus. Je dois m'absenter quelque temps.

Abandonnant les deux compères à leur détresse silencieuse, il s'en fut avec hâte et sans autre commentaire, délaissant le village pour la Forêt d'Émeraude par un chemin que lui seul connaissait. Aucun humain, Elfe ou Nain n'aurait pu le suivre dans les frondaisons serrées qu'il traversait avec peine. Faro avançait résolument, se servant de repères communiqués par son prédécesseur, quelques lustres plus tôt.

Après cinq jours de marche sans relâche, il parvint à une stèle ancienne, couverte de runes cabalistiques qu'on ne devinait que par endroits tant les ronces avaient envahi la magnifique pierre gravée. Ce monument occupait le centre précis d'une clairière délimitée par des Gojis de haute taille formant une palissade infranchissable, sauf pour un Peewee.

Faro avisa un rocher de dimension modeste, non loin de l'énorme monolithe, dans lequel avait été sculptée une niche dont l'intérieur, poli de façon parfaite, invitait à l'installation. Le siège, car c'en était un, correspondait exactement à son gabarit. Il joignit ses mains et entama une mélopée. La concentration extrême du petit Elfe accentuait ses nombreuses rides tout en faisant perler des gouttes de sueur. Il sourit en sentant la présence de son invocation et ouvrit les yeux.

Doryann le fixait de son regard d'or. Faro admira l'être sublime. La Licorne d'un blanc immaculé s'ébroua. La scène qui se passa ensuite aurait pu être qualifiée d'histoire sans paroles, les deux protagonistes ne communiquant que par la pensée.

Je sais ce qui t'amène, Faro. Faisons vite. Quel est ton choix ?

Les Couteaux de l'Alliance, Doryann.

Judicieux. Mais c'est un pluriel bien singulier... Qu'il en soit donc ainsi !

Et la splendide créature frappa le sol du sabot gauche. La stèle s'illumina de mille feux irisés, carbonisant les ronces parasites encombrant sa surface, et s'éteignit brusquement. Faro chercha des yeux l'objet convoité et ne le vit pas. Son air inquiet amusa Doryann qui s'imposa à son esprit.

Sur mon dos, Faro, sur mon dos... Le couteau fait environ ta taille, comment comptais-tu l'emporter ?

La Licorne s'agenouilla pour qu'il puisse parvenir à son encolure en escaladant par la crinière couleur de neige et déclara tout haut, surpris :

– Comment ça, le couteau ?

Il y a effectivement un écrin pouvant en contenir deux. Un seul sur la paire est présent, l'autre est perdu sur Avent. Je te l'ai pourtant signalé.

Faro se remémora le propos du « pluriel bien singulier » et ne rétorqua pas. Il profita de ce moment unique de communion avec une créature divine et pensa en désordre.

Doryann, pourquoi Mooréa nous abandonne-t-elle ? Est-ce que je fais fausse route avec l'enfant ? Où doit-il aller ?

La réponse, digne d'un sphinx, tomba :

Mooréa dort et l'enfant ne peut la réveiller qu'à Mortagne.

La Licorne cabra, surprenant le petit Elfe qui faillit basculer. Un tourbillon hors de l'espace et du temps l'amena en un clin d'œil à quelques pas de Peewees de son village, étourdi, assis par terre en face du coffret et... seul.

CHAPITRE V

Mooréa observait Avent et s'effraya de cette montée de haine, aussi soudaine qu'incompréhensible, des humains envers les Elfes Sombres. Sa sœur tenta un début d'explication.

– Trop de différences… Ce qui engendre la peur…

Mooréa se souvint d'avoir peu investi chez les humains. Leur proposer la Magie n'était-il pas trop tard ?

Lorbello. Extrait de « Rencontres Divines »

L'heure était venue.

Les Peewees au grand complet se réunissaient pour la célébration du rite. Le peuple des Fées, invisible dans les arbres vert émeraude surplombant la clairière, ne manquait pas à l'appel. En son centre trônait le coffret contenant l'unique couteau de l'Alliance.

Un chant lancinant naquit, emplissant l'atmosphère de mystère, rythmé par les bruissements d'ailes de l'essaim. Faro prit la parole dans cette ambiance particulière.

– Peuple Peewee ! Pour la première fois de notre histoire, l'un des nôtres doit partir, pour peut-être ne plus jamais revenir. Cet enfant de nulle part et…

Il eut un petit sourire.

– … De partout, tombé chez nous par le hasard des Dieux il y a quatre cycles doit accomplir sa destinée hors de la Forêt d'Émeraude.

Le visage de Faro changea d'un coup, ainsi que sa voix qui sonnait à présent telle une prophétie.

– Oui ! Passe-Partout, maintenant habitué à nos coutumes elfiques, éveillé à cette même culture, doit suivre son insolite chemin marqué du sceau de Mooréa. Ses choix détermineront l'avenir ou l'ultime déclin du peuple Elfe tout entier ainsi que celui d'Avent. Dans le monde des humains, tu seras pour nous le messager de l'Alliance, l'étincelle d'espoir de ceux qui refusent l'envahisseur, le phare de ceux qui se battront contre de noirs ennemis, la lumière d'un Nouveau Monde qui se construira malheureusement sur les ruines d'un funeste projet !

Un blanc succéda à ce couplet étrange. Passe-Partout, déjà impressionné par la cérémonie, sentit l'angoisse monter d'un cran. Les propos du Prêtre lui firent froid dans le dos.

Faro cligna des yeux comme s'il se réveillait. *Doryann*, pensa-t-il.

Il reprit immédiatement.

– Notre peuple veut te marquer son amitié en t'offrant un présent très particulier. Ce coffret que tu vois là renferme une arme mythique qui sera tienne !

Le regard de Faro devint fixe à nouveau et il récita :

– Il y a longtemps, Sagar, Dieu de la Guerre et des Armes, eut une grave querelle avec Mooréa, la Déesse de la Magie. L'effet fut pratiquement immédiat : les Nains voulurent entrer en guerre contre les Elfes. Car le destin des Dieux reste intimement lié à celui d'Avent. La sœur jumelle de Mooréa, Antinéa, Déesse de la Mer, prévint Gilmoor avant que le désastre soit irréversible. Alors le Dieu des Dieux les convoqua en Ovoïs afin de leur démontrer l'inanité de leur litige et parvint à les réconcilier. Toutefois, Gilmoor voulut matérialiser cette nouvelle paix et demanda à Sagar de fabriquer deux couteaux. Le Dieu de la Forge et des Nains les réalisa en myrium et habilla les manches en nacre précieuse que lui procura Antinéa. Sagar leur donna l'« instinct de guerre ». À son tour Mooréa leur insuffla des capacités magiques permanentes, et enfin Gilmoor les bénit afin que jamais ces armes divines ne puissent servir le mensonge et l'injustice. Ces couteaux symbolisent l'Alliance des Dieux et des Peuples.

Faro secoua la tête comme pour se sortir d'un mauvais songe et chancela, pris une immense fatigue. Jorus s'en aperçut et lança le début de la cérémonie. L'ampleur que revêtait cet hommage échappait quelque peu à Passe-Partout qui ne comprenait pas vraiment la raison de ce cadeau inestimable. De la fierté : sûrement ! De l'impatience : sans aucun doute ! Mais finalement, pourquoi lui ?

Le silence s'éternisa, puis la voix de Jorus prononça les mots magiques :

– Maintenant, écrin, ouvre-toi !

L'enfant possédait à présent toutes les nuances du langage elfique et sentit une certaine déférence dans le propos.

Le coffre s'ouvrit, dévoilant le couteau, brillant à la lumière. Du manche nacré soigneusement poli émanait une lueur intérieure, comme une aura propre. D'une manufacture parfaite, il décelait à distance l'équilibre de l'œuvre divine. Même un piètre tireur ne pouvait pas rater son coup ! La seconde lame faisait défaut dans l'écrin. Passe-Partout, au courant, n'en fut pas outre mesure surpris, mais en ressentit inexplicablement le manque et décida, à cet instant précis, de retrouver le jumeau.

Le rite se poursuivit. Passe-Partout prononça les vœux appris par cœur pour l'occasion et le chant du Petit Peuple tout entier retentit dans la clairière devenue temple tant le mystique était palpable. Jorus s'adressa à l'enfant agenouillé :

– L'histoire commence avec une des plus grandes figures d'Avent. Un héros légendaire du nom d'Orion, un guerrier humain aux multiples exploits. Entre autres, une négociation avec un Dragon. Quelle trempe ! C'est aussi le seul qui se soit lié d'amitié avec un Sombre, un prince, je crois… Les deux lames divines lui furent confiées. Doté de ces joyaux ovoïdiens, il débarrassa l'ancienne ville d'Avent Port de la plus redoutable hydre marine qui ait existé, libérant toute la région où elle sévissait sans crainte. On raconte qu'il l'aurait vaincue avec pour armes ces deux uniques couteaux. Sentant sa fin proche, Orion rapporta les deux lames au temple de Mooréa, à Avent Port, restituant ainsi aux Dieux leurs créations. On sait qu'ils furent dérobés dans l'enceinte même de ce lieu de culte. Les Prêtres et Prêtresses de la Déesse firent une chasse sans précédent pour les récupérer et n'en retrouvèrent qu'un seul. L'autre doit se trouver quelque part sur la surface d'Avent, probablement sans propriétaire, car n'importe qui ne peut en devenir détenteur. L'arme divine, selon la volonté de Gilmoor, doit coopter son possesseur et refuse ceux dont le mensonge et la fourberie guident les pas. Il manque donc Saga, frère jumeau de Thor, ici présent.

Jorus cessa de discourir, offrant au silence pesant le privilège d'auréoler l'histoire des Couteaux de l'Alliance. L'épopée des lames avait traversé quelques décades et se perpétuait aujourd'hui, passant d'Orion à… Passe-Partout.

L'enfant connaissait la légende de l'hydre. Son père lui avait déjà raconté cette histoire merveilleuse, au milieu de beaucoup d'autres, contant les multiples exploits d'Orion, Héros parmi les Héros. Toutefois, dans son souvenir, il lui semblait bien que Gary eût relaté que le gigantesque monstre fut abattu tentacule après tentacule, griffe après griffe, tête après tête, par une épée, pas avec deux couteaux !

Passe-Partout, parfaitement au fait des obligations du nouveau détenteur du couteau et connaissant avec exactitude les gestes à accomplir maintenant, fut sournoisement assailli d'une panique irraisonnée faisant perler des gouttes de sueur sur tout son corps. Il ne restait plus qu'à le toucher. Le prendre dans sa main pour que l'osmose opère. Ce qu'il fit, non sans une bonne dose d'appréhension…

Une aura bleu vert naquit dans sa paume, irradiant de l'arme divine, assortie d'un picotement somme tout agréable. Le couteau semblait l'accepter comme porteur, ce qui calma sa crainte. Puis Thor fut reposé dans l'écrin et l'enfant recula de dix pas, soutenu par le chant lancinant du petit peuple Elfe. Il tendit sa main droite vers le coffret. Le chant cessa comme s'il intimait un ordre, et il prononça d'une voix mal assurée :

– Thor !

Alors, devant les yeux ébahis de tous, s'accomplit le prodige désiré. La lame divine, comme animée d'une volonté propre, quitta son écrin, tournoya dans les airs à une cadence folle avant de prendre la direction de Passe-Partout. Le manche de nacre atterrit d'un claquement sec dans sa paume. Ému et fier, l'enfant brandit le couteau au ciel sous les hourras des Peewees qui oublièrent la gravité de la cérémonie.

Jorus hurla sa joie :

– Les Dieux ont un nouvel élu ! Tu mérites aujourd'hui ce présent. Fasse que ta conduite soit toujours dictée par la vérité et la justice pour que tu en sois digne encore demain !

La fin de la célébration signifiait celle de sa présence au sein des Peewees. Il lui fallait quitter la Forêt d'Émeraude. Passe-Partout s'y refusa sans revoir Faro une dernière fois. Depuis la cérémonie, il restait alité, empli d'une fatigue qui le clouait sur sa couche malgré des soins appropriés. Jorus, inquiet, le veillait constamment et accepta qu'on le fît transporter pour l'occasion au centre du village par quatre Peewees. Faro rassembla alors ses forces et s'adressa à Passe-Partout :

– N'oublie jamais, tu es un sang mêlé. La vie est courte sur Avent pour un métis, surtout doué de Magie.

Il voulut parler, mais Faro l'arrêta d'un geste :

– Ne m'interromps pas… De ton silence dépendent ta survie et la nôtre. Tu porteras ce secret comme une enclume et en sentiras le poids quand l'injustice, l'ignorance et l'intolérance se dresseront devant toi. Il te faudra passer outre, tenir bon, pour toi, pour tous les Elfes, serrer les poings et les dents…

Le chef Peewee, anéanti de fatigue, se tut. Jorus, qui ne l'avait pas quitté, conclut à sa place.

– Nous ne sommes utiles que vivants.

Darzo et Elsa accompagnèrent Passe-Partout au-delà du village. Le vol de la petite Fée, d'ordinaire dynamique, paraissait lourd, à l'instar d'un bourdon éreinté. Darzo, assis sur l'épaule de son géant d'ami, traînait son chagrin en un silence inhabituel. Passe-Partout, la voix enrouée par l'émotion qui menaçait de le submerger s'arrêta.

– Je crois qu'il faut que j'y aille seul, maintenant…

Au moment où il entreprit de déposer son passager sur le sol moussu, Elsa se mit à voler face à son visage comme pour attirer son attention. L'enfant fronça les sourcils. Pourquoi fallait-il rendre leur séparation encore plus compliquée ?

Darzo rompit enfin le silence :

– Nous ne pouvions te laisser partir sans t'offrir un présent. Regarde par ici, près de l'arbre, en face.

Les yeux de Passe-Partout suivirent la Fée qui se dirigeait vers l'endroit indiqué. La légèreté du paquet qui l'attendait, pourtant volumineux pour le Petit Peuple, le surprit. Il l'ouvrit, découvrant un gilet s'enfilant par la tête. Les mailles, de couleur grise bleutée, étaient tellement serrées qu'on eut dit que ce plastron était d'une seule pièce sans aucune couture. Sans mot dire, Passe-Partout le revêtit. Il lui allait à la perfection.

– Plusieurs avantages, commenta Darzo. Ce gilet est une sorte d'armure sans l'inconvénient du poids. Il est isotherme, indestructible, et il grandira avec toi.

– Incroyable, s'extasia-t-il en se tortillant pour s'observer sous toutes les coutures. Il est en quoi ?

Darzo parvint à sourire.

– En Sylvil… Secret du peuple ailé qui l'a tressé spécialement pour toi, nœud après nœud, de leurs petits doigts de… Fées !

Parangon éprouvait de grandes difficultés à dormir. Il n'avait pas besoin de beaucoup de sommeil, mais le peu nécessaire pour se reposer se troublait de rêves récurrents et de cauchemars à répétition. Les nouvelles qu'on lui rapportait commençaient à devenir alarmantes. Homme de caractère, résolument réaliste, la projection qu'il se faisait de la situation le rendait cette fois pessimiste. Aux confins d'Avent, une mystérieuse armée d'envahisseurs gagnait du terrain, saccageant tout sur son passage et massacrant femmes et enfants. Plusieurs informations mettaient en avant la résistance inexistante de certains villages et bourgs. La question clef tournait maintenant inlassablement dans sa tête : « Ont-ils un avantage magique ? ».

Si oui, Avent ne disposerait pas de défense crédible et tomberait comme un fruit mûr dans les mains d'un conquérant avec un atout de taille ! Le regard perdu dans le vide, son corps s'abandonna au fond de l'immense siège. Pensif, il caressait machinalement sa barbe.

J'ai été prévenu. Des heures sombres vont marquer le destin d'Avent. L'espoir renaîtra-t-il par la venue d'un enfant ?

Il se leva brusquement et revêtit un long manteau. Énervé, se dirigeant vers la porte, il se surprit à parler tout haut…

– Un enfant ! Mais quel enfant ? Et dans combien de temps ?

Les émotions vécues au milieu des Peewees s'effaçaient progressivement pour malheureusement faire place à un sentiment connu antérieurement, celui de la détresse et de la solitude, qui contrastait radicalement avec les jours de bonheur passés auprès du Petit Peuple.

C'est à ces moments qu'il faut que je me raccroche… Sans jamais pouvoir en parler.

Quatre cycles s'étaient écoulés. Il en avait maintenant plus de douze, et considérablement changé physiquement. Certes ses maîtres et amis l'avaient surtout fait grandir en connaissance et sagesse. Mais l'une de ses préoccupations restait sa transmutation en apprenti Magicien. Avoir la possibilité d'exercer l'Art sans en avoir les clefs rendait dérisoire cette énergie qu'il portait en lui.

Encore autre chose qu'il faudra taire… Et cacher.

Le dernier arbre vert émeraude fut étreint par l'enfant, ultime adieu symbolique au Petit Peuple. Il s'arracha de son contact, se libérant de la nostalgie qui le gagnait, et choisit d'un pas résolu la steppe qui s'étendait vers l'ouest.

Vers le pays d'Avent, Passe-Partout… Mortagne est par là.

CHAPITRE VI

Malgré l'interdiction formelle de Gilmoor d'intervenir sur le Continent, Mooréa, avec un complice d'Ovoïs, avait créé Bellac pour nourrir la Magie d'Avent et demandé à Sébédelfinor d'en être le gardien. La Déesse sentait ses forces l'abandonner, l'éradication des Sombres et celle, actuelle, des Clairs la diminuait chaque seconde. Penchée sur la situation des survivants à Dordelle, elle s'évanouit en criant « Le signal ! » et sombra dans une léthargie si profonde qu'on eut dit celle de la Mort…

Lorbello. Extrait de « Origines du Dieu sans nom »

Passe-Partout marchait d'un bon pas tous les jours et le plus longtemps qu'il pouvait. Ce fut à chaque fois la fatigue qui lui intima l'ordre de cesser d'avancer et de choisir un arbre pour se blottir en son creux où un sommeil léger de sentinelle, toutefois réparateur, l'emportait.

La troisième nuit après son départ de la Forêt d'Émeraude, il s'éveilla d'instinct, sans bouger, les yeux grands ouverts, et tendit l'oreille. Les grognements d'une bande de loups affamés sentant une proie possible s'attroupait à proximité de son refuge. Passe-Partout savait la horde capable de tenir un siège interminable uniquement dans la perspective de le dévorer dès qu'il mettrait un pied sur la terre ferme. L'enfant n'avait nullement envie d'attendre le bon vouloir des ventres creux pour poursuivre son chemin. La meute ne vit pas son regard changer du bleu au gris. L'arc se banda silencieusement et une flèche se ficha dans la poitrine du plus audacieux du groupe, le tuant net. Ce fut la curée. Il ne resta qu'une poignée de poils informes de l'animal, dévoré sur place par ses congénères.

Durant son avancée, Passe-Partout profita de son savoir. Il ne mourrait jamais de faim, quel que soit l'endroit où il se trouvait. Les racines, herbes, baies et fruits dont il se nourrissait, et souvent se régalait, lui étaient la plupart du temps connus. Son instinct de chasseur, déjà éveillé par son père adoptif, s'était enrichi d'une adresse exceptionnelle qu'il exprimait pleinement à l'arc grâce au cours de son ami Darzo. Il avait conscience que sa survie dépendrait principalement de ses acquis.

Pour la première fois, du haut d'une colline, au dixième jour de marche, il aperçut une sente. Son cœur fit un bond. Il souhaitait et redoutait ce moment où son chemin croiserait celui des autres. Et la première piste qu'il voyait depuis quatre cycles, créée par le passage régulier de ces autres, était en contrebas. Il respira un grand coup et se dirigea vers le monde habité des humains. Il se remémora ses promesses, ses secrets, enfoui ses souvenirs au plus profond de lui-même et emprunta le mince ruban dessiné entre les herbes folles qui l'entraînait à la lisière d'une sylve. Endroit où, par expérience, il se sentait le mieux.

Rien à voir avec la Forêt d'Émeraude, pensa-t-il.

La forêt ressemblait à celle de sa petite enfance, clairsemée, révélant des souches anciennes d'arbres coupés à la hache, œuvre visible des bûcherons. La sente s'élargissait. Quelques maisons en bois grossièrement taillé apparurent. Une seule cheminée crachotait ses volutes agonisantes. Aucun mouvement au loin, le hameau paraissait désert. Passe-Partout se remémora l'histoire inventée qu'il devrait fatalement raconter avec conviction aux villageois à la première question que l'on poserait toujours : « D'où viens-tu ? ».

Son instinct l'alerta ; l'absence totale d'activités et de bruits dans une communauté était impossible. Il avisa un arbre et se glissa discrètement de branche en branche jusqu'à surplomber la place centrale du minuscule bourg. D'un regard, il constata le désordre causé soit par une fuite inexplicable de l'ensemble des habitants, soit par une attaque extérieure aussi rapide que brutale. Il regagna le sol et risqua un œil par la porte béante de la masure la plus proche.

Deux corps informes reposaient au milieu de la pièce principale, à moitié dévorés par des carnassiers en maraude. L'odeur indiquait que leur mort datait d'environ deux jours. L'enfant de Thorouan replongea aussitôt dans un passé douloureux, comme poursuivi par un destin étrange de déjà-vu analogue et pénible. Il faillit fuir cet endroit à toutes jambes, mais se ravisa en songeant : « *La cheminée...* ».

Thor apparut dans sa main alors qu'il se dirigeait vers la masure d'où ne s'échappait plus qu'une fumée à peine visible et tendit l'oreille. Au milieu du silence pesant alentour, il perçut un souffle rapide, comme une respiration saccadée teintée de souffrance. Il entra sans bruit et vit les braises mourantes de l'âtre abandonné au-dessus duquel pendait un chaudron. En guise de mobilier, seules une table, deux chaises et une armoire de grossière facture étaient présentes. Les râles, parfaitement audibles maintenant, provenaient d'un lit où agonisait un vieil homme au regard vert. Sa robe, tachée de sang devenu noir, trahissait une blessure au ventre. Passe-Partout s'agenouilla près de lui et arracha la toile collée à la plaie, découvrant ainsi l'inanité de tout remède.

L'homme lui empoigna le bras avec une force qui le surprit. Ses yeux verts fixèrent les siens et un étrange sourire apparut sur son visage marqué par deux jours de souffrance.

– Un signe du destin... Tu es des nôtres...

L'enfant ouvrit la bouche.

– Non, l'interrompit-il. Laisse-moi parler, je n'ai que peu de temps... Je suis Dollibert, du Croc Acéré, et devais rejoindre Mortagne la Libre. Les « Sangs Noirs » m'ont eu ici à Boischeneaux, en forêt de Paliandre... Ils sont de plus en plus puissants et de plus en plus nombreux... Mortagne sera un jour la prochaine cible... Dis-leur...

Il reprit une courte respiration, semblant rassembler ses dernières forces et souffla :

– Quel est ton nom ?

– Passe... Passe-Partout.

L'étreinte de l'homme qui ne l'avait pas lâché se fit plus vigoureuse tandis qu'il prononçait un mot, les yeux clos :

– Animagie !

Passe-Partout sentit alors une intense secousse en son for intérieur, similaire à celle infligée par l'absorption de l'olive que Faro lui proposa de goûter en Forêt d'Émeraude.

Mais cette fois, le frisson pénible qui l'envahit se concentra sur son ventre, à l'endroit même où il s'était habitué à la présence de sa Magie. La douleur immense se focalisa au point qu'il perdit connaissance tandis que Dollibert desserrait son étreinte.

Passe-Partout se réveilla sans savoir combien de temps il était resté inconscient. Sa première réaction fut de se tourner vers le vieil homme pour lequel il n'y avait plus rien à faire. Dans son dernier sommeil, Dollibert souriait encore...

Une sensation étrange, quoique déjà ressentie, l'envahit. Son énergie magique, au fond de lui, était plus forte, plus grande.

Il déposa machinalement une bûche dans le foyer, enveloppa le corps de Dollibert dans cette drôle de cape en plumes argentées lui couvrant les épaules, et entreprit de lui offrir une sépulture décente. Ce qu'il fit avec une peine infinie, se remémorant les habitants de Thorouan. Passe-Partout s'endormit ensuite à même le sol après avoir mangé sans faim le reste de soupe réchauffée dans le chaudron pendu au-dessus des braises.

L'enfant abandonna Boischeneaux derrière lui. La haine, cette même haine d'il y a quatre cycles, empourprait son visage. Sa courte existence était déjà jalonnée par la mort. Omniprésente. Il se calma en repensant aux Peewees chez qui seule la vie primait.

Nous ne sommes utiles que vivants...

Il ne s'aperçut pas que ses mains redevenaient normales après avoir été traversées par une aura bleue durant cette intense émotion.

– Mortagne pour Faro, s'entendit-il parler tout haut. Mortagne la Libre pour Dollibert... Mortagne donc !

Il allongea le pas en direction de l'ouest.

Bon sang, quel froid ! pensa-t-il en grelottant. *Tout ça pour gagner du temps...*

Il commençait à regretter le choix de son itinéraire qui consistait, plutôt que de faire un détour par la vallée, à couper par la chaîne de montagnes, dernier obstacle avant son objectif. Coutumier des forêts, Passe-Partout ne se sentait pas à l'aise dans cet environnement inconnu où il découvrait pour la première fois la neige.

– Je ne suis pas équipé pour affronter ce climat pourri ! proféra-t-il à haute voix en regardant ses mocassins en peau détrempés puis gelés.

La peur s'immisça lorsque les flocons tombèrent de plus en plus fort, le désorientant parfois, lui, Passe-Partout, celui qui jamais ne se perdait ! Il bifurqua vers les parois de la montagne où il lui semblait que la morsure du vent glacé se ferait moins sentir. Ce qui fut le cas, mais le chemin particulièrement malaisé et la nuit compliquèrent sa progression. Le froid s'accentua, pourtant déjà à la limite du supportable. Trouver un trou, une anfractuosité de rocher devint sa seule et unique préoccupation. Dans l'obscurité, il vit naître les fameuses lueurs bleues qu'irradiaient ses mains parcourues d'étincelles bien visibles dans le noir.

Foutue Magie ! À quoi ça sert ? Je vais mourir gelé dans ce cauchemar.

Son regard accrocha une inégalité dans l'uniformité désespérante de la paroi montagneuse qu'il suivait, et il s'en approcha instinctivement. Enfin un trou, une grotte sûrement ! Il rassembla ses forces déclinantes, se dirigea vers l'orifice à moitié dissimulé par un éboulis et se propulsa à l'intérieur à quatre pattes. Protégé du vent glacé, il resta quelques instants à l'endroit même où son élan l'avait projeté et laissa ses yeux s'habituer à l'obscurité. À sa grande surprise, il distingua nettement les irrégularités rocheuses du mini tunnel, presque comme en plein jour.

C'est nouveau, ça, pensa-t-il. *Si ce n'était pas tout bleu, on pourrait croire que le boyau est éclairé.*

Il toucha la roche, présumant que la pierre irradiait la lumière, et s'aperçut qu'il n'en était rien. Il progressa de quelques pas, oubliant l'engourdissement provoqué par le froid. À l'extérieur, le vent redoublait et il frissonna, cette fois-ci de crainte…

Où que mène ce boyau, ce sera toujours mieux que dehors.

Il accéléra l'allure et déboucha très vite au surplomb d'une vaste pièce taillée dans la montagne, déduisant que le conduit emprunté devait être une aération de l'habitation troglodyte qu'il découvrait maintenant. Il se concentra, tendit l'oreille et ne perçut aucune présence. Amorçant sa descente vers l'immense salle, il s'aperçut que la paroi bleuissait lorsqu'il tournait son regard vers elle.

C'est moi qui vois la nuit ! se dit-il avec jubilation.

En quelques secondes, après avoir mis les pieds sur le sol, il commença à inventorier le lieu en se servant de sa nouvelle et étonnante capacité. Une gigantesque cheminée, une table, des chaises, une bibliothèque et des étagères remplies de livres ou de fioles de différentes formes et couleurs, le tout taillé à même la pierre. L'ensemble sculpté attisa la curiosité de l'enfant. La fine couche de poussière indiquait que l'endroit n'avait pas été fréquenté depuis un moment. Rassuré, il avisa le tas de bois et alluma dans l'âtre un feu qui réchauffa rapidement la pièce, ainsi que les torches accrochées au mur, ce qui occasionna une double surprise. La première fut que sa nouvelle vision nocturne s'estompait à mesure que la clarté augmentait, procurant une sensation étrange de changement de couleur de l'environnement. La seconde le sidéra : l'accès par une autre voie que le conduit était impossible, aucune porte ne donnait sur l'extérieur.

Sa curiosité naturelle l'entraîna vers les étagères où s'alignaient les flacons. Las ! Les inscriptions figurant sur chacun ne signifiaient rien pour lui. Il ne distinguait qu'à peine quelques mots en Elfe commun. Il ouvrit une fiole, n'arriva pas à identifier l'odeur acide qui en émanait et la reboucha avant de la ranger soigneusement à sa place. Partant du principe que l'ensemble de ces mélanges ne saurait être consommé sans connaissance, il les ignora et se dirigea vers les nombreux livres qui trônaient non loin. Passe-Partout ressentit une réelle fascination et une admiration sans bornes pour ces ouvrages qu'il ne pouvait compulser faute de savoir tout bonnement lire. Il s'assit dans le fauteuil de pierre bien trop grand pour lui, avisa le grimoire ouvert posé sur la table.

Comme si le propriétaire allait revenir bientôt !

Son sourire s'effaça la seconde suivante et il écarquilla les yeux, se les frotta, même. Il y voyait pourtant bien, mais là… il n'y voyait rien ! Aucun caractère ne recouvrait les deux feuilles en vis-à-vis, pas une ligne, pas un mot ! La surprise passée, il s'exclama :

– Un livre pour les illettrés ! Pour moi, donc !

Et machinalement, il voulut tourner les feuillets. À peine approcha-t-il ses doigts du coin de la page de droite que l'aura bleu-vert naquit, laissant apparaître une écriture inconnue à l'endroit touché. Il éloigna sa main, le texte disparut. Trouvant le jeu distrayant, Passe-Partout réitéra la manœuvre. Il promena ainsi sa paume sur l'ensemble du 'manuscrit' à différentes hauteurs, constatant qu'en apposant les deux, il arrivait à voir la fine écriture régulière sur la presque totalité de la page. Un livre magique, ne pouvant être lu que par quelqu'un doué de Magie !

L'enthousiasme fut cependant de courte durée.

Pour une fois que ma Magie fonctionne, ça ne me sert pas à grand-chose puisque je n'y comprends rien !

Rageur, il referma le grimoire et imposa sa main au-dessus de la couverture pour en révéler le titre. Trois signes enchevêtrés seulement, dont deux d'entre eux lui paraissaient familiers, lui rappelant vaguement quelque chose. Mais la fatigue de son périple dans la montagne commençait à se faire sentir, il refusa de s'appesantir, et replaça le livre dans l'exacte position où il l'avait trouvé. Il sortit des racines de son sac et s'en confectionna une décoction. Puis il dénicha des fourrures empilées dans un coin de l'immense pièce, les étala non loin de la cheminée dans laquelle il rajouta du bois, avant de s'endormir profondément dans cet antre étrange.

À son réveil, par habitude, Passe-Partout « rangea » la grotte, c'est-à-dire qu'il effaça toutes traces de son bref passage, et sortit comme il y était entré, à quatre pattes. La tempête glacée avait cessé et le froid ambiant demeurait supportable. Il camoufla l'accès du tunnel à l'aide de rochers et reprit son ascension après avoir mémorisé l'endroit où il se situait. Peu de temps plus tard, il parvint au sommet du col et, à la faveur d'une trouée dans l'épaisseur nuageuse, put embrasser du regard la totalité de la vallée.

Au cœur de la plaine, une rivière formant deux bras se jetait dans la mer qu'il voyait pour la première fois. Au milieu de ces deux lacets d'eau douce, une citadelle magnifique se dressait comme dans un écrin.

– Mortagne…, s'entendit-il prononcer non sans une certaine inquiétude dans la voix.

Il profita de la clémence des cieux en poursuivant sa descente, se délectant à chaque pas du changement de température, et croisa de curieux animaux. Il se tapit pour les observer et contempla comment dame nature protégeait les siens. Des sorlas, mais tout blanc, se confondant avec la neige dans laquelle seules leurs traces les rendaient à peine visibles ! Passe-Partout banda son arc. La poudreuse se tacha de rouge.

On verra bien s'ils ont le même goût !

Le bivouac du soir fut agréable. Installé au sec à la lisière de conifères, le manteau ayant disparu au cours de sa descente, il mangea le sorla immaculé et le trouva excellent. L'abondance de bois lui permit d'entretenir le feu toute la nuit. Repu et réchauffé, il réalisa alors qu'arrivé si près du but, il n'était plus aussi pressé d'y parvenir.

Il atteignit pourtant la plaine le lendemain en fin de matinée et longea la rivière, d'évidence pas le chemin le plus court pour accéder à Mortagne. Inconsciemment, Passe-Partout craignait de retrouver ceux qu'il n'avait pas côtoyés depuis quatre cycles : les humains…

CHAPITRE VII

Invoquant le Dieu de la Guerre, au plus fort des clameurs des batailles, les créatures d'Avent faisaient croître la puissance de Sagar. La sœur jumelle de Mooréa lui déclara :
– Les Elfes Sombres, puis les Clairs… À quand le tour des Nains ?
Ainsi parla Antinéa au Dieu de la Forge et des Armes.

Lorbello. Extrait de « Rencontres Divines »

Il aborda la ville par l'est, traversant une forêt qui dominait à une lieue à peine la fameuse Mortagne. À travers les derniers arbres, il contemplait la fière Cité ceinte de hauts remparts. Un juron suivi de marmonnements incompréhensibles le sortit de sa rêverie. Il s'approcha prudemment de l'endroit d'où provenaient ces borborygmes et ne put s'empêcher de sourire en voyant un vieil homme, aussi blanc de cheveux et de barbe qu'un sorla des montagnes, vociférer contre un ennemi invisible situé au-dessus de sa tête. Ses gesticulations coléreuses, solitaires et inutiles, relevaient du plus haut comique. Il jurait contre le sort qui avait fait pousser le gui à une altitude déraisonnable considérant son âge !

Passe-Partout comprit son désappointement et avisa un tronc accueillant lui permettant d'entreprendre une escalade aisée et discrète. Le vieil homme désespéré parlait tout seul, assis sur un rocher, très exactement sous l'inaccessible gui. Il gagna rapidement la branche, coupa les quatre boules convoitées et les jeta à ses pieds. Le temps que le vieillard lève les yeux au ciel, l'acrobate s'était camouflé dans les frondaisons proches tout en guettant les réactions du piégé.

– Par Antinéa ! proféra-t-il. C'est un miracle !

Puis le vieil homme, la surprise passée, releva la tête avec une grimace renfrognée et s'adressa à la cantonade aux arbres.

– Qui est là-haut ?

Passe-Partout ne put s'empêcher de rire et décida de se montrer.

– Bonjour, dit-il timidement.

– Bah ! Un enfant, maugréa-t-il. La Déesse n'y est pour rien !

Passe-Partout descendit prestement de son perchoir. Mais à peine arrivé sur la terre ferme, sa crainte des humains réapparut et il stoppa à bonne distance. L'homme âgé s'assit, percevant le trouble de l'enfant, camoufla sa grimace trahissant sa propre méfiance et ajouta :

– M'est avis que tu peux approcher sans peur, petit ! Que peux-tu bien redouter de quelqu'un comme moi ? Alors, comment t'appelles-tu, que je sache qui remercier ?

Passe-Partout s'entendit prononcer son nom. Il s'avança, sentant l'appréhension décroître durant ces quelques pas, vers le vieil homme… Vers les hommes…

– Moi, je m'appelle Fontdenelle, se présenta-t-il en évitant le regard de l'enfant pour ne pas l'apeurer plus, préférant entreposer son gui dans sa besace. Et je suis l'herboriste-guérisseur de Mortagne.

– Herbo… Quoi ? questionna Passe-Partout, méfiant, mais curieux.

Fontdenelle éclata de rire.

– Herboriste ! Cela consiste à reconnaître, cueillir et préparer des plantes pour l'élaboration de potions, de baumes, d'onguents, toutes sortes de remèdes pour soigner les gens, en vérité.

Il leva un sourcil, sa bouche se parant d'une moue dubitative.

– Enfin, en général…

– J'ai compris ! répondit Passe-Partout, le visage éclairé. Un coup de main pour ramasser d'autres plantes ?

– Bah…, réfléchit Fontdenelle. J'aurais aimé trouver deux ou trois cônes tachetés, mais la saison ne fait que commencer et…

– C'est bien ce champignon orange avec des taches jaunes, non ?

Surpris, le vieil homme regarda fixement l'enfant.

– Tu connais les champignons, jeune homme ?

Les yeux de Passe-Partout fuirent ceux de Fontdenelle. Il bredouilla :

– Non, non, j'ai dit ça au hasard… J'ai… Je crois en avoir vu à quelques pas d'ici.

Fontdenelle se leva promptement, grimaça d'une douleur au dos en se baissant pour ramasser sa besace et se dirigea vers l'endroit indiqué. Passe-Partout le suivit et fit semblant de chercher, se souvenant parfaitement du lieu précis où se trouvait une bonne douzaine de ces champignons qu'il savait vénéneux.

Fontdenelle ne contint pas sa joie en les découvrant et les cueillit avec précaution en s'aidant d'un morceau de tissu, évitant ainsi le contact avec ses mains. Passe-Partout en profita pour habilement lui demander :

– Ça soigne les gens, ça ?

Le vieil homme souriant regarda l'enfant :

– Le pied, oui ! À de très faibles doses. Le chapeau, en revanche, est un poison mortel !

La réponse parut sincère et le peu de défiance qu'il lui restait à l'égard de l'herboriste disparut.

C'est de moi qu'il faut que je me méfie, songea-t-il. *Surtout, éviter de trop parler.*

Après avoir soigneusement rangé son butin, Fontdenelle posa une main amicale sur son épaule, et la question fatidique tomba.

– D'où viens-tu, mon garçon ?

– Du sud, déclara-t-il du tac au tac comme une leçon bien apprise. Mon père et ma mère sont morts, alors je suis parti. Sur la route, un homme m'a parlé de Mortagne la Libre, ça m'a donné en quelque sorte un but… Et me voilà.

Passe-Partout espérait qu'en évoquant un contact, la conversation dévierait sur son identité, lui évitant ainsi des précisions sur son passé. Fontdenelle ne fut pas dupe, mais retint un détail d'importance dans le propos de l'enfant.

– Tu as dit Mortagne la Libre ? Comment s'appelait ce fameux homme ?

– Dollibert. Enfin, je crois, ajouta-t-il en mentant un peu.

– Dollibert ?! Ah, content d'avoir des nouvelles de cette vieille branche !

Passe-Partout fronça les sourcils.

– C'était un ami ? Tu le connaissais ?

Fontdenelle tourna brusquement la tête et rétorqua :

– Pourquoi parles-tu au passé ?

Était-ce la fatigue ou sa langue trop bien pendue ? Quoi qu'il en fût, plutôt que d'inventer une histoire, il lâcha d'une voix morne :

– Il est mort, hélas, en me tenant la main.

Fontdenelle prit un air grave et, face au désarroi sur le visage de l'enfant, s'en voulut de sa sévérité.

– Tu ne sais pas où aller, n'est-ce pas ? Suis-moi, ajouta-t-il. Les Mortagnais ne sont pas des gens déplaisants.

Passe-Partout se souviendra toute sa vie de ce jour où il approcha Mortagne. Il resta muet de stupéfaction devant son immensité. Belle et fière, protégée par les eaux, une flèche majestueuse en son centre dominait la Cité. Flanquée de nombreuses tours de guet, entourée de remparts infranchissables, la forteresse ne se laissait pénétrer que par la porte principale gardée par un pont-levis curieusement édifié. Fontdenelle s'amusa de l'étonnement légitime de l'enfant. Puis il parla tout haut, rompant le charme hypnotique qu'exerçait la ville sur lui :

– On dit que, vue du ciel, Mortagne ressemble à une île.

Passe-Partout hocha la tête et répondit :

– Sûrement… De la montagne, on l'aperçoit déjà un peu comme ça… Enfin, je pense, c'est la première fois que je vois la mer.

– Tu es passé par le Croc ? s'étonna Fontdenelle. Certes pas le chemin le plus aisé pour parvenir à Mortagne.

Le tumulte de la cohorte de charrettes souhaitant entrer dans la ville devenait maintenant largement perceptible. Une queue incroyable de marchands, cavaliers et piétons patientait afin que chacun s'identifiât auprès du corps de garde filtrant la porte. Passe-Partout comprit qu'on ne s'introduisait pas dans Mortagne comme en forêt et jeta un coup d'œil inquiet à l'herboriste qui se voulut rassurant.

– Les contrôles se sont accrus depuis que nous avons appris que des villages ont été décimés par une bande d'assassins masqués.

Fontdenelle vit le trouble de l'enfant, mais ne le releva pas. Il dit simplement :

– Tu n'auras pas de problèmes… Reste près de moi.

Devant eux, un marchand du sud baragouinant un aventien approximatif tentait d'expliquer aux gardes l'efficacité de ses médicaments exotiques et de leur absolue nécessité pour les Mortagnais. Les sbires, visiblement peu enclins à le laisser pénétrer, échangeaient des regards cocasses, ne comprenant que partiellement l'argumentation volubile du commerçant itinérant. Un homme aux cheveux noirs attachés, de haute taille, s'interposa. Passe-Partout remarqua immédiatement la garde exceptionnelle de son épée et la broche d'argent ornée de deux dauphins fermant sa cape pourpre. Il mit fin aux palabres inutiles en écartant le négociant et sa charrette sur le côté afin de permettre à la file patiente d'entrer dans la ville avant la nuit, règle qu'il avait édictée et qu'il appliquait. Il morigéna les soldats incapables de résoudre un simple problème de circulation et expliqua brièvement au marchand du sud qu'il s'occuperait de son cas ultérieurement.

– Bonsoir, Tergyval, fit l'herboriste au Capitaine des Gardes.

Le regard de l'apostrophé changea à la vue du vieil homme, et c'est presque avec un sourire qu'il répondit :

– Salut, Fontdenelle ! Tu es accompagné ? nota-t-il en toisant Passe-Partout.

– Je te présente mon neveu. M'est avis qu'il m'aidera dans mes recherches. Je deviens vieux.

– Il logera chez toi ?

Fontdenelle acquiesça. Tergyval fixa l'enfant.

– Quel est ton nom ?

Passe-Partout répondit, impressionné par l'individu qui indiqua d'un geste large l'entrée de la ville.

– Bienvenue à Mortagne, Passe-Partout.

Instant inoubliable pour l'enfant qui, sur une invitation déguisée et un mensonge, avait trouvé un nouveau foyer, peut-être une nouvelle famille.

Fontdenelle tira de sa rêverie Passe-Partout qui ne savait plus où donner du regard une fois la porte franchie.

– Presse le pas, nous avons une visite à faire, l'interpella-t-il, laconique. Mais avant, je voudrais déposer mon sac, je risque de perdre mes cônes tachetés si j'attends trop longtemps… Tiens, voici la Tour de la guilde des Scribibliothécaires, appelée Tour de Sil, ajouta-t-il sans plus d'explication.

Passe-Partout n'avait jamais vu de bâtiment aussi haut ! Et fait incroyable, il allait, dès le premier soir de son arrivée à Mortagne, pénétrer dans la construction la plus élevée de la ville ! Pendant que Fontdenelle discutait avec le planton défendant l'entrée, il ne put s'empêcher d'observer une bizarrerie architecturale de l'édifice : deux escaliers en colimaçon permettaient d'accéder à l'intérieur.

Ils doivent s'entrelacer jusqu'en haut ! se dit-il.

Le cerbère leur indiqua la volée de marches de droite. Un autre soldat gardait farouchement celui de gauche. L'ascension débuta, mais ils durent s'arrêter à chaque palier pour laisser souffler l'herboriste qui pestait contre son âge. À chaque niveau, d'innombrables portes donnaient on ne sait où…

Le dernier étage ne comportait qu'un seul accès qu'ils franchirent sur l'invitation du maître des lieux.

– Entrez, intima l'homme assis derrière son bureau dans lequel s'enchâssait une gemme noire légèrement en relief, d'une beauté surprenante, en forme d'œil.

Passe-Partout se troubla à la vue de la pierre qui ressemblait à celle décrite par les Peewees, taille mise à part, et qui trônait sur la table de Jorus. La pièce était vaste ; ses quatre murs hauts, tapissés de livres au rangement incertain, ne détonnaient pas avec le joyeux désordre qu'il avait entr'aperçu chez Fontdenelle. L'ensemble l'impressionna. Il se sentit tout à coup tout petit, surtout devant l'homme dont la force sourdait de sa haute silhouette. Sa voix ferme et posée accentuait cette importance, et les propos précis indiquaient une nature détestant la perte de temps inutile.

– Tu dois être Passe-Partout de Thorouan, sois le bienvenu à Mortagne, je m'appelle Parangon.

L'enfant accusa le coup.

Ainsi, me voici en présence d'un des rares humains Magicien d'Avent…

Il se souvint du cours de Magie prodigué par Faro et cacha ses mains derrière son dos. Parangon fit semblant de ne pas percevoir son trouble et poursuivit :

– Les informations que tu détiens sont pour nous de la plus haute importance. Je vais te demander de me raconter ton parcours. Ainsi ton témoignage rejoindra la grande histoire du Continent d'Avent que je consigne et archive dans cette Tour.

Un peu décontenancé, l'enfant se tortilla sur son siège, jeta un coup d'œil à l'herboriste qui, d'un mouvement de tête, l'encouragea à parler. Il fixa Parangon sans qu'aucune parole ne parvienne à franchir ses lèvres. Le Mage ajouta avec un sourire :

– Il ne s'agit pas d'un interrogatoire, simplement le récit de ce qu'il t'est arrivé… Avec tes mots.

L'invité de la Tour de Sil prit une grande inspiration et entama laconiquement :

– Je m'appelle Passe-Partout, né il y a douze cycles environ…

Le visage de Parangon se détendit. L'enfant parlait avec précision, dans une construction chronologique que peu d'adultes parvenaient à maîtriser. Il prit des notes avec une rapidité déconcertante, muni d'une plume blanche élégante, sans interrompre le gamin, qui, maintenant à l'aise, discourrait en se promenant dans l'antre du chef des Scribibliothécaires de Mortagne. Il occulta évidemment son passage chez les Peewees, et bien sûr ses origines. Parangon ne leva la tête de son parchemin que lorsque l'enfant se tut, sauf lorsqu'il relata sa brève rencontre avec Dollibert, moment qui émut visiblement le Mage autant que l'herboriste. Les deux hommes échangèrent un regard appuyé que Passe-Partout ne releva pas, concentré sur son récit.

Il n'omit aucun détail hormis la passation magique qui l'aurait immédiatement dévoilé. Parangon et Fontdenelle restèrent interdits à la dernière déclaration d'un des plus grands Enchanteurs d'Avent, soit l'invasion prochaine de Mortagne. Le maître de la Tour de Sil, à la clarté de l'explication de l'enfant, ne le fit répéter à aucun moment tant il paraissait sincère dans ses propos. À la fin de l'exposé, quelques secondes s'écoulèrent et Parangon risqua :

– C'est tout sur Dollibert ?

— Oui, mentit Passe-Partout, pensant à leur étrange échange.

— Bien ! Un petit problème toutefois… Qu'as-tu fait pendant près de quatre cycles entre la chute de Thorouan et ton arrivée à Mortagne ?

La question faillit déstabiliser l'enfant qui croyait tromper le chef de guilde. Il répondit du tac au tac en inventant une histoire courte dans laquelle il imagina une vieille femme l'ayant recueilli et qu'il avait vu mourir. Il se sentit poisseux par rapport à son précédent récit et cacha du mieux qu'il put son malaise. L'explication parut néanmoins convenir au Scribi qui ne prit toutefois aucune note du rajout.

— Cette femme ne s'appelait-elle pas Olga ? Non… Ce n'est pas ce nom-là. C'est… Elsa ! lâcha-t-il en le fixant droit dans les yeux.

À l'évocation de sa meilleure amie du Petit Peuple, le trouble immense de l'enfant fut édifiant pour son interlocuteur qui stoppa son interrogatoire et se tourna vers Fontdenelle :

— Tu m'avais confié avoir besoin d'une aide… Voilà chose faite !

L'entrevue était terminée.

Avec soulagement, Passe-Partout quitta l'antre de Parangon. Le Magicien demeura pensif en regardant le centre de son bureau et son Œil fermé.

Mortagne hérite donc de l'Enfant de Légende… Restera-t-elle La Libre ? Une invasion… La dernière information fournie par le spécialiste des procédés magiques des autres peuples… Seul Dollibert aurait pu m'aider dans ces épreuves. Mais son savoir s'est éteint avec lui…

Il se leva et se dirigea vers le Palais.

Les souvenirs que Passe-Partout conservait de son village remontaient à la surface, mais rien de comparable avec une cité comme Mortagne. Une des plus grandes villes d'Avent, d'après ce que l'on disait. Il est vrai que l'on devait s'organiser différemment dans une communauté de plus de mille âmes alors que Thorouan n'en comptait pas cinquante.

Il découvrait les boutiques, les tavernes, un marché ! Certes, le troc se pratiquait encore couramment, mais ici, tout avait un prix que chacun négociait avec passion et payait en pièces de cuivre, de bronze, plus rarement en argent et en or. Fontdenelle lui avait expliqué en chemin que la stabilité économique de la Cité résidait dans la particularité de sa gestion. Le Palais ne prélevait qu'un impôt minime sur ses habitants. Sa renommée et sa richesse se fondaient sur un savoir-faire ancestral des techniques de la vannerie. Toutes sortes de paniers étaient conçus et fabriqués à Mortagne, achetés en nombre par les négociants itinérants et revendus dans les autres villes d'Avent. Ainsi, les hommes et les femmes de la Cité, détenteurs du tour de main assurant la réputation de leur production, permettaient à l'administration de la ville de garnir les caisses. Seuls les non-Mortagnais payaient un droit d'entrée pour pénétrer dans l'enceinte, comme les gens de passage et les marchands. Tous réglaient leurs écots de bon gré, l'accueil et les affaires à Mortagne étant agréables.

Mais ce qui ravissait Passe-Partout, c'était la vie permanente qui y régnait. Il ne savait pas ce qu'il préférait : les senteurs et les parfums du marché de la fontaine de « Cherche-Cœur », les camelots vantant bruyamment les mérites de leur étal, l'arrivée des bateaux où le poisson vivant sautait des paniers des marins riants, les ruelles animées où les promeneurs flânaient en devisant, bousculés par d'autres, préoccupés par leurs tâches… Peut-être la rue de la soif, au soir tombant, où les travailleurs éreintés vidaient un dernier godet.

Une majorité de pêcheurs constituaient la population de la Cité, qui, tout naturellement, s'était mise sous la protection d'Antinéa, Déesse de la Mer dont le culte se célébrait dans un temple splendide dominant l'océan. Polythéistes comme tous les Aventiens, les Mortagnais invoquaient tous les Dieux d'Ovoïs. Seul celui de la Mort demeurait minoritaire, car selon les habitants de cette ville résolument tournée vers l'avenir, la mort n'était qu'un passage obligatoire pour l'avènement de la vie.

Mortagne attirait bien des convoitises en ce pays d'Avent, mais évidemment pas pour le modèle politique que la Cité représentait ni pour son mode de pensée qui ne correspondait à rien d'équivalent sur le Continent. Les Mortagnais avaient été les seuls à ne pas prendre part au Grand Conflit, se refusant à éradiquer les Elfes sous l'unique prétexte qu'ils étaient différents. Leur loyauté envers la Prima Perrine était palpable. Malgré son jeune âge, elle dirigeait la ville de main de maître... avec un gant de fer en la personne de Tergyval, Capitaine des Gardes et Maître d'Armes !

Attachants Mortagnais ! Disciplinés et rebelles, accueillants et grégaires, curieux et méfiants, et toujours libres, leur sempiternel credo ! Il semblait à Passe-Partout que ce monde était parfait, idéal. Il était aussi vrai que le garçon avait en la matière peu de points de comparaison.

CHAPITRE VIII

La règle était claire : aucune intervention divine sur le Continent ! La seule possibilité pour un Dieu d'accroître ses ouailles, donc sa puissance, reposait exclusivement sur la compétence de ses représentants en Avent, la prêtrise.

Or, Antinéa découvrit que sa sœur avait enfreint la loi édictée par Gilmoor, au risque suprême de déchéance ! D'autant que le Dieu des Dieux méprisait la Magie, décrétant que ce moyen donnerait trop de pouvoirs aux détenteurs et pourrait les amener à se dresser contre Ovoïs !

Pourquoi Mooréa avait-elle créé Bellac ?

Lorbello. Extrait de « Rencontres Divines »

Dame Perrine, la toute première femme à diriger une ville sur Avent, dans le monde des humains, bien sûr, les Elfes étant infiniment moins misogynes !

Pétillante, des yeux en amandes brillant d'intelligence, une personnalité qui en imposait, inversement proportionnelle à sa taille. Malgré une jeunesse insolente, elle était connue bien au-delà de Mortagne pour son agilité d'esprit et sa capacité à trancher.

Le chef de la guilde des Scribibliothécaires s'inclina devant elle.

– Laisse de côté les convenances ! dit-elle. Et va au fait ! Les circonstances nous donnent peu l'occasion de nous rencontrer en privé. Si tu as demandé à me voir, c'est que les nouvelles sont d'importance !

Oubliant l'étiquette, ils s'assirent tous deux au bout de la grande table du conseil de Mortagne. En ce lieu où se déroulaient les réunions mensuelles et houleuses avec les chefs de guilde, représentant les Mortagnais. Parangon prit la parole :

– Je n'apporte effectivement pas de bonnes nouvelles, Dame Perrine. J'ai toutes les raisons de penser que des envahisseurs seront bientôt aux portes de Mortagne.

Dame Perrine accusa le coup ; son visage devint grave.

– Tes sources ?

Parangon résuma l'ensemble des informations qu'il détenait. En tant qu'historien d'Avent, les origines de ses renseignements étaient multiples. Il tut toutefois ses contacts magiques avec le Petit Peuple et conclut en relatant son entretien avec Passe-Partout. La première dame fronça les sourcils, incrédule.

– Les propos d'un enfant ne me fondent pas à penser que cette histoire est sérieuse.

Parangon ne répondit pas immédiatement. Il se redressa, chercha les yeux de la Prima et déclara :

– Il ne s'agit pas de n'importe quel enfant, Perrine…

– Ce Passe-Partout – c'est bien son nom ? – pourrait être l'Enfant de la Légende dont tu m'as parlé ?

Pour Parangon, le conditionnel utilisé n'était pas de mise. Il se contenta d'acquiescer sans un mot.

Fontdenelle fit cette fois visiter entièrement sa maison à Passe-Partout. L'enfant sourit en constatant que l'ordre n'était pas une priorité pour l'herboriste. Il n'y avait vraiment que lui pour s'y retrouver dans le joyeux capharnaüm qu'il appelait sa demeure, juste derrière la porte massive qu'il fallait franchir pour entrer dans l'échoppe. Les étagères croulaient de pots et de fioles de toutes sortes et un comptoir amovible barrait l'accès à une autre ouverture menant à ses appartements, comme il aimait à pompeusement les nommer. Le laboratoire tout d'abord, lieu où Fontdenelle fabriquait ses potions, crèmes et onguents, et à droite la partie habitation, constituée de deux pièces suivies d'une cour intérieure sans vis-à-vis et une remise. Le bâtiment était effectivement vaste pour un seul homme. Désignant le débarras, Fontdenelle déclara :

– On aménagera cette partie pour toi, tu auras ainsi ton indépendance. Nous monterons des cloisons et vérifierons la solidité de l'ensemble. Les travaux s'effectuent rapidement à Mortagne, lui spécifia-t-il en riant. Mes recherches sur les plantes m'entraînent parfois à de bien étranges découvertes. En extrayant de la résine de torve, je me suis rendu compte que ses propriétés collantes étaient exceptionnelles, facile à manipuler et stable. Depuis tous les Mortagnais l'utilisent comme ciment pour construire leurs maisons !

Il eut un moment de réflexion et, l'esprit ailleurs, poursuivit :

– Il reste à inventer un adjuvant qui accélère le séchage. Il colle immédiatement, mais est très long à durcir. Les barils dans la cour sont là pour me rappeler que je dois y travailler, conclut-il en se tournant vers Passe-Partout.

Le garçon, trop ému, ne sut pas comment remercier le vieil homme qui s'aperçut de son trouble et voulut balayer sa gêne :

– Il te faudra supporter un vieillard… et ses manies. Et n'espère pas demeurer ici sans rien faire !

L'enfant suivit l'herboriste jusqu'à un appareil qu'il n'avait jamais vu de sa vie.

– M'est avis que tu as besoin d'un bon bain… Viens m'aider !

Fontdenelle actionna un levier en métal apparemment fixé sur une sorte de stèle en pierre taillée d'où jaillit, miracle, de l'eau qui sortait par saccades à chaque pression qu'il exerçait ! L'herboriste sourit à la surprise de l'enfant :

– Une pompe… Le confort moderne, quoi !

Interloqué, Passe-Partout désigna l'engin et interrogea du regard son hôte.

– Particularité de Mortagne ! Une de plus ! La Cité est construite sur des fondations profondes formant des cuves compartimentées souterraines et constamment alimentées par le fleuve, appelé le Berroye. Elle entre par filtrations successives puis est récupérée par chaque foyer disposant de ce système de fontaine individuelle.

– Incroyable ! s'écria Passe-Partout, se souvenant de cette corvée familiale perpétuelle, non seulement d'aller en chercher, mais également du souci permanent de son économie une fois puisée.

Là, point besoin de se déplacer, de l'eau à profusion, chez soi ! Le luxe !

Fontdenelle activa le feu sous l'énorme bassine destinée à faire chauffer celle de son bain, et ajouta :

– On peut la boire aussi. Reste que je ne l'utilise pas pour ma consommation ni pour mes médecines.

L'enfant ne releva pas la réflexion de Fontdenelle. Était-ce dû à la disparition de l'angoisse de cette insécurité permanente vécue jusqu'alors ? Plutôt la fatigue puisqu'il bâilla à s'en décrocher la mâchoire.

En sortant de l'immense salle de réunion, Parangon, perdu dans ses pensées, bouscula par mégarde le Grand Chambellan. Ce dernier, méritant surtout son titre en raison de sa très haute taille, couina un « Oh ! », horrifié de se voir méprisé par le Chef de Guilde qui marmonna une vague excuse sans lui accorder le moindre regard. Il pesta *in petto*.

Impolitesse... Irrespect... Dans quel monde vivons-nous ?!

La silhouette dégingandée se drapa dans sa dignité et s'enfuit, précieux, en maugréant sur les lacunes des convenances de ses contemporains. Seul dans son univers de courbettes, de révérences et de bons mots, il ignorait les dangers que pourraient bientôt encourir les Mortagnais.

Fontdenelle parla beaucoup ce soir-là, arrangeant ainsi Passe-Partout qui ne voulait pas se dévoiler outre mesure auprès de lui.

– Je suis le seul herboriste-guérisseur de Mortagne, expliqua-t-il. Ici, tout le monde me sollicite pour tous les maux, du plus petit bobo aux maladies les plus graves. Mon souci est un problème éternel : le temps ! Celui qui file et me rend de plus en plus vieux et gâteux ! Ce temps passé à livrer mes remèdes aux Mortagnais qui ne peuvent se déplacer. Partir chercher dans la forêt les matières premières pour les fabriquer. Autrement dit, ce temps que je n'ai plus pour parfaire mes médecines dans mon laboratoire... J'ai songé que tu pourrais m'aider à conjuguer tout cela. Qu'est-ce que tu en penses ?

Passe-Partout hocha la tête en signe d'acquiescement. Il avait trouvé un toit, un foyer, et maintenant une activité !

– Bien, affaire conclue ! clama Fontdenelle en se dirigeant vers le fond de la pièce pour débarrasser l'amoncellement de contenants, boîtes et fioles, qui encombrait un lit.

Un lit ! Cela faisait des cycles que Passe-Partout ne s'était pas couché dans un lit ! L'herboriste le désigna comme sien, pour le moment, et lui souhaita un bon repos. L'enfant goûta le plaisir, avant de s'endormir, de s'étendre sur un matelas de laine en entendant crépiter le feu de cheminée dans un endroit où le sommeil de sentinelle ne s'imposait pas.

Des cris et des coups à la porte le tirèrent des rêves dans lesquels il était plongé.

– Fontdenelle ! Par Gilmoor… Fontdenelle !

Passe-Partout sauta de son lit et vit l'herboriste hirsute qui pressait le pas en maugréant, encore ensommeillé.

– J'arrive… J'arrive !

Il ouvrit à un très jeune garçon. L'aube était en train de poindre.

– Vite ! éructa le gosse essoufflé. Chez Josef… Sa fille… Malade… Vite !

Précédés du gamin, à moitié marchant, à moitié courant, Passe-Partout et Fontdenelle se dirigèrent vers une auberge de la rue de la soif. L'inscription sur le blason qui se balançait au gré du vent était révélatrice d'un certain état d'esprit de son propriétaire : « À la Mortagne Libre ».

Leur jeune guide disparut sa mission accomplie. La porte s'ouvrit sans la solliciter. Un homme de haute stature, les cheveux châtains en bataille, les yeux cernés, s'adressa à l'herboriste :

– Par Antinéa ! Mais où étais-tu passé ?

Et sans attendre de réponse, il se dirigea d'autorité derrière le comptoir et écarta la lourde tenture qui séparait l'auberge proprement dite de son « chez lui ».

– C'est Carambole… Je crois que c'est grave ! déclara-t-il d'un air morne en invitant l'herboriste à s'avancer.

Fontdenelle se précipita vers un des lits de l'unique chambre où la fille de Josef était étendue, agitée par des tremblements provoquant de violents soubresauts. Il n'eut pas besoin de lui toucher le front pour diagnostiquer une forte fièvre.

– Elle est proche des convulsions… Où est la blessure ?

Josef souleva le drap recouvrant les jambes de Carambole et montra un pansement sommaire sur sa cuisse. Fontdenelle le retira et découvrit une plaie purulente. Alarmé par la gravité, il se tourna vers l'aubergiste, l'interrogeant du regard. Pitoyable, les yeux baissés, Josef confessa :

– C'est à cause d'un marchand du sud qui dormait ici. Il m'a vendu un onguent de son pays en me vantant ses mérites… La petite est tombée par mégarde sur un outil tranchant, dans la remise. Il m'a dit que ça irait mieux dans quelques jours. Hier, quand j'ai vu son état empirer, je t'ai fait chercher, sans succès.

Fontdenelle, examinant de nouveau la blessure, répliqua sans ménagement :

– Ça va être de ma faute ! Onguent du sud, tu parles ! Cette pommade a accéléré l'infection ! Va me faire bouillir de l'eau !

Josef sortit précipitamment. L'herboriste se tourna vers l'enfant :

– Je crains de ne pouvoir faire grand-chose. La fièvre va l'emporter de l'Autre Côté.

À l'évocation du Dieu de la Mort et de sa spirale, Passe-Partout réagit aussitôt contre ce fatalisme.

– On ne peut pas la laisser mourir sans rien faire !

Il la regarda ; elle ressemblait à Candela, en blonde, le même âge.

– Hélas, mon garçon ! Je sais par expérience que mes remèdes n'arriveront à rien à ce stade de l'infection.

Passe-Partout se leva brusquement.

– Est-ce que tu peux la faire tenir encore un peu ?

La question surprit l'herboriste qui répondit sans quitter des yeux l'infortunée Carambole :

– Pas plus d'une heure. Après…

Comme propulsé par une catapulte, il se rua vers la porte principale de Mortagne, qu'il franchit, laissant derrière lui les gardes se demander quelle mouche avait piqué ce gamin. Rapidement il rejoignit la forêt où il avait rencontré Fontdenelle avec une seule idée en tête : trouver l'unique moyen de sauver la fillette.

Il fouilla partout, de façon désordonnée, et se rendit vite compte que la panique lui faisait perdre un temps précieux. Se calmer… Réfléchir… Il prit une grande inspiration.

Où mon père a-t-il été cherché ses feuilles justes après sa lutte avec l'ours ? Oui… Non loin d'un point d'eau… Les bosquets de follas ne poussent que dans les endroits humides…

Il se leva d'un bond et huma l'air ambiant. Son instinct ne pouvait pas le tromper. Il sentit l'eau et courut de nouveau à travers les fourrés. Il déboucha près d'un étang. Son cœur se mit à battre plus fort et il retint un cri de victoire. Dans une souche creuse, à l'ombre, les feuilles recherchées s'épanouissaient, vertes, gainées de mauve, et semblaient lui tendre les bras. Il les coupa avec soin et reprit sa course folle vers Mortagne, tel un sorla fuyant un chasseur !

Il était tôt et les marchands ambulants faisaient déjà la queue devant la porte principale. Mais Passe-Partout n'envisageait pas d'attendre son tour. Il puisa une ultime énergie et entama un sprint effréné lui offrant suffisamment d'élan pour bondir sur le dernier chariot, s'en servant comme tremplin pour se propulser sur celui qui le précédait et ainsi de suite…

Une dizaine de chariots plus tard, en quelques voltiges, flipflaps et sauts périlleux, il tomba nez à nez avec le Capitaine des Gardes qui le reconnut immédiatement.

– Je te préfère Mortagnais, petit ! Comme ennemi, tu nous donnerais du fil à retordre !

Passe-Partout ignora sa remarque et dans un souffle répondit :

– Neveu… Fontdenelle…

Et il se mit à courir de nouveau comme un dératé dans les rues de Mortagne. Le Capitaine se frotta le menton.

– Passe-Partout, je crois… Mérite bien son nom, celui-là !

L'acrobate arriva totalement congestionné à l'auberge « La Mortagne Libre ». Sans un mot et sous le regard intéressé de Fontdenelle, il confectionna rapidement des boulettes avec une feuille et força Carambole à les avaler avec un peu d'eau, non sans difficultés. Il appliqua ensuite le reste de sa cueillette sur la plaie et le comprima dans un bandage. Fontdenelle avait fait tout son possible, mais les convulsions gagnaient déjà la jeune malade. Elle n'avait même plus la force de gémir. Passe-Partout s'agenouilla et lui prit les mains :

– Carambole… C'est moi…, murmura-t-il comme s'il la connaissait depuis le berceau.

Sa concentration était telle que ses doigts se mirent à bleuir, enveloppés de l'aura lumineuse. Il camoufla leurs mains jointes sous le drap. Heureusement, l'attention de Josef et de l'herboriste se focalisait sur le visage inondé de sueur de la fillette dont les yeux maintenant se révulsaient.

Quelques instants s'écoulèrent dans un silence pesant, que rompit le père de Carambole :

– Elle ne gémit plus !

– Exact, elle s'apaise ! s'exclama Fontdenelle. On dirait qu'elle dort profondément, constata-t-il en lui prenant le pouls puis touchant son front. Incroyable, la fièvre a baissé !

Incrédule, il se retourna vers Passe-Partout.

– Tu as réussi, mon garçon ! Tu as réussi !

L'herboriste brûlait d'envie de questionner l'enfant sur l'origine de la plante miraculeuse utilisée, mais l'homme sage s'interdit de montrer à l'aubergiste son ignorance quant au remède donné. Josef, les yeux humides d'émotion, s'accroupit pour arriver à hauteur du gamin et lui déclara solennellement :

– Parole de Josef, demande-moi ce que tu veux !

Passe-Partout se sentit gêné et choisit de répondre à côté.

– Je viendrai prendre de ses nouvelles plus tard.

L'herboriste, sur le chemin du retour, dansait et sautillait comme un cabri. Sauver une vie était pour lui l'essence même de son rôle en ce monde. Passe-Partout riait de ses mimiques, tout comme les Mortagnais qu'ils croisaient, présumant tous d'un gâtisme naissant chez Fontdenelle.

– Nous allons apprendre à mieux nous connaître, n'est-ce pas, mon garçon ? Enfin, si tu veux bien.

Il comprit que le vieil homme brûlait de lui poser mille questions et lui en évita une qui visiblement s'imposait :

– Je te dirais où on trouve cette plante, promis !

L'herboriste entoura ses épaules de son bras et le serra affectueusement.

Il leur fallut la matinée, comme s'y était engagé Fontdenelle, pour débarrasser la remise afin d'offrir un espace à Passe-Partout. Ce dernier se dévoila un peu plus, accordant ainsi sa confiance au vieil homme, ému de cette situation. Toute son enfance y passa. Son père, sa mère, sa petite sœur, Thorouan, le massacre, sa fuite, sa rencontre avec Dollibert. Il donna plus de détails à l'herboriste qu'au chef des Scribis, comme dorénavant il l'appellerait, tout en tenant sa promesse et, par voie de conséquence, sa langue sur l'existence des Peewees, ses origines et une partie de son passé. Il éluda la grotte découverte dans la montagne ; ce dernier point ne lui semblait pas capital dans la narration. Il l'avait d'ailleurs plus oubliée que voulu la taire.

Fontdenelle écoutait attentivement Passe-Partout raconter son histoire. Le ton monocorde de l'enfant lui confirmait tout l'effort qu'il lui fallait pour exprimer l'Abominable qu'il avait enduré. Un long silence suivit la fin du récit durant lequel l'herboriste ne sut pas quoi dire.

Cet enfant a déjà traversé la spirale du Dieu de la Mort, pensa-t-il. *Beaucoup d'hommes ont rendu l'âme sans avoir vécu le huitième de ce que lui a subi.*

Il se décida à proférer une banalité.

– Mortagne sera plus douce pour toi, tu verras… Allez, il est temps de manger, ajouta-t-il, pragmatique. Nous parlerons plus tard de tes connaissances en botanique. Ne crois pas que tu vas garder ce secret pour toi !

Fontdenelle laissa Passe-Partout s'installer et entreprit de composer un repas pour eux deux. L'herboriste était pensif, se remémorant une discussion avec un voyageur blessé qu'il avait soigné. L'homme était passé par Thorouan et lui avait notamment décrit les tombes alignées. Il partit du principe que l'enfant ne pouvait mentir, eu égard aux détails qu'il rapportait et à l'accent de sincérité lorsqu'il racontait la perte de proches... Hormis l'épisode de la vieille femme qui l'aurait recueilli, moment où le gosse devenait plutôt vasouillard... *Non, le problème réside dans la chronologie !* réalisa-t-il subitement. *J'ai rencontré ce voyageur il y a maintenant quatre cycles ! Bon sang, Parangon a raison. Il n'a tout de même pas dormi pendant deux paires de cycles ! Quant à son couteau et sa cotte de mailles en matière inconnue...*

Cependant le vieil homme se garda bien d'aborder avec l'intéressé ces délicats détails. À la fin du repas, Passe-Partout se leva et déclara :

– Je vais te faire goûter une préparation à ma façon !

Fontdenelle, toujours prêt à tenter une nouvelle expérience, d'autant que celle-ci avait trait aux plantes, laissa œuvrer l'enfant qui mélangea plusieurs feuilles, extraites du sac qui ne le quittait jamais, pour les infuser. Il joua aussi le jeu pour reconnaître par l'odeur les différents ingrédients de la composition.

– Il y a de la pourprette, du cibele et... et...

Passe-Partout sourit :

– Je n'en ai pas vu par ici. C'est de la fabrigoule. Elle pousse un peu plus au sud.

– C'est excellent, mon garçon ! Excellent ! clama l'herboriste en dégustant la préparation.

– Une recette de ma mère..., confessa-t-il tristement.

Puis il changea brusquement de sujet comme pour éviter de sombrer dans une nostalgie douloureuse.

– Allons-nous retourner à l'auberge ?

– Oui, je dois absolument voir Josef, lâcha trop rapidement Fontdenelle, se rattrapant aussitôt d'une voix plus posée. M'est avis que tu l'as promis, non ? Allons-y ensemble, je t'accompagne.

Sur le chemin, la conversation s'axa naturellement sur la plante administrée par Passe-Partout à Carambole et à ses vertus curatives.

– J'ignore son nom. Mais je sais où elle pousse !

Il raconta à Fontdenelle la mésaventure qui lui avait fait connaître ce remède. L'herboriste trouva courageuse l'attitude de son père. Combattre un ours n'était pas chose courante !

– Nous la baptiserons comme tu voudras. Et si je peux en tirer quelque chose, onguent ou sirop, je n'oublierai pas tes droits d'auteur !

– Gariette, souffla Passe-Partout. En souvenir de mon père...

– Qu'il en soit ainsi ! conclut Fontdenelle.

À cette heure de l'après-midi, en temps normal, l'auberge de « La Mortagne Libre » était relativement peu animée. Pourtant, de la rue, on entendait rire et chanter, et la salle était tellement bondée que beaucoup buvaient dehors. Ils trouvèrent le maître céans hilare, deux cruches dans les mains, dégustant sans modération le bonheur de voir sa fille vivante et accessoirement son vin, issu du meilleur baril mis en perce pour l'occasion et dont il rassasiait sa clientèle sans contrepartie en espèces sonnantes et trébuchantes !

– Voici le jeune héros ! Mes amis, buvons à sa santé !

Passe-Partout fut félicité par un nombre incalculable de gens qui, au fond, le remerciait autant de la gratuité du nectar que de ses compétences en médecine ! À travers les soiffards encaqués comme des harengs, le colosse aubergiste le porta en triomphe sur ses épaules et ne le reposa que derrière le bar, face au rideau.

– Carambole t'attend, lui glissa-t-il à l'oreille.

Le trac s'empara de l'enfant cherchant des yeux Fontdenelle qui ne parvenait pas à progresser d'un pouce au milieu du populo. Il avala avec difficulté sa salive et finit par écarter la lourde tenture séparant la taverne de la « chambre » de Carambole.

Dans la pénombre, une petite voix faible l'accueillit :

– Passe-Partout ? Oui, c'est toi, je le sais !

– Comment te sens-tu ? répondit-il banalement.

– Bien, grâce à toi.

Elle tendit une main que machinalement il serra ; un rayon de lumière se fraya un chemin par un défaut du volet de la fenêtre surplombant son lit. Passe-Partout crut défaillir en découvrant deux grands yeux verts-émeraude dans lesquels il risquait la noyade et vécut à cet instant un vertige jusqu'alors inconnu. Fontdenelle entra, lui évitant un embarras croissant.

– Allez, dehors, mon garçon ! Je dois visiter cette jeune fille et pour cela, elle devra retirer sa chemise !

Il quitta à regret Carambole et rejoignit la joyeuse compagnie de l'auberge qui entonnait, grivoise, des chants mortagnais de corps de garde.

Fontdenelle commençait à trépigner ; la bande de sacs à vin lui tapait maintenant sérieusement sur le système ! Passe-Partout l'observait avec amusement de son tabouret haut. Son manège impatient ne lui échappait pas.

– Tas de viande saoule ! Mais quand donc arrêtera-t-il de les abreuver ?!

Josef entendit la réflexion et lui glissa dans l'oreille d'un air grave qui tranchait avec la jovialité qui l'habitait jusqu'à présent :

– Dans peu de temps... Calme-toi...

Et il raccrocha un sourire à sa face et s'en fut remplir des verres, encore et encore. Le dernier poivrot sortit avec difficultés et Josef ferma la porte. Aidé de Passe-Partout, il désencombra une table, déposa un poêlon fumant, quatre écuelles, et fit un clin d'œil :

– Vous m'en direz des nouvelles ! s'exclama-t-il en servant sa spécialité. Carambole a faim, poursuivit-il en tendant deux gamelles à l'enfant. Peux-tu lui apporter son repas ?

Passe-Partout apprécia la proposition, d'autant qu'il comprenait qu'on se débarrassait élégamment de sa présence. Dès qu'il disparut, Josef se tourna vers Fontdenelle :

– C'est bon, je t'écoute.

L'herboriste raconta la rencontre de Passe-Partout et de Dollibert. L'aubergiste accusa le coup en apprenant sa mort.

– J'ai bien connu Dollibert lorsqu'il explorait la piste des plantes qu'utilisent certains oracles afin de prévoir l'avenir, continua Fontdenelle, peiné du silence de Josef. Il n'avait de cesse de rechercher tout ce qui pouvait le faire progresser en Magie. Se rapprocher des Dieux grâce certaines herbes hallucinogènes lui semblait une hypothèse intéressante. Tu pratiquais le Mage comme moi. Il n'avait pas pour habitude de raconter n'importe quoi. Aussi, le message qu'il a demandé à l'enfant de nous transmettre est inquiétant...

L'aubergiste hocha la tête, pensif. Au même instant, trois coups frappés à la porte, comme un code, tirèrent de leur réflexion les deux hommes. Tergyval, le Capitaine des Gardes entra.

– Vous êtes bien sombres alors que ta fille est sortie d'affaire ! déclara-t-il.

Josef demanda à Fontdenelle de répéter l'histoire à Tergyval qui écouta avec attention et attendit la fin de l'exposé pour prendre la parole.

– J'étais déjà au courant. Parangon n'a pas tardé à en informer Dame Perrine. N'ébruitez pas cette nouvelle, la panique serait pire encore !

– Que peut-il y avoir de pire qu'une invasion de Mortagne ? soupira Fontdenelle.

– Ça se déroule bien avec Passe-Partout ? l'interrogea Tergyval, changeant brutalement de conversation.

Fontdenelle, connaissant le Chef des Armées qui ne parlait jamais pour ne rien dire, répondit avec malice :

– Parfaitement bien...

Puis, après avoir laissé un silence volontaire, goguenard, il fixa Tergyval :

– Allez, vas-y, reformule ta question. Parangon a dû te renseigner à son sujet, tu en sais probablement autant que moi... sinon plus !

Une ombre de sourire ourla les lèvres du Capitaine. Josef les regarda tour à tour et tendit un index accusateur.

– Ne dites pas de mal du gamin, je lui dois une vie ! Celle de ma fille ! Je ne tolérerai...

Fontdenelle l'arrêta avant qu'il ne monte sur ses grands chevaux.

– Tergyval, fais-lui part de ce que tu sais... Ou ce que tu peux lui dire, ajouta-t-il facétieusement.

Le Capitaine des Gardes résuma à l'attention de Josef toute l'histoire de Passe-Partout. Fontdenelle complétait de quelques détails que l'enfant lui avait confié. Bien sûr, Tergyval n'évoqua pas la légende d'Adénarolis. L'aubergiste, incrédule, secouait la tête.

– Ce gosse est exceptionnel...

Le Capitaine des Gardes ajouta :

– Parangon pense que ce n'est rien de le dire. Il serait même beaucoup plus que cela...

Passe-Partout n'ignorait plus rien des moindres recoins de Mortagne. Des remparts de la citadelle où l'océan entre dans la ville sous les deux grandes arches, léchant le port, partie basse constituée de maisons de pêcheurs, jusqu'au temple d'Antinéa dont la fière architecture dominait tout le côté ouest de la Cité. De la haute Tour des Scribis au Palais de la Prima. De la fontaine de Cherche Cœur au sombre lupanar du fond de la rue de la soif. Il se serait aperçu qu'une pierre de Mortagne avait été retournée !

Effectuer les livraisons des potions confectionnées par Fontdenelle avait largement facilité son intégration auprès de la population. L'enfant rendait de rudes services à l'herboriste qui, enfin, pouvait consacrer tout son temps à la recherche et en passait le plus clair dans son laboratoire.

De sa remise aménagée, Passe-Partout l'entendait hurler quand il se trompait sur une formule ou si l'eau débordait lors d'une décoction importante. Et tandis que le vieil homme s'activait dans son antre, lui avait bricolé une cible et développait son habileté au lancer de couteau. Il fallait dire qu'une lame comme Thor permettait une progression encore plus rapide.

Dorénavant, il entrait et sortait de la Cité comme un authentique Mortagnais, tous les gardes de la porte principale ayant « le gamin » à la bonne. Ses talents de chasseur amélioraient son ordinaire tout en contentant les cerbères de la ville moyennant quelques pièces de bronze. Il n'y avait qu'à « La Mortagne Libre » qu'il rapportait les sorlas sans contrepartie, et ce malgré les nombreuses tentatives de Josef de payer le gibier à son fournisseur. Passe-Partout ne voyait pas pourquoi l'aubergiste aurait à débourser quoique ce soit alors que lui bénéficiait d'une totale gratuité sur les produits et services de la taverne. De tous les endroits de Mortagne, celui qu'il affectionnait le plus restait l'auberge, et pas seulement parce qu'il y rencontrait Carambole qui virevoltait entre les tables, souriant constamment, répondant toujours aimablement, même à certains goujats qu'il aurait volontiers découpés en morceaux ! Passe-Partout avait remarqué que les voyageurs, visiteurs et marchands faisaient systématiquement escale à « La Mortagne Libre », au moins dans un premier temps, et uniquement dans cet établissement-là. Josef agissait parfois tel un espion tant ses questions, d'apparence anodine, permettaient d'en apprendre énormément sur chacun de ses clients. Les bribes de conversation qu'il percevait ressemblaient à des codes qu'il lui fallait traduire.

Et puis il se sentait tout bonnement bien dans ce brouhaha joyeux de gens inconnus et disparates qu'il aimait observer, décelant par des détails leurs traits de caractère. Il était par-dessus tout fasciné par les aventuriers, ces explorateurs légendaires du pays d'Avent, ces pourfendeurs de Dragons. Tous et toutes le faisaient rêver, même s'il savait que beaucoup enjolivaient leurs exploits. Il mourrait d'envie de croiser un « voyageur » Nain, peuple qu'on disait guerrier et festoyeur, avec leur carapace de durs dans laquelle battrait un cœur généreux. En amitié seulement, leur amour de l'or leur interdisant d'être dispendieux. Et au-delà, ce qu'il lui manquait surtout était de voir un Elfe. Il savait rares les survivants au Grand Conflit et souhaitait ardemment en rencontrer un. La moitié de son sang devait parler sans doute...

Un habitué de l'endroit, quoique ne consommant quasiment jamais, restait Tergyval, le Maître d'Armes de la Cité. Ses visites n'étaient jamais innocentes et ses conversations avec Josef confirmaient bien l'idée que le propriétaire de « La Mortagne Libre » officiait sous un autre rôle que celui de servir à boire à de soi-disant assoiffés.

Ce soir-là, Passe-Partout se vit offrir comme d'habitude un verre de lait par Josef. Il était tard et quelques irréductibles s'imposaient au comptoir. Tergy comme il le surnommait maintenant arriva par sa seule présence à les faire décamper. Puis il s'adressa tout bas à l'aubergiste. Mais l'enfant saisit quelques bribes de leur échange. Se sentant épié, Tergy se tourna vers lui :

– Alors, Passe-Partout, comment se porte notre vieil herboriste ?

– Bien, très bien, même ! Il cherche !

Pour la première fois, il entendit le Capitaine éclater de rire.

– L'important étant qu'il trouve ! Allez, belle nuit à tous !

Il lui emboîta le pas jusqu'au coin de la rue. Ainsi, un ou des aventuriers arrivaient demain à Mortagne… L'enfant sourit de cette bonne fortune, déjà impatient…

CHAPITRE IX

Le Fourbe sentit que Sagar commençait à avoir des doutes. Il sut, pour en gagner, qu'il était temps de l'occuper et envoya son premier Seigneur de Guerre attaquer La Horde de l'Enclume. Son calendrier prenait un peu d'avance sur sa stratégie, mais qu'importe ! Les Nains capturés alimenteraient ses futures armées et la Horde ne se trouvait pas très éloignée de Mortagne, symbole d'Avent, la ville maudite qui seule pouvait contrecarrer son noir dessein.
La Cité des Libres sera la prochaine cible…

Lorbello. Extrait de « Origines du Dieu Sans Nom »

Il garda longtemps le souvenir de ce soir doux et lumineux où il arriva plus tard que d'habitude à l'auberge et fut surpris de la fréquentation inhabituelle de l'établissement. L'enfant avait passé toute la journée dans la forêt à chasser, ramasser des baies et plantes diverses pour Fontdenelle. Il donna trois sorlas à Carambole qui le remercia en l'embrassant, ce qui le gênait toujours en présence d'étrangers, c'est-à-dire tout le monde ! Josef l'accueillit avec un verre en lui désignant sa place que personne n'aurait tenté d'approcher sans subir son courroux. D'un mouvement de tête, il indiqua la salle à Passe-Partout qui pensa :

Une foule. Fermiers et pêcheurs, comme à l'accoutumée, parlant de leurs récoltes ou de leurs prises… Quelques réfugiés aussi, échangeant à voix basse de leurs villages anéantis…

L'enfant sentit enfler une boule au creux de son estomac. Qui mieux que lui pouvait comprendre leur situation ? Le regard dans le lointain, il se concentra sur les conversations pour obtenir des informations. *Des soldats en cagoules qui montaient des Dragons terrestres… Ils ont assassiné toute ma famille… Un cavalier au masque de feu… Des loups gigantesques…*

Passe-Partout savait de qui et de quoi ils parlaient et serra les dents. Le brouhaha s'accrut, les discussions confuses l'empêchant de discerner quoique ce soit de compréhensible. Josef fit signe à l'enfant de porter son regard vers le fond de la salle. Il découvrit alors à l'endroit indiqué un géant aux cheveux noir de jais, une véritable puissance de la nature, imposant le respect par sa seule présence. L'épée à deux mains, posée à ses côtés, magnifiquement ouvragée, ne pouvait être maniée que par une force hors du commun. Passe-Partout n'aurait même pas pu la déplacer. Son regard dans le vague, empreint d'une infinie tristesse, marqua autant l'enfant que la cicatrice qui lui barrait horizontalement l'intégralité du front. L'homme mangeait lentement du sorla aux herbes, spécialité de Carambole dont seul Passe-Partout partageait le secret, fournissant tous les ingrédients de la recette. Le géant finit son plat, avala d'un trait son verre de vin et se cala dans son siège. Il retourna alors vers ses sombres pensées, les yeux rivés sur un point imaginaire du mur de l'auberge.

Même corpulence que Tergyval… Même chevelure… Drôle de ressemblance !

La porte de la taverne s'ouvrit brutalement et un étranger tiré à quatre épingles, jeune, la mine arrogante, entra en déclamant :

– Que la soirée vous soit douce, braves gens !

Josef leva un sourcil. Son langage n'autorisait le terme brave que dans deux cas : qualifier un guerrier valeureux au combat ou flatter un chien en lui tapotant les flancs.

Le dandy toisa l'aubergiste et jeta :

– Ton meilleur vin, tavernier !

Passe-Partout le scruta de la tête aux pieds en sirotant son lait.

L'élégance s'arrête hélas à la tenue vestimentaire, pensa-t-il.

Il fallut peu de temps à ce nouveau venu pour provoquer l'interruption de toutes conversations. Doué d'un remarquable talent de conteur, il devint immédiatement le centre d'intérêt de l'auberge et commença à narrer d'abondance ses exploits. Passe-Partout écouta avec attention les récits du prétentieux, mi-fasciné, mi-amusé.

Vrai ou faux ? se demandait-il. *En attendant, il ne paye pas ce qu'il boit…*

À une bande de brigands rouges décimés par sa Compagnie, à un contre trois, se succéda un combat mémorable contre un serpent de mer finissant en petits morceaux.

– Mais tout cela n'est rien, mes amis, rien à côté des exploits de la Compagnie des Loups. Car j'ai eu l'insigne honneur d'être un des leurs !

Un silence digne du moment de la prière dans le temple d'Antinéa ponctua sa déclaration. Tout le monde connaissait, au moins de réputation, cette Compagnie de héros d'Avent sans jamais les avoir vus. Leurs quêtes les avaient fait rejoindre les légendes du Continent. La dernière, mythique aux yeux des Mortagnais, était leur prise de position dans le Grand Conflit, venant défendre l'ultime bastion des Elfes Clairs en se battant à leurs côtés.

Passe-Partout, qui en avait entendu parler par son père, fronça les sourcils. Il lui semblait que Gary avait mentionné qu'aucun des membres de ce groupe n'avait survécu dans cette bataille fratricide.

Allez ! Il vient de gagner son repas et sa chambre, songea l'enfant qui, comme maintenant tout son auditoire, prêtait une oreille plus qu'attentive.

L'arrogant décrivait le dernier massacre des Elfes Clairs par les humains et comment la Compagnie des Loups tenta d'empêcher l'hécatombe inutile de ce peuple. Le moment où ses yeux croisèrent ceux de la Reine des Elfes était particulièrement poignant :

– Et nous nous sommes aimés, le temps d'un regard, avant que la lame d'un vaurien perfore lâchement ses reins ! Bien sûr, j'ai envoyé l'impudent de l'Autre Côté en deux passes d'épée, mais ma douce s'est éteinte dans mes bras, les yeux embués d'amour…

Et il baissa la tête, comme accablé d'un incommensurable chagrin, et tendit sa chope à Josef.

Au milieu des « Oh ! » et des « Ah ! » d'admiration, Passe-Partout perçut cependant quelques signes sonores d'énervement du géant à la cicatrice, dont quelques coups de poing sur la table, interprétés d'ailleurs à tort par Carambole comme un appel à le servir de nouveau. Ce fut au déchirant épisode où la Reine des Elfes tombait dans l'amour et dans la mort que le colosse s'empourpra et hurla du fond de la salle :

– Menteur ! Tout est faux ! Du début à la fin !

Le dandy, consommant gratuitement le bon vin de Josef et dédaignant l'insulte, ne se retourna pas. D'un air indifférent, il proféra :

– Quel est ce rustre aviné ?

Il regretta sur l'instant ses paroles en sentant le souffle du géant sur le sommet de son crâne. Deux têtes les séparaient en taille.

– Ceux de la Compagnie des Loups ont un signe de reconnaissance, argua le Colosse d'un ton glacial. Lequel est-ce ?

Les velléités de menaces moururent dans la gorge de l'infortuné qui balbutia :

– Je... Je ne peux pas trahir ce secret.

– Encore un mensonge ! Il ne s'agit pas d'un secret ! rétorqua sèchement le Colosse en posant son énorme main sur l'épaule du conteur qui tenta vainement de se ressaisir :

– Oui, je me souviens ! C'est un... Un cri !

Le géant le fouilla de son regard noir :

– Tu t'enfonces, bellâtre... Je vais te rafraîchir la mémoire.

Il sortit un couteau d'une taille impressionnante et ajouta en montrant son bras droit, puis le sien :

– Sous cette chemise de prix, il doit y avoir un tatouage. Celui d'un loup, avec la signature de Nétuné, Chef de Guilde des Tatoueurs de Port Vent.

L'homme essaya de se dégager, en vain. La lame coupa sa manche, laissant pendre deux malheureux bouts de tissu et découvrant un bras vierge, sans l'ombre d'une quelconque marque. La colère gronda dans l'auberge quand le géant desserra son étreinte, permettant au « héros » aux exploits douteux de fuir piteusement. Un silence pesa sur l'assemblée ; tous avaient les yeux rivés sur le Colosse qui, redevenu muet, se dirigeait vers son siège. Josef calma ses clients dupés par le faux aventurier en resservant à boire. Puis il remplit une fillette de bonne taille et la lui apporta. En la déposant sur la table, il glissa :

– Le repas et le vin sont pour moi.

L'homme le remercia d'un regard sans éclat. Passe-Partout constata ce soir-là que les Mortagnais respectaient les héros. Mais les vrais ! Il observa le Colosse qui emplit son godet pour porter un triste toast qu'il fut le seul à entendre.

– Aux Loups ! Tatoués ou non...

Lorsque le géant se leva, en équilibre instable vu la quantité de vin ingurgitée, Josef fit signe à Passe-Partout en lui montrant l'étage pour le guider vers sa chambre. L'homme à la cicatrice se débarrassa de sa veste de cuir qu'il revêtait à même la peau et s'effondra sur le lit qui rechigna d'un grincement, peu accoutumé à un tel poids. Il s'endormit immédiatement. À la lueur de la chandelle, l'enfant constata que son front n'était pas le seul à être marqué. Son torse gardait les souvenirs de nombreuses blessures. Sur son bras droit, il aperçut le dessin d'un loup grimaçant, avec en dessous, une signature...

Le lendemain, poussé par la curiosité, Passe-Partout occupa son temps à suivre en cachette le géant. L'homme en imposait en tous lieux où il allait, cherchant quelque chose que l'enfant n'arrivait pas à déterminer. Sa discrétion habituelle s'avéra cependant insuffisante. En le perdant de vue à l'angle d'une rue, il pressa le pas sans méfiance et tomba dans les bras du Colosse qui l'agrippa sans ménagement.

– Je n'ai pas de bourse à chaparder, petit, alors, file !

Impressionné, mais pas du tout intimidé, Passe-Partout arriva à le convaincre qu'il n'avait pas besoin d'argent et l'étreinte se desserra. L'enfant s'enhardit :

– Je connais bien Mortagne, je trouverai ce que tu cherches !

La mine du gosse excita la curiosité du géant :

– Quel est ton nom, gamin ?

Sa réponse le surprit :

– Passe-Partout… Mais ce n'est pas un nom !

– C'est la seule chose qu'il me reste de mes parents, alors, j'y tiens ! asséna sèchement l'enfant. Et toi, comment tu t'appelles ?

Le visage du Colosse s'assombrit brusquement ; il rétorqua :

– J'ai perdu mon nom… Il est mort il y a longtemps, avec des amis…

Face au trouble criant du géant, Passe-Partout tenta de faire diversion.

– C'est pourtant pratique d'avoir un nom. Il faut en retrouver un autre !

L'esquisse d'un sourire sur les lèvres de son interlocuteur fut interprétée par l'enfant comme une victoire sur ses idées noires. Il poursuivit :

– Tu t'appelleras… Tu t'appelleras…

Le Colosse, patient, les sourcils froncés, un peu inquiet tout de même, releva de la main sa longue chevelure sombre en bataille, laissant apparaître sa grande cicatrice qui lui barrait le front.

– Tu t'appelleras… Le Fêlé !

L'homme ne put s'empêcher d'éclater de rire et reconnut :

– Ça m'irait plutôt bien.

– Bon, alors, c'est vendu ! conclut Passe-Partout d'un air décidé. Qu'est-ce que tu cherches, Fêlé ?

Le géant nouvellement baptisé s'accroupit pour se poster à sa hauteur :

– Je n'ai plus un sou vaillant, gamin, pas même une pièce de cuivre ! Tu vois, je ne suis pas d'une très bonne compagnie.

Les yeux de Passe-Partout s'illuminèrent.

– Viens avec moi !

Le Fêlé n'eut pas le temps de répondre. La rapidité de l'enfant fut telle qu'il eut littéralement le sentiment de le voir disparaître ! Toujours accroupi, il entendit une petite voix derrière lui :

– Ben, alors, tu viens ?

Le Colosse, interloqué, se retourna et finit par le suivre.

Impressionnant de vélocité... C'eut été un adversaire, mon dos porterait une nouvelle cicatrice !

Le chemin était connu. Le Fêlé se doutait que le gamin l'entraînait à « La Mortagne Libre ». À cette heure, l'établissement était vide. Josef en profitait pour nettoyer sommairement la salle tandis que Carambole préparait le repas. L'aubergiste les accueillit avec le sourire. Il ne savait pas pourquoi, mais il était certain que le destin unirait ce géant à l'enfant. Aussi accepta-t-il de s'asseoir en leur compagnie, non sans avoir servi à boire à chacun. Sans ambages, Passe-Partout attaqua dans le vif du sujet :

– Josef, on s'ennuie ferme dans ton auberge ! Ça manque un peu d'animation !

Josef, surpris, regarda le Fêlé qui lui répondit par une mimique d'incompréhension.

Le gamin poursuivit, enthousiaste :

– Les pêcheurs et les paysans mortagnais travaillent dur et ont besoin de loisirs. C'est le Fêlé...

À l'énoncé du nom, Josef toisa de nouveau le Colosse qui ne sut que hausser les épaules.

– ... qui m'a donné l'idée. Il faut innover avec un concours de bras de fer ! Tous les costauds du coin voudront l'affronter. Avec ça, il manque une table de jeu, une piste de dés ! Un nouveau jeu... Oui, je vais t'inventer une règle ! Un peu de changement ne fera de mal à personne. Ah, aussi ! Une cible pour le jet de couteaux... Tu vois, Josef, les gens seront contents, toi, tu fais des bénéfices, et le Fêlé trouve une occupation à sa mesure et t'aidera dans la réalisation de l'ensemble... Bon, je vous laisse parler d'argent. Fontdenelle m'attend pour des livraisons ! À plus tard !

Les deux hommes restèrent un moment silencieux, interloqués par l'agilité d'esprit de Passe-Partout. Conquis par le concept, ils rirent de bon cœur et discutèrent du nouvel agencement de l'auberge.

La période qui suivit les transformations de l'auberge fut prospère. Josef confia même à Passe-Partout que Tergyval était ravi de ces changements.

Tu parles ! songea l'enfant. *Plus de monde, plus d'informations.*

La renommée du Fêlé grandissait, encore invaincu au bras de fer. Et celui qui le battrait empocherait une coquette somme. Les Mortagnais apprirent le passe-passe, nouveau jeu de dés, baptisé ainsi par Josef, rendant hommage à son créateur ! Le lancer de couteaux bénéficiait d'un franc succès, jeu d'adresse aux paris généralement bon enfant, quoique l'émulation amenait parfois les participants, et pas toujours les plus habiles, à monter déraisonnablement les enchères. Passe-Partout acceptait volontiers de faire le deuxième à ce jeu, sans jamais gagner. Ses concurrents ne s'apercevaient pas qu'il visait plutôt une mouche sur le mur que le centre de la cible, histoire de ne pas perdre une bonne occasion de s'entraîner tout en passant pour maladroit. Tout le monde était dupe hormis le Fêlé qui, pour une raison obscure, protégeait Passe-Partout en gardant toujours un œil sur lui. Baroudeur invétéré, il reconnaissait les aptitudes de ceux qui manient les armes et voyait bien que Passe-Partout trichait... Pour perdre ! Mais quoique devenu un peu plus bavard, le Colosse n'en dit jamais rien à l'enfant, respectant son secret de la même manière que Passe-Partout, qui, malgré une curiosité maladive, ne lui posait jamais aucune question sur son passé.

La rumeur enflait. Marchands et voyageurs en transit rapportaient des nouvelles inquiétantes. Une armée sortie d'on ne sait où attaquait, pillait, assassinait des innocents. L'envahisseur inconnu ne laissait que cendres des hameaux où il passait. À mesure des arrivées de réfugiés à Mortagne, le nombre de communautés agressées augmentait, comme celui des agresseurs. Au début, un village. Puis trois simultanément, ainsi que le volume d'assaillants, passant de trente à trois cents d'après certains.

Les conversations chez Josef allaient bon train, les propos distillant la peur et la colère. Seules trois personnes ne prenaient jamais part aux échanges animés : Josef, jouant son rôle d'agent de renseignements – écouter, enregistrer et rendre compte –, ainsi que Passe-Partout et le Fêlé dont les visages graves se figeaient, affichant malgré eux la résurgence d'un vécu douloureux. Le soir où ils apprirent incidemment que Mortagne risquait à son tour l'invasion, leurs regards lourds se croisèrent. Le Fêlé posa son imposante main sur le bras de l'enfant.

– Tu as perdu tes parents comme ça, n'est-ce pas ?

Passe-Partout cligna des yeux et rétorqua simplement :

– Comme toi tes amis…

Le Colosse ne commenta pas. Sa mâchoire se contracta si fort que ses pommettes saillirent. Il serra son épaule en une seule pression. Acquiescement ? Affection ?

Les deux, supposa Passe-Partout.

Les traits du visage de Tergyval étaient tirés. Le sommeil trop rare du gardien de Mortagne le rendait irritable. Malgré le doublement de la garde, il ne pouvait contrôler le flot humain qui, à toute heure du jour et de la nuit, désirait entrer dans la Cité. Heureusement, les Mortagnais se mobilisaient et proposaient solidairement des gîtes de fortune.

– Jusqu'à quel point ! explosa-t-il un soir chez Josef. Dame Perrine ne veut pas fermer les portes. Mortagne a toujours été un bastion de liberté et d'accueil, certes. Mais bientôt, nous ne pourrons plus loger et surtout nourrir tout ce monde sans mesures d'urgence !

Tergyval parti, l'aubergiste se tourna vers le Fêlé :

– Il a raison. J'ai eu du mal à obtenir des légumes à Cherche-Cœur, ce matin. Et si Passe-Partout ne me fournissait pas en sorlas, je ne pourrais plus servir à manger.

Le Fêlé avisa l'enfant :

– Tu sais où trouver du gros gibier ?

– Oui, bien sûr ! rétorqua l'interpellé qui se tourna à son tour vers Josef.

– Une charrette et un cheval ?

L'aubergiste secoua la tête de gauche à droite.

– Un cheval, non. Mais un mulet, oui !

Le Fêlé leva les yeux au ciel.

– Tant pis ! Je n'ai jamais été ami avec les bourriques, mais on s'en contentera… Allons-nous coucher ! ajouta-t-il en se redressant. Préviens Fontdenelle qu'il ne te verra pas de deux jours. On part à la chasse !

Ils sortirent tôt de Mortagne, bien avant que le soleil ne se lève, avec des armes adéquates. L'enfant indiqua la direction au Fêlé qui conduisait l'attelage. Ils arrivèrent à l'aube sur le terrain connu de Passe-Partout, mais nullement exploité par ses soins du fait de son éloignement. Les empreintes fraiches de cervidés amenèrent un sourire aux lèvres du Fêlé. Il avait une nouvelle fois eu raison de faire confiance au garçon. Le soleil allait poindre ; il était temps de se répartir les tâches. Passe-Partout fouilla son sac pour armer ses pièges. Le Colosse, harnaché de deux carquois remplis de flèches, remarqua la forme particulière des collets.

– Tiens, qui t'a appris à confectionner des pièges à sorlas de cette façon ?

– Mon père, répondit sombrement Passe-Partout. Un vrai chasseur... Jamais Thorouan n'a manqué de viande avec lui !

Le Fêlé hocha la tête :

– Ça ne m'étonne pas... Bien ! Le cri du borle en écho si quoi que ce soit se produit, ça te convient ?

L'enfant fut envahi d'une joie immense en retrouvant les rites de la chasse à deux. Ils se séparèrent. À chacun son gibier ! Passe-Partout repéra bien vite un chemin de sorlas et posa quelques pièges. Plus tard, il tomba sur les terriers et installa ses étrangleuses, puis se posta sur une autre piste et se cacha derrière un bosquet.

Le soleil était haut lorsque des cris de borle enroués se firent entendre...

Le Fêlé aurait dû suivre des cours de chants d'oiseaux, ricana-t-il. *Oh, oh ! Trois fois d'affilée, il a besoin d'aide !*

L'enfant répondit à l'appel, attendit le retour pour déterminer la direction et, prudent, entreprit de charger ses prises sur la charrette. Il décida la mule à avancer et trouva peu après le Colosse assis sur un cerf monstrueux, en train de tailler négligemment un bout de bois.

– C'est bien d'avoir pensé à la voiture, se contenta-t-il de dire avec le sourire.

Le cervidé mâle n'était pas seul. Un chevreuil et un sanglier suivaient, tout aussi impressionnants. Il poursuivit, désinvolte :

– L'endroit est effectivement giboyeux... Et toi ?

Passe-Partout montra du menton la vingtaine de sorlas étalés sur la charrette. Le Fêlé émit un sifflet d'admiration, saluant ainsi la performance.

– Tous n'ont pas été piégés au collet, observa-t-il. Je ne savais pas que tu te débrouillais aussi bien avec un arc !

L'enfant, sur la défensive, répliqua :

– Ils étaient nombreux, j'ai juste eu de la chance.

Le Colosse se fendit d'une moue dubitative. Certains sorlas avaient une plaie franche au cou, rien à voir avec une blessure de flèche, mais plutôt celle d'un couteau de lancer fort bien maîtrisé...

Bien évidemment, leur arrivée à Mortagne se remarqua. La foule applaudit sous les hourras le don des animaux afin de nourrir momentanément les réfugiés. Aussi providentielle que fût leur chasse, elle ne couvrait certes pas les besoins de la population, toujours plus nombreuse, mais le symbole demeurait fort et la solidarité y gagnait encore. Le Fêlé, visiblement ému des remerciements qui lui étaient adressés, semblait retrouver ce besoin de reconnaissance déjà éprouvé il y a longtemps. L'altruisme n'avait guère guidé ses pas ces douze derniers cycles, depuis la fin de la Compagnie des Loups...

Du haut d'une des ouvertures du bâtiment du conseil, une silhouette discrète apparut derrière les épais carreaux martelés. Curieuse du tumulte joyeux de ses citoyens contrastant avec la lourde ambiance que les événements provoquaient, Dame Perrine aperçut l'insolite duo qui abandonnait leurs prises devant les maisons réquisitionnées pour les réfugiés. Elle questionna :

– Qui sont-ils ?

Tergyval n'eut pas besoin de se pencher à la fenêtre pour identifier les héros du jour !

– Le Colosse s'appelle le Fêlé. Le jeune, c'est...

Dame Perrine jeta un regard interrogateur à son Maître d'Armes, interrompant les présentations :

– Oui, c'est bien lui, Prima...

Un sourire apparut sur les lèvres admirables. Entre eux, point de discours inutiles ou d'effets de manche.

Voici donc l'Enfant de la Légende, pensa-t-elle en se rendant avec résignation à son conseil où l'attendait vraisemblablement un débat stérile.

Hilares, galvanisés par l'accueil chaleureux des Mortagnais, ils entrèrent tous deux à l'auberge de Josef où ils déposèrent un cuissot de chevreuil et trois sorlas. Carambole, fière de « son » Passe-Partout, empourpra ses joues en l'embrassant avec fougue. Le Fêlé partit dans un rire tonitruant en avisant la mine de l'intéressé, surpris et honteux de cette manifestation d'affection, publique de surcroît ! Les pêcheurs présents félicitèrent les chasseurs de leur action et convinrent d'en faire de même le lendemain en prélevant un tribut plus important à la mer. Mortagne développait réellement un état d'esprit unique en Avent !

– Je me sauve, glissa Passe-Partout à l'oreille de Josef dans le brouhaha de l'auberge où les irréductibles levaient leurs verres pour fêter les prises du Fêlé et surtout le cerf, décrété le plus haut au garrot jamais chassé dans la région.

– Qu'est-ce qui te presse ? l'interrogea l'aubergiste d'un haussement d'épaules.

– Fontdenelle, je ne l'ai pas encore vu... Je reviens après.

Carambole retrouva le sourire en entendant la fin de son propos.

L'échoppe était fermée. L'enfant fronça les sourcils. Comment Fontdenelle pourrait-il répondre à des urgences ? Inquiet, il se précipita à l'intérieur et découvrit le vieil herboriste sautant comme un cabri.

– J'ai trouvé ! J'ai trouvé !

Passe-Partout rit. Voir Fontdenelle aussi guilleret ne lui était pas arrivé depuis la guérison de Carambole !

– Tu sais, ta plante, la gariette ? Je l'ai associée avec de la ferve. Tu te souviens ? La fougère cicatrisante. Eh bien, l'onguent que j'ai conçu permet les deux effets, en une seule et unique fois ! Époustouflant !

Il enlaça Passe-Partout et se mit à danser en riant. Eu égard à son allégresse, l'enfant n'eut pas le cœur à lui reprocher le magasin fermé. Il pensa un instant, entre deux entrechats que lui imposait le vieil homme, que la santé des Mortagnais méritait une approche différente de celle qu'il avait jusqu'alors entrevue, dépassant le cadre d'un inventeur fou et d'un livreur débrouillard. Mais le moment ne se prêtait pas à ce type de débat. Il se laissa entraîner dans le délire de Fontdenelle que sa découverte avait rajeuni de vingt cycles.

CHAPITRE X

Le Fourbe présidait l'assemblée ovoïdienne en l'absence de Gilmoor et écoutait les doléances des Déesses. Il se voulut rassurant en raillant la portée limitée d'une nouvelle divinité sur Avent. D'autant que les Dieux mesuraient mal la foi des cagoulés qu'ils imaginaient polythéistes, par habitude… Sagar jeta un regard en coin à Antinéa. Dans les combats, son nom n'était jamais scandé par ces « Cagoulés »…

Lorbello. Extrait de « Origines du Dieu sans Nom »

La rumeur faisait état d'une progression des envahisseurs par le sud-est et l'inquiétude grandissait. Tergyval imposa les mesures élémentaires de garde renforcée, plus pour rassurer les Mortagnais que pour offrir, à son sens, une protection digne de la Cité ignorant en réalité tout de la menace.

Ce soir-là, deux étrangers arrivèrent en même temps que quelques marchands nomades fuyant vers le nord et une famille de réfugiés, seuls rescapés d'un bourg d'une vingtaine d'âmes, qui ne durent leur salut que par le plus grand des hasards. Ces deux voyageurs peinèrent à entrer dans la ville ; les gardes tergiversaient. C'est Tergyval lui-même qui trancha. En raison de leur particularité, ce dernier les « invita » à séjourner à « La Mortagne Libre ». Josef, prévenu par un planton venu se détendre pendant sa pause, en fit aussitôt part à Passe-Partout. L'enfant, toujours avide de connaître de vrais aventuriers, s'élança à leur rencontre et ne fut pas déçu en arrivant à la porte principale : une femme, harnachée comme une guerrière, d'une beauté à couper le souffle précédait un Elfe Clair de haute taille au regard profond.

Leurs bagages se limitaient aux armes qu'ils portaient plus un sac à dos chacun. Tous deux se faisaient expliquer par le Capitaine des Gardes l'itinéraire pour se rendre à l'auberge. Fasciné par le duo, comme hypnotisé, Passe-Partout n'entendit pas Tergyval lui demander de les accompagner chez Josef. Ce n'est que lorsque le Maître d'Armes le secoua par l'épaule qu'il se réveilla :

– Suivez cet enfant, il vous conduira.

Passe-Partout vacilla quand l'Elfe à la voix chantante si caractéristique s'adressa à lui :

– Voilà donc notre guide…

Il s'interrompit lorsque leurs regards se croisèrent. Le Clair eut un moment de recul qui n'échappa pas à l'aventurière.

– Qu'est-ce qu'il t'arrive ? Tu le connais ?

L'enfant baissa les yeux sans mot dire tout en montrant où se situait approximativement « La Mortagne Libre », et s'y dirigea comme pour les inviter à le suivre. L'Elfe, interloqué, lui emboîta le pas avec retard, se laissant distancer par sa compagne qui se retourna en lançant, goguenarde :

– Je te rappelle que nous couchons dans une auberge et pas dans la rue !

Le Clair tournait la tête de droite à gauche, toujours interdit.

– C'est impossible... Impossible...

– Qu'est-ce qui est impossible ?

– Cette sensation... Cela ne m'était pas arrivé depuis longtemps. Et la dernière fois, c'était avec un autre Elfe !

La guerrière grimaça en ralentissant le pas pour demeurer à sa hauteur.

– Je ne comprends rien à ce que tu racontes.

– Nous avons une faculté particulière, celle de nous entendre sans parler. Une sorte de communion psychique.

– Mais cet enfant est humain !

– Et c'est bien ça le problème ! rétorqua-t-il.

Une étape obligatoire à la guilde des Scribis leur avait été imposée par le Capitaine des Gardes, indépendamment de leur résidence chez Josef. Parangon avait pourtant passé l'âge d'être excité comme un sorla à la saison des amours, mais la perspective d'écouter le témoignage d'un Elfe l'emballait au plus haut point ! Tant de questions se bousculaient dans sa tête sur la Magie ancestrale de sa communauté, surtout depuis la disparition de Dollibert. Le binôme suivait donc à distance l'enfant qui n'entendit pas la conversation, mais se retournait parfois pour s'assurer de leur présence. Il se maudissait intérieurement : lui, si culotté habituellement, avait perdu tous ses moyens.

À l'auberge, après une paire d'heures dans le bureau de Parangon, Carambole s'occupa de correctement les installer et leur monta de l'eau chaude. Josef s'amusa de l'impatience de Passe-Partout, toujours à la même place, qui surveillait l'escalier en y jetant des regards furtifs trop fréquents. L'enfant trépignait ; à part le Fêlé, il n'avait finalement jamais côtoyé d'aventuriers dignes de ce nom !

La pluie se mit à tomber en même temps que la nuit. De nombreux Mortagnais vinrent se réfugier dans l'auberge en rentrant tous précipitamment, trempés comme des soupes. Josef, d'un coup de menton, désigna la mezzanine à Passe-Partout, et un silence inhabituel s'installa dans la taverne bondée. La guerrière s'était débarrassée de sa cotte de mailles, laissant deviner sous sa chemise de toile une poitrine intéressante ! Ses jambes fuselées moulées dans un pantalon de peau achevaient ce tableau enchanteur à la gloire de la beauté féminine. L'Elfe suivait, ses oreilles en pointe et le teint pâle caractéristiques de ce peuple que les humains avaient voulu décimer. Ils dégageaient tous deux une force tranquille qui imposait le respect.

Ils s'installèrent au fond de l'auberge, à la place surélevée de la « table de la cible » où la guerrière s'assit la première et déposa son épée non loin, permettant aux clients d'admirer son corps qu'on eut dit sculpté par un esthète. L'Elfe s'invita auprès de deux joueurs à entrer en lice dans une partie de lancer de couteaux. Le fermier et un pêcheur acceptèrent bien volontiers un troisième comparse. La Belle, désinvolte, dévisagea d'un regard circulaire la salle qui, gênée de ses œillades insistantes et impudiques sur sa plastique, retourna dans la seconde à ses conversations, renouant avec le brouhaha courant de « La Mortagne Libre ».

Passe-Partout, statufié sur sa chaise, ne les quittaient pas des yeux. La guerrière lui envoya un signe amical en l'apercevant auquel il répondit d'une main hésitante. L'attention de tous se portait maintenant sur la table centrale où trônait le Fêlé, qu'enfin Duernar, le bûcheron, allait défier au bras de fer sous la pression des clients. Les deux géants s'installèrent face à face et laissèrent les parieurs s'exciter, sous la houlette de Josef chargé d'enregistrer les mises et de définir les cotes.

L'habileté de l'Elfe au couteau surpassait de loin ses deux adversaires. Son regard croisa celui de Passe-Partout lorsqu'il fit exprès de perdre pour éviter de les décourager, et ainsi de relancer la partie. Le sourire du Clair à son adresse tenait plus de la complicité que d'une aimable politesse. L'enfant, qui s'était bien évidemment aperçu du sympathique subterfuge, d'un clin d'œil l'assura de son silence.

Les deux colosses, dont le duel intéressait la guerrière, s'opposaient les yeux dans les yeux, avant-bras contre avant-bras. Seules leurs mains jointes, blanches de contraction, trahissaient la tension. Une pluie désormais violente frappait les carreaux, n'incitant personne à regagner ses pénates. La porte de l'auberge s'ouvrit brusquement et cinq hommes ruisselants pénétrèrent.

D'emblée, Passe-Partout ne les aima pas. Leurs visages étranges masqués partiellement par des cagoules, leurs yeux hagards et cernés, n'invitaient pas à la convivialité. L'air surpris de Josef ne trompa pas les habitués. Il n'était pas au courant de leur arrivée. Leur manière de s'octroyer une table de force en intimidant de paisibles fermiers et un geste grossier de la main mimant une bouteille penchée sur un verre de la part de celui qui semblait être leur chef déplut à l'enfant. Interloqué, Passe-Partout se dit que même les voyageurs les plus sauvages, désireux de trouver un peu de chaleur, s'obligeaient à plus d'amabilité, ne serait-ce que pour dissiper cette méfiance instinctive vis-à-vis des étrangers.

Les événements alors se précipitèrent. Le Fêlé, déconcentré par les nouveaux arrivants, perdit la partie de bras de fer. L'Elfe, le visage fermé, fit un signe discret à sa comparse qui, en guise de réponse, sortit sans bruit l'épée de son fourreau. Détails qui n'échappèrent ni au Fêlé, malgré les hourras et les bourrades données au bûcheron vainqueur, ni à Passe-Partout qui, de son tabouret haut, sentant le malaise, avait perçu la communication muette entre les deux aventuriers accoutumés au danger.

La confiance de l'enfant envers le Fêlé était totale. Il défit négligemment les deux boutons de sa veste recouvrant son plastron de sylvil, laissant apparaître les manches du couteau de son père et de Thor. Josef intima à Carambole de regagner l'arrière de l'auberge et alla servir lui-même les nouveaux venus en les bombardant de politesses excessives.

– Voici, mes beaux seigneurs aux magnifiques atours ! clama-t-il d'un ton théâtral.

Le compliment surjoué aurait fait bondir, ou au moins s'interroger, n'importe quel individu normalement constitué. Mais nulle réaction de la bande ne regardant même pas leurs verres se remplir de vin de la main de Josef qui, dès sa tâche accomplie, rejoignit son comptoir. Les yeux éteints, le chef des « encapuchonnés » renversa le godet comme s'il s'agissait de vinaigre et se leva. L'homme s'avança, l'air bizarre, en direction de Josef, se voulant menaçant, dégrafant sa cape pour montrer son épée. Le Fêlé se redressa lentement, caché par les parieurs dont la liesse était tombée, et attrapa sans bruit son arme à deux mains. L'Elfe se décala pour se donner du champ. Le Colosse aperçut alors du coin de l'œil que tous les couteaux de lancer du jeu étaient glissés dans sa ceinture. Passe-Partout, à qui bien sûr personne n'avait rien demandé, apostropha l'importun :

— Tu n'as même pas touché au vin !

L'homme grimaça. Il n'attendait qu'une réflexion pour sortir son arme. Le signal. Un de ses sbires s'empara d'une hache cachée dans les plis de sa cape et l'abattit sur la tête de son plus proche voisin, un pêcheur mortagnais. Le Fêlé poussa durement le mur des parieurs et s'élança, épée en main. La guerrière le suivit de près. Le chef des encapuchonnés pivota, sa lame fendit l'air. Sa cible : Passe-Partout.

Le double tranchant du Fêlé se ficha dans la gorge du « cagoulé » à la hache ; du sang noir en jaillit. Le regard de l'enfant vira instantanément au gris. L'épée de l'agresseur, par un mouvement de revers, allait le couper en deux ! Il bondit du tabouret haut où il était assis, évita par un saut périlleux arrière la lame sifflante et se réceptionna derrière lui. Le temps de s'apercevoir qu'il avait frappé le vide, l'homme à la cape sentit sur chaque flanc la morsure des poignards. Il tomba alors sur les genoux, offrant à Passe-Partout ses deux carotides.

— Lourdaud, va ! cracha-t-il, dents serrées.

Se retournant, il vit le Fêlé faire reculer en deux passes un adversaire, et la guerrière en blesser deux autres qui s'acharnaient contre elle à tour de rôle. Passe-Partout jugea que l'Elfe ne bénéficiait pas d'un angle de tir satisfaisant pour aider sa compagne de route. Thor vola dans la gorge de l'un d'entre eux, le stoppant net, permettant à la Belle, poussant un cri de fauve, de décapiter le second. Le dernier encapuchonné tomba, la poitrine garnie de tous les couteaux du jeu d'adresse lancés par le Clair avec une vélocité qui n'avait d'égale que la précision.

Une angoisse sourde étreignait les témoins de cette agression incompréhensible. La guerrière et l'Elfe brisèrent l'apathie dans laquelle tous semblaient prostrés en se ruant à l'extérieur, sous une pluie diluvienne. Ils revinrent trempés jusqu'aux os après avoir arpenté la rue de la soif, sans aucun résultat.

— Commando, probablement…, résuma sobrement l'Elfe en cherchant un linge.

La tension finit par tomber à « La Mortagne Libre ». Le sang du malheureux pêcheur se mêlait à celui des étrangers sortis d'on ne sait où. Deux couleurs bien différentes…

Passe-Partout regardait fixement l'homme qu'il venait d'abattre. Le sang noir qu'il pensait n'être qu'une déformation de ses souvenirs lors de l'attaque de Thorouan était une réalité. L'image de son père criblé de flèches par les monstres de Tecla lui revint en mémoire. Une larme de rage coula le long de ses joues. Le Fêlé n'arrivait pas à croire ce qu'il avait vu. Et ce qu'il voyait ! Il dévisagea ce petit bonhomme, qui aurait pu être son fils, allant ramasser son couteau bleuté dans la gorge de l'agresseur de la voyageuse comme s'il s'agissait d'un champignon en forêt et de l'essuyer de ce sang maudit.

En l'observant répondre calmement à l'interrogatoire de Tergyval, arrivé personnellement sur les lieux pour enquêter, il hocha la tête de droite à gauche en pensant que les Dieux poussaient certains humains à de bien étranges destinées… Il fut tiré de ses réflexions par la guerrière qui faisait panser ses plaies par Fontdenelle, sorti de son sommeil pour l'occasion et qui n'avait consenti de se dépêcher que lorsque le garde, insistant, attesta que l'affaire concernait Passe-Partout.

— Oh, Géant, viens boire une bière en notre compagnie !

Puis à l'attention de l'herboriste achevant son bandage :

– Merci, ami… Je sens déjà la chaleur de ton baume. Mais…

– Tu n'auras pas la moindre cicatrice ! coupa Fontdenelle, répondant à sa question avortée. C'est ainsi lorsque je prends les blessures à temps. Pour lui, ajouta-t-il en se tournant vers le Fêlé, je ne peux rien faire ! Trop ancienne…

L'interpellé s'approcha.

– Passe-Partout m'appelle le Fêlé, se présenta-t-il en s'asseyant.

– Passe-Partout ? s'étonna-t-elle.

– Le gosse, répondit-il en le désignant. Enfin, je ne sais pas si je dois toujours le considérer comme un gosse.

La Belle acquiesça.

– Tu ressembles drôlement au Capitaine des Gardes ! mon nom est Valkinia, et voici mon compagnon… de route. Elfe, dois-je le préciser ? sourit-elle.

– Kentobirazio.

L'Elfe lui tendit une main franche après lui avoir adressé le salut des respects de son peuple en croisant les bras sur la poitrine, mains ouvertes, chaque paume touchant les épaules. Serrant sa main avec énergie, le Fêlé le regarda droit dans les yeux et répondit :

– Je veux être digne de ton salut.

Le Clair sourit et rétorqua :

– Je vois que tu n'es pas étranger à nos coutumes !

Ils s'apprêtaient à trinquer lorsque Valkinia les arrêta.

– Attendez, il en manque un !

D'un bond, elle se leva, se dirigea vers le comptoir, commanda une autre bière à Josef et appela Passe-Partout qui, méticuleusement, nettoyait son couteau. L'interpellé s'approcha.

– Bonsoir, je suis Passe-Partout, proféra-t-il timidement.

Valkinia se présenta de nouveau, ainsi que son compagnon, et le Clair, par considération, lui fit le même salut qu'au Fêlé. Civilité à laquelle l'enfant répondit mot pour mot ce qu'avait prononcé le Colosse. L'air surpris de ce dernier apprit immédiatement à Kentobirazio que jamais le Fêlé ne lui avait enseigné quoique ce soit des pratiques de courtoisie Elfes. Passe-Partout chercha dans ses souvenirs et déclara :

– Kentobirazio… Cela veut dire « Souffle de vent ». Joli nom ! Mais Kent suffira.

– Tu parles le langage elfique ?

Conscient de sa bourde, il ne lui répondit pas et s'adressa à la fougueuse aventurière :

– Quant à toi, je t'appellerais Valk !

Cet aplomb fit éclater de rire la jeune femme qui approuva.

– Va pour Valk ! À la tienne, Passe-Partout !

Ils burent leurs chopes à la santé les uns des autres et parlèrent de leur étrange affrontement. Silencieux, Passe-Partout suivait avec attention les propos échangés. Il lui semblait que ses amis de fraiche date en savaient un peu plus qu'ils n'en disaient sur les

« cagoulés », comme il venait de les appeler. Idem pour le Fêlé, d'ailleurs…

Tout à coup, les conversations se déformèrent. Les voix de ses nouveaux compagnons devinrent lointaines, presque berçantes. Sa tête qui dodelinait finit par s'abattre sur la table, entre ses mains. Il s'endormit immédiatement, à la stupéfaction des trois autres.

– L'émotion, évoqua Kent, attendri.

Le Fêlé se leva et le prit dans ses bras avec délicatesse.

– Il lui reste bien quand même quelque chose d'un enfant, sourit-il. C'était sa première bière.

Le Colosse le porta jusqu'à sa propre chambre, le borda et retrouva les rebaptisés Kent et Valk pour finir une soirée qui avait débuté d'une manière plutôt agitée. Leurs échanges furent courts sur l'événement proprement dit. Kent et le Fêlé étaient plus préoccupés par le tempérament de Passe-Partout. La curiosité de l'Elfe Clair à son sujet tournait à l'obsession.

Le lendemain fort tôt, Josef tambourina aux portes des trois chambres occupées par les quatre héros de la veille, Kent et le Fêlé partageant le même lit pour en laisser une à Valk et l'autre à Passe-Partout. Ils se levèrent comme un seul homme en entendant la voix de l'aubergiste.

– Vous êtes attendus chez Dame Perrine !

Dans le couloir, Valk interrogea ses deux compagnons.

– Et Passe-Partout ?

Deux regards ignorants n'évoquaient qu'une seule et même réponse. Le Fêlé se tourna vers Josef qui répliqua à sa question muette :

– Oui, avec lui ! Et vite !

Le Fêlé pénétra avec précaution dans « sa » chambre, s'approcha du lit occupé par l'enfant et le secoua plusieurs fois avant que ses yeux bleus daignent s'ouvrir.

– Qui c'est qui m'a coulé du plomb dans la tête, Fêlé ? S'il te plaît, dis au Nain dans ma cervelle d'arrêter de taper comme un sourd sur son enclume…

Le Fêlé lui jeta un regard empli de pitié puis fixa Josef qui haussa les épaules, descendit à la cuisine et revint avec une fiole.

– Il a de la chance que ce soit Fontdenelle qui les fabrique ! grogna-t-il en simulant la colère. Utiliser ce précieux liquide pour une gueule de bois, c'est du gaspillage !

Il n'avait pas fini de rouscailler que Passe-Partout était déjà debout, dans une forme exceptionnelle !

Valk les attendait dans la salle commune et souriait. Sur son bras, un trait rosé remplaçait la vilaine coupure de la veille. Fontdenelle apparaissait à ses yeux comme un guérisseur hors pair. Kent, attentif à son amie, se promit de lui acheter quelques médecines avant de partir de Mortagne. Si ses possibilités magiques lui permettaient d'obtenir les mêmes résultats, l'Énergie Astrale employée pour cela représentait un trop gros sacrifice. Il lui fallait l'économiser. Son potentiel, quoique renouvelable, n'était pas illimité.

Ils furent accueillis avec les honneurs dus aux grands de ce monde. La Prima ne les fit pas attendre comme il se devait : c'est elle qui s'avança pour les saluer ! Le Grand Chambellan l'accompagnant, toujours scrupuleux du protocole, se fendit une grimace comique remarquée. Sur le point de déclarer au conseil l'arrivée de Son Altesse, il ouvrit une bouche démesurée pour faire son annonce officielle. Inutile, car ignorant une nouvelle fois les coutumes de la cour, devant le comité formé des chefs de guilde et quelques notables, Dame Perrine prit la première la parole :

– Merci, mes amis, merci du fond du cœur pour Mortagne d'avoir arrêté ces étranges envahisseurs ! Grand Chambellan, je veux, à titre de récompense, que soient inscrits les noms de ces héros dans le Livre de notre Cité, et que, de fait, leur soit donné, leur vie durant, le statut de résident permanent à Mortagne !

Les aventuriers s'entre-regardèrent, sauf Passe-Partout qui fixait la Prima, totalement subjugué par sa beauté. L'honneur accordé par la plus haute autorité de Mortagne était de taille. Les villes d'Avent n'acceptaient pas facilement les étrangers et ne les intégraient que rarement.

– Commençons la réunion.

La Prima désigna les places disponibles sur la longue table et poursuivit, l'air grave :

– Grand Chambellan, la porte !

Le vieil homme, dérouté dans cette procédure tronquée, fut mortifié pour la première fois de son existence à la cour de Mortagne. Il ânonna :

– Oui, Votre Altesse… La porte ?

Dame Perrine, un tantinet énervée, se retourna vers le fond de la pièce.

– Ferme la porte !

Les aventuriers se dirigèrent vers la longue table où siégeaient les chefs de Guilde. Valk ne put réprimer un sourire. Passe-Partout jouait à cache-cache avec le Grand Chambellan qui couinait en sautillant sur place sans pouvoir attraper, ni voir d'ailleurs, l'impertinent qui le faisait tourner en bourrique.

À l'entrée de La Prima dans la salle du conseil, après avoir elle-même fermé la porte, tous les membres se levèrent respectueusement.

– Veuillez-vous asseoir, pressa-t-elle en invitant les quatre compagnons à faire de même.

Passe-Partout eut la surprise de découvrir la présence de Fontdenelle qui lui fit un signe discret. Tergyval prit la parole et déclara sans détour :

– Inutile de rappeler les faits marquants du combat d'hier soir à « La Mortagne Libre ». Je ne vous remercierai jamais assez de nous avoir débarrassés de cette vermine. Nous ne savons rien des raisons de leur intrusion. Que voulaient-ils ? Qui voulaient-ils ? Ces deux questions demeurent sans réponse ! Ces « Cagoulés » – Passe-Partout lui adressa un regard surpris, c'est ainsi qu'il les avait surnommés ! –, ou tout au moins leurs cadavres, ont été examinés par notre Magister et Fontdenelle. Je laisse la parole à Parangon qui va vous transmettre le résultat de leurs observations.

L'interpellé se leva et entama d'une voix forte :

– Je n'irai pas par quatre chemins : ces hommes ont été transformés par Magie ! Par une Magie, par ailleurs, dont nous ignorons tout ! Leurs fonctions vitales restent intactes, toutefois, leur sang a changé. Fontdenelle a tenté de chercher l'origine de leur mutation. Ce ne sont ni les plantes ni les poisons qui ont pu effectuer une telle altération. La seule piste sérieuse que nous retenons, c'est que leur sang contient de l'Eau Noire... L'Eau des Magiciens !

Le conseil cessa de se tenir coi et échangea des propos à haute voix. « Impossible ! » semblait résumer la pensée de chacun. Les yeux plissés, son absence de sourcils pourtant froncés, Kent acquiesça :

— Ces individus, à la réflexion, devaient être sous contrôle. La Magie donne la faculté de « posséder », dans tous les sens du terme, un être vivant. Cela va au-delà de la suggestion. Ce sont des esclaves, appliquant à la lettre ce qu'il leur a été ordonné de faire !

— Jusqu'à mourir ? demanda la Prima.

L'Elfe, gravement, fit oui de la tête, confirmant ainsi que le danger encouru s'étendait bien au-delà de ce que tous imaginaient. Tergyval, curieux et inquiet de cette information, se tourna vers Kent.

— Tu aurais donc la possibilité magique de rendre esclave, à ta solde, n'importe qui ?

— Non, il faut investir beaucoup d'Énergie Astrale pour envoûter un être humain ou un être intelligent, démentit le Clair. Une grande puissance magique ! Mes capacités ne me le permettent pas.

— Et hier, ils étaient cinq ! renchérit Valk.

— C'est ce qu'il y a de plus angoissant, releva Kent.

Parangon poursuivit :

— Je conçois que tout cela paraît irréaliste. Il s'agit bien, encore une fois, d'une Magie inexpliquée ! Et si nous tenons compte des nombreux témoignages recueillis lors de cette tragique soirée, si nous les comparons avec les récits des survivants des différents villages décimés par ces mutants, leur comportement humain se trouverait aussi radicalement modifié ! J'ajouterai que ces bêtes de guerre ne semblent pas connaître la peur et, d'après Fontdenelle, ne ressentiraient aucune souffrance.

Le silence se fit pesant. Ainsi, Avent subissait l'invasion sournoise de soldats abrutis, sans foi ni loi, ne craignant aucun ennemi et encore moins la douleur que ce dernier lui infligerait. Et de surcroît Mortagne, symbole de la liberté sur tout le Continent, se faisait violer par cinq d'entre eux entrant dans la Cité comme dans un moulin ! Narebo, chef de guilde des vanniers, leva la main :

— Par où sont-ils passés ?

Tergyval répondit, laconique et mal à l'aise :

— L'enquête est en cours, nous le saurons bientôt.

Dame Perrine se redressa. Elle voulait conclure.

— Je convoquerai le conseil dès que nous aurons plus de détails. En attendant, Tergyval a pour consigne de redoubler de vigilance. Mortagne ne se laissera pas envahir si facilement. Je vous remercie de votre attention.

La séance levée à ces mots, les chefs de guilde accompagnés de Parangon et de l'herboriste abandonnèrent leurs sièges. Tergyval signifia aux quatre compagnons de ne pas bouger et de rester dans l'immense salle dans l'attente de son retour. Pensive, Valk se dirigea vers la fenêtre, se disant que le moment de quitter Mortagne n'était peut-être pas encore venu. Le Fêlé et Kent, sans se concerter, fixaient intensément Passe-Partout et cherchaient tous deux l'entrée en matière pour qu'il répondît aux questions qu'ils se posaient sur lui, qui ne pouvait ignorer cette insistance, et évitait soigneusement de croiser leurs regards. Le retour de Tergyval sauva l'enfant qui ne savait plus quelle attitude adopter.

– Excusez-moi une nouvelle fois.

Il arbora soudain un air aimable, avec un sourire poli digne d'un commerçant débutant et proféra d'une voix mielleuse :

– Je souhaiterais que mes gardes soient aussi efficaces que vous.

Passe-Partout comprit son subit changement de comportement et constata que son « appel au peuple » faisait un flop retentissant. Le vide qui suivit son propos était éloquent : aucun n'avait l'intention de revêtir l'uniforme de soldat de Mortagne ! Le gradé reprit un visage grave, celui qui d'ordinaire ne le quittait jamais, et poursuivit :

– Je crois pouvoir vous faire confiance. Ces… Cagoulés ne sont pas entrés par la grande porte. En d'autres termes, nous ne savons pas comment ils se sont introduits dans la Cité.

Tous les regards se croisèrent, incrédules. Aucune ville, de mémoire d'aventurier, n'était fortifiée comme Mortagne ni aussi bien surveillée. Le Fêlé se tourna vers le Capitaine des Gardes :

– La mer ? Le fleuve ?

Tergyval haussa les épaules.

– Tous les abords sont sous bonne garde.

La platitude de sa déclaration indiquait qu'en fait, il n'en savait rien. Sceptique, Valk secoua ses longues boucles blondes :

– Qu'est-ce que tu attends de nous, au juste ?

Tergyval parut réfléchir, décida en un instant de choisir la voie de la sincérité et annonça :

– Je ne peux pas me permettre d'affoler les Mortagnais. Si la population apprend que Mortagne la citadelle, Mortagne l'imprenable, peut être investie par n'importe qui et n'importe quand, nous risquons un vent de panique ! Le pire serait bien sûr que nous ne découvrions pas par quel moyen. Cela signifierait que la garde s'acquitte peu ou mal de son travail, voilà ! Je privilégierais, pour l'enquête que je souhaite discrète, une équipe d'indépendants.

Passe-Partout, malgré les circonstances dramatiques, se régalait à observer les réactions des participants. Même si les aventuriers se sentaient solidaires du Capitaine, les vieilles habitudes perduraient : tout, en ce bas monde, avait un prix ! Personne ne s'exprima ni ne posa la question fatidique à laquelle Tergyval décida tout de même de répondre.

– Bien sûr, vos frais d'hébergement seront pris en charge. Sans plafond.

Les visages s'animèrent quelque peu, mais le silence persista. L'enfant jubilait. À ce stade, le premier qui donnait un chiffre avait perdu !

– Et cent pièces d'or avec un résultat !

Passe-Partout considéra d'un œil amusé le Capitaine des Gardes. *Perdu !* pensa-t-il.

Informés du code de procédure de la garde de Mortagne que tous trouvèrent sans faille, les compagnons se séparèrent pour chercher d'éventuelles traces des envahisseurs,

Valk et Kent à l'intérieur, le Fêlé et Passe-Partout à l'extérieur de la Cité. Malgré un sens aigu de l'observation couplé à l'expérience du Colosse, l'enfant ne découvrit aucun indice permettant d'affirmer que cinq hommes s'étaient infiltrés par autre part que par la grande porte. La Belle et l'Elfe prospectèrent plus particulièrement sur la côte, où la mer jetait ses rouleaux sur les brise-lames de Mortagne, sans plus de succès. Les quatre, réunis le soir même à l'auberge, partagèrent leur incompréhension sur l'intrusion des cagoulés et se mirent à débattre de pistes différentes, évoquant pêle-mêle les complicités internes, les passages secrets ou les déguisements. Rien ne tenait vraiment debout.

Passe-Partout finit par s'assoupir, la tête entre ses deux bras, et commença immédiatement à rêver, bercé par les conversations alentour. Le Fêlé le secoua gentiment.

– Va te coucher... Il est tard...

L'enfant sursauta, surprenant du même coup le Colosse. Le teint livide, il se frotta les yeux. Son cœur battait la chamade. Il se leva comme un automate, balbutia un « À demain » à peine audible et regagna la demeure de Fontdenelle, les jambes cotonneuses en pensant à ce songe bizarre.

L'angoisse, j'étais en train de voler comme un oiseau et, tout à coup, je me suis mis à tomber ! Quelle chute !

Kent, dès son départ, resta préoccupé. Le Fêlé, sachant pertinemment ce qui l'obsédait, posa sa main sur son avant-bras.

– Ce gamin est impressionnant.

Kent le fixa intensément :

– Est-ce que tu connais son histoire ?

– Rien, pour ainsi dire. Il est déjà comme nous... Avec un passé lourd... Et n'en parle jamais.

Valk sourit à la réflexion du Fêlé.

– Les vrais aventuriers sont peu loquaces sur leurs exploits, et leur quête permanente d'absolu part souvent d'une blessure qui ne se ferme jamais.

Le Colosse raconta à l'Elfe ce qu'il savait du vécu de l'enfant, ce qui ne prit que peu de temps. Kent secoua la tête.

– Il manque l'essentiel. Passe-Partout n'est pas celui qu'il déclare être.

Incrédule, le Fêlé le dévisagea sans comprendre. Kent tenta d'expliquer.

– Je ne saurais te dire pourquoi. Seuls les Elfes ressentent ces choses-là.

Le Colosse afficha un demi-sourire.

– C'est vrai que même entre nous, nous ne nous connaissons pas.

L'air interrogateur de Kent fit rire le Fêlé qui se leva :

– Je connais peut-être mieux ton peuple que tu ne crois ! Je vais faire comme Passe-Partout. À demain pour une nouvelle recherche !

Valk avisa le Clair qui restait immobile, le regard dans le vide.

– Il a raison. Qu'est-ce que nous savons l'un de l'autre ? Pratiquement rien ! Et ça fait plus d'une lune que nous faisons route ensemble.

Ils quittèrent leur table, un salut pour Josef qui fermait « La Mortagne Libre ».

Passe-Partout se leva bien avant le soleil et se souvint immédiatement n'avoir pas brillé la veille au soir avec ses compagnons.

S'endormir comme un bébé ! pesta-t-il contre lui-même.

Les images de sa chute onirique lui revinrent en mémoire. C'était la première fois que cela lui arrivait.

Rigolo, ça, de rêver qu'on vole ! songea-t-il en refermant son gilet camouflant son plastron en sylvil. Il tourna brusquement la tête sur le côté, fixa un point imaginaire sur le mur et, comme pris d'une illumination, s'exclama à haute voix :

– Ils sont entrés par les airs ! C'est la seule possibilité !

Excité par cette idée et persuadé de la justesse de son raisonnement, il s'élança dans la ville endormie, et réalisa qu'il valait mieux réfléchir avant de courir inutilement. Assis sur la marche d'une porte cochère, il ordonna ses pensées.

Auraient-ils le pouvoir de voler ? Seuls les Elfes le peuvent, et encore, il ne s'agit que de lévitation !

Il se concentra sur les animaux ailés mythiques d'Avent.

Peut-être des monstres... Mais lesquels ?

Il se tortura l'esprit et continua dans la logique de cette nouvelle piste.

Des traces... Ils se seraient posés à l'écart, mais où ? La pluie a dû effacer les empreintes... Et si j'avais atterri à Mortagne, quel endroit aurais-je choisi ?

Il se leva d'un bond.

Là où le fleuve se jette dans la mer, au beau milieu de ses deux bras, en retrait du bord de l'eau... Le terre-plein surplombant la plage... Valk et Kent n'ont pas dû fouiller cette partie et aucune patrouille des gardes n'est passée avec le temps pourri qu'il faisait.

Le soleil daigna darder ses premiers rayons lorsqu'il arriva sur les lieux. La pluie violente n'avait pas effacé les traces qu'il découvrit, enfoncées dans le sol de tourbe formé par les limons consciencieusement apportés par le Berroye.

Gagné ! se dit-il.

Les profondes empreintes de griffes ne lui étaient pas inconnues. Machinalement, il toucha son collier et, indépendamment de ses deux médailles, sentit le relief de son prélèvement sur le monstre qui l'avait attaqué voici cinq cycles.

Des ptéros ! Incroyable, des ptéros !

Il prit garde de ne pas effacer par mégarde ces indices encore humides et s'en alla, songeur, vers « La Mortagne Libre ».

Valk, accroupie, se releva en faisant la moue.

– Passe-Partout a raison. Ce sont bien des ptéros.

– Il est impossible de domestiquer cette espèce abrutie ! réfuta le Fêlé en secouant la tête d'incompréhension.

Kent, le regard perdu dans le ciel, démentit :

– Les Elfes ont ce pouvoir. C'est magiquement faisable.

Valk et le Fêlé, silencieux et interloqués, attendirent qu'il poursuive. Passe-Partout, d'instinct, lâcha :

– Ça ne peut pas être une attaque commanditée par les Elfes !

Kent eut un sourire énigmatique et fixa intensément l'enfant.

– Tu as raison… bien que, normalement, un humain ne puisse être aussi catégorique…

Passe-Partout baissa les yeux.

Imbécile, tiens ta langue ! se fustigea-t-il.

Kent vit que sa réflexion avait fait mouche ; cela lui suffisait, pour l'instant. Il poursuivit à la cantonade :

– Quelqu'un d'évolué en Magie pourrait bien réaliser ce prodige.

Le Fêlé se mit à résumer tout haut ce que tout le monde pensait tout bas.

– Des guerriers conditionnés, muets, au sang noir, qui ne sentent pas la douleur, attaquant par le seul point faible d'une forteresse comme Mortagne : le ciel !

Valk conclut par un jeu de mots qui ne fit rire personne :

– Par le ciel ? Que tous les Dieux nous viennent en aide !

La Prima allait et venait, tendue. Pourquoi ces hommes au sang noir étaient-ils parvenus à pénétrer Mortagne ? Par où étaient-ils entrés ? Et puis, était-ce un groupe isolé ? Des éclaireurs ?

Parangon l'interrompit dans ses réflexions.

– Alors que la Magie abandonne Avent, ces envahisseurs semblent en être gavés ! Au point d'ailleurs qu'ils paraissent en être issus !

Il se tourna vers la première dame de Mortagne.

– Si c'est un message, Perrine, il est clair ! Cela signifie : je viens, je frappe quand je veux et j'ai les moyens magiques de vous anéantir !

La porte s'ouvrit brutalement, le Chambellan accroché à la poignée, bousculé par l'imposant Tergyval que rien ne semblait pouvoir arrêter, suivi par les trois compagnons et Passe-Partout amusé de la nouvelle déconvenue du grand escogriffe, rouge de colère et de honte de voir les règles de la bienséance bafouées. Le Capitaine des Gardes, essoufflé, clama :

– Ma Dame ! Prima ! Ils ont trouvé par où ils sont entrés !

Perrine, digne malgré son impatience, invita la compagnie à s'asseoir et les interrogea du regard. Après un échange silencieux, ce fut Kent qui prit la parole et relata la découverte de Passe-Partout. Ce dernier, gêné des attentions appuyées que Parangon et la Prima lui portèrent, n'osa intervenir. L'Elfe acheva son récit.

– … Et l'on ne peut pas les abattre ! Comme de dompteur de ces monstres, je rappelle que personne ne connaît en Avent un tueur de ptéro. Ils sont indestructibles ! insista-t-il. Paradoxalement, on trouve des tueurs de leurs lointains cousins Dragons. Mais pas de ptéros !

Les visages de Perrine, Parangon et Tergyval se fermèrent.

— Moi, je sais. Mais cela ne sert à rien ! avoua Passe-Partout d'une petite voix.

Le Grand Chambellan afficha une grimace mi-cynique mi-heurtée et lui répondit sèchement :

— Cette conversation est du plus haut sérieux et ne peut considérer les propos rêveurs d'un gamin attardé !

Les yeux de l'enfant virèrent au gris : il allait frapper. Le Fêlé attrapa le grand imbécile au collet, le souleva de terre et le secoua comme s'il agitait un pantin. Dame Perrine dut s'imposer pour ramener le conseil au calme.

— Messieurs, un peu de tenue, s'il vous plaît !

Le Fêlé lâcha le Chambellan blanc comme un linge. La Prima se tourna vers Passe-Partout.

— Parle, intima-t-elle.

Obéissant malgré les regards fixés sur lui, l'enfant déboutonna sans mot dire sa veste, faisant apparaître son plastron de sylvil. Il en sortit son collier en démaillant le col et rendit ainsi visibles les deux médailles et la griffe qu'il s'escrima à extraire pour la tendre à Dame Perrine. Kent blêmit à la vue d'un des deux bijoux, reconnaissant la feuille de goji, emblème de son peuple. Parangon, ayant remarqué la même chose, ne laissa rien transparaître.

— C'est bien une griffe de ptéro ! constata la Prima. Où l'as-tu trouvée ?

L'enfant la regarda, étonné de la question, et répondit, désarmant :

— Ben, sur lui !

Et il expliqua le défaut sur le crâne du monstre volant, entre les deux protubérances, avec cette modestie qui lui était devenue coutumière.

— Faut donc être au-dessus d'eux pour pouvoir les atteindre.

Passe-Partout continuait de les surprendre tous, le Fêlé se demandant qui était vraiment un aventurier autour de cette table. Valk regardait la griffe en remuant la tête de droite à gauche, estomaquée :

— J'ai vaincu des Orks, des Trolls, des Korkones et bien d'autres. Mais jamais un ptéro ou un diplo, leur cousin terrestre tout aussi idiot.

Le Fêlé finit par en rire. Nerveusement.

— Moi non plus, je ne voulais pas casser mon épée !

— Des Korkones, les araignées-scorpions ? l'interrogea Kent. Jeunes alors ! Parce que…

Dame Perrine lui coupa la parole pour apostropher son Capitaine :

— Dorénavant, gare au ciel, Tergyval ! Prends toutes les mesures qui s'imposent !

Puis, tout en regardant Rassasniak, son Grand Chambellan, elle s'adressa à Passe-Partout en détachant volontairement chaque mot :

— Merci à toi. Une nouvelle fois. Pour ton aide… Précieuse.

L'enfant haussa négligemment les épaules et, bravache, fixa le maître de cérémonie dans les yeux. Le Majordome du Palais sut à cet instant qu'il ne faudrait pas que sa carcasse se promène dans la même rue où déambule le garçon.

Parangon agrippa la manche de Kent et lui glissa à l'oreille :

– C'était bien une feuille de goji sur la médaille ?

Le Clair, surpris qu'un humain ait remarqué ce signe distinctif de sa culture, confirma néanmoins :

– Il me semble qu'il s'agit du sceau des Elfes. Je ne sais plus quoi penser de ce gamin !

Il se tourna discrètement vers Parangon :

– Et toi, qu'est-ce que tu connais de lui ? Rien, comme les autres ?

– Pratiquement rien, mentit le Magister.

Kent n'entendit pas la réponse et continua à parler comme pour lui-même :

– C'est impossible… Ça ne peut être lui !

Intéressé par le cheminement intérieur du Clair, Parangon l'interrogea :

– Pardon ?

Kent, les yeux dans le vague, relata :

– Dans les légendes orales de mon peuple, il est fait mention d'un enfant qui sauvera la communauté des Clairs. Mais il ne peut s'agir que d'un Elfe, pas d'un humain ! Quoique je me pose bien des questions sur ses origines.

À juste titre, pensa Parangon qui rétorqua :

– Il y a bien une trace écrite de ces prédictions !?

– Il paraît… Seule une peuplade cousine, les Peewees, est gardienne de ses traditions, mais j'ignore si elle a survécu au Grand Conflit… Ni même si elle a vraiment existé, ajouta-t-il misérablement.

Parangon en savait maintenant suffisamment. L'origine de ces messages lui était confirmée. Il avait de bonnes raisons de croire, avec une quasi-certitude, que Passe-Partout était bien l'Enfant de la Légende… Le Petit Prince des Elfes.

CHAPITRE XI

Antinéa prit à témoin Lorbello :

– Ma sœur entretenait des rapports privilégiés avec une prêtresse. Sa première porte-parole !
Elle avait un pouvoir qu'aucun de nous ne possède : voir l'avenir ! Une simple mortelle !

La Déesse de la Mer faisait les cent pas, inquiète de l'état de Mooréa.

– Les Petits Gardiens de la Tradition Elfe détiennent ses prédictions volontairement imprécises.

– Volontairement imprécises ou totalement incongrues ? ironisa le Messager.

– J'ai la faiblesse de croire que Mooréa ne tenait pas en estime une demi-folle !

Lorbello. Extrait de « Origines du Dieu sans Nom »

Passe-Partout se trouvait un peu dépassé par les événements. Il entra dans une phase de doute qui commençait à le ronger. Combien de temps encore allait-il pouvoir tenir sa promesse ? Conserver son secret ? Qui était-il pour jouer un rôle dans ce monde chaotique ?

Dans la rue qui le ramenait chez Fontdenelle, il avisa un groupe d'enfants de onze à quinze cycles, s'amusant à « Casse Pierres ». Pourquoi n'avait-il pas cette insouciance somme toute de son âge ? Une idée lui traversa l'esprit, et il se dirigea vers eux. Les gamins arrêtèrent immédiatement la partie et se tinrent cois, presque au garde-à-vous en le voyant.

– Bonjour, je m'appelle…

– Tout le monde sait ! l'interrompit respectueusement l'aîné de la bande qui poursuivit de manière hachée. Depuis l'affaire de l'auberge… tous parlent de toi… L'enfant de la Compagnie de Mortagne… Moi… Suppioni… Voici Vince, Carl et Abal.

Il sourit de sa soudaine popularité et du nom donné au groupe qu'ils formaient, mais s'étonna de la déférence avec laquelle le dénommé Suppioni s'adressait à lui, ne s'imaginant pas si impressionnant.

– Sup ! raccourcit Passe-Partout. J'ai besoin d'un coup de main.

Comme un seul homme, les quatre enfants s'approchèrent. Ne lui restait plus qu'à exprimer ses exigences ; l'équipe était visiblement prête à tourner éternellement dans la spirale du Dieu de la Mort pour lui ! La mission que voulait leur confier Passe-Partout était simple. Ses absences répétées ne lui permettaient plus d'aider Fontdenelle tel qu'ils en avaient convenu ensemble. Bien que l'herboriste n'ait jamais fait allusion à ses « retards », l'enfant désirait prendre les devants en accomplissant, à travers d'autres, sa part du contrat. Le « gang », comme il le surnomma, n'en attendait pas tant. Se rendre utile pour celui devenu leur idole les enchantait. Passe-Partout, n'ayant pas conscience que sa renommée le précédait, fut gêné de tant d'enthousiasme et l'affaire fut conclue d'une cordiale poignée de main. Mortagne possédait dorénavant son premier service de médicaments à domicile, et rapide en plus !

La ville s'éveilla le lendemain par les cris de quelques lève-tôt finissant par causer une panique indescriptible.

– C'est la guerre ! La guerre !

Les rumeurs filaient bon train, chacun y allant de sa version. L'origine de cette émeute naquit de la venue à l'aube d'un émissaire en tenue de combat. Mais pas n'importe lequel : un messager Nain. Et l'armure qu'il portait n'était revêtue, selon leur code, que pour « les clameurs des batailles ».

Il était envoyé par Fulgor Ironhead, Roi des Nains de la Horde de l'Enclume. Son titre : Fonceur Premier Combattant, autrement dit l'élite des soldats de ce peuple, invoquant à tout moment Sagar, Dieu de la Guerre, des Armes et de la Forge, l'univers des Nains. Son nom était Gerfor Ironmaster, et sa présence en ville ne présageait rien de bon.

Une masse imposante de Mortagnais se dirigèrent vers la Grand-Place, sous les terrasses du Palais, pour entendre la version officielle de la Prima par l'intermédiaire de son porte-parole, généralement le Grand Chambellan. Un silence glacial s'abattit sur la population amassée autour de la fontaine de Cherche Cœur où il ne restait plus un pouce carré non occupé, lorsque Tergyval apparut à la fenêtre de la salle du conseil, l'air grave.

– Mortagnais ! Toutes les rumeurs qui nous ont été rapportées jusqu'alors sont malheureusement fondées ! Nous allons probablement être confrontés à un envahisseur inconnu. Après avoir décimé la ville d'Anteros, l'ennemi s'est attaqué à une colonie de la Horde de l'Enclume, dans les montagnes de Roquépique. Ces événements dramatiques nous sont confirmés par un émissaire de Fulgor Ironhead nommé Gerfor, arrivé ce matin.

Pendant que Tergyval reprenait sa respiration, laissant ainsi les citoyens digérer ces terribles nouvelles, un Mortagnais âgé apostropha Le Fêlé, noyé dans la cohue.

– Ce qui signifie, Colosse, qu'ils sont dangereux. Anteros, bien qu'elle soit moins bien fortifiée que notre Cité, était réputée pour sa garnison, à l'égale de Mortagne. Quant aux Nains de Roquépique, nul ne serait assez fou pour les défier... Et ces cagoulés sans peur sont à un peu plus d'une lune de marche...

Le Fêlé n'eut le temps que de le remercier d'un regard pour ces précisions que la voix forte de Tergyval retentissait de nouveau.

– Une autre armée de ces sangs noirs, ces cagoulés, arrive par le sud et dévaste tout sur son passage ! Ils assiègent les villes, rasent les villages, et asservissent les habitants ! Nous savons aujourd'hui que leurs prisonniers sont transformés par un procédé magique dont nous ignorons tout. C'est pour cette raison que leurs rangs se multiplient. Les Nains de la Horde de l'Enclume se battent en ce moment même à un contre trois ! Que Sagar les protège ! D'après l'émissaire Gerfor, une autre armée serait en route par l'est et avance sur Mortagne. Leur position est à environ une lune de marche des portes de notre Cité.

Il s'arrêta de nouveau. Le voisin âgé du Fêlé crut bon de dire tout haut ce que tout le monde pensait tout bas.

– Dans une lune, ces deux armées au sang noir se rejoindront pour assiéger la ville symbole de la liberté et de la tolérance ! Stratégie psychologique. Un vent de panique soufflera sur Avent. Pourvu que les Nains meurent au combat, pour ne pas être transformés en cagoulés.

Les avoir comme ennemis n'enchantera personne !

Le Capitaine des Gardes conclut son allocution.

– Le conseil au grand complet est attendu sur l'heure au Palais pour définir des dispositions à prendre ! Qu'Antinéa, maîtresse de notre belle Cité, veille sur nous !

Les Mortagnais demeurèrent cois. Le silence fut rompu par une voix puissante dans la foule, que le Fêlé reconnut immédiatement, celle de Josef qui, rouge de colère, s'époumona :

– Mortagne restera libre !

Les cris qui suivirent acclamèrent ces mots. Mortagne l'exemple, le modèle du Continent d'Avent, allait donner du fil à retordre aux envahisseurs !

Parallèlement au Palais, un autre conseil se tint à « La Mortagne Libre » où personne n'avait le cœur à jouer du couteau, au passe-passe ou défier le Fêlé. À la table du fond, le Colosse écoutait Kent les dents serrées. Passe-Partout gardait le silence. Valk descendit l'escalier et prit la conversation en route.

– … Les cagoulés doivent se frotter à forte partie contre les Nains de l'Enclume ! Même à un contre trois !

Le Fêlé se souvint des propos du vieil homme dans la foule.

– Oui… Pourvu qu'ils meurent bravement plutôt que de devenir des « sangs noirs ».

Kent se figea et se mordit les lèvres. Il n'avait pas anticipé jusqu'à une telle situation.

Ils furent tous quatre distraits de leurs sombres pensées par l'arrivée fracassante d'une silhouette courte et massive qui pénétra bruyamment dans l'auberge. Gerfor Ironmaster, impressionnant dans son armure de combat. Un reniflement sonore indiqua qu'il cherchait quelque chose ou quelqu'un. Son regard accrocha la table des aventuriers et il s'y dirigea en bousculant une chaise qui valsa dans un coin. La discrétion et la diplomatie n'étant pas l'apanage des Nains, c'est fidèle au tempérament de son peuple qu'il entamât la conversation sans tergiverser.

– Je désespérais trouver de vrais guerriers dans cette ville ! À part Tergyval, ajouta-t-il après réflexion, qui m'a conté vos exploits. Mortagne est un symbole en Avent, et les cagoulés, puisque vous les appelez comme ça, n'auront de cesse que de la voir tomber. Ainsi, le Continent deviendra une proie facile pour eux. Mes frères Nains combattent ces « Noirs de Sang » en ce moment. Beaucoup mourront en braves, pour la gloire de Sagar ! Ils ne retarderont pas éternellement leur progression. Cela nous laisse peu de temps pour nous organiser.

– Comment ça, nous organiser ? l'interrogea Valk.

Le Nain fit une grimace que le groupe interpréta comme un sourire.

– Je reste là, avec vous ! Afin d'aider Tergyval à préparer la résistance ! Une armée de cent Nains va se mettre en marche pour rejoindre Mortagne. Il faudra tenir jusqu'à leur arrivée.

Il leva les yeux au ciel et pria avec délectation.

– Sagar, fais-moi tâter du cagoulé !

Josef apparut tout à coup muni d'une fillette de vin et déclara au groupe, surpris de sa présence et de son indiscrétion :

– Alors, bienvenue à Mortagne ! clama-t-il en servant Gerfor en premier.

Tout le monde trinqua à leur réunion, y compris Passe-Partout qui ne trempa que ses lèvres eu égard à son expérience antérieure. Gerfor disposait de renseignements sur l'ennemi et n'était pas avare, une fois n'est pas coutume pour un Nain, d'informations.

– Leur armée grossit effectivement de jour en jour. Ils transforment leurs prisonniers en « Noirs de Sang » par Magie, grimaça-t-il.

Tout Avent connaissait l'aversion des Nains pour la Magie, partant du principe simple que l'art de la guerre ne pouvait avoir comme instruments que les armes ! Kent sourit et n'entama pas de polémique, sachant que cent mules ne seraient pas plus têtues qu'un membre de cette communauté.

– Les informations que vous avez obtenues des réfugiés sont malheureusement vraies. Si tous font état d'individus en noir dépourvus de toute humanité, fondant sur les hameaux comme un nuage d'insectes, ils ont en revanche omis de dire qu'il s'agit de troupes organisées, avec des fantassins, et des cavaliers. Ils chevauchent des diplos, à priori dressés !

– Je ne savais pas ces sauriens idiots domesticables ! Quoique... Après les ptéros, lâcha le Fêlé.

– Moi non plus. Mais nous avons dépassé le stade des rumeurs. Mes frères de la Horde se battent actuellement contre eux. N'en doutez pas : leur objectif est Mortagne !

Même en n'effleurant son verre de vin que du bout des lèvres, Passe-Partout n'arrivait pas à s'habituer aux boissons alcoolisées. Mal à l'aise, il déboutonna son gilet, laissant entrevoir le manche de Thor. L'arme retint immédiatement l'attention de Gerfor qui s'affala de tout son poids, ventre contre table, pour fixer, comme hypnotisé, le couteau. Devant la soudaineté de l'approche, Passe-Partout se décala prestement, évitant en cela la proximité gênante, parce que principalement odorante, du Nain qui brailla :

– Où as-tu volé cette arme ?

L'enfant eut alors ce regard étrange, comme à chaque fois que quelqu'un l'agressait. Le Fêlé s'en aperçut immédiatement et répondit à sa place, tentant de faire diversion.

– Ravale tes paroles, Gerfor ! Passe-Partout n'est pas un bandit de grand chemin !

Le Nain ne bougea pas d'un pouce, mais changea de ton. Il susurra une sorte de prière, comme en transes :

– Arme forgée par Sagar... L'un des deux Couteaux de l'Alliance... Le manche est en Myrium... Une œuvre divine !

Gerfor releva son regard, plongeant ses petits yeux dans ceux, bleu gris, de Passe-Partout qui ne les baissa pas, comme pour le sonder. Il savait d'instinct que l'enfant pourrait lui trancher la gorge en un battement de paupières. Kent, Valk et le Fêlé contemplaient, silencieux, ce spectacle surréaliste opposant un Nain, guerrier expérimenté, à un gamin de treize cycles qui ne payait pas de mine à première vue. Kent débloqua la situation malgré lui en déclarant à la cantonade, les sourcils froncés :

– Les Couteaux de l'Alliance d'Ovoïs et d'Avent ? Mais ces armes appartenaient à...

– Orion, coupa Valk. La plus grande légende d'Avent.

Ces réflexions à haute voix eurent le mérite de diminuer considérablement la pression entre le Nain et Passe-Partout. Gerfor se rassit lentement sans quitter le regard de l'enfant et balbutia :

– Les Couteaux des Dieux...

Passe-Partout retrouva sa couleur d'yeux habituelle, à la grande satisfaction du Fêlé, et dit :

– Cette arme appartient effectivement aux Dieux, je n'en suis que le possesseur, pas le propriétaire.

Gerfor se détendit, comme si la réponse était attendue, et le railla :

– Quelle sagesse !

Puis il simula un changement de sujet de conversation en s'adressant à la compagnie attablée :

– Les gens sensés savent que les jumeaux vont par deux, n'est-ce pas ?

De l'incongruité de la question naquit un blanc, unique réponse polie du groupe d'aventuriers. Seul l'enfant en avait bien sûr compris la signification et crut bon de rétorquer une banalité.

– L'un ne va pas sans l'autre !

Le Nain tourna la tête et cracha avec violence :

– Alors, qu'attends-tu ?

Cette agressivité soudaine jeta un froid. Passe-Partout fut décontenancé, non seulement par son attitude, mais surtout par sa remarque justifiée. N'avait-il pas promis d'aller chercher le frère jumeau de Thor ? Il se leva brusquement et lui asséna :

– J'aurais dû t'ouvrir la gorge.

Gerfor le regarda s'éloigner vers la porte avec un sourire qui, heureusement, n'appartenait qu'à lui. Il grinça entre ses dents :

– C'eût été un honneur.

Passe-Partout sortit de l'auberge sans se retourner et, irrité, marcha sans but dans les rues de Mortagne. Il croisa un groupe de réfugiés venant d'un village anéanti par les cagoulés, constata qu'il n'y avait aucun homme. Il détourna la tête.

Il connaissait trop intimement cette misère humaine, lorsqu'on a tout perdu en un clin d'œil. La fureur monta de nouveau en lui. Il regarda le ciel et eut envie d'insulter les Dieux de permettre tant d'injustice.

Le Fêlé était noir de colère.

– Pour qui te prends-tu ? De quel droit parles-tu à Passe-Partout de cette manière ?

Paradoxalement, Gerfor ne releva pas l'attaque du Colosse.

– Calme-toi, géant ! Si cet enfant est celui que je crois, sa décision nous fera gagner du temps. Et du temps, c'est bien ce qu'il nous manque !

Kent tiqua et lui glissa :

– Tu fais fausse route, Gerfor. L'Enfant de Légende est un Elfe, pas un humain !

– Les oracles de Zdoor, Prêtres de Sagar, disent l'inverse ! ricana le Nain. Vous autres, Magiciens, croyez être supérieurs aux vrais devins ! bougonna-t-il, méprisant.

Le Fêlé pensa que rien ne pouvait être déclaré par un Nain sans agressivité. Ce trait de caractère en faisait certes d'excellents combattants, mais pour la convivialité, ils pouvaient repasser !

Il coupa cet échange pour le moins vif.

– Cartes sur table, maintenant ! Gerfor, Kent, éclairez-nous sur cet Enfant de Légende !

Le Clair raconta l'ancienne prophétie d'Adénarolis. Le peu qu'il en savait. Une histoire de Petit Prince, semblable aux Dieux, qui défiera les corbeaux et fera renaître le peuple Elfe.

– Rien ne correspond réellement à cette tradition orale. Il est vrai que je ne comprends pas qu'il ait autour du cou le sceau des Elfes, que je sois attiré par lui comme s'il en était un, alors qu'il a tout d'un humain, mais...

Gerfor se prit la tête à deux mains.

– Tradition orale, fais-moi rire ! Même moi, je pourrais être le Petit Prince selon tes explications ! Plus sérieusement, la parole de nos oracles est claire...

Il se gratta la barbe en réfléchissant et déclama :

– Le sang noir envahira Avent et convertira les âmes. Les Nains devront faire alliance avec les hommes sous peine de subir la même destinée funeste que les Elfes. Chez les Libres, un humain aura les « Semblables », forgés par Sagar, bénis par Gilmoor, Antinéa et Mooréa, symboles de l'Alliance d'Ovoïs et d'Avent ! Et nous suivrons l'enfant élu pour vaincre les corrompus.

Gerfor s'arrêta, très satisfait de lui-même, et observa l'assemblée qui ne dit mot. Il entra dans une rage folle.

– Continuez à prendre les Nains pour des moins qu'un ork, aucune importance ! Ce n'est pas vous que je dois convaincre ! Ceux à qui le message a été transmis l'ont compris !

– Calme-toi, Gerfor, tempéra Kent. Dame Perrine doit avoir de bonnes raisons de considérer tes oracles.

Le Nain renifla bruyamment.

– C'est surtout Parangon qui était attentif... Comme s'il savait déjà. Comme s'il n'attendait qu'une confirmation.

Un peu désœuvré, déstabilisé par les propos de Gerfor, Passe-Partout déambulait dans la Cité. Ses pas l'entraînaient en direction du port. Pensait-il y trouver l'animation coutumière afin de se changer la tête ? Las ! Les informations du matin poussaient les Mortagnais à se replier dans leurs coquilles. Personne n'eût pu le distraire de ses préoccupations. Seul le temple d'Antinéa, dominant le débarcadère, avait contre toute attente ses portes grandes ouvertes. Passe-Partout s'aperçut que, depuis son arrivée dans la ville, il n'en avait jamais franchi le seuil.

Parangon cherchait dans ses livres des traces de la culture elfique. Quête compliquée, il n'existait pas d'ouvrages écrits par les Elfes eux-mêmes, juste des témoignages d'humains les ayant côtoyés. Il râla une nouvelle fois contre le sort.

– Je suis sûr que Dollibert avait beaucoup plus d'éléments !

Il feuilleta un grimoire.

– J'y suis… Voilà…

Un dessin accompagnait un rapport, rédigé par un Prêtre de Mooréa il y a fort longtemps, qui décrivait le parcours d'un aventurier ayant approché, durant sa vie, les Clairs et la Reine de ce peuple. Il lut tout haut l'extrait concernant la médaille.

– Le sceau des Elfes est une pièce maîtresse de leur puissance. La feuille de goji, l'arbre des Clairs, symbolise la stabilité et la pérennité du peuple tout entier. Le secret de son pouvoir est bien gardé. Même les proches de la Reine, avec lesquels j'ai passé la majeure partie de ma vie, n'avaient pas connaissance de ses attributs qui, disent-ils, ne sont d'ailleurs connus que d'elle-même, secret transmis de mère en fille lors de sa succession.

Parangon se gratta la tête.

– Je ne suis guère plus avancé… Pièce maîtresse Elfe ! Dans les mains de Passe-Partout ! Enfin, autour de son cou !… Le destin de cet enfant est décidément hors du commun.

Passe-Partout s'arrêta devant le porche du temple et fut tout à coup pris d'une irrésistible envie de pénétrer dans ce lieu de culte entièrement voué à la Déesse de la Mer. Il déposa machinalement son obole sur le plateau à l'entrée et s'avança dans la grande salle principale d'un pas hésitant.

Son regard balaya l'ensemble. Sur les différentes mosaïques qui tapissaient les murs de l'édifice religieux était représentée Antinéa, sous forme humaine ou symbolique, comme le dauphin. Elle régnait sur le monde marin figuré par des milliers d'éclats bleu vert, assemblés avec soin et art, formant de splendides fresques avec, au plafond, une peinture superbe de Gilmoor donnant naissance à deux jumelles.

Passe-Partout se trouvait seul au centre de l'immense pièce décorée et se dirigea vers l'autel turquoise dont le plateau reposait sur un magnifique aquarium devant lequel il s'inclina machinalement.

Il ne lui vint aucune prière particulière ni aucune requête. Jamais il n'avait mendié quoique ce soit aux Dieux et finit par se demander la raison de sa présence en ce lieu ! Relevant la tête, sa méfiance reprit vite le dessus : Thor s'illuminait.

– Ne crains rien ! L'aura de Thor ne te signale pour une fois aucun danger. Je te souhaite la bienvenue chez Antinéa. Mon nom est Anyah.

Il se tourna vers la voix féminine et vit une femme drapée d'une toge bleu sombre dont les plis ondulaient comme les vagues. Belle, les yeux au regard profond, elle affichait un sourire énigmatique et désigna l'arme divine :

– Ce couteau a été béni par la Déesse de la Mer lors de la réconciliation des Dieux. Son pouvoir demeure toutefois limité sans son frère.

Passe-Partout resta muet, ébloui par la beauté de la Prêtresse. Enchanté, au sens propre comme au sens figuré ! Il ne s'expliqua pas comment, sans bruit aucun et sans qu'il vît quoique ce soit, elle fut là, devant lui, légère et vaporeuse ; un rêve éveillé. Elle lui parut plus grande, son regard se voila tandis qu'elle tendait ses mains vers ses tempes. Il n'oublia pas ses mots prononcés d'une voix différente, aux consonances graves.

– Tu peux sortir ma sœur des ténèbres où elle est plongée. Pour cela, il te faut retrouver le jumeau de l'Alliance pour Avent et Ovoïs. Pars avec ma bénédiction !

Le Fêlé n'en croyait pas ses oreilles. Passe-Partout, celui qui délivrerait les communautés d'Avent selon les oracles Elfes et Nains ? Gerfor conclut sur un ton qui ne supportait pas la contradiction.

– Les prophéties de nos peuples convergent ! Cette guerre ne pourra de toute façon être menée qu'avec celui qui aura les deux couteaux.

Il se moqua de Kent.

– Petit Prince semblable aux Dieux, n'importe quoi ! Petit Prince aux semblables des Dieux ! Les Semblables, c'est les Couteaux !

Kent ravala sa salive et fit profil bas. Les prophéties orales de son peuple avaient vraisemblablement subi quelques... transformations au cours des lustres !

Les aventuriers savaient ce que cela signifiait. Il fallait que Passe-Partout accomplisse une quête, sa quête. En Avent, celles des héros ne devaient être menées à terme que seul pour être validées par les Dieux et les hommes. Valk lâcha, mal à l'aise :

– Il n'a que treize cycles...

– Si c'est l'Enfant de Légende, cela n'a que peu d'importance, rétorqua le Nain.

Après le départ de l'enfant, Anyah la Prêtresse avisa l'aquarium et tendit l'index vers un bloc de roches dont l'édification anarchique laissait deviner un trou. Un éclair surgit et forma un arc de lumière entre son doigt et la tanière sous-marine. Une ombre bleue, de forme ronde, apparut une fraction de seconde. La voix d'Anyah résonna dans le temple :

– Bonne chance, Passe-Partout...

– Je désire voir Parangon ! lança Passe-Partout à l'attention des gardes qui, devant sa détermination, n'osèrent pas l'éconduire et l'invitèrent à patienter.

Son regard s'attarda de nouveau sur la rue, et sur cette détresse qui habitait les réfugiés, celle qui ne quittait plus l'âme de celui qui avait vu ses parents et amis périr sous ses yeux. Mieux que quiconque, il connaissait ce sentiment proche du désespoir, enfoui au plus profond, et qui remontait en force. Peu d'hommes, surtout des femmes, des enfants et des vieillards, tous blessés, hagards, environ une trentaine qui demandaient asile à Mortagne l'accueillante.

Une main se posa sur son épaule, le faisant sursauter.

– Nous soignons l'effet… Et pas la cause.

Passe-Partout leva les yeux vers Parangon, venu à sa rencontre. Il avait mille fois raison. L'action était vitale pour endiguer cette folie. Peut-être était-ce même trop tard… Cette rage lui fit saisir par réflexe Thor le divin, comme s'il allait se battre ! Sans préambule, il questionna le Magister :

– Que sais-tu d'Orion et de sa légende ?

Avec un air entendu, Parangon l'invita à le suivre jusqu'à son « nid d'aigle ». Arrivé dans son antre, tout en cherchant des ouvrages disséminés dans l'immense bibliothèque, le maître de la Tour de Sil parlait à l'enfant qui regardait par la fenêtre le spectacle unique sur la vallée du Berroye.

– Orion… Orion… Je dois avoir encore autre chose par ici…

Il avisa Passe-Partout et déclara :

– Tu sais que je peux t'aider parce que mes renseignements émanent d'informateurs fiables…

– Ce qui signifie ? le coupa-t-il sans cesser de contempler le paysage.

Le Magister descendit de son échelle lui permettant d'accéder au dernier rang d'une succession de grimoires.

– Il me semble que tu détiens des explications sur certains peuples d'Avent qui seraient fort utiles.

Passe-Partout ne se retourna pas. Il se mordait la lèvre. Parangon poursuivit :

– Je te félicite de ta fidélité à ton serment. J'espère seulement vivre suffisamment longtemps pour, le jour où tu en seras délivré, connaître la vérité, plutôt que de collationner des rumeurs ou des légendes !

Il trouva la page qu'il cherchait.

– Maintenant, je t'écoute… Bien ! Que veux-tu savoir concernant Orion ?

Passe-Partout se retourna enfin et s'assit face à Parangon.

– Je ne sais pas exactement.

– Si, tu le sais précisément, sourit le vieil homme. Mais je vais faire comme si je te croyais.

Le Magister tourna machinalement une page de l'épais volume et railla l'enfant resté silencieux :

– Je vais nous faire gagner du temps ! Tu cherches le jumeau du cadeau que t'a fait Jorus, n'est-ce pas ? Lequel des deux as-tu ? Probablement Thor, je me trompe ?

À son évocation, le bien nommé se mit à bleuir sous le gilet. Le propos avait fait mouche. Passe-Partout, gêné, répondit à côté :

– Saga a été volé. Il faut que je le retrouve.

Parangon se concentra sur un feuillet couvert d'une fine écriture. Ses mouvements de tête trahissaient une vue défaillante. Il fixa l'enfant et lança :

– La légende qui court sur Avent est fausse ! C'est Thor qui a été dérobé, pas Saga ! Orion a été inhumé avec ces armes… On parle aussi d'un arc qui lui fut offert par un chef Sombre… lors d'une quête… Une négociation avec un Dragon… Le Continent ne contient décidément pas beaucoup d'écrivains !

Il referma le livre en soupirant :

– Datations imprécises. Dommage pour le plus grand héros d'Avent, celui qui terrassa l'hydre d'Avent Port, ville où il a d'ailleurs été enterré !

Passe-Partout fronça les sourcils.

– Thor, volé ?

Le Magister rit de bon cœur.

– Certes pas par ceux qui te l'ont offert ! Les objets magiques sont toujours retrouvés par les Prêtres et Prêtresses de Mooréa. Un de leurs principaux buts, pour ne pas dire leur quête permanente, est de les rapporter aux temples de la Déesse, partant du principe qu'elle n'a fait que les prêter au Continent.

– Ainsi, un jour, devrais-je rendre Thor ?!

– Possible ! Note bien qu'Orion a été enterré avec ses armes magiques. La Déesse doit bien faire quelques exceptions !

– Donc, l'autre couteau devrait se trouver avec Orion… Enfin, dans sa tombe.

– À priori, oui… Un problème, toutefois. Et de taille ! C'est que personne ne sait où se situe sa sépulture.

– Aucun indice ?

– On ne parle que d'une crypte inaccessible, dominant la mer. Rien de plus.

Parangon empila les livres les uns sur les autres et anticipa la question à venir :

– Les ruines d'Avent Port se trouvent à trois jours de marche, vers le nord. La ville a été détruite par les Orks lors d'une de leurs incursions, après que la moitié de la cité ait été envahie par la mer à la suite d'une brusque montée des eaux. Ce sont les survivants de cette ville qui ont fondé Mortagne et… Je m'égare… Beaucoup ont cherché sa sépulture. Personne ne l'a jamais trouvée… À ma connaissance.

Le Magister se leva et lui posa sa main sur l'épaule.

– Les Dieux nous imposent parfois de bien étranges destins. Le tien passe par cette quête. Je sais que ta décision est prise et m'en réjouis pour des raisons que tu ignores encore… Bonne chance, Passe-Partout !

L'enfant se redressa à son tour et se souvint d'une phrase prononcée par Faro. *Nous ne sommes utiles que vivants.* Il voulut remercier le Magister et désigna l'Œil éteint sur le plateau de la table.

– Il peut s'animer par imposition des mains en absorbant ton Énergie Astrale… Ça secoue fort, mais ça marche !

Pensif, Parangon se mit à réfléchir vite. L'Œil ne fonctionnait théoriquement qu'avec sa Magie propre que la divine Mooréa lui insufflait. Peut-être l'énergie nécessaire pourrait-elle être fournie par un autre vecteur ? Interrogatif, il observa l'enfant qui finit par lâcher :

– Il est des secrets trop lourds à porter. Peut-être pourrons-nous un jour les partager ?

Parangon, ému, raccompagna Passe-Partout en bas de la Tour de Sil.

CHAPITRE XII

Sagar transforma sa colère légitime en rage contenue. Cette tentative de déstabilisation d'Ovoïs par des différends entre les Dieux s'était manifestée par le passé, lui donnant cette désagréable impression de « déjà-vu ». Le Dieu de la Guerre n'eut pas besoin de parler, le Messager apparut instantanément.

– Oui, Sagar ! Les Couteaux de l'Alliance sont toujours sur Avent…

– Chez les prêtres de Mooréa ?

– Non ! Et sur ordre de la Déesse !

L'air satisfait du Dieu des Nains invita le Messager à sonder sa loyauté envers Ovoïs :

– Tu veux les récupérer ?

La réaction de Sagar fut sans équivoque.

– Certes non ! Au contraire ! Seul un guerrier choisi peut arrêter cette folie s'il possède ces armes !

Le Messager sourit, rassuré, et pensa que le « Guerrier » en question était loin de ressembler à Orion ! Pour le moment…

Lorbello. Extrait de « Le réveil de l'Alliance »

Passe-Partout se rendit chez lui afin de préparer quelques affaires pour son départ. Sa décision était prise, mais était-ce bien « sa » décision ?

Il quitterait la Cité sur l'heure, direction Avent Port à la recherche de la sépulture d'Orion. Il fallut longuement rassurer Fontdenelle, peu enclin à le laisser partir seul aussi loin et ne comprenant pas l'importance de son voyage. Il ne restait donc plus qu'à prévenir le Fêlé et Josef, et à vaincre la résistance prévisible de Carambole.

Il gagna la table du fond. Le Nain avait rejoint sa chambre pour s'y reposer. Il n'avait pas fermé l'œil deux jours et deux nuits durant pour atteindre Mortagne au plus vite ! Kent, lui, tentait désespérément d'améliorer l'adresse de Valk au lancer de couteau. Malgré une application digne d'une élève disciplinée et la patience sans borne de l'Elfe, aucun progrès ne se dessinait !

Avec une épée, elle tiendrait tête à une armée ! pensa l'enfant. *Mais seulement avec une épée !*

Le Fêlé se leva, inquiet de voir Passe-Partout muni d'un sac à dos. D'instinct, il comprit et savait que la décision prise ne lui conviendrait pas. Kent envoya les quatre couteaux au centre de la cible sans quitter des yeux l'enfant qui approchait et invita la guerrière à s'asseoir. Ce qu'elle fit avec une moue mi-admirative à l'adresse de l'Elfe, mi-dégoûtée de son incapacité à faire de même !

Après une longue inspiration dans un silence de temple, les trois compagnons entendirent une voix se voulant déterminée.

– Je dois y aller...

Le Fêlé l'interrompit sans ménagement.

– Où ?

C'était la seule question qu'il était susceptible de poser. Il savait déjà pourquoi et quand. Kent toisa le Colosse d'un air réprobateur. Le Fêlé se ressaisit et rectifia le tir.

– Je t'en prie... Continue.

– Je dois retrouver l'autre, dit-il en tapotant Thor.

Un moment de flottement s'abattit sur le groupe. La quête de Passe-Partout évoquait à chacun des instants de leur vie où tout basculait, entraînant mirages, désillusions, et parfois la mort... Ils voulurent alors tous trois s'exprimer en même temps et ce fut le Fêlé qui prit le dessus.

– Quelles sont tes sources ?

– Parangon...

– Quelle destination ? questionna de nouveau le Colosse, anxieux.

– Avent Port. Enfin, ce qu'il en reste !

– Je suppose que tu pars...

– Maintenant.

Josef, sans assister à la discussion, avait parfaitement compris la situation. Il ne s'attendait de toute façon pas à ce que Passe-Partout mène une existence ordinaire. Ses différentes conversations avec Tergyval lui avaient appris maintes fois que ce gosse ne ressemblait vraiment à aucun autre. Restait Carambole, absente. L'aubergiste tenterait plus tard de limiter la fontaine de larmes qu'inéluctablement ce départ précipité ferait naître.

Les trois aventuriers escortèrent Passe-Partout jusqu'à la porte principale. Malgré la solennité de la situation, l'enfant ne put s'empêcher de plaisanter sur ses « gardes du corps ». Il ne s'agissait plus d'un accompagnement, mais bien d'une protection rapprochée : le Fêlé devant lui, Kent à gauche et Valk à droite, au même pas et en silence !

À la porte de Mortagne se dessinait la silhouette de Tergyval...

Comme par hasard, murmura Passe-Partout.

La belle Valk mit un genou à terre et embrassa l'enfant. Les quelques passants masculins auraient payé cher pour être à la place du petit homme ! Kent, sans un mot, posa la main sur son épaule, une douce pression marquant l'affection du geste. Le Colosse, plus démonstratif, le serra jusqu'à l'étouffement en le soulevant. La gorge nouée, pas une parole ne put franchir ses lèvres. De plus loin, Tergyval lui fit un signe. Passe-Partout traversa le pont-levis et entendit la voix de Kent.

– Que ton chemin soit droit et tes décisions justes !

L'enfant se retourna et répondit :

– Et la vérité triomphera !

Kent sourit à la réplique de ce vieux proverbe du peuple Elfe. Il ne s'aperçut qu'avec un petit peu de décalage, en découvrant les visages surpris de ses compagnons, que lui seul pouvait comprendre. Le Clair avait parlé en langage elfique... Le gamin aussi !

Marchant vite sans oser se retourner sur cette ville qui l'avait adopté, il gagna la plus proche lisière et pénétra dans la forêt dominant les berges du Berroye. Pour tous, le danger commençait à cet endroit. À l'inverse, l'enfant retrouva calme et sérénité dans cet environnement. Tous sens en éveil, il se dirigea vers le nord à travers bois.

Le Nain descendit de sa chambre. Quelques heures de repos avaient effacé toute fatigue de sa lourde carcasse. Fidèle aux rumeurs persistantes sur son peuple, il n'avait pas éprouvé le besoin de faire un brin de toilette. Son arrivée bruyante à la table des aventuriers sortit les compagnons de leurs sombres pensées.

– À boire, Josef ! hurla-t-il en brandissant une pièce d'argent. Et joins-toi à nous, nous avons quelque chose à fêter !

Des regards incrédules se posèrent sur lui. Le départ de Passe-Partout et l'attaque imminente de Mortagne n'invitaient pas à l'allégresse. Le Nain s'assit en reniflant :

– Vu vos têtes, c'est que l'enfant est parti. Grande décision !

Le Fêlé serra les dents et cracha :

– C'est ça qui te met du baume au cœur ?

Gerfor balaya sa réflexion d'un geste.

– Ton affection pour cet enfant t'aveugle. Tu ne comprends vraiment rien, Colosse ! S'il ne revient pas, Mortagne sera rasée et Avent sera peuplé de morts-vivants. Mais moi, Gerfor Ironmaster de la Horde de l'Enclume, j'affirme qu'il sera là avant l'arrivée des cagoulés !

Il posa une nouvelle pièce d'argent sur la table. Kent n'en croyait pas ses yeux. La radinerie des Nains n'était pas une légende. Cependant son attitude, par deux fois, demeurait franchement contre nature ! Gerfor n'échappait toutefois pas aux fondamentaux de sa communauté. Il savait que personne ne parierait contre Passe-Partout. Il s'apprêtait à ramasser sa mise en rouspétant contre tous ces « petits joueurs » quand une voix fluette empêcha son effet de manche et qu'une autre pièce apparut à côté de la sienne.

– Je tiens le pari. En souhaitant vraiment de tout mon cœur le perdre !

Josef recueillit les enjeux et prit sa fille dans ses bras pour l'embrasser. Le Nain esquissa une grimace et but d'un trait son godet.

Valk et Kent, levés tôt, eurent rapidement des fourmis dans les jambes et décidèrent de faire un tour dans Mortagne. Ils sortirent de l'auberge sans croiser âme qui vive et arpentèrent les rues silencieuses.

– Si nous faisions le chemin de ronde par les remparts ? décréta l'aventurière.

Kent suivit. Il n'avait pas d'autre proposition à formuler. Et si cela contentait Valk ! La vue était superbe en ce jour naissant. Ils montèrent par un des accès côté mer où se jetaient les deux bras du Berroye encerclant la Cité, et longèrent les murailles d'enceinte où les chaînes d'Alta, au loin, laissaient admirer leurs sommets enneigés. Les gardes saluèrent les deux promeneurs sans leur demander quoi que ce soit concernant leur présence en ces lieux pourtant interdits aux civils en cette période d'alerte. À la sortie d'une des tours dominant la porte principale, une silhouette massive familière, penchée sur les mâchicoulis, se tourna sur les deux compagnons.

– Salut ! Vous êtes bien matinaux.

Kent esquissa un sourire et rétorqua, narquois :

– Tu étais là bien avant nous, Fêlé. Alors ? Tombé du lit ?

Le Colosse haussa les épaules et, le regard dans le vague, répondit :

– Du mal à fermer l'œil...

Valk parla comme pour elle-même.

– Je comprends qu'il te manque.

Kent tendit l'index. Au-delà des lices, des groupes d'hommes s'activaient.

– Mais c'est Tergyval que je vois là-bas !

– Oui, fit le Fêlé, laconique.

– Il ne dort pas beaucoup, lui non plus ! Il anticipe le siège de la Cité et installe des pièges.

– Prévoyant, le Maître d'Armes, souffla Valk.

– Probablement à juste titre, maugréa le Fêlé. On rentre à l'auberge ?

Kent lui emboîta le pas et se retourna afin de s'assurer que Valk avait entendu. Elle ne bougea que lorsque, à grand renfort de signes, Tergyval finit par apercevoir sa gracieuse silhouette répondre à ses insistants saluts.

Assis à leur table, les trois aventuriers accompagnés de Josef se virent offrir une infusion de plantes aromatiques que Carambole, d'un air morne, leur servit. L'aubergiste rompit alors le silence en entrant dans le vif du sujet.

– C'est vrai que c'est tôt pour une quête. Passe-Partout n'a que treize cycles, mais c'est un drôle de bonhomme ! Je sais qu'il a une importance primordiale pour Mortagne. Quelque chose de vital. Il semble qu'il n'ait pas vraiment le choix.

Le Fêlé explosa.

– Nous l'envoyons à l'aventure, sur les dires d'une Prêtresse Elfe et d'Oracles Nains ! Après tout, nous ne connaissons rien de ce gosse ! Tout cela me paraît fragile. Et nous nous donnons bonne conscience en écoutant de soi-disant voix divines qui demandent tout bonnement le sacrifice d'un... enfant !

Valk posa une main sur l'avant-bras du Colosse. Elle n'était pas surprise du mouvement d'humeur du Fêlé et mit ses blasphèmes sur le compte de son affection pour Passe-Partout.

– Tu as raison sur un point, nous ne savons rien sur cet enfant. Autant d'ailleurs que sur chacun d'entre nous !

La réflexion fit mouche. Elle profita du flottement et poursuivit :

– La destinée a voulu que nous nous rencontrions. Peut-être trouverons-nous dans notre passé d'aventurier des indices qui nous relient à lui ?

Le Fêlé releva ironiquement :

– Tu parles d'aventuriers ! Pourquoi restons-nous là ? Cette guerre n'est pas la nôtre. Nous devrions fuir ce conflit et chercher des missions enrichissantes ! Nous avons accepté la sédentarité sans rémunération, un comble pour des mercenaires !

L'Elfe, surpris des propos du géant, rétorqua :

– C'est insensé ! Tu ne penses pas ce que tu dis, Colosse ! La Compagnie des Loups n'a jamais eu cette réputation. Reprends-toi !

Le Fêlé, blessé, digéra la réflexion justifiée de Kent. Il serra les dents, ferma les yeux comme pour mettre de l'ordre dans ses idées et entama douloureusement, le regard dans le vague :

– Je suis né esclave dans la ville de Varmont… Tout Avent connaît cet endroit maudit où la vie ne vaut pas cher. Ma corpulence seule m'a permis de survivre. J'ai été affranchi lorsque, gladiateur, j'ai vaincu tous mes adversaires dans l'arène… Je déteste l'oppression et tout ce qui avilit les hommes. C'est dans cet esprit qu'a été fondée la Compagnie des Loups et, effectivement, ce qui a fait sa renommée. Mercenaires ? Assurément ! Mais les causes défendues devaient être justes et correspondre à notre philosophie. L'événement le plus marquant de notre histoire fut notre fin…

Il but une gorgée d'infusion sous le regard attentif de ses compagnons.

– Nous étions missionnés par une confrérie de Prêtres de confessions différentes afin d'intervenir pour éviter le massacre des Elfes Clairs et protéger sa Reine. Les informations dont nous disposions ne laissaient aucun doute sur les intentions des humains d'éradiquer les Clairs, galvanisés par leur précédente victoire contre les Sombres, tous exterminés…

Il reprit sa respiration et poursuivit d'un ton monocorde :

– Nous savions que le dernier bastion Elfe se trouvait à Dordelle…

Kent souleva son absence de sourcil et se concentra sur les propos du Fêlé.

– Nous étions cinq : Garobian, que je considérais comme mon frère, Bessinalodor et Carasidoria, toutes deux Claires, ainsi que Salvinia, aussi brune…

Il regarda Valk.

– … que toi tu es blonde ! Elle aussi redoutable bretteur… Et moi… La Compagnie des Loups…

Il ajouta avec un maigre sourire.

– Tous tatoués sauf un qui, malgré son ardeur au combat, ne parvenait pas à se résoudre à se faire « charcuter », comme il disait.

L'émotion dans cette révélation était tangible. Kent et Valk comprirent qu'il devait parler de son « Frère ». Le Colosse poursuivit son récit.

– Nous sommes arrivés au milieu d'une panique indescriptible. Il ne s'agissait pas d'une simple rixe, mais d'une véritable guerre ! Les hommes, mes propres congénères, aveuglés par une haine inexplicable, massacraient les Elfes un par un. À grand peine, nous pûmes nous frayer un chemin vers le château où se trouvait la Reine… En perdant Carasidoria, découpée en morceaux sous nos yeux sans que nous puissions faire quoi que ce soit considérant le nombre d'assaillants… Avec quelques Clairs de la garde royale, surpris de découvrir des humains se battre à leur côté, nous fermâmes les portes de la salle principale du château.

Repliés en son centre, notre provisoire sécurité était l'enfermement. Une impasse... J'entends encore le bélier frapper contre notre seule issue. Pendant ces quelques minutes se passa la chose la plus étrange qu'il m'ait été donné de voir dans mon existence ! Un phénomène inédit à un moment où chacun comptait ses dernières secondes de vie : le regard de mon frère ne se détachait plus de celui de la Reine des Elfes, et c'était réciproque ! Sans un mot... Sans un geste... Je suis témoin que l'amour entre deux êtres peut naître ainsi ! C'est alors que la porte tomba dans un fracas terrible, laissant pénétrer cette meute beuglante... Cette tuerie programmée était conduite par deux seigneurs de guerre totalement possédés par la haine. Maudits soient leurs noms ! Albred et Tecla. Leur objectif était clair, abattre la Reine ! Bessinalodor s'interposa et affronta ces deux meneurs, réussissant à blesser Albred, mais succombant sous leurs coups. Protégée par mon frère d'armes, la Reine jeta un sort à Tecla et l'immobilisa. Albred, après une joute d'expert contre mon frère, fut balayé par une botte dont il avait le secret. Tout alla très vite... À partir de ce moment, les gardes Elfes tombèrent les uns après les autres sous le flot humain. Je perdis de vue mon frère, la Reine et ces maudits d'Albred, et Tecla ! Hormis Salvinia, lâchement tuée sous mes yeux par une lance dans les reins... Elle tenait tête à trois assaillants... Je continuais à me battre, comme un enragé ! En tombant sous leurs coups répétés, je m'aperçus alors que seuls trois gardes Elfes se tenaient encore debout. Je leur dois probablement la vie... Les humains qui m'ont laissé pour mort ont dû à leur tour la perdre sous leurs lames... Paradoxalement, je fus recueilli par mes ennemis qui, me prenant pour l'un des leurs, me guérirent des blessures que leurs propres armes m'avaient infligées ! On ne retrouva pas le corps de la Reine ni celui de mon frère vraisemblablement enterré à la va-vite avec tous les autres... Voilà la triste fin de la Compagnie des Loups... Il y a de cela environ treize cycles maintenant... Je revins à Port Vent et vécu jusqu'à mon arrivée à Mortagne de missions sans intérêt, plus rien ne me donnant réellement le goût d'exister...

Son regard devint inexpressif.

— Ce dont je me souviens surtout, c'est de cette hargne sauvage qui possédait les attaquants. Comme si leur volonté ne leur appartenait plus. La plupart d'entre eux n'avaient jamais porté une arme, mais ils frappaient sans peur, uniquement motivés par cette haine décelable dans leurs yeux... La mort leur importait peu. Une force les poussait à tuer, quitte à se faire tuer ! Le comble est que ces mêmes barbares que j'avais vus dépecer des Elfes, pour la plupart, ne se souvenaient de rien ! D'autres ne se remémoraient que confusément ce drame, comprenant mal leur geste, avec le paradoxe d'avoir accompli ce qui devait être fait tout en reconnaissant leurs actes horribles ! C'est la première fois que je parle de tout ça... Je garde cette plaie ouverte depuis... Pourquoi Mortagne ? Il n'y avait qu'ici que l'idée de liberté avait du sens. Un état d'esprit qui me séduisait, et me séduit encore...

Kent regardait le Colosse avec admiration et fierté. À son tour, il prit la parole :

— Ainsi donc nos chemins se sont déjà croisés, Fêlé... Je faisais partie de la garde rapprochée de la Reine, c'était effectivement à Dordelle. Lors de l'attaque, la dernière, je tentais, avec mes frères Elfes, de repousser les assauts de ces sanguinaires à la porte du domaine. C'est là que je vous ai vu arriver, vous ruer sur nos bourreaux. Nous n'avons pu, comme vous, pénétrer le château. Cinq d'entre nous, devant le flot humain haineux, ont pu s'enfuir en sautant dans les lices.

Il baissa la tête :

— Ce n'est pas très glorieux. C'est peut-être pour cela que je n'aime pas parler de ce moment de ma vie.

Le Fêlé, ému de la sincérité du Clair, tenta de justifier son choix :

– Passe-Partout dit toujours : nous ne sommes utiles que vivants.

Kent eut un maigre sourire et rétorqua :

– Encore un vieux proverbe Elfe… Quoi qu'il en soit, Fêlé, tu avais déjà mon amitié, déclara-t-il après une profonde inspiration. Sache qu'elle t'est dorénavant acquise pour l'éternité ! Nous avons ensuite couru sans relâche durant plusieurs heures, nous dissimulant dans la forêt. Deux de nos femmes étaient avec nous. Elles entrèrent dans une grande prostration lorsque le Signal fut perdu.

Valk releva :

– Le Signal ?

Kent hocha la tête comme s'il s'attendait à la question et décida de soulever un coin du voile du mystère de ce peuple mal connu des humains.

– Chez nous, le Signal est un lien éthéré entre la Reine et tous les Elfes ; il nous unit. Sans lui, aucun avenir possible. C'est, entre autres, ce Signal qui rend nos femmes fécondes… Nous sûmes dès lors que tout était fini, notre monarque n'ayant pas de descendance. Mes deux compagnons restèrent avec elles, leur prodiguant des soins incessants. Je les quittais quelques mois plus tard, après un songe étrange qui me hante encore aujourd'hui dans lequel je ramassais mes affaires, partais à l'aventure et, au bout d'une marche longue et harassante, découvrais un cimetière puis sur une tombe sans nom la solution de la résurrection du peuple Elfe… Je les ai donc laissés et entrepris cette marche solitaire avec cet objectif en ligne. Cela fait quelques paires de cycles, maintenant ! Ce rêve est devenu une fixation, comme une raison d'exister, une utopie certainement. Car je n'ai plus, depuis, croisé un membre de mon peuple. J'ai vécu seul longtemps, n'osant me mêler aux humains, et pour cause ! Me cachant dans les bois, observant les villages au loin… Cela ne fait que peu de temps que j'ai rejoint la société des hommes.

Il sourit :

– Grâce à une femme… J'ai rencontré Valk qui m'a redonné confiance. C'est moi qui ai souhaité venir à Mortagne. Un survivant Elfe n'a nulle part où aller. Sauf peut-être ici…

Il baissa les yeux comme pour entendre un verdict qui ne tomba pas. Valk secoua ses boucles blondes et se jeta à l'eau :

– Je n'avais guère plus que l'âge de Passe-Partout lorsque j'ai quitté la ferme parentale. Nous étions six frères et sœurs, avec, dans le rôle de la sœur, moi toute seule. La dernière-née de surcroît ! J'étais trop jeune durant cette folie haineuse que préfigurait l'éradication des Elfes. Mes souvenirs d'alors sont flous. Je me rappelle des propos que tenait mon père, haranguant mes aînés, vociférant contre les « longues oreilles » bien que nous n'ayons jamais croisé un Elfe de notre vie ! Je les vis, plus tard, partir en croisade, avec, d'ailleurs, tous ceux de la contrée, hurlant à l'extermination… Pendant leur absence, ma mère tomba malade et je passais mon temps à la soigner comme je pouvais. Durant son agonie fébrile, elle parlait constamment d'un homme en robe de bure qui organisait des réunions. À priori, il devait s'agir d'une sorte de prêtre. Elle l'accusait d'avoir changé son mari et ses enfants. Le manipulateur ! Elle l'appelait ainsi dans ces accès de fièvre. Délirait-elle ?

Elle fit une moue dubitative.

– Elle finit par mourir de convulsions, me laissant seule à ruminer mon incompréhension de cette volonté d'éradiquer tout un peuple et ma propre haine du comportement de ma famille. Je décidais de ne pas attendre. D'ailleurs, attendre qui ? Mon père et mes frères couverts de sang Elfe ? Cette idée me répugnait et je me suis enfuie... du haut de mes douze cycles ! Je fus recueillie par une femme vivant comme un ermite... Elle me sauva de la faim. J'étais bien incapable de me débrouiller toute seule ! Adrianna... Une femme particulière, au passé douloureux... Probablement une Amazone...

Ses deux compagnons la regardaient bizarrement. On parlait beaucoup des Amazones en pays d'Avent, ces femmes soldats, guerrières et dominatrices, toutes « Mariées » à Sagar, Dieu du combat et des armes. Légende ou réalité ? Kent et le Fêlé laissèrent poursuivre la Belle.

— Elle m'a appris tout ce qu'elle savait. Sa science du combat rapproché en particulier ! Elle était assez nulle aux armes de jet et m'a légué son expérience...

Elle sourit à Kent en montrant du menton la cible aux couteaux :

— Et ses lacunes !

Son magnifique sourire s'estompa.

— J'ai vécu peut-être trois cycles avec elle. Et un beau matin, je me suis levée seule. Elle était partie... Le peu d'affaires qu'elle possédait avait aussi disparu. Je suis restée plusieurs jours à l'attendre... Son épée était sur la table, alors qu'elle ne se déplaçait jamais sans son arme. Elle ne revint pas. À la réflexion, je crois qu'elle s'en est allée après m'avoir enseigné tout ce qu'elle savait... Quant à l'épée – elle caressait le pommeau de sa lame –, je pense qu'il s'agissait d'un présent... Elle était là, devant moi. Pas au râtelier comme d'habitude.

Elle se ressaisit, comme pour ne pas sombrer dans une nostalgie déprimante.

— Je menais ensuite une vie de mercenaire, gagnant quelques pièces auprès de seigneurs désireux de se débarrasser de gêneurs indélicats... Je me suis depuis réconciliée avec la gent masculine qu'Adrianna m'avait appris pourtant à cordialement détester !

Elle conclut :

— C'est Kent qui m'a entraînée jusqu'à « La Libre ». Au début, ici ou ailleurs m'était bien égal. Mais aujourd'hui, je ressens un attachement pour cette ville, et c'est un sentiment nouveau pour moi ! Agréable au demeurant.

Ils s'entre-regardaient en silence. Ils savaient maintenant ce qui les avait poussés à venir à Mortagne et surtout à y rester. Toutes les blessures de leur passé leur avaient été infligées par les cagoulés, chacun ayant perdu sa communauté, famille ou Compagnie... Passe-Partout devenait le trait d'union... Le Fêlé résuma la pensée de tous en déclarant :

— Avec certitude, Avent ne sera plus si nous ne combattons pas ce fléau... Oui, c'est pourquoi nous sommes ici ! Et que nous y mourrons peut-être...

CHAPITRE XIII

– Ainsi, l'Endormie a donné sa mémoire à Avent, murmura Le Fourbe.

Il essaya de temporiser la situation :

– Bah ! Ce ne sont pas quelques Clairs disséminés, sans Reine, qui feront revivre la Magie sur le Continent… Et le temps que les humains créent la leur, ils n'invoqueront plus que mon Nom ! Quant au manuscrit des Sombres, il sera bientôt en ma possession, comme son Gardien !

Il éclata de rire :

– Et tout ce qu'il garde avec cœur !

Lorbello. Extrait de « Origines du Dieu sans Nom »

Avent Port… Ville mythique… On raconte que les tout premiers habitants du Continent ont accosté ici, créant la première Cité de ce qui allait devenir Avent. On ne sait même plus qui a donné son nom à l'autre !

Avent Port… Tout au moins ce qu'il en restait. La ville avait été complètement rasée. On pouvait encore deviner les constructions et les différents édifices publics ou religieux par la présence de fondations résiduelles. Quelques pans de mur vaillants, lézardés, envahis de ronces et, çà et là, quelques stèles brisées, des statues décapitées, démembrées, ou tout bonnement absentes, témoignaient de la splendeur passée.

Et cela ne représente qu'un cinquième de la cité, pensa Passe-Partout, juché sur un rocher, en hauteur sur la falaise dominant les ruines.

En effet, les eaux avaient noyé toute la partie basse de la ville, soit la totalité du port, des commerces et des habitations. Autrement dit, le cœur d'Avent Port. L'architecture complète et originale de l'ensemble, construit sur deux niveaux, était encore décelable, ainsi que quelques inscriptions sur des fresques. Inutiles pour Passe-Partout pour deux raisons : la première parce qu'il y avait peu de probabilités de trouver des indices par cet intermédiaire, la seconde, de taille, parce qu'il ne savait toujours pas lire !

Un doute assaillit l'enfant. Peut-être que quelqu'un avait déjà retrouvé le couteau ? Venir jusqu'ici pour découvrir une tombe vide, pillée par un indélicat ! Il effaça cette éventualité de son esprit. Trop facile de spéculer ainsi. Avec des pensées négatives, on n'entreprenait jamais rien ! Il se remit en quête d'indices et décida d'établir son campement à l'angle de vestiges de ce qui fut vraisemblablement une maison de maître, comportant un foyer dont le conduit de cheminée avait disparu depuis fort longtemps, comme le reste. À proximité, dans ce qui s'apparentait à une cour ou un jardin, une maigre source d'eau claire clapotait.

Passe-Partout occupa son temps à ratisser les ruines. Lorsqu'il cessa, harassé, à la tombée de la nuit, avec le désagréable sentiment d'avoir retourné inutilement chaque pierre d'Avent Port, il se prit la tête à deux mains et déprima quelque peu.

D'autres bien avant moi ont dû tenter la même démarche, en pure perte... La logique est ailleurs.

Il s'endormit avec cette certitude, se remémorant les propos de Parangon. La sépulture ne devait pas être découverte. Chercher des indices dans la ville ne servait pas à grand-chose.

Une nuit de sommeil réparateur lui rendit des forces et le moral. Il suivit le bord de mer jusqu'aux falaises opposées et commença l'escalade. Il embrassa une nouvelle fois le paysage : l'ensemble d'Avent Port, ses ruines sur terre et sa partie submergée. *Sous l'eau !* La solution lui parut tout à coup évidente : la tombe d'Orion ne pouvait se situer que sous la mer ! Peut-être construite dans une grotte à flanc de paroi... Dans un endroit inaccessible et secret... La brusque montée de l'océan avait pu la noyer... Son cerveau travaillait à plein rendement, le raisonnement lui sembla tenir la route. Il poursuivit sa réflexion.

Nager, ça va. Plonger, ça dépend à quelle profondeur ! Il me faudrait un bateau, ou une barque. Comment repérer l'endroit ? Et si les ruines avaient bouché l'entrée de la grotte ? Et si...

Il finit par se demander ce qu'il faisait là quand un étrange sourire apparut sur ses lèvres. Il regarda son plastron en sylvil.

– Thor ?

Le couteau bleuit légèrement à l'appel de son nom. L'enfant eut une inspiration :

– On va chercher Saga ?

À l'évocation de son jumeau, le couteau divin vira au bleu intense. Ainsi Thor l'aiderait dans sa quête, lui signalant par son rayonnement la proximité de son « frère ». Passe-Partout soupira. C'était déjà pas mal !

Il perdit une journée entière à fabriquer un ample radeau avec les débris d'épaves échoués sur la plage, et il attacha une lourde pierre au bout d'une algue géante suffisamment longue pour s'ancrer au large.

Le lendemain à la première heure, bien avant que le vent du matin ne se lève, il se jeta à l'eau, poussant son radeau comme un bouchon, et nagea jusqu'au milieu de l'anse, face à son campement. Après avoir stabilisé sa structure avec l'ancre improvisée, il prit une grande inspiration et entama sa première plongée. Au bout de deux épuisantes heures d'apnées successives, le périmètre couvert, sur des fonds n'excédant pas trente pieds, ne lui révéla rien de plus qu'à terre. Mais plonger et retenir son souffle autant de fois pour sonder la falaise sous-marine rendaient assez vite la tâche éprouvante ! Sa première journée fut stérile. À aucun moment Thor ne manifesta la présence, fût-elle lointaine, de son jumeau. Un réconfort toutefois, les petites pieuvres qui pullulaient dans ce secteur étaient non seulement comestibles, mais délicieuses, et lui permettaient de ne pas gâcher son temps à chasser le sorla.

Le jour suivant, Passe-Partout changea d'endroit et plaça son radeau au-dessus de l'ancien port immergé. Un grand nombre d'épaves alignées contre une jetée devenue sous-marine pourrissait sous les eaux. Il découvrit dans le sable un coffre à moitié enfoui et le rapporta à bord. Il l'ouvrit sans problème, la serrure lui restant dans la main tant le bois était vermoulu ! À l'intérieur, sur une étoffe, trois fioles dont les contenus s'étaient transformés en eau salée. Le double fond, repérable par le trou béant laissé par la serrure arrachée, recelait cependant une bourse avec trois pièces d'or, une petite fortune, la monnaie étant ancienne et recherchée ! Pour le reste, même spectacle de désolation sous la mer que sur terre, des ruines recouvertes de ce varech géant qui s'accrochait comme du lierre à la falaise…

Malgré l'ordre de ne pas déranger Tergyval, le garde du carré laissa passer Fontdenelle, tourmenté :

– Qu'y a-t-il ? demanda le Capitaine en camouflant des ébauches de plans étalés sur son bureau.

Le vieil homme marmonna une phrase inaudible, signe de son extrême tension et surtout de son impuissance à résoudre le problème. Il finit par prendre une profonde inspiration et nerveusement déclara :

– Deux cas inquiétants à la Guilde des Scribis… Je ne comprends pas. Une maladie étrange, sorte de catalepsie, comme après une absorption massive de drogues, assortie d'une forte fièvre que mes remèdes arrivent à peine à endiguer.

Tergyval fronça les sourcils. Si le vieil herboriste, maître dans son domaine, ne parvenait pas à diagnostiquer le mal qui frappait ces pauvres gens, qui d'autre pourrait les guérir ?

Deux jours de recherches incessantes ! Passe-Partout s'apercevait que la fréquence de ses plongées s'espaçait et que son ancre pesait de plus en plus lourd. La fatigue ne le fit toutefois pas abandonner. Au soir du troisième jour, il décela, dans ce nouvel environnement qu'il commençait à correctement appréhender, une « anomalie » de la falaise. Un endroit où elle tombait à pic, totalement recouvert de ce monstrueux varech, ou la profondeur, hélas, était du double de la moyenne habituelle. Il rentra à son bivouac, non sans quelques pieuvres pour le dîner, et se mit à réfléchir en les faisant cuire sur des pierres plates.

À l'époque, la grotte était inaccessible… À flanc de falaise, dominant la mer. Selon toute logique, si elle se trouve ici, elle se situerait au milieu… À l'endroit de l' « anomalie » !

Il dégustait son repas, les yeux perdus dans le vague.

Si elle est là, je n'aurai jamais assez de souffle pour descendre, entrer, chercher… Bah, on verra bien !

Il sombra dans un sommeil réparateur et tranquille. Rien ne se passait plus à Avent Port la morte !

Dès l'aube, il doubla la taille de son ancre et choisit soigneusement l'emplacement de son radeau avant d'effectuer sa première plongée de reconnaissance. Un mur fourni de varech géant envahissait la falaise sous-marine. Des algues, d'au moins un doigt d'épaisseur, s'enchevêtraient à partir d'un plateau à mi-hauteur du fond, empêchant toute autre forme de vie. Passe-Partout ne prêta pas attention à deux yeux jaunes globuleux qui l'observaient, trop occupé à scruter les lieux et surtout méfiant des éventuelles masses sombres pouvant surgir des profondeurs. L'enfant n'aperçut pas la créature marine tapie dans un trou. Ce fut par hasard qu'il remonta le long de l'aiguille de roche tombant à l'aplomb et qu'il croisa avec stupeur les deux yeux se mouvant indépendamment l'un de l'autre, comme allumés dans l'obscurité. De frayeur, il lâcha les pieuvres saisies lors de sa descente !

Aucun prédateur ne l'attaquant, la crainte passée, Passe-Partout crut lire dans ce « regard » d'or autant de peur et de curiosité que ce que lui pouvait ressentir. L'enfant prit le parti d'en sourire, ce qui eut pour effet immédiat de faire sortir le « monstre » de sa tanière. Le poisson, baptisé Plouf, était rond comme une pleine lune. Son bleu dominant si particulier se striait de rayures topazes des ouïes jusqu'à la nageoire caudale. Si sa bouche avait été celle d'une femme, on l'eût décrite pulpeuse, avec deux barbes de chair pendants de chaque commissure, empêchant plus avant toute comparaison avec des lèvres féminines ! Ses yeux « uniques » l'enchantaient, deux globes jaunes au bout de tentacules permettant de regarder autant devant que derrière !

L'enfant nota que cette particularité pouvait être pratique dans ce milieu hostile, l'observa quelques secondes de plus et dut remonter à la surface. Il reprit aussitôt une respiration et redescendit à dix pieds pour rencontrer de nouveau l'étrange poisson. Instinctivement, il tendit la main pour le caresser et fut surpris du brusque recul de l'animal, véloce considérant sa taille. Passe-Partout ne sut pas si le mouvement de sa tête, oscillant de droite à gauche, signifiait une fin de non-recevoir à un quelconque contact physique ou si son équilibre en sur-place dépendait de ce balancement insolite.

Il lui fallut remonter rapidement à la surface pour gonfler ses poumons d'air marin. Sa curiosité envers Plouf l'obligeait à battre des records d'apnée ! Il plongea à l'à-pic de sa tanière et regarda l'étrange poisson nager majestueusement vers le mur de varech, puis le vit littéralement s'évaporer derrière les algues pour réapparaître non loin.

Je ne suis pas là pour jouer à cache-cache ! se sermonna-t-il avant d'être pris d'une brusque poussée d'adrénaline.

Une cache derrière les algues ! Bien sûr !

Une longue inspiration et il redescendit, Thor à la main, à l'endroit approximatif où Plouf avait disparu. Il s'attaqua aux lianes sous-marines et en trancha avec frénésie autant qu'il put. Le varech, comme de gigantesques mèches de cheveux glissèrent lentement vers le fond. Faute d'oxygène, il ne put observer immédiatement le résultat de son travail et ce n'est qu'à l'apnée suivante, s'aidant d'une algue pour progresser, qu'il entrevit une faille derrière le rideau aquatique. Il s'y engouffra d'un coup de reins. Thor émit une lueur turquoise dans la semi-pénombre, suffisante pour apercevoir le poisson bleu face à la paroi de ce qui s'avérait être une grotte sous-marine. Des inscriptions gravées ne lui furent une nouvelle fois d'aucune utilité. Rien ne laissait entendre qu'il ait découvert le bon endroit, hormis la lumière émanant de son couteau. La caverne n'était pas immense ; le rapide tour qu'il effectua ne lui permit pas de confirmer qu'il se trouvait dans une sépulture. Pourtant Thor luisait toujours.

C'est alors que, par réflexe et surtout par manque d'air, il leva la tête et aperçut l'entrée d'un tunnel dans ce qui fut, avant la montée des eaux, le plafond de la grotte. Impossible de connaître la longueur du boyau ! Passe-Partout hésita une fraction de seconde, motivé par la lumière intérieure de Thor confirmant qu'il touchait au but, mais renonça, il n'était pas amphibie. Le manche de Myrium se ternit, comme pour exprimer sa déception. Agrippé au radeau, respirant bruyamment à la surface qu'il n'espérait plus atteindre, il mesura l'ampleur de son échec et frappa d'amertume l'eau de sa main. Puis il monta sur son embarcation de fortune et ouvrit machinalement son sac, en sortit quelques tentacules de pieuvres qu'il avait fumées et parla à haute voix, en s'adressant à Thor faute d'un meilleur interlocuteur.

– Si le boyau est trop long, on y restera coincés tous les deux à jamais !

Sa voix chargée d'émotion se brisa.

– Je ne suis pas un poisson. Je m'arrête là, Thor. Je sais que je ne mérite pas de t'avoir.

Son regard se perdit au loin.

– Partir… M'en aller loin d'ici… Ne pas retourner à Mortagne…

Escorté par deux gardes, Tergyval se rendait chez Josef. Les rues de Mortagne lui semblaient moins animées que la veille, ce qui l'agaça. Il ne fallait pas perdre une minute de préparation dans sa stratégie de défense de la Cité ! L'aubergiste comprit les raisons de sa visite et devança sa question :

– Un mal étrange envahit la ville, je n'ai pas plus d'informations… Chez moi, tout le monde va bien…

La porte s'ouvrit brutalement, laissant apparaître l'herboriste, rouge et hirsute, qui hurla :

– Tergyval, c'est une épidémie !

Le cœur gros, Passe-Partout rassembla ses maigres affaires après s'être rincé à la source à proximité de son bivouac et prit la direction opposée à celle de Mortagne en longeant la mer. Des sentiments de différente nature se mélangeaient dans son esprit confus. La honte du renoncement, la tristesse de ne plus voir ses amis, sa fuite empreinte de lâcheté… Il pensa rendre Thor au premier Prêtre de Mooréa qu'il croiserait, sûr que sa décision d'abandonner sa quête ne lui permettrait plus de se servir de la lame magique. Il était amer et perdu. D'un seul coup, son existence lui apparut vide de sens.

Après deux heures de marche, il rattrapa le littoral en coupant par une plage étroite pour s'éviter un périple long et vraisemblablement périlleux par la falaise abrupte qui dominait la crique. Il aperçut une embarcation à voile qui mouillait non loin, avec à son bord un seul homme affairé, à priori pêcheur. À son tour, le marin le vit et le héla :

– Salut, gamin ! Te voilà bien loin de toute habitation !

Immédiatement, Passe-Partout inventa un demi-mensonge.

– Je viens de Mortagne et me rends à Dunba.

– Tu es bien jeune pour entreprendre un si long voyage.

Il se contenta de sourire naïvement, sans bouger.

– Tu n'as jamais vu un bateau de pêche ?

L'enfant haussa les épaules, ne sachant quoi rétorquer. Étant issu d'une ville côtière, personne ne l'aurait d'ailleurs cru s'il avait répondu non. Bizarrement insistant, l'homme ajouta, volubile :

– Certainement pas comme celui-là ! Cette barcasse est particulière. Il n'y en a pas de semblable d'où tu viens. Ni ailleurs ! Tu veux voir ?

Peut-être ce marin pourrait-il m'amener dans un port loin de Mortagne ?

Passe-Partout fit signe que oui. L'homme sauta dans une embarcation munie d'un ingénieux système de mât repliable afin de le transformer en petit voilier. Pour l'heure, le pêcheur se servit uniquement des rames pour aller le chercher. À bord, le « capitaine » se présenta :

– Je m'appelle Ungfar et suis le propriétaire associé de ce bateau… spécial !

Passe-Partout ne put s'empêcher de faire une remarque.

– Je ne vois rien de « spécial »… Au plus, différent ! Tu n'as aucun filet, juste une grue à carrelet. En cela, je suis d'accord, rien de commun avec une barque de pêche traditionnelle !

Ungfar sourit bizarrement ; un éclair étrange passa dans ses yeux.

– C'est la raison pour laquelle il est unique. Et puis, tout dépend de ce que l'on pêche.

À cet instant, un homme émergea des profondeurs de la crique à proximité du bateau. Il hurla après avoir repris son souffle :

– Il y en a plein ! À cinquante pieds ! Une vraie mine !

Il exhibait un coquillage au relief tourmenté, de la taille d'une main, et le tendit à Ungfar qui s'en saisit prestement et marmonna. L'ouïe de Passe-Partout perçut son propos.

– Enfin ! Après une semaine de recherche…

Le plongeur remarqua l'enfant sur le pont.

– C'est qui, lui ?

Sa méfiance mêlée de surprise le fit sourire, ainsi qu'Ungfar qui le présenta. Passe-Partout ne fut pas dupe des coups d'œil appuyés d'Ungfar à son acolyte signifiant qu'ils n'avaient affaire qu'à un gamin, donc rien de dangereux.

– Voici Cleb. Nous sommes originaires d'Opsom, petit port au sud de Dunba et pêcheurs d'huîtres.

– Pour manger ? demanda innocemment Passe-Partout.

Les deux hommes rirent de bon cœur.

– Pour les perles, mon garçon… Pour les perles !

Devant la mine perplexe de l'enfant, Ungfar ne se méfia plus du tout de lui. Il lui montra une pochette qu'il ouvrit sur quatre gemmes grises, sous le regard réprobateur de Cleb qui n'appréciait pas que l'on dévoile leurs secrets. Ungfar leva les yeux au ciel, laissant entendre que sa crainte vis-à-vis d'un gamin de cet âge était vaine. Il aurait vite raison de lui, comme de tous ceux, d'ailleurs, qu'il avait attiré à bord.

Passe-Partout n'en avait jamais vu et se demandait pourquoi des gens se battaient pour ce genre de cailloux, aussi rares soient-ils ! Il demeura cependant poli et prit un air admiratif.

– Une petite fortune ! déclara Ungfar.

Ses yeux brillants de convoitise s'arrêtèrent sur le plastron de sylvil. Il ajouta, d'une voix mielleuse :

– Joli couteau…

Instinctivement, l'enfant se méfia et, d'un geste rapide, plaça sa main sur le manche de Thor. Son air farouche associé à ce mouvement de propriété décontenança quelque peu Ungfar qui ne s'attendait pas à tant de caractère de la part d'un gamin. Il changea immédiatement de sujet.

– Veux-tu partager notre repas de ce soir ? Au menu : huîtres, bien sûr ! Accompagnées de délicieuses sargos… Et je dois avoir encore une hoviste !

L'enfant se dérida un peu, curieux de manger des produits de la mer qu'il ne connaissait pas. Un objet métallique se mit à tintinnabuler ; un filin qui pendait sur bâbord se tendit.

– Ah, le signal ! s'écria Ungfar.

– J'y retourne ! dit Cleb avant de plonger.

Il tira alors sur une corde attachée au mât qui, reliée à un astucieux système de poulies, lui permit avec quelques efforts de sortir des profondeurs un gigantesque carrelet rempli d'huîtres énormes. Le pêcheur bascula le filet sur le pont et le rejeta à la mer. Passe-Partout, tout à coup inquiet, interrogea Ungfar :

– Il y a quelqu'un d'autre en dessous ?

Ungfar faisait déjà sauter la coquille supérieure de la première huître et éclata d'hilarité :

– Bart doit être noyé !

L'enfant lui jeta un regard affolé. Il n'avait pas encore vu ce plongeur qui était donc en apnée depuis le moment où Ungfar l'avait amené à bord. L'écailleur, quant à lui, essuyait ses yeux humides et ajouta entre deux hoquets de rire :

– On a un truc, t'inquiète !

Passe-Partout restait arc-bouté sur la rambarde, guettant la remontée, devenue pour lui hypothétique après dix bonnes minutes sous l'eau, du pêcheur d'huîtres.

– Ouais !

Son cri de victoire déchira le silence. Après avoir ouvert une vingtaine de coquillages, il venait de découvrir une perle.

– Et une noire en plus !

Passe-Partout avisa Ungfar. Il regardait son trésor à la lumière en tenant la gemme marine entre le pouce et l'index, et parlait tout seul, comme un vieillard sénile ! Son visage avait changé, son attitude se transformait. Ses yeux vides ne rassurèrent pas l'enfant, sa manière de s'exprimer encore moins.

– Sans le kojana, jamais je n'aurais eu le loisir de contempler une telle splendeur !

Il tendit la perle à la vue de Passe-Partout.

– Ça ! Une vie entière ne me suffira pas à dépenser ce qu'elle vaut !

Il se retourna et poursuivit son inquiétant monologue, divaguant de plus en plus. Au passage, l'enfant retint un mot. *Kojana.* Le secret de leurs apnées prolongées résidait probablement dans un élixir ou une plante. Les deux pêcheurs remontèrent à la surface et apostrophèrent aussitôt Ungfar.

– Alors ? Qu'est-ce que ça dit ?

Récupérant ses esprits, la mine déconfite pour donner le change, l'interpellé mentit effrontément :

– Rien pour le moment, je continue à ouvrir.

– Passe-nous des bourgeons ! On a du boulot jusqu'à ce soir tellement il y en a !

Ungfar sortit une carafe d'un coffre du bateau, de l'eau de mer dans laquelle flottaient des boules de couleur vert foncé.

Une algue sûrement, déduisit l'enfant.

Cleb et Bart en avalèrent une chacun et retournèrent dans les profondeurs. Ungfar pivota sur lui-même. Littéralement métamorphosé, c'est le visage défiguré de haine qu'il s'adressa à Passe-Partout.

– Parce que tu crois, petit imbécile, que je vais partager ? Elle est à moi, rien qu'à moi ! Mais toi, toi, tu veux vendre la mèche et dire aux deux autres ce que j'ai trouvé ! Ah que non, sûrement pas !

Il sortit une dague de sa ceinture et s'avança. Passe-Partout sut que rien ne saurait faire revenir Ungfar à la raison. Il recula tel un félin, prêt à bondir, face au pêcheur qui ricana en alternant de main son couteau.

– Riche ! Je vais être… Non, je suis riche !

Nouvelle cellule de crise au Palais, en comité restreint cette fois. Nombre de représentants de la Cité, malades, par la force des choses n'avaient pu répondre présents. Parangon lui-même était touché, comme plusieurs Scribibliothécaires. Dame Perrine laissa éclater sa colère.

– Qu'est-ce que Mortagne a fait aux Dieux ? Ce n'est pas le moment. On ne peut faire face à une invasion et une épidémie !

Le vieil herboriste déclara piteusement :

– Pas de solutions… Pas de remèdes… Désolé, Prima.

S'extirpant de l'apathie générale, Kent avisa Tergyval :

– Y a-t-il des personnes atteintes au Palais ?

– Oui, répondit laconiquement le Maître d'Armes. Trois ou quatre.

– Vivent-ils dans le Palais ? insista L'Elfe.

Tergyval s'énerva un peu, trouvant ces questions saugrenues.

– Non, ce sont des gens de l'extérieur ! Mais quelle importance ?

Une lueur passa dans les yeux de l'herboriste qui saisissait la logique de Kent. Que différenciaient les personnes vivant au Palais de ceux de la Tour des Scribi ?

– Et ceux résidant à « La Mortagne Libre » ? poursuivit l'Elfe.

– Personne dans l'auberge ne présente les symptômes décrits par Fontdenelle.

L'herboriste se leva tel d'un ressort et s'éclipsa en lançant :

– Avec ta permission, Perrine !

Coincé par le bastingage, sans espoir de fuite, l'enfant se redressa. Son regard avait changé. Il dit simplement :

– Thor !

Le couteau divin apparut dans sa main droite. D'une pichenette, la lame se retrouva entre ses doigts et l'arme vola à une telle vitesse qu'aucun œil humain n'eut pu suivre sa course qui s'acheva en plein cœur du pêcheur devenu fou de cupidité. Une seconde d'incompréhension remplaça momentanément la démence, puis le vide de la mort l'engloutit, son corps s'affalant sur le pont.

Passe-Partout resta quelques instants interdit et fut tiré de sa prostration par la corde indiquant que le carrelet était plein. Machinalement, il se dirigea vers la poulie et remonta avec difficultés le filet contenant un monceau d'huîtres. Le cadavre du pêcheur baignait maintenant dans son sang, à deux pas de lui. Il mit de côté les remords et commença à entrevoir un autre avenir que sa fuite éperdue pour camoufler l'échec de sa quête. Il appréhendait toutefois l'arrivée prochaine des deux plongeurs et décida de leur dire la vérité sur le comportement d'Ungfar. Bart, le premier à sortir la tête de l'eau, prit une longue bouffée d'air et hurla, impatient :

– Bon sang ! Pourquoi tu ne renvoies pas le carrelet ?

Aucune réponse ne lui parvint. Il frappa la surface de dépit et nagea jusqu'à l'arrière du voilier aménagé en palier pour descendre et monter sans trop d'efforts. Cleb apparut à son tour et le suivit de près. Bart maugréait, grognant sur la difficulté de son travail et le silence d'Ungfar, de son goût discutable pour les jeunes garçons, le tout dans un désordre à peine compréhensible. La stupeur les saisit tous deux, debout à la poupe, ruisselant d'eau de mer. Le gamin les attendait, assis sur un rouleau de cordage, les jambes battant l'air, le regard baissé comme pris en faute. Presque à leurs pieds gisait le cadavre du pêcheur. Les quelques onomatopées qu'ils proférèrent auraient été risibles en d'autres circonstances. Incapable de prononcer deux mots à la suite, mais loin d'avoir perdu son sens des priorités, Bart se précipita sur Ungfar, le retourna et constata avec un soulagement certain que la bourse de perles était toujours accrochée à sa ceinture. Les deux plongeurs s'entre-regardèrent et gagnèrent en assurance. Leur butin n'avait pas été volé, et après tout, à deux, ils auraient bien raison d'un enfant ! Une réserve, toutefois : Ungfar ne passait pas pour une mauviette au combat. Cleb, méfiant, ignorant tout de Passe-Partout, le désigna du doigt :

– Toi ! Dis-nous ce qui est arrivé ici. Et trouve quelque chose de convaincant !

Passe-Partout descendit calmement de son « siège » et fouilla sa poche de pantalon. Par précaution, les deux hommes empoignèrent leur couteau de plongée.

– J'ai pensé que… ceci vous appartenait aussi.

Et il brandit la perle noire. Même à quelques pieds de distance, les pêcheurs reconnurent la gemme marine et firent un pas hésitant vers l'enfant qui poursuivit :

– Il a voulu me tuer pour ne pas que je vous prévienne de cette trouvaille. À mon avis, il ne l'aurait de toute façon pas partagée avec vous. Je n'étais en fait que le premier de sa liste.

La version demeurait plausible. Bart et Cleb savaient qu'une telle découverte pouvait pousser vers une folie meurtrière le plus équilibré des hommes. Eux compris ! Passe-Partout continua :

– Je considère que cette perle vous revient de droit, c'est le fruit de votre travail. En échange, puisque c'est pour le moment moi qui la détiens, je ne vous demanderai qu'une petite… compensation.

Passe-Partout présumait qu'il serait en sécurité et maître du jeu tant qu'il posséderait la gemme. La réponse ne se fit d'ailleurs pas attendre !

– Laquelle ?

– Je souhaite savoir où pousse le Kojana et comment le conserver, et que vous m'emmeniez à Avent Port. Je garde aussi les quatre perles grises que j'ai bien voulu que vous trouviez sur Ungfar !

Les deux pêcheurs estimèrent que les enjeux de la négociation étaient en total déséquilibre, c'est-à-dire complètement à leur avantage ! Bart, partant du principe que l'enfant ignorait la véritable valeur de la perle noire, accepta tout de suite.

– D'accord, on fait l'échange immédiatement !

Passe-Partout fit non de la tête et montra du menton les huîtres sur le pont.

– Vous allez les ouvrir le temps que je la cache. On ne sait jamais !

– Et si nous ne voulons pas ? risqua Cleb.

– Je la jette au beau milieu de l'océan, répondit-il en faisant mine de l'expédier par le fond comme un vulgaire caillou.

– Non ! s'affola Bart. Allez, Cleb, on les ouvre !

Ils s'assirent sur le pont et commencèrent à glisser leurs lames dans les défauts des coquilles. Passe-Partout sourit, s'empara du flacon où flottaient les bourgeons vert foncé, en avala un et plongea par-dessus le bastingage.

– Il va la cacher au fond de l'eau, se lamenta Cleb.

– Bien vu, Kent ! Il ne s'agit peut-être pas d'une épidémie, mais d'une intoxication !

L'Elfe acquiesça en silence. Tergyval comprit immédiatement, frappa la table de ses poings et quitta bruyamment la salle du conseil en direction des cuisines du Palais. On l'entendait vociférer des ordres au loin. Fontdenelle, essoufflé, demanda à parler d'urgence au chef de la Tour des Scribis. Il nota scrupuleusement les détails de chaque repas pris depuis l'avant-veille et enquêta auprès de ceux qui n'avaient pas contracté de symptômes.

Pas le choix ! pensa-t-il. *Les malades sont incapables de répondre.*

Trois bonnes heures s'écoulèrent sans qu'il trouve l'ébauche d'une piste, tout le monde ayant mangé les mêmes choses au même moment.

Incroyable ! Passe-Partout nageait comme un poisson et n'éprouvait pas le besoin de respirer. Il descendit presque aux abords des roches où s'accrochaient les huîtres, effectivement nombreuses à cet endroit, et se sentit observé. Il tourna la tête en tous sens, la peur de voir surgir un animal fantastique sortant de nulle part bien présente. Mais loin du monstre marin, un puis deux yeux jaunes l'examinaient avec intensité, toujours à distance.

– Plouf ? Mais qu'est-ce que tu fais là ?

L'enfant se surprit à parler sous l'eau et se trouva ridicule de ne pouvoir émettre que des bulles assorties de borborygmes aquatiques incompréhensibles. Le poisson bleu s'avança et nagea autour de lui sans que ses yeux mobiles ne le quittent. L'insistance de Plouf l'incita à se rapprocher, les bras le long du corps, lui indiquant ainsi son intention de s'abstenir de le toucher. Ils n'étaient plus qu'à quelques pouces, le regard de l'un plongeant dans celui de l'autre. Confiant, Passe-Partout opina du chef :

– Nous retournons à Avent Port !

Lorsqu'il remonta une dizaine de minutes plus tard, époustouflé de l'effet du bourgeon, les pêcheurs finissaient leur corvée et avaient même trouvé une perle grise supplémentaire. Méfiant, Passe-Partout se hissa à bord sans quitter des yeux les deux hommes. Bart l'accueillit avec le sourire :

– Vois, nous n'avons pas d'armes. On a discuté avec Cleb. On pense que tu ne nous doubleras pas. Je vais préparer le dîner.

Soulagé, l'enfant s'aperçut alors de l'absence du cadavre d'Ungfar. Le pont était propre, comme s'il ne s'était rien passé. Comprenant son interrogation, Cleb lui confia :

– On l'a envoyé au fond, donner à manger aux poissons. Après tout, c'était le sort qu'il nous réservait.

Passe-Partout comprit qu'indépendamment de la perle, les deux plongeurs lui vouaient une forme de gratitude, persuadés qu'Ungfar n'avait jamais eu l'intention de partager le trésor et que seule la mort les attendait.

– Pourquoi certains sont-ils malades et pas les autres ? se torturait Fontdenelle.

– Des nouvelles de Parangon ? questionna Kent.

– Atteint, comme nombre de scribis. En plus, j'ai rencontré son second, cet abruti d'Artarik ! M'est avis qu'il ne vaut mieux pas qu'il arrive malheur au Magister ; ce type est imbuvable !

– Tenez, c'est ma tournée ! dit Josef aux aventuriers qui l'entouraient.

Méfiant, le Fêlé sentit la fillette de vin et toisa l'aubergiste. Ce dernier fronça les sourcils.

– C'est le même que tu bois depuis des semaines, Fêlé. Cela fait belle lurette que tu aurais été empoisonné !

Kent regarda Josef comme s'il s'agissait de Mooréa en personne.

– Bien sûr, rien à voir avec la nourriture !

Le visage de l'herboriste s'éclaira. Il apostropha l'aubergiste :

– Ton eau ! D'où vient ton eau ?

– Comment ça d'où ?

Fontdenelle eut un geste d'impatience.

– Sa provenance ! D'où la tires-tu ?

Josef prit un air offensé et répondit sur un ton docte :

– Là où elle est pure ! Et le seul endroit de Mortagne, c'est Cherche-Cœur ! Tu ne crois tout de même pas que je cuisine avec la flotte des catacombes !

Tous se levèrent et désertèrent l'auberge, laissant Josef et sa fillette de vin !

Passe-Partout passa une excellente soirée. Les plongeurs lui confièrent tous leurs griefs à l'encontre d'Ungfar, et notamment son penchant maladif pour les petits garçons. Ils lui expliquèrent en outre les endroits caractéristiques où poussait le Kojana, extrêmement rare, comment le cueillir, le conserver et en tirer le meilleur parti sous l'eau. L'enfant trouva les produits de la mer exquis et réalisa que même les pêcheurs de Mortagne ignoraient que tous ces produits, comme les huîtres et les algues, étaient consommables. Puis vint le moment de dormir. Passe-Partout bailla et déclara :

– Bonne nuit, hommes riches ! Demain, après m'avoir déposé à Avent Port, vous pourrez rentrer chez vous pour une autre vie !

Les deux pêcheurs, hilares à cette perspective, redoublèrent d'attention envers leur invité. Leur capital était entre ses mains, il leur fallait le protéger.

Passe-Partout se sentit bousculé, sans brutalité.

– Le soleil va se lever, faut qu'on y aille, murmura Bart.

L'enfant sourit de tant de considération à son égard et répondit :

– Hissez la voile, on peut partir !

Le marin tordit le nez.

– Mais la perle, au fond de l'eau...

Passe-Partout rejeta négligemment sa couverture, s'étira et lâcha :

– Ah oui ! Aucune importance, elle est cachée ailleurs.

Bart se mordit la lèvre et retourna sur le pont, ne sachant pas s'il devait exploser de colère ou râler d'impuissance. Il brailla l'ordre de partir, laissant son collègue interdit, mais obéissant.

Il ne fallut que quelques heures pour rallier Avent Port par la mer. Passe-Partout profita de ces instants pour sentir le vent marin caresser son visage tout en observant les manœuvres du voilier. Il flairait, à l'approche du but, la pression et la méfiance monter chez les pêcheurs d'huîtres. L'embarcation s'engouffra dans la crique, à proximité de son ex-campement ; le moment des adieux était maintenant venu. Il avait eu tout loisir de planifier son départ sans anicroche et pris la décision de ne pas duper ses acolytes temporaires. La chaîne de l'ancre roula sur le pont, le bateau se stabilisa peu après.

– Je vous remercie de votre gentillesse, fit Passe-Partout, un brin ironique. J'ai un dernier service à vous demander. Un tout petit rien que vous ne pourrez pas me refuser, j'en suis sûr.

Les deux hommes se raidirent, sentant une nouvelle fois la négociation leur échapper. L'enfant, laconique et certain de son ascendant grâce à la perle noire, poursuivit :

– Je vais vous « emprunter » le canot pour regagner la berge... C'est-à-dire que je le conserverai.

Il s'empara du bocal de kojana et réclama les perles grises. Cleb, ne contenant plus sa colère, sortit son couteau et le menaça :

– La noire d'abord ! Ou alors...

Un prodige se déroula sous leurs yeux : une lame bleutée apparut dans la main de Passe-Partout sans qu'il ne bouge. Cleb, impressionné, se souvint du funeste destin d'Ungfar.

– Ou alors, quoi ? surenchérit froidement Passe-Partout.

Bart arrêta Cleb d'un geste et posa la bourse sur le tonneau entre eux. Passe-Partout s'en empara sans contrepartie.

– Descends-moi le canot... Merci.

Bart risqua mollement :

– Qu'est-ce qui nous prouve que tu vas nous la donner maintenant ?

– Rien ! répondit sèchement l'enfant en gagnant l'embarcation.

Passe-Partout commença à ramer, s'éloignant lentement du bateau, un sourire aux lèvres. Bart ne tenait plus en place. Il cria :

– Et alors, elle est où ?

– Regarde dans ta poche !

Incrédule, le pêcheur tâta l'unique pièce de tissu cousu sur son pantalon et sentit une légère excroissance. Il sortit délicatement la perle noire et sourit à son tour :

– C'était un plaisir, Passe-Partout !

– Partagé, Bart !

– Tu vas faire quoi à Avent Port ? Il n'y a plus rien depuis longtemps !

– Chercher un autre couteau ! À un de ces jours !

L'enfant regarda le bateau s'éloigner et perçut comme un chant entonné par les deux hommes en appareillant.

Tant mieux ! pensa-t-il. *Bien qu'il soit encore possible qu'ils s'entre-tuent avant d'arriver chez eux, à Opsom !*

Les vieux de Mortagne le savaient : la fontaine de Cherche-Cœur était alimentée par une source indépendante du Berroye. Mais bien sûr, la simplicité à employer l'eau filtrée des réservoirs souterrains de la Cité directement dans leurs habitations avait facilité la propagation de la maladie. Les puristes, qu'il s'agisse des cuisiniers du Palais, de Fontdenelle pour ses potions ou de Josef pour ses recettes, n'utilisaient uniquement que l'eau de la source. L'herboriste fulminait contre lui-même. Il aurait pu trouver la solution plus tôt et tout seul. C'était pourtant clair, comme l'eau de Cherche-Cœur !

Tergyval et ses gardes eurent une vision d'horreur en se rendant dans les souterrains de Mortagne. Ils n'arpentèrent pas longtemps les chemins surplombant les énormes cuves de pierre servant de réservoirs et de fondations soutenant la quasi-totalité de la Cité. Des milliers de rats flottaient, pourrissaient même, dans l'eau. La puanteur envahissait les lieux.

Les ordres fusèrent : d'abord interdire toute consommation de cette eau jusqu'à nouvel ordre, ce qui fut fait dans l'heure par un escadron de soldats clamant l'avertissement à de nombreuses reprises dans tous les coins de la ville. Une désinfection intégrale des bassins fut évidemment décrétée. Heureusement, les réservoirs communiquaient entre eux et permettaient une évacuation totale de l'eau vers la mer, un système astucieux de fermeture à l'entrée empêchant le Berroye de s'y engouffrer pour les remplir à nouveau. Restait le nettoyage peu ragoûtant des cadavres de rongeurs dans cet environnement pestilentiel. Courageux, et malgré la fatigue, de nombreux Mortagnais se portèrent volontaires. Un garde trouva au milieu des rats morts un petit baril troué de toutes parts. Une poudre blanche, dense, s'en échappait au gré du courant, entraînée de compartiment en compartiment. Ainsi, les envahisseurs cagoulés d'un soir n'avaient pas que pour but de provoquer Mortagne, mais bien de l'affaiblir en empoisonnant ses habitants !

Passe-Partout dirigea son canot à l'aplomb de la caverne et l'accrocha à une aspérité de la falaise. Il se sentait en pleine forme, frais et dispos, et parla à son plastron :

– Allons chercher Saga !

La réponse lumineuse de Thor l'encouragea ; il avala un bourgeon.

CHAPITRE XIV

Pour comprendre, il fallut reprendre la logique de Moöréa. Elle fit en sorte de conserver les rituels magiques sur Avent, comme un double de sa mémoire. La Déesse devait posséder plus d'informations qu'elle ne laissait entrevoir… Le paradoxe était que ses sources émanaient du Continent, d'une de ses prêtresses soi-disant extralucide : Adénarolis, la vieille folle, une des rares Elfes qui écrivit l'avenir en un manuscrit détenu par les Gardiens de la Tradition.

Moöréa avait dû y déceler quelques parcelles du futur !

La seule piste pour sauver les Mondes se résumait à des prédictions absconses rédigées de la main d'une prêtresse illuminée… Un comble !

Lorbello. Extrait de « Origines du Dieu sans Nom »

La plongée de Passe-Partout fut tellement aisée qu'il descendit nettement plus bas que nécessaire et décida de visiter une épave, histoire de s'entraîner. En fait, devenir un poisson le grisait quelque peu, et il se trouvait une excuse pour se détourner de son objectif.

Se faufilant au milieu d'un galion échoué, spectacle sous-marin unique que seul le kojana autorisait, il pénétra par un trou béant dans la poupe et accéda aux appartements privés du commandant du navire. Il y découvrit des instruments de navigation enfouis dans la vase et entreprit d'ouvrir un coffre vermoulu qui, par simple contact, tomba en morceaux, révélant un magnifique sabre d'abordage.

Une douleur étrange et diffuse lui parcourut le dos. Surpris, il fit face à la menace lâche qui l'attaquait par-derrière : un gigantesque poisson dont la gueule pleine d'excroissances venait vraisemblablement de l'effleurer. Sans connaître l'origine exacte de cette « morsure », Passe-Partout imagina le danger de ces extrémités acérées potentiellement empoisonnées. Nageant à reculons, il évita un assaut du monstre qui le considérait déjà comme son futur petit-déjeuner. Son agilité ne lui servant à rien sous l'eau et la seule issue s'avérant bloquée par la créature marine, cette dernière aurait rapidement le dessus. L'enfant se laissa couler telle une pierre, esquivant comme il le pouvait une seconde attaque, et tenta de se glisser sous le ventre de l'animal pour regagner la sortie. Le poisson géant ne semblait attendre que cela, adopta la même tactique et le plaqua sur le plancher de la cabine, coinçant Passe-Partout sous son énorme carcasse, incapable de bouger !

Seul dans son arrière-boutique, affalé sur sa paillasse, Fontdenelle écumait de rage de ne trouver aucune piste pour soigner ses désormais innombrables malades.

– Par tous les Dieux ! jura-t-il. Qu'est-ce qu'il peut y avoir dans cette eau ! Si j'avais seulement un embryon d'indice me permettant de commencer par quelque chose !

Une voix d'enfant hurla au-dehors en tambourinant sur la porte de son échoppe.

– Qu'est-ce qu'il y a, Sup ? Tu crois que c'est bien le moment de...

– Vite ! Voir Tergyval !

L'herboriste sortit sans attendre, mais ne put s'empêcher de lancer à Sup :

– Tu devrais te décider à parler l'aventien ! En continuant à communiquer de la sorte, seuls les Orks voudront de toi !

Sup fit la grimace, il n'aimait pas les Orks. Sans répondre, il tendit son doigt vers la direction à prendre.

Les tentacules venimeux se déployèrent et s'approchèrent dangereusement de son visage. Totalement immobile, prisonnier de l'énorme poisson, Passe-Partout eut un flash où il lui sembla revoir toute son existence. Il avait entendu parler de ce phénomène qui ne se produisait, disait-on, que lors du dernier souffle de vie. Un sursaut d'énergie lui fit tourner la tête, et il tomba nez à nez avec Plouf dont les yeux asymétriques trahissaient l'inquiétude. Le petit poisson bleu, ignorant sa peur, s'approcha du monstre comme pour l'embrasser. Ce qu'il fit, d'ailleurs ! Et de ses deux barbes, au contact de son congénère des fonds marins, naquit un éclair le secouant fortement, ce qui déstabilisa une seconde le prédateur qui libéra la main droite de Passe-Partout.

Malheur ! Thor est coincé ! pensa-t-il en panique.

Son instinct de survie aidant, il fouilla la vase sur le plancher de l'épave et agrippa le premier objet qu'il trouva. La lame du sabre d'abordage traversa l'ouïe du monstre et chercha le cerveau, stoppant net toute velléité du poisson. L'enfant se dégagea du fond de la cabine sans un regard pour son agresseur agonisant. L'effet du Kojana commençait à s'amenuiser, il était temps de remonter. Il abandonna à regret l'arme qui lui avait sauvé la vie.

Sur le canot, il se maudit de son comportement. Il s'était cru invulnérable, cela l'avait rendu imprudent. Il devait tempérer sa curiosité naturelle, ne plus se détourner du but fixé !

– Notre pire ennemi reste toujours nous-même, soupira-t-il.

Il omettait un point crucial dans son raisonnement : malgré sa maturité, il n'avait pas quatorze cycles ! Il fallait bien qu'il subsiste en lui quelque chose d'un enfant, comme avait dit de lui le Fêlé.

Passe-Partout laissa les épaves et les trésors au monde sous-marin et plongea au surplomb de la grotte après avoir repris un bourgeon de kojana. Avec prudence, il pénétra dans ce qu'il croyait être la dernière demeure d'Orion, non sans saluer Plouf, l'étrange poisson dont le contact était, pour lui aussi, à définitivement proscrire. Il s'attarda quelques instants sur les inscriptions gravées sur les murs. S'il ne savait pas les interpréter, tenter de comprendre les dessins associés pouvait lui procurer des indices. De son point de vue, tout incitait le visiteur à ne pas musarder ici. Certaines fresques, plus explicites, symbolisaient des pièges et la mort pour tout indélicat violant la sépulture du premier héros d'Avent.

Thor s'alluma de nouveau à l'approche du boyau. L'enfant s'y engouffra. Le couloir, probablement muré à l'origine, pouvait mener à la tombe et la pression de l'océan avait dû avoir raison de la « porte ». Sous les algues envahissantes, on devinait des dalles posées en damier pavant le sol de l'accès. Passe-Partout imagina à cet instant qu'il était préférable de nager que les emprunter à pied. Ces carreaux parfaitement disposés ne lui disaient rien qui vaille ! Le corridor sous-marin débouchait sur une grande salle dans laquelle trônaient quatre statues représentant Gilmoor, Sagar, Mooréa et Antinéa. Impressionnantes par leur taille, leur présence paraissait incongrue, ces colosses de pierre ne veillant sur rien. Passe-Partout en fit le tour en nageant : pas de tombe ni de stèle, ni d'ailleurs d'accès pour se rendre autre part. Un cul-de-sac ! En désespoir de cause, il jeta un coup d'œil sur Thor, plus lumineux que jamais. Il touchait au but, mais où pouvait bien se trouver cette fameuse sépulture ?!

Il cessa tout mouvement et leva la tête. Rien de particulier vers le haut, hormis un détail qui finit par attirer son attention : au beau milieu du plafond de la grotte, un peu d'écume.

Inhabituel sous l'eau, pensa-t-il. *L'écume, c'est de l'eau et... de l'air !*

Il nagea vers la singularité et s'aperçut très vite de la présence d'un trou dans lequel il passa le bras. *Gagné !* exulta-t-il. Thor n'avait jamais été aussi luminescent, signe qu'il ne se trompait pas. Il sortit alors la tête et atteignit ainsi la surface. En s'arc-boutant, il s'introduisit dans un couloir taillé par la main de l'homme et en profita pour prendre une bouffée d'air, paradoxalement respirable. Il sourit en pensant au génial architecte qui avait conçu l'endroit. Pour autant que quelqu'un arrive jusqu'à la grotte aux statues, jamais il n'aurait imaginé l'accès à la sépulture d'Orion par le plafond !

L'océan, en envahissant la terre, m'a en fait facilité la tâche et jamais je ne serais parvenu ici sans le kojana !

Il pouvait maintenant voir la caverne où le plus grand héros d'Avent reposait pour l'éternité. Son tombeau était un ouvrage magnifique, une sculpture parfaite exécutée par un ou plusieurs artisans de talent. Orion lui apparut couché, les deux mains sur son torse, dont une tenait la réplique exacte de Thor, Saga, qui irradiait toute la grotte d'une lueur irréelle, mêlant son halo à celui de son jumeau au fourreau du plastron de Passe-Partout. L'enfant s'approcha prudemment.

Sa méfiance se justifia. Son poids enfonça un mécanisme ancien qu'il sentit s'enclencher. La panique s'empara de lui. Il aurait dû regarder par terre ! Que des dalles, probablement toutes piégées.

Pour l'instant, rien ne se passe. C'est lorsque je quitterai le carreau que cette chausse-trappe se mettra à fonctionner. Bien gentil d'avoir déterminé comment il marche, mais... comment en sortir ?

Une gouttelette de sueur perla sur son front.

Sauter ? Non, plonger ! À gauche ou à droite... Et je me réceptionne où ? Sur un autre piège ?

Sans savoir pourquoi, reculer ou avancer ne lui semblait pas de bonnes options. Une impression, comme un instinct... Il finit par choisir la droite, à l'opposé de la sépulture.

Tergyval tenait dans ses mains un baril de taille moyenne, troué à différents endroits, et déclara à Fontdenelle :

– Voilà la cause de tous nos maux. L'équipée des cagoulés avait pour but de déposer ça dans le premier compartiment, immergé. Le courant a propagé le poison.

Fontdenelle hocha la tête. Le Capitaine des Gardes émit un faible sourire.

– À toi de jouer, maintenant.

Bien lui en prit ! Une dizaine de flèches sorties de nulle part l'aurait fauché s'il avait opté pour un autre choix. Et le carreau gigantesque où il se trouvait ne recelait aucun piège ! La tombe d'Orion lui parut soudain très loin si l'on considérait le nombre de dalles sur lesquelles il fallait marcher pour y parvenir.

En sueur cette fois, perturbé par les décisions à prendre parce qu'il jouait sa vie, Passe-Partout scruta la grotte entière et plus seulement la sépulture. De l'angle où il se tenait maintenant, il aperçut, proche du gisant, un squelette en cotte de mailles.

Incroyable ! Il a échoué au moment où il pouvait s'emparer du couteau !

Puis, réfléchissant :

Au moins, le carreau où il gît ne recèle plus aucun piège. Mais quel chemin avait-il emprunté ?

Un rapide calcul s'imposait. Quatre dalles pour accéder au cadavre : quatre risques de finir comme lui. Il avisa un éboulis, à deux carreaux sur sa droite. Un rocher d'environ quinze kilos trônait au centre d'une pierre taillée en trapèze. Son poids et le choc avaient dû déclencher le piège, s'il y en avait eu un.

Cet endroit est sécurisé, se dit-il. *Même si ça m'éloigne de mon but !*

Il marqua d'une croix l'emplacement où il se trouvait, se concentra et sauta à proximité du rocher. Trois secondes d'une peur jamais éprouvée : rien ! Il souffla en souriant de sa perspicacité, souleva la pierre et choisit de la lancer à deux dalles de distance, précisément sur le carreau sur lequel il aurait dû poser le pied s'il n'avait pris l'option de s'en écarter. Le caillou rebondit, provoquant deux volées de flèches, six en tout jaillissant de deux zones opposées de la grotte. Les traits ratissaient large, dépassant nettement le cadre du déclencheur ! L'architecte-piégeur avait pensé à tout, y compris aux petits malins qui tenteraient de déjouer cette machine de mort veillant les restes du légendaire héros d'Avent ! Passe-Partout ne dut son salut qu'à un réflexe primaire de protection. Il se recroquevilla sur le carreau, son corps épousant le sol comme s'il avait la volonté d'y pénétrer. Deux des traits passèrent au-dessus de lui dans un sifflement strident lui confirmant une puissance de lancer exceptionnelle. Il se releva, une boule au ventre, sauta sur la première dalle visée et fit un pas là où le rocher avait fini sa course.

Plus que deux en diagonale jusqu'au squelette...

Deux enjambées comme élan et il se réceptionna sur le thorax de l'infortuné, disloquant ses restes. Maintenant à proximité de la sépulture, il pouvait toucher les pieds de la sculpture allongée du héros légendaire. Thor et Saga illuminaient la grotte de leur feu intérieur bleuâtre, ce qui permit à Passe-Partout de distinguer certains détails qui lui avait échappé. La technique de son malheureux prédécesseur ne reposait que sur sa protection et l'adresse. Deux boucliers hérissés de flèches gisaient dans la poussière, ainsi qu'une cotte de mailles sur laquelle marchait d'ailleurs l'enfant.

Bizarre, il aurait pu y parvenir, se dit-il en se baissant pour observer de plus près le matériel de défense de l'aventurier.

La vérité était là, sous ses yeux, fichée dans son armure qu'elle avait transpercée de part en part : la pointe en mithrill, l'acier des Nains, le bois en goji, imputrescible, et l'empennage en plumes de Staton, l'aigle de Mooréa.

La flèche magique n'avait laissé aucune chance au « visiteur ». Passe-Partout frissonna. Aucune cuirasse sur le Continent ne pouvait résister à une Staton. Son plastron en sylvil le protégerait-il ? Elsa et Darzo n'avaient rien dit à ce sujet. Il constata que les traits bloqués par les deux écus étaient de facture habituelle. L'Architecte-Piégeur n'avait probablement pu placer qu'une seule Staton à cause de leur rareté. Son regard s'arrêta sur une stèle édifiée contre le mur de la grotte, tout à fait à l'opposé. Sur la base, une fresque peinte représentait deux personnages. Orion, que l'on devinait grâce à la présence des deux couteaux divins à sa ceinture, qui tendait la main à un Sombre paré de riches vêtements. Ce dernier avait pour arme un cimeterre dans un fourreau dorsal et serrait dans ses bras un livre. Dans le fond, une haute montagne qu'un gros lézard escaladait. À la base, une Licorne cabrée semblait lui adresser la parole. À son sommet, une main sculptée dans la pierre tenait un arc de guerre d'un galbe parfait, recouvert en partie de mithrill, dont les extrémités finissaient en lames acérées, pour les combats rapprochés.

Probablement le cadeau du chef Sombre à Orion, tel que me l'a décrit Parangon...

Fontdenelle examinait la poudre restée au fond du baril. Les différents tests réalisés le laissaient perplexe. Il ne s'agissait que d'une drogue extraite du pistil d'une fleur, la maelis, ne poussant que dans le sud du Continent. Il s'en servait lui-même comme anesthésique léger en cas d'opération. Or le tonnelet ne pouvait contenir qu'une quantité limitée de poudre, suffisante pour endormir une ville, mais pas pour plonger ses habitants en complète catalepsie. Et fiévreux de surcroît ! Pensif, il alla chercher plusieurs cages où étaient enfermés des rats.

La décision de s'approcher du héros légendaire passait par de lourdes prises de risque et la conséquence directe de ces jeux de hasard s'appelait la mort. Encore deux carreaux, qui devaient être davantage protégés que les précédents. Ses deux mains bleuirent elles aussi par sa concentration, ce qui lui fit hausser les épaules d'« impuissance magique ». Il se remit à réfléchir. Il pouvait à nouveau se servir du rocher, mais son expérience avait démontré que les flèches venaient de toutes parts et ne visaient pas exclusivement l'endroit du déclenchement du piège. Sauter sur la stèle était possible, mais il n'avait qu'une confiance limitée en ces joints larges, fissurés par le temps, qui indiquaient que la sépulture ne reposait pas sur les dalles. Il jeta un regard aux restes de l'aventurier mort. L'esquive avait été son choix...

— Tout le monde dit que je suis d'une rapidité et d'une agilité hors du commun, alors...

Il se surprit lui-même d'avoir prononcé ces mots à haute voix. Une manière de se rassurer... Sa décision était prise. Il enleva les nombreuses flèches fichées sur les deux écus et les enfila sur chaque avant-bras. La forme particulière des boucliers lui offrait ainsi une protection sur chaque côté pour peu qu'il rentre la tête. Sa stratégie allait lui demander beaucoup de mobilité.

C'est parti ! se dit-il en jetant son rocher deux dalles plus loin, sur celle qui lui permettrait d'approcher Saga.

Le projectile rebondit une nouvelle fois, déclenchant deux pièges… et l'horreur. De tous les coins de la grotte, des traits fusèrent comme si quinze redoutables archers défendaient l'endroit. Passe-Partout, se fiant à son instinct, se mit à tournoyer sur lui-même à une vitesse prodigieuse, arrêtant les flèches par l'intermédiaire des deux boucliers.

Le calme revint tout à coup. Le silence régna de nouveau dans la sépulture d'Orion.

Angoissant, pensa-t-il.

Il sentait un danger. Inexplicable. Irrationnel. Un sifflement, derrière lui ! Avec une célérité incroyable, il s'abaissa sans réfléchir. Le trait passa à quelques micropouces, frôlant son crâne dans sa course. Un cri de douleur, un bruit de métal contre la pierre, et encore le silence… Passe-Partout, prostré, n'osant bouger, regarda sa main : du sang mêlé à des cheveux. Il n'y avait pas qu'une Staton défendant la sépulture d'Orion !

Sup et sa bande distribuaient des fioles de Gariette diluée dans tout Mortagne, rappelant la prescription de Fontdenelle, doses et fréquences. La plante baptisée par Passe-Partout faisait seulement baisser la fièvre, empêchant les malades de mourir de convulsions. Fontdenelle, désemparé, ne parvenait toujours qu'à soigner l'effet, pas la cause.

Il ne sut pas combien de temps il passa accroupi dans la poussière. Il ramassa la Staton qui avait rebondi à ses pieds, la pointe de mithrill rouge de son propre sang, et la glissa dans sa ceinture près de celle récupérée sur l'infortuné.

Voilà comment fut surpris le premier prétendant au couteau, le piège en deux temps…

Une chose que n'avait pas imaginée le concepteur, celui que Passe-Partout avait surnommé l'Architecte-Piégeur : qu'un jour, un enfant violerait ces lieux, le trait devant atteindre la poitrine d'un adulte de taille moyenne !

Malgré sa certitude d'avoir déclenché tous les mécanismes le menant à Saga, il ne se déplaça qu'avec précaution, les jambes flageolantes. Aux aguets, prudent comme un serpent, il approcha enfin le deuxième couteau. À cet instant, il sentit qu'il devait justifier son acte et sortit Thor de son plastron, plus luminescent que jamais. Le respect qu'il vouait au plus grand guerrier d'Avent était tel qu'il s'adressa misérablement à sa représentation en pierre.

Pardonne-moi ! Mais Saga doit rejoindre Thor.

Avec crainte, il retira le couteau de la main sculptée et l'empoigna en le tendant en l'air, comme pour montrer aux Dieux que sa quête se couronnait de succès. Il ressentit avec plaisir ce picotement particulier, identique à celui éprouvé le jour où Thor lui fut confié, et sut que Saga acceptait son « possesseur ». Il eut le sentiment fugace et prétentieux de devenir le maître du monde. Cette impression s'éloigna rapidement. Il rangea la lame de Gary à côté de celui de dépeçage qui n'avait jamais quitté sa ceinture et plaça sa nouvelle, divine, dans la gaine prévue de son plastron. Les jumeaux perdirent aussitôt leur halo intérieur, rendant la tombe aux ténèbres !

– Je vois de mieux en mieux la nuit, dit doucement Passe-Partout. Mais un peu plus de lumière nous ferait gagner du temps !

Il souffla d'aise : les deux couteaux bleuirent de nouveau, éclairant la grotte. Avant de rebrousser chemin, il jeta un regard vers l'arc de guerre... Et ne put s'empêcher de compter machinalement le nombre de dalles pour s'approprier cette arme unique, mais se ravisa. Cette fois, la prudence l'emportait.

Du calme, Passe-Partout... Tu reviendras un jour !

Il quitta la grotte par le même itinéraire biscornu qui lui avait permis d'y accéder, non sans avoir une pensée pour cet inconnu qui, par-delà la mort, lui avait sauvé la vie.

Merci, étranger !

Il goba un bourgeon de kojana, regarda une dernière fois la tombe d'Orion et plongea.

L'herboriste observait l'effet de la maelis sur un rat. Le rongeur s'endormit immédiatement.

Bizarre... Fontdenelle fronça les sourcils.

Peut-être ont-ils trouvé le moyen de concentrer la substance, se dit-il en fixant l'animal. Au moins toi, tu n'as pas de fièvre, soupira-t-il.

Le rat eut alors un soubresaut, suivi de tremblements convulsifs, se raidit et succomba dans un dernier râle. La surprise de Fontdenelle ne faisait que commencer. Le rongeur se mit à gonfler. Une odeur pestilentielle envahit le laboratoire, émanant de pustules qui apparurent sur l'intégralité du corps de la pauvre bête à une vitesse hallucinante. Fontdenelle se saisit de la cage et la jeta dans le foyer de la cheminée en un violent réflexe de rejet. En regardant, perplexe, le cadavre du rat se consumer, il eut un éclair :

– Bien sûr ! Ce sont deux choses bien différentes ! Le sommeil et la fièvre n'ont aucun rapport !

Fébrile, il s'empara de la Gariette et d'un autre flacon.

Capricieux, le vent avait tourné. Passe-Partout avisa le mât de la barcasse qu'il venait de redresser : saurait-il manœuvrer avec la voile ? Il décida de tenter sa chance. Il commençait de toute façon à s'épuiser à ramer, et tendit la corde pour lever l'unique carré de toile. Après une bonne heure éreintante de lutte contre les éléments, l'enfant comprit qu'en mer, le plus court chemin n'était pas la ligne droite ! Très vite, il tira des bordées de plus en plus longues et prit du plaisir à diriger sa coquille de noix. Rallier Mortagne ne devrait plus être trop compliqué.

Cette escapade maritime fut riche d'enseignements. Lui qui, avant sa quête, ne connaissait pratiquement rien de l'océan, appréciait cet environnement particulier. Il se laissa aller un peu, profitant de la caresse du vent marin. Un peu de repos après ces épreuves ne lui paraissait pas un luxe outrancier !

Perdu dans ses pensées, s'étant éloigné de la côte certainement de façon déraisonnable, Passe-Partout s'apprêta à tirer une dernière bordée. Après un bref coup d'œil à la position du soleil, celui qui ne s'égarait jamais fit virer son bateau. D'après ses calculs, il devait tomber à peu près sur le delta servant d'écrin à Mortagne. C'est en effectuant la manœuvre qu'il remarqua au loin deux taches blanches.

Bizarre, se dit-il. *Ces bateaux doivent être énormes !*

La barcasse pivota sur sa dernière diagonale en filant bon train. L'enfant se retourna quelques minutes après : les deux navires avaient disparu. Il haussa les épaules et tenta d'apercevoir la côte à travers les brumes maritimes.

La nouvelle traversa la Cité en un éclair. Fontdenelle avait trouvé le moyen de guérir les Mortagnais atteints !

L'aubergiste de « La Mortagne Libre » félicita l'herboriste :

– Tu es un héros ! Avoir vaincu si vite la maladie !

Fontdenelle balaya d'un geste la flatterie :

– Les maladies, Josef ! Il y en avait deux ! Ce qui m'a obscurci le jugement. Et vaincu est un bien grand mot.

Valk et Kent descendirent de l'étage. La Belle s'approcha de l'herboriste et lui administra un baiser qui visiblement troubla le vieil homme.

– Je... je finis... Où en étais-je ? Oui ! Les cagoulés ont empoisonné l'eau des catacombes avec une drogue très concentrée dont le seul but était vraisemblablement d'endormir toute la Cité. Pour une raison que j'ignore, les rats ne supportent pas cette poudre et développent un pourrissement cadavérique instantané.

Kent hocha la tête. Il avait compris le processus et poursuivit :

– L'infection faisant naître la fièvre émanait de la maladie qu'ils contractaient au contact de la substance, ladite maladie se transmettant ensuite dans l'eau que nous buvions.

Comme pour confirmer, Fontdenelle frappa le comptoir du plat de la main et crut bon d'ajouter avec allant :

– Voilà !

Le Fêlé, qui les avait discrètement rejoints, souleva, lui, une autre interrogation.

– Je trouve étrange de vouloir endormir une ville pour finalement attaquer une auberge... En attendant, si nous avions un quelconque doute sur la volonté des cagoulés à prendre Mortagne, il est maintenant levé. Nous devons voir Tergyval pour les derniers préparatifs de l'assaut.

Dépité, Fontdenelle secoua la tête :

– M'est avis que personne ne m'écoute jusqu'à la fin...

Josef eut pitié de l'herboriste et lui prêta une oreille attentive.

– Les plus âgés ne réagissent pas bien à l'effet de la drogue. Ceux qui se réveillent ont des absences, une sorte d'amnésie, d'autres restent endormis malgré tous mes efforts et mon nouveau remède.

– Cela va s'arranger, ne t'en fais pas, tenta de l'apaiser Josef.

– Je l'espère, Parangon est dans le lot ! cracha Fontdenelle.

Passe-Partout s'attendait à rentrer avec des bateaux de pêche, ou tout au moins en croiser quelques-uns. Il n'en rencontra aucun, et c'est seul qu'il pénétra dans le port de la Cité. Son frêle esquif ne fut repéré qu'au dernier moment par les gardes mortagnais. Il les trouva plus énervés et désordonnés que vigilants. Un factionnaire au regard abruti s'approcha avec méfiance de lui qui s'appliquait à monter sa barcasse au sec. Passe-Partout lui déclina son identité et son lieu de résidence, ce qui suffit au cerbère. Son sourire imbécile soulignait sa certitude de pouvoir maîtriser à sa convenance un enfant de son âge et, de fait, il ne lui accorda aucune attention. Il balbutia une vague réprimande que Passe-Partout interpréta comme une interdiction de reprendre la mer et s'en fut, vaquant à ses obscures occupations.

La ville semblait avoir perdu son âme et vivait sur un rythme insolite, vide d'habitants et de substance. Les rares Mortagnais qu'il croisa pour se rendre chez lui rasaient les murs, se faufilaient de porche en porche à la façon de rôdeurs mal intentionnés. Chose incroyable, aucune activité dans les rues ! Toutes les fenêtres et les portes des maisons étaient closes. Mortagne la Libre ne se ressemblait plus.

L'accueil de Fontdenelle fut émouvant. Le vieil homme, les larmes aux yeux, ne cessait de l'étreindre, de lui frotter la tête, de caresser ses joues, comme s'il avait vécu, durant son absence, avec l'idée qu'il ne le reverrait jamais. Il jubilait.

– Tu as réussi, mon garçon, réussi !

Puis déclara, plus terre à terre :

– Je vais te faire une infusion de mon invention dont tu me diras des nouvelles. Un vrai remontant ! Tu dois être fatigué après ce périple ! Ah, il faut que tu saches que j'ai encore amélioré l'effet de la gariette !

Il lui raconta alors l'épisode des catacombes empoisonnées. Passé l'indignation d'une si lâche attaque, l'enfant sourit. Le vieil homme ne lui posait aucune question ; sa présence seule lui suffisait. Il se débarrassa de son sac à dos dans sa « remise », et cacha ses perles ainsi que ses pièces d'or. Puis il avisa sa cible et recula de quinze pas sans la quitter des yeux. Il attendait autant ce moment qu'il l'appréhendait, tendit ses bras, mains ouvertes, et murmura :

– Thor ! Saga !

En un éclair, les deux couteaux abandonnèrent leurs fourreaux et se placèrent lame contre paume. Deux traits bleutés fusèrent contre la cible : Thor en son centre, Saga légèrement décalé.

Nous ne sommes pas encore habitués l'un à l'autre, pensa l'enfant.

Il rappela les deux armes qui volèrent jusque dans ses mains, cette fois-ci manche contre paume. Ainsi, les couteaux connaissaient ses intentions en prenant la position adéquate sans qu'il leur fournisse de détails ? Passe-Partout se réjouit de leur si parfaite connexion en les replaçant dans son plastron.

De retour dans la « cuisine » de l'herboriste, il raconta à son tour son aventure au vieil homme qui l'écouta religieusement, sans l'interrompre. Fontdenelle était si fier de celui qu'il considérait comme son petit-fils. Il applaudissait intérieurement ses sages décisions, tremblait lors de ses difficultés et comprit ses doutes au moment du choix d'abandonner sa quête. Son intérêt se décupla quand Passe-Partout évoqua les bourgeons de Kojana. Illuminé par une piste nouvelle pour ses recherches, il déclara, tel un possédé :

– La mer doit être une source intarissable pour mes médecines !

Chassez le naturel, il revient au galop, songea l'enfant. *Herboriste il est, herboriste il reste !*

Il avala la potion de Fontdenelle et sentit immédiatement la lassitude l'abandonner. Il regarda le vieil homme avec surprise :

– Étonnant ! Agréable à boire et efficace dans l'instant !

Le compliment alla droit au cœur de l'herboriste. Passe-Partout, revigoré, l'informa :

– Je dois me rendre chez Josef.

Fontdenelle prit un air morne et lui dit gravement :

– Ils sont tous là-bas. Nous sommes sur le point d'être assiégés, on annonce la progression des cagoulés noirs par le sud et par l'est. Il semble que ce ne soit qu'une question d'heures.

Il baissa les yeux et ajouta d'un ton triste :

– J'espère avoir fabriqué suffisamment de potions et d'onguents pour soigner les inévitables blessés.

Passe-Partout s'en fut par les ruelles de cette ville pour laquelle il ressentait un profond attachement. Il se rendit compte que Mortagne n'avait cessé que les activités visibles. En prêtant l'oreille, on entendait les hommes transformer les outils en armes. Par un volet cassé, l'enfant avait aperçu un groupe de femmes confectionner des flèches par centaines. Au bord de la fontaine de Cherche-Cœur, les habitants déposaient furtivement leurs seaux en prévision des chaînes d'incendie. Les visages fermés, les regards préoccupés, les Mortagnais agissaient avec fébrilité, mais sans panique.

Passe-Partout resta planté quelques instants face à la porte de « La Mortagne Libre ». Il hésitait sur l'attitude à adopter qui allait dépendre de la présence ou non de Gerfor. Si le Nain était là, il allait pouvoir lui montrer qui il était ; il n'en avait nul besoin devant les autres ! Son atermoiement eut pour effet de louper complètement son entrée. Un soldat le dépassa, bredouillant une vague excuse, et pénétra dans l'auberge sans refermer la porte. Passe-Partout lui emboîta le pas et tomba face à Tergyval discutant avec le garde nouvellement arrivé. Le Capitaine eut l'air surpris de voir l'enfant, mais l'information qu'il devait maintenant divulguer passait avant toute chose. Il releva la tête et, la main sur son épée, déclara à haute et intelligible voix :

– Mortagnais ! Amis ! L'heure est venue ! L'ennemi est en vue, chacun à son poste !

Les quelques consommateurs se précipitèrent hors de « La Mortagne Libre », le garde criant déjà la nouvelle dans les rues. Passe-Partout n'avait pas bougé d'un pouce. Lui qui, dans son esprit, s'était inventé un premier rôle, se trouvait relégué à celui de spectateur. Au fond de l'auberge, à la table des aventuriers, il observa ses amis revêtir leurs habits de guerre, sans que ceux-ci ne fassent cas de sa présence. Tergyval l'accueillit tout de même :

– Bienvenue chez toi, malgré les événements ! Par où et comment es-tu arrivé ? enchaîna-t-il d'un air plus grave.

– En bateau, répondit simplement Passe-Partout.

Tergyval entra dans une fureur noire. Le sang lui montant à la tête, il jura :

– Par tous les Dieux d'Avent ! Tout mouvement doit m'être rapporté ! N'importe qui peut donc rentrer dans cette foutue ville ?!

Passe-Partout passa sur le « n'importe qui », sûr que cette expression ne le concernait pas. Il vit Tergyval partir précipitamment, sans qu'il ait eu l'occasion d'ironiser sur les capacités intellectuelles de ses gardes-côtes.

– Sinon… je vais bien, souffla-t-il au vide laissé par le Capitaine des Gardes.

– Passe-Partout ! Toi, ici ?!

La voix du Colosse s'éleva dans la salle en même temps que sa carcasse de sa chaise et une succession de cliquetis l'accompagna dans sa course pour le rejoindre, les lames de métal recouvrant son armure tintinnabulant comme autant de clochettes rouillées. Le spectacle eût été comique en d'autres circonstances… Le Géant le serra sur son cœur jusqu'à l'étouffement. Lorsqu'enfin il relâcha l'enfant au bord de l'évanouissement, il désigna les deux couteaux dans son plastron et lui murmura :

– Je savais que tu y parviendrais.

Kent lui sourit en chargeant ses carquois. Passe-Partout en compta cinq. Valk restait resplendissante malgré son armure et le casque de guerre. Il nota qu'elle avait calé son épée habituelle sur son dos, une deuxième lame, plus légère celle-ci, à sa ceinture, accompagnée d'une dague de l'autre côté. Un renflement dans sa botte droite laissait supposer que l'inventaire n'était pas clos ! Elle lui lança sur un ton « désarmant » :

– Tu commençais à nous manquer ! Comme tu vois…

Elle fut interrompue par des hurlements proférés dans les escaliers. Gerfor, à grand bruit, les descendait en grognant :

– Nous allons enfin en découdre avec ces « Noirs de Sang » ! Par Sagar, que mon glaive en transperce des centaines ! Pour que ma rage s'éteigne, il faudra que…

Il s'arrêta net en remarquant Passe-Partout et les deux lames divines. L'enfant profita de son trouble pour lui envoyer :

– Salut, Gerfor ! Toujours aussi râleur ?

Le Nain, décontenancé, camoufla sa joie de le revoir en affichant sa mauvaise humeur habituelle.

– Tu ne fais que passer ou tu arrives au moment où naissent les vrais héros ?

Blessé par la réflexion, Passe-Partout pinça les lèvres et son regard vira, comme à chaque fois qu'il allait sauter sur un ennemi. Gerfor s'approcha, pointa son index boudiné entre ses yeux avec un sourire grimaçant dont il avait seul le secret, et cracha :

– C'est comme ça que tu dois être à partir de maintenant… Et jusqu'à la fin de ce foutu conflit !

Puis il courut à la porte en hurlant :

– Carambole, j'ai gagné mon pari !

Et il disparut dans la rue de la soif, invoquant à pleine voix Sagar.

Le Fêlé apostropha Passe-Partout qui, décidément, avait du mal avec la logique du Nain.

– Nous avons tous une responsabilité sur le rempart principal. Tu viens avec nous ?

Il acquiesça et aperçut Carambole qui le fixait, une larme de joie coulant sur sa joue. Sans un mot, il l'embrassa tendrement. Elle lui tendit un carquois de flèches. La fabrication demeurait plus que soignée et elle n'eut pas besoin de préciser que c'était elle qui les avait faites de ses mains.

– Pour toi, souffla-t-elle, résignée, sachant qu'il serait vain de lui demander de rester.

Tous sortirent, hormis Carambole. Josef barricada l'auberge et rejoint l'ensemble des Mortagnais combattants à la porte principale. Tergyval courrait en tous sens, vociférant des ordres. La tour droite était défendue par le Fêlé, la gauche par Valk. La porte de la Cité avait été confiée à Kent, entouré des meilleurs archers. Tous les tireurs bénéficiaient d'une protection de gardes avec boucliers. Dépourvu d'une quelconque responsabilité, Passe-Partout s'était octroyé d'office deux carquois, le premier contenant les flèches de Carambole, le second, plus petit, des deux statons prélevées dans la sépulture d'Orion. Il décida d'accompagner l'Elfe qui, aux créneaux, scrutait la vallée.

La poussière soulevée par l'ennemi ne présageait rien de bon. On pouvait imaginer le nombre d'assaillants par sa densité. Seulement imaginer, pour le moment... Le véritable nuage laissait augurer qu'une armée colossale qui s'approchait inexorablement de Mortagne. Passe-Partout tendit le doigt vers l'horizon. On arrivait maintenant à distinguer trois tours d'attaque. L'œil exercé de Kent discerna la méthode utilisée pour les tracter.

– Des diplos ! Ils montent des diplos ! maugréa l'Elfe dont la moue de dégoût rappelait à tous l'aversion atavique de son peuple envers les Dragons et leurs lointains cousins.

Tous virent peu après le cortège des assaillants. L'infernale machine de guerre ennemie ne cachait pas ses forces, bien au contraire. Trois tours d'attaque tirées chacune par deux colonnes de six diplos beuglant, hideux et lents, à la démarche étrange, dont seuls les monstres de tête étaient montés. Venaient ensuite deux lignes de cavaliers sur ces mêmes montures, escortés par des loups noirs de taille impressionnante et, plus loin, les fantassins au nombre tel qu'on eut dit une fourmilière en marche. En dernier lieu s'avançait une caravane de chariots bâchés. Des cris fusèrent parmi les rangs des défenseurs :

– Des ptéros ! Une cinquantaine ! Ils ont tous des cavaliers !

Passe-Partout reconnut immédiatement le lézard, cousin du Dragon et du terrestre diplo, pareil à celui qui l'avait attaqué près de la Forêt d'Émeraude. Lui aussi pouvait s'enorgueillir d'en avoir enfourché un, en quelque sorte. Mais il ne l'avait pas dompté... Les yeux de Kent naviguaient entre les cavaliers ailés et ses archers. À la comptée, sur les soixante hommes constituant son équipe, une vingtaine au mieux était capable d'atteindre une cible aussi rapide que celle-ci. La tâche allait s'avérer complexe.

Interdit, Tergyval tentait d'évaluer leur assaillant pour définir une stratégie. Avec un inconvénient de taille : de mémoire d'Aventien, jamais une ville n'avait été menacée par les airs ! Les multiples carquois qui pendaient sur chaque flanc des monstres ailés confirmaient qu'il ne s'agissait pas seulement d'une tactique d'intimidation.

Démesuré, pensa-t-il. *Ils ne veulent pas prendre Mortagne, mais la détruire ! L'effacer d'Avent !*

Passe-Partout s'assit dos aux créneaux et lâcha, songeur :

– Ils sont environ mille cinq cents. Plus nombreux que les Mortagnais...

Toujours les yeux en l'air, guettant l'ennemi ailé et les éventuels moyens de l'abattre, l'Elfe répondit :

– Ce qui nous ramène à un contre trois. Tous les habitants ne sont pas aptes à se battre.

Tergyval tint un conseil de guerre avec tous ses lieutenants et relais, autrement dit les quatre compagnons de Passe-Partout. Rapide, leur conversation ne fit naître que des mines sombres, hormis Gerfor qui se réjouissait d'un affrontement prochain ! Tergyval questionna le Nain :

– Des nouvelles de tes renforts ?

Gerfor tordit le nez sans répondre.

– Tu n'en sais rien. Et bien sûr, nous n'avons aucun moyen de les joindre ! On ne peut donc pas compter sur une arrivée providentielle.

Le Fonceur Premier Combattant mesura alors toute l'importance de la communication et de la vitesse de déplacement. Il se souvenait vaguement qu'un de ses prêtres de Sagar avait peut-être une solution pour contacter quelqu'un d'autre à distance. Mais encore aurait-il fallu l'avoir sous la main. Il se fit une promesse, le seul point sur lequel il pouvait agir dans l'avenir : ne plus jamais être à la traîne ! Le Fêlé s'approcha de Passe-Partout avec un pâle sourire.

– Fais attention à toi. D'accord ?

L'enfant n'aima pas le ton découragé du Colosse. Malgré la supériorité numérique évidente de l'ennemi, il fallait garder l'espoir d'une solution. Le silence angoissé des Mortagnais à la vue de ce déploiement de force fut coupé par des cris de joie et de rage. Deux diplos de tête venaient de tomber dans les pièges tendus par Tergyval. Les trous dans lesquels s'empalèrent les monstres et leurs cavaliers eurent pour effet d'arrêter la progression lente, mais sûre, de l'armée adverse.

– Momentanément, grogna le Capitaine des Gardes en constatant le remplacement immédiat de la monture et de son meneur.

Valk, restée aux côtés du Maître d'Armes, confirma le doute de Tergyval.

– Incroyable ! Ils disposent une ligne de sacrifice !

Devant les combattants de Mortagne médusés, une centaine de fantassins ennemis se positionnèrent à l'avant des colonnes de diplos tractant les tours, protégeant de leurs corps la machine. Les défenseurs avalèrent leur salive avec difficulté. Leur détermination à vaincre par tous les moyens venait d'être clairement affichée. Les cagoulés se fichaient de la mort comme d'une guigne !

CHAPITRE XV

– Notre destin est entre les mains d'Avent. Si le Dieu Sans Nom accapare le Continent, nous disparaîtrons ! Comment intervenir sans le courroux de Gilmoor ? cria Lumina dans la salle du conseil.

– Nous ne pouvons intervenir sur Avent, rappela le Dieu de la Mort.

Tous les regards se tournèrent vers le Messager qui sut dès ce moment que le Fourbe siégeait parmi les huit divinités d'Ovoïs. Le Voyageur mentit :

– Aucune possibilité d'intervention sur le Continent.

Lorbello. Extrait de « Le Réveil de l'Alliance »

Tergyval pinça ses lèvres en croisant le regard de la Prima. Dame Perrine sentit l'inquiétude de son Capitaine. Elle ferma les yeux avant de prendre la décision ultime de défense de la Cité.

– Les tours d'attaque sont imposantes, Tergyval, ne leur facilitons pas trop la tâche.

Le Maître d'Armes fit un geste. Quelques minutes plus tard, les piliers du double pont de bois enjambant le Berroye, et sur lesquels reposait le bord du pont-levis lors de son ouverture, craquèrent, entraînant dans le fleuve une œuvre unique en Avent. La Cité devint ainsi une île dans laquelle personne ne pourrait pénétrer, mais de laquelle il serait aussi compliqué de sortir.

Gerfor lâcha son glaive et glapit :

– Comment va-t-on se battre ? Ils ne peuvent pas venir... On ne peut pas y aller, se lamenta-t-il.

Ignorant les propos du Nain, le Fêlé eut un regard complice avec Dame Perrine, approuvant cette décision. Les trois tours d'attaque ne pourront plus s'approcher suffisamment des murs de la Cité pour l'investir. Le sacrifice était grand, mais la physionomie de l'échiquier pouvait changer la donne de manière importante. Gerfor fronça ses sourcils broussailleux : la stratégie mortagnaise ne correspondait pas exactement aux tactiques guerrières, plus frontales, qu'utilisaient ceux de son peuple !

L'ennemi ne sembla pas une seconde déstabilisé par la décision d'isolement de Mortagne, à croire qu'il s'y attendait ! Un mouvement des tours le confirma. Les moins importantes, escortant la dominante au centre, se rapprochaient insensiblement d'elle pour faire bloc. Au fur et à mesure, les cavaliers et fantassins se mobilisaient derrière.

– À l'arrivée, nous aurons un mur devant la porte principale, derrière le Berroye ! s'exclama Gerfor.

– Ce qui leur offrira une protection de choix, surenchérit le Fêlé venu rejoindre le groupe au-dessus de la porte Mortagnaise.

C'est alors que la première attaque de l'ennemi eut lieu. La guerre des archers s'engagea. De part et d'autre, des centaines de traits fusèrent, touchant au hasard autant de Mortagnais que de cagoulés. Tergyval et Kent continuaient à scruter le ciel, inquiets de se trouver entre deux feux nourris. Soucieux, Passe-Partout glissa à Kent :

– Il suffirait qu'ils mettent le feu aux portes. Ils auraient tout le temps après de réfléchir au franchissement des lices.

Kent eut un sourire énigmatique.

– Ne fais pas injure à notre Maître d'Armes qui y a pensé.

Comme si l'ennemi l'avait entendu, des traits sifflèrent en direction de l'épaisse porte que formait le pont-levis fermé. Au contact de leur cible, sous le choc, les pointes se mirent à crépiter et s'enflammer.

Bizarre, songea-t-il. *Les flèches n'étaient pas allumées à l'origine.*

Tergyval fit un vague signe ; il s'y attendait, effectivement. Un garde activa un levier et de l'eau coula le long de rigoles dont l'aboutissement judicieux se situait au-dessus de la protection de la Cité, ruisselant sur la porte et éteignant tous les départs de feu. Kent se tourna vers l'enfant :

– Ce n'est pas l'eau qui manque à Mortagne !

Les trois impressionnantes tours d'attaque se trouvaient presque côte à côte. Deux se calèrent de chaque côté de la plus imposante qui se positionna juste en face de l'entrée de Mortagne. La longueur des colonnes de diplos représentait la distance éloignant les machines de guerre du Berroye, empêchant tout mouvement de traction en ligne. Au moment précis où les tours ne formèrent plus qu'un mur, les archers ennemis cessèrent brusquement leurs tirs à l'aveugle. Surpris, Tergyval leva la main pour donner l'ordre d'en faire de même. Il était inutile de gaspiller des munitions. Un silence de mort s'étendit sur le delta du Berroye…

Une flèche se ficha dans le dos du garde le plus proche de Tergyval. L'homme s'effondra. Le Capitaine assista le soldat jusqu'à son dernier souffle puis arracha le trait de sa cotte de mailles. Au vu de la pointe, il hurla :

– Mithrill !

C'en était fini des tirs classiques, l'ennemi passait encore un cran au-dessus. Tout le monde se mit à couvert.

L'horreur s'abattit sur Mortagne. Tels de gros oiseaux monstrueux, les ptéros survolèrent la ville. Une pluie de flèches lâchées du ciel ne laissa pas beaucoup de chance aux isolés. L'effroyable danse des lézards ailés commença, lancinante, frappant de ses aiguilles de mort les défenseurs, de plus en plus précises. Les archers mortagnais parvenaient parfois à toucher leurs cibles volantes, mais sans espoir de percer la carapace des sauriens sur lesquelles les traits rebondissaient, inefficaces. Tergyval rappela tous ses lieutenants sous son abri de pierre à la porte principale. En le rejoignant, Valk cria :

– Ne prenez que les boucliers de métal ! Laissez tomber ceux en bois !

Son information fit le tour des remparts. En effet, selon l'angle, les chances de détourner les pointes en mithrill étaient plus grandes sur le métal. Les autres se faisaient systématiquement traverser. Du bas de la tour d'attaque principale s'ouvrit une porte à battant de laquelle sortit une étrange construction.

– Qu'est-ce que ça peut être ? s'étonna Le Fêlé, les yeux ronds.

– Un bélier ! cracha Gerfor.

– Impossible à cette distance, souffla Kent pour lui-même tout en tirant sur un cavalier volant.

Anxieux, sentant la pression monter et voyant tomber ses hommes sans pouvoir répliquer, Tergyval voulut tout de même porter un coup de riposte à l'ennemi. Il hurla :

– Le feu, vite !

Véloce, un garde proche d'un tas de tissus découpés confectionna une torche, l'apporta et enflamma des pointes de flèches déjà préparées à cet effet sur les arcs bandés de cinq soldats.

Voilà la méthode connue pour flanquer le feu à distance, songea Passe-Partout.

– À notre tour ! Feu ! ordonna le Capitaine.

Les traits atteignirent le front de cette étrange machine que semblait accoucher la construction centrale. Sa forme se dessinait maintenant avec plus de netteté.

– On dirait... une cabane... avec deux roues de chaque côté ! lâcha Valk, incrédule.

– Et posée sur deux traverses parallèles, ajouta le Fêlé.

– Elle est poussée par des cagoulés protégés derrière la tour, observa Kent.

Tergyval ne quittait pas des yeux cette étrange machine progressant lentement vers la berge où se tenait le pont qu'il venait de détruire. Il eut une illumination, comme un flash.

– Un tunnel à franchir ! déclara-t-il, stupéfait, avant d'écumer de rage.

Les flèches enflammées s'étaient toutes éteintes sans aucune intervention de l'ennemi. Gerfor se redressa, grimaça et, sûr de ce qu'il avançait, informa Tergyval en reniflant :

– C'est du paliandre.

Devant la mine interrogative du Maître d'Armes ne comprenant pas ses propos, le Nain s'énerva :

– Le bois de ton tunnel à franchir ! Du paliandre ! Nous nous en servons, nous autres, dans les forges, une essence rare... qui ne brûle pas !

L'équipe se tourna vers le 'tunnel' hérissé de flèches enflammées qui se consumaient seules.

– J'entends un bruit. Comme quelqu'un qui tape, dit Passe-Partout.

Tous tendirent l'oreille pour percevoir un son dans le tohu-bohu de l'affrontement.

– Des bruits de marteaux ! affirma Gerfor, spécialiste en la matière.

Kent pesta. Chacun de ses tirs atteignait un lézard, mais sans aucun effet. Et toucher le cavalier relevait du prodige !

– Regardez ! s'exclama le Nain. La cabane n'est que le départ d'un tunnel de surface. Ils le construisent au fur et à mesure, à l'envers !

Surprise, Valk déclara :

– Je ne comprends rien à ce que tu racontes !

Gerfor eut un rictus et grinça :

– La cabane n'est qu'un abri sous lequel travaillent des cagoulés qui, en toute sécurité, fabriquent un couloir fermé jusqu'à leur tour. Pendant que de derrière, leurs petits copains les poussent par l'intermédiaire des deux rails et leur livrent le bois. T'as compris, maintenant ?

– Pourquoi ne pas l'avoir construit avant le siège ?

– Le paliandre est trop lourd. L'ensemble n'aurait pas pu être transporté.

Passe-Partout n'en croyait pas ses oreilles. La cabane protégeait des ouvriers qui travaillaient sur leur machine de franchissement sous leur nez, devant la Cité, sans que personne ne puisse les en empêcher !

Après tout, cela ne les mènera qu'au bord du Berroye, et non à la porte de Mortagne ! pensa-t-il.

Mais le moral des Mortagnais allait sous peu de nouveau prendre un mauvais coup.

Le signal retentit au moment où les roues de la fameuse cabane entrèrent dans l'eau du Berroye. Un cri de rage jaillit de la gorge de Tergyval. Deux ailes latérales positionnées en parallèle de la structure de tête tombèrent avec fracas à la surface, stabilisant l'abri. Au bout de ses rails, le bâtiment protecteur progressait ainsi en glissant sur le Berroye par une simple poussée et l'ennemi avait tout loisir maintenant de construire son tunnel, devenu flottant, sans le souci du poids !

Le Capitaine des Gardes bouillait intérieurement. L'unique choix possible avait été d'isoler Mortagne, mais l'adversaire avait anticipé cette décision. Des gouttes de sueur commençaient à perler sur son front et les seuls ordres qu'il pouvait donner étaient de défendre la place, sans pour autant freiner l'avancée inexorable des cagoulés. Gerfor, en professionnel des tunnels et constructions, vit le trouble du Maître d'Armes et tenta de le rassurer :

– Ce bois est dense et lourd. Le poids ralentira considérablement leur progression. Ils mettront du temps. Cela nous en laisse pour songer à une contre-attaque.

Tergyval n'eut pas le loisir de lui répondre. L'ennemi avança encore un pion sur l'échiquier. Pendant quelques secondes, les Mortagnais n'eurent plus à se protéger des tirs aériens des cavaliers volants, ces derniers cessant de les prendre pour cible. Mais le répit ne fut que de courte durée ! Au sommet de chaque tour d'attaque, des meurtrières s'ouvrirent et les archers cagoulés, au niveau des remparts de Mortagne, voire plus haut pour la dominante, assurèrent le relais et entamèrent un feu nourri sur les défenseurs. Des hurlements fusèrent du centre de la ville.

– Au feu ! Au feu !

Les cavaliers ailés avaient changé de cible. Ils tiraient maintenant sur les toits des maisons. Les poutres en bois et les chaumes s'embrasèrent. Proche du Fêlé, un garde au bord de l'apoplexie laissa échapper :

– Mais comment font-ils ? Ils n'ont pas de feu là-haut !

Pensif, le Colosse répondit en caressant son menton :

– Des pierres de soleil… On ne les trouve que sur le Mont Anta. Au sud et en altitude !… Mais il est vrai qu'en domestiquant des ptéros, c'est beaucoup plus facile de se les procurer !

Se camouflant lors d'une salve, Passe-Partout ramassa deux flèches de pierre de soleil tombées sur le tas de tissus permettant d'enflammer les traits des archers mortagnais. Amorties, elles n'avaient heureusement pas explosé.

– Garde-les pour le moment, dit le Fêlé, qui ajouta : leurs tours d'attaque sont aussi en paliandre. Pas la peine de les utiliser pour rien !

Bien que préparés à cette éventualité et ne manquant pas d'eau, les citadins se mobilisèrent en nombre pour éteindre les foyers naissants. Les cibles au sol devinrent plus aisées pour les cavaliers ailés qui n'hésitèrent pas à transformer des Mortagnais en torches vivantes.

Passe-Partout comprenait enfin la globalité de la tactique de l'ennemi. Visiblement, un siège long de la ville pour affamer la population n'était pas la solution retenue. Mortagne devait tomber vite. Mais le tunnel de surface était trop étroit pour investir la Cité en masse, les cagoulés se feraient tirer comme des sorlas. Une pièce du puzzle lui manquait... Il se tourna et son regard embrassa machinalement l'océan... *Les bateaux !* Il cria :

– Tergy !

Perdu dans ses pensées, fatigué de hurler, le Capitaine avisa Passe-Partout et lui rétorqua d'un ton sec :

– Pas le temps de discuter !

– Écoute-moi quand même, insista l'enfant.

Il lui raconta sa « rencontre » en mer, au large. Tergyval pâlit d'un seul coup et lui lança :

– C'est maintenant que tu le dis !

Passe-Partout lui répondit sur le même ton :

– Tu ne m'as pas vraiment donné l'occasion de le faire avant !

On gagne souvent, qu'il s'agisse d'une compétition ou d'une guerre, avec le mental. Les événements successifs commençaient, eux, à effriter sérieusement le moral des Mortagnais. Celui de leur Capitaine des Gardes était proche de l'effondrement. L'information rapportée par l'enfant concernant la présence de deux bateaux ne le rassurait pas. Il connaissait la stratégie de l'étau, mais n'avait pas imaginé qu'il puisse la subir un jour ! Passe-Partout observa l'Elfe qui ne désarmait pas pour tenter d'abattre les cavaliers ailés. Il le vit récupérer une flèche ennemie en mithrill, viser longuement un ptéro, la décocher et, malgré un tir magistral, ricocher sur la gorge du monstre volant, risquant par rebond de blesser un de ses hommes.

– Ça ne sert à rien, fit-il, dépité. En plus, les cavaliers ont des cottes en mithrill. Même en les atteignant, nos traits ne pénétreront pas leur protection.

Gerfor fulmina :

– Par Sagar, ils ont dû dérober tout le minerai des Nains d'Avent ! Même Fulgor, notre Roi, ne dispose pas d'une armure en mithrill !

Réfléchissant tout haut, Passe-Partout émit une vérité première :

– C'est sûr ! Pour les toucher, il faudrait les avoir de face... De face ! répéta-t-il, illuminé.

Il apostropha le Clair.

– Kent ! Viens avec moi, j'ai une idée !

L'Elfe haussa les épaules. Face à une telle débauche meurtrière, l'enfant perdait probablement la raison ! La seule chose qu'il trouva à dire fut une platitude.

– Je ne peux pas quitter mon poste !

Passe-Partout fit une moue comique qui, en d'autres circonstances, aurait fait éclater de rire Kent, et ironisa :

– Tu peux continuer à tirer des flèches en l'air, si ça t'amuse ! Mais moi, j'ai vraiment une idée pour les éliminer, déclara-t-il avec plus de sérieux.

Kent jeta un rapide coup d'œil autour de lui. L'insistance de l'enfant lui donna l'espoir de se rendre utile. Il confia ses instructions à son second et suivit Passe-Partout.

Les tirs des archers défenseurs se faisaient maintenant sporadiques. Tergyval avait donné l'ordre de récupérer les flèches ennemies pour deux raisons. La première parce que leur propre stock n'était pas inépuisable ; la seconde pour bénéficier des pointes en mithrill afin d'améliorer leurs chances de toucher l'adversaire en retour. Les tireurs cagoulés avaient eux aussi ralenti leur cadence, mais ne laissaient pas aux assiégés la moindre possibilité de se découvrir. Dès qu'un Mortagnais aux créneaux faisait mine de bouger, une salve partait dans sa direction ! Ils avaient en revanche le temps d'observer la réalisation de la machine à franchir. Tergyval, malgré la gravité de la situation, ne pouvait s'empêcher d'admirer le génie qui avait conçu ce pont, à la fois roulant et flottant, évolutif, construit pouce après pouce sous leurs yeux, déplacé au fur et à mesure de son édification, et contre lequel rien ne saurait être tenté.

– À cette allure, ils seront à la porte demain matin, marmonna Valk.

– Exact ! confirma Gerfor. Avec, pour nous, aucune possibilité de les arrêter. Ils auront tout loisir de choisir le moyen de forcer l'entrée. Le paliandre résistera à n'importe quoi !

Tergyval savait que l'attentisme n'était pas une stratégie guerrière, mais n'entrevoyait aucune solution à court terme de contre-attaque. Valk et Gerfor avaient raison. À l'aube, le tunnel atteindrait les six piliers immergés où se rejoignaient le pont-levis et le pont détruit sur son ordre. À ce stade de sa construction, deux heures plus tard, les cagoulés toucheraient la porte de Mortagne.

Kent et Passe-Partout couraient en zigzags vers le centre de la ville, empêchant les cavaliers ailés d'ajuster leurs tirs. On eût dit deux déserteurs fuyant le front ! Ils s'arrêtèrent sous une porte cochère pour reprendre leur souffle :

– J'espère que tu sais ce que tu fais ! lâcha Kent.

L'enfant eut un sourire étrange et répondit :

– Leur cotte en mithrill ne leur protège pas la gorge.

Kent haussa les épaules :

– Et alors ! Il faudrait se placer de face pour avoir au moins une chance de les toucher.

– Eh bien, allons-y !

Et Passe-Partout se remit à courir dans la rue, abandonnant l'Elfe sans autre explication.

Ils arrivèrent sans trop d'encombres jusqu'à la tour des Scribis, sous les regards surpris des femmes, des enfants et des vieillards qui s'organisaient pour éteindre les foyers provoqués par les flèches tirées du ciel. Les gardes de la tour n'eurent pas le temps de réfléchir quand ils virent un gosse passer à toute allure en criant :

– Ordre de la Prima Perrine !

Suivait un Elfe à la limite de la congestion qui prit l'escalier de droite en colimaçon. Ils atteignirent très vite l'antre de Parangon dont l'entrée était évidemment fermée, le Magister ne s'étant toujours pas réveillé des effets désastreux de la maelis. Passe-Partout sortit le vieux couteau de dépeçage de son père et introduisit la lame dans la serrure. Kent l'arrêta d'un geste.

– Inutile de la forcer.

Il tendit sa paume, fit un tour avec son index en marmonnant une formule et magiquement, la porte s'ouvrit. Il regarda l'enfant avec amusement :

– Pratique… Et travail propre !

Ils entrèrent dans le bureau de Parangon. L'Elfe redevenu sérieux l'interrogea :

– Ton idée, c'est quoi ?

Passe-Partout désigna la fenêtre :

– D'ici, on domine tout Mortagne. Il suffit de les attirer et comme ça, on les aura de face !

– Ils vont finir par comprendre et venir en masse pour nous tirer comme des sorlas ! rétorqua le Clair.

L'enfant entraîna Kent derrière la bibliothèque du Magister.

– À mon arrivée à Mortagne, j'avais remarqué la bizarrerie architecturale de la tour des Scribis. Elle est construite autour de deux escaliers en colimaçon parcourant l'ensemble de la structure. Seul le bureau de Parangon est traversé par les deux. L'escalier de gauche monte jusqu'au sommet, c'est-à-dire à l'intérieur de sa mezzanine dans laquelle il y a une autre fenêtre.

– J'ai du mal à te suivre, Passe-Partout ! s'impatienta l'Elfe.

– C'est pourtant simple, souffla bruyamment le gamin. Tu te caches en haut, dans la mezzanine. Moi, je les attire par le bureau de Parangon. Et tu les abats par-dessus ! Leur casque n'est pas en mithrill, que je sache !

Kent en convint, d'autant que la plupart des cagoulés n'en portaient pas.

– Et s'ils tirent des flèches enflammées ?

– Peu de risque, rétorqua l'enfant en montrant les toits de Mortagne où s'activaient des silhouettes sur les départs de feu. Depuis le début de l'attaque, seuls deux bâtiments sont épargnés : le Palais et la Tour de Sil.

Kent esquissa une moue d'admiration quant au don d'observation de son coéquipier. L'ennemi ne visait pas les endroits où, forcément, se trouvaient des éléments magiques ou des objets de valeur.

– C'est tellement fou que ça peut marcher ! Et puis autant mourir en tentant quelque chose plutôt que de périr par une flèche de hasard, déclara-t-il en gravissant l'escalier le menant au sommet de la tour.

– Nous ne sommes utiles que vivants, récita mécaniquement Passe-Partout.

– Vieux proverbe Elfe ! ironisa Kent.

L'enfant ignora la réflexion, posa ses carquois sous la fenêtre, son arc à portée de main, et l'ouvrit en grand. Il observa, cette fois d'en haut, à la folle sarabande des sauriens volants puis prit une grande inspiration, saisit son arme et claironna à Kent :

– En piste pour le quadrille !

Il s'autorisa à perdre deux ou trois flèches sur le premier cavalier venu, juste pour attirer son attention. La riposte ne se fit pas attendre : le cagoulé tira sur les rênes de son ptéro et se dirigea vers la fenêtre en frappant lui aussi au jugé. À distance raisonnable, il stabilisa le saurien afin de tenter d'apercevoir son agresseur, camouflé sous le dormant de l'ouverture, et qui n'en menait pas large.

– Qu'est-ce qu'il fait ? chuchota Passe-Partout.

Kent répondit doucement :

– Il va s'approcher… Encore un peu…

Passe-Partout entendit un trait fendre l'air, un choc mou et un râle. Il se redressa et vit le cagoulé lâcher son arc et porter les deux mains à sa gorge. L'enfant lui tira la langue avant qu'il ne bascule dans le vide, abandonnant son ptéro qui s'envola vers la mer. Sa chute, la première d'un ennemi ailé depuis le début du conflit, fut aperçue et saluée par de nombreux Mortagnais, leur redonnant ardeur et espoir, tous las de voir leurs pairs tomber comme des mouches, quand l'adversaire ne déplorait aucune perte. Mais les habitants ne furent pas les seuls à observer la scène ! Passe-Partout remarqua trois cagoulés voler dans sa direction, arcs bandés. Kent eut alors des propos pour le moins surprenants.

– Attire-les le plus près possible. Excite-les ! Tu ne supprimes que celui de droite et uniquement celui-là ! Bonne chance !

L'enfant pensa que Kent frôlait la folie, mais il obéit. Il cibla le cavalier désigné et, dès son trait décoché, se fendit d'un pied de nez en tirant la langue comme un gamin mal élevé. Trois flèches sifflèrent immédiatement dans sa direction et seule son agilité le sauva. À l'abri, il dit à Kent :

– Je ne crois pas qu'ils apprécient le Béleb !

– Le Béleb ? Ce sont tes grimaces ? sourit l'Elfe. Alors, continue !

Passe-Partout leva les yeux au ciel, s'empara d'une Staton ainsi que son arc, et se dressa en un éclair. Le cavalier de droite, la poitrine traversée par le trait de Mooréa, s'écroula sur sa monture et finit par lentement en glisser jusqu'à la chute finale. Furieux, les deux restants volèrent vers la fenêtre en tirant alternativement, empêchant l'enfant de se relever. Sûrs de n'avoir à faire qu'à un archer isolé, les cavaliers s'approchèrent sans méfiance de l'ouverture, au point que Passe-Partout sentait l'haleine pestilentielle des sauriens. Il perçut alors un bruit sourd, suivi d'un grognement, d'un cri étouffé, puis rien. Juste un murmure en langage elfique, dehors, par la fenêtre… Paniqué, il hurla :

– Kent !

– Ne crie pas, je suis à côté, entendit-il en retour. À l'extérieur !

L'enfant sauta sur ses pieds, arc bandé. Spectacle surréaliste dans le ciel face à lui : le Clair, un foulard sur le nez, chevauchait l'un des ptéros, docile, et parlait à l'autre qui volait sur place avec un cagoulé prostré dont la gorge s'était garnie d'un couteau de lancer.

Passe-Partout roula des yeux.

– Mais... qu'est-ce que tu fais ?

– Je domestique ces charmantes bêtes. De la même manière qu'ils ont dû le faire, d'ailleurs ! La femelle est pour toi si tu te débarrasses du gêneur après m'avoir rendu mon couteau !

L'enfant, stupéfait, ramassa ses carquois, son arc et monta sur le chambranle.

– Tu crois qu'elle va vouloir de moi ?

– Saute ! Dis-lui ton nom et... Tu verras bien ! plaisanta l'Elfe.

Passe-Partout enfourcha le saurien, prononça son nom et fit le ménage en tendant le poignard au Clair et en jetant le cagoulé dans le vide. Kent précisa :

– Cet animal n'est domestiqué que pour toi ! Ne t'avise pas à te tromper et d'en monter un autre ! Tu pourrais en revanche prendre le mien. Je t'expliquerai pourquoi après.

Une question brûla les lèvres à Passe-Partout :

– Kent ! Les ptéros sont cousins des Dragons. Tout le monde sait que les Elfes ne supportent pas l'odeur de ces monstres. Toi, comment tu fais ?

Le Clair sourit à la réflexion :

– D'abord, tout le monde ne le sait pas... sauf toi, bien sûr ! Ensuite, j'ai enfourché un mâle. Effectivement, c'est l'odeur des glandes sexuelles des femelles qui, pour tout Elfe, est intolérable.

Il se mit à rire franchement :

– Tâche de ne pas appuyer sur ses attributs pour faire suinter ses sucs ! Tu te retrouverais avec une tripotée de ptéros mâles en rut qui ne prendrait pas garde à ta frêle carcasse. Tu t'imagines avec quarante sauriens à tes trousses ? Parce que les autres femelles suivraient le mouvement et s'agglutineraient pour en profiter pleinement !

Il redevint sérieux :

– Ça y est ? Tu es prêt ? On va faire un tour, fais comme moi !

Et il força sur les rênes pour obliger sa monture à bifurquer et foncer en même temps en vol plané sur la ville.

En quelques instants, Passe-Partout put manœuvrer correctement la bête. Certes, pas question de s'essayer à des figures acrobatiques, mais il savait « voler » ! Kent, plus doué, lui cria :

– Maintenant, on est à armes égales !

Il fit piquer le saurien vers ses congénères, ses cheveux blonds au vent, dans la tourmente des assaillants. Une clameur monta de la population de Mortagne. Deux ptéros se retournaient contre leur camp ! Bien vite, ils reconnurent Kent décimant l'agresseur. On eût dit qu'il était né sur le monstre tant, entre ses mains, l'animal réagissait dans la seconde à ses sollicitations.

Passe-Partout se montrait moins habile, mais tout aussi efficace à l'arc, n'osant pas, pour une raison obscure, se servir de ses couteaux. Il admirait la manière qu'avait l'Elfe de conduire le ptéro, semant la zizanie dans les rangs ennemis, les obligeant à rompre cette infernale ronde qui terrassait les habitants et embrasait Mortagne. Moins adroit, l'enfant profitait du désordre causé par son compagnon pour ajuster les cagoulés désorientés. Les yeux rivés sur Kent, il l'entendait maintenant haranguer ses adversaires, les défier, les exciter, se risquant à des figures acrobatiques dangereuses, les frôlant presque en vol, tirant deux, voire trois flèches à la fois !

Le combat le grise ! se dit Passe-Partout. *Il devient imprudent !*

Il fit claquer les rênes de son ptéro pour rejoindre le Clair qui venait d'entrer dans un cercle ennemi formé de dix cavaliers. Il cria :

– Bon sang, Kent !

L'Elfe sortit miraculeusement de la mêlée, un trait fiché dans l'aisselle droite. Grimaçant de douleur, il plongeait en piqué en essayant de l'extraire, entraînant dans son sillage tous ses assaillants bien décidés à lui régler définitivement son compte. Le regard de Passe-Partout vira au gris. Cabrant le ptéro, il l'obligea à descendre à la verticale, et c'est en vrille, à l'aplomb des poursuivants de Kent, qu'il leur tomba dessus par surprise. Ignorant le vertige, l'enfant demeurait concentré sur ses cibles et ne savait plus prononcer que deux mots. Deux noms. Sa main gauche guidait le saurien, l'autre frappait. Les lames divines volaient chacune à leur tour dans le ciel mortagnais et ne revenaient dans sa paume que souillées de sang noir. La douzaine de cagoulés restants rejoignit leur Dieu sans comprendre comment ils furent atteints. Pas un ne sut véritablement où décocher une flèche, la rapidité et la fureur de Passe-Partout étaient telles que lorsqu'ils l'apercevaient, la mort suivait instantanément !

Après ces joutes aériennes spectaculaires, au soir, entre chien et loup, une trentaine d'ennemis étaient tombés sur les toits de Mortagne. La nuit noire enveloppa la Cité… L'enfant peina à sortir de l'état second dans lequel la colère l'avait plongé. Il chercha Kent des yeux et vit d'abord sa monture allongée sur la jetée. Il tira sur les rênes du sien et plana jusqu'à l'Elfe qui, effectivement, gisait à proximité. Il grimaçait de douleur.

– Comment m'as-tu trouvé ?

Passe-Partout s'étonna de la question. Il s'approcha de la blessure du Clair et répondit :

– Tu crois qu'un ptéro couché passe inaperçu d'en haut ?

Il extirpa la flèche d'un geste vif, arrachant un râle à Kent qui lui rétorqua les dents serrées :

– Sûr que ça se voit… Mais pas en pleine nuit !

Passe-Partout garda le silence. Lui-même ne s'était pas rendu compte qu'il faisait nuit noire et il y voyait pourtant bien ! Il changea de sujet.

– Pas très jolie, ta blessure, constata-t-il en déchirant sa manche de chemise pour en faire une boule qu'il posa sur la plaie. Tu aurais pu te protéger magiquement !

– Tu connais bien les pouvoirs des Elfes, répondit Kent, mêlant grimace et sourire. Le problème, c'est que de dompter les ptéros utilise trop d'Énergie Astrale. J'aurais dû envoûter le tien comme le mien… Je n'ai même pas pu… Je suis à sec…

– Ce qui signifie que, maintenant, tu ne peux plus te soigner, en conclut Passe-Partout.

L'Elfe fit oui de la tête d'un air navré, voyant l'enfant s'affairer sur sa plaie.

– Tu m'as sauvé la vie, lui dit-il, pensant à l'affrontement aérien.

– Pas encore, répliqua-t-il en approchant sa main du pansement improvisé. Appuie dessus, le plus fort que tu peux, je cours chez Fontdenelle et je reviens !

Kent le retint et lui désigna le ciel. Sa voix s'affaiblissait.

– Tu... as vu... les ptéros ?

Passe-Partout regarda machinalement et remarqua un saurien sans cavalier volant vers l'ouest.

– Oui, et alors ?

Kent ne répondit pas, il venait de s'évanouir.

– Ils ont nettoyé le ciel ! clama le Fêlé, heureux et fier.

– Ils sont dignes de Sagar ! De vrais guerriers ! Ils pourraient être Nains ! ajouta Gerfor.

Le Fêlé ne souhaita pas entamer de polémique à ce sujet et se contenta de réfléchir à haute voix :

– Ils devraient cesser de nous mettre la pression à la nuit. Nous devrions en profiter pour nous reposer, la journée de demain sera rude.

Tergyval retrouva un peu d'espoir : l'ennemi avait perdu son avantage aérien. Il se tourna vers la tour d'attaque principale et le tunnel qui continuait d'avancer doucement, mais sûrement, dans l'obscurité, noire comme la suie, qui enveloppait le delta du Berroye.

Que vont-ils faire, maintenant ? pensa-t-il.

Valk tendit le bras vers la ligne de front adverse.

– Ils allument des feux derrière les tours. Ils économisent les pierres de soleil.

L'ennemi ne désarmait pas. Si leurs archers cessèrent leurs tirs directs et meurtriers, des dizaines de traits enflammés strièrent la pénombre pour tomber sur Mortagne, au jugé.

Passe-Partout courrait comme un sorla apeuré dans les rues de la ville. Il lui fallait rejoindre au plus vite la demeure de Fontdenelle. Le cri d'un anonyme lui sauva la vie.

– Attention ! En l'air !

Il eut juste le temps de sauter sous un porche pour se mettre à l'abri. Un trait enflammé tomba, à l'endroit exact où il se tenait une seconde plus tôt. Il leva la tête, ne trouva personne à remercier et ragea. Une pluie de feu s'abattait sur Mortagne, au hasard.

Des flèches probablement tirées des tours d'attaque, pensa-t-il. *Ils prennent la relève des cagoulés en ptéro.*

Il se remit à courir, cette fois-ci en regardant le ciel. L'herboriste, avec l'aide de quelques Mortagnaises, avait transformé son laboratoire en maison de soins, accueillant les nombreux blessés. Il en découvrit jusque dans sa chambre ! L'enfant agrippa le vieil homme :

– Fontdenelle ! Vite ! De l'onguent, de la gariette ! Vite !

– Il n'y en a plus, je suis en train d'en refaire, rétorqua Fontdenelle.

– C'est Kent, il est touché ! Une flèche ! ajouta Passe-Partout.

L'herboriste, tout en travaillant à la confection de son baume guérisseur, ordonna d'une voix sèche :

– Tu te calmes, je n'irai pas plus vite que la musique ! Maintenant, raconte, poursuivit-il, le ton radouci. Des Mortagnais m'ont vaguement parlé d'exploits aériens.

Passe-Partout prit une grande inspiration et se força à lui narrer leurs frasques en ptéro, en résumant.

– ... Et voilà, les sauriens sans cavaliers sont partis vers l'ouest. L'onguent est fini ?

Fontdenelle transféra le baume à figer dans une coupelle.

– Presque, annonça-t-il en fronçant les sourcils. Vers l'ouest, tu dis ? Mais c'est la mer ! L'ennemi est de l'autre côté !

En une fraction de seconde, Passe-Partout comprit que le pire restait à venir. *Les bateaux... Les deux bateaux vus au large !* Si les ptéros les rejoignaient, c'est que d'autres devaient s'y trouver, et sûrement en grand nombre ! Ils n'attaqueraient pas de nuit par les airs, mais pas seulement pour une question de visibilité. Demain, le tunnel des cagoulés atteindra la porte principale et ils ne pourront investir Mortagne qu'avec un renfort aérien important. Comment faire pour les en empêcher ? Un sourire fugace apparut sur son visage. Il pensa : « *Moi, je vois la nuit !* ».

– Dépêche-toi ! cria-t-il à Fontdenelle en se ruant dans sa chambre.

L'herboriste tenait la coupelle, un flacon et un linge propre dans les mains lorsque la « Tornade » revint en sens inverse et lui subtilisa les trois objets avec une dextérité inouïe.

– Où est Sup ? souffla l'enfant en cherchant des yeux quelque chose sur les étagères où s'alignaient les préparations de Fontdenelle.

– Comment veux-tu que je le sache ? Je suis enfermé ici...

Il n'eut guère le temps de finir sa phrase. Passe-Partout reprit sa course folle après s'être emparé d'une fiole dans le stock, et disparut. Fontdenelle se gratta la tête en regardant la porte qu'il n'avait pas fermée dans sa précipitation.

Que va-t-il donc faire avec du tranquillisant ? Il y a de quoi assommer un ork géant du nord !

– Ils jouent avec nos nerfs, dit Valk, agacée par les coups de marteau lancinants.

– C'est vraisemblablement ce qu'ils cherchent. Tu devrais rejoindre les autres à l'auberge, rétorqua Tergyval, plus inquiet encore des tirs enflammés incessants.

– Tu as raison... Pense à te reposer, toi aussi.

Il s'empara de la main de jeune femme. Pour la première fois depuis longtemps, l'homme prit la place du Capitaine et sa voix s'adoucit :

– Je ne saurais te dire à quel point votre présence est importante pour Mortagne. Et surtout à quel point la tienne est primordiale pour moi !

Il s'inclina pour baiser la main de la Belle. Valk s'attendait à un tout autre type d'attention et se rapprocha de Tergyval au même instant. Le choc des deux casques fut sonore, mais pas autant que leurs rires, malgré les circonstances !

Cette nuit resta longtemps dans les annales mortagnaises. Le travail de sape de l'ennemi, des heures durant à faire pleuvoir des flèches de feu, obligea les habitants à veiller constamment sur les toits de leur maison. L'histoire gardera en mémoire cet épisode qu'on appela : « La Nuit des Enfants ».

La nuit d'encre, typique de Mortagne, continuait de se zébrer de traits enflammés. Passe-Partout ralentit sa course. Il n'était pas facile de galoper, le nez en l'air à guetter les projectiles tombant du ciel tout en s'efforçant de trouver Sup ! Près de la tour des Scribis, il le vit enfin avec sa bande de garnements, en train d'aider à éteindre un début d'incendie. Sans cesser de courir, Passe-Partout l'interpella :

– Sup ! Viens, vite !

Coupant la chaîne, Sup ne chercha pas à comprendre et le suivit sans réfléchir. Ils arrivèrent rapidement auprès de Kent. Sup s'arrêta net à la vue des deux ptéros, sagement assis non loin. Passe-Partout, agenouillé aux côtés de l'Elfe, le sortit de sa torpeur :

– Ne crains rien ! Approche.

Non sans crainte, Sup effectua les quelques pas les séparant et regarda son idole prodiguer les soins à Kent. L'effet de l'onguent sur la plaie fut immédiat. Le sang cessa de couler et Passe-Partout sentit la respiration du Clair moins irrégulière.

– Passe-moi ta gourde !

Sup s'exécuta. Il fut en revanche compliqué de faire avaler à l'Elfe inconscient l'élixir du flacon dilué dans l'eau. Passe-Partout, aidé de Sup, cala ensuite le Clair contre un rocher et se releva. Il ne restait plus qu'à attendre. Il attrapa Sup par le col.

– Sup, écoute-moi bien, c'est très important ! Tu vas faire exactement tout ce que je te dis.

Passe-Partout lui expliqua sa mission. Ses deux yeux démesurément ouverts, Sup enregistra les ordres de son mentor. À un moment donné, il dodelina de la tête, signe pour lui qu'un élément de sa feuille de route ne lui convenait pas. Passe-Partout éluda sa grimace et ignora son état d'âme.

– Tu as compris ? Alors, répète ce que tu as à faire !

Sup ânonna les consignes données, sans erreurs.

– Parfait ! répondit-il, satisfait.

– Et toi, tu vas où ?

Passe-Partout attira la ptéro femelle au centre du terre-plein et sortit de sa poche la fiole subtilisée sur l'étagère de Fontdenelle. Il la vida intégralement dans un seau qu'il posa avec prudence devant sa gueule, la laissa boire goulûment, puis désigna le saurien avec le sourire :

– C'est elle !

Il s'approcha alors lentement du ptéro de Kent. L'animal, tel que l'avait envoûté l'Elfe, l'accepta comme cavalier. Il l'enfourcha et lui passa le mors.

– Et toi, tu vas où ? répéta Sup.

– Il y a deux bateaux là-bas. Je vais les envoyer par le fond, proféra Passe-Partout d'une voix bizarre.

La réponse suffit à Sup, prêt à tout entendre de son guide. Le ptéro prit son essor et s'envola vers le large. Le regard de son cavalier vira au gris.

CHAPITRE XVI

Il lui fut aisé de tromper le Gardien pour s'approprier la Fontaine. Un triple objectif atteint, indépendamment de Bellac ! Posséder le manuscrit des Sombres, entraver l'accession à la Magie des humains d'Avent et créer son propre peuple, une nouvelle espèce qui lui demeurerait acquise.

À ce moment du conflit, rien ne semblait pouvoir empêcher le Fourbe de régner sur Avent... Et sur Ovoïs.

Lorbello. Extrait de « Les Origines du Dieu sans Nom »

Carambole ne trouvait pas le sommeil. Inquiète pour son père et son Passe-Partout, elle tournait et virait dans son lit. Elle sentit l'odeur âcre de la fumée se répandre insidieusement dans l'auberge et en sortit comme une furie avec un seau d'eau. Ses voisins la virent monter par l'échelle qu'elle avait eu la présence d'esprit d'appuyer contre le mur de la cour intérieure, permettant d'accéder aux toits. Heureusement, les chaumes de Mortagne, épais, tressés selon des méthodes mortagnaises ancestrales, offraient un terrain peu inflammable si le feu était pris à temps. La rapidité de Carambole empêcha le désastre.

C'est son cri de victoire qui, dans l'obscurité, entraîna les enfants sur les toits de Mortagne. Plus légers, agiles et mobiles que les adultes, tous montèrent sur les faîtes et les poutres de leurs maisons pour repérer plus aisément les impacts des flèches. Au plus proche de l'origine, un seau suffisait à éteindre un départ de feu en étant sur place. La ville organisa ainsi ses chaînes anti-incendie autour d'eux, tant que durèrent les tirs ennemis, c'est-à-dire toute la nuit... La Nuit des Enfants.

Rapidement, les deux bateaux furent en vue. Un premier passage de reconnaissance confirma que l'ennemi ne laissait rien au hasard pour prendre à coup sûr la Cité symbole de liberté. Chaque nef à son bord comptait cent ptéros, pour le moins.

Tout autant de cavaliers, avisa Passe-Partout. *Sans considérer les éventuels soldats dans ses flancs si d'aventure ils ont prévu un débarquement.*

L'enfant s'habituait à sa vision nocturne. Il distinguait même certains détails de la carène des bateaux. Pragmatique, une seule réflexion lui vint :

– Étrange... mais pratique !

Il sortit une flèche du carquois fixé sur le ptéro, une dont la pointe avait été forgée en pierre de soleil, et fit piquer sa monture ailée sur le premier voilier. Le feu prit instantanément sur le pont, au beau milieu des sauriens qui s'envolèrent en grognant et tournoyèrent sottement autour du navire. Une panique indescriptible gagna le bord. Ce qui frappa surtout Passe-Partout, ce fut l'absence de cris et de hurlements, pourtant de mise dans ce type de situation !

Invisible au milieu du troupeau ailé beuglant et planant sans but en rond, l'enfant observa la progression de l'incendie. Les cagoulés couraient en tous sens pour tenter d'éteindre les flammes. Las ! Le feu gagna le pont entier.

Passe-Partout tira sur les rênes. Le temps de se diriger vers l'autre bateau lui fit reprendre un peu ses esprits. Il tâta le carquois scellé sur l'arrière-train de son ptéro et attrapa la dernière flèche en pierre de soleil.

– Pas le droit à l'erreur, marmonna-t-il en visant le pied du mât principal.

– Mouche ! s'exclama-t-il quelques secondes plus tard en avisant les flammes qui commençaient à le gravir.

Les ptéros affolés lui bouchèrent la vue un instant. Il lui fallut repasser pour observer le pont, vérifier si l'incendie s'étendait, et il pesta ! Cette fois, l'effet de surprise n'avait pas joué, les cagoulés s'étaient préparés à combattre le feu et l'avaient circonscrit.

Kent ouvrit un œil et sourit en entendant les vagues mourir sur la jetée. Les remèdes des hommes l'avaient sauvé, comme l'aurait fait sa Magie.

Si j'en avais eu suffisamment, songea-t-il en replongeant dans l'inconscience.

Passe-Partout souffla de dépit. Il avait souhaité ne pas en arriver là, mais il fallait en finir. Il fit descendre sa monture en vol plané jusqu'à raser la surface de l'eau, lui flatta l'encolure et lui dit :

– À un de ces jours... Machin !

Il se surprit lui-même : lui qui donnait des surnoms à tout le monde ne l'avait pas baptisé ! Mais après tout, il s'agissait du ptéro de Kent, pas du sien !

Avalant un bourgeon de kojana, il sauta du saurien et plongea dans l'onde noire. Thor et Saga œuvrèrent pour disjoindre deux planches de la coque, créant une première voie d'eau. En nageant plus en profondeur pour en former une seconde, il sourit de voir en surface les innombrables jambes des « marins » du premier bateau venus trouver refuge. À son cinquième trou dans le navire, il commença à ressentir une intense lassitude et songea que la journée n'avait pas été de tout repos. Il n'avait pas d'autre choix que de rejoindre Mortagne à la nage.

Durant son travail de sabotage, Passe-Partout ne s'aperçut pas d'une présence discrète qui ne le quittait pas des yeux dans la pénombre sous-marine. Du temps qu'il passa à disjoindre les planches de la coque, l'ombre se déplaça en frôlant négligemment les membres inférieurs des cagoulés naufragés. L'effet immédiat de ce contact tétanisait la victime, l'entraînant dans la mort. Un œil sur la surface, un œil sur l'enfant, Plouf veillait !

Passe-Partout entrevoyait au loin les tirs enflammés coiffer la Cité. Avait-il présumé de ses forces ? Il éprouvait tout à coup une immense fatigue, pesante, le gagnant sur tout le corps. Il cessa de nager. Tout mouvement, tout effort devenait impossible. Il se sentit partir et sombra dans un sommeil de lassitude extrême après avoir puisé jusqu'au bout de lui-même.

– Comment t'appelles-tu ?

– Sup ! répondit le gamin. C'est Passe-Partout qui...

– Je me doute, le coupa Kent, tentant de se redresser en étouffant un gémissement. Où est-il ?

Sup indiqua l'ouest à l'Elfe.

– Là-bas !

Kent se demanda si le garçon avait bien toute sa tête.

– Où, là-bas ?

– Au large, parti couler des bateaux ! confessa Sup en pointant son index sur l'océan avec une innocence désarmante.

Le Clair leva les yeux au ciel : c'était assez fou pour être vrai ! Sup se mit à applaudir.

– Que se passe-t-il, ami Sup ? questionna Kent, de nouveau inquiet sur son état mental.

Avec un sourire naïf, l'« ami Sup » désigna l'horizon. On discernait nettement un point lumineux préfigurant un feu de bateau. L'Elfe sentit monter en lui la fierté d'être un des compagnons de l'Enfant de Légende. Oui, il était sûr maintenant qu'il s'agissait bien de lui !

– Sup, aide-moi à me relever, il faut que je retrouve les autres.

Le garçon eut une réponse surprenante.

– Non, pas le temps, Passe-Partout ne veut pas ! Les amis vont venir !

Et il lâcha l'Elfe pour vaquer à d'obscures occupations...

À l'auberge de « La Mortagne Libre » qu'il venait de rouvrir, Josef maugréait contre ces « maudits cagoulés » en s'apercevant qu'une partie de son toit de chaume avait subi les morsures des flammes. L'absence de Carambole l'inquiétait aussi, mais tout Mortagne se mobilisait contre les départs d'incendie. Connaissant le tempérament de sa fille, elle devait aider à lutter contre le feu. Le Fêlé s'impatientait et prit Gerfor à témoin :

– Où sont-ils donc tous passés ?

Le Nain biaisa dans sa réponse :

– Notre coéquipière est restée avec le Capitaine pour conter fleurette, elle ne va pas tarder.

Le Fêlé haussa les épaules. Il ne pensait pas à Valk. Avoir des nouvelles de Kent et surtout de Passe-Partout lui semblait autrement plus important !

Valk pénétra dans l'auberge. Ses yeux perdus dans le vague déclenchèrent une grimace éloquente du Nain. Il n'eut pas le loisir de faire une réflexion désagréable. Dans le sillage de la belle guerrière, un gamin surgit et cria :

– L'Elfe ! Au terre-plein, vite ! Tergyval ?

Josef maîtrisait heureusement la façon de s'exprimer des membres du gang de Sup qui ne s'encombraient pas de phrases, la compression rendant souvent leurs propos incompréhensibles. Il répondit sur le même mode :

– Porte Principale !

Le gamin se précipita dans la rue. Le Colosse, le Nain et la Belle lui emboîtèrent aussitôt le pas.

Kent, aux premières loges, essayait de comprendre les gesticulations de Sup. Deux de ses acolytes arrivaient en poussant bruyamment des barils. Il leur désigna le ptéro endormi en précisant :

– À côté.

Précautionneusement, les deux gamins les redressèrent en silence, avec la crainte évidente de réveiller le monstre assoupi. Sup harangua sans ménagement ses troupes et hurla :

– Râteaux ! Planches !

L'Elfe les vit se carapater sans demander leur reste, obéissant aveuglément à leur chef. Intrigué, il ne put s'empêcher de le questionner en essayant d'imiter son style.

– C'est pour quoi faire ?

– J'sais pas, c'est Passe-Partout qui m'a dit ! L'étaler, là ! répondit Sup en montra le terre-plein.

Puis désignant le saurien endormi en son centre, il prit un air renfrogné et ajouta en grimaçant :

– M'occuper d'elle, aussi.

Il se dirigea alors vers le monstre en sortant un linge de sa poche, le tout en regardant de droite et de gauche si quelqu'un l'observait. L'Elfe eut un haut-le-cœur. Sup se pencha sur l'arrière-train de la femelle ptéro en râlant tout ce qu'il savait et fit bailler d'extase la belle qui, malgré son sommeil de plomb, suinta de tous ses charmes. Une odeur nauséabonde naquit au beau milieu du terre-plein tandis que les sucs de la dame empuantissaient le pauvre Sup. Kent, sensible par nature, frôla l'évanouissement ! Il fut sauvé par ses trois compagnons qui arrivèrent en se bouchant le nez.

– Fêlé, par pitié, éloigne-moi de là ! supplia l'Elfe, plus incommodé par les effluves que par sa blessure.

Le Colosse souleva Kent comme un fétu de paille et courut à trente pieds contre le vent, accompagné de Valk et de Gerfor lui aussi dérangé par les émanations de la ptéro.

Un comble ! ironisa intérieurement la guerrière.

– Ce gosse est fou ! rugit le Fêlé après avoir entendu le récit de leurs exploits aériens par Kent. Pourquoi n'a-t-il pas prévenu qu'il avait vu des bateaux au large ?

Kent rit et grimaça, réveillant la douleur de sa blessure.

– Il en a parlé à Tergyval, sur les remparts. Cela aurait-il changé quelque chose ? Aurions-nous pour autant fait partir nos vaisseaux de guerre pour les envoyer par le fond ?

Le Fêlé en convint, la puissante armada mortagnaise ne se composant que de quelques chalutiers armés d'esses pour crocheter le poisson. Son regard dériva vers le terre-plein où l'équipe des garnements étalait autour du ptéro une sorte de pâte liquide à l'aide de râteaux. Le nombre de barils acheminés avait augmenté et la surface que voulait recouvrir la bande à Sup paraissait importante.

– Sup… À quoi tu joues ? l'interpella le Fêlé, agacé.

– Je joue pas. C'est Passe-Partout qui m'a dit…

Le Fêlé aurait souhaité continuer cette conversation, mais fut interrompu par l'arrivée de Tergyval et de quelques gardes précédés d'un membre de la confrérie « supienne » au bord de l'asphyxie.

– Que se passe-t-il ici ? demanda le Capitaine.

Il se mit à renifler.

– Quelle odeur !

Il reconnut Kent malgré un foulard sur le nez.

– Félicitations et merci pour Mortagne ! Mais… où est Passe-Partout ?

Ils se tournèrent tous vers le large.

– Nul doute qu'il parviendra à les envoyer par le fond, affirma Kent à Tergyval en achevant de lui conter leurs péripéties.

Le Nain se précipita vers la plage. Le Fêlé lui cria :

– Où vas-tu ainsi ?

– C'est sûr qu'il va les couler ! hurla-t-il. Ils vont s'échouer sur le bord !

Et il se mit à rire comme un aliéné. Tergyval s'entretint avec l'un de ses gardes qui obtempéra et courut à toutes jambes au centre de Mortagne. Puis il avisa le terre-plein et les gamins ratissant l'endroit.

– Pas le moment de faire du jardinage, vous autres ! Allez, déguerpissez !

Devant le peu d'entrain à exécuter son ordre, Tergyval s'avança vers le chef de la bande.

– Par Antinéa, Sup ! Fous-moi-le…

Il se boucha le nez et recula.

– Bon sang, quelle puanteur !

Le pauvre gamin, constatant les mines grimaçantes de tous ceux qu'il approchait, comprit que les sécrétions de la femelle lui collaient un peu trop à la peau. Il se précipita vers la mer et se jeta dans les vagues.

La position allongée de Kent lui laissait le loisir d'admirer le ciel étoilé, qu'il vit tout à coup s'assombrir !

– À couvert, des ptéros ! cria-t-il.

Tout le monde se mit à l'abri et observa le manège des monstres qui tournoyaient sans cavaliers. Attiré par l'odeur des glandes sexuelles de la femelle, un premier mâle se posa à proximité de la belle endormie. Et ne put s'extraire du sol pour s'en rapprocher comme il l'aurait souhaité ! Ses pattes s'engluaient dans le liquide épais répandu par les garnements. Saisissant enfin le stratagème mis au point par l'enfant, Kent jubila :

– De la résine de torve… Bravo, Passe-Partout, bravo !

Les ptéros, mâles comme femelles, s'empilaient maintenant par dizaines et sottement venaient se coller, littéralement, les uns aux autres, prisonniers du piège tendu par Passe-Partout.

– Incompréhensible ! Ils se battent pour avoir de la place. Ce gosse est vraiment un phénomène, soliloqua le Colosse.

– Plus que cela, Fêlé. Plus que cela ! fit l'Elfe admiratif.

Tergyval se demandait pour quelle raison l'enfant n'avait pas voulu que les sauriens s'envolent au hasard dès lors que leurs cavaliers étaient hors d'état de nuire. Quel besoin avait-il de les retenir à un endroit précis ? Le Fêlé n'eut plus qu'une idée en tête : retrouver Passe-Partout. Le dernier ptéro venait d'atterrir sur le terre-plein et aucun de ces monstres ne lui avait ramené le petit ! Après Gerfor, mais pour une motivation tout autre, il courut vers la plage. Le Nain se lamentait. Une succession de masses informes s'échouaient sur le rivage.

– Que des cagoulés… Morts ! s'écriait-il tristement. Passe-Partout aurait pu m'en réserver deux ou trois… Par amitié.

Le Fêlé, qui venait de le rejoindre sur la grève, leva les yeux au ciel. L'amitié entre Passe-Partout et Gerfor restait encore à construire ! La vision hallucinante des monceaux de cadavres ballottés par les courtes vagues le laissa interdit et inquiet. Il entra dans l'eau et retourna chaque corps en criant :

– Passe-Partout ! Passe-Partout !

Tergyval et de nombreux gardes munis de torches aidèrent les aventuriers à chercher l'enfant. Le Capitaine n'en revenait pas. Deux cents déjà sortis de l'océan et il en arrivait encore !

– Il a fait fort, très fort ! Je ne crois pas que Mortagne se serait remis d'une attaque aérienne de cette envergure ! Et d'un débarquement…

Il avisa un de ses gardes et ordonna :

– Va me chercher Fontdenelle, vite !

Valk, forcément proche de lui, lui demanda l'intérêt de la présence de l'herboriste.

– Une intuition, répondit-il. Il ne me semble pas qu'ils soient morts noyés.

– Est-ce que tu crois que l'armée ennemie, en face de nos murailles, sait que leurs renforts maritimes n'arriveront pas ? questionna la belle aventurière.

– Je ne sais pas… Peut-être pas, rétorqua Tergyval, pensif.

Il s'arrêta soudain de marcher, se fendit d'un sourire et serra dans ses bras Valk, surprise de cette étreinte un peu trop publique. Son trouble s'accrut lorsqu'il la regarda dans les yeux, enthousiaste et sûr de lui.

– Non, ils ne le savent pas ! Passe-Partout avait anticipé que les ptéros s'envoleraient lors du naufrage et que ces animaux idiots et grégaires rejoindraient leurs congénères à terre ! Plutôt que de les voir se poser derrière les tours d'attaque, ce qui aurait alerté nos ennemis, il a imaginé ce piège pour que nos adversaires pensent que les renforts arriveront comme prévu !

Ses yeux brillèrent pour la première fois depuis le début de l'assaut de Mortagne.

– Passe-Partout nous a donné un coup d'avance, une chance de contre-attaquer... et de gagner !

Les gardes tiraient les corps sans vie des cagoulés pour les entasser sur la berge. Fontdenelle, arrivé sur les lieux, confirma le soupçon de Tergyval : la plupart n'étaient pas morts de la noyade. Mais de là à savoir de quoi, l'herboriste se perdait en conjectures ! Gerfor, qui avait fait son deuil de pourfendre une poignée de survivants, suivait le Fêlé dans la recherche malaisée de l'enfant. La clarté de la lune les aidait bien un peu dans leur tâche ingrate.

De l'eau à mi-cuisses, c'est-à-dire presque le nez à la surface pour sa taille, le Nain aperçut quelque chose bouger. Dans la pénombre, il présuma une algue ou... un tentacule. Gerfor sortit son glaive et cria :

– Par Sagar, quel monstre marin es-tu ?

S'approchant de l'endroit où il voyait le phénomène, de l'eau jusqu'au ventre cette fois-ci, il heurta un corps différent, plus petit. Loin d'être impressionné, son sang ne bouillant qu'à la perspective d'un combat héroïque, il le palpa et reconnut au toucher les deux manches des couteaux forgés par son Dieu. Il hurla à pleins poumons :

– Il est là ! Venez m'aider !

Le Fêlé accourut et bouscula sans ménagement le Nain pour se saisir du corps sans réaction de Passe-Partout. L'inquiétude les gagna tous. Ils suivirent le Colosse qui ne tolérait pas que quelqu'un d'autre puisse ne serait-ce que frôler son protégé. Ce dernier le posa délicatement à terre, à la lumière des torches. Gerfor jeta un ultime coup d'œil à la surface de l'océan. Un Nain ne rêvait pas, et jamais n'hallucinait ! Et il lui semblait pourtant que deux tentacules parallèles rejoignaient lentement le large.

– Bah ! cracha-t-il en se tournant pour retrouver les autres.

Fontdenelle se précipita sur Passe-Partout inanimé et l'examina longuement. Le Fêlé ne tenait plus en place et apostropha l'herboriste avec nervosité :

– Alors, parle, Fontdenelle ! Dis quelque chose !

Le vieil homme le regarda de côté avec une colère contenue. S'il avait eu quelques dizaines de cycles en moins, il aurait rabroué physiquement l'importun. Toutefois, il se calma pour recouvrer toute sa concentration.

– C'est la première fois que je vois ça. Il vit alors que ses fonctions vitales sont arrêtées ou suspendues ! Il vit... alors qu'il ne respire pas !

Proféré par une autre bouche que celle de Fontdenelle, l'homme aurait fini coupé en fines lanières par le Colosse ! Loin d'être rassuré par la réponse de l'herboriste, il l'empoigna par le col, le souleva de terre et le secoua comme un prunier en hurlant :

– Il est vivant ou il est mort ?

Une voix faible l'arrêta, l'empêchant de disloquer la vieille carcasse de Fontdenelle.

– Fêlé... Tu fais trop de bruit.

L'interpellé lâcha l'herboriste et se pencha sur Passe-Partout, réveillé.

– Vivant ! Tu es vivant !

Le Colosse rit comme s'il avait perdu la raison. Fontdenelle remit dignement sa toge en place, chercha un flacon qu'il trouva dans une de ses poches et le fit boire à l'enfant.

– Bienvenue dans le monde de ceux qui respirent, mon fils. Ce n'était pas ton cas tout à l'heure !

Passe-Partout sourit au vieil homme :

– Tu te souviens de cette plante sous-marine dont je t'ai parlé ? Eh bien voilà !

La Compagnie, enrichie de Tergyval et de Fontdenelle, aida Passe-Partout et Kent à rejoindre « La Mortagne Libre ». L'enfant, bien qu'épuisé, raconta son épopée en mer. À leur tour, ils firent le récit de leur « soirée sur la plage ». Fontdenelle, derrière le comptoir en train de concocter une potion à boire pour les deux éclopés, comme tous, riait de bon cœur en entendant Kent conter l'approche de la femelle ptéro par le gamin de la Cité.

– Comment se nomme-t-il, déjà ? Ah oui, Sup ! dit Valk.

– Quand j'ai vu son équipe débouler dans ma cour pour prendre les barils de résine de torve, j'ai bien failli les envoyer se faire pendre ailleurs ! C'est donc lui qui s'est chargé d'exciter la ptéro ? Il ne peut décidément rien refuser à Passe-Partout ! raconta Fontdenelle qui se tourna vers l'intéressé. Quoique tu lui aies donné un fameux coup de main ! Il ne resterait pas grand-chose de lui si tu n'avais pas endormi la femelle. Mais la prochaine fois, demande-moi plutôt que de te servir sur mes étagères !

L'enfant fut surpris d'apprendre qu'aucun survivant cagoulé n'avait atteint la côte.

– Bizarre, souligna-t-il. Là, je n'y suis pour rien.

Il poursuivit en fixant Tergyval :

– S'ils sont tous morts et que tous les sauriens sont à Mortagne, les renforts attendus ne viendront pas !

Le Capitaine des Gardes eut le sourire d'un loup découvrant un sorla dans son antre et déclara :

– J'avais compris, Passe-Partout, et te félicite de cette anticipation. Voici ce que nous allons faire...

Tergyval exposa son plan. Il suffisait de faire croire à l'adversaire que les soutiens ailés arrivaient en positionnant des Mortagnais, déguisés en cagoulés, sur des ptéros qui tourneraient sans cesse au-dessus de la ville. D'abord pour l'impression de nombre, puis pour leur donner l'illusion du champ libre derrière la porte principale où stratégiquement devraient se concentrer les forces armées pour repousser l'envahisseur. Dès que les fantassins ennemis franchiraient l'entrée de la Cité, le faux renfort aérien se retournerait contre eux en même temps que nos troupes à pied afin d'empêcher leur intrusion.

– Par Sagar ! se réjouit le Nain. Enfin une guerre normale !

Valk, les sourcils froncés, donna son avis :

– Admettons ! Mais sommes-nous sûrs qu'ils ne sont pas au courant que les renforts sont au fond de l'océan ?

– Non, avoua Tergyval. Au courant ou pas, ils ont construit le tunnel et devront bien s'en servir. Selon leur comportement, à l'aube, nous saurons s'ils les attendent ou pas !

– Je ne saisis pas, releva le Fêlé. S'ils n'ont pas de moyens de liaison, leur force terrestre ne donnera l'assaut que si les soutiens aériens les couvrent ! Autrement dit, si nous prenons leur place, c'est nous qui déclencherons l'attaque de Mortagne.

– Exact ! Dans le cas contraire, ils seraient obligés de changer de stratégie. S'ils savent que leurs renforts sont décimés, ils ne seront pas dupes des soi-disant cavaliers qui survoleront Mortagne. En ce cas, emprunteront-ils le tunnel ?

Kent, l'air sombre, prit la parole à son tour :

– D'accord. Combien faudra-t-il de cavaliers ailés pour imiter le renfort aérien ?

– Une trentaine suffiront, je pense, répondit Tergyval.

– C'est bien ce que je craignais, confessa l'Elfe. C'est vingt-huit de trop. Mes capacités magiques se limitent à dompter deux ptéros, et encore, c'est tout !

Tergyval pâlit. Sa « machination » s'effondrait. Deux sauriens ne donneraient pas le change. Kent comprit le désarroi du Maître d'Armes et dit :

– À moins d'un Magicien hors pair ou la présence de quinze Elfes, les ptéros ne nous accepteront pas comme cavaliers... Ou alors, il faudrait de la potion de Magie qui décuple l'Énergie Astrale pendant un temps très court et permettrait ce prodige !

CHAPITRE XVII

Le doute habitait le Messager… Et si ses interventions interdites sur le Continent n'étaient pas finalement dictées par son libre arbitre ? Lui, Dieu de la négociation et du marchandage, ne se faisait-il pas manipuler par les élucubrations d'une mortelle hallucinée aux visions fantaisistes ?

Pourtant, tout désignait ce jeune garçon qui avait enterré son village. Pas n'importe quel enfant à ses yeux.

Lorbello. Extrait de « Les Pensées du Messager »

L'aube pointait. Un jour nouveau, décisif pour Mortagne l'assiégée…

Les flèches enflammées avaient cessé de pleuvoir sur la ville tard dans la nuit. En revanche, les coups de marteau n'avaient pas faibli. Le tunnel flottant progressait. La « cabane » initiale s'était transformée en une chenille de cent pieds de long, démarrant de la base de la tour d'attaque principale pour accéder au niveau des six piliers immergés qui, hier encore, soutenaient le pont sacrifié par Tergyval.

Les gardes saluèrent leur Capitaine accompagné de Kent et de Gerfor, en pleine forme donc d'une humeur exécrable.

— Ils sont à moins de treize pieds de la porte ! rapporta, dès son arrivée, le factionnaire au Maître d'Armes.

— Parfait ! Laissons-les encore un peu progresser, répondit Tergyval au soldat interloqué par la réplique de son chef.

Gerfor jeta un coup d'œil. Spécialiste de ce type d'ouvrage sous la terre, il fit une remarque :

— Ils ne peuvent plus avancer. Soit ils sont idiots, soit la vérité est ailleurs !

Tergyval perdit sa quiétude en entendant la réflexion du Nain et le questionna du regard. Gerfor étaya son propos.

— S'ils avaient voulu accéder jusqu'à l'entrée de Mortagne, la méthode aurait été d'alléger la structure, par exemple en ne bâtissant en paliandre que le côté exposé à nos attaques, ou bien de ne pas construire les murs sur la partie la plus proche de la tour dominatrice. À cette portée, des boucliers auraient suffi pour prémunir ceux qui travaillent à l'intérieur. Mais non, ils l'ont fini ! C'est-à-dire hermétiquement clos et tout en paliandre… En conclusion, cette structure, même poussée par cent diplos, ne bougera pas d'un millimètre !

— Quel intérêt auraient-ils à bâtir une armature protectrice idéale pour l'arrêter à treize pieds de la porte, et de surcroît au beau milieu du Berroye ?

Gerfor grimaça :

– Je penche pour l'idiotie.

Kent ne sourit pas à la remarque ironique du Nain, bien au contraire. Il déclara à Tergyval :

– C'est la deuxième hypothèse : la vérité est ailleurs. Une logique que n'envisagent jamais les humains et encore moins les Nains : la Magie.

Gerfor tordit le nez. Kent poursuivit :

– N'oubliez pas qu'ils en regorgent, qu'il est possible qu'ils aient découvert le moyen de canaliser l'Énergie Astrale et d'imaginer une Magie de base !

Tergyval avait suffisamment côtoyé Parangon pour ne pas être choqué par les arguments de l'Elfe, même s'il trouvait sa théorie hasardeuse. Le Magister avait consacré sa vie à inventer la Magie des humains. Les cagoulés ne pouvaient pas l'avoir créée en claquant des doigts ?! Un terme le chiffonna dans les propos de Kent :

– Magie « De base » ? Pourquoi de base ?

– À cause de la distance ! Les Magies, sorts ou miracles, qu'ils viennent d'Elfes, de sorciers ou de prêtres, ne sont faisables et opérationnels que dans un rayon de treize pieds maximum de celui qui prononce la formule. Au-delà, il s'agirait de grands Magiciens de légende qui ne sont vraisemblablement pas encore nés ! Chez les Clairs, il n'y aurait que notre Reine, et je doute qu'elle-même échappe à cette règle !

Tergyval s'attarda sur la trappe qui fermait le tunnel, cette partie qu'ils avaient appelée au début la « cabane ». Dans quelques poignées de minutes, cette porte allait tomber, dévoilant la méthode de l'ennemi pour envahir la Cité. Le Maître d'Armes de Mortagne avait tout prévu concernant une attaque frontale classique. La « Grande Machination », telle que la surnommait Passe-Partout, était déjà en route, préparée pendant la nuit. L'adversaire détenait-il plus d'atouts dans son jeu qu'il ne le croyait ?

Trop tard pour faire marche arrière ! pensa-t-il avec angoisse. *Attendons-nous au pire.*

Le pire, c'était lui ! Lui qui allait donner le départ des hostilités. Lui, le Maître d'Armes de Mortagne, qui allait déclencher le signal de l'attaque ennemie. Tergyval leva lentement le bras. Ironie du sort, d'un geste, d'un seul, il allait déchaîner le chaos. Il repensa à son plan, « La Grande Machination ». Mortagne pouvait maintenant entrevoir une chance de s'en sortir. Trois heures avant, pourtant, rien n'était encore possible...

Tergyval se souvint de ces moments pour le moins mouvementés. Il se revit, totalement effondré, son projet en croix parce qu'il avait ignoré, comme tout humain, que la Magie requérait une énergie loin d'être inépuisable. Il se remémora les autres, convaincus que son idée était la bonne, parties prenantes, prêts à tout pour obtenir la denrée la plus rare en Avent : l'Eau Noire ! Pour domestiquer le nombre de ptéros convenable afin de leurrer l'ennemi, toutes les pistes devaient être envisagées, et les suggestions les plus farfelues fusèrent.

– Un pêcheur a rapporté un coffre dans ses filets dernièrement. On ne sait jamais, je vais voir.

Et Valk s'éclipsa. Elle avait l'impression, comme tous ceux qui la suivirent, qu'ils auraient tout tenté pour sauver Mortagne. Le Fêlé pensa à haute voix :

– Le sang des cagoulés. Fontdenelle a peut-être une solution.

Lui aussi quitta la réunion pour rendre visite à l'herboriste avec une piste bien mince. Seul Gerfor, allergique à tout ce qui pouvait de près ou de loin toucher à la Magie, et de toute façon né pour se battre avec ou sans stratégie, déclara avec une moue de dégoût :

– Je vais prier Sagar pour que mes frères de l'Enclume arrivent enfin !

Tergyval se souvint d'être resté avec Kent et Passe-Partout, d'avoir appelé ses gardes, leur donnant l'ordre de fouiller les stocks de tous les marchands et boutiquiers de Mortagne. Puis il passa chez Parangon. Après tout, il demeurait le seul Magicien connu sur Avent, depuis la mort de Dollibert. Le vieil homme était encore plongé dans l'inconscience. Son second, l'irascible Artarik, le reçut d'ailleurs comme un malpropre. Méprisant, il lui confirma sur un ton docte que les recherches magiques du Magister ne portaient pas sur l'asservissement des animaux, qu'il n'en était certes pas encore là, mais qu'en plus, il n'avait strictement aucune idée de la manière dont il fallait s'y prendre ! Le paradoxe était de taille : Parangon possédait en lui l'Énergie Astrale nécessaire pour dompter dix ptéros, mais pas la formule appropriée, à l'inverse de Kent ! Et aucune possibilité d'association, de mise en communauté ou de fusion entre ces deux initiés, chaque peuple détenant sa propre Magie et l'énergie étant la même pour tout le monde. Quant à la question de la potion posée à des secrétaires après qu'Artarik ait clos la conversation, celle permettant d'augmenter provisoirement le potentiel astral, les Scribis se déclarèrent désolés de ne pas en avoir. Les traits tirés, voyant le temps jouer contre lui et en désespoir de cause, il alla réveiller Dame Perrine. Il n'avait jamais visité sa collection personnelle de bizarreries d'Avent héritée de son père. L'Eau Noire était rare, comme nombre d'objets présents dans cette galerie privée, disait-on. C'était le moment d'inspecter cette salle en détail. Peut-être qu'en son sein…

L'enfant regardait Kent allongé sur sa couche.

– Comment va ta blessure ?

L'Elfe se leva d'un bond, en camouflant toutefois une grimace.

– Un vieux souvenir grâce à Fontdenelle… Et surtout à toi !

Passe-Partout se redressa à son tour et ferma son gilet.

– Où vas-tu ? interrogea Kent.

– Lorsque je me suis mis à hésiter, juste avant ma quête, je me suis rendu quelque part dans Mortagne… J'ai de nouveau ce doute, Kent. Et la première fois, j'ai eu une réponse à mes questions.

– Tu permets que je t'accompagne ? À propos, vu l'heure tardive, l'endroit où tu vas…

– Ne ferme jamais, coupa l'enfant. Et chacun y est toujours le bienvenu, ajouta-t-il.

– Bonsoir, Passe-Partout !

– Bonsoir, Anyah ! répondit l'enfant à la Prêtresse du temple d'Antinéa, surpris du timbre de voix ne correspondant aucunement à celui entendu lors de leur première rencontre.

– Je m'attendais à ta visite, mais pas pour les raisons qui t'amènent, constata-t-elle en voyant son air préoccupé. Ah, Kent ! Soit le bienvenu chez Antinéa ! ajouta-t-elle comme si elle connaissait l'Elfe depuis des lustres... Il vous manque quelque chose de précis sans lequel rien ne se sera possible, n'est-ce pas ?

Passe-Partout fut stupéfait de la perspicacité d'Anyah. Kent profita du silence de l'enfant.

– Effectivement, admit-il en s'approchant de l'aquarium. La mer pourrait-elle apporter une solution ?

– L'océan recèle bien des trésors. Bien souvent malgré lui, soupira Anyah.

Passe-Partout se souvint des nombreuses épaves en son sein et acquiesça. L'Elfe, lui, en raison de sa construction intellectuelle plutôt elliptique, en découvrit le sens caché.

– Certains de ces trésors pourraient servir Mortagne, je n'en doute pas.

– Certes ! D'autant qu'Antinéa en est sa protectrice, sourit la Prêtresse, un éclair jaillissant de sa main en direction de l'aquarium.

Kent et Passe-Partout se regardèrent, interloqués.

– Retournez sur la jetée, vous y trouverez ce dont Mortagne a besoin. Avec la bénédiction de notre Déesse.

Ses paupières se fermèrent ; un air sec et chaud envahit le temple. Un mouvement en spirale se concentra sur Anyah qui se souleva du sol, les bras écartés, et se mit à léviter. Lorsque ses yeux s'ouvrirent, ils fixaient l'infini. Une voix retentit. Ce n'était pas la sienne, mais bien celle que Passe-Partout avait entendue, par sa bouche, pendant sa première visite dans le sanctuaire. Thor et Saga s'illuminèrent.

– Les deux couteaux sont enfin à nouveau réunis. Mortagne ne doit pas tomber. Pour Avent et pour Ovoïs, faites vite !

Fascinés par le spectacle, les deux compagnons sortirent à reculons du temple. Kent, transfiguré par cette apparition, balbutia :

– Antinéa, sœur jumelle de Mooréa, nous a parlé ! Avent et Ovoïs... Passe-Partout, les Dieux sont avec nous. Ils n'interviendront jamais en propre, mais ils sont avec nous !

Passe-Partout, pragmatique, répondit :

– Sûrement ! Mais comme tu l'as dit, ils n'interviendront pas. C'est à nous de le faire. Ce seront nos décisions qui forgeront notre destin. Alors, vite, à la jetée !

Les deux amis se mirent à courir de nouveau dans la rue qui rejoignait le port. Sur la plage, les gardes ramassaient encore les corps des cagoulés qui s'échouaient. Les hommes étaient harassés. Et dans quelques heures, la véritable bataille commencerait... La jetée. Chercher quelque chose, ils ne savaient pas quoi, et en un endroit aussi vaste !

Kent plissa les yeux. Dans la pénombre, il lui semblait reconnaître une silhouette familière. Passe-Partout, maîtrisant de mieux en mieux sa capacité de nyctalope, le vit sans effort.

– Qu'est-ce qu'il fabrique ? s'exclama-t-il.

L'interpellé entendit la voix de l'enfant et se redressa en bombant le torse bien que son allure n'ait rien du grand guerrier qu'il prétendait être. Pantalon retroussé, arpentant la plage d'un air méfiant et frappant rageusement l'eau de son glaive, personne ne pouvait croire qu'il pêchait des coquillages !

– Qu'est-ce que vous faites là ? grogna-t-il comme à l'accoutumée.

– Nous pourrions te retourner la question, Gerfor, ironisa Kent.

Attendant une explication quelconque, et sûrement fantaisiste, Passe-Partout n'en oubliait pas pour autant la raison de sa présence et scrutait simultanément le bord de mer et le rivage, ne sachant pas par où commencer ses recherches.

– J'ai repéré un monstre marin... Un truc énorme ! balbutia le Nain d'un ton peu convaincant.

– Énorme ? Dans moins de vingt pouces de fond ? le railla Kent.

– Là, juste ici ! exulta Passe-Partout se précipitant dans l'eau en courant.

Une lueur fugace s'allumait non loin de la berge, comme un signal. Le Nain cria :

– C'est le monstre ! Fais attention !

Passe-Partout ne croyait pas à l'histoire de Gerfor, mais par prudence ralentit l'allure. Il se dirigea vers la source de lumière qui se mouvait discrètement sous l'eau, comme pour lui indiquer qu'il fallait le suivre, jusqu'à disparaître hors de la vue de ses deux compagnons, plongeant dans l'obscurité. Sa capacité lui permettait en revanche de les distinguer très nettement et d'entendre les plaisanteries de l'Elfe sur le compte de Gerfor. Il approcha d'un récif émergeant lorsque la lueur se fixa pour n'émettre qu'en pointillé. Il chercha sur le rocher et ne trouva rien. La lumière cependant continuait à clignoter du fond de l'eau. Il sentit un flux, comme un remous, et scruta en surface avec appréhension. Depuis Avent Port, il avait appris à ses dépens à se méfier des fonds marins, et surtout des créatures s'y cachant. Il empoigna Thor... et éclata de rire à l'arrivée des deux gros yeux jaunes au bout de leurs tentacules ! Passe-Partout rengaina son couteau.

– Plouf ! Alors, c'est toi le monstre que veut pourfendre Gerfor ? Tu es pourtant loin d'être une hydre !

Et il rit de nouveau. La voix de Kent, teintée d'un brin d'anxiété, lui parvint :

– Passe-Partout ! Ça va ?

– Oui, répondit-il calmement. Je me bats avec l'énorme monstre marin de Gerfor... Et j'ai du mal !

Kent se rassura du ton ironique de la réplique. Le Nain, en revanche, prit la réflexion en travers et commença à fulminer. Plouf plongea dans les jambes de Passe-Partout, faisant renaître du même coup cette lumière qu'il avait suivie jusqu'ici.

Qu'est-ce qu'il veut me dire ? songea l'enfant.

Puis, en un éclair, il comprit le message muet de son compagnon aquatique. *Dans l'eau, ce que tu cherches est dans l'eau !* Il se mit à tâter le rocher sous la surface et sentit un creux naturel sur lequel un objet avait été consciencieusement déposé, une fiole que Passe-Partout reconnut au toucher et dont il se saisit. Les deux yeux réapparurent.

– Tu es toujours là au bon moment, dit-il d'une voix émue. Quel dommage que je ne puisse pas te caresser !

Les tentacules reculèrent à cette velléité. Plouf émit un éclair pour lui rappeler que son contact ne comportait que des désagréments. Passe-Partout eut une fulgurance.

– Dis-moi, tu ne serais pas pour quelque chose dans l'hécatombe des cagoulés ?

Le poisson fit un tour sur lui-même, comme s'il était content de lui, et disparut de son champ de vision.

Lorsque Passe-Partout sortit de l'eau, il avisa Gerfor qui ne s'aperçut pas, dans la pénombre, que ses yeux avaient viré au gris.

– Contente-toi des monstres terrestres que ce qu'il te reste de cerveau peut identifier ! cracha l'enfant en lui pointant l'océan du doigt. Ton monstre, enfin ce que tu appelles un monstre, si tu ne l'avais ne serait-ce qu'effleuré de ton glaive, je t'aurais coupé en deux !

Kent sourit à la réflexion.

– Raccourcir un Nain ? proféra-t-il. Amusant !

Gerfor, à la vue de la fiole que tenait Passe-Partout, n'osa pas relever. Il comprit que son désir de se battre était tel que, non seulement il s'était inventé un ennemi, mais avait bien failli tout faire échouer. Il recula en marmonnant, n'appréciant guère de se faire tancer comme un gosse mal élevé. Kent aperçut le flacon, le prit, enleva le bouchon et l'approcha de ses narines.

– C'est de l'Eau Noire ! Pure ! s'exclama-t-il. Gerfor, vite, trouve Tergyval et les autres ! On se retrouve à « La Mortagne libre ». Nous, on file chez Fontdenelle, il faut diluer le liquide pour le transformer en potion.

Le Clair, volubile et exalté, discourut d'abondance d'Antinéa qu'il avait entendu dans le temple. La Déesse de la Mer parlait au nom d'Ovoïs, selon lui ! Passe-Partout, plus mesuré, s'interrogeait sur un point jugé crucial : les Dieux auraient pu lui faciliter la tâche ! S'il n'avait pas décidé de se rendre au sanctuaire d'Anyah, auraient-ils obtenu le flacon d'Eau Noire ? Devant l'enthousiasme exacerbé du Clair, les deux compagnons se toisèrent un instant. Passe-Partout, redevenu lui-même, lança un clin d'œil à Gerfor. Aucune rancune dans le regard de l'enfant… Le Nain grimaça en caressant son glaive :

– Cette fois-ci, les cagoulés n'ont qu'à bien se tenir !

Et il s'élança en direction de la ville.

Au-dessus de la porte principale, les Mortagnais retenaient leur souffle, le regard rivé sur leur Maître d'Armes. Tergyval abaissa son bras et une clameur s'éleva. Dans quelques instants, les ptéros allaient envahir Mortagne. Enfin, ceux de la « Grande Machination »…

CHAPITRE XVIII

Sagar laissa exploser sa colère… Son espace ovoïdien trembla sous les coups de son marteau divin.
– Roulé dans la farine, Moi, le Dieu de la Guerre !
Lui qui détestait la Magie presque autant que Gilmoor se disait que le désintérêt qu'il avait manifesté lors de la chute de Mooréa était infondé…
– J'ordonne que tous les Nains fassent alliance avec les hommes !
Il regarda le Messager :
– Bien que je craigne que cela ne suffise pas…

Lorbello. Extrait de « Rencontres Divines »

Le premier rayon de soleil frappa la porte principale.

Des cris se firent entendre du centre de la ville. Les premiers cavaliers ailés apparurent et déversèrent des tombereaux de flèches sur Mortagne, leur course se concentrant au fur et à mesure sur l'entrée de la Cité. De la fumée noire dispensée par différents foyers d'incendie, factices, envahit le ciel.

Pourvu qu'ils croient à la supercherie, pensa le Maître d'Armes regardant un de ses gardes faire semblant d'être atteint d'un trait tiré d'en haut.

Les Mortagnais s'avéraient excellents comédiens. Tout s'orchestrait comme il l'avait prévu.

Tergyval ne quittait pas des yeux le tunnel de paliandre. Les premiers bruits de bottes résonnèrent dans la passerelle flottante : l'ennemi avait mordu à l'hameçon ! La Compagnie de Mortagne presque au complet voulait assister à l'offensive des cagoulés, et surtout vérifier la manière dont ils allaient s'y prendre. Le Fêlé dit tout haut ce que tout le monde pensait tout bas :

– Passe-Partout me manque.

– Il manque à tous, chuchota Valk. Mais nous n'avions pas le choix !

– Il fallait qu'il se repose, confirma Kent. Fontdenelle m'a alerté, cette nuit, sur les potions qu'il nous donne pour tenir le coup. Ce type de drogues permet de se passer de sommeil pour un temps. Or, ne connaissant pas les répercussions de ces potions sur la santé d'un gamin de treize cycles, pour Passe-Partout, il a préféré jouer la sécurité. Quand je me suis rendu chez lui pour transformer l'Eau Noire, l'herboriste m'a confié deux préparations, une pour chacun d'entre nous, nous demandant expressément de la boire avant de nous endormir. Celle de Passe-Partout comportait un tranquillisant afin qu'il puisse récupérer naturellement.

Le Nain se tourna vers l'Elfe :

– À mon réveil, tu serais un homme mort si tu m'avais fait un coup pareil !

Kent sourit et montra l'horizon obstrué par les forces ennemies.

– Je le serai sûrement avant qu'il ouvre les yeux !

Tergyval reçut un rapport de sa nouvelle armada aérienne. Les observations sur l'adversaire vu du ciel l'intéressaient au plus haut point. Les sourcils froncés, il écouta attentivement le messager. Si la stratégie mortagnaise marchait au-delà de ses espérances, l'incertitude principale résidait maintenant sur les quelques cavaliers ailés issus de la garde rapprochée d'un probable seigneur noir. Ils stationnaient loin derrière les tours d'attaque, mais s'apercevraient bien vite de la supercherie en survolant la ville s'ils prêtaient main-forte aux prétendus assaillants venus de la mer.

Tous les yeux se rivèrent sur la porte basculante de la « cabane » lorsqu'on entendit jouer les serrures massives malgré les cris feints des Mortagnais en soi-disant détresse. Elle s'abattit dans un grondement sourd sur la surface du Berroye, bordant le rempart. Allait s'ensuivre une ruée d'ennemis déchaînés ; les assiégés retinrent leur souffle… Mais rien, rien ne se passa. Pas un mouvement, pas un cagoulé en vue ! Les compagnons se regardèrent, incrédules. De tout ce qu'ils avaient pu imaginer concernant l'assaut de Mortagne, aucun n'avait évoqué l'absence d'attaque. Gerfor, tout à coup mal à l'aise, observa Kent qui, pâle comme un mourant, balbutia :

– La Magie… Ils attaquent magiquement.

Tergyval, survolté, le questionna durement :

– Quelle attaque ? Que font-ils ?

– Je n'en sais rien ! Je sens l'aura. Puissante. Ils sont deux ou trois… Il faut les empêcher !

Il s'empara d'une flèche préparée à être enflammée tandis qu'un soldat lui approchait une lanterne, banda son arc et visa l'entrée, dorénavant ouverte, du tunnel. Le trait, impeccablement tiré, se dirigea en plein centre et rebondit bien avant d'atteindre sa cible. Des « Oh ! » fusèrent derrière les créneaux de la porte principale.

– Qu'est-ce que c'est ? grogna Gerfor.

– Un bouclier magique. Une sorte de protection infranchissable, rétorqua Kent, impressionné.

C'est alors que les premiers cagoulés sortirent du tunnel. Ils prirent pied sur le battant de paliandre flottant à la surface et avancèrent tranquillement. Sous les yeux effarés de tous, ils continuèrent leur « promenade » sans s'inquiéter du Berroye. Ils marchaient sur l'eau ! Avec le même stoïcisme, ils atteignirent la porte de Mortagne qu'ils commencèrent à attaquer à la hache. Tergyval, sans y croire vraiment, ordonna de jeter de la poix brûlante sur les premiers arrivés. Las ! Le liquide visqueux s'épandait à dix pouces au-dessus d'eux et ruisselait le long d'un tunnel de vide que l'on pouvait maintenant distinguer grâce aux coulures foncées. Bien sûr, des rochers, comme toutes sortes d'autres projectiles, furent lâchés, envoyés, tirés. Avec le même effet : tout rebondissait sur ce mur invisible. L'angoisse commença à étreindre les Mortagnais et saper leur moral. Combattre, voire mourir, était un fait admis, mais dans des circonstances connues. La Magie, mal appréhendée, faisait peur aux hommes, et aux Nains.

– C'est de la vermine ! tenta de se ressaisir Gerfor. Il faut les exterminer !

Kent s'entretint en aparté avec Tergyval en désignant la « cabane ».

– Gerfor a raison. J'ignore combien de Magiciens il y a là-dedans ni quels pouvoirs ils possèdent. Ce que je sais en revanche, c'est qu'ils ont besoin de se concentrer pour pérenniser leurs sorts, comme pour les faire naître d'ailleurs ! Ce sont eux qu'il faut éliminer, et vite !

La porte de Mortagne, sous les coups des haches de guerre des cagoulés méprisant les ripostes des défenseurs, de toute façon inefficaces, commençait sérieusement à souffrir. Tergyval réfléchit à toute vitesse. Derrière la porte, il y avait encore la herse, un obstacle supplémentaire les empêchant d'entrer. Quoique... Quelle était l'étendue de leurs pouvoirs magiques ? Il n'en savait rien. Éliminer les Magiciens ! Mais comment ?

Treize pieds... Kent a signifié que leurs sortilèges ne pouvaient fonctionner qu'à une distance de treize pieds ! Ils sont donc là, au bord du tunnel ! Et si pour une fois la stratégie des Nains était la seule possible ?

Il avisa Gerfor.

– Dis-moi, le paliandre est solide, mais jusqu'à quel point ?

Le Nain grimaça. Le Maître d'Armes l'interpréta comme de l'incompréhension et reformula :

– Ce tunnel supporterait-il à deux tonnes jetées dessus ?

Gerfor s'interrogea une seconde sur la santé mentale du Capitaine, mais répondit quand même :

– Le bois résistera ! Pas l'assemblage de la construction.

Tergyval sourit de toutes ses dents pour la première fois depuis bien longtemps. Il regarda le Nain et déclara :

– Si je te demandais ce que tu retiendrais comme stratégie, maintenant, que ferais-tu ?

Gerfor renifla, les yeux brillants :

– Par Sagar, je foncerais !

Tergyval cessa alors de sourire et appela ses lieutenants.

– Eh bien, c'est exactement ce que nous allons faire !

Passe-Partout ouvrit un œil et sa surprise fut énorme : il était dans le lit de Carambole. Mais surtout, la propriétaire dudit lit dormait confortablement installée contre sa poitrine ! Le sourire indéfinissable de la jeune fille l'attendrit, il n'osa pas la réveiller.

Lorsqu'il rentra dans l'auberge, il fut un peu embarrassé devant Josef qui, seul dans son établissement, ne l'était pas moins en le voyant.

– Déjà levé ? lança-t-il après un raclement de gorge, puis lui tendant comme si de rien n'était son habituel verre de lait.

Passe-Partout sentit l'embrouille à plein nez.

– Où sont les autres ?

L'aubergiste balbutia quelques mots sur la préparation de la Grande Machination. L'ensemble, décousu, lui ôtait toute crédibilité. L'enfant s'approcha de la porte et jeta un coup d'œil au ciel. Le soleil était déjà haut. Il regarda fixement Josef et cracha :

– La Grande Machination, hein ? Personne ne me retiendra prisonnier ! Personne !

Rageur, il courut vers ses affaires, enfila son plastron de sylvil dans lequel il glissa ses deux couteaux et bondit dans la rue.

Tergyval jouait le tout pour le tout. Afin de tenter une sortie en force, il ne disposait d'autre choix que d'abaisser le pont-levis. Il en donna l'ordre, exigeant de lâcher la barre commandant les poulies sur lesquelles s'enroulaient les énormes chaînes retenant la porte principale. Gerfor, qui approuvait ce plan à cent pour cent, ne se contenta pas d'être un des premiers à foncer sabre au clair sur l'ennemi, il voulut être LE premier !

Le Nain descendit au pied de la porte dès que Tergyval fit signe de remonter la herse avec le moins de bruit possible, et ce malgré les protestations des gardes le prévenant du danger de son entreprise. Puis il escalada par une des chaînes la porte principale qui vibrait à chaque coup de hache, pour se hisser ensuite au sommet et se déplacer en son centre à la force des bras. Ce dont le Fêlé se souvint à cet instant, au milieu de la meute mortagnaise qui s'apprêtait à bondir dans le tunnel, c'est ce spectacle irréel de Gerfor, surexcité, accroché au beau milieu de la porte, attendant sa chute en riant.

Dans un fracas digne d'un coup de tonnerre de Gilmoor, la masse de bois s'abattit de toute sa hauteur sur le passage ennemi, pulvérisant l'extrémité en paliandre et écrasant de son poids les cagoulés stationnés à cet endroit. Gerfor se catapulta en roulé-boulé dans la passerelle éventrée et entama son œuvre de destruction, honorant son titre de « Fonceur Premier Combattant » de la Horde de l'Enclume. Le Fêlé, Valk et Tergyval se ruèrent à la suite. Kent, du haut de son ptéro, attendait la sortie de ses compagnons pour les couvrir avec ses comparses.

Cette entrée en force surprit l'assaillant qui n'avait pas anticipé une contre-attaque de cette nature, leur protection magique engloutie sous deux tonnes de pont-levis. Gerfor, dans son élément, ouvrait la voie de son glaive en hurlant sa joie à Sagar. Ses camarades le rejoignirent aussi vite qu'ils purent. Le tunnel ne permettait pas à plus de deux personnes à marcher de front et il leur fallut enjamber les cadavres engendrés par la « liesse » de Gerfor pour avancer. Le Fêlé fut le plus rapide et l'aida nettoyer le passage.

– Quel plaisir de te voir, mon ami ! claironna le Nain, guilleret, comme s'il s'agissait d'une rencontre fortuite dans une auberge de bonne renommée.

Les deux combattants expérimentés repoussèrent les cagoulés alignés pendant que, derrière eux, piaffaient d'impatience Valk et le Maître d'Armes achevant les adversaires pourfendus par leurs deux fous de guerre. Tergyval aperçut la lumière au bout du tunnel et avisa sa comparse :

– Fais attention à toi. J'aurais quelque chose d'important à te confier quand nous rentrerons à Mortagne.

– J'allais te dire la même chose, répondit-elle en fermant son casque, occultant son sourire dévastateur pour devenir la redoutable Amazone.

Kent s'était un peu écarté des remparts pour obtenir un angle de vue acceptable sur la sortie du passage afin de donner le signal à son commando ailé. Ce qu'il fit dès qu'il aperçut un démon armé à courtes pattes détaler comme un sorla de son terrier en flammes ! Puis il plongea vers les tours d'attaque ennemies et commença seul à tirer. Les archers cagoulés qui, de ce côté de leur machine de guerre, ne bénéficiaient ni de meurtrières ni de protection d'aucune sorte tombèrent de leur perchoir les uns après les autres. La panique ne semblait pas les gagner. Pourtant, lorsque la trentaine de ptéros cessa sa mascarade au-dessus de Mortagne et arriva sur le site pour se retourner contre eux, n'importe quelle armée, sans démériter pour autant, aurait fui pour se mettre à couvert. Eux, non !

Conditionnés pour se battre, réalisa Kent. *Pour tuer… Et maintenant pour mourir !*

Dotés de nombreux carquois et protégés par leurs montures, les archers volants mortagnais firent feu sur l'ennemi comme à l'exercice, facilitant l'entrée des habitants de la Cité, tous prêts à en découdre.

Dans son combat solitaire, Gerfor eut des moments de doute, certains des fantassins transformés en sang noir étant d'anciens Nains de sa Horde. N'avoir d'autre choix que de les faire passer de vie à trépas nécessitait une motivation de plus, une hargne supplémentaire. Il la trouva dans le regard de l'un d'eux qui s'écroula, transpercé de son glaive effilé, où il crut lire « Merci ». L'équipe menée par ses soins avait rallié celle du Fêlé ; le Nain faisait cavalier seul en beuglant le nom de son Dieu. Afin d'éviter l'encerclement, le Colosse choisit de le suivre. Le Fêlé n'avait jamais aussi bien porté son surnom que ce jour-là, un vrai barbare ! Bras, jambes et têtes volaient sur son passage. Son épée à deux mains, qu'il ne maniait d'ailleurs que d'une seule, éradiquait tout devant lui et traçait un chemin sanglant à travers les forces cagoulées.

Valk, menant son groupe bon train, ne faisait pas de figuration. Son habileté au corps à corps n'avait d'égale que sa rage de vaincre. Elle exerçait son art avec la précision d'un Maître d'Armes aguerri, galvanisait sa troupe en les haranguant au nom de Mortagne et donnait l'exemple en se jetant sans couverture sur l'ennemi.

Tergyval, les cheveux détachés, épaulé par la garde d'élite de Dame Perrine, ne déméritait pas. Sur les remparts, quelques archers l'avaient même confondu avec le Fêlé. Les soldats de Mortagne, emmenés par leur Capitaine, faisaient mordre la poussière à l'adversaire dont le nombre n'inquiétait plus l'équipe de choc.

L'épreuve fatidique survint alors. L'ensemble de l'armée mortagnaise sortit du tunnel et se rua sur les cagoulés.

Personne n'aurait pu arrêter le feu follet qui traversa la porte de Mortagne pour s'engouffrer dans le tunnel. Dès sa sortie de l'autre côté, un malheureux archer tombé de la tour, cloué à terre, tenta une flèche dans sa direction. À cet instant, Passe-Partout prit réellement conscience de la situation dans laquelle le monde, son monde, se trouvait. Il retrouva ses réflexes, évita le trait lancé maladroitement et appela Saga. Le cagoulé trépassa sur le champ. La lame réintégra sa main alors qu'il reprenait sa course folle. Il arriva au niveau du premier groupe de combattants, dirigé par Valk qui ferraillait comme une lionne contre deux fantassins. Leurs carotides respectives furent tranchées par Thor et Saga. La guerrière baissa la garde de son épée sans se retourner et lança :

— Hé, j'aurais pu les avoir sans ton aide, Passe-Partout !

— Je sais ! Vous aviez tous l'intention de faire cette guerre sans mon aide, de toute façon ! lui répondit-il sèchement en rappelant ses couteaux.

Profitant du mutisme de Valk qui voyait ce prodige pour la première fois, il poursuivit avec la même hargne :

— Où sont les autres ?

— Kent est en l'air, Tergyval taquine la tour de droite, Gerfor et le Fêlé sont devant. Il paraît que leur chef est par là. Un guetteur l'a repéré. Une sorte de Seigneur à ptéro, avec un casque noir !

— Tecla ?! s'exclama-t-il.

Valk vit le regard de l'enfant tourner au gris. Passe-Partout détenait désormais l'unique information qui comptait. Il courut vers le Colosse sans se soucier des forces ennemies à traverser pour le rejoindre. Il y parvint en un temps record après s'être défait d'une demi-douzaine de cagoulés qui n'eurent guère l'occasion de porter un seul coup vaillant à l'acrobate virevoltant.

— Qu'est-ce que tu fais là ? cria le Fêlé, assénant la monstrueuse garde de son épée sur un sang noir, lui explosant le crâne. J'avais pourtant dit à Josef de t'enfer...

Il se ravisa, oublia ses reproches et reprit :

— Je suis rudement content de te voir !

Les yeux de Passe-Partout s'agrandirent.

— Attention ! Gauche !

L'immense lame à deux mains s'éleva dans la direction indiquée et para in extremis une attaque vicieuse sur le flanc. La riposte de l'assaillant par un coup de botte au plexus lui imposa de baisser sa garde, ce qui lui fut fatal.

Au loin s'immobilisa une silhouette sombre et massive dont le masque de mort et l'épée flamboyante ne laissaient aucun doute sur son identité. Passe-Partout, fort de cette certitude, le désigna au Fêlé d'un mouvement de menton.

— Tecla ! hurlèrent-ils de concert.

Ils se regardèrent. Passe-Partout croisa dans les yeux de son ami la même haine que la sienne, mais Tecla était à lui ! À lui seul ! Avisant la déferlante d'ennemis dévalant dans leur direction, l'enfant se saisit de ces deux lames et souffla :

— Fin des mondanités, Fêlé.

Contre toute attente, il se mit à courir, face à la vingtaine de cagoulés qui se précipitaient sur le groupe mené par le Colosse qui, abasourdi, faillit crier inutilement son nom. Se ravisant, il hurla en lieu et place un « En avant ! » tonitruant. L'ordre fut immédiatement compris par les Mortagnais, galvanisés par le courage d'un enfant de treize cycles qui leur montrait le chemin. Ils rugirent en s'élançant sur l'ennemi. Ce qui suivit entra dans les annales...

L'équipe de tête, dont le Fêlé, assista à un exploit inimaginable de l'agile Passe-Partout. Personne n'aurait pu éviter un front d'épée tel que celui des cagoulés en mouvement offensif. Sauf lui ! Il se servit de son élan pour sauter de face, les bras écartés – comme un homme ailé ! dira plus tard l'un des combattants –, pour retomber en plongeant sur la deuxième ligne. Ainsi il utilisa les épaules d'un adversaire pour rebondir, exécuta une sorte de flipflap qui le propulsa derrière le groupe d'assaillants, sur ses pieds. Délaissant les cagoulés interdits cherchant des yeux leur « agresseur », il permit au Fêlé de gagner quelques précieuses secondes pour leur porter des coups mortels pendant que lui poursuivait sa course vers son seul objectif.

– Tecla ! aboya-t-il de toutes ses forces.

Le Seigneur Noir était si proche. Il s'apprêtait à enfourcher un saurien avec quelques corrompus de sa garde personnelle. À son nom, il se retourna et vit un morveux, isolé, arrivant sur lui. Dédaigneux, il fit un signe las de la main en montant son ptéro, geste qui déplaça comme des pions d'échiquier deux armoires à glace surarmées qui foncèrent sur l'enfant.

Ultime barrière avant d'atteindre le meurtrier de mes parents. Passe difficile, mais pas impossible ! se motiva Passe-Partout à la première esquive des attaques tordues portées par les sbires de Tecla. *J'ai l'impression de me battre contre deux Fêlés !*

Le Colosse, lui, se défaisait des cagoulés l'empêchant de surveiller son protégé, toujours stupéfait de son habileté guerrière. Au plus fort des clameurs de la bataille, au plus près de l'ennemi, dans un désordre tel qu'une jument n'y retrouverait pas son poulain, le Fêlé se débrouillait pour garder un œil sur lui, même si ce dernier excellait dans l'art de combattre et n'avait nul besoin d'assistance. Ni le nombre ni la corpulence de ses adversaires ne l'impressionnait. Rien ne transparaissait : ni émotion ni effort visible, un visage fermé, sans aucune expression. Lorsque son regard changeait, il ne devenait qu'une agile et intelligente machine à frapper.

Chaque main des sbires de Tecla portait épée. La mobilité de Passe-Partout fut mise à rude épreuve. Ces cagoulés n'étaient pas des débutants et deux couteaux n'arrêtaient pas quatre lames ! Il entrevit toutefois, après quelques échanges, les failles défensives de ses adversaires et se servit une nouvelle fois de sa petite taille.

Seuls les crétins frappent le rocher au centre !

Le précepte Elfe lui revint en mémoire ; il venait de le comprendre. L'arrière de la cuisse d'un sbire était vulnérable, Thor s'y ficha d'un coup franc. Il ploya sans un cri. L'autre n'était équipé que d'une manche de protection en mithrill ; Saga lui fit lâcher une de ses armes. Passe-Partout, trop proche, savait qu'il manquerait de force pour percer leurs armures, même si ses couteaux en avaient le pouvoir. Il ne restait que la ruse et l'agilité. Il se plaça entre les deux cagoulés et planta les jumeaux dans la gorge de celui qui, blessé à la jambe, voulait se relever. Puis il se retourna et anticipa le coup vertical que porterait inévitablement l'autre, l'esquivant par un écart d'une rapidité inouïe. L'épée ne rencontra que le vide laissé par l'enfant et coupa en deux son acolyte agenouillé, bloquant sa lame. Forçant en vain pour l'extirper, Thor et Saga conclurent l'affrontement.

Passe-Partout n'eut le temps d'apercevoir que quelques points dans le ciel. Tecla s'enfuyait. Il tomba à genoux, impuissant.

Pas de soucis, Gary. Ce n'est que partie remise...

Le Fêlé le rejoint et, les yeux fixés vers le nord-est, perdant de vue le Seigneur Noir, lui posa la main sur l'épaule. La voix rauque de l'enfant se brisa.

— Il est à moi, Fêlé. Rien qu'à moi...

Le Colosse ne demanda pas d'explications. Leur passé respectif, trop lourd, ne fut pas abordé. Il se contenta de répondre :

— On le pourchassera jusque dans la spirale du Dieu de la Mort, s'il le faut.

Aux cris de joie des Mortagnais s'ajoutèrent ceux de guerre de la Horde de l'Enclume, arrivée en renfort, barrant la route aux sangs noirs reculant sous la pression des équipes de Valk et de Tergyval, et de celle, toujours solitaire, de Gerfor. Une centaine de Nains hurlants dévala la colline et massacra les dernières poches ennemies au nom de Sagar. Mortagne était redevenue « La Libre ». Les héros furent acclamés par la population comme il se devait.

Dame Perrine, en tenue de combat, les accueillit à la Porte. Valk, Kent, Gerfor, le Fêlé et Tergyval suivaient Passe-Partout qui marchait devant, ses aînés lui ayant naturellement laissé cette place. La Cité en liesse saluait les prouesses de l'enfant. Visiblement gêné par cette reconnaissance tapageuse, il regardait souvent le Fêlé, derrière lui, qui l'encourageait en lui indiquant par des mimiques comment se comporter. Tergyval, blessé, le bras droit en écharpe, s'amusait beaucoup de la gestuelle du Colosse qui s'apparentait au langage des sourds-muets. Dame Perrine peina à prendre la parole. L'heure n'était pas aux grands discours et elle était de toute façon plus à l'aise lorsqu'il ne fallait pas parler la langue de bois ! Par-dessus le brouhaha, elle força sa voix d'ordinaire posée :

— Nous avons vaincu l'envahisseur cagoulé ! Merci aux Nains de la Horde de l'Enclume pour leur aide ! Qu'Antinéa, et bien sûr Sagar, vous bénissent ! Mortagnais ! Cette victoire est certes la vôtre, mais sans le concours de nos héros et amis, le combat eût été long et compromis. La « Compagnie de Mortagne » est née ! Et je suis fière que ce groupe désormais légendaire en Avent porte le nom de notre Cité !

La foule hurla sa joie. La Prima demanda le silence :

— Valkinia, Kentobirazio, Gerfor Ironmaster, Fêlé, Mortagne vous accorde le statut de hauts dignitaires de la ville !

Sous les hourras, Dame Perrine poursuivit :

— Tergyval, Capitaine de la Garde, je te fais Haut Commandeur de Mortagne !

Nouvelle ovation. Tergy devenait ainsi un des rares nobles de la Cité. Elle fit cesser la clameur en prononçant :

— Passe-Partout...

Le silence s'établit brutalement. Qu'avait-elle prévu pour celui que l'on appelait dorénavant « Le Sauveur de Mortagne » ?

— Quant à toi, Passe-Partout, demande-moi ce que tu veux. Ta requête est accordée d'avance !

Et pour la première fois en Avent, une princesse rendit un hommage qu'aucune tête couronnée n'avait jamais envisagé de rendre à un sujet : elle s'inclina devant l'enfant et attendit son souhait. Passe-Partout, interdit, n'en croyait pas ses yeux. Imitant le geste de la Prima, les uns après les autres, tous les habitants posèrent genou à terre. Puis la garde, après que Tergyval en ait fait de même. Cherchant un appui, il se tourna vers ses compagnons qui lui témoignèrent ce même respect. Sa bouche s'ouvrait et se fermait comme un poisson hors de son élément d'origine. Paniqué, il esquissa quelques pas maladroits vers la Prima et lui prit la main pour la relever. Elle seule entendit les propos timides de l'enfant de Thorouan, devenu aujourd'hui celui de Mortagne. Affectueusement, Dame Perrine passa son bras sur les épaules du jeune héros et proféra avec émotion :

– Par Antinéa et tous les Dieux, qu'il en soit ainsi !

Les Mortagnais se redressèrent, un peu sur leur faim, et guettèrent la suite. Fière, la Prima, poing levé, clama :

– Que les volontaires pour accompagner Passe-Partout à la poursuite du Seigneur Noir se déclarent ! Mortagne participera aussi à la libération d'Avent !

Ébahie, la population laissa éclater sa joie. Ainsi, ce gamin qui aurait pu réclamer tous les honneurs, toutes les richesses de la Cité, proposait que le Continent soit à l'image de Mortagne : libre !

CHAPITRE XIX

Ce qu'il ne faudra jamais que les Peuples sachent, c'est que les Dieux, sur le Continent, peuvent y perdre la vie ! Certes, leur puissance, même limitée, sur Avent reste considérable. Il n'empêche que le risque est grand… et fût bien réel !

Un Dieu tué par des mortels !

Intolérable pour Gilmoor qui avait préféré édicter la loi de non-intervention plutôt que de compromettre la stabilité d'Ovoïs.

Lorbello. Extrait de « Rencontres Divines »

Un conseil fut décrété en urgence. Il fallait évaluer les dommages, la reconstruction, sans compter les centaines de cadavres à rendre à l'océan, chez Antinéa, selon la tradition mortagnaise. Tergyval prépara la réunion avec, comme ordre du jour, le projet de Passe-Partout. Toute la Compagnie y participait, ainsi que Josef et Fontdenelle, hormis Parangon excusé pour raisons de santé. La Prima fit signe au nouveau Haut Commandeur :

— Je ne vais pas y aller par quatre chemins : nous avons perdu un quart des habitants. Lever une armée pour suivre les fuyards nous priverait de forces qui devraient être utilisées pour rebâtir la Cité.

Timidement, Passe-Partout voulut intervenir :

— Tergy, je n'ai finalement besoin de personne… Laissez-moi partir, je perds du temps !

Gerfor se leva de son siège, ce qui ne le grandit pas franchement.

— Oui ! Pas besoin de troupes ! Je l'accompagne avec la Horde de l'Enclume.

À son tour, Kent prit la parole et déclara sagement :

— Moi aussi, je pars, mais ni avec une armée ni avec une Horde, Gerfor. Le Seigneur Noir a déjà quelques heures d'avance et il vole !

Le Fêlé surenchérit :

— Kent a raison ! Il nous faudra le talonner de la même façon.

Valk sourit et apostropha Passe-Partout :

— Ça se conduit facilement, ces bêtes-là ?

Profondément ému, l'enfant comptait ses amis lui indiquant par leur propos que tous le suivraient. Kent interrogea Fontdenelle :

— Peux-tu « décoller » les ptéros du terre-plein ?

– Certes oui, acquiesça l'herboriste. Mais toi, peux-tu tous les dompter ?

L'Elfe fit signe que non.

– Je n'ai pas suffisamment d'Énergie Astrale. Elle se reconstitue, mais mes possibilités restent limitées à deux sauriens, comme lors de la Grande Machination. Maximum ! Nous avons tout utilisé du flacon trouvé sur la jetée par Passe-Partout.

– Et les ptéros envoûtés lors de la bataille ?

– Ceux qui peuvent les monter ne sont pas ceux qui doivent partir, déplora Kent.

L'air sombre, Dame Perrine ajouta :

– La Magie se fait rare ces temps-ci.

Kent eut une moue d'approbation.

– Je prendrais le risque d'avaler un seau d'Eau Noire, s'il y en avait...

La Prima mesura l'importance du propos. Le précieux liquide des Initiés, absorbé en petite quantité, augmentait la force magique de celui qui la buvait. Le problème éternel résidait qu'après sa consommation, il en résultait généralement une perte de connaissance, un état entre la vie et la mort qui pouvait durer jusqu'à une semaine. Pour quelques gouttes. Et Kent parlait d'un seau ! Fontdenelle sourit à l'assemblée et sortit de sa toge trois flacons.

– Voilà de quoi vous dépanner ! dit-il fièrement.

Kent s'empara d'une des fioles et, d'autorité, fit sauter le bouchon pour le porter à ses narines.

– Incroyable, de la potion magique ! Mais comment te l'es-tu procurée ?

Toujours souriant, Fontdenelle expliqua :

– C'est le Fêlé qui me l'a ramenée. Souvenez-vous de notre surprise lors de la première nuit pendant le siège de la ville. On devinait trois feux constamment allumés derrière les trois tours. J'en ai déduit qu'il devait s'agir de leur « cuisine » en plein air. Ma deuxième observation, je la découvris en examinant plus avant les cadavres des cagoulés échoués. Ils ne sont pas morts noyés et, pour cela, je n'ai aucune explication...

Passe-Partout eut un sourire discret quant à la réalité du phénomène.

– ... Mais j'ai pu constater que ces êtres ne mangeaient pas. Aucune trace d'aliments dans leurs...

– Épargne-nous les détails ! coupa Tergyval.

– Bref ! poursuivit l'herboriste. Comme leurs entrailles étaient noires, j'ai demandé au Fêlé de me rapporter ce qu'il pourrait dénicher dans leur marmite.

Les yeux en l'air, pensif, le Colosse confirma :

– Nous avons trouvé un gigantesque chaudron renversé dans l'herbe. Ce qu'il restait à l'intérieur tenait dans trois flacons.

Fontdenelle conclut :

– Il s'agit bien de potion magique, semblable à celle que j'ai fabriquée à partir de la fiole découverte à la jetée. D'assez bonne facture, d'ailleurs ! Elle peut décupler les possibilités d'un Magicien pour un temps très court sans avoir les inconvénients de l'Eau Noire pure.

– Exact ! renchérit Kent qui récita, comme envoûté : seule une sorte de fièvre vous envahit, la température du corps augmente de manière importante en même temps que l'Énergie Astrale nécessaire à l'accomplissement du sort… Ainsi, ils se nourrissent de potion magique !

Fontdenelle continua sa réflexion à haute voix :

– Peut-être la différence entre la température du corps et celle de l'océan ? Je ne m'explique toujours pas l'origine de leur mort.

Ce mystère le hantait. Passe-Partout constata toutefois que l'herboriste ne manquait pas de perspicacité. Les conséquences d'une hydrocution s'identifiaient aux « blessures » infligées par Plouf ! L'enfant se tourna vers Kent :

– Le temps presse. Combien de sauriens peux-tu dompter en une heure ?

– Sans dommages pour moi : une vingtaine pour une fiole. En une heure, peut-être quarante ?

Passe-Partout se leva :

– Une quarantaine de ptéros. On fera avec ça !

Il s'adressa à Gerfor :

– Prépare une vingtaine de Nains, on s'en va.

Le conseil fut à nouveau étonné des prises de décision efficaces et sans discussion possible de l'enfant qui, seul, debout, se sentit gêné et ajouta :

– Enfin, si tu le permets, Prima.

À son tour, Dame Perrine se leva, ce qui fit se dresser l'assemblée.

– Fais ce que doit, Passe-Partout. Avec la bénédiction de Mortagne !

Chaque ptéro fût envoûté par Kent en attribution unique, tant pour la rapidité du sort que l'investissement en Énergie Astrale. Passe-Partout eut l'idée de marquer les animaux afin que son cavalier ne se trompe pas de monture.

Moins d'une heure plus tard, le commando était prêt à s'envoler. Tecla en possédait maintenant six d'avance… Un bref coup d'œil aux Nains choisis par Gerfor confirmait ses capacités de rassembleur et surtout de sélectionneur. Les élus n'avaient pas l'air de s'en laisser conter ! Seul un élément perturba Passe-Partout. Gauche, la tête toujours ailleurs, il se distinguait nettement de tous par antithèse. Gerfor lut l'inquiétude dans le regard de l'enfant et devança sa question en grognant :

– Barryumhead, Prêtre de Sagar.

Résigné, Passe-Partout se dit que les Nains mettaient ainsi toutes les chances de leur côté. S'il paraissait piètre combattant, peut-être que sa présence galvaniserait les autres membres de l'équipe.

On dut dissuader Fontdenelle de prendre part au voyage, et l'herboriste ne se laissa finalement convaincre que par Tergyval, sérieusement blessé, qui lui non plus ne se joindrait pas au convoi, avec comme argument l'intérêt supérieur de la Cité. Chez tous, ceux qui restaient autant que ceux qui partaient, des sentiments diffus étreignaient les ventres.

Kent échangea quelques propos en privé avec Fontdenelle. Le nouveau Haut Commandeur de Mortagne prodiguait moult conseils de prudence à Valk, pendant que Gerfor se démenait avec son ptéro qu'il traitait de tous les noms d'oiseaux. Passe-Partout ne montra pas son impatience en la présence de Carambole, de peur de la blesser. Il l'embrassa tendrement sans un mot. Le Colosse, d'ordinaire sur la réserve, lança un regard appuyé à la Prima qui lui fit un signe :

— Reviens vite, Fêlé.

Deux claquements de langue de l'enfant promu chef d'expédition donnèrent le signal du départ. Les quarante ptéros, chargés surtout d'armes et de peu de provisions, quittèrent le sol mortagnais, laissant derrière eux des amis devenus chers n'osant s'entre-regarder de peur que l'on s'aperçoive de l'émotion, visible au coin de leurs yeux.

Pour tous, cette manière de voyager était forcément nouvelle. Observer le pays d'Avent d'en haut donnait une impression inédite, dans un silence à peine rompu par le battement feutré des ailes membraneuses de leurs montures et parfois les hurlements de Gerfor qui ne s'habituait pas à cette façon de se déplacer. Kent s'approcha de Passe-Partout et cria :

— Es-tu sûr de la direction à prendre ?

L'enfant haussa les épaules en signe d'ignorance. Il volait par où il avait vu Tecla s'enfuir. Le doute commença à l'envahir. Il tendit l'index, montrant un village à l'Elfe, et piqua sur ce qui restait des maisons après l'incursion des hordes cagoulées.

En descendant de son ptéro, Passe-Partout parla à haute voix comme pour se persuader lui-même :

— Quelqu'un aura bien aperçu quelque chose.

À deux heures de marche de Mortagne, Pebelem était un bourg tranquille et prospère dont il ne subsistait que cendres et ruines fumantes. La communauté en majorité paysanne n'avait pas dû offrir une grande résistance aux sangs noirs. L'enfant cherchait avec nervosité un survivant. Sa quête se solda par un échec. Pas âme qui vive, toujours ce spectacle de désolation avec son lot de cadavres de femmes et de jeunes !

— J'aurais dû partir immédiatement pour lui filer le train ! pesta-t-il.

Le Fêlé tenta de l'apaiser :

— Dirigeons-nous vers les hameaux qu'ils ont traversés à l'aller, cela devrait malheureusement être facile.

Kent acquiesça, même si la probabilité de rattraper Tecla par cet intermédiaire semblait mince. Passe-Partout ne répondit pas et fit cabrer son ptéro pour décoller, signe qu'il acceptait cet ultime espoir de retrouver l'assassin de son père. Le commando eut tôt fait de repérer un nouveau village décimé. Aucun survivant... Aucune piste... Gerfor s'éloigna du groupe pour manifester sa colère sans témoin. Abattu, Passe-Partout leva un regard morne vers le Fêlé qui baissa la tête en signe d'impuissance. Valk trouva une grange épargnée par le feu dans laquelle ils pourraient passer la nuit. La mort dans l'âme, sachant que le temps jouait contre eux, chacun songeait à leur inévitable retour, piteux, à Mortagne, dès le lendemain. Ce fut la décision la plus dure que le groupe dut prendre. À l'aube, ils rebrousseraient chemin.

Les yeux dans le vide, Passe-Partout chassa machinalement la mouche qui l'importunait, jusqu'à l'instant où il réalisa qu'aucun insecte ne s'aventurait à cette altitude. Son regard s'éclaira lorsqu'il reconnut Elsa, souriante malgré deux minuscules cernes trahissant une intense fatigue. Elle montra le ciel au-dessus de sa tête. L'enfant vit l'essaim du peuple ailé, dont la nébuleuse, sous la forme d'une flèche, lui indiquait la direction à prendre. Il imposa immédiatement à son ptéro de piquer, arrachant un râle de douleur à sa monture, et hurla :

– Demi-tour !

La nuée éclata en se désolidarisant soudain, se rendant invisible aux yeux de tous. Le désordre qui s'ensuivit fut indescriptible. Le Fêlé, s'apercevant en premier lieu de la volte-face de son protégé, fit signe à Kent et Valk que le carnet de route avait été quelque peu modifié. La figure en vol pour se retourner s'avéra pour le moins acrobatique. En revanche, les Nains, décidément piètres cavaliers, entrèrent dans une sarabande informe et bruyante qui aurait fait rire aux éclats tous les gosses d'Avent ! Les jurons appuyés de Gerfor parachevaient d'ailleurs ce cacophonique tableau. Kent s'approcha de l'enfant et lui lança :

– Maintenant, tu es certain ?

Il n'obtint qu'un sourire en réponse. Cela lui suffisait.

Le peuple ailé s'était discrètement regroupé sur la croupe du ptéro monté par Passe-Partout, repos bien mérité après un voyage long et harassant. Elsa, calée sur son épaule, se concentrait sur l'horizon et dirigeait le commando en indiquant à son ami le cap à tenir. Passe-Partout, peu soucieux du peloton, activait son saurien, volant à toute allure. Il avait recouvré le sourire, et surtout l'espoir de débusquer Tecla !

– En piqué ! Vite ! hurla-t-il.

Cette fois, le groupe comprit l'ordre au doigt et à l'œil ! Au pied des montagnes qu'ils venaient de franchir, au beau milieu de la vallée, un cirque naturel se dressait au loin, survolé par une myriade de cagoulés ailés. Après un cent quatre-vingts degrés impeccable, Passe-Partout se posa sur le versant boisé qui saurait les camoufler. L'équipée aérienne agit de même, avec plus ou moins de déconvenues. Heureusement que le camp ennemi était à bonne distance, car les hurlements de Gerfor résonnèrent en écho, son atterrissage suscitant l'hilarité de tous lorsqu'il s'affala par terre, désarçonné, en marmonnant des invectives incompréhensibles. Kent regroupa les ptéros et les attacha, puis leva brusquement la tête.

Bizarre, ce sentiment d'être à proximité d'autres Elfes...

Accompagnés des Nains, Valk et le Fêlé s'efforcèrent de trouver les meilleurs postes de guet pour protéger leur cachette. Passe-Partout fouillait dans son sac à dos lorsque Gerfor, d'une humeur exécrable, lui lança :

– Qu'est-ce que tu cherches ? Un hochet pour dormir ?

Le regard de l'enfant vira au gris. Le Nain sut immédiatement qu'il avait encore été trop loin. Bien que sa tête de fer ne connaisse pas la peur, il préféra cette fois-ci battre en retraite en ruminant des bribes de mots qu'on eût pu interpréter comme des excuses. Passe-Partout sortit son couteau de dépeçage et le glissa à sa ceinture. Le Fêlé, qui ne le lâchait pas des yeux, l'interpella :

– Où vas-tu ?

L'enfant fit un geste ne souffrant pas de commentaires et répondit :

– Je reviens. Ne te fais pas de soucis.

Et il se dirigea dans la forêt qui l'aspira instantanément. Le Fêlé hocha la tête, rassuré que Passe-Partout n'enfourche pas un ptéro pour approcher l'antre de Tecla.

Elsa bourdonna bien vite autour de lui, dès qu'elle constata qu'il était bien seul. L'atavisme du Peuple des Fées, se cacher aux yeux des hommes, demeurait tenace. L'entretien muet ne s'éternisa pas. Ils renvoyèrent à plus tard les effusions de joie de se revoir. Elsa savait quel rôle elle devait jouer. Quelques minutes plus tard, Passe-Partout revenait déjà au campement qui s'organisait. Kent l'apostropha :

– Ah, tu es là ! On entend des grondements inquiétants, au loin, je vais aller faire un tour en reconnaissance.

Il tenait une cape de cagoulé soigneusement pliée, prévoyant de se déguiser.

– C'est inutile pour le moment, Kent. Garde tes forces.

L'Elfe, surpris par cette volonté d'inaction qui ne correspondait pas à l'enfant qu'il connaissait, se retourna vers ses compagnons, l'air interrogatif, cherchant des yeux un appui. Des moues d'impuissance et quelques haussements d'épaules lui indiquèrent que le débat était temporairement clos. Afin d'éviter une nouvelle question embarrassante, Passe-Partout lâcha :

– Voyons si cette forêt recèle quelque chose de bon à manger. Des trucs crus de préférence. On ne va pas se faire remarquer en faisant du feu !

Valk saisit une besace.

– Je t'accompagne, ça me dégourdira les jambes.

Kent et le Fêlé accusèrent le coup. Qu'avait-il fait pendant dix minutes dans les bois si ce n'était pas pour repérer de la nourriture ?

La nuit commençait à tomber lorsqu'ils rentrèrent, chargés comme des mulets. Passe-Partout avait prélevé son tribut à la forêt. Valk lança à la cantonade :

– Il est incroyable ! La plupart des gens mourraient de faim en ces contrées, ou empoisonnés en mangeant n'importe quoi. Lui, de fleurs en feuilles, de racines en tiges, de champignons en baies, trouve de quoi festoyer sans problème !

Un vrombissement se fit entendre, brisant le silence nocturne. Il fallut quelques minutes à tous pour obtenir la certitude que rien ne les menaçait, et de s'apercevoir que Passe-Partout manquait à l'appel. Profitant du sommeil de ses compagnons, l'enfant avait rejoint le Peuple des Fées caché dans la forêt. Agenouillé dans la nuit noire, il observait le ballet des Elfes ailés en souriant. Sa vision s'améliorait sans cesse : elles n'avaient nullement besoin de se rendre luminescentes. Elsa lui fournit un rapport complet de sa mission d'éclaireur. Lorsqu'une incompréhension se lisait sur le visage de Passe-Partout, l'essaim se mouvait pour dessiner la situation évoquée. La configuration du cirque, réalisée en trois dimensions par la nébuleuse elfique, lui fit d'ailleurs forte impression ! Admiratif et enthousiaste, il enregistra toutes les informations. Enfin les compagnons de Mortagne pouvaient élaborer un plan !

– Mon Elsa, si tu savais comme je...

L'Elfe facétieuse lui fonça sur le nez et l'embrassa, coupant net cette émotion qui l'étreignait :

– Tu as raison, soupira-t-il. Les mots sont bien inutiles.

Il rejoignit le camp avec une facilité qui le déconcertait lui-même ; il y voyait maintenant comme en plein jour.

Mieux, même, se dit-il en découvrant le Nain de faction au bivouac, sa silhouette nimbée d'une aura lumineuse sur fond noir.

Trompant sans difficulté sa vigilance malgré le don de ce peuple, ce sens inné leur signalant un danger, Passe-Partout pénétra dans le campement, ignorant les regards surpris de ses compagnons et l'effarement de Gerfor qui songeait déjà aux mille morts à infliger au garde inattentif. Sans un mot, il sélectionna des pierres aux multiples formes et les apporta sous une tente à toile épaisse. La lumière fournie magiquement par Kent, et dont il avait besoin pour que tout le monde puisse voir sa réalisation, ne devait pas se remarquer du ciel. Médusés, les compagnons s'observèrent tour à tour en silence, le laissant empiler ses cailloux. Tous comprirent qu'il construisait la maquette du camp de Tecla, mais aucun n'aurait pu dire d'où il tenait ces informations.

– Voilà, déclara-t-il simplement en posant la dernière pierre.

Et, sans citer ses sources, il démarra une explication magistrale.

– Notre affaire se complique. C'est un cirque, véritable forteresse naturelle plantée au milieu de la vallée, nous l'avons tous entraperçu avant de nous retrancher ici. Il forme un cercle presque parfait avec une seule entrée, une sorte d'énorme brèche dans la roche. À l'intérieur, le campement, dont une grosse partie est construite en dur. Là, une grande salle de réunion, peut-être un temple ou un dortoir, juste à côté de l'enclos à ptéros. Plus loin, un baraquement, une prison. Ceux qui y sont enfermés attendent leur tour pour être transformés en sangs noirs. Derrière, l'endroit où se terre leur Seigneur et ses prêtres, au nombre de quatre. Au total, à peu près deux centaines de cagoulés, difficile d'être précis. Deux autres constructions, élevées à la hâte, comme tout le reste d'ailleurs, sur des ruines anciennes, probablement l'armurerie et un bâtiment où l'on fabrique et répare des barriques.

Il reprit son souffle et ajouta, les yeux brillants :

– Au centre, leurs cuisines, qui se résume à quatre chaudrons. Et en plein milieu, la matière première : une fontaine. Et pas n'importe laquelle puisqu'il s'agit de « Bellac », celle de l'Eau Noire, que Mooréa a léguée à Avent !

Interdit, l'Elfe brisa le silence religieux qu'imposaient les explications de l'enfant :

– Tu es sûr ? Bellac se déplace constamment selon la légende. Elle ne peut être fixée ici !

Passe-Partout eut un pâle sourire :

– Elle est immobilisée, on peut même dire prisonnière. Le ballet continuel des ptéros au-dessus du cirque n'a pour but que de transporter la potion magique leur servant de nourriture qui est fabriquée à cet endroit précis.

Il désigna la pierre figurant le bâtiment où se terraient Tecla et ses quatre prêtres noirs. Valk devança tous ses compagnons :

– Comment as-tu appris tout ça ?

Passe-Partout prit un air gêné.

– Je le sais… Reste qu'un plan pour investir ce fort naturel serait maintenant le bienvenu !

Gerfor cria, une flamme guerrière dans les yeux :

– Par la brèche ! Tous ensemble ! Corps à corps, à l'ancienne !

L'enfant hocha négativement la tête.

– Le Gardien ne le permettra pas.

Le Nain renifla, méprisant.

– Le Gardien ? Tu aurais peur d'un Gardien ?

– Celui-là en vaut mille, répondit calmement Passe-Partout malgré le ton de Gerfor. Il ne laisse passer personne. Ni pour entrer… Ni d'ailleurs pour sortir.

Valk fronça les sourcils.

– Tu fais allusion aux grondements sourds que l'on entend parfois ?

– Oui… Un Ventre Rouge. Adulte. C'est à lui que Bellac est enchaînée. Autrement dit, pour libérer la Fontaine, il faut libérer ou neutraliser le Ventre Rouge.

Le Fêlé n'en crut pas ses oreilles.

– Un Dragon ? Devant la brèche ?

– Exact ! rétorqua Passe-Partout. Prisonnier… Et fou furieux de l'être !

Kent, eu égard à l'aversion naturelle des Elfes vis-à-vis des Dragons, grimaça de dégoût et lâcha :

– Ça ne va pas nous faciliter la tâche. Donc, l'accès du cirque n'est possible qu'en ptéro.

– Bien vu, confirma Passe-Partout. Les cagoulés arrivent à vide par l'est, atterrissant les uns après les autres, et repartent pleins vers le nord.

Il désigna un endroit inoccupé sur sa maquette.

– À cet endroit. Là, quelques sangs noirs les déchargent de leurs barriques vides et conduisent les sauriens dans l'enclos. Les cavaliers ont un passage obligatoire avant de regagner leur baraquement, dortoir ou temple. Ils prennent, près du premier chaudron, une louche de potion…

– Gavés de potion magique, dirait Fontdenelle ! ne put s'empêcher de clamer Kent.

– En d'autres termes, ils mangent. Bien vu, l'herboriste ! résuma Valk.

– Oui, en quelque sorte, confirma Passe-Partout. Ou alors, peut-être est-ce un contrôle des prêtres noirs sur tout nouvel arrivant ?

Le Fêlé opina du chef :

– Des non-Magiciens tomberaient raide morts en ingurgitant une goutte de potion astrale.

– Peut-être entrent-ils dans ce baraquement pour se reposer, continua Passe-Partout. En attendant, d'autres ptéros repartent avec des cavaliers frais chargés de barils pleins !

– Tu as une idée pour attaquer ? l'interrogea Valk, impatiente.

Passe-Partout se tourna vers la guerrière et ironiquement lui lança :

– Je ne suis pas un professionnel, moi !

Elle rit de la boutade. Il ajouta :

– On ne peut, de toute façon, envisager qu'une stratégie de commando.

Concentré, Kent fronça son absence de sourcils.

– Je suis le seul qui puisse me faire passer pour un cagoulé, parce que seul à pouvoir boire la potion sans en mourir.

– Je…

Passe-Partout se tut aussitôt. Il avait failli avouer à la cantonade que lui aussi ne risquait rien en absorbant le fluide astral et tenta de donner le change en biaisant :

– … crois que tu as raison.

Kent, une nouvelle fois, ne fut pas dupe de la diversion et ajouta avec le sourire :

– Quoique le seul qui puisse m'accompagner, c'est toi. Tu as l'air de bien connaître les lieux et ta rapidité naturelle t'aidera à disparaître dès l'atterrissage.

Passe-Partout tordit la bouche, mimique entendue de convenance, en évitant le regard insistant de Kent. Sûr que son trouble avait été remarqué par l'Elfe, il s'en voulait d'avoir baissé sa garde à ce point. Pensive, Valk murmura :

– Ainsi, ils fabriquent la « nourriture » de leurs soldats noirs à partir d'ici. Pour alimenter tous les fronts. Et ils ont la source, prisonnière, qui ne tarira jamais…

Gerfor cracha par terre :

– Foutue Magie ! Ils peuvent se multiplier à l'infini et conquérir tout le Continent en transformant tout le monde ! Il faut les en empêcher, appeler la Horde de l'Enclume, investir le cirque, tuer le Ventre Rouge, étriper ces…

Le Fêlé arrêta l'infatigable râleur.

– C'est vrai qu'un coup de main serait le bienvenu ! Une stratégie de commando me semble adaptée, mais avec un renfort, sinon, au moindre couac, retour à la case départ !

– À quarante contre deux cents, soupira Valk.

Passe-Partout écoutait ces vétérans habitués au combat et réfléchissait de son côté à la possibilité d'une aide extérieure. Gerfor grommela :

– Venir jusqu'ici pour ne rien tenter, j'enrage !

L'enfant poursuivit son cheminement à haute voix :

– Aller prévenir la Horde, même en ptéro… Le temps qu'ils mettraient à nous rejoindre, nous avons tous les risques de voir s'éloigner le Seigneur Noir bien avant qu'ils arrivent.

Il ne put s'empêcher de penser :

Sauf avec les Fées… Mais non, impossible d'envoyer Elsa et son peuple sans révéler l'existence des Peewees… Le seul contact à Mortagne, c'est Parangon, visiblement au courant de leur réalité, mais il doit toujours être inconscient. Pas de solution…

Gerfor, tout à coup excité, ses petits yeux porcins comme illuminés par une intervention divine de Sagar, surprit l'assemblée en se levant d'un bond.

CHAPITRE XX

Toute valeur exacerbée pousse à l'extrême…

Son désir d'imposer envers et contre tout la Vérité avait contraint les Dieux à lui mentir. Et la machine ovoïdienne, conçue par lui-même, avait bien failli le broyer. Si le Messager n'avait pas bravé son interdiction d'intervenir sur le Continent, c'eût été la chute d'Ovoïs !

Il étendit les bras et hurla pour la dernière fois le nom de celui qui n'en aurait plus ! Alors Ovoïs trembla. Le Fourbe ne put répliquer. L'incommensurable pouvoir de Gilmoor éjecta le « Dieu sans Nom » hors de la Sphère.

Mais celui qui fut le frère du Dieu des Dieux avait envisagé sa déchéance et préparé cette éventuelle, quoique peu glorieuse, sortie en détachant des bulles de sphères originelles qui assureraient sa survie. Il n'oublia pas de les emporter dans sa longue chute sur Avent.

Lorbello. Extrait de « Origines du Dieu Sans Nom »

— Barryumhead ! Où es-tu, foutu prêtre ? hurla Gerfor en houspillant ses congénères. Où est-il ?

Un Nain désigna d'un geste las un bosquet, indiquant a priori l'endroit où devait se trouver l'individu recherché. Gerfor se précipita sur le religieux en méditation, le bouscula sans ménagement et lui cria en pleine figure :

— On t'appelle ! Par Sagar, comment faire la guerre avec des endormis pareils ?

Barryumhead leva un sourcil, puis deux. Il ne semblait pas impressionné par les gesticulations de Gerfor.

— Plaît-il ? parvint-il à articuler d'une voix pâteuse.

— Par les Dieux ! continua Gerfor toujours en le secouant. Peux-tu joindre un autre Prêtre de la Horde de l'Enclume par... un moyen quelconque ?

Le mot « Magie », difficilement prononçable par un Nain, était, lui, définitivement proscrit par Gerfor. Barryumhead reprit ses esprits quand son chef le lâcha et qu'il chuta sur son séant. Il se releva, épousseta négligemment son armure et répondit :

— Non.

Gerfor, les yeux injectés de sang, proféra un florilège inintelligible de ses plus indélicates injures. La bave aux lèvres, ses deux grosses mains s'accrochèrent dangereusement à la gorge du Prêtre, incitant ce dernier à fournir plus de détails. Secoué, Barryumhead hoqueta :

— Je suis le seul Prêtre parti avec la Horde. Je n'ai donc pas de contact chez les Nains de l'Enclume.

Gerfor se calma, effondré de ne plus détenir aucune solution. Il baissa la tête, vaincu par la guigne qui s'obstinait à empêcher une guerre qu'il désirait par-dessus tout. Barryumhead parut peiné de voir Gerfor dans cet état.

– En revanche, si tu le souhaites, pour te faire plaisir, je peux joindre quelqu'un d'autre… Un autre Prêtre… Celui que tu veux !

Passe-Partout, dérouté et furieux du peu de discernement du religieux, apostropha ce dernier :

– Tu ne pouvais le dire plus tôt ?!

Barryumhead arbora une mine hautaine, se drapa dans sa dignité et déclara :

– Personne ne m'a rien demandé !

Il fallut Kent et le Fêlé pour retenir Gerfor qui, pédalant les jambes dans le vide, soutenu par ses « vaillants » compagnons, projetait de faire une offrande à Sagar sous forme d'un pâté de Prêtre.

Les susceptibilités de chacun estompées, Passe-Partout sollicita Barryumhead de prendre contact avec Anyah, Prêtresse d'Antinéa à Mortagne, et de s'informer par son intermédiaire de l'endroit où se trouvait la Horde afin de les joindre. Le Prêtre fit un non catégorique de la tête.

– Comment ça non ?! s'exclama Passe-Partout à bout de patience.

– Parce que c'est toi qui lui poseras les questions que tu veux, pas moi.

Ce fut au tour de Gerfor de retenir l'enfant pour éviter que le religieux ne soit plus en état d'invoquer ou de prier qui que ce soit.

Barryumhead entra dans une sorte de transe et fut rapidement agité de soubresauts cocasses soulevant sporadiquement sa lourde carcasse. Valk s'éloigna de quelques pas et se retourna pour en rire de bon cœur sous les « chut » des Nains subjugués par les prouesses d'un des leurs. Tout le monde sut lorsque le contact s'établit : le visage grimaçant du Prêtre était maintenant immobile et reposé. Gerfor envoya un coup de coude à Passe-Partout :

– Vas-y, dis quelque chose !

Décontenancé, l'enfant balbutia :

– Euh… Bonjour.

– Bonjour, Passe-Partout. J'espère que tout se passe pour le mieux eu égard aux circonstances ! En quoi puis-je t'être utile ?

Les bras lui en tombèrent et il ne fut pas le seul. Toute la Compagnie écoutait sans voix celle, féminine et mélodieuse, d'Anyah dans la bouche du bourru Barryumhead. À l'écart, Valk continuait de rire nerveusement dans son coin. Passe-Partout reprit ses esprits et attaqua :

– Nous avons besoin de renfort. La Horde de l'Enclume serait d'un appui appréciable.

Et il résuma la situation à la Prêtresse. Anyah répondit :

– La Horde est partie de Mortagne il y a trois jours. Je fais part de ton message à qui de droit et te contacte par l'intermédiaire de Barryumhead que je dois maintenant libérer. Il risque la mort si nous tardons. À bientôt…

Dans un silence religieux, bien entendu, l'assistance vit le Prêtre Nain virer au blême, ouvrir la bouche comme un poisson hors de l'eau, ainsi que ses yeux rouler avant de se refermer aussitôt. Il émit une longue plainte et sombra dans l'inconscience.

Passe-Partout, Kent et le Fêlé ne purent réprimer leur sourire malgré la gravité de la situation. Valk, quant à elle, se tenait les côtes sous les regards réprobateurs des Nains, fiers du courage de leur Prêtre. On s'activa auprès du malheureux afin de le ranimer, sans grands résultats. Kent offrit son aide à Gerfor qui finit par l'accepter, faisant fi de ses ataviques craintes de la Magie. Passe-Partout sourit en entendant les paroles elfiques de la formule de guérison. Barryumhead se réveilla quelque peu affolé en balbutiant :

– Ça a marché ?

Gerfor lui envoya une bourrade qui lui dévissa son casque.

– Pour sûr ! rétorqua-t-il.

Les conversations redémarrèrent et il fut discrètement convenu de ne pas évoquer la réponse d'Anyah pour ne pas perturber Barryumhead. S'il venait à apprendre que l'expérience était éprouvante au point de risquer la mort, il serait surprenant qu'il réitère l'opération ! Ils décidèrent de s'octroyer un repos mérité, les têtes pleines d'échafaudages de maints plans pour investir le cirque et, hormis la garde de quart, finirent par s'endormir.

Passe-Partout retrouva une vieille habitude. Il grimpa dans un creux d'arbre et s'y installa. Loin de la sécurité de la Cité et de son lit, son instinct lui dictait de nouveau la méfiance permanente qui l'avait accompagnée de Thorouan à Mortagne. Il sombra dans un sommeil chaotique. Lui qui ne rêvait plus à rien depuis longtemps fit un songe étrange. Il y entendit une voix rauque hurler sa détresse sans qu'il puisse intervenir. Il ressentit au plus profond de lui la peine provoquant les cris de douleur de cet être, la haine sous-jacente. Il subit lui aussi la torture perpétuelle de celui à qui l'on avait pris quelque chose ou quelqu'un, la soif de vengeance qu'engendre l'extrême tristesse...

Ce malaise cessa par un réveil en sursaut. En pleine nuit, Barryumhead parlait avec une voix qui n'était pas la sienne. Passe-Partout s'accroupit près du Nain en transe :

– Je t'écoute.

Il fut aussitôt entouré par la compagnie des aventuriers tandis que s'élevait la voix d'Anyah.

– Je viens de m'entretenir avec Dame Perrine qui vous salue. Un détachement de Mortagnais mené par Tergyval est parti à cheval rejoindre la Horde de l'Enclume. Parangon, qui remercie Kent du conseil à Fontdenelle, estime que Fulgor ralliera le cirque dans moins de deux jours. Nous vous conjurons de ne rien tenter sans renfort. La situation est critique et la présence d'un Ventre Rouge ne nous rassure pas. Ce Dragon crachera ses flammes sur quiconque passera à sa portée, sans distinction. Parangon transmet le bonjour de Faro à Passe-Partout. Soyez avisés ! Je suis obligée de vous quitter. Qu'Antinéa veille sur vous tous.

Avec sa propre voix, le Nain râla comiquement, se tourna sur le côté et se rendormit immédiatement.

– Au moins, on sait à quoi s'attendre, conclut Valk dans un rire contenu.

Gerfor était aux anges.

– Ces sangs calcinés n'auront qu'à bien se tenir quand Fulgor et la Horde seront là ! Deux jours ? Ils seront sur site bien avant !

Kent et Passe-Partout se tournèrent simultanément l'un vers l'autre. L'enfant prit la parole en premier.

– C'était donc ça, tes cachotteries avec Fontdenelle à notre départ de Mortagne ? C'est quoi le truc pour la guérison de Parangon ?

– La potion magique. Elle a quelquefois des effets inattendus… Mais qui est Faro ?

Le Fêlé frappa sur l'épaule de l'Elfe, offrant l'opportunité à Passe-Partout d'esquiver :

– Le Magister te doit une fière chandelle !

Le jour allait se lever. Passe-Partout eut une pensée en direction des Peewees. Il était ravi de savoir Parangon en bonne santé, d'autant que la potion n'avait visiblement pas seulement permis de le remettre sur pied, mais aussi de réactiver magiquement l'Œil, d'où le salut du Prêtre du Petit Peuple et la présence des Fées.

Bien que blessé, Tergyval s'était immédiatement porté volontaire après l'exposé de la Prêtresse d'Antinéa qui avait rapporté mot pour mot sa conversation « théopathique » à Dame Perrine, Parangon et Fontdenelle. Les chevaux les plus rapides de la Cité, sept au total, furent prêtés pour l'occasion par Guilen, chef de guilde. Flanqué de ses quatre meilleurs gardes, Tergyval emprunta la route du nord, galopant à bride abattue pour rejoindre la Horde de l'Enclume.

Passe-Partout extirpa de son sac à dos une cape noire à capuchon. Kent en revêtait une au même moment. Un bref instant d'intense complicité entre eux, arrivés à une conclusion identique sans se consulter. L'Elfe, avec un sourire, fit un geste à l'intention de l'enfant, l'invitant à prendre la parole.

– Bien ! Il nous faut maintenant envoyer un éclaireur pour discuter, après son retour, de la marche à suivre. Reste à déterminer qui.

D'autorité, Kent rabattit la capuche. Tête baissée, on eût dit un cagoulé plus vrai que nature.

– Pourquoi lui ? couina lamentablement Gerfor.

Kent enfourcha son ptéro et répondit en prenant son envol :

– J'ai du mal à t'envisager en espion discret. Tu serais capable de te jeter du ciel au beau milieu des sangs noirs !

La Prima eut un pincement au cœur en voyant s'éloigner son Maître d'Armes.

– Dommage que nous ne puissions pas utiliser les ptéros.

Parangon haussa les épaules de dépit, mais déclara avec espoir :

– Nous avons fait le choix d'aider Passe-Partout par un autre biais, Perrine.

Fontdenelle affichait, lui, un large sourire.

– Ils devraient les rejoindre plus tôt que prévu. M'est avis que Tergyval sera fatigué avant ses chevaux !

Perrine prit un air faussement offusqué.

– Qu'Antinéa te protège si Guilen apprend que tu drogues ses bêtes !

Fontdenelle leva les yeux au ciel, mi-amusé mi-inquiet. Le chef de guilde ne payait pas de mine, du style petit, mince, et discret, mais nerveux et impétueux, surtout lorsqu'il s'agissait de ses animaux ! Parangon ajouta :

– Et les barils portés par les deux montures de secours ?

L'œil de Fontdenelle s'alluma.

– Pour Fulgor et ses Nains. Eux n'ont pas de chevaux. M'est avis qu'ils n'en auront d'ailleurs pas besoin !

Le commando se fondit dans la forêt dès l'annonce de l'approche d'un cavalier ailé. L'alerte cessa lorsque la capuche relevée dévoila une abondante chevelure blonde. L'Elfe sauta de son ptéro chargé de quatre barils, déclarant comme s'il eut s'agit d'une promenade de santé :

– Pas beaucoup de contrôles, en bas !

Valk, incrédule, rétorqua en bredouillant :

– Tu… Tu es descendu dans le cirque ?

Kent rit de bon cœur, se fendit d'une petite révérence d'excuse pour la guerrière et rejoint le groupe.

– Leur système est simple. Ils arrivent par l'est, à l'opposé du Ventre Rouge, forcément ! Et font un tour de l'enceinte avant d'atterrir à la queue leu leu dans un ordre parfait. Ils abandonnent ensuite leurs ptéros à des gardiens qui s'occupent de les mener à un enclos après les avoir déchargés des barils vides. Un autre leur fait boire de la potion magique réalisée sur place et ils se dirigent vers leur baraquement dans lequel je n'ai pas pris le risque d'entrer.

– Ils ont sûrement besoin de repos, argua le Fêlé qui jusqu'à présent doutait du fait que les cagoulés ne dormaient jamais.

Kent ignora la réflexion du Colosse et poursuivit :

– Ils repartent ensuite par le nord après avoir récupéré un ptéro chargé de barils pleins de potion. Ah ! Le baraquement situé ici – il désigna une des pierres posées par Passe-Partout représentant le bâtiment – est bien une prison. Les cris qui s'en échappent dépassent en intensité ceux du Dragon ! Enfin, ils sont tellement sûrs de leur système de défense qu'aucun garde n'est visible dans le camp. Seules quinze à vingt sentinelles scrutent les alentours sur les hauteurs du cirque. Pour le reste, Passe-Partout à raison à cent pour cent.

Valk avisa les flancs du saurien :

– Les barils de potion magique, une fortune en or !

– Facile avec la Fontaine, répondit Kent qui ajouta en se tournant vers l'animal :

– Le problème fondamental est qu'en entrant selon leur procédure, on en ressort avec un ptéro chargé qui est forcément différent de celui avec lequel on est arrivé.

— Tu l'as envoûté sur place pour le monter ?! s'exclama le Colosse en désignant la bête que venait de rapporter l'Elfe.

Ce dernier acquiesça et poursuivit d'un air grave :

— J'ai eu de la chance de ne pas me faire repérer ! En cas d'échec, je serais le seul à pouvoir repartir du cirque... À condition d'avoir le temps d'en enchanter un nouveau et qu'il me reste suffisamment d'Énergie Astrale pour y parvenir.

Passe-Partout comprit immédiatement la signification du propos du Clair et résuma, un peu dépité :

— Pour un ptéro, un cagoulé ressemble à un autre cagoulé, comme s'ils ne faisaient tous qu'un... Ce n'est pas notre cas. Sauf dressage préalable, il nous est impossible d'enfourcher n'importe lequel pour s'envoler. Si nous échouons sur place, pas d'échappatoire, on ne pourra pas s'extirper du cirque !

— Réussir ou mourir ! Par Sagar ! jubila Gerfor.

Le Fêlé empêcha les Nains de scander le nom de leur Dieu en réponse à Gerfor et mit tout le monde d'accord :

— Raison de plus pour élaborer une stratégie sans failles... Au travail !

La légendaire fierté des Nains fut piquée au vif lorsque Fulgor enjoignit son armée à défendre à nouveau Avent contre l'envahisseur. Que d'exploits à venir ! Tergyval ne cacha cependant pas le danger qui les attendait :

— Vous devrez avancer en terrain découvert sur environ deux lieues.

Fulgor leva son glaive :

— En route, guerriers ! Pour Sagar et Avent !

Une clameur unanime répondit à son appel. Tergyval se demanda alors s'il ne devait pas plutôt recruter des Nains pour assurer la sécurité de Mortagne tant leur motivation s'affichait à grands cris.

— Nous marcherons sans dormir jusqu'à l'objectif ! ajouta avec ferveur le Roi.

— Je n'en doute pas, fit Tergyval en tendant une flasque dont le contenu était issu du baril qu'il avait transporté jusque-là. Bois ceci, avec le bonjour de Fontdenelle !

Fulgor grimaça un sourire et but en toute confiance, l'herboriste ayant ragaillardi quelques-uns de ses guerriers et ainsi gagné l'estime de tout le peuple Nain et de son Monarque. La Horde de l'Enclume au grand complet s'offrit à son tour une gorgée du précieux liquide et partit le glaive en main, en courant !

D'un geste de la main, Passe-Partout imposa le silence dans le brouhaha qui naissait des discordances entre les membres de la Compagnie :

— Voilà l'hypothèse de base que je propose...

Lui-même s'étonna de l'attention qu'on lui prêta sur le champ.

– La Horde de l'Enclume sera repérée par l'ennemi, ce qui nous informera de leur avancée. Cette diversion les occupera et peut permettre à un commando de s'infiltrer pour les désorganiser et libérer les prisonniers. Ceux en ptéro neutraliseront alors le reste des cagoulés ailés et se poseront ensuite dans le cirque.

Pas un murmure ne s'éleva. Chacun menait *in petto* sa propre réflexion, à part Gerfor, toujours impatient de se battre, épiant les réactions de ses petits yeux vifs.

– Des sangs noirs en moins distraits par les Nains, admit Kent.

– Si les prisonniers sont en plus, ajouta Valk.

– Nous ne serions donc plus à quarante contre deux cents, conclut le Colosse qui s'abaissa sur la maquette construite par Passe-Partout. Jouable...

À l'aube de ce matin-là, bien avant le délai annoncé par Anyah, un guetteur Nain donna l'alerte. L'effervescence semblait de mise dans le cirque. Gerfor ne se sentait plus de joie, comme ses frères : ils allaient tâter du « Sang Noir » !

Tout était prêt. Passe-Partout et Kent, déguisés, enfourchèrent leurs ptéros chargés de deux barriques soigneusement vidées dans différentes outres afin de ne pas perdre le précieux liquide. De brefs saluts et ils s'envolèrent, rejoignant une colonne ennemie pour s'y fondre. Les deux cavaliers, ressemblant à s'y méprendre aux cagoulés environnants, voyaient à l'horizon le nuage de poussière que soulevait d'un pas décidé la Horde de l'Enclume.

Comme prévu, la vingtaine de sentinelles de faction sur les crêtes du cirque prit son envol contre l'envahisseur Nain avançant résolument vers l'enceinte. Les premières flèches décochées du ciel ricochèrent contre les boucliers habilement positionnés pour protéger le groupe. Fulgor leva son glaive et cracha :

– Bande de lâches ! Venez vous battre !

Cri piteux révélant son impuissance à ne pouvoir les affronter sur le plancher des sorlas ! Un ordre bref de Fulgor et la Horde s'organisa en formation de tortue, offrant une défense plus efficace à l'ensemble qui continua de progresser sans répliquer aux salves aériennes nourries des archers cagoulés.

Passe-Partout eut un pincement au cœur en se remémorant l'attaque de Mortagne. Les pierres de soleil ne tarderaient pas à pleuvoir... Parvenus au-dessus du cirque, Passe-Partout et Kent amorcèrent la descente de cette longue boucle que dessinait la colonne des ptéros ennemis arrivant par l'est.

CHAPITRE XXI

La retraite du Fourbe était de longue date prévue sur Avent. Son éviction anticipée d'Ovoïs troublait toutefois sa planification.

Un de ses objectifs n'était pas atteint : sa déchéance survint alors que ses troupes sur le Continent n'avaient pas encore retrouvé tous les débris de Séréné lui assurant d'accéder aux pouvoirs des Ténèbres.

Lorbello. Extrait de « Pensées du Messager »

Comme convenu, Passe-Partout observa attentivement les faits et gestes de Kent pour les reproduire à l'identique. Il atterrit après l'Elfe. Le regard éteint, un « palefrenier » se saisit des rênes de son ptéro pendant qu'un autre le délestait de ses barils vides. Sa monture fut ensuite menée dans un enclos où un troisième les nourrissait d'une mixture à l'odeur peu ragoûtante. Passe-Partout suivit le mouvement, juste derrière Kent. La file des cavaliers patientait en silence. Aucune conversation, pas d'échanges, comme si l'indifférence formait le socle de leurs relations. Un « cuisinier » servait une louche de potion magique à chaque nouvel arrivant. Par le langage des signes, Kent, les mains dans le dos, lui « parlait ». L'Elfe n'arrêtait jamais d'ironiser, même dans les situations les plus tendues !

L'heure de vérité, ami !

Certes, l'enfant s'était vendu de nombreuses fois par maladresse et Kent n'était pas dupe. Passe-Partout allait boire de la potion astrale et n'en mourrait pas. Tout en avalant sa rasade, il sentit sur lui le regard goguenard du Clair. Une douce chaleur l'envahit. Son corps irradiait d'une énergie incommensurable.

Et inutile, pensa-t-il.

Suivant la file disciplinée, Passe-Partout se dirigea vers le baraquement où avait disparu Kent. Un spectacle hallucinant l'attendait ! Une cinquantaine de cagoulés s'entassaient pêle-mêle sur quelques couches épaisses, tables ou fauteuils disposés n'importe comment dans l'unique pièce que semblait comporter la bâtisse.

Quelle odeur ! Pire que celle de l'enclos des ptéros, pesta-t-il. *Il doit s'agir d'une salle de repos.*

Les ronflements sonores de la majorité des occupants accréditaient cette thèse. Comme à l'extérieur, personne n'adressait la parole à personne. Les sangs noirs savaient parler, mais n'avaient vraisemblablement rien à dire. Il reconnut Kent à sa silhouette, dissimulé au fond du baraquement, à proximité d'une sorte d'estrade. L'Elfe exécuta une succession de gestes qu'il comprit instantanément.

Une porte derrière. Pas de fenêtre.

Il sourit étrangement et poursuivit par gestes :

Je m'occupe d'ici. Cherche les prisonniers.

Passe-Partout serra les mâchoires. Kent ne respectait pas le plan prévu. Ils devaient accomplir ces deux tâches ensemble, mais comme à Mortagne, lors de leur chevauchée ailée, Kent jouait le franc-tireur. Exprimer son opposition au projet sous peine de se faire remarquer s'avérant impossible, il sortit du bâtiment et laissa Kent se charger seul de leur mission initiale : incendier le « dortoir » pour créer un mouvement de panique et donner le signal au reste de la Compagnie.

Passe-Partout pressa le pas. Raisonnablement, car ici, aucun cagoulé ne se dépêchait. Le meilleur moyen de se faire repérer aurait été de courir ! Son regard vira au gris : l'accès à la prison passait devant l'antre de Tecla.

Patience, se modéra-t-il. *Patience...*

Des bruits d'explosion caractéristiques retentirent dans la plaine. L'enfant jeta un œil discret vers le ciel ; il avait vu juste. Les cagoulés ailés entamaient leurs tirs de pierres de soleil sur l'armée des Nains, n'arrivant pas à dévier d'un pouce la progression de la tortue par des traits classiques.

Passe-Partout atteint l'endroit où l'on entassait ceux destinés à devenir des « sangs noirs », un bâtiment en forme de L dont la partie haute préfigurait le « laboratoire » dans lequel on les transformait. Un prêtre noir en faction sur le seuil attestait cette hypothèse. Il adopta le pas nonchalant d'un cagoulé, mais essuya le regard méfiant du religieux. Il sentit tout à coup une présence dans son esprit, comme une force insidieuse l'épiant de l'intérieur, et comprit sur le champ la menace. Il bifurqua à l'angle du baraquement, mais la pression mentale persista, indiquant que hors de vue ne signifiait pas hors de danger. Thor et Saga apparurent dans ses mains.

Kent sortit par la porte de derrière qu'il ferma magiquement et pensa :

Ainsi, les prêtres passent par ici pour haranguer, ou plutôt pour conditionner leurs troupes...

Il contourna le bâtiment pour rejoindre l'entrée principale et y pénétra à nouveau. À l'intérieur, il posa discrètement la main sur la serrure et laissa les nouveaux arrivants forcer inutilement sur la poignée. Satisfait, il gagna alors l'estrade pour accomplir sa mission. Le havre de paix des cagoulés allait sous peu devenir leur dernière demeure.

Passe-Partout anticipa largement l'attaque du premier sbire. Il tira avantage de sa petite taille et laissa l'épée fendre l'air au-dessus de lui. Thor se ficha dans l'aine du cagoulé, Saga en plein cœur. L'ancien humain ne vit pas sa mort arriver. Le second émit un cri. Un râle de victoire en remarquant son adversaire désarmé ?! Prématuré et inutile. Il se mua en souffle... Le dernier. Ignorant le pouvoir de rappel des deux lames divines, l'infortuné réagit trop lentement pour l'atteindre à temps. En un éclair, Thor et Saga réintégrèrent les deux mains de l'enfant, puis sa gorge ! Le sang noir répandu ne rendit pas pour autant l'azur aux yeux de Passe-Partout qui sortit de l'impasse pour affronter le prêtre dont la présence dans son esprit devenait insupportable.

Quelques pieds les séparaient. Dès que leurs regards se croisèrent, l'emprise mentale cessa brusquement. Passe-Partout se sentit libéré de cette introspection et se méfia doublement.

Un sort après l'autre... Qu'est-ce que tu mijotes, maintenant ?

Au moment où Kent voulut incendier le baraquement, il sentit une onde résonner dans sa tête et se retourna. Un homme en robe de bure noire, qu'entouraient cinq gardes cagoulés, tendait un index rageur.

Désolé, Passe-Partout, je vais avoir un petit peu de retard, songea l'Elfe en saisissant son épée.

La méfiance de Passe-Partout se justifia. D'évidence, le prêtre se concentrait sur une formule magique. Intuitivement, il courut vers lui et plongea en roulé-boulé. Bien lui en prit. Un éclair noir jaillit au même instant des doigts de l'homme, fracassant l'angle du baraquement des prisonniers. Thor et Saga, par l'élan du mouvement, se fichèrent avec force dans la poitrine, lui arrachant une dernière plainte. Passe-Partout se rua vers la brèche fumante et pénétra dans l'édifice. Un bref coup d'œil sur les détenus humains et Nains entravés à même le sol, et son regard aboutit aux deux cadenas fixant les chaînes les reliant les uns aux autres. Quelques secondes suffirent à l'enfant pour ouvrir les serrures grossières. Se frottant les poignets et les chevilles, déboussolés, les prisonniers entendirent, incrédules, les quelques mots lancés par le gamin :

– Allez ! Et battez-vous comme des Aventiens !

Les Nains les premiers s'extirpèrent de leur geôle en glapissant de joie, en quête d'une arme qui leur permettrait d'en découdre ! Passe-Partout laissa le dernier détenu sortir et entreprit de mettre le feu au baraquement. Il distingua alors une ouverture au fond de la salle. Une pièce obscure. Une cuvette taillée dans la roche. Probablement un ancien lavoir où les conduites d'acheminement de l'eau, savamment bouchées, avaient été rendues inopérantes. Dans l'excavation stagnait un liquide noir dans lequel des captifs étaient totalement immergés, noyés. Seuls dans cet endroit de cauchemar, deux corps perdant leur humanité s'imbibaient de cette soupe qui devenait leur sang ! Passe-Partout eut un haut-le-cœur. Son regard vira et il tendit les mains, certain de la clémence de son geste. Thor et Saga confirmèrent en leur abrégeant la « vie ».

Les cris des prisonniers libérés fusaient dans le camp. Ils se jetaient, avec ou sans armes, contre des cagoulés surpris par la soudaineté de l'attaque. La fumée du baraquement servant de geôle, incendié par Passe-Partout, montait en volutes âcres, donnant le signal à la Compagnie, impatiente.

En dehors du cirque, les quelques archers Nains de la troupe de Fulgor ne brillaient pas d'adresse pour atteindre les cavaliers ailés. Quand bien même touchaient-ils leurs cibles que les traits rebondissaient, inefficaces sur les écailles des ptéros. Les cagoulés se mirent à tirer par salves sur un côté de la tortue. Point besoin de précision les concernant ! La masse de flèches sur un endroit circonscrit de la formation quasi militaire leur permettait de les fragiliser. Un par un, les Nains protégeant les flancs furent frappés, vulnérabilisant l'ensemble. L'escorte rapprochée du roi Fulgor Ironhead, constituée de « Premiers Combattants », élite de ce peuple et confrérie de Gerfor, n'échappa pas à la stratégie d'effritement ennemie et ses rangs se clairsemèrent sous les traits de pierre de soleil.

– Fumée en vue !

Le commando ailé s'élança vers le cirque. Le spectacle, hallucinant en altitude, leur faisait presque oublier la raison de leur présence. Les rugissements sourds du Gardien de la seule porte d'accès par la terre, que l'écho de la vallée déformait, résonnaient maintenant nettement. Le Ventre Rouge enchaîné vociférait de colère et de haine, vomissant ses flammes de fureur et de mort vers le ciel, ivre de l'ire qui le maintenait prisonnier.

Quel monstre ! Je croyais qu'ils avaient tous disparu... Plus entendu parler de Ventres Rouges depuis Orion, pensa le Fêlé.

Gerfor tendit un doigt boudiné vers les chaînes entravant le Dragon. Il hurla d'excitation et de convoitise :

– Barryum bleu !

Métal rare en Avent et recherché avec avidité, il présentait tous les avantages du mithrill, avec un atout de taille : son indestructibilité.

Kent comprit immédiatement la tactique du prêtre. Bien que ne connaissant rien à la Magie des cagoulés, il savait que le religieux devait se concentrer pour jeter un sort. Il ne fallait pas lui en donner l'occasion. Deux sbires, sur un signe de leur chef, se ruèrent sur lui. Il esquiva la première attaque sans contrer, préférant prendre un couteau de lancer dans sa main gauche. Le second ne lui laissa pas le temps de parer son estoc. Il se déplaça instinctivement sur le côté, sentant le fil de la lame adverse lui caresser le ventre. L'Elfe ignora la blessure et envoya son poignard en direction du prêtre qui psalmodiait dans sa barbe. En d'autres circonstances, l'arme aurait frappé la gorge, mais le déséquilibre engendré par son esquive dévia légèrement son tir et ne sectionna qu'une oreille du religieux noir.

Le regard de Passe-Partout n'avait pas changé de couleur. Un nom, un seul, comme un leitmotiv, l'obsédait : Tecla. Il se dirigeait vers le bâtiment du Seigneur Noir lorsqu'un malaise sournois l'atteint. Il crut à une attaque mentale d'un prêtre, mais quoiqu'insidieuse, la « présence » lui semblait de tout autre origine, avec un sentiment de « déjà-vu ». Ce mal-être se transforma en une pensée étrangère en son esprit, et qui s'imposa à lui :

Sans moi, rien ne sera possible !

Passe-Partout lutta contre ce qui lui paraissait ennemi de son libre arbitre, en vain. Ce mélange de haine et de fureur finissait par le submerger. Un effort de concentration surhumain lui permit d'atténuer l'intensité des sentiments qui l'envahissaient, le libérant d'une migraine probable, laissant place à un vide où une conversation insolite put s'établir. La voix semblait paradoxalement sincère et hypocrite à la fois et l'incita à redoubler de méfiance.

Tu m'aides… Je t'aide.

Paralysé, l'enfant parla à lui-même :

– Qui es-tu ?

Le Gardien « obligé » de cet endroit.

– Ventre Rouge !

Exactement, Métis !

Passe-Partout reprit de l'assurance. Sa crainte ne résidait dans l'immédiat que dans une attaque psychique d'un religieux cagoulé. Il ignora l'insulte à son égard.

– Tu veux que, moi, je t'aide ?

Le Dragon, furieux qu'on lui fasse remarquer qu'il se positionnait du mauvais côté du manche de la négociation, rétorqua haineusement :

Tu y as grand intérêt !

Kent, cerné par cinq cagoulés, s'empara d'un deuxième couteau de lancer et pivota lentement sur lui-même, faisant face à chacun de ses ennemis. Il ne pouvait ni se protéger magiquement ni utiliser de sorts offensifs.

Le temps de me concentrer et de prononcer une formule, et ils fondront tous sur moi. La situation est critique… mais pas désespérée, pensa-t-il avec ironie. *Gerfor sourirait, à ma place.*

Fulgor cria sa haine et sa rage de voir tomber ses meilleurs soldats dans cet affrontement insensé pour un Nain. C'est le glaive levé au ciel que deux traits l'atteignirent, explosant simultanément sur sa poitrine. Malgré les efforts désespérés de ses guerriers pour sauver leur Monarque, Fulgor, transformé en torche vivante, périt au milieu des siens.

Passe-Partout se souvint des propos concernant cette race suprême de Dragons. Jamais aucun d'entre eux, dans toute l'histoire d'Avent, n'avait « marchandé » quoi que ce soit ! Sa position de grand prédateur lui autorisait tout le mépris possible envers les autres espèces. Curieux de cette situation inédite, l'enfant poussa le Ventre Rouge à poursuivre :

– Quel intérêt aurais-je ?

Un souffle de feu de rage émana des naseaux et de la gueule du gigantesque animal, noircissant un peu plus un paysage déjà passablement désolé. Passe-Partout ressentit avec peur cette haine latente, mais ne considéra pas ce mouvement de violence comme une réponse et patienta. La voix du Dragon, plus sourde, emplit sa tête.

Ce qui me libérera ouvrira les portes de ta Magie !

L'enfant réfléchit rapidement :

– Qu'est-ce qui me prouve que je survivrai après t'avoir libéré ?

Le Dragon cracha, sibyllin :

Rien ! Laisse-moi un peu de fierté…

Contre toute prudence, Passe-Partout délaissa son objectif et rebroussa chemin en direction du Ventre Rouge. Il l'approcha par l'arrière, le regard doré de l'animal fixé sur lui. Les minutes qui suivirent marquèrent l'histoire du Continent. Pour la première fois, un humain passait sous un Dragon, entre ses redoutables pattes griffues, à la manière d'un promeneur. Passe-Partout vit le cœur battre sous la fine peau du reptile ailé, seul point faible du roi des prédateurs alors que le reste de son corps, recouvert d'écailles, pouvait résister à toute attaque.

J'espère que tu te souviendras qu'à ce moment, j'aurais pu détenir le titre rare de « Tueur de Dragons », songea l'enfant.

Le Ventre Rouge se contracta en un mouvement brusque de colère. Jamais, après tant de lustres de vie, il n'avait accepté autant de concessions. Il s'obligea à un incommensurable effort pour ne pas piétiner, déchiqueter et réduire en cendres ce morveux impudent !

Le Fêlé, sur son ptéro, dardait des flèches maladroites sur les ennemis. La scène qu'il découvrit en contrebas lui fit décocher un trait inutile frôlant un borle étranger au conflit : Passe-Partout sortait du cirque à pied, entre les pattes du Dragon !

Ce gosse est cinglé ! pensa-t-il.

Passe-Partout se dressa devant le lézard géant et leva haut le menton.

– Qu'est ce qui t'empêche maintenant de me carboniser ou me gober tout cru ? dit-il à haute voix en toisant le reptile.

Ne me tente pas, rétorqua-t-il en abaissant la tête au niveau de l'enfant.

Dans un mouvement souple que l'on pourrait qualifier d'élégant et néanmoins terrifiant, le Dragon inclina sa gueule en aspirant bruyamment l'air. Tout un chacun savait, selon les légendes d'Avent, que ce bruit s'avérait le dernier que l'on entendait avant l'expiration brûlante du souffle de feu. Passe-Partout ferma les yeux, par réflexe et par crainte, et sentit le vent de la spirale du Dieu de la Mort… dirigé vers le ciel.

– Un point partout, réussit-il à articuler.

Son regard se tourna alors vers les chaînes de barryum bleu qui traversaient la roche pour se fixer hors d'atteinte du Ventre Rouge, entravant ses pattes griffues. Il pensa :

Personne ne sait travailler ce métal rare sur Avent. Les cagoulés doivent utiliser des sorts d'une puissance inimaginable. On raconte qu'il ne peut fondre que par Magie. Probablement celle des Sombres… Je commence à comprendre.

Le Ventre Rouge ne montra pas sa surprise en constatant que l'enfant était plus impressionné par les chaînes qui le maintenaient prisonnier que par sa manifestation de force. Il déclara :

Bien observé, Métis ! Et tu es le seul à pouvoir le liquéfier !

Passe-Partout leva lentement la tête et fixa les yeux d'or de l'étrange animal :

— Je suis un potier avec plein d'argile, mais sans tour pour lui donner forme.

Le Dragon apprécia muettement la métaphore et répondit, terre-à-terre :

La formule contre ma libération.

L'enfant ne rétorqua pas. Son abandon mental valait acquiescement. Les mots s'inscrivirent dans sa mémoire : « Sombra Lumina Ivit ». Un magma incandescent naquit en lui. Sa « Matière Magique », son Énergie Astrale dans son ensemble, s'animait, certaine cette fois de son utilité. Son esprit s'éveilla à cette capacité inédite, ajoutant un nouveau compartiment, comme un étage supplémentaire à sa connaissance amorcée chez les Peewees. Il sut d'instinct quels gestes accomplir en prononçant la formule. La puissante Magie des Elfes Sombres réapparaissait sur Avent... Le Dragon inspira bruyamment dans un imperceptible mouvement de recul. L'enfant détenait maintenant un enchantement « lourd » qui, mal dirigé, pouvait l'abattre !

Le Fêlé ne quittait pas des yeux son protégé. Un mélange de crainte et d'admiration le faisait tournoyer au-dessus de lui, sans pour autant franchir la distance lui permettant de rester hors de portée de l'haleine du Ventre Rouge. Une flèche rebondit sur le plastron du Colosse, heureusement à un endroit où les écailles de métal se chevauchaient. Par réflexe, il fit piquer son ptéro. Bien lui en prit. Les nombreux traits meurtriers qui lui étaient destinés sifflèrent à ses oreilles. Au même instant, un cri effroyable retentit sur le cirque. Le Fêlé fit volte-face et entraîna sa monture ailée droit sur l'ennemi.

CHAPITRE XXII

*Gilmoor décréta l'Alliance et Sagar en informa immédiatement les Oracles et Religieux Nains,
les prêtresses des Drunes et sa prêtrise humaine naissante sur Avent.*

– Le Fourbe aura à qui parler sur le Continent, murmura-t-il.

*– J'ai donné les mêmes consignes, confia Antinéa qui ajouta : seul le ralliement des Elfes Clairs
créera l'équilibre et nous procurera un avantage.*

– Et réveillera ta sœur, conclut le Dieu de la Guerre.

Lorbello. Extrait de « Le Réveil de l'Alliance »

Gerfor et sa bande avaient prêté main-forte au Fêlé et fait fuir les cagoulés ailés. Le Colosse avait finalement inventé une technique pour se débarrasser de ses ennemis. Fort peu adroit à l'arc et trouvant l'attaque frontale risquée en plein ciel, son procédé déroutant se révéla infaillible pour qui savait mener sa monture. Il suffisait de piquer sous son adversaire et de remonter jusqu'à atteindre le ventre de son saurien. Un coup d'épée achevait le travail ! Certes, l'animal ne ressentait rien, indestructible malgré la violence du geste, mais le harnais ceignant le reptile ne résistait pas. Le Fêlé eut ainsi le plaisir de voir des cagoulés voler... sans ptéro.

Les poignets de l'enfant, joints au-dessus de sa tête, se nimbèrent d'une aura violette. Il asséna dans le vide deux coups en direction des chaînes. Deux éclairs mauves d'une intense luminosité jaillirent de ses poings et frappèrent les entraves du Ventre Rouge. Le métal se recouvrit de cette lueur étrange, active, opérant tel un acide qui le fit fondre comme neige au soleil.

Le Nain observait avec attention ce petit d'homme qui semblait défier l'animal fabuleux, le prédateur des prédateurs. Il échangea un regard entendu avec le Fêlé qu'il avait rejoint. La scène qui suivit empêcha tout commentaire, de l'un comme de l'autre. Au moment où Passe-Partout fit surgir de ses mains le rayon mauve, le Colosse s'exclama :

– Mais qui est-il ?!

Et Gerfor de répondre avec un sourire carnassier :

– L'Enfant de la Légende ! Qui joue avec un gros ptéro qui crache du feu !

Passe-Partout tomba sur les genoux, vidé de toute substance et de la totalité de son

Énergie Astrale que, pour la première fois, il utilisait. Une immense fatigue l'étreignait jusqu'à l'empêcher de relever la tête pour affronter la bête ne serait-ce que du regard. Le hurlement du Dragon, manifestant ainsi à tous sa libération, résonna dans toute la vallée. Déployant ses ailes membraneuses, il quitta rageusement le sol.

Les Nains firent revenir à la réalité Gerfor et le Fêlé, subjugués par l'exploit de l'enfant, en désignant le Dragon qui évacuait les lieux. La crainte s'empara alors de tous et les rênes claquèrent, incitant les ptéros à descendre, et vite, précisément dans la direction inverse que prenait le Ventre Rouge, profitant du mouvement de panique pour investir le cirque. Un moment judicieux, car sa fureur destructrice ne reconnaissait ni amis ni ennemis. Le monstre vomissait sa haine sur tout et tous, sans distinction aucune ; l'armurerie s'enflamma à son premier passage tel un fétu de paille. Mais sa joie de retrouver les airs lui fit préférer les cibles ailées. Quelques cavaliers finirent en pâtée, soigneusement déchiquetés avant d'être recrachés par la créature. Le reste des sentinelles cagoulées à ptéros disparut en fumée.

La Horde de l'Enclume, en mauvaise posture, survécut donc d'une bien étrange manière : par l'intervention aérienne d'un monstrueux Dragon carbonisant l'ennemi volant. Le feu qui avait emporté leur Roi dans la mort leur sauvait à présent la vie.

L'Elfe ferraillait depuis trop longtemps et pestait contre la stratégie d'usure de ses adversaires.

Plus que trois, se dit-il, parant un estoc vicieux avec une lourdeur inaccoutumée.

Son corps ressemblait à une immense plaie. Son moral faiblit dès qu'il vit le prêtre s'agenouiller et prier de nouveau.

Quatre... Cette fois-ci, je suis foutu, je n'ai plus d'autre choix.

Il avait prévu cette éventualité, mais ne l'envisageait qu'en extrême limite, manifestement atteinte. Peu de temps lui restait. Il se fendit sur une attaque basse et enfonça son poignard dans le cœur de son téméraire agresseur. Momentanément protégé, il se concentra sur la formule magique du rayon de mort et la prononça en tendant l'index en direction du religieux. Ce dernier s'effondra, foudroyé par un choc invisible tandis qu'il murmurait sa litanie, heureusement inachevée ; Kent tomba, un genou à terre. L'effort et l'énergie que réclamait cette formule l'anéantissaient. Il attendit, dans un état second, le coup fatal qui l'enverrait de L'autre Côté. Un vrombissement étrange lui parvint, d'abord lointain. Il leva les yeux au ciel et toujours ironique, pensa :

Les portes de la spirale seraient-elles gardées par des moustiques ?

L'essaim, bien réel, patientait à bonne distance. Les flammes du Dragon ne leur permettaient pas d'intervenir plus avant pour aider leur « cousin ». Dès le monstre éloigné, il fondit sur les deux cagoulés qui cernaient Kent. Elsa et ses sœurs envahirent leurs corps à tel point qu'on eût cru les deux cerbères vêtus d'ailes de bourdons ! La redoutable Magie du Peuple des Fées frappa un des sangs noirs qui tomba. Le dernier, étrangement insensible, l'épée levée au-dessus de sa tête couverte d'Elfes, voulut porter le coup de grâce à Kent. Un cri sauvage retentit et sortit l'infortuné de sa torpeur. Il vit alors deux armes entrecroisées, à quelques pouces de son nez. La lame ennemie, parée par un glaive plus court le préservant d'un trépas probable, était tenue par un individu aux yeux injectés de sang dont l'ardeur au combat ne semblait faillir. D'une voix grinçante, le sauveur invectiva le cagoulé à tête d'insectes :

– C'est mon ami ! Le Dieu de la Mort et sa spirale attendront encore un peu. Pas toi !

Kent sourit malgré la gravité de sa situation.

– Gerfor...

Et il sombra dans l'inconscience.

Deux Nains furent désignés à la hâte pour garder la dépouille de Fulgor. Le chef des « Premiers Combattants », prenant le commandement naturel de la Horde, aperçut le Dragon s'éloigner en altitude. Il hurla :

– Pour Fulgor, par Sagar ! Sus à ces noirs de sang !

Ils coururent à perdre haleine jusqu'à la faille désormais ouverte, dépassant Passe-Partout agenouillé, essoufflé, vidé, tentant avec difficulté de retrouver ses esprits. Ce fut la débandade dans le camp ennemi. Les prisonniers libérés par Passe-Partout, galvanisés par les renforts, redoublèrent d'ardeur. Maintenant armés, ils n'avaient de cesse que de se venger de l'engeance au sang noir. Ils voulurent s'en prendre au responsable de leur captivité. Courageux, ou inconscients, ils s'élancèrent en criant sur la tanière de Tecla. Passe-Partout entendit résonner la voix du Ventre Rouge, un tantinet ironique :

Quel Magicien émérite ! Savoir faire fondre du métal !

Malgré la fatigue, Passe-Partout répondit mentalement :

Merci de ta confiance...

L'enfant perçut un sentiment lointain et surtout étrange.

Confiance... Décidément !

Tecla sortit de son antre entouré de sa garde personnelle, quatre colosses que lui-même dépassait de deux têtes. Un prêtre se tenait derrière et entra en transe. Quelques secondes suffirent pour que ses mains se nimbent d'une aura pourpre décrivant des mouvements rapides tandis qu'il récitait une litanie. Une brume violacée enveloppa son corps. L'armure de Tecla l'absorba instantanément.

La déferlante des Nains survivants de la Horde subit encore de lourdes pertes pour approcher le Seigneur Noir. Gerfor, qui en avait pris le commandement, tomba, blessé à la tête, son casque fendu en deux après avoir envoyé un prêtre de Tecla *dans la spirale* sur un coup de maître. Observateur, il s'était rendu compte que le religieux pratiquait une magie défensive, offrant une armure magique aux quatre sbires. Esquivant un estoc en se projetant à terre, il ramassa une hache de jet d'un de ses vaillants compagnons, mort au combat, et la lança avec une précision peu coutumière dans la poitrine, lui ôtant la vie dans l'instant. Ce qui lui valut un choc magistral sur le sommet du casque sans aucune possibilité de parer quoi que ce soit.

Passe-Partout trouva enfin la force de se relever et entra dans le cirque. Marchant droit devant lui, ne se souciant ni de son état de fatigue ni des combats épars laissant des morts et des blessés de part et d'autre. Deux cagoulés coururent vers lui. Thor et Saga les fauchèrent à dix pas sans que l'enfant ne cille. Il enjamba les corps sans les voir, avec un objectif fixe, comme son regard gris. Seule la haute silhouette de Tecla restait le but ultime. Le dernier noyau de fantassins, mené par ses soins, ferraillait ferme face aux équipes du Fêlé et de Valk. Le Colosse et la guerrière pratiquaient deux styles d'escrime bien différents, chacun d'une redoutable efficacité. Ils durent faire appel à toutes leurs capacités de bretteur pour se débarrasser de deux sangs noirs de la garde rapprochée de Tecla qui leur avaient rendu coup pour coup !

Portant le coup de grâce aux soldats ennemis, ils levèrent les yeux et virent le terrifiant personnage, de deux têtes au-dessus de tous, faisant tournoyer son épée flamboyante dans les rangs de ses assaillants assoiffés de vengeance, les prisonniers libérés. La puissance du Seigneur Noir ne permettait aucune ouverture, aucune avancée au groupe. Rien ne paraissait l'atteindre et ceux qui l'affrontaient finissaient en morceaux. D'un geste, il envoya au combat son dernier carré.

Un étrange silence s'installa d'un coup sur le cirque. Le masque grimaçant de Tecla se tourna vers l'enfant. L'épée flamboyante pivota dans sa main et pointa dans sa direction. L'éclat de rire de Tecla ne sembla pas l'impressionner ; Passe-Partout continua d'avancer. Tecla ironisa :

– Enfin te voilà, moitié d'homme ! Tu comptes me vaincre avec tes petits poignards ?

Il ponctua sa réflexion par un autre ricanement insultant et poursuivit :

– Prépare-toi à rejoindre le Dieu sans Nom, mauviette ! Garobian, ton père, ne m'a pas inquiété ! Ce n'est ni toi ni ta compagnie hétéroclite qui allez commencer !

Le sang du Fêlé ne fit qu'un tour. Garobian ! Son ami, son frère, père de Passe-Partout ?! Il voulut courir lui prêter main-forte. Un bras court, mais ferme, l'arrêta :

– Désolé, ce n'est pas ton combat ! Lui seul pourra l'abattre, grinça Gerfor en désignant l'enfant.

Le Fêlé rengaina sa soif de vengeance et assista comme les autres à un événement peu commun. Méprisant, Tecla observa les survivants du commando. Son attitude transpirait la suffisance. En toute certitude, il les vaincrait tous d'un revers de main ! Passe-Partout s'arrêta à quelques pieds de lui et déclara simplement d'une voix rauque :

– Tu vas mourir, Tecla.

La rage s'empara du Seigneur Noir qui accomplit une passe peu orthodoxe avec son épée. Passe-Partout s'attendait à un coup tordu et resta concentré sur le moindre mouvement de son adversaire. Un rayon de feu jaillit de la lame elle-même et fila dans sa direction. Il l'esquiva par une habile feinte de corps en se jetant en avant, chuta sur son épaule et roula ainsi jusqu'à lui. Les deux couteaux des Dieux apparurent comme par enchantement dans ses mains. Emportées par l'élan de l'enfant, les dagues bleutées heurtèrent violemment le plastron de Tecla. La surprise figea momentanément Passe-Partout, au même titre que les spectateurs de ce duel singulier. Gerfor cracha :

– La protection magique du foutu prêtre, il est indestructible !

Les deux lames, loin de se ficher dans la poitrine du Seigneur Noir, glissèrent le long de sa cotte, ne laissant que d'étroites estafilades de part et d'autre de son armure. Tecla jubilait derrière son masque : sa proie tombait trop facilement entre ses griffes. Si un doute l'avait habité sur la capacité des deux couteaux à le vaincre, il disparut dans l'instant. Le gamin était maintenant à sa portée. Sans défense possible. Il abattit lourdement la garde de son épée pour se débarrasser de Passe-Partout qui évita de justesse, dans un ultime réflexe, le coup sur la tête. Mais pas sur l'épaule. Il lui sembla que sa poitrine rentrait dans ses talons ! Thor et Saga tombèrent dans la poussière ; Passe-Partout s'effondra, à la limite de l'inconscience, comme une marionnette désarticulée.

Le cœur des héros s'arrêta. L'inquiétude gagna le camp allié. Impuissants, ses compagnons d'armes assistèrent avec effroi à la dernière passe de l'épée flamboyante qui tournoya pour finir dans les mains du Seigneur Noir tel un poinçon. Tecla, par le simple poids de son corps, allait épingler Passe-Partout comme un papillon !

À terre, groggy, en croix, l'enfant entrevit la pointe de la lame dirigée sur son cœur. Instinct de survie ? Poussée d'adrénaline ? Il rappela Thor et Saga qui apparurent instantanément dans chaque paume. Parer ce coup direct avec deux couteaux, fussent-ils divins, paraissait pour le moins inadapté ! Les bras tendus, il joignit ses deux mains en un mouvement viscéral de protection.

Amandin se tut, au grand dam de son auditoire, consterné, qui craignait que le conteur ne fût fatigué. Le regard brillant, satisfait du suspense qu'il entretenait, le Barde but une gorgée de vin, se leva et déclama :

– Ce qui survint alors entra directement dans les grandes légendes d'Avent et marqua à jamais les esprits de la Compagnie présente. Les Couteaux des Dieux fusionnèrent en un éclair bleuâtre pour se transformer en une épée à deux mains qui dévia *in extremis* le coup fatal qu'allait porter Tecla ! Le Seigneur Noir, n'ayant pas anticipé une riposte de son adversaire, s'en trouva déséquilibré, ce qui permit à Passe-Partout, malgré la douleur, de se relever prestement, la lame divine irradiant de mille feux dans une seule main ! S'ensuivit un combat mémorable...

– Tu vas mourir, Tecla ! répéta l'enfant.

Un cri de rage étouffé du Seigneur cagoulé et il chargea Passe-Partout qui, loin de tenter de stopper cette masse en mouvement, choisit une nouvelle fois d'esquiver un estoc maladroit au flanc et de se laisser glisser au sol, l'épée des Dieux tendue comme un dard. La lame effilée transperça l'armure. Piège fatal pour Tecla qui s'empala sur elle dans un hurlement de haine.

Les Nains nettoyaient la dernière poche de sangs noirs. Le silence emplit le cirque un court instant. Les envoyés de Mortagne, le souffle coupé par ce morceau de bravoure, finirent par retrouver leurs voix et crièrent aux Dieux la joie de leur victoire et celle de leur jeune héros qui, lui, commençait à trouver le temps long, n'arrivant pas à se dégager du poids mort de Tecla l'empêchant de se redresser. Le Fêlé et Valk se précipitèrent au secours de l'enfant. Gerfor, transcendé, hurlait et répétait en brandissant haut son glaive :

– L'épée de Sagar a vaincu la Magie des sangs noirs !

Grimaçant de dégoût, le Colosse repoussa du pied la dépouille de Tecla et tendit la main à Passe-Partout. Les yeux mouillés de larmes, il balbutia :

– Gary et Garobian ne font qu'un ! Je n'en reviens pas, tu es le fils de mon frère !

Il voulut le serrer dans ses bras ; l'enfant hurla de douleur.

– Doucement, Fêlé, je crois qu'il m'a cassé l'épaule.

Son regard fit alors un tour rapide de la situation et son expression changea. Se souvenant des propos de Jorus dans la Forêt d'Émeraude, il cria, affolé :

– Vite, la Fontaine ! Chargez en Eau Noire tous les récipients que vous trouverez !

Les héros se tournèrent vers Bellac qui vibrait, comme douée de vie. Gerfor rassembla tous ceux qui tenaient encore debout pour qu'ils sautent sur les barriques, gourdes et boîtes disponibles.

Passe-Partout avait vu juste. La Fontaine, secouée de soubresauts montant crescendo, finit par disparaître dans un halo, engloutie par le néant dans un ultime éclair. Appuyé sur le rebord après une escalade compliquée, Bellac laissa Barryumhead, remplissant consciencieusement son outre, tomber face contre terre. À l'endroit même du lieu où elle était retenue captive apparurent des pousses vertes, jeunes et tendres.

La poignée de survivants du commando, à laquelle il fallait ajouter trois ex-prisonniers, fut heureusement aidée par la Horde de l'Enclume qui, bien qu'amputée de deux tiers de son effectif, dont son Monarque, contribua précieusement à l'organisation du retour. Hormis les Nains, il fut convenu que tout le monde rentrerait ensemble à Mortagne à ptéro, le nombre de sauriens ailés s'avérant suffisant si certains montaient à deux et que les autres convoyaient les barils de potion magique. Valk et le Fêlé donnèrent un coup de main à la conception d'un harnachement particulier pour transporter la dépouille de Fulgor. Pas question pour les Fonceurs d'enterrer leur roi dans ce trou perdu !

Les blessés furent rapidement remis sur pieds par Kent qui – on n'est jamais si bien servi que par soi-même – commença par son cas. Le Clair exultait ! Les stocks de potion magique résultant de la transformation de l'Eau Noire lui permettaient de dépenser sans compter sa manne astrale. Arrivé à Passe-Partout, il ne put s'empêcher de lui dire, avec un sourire, en langage elfique :

– Tu ne devrais pas avoir besoin de moi.

L'enfant lui répondit lui aussi avec un rictus qui se mua en grimace de douleur, dans la même langue :

– Hélas, frère, je n'ai pas la clef pour ouvrir cette porte !

La joie inonda l'Elfe. Le terme de frère signifiait qu'ils étaient du même sang.

– Nous la trouverons. Non seulement celle-ci, mais celles des autres portes ! promit-il.

Et il psalmodia tout haut la formule de guérison que Passe-Partout connaissait par cœur. De l'imposition des mains de Kent naquit une chaleur bienfaisante qui s'attarda sur sa clavicule gauche, avec un effet pratiquement immédiat. Au bout d'une minute, l'enfant put rouler des épaules et toute sa fatigue s'était envolée. Il le remercia en le saluant en gestuelle elfique. Le Clair lui répondit par le langage des signes et ajouta, un peu gêné :

– Je suis désolé de mon comportement tout à l'heure. J'ai bien failli tout faire échouer. Je ne sais pas ce qui m'a pris…

Passe-Partout l'arrêta d'un geste et prononça tout haut :

– A-t-il fallu que tu souffres pour adopter des attitudes aussi suicidaires ?

L'Elfe se détourna sans répondre et s'en fut soigner d'autres blessés, non sans avoir bu une rasade de potion astrale lui permettant de reconstituer son énergie magique. De son côté, Gerfor, les yeux brillants, pensait à la masse métallique, résiduelle et informe, des chaînes qui avaient retenu prisonnier le Ventre Rouge, et avisa Passe-Partout :

– Jamais vu une telle quantité de barryum bleu. Je forgerai moi-même le moule de l'arme, mais je ne sais pas encore laquelle ! Si tu acceptais de me donner le métal et de le faire fondre à nouveau...

Il leva un regard presque implorant à l'enfant. Son allure du plus haut comique, son casque fendu en deux, tordu, pendouillant de part et d'autre de sa tête de chien battu quémandant une faveur, attendrit Passe-Partout. Il ne connaissait que trop bien l'atavisme des Nains concernant la forge et l'amour immodéré des armes, et ne put que répondre positivement à sa demande. Il désigna le sommet de son crâne :

– Pourquoi pas un casque ?

Gerfor remercia muettement l'enfant, changea d'expression et de sujet pour indiquer le cadavre du dernier cagoulé qu'il avait abattu :

– C'était quoi, les mouches, sur son visage ?

Passe-Partout comprit sur le champ qu'Elsa et sa bande avaient joué un rôle dans l'action. Il n'eut pas le loisir de répondre au Nain. Le Fêlé, animé d'un nouveau feu, s'approchait de lui, une confirmation vitale lui brûlant les lèvres.

– Ainsi, ton père adoptif n'est autre que mon frère ! Mon frère de la Compagnie des Loups..., ajouta-t-il doucement, nostalgique. Tiens, il te revient de droit !

Il caressa la fine lame avant de la tendre à l'enfant ; le manche représentait un loup grimaçant avec deux yeux en rubis :

– Je l'ai récupéré sur Tecla.

Passe-Partout se saisit de l'arme de Gary. Les souvenirs affluèrent, comprimant sa poitrine jusqu'à l'étouffement. Le Fêlé sourit en secouant la tête :

– Toi et ta fâcheuse manie de coller des surnoms à tout le monde ! Comment imaginer qu'il s'agissait du même homme ?

Il s'empara de l'enfant pour le serrer sur son torse de Colosse, laissant l'émotion les envahir à l'évocation de Garobian.

Kent avait relevé tous les blessés et reconditionné magiquement les ptéros. Les Nains finissaient le chargement des montures. Les cadavres avaient été empierrés. Un dernier feu crépitait pour un ultime repas tous ensemble. Chacun se préparait au départ. La Compagnie regardait Passe-Partout avec respect. Un nouveau héros était né...

L'enfant sentait dans le comportement de ses amis une sorte de déférence qui le dérangeait. On le tenait à l'écart des tâches quotidiennes, on ne lui adressait la parole qu'avec mesure et des mots choisis. Son avis restait toujours le bon, quel qu'il fût, d'ailleurs. Un propos qu'il jugea mielleux le fit sortir de ses gonds. Il explosa de colère :

– Je ne suis pas un demi-dieu ! Je suis Passe-Partout !

Il se calma d'un coup et lâcha misérablement :

– Le même que d'habitude, quoi…

Ses acolytes s'entre-regardèrent, quelque peu honteux de leur attitude. Un long moment de silence s'ensuivit. Kent le brisa avec son éternel sourire désarmant :

– C'est que… tu as un peu changé… non ?!

Passe-Partout faillit répondre violemment à cette affirmation interrogative, mais se ravisa. S'affublant de la tête d'un gamin pris la main dans le sac lors d'une grosse bêtise, il rétorqua :

– Ouais… un peu… mais pas trop !

La Compagnie de Mortagne éclata de rire, fière de son Enfant de Légende !

Les conversations virèrent bon train. Chacun racontait à sa manière ses exploits ou ceux des autres. La pression retombée, les langues se déliaient autour du feu de camp.

– Bizarre que les convois aériens se soient arrêtés d'un coup, soupira Valk, le nez en l'air.

– Par théopathie ? Peu probable ! Ils ne semblent pas en être doués. Ou tout simplement est-ce dû à la mort de Tecla ? Comme un signal, suggéra Kent.

Le Fêlé se rappelait ses ultimes instants passés avec Garobian. Il exhumait ces vieux souvenirs, pourtant enfouis avec peine dans des replis de sa mémoire, pour la première fois sans ressentir de douleur, comme si les événements présents justifiaient d'avoir survécu à cette sauvage tuerie de Dordelle, le libérant de cette culpabilité qui l'habitait depuis treize cycles.

– La dernière image que j'ai de ton père, c'est ce regard qu'il me lança lors de l'entrée de la meute noire dans le château. Il signifiait tellement de choses à la fois ! « Ravi de t'avoir connu », « Quel beau jour pour mourir », « On ne va pas en prendre sans en donner », tout cela mélangé !

Il attrapa affectueusement Passe-Partout par le cou et se mit à rire franchement :

– Je comprends mieux d'où te viennent tes techniques de chasse ! Avec Garobian, on ne mourrait jamais de faim !

Kent sortit subitement de sa réflexion et se redressa sur son séant. Le visage transformé, limite illuminé, il balbutia :

– Si Garobian s'en est tiré, peut-être que notre Reine a, elle aussi, échappé au massacre !

Il se leva, plein d'espoir.

– Félinadorotelis est peut-être toujours vivante !

– Quel nom as-tu dit ? interrogea Passe-Partout.

– Félinadorotelis, la Reine des Elfes. Pourquoi ?

– Pour rien… Ma mère, enfin, adoptive, elle s'appelait Félina.

Tous les compagnons se tournèrent vers l'enfant, interloqués ! Passe-Partout les regarda les uns après les autres et marmonna :

– Pour une fois, ce n'est pas moi qui lui ai donné ce surnom.

Kent haussa les épaules et tendit son long index de Clair vers son oreille en pointe, caractéristique physique de son peuple, pour le moins voyante.

– Ne me raconte pas que tu ne t'en es jamais rendu compte ?

– Ma mère portait constamment un bonnet. Été comme hiver ! se défendit-il. Comme Candela, d'ailleurs, ajouta-t-il après réflexion.

– C'est pour cela que tu détiens le sceau des Elfes, dit le Fêlé. Il te vient de ta mère devenue la compagne de Garobian.

Kent ouvrait et fermait la bouche comme un poisson hors de l'eau.

– Tu... tu as été élevé par la Reine des Elfes ! Où est-elle ?

Le visage de Passe-Partout se rembrunit.

– À Thorouan... Je l'ai enterrée avec ma petite sœur.

Le Clair ne proféra plus un son. L'espoir à peine né mourut dans l'instant. Ses compagnons comprenaient sa désillusion. Passe-Partout venait de lui annoncer que toute résurrection du Peuple Elfe demeurait à jamais irréalisable, alors que le seul objectif de son existence se résumait à cette quête ! Il s'assit, misérable, la tête entre les genoux, et ne parut même pas sentir le bras de Valk, affectueux, lui indiquant qu'elle partageait sa peine.

Passe-Partout tentait lui aussi de se souvenir.

– Gary m'a parlé à mots couverts de cette partie de sa vie. Il était persuadé que tous ses amis avaient disparu. Et je n'ai jamais obtenu de précisions sur les lieux ou les noms. Aucun détail.

Le Fêlé sourit à son protégé :

– Tu étais trop jeune. Son passé d'aventurier ne collait pas à l'image du père qu'il se devait de te donner ! De plus, vous deviez vivre cachés et moins tu en savais, mieux vous vous portiez. Sacré Garobian !

Kent n'écoutait plus les évocations croisées de ses deux compagnons, il sortit brusquement de sa torpeur et, les yeux hagards, comme frappé d'une fièvre soudaine, il clama :

– L'Enfant de Légende sauvera le peuple Elfe !

Il l'agrippa violemment, le secouant comme un prunier :

– Tu es cet enfant ! La prophétie doit s'accomplir ! Tu vas m'aider à retrouver notre Reine, tu m'entends ! NOTRE Reine !

Passe-Partout se dégagea, surpris de l'impulsivité de son compagnon d'armes qui s'aperçut de son comportement inhabituel. Il balbutia :

– Pardonne-moi, mon frère, je ne peux me résoudre à la fin des miens.

Passe-Partout lui répondit en authentique langage Clair :

– Gassel Done.

Un « je t'en prie » qui amena une ombre de sourire sur les fines lèvres de l'Elfe. Gerfor, sans diplomatie aucune, pointa le bout de son demi-casque et jeta, l'air sombre :

– Notre Roi Fulgor est mort au combat, brave parmi les braves ! Que Sagar l'accueille près de lui !

Le Fêlé fronça les sourcils :

– Ce qui signifie ?

– Que la Horde de l'Enclume part immédiatement avec sa dépouille pour des funérailles royales.

Passe-Partout ajouta :

– Et toi ?

Le Nain eut l'air ennuyé et marmonna :

– Nous sommes partis ensemble de Mortagne, nous y rentrerons ensemble. Mais je ne pourrais pas rester longtemps, compléta-t-il, comme à regret.

Kent donna une tape affectueuse sur l'épaule du Nain :

– Moi aussi, Gerfor, je retrouverai un jour mon peuple. Après notre retour à la Cité, je commencerai par Thorouan.

Le destin de chacun se redessinait, en ces moments où la vie bascule, indiquant un tournant à emprunter, une route à prendre.

Trois rescapés des geôles de Tecla choisirent de se joindre au convoi aérien s'en retournant à Mortagne. Passe-Partout, à l'écart, prit un instant pour converser avec Elsa avant son envol pour la Forêt d'Émeraude. Avoir des nouvelles de Darzo le remplit de joie ! L'enfant parla de la quête émouvante de Kent à la petite Fée. L'air entendu de cette dernière en disait long sur ce but que tout Elfe, ailé ou non, aurait dû se fixer après la catastrophe de Dordelle. Même si Passe-Partout la pensait vaine, il fallait qu'il l'entreprenne. Et Elsa ne le laisserait pas seul pour rechercher des traces de leur Reine !

Une étrange équipée s'envola à l'aube, chargée de la précieuse cargaison de potion magique que les prêtres du Seigneur Noir avaient fabriquée à partir de l'eau de la Fontaine maintenant disparue.

CHAPITRE XXIII

Cloîtré dans sa cachette sur Avent, le Fourbe analysait la situation.

À ce stade, il considérait comme infime la disparition de l'un de ses Seigneurs. Son inquiétude portait plutôt sur la perte du Dragon et de Bellac au vu de ses énormes besoins en Eau Noire.

Quant au déséquilibre d'Ovoïs, tout allait pour le mieux ! Mooréa ne se réveillerait pas de sitôt, Varniss et Lumina s'affaiblissaient de jour en jour. Lorbello suivrait, pensait-il, comme Antinéa et enfin Sagar, avant l'apothéose, le Dieu des Dieux… qui tomberait seul sans combat, en mal d'invocations…

Lorbello. Extrait de « Pensées du Messager »

Un Dieu a été déchu d'Ovoïs… Nous ignorons quelles parcelles de pouvoirs divins il a pu conserver pour poursuivre son œuvre de conquête.

Parangon réfléchit :

Cela expliquerait nombre d'événements passés, mais laisserait entrevoir un futur en demi-teinte. Un Déchu n'aura de cesse que de récupérer sa puissance perdue.

Jorus continua de parler par l'intermédiaire de l'Œil et confirma :

D'après les témoignages que tu nous as transmis, la mutation des humains en sangs noirs, la prêtrise, jusqu'à Tecla. Le Dieu sans Nom bénéficie encore de grands pouvoirs, même si sa destitution a dû considérablement l'affaiblir. Nul doute qu'il tentera par tous les moyens de les recouvrer ! Sa première annexion sur Avent a été Bellac, la Fontaine. Le signal est fort.

Parangon écrivit directement sur la surface de la Gemme Noire avec son doigt :

Ses religieux ont perdu la théopathie, ou n'en sont pas pourvus. C'est d'ailleurs ce qui a sauvé Mortagne !

Jorus répondit immédiatement :

Exact ! Si l'ennemi en bateau avait pu se mettre en rapport avec l'armée à terre, la Grande Machination n'aurait pas fonctionné. Je penche plutôt pour la thèse qu'ils ne possèdent pas cette faculté.

Pourtant, Kent et Passe-Partout ont parlé d'envahissement mental des religieux noirs !

Il s'agit probablement d'un sort qui leur est propre, et qui ne peut vraisemblablement marcher qu'en voyant physiquement leur contact. Ce qui reste limitant ! Rien de comparable à la théopathie…

Parangon se frotta la barbe. La théorie se tenait. Il écrivit sur l'Œil :

Nous avons quelques longueurs de retard en matière de Magie pour pouvoir répliquer. La Cité a tenu bon face à une attaque somme toute classique, mais n'offrirait pas une grande résistance en cas d'incursions magiques, surtout d'origine inconnue !

Les humains doivent tout apprendre de la Magie. Chaque peuple détient une partie des bases qui te permettra de la construire. La leur s'appuie sur un socle effectivement ignoré qu'il nous faudra découvrir.

Des pistes possibles par l'intermédiaire des prophéties ? demanda Parangon.

Adénarolis et ses écrits me rendent fou ! Je n'arrive à les traduire que lorsque l'événement s'est produit, ce qui ne nous sert à rien ! Non, je pense à autre chose, ou plutôt à quelqu'un d'autre, une personne qui pourra m'assister à décrypter cette prédiction, celle-là même qui demeure la pierre angulaire de l'ensemble. Ce sera ma quête. À bientôt... Compte sur moi pour une aide inconditionnelle !

L'Œil s'éteignit sur ces paroles de solidarité et d'amitié.

– D'avenir... en quelque sorte ! dit Le Magister à haute voix.

À « La Mortagne Libre », les exploits de Passe-Partout relatés par les Nains de la Horde de l'Enclume alimentaient toutes les conversations. Les Mortagnais, fiers de l'enfant de Thorouan devenu un des leurs, ne manquèrent pas d'imagination pour surnommer leur petit héros. D'héritier d'Orion jusqu'à l'Élu des Dieux, tous en rajoutaient, racontant leur propre version, comme s'ils voulaient s'approprier un peu de lui.

Josef lut la tristesse sur le visage de sa fille. Obligée de partager « son » Passe-Partout avec le reste du monde ! Elle qui l'aimait pour celui qu'il était, pas le mythe qu'il devenait.

– Où sont Kent et Fontdenelle ? questionna la Prima, puis ajoutant malicieusement : j'espère qu'ils sont sortis indemnes des démonstrations de sympathie que les Mortagnais vous ont témoignées à tous !

Ce fut Valk qui répondit :

– Kent est très sollicité et s'excuse de ne pouvoir être présent. Fontdenelle l'a réclamé à cor et à cri pour soigner les blessés. La Magie va plus vite que ses préparations ! Et Tergyval lui a demandé de dresser des ptéros pour les gardes de la Cité. Là aussi, il est le seul à pouvoir les envoûter !

Perrine regarda avec surprise son nouveau Haut Commandeur qui crut bon de préciser :

– Prima, il n'y avait pas d'urgence en ce qui me concerne. Mais Kent veut partir le plus rapidement possible à Thorouan...

Dame Perrine opina du chef :

– Je comprends...

Elle poursuivit :

– Bien ! J'ai eu un compte rendu fidèle, je crois, – elle adressa une œillade complice au Fêlé – sur vos exploits ! Je bénis les Dieux d'avoir guidé vos pas jusqu'à Mortagne ! Surtout toi, Passe-Partout. Tu es devenu une légende vivante d'Avent.

Gêné, l'enfant répondit :

– Les événements de Mortagne ne restent qu'un épisode. Le Continent d'Avent est immense et il semble que le Dieu déchu ait envoyé plusieurs Seigneurs de guerre.

– Moins un ! ne put s'empêcher de lâcher Gerfor sur un ton railleur.

La Prima proféra, l'air sombre :

– Nous avons déjà subi beaucoup de perte en vies humaines. Dois-je investir des habitants de la Cité dans un futur conflit contre les forces cagoulées ?

Tergyval fut le seul, en ce cas, autorisé à répondre :

– Les Mortagnais ne comprendraient pas que leur ville ne participe pas activement à la résistance. Comme nous ne sommes pas en capacité de lever une armée pour combattre l'ennemi, nous pouvons en revanche améliorer les défenses de la Cité et chercher des alliances. Ne nous y trompons pas, Mortagne est devenue un symbole ! Ils ne reviendront pas pour la prendre, mais pour la raser !

Perrine changea de couleur à cette évocation, mais se ressaisit sur l'instant.

– Quels sont vos réflexions, vos avis et vos solutions ?

À force de pratique durant ces derniers jours, le comité restreint de Mortagne commençait à bien connaître les rouages de la « machine à réunion ». Parangon s'adressa à Passe-Partout :

– Le commando cagoulé neutralisé par la Compagnie dans l'auberge de Josef aspirait à un double but. Celui de droguer la Cité et de te tuer ! Je me demande encore comment ils ont eu accès aussi facilement aux souterrains et su précisément l'endroit où tu te trouvais...

Silence. Personne n'évoqua une complicité interne, mais tous y songèrent.

– Au moins ne possèdent-ils plus la Fontaine d'Eau Noire pour créer leur race d'esclave ! pensa tout haut le Fêlé.

– Ils ignoraient combien de temps Bellac resterait prisonnière. Aussi ont-ils dû prévoir un stock dont nous ne connaissons pas la quantité, ajouta Tergyval.

– Cette réserve doit être importante. Nous avons vu la ronde incessante des ptéros ! rebondit Passe-Partout.

– Nous manquons de données, d'informations et de recoupements précis pour pouvoir agir. Il est clair que si les Elfes ont été décimés, c'est qu'ils devaient représenter une menace pour les cagoulés ! s'exclama Valk.

Le propos fit s'interroger le Fêlé.

– Tu veux dire que les humains ont été manipulés ? Que les Grands Massacres n'étaient de fait que des prémices de l'invasion des sangs noirs ?

Parangon haussa les épaules :

– Tout me laisse à penser, sans certitude, que seule la Magie peut combattre la Magie. Voilà en elle-même une bonne justification à l'éradication des Elfes !

– Tergyval parlait d'alliances, intervint Passe-Partout. La piste reste à suivre. Les Clairs survivants pourraient nous aider à faire progresser notre Magie... Enfin, s'ils acceptent ! Après ce que les humains leur ont fait subir...

– Je déclare la quête de Kent mission officielle, le coupa la Prima. Si celui-ci l'accepte ! sourit-elle.

Parangon poursuivit :

– Les Prêtres Nains aussi, bien qu'ils l'appellent différemment, utilisent des moyens magiques.

Il se tourna vers Gerfor :

– Une coopération serait bénéfique.

Le Nain parut sauter sur son siège.

– Nos oracles ont prévu cette alliance, mais les Nains ne pratiquent pas de Magie ! Nos dons nous viennent de Sagar !

Il ajouta comme pour s'en persuader lui-même :

– Tout est divin, pas magique !

Parangon fit une grimace et lâcha :

– Je suis convaincu que Dollibert détenait plus d'informations. Il travaillait sur une théorie concernant la Magie d'Avent, avec l'habitude d'écrire tout ce qu'il voyait ou constatait. Il devait posséder un endroit où stocker toutes ses remarques, une sorte de bibliothèque où il compilait ses notes et ses études. Il explorait plusieurs pistes à la fois... Retrouver ce lieu et ses essais nous aiderait bien !

Le Fêlé décela un trouble certain dans le comportement de son protégé qui sembla chercher dans ses souvenirs et soudain blêmit. Le Colosse lui indiqua d'un geste que s'il devait s'exprimer, il fallait que ce soit maintenant. Passe-Partout leva un regard pitoyable et murmura :

– Je crois savoir où son repère se trouve.

Parangon sentit le sang lui monter à la tête et eut subitement l'envie de gifler le « garnement ». Il se calma toutefois : on ne corrigeait pas ainsi le nouveau héros d'Avent !

– Tu ne m'aurais pas tout dit lors de notre première entrevue ?

Mortifié par son silence sur l'étape au Croc Acéré, Passe-Partout fit lamentablement non en baissant les yeux. Le Magister se leva, transcendé par cette nouvelle, et déclara :

– Alors, nous avons une chance de sauver Avent de ce fléau. La route sera longue et ardue ! Puissent les Dieux nous aider dans cette tâche !

Passe-Partout, pensif, ajouta :

– Une route toute tracée par le Dieu de la Mort...

Il se tourna vers l'assemblée, les sourcils froncés.

– Comment s'appelle-t-il, déjà ?

Personne ne sut lui répondre.

ÉPILOGUE

À l'auberge du Ventre Rouge, les auditeurs, bouche bée, ne savaient plus quelle contenance adopter. Le récit du Barde les avait enthousiasmés et ils auraient bien spontanément porté Amandin en triomphe pour ce conte historique du Continent !

Tout ce qui leur avait été rapporté dans leur île jusqu'alors n'était que rumeurs et légendes...

Quelques applaudissements étouffés avortèrent. Les regards se tournèrent fatalement vers l'étranger. Dans un silence de mort, l'« arbitre » se redressa sur son siège, laissant deviner une silhouette massive qui impressionnait autant que son mutisme... qu'il se décida enfin à rompre.

– Amandin ! Espèce de misérable ! hurla-t-il.

Le Barde blanchit tout à coup. Il pencha lentement la tête sur le côté, son inquiétude disparaissant aussi rapidement qu'elle l'avait étreint.

– Cette voix...

– La mienne, vermisseau ! dit alors l'étranger qui surenchérit : tu as menti !

Il laissa planer un doute dans un silence plus lourd qu'une blague racontée par un Nain.

– Sur un point : ton identité !

Le visage d'Amandin s'éclaira. L'homme de haute taille se leva lentement et se dirigea vers lui. On pouvait distinguer dans la faible lumière des mèches blanches mêlées aux longs cheveux noir de jais. Il se saisit du Barde, le souleva comme une plume et l'installa sur le comptoir. Puis solennellement, il s'adressa à l'auditoire :

– Vous m'avez nommé juge... Je rends donc mon verdict !

Le Géant s'éclaircit la voix :

– Je n'imaginais pas qu'un gamin des rues, crasseux, ne sachant pas prononcer deux mots à la suite, puisse devenir un jour un conteur de talent avec une telle rigueur d'historien !

Il se tourna vers l'aubergiste :

– Tournée générale ! À boire à la santé de mon ami Sup !

Les hourras fusèrent dans la taverne ! Le fossoyeur tapa cordialement sur l'épaule d'Amandin.

– Cette histoire ne saurait s'arrêter là, n'est-ce pas, Barde ?

– Oh que non ! répondit à sa place l'étranger à la haute stature.

Il fit glisser sa capuche sur un cou de taureau, dévoilant des yeux rieurs et fiers rivés sur le conteur. Une immense cicatrice barrait son front...

Ovoïs : la Sphère céleste des Dieux

Spirale : l'Enfer d'Ovoïs
Séréné : l'Anti Ovoïs
Gilmoor : le Dieu des Dieux, Vie, Soleil, Vérité, Lion blanc
Ferkan : le Dieu de la Mort, Frère de Gilmoor, Corbeau
Sagar : le Dieu de la Guerre, Forge, Chasse, Nains, Sanglier
Mooréa : la Déesse de la Magie, Guérison, Médecine, Staton
Antinéa : la Déesse de la Mer, Pêcheurs, Dauphin
Varniss : la Déesse de l'agriculture, la Famille, Vache
Lumina : la Déesse de l'Amour, Plaisir, Beauté, Lynx
Lorbello : le Dieu du Commerce, des Voleurs. Le Messager

Avent : le Continent

Pebelem : Bourg ouest de Mortagne
Avent Port : Ville au nord de Mortagne
Port Vent : Ville au sud de Mortagne
Port Nord : Ville portuaire du nord
Opsom : Port de pêche. Nord Mortagne, origine de Cleb et Bart
Dunba : Port de pêche. Nord Mortagne
Varmont : Ville de naissance du Fêlé
Dordelle : Lieu de massacre des derniers Clairs
Anteros : Ville voisine de Mortagne au pied de l'Alta
Alta : Chaînes montagneuses Mortagne nord-est
Roquépique : Monts à l'est d'Avent. La Horde de l'Enclume
Croc Acéré : Montagne sud de Mortagne
Boischeneaux : Village nord Thorouan où repose Dollibert
Anta : Chaînes montagneuses au sud d'Avent
Drunes : Région d'Avent où vivent les Amazones
Mont Obside : Montagne nord-est d'Avent

Thorouan

Gary : le Chasseur. Père adoptif de Passe-Partout
Félina : Mère adoptive de Passe-Partout
Candela : Fille de Gary et de Félina
Bortokilame, dit Bortok : Chef du village de Thorouan
Boron : le petit âne de Bortokilame

La Forêt d'Émeraude : les Peewees

Farodegionilenis, dit Faro : Chef du Village des Peewees
Darzomentipalabrofetilis, dit Darzo : Ami de Passe-Partout
Jorusidanulisof, dit Jorus : Prêtre des Peewees
Elsaforjunalibas, dite Elsa : Elfe du peuple ailé. Amie de Passe-Partout

Elfes Clairs

Kentobirazio, dit Kent : L'Elfe ami de Passe-Partout
Adénarolis : Première Prêtresse de Mooréa
Goji : L'arbre sacré des Clairs
Bessinalodor : Elfe. Compagnie des Loups. Mort à Dordelle
Carasidoria : Elfe. Compagnie des Loups. Mort à Dordelle

Elfes Sombres

Tilorah : Dernière Prêtresse des Sombres

Nains

Barryumhead : Prêtre de Sagar
Fulgor Ironhead : Roi des Nains de la Horde de l'Enclume
Gerfor Ironmaster, dit Gerfor : « Ami » de Passe-Partout
Horde de l'Enclume : Peuple Nain de Gerfor
Zdoor : Oracles Nains

Objets

Thor : L'un des deux couteaux des Dieux
Saga : L'un des deux couteaux des Dieux
Barryum bleu : Métal indestructible, rare

Héros

Amandin : Le Barde Conteur
Le Fêlé : Le Colosse. Ami de Passe-Partout
Kentobirazio, dit Kent : L'Elfe. Ami de Passe-Partout
Garobian : Le « Frère » du Fêlé
Orion : Héros légendaire d'Avent
Valkinia, dit Valk : La Belle guerrière. Amie de Passe-Partout
Bessinalodor : Elfe. Compagnie des Loups. Mort à Dordelle
Carasidoria : Elfe. Compagnie des Loups. Mort à Dordelle
Salvinia : Guerrière. Compagnie des Loups. Morte à Dordelle

ANIMAUX ET MONSTRES

Sorla : Espèce de lièvre

Hoviste : Sorte de langouste

Sébédelfinor : Dragon, le Ventre Rouge, le Gardien

Kobold : Monstre farceur d'Avent

Orks : Humanoïdes idiots et belliqueux

Ptéro : Cousin des Dragons, ailé, indestructible

Diplo : Cousin des Dragons, sans ailes, indestructible

Borle : Oiseau de la forêt

Doryann : La Licorne

Tecla : Un des quatre Seigneurs du Dieu Sans Nom

Albred : Un des quatre Seigneurs du Dieu Sans Nom

Korkone : L'Araignée Scorpion

Plouf : Le poisson-espion d'Anyah

MORTAGNE LA LIBRE. LA CITÉ. PORT DE L'OUEST D'AVENT

Suppioni : Sup, chef du «gang»

Vince : Gamin du «gang»

Carl : Gamin du «gang»

Abal : Gamin du «gang»

Narebo : Chef de Guilde des Vanniers

Duernar : Bûcheron

Josef : Le Patron de la «Mortagne Libre»

Carambole : Fille de Josef

Fontdenelle : Herboriste, Pharmacien, Guérisseur, Préparateur

Perrine : La Prima. Première Dame de la Cité

Anyah : Prêtresse du temple d'Antinéa

Tergyval : Le Capitaine des Gardes, Maître d'Armes, Conseiller

Parangon : Le Magister. Chef de la Guilde Scribi. Mage. Conseiller

Guilen : Chef de Guilde des Marchands de chevaux

Tour de Sil : Siège de la Guilde des Scribibliothécaires

Berroye : Fleuve, en son delta se situe Mortagne

AUTRES PERSONNAGES

Ungfar : Pêcheur d'huîtres d'Opsom

Cleb : Pêcheur d'huîtres d'Opsom

Bart : Pêcheur d'huîtres d'Opsom

Adrianna : Amazone ayant élevé Valk

Dollibert : Le premier Mage humain d'Avent

Dans la Campagne

Surge : Baie violette au pouvoir cicatrisant. Calmant puissant

Donfe : Herbe médicinale, revigorante

Strias : Baies rouges sucrées, revigorantes

Touba : Arbre au tronc et branches gigantesques

Goji : Chêne massif au tronc clair

Torve : Arbre résineux. Sève utilisée comme ciment à Mortagne

Follas : Herbes en touffe. Poussent au bord des cours d'eau

Pourprette : Feuille mauve pour infusion

Cibelle : Feuille pour infusion

Gariette : Mélange de plantes médicinales

Fabrigoule : Plante pour infusion

Ferve : Fougère cicatrisante

Kojana : Algue permettant de ne pas respirer sous l'eau

Sargos : Algue comestible

Maelis : Fleur du sud. Son pistil est une drogue

Paliandre : Arbre au bois dur, ignifugé

TOME 2

LA RÉSURRECTION DE SÉRÉNÉ

« AVENT » PROPOS

Ferkan ! Tel était son nom lorsqu'il officiait comme Dieu de la Mort.

– Avent serait déjà en ma possession et Ovoïs à ma botte sans l'intervention du morveux proclamé Petit Prince des Elfes ! clama-t-il en assénant un coup de poing rageur à un ork sorti de la « piscine ».

Il essuya son gant maculé du précieux liquide sombre. Il avait dû recruter chez ces abrutis, moins gourmands en Eau Noire pour les asservir que les humains, les Nains, ou les autres, mais ne les supportait décidément pas.

– Tout cela à cause de ce stupide Tecla et son échec du siège de la Cité des Libres !

Il jeta un coup d'œil au va-et-vient continuel de sa prêtrise auprès d'une gigantesque boule sombre qui tournait sur elle-même, sans aucune embase. On eût dit d'elle qu'il s'agissait d'une œuvre inachevée. Des manques importants dans sa structure, traduits par des vides, évoquaient un puzzle colossal au quart ébauché. Les religieux cagoulés tendaient leurs paumes vers la sphère. De leurs mains, telle une offrande, des petits cubes de métal se mettaient alors à voleter avant de se précipiter à une allure folle en une direction précise dans l'immense système, récupérant avec soin les exactes places qui furent les leurs, comblant ainsi les trous. Séréné, l'Anti-Ovoïs, cherchée morceau par morceau par sa horde de sangs noirs, se reconstituait peu à peu. Certes, la Sphère couleur ténèbres, pour l'instant incomplète, ne disposait pas de l'intégralité de ses pouvoirs. Il devait attendre. Toutefois, quelques bases lui permettaient maintenant des transformations intéressantes, au-delà de simples soldats corrompus.

Dans son antre, il contempla alors ses nouvelles créatures en songeant à ses multiples stratégies de conquête. Sa haine de son frère Gilmoor n'avait d'égale que celle qu'il vouait à Ovoïs et pour les atteindre tous deux, il lui fallait Avent !

Avent… Terre des humains, des Nains, et du peu qu'il restait d'Elfes Clairs ! Tout autant d'êtres qui priaient ceux qui furent ses pairs dans la sphère céleste et qu'il privait peu à peu de « nourriture », les Dieux ne tirant leur énergie vitale qu'au travers des invocations de leurs ouailles.

Mooréa, Lumina, Varniss ne pesaient déjà plus dans l'Équilibre, et ce n'était qu'une question de temps pour Antinéa, Sagar et Lorbello. Ne restait que Gilmoor qu'enfin il ferait plier lorsque tous les Aventiens ne crieront que son nom !

Il passa Tecla en perte infinitésimale. Ses trois autres seigneurs de guerre seraient mieux préparés avec l'aide de la sphère noire. Il pensa, cette fois avec amusement, au Petit Prince des Elfes, devenu le symbole de la résistance face à ses armées de cagoulés, et ricana en songeant à la fameuse prophétie d'Adénarolis.

Qu'Avent continue à croire au destin de ce moucheron bâtard baptisé Passe-Partout, cet imposteur que seuls des concours de circonstances l'avaient amené à être proclamé le 'Libérateur d'Avent' ! Son élimination demeurait toutefois prioritaire pour lui procurer le temps nécessaire à la mise en place son ultime but.

Plus aucun Sombre ne pourrait dorénavant menacer la puissance de Séréné. Même si le jeune métis héritait des pouvoirs de ses ancêtres, il ne saurait les appliquer, privé du livre magique des Elfes cavernicoles qu'il avait pris la précaution de détruire. Le manuscrit était autrefois détenu par le Gardien de la Fontaine, Sébédelfinor, celui qu'on surnommait le Ventre Rouge et que le morveux appelait, méprisant, le 'Gros Ptéro'.

Le Dragon, la pierre angulaire, la clef de voûte de son édifice. Il avait toutefois failli sur ce point important : le moucheron l'avait libéré ! La prise de Mortagne, définie comme symbolique par les Aventiens, lui aurait simplement permis de s'attacher définitivement Sébédelfinor. À la condition de récupérer un objet présent dans le palais de Perrine…

Il jeta un coup d'œil sur ses dernières créations, deux nouvelles générations d'esclaves transformés grâce à l'Eau Noire et les pouvoirs de Séréné. La première envahirait efficacement le Continent. La seconde détruirait les poches de résistance comme la Compagnie de Mortagne. Mais surtout, lui retrouverait bien vite le Dragon à l'aide de sa récente armée indécelable qu'il propageait au fur et à mesure et en toute discrétion sur Avent.

Il n'en avait pas uniquement besoin parce que le lézard gardait Bellac, la Fontaine d'Eau Noire. Sa déchéance lui avait fait perdre un avantage essentiel, un atout majeur. Séréné lui délivrait peu à peu son art, basé sur la Magie de la métamorphose. Mais pas seulement pour convertir à loisir les Aventiens et les Orks en esclaves à sa solde. Il lui fallait aussi penser à sa personne.

Quitte à régner sur le Continent et Ovoïs, autant que ce soit pour l'éternité !

PROLOGUE

« Maudit quintrain qui me contraint !
Suivre son chemin, sinueux dessein,
Comme un refrain, asséné sans fin.
Prêtresse Elfe, Oracles Nains... Aux Dieux Destin ! »

À l'auberge des Ventres Rouges, la voix chantante du Barde, chaude et envoûtante, ravissait son désormais fidèle public. Dans un coin de la salle, l'homme au front marqué d'une profonde cicatrice affichait un large sourire, manifestant silencieusement son plaisir et sa surprise ! Il appréciait autant la forme que le fond.

De la chenille au papillon... Comment un gamin aussi crasseux qu'analphabète a-t-il pu se muer en musicien accompli ? ... Et en brillant orateur !

Assandro, l'aubergiste, s'approcha de lui pour emplir sa chope et timidement lui glissa :

— Soit le bienvenu à Autran, Seigneur Fêlé !

L'énorme main du géant agrippa fermement le bras d'Assandro sans cesser de fixer le Barde et lui répondit :

— Impatient... Tu es loin de la fin de cette histoire.

Les yeux brillants de plaisir, Amandin contemplait sa lyre en état ! Il se confondit en remerciements auprès du fossoyeur qui lui avait fait la surprise de remplacer la corde cassée. Le croque-mort profita de la bonne humeur du Barde, regarda en coin l'étranger à la cicatrice, comme pour obtenir son appui et déclara :

— Nous souhaiterions connaître la suite, si tu veux bien... Mais pas en chansons.

Amandin prit un air faussement froissé que Jonanton le fossoyeur interpréta au premier degré.

— Rien à voir avec tes qualités vocales ! tenta-t-il de se rattraper avant d'ajouter : mais... c'est que les bouts du puzzle du passé d'Avent se mettent en place, grâce à ton récit.

Il baissa les yeux et souffla :

— Nous ne comprenons pas pourquoi nous n'avons jamais entendu parler de cet enfant prodige... Ce Passe-Partout dont tu nous narres l'histoire...

Le Barde faillit éclater de rire et répondit :

— Logique !

Il prit un air grave, son index sur ses lèvres et poursuivit :

— Ce nom lui avait été donné par Félina, sa mère adoptive, n'est-ce pas ?

Jonanton haussa les épaules comme s'il eut s'agit d'une évidence et récita :

— Oui, la Reine des Elfes qui l'éleva avec Garobian !

Ses yeux s'agrandirent alors démesurément :

— Si je comprends bien, le destin de celui que vous venez rencontrer à Autran est vraisemblablement mêlé à ce jeune garçon, celui de notre Protecteur, D...

Le doigt d'Amandin n'avait pas quitté ses lèvres et le conteur en profita :

– Chut ! proféra-t-il sèchement.

Le Barde s'approcha alors de son oreille et lui murmura :

– Merci de me confirmer que je suis près du but.

Il avisa d'un air fier l'étranger et ajouta plus fort :

– Et que j'étais le premier !

L'aubergiste leva un sourcil interrogateur à l'attention de l'interpellé, sûr que ce dernier avait précédé le Barde. L'homme à la cicatrice, d'un signe discret, l'invita à ne pas engager de polémique à ce sujet.

Amandin susurra alors de manière complice au fossoyeur :

– En fait, il n'est pas mêlé à un autre destin… C'est le même !

CHAPITRE I

L'inquiétude grandissait en Ovoïs, sphère céleste où dorénavant sept divinités siégeaient. Ou plutôt six, depuis la fourberie du Déchu ayant plongé Mooréa, la Déesse de la Magie, dans une catalepsie voisine de la Mort ! Et cela simplement en la privant des incantations de ses ouailles, ou plus exactement en éradiquant tous ceux qui la priaient ! D'abord les Elfes Sombres, disparus jusqu'au dernier, puis les Elfes Clairs où des survivants seraient parvenus à se cacher sur Avent.

Avent… Le Continent où un gamin métis semblait bien être, malgré son apparence fragile, le Petit Prince des Elfes, titre issu d'une légende séculaire annonçant la renaissance de cette communauté et l'alliance de tous les peuples par son intermédiaire.

Restait l'engeance du Déchu, les armées au sang noir lancées sur le Continent qui entendaient bien que cette prophétie ne s'accomplisse pas !

Lorbello. Extrait de « Crise en Ovoïs »

– Merci, Carambole.

Le regard du Fêlé passa du verre qu'il n'avait pas commandé à la fille de l'aubergiste. Josef la dévisageait comme s'il la voyait pour la première fois. Le Colosse se tourna vers le propriétaire de « La Mortagne Libre » essuyant inlassablement sa vaisselle :

– Ce n'est plus la gamine que j'ai connue en arrivant ici !

La fierté du père ne fut que momentanée, laissant place à l'inquiétude :

– Elle devient une femme, balbutia-t-il, mal à l'aise.

Le Fêlé avala la tisane préparée comme toujours avec soin par l'intéressée et rétorqua :

– Et un père seul, en l'absence d'une mère, ne peut répondre à toutes les questions…

Josef haussa les épaules en signe d'impuissance et changea de sujet.

– Quelles sont les nouvelles de la Compagnie de Mortagne ?

Le Colosse sourit à l'évocation du groupe d'aventuriers né lors du siège de la ville par les troupes cagoulées :

– Rien que tu ne saches déjà. Ses membres sont un peu éparpillés. Kent est parti à Thorouan, le village où Passe-Partout a enterré ses parents adoptifs, sorte de pèlerinage sur la tombe de Félina, la Reine des Elfes. Gerfor est à Roquépique. Notre héros Nain assiste aux obsèques royales de Fulgor et à l'avènement de leur nouveau Monarque. Je viens de croiser Valk qui se rendait au palais voir Dame Perrine.

Les deux hommes sourirent à la boutade. Josef ne put s'empêcher d'ajouter :

– Excuse en touba ! C'est Tergyval qui l'intéresse !

Le Fêlé poursuivit :

– Notre Maître d'Armes est très préoccupé par l'amélioration des défenses de Mortagne et travaille sur le chantier de la porte principale. La récupération du paliandre pour refaire le pont et l'accès à la Cité me semble une bonne idée !

Josef leva judicieusement les yeux au ciel.

– Vaste débat ! Les Mortagnais se demandent s'il ne vaut mieux pas investir sur les remparts. Depuis l'avènement des déplacements aériens à ptéro, le raisonnement a du sens.

La moue dubitative du Fêlé en dit long. Comme d'habitude, la vérité se trouvait probablement dans l'entre-deux et le responsable de la sécurité de Mortagne devait arbitrer les priorités en fonction du budget, réduit à pas grand-chose après le siège de la Cité !

– Et notre héros ?

Le Fêlé prit une grande inspiration. Ses yeux brillaient comme à chaque fois que l'on évoquait le nom de Passe-Partout qu'il s'évertuait à protéger en toutes circonstances bien que l'enfant n'ait nul besoin d'un garde du corps.

– Héros... Ne l'appelle surtout pas comme ça, notre jeune ami est en pleine crise !

Il désigna Carambole du menton et poursuivit :

– Il devient lui aussi adulte, un homme en âge de doutes... Les événements récents lui apportent encore plus de questions qu'il n'a obtenu de réponses. Lui, habituellement si carré dans sa tête, se disperse dans des interrogations existentielles.

Josef leva les bras en signe de protestation.

– On serait tous « dispersé » en ayant un parcours comme le sien ! À son âge, il a vécu l'équivalent de cinq vies, c'est un destin sans pareil sur Avent !

– Il ne sait pas qui il est, d'où il vient, et se demande où il va.

– Pour la dernière partie, c'est pour tout le monde pareil ! ironisa Josef.

– Certes ! Mais tu connais sa volonté, sa soif de choisir, de décider ! Alors qu'il a l'impression de n'être qu'un pantin manipulé dans un chemin tracé à l'avance.

– Les Dieux ont de bien étranges desseins, s'amusa l'aubergiste qui n'évoquait que rarement les divinités d'Ovoïs. Où se trouve-t-il en ce moment ?

Le Fêlé leva les yeux au ciel :

– Il donne des cours de vol à ptéro aux gardes de Mortagne. Depuis que Tergyval a imaginé une ligne de guetteurs à distance de la Cité, Passe-Partout les forme à diriger convenablement leurs montures ailées. Kent, avant de partir à Thorouan, a domestiqué magiquement tous les sauriens récupérés lors de l'attaque. Sinon, Parangon le fait traquer comme un sorla par ses scribis pour qu'il l'emmène au Croc Acéré, dans ce qu'il pense être l'antre de Dollibert.

Le Colosse sourit à l'idée de ce cachecache, jeu auquel Passe-Partout excellait :

– Bah, ils finiront par l'avoir, dès que Passe-Partout décidera de se laisser attraper !

Avant la disparition de la Magie prodiguée par Mooréa sur Avent, Jorus bénéficiait de visions. Depuis, il lui fallait chercher les informations en propre !

Mes vieux os de Peewee ont de plus en plus de mal à se trainer, pensa en soufflant le Prêtre du Petit Peuple de la Forêt d'Émeraude.

Fidèle au serment fait à Parangon de Mortagne, il peinait à se mouvoir à travers la végétation. Luxuriante, cette jungle au vert étrange empêchait d'ailleurs tout autre être de taille normale à se frayer un passage et Jorus réservait ses dons de lévitation pour des franchissements compliqués.

Exténué, il atteignit son but, la clairière au beau milieu de laquelle se dressait, fière et rectiligne, la stèle divine.

Rien n'a changé depuis la dernière fois ! se dit-il. *Hormis le lierre qui a repris quelques droits…*

Il grimaça en s'asseyant sur le siège sculpté à même la roche, face à la stèle, maudissant de nouveau son âge et ses conséquences douloureuses ! Trône réalisé uniquement pour un format Peewee. Une petite fille de passage, pour autant qu'elle ait pu accéder à cet endroit, y aurait installé sa poupée de chiffon.

Le doute le titilla. C'était la première fois qu'il venait ici sans convocation. Jorus joignit ses mains pour favoriser sa concentration et commença le rituel. Tout son être fut secoué de soubresauts désordonnés. Il savait que dès lors qu'il s'ouvrirait à la plénitude de l'esprit, ces convulsions cesseraient et qu'à ce moment précis, il entendrait le trot feutré de son divin contact.

Contre toute attente, un bref cri d'oiseau retentit dans la clairière. Jorus écarquilla les yeux et savoura le majestueux spectacle. Point de licorne, cette fois… Posé sur la stèle, un superbe Staton étendait ses ailes argentées. Le regard d'or, identique à celui du cheval mythique, pénétra le sien. Des images confuses naquirent alors dans son esprit. Le flou, dans un premier temps dominant, s'estompa progressivement de différentes scènes qui se superposaient. Il les vit enfin… De l'intérieur. Clairement. Trop peut-être ! La douleur le consumait. Sa tête bascula. Jorus hurla et tomba inanimé au pied de son trône de pierre.

Avec un dynamisme surprenant pour son âge, l'herboriste de Mortagne pénétra dans l'auberge en jetant à la cantonade un retentissant « Salut la compagnie ! ». Josef et le Fêlé le toisèrent, se demandant la raison de son humeur guillerette. Négligeant les regards interrogateurs, Fontdenelle fouilla sa besace, en extirpa une des nombreuses fioles et la donna à Carambole. Avant que l'aubergiste ne fronce les sourcils, l'herboriste lui lança :

– Pour des trucs de fille…

Et poursuivit aussitôt :

– M'est avis que personne ne sait où se trouve Passe-Partout ?

Les mines déconfites confirmèrent en silence. La moue explicite de Fontdenelle démontra qu'il s'attendait à leur ignorance.

– C'est le vent, l'air et la fumée, ce gamin !

Il réfléchit soudain :

– Gamin, plus tellement...

Relevant la tête, il avisa de nouveau le Fêlé et l'aubergiste.

– Je ne sais même plus s'il dort chez moi ! Chez nous... Si vous le voyez, dites-lui que la présence perpétuelle des Scribis devant l'échoppe commence à m'insupporter ! Il faudra bien un jour ou l'autre qu'il rencontre Parangon.

Les deux hommes ne bougeaient pas d'un poil, n'ayant aucune idée de quoi répondre. Carambole, toujours attentive aux propos qui touchaient de près ou de loin à son héros, riait sous cape au monologue de Fontdenelle. Elle reprit son sérieux lorsqu'il s'adressa à elle :

– Jeune fille ! Tu ne sais pas, toi non plus, où se trouve ce saute-en-l'air ?

Son beau regard désarma l'herboriste.

– Hélas non. Il est très demandé au Palais. Il manque à tout le monde, tu comprends...

Fontdenelle haussa les épaules de dépit et changea de sujet.

– Ah ! Mon projet de maison de guérison a vu le jour. Un premier bâtiment inoccupé de la Tour de Sil a été aménagé pour accueillir des malades. Je l'ai baptisé ''hôpital'' à cause des réfugiés arrivant quotidiennement à Mortagne à qui nous offrons l'hospitalité. Encore une famille et un orphelin aujourd'hui !

Sa main se posait déjà sur la poignée de la porte de l'auberge quand il déclara :

– Carambole ! Tu diras au gang, via l'ami Sup, que les livraisons de potions laissent à désirer en ce moment. Je sais bien que Mortagne a besoin de tout le monde pour sa reconstruction, mais ce n'est pas une raison pour délaisser des gens qui ne demandent qu'à se soigner pour y participer !

Et il sortit de « La Mortagne Libre », abandonnant Josef et le Fêlé au même stade de mutisme qu'à son arrivée.

Perrine devint rouge de colère. Malgré sa jeunesse, la sagesse de la Prima de Mortagne était connue au-delà des villes côtières de l'ouest d'Avent et son comportement de l'instant paraissait plutôt inhabituel.

– Périadis ! Le plan de Tergyval est pourtant clair : les latrines prévues doivent se déverser dans les lices formées par les remparts en construction ! En ouvrant les vannes, le fleuve pourra les nettoyer en renvoyant le tout à l'océan. Mais tel que tu me décris tes chantiers, tous nos déchets tomberaient directement dans le Berroye ! Je te rappelle que les Mortagnais utilisent cette eau qui passe par les catacombes ! L'épisode de l'empoisonnement par les cagoulés ne t'a pas suffi ? Toi, tu veux éradiquer la population de la Cité. Je pensais naïvement que mon conducteur de travaux avait pour but de redonner vie à Mortagne, pas l'inverse !

Elle réussit à se calmer et reprit lentement en détachant chaque syllabe :

– Tu suis scrupuleusement le plan indiqué !

Le petit homme joufflu se voûta, donna un bref coup de tête en signe d'acquiescement et disparut sur le champ.

Roquépique fêtait à grand bruit son nouveau Monarque. Terkal Ironhead, fils de Fulgor du même nom, mort bravement contre les forces cagoulées, montait sur le trône de Roi des Nains de la Horde de l'Enclume.

Agenouillé devant l'autel du temple de Sagar, un membre de la communauté priait, ou plutôt soumettait à son Dieu ses doutes et interrogations. Incroyable, Gerfor Ironmaster, Fonceur Premier Combattant, l'élite guerrière du clan de Roquépique, libérateur de la Cité des Libres, se posait des questions ! Pour sa participation active durant le siège de Mortagne jusqu'à la poursuite de Tecla, ses pairs l'avaient acclamé en héros, un héros bien indécis aujourd'hui.

Rentré à Roquépique avec la dépouille de Fulgor, il naviguait de cérémonie en cérémonie, devenu un notable, rôle qui en fin de compte ne lui convenait guère. Toute la structure hiérarchique de sa Horde s'en trouvait modifiée et lui, nouvelle figure d'Avent, devait y tenir une place de choix ! Et c'était bien cela qui le tourmentait...

Il se souvenait de sa joie d'avoir été nommé par la Prima Perrine résident permanent de la Cité de Mortagne. Le premier Nain ayant accédé à cette distinction ! Terkal lui proposait un poste de conseiller, le propulsant directement dans les plus hautes sphères du commandement de son peuple. Il aurait dû être fier de cette reconnaissance royale, mais il n'en était rien.

Combattre représentait toute sa vie, Sagar, son seul Maître !

C'est avec ces deux certitudes accrochées dans sa tête comme coquillages à un rocher qu'il attendait un signe...

Le vent balayait l'étrange cimetière du village, désormais fantôme, de Thorouan. Il leur avait fallu du temps pour retrouver l'emplacement de cet ex-hameau dont presque plus rien ne subsistait. Une silhouette gracile, cheveux longs blonds flottants sur ses épaules, déambulait gravement devant les tombes alignées. Aucune inscription ne permettait de connaître l'identité de ceux qui furent empierrés par le seul survivant de cette communauté, et pour cause.

Et il ne sait toujours ni lire ni écrire ! pensa Kentobirazio, surnommé Kent par le jeune héros d'Avent, un des rares Elfes Clairs présents sur le Continent après leur éradication par les humains manipulés par les prêtres noirs.

– Il faudra bien un jour qu'il s'y mette ! déclara-t-il à haute voix en langage elfique à l'attention d'une créature mi-femme mi-papillon qui bourdonnait non loin de lui.

De nouveau absorbée par les travaux d'amélioration des fortifications de Mortagne, une imposante maquette trônant au milieu du musée des bizarreries d'Avent, Dame Perrine bredouilla un machinal « Entrez ! » en entendant tambouriner à la porte.

Un magnifique sourire se dessina sur les lèvres de la Prima, adoucissant ce visage fermé que les nombreux soucis creusaient. Son regard s'éclaira à l'apparition de Valk, éblouissante ode à la féminité, et redoutable bretteuse à l'épée ! La première dame de Mortagne tendit des bras chaleureux à la combattante de la compagnie du même nom.

– Quel plaisir ! émit-elle avant d'ajouter en fronçant les sourcils : j'ose espérer que ta visite n'est pas porteuse de mauvaises nouvelles ?

La guerrière blonde arbora un sourire à faire fondre toute la garnison de la Cité :

– De pure courtoisie, déclara-t-elle. Je m'attendais à être annoncée, mais à part les gardes, il n'y a plus personne au Palais !

Perrine ne s'offusqua pas de son constat, les convenances et leurs salamalecs ne faisant pas partie de ce qu'elle préférait dans son rôle de Monarque.

– Tout le monde est au travail pour rebâtir Mortagne. Je n'ai pas besoin d'une cour de fainéants abrutis qui passeraient leur temps à applaudir mes décisions, fussent-elles idiotes !

Valk examina furtivement la vaste pièce réservée aux curiosités collectées par le père de la Prima, et maintenant par Perrine elle-même. Le casque et l'épée de Tecla, vaincu par Passe-Partout, avaient pris place dans cette vitrine de l'étrange. La Prima s'amusa de son intérêt et lança :

– Je te laisse regarder le temps que je finisse.

– Un souci ? répondit Valk sans lâcher des yeux les objets étalés sur des étagères.

– Je ne sais pas... Il me semble que le conducteur des travaux n'est pas à la hauteur de la charge que représente la reconstruction. Heureusement, dans le conflit, le Palais et la Tour de Sil ont été épargnés. Bizarre, d'ailleurs !

Concentrée sur la maquette, Perrine redevint pensive. Valk s'empara d'un miroir en argent finement ouvragé posé sur un trépied et proféra :

– C'est quoi, ça ?

La Prima avisa l'objet et, laconique, répondit :

– Un soi-disant miroir magique prédisant l'avenir. Qui n'a jamais prédit quoi que ce soit, d'ailleurs, comme le marchand qui l'a vendu à mon père le prétendait !

Mais Valk regardait ailleurs.

– Non, ça, par la fenêtre !

Perrine tourna la tête et s'aperçut de la présence d'une monstrueuse bête à plumes noires, mi-merle mi-corbeau, qui l'observait fixement. Elle se précipita aux carreaux pour chasser l'inquiétant oiseau qui s'envola lourdement sur le toit voisin en poussant un cri rageur.

– Jamais vu cette espèce. Qu'est-ce que je disais ? Oui, c'est un miroir mag...

Elle s'immobilisa, remarquant le visage blême de Valk dont le regard, cette fois, ne se détachait pas dudit miroir. Perrine attrapa d'une main ferme l'avant-bras de Valk qui titubait, et récupéra l'objet à la volée, lâché par la Belle, troublée.

– Merci..., émit-elle d'une voix mal assurée. Il prédit vraiment l'avenir ? ajouta-t-elle en se frottant les yeux, comme pour reprendre pied dans la réalité.

– Je n'en sais absolument rien. Pourquoi ? Tu as vu quelque chose ?

– Je crois bien, oui... Une montagne double... Une forêt... Et une petite fille... Que je ne connais pas d'ailleurs ! Rien de bien précis.

Elle finit par sourire à la Prima :

– Tous ces objets ont des propriétés magiques ?

Dame Perrine, rassurée sur son état, présenta sa collection d'un geste large et théâtral.

– Du métal noir en cubes, boîte en peau d'ork, épée en argent, parchemin elfique, œuf de Dragon... J'en passe ! Tous ne sont pas à proprement parler magiques, mais ils sont tous uniques ou particuliers.

Elle pencha la tête, le ton d'un coup nostalgique :

– La lubie de mon père... que je continue à entretenir, dit-elle en avisant le casque et l'imposante lame de Tecla. Mais je t'ennuie avec ces vieilleries et je suppose que ta visite au Palais n'est pas terminée.

Les yeux espiègles de Perrine firent baisser ceux de Valk.

– Ta venue lui changera les idées... Allons voir Tergyval !

Par pudeur, la guerrière resta silencieuse. Fine psychologue, Perrine poursuivit :

– Ces hommes ! Protecteurs émérites et glorieux combattants, mais lorsqu'il s'agit d'amour, il n'y a plus personne !

Elle se tourna vers la Belle et déclara avec une sincérité désarmante :

– C'est comme le Fêlé avec moi. Un pas en avant, deux pas en arrière !

Valk éclata de rire. Après tout, la première dame de Mortagne avait droit à une vie privée !

Une silhouette sortit précipitamment des appartements de Tergyval pour disparaître au fond du couloir. Un coup d'une violence inouïe retentit alors...

CHAPITRE II

Le Dieu des Dieux avait effacé le nom du Banni de toutes les mémoires. Sur Avent, on évoquait le Déchu ou le Dieu Sans Nom. En Ovoïs, le peu de ceux qui s'exprimaient encore l'appelait 'Le Fourbe'.

Sur le Continent, les Aventiens pensaient à autre chose qu'à se presser dans les temples ! Comment invoquer, en ce temps d'obscurité, l'Amour ou la Famille ? À quoi bon implorer Les Dieux concernés pour son Art ou sa récolte ? Varniss et Lumina sombrèrent rapidement dans la même léthargie que Mooréa. Sagar tenait principalement par les prières des Nains et des Amazones, Antinéa par les Hommes Salamandres, Gilmoor, grâce à tous ceux d'Avent, le remerciant du précieux présent que demeurait la vie.

Quant au Messager…

Lorbello. Extrait de « Origines du Dieu Sans Nom »

Perrine et Valk se précipitèrent vers la porte entr'ouverte et trouvèrent Tergyval dans un état d'énervement tel qu'elles n'osèrent pas briser son monologue.

– J'envoie trois émissaires à Océanis ! Pas la moindre trace du début d'un accord pour l'Alliance, alors que Port Vent et tout le sud se sont décidés en deux jours ! Océanis et son fou de Roi, Bredin 1er ! Gredin 1er, oui !

La Prima comprit que la silhouette s'échappant de ses appartements n'était autre que son dernier messager. Missionné dans la principale ville des provinces côtières du Nord, il revenait bredouille, et le coup entendu dans tout le Palais, asséné sur son innocent bureau avec une force rare, s'avérait être le poing du Capitaine des Gardes. Tergyval s'harnacha de son fourreau dorsal, signe de son départ, et bougonna, tête baissée :

– Faut que je m'en occupe moi-même…

Se tournant vers les deux femmes, il s'arrêta, surpris de leur présence, et marmonna :

– Perrine… Valk… Mesdames.

La situation eut le mérite de le calmer. En outre, sa préparation précipitée évitait une explication à la première dame de Mortagne. Son calendrier semblait évident : rencontrer au plus vite le Roi d'Océanis !

– Je prends cinq gardes à ptéro et devrais en avoir pour deux à trois jours. Ah ! J'ai dû freiner un peu les chantiers dans Mortagne. Je crains que nous n'ayons pas les moyens de nos ambitions.

Solennelle, Perrine hocha la tête. Le siège de la Cité par les cagoulés et ses conséquences n'arrangeaient effectivement pas l'état du trésor de la ville.

– Va, Tergyval ! Je fais mon affaire des travaux pendant ton absence.

– Moi, je viens avec toi ! déclara Valk avec son sourire désarmant.

– Mais…, tenta-t-il.

– Ne te fais pas de soucis, j'en ai pour une poignée de secondes à récupérer mon équipement !

Et elle s'éclipsa, laissant Tergyval sans voix et Perrine contenant mal son rire. L'air médusé du Capitaine redevint grave :

– Pendant mon absence, si quoi que ce soit d'important doit se produire, quatre ptéros sont en « attente d'un maître ». Il réussit à sourire et ajouta : une prouesse de Kent qu'il n'a hélas pas pu réaliser sur toutes les montures faute d'Énergie Astrale. L'Eau Noire récupérée au cirque de Tecla a été utilisée dans son intégralité. N'importe qui peut les enfourcher, il suffit de prononcer son propre nom en le regardant dans les yeux pour se l'attribuer définitivement. En cas de coup dur, tu pourras t'enfuir…

Perrine retroussa un coin de ses lèvres et pensa :

Quelle prévenance… Vaine. Jamais elle ne quitterait Mortagne !

– Va, Tergyval, répéta-t-elle.

Jorus se réveilla non loin de son village arboricole de la Forêt d'Émeraudes. Ses flancs portaient des marques de serres d'aigle. Douloureux contact. Il songea fugacement à la sollicitude du Staton qui lui avait évité le voyage de retour à pied quand sa mémoire lui revint d'un coup. Il revit nettement les images imprimées dans son esprit. Il lui fallut mettre de l'ordre, en comprendre le symbolisme, décrypter ces informations divines, leur donner un sens et une logique à l'ensemble.

Son visage alors s'assombrit. Quel que fut le bout par lequel il tentait de rendre cohérent ce flot de visions, aucune construction n'annonçait des lendemains qui chantent. Il se tourna vers sa table de travail. La Magie avait définitivement quitté l'Œil. Même en lui transmettant toute la sienne, ainsi qu'il l'avait déjà fait, la gemme noire enchâssée ne s'ouvrirait pas.

Jorus pesta. Aucun moyen de prévenir les humains du danger en marche sur le Continent ! Il pouvait toujours envoyer les Fées, mais…

– Pour leur dire quoi ? proféra-t-il à voix haute.

Le Petit Prêtre fit les cent pas.

– Réfléchis, Jorus ! Tu es le seul sur Avent à accéder à des informations divines.

Il râla une nouvelle fois contre l'embrouillamini de l'ensemble des images gravées dans son esprit. Nulle prophétie, c'était certain. Les Dieux ne disposaient d'aucune capacité à prédire l'avenir, mais des renseignements, en revanche, permettaient d'appréhender le futur plutôt que le subir.

– Le Messager ne pourrait-il s'exprimer normalement au lieu de paraboles ?!

Il se calma en pensant que le devenir d'Avent ne se façonnerait de toute manière que grâce aux Aventiens. Ceux d'Ovoïs jamais n'interviendraient sur le Continent, exception faite de son contact.

– Le Messager prend des risques, d'ailleurs ! Si la Licorne est respectée sur Avent, le danger est immense sous la forme d'un Staton. Ce rapace est chassé et un archer habile pourrait ainsi tuer… un Dieu !

Il écarta bien vite cette pensée blasphématoire et se recentra sur les images laissées par l'oiseau.

Trois oracles de Zdoor pénétrèrent dans le temple. Ces Prêtres Nains, issus d'une caste restreinte et honorée, disposaient soi-disant du pouvoir de lire l'avenir pendant une sorte de transe provoquée par un mélange de plantes qu'ils brûlaient comme de l'encens dans deux coupes creuses. Les premières fumées inhalées par le religieux le plongeaient dans un état second. Les Nains juraient alors que Sagar parlait par leur intermédiaire !

L'oracle désigné se pencha sur les volutes et tituba au point qu'il faillit en perdre l'équilibre. Il marmonna une prière entre ses dents et sursauta violemment. Ses paupières s'ouvraient et se fermaient à un rythme effréné alors que des cernes rouges augmentaient le relief de ses dorénavant deux immenses globes remplaçant ses yeux. Il déclara sur un ton monocorde et impersonnel :

– Honte au Fourbe ! Sa puissance s'accroît à la faveur de l'Anti-Ovoïs ! Nous devons empêcher la progression de sa perversion aux ailes noires. Seule l'Alliance y parviendra, grâce à son bras vengeur mené par l'Enfant de Légende !

Et il s'écroula sur lui-même, retenu *in extremis* par ses coreligionnaires, évitant qu'il morde misérablement la poussière.

Gerfor ne se sentit plus de joie ! Il se redressa et salua la statue de son Dieu à la manière des Nains, le poing levé.

– Gloire à Sagar ! hurla-t-il dans le sanctuaire, faisant sursauter les oracles qui tentaient vainement de ranimer leur collègue.

Les conversations sur l'avancée des travaux de Mortagne fusaient de toutes parts à l'auberge. Tous les habitants de la Cité s'entraidaient afin que chacun puisse retrouver au plus vite une vie normale. Duernar, le bûcheron, négociait avec Narebo, le chef de guilde des vanniers, pour occuper momentanément son entrepôt vide de paniers, faute de production, pour y stocker le bois nécessaire à la réparation des toitures endommagées par l'attaque cagoulée. Josef eut la surprise de voir un de ses fournisseurs, pêcheur, de retour. Hilare, il tenait dans ses bras une pleine corbeille remplie d'espèces différentes :

– Antinéa a entendu nos prières ! Le poisson est revenu sur nos côtes !

Josef et le Fêlé partagèrent sa joie, bien que le Colosse pensât que la Déesse de la Mer ne devait pas y être pour grand-chose. Tous ces cagoulés au sang noir pourrissant dans l'eau, après que les bateaux coulés par Passe-Partout aient sombré, avaient dû faire fuir la moitié de la faune sous-marine des abords de Mortagne, tandis que l'autre moitié s'empoisonnait.

Le visage de Carambole s'illumina : son héros entrait dans l'auberge. Son regard balaya les lieux de droite à gauche et de haut en bas, trahissant une visible nervosité, comme un animal traqué. Goguenard, Josef lui indiqua sa place réservée et lança :

– Les Scribis ne sont pas tolérés à « La Mortagne Libre » !

Passe-Partout grimpa avec agilité sur son siège haut que personne n'occupait à part lui. Il croisa les yeux du Fêlé, profondément heureux de revoir son 'protégé', et déclara avec fierté :

– Trente et un jours qu'ils me cherchent ! Il va y avoir plus de Scribis à mes trousses que de Mortagnais dans les rues !

Les clients de l'auberge éclatèrent de rire. En haut de la Tour de Sil, l'austère Parangon devait fulminer, considérant le comportement de Passe-Partout comme une puérilité. Le Colosse s'interrogea sur ce paradoxe vivant que représentait l'enfant, un gosse doublé d'un héros, ou l'inverse. Le sauveur de Mortagne adressa un sourire à Carambole. Discrète, elle lui avait préparé sa boisson favorite. Dégustant avec plaisir son infusion, il livra des nouvelles de ses activités :

– Les gardes savent à peu près voler à ptéro. Tergy a déjà placé sa barrière de guetteurs à distance de Mortagne. En cas d'attaque aérienne, nous pourrons nous organiser.

Un des pêcheurs regardait par la fenêtre donnant sur la rue de la soif. Sans se retourner, il clama :

– Seigneur Passe-Partout, l'auberge est cernée ! Des Scribis de tous les côtés !

– Seigneur ? rétorqua sèchement le traqué qui avisait en même temps l'escalier menant aux chambres du premier étage pour fuir vraisemblablement par les toits.

– Ce n'est pas une bonne idée, tenta Josef.

– Trente et un jours, c'est déjà un record ! ajouta le Fêlé.

Passe-Partout prit un air faussement abattu, écarta les bras et annonça gravement :

– C'est d'accord, je me rends !

Il descendit lentement de son siège et se dirigea vers la porte en parlant comme pour lui-même :

– Je n'évitais pas Parangon pour le Croc Acéré, mais pour le rapport circonstancié qu'il va me demander sur l'épisode du cirque ! Quelle idée de vouloir écrire l'histoire d'Avent ?!

Avant de franchir le seuil, il se retourna vers le pêcheur et, l'index tendu, d'un ton grave, déclara :

– Les « Héros », « Petits Princes » et autres « Seigneurs » ne me conviennent pas ! Passe-Partout suffit !

Et il fut noyé par une horde de Scribis.

La créature ailée, attentive aux moindres mouvements alentour, observait Kent cherchant les tombes indiquées par Passe-Partout dans le cimetière de ce que fut le village de Thorouan. La « Cheffe d'escadrille » du Peuple des Fées dont l'espèce restait une légende d'Avent, Elsaforjunalibas – Elsa pour le héros de Mortagne –, avait souhaité accompagner le Clair dans sa quête.

Dès qu'il avait appris que la mère adoptive de Passe-Partout n'était autre que Félina, la Reine de la communauté elfique, et que, jeune enfant, il l'avait enterrée avec sa fille

Candela, Kent avait voulu acquérir la certitude qu'il s'agissait bien de sa dépouille. Il savait et craignait que la quête d'une vie, de sa vie, puisse tristement cesser ici.

– Il a dit… la deuxième…

Il peinait à repérer les emplacements. Les roches avaient glissé d'une sépulture sur l'autre, naturellement ou déplacées par les charognards à quatre pattes. Elsa bourdonna pour lui confirmer qu'il devait s'agir de la bonne tombe. Lorsqu'il souleva la dernière pierre et aperçut le linceul sous la poussière, il s'inclina avec respect avant d'entreprendre le douloureux travail d'exhumation.

Son cœur battait la chamade en décaissant lentement de ses mains la terre qui entourait la pièce de toile. Il s'empara des deux corps enveloppés immolés par la horde cagoulée. Avec émotion et délicatesse, il écarta les pans du tissu. Deux squelettes, comme revêtus de cuir par endroit, vestiges de peau brûlée, se tenaient entrelacés. Le plus grand était incontestablement celui d'une Elfe. Une intense tristesse marqua le visage de Kent. Approfondissant sa recherche, il s'aperçut que le plus petit, comme fondu dans la poitrine du premier, ne lui apparaissait toutefois pas avec les mêmes caractéristiques. Ce qu'il en devinait relevait d'une autre morphologie osseuse que celle de son peuple.

Elsa comprit tout de suite le cheminement de Kent. Aveuglé par un fol espoir de voir aboutir sa quête, il considérait que le cadavre de l'enfant n'était pas celui de Candela. Il hurla :

– Elle a fait croire qu'elle tenait sa fille ! Personne ne pouvait le vérifier ! Qui pourrait reconnaître deux corps brûlés, collés l'un à l'autre ? Même Passe-Partout ne s'est rendu compte de rien !

Elsa le rappela à la réalité en voletant autour de lui, indiquant qu'elle voulait communiquer. Kent comprit les réserves justifiées émises par la Fée. En quatre mots :

– *Père… Humain. Candela… Métis.*

Dans son antre Peewee, Jorus se caressa le menton pour la énième fois :

– Un Prince Sombre et une humaine… La Reine des Elfes et un chasseur… Passe-Partout dans la Forêt d'Émeraudes… Le ciel se couvrant d'un voile sombre entraîné par trois oiseaux… De nouveau la Reine des Elfes, différente de la première, ranimant le 'Signal' de son peuple… Une sphère noire inachevée… Un Dragon au cœur battant la chamade… Le manuscrit des Sombres…

Finalement, son contact avait probablement poussé au-delà de sa préoccupation première. Il avait promis à Parangon la résolution de la prophétie d'Adénarolis. Une partie seulement devait répondre à cette question. À l'évocation du Magister, il tapota sur son pupitre où trônait la gemme éteinte. Son esprit vagabonda alors vers ces moments heureux où Passe-Partout partageait l'existence du Petit Peuple. Le Prêtre était si fier d'avoir éduqué l'Enfant de Légende !

– Éduqué n'est pas le terme exact, se rectifia-t-il. Éveillé serait plus adapté ! Et cela durant quatre cycles avant de rejoindre les Libres.

Il se figea, interdit, et répéta :

– De quatre cycles avant de rejoindre les Libres… Par Mooréa, les clefs sont inscrites dans le texte de la prophétie !

Le Magister écoutait avec attention les détails donnés par le petit héros de Mortagne. Il avait déjà interrogé tous les acteurs de l'épisode du cirque, lieu où Tecla détenait le Dragon rouge prisonnier ainsi que Bellac, la Fontaine d'Eau Noire, et avait couché sur parchemin les différents témoignages pour reconstituer l'histoire. La moindre des choses pour le chef de guilde des Scribibliothécaires dont la mission essentielle consistait à fournir une mémoire au Continent d'Avent afin d'éviter les pièges d'un monde ne fonctionnant qu'au travers de transmissions orales.

Parangon se délectait enfin du récit de Passe-Partout en tant que protagoniste de cet événement ayant permis l'élimination du Seigneur Noir. Il laissa l'enfant, qui commençait d'ailleurs à ne plus en être vraiment un, finir son exposé et lui lança insidieusement :

– Tu ne m'as pas précisé la façon dont tu as libéré le Dragon.

Passe-Partout fit la grimace. Il avait du mal à parler de cette Magie qui l'habitait et dont il ne savait pas se servir, hormis la formule apprise par le Ventre Rouge lui ayant donné la possibilité de briser les chaînes en baryum bleu qui le retenait prisonnier.

– À la bonne heure ! dit doucement Parangon après que ce point « effacé » par l'enfant lui fut conté. Ainsi, tu es Magicien, de Magie Sombre...

Son regard se troubla. Il ajouta à mi-voix :

– Le dernier des Sombres.

Passe-Partout releva la tête ; deux yeux azur fixèrent le Magister :

– Un métis... Un vulgaire métis ! cracha-t-il.

Parangon balaya l'objection d'un geste :

– Nous ne sommes que peu à le savoir. Et Avent respecte les héros, ce qui aidera les mentalités à évoluer !

L'enfant songea à ce fameux statut de ''héros'' qu'il devait endosser et grimaça, lui signifiant qu'il ne souhaitait pas poursuivre cette conversation. Le Magister revint au sujet de départ :

– Depuis, t'es-tu servi de ce nouveau pouvoir magique ?

Le regard de son interlocuteur ne s'éclaira guère.

– J'ai fait fondre de nouveau le baryum bleu récupéré pour le transformer en lingot. J'ai promis le métal à Gerfor pour qu'il s'en fasse un casque.

– Et puis ? ajouta malicieusement Parangon.

Passe-Partout baissa la tête comme un gosse pris la main dans un pot de confiture :

– J'ai essayé contre un rocher isolé. Je l'ai pulvérisé. Mais cela me laisse chaque fois dans un grand état de faiblesse. Je n'arrive pas à canaliser, à doser.

– La Magie est compliquée à apprivoiser. Tu utilises vraisemblablement toute ton Énergie Astrale à chaque tentative, ce qui te vide de tes forces vives, comme si tu courais comme un dératé jusqu'à l'épuisement total !

Passe-Partout resta muet, laissant Parangon embarrassé.

– As-tu essayé de réunir les deux couteaux depuis ton affrontement avec Tecla ?

L'enfant fronça les sourcils en haussant légèrement les épaules :

– Je ne suis pas parvenu à les unir de nouveau.

Le Magister n'eut pas l'air surpris.

– Ces dagues sont divines. Elles ont leur Magie propre et n'agissent sûrement que lorsque la situation l'impose. Bien ! Récapitulons maintenant !

Il se dirigea vers son bureau dans lequel s'enchâssait la gemme noire en forme d'Œil. Passe-Partout tendit la main vers la pierre. Parangon répondit à la question muette :

– Définitivement éteint. Même ma Magie ne suffit plus pour le recharger. Ce n'est pas bon signe.

Il leva un œil taquin malgré la gravité de sa déclaration.

– Je n'ai donc pas de nouvelles de Jorus.

Passe-Partout tourna la tête vers la fenêtre. Encore un sujet sur lequel il se sentait mal à l'aise. Les Peewees, le Petit Peuple, ces cousins éloignés des Elfes avec lesquels il avait vécu pendant quatre cycles. Il s'était engagé à ne jamais rien révéler les concernant. Même à Parangon qui connaissait pourtant leur existence ! Il se remémora fugacement la promesse faite à Elsa, son amie Fée, de rejoindre la Forêt d'Émeraude dès que possible.

Le Magister entama alors un monologue, Passe-Partout étant complètement absorbé par la vue splendide des toits de la Cité sur lesquels quelques Mortagnais réparaient les dégâts. Il suivit des yeux un oiseau, au loin, planant avec lourdeur autour du Palais de Dame Perrine.

– J'ai retrouvé, dans différents recueils, des récits sur les Ventres Rouges. Et notamment ceux des 'Tueurs de Dragons'.

Un sourire narquois apparut sur son visage.

– En fait, pour la plupart, il ne s'agit que de lâches !

Passe-Partout leva un sourcil interrogateur. Il lâcha l'oiseau qui l'intriguait et se tourna vers le Magister. Ravi d'avoir pu de nouveau capter l'attention de l'enfant, Parangon poursuivit :

– Vaincre le prédateur des prédateurs en combat singulier me paraissait impossible. Deux ou trois cas me semblent avérés, mais l'immense majorité des Tueurs ont profité de leur sommeil pour les assassiner !

– Leur sommeil ? balbutia Passe-Partout.

– Les Ventres Rouges sont ovipares. Pendant la reproduction, le mâle couve sa progéniture. Un maximum de chaleur étant requis pour la future éclosion, le Dragon s'interdit alors d'expectorer son feu intérieur pour n'en faire bénéficier que sa descendance. C'est ce phénomène qui l'endort profondément. Il devient par conséquent une proie aisée.

Passe-Partout se remémora l'emplacement du cœur du Ventre Rouge, l'unique endroit de son immense corps de lézard dépourvu d'écailles.

– Le tien est vraisemblablement le dernier, déclara gravement Parangon, qui ajouta : un mâle solitaire... Sans femelle. Avec lui s'éteindra la race des Ventres Rouges.

Malgré sa curiosité maladive, le détail de la procréation des Dragons ne passionna pas l'enfant. Seule la perspective de la disparition d'une espèce de la surface d'Avent le heurta.

— Et ce n'est pas tout.

Parangon trifouilla dans ses parchemins et en sortit deux qu'il brandit.

— Il s'agit d'un extrait ancien relatant une partie des exploits d'Orion. Il y est fait état qu'il accompagna un Prince Sombre ayant pour objectif de retrouver 'Le Gardien' pour lui confier un grimoire... Quant à celui-là, c'est une traduction de légende Sombre qui raconte que sur la demande de Mooréa, Tilorah, a priori Reine ou Prêtresse des Elfes cavernicoles, missionna un noble. Il devait apporter le manuscrit de la Magie de leur peuple, qu'il avait lui-même écrit, en lieu sûr, au 'Gardien' donc, sur la surface d'Avent.

Passe-Partout manifesta par une nouvelle grimace silencieuse sa totale incompréhension, ce qui énerva le Magister !

— Le Gardien ! appuya-t-il.

L'enfant ne bougea pas d'un pouce et n'osa cette fois aucune expression.

— Le Gardien de la Fontaine de Mooréa, il s'agit du Dragon !

Passe-Partout accusa le choc. Les éléments ne manquaient pas de cohérence et le puzzle se mettait partiellement en place. Ainsi le Dieu Sans Nom avait fait coup double en capturant le Ventre Rouge. Puiser à foison dans la Fontaine d'Eau Noire, forcément prisonnière car enchaînée elle-même au Dragon, pour créer son armée d'esclaves et s'emparer de la Magie des Sombres en s'appropriant le manuscrit.

Un voile gris passa sur son regard... SON manuscrit ! N'était-il pas le dernier des Sombres ? Passe-Partout avisa Parangon, une question incongrue lui taraudant l'esprit :

— S'agirait-il du même Dragon ? Depuis Orion ?

— Vraisemblablement. Leur longévité est sans commune mesure avec celle d'un humain. Y compris d'un Elfe ! Certains les croient immortels, sauf à leur transpercer le cœur !

Les yeux de l'enfant roulèrent dans leurs orbites. Tout cela lui donnait une impression de déjà-vu. Son visage s'éclaira tout à coup. Sa mémoire lui imposa une image : une peinture.

— Avent Port ! s'écria-t-il.

Parangon fronça ses épais sourcils sans rien dire.

— La fresque de la stèle sur laquelle reposait l'arc d'Orion ! De loin, je pensais qu'il s'agissait d'un lézard. Je ne fais le rapprochement que maintenant.

Le Magister se redressa, mécontent :

— Quand perdras-tu cette foutue habitude de ne raconter que ce que tu veux ?! Tous les détails ont de l'importance.

Passe-Partout tenta de se défendre :

— Je n'ai pas songé un instant qu'une peinture funéraire puisse être primordiale !

— Ah oui ! fulmina Parangon. Écoute-moi bien, garnement ! Cet arc a été offert par le Sombre à Orion, c'est écrit ici ! Tu vois bien que tout à de l'importance !

Parangon, comme possédé, clama :

— La clef, c'est le Dragon !

Passe-Partout leva les yeux au ciel. Sous prétexte qu'il se souvenait d'avoir aperçu une fresque sur laquelle un Ventre Rouge se pavanait en compagnie d'une Licorne, le Magister y décelait un message. Il ne fit toutefois aucun commentaire, constatant les joues déjà empourprées de Parangon qui poursuivit :

– Cela confirme mon hypothèse ! Le Prince Sombre apporte l'unique manuscrit de la Magie de son peuple à celui destiné à le garder. Il est accompagné d'Orion, vraisemblablement son ami. Mooréa – il leva un index vers les cieux, ce qui exaspéra Passe-Partout – a impulsé cet acte sachant que seul le Dragon pourrait le conserver sur des générations ! La présence de la Licorne est symbolique, il s'agit d'une représentation divine attestant ce que j'essaye de te faire rentrer dans ta tête de touba !

Il y a encore peu de temps, tout ce que proférait Parangon était pris pour argent comptant par l'enfant. Mais ses interprétations quasi mystiques n'arrivaient plus à passer. Il tenta une pique maladroite :

– Pourquoi Mooréa a-t-elle voulu confier MON manuscrit à ce Dragon ? La preuve qu'il n'y était pas en sécurité puisqu'il se l'est fait voler ! Et puis, il n'est pas éternel, ce cracheur de feu ! Si le Déchu l'avait tué…

Parangon regarda le jeune homme d'un air abattu :

– Peut-être que le Déchu n'a aucun intérêt à le supprimer. Et de toute façon, Mooréa sait ce qu'elle fait ! Si elle a sollicité la Licorne de…

Passe-Partout souffla d'ennui :

– Pfff, bientôt, il va falloir parler aux Licornes pour qu'elle demande aux Dieux si on peut se lever de table.

Parangon devint rouge écarlate et éclata :

– Pas aux Licornes, gamin, mais à la Licorne ! Tu ne t'es jamais interrogé sur la manière dont Jorus s'est procuré un de tes couteaux ? Son contact est divin… D'Ovoïs !

L'enfant resta sans voix. Sa logique selon laquelle on pouvait se passer des Dieux sur Avent paraissait indéfendable. Il fut alors traversé par une pensée étrange, une idée fixe. Il se dirigea vivement vers la porte.

– Où vas-tu ? l'interpella Parangon, surpris de son attitude.

– À Avent Port. Récupérer MON arc !

– Tu ne peux pas me faire ce coup-là ! hurla le Magister, rouge de colère.

Passe-Partout prit son air de gamin renfrogné et affronta Parangon qui tenta de s'exprimer normalement :

– Je comprends le trouble que te cause ta recherche d'identité et surtout de cette question qui te hante.

L'enfant ne se savait pas si transparent. Blessé, il attaqua :

– C'est sûr que pour toi, le hasard n'existe pas ! Seul le destin issu de la volonté des Dieux doit guider nos pas !

Parangon réprima de nouveau son envie de gifler l'irrévérencieux.

– Les Dieux sont une réalité ! Pourquoi t'obstiner à l'ignorer ?

Passe-Partout s'approcha du Magister qu'il toisa. Sur un ton glacial, il détacha chaque syllabe :

– Je refuse la prédestination. Je ne suis pas la marionnette de divinités prêtes à régler leurs comptes par notre intermédiaire parce qu'elles n'ont pas le courage de le faire elles-mêmes !

Il avait franchi les bornes de l'acceptable ; Parangon explosa.

– Tu blasphèmes, Passe P... !

Le pourpre foncé aux joues, le Magister s'interrompit et se mit à tituber. Les yeux révulsés, il renversa son porteplume en cherchant à tâtons le dossier de sa chaise. Paniqué, l'enfant l'aida à s'asseoir. Par réflexe, il s'empara d'un parchemin pour l'éventer et marmonna piteusement :

– Je suis désolé. Navré. Nous irons au plus tôt pour le Croc Acéré, hein ?

Le Magister récupéra quelque peu. Il parvint à murmurer malgré une respiration forte et saccadée :

– Nous avons déjà perdu trop de temps. Pourvu que cet endroit soit bien le bon.

Passe-Partout, sans cesser de rafraichir Parangon, s'étonna de la réflexion. Lui-même n'avait jamais envisagé qu'il puisse s'agir de l'antre de quelqu'un d'autre ! L'ultime moment vécu avec Dollibert resurgit brutalement. La passation magique avait-elle aussi entraîné une partie de la mémoire du premier Mage d'Avent ?

Animagie, se souvint Passe-Partout.

Ainsi ne serait-il peut-être pas arrivé dans ce refuge par hasard ! Il resta interdit par ses propres conclusions. Pour quelqu'un qui réfutait la notion même de destin, ce dernier semblait pourtant s'imposer ! Il se fustigea d'avoir toujours caché à Parangon cet épisode de son étape à Boischeneaux. Après tout, le Magister savait maintenant qu'il était doué de Magie. Il s'assura que son état permettait cette révélation et prit son courage à deux mains pour relater les derniers instants de Dollibert, l'ultime moment « Animagique ».

– Il faut que je t'avoue quelque chose. Mais tu me promets de ne pas t'énerver...

Le Petit Prêtre Peewee s'en voulait. C'était pourtant simplissime ! Un sourire aux lèvres, Jorus s'appliqua à recopier le texte prophétique sur un parchemin.

(O4) AU QUATRE VENTS ! NOTRE PEUPLE RENAÎTRA
(22) DE DEUX FIGURES D'AVENT VIENDRA LA SOLUTION
(24) DE QUATRE PARENTS MÊLÉS LE PETIT PRINCE APPARAÎTRA
(24) DE QUATRE CYCLES ÉVEILLÉ LES LIBRES REJOINDRA
(C2) CES DEUX SEMBLABLES DÉFIERONT LES QUATRE CORBEAUX

Suçant consciencieusement sa plume, il eut un sursaut d'orgueil. Non, il ne s'était pas trompé. Restaient les Quatre Vents, endroit inconnu à ce jour. Quant aux deux figures d'Avent, il ne voyait pas non plus de qui il pouvait s'agir... Le Dragon serait-il l'un des deux ?

Il s'attarda sur la dernière ligne. *Les deux semblables, les couteaux divins en l'occurrence, demeurant les seules armes susceptibles de venir à bout de quatre corbeaux ?*

Le corbeau... Symbole animal du Dieu de la Mort.

Ainsi, le déchu d'Ovoïs serait… Il chercha son nom en vain et maudit sa mémoire qu'il jugea défaillante, mais qui lui révéla d'autres images.

La sphère noire incomplète… Séréné ! Le Déchu veut reconstruire Séréné !

Il balança la tête de gauche à droite. La solution lui apparut tout à coup.

La Magie de Séréné lui permettra d'être à l'égal de tous les Dieux d'Ovoïs. Par force, Avent ne pourra devenir que monothéiste ! Les mythes des pouvoirs de la Sphère Noire, reposant sur l'avilissement, les transmutations et la destruction, sont une réalité. Le Déchu s'en nourrit au fur et à mesure de sa reconstitution !

Malgré cette sombre anticipation, il pensa avec espoir :

Il n'est pas au bout de ses peines ! Le Messager s'est appliqué pour éparpiller les débris de Séréné.

Il ouvrit un imposant tiroir et en extirpa une bourse en toile de facture humaine. Cinq petits cubes de métal noir, tous identiques, s'entrechoquèrent.

Et il en est ainsi sur toute la surface d'Avent !

Une illumination soudaine et il leva le poing en signe de conquête.

— Le manuscrit des Sombres ne lui apporte rien, sauf à priver le survivant de cette communauté d'Avent de l'utilisation de la seule Magie que Séréné peut craindre. Et le dernier Sombre s'appelle Passe-Partout !

Jorus ne se sentit plus de joie.

— Un gamin contre un Dieu ! Adénarolis n'avait pas osé aller jusque-là !

CHAPITRE III

Le Fourbe reconstituait Séréné, l'Anti-Ovoïs ! Le trouble de Gilmoor était visible. Il se tourna vers le Messager.

– Mon fils, je te réclame de la retenue. La dernière fois qu'un Dieu est intervenu sur Avent, il en est mort ! Tu le sais puisque tu l'as remplacé !

Le Messager ne dit mot, mais n'en pensa pas moins. Avant cette tragédie, le Dieu des Dieux, par amour pour une humaine, était descendu sur Avent. La naissance de l'enfant qui s'ensuivit, fruit de cette union, représentait une intervention de taille !

Lorbello. Extrait de « Crise en Ovoïs »

Le corps diplomatique aérien de Mortagne filait nord-est, direction Océanis. À distance, Valk imaginait le visage fermé de Tergyval, en proie à ses tourments. Le responsable de la sécurité de Mortagne devait se demander ce qu'il faisait à des lieues de la Cité dont il avait la charge. Mais il avait surtout compris que le Continent entrait dans une nouvelle ère. Après le siège de Mortagne, il s'était vite rendu à l'évidence : l'union faisait la force. Une ville isolée devenait une proie facile, aussi avait-il imaginé une alliance des principaux ports de la côte. Tous avaient répondu présents, sauf Océanis. Il fut tiré de ses sombres pensées par les cris de Valk :

– On est où, ici ?

Tergyval jeta un vague coup d'œil à l'endroit indiqué par la guerrière. Il rétorqua d'une voix forte :

– Les Jumelles... Et à ses pieds, les Drunes !

Le regard de Valk ne parvenait pas à se détacher de ces deux crocs semblables. Tergyval anticipa la question suivante :

– Les adoratrices du Dragon... Les Folles de Sagar... Les Amazones !

La guerrière ne répondit pas. Elle fit plonger son ptéro sur le site. L'écart en piqué de la cavalière frappa le Capitaine des Gardes. Attirée de façon magnétique par les Drunes, il cessa de s'égosiller à hurler son nom et, d'un signe, ordonna à ses hommes un changement de cap pour suivre la têtue.

Tergyval descendit précipitamment de sa monture pour rejoindre la jeune femme qui arpentait tranquillement l'orée de la forêt des Drunes. Il savait que la tutrice de Valk enfant, Adrianna, était une Amazone, vraisemblablement bannie de sa communauté. Il ignorait en revanche que les Drunes et ses deux crocs étaient connus d'elle sans que jamais elle n'y soit venue. Il essaya de la raisonner :

– Valk, ce n'est pas une bonne idée ! Les Drunes sont dangereuses !

Un des gardes d'élite de Mortagne, rejoignant son chef, défourailla soudain son épée en criant :

– Attention !

L'œil exercé avait décelé des mouvements imperceptibles dans les feuillages. Le silence, de courte durée, fut rompu par une voix ferme et féminine :

– Avance, femme ! Toi toute seule ! Et que tes esclaves restent à l'endroit où ils se trouvent !

Malgré le ton menaçant et l'impression désagréable d'être la cible d'archers, la belle guerrière afficha l'ombre d'un sourire. Tergyval et sa garde comme esclaves eut été une idée récréative ! À l'ordre de s'arrêter, sans y voir plus que cela, elle compta une douzaine de paires d'yeux braqués sur elle et répondit à la première question :

– Valkinia, déclara-t-elle avec une légère hésitation due à l'habitude donnée par Passe-Partout de l'appeler par son diminutif.

– D'où viens-tu ?

– De Mortagne.

– Que cherches-tu ici ?

Malgré son agacement de n'apercevoir personne, Valk décida de rétorquer calmement :

– Petite fille, j'ai été recueillie par une Amazone nommée Adrianna. Ma présence n'a pour but que d'en connaître plus sur cette guerrière qui m'a sauvé la vie et appris tout ce que je sais.

Elle se demanda alors si la sincérité était de mise et craint que le sol des Drunes ne devienne le dernier endroit que ses pieds fouleraient. Un buisson bougea et une jeune femme brune, d'une beauté à damner l'intégralité de la gent masculine d'Avent, s'avança vers elle, l'épée à la main.

Les visages de Tergyval et sa garde, le souffle coupé par la perfection physique de l'Amazone, changèrent d'expression en voyant sa démarche féline progressant vers Valk en ne présentant que son profil. Elle n'allait d'évidence pas inviter la Belle à boire une infusion ! À peine firent-ils un pas qu'un mur d'archers s'érigea en face d'eux. Contraint, Tergyval donna l'ordre de ne pas bouger.

L'enfant emprunta l'étroit tunnel découvert lors de son passage par le Croc Acéré. Que de chemin parcouru depuis… Pour l'heure, celui qu'il tentait de franchir paraissait pour le moins malaisé.

– Passe-Partout ! Ça va ?

L'interpellé, à quatre pattes dans le boyau, progressant lentement, n'avait guère le loisir de bouger ne serait-ce d'un quart de tour la tête pour répondre.

Passe-Partout, tu parles ! Quand je suis entré ici la première fois, je n'avais pas la même corpulence ! pensait-il.

Certes, le temps n'avait pas modelé que son esprit. Aujourd'hui, ses épaules frottaient simultanément les parois, rendant son avancée compliquée. Il atteignit l'accès à la grotte et sauta sur le sol. Thor et Saga s'illuminèrent.

Étrange ! se dit-il, puis il s'adressa directement à son plastron. *Plus besoin de lumière, je vois la nuit* !

Ce don ne cessait d'ailleurs de progresser. Son père biologique cavernicole lui avait transmis cette faculté.

Rien n'avait bougé depuis sa dernière visite lorsqu'il y trouva refuge pour ne pas mourir de froid : un peu de poussière en plus coiffant les grimoires soigneusement rangés sur les étagères, les fioles derrière la table de pierre sur laquelle était posé le livre « Muet ». Il ne put s'empêcher de le feuilleter et de passer sa main sur la page de droite pour révéler les caractères écrits avec élégance. Son sourire s'estompa rapidement ; il ne déchiffrait toujours pas le moindre mot.

Sa vision améliorée le rendit plus curieux que la première fois. Il ouvrit cette fois-ci l'armoire pour n'y découvrir que quelques robes, toutes identiques, et inspecta l'intégralité de la caverne pour se rendre compte qu'il n'y avait effectivement aucun autre accès que le boyau d'aération. À l'aide d'un tabouret, il se hissa au bord de ce dernier et mit ses mains en porte-voix :

– Parangon, tu m'entends ? Rien n'a changé ici ! C'est d'ailleurs bizarre !

La réponse lui parvint, légèrement déformée par l'écho.

– Je t'entends ! Bizarre comment ?

– Ben… Pourquoi les rongeurs ne se sont pas engraissés en dévorant les ouvrages de Dollibert ?

Parangon accusa le coup. Il n'y avait pas songé. Sa crainte fut si visible que le Fêlé s'approcha, croyant qu'il allait défaillir. Si les rats avaient festoyé dans la seule bibliothèque contenant l'unique mémoire magique des humains d'Avent, tous ses espoirs se réduisaient à néant ! Le Magister se ressaisit, le rouge aux joues s'atténua.

– Tu prends un flacon dans ta main, n'importe lequel ! Et que lui ! Et tu reviens ! Attention, pas d'Eau Noire ! cria-t-il dans le boyau.

Excédé par les exigences de Parangon, Passe-Partout se retourna sur la pièce taillée à même le roc. Sa vision nocturne décela alors une irrégularité sur les parois parfaitement lisses. Une sorte de signe gravé en creux, comme un sceau. Il le reconnut immédiatement en s'approchant : il s'agissait du même symbole qui ornait la médaille portée autour de son cou depuis Thorouan, celle léguée par son père biologique.

Il tourna la couverture du livre muet vers lui. Trois gravures sur le cuir. Le premier, inconnu, représentait une aile ; le second, la feuille de goji, emblème des Clairs. Quant au troisième, encore le feu sacré des Sombres. Un éclair et il se traita tout haut de diplo imbécile !

– Quel crétin je suis ! Ce même signe figurait sur le manuscrit que tenait le noble Sombre sur la stèle dans la sépulture d'Orion !

Il fronça les sourcils :

– Dollibert avait des contacts avec les Elfes Sombres ?

Le duel débuta par une longue période d'observation. Les adversaires ne se quittaient pas du regard. Inquiet et fasciné, Tergyval ne se soucia plus de la menace des archers et pencha la tête pour ne rien perdre du combat. Inclinée légèrement en avant, jambes écartées, main libre tendue, l'approche des deux bretteuses était identique, empreinte d'une technique commune.

La première attaque fut parée par Valk. Dès lors, les coups plurent les uns après les autres sans discontinuer et sans qu'aucune de deux guerrières ne prenne l'ascendant. La beauté des gestes d'escrimeurs laissait à penser qu'il s'agissait d'un entraînement tant la fluidité des enchaînements caressait la perfection !

Tergyval perçut la fatigue dans les cris maintenant lâchés. Maître d'Armes, il savait que l'issue du combat était proche, mais bien incapable de dire en faveur de qui.

Les bras commencèrent à peser. Les deux sculpturales créatures, tendues à l'extrême, se couvraient de sueur, magnifiant chacun de leurs muscles. Une conclusion s'imposait faute de voir s'écrouler d'épuisement les deux protagonistes !

La stratégie de Valk paya. Durant leurs échanges, elle s'interdit la botte favorite d'Adrianna. Pour peu que son adversaire la connaisse, la parade de ce coup de maître eût été fatale pour elle ! Ce fut l'inverse qui se produisit. À court d'imagination ou voulant réellement savoir si Adrianna avait été son mentor, l'Amazone enchaîna la ronde et les gestes caractéristiques de cette passe exceptionnelle que Valk reconnut d'emblée. L'épée de l'Amazone ne troua que le vide laissé après une agile esquive. Son déséquilibre permit alors de la désarmer sans difficulté. Clouée au sol, la lame de Valk sous son menton, l'Amazone la défiait encore du regard !

Le sourire narquois de la Belle quitta son visage. Elle empoigna à deux mains son arme et, tel un pointeau l'enfonça dans la terre, à proximité de la gorge de son adversaire qui ne cilla pas, attendant résolument sa fin programmée. Le temps semblait suspendu sur la forêt des Drunes. La voix féminine retentit de nouveau :

– Qu'elle vienne ! Laissez les mignons en lisière. Qu'ils sachent qu'un pas sur notre territoire signifiera une mort immédiate !

Tergyval fit un signe et invita ses hommes à reculer vers l'endroit où se tenaient attachés les ptéros, à l'opposé de la direction que prenait Valk encadrée par quatre Amazones, tandis que le mur d'archers se fondait dans les buissons sans les quitter des yeux.

Passe-Partout sonda la paroi, ne comprenant toujours pas comment le Mage pouvait aller et venir dans son antre. Il abandonna finalement ses recherches pour se concentrer sur le but fixé par Parangon et se mit à flairer les différents flacons aux élixirs inconnus. Il tomba sur une fiole d'Eau Noire, la nourriture des Magiciens, un poison violent pour le non-initié.

Pas celui-là...

Il s'empara d'une autre bouteille et repensa aux consignes, pour le moins étranges, du Magister. Il monta sur le tabouret et lança dans le boyau :

– Parangon ! Tu ne veux pas qu'on change un peu les plans ? Me taper le tunnel en sens inverse pour une fiole ?!

La réponse lui parvint, courte et ferme.

– Tu fais comme je t'ai dit !

L'enfant s'exécuta en râlant. Si son agilité naturelle lui offrait la possibilité de nombreuses combinaisons physiques, elle ne lui était d'aucune utilité dans cet étroit couloir. À moins de dix pieds de progression, il hurla de douleur. Sa main lâcha le flacon devenu incandescent. Par réflexe, il enfouit la paume brûlée sous son aisselle gauche et recula sur trois pattes. La bouteille fondit devant ses yeux jusqu'à complète disparition. La voix inquiète du Magister retentit dans le boyau :

– Est-ce que ça va ?

Passe-Partout maugréa un « oui » mitigé et expliqua la situation à Parangon qui avait finalement bien anticipé le phénomène en appliquant ce principe de précaution.

– Objets magiques ? évoqua Passe-Partout sans trop y croire.

La réponse, quelque peu déconcertante, lui parvint :

– Non, salle magique !

À reculons, l'enfant regagna de nouveau l'antre. En constatant la luminescence de ses deux couteaux dès qu'il y pénétra, il comprit ce que voulait dire Parangon.

Aucun objet n'est magique, seulement la salle qui les protège. Donc, uniquement ce qui l'est peut entrer et sortir d'ici, comme Dollibert... Comme moi !

Une petite voix lui chuchota que s'il s'était réfugié à cet endroit, ce n'était que parce qu'il avait préalablement croisé le Mage. Il chassa ces idées qui encombraient sa volonté de libre arbitre et s'empara du Livre muet.

Lui a sa Magie propre.

Il avisa le flacon contenant de l'Eau Noire.

Et ça aussi...

Il glissa ses prises dans son sac à dos et le positionna sur son ventre. Un dernier regard sur cette étrange salle se protégeant toute seule, une pensée pour Dollibert, et il s'en retourna dans le tunnel. Passe-Partout soupçonnait que le premier Mage d'Avent, qu'il avait empierré à Boischeneaux, ne fut pas suffisamment puissant pour créer cet endroit. Toutefois il avança lentement, avec la crainte de sentir son ventre se consumer, prévoyant une éventuelle reculade pour sauver le Livre et sa carcasse. En s'approchant progressivement de la lumière du jour indiquant la fin du boyau, ses couteaux perdirent petit à petit de leur aura, confirmant l'hypothèse de Parangon. Ce dernier s'étonna d'ailleurs de l'en voir sortir.

– Qu'est-ce que tu fais là ? J'étais en train de réfléchir au moyen de...

Goguenard, ignorant le Magister, l'enfant avisa le Fêlé qui fixait le ciel, l'air absent.

– Le monde des oiseaux est une nouvelle passion ?

Le Colosse sourit. À part le plaisir de voyager avec Passe-Partout, il commençait à s'interroger sur la raison de sa présence en ces lieux. L'enfant poursuivit sans s'adresser directement à Parangon :

– Aucun objet « normal » ne peut sortir de là-dedans, bien que je me demande comment ils y sont entrés... Sauf ce qui est magique ! Autrement dit, Thor, Saga, moi... Et lui !

Il exhiba le Livre de Dollibert. Le Magister, les yeux brillants, s'en empara sur le champ et en caressa la couverture. Tout le monde fut surpris du cri qu'il proféra sans lâcher le manuscrit du regard :

– Passe-Partout, c'est la médaille de ton père !

L'enfant ajouta en montrant sa poitrine :

– Et de ma mère !

Parangon, triomphant, déclara :

– Exact ! Le feu sacré des Sombres et la feuille de Goji, symbole des Clairs ! Le troisième m'est inconnu. Il semble évoquer une aile.

Passe-Partout contempla ses médailles. Ainsi, il avait autour du cou deux des trois représentations magiques reproduites par Dollibert sur la couverture du grimoire. Deux signes Elfes... Le Fêlé, d'une tête de plus que Parangon, observait ce dernier feuilletant le livre et déclara avec surprise :

– Mais il n'y a rien d'écrit ?!

Le Magister sourit étrangement et approcha sa main au-dessus d'une page blanche. Une fine écriture apparut, celle de son ami voyageur mort à Boischeneaux dans les bras de l'enfant. Il tendit, sans le lâcher, le manuscrit au Colosse :

– Tiens, essaye !

Le Fêlé passa plusieurs fois sa paume sur le livre ouvert. Le prodige ne se réitéra pas.

– Tu n'es pas Magicien, Fêlé ! rigola Passe-Partout. Pas grave, on te garde quand même !

Parangon bégayait de joie.

– Ce... Ce livre nous permet de discerner qui... qui a le Don... Indépendamment des trésors qu'il doit contenir ! Tu... Tu te rends compte ?!

L'enfant opina du chef sans un mot. Le Fêlé regarda l'un et l'autre, tous deux béats et muets. Ne comprenant rien à leur silence complice, il finit par grincer :

– Au risque de passer pour un cancre de fond de Guilde, je souhaiterais partager ton enthousiasme quant à cette découverte !

Passe-Partout prononça d'une voix grave :

– À partir de maintenant, les candidats à la Magie n'auront plus besoin de jouer leur vie en absorbant de l'Eau Noire pour savoir s'ils sont destinés à la pratique.

Le Fêlé perçut dans le propos de l'enfant quelque chose de vécu, un détail qu'il ignorait de son passé. Passe-Partout se revoyait en Forêt d'Émeraude, entouré du Petit Peuple Peewee gardien de la tradition Elfe, et se remémorait l'épisode de son initiation, le jour où Jorus l'avait entraîné dans l'oliveraie pour manger un « fruit ». Les humains ne connaissaient pas ce secret de l'olivier noir, qui naissait dès que Bellac disparaissait dans son éternel voyage sur le Continent. Parangon le tira de sa rêverie nostalgique en hurlant comme un dément.

– Retour à Mortagne, vite !

Le Fêlé se tourna vers Passe-Partout :

– C'est tout ? Nous sommes venus au sommet du croc pour uniquement sortir un bouquin d'une grotte ?

– Chacun de nos déplacements ne doit pas systématiquement finir par un combat, un monstre à abattre ou une guerre ! se moqua l'enfant.

Le Fêlé s'amusa de la réflexion. Nul besoin de lui demander s'il manquait d'exercice depuis quelque temps.

Passe-Partout remontait le harnais de son ptéro et vit Parangon l'enfourcher d'autorité au risque de se faire mordre par le saurien. Le pourpre aux joues, les yeux vides, étreignant le manuscrit comme une relique sacrée, il balbutiait :

– La quête de ma vie… Le Livre de Dollibert… La Magie des humains… Mooréa, merci !

Le Fêlé, préparant à la hâte sa monture sous la soudaine pression de Parangon, soliloqua :

– Une quête pour un livre… Par le sang de mes défunts compagnons, là, j'ai du mal !

Passe-Partout défendit pour une fois le Magister qui, l'air totalement absent, n'entendit même pas son avocat de fortune :

– La Magie des humains est à l'état embryonnaire. Peut-être ce livre la fera enfin naître et grandir, et avec ça multipliera le nombre d'adeptes. M'est avis, comme dit Fontdenelle, que la Tour de Sil n'abritera pas dorénavant que les Scribis et l'école traditionnelle, mais également la première guilde des Magiciens d'Avent !

Passe-Partout sentait la fièvre envahir le Magister, assis derrière lui. Il serrait frénétiquement le manuscrit de Dollibert. Ses tremblements convulsifs trahissaient une nervosité inhabituelle agissant sur son comportement.

– Vite ! Vite ! ne cessait-il de répéter.

L'enfant fit plonger sa monture sur le delta du Berroye, à la limite du haut-le-cœur, sans aucune réaction de Parangon redoutant pourtant ce type d'écart. Le Fêlé ne comprit qu'à l'atterrissage que la célérité du retour n'était pas une facétie de Passe-Partout. À peine les rênes remises au lad de Guilen, il l'aida à soutenir le Magister qui, au bord de l'apoplexie, les yeux exorbités, marmonnait des bribes de phrases désordonnées. Le regard inquiet de l'enfant au Colosse les entraîna chez Josef plutôt qu'au dernier étage de la Tour de Sil. Fontdenelle fut recherché dans Mortagne en urgence.

– Il est à la limite de l'explosion ! proféra l'herboriste, les dents serrées, en lui délaçant son col de chemise pour lui faciliter la respiration. Carambole, de l'eau, vite ! Puis l'infusion ! Tu sais laquelle !

L'eau était déjà prête. Elle courut chercher les ingrédients de la potion. Fontdenelle s'attarda sur le cœur de l'infortuné, observa le fond de ses yeux et secoua la tête :

– Forte émotion… Le calmer… Rapidement !

Il extirpa de sa besace une fiole transparente, compta dix gouttes du liquide vert clair et l'administra sans ménagement au Magister entre deux ânonnements de celui-ci.

– Quelqu'un pourrait-il lui enlever ce foutu livre qu'il tient sur le ventre ?

Las ! Le Fêlé aurait certes pu y parvenir, mais en lui cassant les deux bras ! Carambole épongea son front avec un linge mouillé. L'herboriste apprécia l'initiative d'un hochement de tête.

Il fallut du temps pour que le carmin de son visage s'amenuise et que son pouls retrouve un rythme acceptable. Ses yeux cernés enfin s'ouvrirent. Il murmura :

– Le Livre… Attention !

Et il s'endormit, cette fois du sommeil du juste. Carambole tordait le linge dans une bassine posée au pied du malade quand le manuscrit de Dollibert échappa des mains de Parangon.

Ses proches, inquiets de ce relâchement, s'attroupèrent autour du Magister. Carambole, elle, ramassa le Livre tombé à plat sur le sol de l'auberge et s'aperçut avec surprise que rien n'y était consigné. Méticuleuse, elle voulut aplatir une corne causée par la chute. Apparut alors une écriture fine et régulière…

CHAPITRE IV

Il revenait à la mémoire du Messager une conversation banale entre le Déchu, alors Dieu de la Mort et du Sommeil, et Mooréa. Se faisant servir à boire par l'un des quatre esclaves d'Ovoïs, le Fourbe lui demanda de façon anodine ce qu'il en était de ce libérateur d'Avent décrit dans les prophéties Elfes. La Déesse répondit :

– Tilorah, ma prêtresse, pense qu'il ne peut s'agir que d'un Sombre. Car les ténèbres ne viendraient sur le Continent que par la résurrection de Séréné qui aurait, en ce cas, fort à faire face à leur Magie.

Elle ajouta avec un sourire à destination du Messager.

– Mais pour cela, l'Anti-Ovoïs devra se reconstituer…

C'est ainsi que le Messager comprit la logique qui amena le Déchu à commencer par éradiquer les Sombres !

Lorbello. Extrait de « Rencontres Divines »

Les yeux mouillés de larmes, Kent ne pouvait se résoudre à admettre l'extinction définitive de son peuple, faute de Reine. Elsa avait raison : si la fille de Félina tenait génétiquement de son père, elle pouvait ne pas disposer des caractéristiques typiques de la constitution osseuse d'une Elfe. Amer et découragé, il se pencha de nouveau vers les corps calcinés, les enveloppa délicatement dans la toile leur servant de linceul et prit la décision d'ériger une tombe selon la tradition des Clairs. Il pria Mooréa avec ferveur. L'espoir fou qui l'avait entraîné jusqu'à Thorouan s'évanouissait. Restait l'espérance. Une émotion vive s'empara de Kent. Une certitude ! Passe-Partout était le Petit Prince des Elfes. Cet enfant rétablirait le lien perdu, éthéré, de son peuple ! Il ne savait ni comment ni pourquoi, mais…

Kent se tourna vers la Fée qui attirait cette fois son attention par des prouesses aériennes, lui indiquant que nombre de réponses pourraient se trouver non loin d'ici.

– D'accord Elsa, emmène-moi chez les Peewees !

Puis il proféra au ciel, comme une promesse :

– Après, Passe-Partout, je te suivrai comme ton ombre !

– Salut, Fontdenelle !

Josef fit signe à sa fille, créatrice incontournable des boissons préférées de l'herboriste qui maugréa un bonjour peu enthousiaste. L'aubergiste, accoutumé à plus d'entrain de la part du vieil homme, le questionna des yeux :

– L'état de Parangon va me contraindre à abandonner le projet baptisé hôpital.

Josef, surpris de l'attitude de Fontdenelle, rétorqua :

– Mais c'est pourtant une excellente idée ! Pendant le siège de Mortagne, c'était ton officine qui servait d'hôpital !

Le regard misérable de l'herboriste croisa celui de Josef, enjoué :

– Depuis son attaque, pour son entourage, rien ne compte plus que son école de Magie. M'est avis que ça tourne à l'obsession ! À mon âge, il me laisse me débrouiller seul avec cette « excellente idée ».

Carambole apporta un bol fumant et, chose rare, s'adressa à Fontdenelle :

– Il y a la queue devant la Tour de Sil ; tous les hommes de Mortagne sont invités à passer leur main sur le Livre de Dollibert.

Fontdenelle cessa de humer la préparation et fronça les sourcils :

– Seulement les hommes ?

Carambole sourit à sa vivacité d'esprit. Il avait relevé la précision.

– C'est Artarik, son premier scribisecrétaire, qui le supplée pendant sa maladie.

L'herboriste leva les yeux au ciel :

– Ce rétrograde ne vaut pas mieux que Rassasniak, le Majordome du Palais ! … Mais qu'est-ce que tu as changé à ta recette, fillette ?

La « fillette » se retourna. Fontdenelle réalisa alors que seul son grand âge lui permettait ce type de familiarité. Les rondeurs désormais plus qu'apparentes de Carambole ne supportaient plus cet affectueux qualificatif !

– Devine !

Fontdenelle fouilla dans l'armoire de ses souvenirs et ouvrit les tiroirs de l'encyclopédie de la nature, répertoriée, classifiée, rangée dans sa mémoire nourrie de toute une vie de recherche. Ce goût sucré et intense ajouté lui rappela une racine trouvée récemment. Victorieux, il avisa la jeune femme :

– Encore un coup de Passe-Partout ! Sa dernière découverte lors du bivouac face au cirque de Tecla !

Carambole fut envahie d'une vive émotion à l'évocation de son bien-aimé et acquiesça. Elle s'approcha du vieil homme :

– Pour ton Hôpital, les seuls ouvriers disponibles à Mortagne sont les enfants. Je m'en occupe !

Fontdenelle, troublé de la proposition, se remémora cette fameuse nuit, lors du siège de Mortagne. Sans eux, la Cité aurait été réduite en cendres. La 'Nuit des Enfants' menée par Carambole ! L'herboriste imita le Fêlé en redressant la tête pour écarter ses longs cheveux et, jusqu'à la voix de baryton du Colosse, rétorqua :

– Jouable !

Il se leva prestement, s'empara de sa trousse et conclut en quittant l'auberge :

– Il faut que je retourne au chevet de Parangon !

Pour atteindre la Tour de Sil, Passe-Partout dut contourner la cohorte de Mortagnais faisant la queue jusque devant la porte. Il rabattit sa capuche pour passer inaperçu et se présenta face aux gardes qui fatalement ne le reconnurent pas.

– Dans la file pour le Livre, comme tout le monde !

Il enleva l'étoffe lui masquant le visage et fixa le cerbère qui balbutia :

– Pardon, Seigneur ! Je ne pouvais pas deviner !

Ses yeux virèrent momentanément au gris. Le planton ne sut jamais qu'à cet instant la machine à tuer venait de s'allumer. Pour se calmer, il monta quatre à quatre le colimaçon en morigénant :

– Je déchiquette le prochain qui m'appelle Seigneur, Libérateur, ou Enfant de Légende !

Une effervescence inhabituelle résonnait à l'intérieur de la Tour de Sil. Le temps où le silence prédominait en ce lieu paraissait révolu. Portes qui claquaient, scribis chargés de parchemins et grimoires courant dans les deux escaliers si particuliers de cet édifice, ordres et contre-ordres vociférés, Passe-Partout se demanda comment Parangon, alité, pouvait se reposer dans ce tohu-bohu ! Il fut introduit dans ses appartements par un Scribi discret répondant au nom d'Albano, ne l'affublant, lui, d'aucun titre que l'enfant aurait pu trouver désobligeant. Il l'interrogea :

– C'est quoi la queue, en bas ?

– Consigne d'Artarik, selon la volonté expresse de notre Magister : repérage des Magiciens sur Mortagne ! Ce sont les derniers à passer. On n'a fait que ça depuis ce matin !

– Il ne perd pas de temps, soupira Passe-Partout qui entra accompagné du scribi.

Fontdenelle s'activait autour de Parangon, aidé de quatre autres scribisecrétaires. Agité de soubresauts, ses balbutiements incompréhensibles se mêlaient aux injonctions courtes que proférait l'herboriste à ses assistants. À la vue de cette scène, Passe-Partout se sentit responsable de son état. Certes, si le Livre de Dollibert restait le facteur déclenchant de sa crise, il pensait aux premiers troubles qu'il avait lui-même causés en se heurtant à Parangon. Il se posta près de la fenêtre, comme lors de sa première entrevue avec le Chef des Scribis, le regard perdu sur les toits de Mortagne. Son attention se polarisa sur un phénomène peu banal.

– Encore lui ! Mais qu'est-ce que c'est que ce truc ?

L'oiseau, perché sur une des ouvertures du Palais, était d'une taille impressionnante ! Fontdenelle parvint enfin à calmer le Magister à grand renfort de drogues, rejoint l'enfant qui ne s'était pas rendu compte qu'il exprimait sa stupéfaction à haute voix, et s'adressa au scribi préposé à l'entrée :

– Ne laisse plus personne pénétrer ici, Albano. Parangon a besoin de repos.

Puis à Passe-Partout :

– Tu es monté jusqu'ici pour nous entretenir de la présence de ce sombre volatile qu'aucun archer de Mortagne n'a pu atteindre ?

Le ton sévère de l'herboriste témoignait de sa réprobation à l'égard de son attitude jugée nonchalante. Il répliqua lamentablement :

– Ah bon… Sont pas adroits… Parce qu'il est gros !

La mine affligée pour toute réponse, Fontdenelle baissa la tête. Passe-Partout tenta de se rattraper en désignant Parangon :

– Comment va-t-il ?

L'herboriste oublia l'oiseau et l'enfant, et s'en retourna vers son malade. La vue perçante de Passe-Partout détailla ce nouveau et intrigant volatile. De là où il se tenait, seul un arc de guerre pourrait l'atteindre… Et encore ! Il faudrait une flèche en plumes de…

– Staton ! entendit-il hurler dans la rue.

Il tourna la tête vers le Mortagnais en contrebas qui tendait un doigt vers le ciel. L'aigle divin argenté fondait sur l'oiseau noir, l'intention belliqueuse sans équivoque. Le combat aérien qui s'ensuivit laissa Passe-Partout sans voix. À l'inverse, les habitants de la Cité commentaient les attaques virevoltantes avec des « Oh ! » Et des « Ah ! » sonores !

– Incroyable ! finit-il par dire, entouré des quatre secrétaires et de Fontdenelle.

Serres ouvertes et coups de bec acérés, la violence des deux belligérants ailés était tangible malgré la distance. Tentant de le buffeter à la manière des rapaces de haut vol, une vrille du Staton sur son adversaire força l'admiration de l'enfant. Son expérience des transports en ptéro lui avait enseigné certaines règles aériennes quelque peu bafouées par l'aigle de Mooréa dont les mouvements atypiques paraissaient échapper à ces lois élémentaires.

Passe-Partout se gratta la tête quand il vit monter le rapace en vol de placement par-dessus l'oiseau noir. Sa position, ailes écartées en envergure maximale, lui évoquait une image qu'il ne pouvait oublier. Le Staton les replia soudain pour fondre en piqué à une allure inimaginable. Le coup de boutoir sur le dos de son adversaire s'avéra décisif ! Blessé, il voulut battre en retraite, harcelé encore et encore par l'aigle argenté qui l'entraîna au-delà du rempart nord, puis hors de vue de tous.

Les cinq spectateurs de la Tour de Sil ne s'aperçurent pas du réveil du Magister qui s'agitait de nouveau, les rappelant à son chevet.

– C'est un signe, bredouilla-t-il. Un signe des Dieux ! Un message… Une alerte !

– Il délire, proféra Fontdenelle, la main sur le front de Parangon qui, contre toute attente, se redressa sur son séant et hurla :

– Le Staton ! C'est ainsi que Dollibert entrait dans la grotte !

Son visage devint violet, symptôme d'une sérieuse attaque. À bout de forces, au bord d'une nouvelle et peut-être ultime défaillance, il s'écroula sur son lit d'infortune en ânonnant :

– Les Corbeaux… La Prophétie… Les deux Semblables… Passe-Partout…

En proie à des convulsions spectaculaires, il perdit connaissance. La mine accablée de Fontdenelle trahissait son désarroi. Il atteignait les limites de son savoir face à cette maladie qui emportait irrémédiablement le Magister.

Valk cligna des yeux, aveuglée par la lumière après qu'on l'eut débarrassée du bandeau destiné à l'empêcher de retrouver ultérieurement le village des Drunes. Elle s'inclina maladroitement, à la mode mortagnaise, devant une femme plus âgée, s'apercevant après coup que les Amazones restaient tête baissée. L'intéressée parut toutefois apprécier la marque de déférence et déclara sans préambule :

– Je suis Pérénia, Reine des Amazones de la forêt des Drunes, mère des filles de Sagar. Ainsi tu as été élevée par Adrianna la rebelle ? Raconte-moi ton histoire !

Le ton ne supportait pas la contradiction. Valk narra son passé en marchant dans les Drunes. À la fin du court récit de sa vie avec Adrianna, la Reine, qui caressait le pommeau de la garde de l'arme subtilisée à la Belle, conclut étrangement son monologue :

– Ainsi, le Maître n'a pas voulu d'elle…

Valk remarqua certains détails peu orthodoxes sur le fonctionnement du village. Seuls les hommes travaillaient, et dur avec ça, sous les insultes de leurs gardiennes. Tous portaient un collier, restaient muets et ne levaient jamais les yeux vers leurs maîtresses sous peine d'une punition aussi violente qu'immédiate ! La Reine des Amazones désigna un bâtiment entre le palais et les thermes :

– Là se trouvent les reproducteurs… Nos mignons… C'est à cause de l'un d'eux qu'Adrianna a été bannie des Drunes !

Sa colère monta brutalement. Elle éructa, mauvaise :

– Tomber amoureuse d'un étalon ! Par Sagar à qui elle avait juré fidélité ! Elle qui était pressentie comme future Reine, une guerrière du Dragon, une prétendante !

Elle pressa le pas et intima à Valk de la suivre.

– Comment te nommes-tu ?

– Joey Korkone, Magister…

– Je ne suis pas le Magister, mais son premier scribisecrétaire ! répondit sèchement Artarik.

Le gamin, impressionné, ne pipa mot. Le ton du secrétaire de Parangon se radoucit toutefois. Après avoir passé la totalité des hommes de la Cité au test du livre muet, Joey se résumait à sa seule et unique recrue. Son énervement résultait du fait que son 'Magicien' n'était qu'un réfugié et pas un Mortagnais de souche !

– D'où viens-tu ?

– D'un village de l'est nommé Parguienne, disparu de la carte d'Avent il y a quatre cycles, rasé par les sangs noirs.

Artarik abandonna son habituel caractère incisif :

– Tu as mis quatre cycles pour rejoindre Mortagne ?

L'enfant balança tristement sa tête de droite à gauche :

– J'ai été recueilli à Toramoni, par Briss et Ficca Korkone, pendant cette période. Toramoni a fini par être envahi comme Parguienne…

– Tu as subi par deux fois la même chose ?! Et survécu deux fois ?!

Le gamin baissa les yeux comme un coupable.

– La première fois, mon père m'a caché dans un fourré. La deuxième, j'étais en quête de quoi manger quand ça s'est passé.

– Tu sais lire et écrire l'aventien ?

Un silence honteux en guise de réponse et le premier scribisecrétaire serra les dents. Il donna l'ordre de l'accompagner à « La Mortagne Libre », comme tous les étrangers sous surveillance, avec pour mission confiée à Carambole de le mettre rapidement au niveau des étudiants de l'école classique de Parangon. Puis il congédia son jeune Magicien et se dirigea vers l'antre du Magister en ruminant :

– Le seul élève Magicien ! Analphabète !

– Étrange, ce combat aérien, souffla Fontdenelle à l'attention de Passe-Partout qui l'aidait à remballer ses affaires après avoir réussi de nouveau à calmer Parangon. L'herboriste se tourna vers Artarik pour lui rappeler les consignes à respecter concernant le repos du Magister. L'homme en question avait toujours l'air préoccupé et débordé. Il acquiesça d'un coup de tête militaire.

Pensif, Passe-Partout salua Albano et descendit lentement les marches. L'aigle lui évoquait l'oiseau qu'il avait libéré avant que son père le sauve, lors de son combat contre l'ours. La nostalgie de ce passage de sa vie avec Garobian et Félina le rendit mélancolique. Une sensation de mal-être s'empara insidieusement de lui. Dans l'escalier de la Tour de Sil qu'il descendait avec difficulté, Fontdenelle l'apostropha vertement :

– Maintenant que nous sommes seuls, m'est avis que tu n'es pas étranger à l'état de Parangon ! Ton statut de héros ne t'autorise pas à jouer avec la santé des gens, surtout des plus âgés !

Profondément blessé, Passe-Partout dévala le colimaçon sans répondre. C'était la première fois que Fontdenelle s'adressait à lui de cette façon.

– Carambole, je te présente Joey Korkone !

Le garçon, sensiblement du même âge que la fille de l'aubergiste, la salua timidement d'un signe de tête. Son allure dégingandée se remarquait tout autant que son regard étrange, ses yeux constamment en mouvement.

– Il nous est confié par Artarik. C'est un réfugié orphelin récemment arrivé à Mortagne.

Josef s'appliquait à multiplier les arguments. Carambole entrevoyait la manœuvre de son père à des lieues.

– Et c'est le seul ayant réussi à l'école de Magie ! Il faudra qu'il en suive les cours. Le problème, c'est qu'il ne sait pas du tout lire.

Elle baissa les yeux. Indépendante depuis son plus jeune âge, sa liberté se trouverait entravée avec ce Joey dans ses jambes. Josef fut néanmoins agréablement surpris par la réaction de sa fille.

– Bienvenue à « La Mortagne Libre » ! Tu verras que lire n'est pas aussi compliqué qu'il y paraît !

L'aubergiste laissa les deux adolescents faire plus ample connaissance, se demandant ce qui avait poussé Carambole à accepter si vite la présence de Joey, puis s'en retourna derrière son comptoir où deux pêcheurs, devenus tailleurs de pierre pour la reconstruction, parlaient des renforts des remparts de la Cité.

Les Fées bourdonnaient bruyamment. Les Peewees sortirent de leurs cachettes aériennes, conçues à l'époque avec l'aide de Passe-Partout, pour s'informer de ce qui occasionnait cet inhabituel vacarme. Faro, le chef du Petit Peuple, interrogea du regard l'Archiprêtre. Jorus souriait, c'était bon signe.

– Les Fées sont heureuses de vous annoncer le retour d'Elsa et fières de vous apprendre qu'elle est accompagnée d'un Clair, l'Elfe Kentobirazio, ami de notre cher Passe-Partout.

Une clameur monta au cœur de la Forêt d'Émeraude. La communauté n'avait jamais croisé un cousin « de haute taille » ! Kent fut accueilli avec les honneurs. Il lui fallut du temps pour maîtriser ses émotions face à ce peuple légendaire, même pour les Clairs. Le moment des échanges venu, Kent connut l'histoire du gamin arrivé de Thorouan au sein des Peewees, racontée par Jorus, Faro et bien sûr Darzo. À son tour, il relata sa rencontre avec l'Enfant de Légende, ses exploits à Mortagne puis au cirque, lors de l'affrontement avec Tecla. Chacun se délectait des prouesses de leur protégé. Au fond, tous savaient que ce n'était pas leur parenté qui leur donnait cette joie d'être ensemble. Le lien fort qui les réunissait avait été tissé par Passe-Partout.

– Il est temps maintenant de parler d'avenir, dit Jorus à leur invité.

– Je voulais justement y venir ! rétorqua le Clair.

Sonné par les reproches de Fontdenelle, Passe-Partout oublia de se camoufler le visage. Au sortir de la Tour de Sil, il dut affronter ce qu'il évitait depuis des jours. La foule se pressait à la porte principale pour demander des nouvelles de leur Magister. Pour rejoindre « La Mortagne Libre », il ne put faire différemment que de saluer en retour les Mortagnais qui l'arrêtaient pour le complimenter en l'affublant de titres plus ronflants les uns que les autres. Être connu et reconnu lui procurait plus une sensation de gêne que de fierté.

Tout le monde fête l'Enfant de Légende ! *Le héros de Mortagne* ! *Tu parles* !

Malgré sa promesse, il n'allait pas tous les déchiqueter et haussa les épaules de dépit. Une dernière civilité sans entrain dans la rue de la soif et il ouvrit la porte de l'auberge. Les soiffards dans la taverne, pleine à craquer, s'écartèrent pour laisser le passage à leur libérateur. Le tohu-bohu habituel s'estompa pour faire place au silence.

À sa mine abattue, Josef, d'un geste et d'un regard à ses clients, relança le brouhaha coutumier de l'établissement et le suivit des yeux jusqu'à son haut tabouret, que personne n'occupait sous peine d'égorgement instantané de la part du patron de « La Mortagne Libre ». Josef sut intuitivement qu'il ne fallait pas aborder l'enfant dans l'instant et continua de servir ses nombreux consommateurs qui lui donnaient pour cela une excuse idéale.

Sombrant dans son cafard, il fixait sa tisane préférée, infusée comme il se doit par Carambole. Connaissant bien son 'héros', elle veilla à ce que personne ne lui adresse la parole et regagna le fond de l'auberge. Josef voyait bien qu'il ne s'agissait pas d'un état d'âme passager. Le mal profond de sa recherche identitaire remontait de plus en plus fort à la surface.

Passe-Partout n'écoutait pas les conversations variées traitant des travaux de la Cité, de la santé de Parangon ou du départ de Tergyval à Océanis. Il ne leva même pas la tête lorsque le Fêlé franchit le seuil de l'auberge. Quelques signes complices échangés avec Josef et le Colosse fut au courant de l'état du 'petit'. Il s'imposa donc au comptoir et s'installa à côté de l'enfant qui ne bougea pas d'un pouce. Patient, il eut le temps de finir son godet par de multiples et menues lampées. Parallèlement, avec l'aide du propriétaire, l'auberge se vida de ses clients. Ce fut au dernier sorti, et seulement à ce moment, qu'ils entendirent sa voix atone :

– Je ne sais rien de mon passé. Mes vrais parents, mes parents adoptifs, ma petite sœur, tous morts ! Qui suis-je pour que tout le monde meure autour de moi ? S'ils sont morts pour que je vive, à quelle fin ?

Il fit une moue de dégoût en songeant à la fameuse prophétie qui semblait le désigner comme l'Enfant de Légende et ressassa un problème récurrent.

– En plus, il y a les Dieux : Mooréa, Antinéa, Sagar, et les autres ! Leurs desseins incompréhensibles m'embrouillent plus qu'ils ne m'aident. La sensation d'être un joujou entre leurs mains m'est insupportable !

Les yeux de Josef s'agrandirent démesurément, montrant ainsi au Fêlé qu'il était temps de se lancer. Le Colosse s'adressa alors à l'aubergiste :

– Ce n'est pas nécessairement parce que l'on sait d'où on vient que l'on sait où l'on va !

Mimant l'effet de surprise, Josef rétorqua :

– Mais si l'on sait où on va, peut-être saura-t-on d'où l'on vient !

Interloqué, Passe-Partout leva enfin le nez de son infusion et regarda tour à tour les deux compères qui poursuivirent leur échange surréaliste :

– Toi, si tu es aubergiste, c'est que tel était ton destin !

– Ah non, c'est le plus pur fruit du hasard !

L'enfant se demanda si Fontdenelle n'avait pas imaginé une nouvelle drogue qu'ils auraient ingurgitée.

– Impossible ! Tu as bien été poussé à devenir aubergiste ?

– Non ! J'ai choisi de l'être… Au moment où j'ai pris cette décision, peut-être n'avais-je pas le choix, mais on ne m'a rien imposé !

Souriant, le Fêlé se tourna vers Passe-Partout :

– Est-ce le destin de tenir ces propos ou le hasard d'un échange de comptoir ? Le destin n'existe que pour ceux qui y croient. Quant aux Dieux ! Je me demande parfois si les circonstances ne les perturbent pas. En ce cas, qui est le joujou de l'autre ?! Tout ne naît que des situations, de nos décisions et de nos choix !

Le Colosse profita de l'attention de l'enfant et lui asséna :

– Il n'y a ni hasard ni destin ! Suis ton cœur et ton instinct ! Peu importe ce que tu représentes aux yeux des uns et des autres. L'essentiel est ce que tu es et ce que tu fais !

Les sourcils froncés, désarçonné par la thèse du Fêlé, croyant détenir un argument majeur, Passe-Partout tenta :

– Ce que je fais. Ce que je suis. Tiens, Passe-Partout, même ce nom n'est pas le mien !

Le propos s'énonça d'un ton grave et définitif, mais le Colosse, lui, se tenait les côtes. Entre deux hoquets, il réussit à dire :

– Amusant dans la bouche de quelqu'un qui rebaptise tout le monde !

Il se voulut plus sérieux, sans succès, et déclara, ironique :

– Tu as été nommé ainsi par la Reine des Elfes et par mon frère, un peu de respect tout de même !

Il imita la voix de l'enfant et lui remémora un de ses propos lors de leur première rencontre :

– Mon nom, c'est la seule chose qu'il me reste de mes parents.

Il se tourna vers Josef, hilare, et déclara maladroitement :

– Moi qui fus appelé 'Fêlé' par ce même gamin des rues de Mortagne !

Passe-Partout n'accepta pas les remontrances, surtout venant du Colosse ! Vexé par la répartie, le 'gamin' toucha la timbale contenant sa tisane et, hargneux, lâcha :

– C'est froid.

Il chercha Carambole des yeux, aperçut alors un garçon d'environ son âge, assis à la table qu'occupait la fille de Josef. Mauvais, il cracha :

– C'est qui, lui ?

L'aubergiste nota un fond de jalousie dans le ton employé et tenta d'expliquer la présence de l'intrus penché sur des parchemins, une plume dans sa main tremblante :

– Sur tous les habitants, c'est le seul qui ait passé avec succès le test du livre de Dollibert. Ce n'est même pas un Mortagnais, mais un réfugié. Arrivé sans famille, comme toi à l'époque. Il s'appelle Joey Korkone. Artarik ne peut pas l'intégrer à l'école classique, il a trop de retard. Carambole est chargée de lui apprendre à lire.

Passe-Partout accusa le coup. Lui qui ne prenait pas le temps d'en faire de même ! Il n'aima pas le jeune garçon, par principe, et s'approcha de la table.

– Bonsoir, Carambole, émit-il froidement.

Elle tourna la tête et son regard clair s'emplit de lumière à la vue de son héros. Son élève se leva respectueusement, dépliant de longues jambes sur un buste interminable.

– Tu dois être Passe-Partout, se crut-il obligé de dire timidement.

– Tu dois être Jokoko ! répondit l'enfant, provocateur.

Paradoxalement, le dégingandé baissa les yeux avec le sourire. Dans la Cité, tout le monde connaissait l'habitude, devenue légendaire, de Passe-Partout de donner des surnoms à ses proches. Le nouvellement baptisé, dans sa candeur naïve, prit cela comme une attention particulière et fit involontairement avorter l'agression verbale. Pas dupe, Carambole voulut dissiper le malaise :

– Joey apprend très vite ! Bientôt, il en saura autant que moi !

Passe-Partout adopta un air faussement intéressé et retourna un parchemin.

– Ce sont des documents de Parangon ?!

Carambole ne répondit pas. Il ne pouvait pas la tromper, ne reconnaissant que l'écriture du Magister. Elle changea de sujet :

– Le premier élève de l'école de Magie dirigée par Artarik, un non-Magicien ! Plutôt un atelier de recherche.

Passe-Partout ignora la justesse de l'avis de Carambole ! Le noir envahit son esprit. Le reproche de Fontdenelle, la moquerie du Fêlé, la présence de ce Jokoko… « La Mortagne Libre », pour la première fois, ne représentait plus le refuge qu'il affectionnait, le havre de paix dans lequel il ne comptait que des complices. Le visage fermé, il jeta le parchemin sur la table et sans un mot, d'un pas décidé, quitta l'auberge.

CHAPITRE V

Antinéa se tourna vers le Messager :
— La vie de ma sœur Mooréa ne tient que par les incantations des Elfes de la Forêt d'Émeraude.
Si le Fourbe découvre où elle se situe…
— Personne sur Avent ne sait où se trouvent les Peewees, hormis l'Enfant de Légende.
Il ajouta :
— J'observe ne pas être le seul à surveiller cet enfant !
La Déesse des Mers lui confia alors :
— En ce qui me concerne, pour le moment, uniquement dans Mortagne et dès qu'il touche
l'eau, des rivières ou des océans…

Lorbello. Extrait de « Rencontres Divines »

— Prima…

La première dame de Mortagne se tourna avec le sourire, reconnaissant sur le champ la voix de l'enfant qui ne se lassait pas de détailler son visage pour y découvrir, sans jamais y parvenir, la moindre imperfection.

— Appelle-moi Perrine, s'il te plaît, Passe-Partout.

Il arriva à détourner son regard et répondit malencontreusement :

— Oui, Prima.

Perrine abandonna et attendit qu'il expose la raison de sa présence tardive dans les couloirs du Palais. Elle avait pris l'habitude de lui donner audience à n'importe quel moment ; ses propos directs et sensés changeaient de ceux de ses chefs de guilde qui patientaient dans la salle du conseil.

— Voilà…, débuta-t-il, plutôt maladroit. Le Fêlé m'a dit que… enfin, j'ai pensé que ce serait long pour obtenir de l'aide des provinces du Nord. Alors, tiens…

Et il tendit une petite bourse en cuir usagée, comme un gamin ayant cassé sa tirelire pour tirer ses proches d'une mauvaise passe financière. Perrine fit un pas en arrière, mais Passe-Partout, insistant, lui déposa dans la paume de sa main. Il ajouta timidement :

— Je n'en ai pas l'utilité. Mortagne m'a donné tout ce dont j'ai eu besoin. Je dois m'acquitter de cette dette.

Perrine, les yeux rivés sur ses doigts serrés, perçut confusément sa tristesse. Elle voulut alors lui dire qu'il ne devait rien à la Cité, que ses débiteurs étaient les Mortagnais, mais il disparut dans la seconde, fidèle à sa méthode, le temps d'un mouvement de paupière. La Prima se sentit un peu sotte, seule au beau milieu du couloir menant à la salle du conseil !

Elle secoua l'aumônière qui lui paraissait bien légère, s'attendant au cliquetis caractéristique des pièces s'entrechoquant. Rien ne se fit entendre. Curieuse, elle détendit les minces cordons fermant grossièrement la bourse et laissa glisser le contenu au creux de sa main.

Elle crut s'évanouir. Jamais de sa vie de princesse elle n'avait contemplé une telle fortune : des perles grises d'une grosseur jamais envisagée ! De quoi acheter la Cité en entier, habitants compris ! Le rouge aux joues, surprise une nouvelle fois par celui devenu l'enfant de Mortagne, sachant d'avance l'inutilité de tenter de restituer ce trésor, elle s'avança lentement vers la salle où les chefs de guilde devaient s'impatienter. Perrine les entendait déjà peaufinant leur langue de bois pour une énième réunion de crise. Elle serra la bourse dans sa main, son pas gagna en assurance jusqu'à la porte qu'elle claqua derrière elle, et déclara d'un ton ferme :

– Asseyez-vous et faites vite, le temps me manque !

Pérénia ne cachait pas sa satisfaction. Valk, elle, crut qu'elle allait vomir ! Une quinzaine de lits dans une seule pièce. À chaque lit, un anneau. À chaque anneau, une chaîne. À chaque chaîne, un esclave mâle. Leur lot quotidien : attendre qu'une femelle les choisisse pour une copulation !

– Triés sur le volet pour éviter la perversion de notre peuple ! ajouta la Reine.

Valk en convint. Les « spécimens » disponibles, nus comme des vers, tête baissée, représentaient dignement l'espèce !

Pérénia donna l'ordre de faire silence. Le moment était grave, quasi religieux : une guerrière s'apprêtait à enfourcher un mignon. L'homme suait la peur et, malgré les charmes physiques de la dame, semblait peu enclin à une disposition rapide. L'Amazone, pour laquelle ce rite devait se limiter à la stricte procréation, n'apprécia guère ce contre-temps qu'elle sanctionna par une gifle retentissante, ajoutant à la détresse du soumis et inhibant ainsi toute velléité d'excitation. Elle lui promit mille morts si son « état » ne s'améliorait pas séance tenante !

Valk plaint le jeune homme qui finit héroïquement par atteindre l'objectif assigné. Elle remarqua en outre que le mignon contenait volontairement des râles de plaisir. Ce qui ne l'empêcha pas, finalement, une fois sa semence récoltée par sa cavalière, de crier. De douleur par un coup de poing qu'elle lui asséna pour tout remerciement ! Contre toute attente, Pérénia affirma :

– Ils sont bien traités !

Valk, certes pas en position de contrarier la Reine, fit mine de s'intéresser au phénomène :

– Et les enfants qui naissent de cette union ?

Pérénia lui répondit avec colère :

– Quelle union ? Il n'y a pas d'union ! Si nous pouvions nous passer de ce moment pénible ! Suis-moi !

Elles franchirent le seuil d'un baraquement que Valk considéra comme une pouponnière. Elle pensait pourtant être au bout de ses surprises ! La visite fut rapide chez les toutes petites gardées par des Amazones âgées, le sexe masculin brillant singulièrement par son absence, tant dans les berceaux que dans l'encadrement adulte.

Son haut-le-cœur reprit dans la salle suivante où étaient parquées les gamines. L'abject spectacle ne lui inspira que dégoût et mépris. Deux esclaves mâles à quatre pattes, le corps boursouflé d'hématomes et de plaies, constituaient l'attraction principale de ce « jardin d'enfants ». Les éducatrices enseignaient l'art de détester la gent masculine en les invitant à reproduire les coups violents qu'elles portaient elles-mêmes en exemple. Le conditionnement poussé à l'extrême... Valk se résigna et posa la question qui lui brûlait les lèvres :

– Et les petits mâles ?

La Reine balaya d'un geste cette interrogation inutile, mais consentit à répondre :

– Aux baraques à esclaves ! Pour ceux qui survivent...

Perturbée, Valk chercha du regard quelque chose ou quelqu'un pouvant lui rapporter un brin d'humanité. Elle croisa une paire d'yeux tristes, presque implorants. Sûrement les mêmes que les siens à l'âge où elle avait fui son village à la mort de sa mère. Valk contrôla le frisson qui remontait le long de sa nuque : cette petite fille n'était autre que celle aperçue dans le miroir magique du musée de Perrine ! La Reine eut une moue méprisante :

– Quelle coïncidence que tu la remarques ! ironisa-t-elle. Pyrah ! Sagar ne s'est pas penché sur son berceau. Elle est de la lignée maudite d'Adrianna. Sa nièce en vérité. Elle attend pour payer comme sa mère... Tu as le temps d'engraisser encore un peu avant d'être amenée aux Deux Rochers. Quelqu'un vient de te prendre la place ! À moins que le Dieu de la Mort ne l'emporte dans sa Spirale pendant sa punition !

Le regard de Valk croisa de nouveau celui de Pyrah. Elle crut y lire un appel au secours et comprit que la justice amazonienne n'y allait pas avec le dos de la cuiller ! Toute la descendance d'Adrianna devait payer son écart. Jusqu'à cette gamine qui n'y était pour rien ! La Reine clôtura la visite, ô combien guidée.

– J'espère ta curiosité satisfaite ! Mes Amazones vont te raccompagner auprès de tes mignons. Tu es la première à sortir vivante des Drunes, et uniquement parce que tu t'es montrée valeureuse au combat !

Elle fit une grimace éloquente :

– Par Sagar ! Tes mignons sont en trop bon état, frappe-les plus ! Ces lavettes ne méritent que cela !

– Merci de ces conseils avisés, Reine Pérénia, répondit-elle dans un effort de courtoisie avant d'ajouter : m'autorises-tu à revenir aux Drunes ?

– Pourquoi pas ? Tu ferais une Amazone acceptable !

Avant de revêtir le bandeau pour traverser la forêt, elle croisa sa courageuse adversaire sur la place centrale. Nue. Crucifiée. Agonisante en plein soleil...

– Prima, puis-je ?

Perrine se leva, les mains tendues :

– Seigneur Fêlé... Que me vaut ce plaisir ?

Ils tombèrent dans les bras l'un de l'autre.

– Pas trop sur les nerfs ?

Dame Perrine haussa les épaules :

– Tergyval à peine parti que son absence est déjà pesante. Valk s'est jointe à lui. Mais ça ira ! Et toi ?

Le Fêlé lui décocha une moue traduisant sa résignation à l'ennui. La Prima sourit. Le manque d'activité du Colosse dans la Cité le minait. Quelques coups de main où sa force hors du commun aidait la population à reconstruire. Quelques chasses concourant à nourrir Mortagne. Perrine savait qu'il compensait mal l'absence de ses compagnons d'aventures dont les membres s'éparpillaient. Elle le regarda avec tendresse :

– La Compagnie de Mortagne sera bientôt de nouveau réunie… Et moi, je tremblerai à nouveau pour toi.

Troublé, mais lâche comme la plupart des hommes, il proféra :

– J'ai croisé Valk à l'auberge avant qu'elle rejoigne Tergyval. Elle m'a raconté l'échec des négociations avec Océanis.

Déçue par la reculade du Colosse, Perrine fit un pas en arrière et déclara :

– Bredin 1er. Il semblerait bien qu'il ait un petit problème…

Elle frappa sa tempe avec son index.

– … de discernement !

Le Fêlé apprécia sa diplomatie. D'après ses informations, le Monarque d'Océanis était tout simplement fou à lier ! Il poursuivit :

– Josef se joint à moi pour te dire que si tu as des difficultés pour rétribuer nos activités, nous comprendrions. Mortagne d'abord !

Perrine leva les yeux au ciel. Valk avait de toute évidence parlé de ses déboires financiers. Elle éluda :

– Problème effacé, Passe-Partout y a pourvu !

Après l'exposé de la visite de son protégé, le Fêlé lui demanda de répéter précisément les propos tenus par l'enfant. Sa « dette » acquittée induisait un solde de tout compte. Il blêmit.

Des coups à la porte les firent sursauter.

– Prima ! Prima Perrine !

La première dame de Mortagne se redressa et reprit son rang.

– Entrez ! ordonna-t-elle.

Un garde se précipita à l'intérieur et s'inclina brièvement :

– Message pour toi, Prima. Le seigneur Gerfor est en ville.

Perrine leva un sourcil interrogatif. Le Fêlé sourit à la nouvelle malgré son inquiétude et dit :

– Je te laisse recevoir l'émissaire officiel de Roquépique. Il faut que j'aille…

Elle l'interrompit :

– Chercher Passe-Partout ! Va, je comprends.

En enlevant elle-même son bandeau, Valk pensa à l'aversion qu'éprouvait Adrianna envers le genre masculin, et en comprenait maintenant les raisons. Elle se dirigea vers l'endroit où le corps diplomatique de Mortagne parquait les ptéros. Le Capitaine se leva d'un bond, comme muni de bottes à ressorts.

– Tout va bien mon cœu... Valk ?

Le lapsus de Tergy, témoignage de son angoisse et surtout de son attachement, lui alla droit au cœur et elle décocha son plus beau sourire, ravie de se retrouver sur cette bonne vieille terre d'Avent. Les Drunes se positionnait définitivement pour elle dans une autre dimension !

– Ça va mieux, répondit-elle.

Elle ajouta à voix basse :

– Tu sais, Tergy, je viens d'être éclairée par une Reine Amazone sur ce que doivent être les rapports entre les femmes et les hommes !

– Et alors ? questionna-t-il avec inquiétude, relevant l'inversion de la formule consacrée.

– Ça risque de te faire drôle ! rétorqua-t-elle en éclatant de rire, seule à comprendre la plaisanterie.

Josef s'ennuyait ferme. Les travaux dans Mortagne utilisaient tous les bras vaillants qui, en journée, venaient rarement lever le coude ! Heureusement que Carambole se chargeait de l'instruction de Jokoko pour s'occuper ! L'aubergiste fut sorti de ses songes par l'arrivée fracassante non pas d'un, mais de quatre Nains.

– Gerfor !

L'interpellé renifla bruyamment, relayé par deux de ses acolytes se ressemblant trait pour trait. Le dernier, l'air absent, paraissait compter les mouches au plafond de « La Mortagne Libre ». Fidèle à son manque d'éducation, ignorant toute règle élémentaire de courtoisie, Gerfor apostropha Josef :

– Où sont-ils ?

L'aubergiste leva les yeux au ciel puis toisa un instant les quatre Nains. Leur immobilité temporaire lui évoqua un éventuel projet pour son jardin. Il répliqua, jovial :

– Bonjour ! Qu'est-ce que vous buvez ? C'est la maison qui régale !

Carambole s'amusait de la manière dont son père discutait avec les habitués. Pas de fine psychologie en revanche avec ceux de Roquépique ! Sa proclamation de gratuité valut parole de Sagar et trois cervoises s'emplirent sur le champ ! Gerfor se tourna vers le quatrième qui bayait aux corneilles et le secoua :

– Barryumhead, foutu prêtre ! Viens boire !

L'aubergiste attendit patiemment que Gerfor fasse les présentations des deux Nains qui se ressemblaient comme deux gouttes d'eau, en vain. Après s'être amusé à les observer, constatant que leurs gestes les plus anodins s'accomplissaient de conserve et sans concertation, il lâcha ironiquement :

– Dois-je deviner les noms de tes deux amis ? Ou peut-être n'en ont-ils pas ! Ce en quoi...

Gerfor s'essuya la bouche de son revers de chemise déjà maculé de diverses tâches, variées et anciennes, et grogna :

– Bonnilik Plumbfist et son frère du même ventre, Obovan Plumbfist. Tous deux Fonceurs Premiers Combattants de la Horde de l'Enclume ! Forgerons émérites de Roquépique, par Sagar !

Josef laissa ensuite Gerfor raconter les funérailles de Fulgor et le couronnement de Terkal. Il ne s'encombra pas de détails et en vint très vite à la raison de sa présence dans la Cité : il apportait le pacte d'alliance de son nouveau Roi à la Province de Mortagne. L'aubergiste, de façon anodine, lâcha :

– Ce pacte aurait pu être délivré par n'importe quel messager. Pourquoi es-tu revenu ?

Gerfor émit un borborygme, signe que la perfidie de la question avait traversé sa carapace de Nain. Il prétexta d'abord que Passe-Partout lui avait promis le barryum bleu pour confectionner son casque. Les deux jumeaux qui l'accompagnaient, figurant parmi les meilleurs forgerons de Roquépique, étaient censés l'attester. La grimace de Josef à cette excuse lui imposa de raconter, cette fois avec force détails, sa visite au temple de Sagar, la transe de l'oracle de Zdoor et le 'Signe' de son Dieu justifiant, selon lui, une autre et tout aussi imparable explication l'amenant à Mortagne. Carambole et Josef s'adressèrent une œillade complice. Trop de bonnes raisons cachaient la principale ! La Compagnie manquait à Gerfor par-dessus tout, mais il ne l'avouerait jamais.

– Bien ! Où sont-ils ? répéta l'obstiné de Roquépique.

Avent Port...

Son regard embrassait les ruines englouties du premier port du Continent. Il avait fui comme un voleur, sans en avoir rien dit à personne... Tout dans son esprit confus ne se résumait qu'à des questions sans réponses. Ce doute absolu qui vous hantait lorsque la solution d'un problème n'en entraînait qu'un nouveau !

Au-delà du « Qui suis-je ? », les derniers événements ayant levé une partie du voile de son passé mystérieux le jetaient dans un abîme de perplexité. À son désarroi s'ajoutait cette invisible pression des postulats fatalistes qu'on lui assénait sans cesse, considérant que son avenir ne pouvait se construire qu'à la lecture d'une prophétie. Écrit incompréhensible rédigé de surcroît par une Prêtresse à demi folle !

– Que les Mortagnais se débrouillent sans leur héros ! cracha Passe-Partout.

Il n'osa pas s'avouer que quitter Mortagne relevait aussi, et surtout, d'une autre raison et jeta rageusement un caillou dans les vagues en grognant à l'océan :

– Je fais ce que je veux !

CHAPITRE VI

Antinéa pénétra les appartements du Messager qui, l'air grave, donnait à manger à un couple de Statons.

– Le Fourbe les chasse sans répit ! déclara-t-il sans se retourner.

La Déesse de la Mer contempla la beauté des oiseaux créés par sa sœur et vit une cicatrice fraîche sur l'épaule de celui qui les nourrissait :

– Il cherche à t'atteindre.

Le Messager esquissa un sourire. Sous forme de Licorne, le risque demeurait certes moindre ! Mais le Déchu avait un temps d'avance… qu'il ne pouvait rattraper qu'en Staton.

Lorbello. Extrait de « Rencontres Divines »

La haute silhouette du Colosse errait comme une âme en peine dans les rues de Mortagne. Le Fêlé mesurait cet attachement profond se transformant en une sourde angoisse qui l'étreignait dès que Passe-Partout s'éloignait de lui. Que tous les membres de la Compagnie de Mortagne quittent un par un la Cité l'attristait. Que Passe-Partout en fasse de même le rendait fou !

Depuis le matin, il le cherchait désespérément. Et déjà son absence le rongeait. Tous l'avaient accablé. La dernière personne à lui avoir parlé était Perrine.

Le coup de grâce lui fut donné dans l'enclos de Guilen. Hormis les quatre ptéros réservés pour les « urgences », parqués à part, chaque saurien magiquement domestiqué par Kent ne pouvait être monté que par son seul cavalier désigné. Et celui de Passe-Partout manquait à l'appel.

Les murs d'enceinte d'Océanis se dessinaient au loin. Créée en même temps que Mortagne, lors de la chute d'Avent Port, la ville avait suivi un développement économique similaire, reposant essentiellement sur la pêche.

Tergyval nota des différences sensibles par rapport à une précédente visite quelques cycles plus tôt. Le palais, plus imposant, luisait comme un sou neuf, au même titre d'ailleurs que la totalité des édifices principaux de la cité. Vue du ciel, on eût dit qu'Océanis avait été érigée la nuit dernière !

Ils atterrirent à bonne distance des écuries réservées aux caravanes de passage, à l'extérieur afin de ne pas affoler les chevaux ne supportant pas la présence proche des ptéros. En attendant l'inévitable comité d'accueil d'Océanis, la Belle voulut justifier son emportement soudain lorsqu'elle avait piqué sur les Drunes et s'excusa auprès de Tergyval en lui relatant l'épisode insolite du miroir. Le Capitaine des Gardes n'appréciait guère ce qu'il ne comprenait pas. Homme de décision en toutes situations maîtrisées, l'inexplicable le rendait méfiant et prudent. Il ne fit toutefois aucun reproche à Valk et la questionna :

– Les Folles t'ont-elles au moins apporté des informations utiles ?

Une moue mi-figue mi-raisin fut sa première réaction. Il connaissait son passé dans lequel sa tutrice, Adrianna, avait pris une part importante. La Belle répondit :

– Une confirmation de taille : j'ai bien été élevée par une Amazone ! Qui aurait pu être Reine ! Excommuniée parce qu'elle est tombée amoureuse !

Tergyval leva les yeux au ciel :

– D'après ce que l'on raconte des Amazones, cela n'a pas dû être de leur goût.

– C'est le moins que l'on puisse dire…, répondit Valk qui ajouta : elles ne sont pas tendres. Même sa sœur a été punie pour elle. Une sorte de sacrifice, je n'ai pas bien compris. Ni posé de questions d'ailleurs ! Ce qui me hérisse, c'est que toute sa lignée paye encore aujourd'hui pour ses frasques avec son étalon !

Le Maître d'Armes n'eut pas le loisir de lui demander plus de précisions. Un groupe de soldats armés jusqu'aux dents approchait avec circonspection. Il marcha vers eux, paumes ouvertes, bras en l'air et déclara d'une voix forte :

– Tergyval, Capitaine des Gardes de Mortagne, accompagné de Valkinia, missionnés par Dame Perrine, souhaitons audience auprès de Sa Majesté Bredin 1er !

Le chef de l'escouade semblait plus impressionné par les ptéros que par le titre de Tergyval, ce moyen de déplacement restant jusqu'à présent peu usité sur Avent. À distance, il fit un geste appelant ses hommes à encadrer les deux visiteurs, et un coup de menton signifiant de les suivre.

Avent Port…

Décidément, ce port fantôme cristallisait ses peurs, ses angoisses et ses fuites ! Il s'y était rendu sans réelle raison, pour peut-être se convaincre qu'il n'agissait que selon sa volonté. Avec pour prétexte de récupérer ce que la première fois il n'avait pas pris par prudence, un objet qu'il jugeait arbitrairement lui revenir de droit. Une pensée terrible lui traversa l'esprit.

Et si ma présence ici était voulue ?

Il secoua la tête pour la vider de son contenu. C'était impossible ! Son départ ne résultait que d'une succession de circonstances, d'un nébuleux cumul de situations désagréables : la politesse excessive des Mortagnais, l'altercation avec Parangon, la morale du Fêlé et la goutte d'eau… Carambole avec Jokoko !

Il chercha un responsable dans son mal-être, et le trouva. À la réflexion, rien de tout cela ne lui serait arrivé sans la proclamation discutable de celui qui l'avait désigné comme le Petit Prince des Elfes ! Il se souvint de la promesse faite à Elsa et releva la tête. La décision qu'il venait de prendre estompa son cafard. Le temps de récupérer son arc et il s'envolerait vers la Forêt d'Émeraude.

Passe-Partout chercha un endroit pour attacher son ptéro et choisit un vieux torve entouré de buissons. Sa monture pourrait s'en délecter en l'attendant. Il avisa non loin une haie de colanones et fronça les sourcils.

Poison violent ! S'il avale ces baies, je devrais aller voir Jorus à pied !

Il jaugea la distance entre le saurien et le bosquet empoisonné.

Bah ! Le temps que je revienne, il n'aura pas fini de manger ce qu'il y a autour de lui !

Le cafard du Fêlé s'aggrava lorsqu'il constata que toutes les affaires de Passe-Partout, se résumant somme toute à peu de choses, avaient disparu de la chambre au fond de la cour du laboratoire de Fontdenelle. L'herboriste se tordait les mains, inquiet lui aussi de la volatilisation de son jeune locataire :

– Il a emporté ses quatre couteaux. Tout ce qu'il possède ! remarqua le vieil homme, d'un ton misérable. Je ne comprends pas. Parti ! Sans aucune explication ! Serait-ce de notre faute ?

Le Fêlé, gêné, resta coi. Machinalement, Fontdenelle ouvrit un tiroir secret de l'armoire. Le Colosse s'approcha de l'ingénieuse cachette du meuble que l'enfant avait forcément découverte lors de son emménagement et y vit deux parchemins.

– Les lettres de ses deux pères. Il ne les a pas emmenés, déclara Fontdenelle avec une note d'espoir dans la voix.

Le Fêlé baissa les yeux. Une autre manière de considérer les choses s'imposait à lui : Passe-Partout n'avait cure d'emporter des documents qu'il ne pouvait déchiffrer !

Pas la moindre brise... La partie immergée du premier port d'Avent restait parfaitement visible du haut de la falaise surplombant l'entrée de la grotte. Il songea fugacement que c'est à cet endroit qu'il avait failli abandonner sa quête. Lui, Passe-Partout, avait voulu tout quitter à Avent Port ! Récupérer le couteau jumeau dans la tombe d'Orion ne lui avait finalement été possible qu'après sa rencontre fortuite avec les pêcheurs de perles qui lui avaient confié le secret du kojana et de l'apnée totale. Bien décidé à braver l'océan et le destin, il se débarrassa de ses vêtements, avala un petit bourgeon vert et sauta dans le vide, un rocher dans les mains en guise de lest.

L'effet immédiat du kojana lui fit aussitôt retrouver les sensations du plongeur sans contraintes. D'un mouvement de reins, il pénétra le couloir sous-marin menant à la sépulture, nageant devant les statues de Gilmoor, Sagar, Mooréa et Antinéa désormais noyées comme les trois quarts de cette ville. Passe-Partout s'assit au bord du trou permettant de gagner le mausolée du premier héros d'Avent et reprit naturellement sa respiration. Avant même de jeter un coup d'œil à la grotte d'accès à la tombe proprement dite, il sut que quelqu'un avait violé l'endroit depuis sa dernière visite.

Un rai de lumière émanant d'un orifice sur la voûte éclairait d'une lueur surprenante l'ultime demeure d'Orion. Des dizaines de cadavres criblés de flèches jonchaient le sol, recouvrant presque totalement le damier à traquenards qu'il lui avait fallu franchir la première fois pour chercher Saga, le couteau jumeau de Thor. Leur intrusion semblait récente et les corps étrangement secs. À nouveau, les cagoulés n'avaient pas hésité à se sacrifier ; chaque dalle pavant l'endroit recelait un piège, il leur avait paru plus commode de les déclencher façon kamikaze ! Leur méthode ne variait pas d'un pouce : peu importait les pertes du moment que le but était atteint.

Passe-Partout pesta. Le dessus de la stèle, tel un couvercle, gisait à terre. La main de pierre ne tenait que le vide. L'arc d'Orion avait disparu. Une bouffée de colère monta en lui et son regard vira au gris. Il décocha un coup de pied aussi violent qu'inutile dans le corps sans vie d'un sang noir et baissa la tête en signe d'impuissance. Sans crainte de déclencher de nouveaux pièges, il enjamba les cadavres pour s'approcher de la tombe et détailla la fresque peinte avec art sur le fronton.

Au premier plan, vraisemblablement Orion, reconnaissable aux deux couteaux identiques à ceux de Passe-Partout, qui saluait un Elfe Sombre richement vêtu, cimeterre caractéristique accroché sur le dos, le fameux arc en bandoulière et un épais livre sous le bras. Un signe sur le grimoire interpella l'enfant. Il toucha l'un de ses médaillons. Le symbole des Sombres. Son regard se focalisa sur la montagne aux deux pics où il avait cru apercevoir, de loin, un lézard. Il s'agissait bien d'une représentation fidèle d'un Ventre Rouge, type de Dragon qu'il avait lui-même approché ! Le prédateur semblait s'entretenir avec une Licorne d'un genre particulier, celle-ci disposant de deux ailes argentées repliées sur ses flancs. L'ensemble devait raconter un passage essentiel de la vie du premier héros d'Avent. Aucune inscription, heureusement pour Passe-Partout, ne figurait sur la stèle, tradition orale oblige !

Kent connaissait maintenant la vie de Passe-Partout depuis son départ de Thorouan. Le sentiment qui prédominait dépassait la simple admiration. Le Clair narra son étape au cimetière du village :

– J'ai trouvé la tombe de Félina. Sans aucun doute, notre Reine mère est bien empierrée à Thorouan. Tecla savait depuis Dordelle qu'en cherchant Garobian, il découvrirait Félina. En coupant le signal des Elfes, notre Reine a ainsi rendu impossible tout lien remontant jusqu'à elle. Tecla et son commando ont donc fait, en ce jour tragique, coup double.

Il prit une inspiration et déclara, les yeux brillants :

– Je suis pourtant sûr de la survivance du peuple Clair ! Ma quête n'est pas achevée ! Ma présence ici se résume à une question : où dois-je chercher ?

– Aux Quatre Vents, murmura Faro avant que la communauté Peewee ne clame sa joie de l'espoir retrouvé.

Jorus lui expliqua alors la signification de la prophétie d'Adénarolis. Tous les deux en convinrent, ils ne se trompaient pas. L'Enfant de Légende ne pouvait être que Passe-Partout.

La fresque ne le détourna cependant pas de l'essentiel. Pourquoi les cagoulés s'intéressaient-ils à un arc ? Après le manuscrit de la Magie des Sombres, voilà qu'ils s'appropriaient une arme fabriquée par cette communauté disparue. Il se pencha au-dessus de la stèle, creuse et vide. Puis son regard embrassa la grotte entière, le trou au plafond par lequel le rayon de lumière ne permettait pas le passage d'un corps humain et les « sangs noirs » complètement secs.

Par où sont-ils donc entrés ?

Sa tête s'inclina vers la représentation sculptée d'Orion.

Ils ont volé mon manuscrit, et maintenant notre arc !

Il trouva la tournure un peu politique et voulut se rattraper en déclarant d'un ton solennel :

– Je te promets de les récupérer tous deux !

Furieux et préoccupé, il salua Orion et avala son dernier bourgeon de kojana avant de plonger dans le seul accès, a priori, qui menait à l'ultime demeure du héros d'Avent.

Agacé par ce qu'il considérait comme un vol manifeste, Passe-Partout nagea dans l'étroit boyau qui l'amena au rideau de varech camouflant naturellement la grotte sous-marine. Sa nervosité prit le pas sur son habituelle méfiance, il traversa la porte d'algues sans se soucier de ce qu'il pourrait trouver derrière. Une frayeur sans nom lui fit regretter son manque de prudence. Une forme ronde flottait devant lui, deux tentacules menaçants à quelques pouces de son visage. Il effectua par réflexe un mouvement en arrière, recul à l'identique du monstre lui faisant face, aussi surpris que lui de cette soudaine apparition.

– Plouf !

Il aurait éclaté de rire s'il n'avait été sous l'eau !

– Toujours là dès que je mets un pied dans l'océan !

Le poisson s'approcha à distance respectueuse. Ses yeux au bout de ses tentacules remuaient sans cesse dans leurs orbites. L'inquiétude et l'insistance qu'y lisait Passe-Partout ne semblaient pas qu'une impression. Plouf lui demandait de le suivre.

– Nous devrions peut-être fermer boutique, suggéra Carambole à Josef, rêveur.

L'aubergiste revint à la réalité en lui souriant.

– Il nous faut attendre le retour des Nains, et celui de Joey. Mais tu as raison, il n'y a personne. À croire que Mortagne s'est vidée de ses habitants !

Tandis qu'il posait une chaise sur le comptoir, sa fille, soucieuse, le questionna :

– Quelque chose te préoccupe ? Ce n'est pas parce que le Fêlé n'est pas venu ce soir que...

– Non, non ! répondit-il.

Il grimaça et s'ouvrit à Carambole du problème qui le tracassait :

– Tu te souviens lorsque Passe-Partout t'a sauvé la vie. C'était le jour de son arrivée à Mortagne. Fontdenelle m'avait raconté sa dernière rencontre avec Dollibert. Les recherches effectuées à l'époque par ses soins portaient sur les plantes hallucinogènes. Tout cela pour se rapprocher des Dieux, afin probablement d'atteindre Mooréa, pour faire progresser la Magie des humains. Je repensais à l'histoire de Gerfor et de ses prêtres. Les Nains ont peut-être une avance sur nous dans ce domaine. Mais cela n'a de l'importance que pour les Initiés, et notre Jokoko a encore du chemin à parcourir avant d'explorer cette piste !

Il serra affectueusement l'épaule de sa fille.

– Bien ! À propos des Nains, aide-moi à ranger leur malle dans la remise.

Carambole se reprit à deux fois pour soulever l'imposante cantine.

– Qu'est-ce que c'est lourd !

Son père arbora un large sourire.

– Les outils de forgeron des deux frères et le moule du casque de Gerfor ! Les Nains ne font jamais ni dans le ciselage ni dans la dentelle !

Le jeune réfugié, répondant dorénavant au nom de Jokoko, ne quittait pour ainsi dire plus « La Mortagne Libre », sauf pour aller à la Tour de Sil où Artarik, intérimaire en l'absence de Parangon, validait les étapes franchies par leur seule recrue. En moins de deux jours, Joey, réceptif, réalisait des progrès spectaculaires auprès de Carambole, à tel point que sa 'tutrice' se demandait s'il n'avait pas menti sur ses connaissances en aventien. Ils se servaient de parchemins traitant principalement des rudiments de la Magie humaine, rédigés par les scribis sous la direction du Magister. Un de ces fameux feuillets sous le bras, le nouvel apprenti pénétra en trombe dans l'auberge.

– Artarik veut fermer l'école classique ! Il clame haut et fort qu'il est inutile d'apprendre à lire et écrire à des fils de pêcheurs et que ceux qui désirent étudier se fassent Scribis !

Carambole fulmina.

– Ce type est un abruti doublé d'un crétin !

– Crétin, c'est le terme employé par un élève que j'ai croisé dans la Tour de Sil ! Un nommé Suppioni, je crois.

– Sup suit des cours ? Ah bon ! s'étonna-t-elle.

La fille de l'aubergiste s'aperçut bien vite que les pouvoirs magiques des humains, et donc les formules correspondantes, se limitaient à créer une inutile boule de lumière et à ouvrir ou fermer des serrures. Le reste des documents ne traitait que des enchantements Elfes et des supputations de Parangon sur le parallélisme des Magies qui confirmaient surtout ses errances et l'absence de pistes pour développer ses propres sorts !

Il tourne en rond, songea Carambole. *La Magie humaine est mal barrée. Personne, à part Parangon ou Jokoko, ne peut lire le manuscrit de Dollibert ! Ou moi...*

– Korkone ? Comme la Korkone, l'araignée scorpion ?! clama Gerfor à l'intention du dégingandé qui, respectueux, se présenta à l'émissaire de Roquépique.

Joey opina du chef et narra l'origine de son nom d'emprunt.

– Mes parents adoptifs furent appelés ainsi à cause de leur lieu de vie. À proximité de notre maison vivait une Korkone âgée, extrêmement dangereuse. Mon père, par un subterfuge que j'ignore, avait trouvé le moyen de toujours la tenir à distance. Il disait que ce monstre garantissait notre sécurité. Ce fut vrai jusqu'à l'apparition des cagoulés. Eux ne se souciaient ni de ses pattes griffues ni de ses pinces, encore moins de sa queue à venin !

Le Nain renifla bruyamment. Les sangs noirs, corrompus, ne ressentaient plus rien, ni la peur ni la douleur ! Le silence de circonstance après le récit de Joey fut rompu par l'entrée du Fêlé, la tête décomposée. Il avait retourné tout Mortagne pour retrouver Passe-Partout, au point que chaque habitant connaisse désormais la fugue de leur héros. Il avait obtenu l'aide inconditionnelle des gardes de la Cité, dont certains le nommaient 'Capitaine', missionnés par Dame Perrine, de tous les enfants rameutés par la non moins inquiète Carambole, et du gang que Fontdenelle appela à la rescousse. Il avait cherché depuis les écuries, où Guilen, tarabusté par le Colosse, lui cracha qu'« On ne demande pas son emploi du temps au Sauveur de Mortagne ! », jusqu'à la Tour de Sil où Artarik, méprisant, finit par lui hurler qu'il ne se souciait pas d'un capricieux n'ayant pas conscience de l'état dans lequel il avait plongé le Magister ! Tous les édifices, y compris les plus incongrus, avaient reçu sa visite, même les pensionnaires féminines du temple lupanar de la Cité qui lui offrirent leur aide, regrettant son absence depuis de trop nombreux jours. Et enfin Anyah, la Prêtresse d'Antinéa, surprise, elle, de le voir dans son lieu de prières pour la première fois, et qui fut particulièrement troublée du départ de Passe-Partout.

Le Fêlé acheva donc de promener sa misère à « La Mortagne Libre ». Josef connaissait l'attachement du Colosse à l'enfant, mais jamais n'aurait imaginé que son éloignement puisse le déprimer à ce point. Gerfor fut obligé de s'approcher pour qu'il s'aperçoive de sa présence, perdu qu'il était dans de noires pensées. Fidèle à son tempérament, il l'apostropha sans ménagement :

— Par Sagar, regarde-toi ! Ton frère, Garobian, doit se retourner dans sa tombe en te voyant geindre comme une fillette !

Les yeux de Josef s'agrandirent d'effroi. Jamais personne n'avait osé s'adresser au Fêlé de la sorte ! Gerfor vivait probablement ses dernières secondes. L'ancien membre de la Compagnie des Loups ne lui accorda pas la moindre attention et se mit alors à soliloquer sur un ton monocorde, ignorant la boisson tendue par Carambole qui, suspendue aux lèvres du Colosse, attendait des nouvelles de son héros.

— Il est parti. Par ma faute…

Gerfor fit une mimique dédaigneuse et rétorqua :

— Lubie de gamin !

Il se tourna vers l'aubergiste et sa fille pour les prendre à témoins.

— Sagar a parlé à Roquépique ! Sans Passe-Partout, nous sommes tous perdus, Avent sera anéanti ! Plutôt que de se morfondre, allons le chercher !

Une lueur apparut dans le regard du Fêlé, perçue sur le champ par Josef qui en profita !

— Reste à savoir où il se trouve !

De l'ignorance de chacun naquit un blanc révélateur. Un bruit de gorge, au fond de l'auberge, attira l'attention de tous, hormis le Colosse que rien, décidément, n'arrivait à extirper de son cafard. Personne ne fut surpris de découvrir Barryumhead, affalé, ouvrir une bouche démesurée pour… bailler ! Rien de très original dans son comportement pour le moins décalé, mais le fait qu'il ne la refermait plus inquiéta les observateurs, d'autant que ses yeux clos donnaient l'impression qu'il entrait en catalepsie. Entre ses lèvres béantes, une voix s'imposa dans le silence de l'auberge, que seuls Gerfor et le Fêlé pouvaient reconnaître.

— Gerfor, j'espère que tu peux m'entendre. C'est Anyah du temple d'Antinéa. Ce message est pour le Fêlé : Passe-Partout se trouve à Avent Port ! J'avais promis de l'aider… À bientôt !

Josef, Carambole, Jokoko et les jumeaux Nains restèrent interdits par ce prodige auquel ils assistaient pour la première fois. Le Fêlé manifesta un geste d'énervement et se redressa, dévoilant son immense cicatrice par le mouvement en arrière de son abondante chevelure. Son poing s'abattit violemment sur le comptoir de Josef.

– Bien sûr ! L'arc d'Orion !

– Sagar, merci ! hurla Gerfor.

Ce cri de guerre fit jaillir de leur siège les jumeaux comme un seul homme ! L'aubergiste se réjouit de voir le Colosse s'élancer dans sa chambre récupérer son équipement. Pleine d'espoir, Carambole s'activa dans la cambuse pour remplir un sac à dos de victuailles séchées. Ils perdirent cependant un peu de temps à tenter de bouger Barryumhead, ronflant sans discontinuer, nullement gêné par le barouf des préparatifs de ce déplacement précipité.

Les Mortagnais aperçurent un convoi hors normes, ce jour-là. En tête, le Fêlé, chargé comme un mulet, couvert d'armes comme s'il partait guerroyer seul contre mille. Il détalait tel un sorla, suivi de près par trois Nains sautillants, dont deux portaient un quatrième dormant d'un sommeil de plomb malgré le tintamarre des épées s'entrechoquant dans cette course éperdue en direction de l'enclos de Guilen !

Entraîné par son drôle de poisson, à quelques brasses de la tombe d'Orion, non loin d'Avent Port englouti, un spectacle hallucinant se déroulait devant ses yeux incrédules !

Une gigantesque amibe aquatique, aux multiples tentacules rétractiles, avait aspiré un corps en son milieu. Passe-Partout vit immédiatement qu'il ne s'agissait ni d'un humain, d'un Nain ou d'un Elfe. De forme toutefois humanoïde, sa peau était recouverte d'écailles et les doigts de ses pieds et mains reliés par des membranes. Mais, quelle que fût son apparence, il avait cessé de lutter ! Les grimaces que l'on devinait sur sa face de batracien ne pouvaient s'interpréter que comme une manifestation de la douleur qu'il endurait. L'amibe le digérait sur place.

Passe-Partout jeta un coup d'œil inquiet à Plouf. Thor et Saga, sous l'eau, étaient inefficaces, et s'approcher des excroissances qui s'étiraient en envergure, bien trop dangereux ! Le poisson gesticula dans un mouvement étrange. Ses deux « tentacules oculaires » s'écartèrent pour se rejoindre vers le bas, puis se catapultèrent en direction du monstre marin. L'enfant comprit sur le champ : la Magie ! Il n'avait pas le réflexe d'y penser avant toute autre action, et pour cause. L'état de faiblesse dans lequel il se retrouverait après avoir jeté un sort risquait de le laisser exsangue, et ce n'était pas Plouf qui pouvait le sortir de là !

Le poisson le supplia de son regard asymétrique. La réflexion fut courte. Après tout, son ami à nageoires ne l'avait jamais abandonné ! Il entama les gestes accompagnant la formule du seul charme qu'il connaissait de la Magie des Sombres et songea, non sans ironie, que l'Enfant de Légende, en l'occurrence lui-même, allait selon toute vraisemblance mourir ici noyé. Sale coup au Destin !

L'éclair mauve jaillit de ses paumes et percuta la partie supérieure de l'amibe, déchiquetant à moitié le monstre et lui ôtant la vie. Le corps de l'homme poisson s'abîma lentement vers le fond. Celui de Passe-Partout, vidé de ses forces vives et arrivé au terme de l'effet du kojana, en fit de même...

Le Barde cessa de parler pour se désaltérer, laissant son auditoire haletant. Même l'étranger à la cicatrice paraissait ignorer ce passage de l'histoire du jeune héros. Une voix dans l'auberge risqua :

– Et alors ?

Amandin sourit, ravi de son effet, et déclara avant de poursuivre :

– Ce qui se déroula sous les eaux ne me fut révélé que beaucoup plus tard…

En bon comédien, il leva les yeux au ciel.

– Les témoins de cet épisode ne nous étaient pas encore connus… Et Plouf forcément peu bavard !

CHAPITRE VII

Antinéa avait craint le pire : perdre son prêtre principal chez les Hommes Salamandre ! La Déesse des Océans se tourna vers le Messager :

– Je ne suis pas la seule débitrice du jeune métis. Malgré Gilmoor, tu l'aides depuis le début ! Non pas parce que tu crois en sa destinée, mais parce qu'il t'a sauvé la vie !

Le Messager répondit alors en ces termes :

– Ce que tu ignores, c'est que Moorëa, ta sœur, sentait la trahison en Ovoïs et m'avait demandé de surveiller l'enfant qui lui semblait le plus proche de la prophétie de sa prêtresse Elfe. Il est vrai que je lui dois probablement le salut. Personne sur Avent n'aurait libéré un Staton piégé sur la branche d'un résineux.

La Déesse des Océans marqua une pause et sourit :

– Tu me caches quelque chose. Je ressens de ta part un attachement plus profond à ce garçon, murmura-t-elle.

Lorbello. Extrait de « Rencontres Divines »

L'enfant se sentit soulevé. Des bruits de pas puis la chaleur des galets lui confirmèrent qu'il reposait sur la terre ferme. Les yeux dans le vague, il tenta de se relever. Il lui sembla discerner trois silhouettes regagnant l'océan. Deux s'immergèrent immédiatement, le troisième prit le temps d'un signe à son endroit avant que les vagues ne l'engloutissent. Un salut de la main... palmée ! Une immense fatigue s'empara de lui brutalement et l'entraîna cette fois dans un autre abysse, celui de l'inconscience.

Passe-Partout se réveilla en sursaut, rêvant qu'il se noyait. Une sensation d'étouffement le fit basculer sur le côté. Il toussa violemment et expectora de l'eau de mer. Le goût de bile qui suivit sa quinte lui donna un haut-le-cœur.

Depuis combien de temps suis-je étendu là ?

Il se redressa sur son séant et se tourna de tous côtés, prenant la mesure d'un potentiel danger. Dans le même temps, ses mains tâtaient son plastron et sa ceinture. Rien à l'horizon, et ses quatre couteaux répondaient présents à l'inventaire. Heureusement pour lui qu'Avent Port ne fut plus qu'un site fantôme ! La course du soleil, déjà à son déclin, l'alarma. Il se leva et se précipita jusqu'au torve où son ptéro l'attendait depuis bon nombre d'heures.

– Imbécile ! jura Passe-Partout pour lui-même.

Sa monture, aussi stupide que goulue, avait festoyé trop longtemps ! Le buisson de baies empoisonnées englouti, le saurien gisait mort à proximité. Il récupéra son équipement, jeta un coup d'œil appuyé à l'océan, haussa les épaules de dépit et s'en alla à pied. Un seul but à atteindre : la Forêt d'Émeraude.

Tout à coup, il ralentit sa marche, incertain sur sa destination. Les cagoulés dans la tombe d'Orion, sa rencontre sous-marine et la perte de 'Machin', son ptéro auquel il n'avait jamais trouvé le temps de donner un nom… Avent est souvent dangereux, lui répétait sa mère.

Il redressa la tête dans un sursaut d'orgueil. Il n'envisageait pas de revenir à Mortagne. Pas avant une explication avec Jorus. Il quitta définitivement la falaise, direction sud-est.

Valk s'amusait beaucoup ! Elle se laissa guider par les gardes d'Océanis, observant Tergyval qui jouait à la perfection son rôle de notable. Son exceptionnelle plastique entraîna comme à l'accoutumée son lot de torticolis dès qu'ils franchirent la première porte de la ville. Le Maître d'Armes perdit alors son attitude fière et altière, et l'explication ne se fit pas attendre. Au seuil de la deuxième arche se tenait une silhouette sombre élancée, jambes légèrement écartées, les deux poings sur les hanches, posture indiquant clairement que les visiteurs mal intentionnés sauraient avec qui en découdre en cas d'embrouille. L'homme pencha la tête sur le côté et s'approcha des émissaires de Mortagne, pour tomber dans les bras de Tergyval !

– Mon Maître !

– J'espère que tu l'as dépassé ! rétorqua le Capitaine des Gardes de Mortagne. C'est un plaisir de te revoir, Elliste !

Un salut à Valk, accompagné d'un regard appuyé balayant son corps sculptural, et une invitation à le suivre provoquèrent une diminution immédiate de la pression de l'escorte.

– Finalement, je ne suis pas surpris de ta visite en personne, entama Elliste.

– Après l'échec de mes trois émissaires, répondit gravement Tergyval.

Ils pénétrèrent alors dans le palais et s'ébahirent de la magnificence des lieux. L'ex-élève devança la question :

– Il ne s'agit que de l'entrée. Beaucoup de choses ont changé à Océanis !

L'ambiguïté du propos et le ton utilisé interpellèrent Tergyval. Elliste, fin diplomate, lui annonçait à mots couverts qu'il n'obtiendrait pas plus de résultats que ses précédents négociateurs.

– Allons au fait ! D'une part, Mortagne a besoin d'aide en hommes et en matériels pour sa reconstruction après le siège que nous venons de subir. D'autre part, il nous faut nous allier pour contrer cet ennemi inconnu. Port Vent a déjà rejoint notre Cité pour mettre en place un projet de défense commun. Il ne manque qu'Océanis pour que toute la côte ouest ne soit qu'un bloc uni.

Elliste grimaça :

– J'interviendrai comme il se doit auprès de notre Roi et de ses … conseillers. Toutefois…

Il laissa sa phrase inachevée, inquiétant Tergyval qui leva un sourcil pour demander la suite. Elliste prit une profonde inspiration, visiblement partagé entre le respect infini qu'il vouait à son Maître d'Armes et l'allégeance faite à son Monarque. Piteusement, il lâcha :

– Nous n'avons subi aucune alerte, aucune attaque. Les Océaniens restent persuadés que les incursions de ceux que tu appelles les envahisseurs ne sont que le fait de pillards organisés.

Il adopta un ton confidentiel :

– Tu connais la réputation de Bredin 1er qui dispose maintenant deux conseillers avisés… Je crains que tes arguments ne les fassent pas bouger. À l'inverse de l'alliance proposée, les moyens énormes dont bénéficie aujourd'hui notre ville seraient plutôt investis en interne pour assurer notre propre sécurité.

Tergyval se tourna vers Valk qui déclara :

– Ce ne sont pas les conseillers qui dirigent Océanis tout de même !

Elliste opta pour un silence qui en disait long et s'éclipsa, laissant les deux émissaires à leur escorte. Tergyval dit tout haut ce que Valk pensait alors tout bas :

– J'imaginais Elliste comme un atout ! À part notre accueil à Océanis, il ne sera pas d'une grande utilité.

– Tu es peut-être pessimiste pour rien. Notre cause est juste ! Océanis n'a aucun intérêt à refuser de collaborer.

Elliste réapparut sur ses entre faits.

– Le Roi Bredin 1er va vous recevoir !

– Tu vas vite comprendre, chuchota Tergyval, se souvenant de ce que lui avaient rapporté les précédents porte-paroles de Mortagne.

Passe-Partout apprécia de pénétrer en forêt. Des brûlures d'estomac lui rappelaient que l'océan ne lui réussissait pas. Les fonds sous-marins, recelant bien des mystères, lui paraissaient plus dangereux que les terres d'Avent ! Les sollicitations de Plouf pour qu'il vienne en aide à des amphibiens le dépassaient. Avait-il sauvé l'homme batracien pris au piège ? Probablement. Ces humanoïdes à écailles l'auraient-ils ramené avec tant d'égards dans le cas contraire ? Le soleil couchant lui fit penser à des contingences plus terre à terre. Il chercha un abri pour la nuit, choisit un touba à la large ramure et ne s'allongea pour prétendre à un repos mérité qu'après avoir eu la certitude que rien dans un proche périmètre ne représentait un risque. Il laissa alors vagabonder son esprit. L'histoire de l'arc de son père Sombre l'obsédait curieusement.

Quel intérêt pouvait avoir les cagoulés à récupérer cette arme ? Et par où étaient-ils entrés ? La « fraîcheur » des cadavres, par ailleurs étrangement secs, indiquait que l'ennemi l'avait devancé de peu. Aucune trace de passage d'une troupe au sol, pas de ptéro en vol, il devait s'agir d'un commando. À moins que ce ne fût pas l'arc qu'ils voulussent ! Mais alors, que contenait la stèle ?!

Le Fêlé m'aurait bien aidé à y voir plus clair…

Cette pensée hors propos le fit sursauter. Décidément, tout le ramenait systématiquement à Mortagne qu'il avait pris la résolution de fuir !

Valk ne savait plus où donner de la tête. Tableaux, frises, tapisseries, le moindre couloir emprunté s'égayait d'œuvres somptueuses ! Une telle richesse étalée n'avait pas son pareil sur Avent ! Ils furent introduits en grande pompe dans la salle du trône dont les innombrables dorures brillaient de mille feux et s'inclinèrent devant Bredin 1er, debout au bord de l'estrade, face à son siège royal. Son regard fuyant et sa désinvolture manifeste déplurent à Valk. Dès lors, son optimisme s'effrita quelque peu. Dans l'ombre, de chaque côté du Monarque, deux individus, dont on ne distinguait que les silhouettes, se vautraient dans autant de fauteuils. Celui de gauche clama d'une voix forte :

– Émissaires de Mortagne, vous pouvez maintenant exprimer votre requête au Roi Bredin 1er, Souverain de tous les Océaniens !

Tergyval ne tint pas compte de l'ironie qui sourdait de cette pompeuse introduction et entama posément par les présentations puis les raisons de sa présence. Valk ignorait ses qualités d'orateur. Elle le trouva remarquable dans le résumé des événements qui frappèrent Mortagne et éloquent dans sa description de la situation actuelle. Pendant son exposé, elle faillit malgré tout sortir en courant pour rire à son aise ; les grimaces de Bredin déformaient son visage comme si une grosse mouche qu'il ne pouvait chasser prenait son nez pour terrain de jeu ! Visiblement, il ne comprenait rien à ce que racontait pourtant avec clarté Tergyval. Valk partageait maintenant son inquiétude désormais fondée : ce Roi avait tout du parfait crétin.

Un silence de temple suivit l'intervention du Maître d'Armes. Les traits tourmentés de Bredin se figèrent. Ses yeux seuls, emplis de panique, chaviraient de droite à gauche tel un reptile du sud d'Avent, criant muettement à l'aide en direction de ses deux éminences grises. Un murmure, et Bredin déclara, comme à une réception théâtrale :

– Cela ne concerne pas Océanis !

Puis d'une voix mal assurée, ajouta :

– Ça y est, c'est dit ! Maintenant, on va manger ?!

Valk s'indigna du peu de considération que cet 'aigle à trois têtes' leur prêtait. Le manque de discernement du Monarque était flagrant ! Mais comment des conseillers, nécessaires pour Bredin comme deux béquilles intellectuelles, pouvaient à ce point se désintéresser du devenir d'Avent et par la même du destin de leur propre ville ? Jugeant la cause perdue et au mépris de toutes convenances, elle hurla :

– Profitez de vos richesses, elles ne dureront pas longtemps ! Vous vous souviendrez alors que Mortagne vous avait prévenu, au moment où vous serez transformés en esclaves au sang noir !

Elle reprit sa respiration et tristement ajouta :

– En cagoulés, comme les appelle Passe-Partout !

Bredin 1er n'écoutait hélas plus que son estomac. Démontrant que ventre affamé n'avait pas d'oreilles, il s'apprêtait déjà à quitter la salle du trône. Le conseiller de gauche se leva prestement et fixa la Belle :

– Quel nom as-tu dit ?

Surprise, Valk répondit sur un ton calme dénotant avec celui employé précédemment :

– Passe-Partout, de la Compagnie de Mortagne.

Le Monarque, découragé de ne voir personne prendre la direction de la salle de réception, s'assit sur son siège, l'air triste. Les deux conseillers descendirent les trois marches de l'estrade royale. Celui de gauche tendit un index accusateur vers Valk. Le visage fermé, il s'adressa à elle comme si l'information lâchée par hasard paraissait cruciale :

– Celui dont tu parles à environ trente cycles, les yeux noirs, une cotte en mailles sombres et une épée à deux mains !

Valk sourit, peu impressionnée par le conseiller, et secoua négativement sa jolie tête blonde :

– Non. Le nôtre a des yeux bleus d'enfant rêveur et deux couteaux de couleur identique à son regard accrochés à son plastron argenté !

Le deuxième homme avisa son comparse :

– Comment ça ? Deux couteaux !

Les deux éminences grises chuchotèrent entre eux. Leur conversation animée n'attisa pas la curiosité du Monarque et se traduisit même par une attitude un tantinet… indolente. Bredin venait de s'endormir à grand renfort de ronflements. Le conseiller de gauche arbora un large sourire, comme si Valk et Tergyval étaient des amis de longue date.

– Concrètement, de quoi avez-vous besoin ?

Pour la première fois, Jorus avoua à une tierce personne le secret des Prêtres peewees.

– Depuis l'aube des temps où Mooréa décida que le Petit Peuple serait le Gardien de la mémoire Elfe, la prérogative de l'Archiprêtre, sa charge, était de se rendre en un endroit connu de lui seul dans la Forêt d'Émeraude pour y entendre la volonté d'Ovoïs. Mes prédécesseurs n'eurent à y aller qu'une unique fois durant toute leur existence : lors de leur intronisation ! Tous crurent avoir contact avec Mooréa. Mais il n'en est rien ! Les Dieux n'interviennent pas sur Avent, hormis un : Lorbello, le Messager d'Ovoïs. Licorne ou Staton, il délivre la parole du Dieu concerné. Ma vie depuis l'arrivée de Passe-Partout a été bouleversée. Ma dernière visite m'a appris que le Déchu reconstruit morceau par morceau l'Anti-Ovoïs, Séréné la Noire, que seule la Magie des Sombres peut contrecarrer.

– Pas étonnant qu'ils deviennent les premières cibles lors du Grand Conflit ! appuya Kent.

– Exact ! Le Déchu savait qu'il finirait tôt ou tard sur Avent, dès qu'Ovoïs s'apercevrait de sa fourberie. Tout n'était qu'anticipation de sa future condition de banni !

– Pourquoi Séréné ? questionna le Clair.

– La Sphère Noire, à elle seule, détient autant de pouvoir qu'Ovoïs, soit tous les Dieux réunis !

– Pourquoi asservir Avent ? Il n'avait qu'à aller directement chercher Séréné !

– Stratégie… Le temps qu'il reconstitue l'Anti-Ovoïs, il affaiblit tous les Dieux en les privant d'invocations ! C'est de cette façon que nous n'avons plus de Magie aujourd'hui. Plus d'Elfes, plus de croyants en Mooréa. Notre Déesse a été évincée ainsi !

– Passe-Partout reste donc le seul obstacle parce qu'il est Sombre…

– Pour autant qu'il détienne et sache utiliser sa Magie de cavernicole ! Je crains que le manuscrit dérobé au Dragon avant la bataille du cirque n'ait été détruit par le Déchu. Cependant, il semblerait qu'il l'ait lu et surtout appris. Lui pourrait l'enseigner à Passe-Partout.

– C'est le cas, je te le confirme. Le Ventre Rouge lui a transmis une formule, une seule.

Jorus sourit :

– Ce don ne fut pas désintéressé. Rien de surprenant de la part d'un Dragon !

Kent posa ses mains sur la tête et ferma les yeux. Après un long silence, il déclara :

– Les Quatre Vents… Le Dragon… Séréné… Par où commencer ?

L'équipée de recherche arriva rapidement à Avent Port en suivant la côte jusqu'aux décombres du premier havre du Continent. Le Fêlé descendit prestement de son ptéro pour bénéficier de la lumière des derniers rayons de soleil, s'efforçant de trouver des traces de son protégé. Gerfor et les jumeaux passèrent au peigne fin la falaise puis la plage. Le Colosse visitait les ruines et ses alentours quand, atterré, il vit le cadavre du saurien de Passe-Partout.

– Il est vivant ! cria Gerfor qui le rejoint en suivant les empreintes fraîches laissées par l'enfant. Il a quatre à cinq heures d'avance sur nous.

Le visage du Fêlé s'illumina d'un sourire bien visible malgré la tombée de la nuit ; il désigna la carcasse de la monture ailée.

– Pas une grande avance… Il est à pied !

Tergyval accusa le coup. Son exposé construit et intelligible n'avait séduit personne et il avait suffi de prononcer un nom… Magique ?! En habile négociateur, il saisit toutefois la balle au bond et tenta de dépasser les plus ambitieux de ses objectifs :

– Une alliance scellant toutes les provinces de l'ouest, comprenant protection et commerce. Un prêt d'hommes compétents en bâtiment. Des barges de pierres des carrières de Port Nord. Une cinquantaine !

Le Capitaine des Gardes pensa alors qu'il avait poussé le bouchon un peu loin. Le conseiller de Bredin lui tendit la main.

– C'est un plaisir de traiter avec ses voisins ! déclara-t-il d'un ton guilleret.

Il souriait à pleines dents. Tergyval serrait les siennes et restait de marbre malgré une incommensurable envie de démolir le portrait de ce bouffon qui se fichait ouvertement de lui ! Amusé de son jeu ambigu, l'homme laissa sa main suspendue dans le vide, attendant patiemment celle de Tergyval, et s'adressa à son homologue avec un clin d'œil :

– Nous prendrons les fonds nécessaires pour Mortagne sur notre cagnotte personnelle.

Puis à Tergyval :

– Les pierres partiront déjà taillées, cela vous fera gagner du temps. Dix barges seront affrétées dès demain. Nous avons un peu de stock, autant en matériels qu'en hommes !

Son sourire s'élargit.

– En retour, j'ai trois faveurs à te demander…

Tergyval leva un sourcil.

– La première sera de nous montrer comment vous domptez les monstres ailés que vous chevauchez. La seconde d'être nos hôtes au banquet de ce soir pour fêter l'alliance historique des provinces de la côte. La troisième est de donner ça...

Il défit de son cou une fine lanière au bout de laquelle pendait une minuscule fiole de cristal contenant un bulbe qui baignait dans un liquide translucide.

– ... à Passe-Partout.

Il tendit le collier de la main gauche et l'autre de nouveau à Tergyval. Abasourdi, le Capitaine des Gardes s'en saisit et la serra vivement.

– À la bonne heure ! s'écria le conseiller. Allons voir les détails de notre accord avant de passer à table !

– Qu'est-ce qu'on fait de lui ? questionna la deuxième éminence grise de Bredin, désignant du menton ce dernier qui ronflait de façon sonore.

Un signe de la main et Elliste jaillit de l'ombre, accompagné de quatre sbires. Un air entendu suffit entre le premier conseiller et son chef de la protection. Le Roi fut emporté sur le champ. Pourtant empoigné par quatre hommes, il ne se réveilla pas.

Fontdenelle s'arrêta à l'auberge, appelant de tous ses vœux entendre des nouvelles de son 'neveu'. Josef lui rendit un peu d'espoir en lui parlant de l'équipe de recherche menée par le Fêlé. Carambole profita d'une discussion de comptoir que son père relançait afin d'obtenir des renseignements sur l'avancement des travaux de Mortagne. Elle s'approcha timidement de l'herboriste.

– Salut, jeune fille ! déclara-t-il, jovial, avant d'ajouter : grand merci pour ton aide ! Les enfants sont d'une rare efficacité dans l'organisation de... l'hôpital. J'ai même effectué des changements grâce à leurs suggestions.

Carambole éluda le compliment et, maladroitement, balbutia :

– Fontdenelle, je t'ai entendu parler, il y a longtemps, de Dollibert qui étudiait l'hypothèse des plantes hallucinogènes pour accéder à la Magie et...

L'herboriste leva un sourcil :

– Tu as une bonne mémoire ! Mais en quoi cela te concerne-t-il ?

Son visage s'empourpra de honte. Elle n'avait pas donné l'habitude à ses proches de prendre des initiatives. Elle se lança néanmoins, s'exprimant sans discontinuer, telle une bavarde impénitente ne se souciant pas de respirer. Tout y passa : les traités de Magie à partir desquels elle enseignait la lecture à Joey, les « essais » de Parangon, aussi inutiles qu'hésitants, l'inaptitude d'Artarik à transmettre la Magie des autres, lui-même n'étant pas détenteur du Don. Et selon elle, ce n'était pas en apprenant la Magie des Elfes que l'on créerait celle des humains ! Surpris, ébahi, l'herboriste resta interdit. Il lui fallut un bon moment avant de déclarer :

– Ben ça ! M'est avis que tu viens de me dire en une fois plus de choses que dans tes quinze premiers cycles de vie !

Il rassura la jeune fille qui rougissait à nouveau en lui pressant affectueusement l'épaule. Elle-même ne revenait d'ailleurs pas d'un tel flot de paroles ! Fontdenelle réfléchit à haute voix :

– Je crois que c'était lors de sa dernière visite ici... J'avais commencé une sorte de catalogue, un herbier renfermant les plantes, racines et champignons connus pour leurs propriétés particulières. Certaines combinaisons, du reste, permettaient des résultats intéressants. D'autres désastreux sur le comportement humain ! Dollibert pensait que certains mélanges hallucinogènes pourraient nous rapprocher des Dieux. Nous avions convenu d'en reparler ultérieurement. Il n'est jamais réapparu...

Carambole agrandit ses yeux et rétorqua, conquérante :

– Voilà où je voulais en venir ! Ma théorie est simple et...

Elle se mit à sourire en songeant à ce qu'elle allait déclarer :

– ... Mon inspiration vient de Gerfor !

Incrédule puis amusé, Fontdenelle lui prêta une oreille attentive.

– Son histoire avec les oracles de Zdoor ! Les Prêtres font bien brûler des feuilles pour se retrouver dans un état second ? C'est la voix de leur Dieu qui parle par leur bouche ? Preuve qu'ils obtiennent des informations d'Ovoïs grâce à ces plantes !

Fontdenelle ignorait qu'en se levant ce matin-là, il irait de surprise en surprise ! La théorie de Carambole se tenait, mais...

– Tu oublies que ces mélanges sont des drogues dangereuses. Peut-être es-tu sur la bonne voie, mais quel prix faudra-t-il payer pour servir de cobaye ?

Il leva les yeux au ciel et opina du chef :

– Tu as probablement trouvé la raison pour laquelle Adénarolis, la première Prêtresse de Mooréa, est devenue folle à lier.

Tergyval n'avait pas espéré un tel succès. Les deux émissaires de Mortagne comprirent, lors du banquet donné en leur honneur, l'attitude hautaine et méprisante que réservaient 'les inspirateurs' de Bredin 1er aux multiples visiteurs :

– Beaucoup sollicitent Océanis : aventuriers, quêteurs, escrocs de tout poil, déclara le plus grand des deux conseillers.

– Y compris les villages de notre propre région qui pensent que les pièces d'or poussent sur les torves ! ajouta son acolyte.

– Pourquoi cette comédie avec votre Monarque ? interrogea Valk.

Ils rirent franchement tous les deux.

– Nous avons imaginé cette mascarade pour éviter de négocier. Notre Roi est dans l'incapacité de comprendre quoique ce soit, ce qui décourage les visiteurs.

Le plus grand des deux conseillers devança la question qui brûlait les lèvres des Mortagnais.

– Nous avons trouvé le moyen de faire fortune. De quoi acheter plusieurs fois Océanis ! Nous aurions pu destituer Bredin, aux prises avec une cour peu recommandable à l'époque, mais nous avons choisi une solution transversale : jouir du confort que nous procure cette manne tout en faisant profiter la Ville de notre richesse.

Valk apprécia bien que son tempérament d'aventurière l'aurait certainement poussée à bénéficier seule d'un éventuel trésor. Mais cet état d'esprit, pour le moins égoïste, ne la guidait plus depuis la Compagnie de Mortagne. En ce moment de confidences, Tergyval lâcha :

– Pourquoi avoir si facilement accédé à nos requêtes ?

Ils sourirent à la franchise du propos.

– C'est une longue histoire qu'il ne nous appartient pas de vous raconter. Ce que je peux vous en dire, c'est qu'elle a pour origine une rencontre... qui nous sauva la vie et nous procura cette fortune. L'individu en question a respecté sa parole. Nous lui devons infiniment plus que ce que vous avez demandé !

Il fronça les sourcils et les considéra tour à tour d'un air faussement affolé.

– N'en rajoutez pas ! Un accord est un accord, vous n'obtiendrez pas une pièce de bronze en plus !

Valk et Tergyval s'amusèrent de la plaisanterie. L'éminence grise de Bredin eut alors un sursaut, comme s'il se souvenait brusquement d'avoir oublié quelque chose d'important. Ce qui était le cas !

– À propos... Je m'appelle Cleb. Et voici Bart !

Lorsque Valk rejoignit avec Tergyval la chambre réservée par les conseillers d'Océanis, elle s'affala sur le grand lit et, pensive, déclara :

– Rien que son nom est une clef ouvrant toutes les portes...

Tergyval se rapprocha de la Belle, qui ne s'écarta pas, et ajouta :

– Clef n'est pas le terme, plutôt... un Passe-Partout !

CHAPITRE VIII

Sagar enviait la fluidité des rapports qu'Antinéa entretenait avec sa prêtrise, humaine ou subaquatique.

Le Dieu de la Guerre tentait vainement de rendre les Nains perméables à ses objectifs. Ses messages divins, trop elliptiques, ne suscitaient la plupart du temps qu'une totale incompréhension suivie, de surcroît, d'une interprétation souvent contre-productive.

Rien à voir avec les Amazones auprès desquelles le contact était définitivement rompu !

Lorbello. Extrait de « Origines du Dieu Sans Nom »

— Moi qui rêvais de plumes d'oiseaux !

Passe-Partout fut réveillé dès l'aube par de jeunes borles qui piaillaient et étira ses muscles ankylosés. Il lui vint à l'esprit que les voyages à ptéro représentaient un réel progrès, sauf pour la condition physique ! Il tenta d'oublier ses douleurs et se mit en marche tout en cherchant de quoi manger. L'enfant sourit en pensant à son sens inné de l'orientation, don héréditaire de son père Sombre grâce auquel jamais il ne se perdrait. Le soleil brillait au zénith lorsqu'il atteint la lisière de la forêt. Passe-Partout avisa l'immense plaine à parcourir à découvert et grimaça. Il faudrait redoubler de vigilance… Vérifiant son stock de vivres fraichement renouvelé, il prit une profonde inspiration et, d'un pas conquérant, se dirigea vers ce drôle de grand pic chapeauté, au loin, qu'a priori il gagnerait après quelques heures de marche.

Dernière collation à Océanis. Bart, pensif après l'écoute du long exposé du siège de Mortagne, avança :

— Nous avons été prémunis jusqu'alors du redoutable contact de ces… cagoulés. Bizarre qu'ils ne soient pas intéressés par les richesses d'Océanis…

Cleb rebondit sur le propos :

— Nous n'avons aucun Elfe pour domestiquer les ptéros. Se pourrait-il, en attendant, que tu augmentes ta ligne de guetteurs le temps que nous en soyons équipés ?

Tergyval songea à la difficulté, sans Kent, d'accroître son cheptel ailé, mais ne l'évoqua pas et accéda à cette requête. Le conseiller répondit alors :

— Je ne doutais pas de ton accord, aussi ai-je demandé à Elliste de se mettre sous ta responsabilité de commandant des armées des provinces de l'ouest.

Valkinia faillit s'étrangler en entendant l'inédite promotion de Tergyval ! Pas autant que l'intéressé qui blêmit devant cette nouvelle charge qu'il ne pouvait refuser.

Le temps de la séparation venu, les cavaliers ailés saluèrent leurs hôtes. Sur Avent, il s'agissait toujours d'un moment fort où l'au revoir n'était qu'incertitude, l'adieu probable...

– N'oublie pas le présent à Passe-Partout !

Tergyval toucha le collier passé autour de son cou, fit un signe de la main et prit son envol.

Kent n'avait pu trouver le sommeil. Les révélations de Jorus l'affectaient. L'ampleur de la tâche lui paraissait insurmontable. Ses prospectives ne parvenaient pas à dépasser les frontières d'Avent et réfléchir aux moyens de lutter contre une divinité, même déchue, était inenvisageable :

– Que pouvons-nous faire contre un Dieu ?

Jorus fit une mimique désabusée :

– Ce que vous avez fait à Mortagne. Ce que nous ferons tous. Nous battre ! A priori, les Dieux n'ont pas les mêmes pouvoirs sur le Continent qu'en Ovoïs.

Le Petit Prêtre vit l'incrédulité de son cousin Clair. Il ajouta :

– Oui, car si tel était le cas, le Déchu n'aurait pas besoin de Séréné pour accroître sa puissance. Et le Messager ne prendrait pas autant de précautions pour me rencontrer !

– Nous battre ? Il ne reste que des humains et des Nains sur Avent ! Je désespère de trouver d'autres Elfes !

– Je te rappelle que si le Déchu a voulu les éradiquer, en commençant par les Sombres, c'est que notre peuple, indépendamment d'affaiblir Mooréa, doit représenter un danger. Quant aux Elfes Clairs, je suis sûr qu'il en subsiste plus que l'on ne croit, errant comme toi tu l'as fait, seul, avant de rejoindre Mortagne.

Kent souleva son absence de sourcil :

– Trouver les Quatre Vents sera déjà compliqué. Restaurer le Signal reste une autre affaire !

Jorus s'émut à l'évocation du phénomène de rassemblement de sa communauté, ce lien qui rendait leurs femmes fertiles, qui les attachait tous à leur Reine, comme des abeilles à une ruche. Il remarqua à cet instant que Kent ne doutait plus de retrouver la Reine des Elfes et proféra :

– Faisons confiance à Adénarolis. Trouve les Quatre Vents avec Passe-Partout, et la renaissance du peuple Elfe se déroulera sous tes yeux !

– Ainsi nous trouverons nous nous-mêmes... Je ne lâcherais plus l'Enfant de Légende, souffla Kent.

Jorus fixa son cousin Clair :

– Il est louable de ta part de ne plus vouloir le lâcher. Accompagner et aider Passe-Partout, lourde tâche ! Tu es un combattant de valeur, mais je doute que cela suffise... Venons-en au fait ! Où en es-tu de ta Magie ?

Tout en servant les boissons et repas habituels aux clients de l'auberge, Carambole songeait à Passe-Partout. Elle connaissait maintenant les raisons qui l'avaient poussé à s'enfuir, mais gardait en lui une confiance aveugle. Il avait toujours honoré sa parole et promis à Mortagne de combattre les sangs noirs sur Avent. Une petite voix en elle lui susurrait que l'enjeu serait de taille et que cette lutte d'envergure ne reposerait pas uniquement sur les épaules de son 'héros'. Pour la première fois, elle avait peut-être entre ses mains la possibilité de l'aider réellement et réfléchissait pour cela à la manière de faire avancer la Magie des humains. Elle se sentait dorénavant investie de cette quête, partant du constat simple qu'elle devenait la seule Magicienne de Mortagne tant que Parangon restait alité et incapable de poursuivre cette tâche.

Il lui fallait accéder au livre muet. Dollibert cherchait activement sur le terrain et ne se contentait pas, comme le Magister, d'attendre en haut de sa Tour. Ses écrits comportaient probablement des avancées qu'elle devait exploiter ! Personne à ce jour ne savait qu'elle possédait le Don, et elle n'avait pas l'intention de le divulguer, pour peu que cet abruti d'Artarik l'obligeât à suivre ses cours ineptes ! Elle songeait à s'octroyer des complices discrets et partageant sa vision quand son regard s'attarda sur Joey qui se délectait de son sorla aux herbes. Lui aussi pouvait lire le livre muet. Mais dans un premier temps, son objectif était de convaincre l'herboriste de travailler dans son sens ! Elle défit son tablier :

— Je file chez Fontdenelle.

— Tu ne te sens pas bien ? fit Josef, inquiet.

— Ce n'est rien… Des trucs de fille ! J'en profite pour passer par Cherche-Cœur voir si je peux glaner ce qui manque en cuisine !

Les jumeaux Nains s'agitèrent. Ils venaient de trouver des traces fraîches.

— Ils ne parlent jamais ? questionna le Fêlé.

— Presque jamais ! rétorqua Gerfor sans autre explication.

Le Colosse s'accroupit sur les empreintes et releva la tête dans la direction empruntée par son protégé.

— Sud-est, déclara-t-il d'un air morne. Il n'avait pas l'intention de retourner à Mortagne.

— Raison de plus pour aller le chercher ! cria Gerfor.

Survolant l'étendue boisée, le Fêlé douta. Si l'enfant avait changé d'avis, à cet instant, il pouvait être n'importe où. Gerfor quadrilla le secteur en maudissant une perte de temps inestimable à cause de la lenteur légendaire de Barryumhead. Ce fut l'un des jumeaux qui retrouva la trace de Passe-Partout, au sortir de la forêt, toujours dans le même axe. Pour informer le commando ailé, deux gestes lui suffirent. Un bras en l'air pour confirmer sa découverte puis l'autre indiquant la direction empruntée. À l'opposé de la Cité des Libres.

La marche offrit à Passe-Partout la faculté d'envisager les choses sans passion. Ses pensées s'avérèrent moins confuses, son raisonnement plus réaliste, somme toute très éloigné de son état d'esprit précédent, plutôt radical, qui l'avait entraîné ici. Finalement, bien que son but demeurât la Forêt d'Émeraude, il s'arrêterait à Thorouan. Une sorte de pèlerinage sur son passé.

Cette modification d'itinéraire ne le satisfit cependant que le temps de le concevoir. À l'évidence, il ne songeait qu'à Mortagne ! Continuer à réfléchir ainsi ne faisait monter en lui que nostalgie. Encore un peu et il ne resterait qu'à bifurquer vers le nord pour rentrer naturellement à « la maison » ! Passe-Partout dû s'arrêter pour se reconditionner :

– Je fais ce que je veux ! grogna-t-il.

Il se remit en route, conforté par cette maxime évitant la naissance de doutes légitimes quant à ses choix. En approchant du drôle de piton rocheux, sa conviction s'émoussa, le masque tomba, comme ses certitudes nouvellement acquises.

– Mais est-ce qu'au moins je sais ce que je veux ?

À mi-chemin de Mortagne qu'il comptait regagner au plus vite, Tergyval observait la malicieuse Valk opérant quelques écarts fantaisistes avec son ptéro pour attirer son attention. Tableau récréatif pendant le vol qui l'amena à repenser à son séjour océanien durant lequel ils profitèrent du lit commun plutôt que d'échafauder de nouvelles améliorations concernant les fortifications de la Cité !

La Belle conduisait en tête le commando. Derrière, Tergyval détaillait la croupe de sa... monture ailée. Jusqu'à ce qu'elle disparaisse comme par enchantement de son champ de vision ! Au même instant, un de ses gardes hurla :

– Feu ! À gauche !

Valk piquait droit sur la colonne de fumée, au bas des deux crocs. De nouveau vers les Drunes.

Carambole traversa Cherche-Cœur. Non loin du marché, des musiciens offraient un peu de bon temps aux rares chalands.

– Salut, Carambole !

Le visage du marchand de primeurs s'éclaira à la vue de sa principale et, pour le moment, unique cliente.

– Pas grand monde, fit la jeune fille en jetant un coup d'œil aux légumes.

Le commerçant haussa les épaules.

– Je n'ai pour ma part pas trop à me plaindre. Il y a des étals plus touchés que moi. Prends mon voisin, il ne fera pas une pièce de cuivre dans la journée !

Le regard de Carambole s'attarda sur le vendeur en question. Il ne proposait que des objets anciens, pour la plupart ne servant strictement à rien. Les Mortagnais, avant le siège de la Cité, auraient pu y chiner deux ou trois antiquités pour décorer leur intérieur, mais aujourd'hui, leurs préoccupations d'acheteurs ne relevaient que du quotidien. Derrière lui, un peu de mobilier vétuste à restaurer, des babioles hétéroclites sans valeur posées en désordre et, trônant sur une table supportant son corps engourdi d'ennui, deux ou trois grimoires défraichis et un parchemin jauni. Elle déclara au marchand de primeurs, en indiquant l'étal d'un coup de menton :

– Seul Parangon pourrait être intéressé.

Tout en préparant les produits choisis par Carambole, le commerçant répondit :

– Et c'est d'ailleurs son principal client. Un scribi est passé tout à l'heure pour lui dire qu'il était souffrant et qu'Artarik n'avait besoin de rien.

Carambole leva les yeux au ciel. Il ne faudrait pas qu'il arrivât malheur au Magister ! Artarik aux commandes ne poursuivrait jamais son travail de recherche sur l'histoire d'Avent.

– Tu me livres à l'auberge ?

– Vos désirs sont des ordres ! plaisanta son marchand de légumes.

Carambole s'approcha de l'étal d'antiquités où elle ne vit rien de passionnant dans ce fatras d'objets divers soi-disant d'époque ou exotique. Elle avisa le vieux parchemin jauni par le temps.

– Ah, Princesse, je constate que vous appréciez les belles choses !

Le négociant n'attendait qu'un intérêt, fût-il infime, pour intervenir ! Elle lui décocha un regard ironique que le marchand ignora.

– Une œuvre ancienne ! Une carte unique ! Je la destinais à Parangon, mais considérant les circonstances...

Carambole remarqua qu'il ne pouvait s'agir que d'une représentation approximative de ce que le géographe de l'époque devait se figurer du Continent d'Avent. Antiquité, certes ! On distinguait le site d'Avent Port et l'absence de celui de Mortagne. Elle lui en fit le reproche :

– Cette carte n'offre pas un grand intérêt de nos jours. Et en plus, tout est écrit en Elfe !

L'homme ne désarma pas :

– Elle n'en a que plus de valeur. Il s'agit d'un document historique ! Le Magister y aurait mis le prix !

Voyant que ses arguments ne portaient guère ses fruits, il tenta une autre approche et désigna la côte sud d'Avent :

– Savez-vous, Princesse, que Port Vent est né des ruines de Tarale, anciennement repaire de pirates ?

Son regard se voila. Il se voulut mystérieux et chuchota :

– Il suffit que l'un de ces sites oubliés recèle un fabuleux trésor...

– À la condition qu'on les traduise en aventien ! rétorqua-t-elle. Je t'en offre une pièce de bronze et une nuit à « La Mortagne Libre » !

Le forain prit un air offusqué. Carambole tourna les talons. Il la rattrapa avec la carte et, vaincu, dit misérablement :

– Marché conclu.

Non loin, le pic coiffé de sa protubérance rocheuse à la perpendiculaire attira un bref moment le regard de Passe-Partout. Sa singularité attisait sa curiosité. Il observait attentivement les premiers éléments pierreux lorsqu'il distingua une ombre mouvante sur une paroi lisse, en contrebas. Par réflexe, il repéra un tas de cailloux et s'y camoufla.

Un hennissement court, nerveux, se fit entendre. Il vit alors un cheval attaché. L'enfant chercha des yeux l'heureux possesseur du remarquable animal et n'aperçut qu'une paire de bottes sortant d'un fourré. Méfiant, il le contourna et constata la présence d'autres cadavres à proximité. L'inconnu avait dû chèrement défendre sa peau face à des agresseurs tristement reconnaissables !

Passe-Partout se glissa comme un serpent jusqu'à l'endroit présumé du massacre, tous ses sens aux aguets. Aucun bruit ou frôlement, un silence de circonstance que rompait parfois le cheval d'un claquement de sabot indiquant son impatience à recouvrer la liberté.

Il ne s'était pas trompé : cinq cagoulés se vidaient de leur sang maudit... et frais ! Passe-Partout tira sur les deux bottes pour extirper le corps caché par le buisson. Quelle ne fut pas sa surprise en lui ôtant son casque ! Le « cavalier » n'était autre qu'une jolie femme emportée depuis peu dans la spirale du Dieu de la mort. Ses yeux noirs sous une cascade de bouclettes brunes furent fermés à jamais par l'enfant qui comprit que le choc fatal avait été porté à la tête. Le heaume n'avait pas empêché le coup violent lui brisant la nuque.

Un nouveau tour d'horizon lui confirma l'absence, paradoxale, de danger. Passe-Partout avisa l'attirail de l'aventurière, cherchant des indices quant à la raison de sa présence en ces lieux retirés. Il blâma *in petto* l'imprudence de la cavalière de s'être déplacée seule, mais réalisa dans l'instant l'ineptie de son jugement, étant lui-même dans ce cas !

Très bien armée et protégée. Même le cheval à son armure !

Il porta sa main à la sacoche en bandoulière de la jeune femme et y trouva le nécessaire classique de survie du ''voyageur'' ainsi qu'un livret comportant plusieurs feuillets griffonnés. Passe-Partout y découvrit des cartes d'Avent, des croquis de montagnes accompagnés de textes et de symboles ne lui évoquant évidemment rien. Il finit par comprendre en voyant la dernière page : le dessin d'un chevalier terrassant un Ventre Rouge en lui pourfendant le cœur.

– Une tueuse de Dragons ! déclara-t-il tout haut.

L'aventurière lui parut tout à coup infiniment moins sympathique. Passe-Partout s'approcha du cheval qui piaffait et le calma rapidement. Il le débarrassa de son armure, se saisit du mors et lui parla posément :

– M'acceptes-tu comme cavalier ou dois-je te rendre la liberté ? Dans les deux cas, ce n'est pas le cadeau du cycle, mais bon !

L'animal hésita après quelques pas en direction de la plaine et finalement se retourna vers lui. Passe-Partout conclut en attrapant les rênes :

– Merci de ta confiance.

En empoignant le pommeau de la selle pour tenter de monter, il découvrit une gravure sur le cuir, peut-être le nom de la cavalière ou, éventuellement, celui du cheval. Par précaution, à l'aide d'un stylet de carbone présent dans la sacoche, il recopia avec minutie les signes sur le livret de l'aventurière et se dirigea de nouveau vers sa nouvelle monture. Il songea aux agresseurs de la jeune femme et à la raison pour laquelle ces derniers n'avaient pas emporté ce cheval de valeur. L'enfant fronça les sourcils. Hormis à proximité de la traqueuse où de nombreuses traces de lutte subsistaient, aucune marque au-delà du cercle de son ultime combat. Ni d'empreintes de pas, de sabots, de griffes de ptéros ou diplos, à croire que les cagoulés s'étaient matérialisés face à la tueuse ! Quant à ceux l'ayant abattue, ils avaient disparu, s'étaient évaporés, envolés.

Fontdenelle n'en crut pas ses yeux : la fille de Josef faisait apparaître une boule de lumière entre ses mains !

– Tu… Tu es…

– Magicienne… Oui !

L'herboriste s'assit. Carambole, la serveuse timide de l'auberge de « La Mortagne Libre », possédait le Don ! À cet instant, Fontdenelle comprit les raisons qui la poussèrent à l'interroger sur les plantes hallucinogènes. Il fixa ses beaux yeux et grinça :

– Ne compte pas sur moi pour tes soi-disant recherches ! C'est de l'empirisme pur ! Du travail à tâtons ! Avec de possibles conséquences graves !

Il baissa la tête et misérablement murmura :

– S'il t'arrivait quoi que ce soit, ton père m'accrocherait avec trois clous à la porte de son auberge.

Carambole attendit patiemment la fin du monologue de l'herboriste :

– Au fond de toi, tu sais que j'ai raison. Parangon n'est plus capable de faire quoique ce soit. Artarik, n'en parlons pas ! Aucun de ses scribis n'a la moindre idée de l'endroit où chercher. Pour autant d'ailleurs qu'ils cherchent encore… Notre seul espoir, avec le livre muet, reste celui-ci !

Elle laissa un blanc, le temps de digestion pour le vieil homme, et asséna le coup ultime, la botte secrète :

– Ainsi, peut-être, pourrons-nous contrecarrer la Magie des cagoulés et aider Passe-Partout à nous libérer de cette vermine !

Fontdenelle demeura silencieux. Son visage buriné fut parcouru de tics nerveux, trahissant une décision grave à prendre. Il se tourna vers sa paillasse et déclara sans regarder Carambole :

– Soit, nous tenterons le coup ! Mais si je vois que ta santé en pâtit, je cesse immédiatement toute expérience, je t'en fais le serment !

Carambole avait disparu. L'herboriste haussa les épaules et parla tout haut :

– Les mêmes manies que Passe-Partout ! Qu'est-ce que c'est que ce truc ?

Le parchemin acheté par Carambole trônait sur le bord de son lit ; il le parcourut rapidement des yeux.

– Gentille fille de penser encore aux collections de Parangon… Enfin !

Il se dirigea vers sa bibliothèque, posa la carte et choisit un ouvrage de botanique.

Valkinia atterrit la première dans une clairière, non loin des flammes, suivie de près par Tergyval et ses gardes. Épée à la main, le commando s'engagea avec prudence dans la forêt des Drunes, guettant le moindre mouvement suspect. Ils arrivèrent sans heurt au cœur du village des Amazones. À part le crépitement de l'incendie qui achevait de dévorer ce qui restait de la pouponnière des guerrières, pas de cris ni de bruits. Ils eurent beau chercher alentour, les habitantes s'étaient littéralement volatilisées. Pas âme qui vive !

– Je n'aime pas ça, murmura Valk.

– Moi non plus, répondit Tergyval.

Derrière le bâtiment en feu, un des gardes leva le bras, signe d'un danger imminent. Le commando se rassembla et encercla l'endroit désigné par l'homme. Tergyval opina du chef, entendant une plainte sourdant d'un buisson, et sauta par-dessus, l'épée prête à frapper. Son geste avorta lorsqu'il découvrit une petite fille en pleurs, le regard perdu, traumatisée par son irruption. Valk le rejoignit et s'accroupit face à l'enfant qui sanglota de plus belle, la tête dans ses genoux, se balançant comme une forcenée. La guerrière n'eut pas besoin de voir son visage pour la reconnaître.

– Pyrah... C'est moi, Valk... Tu ne risques plus rien...

Tergyval, méfiant par nature, ne rengaina pas sa lame et apprécia peu que sa Belle abandonne la sienne pour entourer de ses bras la jeune Amazone afin de la réconforter. Les gardes firent un bref rapport à leur chef. Aucun cadavre, pas de pillage, les Drunes demeuraient incompréhensiblement vides.

– Nous devons partir ! dit Tergyval à Valk qui ne parvenait pas à sortir la petite de sa catatonie.

– Je ne peux pas la laisser.

– Je vais t'aider.

Il fallut toute la puissance du Capitaine des Gardes de Mortagne et toute la douceur des mots de Valk pour extirper Pyrah de son buisson. Elle ne monta qu'avec crainte et après négociation derrière sa sauveuse sur le ptéro. Choquée, le regard empli d'un effroi tangible, elle finit par attraper Valk par la taille avec une force que seule la peur pouvait faire naître. Le saurien s'élança par le nord des Drunes, imposant à Valk la vision cauchemardesque de sa valeureuse adversaire crucifiée, la tête sur le côté, lentement dévorée par des charognards à plumes.

Jorus fut extrêmement surpris des déclarations de Kent.

– Tes connaissances en Magie elfique en sont au stade du débutant !

Kent s'excusa d'une moue ; le propos ne manquait pas de justesse. Il se justifia :

– J'ai été enrôlé dans la garde rapprochée de la Reine pour mes compétences au combat. Je n'avais pas fini mon premier cycle en Magie.

Le Prêtre du Petit Peuple se frotta le menton.

– L'école durait huit cycles, n'est-ce pas ?

– Pour les meilleurs élèves ! confirma Kent.

– Je ne doute pas que tu en sois un ! Voyons si l'on peut compenser ce retard en quelques jours !

L'Elfe, abasourdi, balbutia :

– Ce ne sera pas possible de…

Il se ravisa en constatant la détermination de celui qui s'érigeait en mentor.

– On commence quand ?

Jorus se retroussa nonchalamment les manches et déclara :

– Tout de suite ! Trop de temps a déjà été perdu !

Maladroitement, Passe-Partout se hissa sur sa monture et l'engagea au trot vers le sud en parcourant le livret de l'aventurière. Un sourire lui échappa. La réplique exacte en dessin de la roche coiffée figurait bel et bien sur l'un des feuillets. Il se laissa guider par son instinct et dirigea l'étalon vers le pic à forme de potence. Le cheval piaffa à l'ordre musclé de se rendre à gauche.

La traqueuse avait vu juste. Les traces étaient fraîches. L'odeur qui s'en dégageait attestait du passage récent du dernier des Dragons. Comme au cirque de Tecla, Passe-Partout obligea son esprit à vagabonder pour « accrocher » celui du Ventre Rouge. Sans résultat. Il pinça les lèvres de déception. Au pied de l'antre, il découvrit d'autres cadavres de cagoulés, déchiquetés ou à moitié calcinés, et un filet lesté en barryum bleu. Le Magister avait raison, les sangs noirs ne désarmaient pas et recherchaient toujours le Dragon. La clef de voûte, avait dit Parangon.

Sup bouillait d'énervement. Depuis la maladie du Magister, les cours de lecture et d'écriture avaient été suspendus jusqu'à nouvel ordre !

Ordre de ce crétin d'Artarik ! se dit-il.

Le chef du gang baladait son spleen dans les rues de la Cité, sans réel but. L'attroupement autour de la fontaine de Cherche-Cœur l'intrigua. Il se fraya un chemin à travers le populo et entendit avant de voir ce qui arrêtait les Mortagnais. L'agréable mélodie d'un quatuor de musiciens, douce et rythmée, provoquait à la fois des sourires et des balancements. Le chanteur jouait de la lyre avec talent. Les paroles de la chanson évoquaient les retrouvailles d'un couple que des événements tragiques avaient séparé.

Habitué aux conteurs et aux poètes solitaires, Sup fut surpris de l'originalité du groupe. Indépendamment du chanteur, les trois suivants présentaient des instruments encore jamais vus ! Deux lyres horizontales, l'une plus grave que l'autre, propageaient des sons profonds et harmonieux issus d'une calebasse servant intelligemment de caisse de résonance. Le dernier portait deux tambours surmontés d'une assiette de métal renversée tintinnabulant agréablement, marquant les suites d'accords des musiciens. Le tempo entraînant lui fit taper du pied. Il se laissa bercer par la mélodie et pénétrer par le texte qui déclencha en lui une vive émotion. Le barde finit alors sa chanson, parfaitement accompagné par ses acolytes, accepta bien volontiers les quelques pièces jetées dans le chapeau par un public conquis et salua respectueusement :

– Merci, fiers Mortagnais… Votre accueil est légendaire sur Avent, qu'Antinéa bénisse votre Cité !

Le groupe ramassa son maigre bagage tandis que les Mortagnais se dispersaient. Hormis Sup, littéralement collé au sol, n'arrivant pas à détacher son regard du barde ! Ce dernier sourit au gamin des rues et tenta de le faire sortir de sa torpeur :

– Tu dois connaître une bonne auberge où nous pourrons nous restaurer ! Mon nom est Erjidi… Quel est le tien ?

Le mutisme de Sup amusa le chanteur qui agita une main devant ses yeux :

– Cette ville abrite, je crois, un héros dont il faudra un jour narrer les exploits pour la postérité. Pourquoi pas toi ?

Sup se réveilla d'un coup, tendit un doigt tremblant vers la rue de la soif et bredouilla :

– La… Mortagne… Libre.

Un programme intensif attendait Kent. Même à la limite de l'épuisement, il écoutait, répétait et tentait de reproduire les enseignements du Petit Prêtre.

– Concentre-toi sur les objets, murmura ce dernier en avisant les trois pierres qui flottaient devant les yeux plissés de son cousin Clair.

Il haussa brusquement le ton :

– Imagine que tu doives les lancer. Maintenant !

Las… Les galets tombèrent piteusement par terre. Kent esquissa une grimace. Il comprenait pourtant intuitivement ce que son professeur attendait de lui. Jorus se grattait la tête :

– Le problème reste le dosage. Trop d'énergie dépensée pour rien. Et tu n'en as pas beaucoup !

Kent, comme tout Magicien ayant puisé la totalité de sa manne astrale, se sentait harassé, au bord de l'évanouissement. Jorus lui indiqua un bol à sa mesure :

– Bois ! Tout ira mieux ensuite.

Du temps que l'apprenti ingurgite la potion, le Petit Prêtre lui expliqua le déroulement de sa prochaine session.

– Tu vas nous transporter jusqu'à la clairière.

Jorus fit un imperceptible signe qui eut pour effet d'être immédiatement entouré de cinq Peewees.

– La clairière ? questionna Kent, intrigué par l'intérêt d'une promenade bucolique dans son parcours de formation.

– Balade initiatique ! ironisa le Petit Prêtre. Passe-Partout y a déjà fait un tour !

Le regard de Darzo, figurant parmi les cinq accompagnateurs, fut éloquent. L'ami Peewee de l'enfant se souvint de ses envies de meurtre sur la personne de Jorus lors de cette escapade !

Joey Korkone, blême, encaissa mal les arguments de Carambole. Il chuchota nerveusement :

– Tu me demandes de voler le manuscrit de Dollibert ! Cela m'est impossible !

Elle lui serra les avant-bras et le regarda dans les yeux.

– Pas le voler... L'emprunter ! Pour tenter de déchiffrer son contenu !

L'honnête Jokoko avait des difficultés à comprendre sa maîtresse d'école.

– Quel intérêt pour toi, tu n'es pas Magicienne !

Carambole opéra trois passes que connaissait déjà le garçon. Une boule de lumière naquit dans sa paume droite, éclairant sa chambre dans laquelle ils s'étaient discrètement éclipsés. Joey eut la même réaction que Fontdenelle. S'y attendant, Carambole écrasa sa main sur la bouche de l'infortuné tentant de parler.

– Je le suis, déclara-t-elle, autoritaire, avant d'ajouter : mais pour faire quoi ? Un globe lumineux et ouvrir une porte ? Nous seuls pouvons lire le manuscrit de Dollibert, Joey !

Le garçon prit une mine renfrognée et répondit de façon claire :

– D'accord pour l'étude et pour le travail sur le livre, quand bien même je ne devais plus dormir. Mais jamais je ne le volerai !

En laissant de nouveau errer son esprit, Passe-Partout obtint enfin le résultat attendu.

Encore toi, moucheron ! *Tu m'encombres* !

Le Ventre Rouge sortit d'une caverne camouflée au cœur de la montagne. Il tendit son énorme gueule en l'air et renifla bruyamment. Passe-Partout lui lança par la pensée :

Oublie le cheval ! *Je n'ai pas envie que tu l'avales* !

En guise de réponse à cette insolence, le Dragon expira un souffle de feu d'une violence inouïe ! Il en sentit la morsure tout en constatant la précision du prédateur des prédateurs. Un pas de plus et sa jeune carcasse se transformait en tas de cendres !

Ni le cheval ni l'humain ne sont de mon goût ! entendit-il.

– Je t'ai vu dans la tombe d'Orion, peint sur une fresque, jeta laconiquement l'enfant.

La pensée ironique du Dragon lui parvint instantanément :

Les couteaux ne te suffisent donc pas !

Réagissant violemment et oubliant toute forme choisie, Passe-Partout cria avec colère :

– Cette fois, j'étais venu chercher MON arc !

Le Ventre Rouge cacha sa surprise et sa satisfaction. Le gamin ne manquait ni d'aplomb ni de courage et cela lui convenait. Il poursuivit, narquois :

Je vois que tu reviens sans rien !

Passe-Partout se rendit compte que le Dragon tentait de le manipuler en utilisant la même technique d'approche que la sienne. Il voulut lui exprimer ce qu'il en pensait, mais le Ventre

Rouge le devança :

Et tu crois qu'ils ont profané la tombe d'Orion uniquement pour prendre un arc ?

L'enfant fut stupéfait de la rapidité de déduction du Ventre Rouge. Il rétorqua :

– Et sur le retour, ils t'ont débarrassé d'une tueuse de Dragons. D'où le cheval…

Le monstre écaillé leva son long cou de lézard vers le ciel. Le malaise devint tangible.

– Tu fuis ! Tu les fuis ! lui asséna Passe-Partout.

À cet instant, il sut qu'il pouvait finir en fine poussière. S'ensuivit un silence que le prédateur prit le parti de rompre :

Il y a longtemps, Mooréa, contre l'avis de Gilmoor, donna la Magie aux Elfes d'Avent. Elle s'assurait ainsi de l'adoration exclusive de ceux-ci. Elle créa Bellac, la Fontaine d'Eau Noire, la nourriture magique des Initiés. Bien plus tard, lorsque la Déesse sentit une fracture en Ovoïs, elle demanda par précaution à Lorbello, le Messager, de négocier en son nom la garde de Bellac pour qu'elle ne tombe pas en de mauvaises mains. Moi, Sébédelfinor, ai accepté cette charge.

Surpris par les confidences soudaines du Dragon, Passe-Partout réfléchit à haute voix :

– Le Messager… Lorbello… n'est autre que la Licorne ailée sur la fresque… Le contact divin de Jorus ! Je commence à comprendre.

L'enfant leva la tête et proféra avec le sourire :

– Cette garde à long terme a dû être rémunérée à sa juste valeur !

Le Dragon jeta un nouveau coup d'œil inquiet au ciel :

Prison dorée… Cadeau empoisonné !

Passe-Partout regretta son intervention et voulut relancer son interlocuteur :

– Sur la fresque, un Prince Sombre accompagne Orion.

Deux êtres d'exception. Très proches. Le scénario est identique au premier. Mooréa demande à Tilorah, sa Prêtresse Sombre, de me confier le manuscrit en garde. Le Prince en est l'écrivain.

– Je ne vois pas l'utilité de la présence d'Orion. Le Sombre aurait pu te l'apporter sans lui.

Sébédelfinor sourit intérieurement de la remarque justifiée :

Seul Orion pouvait m'approcher, répondit-il sans plus de détails.

– Et, bien sûr, tu as lu le manuscrit, avança timidement Passe-Partout.

Le Dragon cracha quelques volutes inquiétantes.

Nous y voilà ! Tout ce qui t'intéresse : ta Magie !

Passe-Partout ne toléra plus que le lézard ne distingue que ce qu'il présumait être de ses priorités et explosa :

– Tu es plus obtus qu'un ptéro !

Il le détailla alors attentivement :

– Après tout, à part la taille et l'envergure, vous n'êtes pas cousins pour rien !

Il tendit un doigt accusateur et grinça :

– Une bonne fois pour toutes, investis mon esprit et vois qui je suis, moi ! Je te fais confiance !

Passe-Partout ne laissa pas le temps au Dragon de digérer les insultes proférées à son endroit. Il ferma les yeux pour mieux se concentrer afin de lui permettre de pénétrer les méandres de ses pensées, rendant accessible son intimité profonde.

Confiance… Dans sa très longue vie de Ventre Rouge, il ne l'avait accordé qu'une fois ! Il goûta intensément cet instant. L'histoire se répétait. Une histoire de famille… Le Dragon le couva de son regard d'or. L'introspection fut de courte durée ; le lézard géant savait que cet enfant ne trichait pas.

D'abord et d'une…

Le ton était solennel avec une pointe d'ironie :

… les ptéros sont des cousins très lointains des Dragons. Si la carcasse est identique, le cerveau n'a rien à voir ! Ce n'est pas parce que tu ressembles aux humains que tu es aussi stupide qu'eux !

Passe-Partout pensa alors qu'il avait peut-être été un peu loin.

Ensuite, ton raisonnement concernant les Dieux évoluera lorsque tu poseras différemment la problématique. Hasard ou Destin n'est pas la question de fond. De fait, les motifs qui t'ont poussé à quitter Mortagne sont ineptes ! Ce que prépare le Dieu déchu est grave pour le Continent. Sa Magie lui est peu à peu transmise par l'Anti-Ovoïs qu'il tente de reconstruire. Et s'il est constamment à mes trousses, ce n'est pas uniquement pour puiser dans Bellac ! Ah, dernière chose ! Il te manque une médaille autour du cou. Tu la trouveras dans un manteau de plumes !

L'enfant fronça les sourcils et se demanda pourquoi les propos du gros ptéro ne pouvaient être qu'elliptiques !

Pour finir, tu ne t'es pas donné beaucoup de mal pour découvrir l'énigme des écrits d'Adénarolis. Les deux figures d'Avent sont le Sombre et Orion. À toi de voir si le reste correspond à te décrire ! Un Dieu d'Ovoïs qui t'est redevable pense qu'il doit s'agir de toi. Comment aurais-tu eu les Couteaux, sinon !?

Sébédelfinor inspira bruyamment. L'enfant songea qu'il n'obtiendrait plus rien du Ventre Rouge. Contre toute attente, il entendit en lui :

En conclusion, je vais te donner ta Magie… À une condition !

Passe-Partout leva un œil méfiant, attendant l'exigence du Dragon. Des scènes se succédèrent dans son esprit. Il vit Mortagne, le Palais de la Prima, le musée du Père de Perrine… Une image brute. Une forme simple. Passe-Partout se gratta la tête, croyant à une blague, une erreur ou une hallucination. Non, il s'agissait bien d'un œuf !

CHAPITRE IX

L'erreur des mortels du Continent résidait dans la source des pouvoirs magiques du Fourbe. Il ne les puisait pas dans le manuscrit des Sombres, comme le pensaient certains, mais dans Séréné dont il avait découvert les premiers débris. Il ne lui fallait pas uniquement le Dragon pour retrouver Bellac…

Cette Magie de la transmutation ne trouverait sa conclusion qu'avec le concours de Sébédelfinor qui possédait le cœur de la solution ultime du Déchu.

Lorbello. Extrait de « Pensées du Messager »

Abasourdi, Passe-Partout fixa les yeux d'or.

– Je te l'apporterai sans aucune contrepartie, tu le sais ! Mais depuis le temps que l'œuf trône dans le musée de Mortagne, je doute que tu en tires quoi que ce soit !

Le Dragon s'approcha encore plus de l'enfant. La plus légère expiration et ce dernier pourrait tenir dans un dé à coudre Peewee !

Les Dragons ont la vie dure ! *Tu es prêt* ?

Un signe d'acquiescement, il fit le vide en son esprit. Il sentit la douce intrusion du transfert opéré par Sébédelfinor, une forme de chaleur inhabituelle intérieure. Le premier sort lui fut acquis : la lévitation.

Il se laissa bercer par cette hypnose que pratiquait le lézard géant, favorisant la transmission du savoir. L'envahissement provoquait chez l'enfant une béatitude générée par l'abandon consenti. Ouvrir son esprit était judicieux, le mot « confiance » prenait tout son sens.

Le lien se brisa d'un seul coup. Passe-Partout tomba à genoux, les deux mains sur la tête en gémissant. Autour de lui, de nombreux mouvements d'air violemment brassé et les grondements inquiétants du Dragon lui indiquaient un danger immédiat auquel il ne pouvait faire face. La douleur soudaine lui vrillait le crâne. Pire que la pire des migraines ! Ouvrir les yeux à cet instant aurait ajouté une torture supplémentaire intolérable.

L'équipée aérienne s'approchait du pic coiffé camouflant une scène hallucinante. Le Fêlé et son commando passèrent du calme absolu au désordre total. En plein ciel, le Dragon luttait contre une nuée d'oiseaux tentant de l'emprisonner avec des filets. Au sol, Passe-Partout, à genoux, les mains sur les tempes, semblant ignorer le danger imminent d'une troupe de cagoulés progressant vers lui. Et surtout d'un géant noir, ressemblant à s'y méprendre à Tecla, bander son arc dans sa direction !

Le sang du Colosse ne fit qu'un tour. Le ptéro grogna de douleur, mais obéit à l'injonction de son cavalier pour descendre presque à la verticale à une allure jamais atteinte par ses congénères. Son ''petit'', dos à l'ennemi, était incapable de se défendre. Faisant fi de sa propre vie, le Fêlé s'interposa *in extremis* entre l'archer et sa cible. Le trait rebondit contre le poitrail du saurien, l'égratignant à peine.

Un effort surhumain et Passe-Partout finit par se relever. La douleur disparut aussi soudainement qu'elle était née. Ses paupières s'ouvrirent alors sur le chaos. Deux ptéros lâchèrent, en planant au ras du sol, deux Nains qui plongèrent sur les fantassins ennemis. Roulant sur eux-mêmes, tels deux boules, ils pénétrèrent en force dans les lignes adverses, bousculant les cagoulés comme des quilles. Un troisième remontait en cloche, frôlant de son aile membraneuse le casque d'un seigneur noir tenant un arc. Un cri ! La voix de Gerfor hurlant le nom de son Dieu ! Un quatrième Nain se mettait à couvert. La silhouette du Fêlé, conduisant sa monture de nouveau vers le sol, prenait à revers les sangs corrompus culbutés par les deux Fonceurs de Roquépique.

Hasard ou destin ? se dit-il.

Un sourire fugace se dessina sur les lèvres de l'enfant avant que ses traits ne se durcissent. Un bref regard alentour et ses yeux tournèrent au gris.

De retour d'Océanis, tout juste arrivés dans l'enclos de Guilen, l'équipe des émissaires ailés se disloqua dans l'urgence. Tergyval gagna au pas de course le Palais tandis que Valk parlementait avec patience auprès de Pyrah qui ne voulait pas descendre du ptéro. La Belle ne finit par rejoindre « La Mortagne Libre » qu'avec difficulté. La jeune Amazone, terrorisée, se cachait le visage de ses bras, émettant des plaintes d'animal blessé.

À peine entrée dans l'auberge de Josef, soulevée de force par Valk, elle se réfugia dans un coin de la salle pour se recroqueviller sur elle-même. La tête dans les genoux, elle se balança d'avant en arrière avec violence. Josef oublia le salut proféré traditionnellement dès que quelqu'un franchissait sa porte. Il se tourna vers sa fille, attablée avec Jokoko, qui sans un mot sortit de l'établissement. Tous la virent effectuer des signes de sa main droite. Le gang fut aussitôt prévenu que Fontdenelle devait gagner « La Mortagne Libre » en urgence.

Le Dragon exhalait son puissant feu à quelque trois cents pieds de là sur des troupes ennemies, évitant, avec soin cette fois, les flèches apportant dans leur course des filets de métal bleu menaçant de l'emprisonner. Dans l'esprit de Passe-Partout, une pensée amie s'imposa.

Plus de souffle... Ta présence pas prévue... C'est moi qu'ils cherchent ! Les obliger à me suivre... Nous retrouver... Ta Magie... Ma descendance... Eau de Roche...

La communication télépathique, désagréablement hachée, cessa brusquement. Il crut alors à un cauchemar éveillé, et ne dut une nouvelle fois son salut qu'à sa légendaire agilité ! Se courbant en arrière tel un contorsionniste, il évita la lame d'un cagoulé isolé se proposant de le couper en deux une demi-seconde plus tôt. Thor et Saga surgirent dans ses mains et son agresseur mordit la poussière.

L'ennemi apparut brutalement sous les yeux du Fêlé, comme une ombre sortie de nulle part, sous la forme d'un oiseau. Son regard incrédule vit alors l'effarante métamorphose du volatile en sang noir armé ! Cette vision d'horreur marqua le Colosse, plus encore Gerfor et les jumeaux, les Nains détestant la Magie et tout ce qui pouvait s'y rattacher. Dès l'atterrissage, la transformation inimaginable opérait : les corps de plumes se boursouflaient de toutes parts, mutant les ailes en bras et les pattes en jambes. En un clin d'œil, l'animal devenait un cagoulé portant armure et épée, attaquant sur le champ !

L'herboriste ne tarda pas. Dès son arrivée, il se précipita vers Pyrah. Même à trois pour la tenir, il lui fut impossible de l'approcher tant elle se débattait, les yeux emplis d'effroi.

– Jamais vu ça. Elle a dû frôler la Spirale du Dieu de la Mort pour être choquée à ce point, murmura Fontdenelle en lui administrant de force le contenu d'un flacon dans la gorge. Vous pouvez la lâcher, maintenant. Elle va se calmer.

La jeune Amazone accepta de s'asseoir sur un banc où elle resta prostrée. Certes, ses balancements intempestifs et la terreur dans ses yeux avaient disparu, mais son état n'en demeurait pas moins préoccupant. Fontdenelle donna à Valk la fiole administrée et lui confia :

– Uniquement en cas de crise ! Dans son cas, lui parler constamment, lui expliquer, la rassurer… Tu l'as trouvée où ?

Protégé par ses troupes ayant fort à faire avec trois Nains fous furieux et un Colosse expert en combat rapproché, le Seigneur Noir avisa sa cible et sortit de nouveau une flèche de son carquois. À cinquante pas, Passe-Partout reconnut l'arc Sombre de la tombe d'Orion, caractéristique par ses deux lames en mithrill recouvrant les poupées.

En une fraction de seconde, l'enfant joua la mobilité pour gêner l'archer et se baissa par réflexe. Le trait passa si près qu'il en entendit distinctement le sifflement. Le Seigneur des cagoulés ne semblait pas spécialiste en archerie, mais force était de constater que l'arme compensait largement ses défaillances ! Passe-Partout accrut sa vitesse de déplacement tout en se rapprochant de lui, ce qui permit d'esquiver de nouveau une flèche ajustée. À vingt pas, chaque tir demandait une concentration et un exploit surhumain pour éviter la mort. À dix, et le carquois presque vide, il reconnut entre les doigts du chef des sangs noirs l'empennage caractéristique d'une Staton. L'arc Sombre bandé, le trait décoché, le héros de Mortagne songea en un éclair qu'aucune armure sur Avent, y compris sa veste en sylvil, tressée par les Fées, n'arriverait à le préserver. Dans un dernier réflexe d'auto défense, il joignit ses deux mains devant lui, évoquant niaisement le secours d'un bouclier. La Magie d'Ovoïs opéra. Thor et Saga se fondirent à la vitesse de la pensée en un pavois le protégeant intégralement. Un claquement sec ! Il vacilla sous l'impact de la Staton qui glissa le long de l'écu divin. Ce dernier disparut dès le danger écarté. On pouvait de nouveau distinguer dans ses paumes les deux lames bleutées.

– Tu vas mourir ! grinça l'enfant aux yeux gris métal, s'approchant du Seigneur Noir en une démarche souple ne dévoilant que son profil, à la manière d'un bretteur.

La réponse fut surprenante dans la forme. Passe-Partout s'attendait à une voix caverneuse. Le ton haut perché, presque strident, ne cadrait pas avec le personnage.

– La vérité, morveux, est que c'est toi qui vas disparaître de la surface d'Avent ! Je ne suis pas Tecla !

Son épée à deux mains flamboya. Sans que son corps esquisse le moindre mouvement, il la fit pivoter pour la pointer vers son adversaire. L'enfant resta sur ses gardes et continua de tourner autour du Géant Noir qui poursuivit sur la tessiture d'une pie jacassant :

– Le Petit Prince de la Légende, tu parles ! Tu n'es qu'un imposteur !

Un éclair noir jaillit de sa lame en direction de Passe-Partout, pulvérisant un malheureux rocher derrière lui. S'attendant à une attaque tordue, il l'avait anticipée en l'esquivant par un roulé-boulé, l'amenant sur le côté gauche du chef cagoulé. Il se retourna et joignit à nouveau ses deux mains. L'épée divine apparut. Profitant du mouvement de son corps tournant sur lui-même, surprenant son ennemi, le coup porté sur le flanc fut d'une violence inouïe !

Durant le trajet, Jorus poursuivit sans relâche son enseignement.

– Pour une guérison, inutile de te vider de toute ta manne pour soigner une égratignure. Prends le cas de ton essai sur les trois pierres, l'astral employé te permettrait de soulever un homme ! Il te faut appréhender la quantité nécessaire à l'acte voulu.

Kent acquiesça :

– Ainsi, soulever un objet par Magie est assimilable à la lévitation en devenant soi-même l'objet…

– Pour nous, oui ! confirma Jorus. Notre Magie, en ce cas, est une sorte de psychokinèse. À ne pas confondre avec celle des Sombres qui ne dispose pas de ce sort, mais bien de vraie lévitation.

Il chercha ses mots pour se faire comprendre :

– Ils ne se soulèvent pas, ils deviennent légers… Enfin, là n'est pas le débat. Ton problème réside dans le fait que quoi que tu fasses magiquement, tu gaspilles ton Énergie Astrale ! Nous allons donc travailler à son développement pour t'aider à mieux la gérer. Nous voilà arrivés !

Le Fêlé tenait deux épées en main et cassait du cagoulé avec une rigueur de scientifique. Chaque mouvement, fût-ce une parade, devait déséquilibrer, blesser ou tuer. Pas de gaspillage inutile ! Son regard cherchait les prêtres ennemis qu'il soupçonnait de détenir des pouvoirs magiques permettant de galvaniser leurs troupes. Les supprimer induirait bien des économies de temps et de gesticulations.

Il entendit enfin les hurlements de joie de Gerfor, invoquant sans cesse Sagar. Les rangs commençaient à s'éclaircir ; il vit alors un oiseau noir se poser non loin du lieu où Passe-Partout se battait, et se transformer en religieux. Il rugit :

– Gerfor ! Vite !

Le Nain grommela par principe une série de jurons à destination du gêneur l'empêchant de compter convenablement ses victimes, mais courut comme un dératé vers la cible pointée par une des épées du Fêlé, désignant le prêtre qui entrait en prière. Tel un taureau, il fonça tête baissée dans le torse du cagoulé en toge, l'entrainant par l'élan contre un torve dans lequel ils finirent leur course. Gerfor repartit à l'assaut, le visage et le casque couleur du sang de l'ennemi : le Fonceur Premier Combattant de Roquépique lui avait explosé la cage thoracique !

Le regard gris se voila d'incertitude. Malgré la force du coup porté, seule une maigre entaille entamait la cotte de mailles du Seigneur Noir, et l'onde de choc en retour sonna Passe-Partout qui vacilla. La riposte ne se fit pas attendre. L'épée flamboyante, dans un sifflement, balaya l'espace, se proposant de le décapiter. La parade fut acrobatique, mais réussie. La lame divine arrêta la frappe, mais à quel prix ! L'enfant encaissa de nouveau une secousse se répandant douloureusement dans tout son corps. Il sut qu'il n'aurait pas la force d'en supporter une troisième de cette intensité. Le Seigneur Noir s'enhardit et avança sur lui en piaillant :

– Finissons-en ! Je dois ramener un Dragon et trouver la forêt des Elfes nains !

Une soudaine montée d'adrénaline irradia les veines de Passe-Partout.

Non, pas les Peewees !

Il leva les yeux, fixa son adversaire, et vit la faille ! Dans la jointure supérieure de la cotte de mailles, là où les écailles de métal des oreillettes de son casque ne couvraient qu'imparfaitement sa gorge. À peine la taille d'une pièce de bronze. L'épée flamboyante s'abattit au même instant de bas en haut. Ne se sentant pas la force de parer, Passe-Partout glissa sur le côté, laissant le fer frapper le sol, fit disparaître la lame divine puis s'écarta pour se placer à distance respectable du géant ennemi.

Pas le gabarit requis pour porter un coup d'estoc si haut, pensa-t-il.

Il évita de justesse un nouveau rayon émanant de l'épée adverse. Mordant peu glorieusement la poussière, il appela ses deux couteaux qui se blottirent contre ses paumes, se redressa comme un sorla flairant un danger proche et lança Thor et Saga l'un après l'autre vers le défaut de la cuirasse.

Le Fêlé se débarrassa d'un ultime gêneur par hasard. La course de sa lame déchiquetant un ork finit par blesser à mort un oiseau surgissant de nulle part, l'arrêtant net dans son élan. Le Colosse s'écarta. Quelques convulsions répugnantes plus tard, Il muta une dernière fois en cagoulé. À croire que la Mort exigeait que l'on se présentât à elle dans sa forme originelle ! Il se tourna alors vers la scène du combat de son protégé.

Le Seigneur Noir fit un pas de côté, mettant son profil face au danger. Thor et Saga rebondirent ainsi sur son épaule. Une décharge de son épée engendra une nouvelle esquive acrobatique de Passe-Partout qui retomba cette fois sur ses pieds.

Un coup haut… Précision et force… Il n'a pas remarqué que je me suis rapproché.

– Tu vas mourir, siffla-t-il avec mépris.

Les couteaux divins avaient déjà rejoint ses paumes qui s'unirent. Le Seigneur Noir émit deux plaintes. La première par la surprise de voir apparaître un javelot entre les mains de son adversaire. La seconde lorsque l'arme lui traversa la gorge par le défaut de sa cotte. Épuisé, Passe-Partout leva son regard redevenu bleu vers le Colosse qui s'avançait. On ne sut jamais lequel des deux tendit le premier les bras vers l'autre. Toujours est-il qu'ils finirent enlacés, se confondant en mille excuses, chacun s'accusant de l'origine de leur brouille. Gerfor abrégea ces émouvantes retrouvailles à sa manière :

– On a encore du pain sur la planche, par Sagar ! Si les sangs noirs sont maintenant des oiseaux, ils peuvent se trouver n'importe où sur Avent. Foutue Magie !

Passe-Partout salua furtivement Barryumhead, perdu dans les brumes du Dieu des Nains, venu les rejoindre. Gerfor lui présenta les jumeaux :

– Voici Bonnilik Plumbfist et son frère du même ventre Obovan Plumbfist. Tous deux émérites Fonceurs Premiers...

Connaissant la rengaine théâtrale et ignorant toujours la raison pour laquelle les noms à rallonge le saoulaient, il coupa les civilités :

– Merci de votre aide, les Bonobos !

Le Fêlé sourit en coin : le ''petit'' ne perdait pas ses habitudes. Il ramassa l'arme Sombre près du corps du Seigneur Noir et le tendit à l'enfant :

– À propos, tu viens d'éliminer Albred ! Dordelle est vengée et je crois que ceci te revient de droit.

Passe-Partout eut un pincement au cœur en saisissant l'arme de ses ancêtres. Sa main bleuit en serrant la poignée finement taillée. Ce phénomène ne s'était pas produit depuis longtemps. Il décida que c'était de bon augure. Il s'approcha du corps d'Albred et toucha son armure pourtant classique. Les couteaux divins ne l'avaient qu'égratignée. Si on ajoutait que les sangs noirs se mutaient maintenant en oiseaux, une seule déduction s'imposait : l'ennemi montait en puissance magique.

Les Nains cherchaient vainement des objets de prix sur les dépouilles des cagoulés. Gerfor, penché sur le prêtre dont il avait enfoncé la poitrine, s'empara d'une bourse de cuir dans un cri de victoire. Il déchanta bien vite en ne récupérant entre ses doigts boudinés que des petits cubes noirs sans aucune valeur marchande. Il les remit toutefois soigneusement en place et tendit l'ensemble au Fêlé avec une moue déçue. Ce dernier s'en saisit en riant et le glissa dans sa ceinture. Peut-être à Mortagne quelqu'un trouvera-t-il un intérêt à ces fragments de métal ? L'enfant leva un regard amusé vers le Colosse :

– Le cheval, j'en fais quoi ?

Le Fêlé pivota vers le superbe étalon qui piaffa.

– Tu lui laisses sa liberté, j'ai un ptéro qui...

Les yeux froncés, il s'approcha de la monture et lui flatta l'encolure.

– On se connaît tous les deux...

Passe-Partout sortit le livret de la traqueuse de sa besace et narra brièvement les circonstances de leur rencontre. Le Fêlé tourna la tête de droite à gauche.

– Le Dragon ? Toujours là, celui-là... Eau de Roche ? Cet endroit ne me dit rien... Eh bien ! Te voilà titulaire d'un nouveau pouvoir magique Sombre !

Il avisa la recopie maladroite du signe gravé sur l'envers de la selle de l'étalon.

– Probablement le nom du cheval, né dans un haras Elfe...

Le Fêlé poursuivit d'un air navré :

– Elle appelait sa monture Forb... La traqueuse se nommait Erastine, une aventurière au sacré tempérament.

Passe-Partout vit la peine que cette triste nouvelle infligeait au Fêlé et voulut changer de sujet.

— Va où bon te semble, tu es libre, murmura-t-il à l'oreille de l'étalon après l'avoir débarrassé de son maigre bagage.

— Et quoi de neuf à Avent Port ? lança le Fêlé sur un ton faussement léger.

Passe-Partout pinça les lèvres et entama le récit de son escapade. Le visage du Colosse blêmissait à mesure qu'il narrait les dangers encourus. L'enfant mesura alors réellement son inconséquence.

— Je m'abstiendrai dans l'avenir de voyager seul.

Le Fêlé opina, réconforté par cette sage décision.

— Jamais entendu parler de ces hommes batraciens ! Les pêcheurs rapportent toujours de vieux récits de serpent de mer, d'hydre ou de kraken, mais pas d'humanoïdes vivant sous la surface… Ton amibe était une coralia carnivore. Rare, mais connue du milieu marin !

Gerfor se renfrogna. Son expérience restait très terre à terre… D'Avent ! Le Fêlé, quant à lui, apprenant à cette occasion l'existence de Plouf et ignorant l'histoire de leur complicité sous-marine, se retint de faire remarquer à Passe-Partout qu'il trouvait stupide de faire confiance à un poisson ! Préférant ne pas le froisser par une quelconque réflexion, il revint à la raison première de son départ à Avent Port.

— J'ai peine à me figurer qu'un commando de cagoulés ailés soit allé se perdre dans la tombe d'Orion pour ramasser un arc. Le contenu de la stèle creuse devait cacher quelque chose de plus grande valeur ! … Sans vouloir diminuer celle que tu lui accordes, crut-il bon d'ajouter.

Un peu gêné, Passe-Partout dit au Colosse :

— Je pensais retourner à mes origines, à la Forêt d'Émeraude, là où pendant quatre cycles j'ai été éveillé à la conscience elfique par les Peewees. Eh oui ! Ils existent vraiment ! Le premier couteau divin m'a été offert par Jorus, l'Archiprêtre du clan. En fait, c'est lui qui a donné l'impulsion de toute cette histoire, croyant dur comme fer que je suis le Petit Prince des Elfes !

Il serra les dents et poursuivit en désignant le Seigneur Noir :

— Même les crétins corrompus pensent que je suis loin de l'être… Eux aussi cherchent les Peewees… J'en ignore la raison.

Le Fêlé fut ravi de ce témoignage de confiance. Jamais Passe-Partout n'avait parlé de cette partie de sa vie. Il souleva sa chevelure de jais et déclara :

— En quelque sorte, tu voulais régler tes comptes avec les Elfes verts !

Passe-Partout sourit enfin ! Le Colosse fit un geste large, digne d'un aristocrate, et sur un ton emprunté, clama :

— Nous ne savions que faire, mes Nains et moi. Alors, va pour la Forêt d'Émeraude ! Et après, nous irons chasser le Dragon, si tu le souhaites !

Gerfor s'approcha d'eux et tendit le poing vers le ciel.

— Par Sagar et les Oracles de Zdoor ! Le bras vengeur de l'Enfant de Légende a abattu le second Seigneur Noir !

Puis il fit demi-tour. Passe-Partout allait lui rétorquer sèchement qu'il ne faisait pas un concours, mais le Nain se retourna en souriant à la mode de Roquépique et lança :

– Et ça ne doit pas être le dernier !

L'enfant pensa qu'il serait judicieux de prévenir Mortagne de cette nouvelle menace ailée et observa Barryumhead, psalmodiant une prière à Sagar pour guérir une vilaine blessure sur le bras d'un des Bonobos, avant de regagner mollement un rocher pour s'y reposer. Il en fit part à Gerfor.

– Foutu Prêtre ! Le gosse a raison. Ils peuvent envahir n'importe quel endroit d'Avent sous cette forme, y compris Roquépique ! On doit les joindre maintenant !

Barryumhead refusa calmement d'un non de la tête. Malgré l'âpre pression de Gerfor, il ne cilla pas et consentit à s'expliquer.

– Il faut attendre. Le courage que vous avez eu au combat et les blessures guéries ne sont dus qu'au bon vouloir de Sagar. Ma force d'invocation doit se reconstituer pour accomplir un nouveau prodige en son nom.

À l'évocation du Dieu de la Guerre, Gerfor lâcha son Prêtre. La lueur qui naquit dans le regard de Passe-Partout, et surtout le calme de ses propos, attirèrent l'attention du Fêlé.

– Nous avons tous besoin de nous reposer. Je suggère de dresser le bivouac ici.

Le Colosse en convint : hommes et bêtes devaient se restaurer. Toutefois, il s'attendait à plus d'impatience de la part de son protégé pour gagner la Forêt d'Émeraude.

– Je vais essayer mon nouvel arc ! déclara Passe-Partout. Une partie de chasse ?

Le Fêlé en rêvait ; Il se leva d'un coup !

– Les sorlas n'ont qu'à bien se tenir !

Il fallait trouver un complice. Et l'évidence s'imposa à Carambole dès que la porte de « La Mortagne Libre » s'ouvrit. La voix de Josef retentit dans l'établissement.

– Sup ! Quel bon vent ? un moment que l'on ne t'avait pas vu !

Le chef du gang salua l'assemblée avec une décontraction qui surprit les habitués, et se dirigea directement vers la fille de l'aubergiste. Un bref regard à Jokoko, déjà croisé à la Tour de Sil pour avoir partagé un point de vue commun sur le personnage d'Artarik, et il déclara d'une traite, comme une leçon bien apprise :

– Je suis venu pour te demander de m'aider en lecture et en écriture.

Carambole resta sans voix : on avait changé l'ami Sup ! Lui qui n'arrivait pas à aligner trois mots à la suite savait maintenant faire des belles phrases ! Ignorant la stupéfaction de la jeune fille, il poursuivit :

– Tout le monde me disait qu'il fallait que je vais à l'école...

– Que j'aille ! rectifia Carambole.

– Ah ! Tu vois ! Seulement, à la Tour de Sil, depuis que Parangon est malade, plus personne s'occupe de nous. Les autres ont quitté, je suis le dernier étudieur..., non, étudiant, mais sans professeur.

Jokoko se tourna vers Carambole :

– Pas étonnant qu'Artarik m'ait demandé de venir directement ici !

Sup leva les yeux au ciel.

– Lui ! Tout ce qu'il cherche, c'est prendre la place à Parangon !

Carambole sourit à Sup et déclara :

– Tu es le bienvenu ! Joey se sentira ainsi moins seul lorsque je sers les clients.

– Tu... Tu veux bien ?

– Oui ! À une petite condition !

– Accepté d'avance ! répondit le chef du gang de Mortagne malgré la grimace de Jokoko.

Valk descendait l'escalier menant aux chambres de l'auberge. Son pas paraissait plus lourd qu'à l'accoutumée, et pour cause ! Pyrah avait élu domicile dans ses bras et se blottissait contre elle.

– Rien à faire pour la rendre plus sociable... Je l'amène au Palais, il n'y a qu'avec moi qu'elle se calme un peu. À plus tard ! lança-t-elle à Josef, occupé à servir des pêcheurs au comptoir.

Carambole suivit des yeux la guerrière portant son nouveau fardeau. Valkinia acceptait une lourde responsabilité en la prenant sous son aile. La fille de Josef pensa que l'hôpital imaginé par Fontdenelle pourrait aider à soigner Pyrah. Elle se tourna vers le chef du gang de Mortagne. Sup ne bougea pas un cil lorsque Carambole lui confia son secret. Elle n'eut pas besoin de lui demander ce qu'elle attendait de lui, il le devina et concevait déjà la manière de commettre le larcin sans que personne ne puisse s'en apercevoir.

– Joey, faut que tu viens. Pas pour le voler, mais le livre est enfermé avec un cadenas. On peut pas le forcer sans le casser. Alors qu'avec ta Magie... Et puis... on ne va qu'emprunter, je va remplacer par un autre ! Le même en faux ! Comme ça, personne saura !

Les yeux de Jokoko roulèrent dans leurs orbites le temps de digérer ce qu'il venait d'entendre et finit par accepter en maugréant. Sup dit alors à Carambole :

– J'aimerais que tu me fais... fasses... confiance. Tout ce que je veux, c'est aider Passe-Partout.

Carambole, émue, répondit par un hochement de tête. Sup se leva comme un sorla en fuite.

– On y va, Jokoko ?

La dernière chose dont se souvenait Kent du monde des vivants était cet arbre étrange planté au beau milieu de nulle part et de la voix de Jorus lui intimant :

– Mange une olive !

Le trou de mémoire qui s'ensuivit fut aussi noir que le fruit avalé !

Les paroles de Darzo le tirèrent de cette torpeur cauchemardesque dans laquelle il était plongé :

– Kent, ça va ?

– Oui, murmura-t-il par habitude.

Un étourdissement soudain, dès qu'il voulut s'asseoir, indiqua qu'il avait répondu par l'affirmative un peu trop rapidement ! Il posa la main sur son ventre et sentit une chaleur inédite, puis croisa le regard satisfait de Jorus.

– Une heure de perdue… Maintenant, avales-en deux !

Kent paniqua à l'idée de replonger dans cet inconfortable abîme de noirceur, mais exécuta sans broncher l'ordre de son mentor.

Ils rentrèrent au bivouac très vite avec trois sorlas. Passe-Partout ne revenait pas encore de la maniabilité de l'arc de ses ancêtres. Gerfor, diplomate dans l'âme, grogna :

– On reconnaît la façon de faire des Nains ! Les cavernicoles ne s'y entendaient pas en fabrication d'armes. Ils se contentaient de les… transformer !

Le Colosse remarqua l'aura bleutée sur la poignée et comprit, sans en faire part à quiconque, que ceux de Roquépique ne pouvaient en être les auteurs. Passe-Partout se délesta des sorlas auprès des Bonobos et entreprit de sortir de son sac différentes plantes et feuilles glanées lors de sa chasse. Il concocta une infusion sur le feu préparé par les Nains et la servit dans cinq timbales. Discrètement, il ajouta quelque chose dans celle de Barryumhead sans que celui-ci, bien évidemment, s'en aperçoive. Ce qui ne fut pas le cas du Fêlé.

– Au Continent ! À Avent !

Et à l'attention du Prêtre :

– À Sagar !

Tous vidèrent leurs godets d'un trait et complimentèrent leur herboriste de campagne pour la qualité du breuvage.

– Cela va nous aider à retrouver la forme, jeta laconiquement Passe-Partout.

CHAPITRE X

Reconstituer Séréné bribe par bribe permettait au Déchu de s'affranchir de la Magie traditionnelle en s'appropriant au fur et à mesure celle de la Sphère Noire, basée sur l'asservissement, l'esclavage, la corruption des corps et l'anéantissement de l'âme. Certaines de ses nouvelles créatures étaient dressées pour retrouver ces morceaux éparpillés par le Messager... Comme des chiens de chasse !

Lorbello. Extrait de « Origines du Dieu sans Nom »

Les échanges fusèrent. Le Fêlé donnait à Passe-Partout des nouvelles de Mortagne et Gerfor raconta à sa sauce les raisons de ses choix pour y être revenu. L'enfant resta perplexe quant aux déclarations des Prêtres de Zdoor, n'arrivant toujours pas à endosser le titre de libérateur d'Avent, peiné que la santé de Parangon ne s'améliorât pas et content du rapprochement officiel, qu'il jugeait évident autant que tardif, de Tergy et Valk. Ils revinrent sur leur dernière bataille. Gerfor, intarissable lorsqu'il s'agissait de combat, rageait de la tournure magique que présentait ce conflit, bien loin des « bonnes vieilles guerres » qui se racontaient entre Nains à la veillée. Le Fêlé en vint fatalement aux deux lames divines de Passe-Partout qui tenta une explication que Gerfor apprécia particulièrement :

– Plus je m'en sers, plus ils comprennent ma manière de me battre. Les couteaux ont une conscience propre qui s'appuie sur ma volonté. Leur transformation ne s'opère qu'en certaines circonstances et toujours en combat singulier ! Une sorte d'osmose progressive se passe entre nous, et ça me facilite la tâche ! Probable que ce soit d'ailleurs le dessein de celui qui les a forgés !

– Sagar ! cria le Nain, risquant de réveiller ses acolytes déjà au pays des rêves.

Ils convinrent alors que Passe-Partout et le Fêlé assurent le premier quart. Aux premiers ronflements de Gerfor, le Colosse questionna l'enfant :

– De quoi parlait le Dragon en évoquant des plumes ?

– Nous allons devoir faire une courte escale à Boischeneaux et continuer à remuer des tombes. Tout cela parce que je manquais de curiosité ou de perspicacité à l'époque... Après, je ne sais plus où me rendre en priorité... Mortagne pour l'œuf de Sébédelfinor, ensuite à 'Eau de Roche' ?

Il fit une grimace exprimant ses doutes :

– Ou peut-être à Thorouan, si Kent s'y trouve toujours... Mais surtout, la Forêt d'Émeraude !

Il sourit en coin :

– Pour régler mes comptes avec Jorus…

Il reprit rapidement son sérieux :

– Nous venons d'apprendre que les Peewees sont recherchés par les cagoulés, et pas pour partager une infusion. Le fait de muter à volonté en oiseaux change aussi beaucoup de choses ! Nous verrons précisément quel chemin emprunter en fonction des circonstances. Dès demain, je pense…

– Pourquoi demain ?

– Barryumhead ira bien mieux. Nous aurons des nouvelles fraîches de Mortagne.

– Tu lui as rajouté quoi dans son godet, à cet ectoplasme ?

Passe-Partout gloussa :

– Il me semblait avoir été plus discret. J'ai chipé une fiole d'Eau Noire dans l'antre de Dollibert. Il a eu droit à une goutte ! Force d'invocation, tu parles ! C'est de la Magie pure et dure ! Il doit simplement se refaire une santé en manne astrale après l'avoir dépensée pour Gerfor et les Bonobos !

– Barryumhead le Mage ?! ne put s'empêcher de s'esclaffer le Fêlé. Bon, et ton nouveau pouvoir magique ?

Passe-Partout haussa les épaules.

– Ni eu le temps et l'envie d'essayer. À chaque fois, je me retrouve sur les rotules dès que je prononce une formule !

– Bah, tu n'as qu'à t'administrer les mêmes doses que Barryumhead !

La suggestion du Colosse le fit réfléchir. Par peur, il n'avait pas osé. Le souvenir de sa promenade en forêt avec Jorus et de l'indigestion d'olives le refroidissait grandement. Toutefois, lui qui maîtrisait maintenant les décoctions, infusions et tisanes devait pouvoir trouver la dilution idéale.

Sup s'arrangea pour que son gang détourne l'attention des gardiens de la porte principale puis celui de l'étage où se trouvait le Livre muet. Joey s'approcha du cube de verre dans lequel les scribis l'avaient enfermé. Il déverrouilla magiquement le cadenas. Sup opéra alors le changement des feuilles intérieures, totalement vierges, à peu près similaires à celles « empruntées ». Il replaça le manuscrit de remplacement dans l'exacte position de l'original, ouvert, et referma la boite manuellement. Avec un sourire, il passa sa paume au-dessus de la protection transparente et déclama sur un ton grave :

– Quel drame, rien qui apparaît ! Je suis pas Magicien !

– Normal ! Ce n'est pas le bon livre ! répondit naïvement Jokoko.

– Qui s'en apercevrait ? s'amusa Sup.

– S'en apercevra, rectifia son complice.

– Qui s'en apercevra ? confirma le chef de gang.

Dès l'aube, Passe-Partout demanda à Gerfor de préparer psychologiquement Barryumhead à une liaison théopathique avec Anyah de Mortagne. Le Fonceur Premier Combattant de Roquépique fut le premier surpris de ne pas avoir à batailler avec le Prêtre.

– C'était convenu, proféra-t-il, laconique, en se concentrant.

Ce moyen de communication restait surréaliste. Parler à Barryumhead endormi qui répondait avec la voix d'Anyah demeurait un spectacle insolite.

– Je suis avec toi, Passe-Partout…

L'enfant, volontairement concis pour éviter d'anéantir le religieux Nain, ne détailla que l'attaque des cagoulés ailés. L'information choc heurta la Prêtresse de la Déesse des Mers. Le débit de paroles et le désordre de ses propos en disaient long sur son trouble.

– Qu'est-ce qui est arrivé à Barryumhead ? Je le sens plus disponible. N'abusons toutefois pas ! Le message sera transmis sur l'heure. Je reprends contact sous peu. Pense à mettre ta tête sous l'eau à ta prochaine toilette. Prends soin de toi et qu'Antinéa veille sur vous !

Le dialogue rompu à la hâte ne laissa que des surpris. Les Nains virent leur religieux se lever en pleine forme. Le Fêlé constata que son protégé avait raison sur le fondement magique des Prêtres, pendant que Passe-Partout se demandait pourquoi Anyah se souciait de son hygiène !

Finalement, Valk ne parvenait à se défaire du stress occasionné par Pyrah qu'en allant au Palais, unique endroit où la jeune Amazone se calmait durablement. Perrine avait aménagé une pièce contiguë au musée de son défunt père dans laquelle la fillette consentait à demeurer seule, à la condition expresse que la porte de communication reste ouverte et que sa protectrice ne quitte pas les lieux. Tergyval mêlait l'utile à l'agréable. Il rencontrait Perrine dans la salle où trônait la maquette de la nouvelle Mortagne, modifiée depuis la rentrée financière providentielle d'un « généreux » donateur, et y croisait sa belle autant qu'il l'espérait.

Pour l'heure, il peaufinait la dernière touche de son ultime invention destinée aux tours de garde, un astucieux bouclier incurvé et mobile monté sur un rail formant cercle, équipé de canonnières. Un archer réclamait d'ordinaire trois à quatre hommes pour le protéger contre une attaque aérienne, alors que ce procédé n'en nécessitait qu'un seul pour manœuvrer aisément ce bouclier en paliandre. Perrine observa toutefois l'ennui marquant les traits de Tergyval et l'interrogea sans détour. Valk, ayant aussi constaté cette lassitude inhabituelle, attendait avec appréhension sa réponse.

– Ce qui me tracasse, depuis notre retour d'Océanis, c'est la manière dont ont été investis les Drunes… La réputation des Amazones au combat n'est plus à faire. Or, dans le court laps de temps entre nos deux passages, elles ont été rayées de la carte ! Toutes ! Sans exception ! Quelle guerre éclair peut produire cet effet ? À croire que cet ennemi est apparu aux Drunes, a assassiné toute la population, et s'est dissout par Magie… Tout cela sans que les Folles de Sagar puissent répliquer ! Et je rappelle que nous n'avons trouvé aucun cadavre : une élimination systématique sans indices de riposte ! Rien qui laissait présager un quelconque assaut. Avec, en plus, une absence totale d'empreintes de ptéros…

– Tu as parlé de tracas, Tergyval, alors que j'ai évoqué l'ennui…

Le regard fatigué, le Capitaine des Gardes rectifia respectueusement ses propos :

– Prima, je suis las d'apporter encore et toujours des protections, des défenses, alors que la seule réponse à cette guerre étrange est l'attaque ! Ce conflit dépasse Mortagne, nous le savons tous deux depuis le début. Depuis l'arrivée de Passe-Partout dans notre Cité !

Perrine, la voix enrouée, murmura :

– Alors, mon destin sera de perdre tous ceux qui m'entourent...

Le Fêlé tourna à peine la tête pour s'adresser à son passager.

– Quelle direction ?

Un doigt se tendit sur son profil gauche. Le Colosse sourit et tira sur les rênes du ptéro. Sentir la présence de l'enfant le galvanisait. Il se rendit alors à l'évidence : il ne vivait plus pour lui-même, Passe-Partout occupait toutes ses pensées, tout son espace, tout son être. Une forme de dépendance dans laquelle il atteignait la plénitude. Il songea fugacement à Perrine, mais l'intensité de l'instant dépassait largement l'amour secret éprouvé pour la Prima. Une certitude étrange s'imposa.

La mort pourrait m'emporter maintenant que je l'accepterais sans sourciller...

Les hurlements de Gerfor le sortirent de sa bulle.

– Ptéros ! À gauche !

Un groupe de sauvages, trois mâles perdus cherchant fortune et l'ayant trouvée sous l'auguste fessier de Barryumhead qui chevauchait la seule femelle du commando ailé ! Piètre cavalier, ses cris et ses embardées pour se soustraire aux entreprenants ptéros tenaient du plus haut spectacle comique ! Le Fêlé cessa brusquement de s'en amuser dès qu'il vit le prêtre Nain basculer sur le flanc de sa monture et éviter une chute fatale en s'agrippant *in extremis* au sac arrimé sur la croupe de la saurienne. Il chargea les assaillants et exécuta plusieurs figures virevoltantes. Jugées intimidantes en gestuelle ptéro, les amoureux éconduits regagnèrent leurs nids, et Barrymhead sa selle en marmonnant quelques prières de remerciement à Sagar. Passe-Partout indiqua de nouveau la direction à suivre, les acrobaties aériennes du Fêlé les ayant quelque peu fait dévier du cap à tenir.

Ofélia, première novice d'Anyah, fut reçue sur le champ par Dame Perrine. L'air grave et le pas décidé, la Prima marcha alors jusqu'aux appartements de Tergyval qui ouvrit sa porte, entendant son nom résonner dans le long couloir.

– Nous sommes attendus au temple d'Antinéa. Ah ! Valk est avec toi... Tant mieux ! Je souhaitais que tu sois présente !

– Passe-Partout ? tiqua le Capitaine des Gardes.

Perrine acquiesça d'un coup de menton. Le moment sentait la crise à pleines narines. Fébrile, Ofélia s'impatientait. D'un air désespéré, Valk regarda alternativement Pyrah et Tergyval. Ce dernier lâcha :

– Emmène-la... On verra bien son comportement !

Entourée de soldats comme le voulait le protocole lorsque la Prima quittait le Palais, Perrine résuma le court échange avec Ofélia. Son fardeau pendu à son cou, Valk déclara :

– Heureusement que l'origine de l'information vient de Passe-Partout. Émanant d'une autre source, personne n'aurait jamais cru à cette histoire !

Ce fut à Tergyval d'arborer son air des mauvais jours.

– Si les cagoulés se transforment maintenant en oiseaux, je comprends mieux comment les Amazones ont pu être vaincues. Et de fait, tout ce que nous avons investi en travaux de fortifications ne sert à rien !

Les habitants que le cortège croisait pressaient instinctivement le pas : Dame Perrine et le gardien de Mortagne se rendant ensemble au temple d'Antinéa en dehors des offices, la nouvelle fit le tour de la Cité des Libres !

– En bas ! La forêt de Paliandre ! cria Passe-Partout.

Surpris de ne pas apercevoir le vert particulier de la forêt de destination, le Colosse leva le bras, indiquant par là aux Nains qu'il amorçait lui aussi sa descente. L'enfant les dirigea vers une trouée. Le Commando atterrit au beau milieu de ruines de ce que fut une communauté humaine.

– Boischeneaux…, annonça sombrement Passe-Partout.

Arme au poing, les Bonobos firent le tour du hameau fantôme, ne dérangeant sur leur passage que des rats et des borles s'enfuyant bruyamment.

L'enfant retrouva sans difficulté la maison dans laquelle il avait rencontré Dollibert. Le peu de mobilier d'origine avait disparu, vraisemblablement pour nourrir le feu de la cheminée. Il imagina qu'un autre voyageur, comme lui, y avait fait halte. La sépulture de Dollibert, demeurée presque intacte, brillait par l'absence d'une plaque indiquant le nom de celui qui gisait sous les pierres. Le regard de Passe-Partout croisa celui du Colosse qui souffla :

– Tu n'es pas obligé de le faire…

– Pas bien le choix, d'après le Dragon, répondit-il en haussant les épaules, fataliste.

Il se pencha sur la tombe pour empoigner une première roche. À part Barryumhead, résolument absent de ce monde, tous lui prêtèrent main-forte. Amer, l'enfant songea à son parcours dans lequel la mort restait omniprésente.

Enveloppé de son étrange linceul, le corps de Dollibert apparut bientôt. Passe-Partout entreprit d'ôter la poussière recouvrant son visage que la cape en plumes ne protégeait pas. Ses compagnons s'écartèrent alors avec respect, et avec crainte ! Gerfor grinça :

– Foutue Magie ! Il devrait être à l'état de squelette !

Dollibert avait conservé ce même ultime sourire qu'il avait esquissé avant de passer de « l'autre côté ». Son corps demeurait intact ! L'enfant leva un pan de la cape en plumes de Staton et n'en crut pas ses yeux. La plaie au ventre semblait dater de quelques heures. Le Colosse l'aida à enlever le vêtement en soulevant la dépouille. Passe-Partout tira un linge de son sac et profita du concours du Fêlé pour effectuer le remplacement. Il ne put s'empêcher, avant de lui couvrir le visage, de lui toucher la main. Comme s'il avait le pouvoir de rendre la vie…

– Dors en paix, Dollibert, déclara-t-il avant d'ajouter : cette fois, pour toujours !

Gerfor avisa la cape en Staton et cracha :

– Ce truc ne me dit rien qui vaille !

Sans relever le propos, Passe-Partout secoua la pèlerine de plumes pour la débarrasser du reste de terre qui la souillait. Un cliquetis se fit entendre. À tâtons, l'enfant finit par trouver une poche intérieure, astucieusement camouflée dans la doublure, et en extrait une chaîne au bout de laquelle pendait une médaille. Il sourit en pensant à Sébédelfinor. Le Colosse s'approcha pour identifier l'objet. La gravure n'était autre que la troisième présente sur la couverture du Livre Muet, une aile d'oiseau, précisément de Staton. Le Fêlé acquiesça :

– Les trois sceaux magiques de chaque peuple : Sombres, Clairs et humains !

Gerfor crut bon d'ajouter :

– La quatrième se passe de Magie, par Sagar !

Les Bonobos saluèrent la déclaration dans un ensemble parfait. Passe-Partout défit son collier, réserva la lanière de cuir à la griffe du ptéro et glissa les deux médailles sur la chaîne trouvée, réunissant ainsi les trois symboles autour de son cou. Les Nains, s'attendant à un phénomène inexpliqué, spectaculaire, voire dangereux, avaient reculé ! Amusé, il fit mine de ne pas s'apercevoir de leur méfiance et enfila la cape.

– Bizarre, souffla le Fêlé. On croirait qu'elle a été taillée à ta mesure !

L'enfant confirma le fait. Il était pourtant loin d'atteindre les mensurations de Dollibert ! Machinalement, il attacha les deux serres servant de fermoir au col. Le Fêlé fit un pas en arrière, les Nains dix ! La cape s'animait. Comme vivante, elle emprisonna l'ensemble du corps de Passe-Partout et semblait vouloir le digérer. Une série de soubresauts secoua l'enfant. De multiples excroissances parcoururent son visage puis ses membres, pour se focaliser à des endroits précis. Le mouvement s'amplifia. Ses bras donnèrent naissance à deux ailes. Plus spectaculaire encore, sa tête se déforma : son menton rejoint le nez, le front se rétrécit, des plumes argentées apparurent.

En lieu et place de Passe-Partout se tenait un Staton, le magnifique aigle divin ! Devant les yeux ébahis du commando, le rapace émit un cri et prit lourdement son essor.

Les pages défilaient devant leurs yeux, révélant l'écriture élégante de Dollibert grâce à l'imposition des mains magiques. Les regards inquiets de Jokoko et Carambole se croisèrent ; la tâche ne serait pas aussi facile que prévu. Sup demanda la raison de leur apparente préoccupation.

– Tout est rédigé alternativement en humain et en Elfe, souffla Carambole.

Rivé sur le manuscrit, Jokoko surenchérit :

– Et en Elfe Sombre ! Et celui-là, je ne sais pas le lire !

Sup nota le soudain malaise de Jokoko, comme s'il avait parlé trop vite, et l'apostropha :

– Tu sais lire le Clair !?

Carambole leva le menton, attendant sa réponse. Il confessa sur un ton misérable :

– Ma mère biologique était une Elfe Clair, c'est elle qui m'a appris. Je suis un métis… Ce n'est pas facile à avouer sur Avent ! C'est pour ça que j'ai un peu menti à Artarik.

– Un peu ?

Sup se retint de rire. Il trouvait Jokoko de plus en plus sympathique !

– Ben oui ! Il m'a seulement demandé si je lisais et écrivais l'aventien. Il ne m'a pas questionné pour le langage des Clairs !

Il baissa honteusement la tête :

– C'est pour ça que j'apprends vite. L'aventien est plus facile que le Clair.

Le chef de gang ne put s'empêcher de tendre son doigt en désignant une de ses oreilles, une moue interrogative accompagnant son geste maladroit.

– Je tiens de mon père, voilà tout ! rétorqua sèchement Jokoko.

– Incroyable ! s'exclama Sup qui poursuivit : ta mère est Elfe, ton père humain, et tu as été recueilli et élevé par une autre famille !

Le dégingandé le toisa et se leva brusquement de table.

– Où vas-tu ? lui demanda Carambole.

– Personne ne veut de la compagnie d'un métis ! Alors, avant qu'on me jette des cailloux, je préfère m'éclipser !

Sup, d'autorité, l'obligea à se rasseoir. Joey se méfia quelques instants des sourires complices de Carambole et du chef de gang, mais se dérida lorsqu'il entendit le récit des aventures d'un autre sang mêlé, précisément de celui qui l'avait surnommé Jokoko. Sup, faisant fi de ses lacunes en aventien et pour l'occasion conteur, lui faisait maintenant partager son admiration sans bornes pour le petit héros de Mortagne. Et savoir qu'il allait œuvrer pour l'Enfant de Légende dont les prophéties Elfes parlaient depuis longtemps lui donna des ailes.

– Au travail ! Vite ! finit-il par s'exclamer.

Aux portes du temple d'Antinéa attendaient Fontdenelle et Artarik, entourés de deux scribis. L'herboriste, noir de colère, vociférait après celui qu'il estimait n'être qu'un « ersatz du double d'une copie » de Magister. Tout le monde connaissait leur inimitié et leurs différends, mais le ton montait plus que d'ordinaire. Tergyval s'interposa avec diplomatie en les invitant à saluer la Prima. Pyrah, sur la défensive, montra des signes d'énervement. Valk tenta de la calmer, sans succès. Au contraire, les mots qui se voulaient rassurants ne faisaient que rajouter à un début de crise que la guerrière, comme d'habitude, peinait à maîtriser.

– Prima, la situation est trop délicate pour que la réunion s'en trouve perturbée. Je vais à « La Mortagne Libre ».

Déçue, mais pragmatique, Perrine approuva d'un hochement de tête.

– Je te retrouve chez Josef, dit Tergyval.

– Au fait, ma belle ! se manifesta Fontdenelle qui avait repris ses couleurs habituelles. Dis à Carambole de passer ce soir chez moi, elle saura pourquoi !

Effarant ! Je suis Passe-Partout et oiseau à la fois !

Maladroit, l'apprenti aigle se contentait de planer au-dessus de Boischeneaux, s'interdisant toute forme d'acrobatie. L'enfant Staton s'enivrait de cette sensation étrange de voler vraiment ! L'impensable dans cette mutation résidait dans le fait que tout se fondait dans la cape. Il sentait la présence de ses couteaux, de sa besace ainsi que de ses vêtements, alors que de l'extérieur, on ne distinguait qu'un magnifique rapace aux plumes argentées.

Et il doit en être de même pour les cagoulés ailés, songea-t-il en se laissant porter par un courant d'air ascendant permettant de planer sans effort. Il repensa à la vision de Parangon sur son lit de malade : le secret de Dollibert. Sa facilité à se déplacer et à transporter ce qu'il souhaitait dans son antre au Croc Acéré via le tunnel lui était aujourd'hui révélée.

Il fut stupéfait par l'acuité visuelle du rapace dont il avait la forme. Pourtant, en tant qu'« humain », la nature l'avait doté d'une vue hors du commun ! Il se surprit à vouloir fondre sur un malheureux mulot sauvage dont il suivait la trace grâce à son urine, comme un jeu de piste, mais finalement renonça. En quelques battements d'ailes, son vol l'entraîna non loin de la grotte où il naquit. À six cent cinquante pieds de distance, il remarqua l'ours ayant élu domicile en cet endroit. S'accoutumant à sa nouvelle nature, il décida de se rendre à la Forêt d'Émeraude et sourit intérieurement de l'étonnement des Peewees le voyant réapparaître sous la forme d'un Staton !

Il put observer au loin ce qui restait de son village natal, survola avec tristesse les ruines de Thorouan, espéra secrètement y apercevoir la silhouette de l'Elfe Clair. Il n'en eut pas le temps. Un coup violent sur son « dos » le détourna de son but, lui extirpant un cri de rapace. Il crut d'ailleurs un instant que l'écho lui répondit. S'il avait disposé de ses deux mains, il se serait frotté les yeux pour s'assurer qu'il ne rêvait pas ! Un autre Staton planait à ses côtés et, manifestement, lui intimait de prendre la direction inverse de la Forêt d'Émeraude ! Passe-Partout tenta bien de s'opposer aux exigences de son 'homologue', mais sa courte expérience du vol le contraint à capituler. L'enfant oiseau, sous la pression, finit par faire demi-tour. Dans le mouvement nécessaire pour bifurquer, accompagné au quart de plume » par son alter ego rapace, leur proximité était telle qu'il distingua sous ses serres des excroissances bizarres.

Un nouveau cri, d'alerte cette fois ! Non loin, une nébuleuse fondait sur eux. Un nuage d'oiseaux noirs attaqua les aigles. Passe-Partout suivit son double qui piqua à la verticale. Pourtant habitué aux acrobaties aériennes, l'apprenti Staton eut un haut-le-cœur ! Lorsqu'il se redressa, il chercha un arbre afin de se camoufler et avisa un paliandre. Ses poursuivants avaient pour le moment perdu sa trace. Son acolyte rapace avait disparu. Il se trouvait de nouveau à Boischeneaux. Seul.

— Voilà, doucement, conseilla Jorus en observant Kent se soulever de terre.

— Attention à la branche ! cria Darzo.

L'Elfe fit un écart, sauvant son crâne d'une inévitable bosse. Il redescendit lentement vers ses cousins et le plancher des sorlas, un sourire de contentement sur son visage. Humble, il manifestait ainsi sa réussite, même s'il la considérait comme une immense victoire !

– Et il en est de la sorte pour toute la gestion de ta Magie Clair. La guérison, la protection, la psychokinèse, l'invisibilité. Mais attention, toujours un sort à la fois ! Le suivant annule le précédent ! crut bon d'ajouter Jorus. Il te faudra encore augmenter ton Énergie Astrale. Le paradoxe est de taille : plus on en possède, moins on en utilise !

Kent blêmit à l'idée d'ingérer de nouveau des olives. À sa mimique révélatrice, Jorus sourit :

– Il suffit pour le moment. Avaler trop d'Eau Noire, que ce soit en liquide ou en fruit, peut mener à la mort, même pour un Initié !

Au milieu de la clairière, la paume droite en l'air le protégeant des rayons du soleil, le Fêlé scrutait la trouée par laquelle l'enfant oiseau devait, théoriquement, réapparaître.

– Le voilà ! cria-t-il.

Les Nains se regroupèrent en formation de combat rapproché, tous trois dos à dos, glaives aux poings, les regards fixés au ciel. Seul Barryumhead, éternel absent, entreprit de tailler un morceau de bois. Le Colosse eut un mouvement de recul. Loin de freiner pour se poser en douceur, le Staton piquait à vive allure vers le sol ! Ses yeux s'agrandirent d'effroi lorsque l'oiseau argenté effectua un renversement soudain à mi-hauteur d'homme pour se diriger à pleine vitesse sur lui.

– Passe-Partout, qu'est-ce que tu fais ?!

Geste réflexe, il se protégea le visage et attendit l'inévitable choc, pour ne sentir finalement qu'un frôlement sur la hanche ! Les Nains et le Colosse virent l'aigle divin remonter en demi-tonneau par la même trouée et disparaître.

– Être oiseau doit rendre idiot ! observa Gerfor.

Il désigna la ceinture du Fêlé :

– Te voler la bourse prélevée sur les cagoulés…

Il haussa les épaules dans ce qui lui servait de cou et grogna :

– Des cubes de métal sans aucune valeur… Non, vraiment, c'est idiot !

CHAPITRE XI

Ovoïs ne résistait pas aux coups du Déchu. Même Le Dieu de la Guerre commençait à en pâtir.
La concession de Gilmoor sur l'interdiction d'intervenir permettait à Antinéa et Sagar de se
dédouaner de toute démarche en Avent via leurs prêtrises. Alors que le Messager agissait en
propre sur le Continent sous le couvert de déguisements donnés par Mooréa.
Avec le risque que lui seul prenait…
Un Dieu sur Avent perdait sa principale faculté : l'immortalité !

Lorbello. Extrait de « Pensées du Messager »

Prudemment, le Staton Passe-Partout quitta sa retraite. Bénéficiant de l'acuité visuelle d'un rapace, il n'aperçut aucun oiseau noir à l'horizon. En quelques coups d'aile, et malgré la distance, il retrouva rapidement son groupe, qui scrutait avec crainte le ciel dans le souci de le voir réapparaître. Ses compagnons se tenaient au beau milieu de la clairière, complètement à découvert, hormis Barryumhead, absorbé, qui transformait un bâton creux en flûte. L'aigle argenté amorça précipitamment sa descente et se posa en piaillant dans les aigus.

– Mettez-vous à l'abri ! Les cagoulés rôdent encore par ici ! Cachez-vous !

Il se rendit vite compte de l'inanité de toute tentative de communication : ni le Fêlé ni les Nains ne comprenaient le langage Staton !

Barryumhead souffla dans son instrument improvisé et réussit à en tirer deux notes, dont une particulièrement stridente qui surprit tout le monde. L'Archiprêtre eut un sursaut d'orgueil tandis que l'enfant aigle, lui, se tordait de douleur ! Le son lui vrillait le cerveau, il était plus que temps de retrouver son corps d'origine avant que Barryumhead, se sentant une âme de compositeur, le rende fou de souffrance. Sa tête de rapace s'affaissa sur le côté.

Comment redevenir moi-même ?

Deux mains lui avaient été nécessaires pour joindre les serres servant de fermoir à la cape. Pour l'heure, il n'avait que deux ailes ! Machinalement, son bec acéré chercha dans son jabot et trouva le système enfoui dans les plumes.

Vite ! Avant que les lèvres du Nain atteignent la flûte !

Il s'évertua à les disjoindre… et finit par y parvenir.

La table de travail de « La Mortagne Libre » ne chômait pas.

– Sans apprendre à déchiffrer le Sombre, nous n'arriverons à rien d'intéressant. Dollibert nous noie en utilisant les trois langages dans une même phrase ! rageait Jokoko.

– Manie de Magicien… et de Prêtre ! Chez Parangon, y a un bout de texte incompréhensible, traduit du Clair en humain… mais dans le désordre ! Là, y a de tout ! De l'aventien, du Clair et du Sombre, que plus personne écrit ou lit ! renchérit Sup.

– Tous protègent leur savoir. Ce que tu as vu sur le bureau de Parangon n'est autre que la fameuse prophétie d'Adénarolis que nous n'avons pas encore déchiffrée, sourit Carambole qui murmura, pensive : quant au Cavernicole, il nous faudra le réapprendre…

Jokoko et Sup se regardèrent, incrédules. Ils avaient du mal à envisager par quel bout attaquer le problème.

– Sauf à trouver un truc Sombre déjà traduit, je vois vraiment pas !

– À la limite, un texte Sombre tout court nous suffirait ! Nous pourrions chercher, par déduction… Compliqué ! Les Sombres comme les Clairs ne fonctionnent principalement que par tradition orale, fit Jokoko.

– Je crois avoir une idée ! déclara Carambole en se levant de la table, sûre d'elle.

Au comptoir de l'auberge, Duernar, le bûcheron de Mortagne promu conseiller de Perrine dans le cadre de la reconstruction de la Cité, racontait volontiers les anecdotes des coulisses des réunions avec les chefs de guilde. Certaines ne manquaient pas de piquant.

– Et Guilen ! Avec ses ptéros !

Il réprima un éclat de rire.

– Un mâle a couvé dans l'enclos. Il se retrouve avec un petit ! Enfin… petit… ça grandit vite !

À son tour, Josef pouffa. Duernar poursuivit, amusé :

– Le bougre, il se demande ce qu'il doit en faire ! C'est que le jeune est sacrément sauvage ! Sans l'Elfe Kent pour le domestiquer magiquement, bébé ptéro va bientôt le bouffer !

Sup fit un signe à Jokoko :

– Tu as bien les pouvoirs magiques des Clairs ? Pourquoi ne pas dépanner Guilen ?

Le pauvre Joey blanchit. Sa longue carcasse se ratatinait à vue d'œil.

– Je ne veux pas qu'on sache que je suis à moitié Elfe ! Et je n'ai peut-être pas suffisamment de capacité astrale afin de pouvoir le réaliser !

Sup s'assit face à lui :

– Tu as la formule ? Je me charge du silence de Guilen. Ça coûte quoi d'essayer ?

– Tiens ! Une revenante ! proféra Josef ravi d'accueillir Valk.

La brochette de clients, Duernar le premier, n'avaient plus d'yeux que pour la Belle de la Compagnie de Mortagne. La pensée de tous les mâles présents se cristallisait sur la chance de Tergyval ! Elle leur décocha un sourire qui leur fit vider leurs godets pour la plus grande joie de l'aubergiste ! Carambole s'avança à sa rencontre.

– Tu nous as manqué…

Puis désignant Pyrah :

– Comment va-t-elle ?

Valk leva les yeux au plafond, exprimant les hauts et les bas des sautes d'humeur de la jeune Amazone.

– Elle ne mange rien.

– Je sais par les filles à ''l'hôpital'' que tu as des difficultés à lui administrer les traitements que Fontdenelle t'a préparés. Puis, changeant de sujet : tu n'as pas été au temple avec le conseil ?

La guerrière se tourna vers Pyrah qui tentait de reprendre sa position fœtale coutumière et amorça un mouvement d'épaules :

– Le Fêlé a retrouvé Passe-Partout et a joint Anyah par l'intermédiaire de Barryumhead. J'ai promis le secret sur la teneur du message.

Carambole sentit une bouffée de joie l'envahir : son héros était en vie ! Josef réintégra son comptoir en maugréant :

– Perrine chez Anyah ? Préparons-nous à de mauvaises nouvelles !

Valk s'assit d'autorité à la table de travail des « étudiants » et rompit le lourd silence ambiant en prenant Carambole à part.

– Fontdenelle t'attend chez lui en soirée. Comme il ne m'a donné aucun détail, j'ai préféré être discrète.

– Et je t'en remercie, répondit Carambole.

La Belle poursuivit d'une voix plus forte :

– Sais-tu, Jokoko, que tu occupes la table historique de la Compagnie de Mortagne ?

Avide des exploits du groupe, Sup tendit l'oreille.

– Tu es assis à l'endroit précis où Passe-Partout a bu sa première bière !

– Et sa dernière ! ajouta Josef, hilare.

– Quelle soirée ! renchérit-elle avec une pointe de nostalgie.

Il n'en fallut pas plus pour que Sup se fasse narrer la première confrontation avec les sangs noirs, version Valk !

Josef allait et venait entre sa remise et le comptoir. Son auberge, comme la rue de la soif, s'était vidée. Il entendait, en fond, la voix de Valkinia qui racontait sans être interrompue le premier exploit de la Compagnie, prouesse dont Carambole ne se lassait pas.

Un peu de bon temps pour ma fille ! se dit Josef en jetant un œil dans le coin habituel où se réfugiait la jeune Amazone. *Et bonne nouvelle pour la Belle, Pyrah s'est endormie.*

Dès sa transmutation de Staton en Passe-Partout achevée, Gerfor s'approcha avec prudence et lui palpa le bras pour se rassurer. L'enfant s'amusa de cette « attention ». Les deux mains sur les hanches, hilare à la vue de son protégé dans sa forme originelle, le Colosse lança :

– L'accès à la grotte de Dollibert te sera maintenant plus facile !

– Le Mage de Boischeneaux avait une avance considérable sur Parangon ! Il se transformait en oiseau bien avant les cagoulés ! À propos, mettez-vous à couvert. Mon premier vol a bien failli m'amener directement au cimetière des rapaces !

Le sourire du Fêlé s'effaça illico.

– Des oiseaux noirs au loin, je m'en allais droit dessus. Mais tiens-toi bien, c'est un Staton qui m'a sauvé !

Les Nains dégainèrent leurs glaives, les yeux rivés sur le ciel.

– J'en déduis que ce n'est pas toi qui m'as dérobé la bourse prélevée sur les cagoulés.

L'enfant secoua la tête d'incompréhension. Le Fêlé lui raconta la voltige périlleuse de l'aigle qu'il avait pris pour lui.

– Peut-être le même qui a survolé le Palais de Perrine et chassé l'oiseau noir, ajouta Passe-Partout qui fronça les sourcils. Était-il là pour me prévenir ? Serait-il alors le Dieu qu'évoquait Sébédelfinor ?

– De quel Dieu parlait-il ? fit le Fêlé, surpris.

Passe-Partout répéta les propos et reproches adressés par le Dragon, pas très éloignés d'ailleurs de ceux tenus chez Josef par le Colosse qui n'intervint pas sur ce sujet épineux. Il soliloqua :

– Te prévenir et te protéger des oiseaux noirs ! Si un Dieu s'implique autant, c'est peut-être qu'ils sont proches de la Forêt d'Émeraude !

Passe-Partout déclara, le visage grave, mais déterminé :

– Nous repartons. On fera halte à Thorouan.

Le Fêlé fut ébranlé. Thorouan, le village de Passe-Partout où reposait celui qui l'avait recueilli : son frère des Loups, Garobian.

Tergyval, anéanti, s'effondra à la première table disponible de « La Mortagne Libre ». Josef, habitué aux discours muets du gardien de Mortagne, fit un signe à Carambole. Illico et sans désordre, Jokoko et Sup sortirent en même temps qu'elle de l'auberge.

– L'instant est grave, émit Sup en entendant la clef dans la serrure fermer la porte à double tour.

– Je file chez Fontdenelle ! jeta Carambole.

– Mais j'ai du travail à l'intérieur ! râla Jokoko.

– Viens ! On va bosser ailleurs ! répondit Sup.

En tant que Chef de gang, Sup avait rendu nombre de services à beaucoup de Mortagnais, dont le chef de guilde des marchands de chevaux et, plus récemment, des ptéros. Guilen jura donc sur l'honneur que ce qu'il verrait resterait secret. Tremblant, Jokoko, enfin convaincu du bien-fondé de cette démarche, s'approcha de la cage du jeune saurien et se concentra.

Il prononça dans un Elfe parfait la formule magique de la domestication. L'animal ne quitta pas ses yeux tout le temps de la « cérémonie ». Sup vit son acolyte blêmir puis vaciller comme une flamme. Il tendit les bras pour le retenir de s'affaler de sa hauteur. Immobile, le ptéro patientait. Guilen, affolé, se tourna vers les deux étudiants :

– J'ai vu faire Kent de nombreuses fois ! Il faut lui attribuer un maître ! Vite !

Jokoko, au bord de l'évanouissement, s'effondra sur son comparse en l'appelant au secours :

– Sup...

Usé... C'est le premier mot qui vint à l'esprit de Carambole quand Fontdenelle lui ouvrit la porte. L'herboriste fit un geste comme pour l'arrêter :

– M'est avis que comme Tergyval est resté muet, tu vas me cuisiner pour que je te dise ce que je n'ai pas le droit de te confier !

– Vos têtes parlent d'elles-mêmes ! Vous étiez plus détendus pendant la grande machination lors du siège de Mortagne ! Cela me conforte dans ma décision de tout tenter !

– Je ne peux pas te donner tort, admit Fontdenelle en lui faisant passage.

Il indiqua, derrière un rideau, l'espace réservé à l'expérience. Les yeux de Carambole s'agrandirent de bonheur ! L'herboriste comprit alors les sentiments de Passe-Partout à son égard. Le regard clair et pétillant de la jeune Magicienne était probablement le seul endroit où il pouvait se perdre !

Elle s'allongea sans l'ombre d'une hésitation sur une couche spécialement prévue pour l'occasion. Deux urnes, de chaque côté de sa tête, étaient emplies d'herbes et de feuilles séchées finement coupées.

Sup avait complété les recherches de Fontdenelle en fouinant dans la Scribibliothèque d'où il extirpa des textes issus d'ouvrages relatant les songes divinatoires des oracles Nains. Il avait fini par trouver quelques plantes hallucinogènes décrites dans le rituel de la cérémonie et utilisées en mélange. Fontdenelle eut confirmation, pour part, que son approche était la bonne, Sup corroborant ce que lui-même avait entrevu. Seules inconnues, les proportions, que l'herboriste ignorait. La réalisation de ce cocktail demeurait empirique. Fontdenelle ne parvenait pas à cacher son angoisse.

– Vas-y, dit doucement Carambole. Nous avons pris toutes les précautions, non ?

La mine renfrognée, l'herboriste acquiesça.

Les fumées montèrent lentement, formèrent une nuée au parfum lourd et entêtant. À l'écart de la couche, une étoffe sur le nez, Fontdenelle vit avec inquiétude Carambole prendre une grande inspiration. Puis une seconde.

À travers cet étrange brouillard, elle perdit connaissance, un sourire indéfinissable sur les lèvres...

Tergyval désigna les deux chaises en face de lui. La Belle s'assura que Pyrah s'était bien endormie et s'installa sans un mot. Josef abandonna sa vaisselle, se dirigea vers l'entrée, fit non de l'index à un pêcheur désirant boire un verre et vérifia de nouveau le verrou de la porte. Il sortit une bouteille de vin, trois chopes et prit place face à Tergyval qui dégrafa les deux dauphins attachant sa cape et défit sa queue de cheval. Le mouvement de tête pour libérer sa chevelure interpella l'aubergiste.

— L'espace d'une seconde, j'ai cru voir le Fêlé, souffla-t-il à Valk en servant à chacun plus que la nécessaire quantité pour se désaltérer.

— Je n'en demandais pas tant ! Je parle du vin, bien sûr !

— Cela fait un moment que nous ne nous sommes pas croisés ! se justifia Josef.

Il fallut un godet bu lentement par le Maître d'Armes de Mortagne avant qu'il rompe le silence d'une voix monocorde :

— Ce que je vais vous confier ne doit pas sortir d'ici. Le Fêlé, accompagné de l'équipe de Gerfor, a retrouvé notre fugitif, on ne sait où dans l'immédiat. Ils se sont frottés une fois encore aux cagoulés qui tentaient de capturer le Dragon. Un deuxième seigneur noir a été supprimé par Passe-Partout. Ah ! Tous sont sains et saufs, je vous rassure.

Voilà pour les bonnes nouvelles ! pensa Valk.

Tergyval prit une grande inspiration et déclara sombrement :

— Mais les sangs noirs ont hélas franchi un nouveau cap. Ils se transforment, plus exactement ils mutent, en oiseaux...

Il laissa passer un blanc et poursuivit :

— C'est pour cette raison que nous n'avons trouvé aucune trace aux Drunes. Ils fondent probablement en masse du ciel. Ce qui présage que les plus belles défenses et nos meilleurs guerriers ne pourront rien contre eux tant qu'ils bénéficient de cet effet de surprise.

— Une mutation ! Rien que d'assister à la transition doit être déstabilisant ! Pour ne pas dire traumatisant !

La Belle se tourna vers Pyrah, endormie.

— Elle a dû voir la Spirale du Dieu de la Mort pour être choquée à ce point, avait dit Fontdenelle... Je comprends mieux les raisons de son état !

— Et le matériel, les armes ? questionna Josef.

— Vraisemblablement absorbés par le phénomène magique qui les mute. Bien sûr, ils ne vont pas dissimuler des tours d'attaque, mais... Ils n'en ont plus besoin !

— Sans compter l'avantage stratégique des déplacements, ajouta Valk.

Tergyval opina du chef.

— Toutes nos réalisations pour la défense de Mortagne ne servent à rien, et l'ennemi n'a que faire de l'alliance des provinces de l'ouest !

— La position de Dame Perrine ? s'enquit La Belle.

— Digne, comme à son habitude ! Elle a réussi à garder son calme malgré l'attitude d'Artarik. Il vomit tout ce qui se rapporte à Passe-Partout et considère comme fariboles tout ce qu'il peut raconter. Je l'aurais volontiers jeté dans l'aquarium d'Anyah en lui maintenant la tête sous l'eau !

Valk se voulut rassurante :

– De toute façon, tu as pris les bonnes décisions. Ta ligne de guetteurs à ptéros en est la preuve !

Un maigre rictus du Capitaine des Gardes montra que ce moyen de surveillance lui paraissait aujourd'hui bien insuffisant. L'aubergiste ressentit pour la première fois chez Tergyval une lassitude autre que physique. Depuis son retour d'Océanis, le quotidien de la sécurité de Mortagne commençait vraisemblablement à l'agacer ou, pour le moins à singulièrement le miner !

– À propos d'Artarik, Perrine lui a ''suggéré'' de soumettre les femmes au test du livre magique.

Il se tourna vers la table de travail, vide d'occupants, mais pas de grimoires et de parchemins en tout genre.

– Je vois que Sup et Jokoko sont studieux ! Carambole s'en sort avec eux ?

Josef ne désirait pas s'étendre sur son problème actuel de communication avec sa fille.

– Entre les cours qu'elle leur donne, la création de l'''Hôpital'', idée chère à ce pauvre Parangon et à Fontdenelle, et l'intendance de « La Mortagne Libre », il ne lui reste pas beaucoup de temps.

– Passe-Partout ne lui manque pas trop ?

À cet instant, Josef comprit la raison profonde du malaise de Tergyval. Il croisa son regard et répondit :

– Certainement ! Comme à nous tous, n'est-ce pas ?

Contre toute attente, Tergyval eut enfin un semblant de sourire et choqua de sa chope celle de l'aubergiste.

Sup appela le gang à la rescousse. Il ne pouvait transporter seul Jokoko qui refusait de se réveiller, insensible aux mots et aux gifles. Mais son plus sérieux problème était que, de toute façon, il ne savait pas où le mettre ! Impossible à « La Mortagne Libre » sans donner d'explications à Josef, ni chez Fontdenelle où Carambole allait rester une bonne partie de la soirée. Il posa une nouvelle fois deux doigts sur sa carotide pour se rassurer et interrogea du regard Guilen qui se serait bien passé de ce mauvais plan.

– J'sais pas moi… À l'opotal !

– L'Hôpital ! On dit hôpital ! Brillante idée !

Chargé de son encombrant fardeau, le gang sortit en toute discrétion du paddock du chef de Guilde qui leur glissa :

– J'vous ai jamais vus, d'accord ?

Carambole se réveilla en sursaut et s'assit immédiatement sur le bord de sa couche, faisant accourir Fontdenelle, attentif à ses moindres mouvements.

– Doucement, petite, doucement !

Elle repoussa sans ménagement son bras protecteur et cracha :

– Je vais bien ! D'ailleurs, comment pourrait-il en être autrement ?

Elle toisa de son regard profond le vieil homme qui bredouilla une excuse :

– C'est une première tentative. Il faut que tu comprennes ma prudence…

– Je comprends que nous perdons du temps ! le coupa Carambole. Enfin, je crois que Dollibert avait raison. Je ne suis pas allée très loin ni très haut, mais j'ai ressenti des pensées différentes !

– De qui ?

– De toi ! plaisanta Carambole qui poursuivit : en fait, mon corps désincarné flottait au-dessus de mon enveloppe charnelle. Mais je n'ai pas dépassé le toit de la maison. Augmente les doses, Fontdenelle, je suis loin du voyage que je dois réaliser !

Elle descendit de son lit et changea de sujet sur un ton plus léger :

– Où Passe-Partout cache-t-il la lettre de son père Sombre ?

Fontdenelle, un moment dérouté, finit par adopter un air offusqué :

– Quand bien même saurais-je où elle se trouve…

Elle l'arrêta d'un geste vif de la main.

– J'ai la possibilité de la traduire en la recoupant avec un autre document, mentit-elle. Je te la rends demain, après l'avoir recopiée.

– Comment ça, demain ?

– Pour une nouvelle expérience de voyage, Fontdenelle ! Avec un mélange de plantes plus… tonique !

Elle claqua un baiser sur la joue de l'herboriste, scellant ainsi une promesse unilatérale.

– Profites-en pour emporter la vieille carte d'Avent que tu as oubliée la dernière fois, ronchonna-t-il.

Il la regarda partir en se demandant s'il ne préférait pas l'ancienne Carambole, réservée et effacée.

Thorouan…

L'émotion étreignait l'enfant. Les souvenirs se juxtaposaient sans chronologie. Il se sentit incapable d'émettre un son, de prononcer un mot. Il désigna l'alignement des tombes au Fêlé. Respectant le silence, le Colosse l'interrogea du regard qui l'amena vers un des amoncellements de pierres. La haute silhouette s'agenouilla. Une larme coula. D'une voix étranglée, il proféra :

– Garobian… Frère, je jure de combattre jusqu'à ma dernière goutte de sang ceux qui t'ont entraîné dans la Spirale.

Personne ne sut jamais l'autre serment qu'il fit devant la tombe de son frère d'armes. Mais il ne fallait pas être un grand Mage pour douter de sa nature. La protection du ''petit'' passait à ses yeux avant toute chose sur Avent ! L'hommage rendu au Compagnon des Loups rapprocha encore l'enfant et le Colosse. De retour vers les ptéros, ce dernier lui souffla :

– Je présume que la tombe à côté de la sienne, celle où tu t'es incliné, est celle de ta mère…

Toujours muet, Passe-Partout hocha la tête. Cette sépulture complètement refaite marquait le passage récent de Kent. Propre et unique titulaire d'une inscription écrite en langage Clair que seul le Colosse savait déchiffrer : « Félina, Reine des Elfes, et sa fille Candela ».

– Il a dû rentrer à Mortagne, sa quête accomplie, supposa le Fêlé.

Passe-Partout, cette fois, secoua négativement la tête. Connaissant Kent, et surtout avec la présence d'Elsa à ses côtés, tout portait à croire qu'il se trouvait maintenant à la Forêt d'Émeraude.

– Ne me demande plus jamais de faire ça ! hurla Jokoko assis sur le bord de son lit. Je n'ai jamais appris à gérer ma manne astrale. Je risque la mort avec des sorts exigeants comme celui-là !

Sup le lui promit, ce qui suffit à Joey qui retourna à ses parchemins en titubant. La soirée avait été mouvementée pour le chef de gang qui avait attendu son réveil à l'hôpital avant de le ramener sonné, mais sur ses deux jambes, à l'auberge !

– Décidément, dommage que l'Elfe Kent ne soit pas là ! souffla Jokoko qui butait sur une tournure typique, du moins le croyait-il. Difficilement traduisible…

Sup avisa son compagnon de travail :

– Saute le passage et passe à la suite ! Peut-être tu trouveras la solution avec le reste en déduisant les mots ou l'idée ?

Jokoko fut surpris par la justesse du raisonnement et, médusé, regarda différemment le désormais ex-gamin des rues que tout le monde traitait d'inculte.

Josef fit irruption dans la chambre de sa fille où les deux « étudiants » travaillaient.

– Ah, c'est vous ! Je croyais que les chandelles brûlaient pour rien ! Mais où est Carambole ?

Ce fut au tour de Sup d'être ahuri par son acolyte !

– Chez Fontdenelle ! Elle est en train de… se transformer !

Sup applaudit en son for intérieur la répartie ; Jokoko mentait de mieux en mieux ! Josef souleva un sourcil inquiet et se tassa sur lui-même. Il sortit en maugréant :

– Bien sûr ! Pas le genre de truc facile à dire pour une fille à son père. Si vous la croisez avant moi, transmettez-lui le message suivant : il faut qu'elle se rende à la Tour de Sil, comme toutes les femmes de Mortagne !

L'aubergiste nota les quatre yeux plissés interrogateurs et déclara :

– Perrine a convaincu Artarik que les femmes pouvaient être elles aussi Magiciennes ! Cela ne lui était pas venu à l'esprit ! ajouta-t-il, ironique, avant de s'éclipser.

Le Colosse savait qu'ils ne pourraient aller bien loin. Son ptéro présentait des signes visibles de fatigue et commençait à renâcler. Il se tourna vers Passe-Partout et lui fit comprendre d'un regard qu'ils n'avaient d'autre choix que de faire une halte de quelques heures. L'enfant, pour une raison inconnue, sentait monter en lui l'urgence de gagner au plus tôt la Forêt d'Émeraude. En cachette, il avait bien essayé de joindre de nouveau les deux serres de sa cape en Staton, mais n'avait obtenu aucun résultat. Il s'entendit dire, à l'instar de Gerfor :

— Foutue Magie à laquelle il ne comprenait pas grand-chose !

À terre, le Colosse ressentit l'énervement de Passe-Partout, presque palpable, et tenta de faire diversion :

— Au sujet du Dieu dont te parlait le Dragon, tu as une idée ?

Déstabilisé par la question aux antipodes de ses préoccupations, il maugréa :

— Je pense qu'il s'agit de Lorbello, le Messager. Qui me doit soi-disant quelque chose ! Le Dragon, lui aussi, est persuadé que je suis l'Enfant de Légende. Il a été jusqu'à me reprocher de ne pas avoir cherché la solution à l'énigme d'Adénarolis !

Content d'avoir détourné son protégé de ses idées noires, le Fêlé continua :

— Moi, j'ai essayé... sans trouver ! Il t'a donné un indice ?

L'enfant haussa les épaules :

— Les deux figures d'Avent sont le Sombre et Orion.

Le Colosse se concentra une poignée de secondes :

— Deux héros... Deux figures !

— ''Deux figures d'Avent viendra la solution''. Il manquerait le début...

Il manque toujours quelque chose à tout ! songea Passe-Partout, les yeux perdus vers l'horizon.

— Non, réfléchis et repense à l'énigme dans son ensemble. Le début est là, en tête ! Chaque lettre et chiffre forment l'amorce de chaque ligne !

Le Fêlé n'avait nul besoin d'écrire la prose d'Adénarolis, il la connaissait par cœur !

— Jouable ! Et ça pourrait être toi !

Passe-Partout, arrivé à la même conclusion, mais réfutant obstinément la notion de prédestination, rétorqua :

— Ou peut-être pas. Quelle importance ?

— Ah si ! Dans le premier cas, je suis honoré et fier de t'avoir rencontré !

— Et dans le deuxième ?

— Là, c'est différent... Je serais fier et honoré de t'avoir rencontré !

L'enfant apprécia l'absence de différence. Il lui fallait se rendre à l'évidence : la demi-folle, Adénarolis, le désignait bel et bien malgré sa théorie sur la non-existence du destin qui en prenait un coup. Il sourit enfin au Colosse et déclara :

— Admettons que la Prêtresse de Mooréa ait raison... Elle ne donne aucune fin à sa prose ! Quelqu'un m'a dit dernièrement qu'il était nécessaire que je fasse selon mon cœur, mes envies, mon instinct. Et mes motivations me conduisent à combattre ce mal noir qui envahit Avent. Ce qui va se dérouler reste à écrire !

Le Colosse but les propos de son protégé et ajouta :

– La nuit tombe. Nous l'écrirons après quelques heures de repos.

– Passe ta main, là ! fit pour la énième fois Sup au patient Jokoko, seul en l'absence de Carambole à pouvoir révéler l'écriture du premier Magicien d'Avent.

– Tu as vu ? Recommence !

Jokoko survola de sa paume le parchemin concerné et aperçut cette fois des dessins accompagnés de peu de texte. Sup, triomphant, serra l'épaule du dégingandé jusqu'à la douleur et, excité, lui dit :

– Ce sont des herbes et des feuilles ! Toutes les chances que ce soit le passage des recherches de Dollibert sur les plantes hallucinogènes !

Jokoko se gratta la tête en étudiant le titre mêlé d'aventien et de langage Clair. Il ânonna :

– Base… Ensemble… Fumées des Dieux… Qu'est-ce que c'est que ce charabia ?

Sup, comme possédé, se leva de table. Les yeux brillants, il déclara :

– Pas ensemble, mais composition ! Base de la composition des ''Fumées des Dieux'', on le tient !

Jokoko salua la traduction, moins littérale que la sienne, et se replongea dans le parchemin.

– Six dessins : quatre feuilles, un champignon et un fruit. Le nom en Clair inscrit en dessous de chacun. Sous les libellés, un chiffre. Probablement la quantité de chaque ingrédient qu'il faut pour le mélange !

Sup s'approcha de son camarade de travail.

– A priori, ce sont les mêmes dans les écrits Nains. Les proportions sont en quelle langue ?

– En Clair. Sauf pour le champignon. Le nombre nécessaire à la préparation aussi, murmura Jokoko, l'air morne.

Sup voulut continuer à garder espoir.

– Le texte en dessous dit quoi ?

Les deux garçons bataillèrent un moment pour décrypter les quatre phrases sous les dessins. Sup regarda le résultat les sourcils froncés.

Sécher les six ingrédients durant ⬚ lunes.

Mélanger soigneusement et répartir dans ⬚ coupelles creuses.

Allumer au centre des ⬚ préparations en même temps.

Inspirer ⬚ fois pour que le sommeil emporte le voyageur.

Il leur manquait un élément pour comprendre le tout, un chiffre se répétant dans la formule, le même que sous le nom du champignon.

– Sans le nombre de champignons, pas de formule complète, souffla Jokoko, découragé.

CHAPITRE XII

Le Maître d'Ovoïs aurait pu profiter de la situation pour se débarrasser de l'encombrante Moorëa et de son emprise sur Avent. Sa détestation de la Magie aurait pu l'y conduire. Mais le Dieu des Dieux savait que le processus était par trop engagé sur le Continent. Ne lui restait que la solution de composer avec elle !
Mais avant, il fallait la sauver… Un comble pour Gilmoor !

Lorbello. Extrait de « Le réveil de l'Alliance »

Carambole se leva tôt et fut surprise de voir Valk debout, aux côtés de Pyrah affolée par le monde au comptoir de « La Mortagne Libre ».

– Tu as passé la nuit ici ? s'étonna la jeune fille.

– Oui. Tergyval allait veiller dans la salle où nous dormons, Pyrah et moi. J'ai préféré rester à l'auberge.

Un regard vers la table de travail. Sup et Jokoko, dorénavant inséparables, œuvraient déjà. Elle apostropha son père d'un geste interrogateur en voyant des têtes inconnues descendre les escaliers.

– Les barges d'Océanis sont entrées au port cette nuit… Voici leurs timoniers ! C'est bon, je m'en sors, ne change pas ton programme, répondit-il.

Elle s'approcha des deux étudiants qui, pour des raisons évidentes de discrétion, s'évertuaient à cacher au fur et à mesure les documents dont ils se servaient, et chercha un endroit où déposer le dessin acheté sur le marché de Cherche-Cœur et oublié chez l'herboriste.

– Salut ! Qu'est-ce que c'est ?

– Une vieille carte d'Avent sans intérêt pour nous… Je l'ai prise en pensant à Parangon.

Elle ajouta en souriant :

– Quoique le seul qui soit capable de la lire, c'est toi ! Elle est rédigée en Clair !

– Rédigée ? Bizarre ! Les Clairs n'écrivaient pas grand-chose. Je jetterai un coup d'œil par curiosité. J'ai pour le moment quelque chose de plus intéressant.

Jokoko tourna ses feuillets vers la jeune fille.

– Quel brouhaha ! bougonna Sup, lançant un regard réprobateur aux marins d'Océanis buvant au comptoir.

Carambole apprécia les progrès en vocabulaire.

– Heureusement, ça ne va pas durer… Bien ! Vois. En recoupant des documents, on a pu reconstituer partiellement le mélange.

La Magicienne de Mortagne faillit s'étrangler de joie en s'apercevant du travail de ses complices. Sup et Jokoko, considérant leur tâche inachevée, furent surpris de son état jubilatoire jugé pour le moins disproportionné.

– Mais il manque…

Carambole exulta en montrant victorieusement son pouce et son index.

– Deux ! Il ne manque plus rien ! Je me souviens des détails de la cérémonie rapportée par Gerfor. Mon père n'a pas son pareil pour faire parler les gens, y compris les Nains ! Il a bien dit deux coupelles !

Jokoko inscrivit le signe Sombre correspondant sur un nouveau parchemin et solennellement déclara :

– Le premier mot que nous savons écrire en Sombre est un chiffre, le deux ! Bientôt, je compterai en cavernicole…

Carambole tira de sa chemise la lettre empruntée à son héros.

– Et ceci devrait t'y aider… Attention, c'est une pièce unique et qui appartient à Passe-Partout ! dit-elle avant de sortir de « La Mortagne Libre » sans évoquer où elle se rendait, au grand désarroi de Josef qui n'osa pas l'interroger sur son emploi du temps.

Malgré les réticences de Fontdenelle, Carambole le convainquit d'une nouvelle expérience basée sur la recette de Dollibert.

Son esprit flottait dans le vide… Cette fois, le mélange des plantes et son parfait dosage permirent le vrai « voyage ». Elle arrivait maintenant à se diriger sans tâtonner et aperçut rapidement la Sphère Ovoïdienne, consciente cependant qu'elle ne pourrait pas la pénétrer impunément.

Elle avait longuement songé à ce périple. Seule la Déesse de la Magie saurait être sensible à sa demande. Mais le doute l'envahit. Et si le mélange des Nains ne menait qu'à Sagar ? Comment faire pour joindre Mooréa ? Elle prit le parti de prier, alors qu'elle n'avait jamais invoqué une divinité de sa vie ! La méthode porta ses fruits, sous une forme surprenante. Carambole « entendit » un reproche !

– Adénarolis ! Enfin !

« La Mortagne Libre » s'était désemplie d'un seul coup. Josef rangeait le chaos généré par la tornade océanienne, les deux compères soufflant d'aise du silence revenu.

– Alerte, murmura Sup à Joey.

Laissant Pyrah, elle aussi apaisée par le calme, Valk se dirigeait vers eux. Ne sachant quelle contenance adopter, Jokoko ouvrit la vieille carte d'Avent pour camoufler les documents utilisés dans le cadre de leurs recherches et bredouilla :

– Voyons voir ce qu'a trouvé Carambole pour Parangon.

Sup en rajouta une couche :

– Il n'y a pas si longtemps, les Scribis l'auraient acheté à prix d'or pour le Magister ! Depuis Artarik, l'histoire du Continent est passée aux oubliettes.

En jetant un bref coup d'œil, Valk remarqua :

– C'est une antiquité ! En plus rédigée en Elfe !

Le grand Jokoko eut tôt fait de déchiffrer les sites anciens d'Avent notés sur la carte, y compris ceux des Clairs !

– Alors, ça alors ! bégaya-t-il sans pouvoir s'en empêcher.

– Notre étudiant en Magie sait lire le Clair ? remarqua immédiatement la Belle.

– Non, non, tenta-t-il de se rattraper. Mais ces symboles-là, je les ai vus dans mes bouquins !

Honteux de son mensonge, que par ailleurs Sup trouva parfaitement maîtrisé, il fit mine de farfouiller dans ses innombrables dossiers et d'y dénicher ce qui accréditerait son propos. Il revint en désignant un lieu sur la carte et déclara :

– Cet endroit est une légende. La tradition orale rapporte que les gardiens de la mémoire des Clairs habitent ce lieu !

– J'ai entendu Kent en parler. Il s'agirait d'une branche cousine des Clairs, de petits Elfes…

– Le bois aux vertes gemmes ! La Forêt d'Émeraude ! Incroyable !

Josef écoutait distraitement la conversation, allant et venant de sa cambuse à sa remise et de sa remise au comptoir. Avant que Jokoko finisse de se dévoiler, Sup replia la carte pour clore le sujet.

– Cela fera donc plaisir à Parangon quand nous la lui remettrons !

Alignant une dernière chaise, satisfait d'avoir de nouveau un établissement digne de ce nom, Josef jeta un coup d'œil circulaire pour vérifier qu'il n'avait rien oublié. Son regard s'arrêta à l'endroit habituel où se réfugiait la protégée de Valkinia. Paniqué, il hurla :

– Pyrah !

Tous se retournèrent brusquement et virent l'aubergiste, le doigt tendu vers la banquette vide. La petite Amazone s'était évaporée.

Prudente, la fille de Josef cacha sa surprise derrière une nouvelle invocation et laissa la Déesse s'exprimer avec colère.

– Je dois reconnaître que tu avais raison, tes prophéties s'accomplissent ! Le Fourbe n'est autre que le Dieu de la Mort ! Il se sert d'Avent pour abattre Ovoïs !

Carambole sentit alors la présence mentale de Mooréa lui échapper. Elle se remit à prier avec force et entendit faiblement :

– Adénarolis… D'abord les Elfes Sombres… Puis presque tous les Clairs… Dès qu'il aura trouvé le Dragon, il récupérera l'éternité perdue lors de sa déchéance. De plus, il cherche à reconstituer Séréné pour obtenir la totalité des pouvoirs de la Sphère Noire. Et grâce à l'Eau de Bellac, il fera naître les métamorphes… Si le Fourbe détruit la Forêt d'Émeraude, il m'assassine ! Il ne me reste que les Peewees tant que les Quatre Vents n'auront pas retrouvé le lien… Par ton Petit Prince… Le dernier des Sombres…

Sans en comprendre totalement la signification, Carambole s'ébranla à cette annonce. Si Mooréa venait à disparaître, plus question de Magie pour les humains ! Cette pensée fut captée par la Déesse. Carambole ragea de s'être laissée emporter, risquant de se faire découvrir. Une émotion lointaine lui parvint :

— Les humains auront leur Magie… Si je survis… Adénarolis !

La voix intérieure décrut. Le contact cessa brusquement. Carambole se sentit rappelée par son corps, endormi dans le laboratoire de Fontdenelle. Elle essaya de lutter pour rester dans cette dimension entre Avent et Ovoïs. Mais ce fut avec violence que son éther réintégra sa chair !

Carambole se réveilla les joues en feu. L'herboriste, à califourchon sur elle, les yeux injectés de sang, lui retournait sans ménagement claque sur claque !

— Arrête ! Tu vas me tuer pour de bon ! arriva-t-elle à émettre entre deux monumentales gifles.

Le vieil homme cessa, essoufflé et tremblant. Il tendit un index accusateur à l'attention de la jeune fille.

— C'en est trop ! Quelques minutes de plus et c'en était fini de toi ! C'est la dernière fois, tu m'entends ?

Elle se leva avec difficulté, mit un moment avant de trouver un semblant d'équilibre et s'en fut sans une parole.

Carambole entra dans l'auberge. Josef, inquiet, s'aperçut des cernes rouges inhabituels marquant son visage.

— J'espère que tu ne me caches rien, proféra-t-il.

Pour toute réponse, Carambole l'embrassa bruyamment puis constata l'effervescence exceptionnelle qui régnait dans la taverne familiale.

— Pyrah a disparu ! lui apprit son père.

Sans dire un mot, elle s'empara du trousseau de clefs et monta à l'étage. Avec soin, elle inspecta chaque chambre, surtout celle de Valk, en profita pour fermer le fenestron du couloir du palier et redescendit pour questionner les autres du regard. Rien ! Elle s'était volatilisée ! Valk, blanche comme un linge, posa sa main sur la poignée de la porte de l'auberge.

— C'est inutile. Je viens de chez Fontdenelle, je l'aurais aperçue. Il n'y a pas foule dans la Cité.

Au moins Josef sut à quel endroit s'était rendue sa fille !

Encore chez lui ! pensa-t-il.

Il se ressaisit et lança à Valk :

— Laisse faire le gang, ils iront plus vite !

En moins de temps qu'il en fallut pour le dire, Sup se trouvait déjà dans la rue de la soif, exécutant de curieux signes pour un interlocuteur invisible.

Valk, rongée par l'impuissance, faisait les cent pas dans l'auberge. Josef, malgré les nombreuses préoccupations qui l'accablaient, discutait avec un marin d'Océanis qui ne tarissait pas d'éloges sur la beauté de sa cité et la gestion exceptionnelle de Bredin 1er. Impatients, Sup et Jokoko trépignaient. D'un seul chœur, ils s'exclamèrent :

– Alors ? Comment ça s'est passé ?

Malgré une immense lassitude, Carambole narra sa rencontre éthérée avec Mooréa sans omettre aucun détail. Les garçons restèrent stupéfaits des déclarations de la Déesse. Tour à tour, ils répétaient, abasourdis :

– Elle t'a pris pour Adénarolis ?

– Adénarolis et ses prophéties...

– Le Fourbe... Le Dieu de la Mort... Le Déchu ?

Digérant avec difficultés ces informations, après un silence, ils se regardèrent :

– Séréné... L'Anti-Ovoïs, ânonna Joey.

– Ainsi, les Dieux s'émeuvent des déboires des pauvres Aventiens et appellent au secours les misérables mortels, ironisa Sup dans un phrasé impeccable.

– Ne blasphème pas ! Il s'agit de la survie de la Déesse des Elfes !

– Et de celle des humains ! rétorqua sèchement Sup. Puis à Carambole : tu es sûre qu'elle a parlé de métamorphes ?

– Je devrais peut-être rencontrer Anyah, la Prêtresse d'Antinéa. Elle a déjà aidé Passe-Partout lors de la Grande Machination.

– Prépare-toi à te prendre une gifle ! prévint Sup, qui ajouta : pour une fois que tu entres dans un temple, c'est pour une requête !

Carambole leva les yeux au plafond. Certes, Antinéa n'avait pas souvent entendu de prières de sa part.

– À propos de visite, tu es attendue, comme toutes les femmes de Mortagne, à la Tour de Sil ! Il parait que Perrine a rappelé à Artarik que la gent féminine pourrait avoir elle aussi accès à la Magie !

Carambole regarda Sup qui fit la grimace.

– La queue a déjà commencé. Je peux pas rapporter le Livre sans me faire remarquer, dit-il en désignant le manuscrit de Dollibert.

– De toute façon, je n'ai pas eu le temps de le recopier entièrement, bougonna Joey.

– Cela donnera malheureusement raison à cet abruti qui pourra clamer que seuls les hommes peuvent être Magiciens ! conclut Carambole.

Conscient de la rareté du document, Jokoko se pencha avec délicatesse sur la lettre du père biologique de celui qui l'avait surnommé ainsi. Il se sentait investi d'une mission, presque d'une quête. La tâche immense qu'il s'assignait l'engageait à différents titres. Vis-à-vis de Carambole, de Sup et, au-delà, de Passe-Partout, car œuvrer dans son sillage pour libérer

Avent des cagoulés le motivait à l'extrême ! L'ensemble de la graphie lui rappelait sa langue paternelle, le Clair.

– Ça a beau y ressembler, je n'y comprends rien !

Toutefois, il remarqua immédiatement que le chiffre deux, seul mot qu'il savait décrypter en langage Sombre, apparaissait trois fois en tête du parchemin. Il fronça les sourcils.

– Ce signe, là, avant le deux, je l'ai déjà aperçu ! Mais où ?

Sup, voyant son acolyte sur une piste, le pressa :

– À ce stade, toute information est bonne à prendre ! Tu réfléchis… Vite !

Jokoko se leva comme muni d'un ressort pour se propulser vers la cachette où Sup rangeait les ouvrages subtilisés à la Scribibliothèque. Il s'empara d'un manuscrit et chercha la page concernée.

– Là, c'est là ! Sacrés Nains ! Pour leurs transactions avec les Sombres, ils ont répertorié les métaux dans leur langage. Avant deux dans la lettre, c'est… L'or !

– Or Deux ? marmonna Sup, incrédule.

– D'autres livres doivent contenir des traductions de cavernicoles ! Les Nains ne sont pas de grands écrivains, mais dès lors qu'il s'agit de commerce…

Sup, surexcité, se leva à son tour d'un bond !

– Chez Parangon ! J'ai vu là-bas quelque chose qui peut nous intéresser !

Il se dirigea vers la porte de l'auberge, passa calmement devant Josef, affairé. Dès qu'il atteignit la rue de la soif, il détala comme un sorla vers la Tour de Sil.

Carambole pressait le pas. Elle avait toutes les raisons de penser que le temps était maintenant compté. Mais cette urgence qui l'entraînait, arrivée aux portes du temple d'Antinéa, ne sembla plus tout à coup de mise. Tétanisée devant les battants grands ouverts, son cœur frappait dans sa poitrine. Une novice surgit et l'invita à entrer. La splendeur des décors du lieu de culte s'effaça à l'apparition d'Anyah, impressionnante de beauté et de cette aura naturelle quasi divine. La jeune fille hésita et voulut reculer.

– Désolée… Je crois m'être trompée…

– Pénétrer dans un temple n'est jamais le fait du hasard, ma sœur, rétorqua la Prêtresse.

Interloquée, Carambole leva les yeux, rivés jusqu'alors au sol, sur les sandales bleu océan de la gardienne du sanctuaire.

– Tu as changé. Et pas seulement de fillette à femme ! Il est inutile de te présenter à la Tour de Sil devant le livre muet.

– Sœur ? questionna Carambole, peu sûre d'avoir correctement entendu.

– Secret de… famille ! répondit Anyah. Ce qui nous réunit est ce bouleversement en toi, et surtout ce que tu vas en faire ! Nous nous devons de t'aider de toutes nos forces !

– Nous ?

– Oui, nous : les Dieux d'Ovoïs et ses représentants sur Avent. La Magie nous vient de Mooréa. À l'origine, elle est pour tous la même. Chacun choisit ensuite son usage. Les Dieux n'interviendront jamais sur le Continent et utilisent leurs serviteurs pour accomplir leurs desseins.

Carambole, par crainte de ne pas comprendre, reformula :

– Ainsi, les Prêtres disposent des mêmes bases magiques que les Elfes ou les Magiciens. Il n'y aurait que l'application qui serait différente...

Anyah ne cacha pas sa satisfaction :

– Juste ! Parangon et Dollibert sont donc nos "frères" ! Ils auraient pu devenir religieux, mais ont choisi l'âpre voie de développer la Magie humaine.

La représentante d'Antinéa prit alors une grande inspiration avant de fixer le regard de Carambole.

– Alors que toi, à peine éveillée à ta nouvelle condition, tes pas t'entraînent au temple de la Déesse des Océans !

Carambole se renfrogna. Anyah, sans vergogne, recrutait ! La jeune fille souhaita freiner les ardeurs de la Prêtresse :

– Je n'en suis pas encore au stade du choix ! Je veux seulement être utile dans le combat que mène Passe-Partout.

Elle recula, comme pour prendre congé, mais se ravisa. Le menton d'Anyah se levait, basculant sa tête en arrière. Ses yeux se perdirent dans les magnifiques émaux ornant la coupole du temple. Il sembla même à Carambole que ses pieds ne touchaient plus terre ! Elle déclara d'une voix grave, étrangère :

– Cours à la Tour de Sil ! Parangon s'éteint ! Vite !

Au milieu d'un nombre considérable d'écrits, Jokoko, resté seul, se trouvait dans un état de concentration tel qu'il sursauta lorsque Josef lui toucha l'épaule. Lui-même surpris du bond du jeune étudiant, l'aubergiste oublia les raisons conduisant à le déranger. Goguenard, il déclara :

– Josef ! De Mortagne ! Aubergiste de « La Mortagne Libre » à Joey Korkone !

Entre deux eaux, le cœur battant, Jokoko rabattit maladroitement ses cours sur la lettre du père de Passe-Partout.

– Désolé de t'interrompre, s'excusa Josef qui prit une profonde inspiration et se lança : je voudrais savoir pour Carambole. Si elle est, disons... enceinte, qu'elle m'en parle... Voilà !

L'étudiant crut tomber des étoiles. Ainsi, le Josef perspicace, l'espion de Tergyval, le fin psychologue décryptant les propos les plus anodins se perdait corps et biens dès qu'il s'agissait de sa fille !

– J'aimerais vraiment être au courant... Bon, je te laisse à ton travail. Merci, Joey !

Jokoko regarda s'éloigner le père de Carambole en songeant que ses réponses sibyllines ne le contenteraient bientôt plus.

Il faudra que Fontdenelle lui parle pour éviter des impairs ou nous allons tous finir écorchés vifs des mains de Josef !

Un frisson parcourut sa longue échine à cette évocation. Il se replongea dans le message du parent biologique de Passe-Partout et pensa, cette fois en souriant, à la manière utilisée par l'aubergiste pour le sortir de sa torpeur. Ses yeux s'écarquillèrent lorsque l'idée jaillit. *Josef* ! *De Mortagne* ! Il réprima un cri de victoire.

Dans la lettre, le premier mot doit probablement signifier... Je... Ou... Moi... Ou son nom !

Jokoko s'encouragea tout seul en opinant du chef...

Harassée, Carambole courrait pourtant à perdre haleine. Au rythme des battements rapides de son cœur, ce qu'elle avait entendu revenait en écho.

Sœur... Frère...

La voix étrangère lui intimant de se rendre à la Tour de Sil venait-elle d'Antinéa ? Après Mooréa, sa jumelle ! Les Dieux lui parlaient ! Elle se sentait portée, investie... Utile ! Convaincue que sa course éperdue servait son destin, qui ne se concevait à ses yeux que dans le sillage de Passe-Partout, elle arriva derrière le cerbère gardant l'accès de la Scribibliothèque, occupé à expliquer aux Mortagnaises qu'il leur fallait rebrousser chemin dans l'immédiat pour cause de détérioration de la santé du Magister. Profitant du désordre que provoquaient les femmes attendant pour le test du livre muet, elle se faufila dans la Tour par le deuxième escalier.

Rouge et essoufflée, elle parvint à l'avant-dernier étage et manqua de heurter le garde en faction devant les appartements de Parangon qui demandait des éclaircissements à un certain Sup sur les raisons de sa présence en ces lieux. Le Chef du gang vit la jeune fille dans le dos du donneur de leçons et se laissa tancer copieusement, permettant à Carambole de pénétrer en toute discrétion dans la chambre. Un geste de l'herboriste, naturellement au chevet du Magister, empêcha Artarik de s'offusquer à haute voix de l'arrivée de Carambole. L'inaction de Fontdenelle auprès du malade démontrait sans doute possible que tout avait été tenté.

Elle s'approcha de Parangon. Une fraction de seconde, son regard vitreux laissa place à une lueur amusée. Son cerveau atteint ouvrait sur sa triste réalité une dernière fenêtre, une ultime issue considérée avec ironie. Autant de monde réuni autour de lui ne pouvait que signifier sa fin prochaine. Il ânonna quelques mots en tendant une main que Carambole, instinctivement, serra. L'aréopage composé de scribis se concentra sur les moindres mouvements du visage fatigué de nouveau empourpré.

Contre toute attente, Parangon se détendit au contact de Carambole. Les yeux clos, un sourire indéfinissable naquit sur ses lèvres. Il tenta alors de s'appliquer à ne plus prononcer qu'une chose. Un effort intellectuel immense ! Un mot depuis longtemps enfoui dans sa mémoire qu'il imposa à sa conscience. S'il fallait ne se souvenir que d'un, ce ne pouvait, ne devait être que celui-là ! Le dernier combat de son vivant fut de l'articuler intelligiblement.

– Animagie...

Darzo racontait à Kent les innombrables facéties d'enfants auxquels Passe-Partout et lui s'adonnaient. L'Elfe riait franchement des récits de l'intarissable Peewee. Faro, sur un ton faussement sévère et qui n'avait entendu que des bribes des frasques contées, clama :

– Si j'avais su le quart du tiers des bêtises accomplies !

Darzo, coupé dans son élan, perdit son sourire et avoua, nostalgique :

– Il nous manque...

Le Petit Prêtre tendit une olive à Kent qui ébaucha une grimace. Jorus cligna des yeux et répondit :

– Le temps est proche.

Vince attendait Sup devant « La Mortagne Libre » ; Le gang venait remettre son rapport. Josef le fit entrer et, l'observant chercher son seigneur et maître, lui dit :

– Sup n'est pas là ! As-tu du nouveau concernant Pyrah ?

Surpris, le gamin se gratta la tête en voyant Valk dans l'auberge.

– Pyrah, nulle part ! Mais toi, au Palais de Perrine ! Pas ici !

Et il se sauva comme un dératé.

– Le gang marche à côté de ses bottes ! Comment pourrais-je être au Palais ? plaisanta la Belle.

Son sourire perdit son éclat et sa mine s'assombrit.

– Plus sérieusement, Josef... Et si je m'étais fait berner ?

Josef, habitué aux confidences, leva un sourcil.

– L'oiseau à la fenêtre, chez Perrine. Le visage de Pyrah et la montagne aux deux crocs vus dans le miroir magique... Les Drunes... Mon obstination...

Elle déglutit lentement avant d'avouer :

– Et si tout cela n'était qu'une manipulation...

CHAPITRE XIII

Le Dieu de la Guerre regrettait ses choix passés. Il venait de perdre d'un seul coup 'les Folles de Sagar' et ne lui restait que les Nains pour l'invoquer ! Pour acquérir les faveurs exclusives de ses ouailles des montagnes, il les avait tenus éloignés de la Magie, les invitant même à la haïr.

Aussi ne fut-il pas mécontent lorsque le gamin fit boire l'eau de Bellac à un religieux Nain. Peut-être allait-il pouvoir intervenir sur Avent plus efficacement… sans y mettre les pieds !

Lorbello. Extrait de « Crise en Ovoïs »

La nouvelle de la mort de Parangon se répandit. La Cité perdait son notable le plus prestigieux. La Prima décréta une journée de deuil ; tous les commerçants et artisans de la ville avaient fermé leurs étals ou échoppes.

L'auberge de « La Mortagne Libre » aussi, mais pas pour cet unique motif ! Personne ne comprenait l'« accident » survenu lors de l'ultime souffle de vie du Magister. Fontdenelle ne savait plus quelle contenance adopter et déambulait, inquiet, autour du lit de Carambole, sans troubler le silence que tous s'imposaient. Tantôt il touchait sa joue, tantôt tâtait le pouls de la jeune fille qui ne reprenait pas connaissance, triste résultat de la dernière « étreinte » de Parangon. L'herboriste avait beau répéter que ses fonctions vitales semblaient intactes, ce constat ne rassurait guère Jokoko et Sup, encore moins Josef. Bien qu'a priori cette léthargie n'ait rien à voir avec les « Voyages » de Carambole, Fontdenelle pensait, et surtout cachait à l'aubergiste, que sa faiblesse inhérente à la prise des drogues pouvait être considérée comme facteur aggravant. Dans l'immédiat, il valait mieux taire ce secret !

L'herboriste gardait en mémoire la récente colère de Josef contre Artarik. Venu en personne chercher sa fille à la Tour de Sil, il avait failli écraser l'adjoint de Parangon contre le mur. Sans aucun respect pour le décès du Magister, le prétentieux scribi avait craché cette fois à haute et intelligible voix son profond mécontentement quant à la présence de Carambole aux côtés du défunt. Seule Valk avait pu arrêter ce père scandalisé avant que le dignitaire ne subisse son courroux ! Pour l'heure, le regard de Josef ne quittait plus Carambole. Il prit sa main et, ignorant Fontdenelle ainsi que les deux garçons, lui murmura :

— Je ne veux pas te perdre maintenant que tu es devenue femme… Depuis la disparition de ta mère, je ne tiens bon que parce que tu es là… Pas une deuxième fois, Gilmoor, par pitié !

Sup nota la référence au Dieu des Dieux, inhabituelle chez Josef qui poursuivit :

— Je t'observe depuis un moment… Ta main ne quitte pas ton ventre. Je veux que tu saches que cet enfant sera le bienvenu… Tu peux m'en parler sans souci…

Sa voix s'étrangla. Jokoko, seul à avoir recueilli ces doutes infondés, croisa les regards chargés d'incompréhension de Fontdenelle et de Sup, et haussa les épaules. Le dos vouté de l'aubergiste se redressa brusquement. Une pression de la main, un mouvement léger de paupières, et une faible réponse s'éleva de la couche :

— N'est pas encore venu le temps que tu sois grand-père… Je te dirai bientôt toute la vérité… Je te promets…

Carambole tourna la tête et se rendormit. Pris d'un vertige, l'aubergiste s'assit au bord du lit. À la joie de voir sa fille vivante se mêlait une indignation contenue, perceptible dans son regard braqué sur les trois complices du secret de Carambole. Ils comprirent que Josef n'attendrait pas son réveil pour obtenir certains éclaircissements !

Fontdenelle, que son grand âge, espérait-il, prémunissait d'une colère légitime, déballa toute l'histoire, depuis la découverte de Carambole de son don de Magicienne jusqu'à ses « Voyages ». Enhardis, Sup et Jokoko expliquèrent que leurs tâches dépassaient le stade de l'étude proprement dite et détaillèrent les analyses et recherches entreprises. Tous se félicitèrent de l'attitude pondérée de Josef, attentif et concentré. À part les mimiques de contrariété dès que cela concernait la santé de sa fille, l'aubergiste les laissa relater ce qu'il croyait être un mensonge organisé autour d'une grossesse qu'il avait imaginée. Il secoua la tête et déclara :

— Je me demande d'où vient le don de Carambole… Mais merci de m'avoir révélé la vérité… Un peu tardive cependant ! Mais bon ! Vous n'avez rien dit de la raison qui l'a entraînée dans l'inconscience chez le pauvre Parangon. Alors, qu'en est-il ?

La mine désolée de l'herboriste fut sa seule réponse. Il n'en avait pour le moment pas la moindre idée.

Rassuré de ne pas finir comme une chauve-souris clouée sur la porte de « La Mortagne Libre », Jokoko retourna bien vite à ses chères études et apostropha Sup qui dégrafait sa chemise pour en sortir quelques feuillets qu'il déposa sur la table de travail.

— Je suis sûr de ne pas être loin de comprendre le Sombre…

Préoccupé, Sup ne l'écoutait pas.

— Mais qu'est-ce que tu veux que je fasse d'un bestiaire ? lui reprocha Joey en compulsant les parchemins rapportés par le chef du gang.

— Jette un coup d'œil aux animaux vivant sous Avent. Certaines mentions ont été faites par des Sombres puis transposés en humain, quelquefois en Clair, répondit Sup, sans enthousiasme.

Le regard de Joey s'illumina en parcourant les pages concernées. Il tomba sur la description d'un serpent souterrain aux pattes multiples et griffues dont le nom était traduit littéralement en 'Prince reptile' aux yeux d'or ! L'étudiant découvrait de plus en plus de similitudes entre les termes Clairs et Sombres. Mais la construction syntaxique demeurait désespérément hermétique.

Il s'aperçut alors que le mot « or » en Sombre se trouvait en première position sous le dessin du monstre et leva les deux bras au ciel en hurlant :

— Or Deux… de quelque chose et encore Deux Or ! Ou Double Or peut-être…

Jokoko exulta.

– Juste en dessous, probablement son titre... Prince ! Le symbole est similaire à celui du bestiaire !

– Doubledor... Oui, ça sonne mieux !

Avec fierté, il se dit qu'il était le premier sur Avent à connaître l'identité d'origine de Passe-Partout ! Il lança à son complice :

– Je viens de trouver le vrai nom de celui qui compte le plus pour toi sur Avent, et ça n'a pas l'air de t'enchanter !

Sup fit la grimace :

– Cet abruti d'Artarik m'a surpris en train de fouiller dans la bibliothèque de Parangon et interdit de pénétrer à nouveau dans la Tour de Sil...

Jokoko tiqua à la mauvaise nouvelle. Sup, surtout blessé de s'être fait prendre, poursuivit :

– S'il pense que ça m'empêchera d'entrer, il se met le doigt dans l'œil !

L'étudiant attendait de son comparse une explosion de colère contre le nouveau responsable des scribis qui ne vint pas. Le chef du gang, le regard perdu dans le vide, cherchait ses mots et déclara d'une voix bizarre :

– J'ai vu que Parangon travaillait sur la genèse d'Avent.

Jokoko percuta immédiatement, se remémorant le récit de Carambole :

– À quel moment ? L'arrivée d'Ovoïs à la création d'Avent ou son combat contre Séréné ?

– La lutte du bien contre le mal, au moment où Séréné s'est écrasée sur Avent... J'ai eu le temps de lire que ses débris ont plus tard été éparpillés sur le Continent par Lorbello, le Messager des Dieux, pour empêcher quiconque de lui rendre son aspect originel.

Curieux, Jokoko attendait la suite. Sup se tourna vers lui et gravement proféra :

– Mooréa dit que le Fourbe cherche Séréné. Et s'il parvenait à la reconstituer totalement ?

L'apprenti traducteur devint blanc comme un linge et finit par articuler :

– En ce cas, nous sommes tous déjà morts. Seul Ovoïs peut vaincre Séréné !

– Ainsi, Passe-Partout s'appelle Doubledor ! s'exclama Valk à la révélation des deux garçons.

Fier, Jokoko acquiesça d'un sourire lui mangeant le visage !

– Et cette traduction n'est que le début. Bientôt, nous pourrons comprendre l'intégralité du manuscrit de Dollibert !

– C'est bien ce que je pensais, tu sais lire l'Elfe ! Et je suppose que tu pourrais tenir une conversation avec Kent ou Passe-Partout dans cette langue !

Sup dévisagea Jokoko. L'enthousiasme du dégingandé redescendit d'un coup. Piteux, le démasqué tenta de se dédouaner :

– Nous continuerons ainsi le travail de Parangon...

Tergyval, accompagné de deux gardes, frappa à grand bruit la porte de l'auberge. Cela faisait belle lurette que Josef ne l'avait vu dans cet état ! La bonne humeur de Valk s'effaça à l'aboiement du Capitaine :

– Valkinia ! Au nom de la Cité des Libres, je t'arrête pour vol !

Aux mimiques d'incompréhension se succédèrent des sourires en coin. Tergyval, s'apercevant du manège et à bout de patience, tendit un doigt accusateur.

– Gardes ! S'agit-il de la personne que vous avez vu pénétrer le musée du Palais tout à l'heure ?

Les deux soldats affrontèrent la belle silhouette qui campait face à eux, les jambes légèrement et dangereusement écartées, les poings sur les hanches.

– Oui..., finirent-ils par mollement confirmer.

Derrière son comptoir, Josef tournait la tête de gauche à droite, sans un regard sur la scène qu'il jugeait pathétique.

– Cherche ailleurs, Tergyval ! À part pour m'aider à ramener ma fille de la Tour de Sil ce matin, Valk n'a pas quitté l'auberge depuis hier en milieu de journée. Nous sommes quatre à pouvoir en attester !

Puis fixant intensément le Capitaine :

– Arrête-moi aussi pour recel, tant que tu y es !

Tergyval avisa la Belle. Elle inclina ses boucles blondes avec grâce, sans changer de posture. Il prit une longue inspiration et ses deux gardes par les épaules.

Le mouvement fut rapide et d'une rare violence ! À terre, étourdis par le choc casque contre casque, ils ne retrouvèrent leurs esprits que dans le caniveau de la rue de la soif, leurs arrière-trains copieusement bottés par leur Capitaine ! Josef, placide, servit un verre de vin fin au comptoir, alla s'assurer que Carambole dormait toujours, observa que ni Jokoko ni Sup, et encore moins Valk, n'avaient bougé d'un poil, et patienta le temps que Tergyval réapparaisse. Confus, l'accusateur balbutia :

– Accepte mes excuses... Je n'ai jamais vraiment pensé...

Valk lui posa son index sur la bouche pour le faire taire et rétorqua, ironique :

– Nous étions déjà au courant par le gang que je détenais le don d'ubiquité... Et comme par hasard, Pyrah a disparu de Mortagne !

Tergyval se tourna vers Josef :

– Pyrah, s'il s'agissait bien d'elle, n'était qu'un oiseau de mauvais augure.

Josef tendit le menton vers les jeunes gens :

– Qu'est-ce qui a été volé ? Tu peux tout dire devant eux, ils sont plus Mortagnais que les Mortagnais eux-mêmes et presque autant ''Passe-Partiens'' que toi et moi !

Le Capitaine avisa les étudiants :

– L'œuf de Dragon et des cubes de métal, dans le musée de Perrine. Approchez ! J'ai l'impression que nous avons beaucoup de choses en commun, et une communication... insuffisante !

Jokoko tendit l'oreille et se leva de sa chaise :

– Carambole se réveille !

Josef, avec le sourire, déclara au Capitaine :

— La Compagnie de « La Mortagne Libre » est au complet ! Enfin presque ! Sup ?

— Je vais chercher Fontdenelle moi-même, le gang s'occupe de tracer Pyrah !

Dérangé dans ses travaux, Fontdenelle râla copieusement jusqu'au moment où il apprit que Carambole était sortie du sommeil.

Toujours épuisée physiquement, elle se laissa ausculter par l'herboriste, l'informant du même coup de l'avertissement de Mooréa. Il lui administra quelques gouttes issues d'une fiole qu'il noya dans un consommé chaud préparé par Josef, aussi attentif que Fontdenelle qui se redressa, le bouillon avalé, pour déclarer :

— Je suppose que ce que tu as vécu avec Parangon est une sorte de passation magique. Il t'a transmis quelque chose avant sa mort ! C'est la première fois que je constate ce phénomène. Jamais un humain, même le Magister, n'avait eu cette effervescence de manne astrale que l'on peut sentir en ton ventre. Tout ce que je peux dire, c'est que ton état physique est satisfaisant, à part la fatigue.

Tergyval demanda une pause. Il lui manquait des pièces du puzzle essentielles pour y voir clair. Ce n'est qu'après avoir été affranchi de leurs activités secrètes par tous les complices de Carambole qu'il leur apprît la teneur du message de Passe-Partout via Barryumhead.

— Des cagoulés qui se transforment en oiseaux ? Des métamorphes ? s'interloqua Valk.

— Tout ceci, pour le moment, doit rester entre nous. Nous n'avons pas encore de solution de défense convenable contre cette menace et voulons éviter un mouvement de panique. D'autant qu'à la Tour de Sil, je n'ai plus d'appui... Artarik prétend que Passe-Partout n'est qu'un morveux à la réputation surfaite et que ses informations sont ineptes !

— Ce crétin serait capable d'offrir les clefs de Mortagne aux cagoulés sur un plateau ! renchérit Sup.

Tergyval apprécia la justesse du jugement et poursuivit :

— Carambole... Ce que tu as entendu est plus qu'un avertissement, c'est une alerte ! Ni ton père ni moi ne sommes des férus d'Ovoïs et des Dieux, mais ce que j'en sais, c'est que sans eux, le Fourbe régnera en maître sur le Continent ! Les informations que tu détiens nous dépassent et je crois en la justesse de ton idée ! Qui d'autre qu'Anyah pourrait nous conseiller dans ces circonstances ?!

— À condition qu'elle t'écoute, cette fois, au lieu de vouloir te recruter comme novice ! ajouta Josef.

Carambole sourit puis se rembrunit au souvenir de sa première visite. Il subsistait alors en elle des relents de timidité qui ne lui avait pas permis de s'imposer au temple d'Antinéa. Mais plus maintenant !

— Allons tout de suite la voir, décida-t-elle en se redressant, ce qui lui arracha une grimace.

— Il va te falloir patienter, tu es trop faible ! Nous irons seulement demain, après la cérémonie d'adieu à Parangon qui se déroule justement au temple d'Antinéa, et à laquelle, d'ailleurs, tous les Mortagnais sont conviés ! trancha Fontdenelle.

— Dans l'immédiat, ne disons mot à personne sur ma condition de Magicienne. Hormis à dame Perrine, évidemment ! déclara Carambole en s'habillant lentement.

Les présents acquiescèrent. Elle pensa à son héros en s'adressant à Jokoko :

– Et je ne suis pas une Prêtresse qui prétend à une dévotion particulière ! Je reste Carambole, fille de Josef !

Kent se réveilla de son sommeil profond. Jorus l'observait avec un sourire amusé :

– Tu détiens maintenant le niveau six en Magie Elfe, c'est bien ! Il te manque juste un peu de pratique.

Puis s'adressant à Darzo :

– Cueille quelques fruits pour notre ami ! Elles perdent de la puissance avec le temps, confia-t-il à son élève. Après dix jours, tu pourras les jeter.

À moitié dans le brouillard, le Clair ne fut pas mécontent de comprendre que pour le moment, il n'était plus question d'avaler des olives ! Il en vint à s'interroger :

– Pourquoi les Prêtres Elfes n'ont-ils pas la faculté de théopathie ?

Devant l'ignorance du terme utilisé, Kent s'employa à éclairer la lanterne de Jorus qui s'octroya un temps de réflexion.

– Cela existe, mais d'une manière bien différente… Notre Reine détient ce pouvoir et est en capacité le transmettre grâce au ''lien'' qui l'unit à chaque membre du peuple Elfe.

Il plissa ses minuscules lèvres et conclut :

– Les Peewees ont aussi cette capacité… Comme toi d'ailleurs ! Mais limitée aux Fées.

Jokoko fouillait dans ses affaires en râlant comme un pou.

– Où est-ce que j'ai fichu ce parchemin ?

– La vieille carte d'Avent en Elfe ? questionna Carambole.

– Oui ! Si je me souviens bien des propos que t'a tenu la Déesse, tu as parlé des Peewees et je…

Carambole se mit à réciter mot pour mot :

– Adénarolis… D'abord les Elfes Sombres… Puis presque tous les Clairs… Dès que le Fourbe aura trouvé le Dragon, il récupérera l'éternité perdue lors de sa déchéance… De plus, il cherche à reconstituer Séréné pour obtenir la totalité des pouvoirs de la Sphère Noire… Et grâce à l'Eau de Bellac, il fera naître les métamorphes… S'il détruit la Forêt d'Émeraude, il m'assassine ! Il ne me reste que les Peewees, tant que les Quatre Vents n'auront pas retrouvé le lien… Par ton Petit Prince… Le dernier des Sombres…

– C'est bien ça ! La légende des Petits Elfes, la Forêt d'Émeraude ! … Sup, tu as touché au plan ?

– Sous l'escalier ! Je l'ai laissé en attente pour Parangon. Quelle importance, maintenant ?

– Elle n'y est pas !

– Je suis pourtant sûr que…

Valk blêmit :

– Pyrah ! Nous lui avons donné sur un plateau d'argent l'endroit où se cachent les Peewees !

– Le Mont Eyrié ! indiqua Passe-Partout à son pilote, rompant enfin un long silence.

Le Fêlé fit ployer le cou de son ptéro qui plongea en direction de la forêt. Derrière apparaîtrait « Le Bois aux Vertes Gemmes ». Ils dépassèrent la montagne par le côté droit. L'immense étendue boisée, classique, naissait en contrebas à mi-hauteur pour s'élargir vers la plaine. Au bout, une canopée caractéristique d'un vert lumineux que le Fêlé identifia tout de suite :

– Pas la moindre trace d'oiseaux noirs ni de cagoulés !

Jetant un regard circulaire, Passe-Partout fit le même constat. Sauf que...

– Du mouvement là-bas...

Le Fêlé tira sur les rênes du ptéro pour aborder l'endroit désigné. À son tour, il distingua une sorte de plat montagneux. Attachés à des résineux, quelques sauriens paissaient paisiblement. Une silhouette furtive, reconnaissable entre mille, s'enfonçait vers la forêt.

– Je rêve ! Valk, ici !

– Tu crois ? douta l'enfant qui n'avait discerné qu'une ombre.

Le Fêlé frôla le plateau pour s'y poser, mais dut y renoncer au dernier moment.

– Que des trous ! Ils sont trop proches les uns des autres ! Et profonds avec ça !

– Du calcaire ! L'eau, à force, a creusé des puits, répondit Passe-Partout qui remarqua toutefois un espace possible.

Il le montra à son pilote.

– Si nous atterrissons de façon classique, l'élan nous entraînera dans un de ces puits ! Monte en chandelle et descends en tournoyant, c'est notre seule option !

Le Colosse acquiesça et, discipliné, exécuta la manœuvre qu'avait dû employer Valk pour accéder au plateau. L'arrivée devait s'effectuer en douceur. Gerfor et ses Nains refusèrent d'un geste de tenter cette approche outrepassant leurs capacités de cavaliers et se dirigèrent vers un lieu plus éloigné, mais aussi plus sûr, pour rejoindre le sol.

Mené de main de maitre par le Fêlé, dans un long processus de descente en spirale, le saurien plana. Au moment de l'atterrissage proprement dit, le Colosse déclara :

– Je parie que je le pose d'un seul coup !

Passe-Partout hurla :

– Sors-nous de là ! Remonte ! Vite !

Trop tard. Les deux serres du ptéro atteignirent le sol qui se déroba sous ses pattes. Un classique du genre dans l'art de la chasse ou du guet-apens : un trou recouvert de branches fines entrelacées, de mousses et de cailloux pour parfaire l'illusion d'un terrain stable !

Terrorisé, l'animal, par réflexe, étendit ses ailes membraneuses. Heurtant les parois, il accrut son déséquilibre et bascula sur le côté. Hurlant sa rage, il parvint à accrocher ses puissantes griffes aux aspérités, replia ses ailes encombrantes, se tassa sur lui-même et, d'un coup de reins, s'extirpa du piège ! Cette manœuvre de survie désarçonna sur le champ

Passe-Partout puis le Fêlé. Projeté contre l'à-pic, l'enfant réussit à s'y agripper en utilisant son agilité innée et les reliefs de la paroi. Le Colosse eut moins de chance. Gêné par les sangles le maintenant au ptéro, il chuta au fond du puits comme un plomb. Les doigts en sang, Passe-Partout descendit jusqu'à lui, affolé. Le Fêlé ne bougeait plus. Mais pas le temps de savoir s'il respirait encore ! Un rocher tomba lourdement près de lui. Puis un autre. Il leva la tête et distingua la silhouette caractéristique d'un Ork en jetant un troisième qu'il évita de justesse, mais que le Fêlé reçut sur la poitrine, lui extirpant une plainte. Les cagoulés les empierraient vivants ! Il tenta de joindre les deux serres de la cape, en vain, et ragea. Magie inconstante !

Une autre possibilité demeurait... Que le Dragon lui avait enseigné ! Il ferma ses yeux gris, ignora deux nouveaux blocs qui le frôlèrent, et s'éleva dans les airs. L'enfant atteint le plateau en un temps record. L'Ork se rua sur lui en grognant. Il esquiva le coup d'estoc et planta Thor dans sa poitrine. Un tour sur lui-même et Saga s'enfonçait dans la jugulaire d'un sang noir anciennement humain croyant naïvement le surprendre par-derrière. Il courut vers un troisième ennemi dont la lame ne se décidait pas à sortir de son fourreau et sauta sur lui les deux pieds en avant, le catapultant directement dans une fosse calcaire. Les deux derniers cagoulés s'allièrent pour lui faire face. Une Amazone et un Nain ! Passe-Partout s'aperçut que leurs gorges étaient protégées. Il se décala sur la gauche et fit mine de dégainer l'arc de ses ancêtres accroché dans le dos. L'ex-Nain sentit la faille et fonça dans sa direction. L'enfant bondit, effectua un saut périlleux et le laissa achever sa course dans un autre trou calcaire, emporté par son élan. Observant le déplacement de l'Amazone, arme au poing, il sut qu'il devait s'approcher d'elle. Encore un peu...

Il feignit une attaque à droite, l'obligeant à esquiver. Sa cuisse gauche saigna noir, Thor s'y était fiché jusqu'à la garde. Elle s'affaissa sans un cri, comme une corrompue qu'elle était devenue. Saga s'abattit alors entre ses deux yeux et les lui ferma à jamais.

Passe-Partout se précipita au bord du puits, hurla le nom du Colosse et n'obtint que l'écho de sa voix angoissée. Pour porter secours au Fêlé, il songea immédiatement à son nouveau pouvoir de lévitation, mais se ravisa, ignorant la quantité d'Énergie Astrale qu'il lui restait. L'économiser paraissait judicieux considérant les circonstances ! Il se retourna pour descendre par la paroi, pariant sur sa légendaire agilité. Le regard rivé sur les maigres aspérités où s'agripper, il ne vit pas son agresseur. Le bloc rocheux qu'il reçut sur le crâne lui fit perdre ses fragiles appuis. Il dévissa et bascula, inanimé, au fond du piège.

Passe-Partout se réveilla avec un mal de tête inouï. La première vision après sa courte période d'inconscience l'invita à se retirer de l'endroit où il était tombé : le Fêlé, dont le corps massif avait amorti sa chute ! L'enfant pouvait à peine tenir debout, son genou ayant démesurément gonflé. Un bref regard alentour lui confirma que d'autres rochers avaient été jetés. L'un l'avait atteint. Des cris familiers à la surface attirèrent son attention pendant qu'il cherchait à nouveau un souffle de vie au Fêlé. La voix de Gerfor !

– Ils ne doivent pas être en bon état !

– Pas brillant, en effet ! rétorqua l'enfant depuis le fond de son trou.

– Le Fêlé ?

Passe-Partout exposa la triste situation.

– On va vous sortir de là ! annonça l'émissaire de Roquépique.

Carambole s'était rendormie brusquement, tout habillée. Fontdenelle se voulut rassurant :

– Josef, elle est épuisée ! Je ne sais même pas si demain elle pourra se lever. Laisse-la se reposer !

Sup prenait des nouvelles de Mortagne par l'intermédiaire du gang. Tergyval ne revenait pas de la rapidité avec laquelle ce réseau obtenait des informations ! Il fit un rapport digne de ses meilleurs espions.

– Bien ! Pyrah s'est littéralement évaporée. Il y avait bien une deuxième Valk au Palais. La cérémonie d'empierrement de Parangon est fixée à demain matin. Duernar demande le passage de Fontdenelle à son domicile, sa fille s'est blessée. Quant à Dame Perrine, elle cherche son Capitaine !

Fontdenelle, goguenard, lança :

– Et le fils de Périadis ? Comment se porte sa jambe ? Applique-t-il bien le baume comme je lui ai dit ?

Sup répondit sur le champ et très sérieusement :

– Oui ! Et ça va de mieux en mieux !

Personne ne sut jamais s'il s'agissait d'une répartie sans fondement.

À Autran, dans l'auberge des Ventres Rouges, le Barde arrêta brusquement son récit et afficha un sourire nostalgique :

– En fait, si, moi, Amandin ! Je peux confirmer l'information. Le fils de Périadis, le lendemain, courait comme un sorla !

Valk ne se remettait pas de sa méprise sur Pyrah.

– Comment ai-je pu me laisser entraîner ainsi ? J'étais aveuglée !

Tergyval voulut amoindrir sa responsabilité.

– Je suis fautif, moi aussi. J'ai accepté de l'amener avec nous.

Josef surgit derrière le comptoir.

– Ma fille vient de se réveiller. Elle demande à vous voir... Tous !

Les traits tirés, Carambole respirait avec difficulté.

– La Valk du Palais n'est autre que Pyrah, un métamorphe. Voilà comment ça s'est produit... Après votre premier passage chez les Amazones, il ou elle s'y est introduite en prenant l'apparence de Pyrah. Une fois dans la place, les cagoulés ailés ont dû investir les Drunes par surprise dès votre départ... S'il y a eu des morts, ils les ont faits disparaître ! Grâce à l'image dans le miroir magique, provoquée par le rapace noir, il y avait de fortes chances que Valk fasse un transfert et veuille s'en occuper comme Adrianna l'avait fait pour elle... Pyrah n'était qu'un appât... La mission première de ce métamorphe était de voler les pièces du musée qui intéressait le Déchu. À la réflexion, le premier commando de cagoulés venus empoisonner Mortagne devait aussi avoir cet objectif, qu'ils n'ont pas pu mener à bien... Mais pour Pyrah, la place était de choix ! Proche du Palais et des décideurs, il ou elle a eu accès à tous nos secrets. L'alerte de Passe-Partout a déclenché son départ précipité... Le drame, c'est que maintenant le Déchu connaît également l'endroit de la dernière poche d'Elfes. La carte est un bonus dont Avent se serait bien passé ! Et que je lui aie fourni ! Passe-Partout est en danger, la Forêt d'Émeraude en péril, les provinces de l'Ouest en sursis...

Carambole transpirait ; son teint devint livide.

– Il faut aider Passe-Partout à trouver les Quatre Vents... Au moins le prévenir...

Elle s'endormit profondément. Tergyval crut que son cerveau allait exploser. Valk restait interdite.

– Comment a-t-elle pu déterminer tout cela ?

– M'est avis que nous ne finirons pas d'être surpris par la Magie humaine ! dit l'herboriste en s'approchant de Carambole.

Il lui prit le pouls, écouta son cœur, et sursauta quand la jeune femme murmura à son oreille :

– Pyrah... Métamorphe... Oiseau... Évident, mon cher Fontdenelle... La fenêtre ouverte sur les toits dans le couloir des chambres... Elle s'est envolée.

Pendant que Passe-Partout tentait vainement de ranimer le Colosse, des bruits de marteau résonnaient dans le puits, accompagnés d'ordres brefs aboyés par Gerfor. Quelque temps plus tard, l'émissaire de Roquépique se pencha et hurla :

– Je t'envoie Barryumhead !

L'enfant se demanda bien la raison pour laquelle le Prêtre allait les rejoindre et pas l'inverse, mais laissa faire Gerfor, ne se sentant pas en position de discuter ses décisions. Levant les yeux, il découvrit une installation rudimentaire d'un système de poulie, attenant à un trépied, avec une corde pendante en son centre.

Astucieux ! Pourvu que ça tienne ! se dit Passe-Partout.

Barryumhead arriva sans encombre comme une araignée au bout de son fil, maintenu par les six bras de ses acolytes en surface.

– Par Sagar ! Tu es vivant !

Et il lui donna un coup de tête. De casque, plus exactement ! L'enfant ne sut que bien plus tard qu'il s'agissait d'un signe d'affection rare de la part d'un Nain... et qu'il s'effectuait d'ordinaire de casque à casque !

Tout en frottant sa tempe malmenée, Passe-Partout désigna le Fêlé inanimé, ne comprenant toujours pas la présence de Barryumhead au fond de ce trou.

Accompagné de Valkinia, Tergyval se rendit au Palais. Perrine se tordait les mains en écoutant le résumé fidèle de la situation. Son attitude trahissait une inquiétude légitime qu'elle ne camouflait pas en leur présence. Une fois l'exposé achevé, la Prima évoqua des points non soulevés par les compagnons de « La Mortagne Libre », et pas des moindres !

– Si je saisis bien, Pyrah se transforme à loisir en oiseau ou... En toi ! Comment savoir, donc, si je m'adresse en ce moment à Valk ou à ce... Métamorphe ?

La Belle blêmit à l'idée de devoir passer son temps à justifier qu'il s'agissait bien d'elle ! Elle sortit un couteau de sa botte et s'entailla au doigt.

– Vois ! Le sang qui coule n'est pas noir !

– Il ne t'en restera pas beaucoup si à chaque fois que tu croises quelqu'un, tu dois te taillader la chair ! rétorqua Perrine.

Valk ne se sentit pas au meilleur de sa forme et s'assit, blanche comme un linge, sur un fauteuil du Conseil. Perrine continua sur un ton préoccupé :

– Parangon m'avait confié qu'il lui paraissait étrange que le Palais et la Tour de Sil fussent épargnés par les cagoulés lors du siège. Nous en avons l'explication aujourd'hui. Ils ne savaient pas où les objets qui les intéressaient se trouvaient. Maintenant qu'ils sont en leur possession, ils n'auront pas les mêmes scrupules au moment où ils nous attaqueront !

Elle respira et secoua la tête.

– Pourquoi des cubes en métal sans valeur et un vieil œuf de Dragon ?

Passe-Partout avait vu juste. Tous les Prêtres, y compris les Nains, n'étaient que des Magiciens ! La dilution d'Eau Noire créée empiriquement qu'il ne manquait pas de donner à Barryumhead à chaque pause faisait progresser sa manne astrale et, dans son cas, le changement était de taille ! Le religieux s'approcha du Colosse, lui imposa ses mains sur ses tempes et psalmodia une prière. Le Fêlé ouvrit immédiatement les yeux.

– Passe-Partout ! Où es-tu ? Tu vas bien ?

– Calme ! intima Barryumhead. Où as-tu mal ?

Le blessé tenta plusieurs mouvements lui arrachant des plaintes.

– Avant-bras gauche... Épaule droite, poignet droit... Poitrine... Les jambes, ça va !

– Il va hurler de douleur si on lui accroche la corde sous les aisselles ! fit remarquer l'enfant.

Barryumhead ne l'écoutait pas. À l'instar de Gerfor comptabilisant ses victimes, il calculait. À l'instant où il estima son décompte exact, il posa ses deux mains boudinées sur le poitrail du Colosse et pria. Dès qu'il cessa sa pression, le Fêlé, avec crainte, emplit progressivement ses poumons d'air. Plus aucune souffrance ni gêne !

– Incroyable ! s'extasia-t-il en réprimant un cri quand Barryumhead, concentré sur son omoplate, l'encercla de ses doigts guérisseurs.

Un compte, une prière plus tard, et le Fêlé roulait son épaule. Barryumhead, sûr de ses invocations à Sagar et surtout des résultats, empoigna la corde et demanda de l'aide à Passe-Partout pour la nouer autour du torse du Colosse.

– Nous verrons la suite en haut, déclara-t-il sobrement.

Les bras des Nains en surface firent le reste pour extirper le Fêlé du piège dans lequel ils étaient tombés. Barryumhead avisa le second blessé.

— À part le genou ?

Un signe négatif de la main et le Prêtre se précipita sur la jambe endommagée. Une poignée de secondes plus tard, Passe-Partout eut pu galoper s'il ne se trouvait pas à l'étroit dans ce trou ! La corde apparut de nouveau entre eux. L'enfant voulut remercier Barryumhead, mais ce dernier l'arrêta :

— C'est moi qui dois te remercier ! Sagar m'a confié que les voies qui mènent à lui ont été ouvertes grâce à toi ! Non seulement je détiens plus de forces d'invocation, mais aussi plus de pouvoirs ! Quel est donc ce breuvage ?

Stupéfait de constater que le Prêtre pouvait communiquer normalement, Passe-Partout regretta d'avoir pris Barryumhead pour un attardé. Il lui montra un flacon sorti de sa besace et lui dit :

— Appelons-le… 'La Potion de Sagar' !

Le Prêtre apprécia la réponse et entreprit de harnacher l'enfant. Pendant sa remontée, Passe-Partout songea à son premier essai de lévitation. Habituellement, chaque sort le laissait exsangue. Or, après celui-ci, il s'était battu dans la foulée sans aucune gêne ni aucune fatigue. 'La Potion de Sagar', qu'il s'administrait en parallèle de Barryumhead sur le conseil avisé du Fêlé, agissait aussi efficacement sur lui !

CHAPITRE XIV

Le Déchu exultait ! Son premier Métamorphe créé avec l'aide de Séréné lui revenait avec ce qui lui permettrait d'asservir définitivement le Dragon et, indépendamment de quelques morceaux de la Sphère Noire, le cadeau de l'endroit où se cachaient les Gardiens de la Mémoire Elfique ! Les derniers à prier Mooréa qui tombera en même temps qu'eux…

Lorbello. Extrait de « Origines du Dieu sans Nom »

Dès le groupe réuni sur le plateau du Mont Eyrié, Passe-Partout s'aperçut que les Nains n'avaient une nouvelle fois pas joué les figurants. Les cagoulés désireux de les lapider dans leur trou étaient passés « de l'autre côté » et luttaient déjà dans la Spirale du Dieu de la Mort ! Barryumhead examina les blessures résiduelles des deux piégés. Le Prêtre n'écouta guère les préférences du Fêlé lui désignant avec insistance son 'petit' et s'astreint à compter en se focalisant sur son poignet. Le protégé du Colosse comprit alors sa méthode. La radinerie mythique des Nains servait sûrement ses nouvelles capacités : il calculait l'énergie dont il allait avoir besoin pour l'investir selon l'importance de la lésion ! Une minutie que lui, Passe-Partout, était loin de posséder ! Sa mission terminée, sans aucun commentaire, Barryumhead alla s'affaler, visiblement épuisé, sous la frondaison d'un touba. Les jumeaux, dans une coordination parfaite, saluèrent leur Prêtre au nom de leur Dieu et s'éclipsèrent à leur tour. La question légitime de Gerfor fusa :

— Mais qu'est-ce qui vous a pris de vous arrêter ici ?

L'excuse invoquée ne convînt pas l'émissaire de Roquépique.

— Valk ? Ici ? Impossible ! conclut d'autorité le Nain.

Le Fêlé resta sur sa position. Passe-Partout, lui, demeurait silencieusement dubitatif. Il s'agissait bien d'un piège tendu par les cagoulés, et personne de la Compagnie de Mortagne n'osait envisager que la guerrière ait rejoint les rangs des sangs noirs !

Tout Mortagne voulait rendre un dernier hommage au Magister. La cérémonie fut célébrée sur le parvis du temple par Anyah elle-même. Carambole, accompagnée de ses quatre gardes du corps, ne vit que de loin officier la Prêtresse d'Antinéa. Noyée dans la foule, elle eut confirmation que Parangon avait souhaité l'empierrement plutôt que de rejoindre l'océan selon la tradition. À ses côtés, Fontdenelle ragea de nouveau contre son âge. Rester longtemps debout lui devenait pénible, mais il finit par oublier ses douleurs en observant la jeune Magicienne qui titubait de faiblesse.

Après l'émouvante cérémonie, les rues de la Cité se vidant de leurs habitants, la grande Prêtresse d'Antinéa accueillit Carambole sans attendre et n'accepta la présence de l'herboriste que parce qu'elle ne tenait sur ses deux jambes qu'appuyée sur lui. Les traits tirés, accablée d'une immense fatigue, la fille de l'aubergiste alla directement au but et résuma son « Voyage ». Anyah, le visage grave, déclara :

— Je m'occupe de prévenir qui de droit.

Elle regarda intensément Fontdenelle et Carambole et, sur un ton alarmiste, proféra :

— Pas un mot à quiconque de ta rencontre avec la Déesse ! Il ne faut pas qu'Avent sache qu'un Dieu peut mourir !

Carambole comprit que l'état de Mooréa, dépérissant faute d'invocations, préoccupait la Prêtresse et se promit de faire prêter serment à ceux de la « Compagnie de La Mortagne Libre » pour conserver ce secret. De fait, elle s'abstint de lui confier le nombre de personnes déjà au courant !

Anyah se tourna vers ses disciples qui, sans un mot, disparurent, chacune connaissant sa tâche. Fontdenelle, soucieux de la fragilité de Carambole, amorça un pas vers un côté du temple tout en la soutenant avec peine. La maîtresse des lieux claqua des doigts : deux vestales accoururent soulager l'herboriste et déposèrent Carambole sur un sofa. La Prêtresse s'approcha et se concentra. Une aura bleu vert naquit entre ses mains qu'elle projeta vers la jeune femme. Sans se tourner, elle s'adressa au vieil homme :

— Malgré tes réticences, il te faudra continuer à aider Carambole dans cette voie. Mooréa erre désormais dans une sorte de coma. Ce qu'elle a perçu ne sont que les songes de la Déesse, d'où la confusion sur l'identité de son interlocutrice. Reste près d'elle, je fais prévenir le gang pour qu'il t'apporte les médecines dont tu as besoin. Antinéa ne me permet pas la guérison, je l'ai seulement calmée en attendant.

Fontdenelle prit la main de Carambole et se remémora le serment clamé lors de la séance de gifles. Il s'était pourtant juré d'arrêter l'expérience, mais la raison divine le contraignait à changer d'avis ! Pour la première fois de sa longue existence, il vit Anyah entrer en transe. Sa prière monta vers Ovoïs :

— Antinéa, exauce-moi ! Pour Avent et pour Mooréa !

Était-ce la force de l'invocation ou son motif ? Une nuée bleu vert pénétra le corps d'Anyah qui s'éleva dans les airs. Fontdenelle entendit la Prêtresse chercher son contact, appelant Barryumhead.

La voix tonitruante de Gerfor, sur un mode d'alerte, les fit se lever armes à la main ! Ils sortirent précipitamment de sous les frondaisons et jetèrent un regard au ciel pour anticiper une attaque ailée. Mais ils eurent beau écarquiller les yeux, point d'oiseaux à l'horizon ! Gerfor s'égosillait :

— Passe-Partout ! Vite !

Le Fêlé et l'enfant coururent à perdre haleine en direction de l'appel. Barryumhead gisait dans l'herbe, la bouche ouverte, dans un état de transe inédit.

— Anyah ! Résuma Gerfor en montrant du menton le Prêtre allongé.

Le corps de Barryumhead tremblait. Certaines convulsions, plus importantes, donnaient l'illusion qu'il se soulevait de terre ! La voix de la Prêtresse, inquiète, se fit entendre :

– Passe-Partout ! Il ne reste pas beaucoup de temps avant que...

L'enfant, haletant, tomba à genoux :

– Je t'écoute...

Sans politesses, elle poursuivit :

– Les cagoulés vont envahir la Forêt d'Émeraude et je te sais proche de ses habitants ! Antinéa t'accompagne dans cette nouvelle épreuve, pour Avent et pour...

Barryumhead sursauta violemment. Sa tête bascula sur le côté. Gerfor voulut rassurer Passe-Partout :

– Heureusement, j'ai pu raconter nos exploits !

Puis ajouta, penaud :

– Pendant trop longtemps peut-être...

L'envie d'étrangler le Nain passa fugacement dans l'esprit de Passe-Partout qui aurait préféré parler lui-même à Anyah. Par réflexe, il se pencha pour entendre le cœur de Barryumhead. L'armure l'empêchant de percevoir un quelconque battement, il finit toutefois par déceler un souffle fragile et se tourna vers Gerfor :

– Les guérisons et le contact théopathique prolongé... Trop à la fois, je crains le pire !

Pour toute réponse, les Bonobos rejoignirent leur chef pour prier Sagar. Ce qui agaça Passe-Partout au plus haut point ! Fébrile, l'enfant ouvrit sa besace en criant :

– Fêlé ! Redresse-le !

Il sortit une fiole, la déboucha, glissa le mince goulot entre les dents du Nain et lui administra les quelques gouttes restantes.

– Qu'est-ce que c'est ? Un truc de Fontdenelle ? questionna le Colosse.

Passe-Partout fit non de la tête. Son regard ne quittait pas le Prêtre. Il avait traité le mal par encore plus de mal, vidant le flacon d'Eau Noire sans dilution préalable. Gerfor finit sa prière et déclara :

– Tu auras fait tout ton possible.

Énervé par le fatalisme des Nains, il rétorqua :

– Je dois me rendre à la Forêt d'Émeraude !

– Pas sans moi ! imposa le Colosse.

Passe-Partout éluda et s'empressa de fermer les deux serres de sa cape en plumes. Il s'y reprit à nouveau... sans résultat. Sarcastique, le Fêlé grommela :

– Ah, Magie rebelle ! Allons-y à ptéro !

L'enfant pivota vers Gerfor et lui dit sèchement :

– Sans certitude, mais il se peut qu'il revienne à lui. Et s'il survit, je n'ai aucune idée du temps qu'il mettra à se réveiller... Direction nord, nord-est... Une montagne camoufle une forêt classique. Dans son prolongement, en contrebas, une autre d'un vert lumineux.

Les voyant décoller, Gerfor ne dit mot. Sa fugace culpabilité face à Passe-Partout s'envola avec lui. Il lui paraissait primordial que tout Avent connaisse ses exploits de guerrier ! Il avait sauvé le héros du Continent et l'avait, longuement certes, expliqué à Anyah. L'envie d'abandonner Barryumhead à son triste sort le démangeait.

Après le départ précipité des deux Mortagnais, il empoigna le col du gisant, toujours inconscient, et le secoua :

— Foutu Prêtre !

Anyah ouvrit ses yeux cernés. Décidément, la théopathie utilisait beaucoup trop de leurs ressources. Elle déclara, inquiète :

— Barryumhead... Je ne crois pas qu'il ait survécu à ce long entretien... Vous avez entendu comme moi, malheureusement, surtout la voix de Gerfor et fort peu celle de Passe-Partout !

Carambole, anéantie de cette lassitude ne la quittant plus qu'accompagnait une migraine persistante, réussit à dire :

— Ce Dieu Déchu... Il lui faut retrouver le Dragon. Ces mutations qu'il fait subir à ses prisonniers, cela doit demander beaucoup d'Eau Noire...

Fontdenelle se lissait la barbe, concentré sur ses paroles.

— ... La clef de voûte, c'est le Dragon, avait dit Parangon.

— Et le seul qui puisse l'approcher est Passe-Partout, compléta l'herboriste.

— Sans omettre de trouver les Quatre Vents. Il ne peut pas tout faire en même temps, soupira la Prêtresse.

Gerfor balaya de son regard porcin les cadavres ennemis qui jonchaient le sol, ignorant un instant les Bonobos qui veillaient attentivement sur Barryumhead. En bon soldat de Sagar, fier d'avoir livré bataille et de l'avoir gagnée, l'émissaire de Roquépique aurait dû s'enorgueillir de la situation. Au lieu de quoi il faisait les cent pas, impatient du sort de son Prêtre ! Maugréant entre ses dents, il rongeait son frein : Passe-Partout et le Fêlé allaient guerroyer sans lui, contraint qu'il fût d'attendre son réveil ou sa mort. Ses petits yeux se plissèrent, signe d'une réflexion profonde.

Mais, si Barryumhead meurt, personne ne pourra monter le deuxième ptéro ! Aucun de ces stupides animaux volants n'a été attribué magiquement aux jumeaux !

Une goutte de sueur perla sous son casque et coula jusque dans sa barbe.

S'il rejoint Sagar, un saurien pourrait-il supporter le poids de trois Nains ?

Il se tourna vers le corps toujours inerte du Prêtre de Sagar. Son sort, tout à coup, ne lui était plus tout à fait indifférent !

À l'insu de tous, y compris de Guilen, Sup se rendait à l'enclos des sauriens pour voir grandir le jeune ptéro. Il lui avait même mis un collier pour le reconnaître. Le chef de Guilde était persuadé que l'étudiant demi-Elfe avait raté son sort d'asservissement. Mais peu importait pour lui, l'essentiel étant que l'animal fut calme, avec ou sans maître ! Quant à Jokoko, il ne se souvenait pas du moment où, au bord de l'évanouissement, il appela Sup à sa rescousse, lui désignant malencontreusement son futur cavalier. Le sort de domestication avait de fait correctement opéré. Pour preuve, Sup tendit sans crainte de représailles de la nourriture au saurien et lui dit :

— Allez, grandis vite, mon bonhomme ! Passe-Partout nous attend !

Jokoko leva son nez de ses parchemins. Son regard se perdit sur les poutres du plafond de l'auberge. Une question le hantait, surtout l'absence de réponse.

Qu'est-ce qu'il fallait chercher en priorité ?

Devant la tâche immense qu'il s'était assignée, il prenait conscience que le temps demeurait son seul ennemi.

Poursuivre l'étude du manuscrit écrit par Dollibert pour aider à l'amélioration de la Magie des humains ? Ou persister à décrypter le Sombre dans l'espoir que le message de son père puisse être utile à Passe-Partout ?

Il haussa les épaules en pensant à ce que dirait Sup à ce sujet !

Tout est à faire puisqu'on ne sait pas ce qu'on cherche !

Il mit de côté sa traduction de la lettre, opta pour le Livre Muet qu'il ouvrit au hasard et fit planer sa paume sur un texte rédigé alternativement en Clair et en aventien qu'il put, cette fois, lire assez facilement. Seuls trois symboles en Sombre y figuraient. Vraisemblablement destiné à Parangon, le paragraphe traitait d'un moment de l'histoire des Clairs après la débâcle de Dordelle. Jokoko s'intéressa de plus près au passé de ses ancêtres. La conclusion de Dollibert le laissa rêveur :

« *Je suis persuadé que la Reine des Elfes a volontairement rompu le 'Signal'. Les Clairs, ainsi disséminés sur Avent, sont à mon sens, beaucoup plus nombreux que nous le pensons. Mon contact cavernicole, le dernier des Sombres, frère de Tilorah, m'a confié qu'ils attendent le retour de ce fameux 'Signal' pour se regrouper.* »

— Qu'est-ce qui te rend joyeux, Jokoko ? fit Sup en surprenant l'étudiant.

— Plusieurs choses ! Dollibert connaissait le frère de Tilorah, grande Prêtresse cavernicole. Il lui aurait confirmé que les Clairs, éparpillés sur le Continent, patientent avec l'espoir que le signal de leur Reine réapparaisse. Ce qui signifie qu'il en reste ! Et qu'ils croient en son rétablissement !

Sup fronça les sourcils :

— Intéressant. Et le Sombre ?

— Il s'agit du même nom figurant en tête de la lettre de Passe-Partout, et qui n'est autre que Doubledor père !

— Tiens, tiens ! Ce qui expliquerait comment le Magicien a appris à écrire dans cette langue !

— Et grâce à ça, je sais moi aussi écrire Tilorah en cavernicole ! clama-t-il fièrement en montrant les symboles associés dans le texte.

Perrine, encore sous le coup de la mort de Parangon, se retourna au son d'un discret raclement de gorge et découvrit son Grand Chambellan, engoncé dans ses principes d'un autre âge, qui déclara solennellement :

– Prima de Mortagne, son excellence le Magister Artarik souhaite te rencontrer sur l'heure !

Perrine grimaça. Artarik ne portait ni le titre d'excellence ni celui de Magister et son exigence de rendez-vous immédiat engendra chez elle une bouffée de colère ! Colère qu'elle étouffa par bienséance lorsque la porte s'ouvrit sur le fat personnage.

– Prima ! J'apprends que l'aventurière a volé des objets de valeur au Palais ?! Sans être emprisonnée, ni même inquiétée ?! Bénéficierait-elle d'un régime de faveur parce que proche de notre Capitaine et surtout du déserteur Passe-Partout ?

D'abord ébranlée par la violence du propos, Perrine retrouva vite son sang-froid. Artarik se servait de Valkinia comme prétexte. Passe-Partout demeurait le fond du problème.

– En quoi cela te concerne-t-il ? émit-elle sèchement.

– Depuis l'arrivée du morveux au sein de notre communauté, tous nos faits et gestes tournent autour de lui ! D'ailleurs, les désagréments de Mortagne ont commencé depuis sa venue. Les derniers travaux de Parangon ne traitent plus que de recoupements hasardeux valorisant ce maudit ! De plus, cet imposteur a fui la Cité. Et nous devrions lui faire confiance ?

L'arrogance du Scribi fit monter la tension de la Prima :

– Tu n'es qu'un hypocrite puant, Artarik ! Ton seul intérêt reste de louvoyer à vue pour accéder aux plus hautes fonctions de Mortagne ! Pour le moment, je t'interdis de t'arroger le titre de Magister et de salir la mémoire de Parangon ! Quant à Passe-Partout, l'avenir proche montrera que la Cité que je dirige aura eu raison de lui faire confiance !

Elle prit une grande inspiration et déclara gravement :

– À partir de cet instant, plus personne ne pourra pénétrer dans les appartements de Parangon sans mon autorisation expresse ! Garde ! Raccompagne le Scribi à la porte du Palais et fais appliquer sur l'heure la décision de la Prima !

Passe-Partout désigna l'écrin émeraude à son compagnon. La forêt s'étendait sur plusieurs lieues, adossée à ses montagnes quasi infranchissables rendant son accès difficile. Pour l'heure, l'équipée ailée se régalait de ces reflets en dégradés de verts, jeu du soleil sur la canopée formée de ces arbres particuliers. Pas un oiseau dans le ciel hormis quelques traditionnels et inoffensifs borles se cachant à l'approche d'un busard à l'affût. Pas l'ombre d'une armée en marche, ou en vol, aussi loin que portait la vue. La Forêt d'Émeraude demeurait l'ilot tranquille qu'avait toujours connu Passe-Partout. Ils atterrirent à proximité de l'endroit où l'enfant, pour la première fois, l'avait approchée. Sous les ronces, un crâne de ptéro blanchi par le soleil fut découvert par le Colosse. Il sourit en constatant le trou entre les deux protubérances osseuses sur l'avant et se souvint de l'esclandre du Majordome de Mortagne voulant faire taire le gamin qui devint le héros de la Cité ! Passe-Partout lui retourna un clin d'œil en montrant son collier et la fameuse griffe du saurien.

Camouflé dans les frondaisons, un oiseau noir de très grande taille observait les deux cavaliers. Dès leur atterrissage, le mi-merle mi-corbeau monstrueux émit un cri bref. Un seul. Puis un silence. Profond. Persistant...

— Le calme d'avant la tempête, proféra l'enfant.

Il ne crut pas asséner une vérité si tangible. Brutalement, ils entrèrent dans l'horreur !

Gerfor, ses petits yeux rivés sur Barryumhead, priait Sagar de faire quelque chose. L'option de la mort soudaine, voire prématurée, du Prêtre s'imposait à nouveau au Fonceur Premier Combattant comme la plus pertinente pour rejoindre Passe-Partout et le Fêlé. À la condition de laisser un jumeau sur place ! Le Dieu de la Guerre en décida vraisemblablement autrement puisque l'intéressé battit des paupières et se redressa ! Gerfor allait le secouer à la manière des Nains lorsque Barryumhead cria :

— Sagar a parlé ! À ptéro ! L'enfant de Légende a besoin de nous !

Au-delà de la surprise d'entendre pour la première fois son Prêtre aligner trois groupes de mots d'affilée, l'émissaire de Roquépique s'emplit de fierté. Il aida Barryumhead à monter en selle et hurla *in petto* sa joie à son Dieu !

Les yeux de Jokoko dansaient la gigue dans leurs orbites. Son esprit bouillonnait. Il avait mis la main, au sens propre comme au figuré, sur ce qu'il pressentait être une formule magique à destination des humains écrite par Dollibert. Cependant la rédaction comportait encore des groupes de symboles en Sombre mélangés à de l'aventien et du Clair. Une nouvelle fois, il était coincé !

— Bon sang d'Elfe ! La calligraphie est pourtant similaire aux Clairs. Les deux peuples ont la même origine, ce serait logique !

Il se replongea dans la lettre de Doubledor père et s'arrêta à la ligne où le nom de Tilorah apparaissait.

Son nom est avant son prénom, à elle aussi...

Il croisa les doigts au-dessus de son crâne.

Pff, j'ai la tête à l'envers !

Ses yeux cessèrent de bouger. Ses mains s'abattirent sur la table.

Bien sûr ! Ils écrivent de droite à gauche !

Sortant d'on ne savait où, une myriade d'oiseaux noirs leur faisait face ! Le Fêlé dégaina sa deuxième épée de son fourreau dorsal et proclama comme pour lui-même :

— Destin ou pas, cela n'a aucune importance ! Ce qui prime, c'est d'arrêter cette invasion !

Il se tourna vers l'enfant :

— J'ignore si tu es désigné, mais si tu es le seul à pouvoir abattre cette infestation, alors fais-le ! Pas pour les Dieux ni pour Ovoïs ! Pour Avent ! Pour notre liberté ! Pour nous tous !

Passe-Partout resta interdit, considérant le Fêlé avec un respect grandissant. Après son géniteur inconnu et Gary, il le vit tel qu'il était devenu au fil des lunes, un phare dans sa nuit... Un re-père...

Les deux lames du Colosse tournoyaient, abattant à la fois cagoulés en armes et oiseaux en piqué ! Lui se mit à courir vers l'orée, provoquant l'envolée de quelques-uns et la transformation d'autres. Thor et Saga fauchèrent en plein ciel deux volatiles qui, en mutant, tombèrent lourdement sur leurs comparses. Son regard s'assombrit. Une nuée noire éclipsait l'azur de la Forêt d'Émeraude. Il assistait à l'aulne d'une invasion sans précédent ! Un nombre incalculable de ces spécimens à plumes tourbillonnait, menaçant, sur le dernier bastion Elfe invoquant encore Mooréa !

Le Petit Prêtre resta un moment interdit, comme tétanisé. Ce changement brutal inquiéta Kent dont la main se dirigea vers sa botte pour attraper une dague cachée. Leurs yeux se levèrent vers le ciel. Tous les muscles du Clair se tendirent. Une ombre apparaissait et attaquait en piqué. Sa cible : Jorus. Le volatile s'empara du Prêtre Peewee, lui arrachant un cri de douleur. En un geste rapide, la lame remplaça le manche dans la paume de Kent et s'envola vers l'oiseau amorçant sa remontée. L'arme de jet se ficha net sous l'aile, le stoppant dans son élan. Kent se précipita et tendit les bras pour secourir le Petit Prêtre que les serres ne lâchaient pas. L'Elfe Clair ne dût son salut qu'à une esquive de dernière seconde. Sous ses yeux, l'oiseau se transformait en cagoulé armé jusqu'aux dents.

À terre, Kent voulut sauter sur l'ennemi tombé lourdement sur le dos. Il se ravisa au dernier moment, évitant ainsi d'ajouter des blessures à Jorus qui n'avait plus la force de s'extirper des mains de l'assaillant.

La ronde incessante de Thor et Saga n'en finissait pas, abattant chaque adversaire avec une précision jamais atteinte. Les mains de Passe-Partout dégoulinaient de ce sang noir qui souillait les lames divines après avoir frappé. Les deux guerriers avançaient avec peine dans la Forêt d'Émeraude. Il cria au Colosse :

– Ils nous amusent !

– Et ils nous fatiguent, surtout ! rétorqua le Fêlé qui commençait à avoir quelques crampes à l'épaule.

– En tout cas, ils nous empêchent d'arriver au village Peewee !

Passe-Partout bouillait intérieurement. Ils auraient dû s'approcher plus près du camp du Petit Peuple en ptéro. À ce rythme, ils ne parviendraient pas à les rejoindre à temps. Il jeta un bref regard à son compagnon. Vaillant, le Fêlé taillait en pièces tout ennemi se dressant face à lui. L'enfant sentit dans ses gestes d'épéiste un certain ralentissement. La lassitude commençait à les gagner ! Le Colosse trébucha sur un corps en mutation qu'il venait de découper en vol.

– Fêlé, attention !

Thor et Saga se fichèrent dans le flanc d'un Ork au sang noir, l'empêchant de profiter de cet avantage pour clouer le Géant au sol. Passe-Partout opéra un roulé-boulé latéral, évita l'attaque de deux de ses assaillants, récupéra ses couteaux en se relevant et les envoya rejoindre le monde de « l'autre côté ».

Un silence pesant régna brutalement. La paire d'yeux gris se leva pour anticiper une offensive ailée. Rien ! Aux alentours dans la forêt : Personne ! Le Fêlé, figé comme une statue en position de combat, fit une grimace. Ce brusque abandon de l'ennemi ne lui disait rien qui vaille ! Passe-Partout se mit à courir. Le Colosse voulut lui crier sa défiance. Il n'en fit rien et n'eut d'autre choix que de le suivre.

CHAPITRE XV

Et le Fourbe trouva le point faible de Mortagne…
Asservir les Libres, quelle revanche !
Ne lui manquaient que les circonstances pour investir le fruit du ver qui le rongerait de l'intérieur.

Lorbello. Extrait de « Origines du Dieu sans Nom »

Sup passait régulièrement chez Guilen nourrir son saurien. Il le baptisa 'Truc', en souvenir de Passe-Partout qui nommait son ptéro 'Machin'. Devenu un habitué de l'endroit, il avait même fini par se faire apprécier du chef de guilde.

— Regarde ce qu'on m'a amené !

— Belle bête ! fit Sup en admirant le cheval.

— Beau, oui ! Mais quel caractère ! rétorqua Guilen en tentant de calmer l'étalon qui piaffait dès son approche.

— Il vient d'où ?

La moue explicite de Guilen indiqua qu'il n'en savait pas grand-chose.

— Va voir sa selle. Peut-être que ton ami métis, ton Jokoko, pourra le déterminer, lui !

Respectant le plan de vol exposé par Passe-Partout, les Nains aperçurent rapidement la Forêt d'Émeraude, mais n'eurent pas le loisir de savourer sa splendeur vue du ciel. Des oiseaux noirs par centaines tournoyaient au-dessus de la canopée. D'un geste vers le sol, l'un des jumeaux indiqua le ptéro du Fêlé. Par prudence, ils optèrent pour planer en rase-motte par le sud afin de ne pas se faire repérer et attachèrent leurs montures à distance de la lisière.

— Les humains l'appellent la forêt maudite. La légende dit que ceux qui s'y introduisent en ressortent fous.

Il sembla bien à Gerfor qu'il avait entendu cette description de la bouche de Passe-Partout. Mais mu par la promesse de gloire et la motivation inattendue de Barryumhead, le Fonceur Premier Combattant de Roquépique oublia son aversion pour la Magie. Ignorant le chemin emprunté par leurs deux compères dans la Forêt d'Émeraude, les jumeaux, toujours volontaires, se portèrent en éclaireurs pour relever des traces de leur passage depuis le ptéro du Fêlé. Gerfor, en meneur guerrier avide de batailles, les devança.

Un vrombissement soudain, aussi sonore qu'une centaine d'essaims d'abeilles, l'arrêta net. Les Bonobos se regroupèrent auprès de lui, glaive au poing ! Un nuage dense sortit de la forêt. La nébuleuse mouvante tournoya au-dessus des Nains puis un être mi-bourdon, mi-papillon fondit à la verticale, effectuant quelques loopings acrobatiques pour se poser sur le promontoire servant de nez à leur chef.

Gerfor loucha sur la créature importune. Il tenta bien, par réflexe, de la chasser, mais l'insecte anticipait largement ses gestes lourds. Contre toute attente, dans un grognement dépité, il décida de la laisser atterrir sur son appendice nasal et se caressa la barbe, indiquant qu'exceptionnellement, il réfléchissait avant de foncer tête baissée. Il se souvenait, vaguement puisque sans gloire, que pendant les affrontements du cirque, il n'avait dû son salut que grâce à une nuée de papillons ayant aveuglé un adversaire coriace. Les yeux plissés de concentration, Gerfor finit par distinguer un visage sur l'être ailé, et surtout un signe l'invitant à le suivre !

— En avant ! cria-t-il au groupe stupéfait de voir son chef courir après un essaim d'insectes !

Le Fêlé chassa de son champ de vision un gros moustique jugé entreprenant. Il peinait à rejoindre Passe-Partout qui galopait en tête. Impossible pour lui de rivaliser avec son agilité et sa taille lui permettant de telles prouesses de franchissement !

Et de son point de vue, ils progressaient trop rapidement dans ce vert étrange. Pas un oiseau, pas un sang noir ne tentait de leur barrer le passage. Le Fêlé sentait l'embuscade à plein nez ! Il ne se trompa guère…

Darzo courut vers le Petit Prêtre. Mal en point, Jorus leva un regard désespéré vers Kent. L'Elfe dut tendre l'oreille pour entendre le tragique message :

— Kent… Il faut que Passe-Partout trouve en priorité les Quatre Vents pour ressusciter Mooréa…

Il serra un des longs doigts du Clair.

— C'est à toi d'agir, maintenant… Souviens-toi, nous ne sommes utiles que vivants…

Son corps de Peewee n'était que plaie sanguinolente, sa respiration anarchique. Pris de frissons, il ferma les yeux. Kent et Darzo le bombardèrent sans relâche de formules magiques de guérison. En vain. Le coup de bec fatal avait été porté à la nuque.

— Entre, Anyah, fit la Prima sans se retourner.

Entourée de deux novices qu'elle congédia, la Prêtresse pénétra les appartements privés de Perrine.

— L'occasion de nous retrouver en tête à tête ne s'est pas produite fréquemment, entama Anyah.

– Effectivement, c'est la première fois ! déclara Perrine.

– Tu as besoin de mes services ou de ceux d'Antinéa ? s'informa sans ambages la religieuse.

– Des deux.

Perrine se retourna.

– Les conséquences des événements récents ont bouleversé les fondamentaux de la communauté des Libres. Toi et moi avons assuré parallèlement nos responsabilités avec un objectif commun, le bien-être de Mortagne, et ce sans ressentir la nécessité de nous concerter.

La Prêtresse acquiesça :

– Mais aujourd'hui, les Dieux changent la donne. Et seul Passe-Partout nous permettra de retrouver l'équilibre perdu.

La Prima arbora un large sourire.

– En d'autres moments pas si lointains, j'aurais rêvé de ce type de consensus avec mes chefs de guilde en si peu de temps ! Des nouvelles de notre petit héros ?

– Aucune. J'ai tenté de joindre Barryumhead, sans résultat. J'espère que le Prêtre Nain est toujours de ce monde. À notre dernier contact, j'ai pris peur !

L'inquiétude de Perrine resurgit. L'absence d'informations sur Passe-Partout impliquait ne pas en avoir non plus sur le Fêlé. Anyah réfléchissait tout haut de son côté :

– Il faudrait qu'il se mette la tête sous l'eau, j'aurais alors une chance d'attirer son attention. Mais comment m'y prendre pour faire passer un tel message ? Il ne sait pas lire !

Sans comprendre, Perrine opina du chef. Le discours lui paraissait incohérent. Elle accorda simplement sa confiance à Anyah qui lui redonnait espoir !

Passe-Partout gagnait encore en vitesse. L'endroit où il progressait se clairsemait peu à peu, facilitant son déplacement. Trop avancé dans la trouée, Il n'entendit que partiellement le rugissement du Fêlé l'incitant à la prudence. Pour le rejoindre au plus vite, le Colosse coupa en deux une paire d'oiseaux noirs et pénétra à son tour dans la clairière... Pour se retrouver cerné de toutes parts. Acculés dos à dos, les deux compères tentaient d'évaluer l'ennemi. Le Fêlé grogna :

– Kent a vraiment déteint sur toi ! C'est de la folie ! Tu t'es jeté dans la gueule du loup !

Une voix posée lui rétorqua :

– Attends encore un peu...

Le Colosse ne se considérait pas comme le dernier des couards, mais le nombre d'assaillants avançant vers eux se multipliait dangereusement... Sans espoir de fuite !

Grave, mais déterminé, le Clair déposa le corps de Jorus au cœur d'une fourche d'arbre vert émeraude. Pas de temps pour une prière, pour une pensée. Un raffut terrible provoqué par des battements d'ailes et un groupe d'Elfes du Petit Peuple courant en tous sens, épouvanté, firent se retourner Kent qui s'empara de son arc. Suivi de près par trois Peewees, dont Darzo, il savait que l'affrontement serait par trop inégal ! Une cinquantaine d'oiseaux mutaient en cagoulés devant lui. Il banda son arme chargée de trois flèches et tira adroitement, faisant autant de victimes, puis cria :

– Accrochez-vous à moi !

Les trois Peewees s'agrippèrent tant bien que mal à ses vêtements, se demandant si leur cousin Clair avait toute sa raison ! Fort de son enseignement, Kent se concentra.

L'armée au sang noir déferlait sur lui. Jaugeant la puissance nécessaire, il parvint à ses fins : le premier rang ennemi, interdit, s'arrêta de courir, se faisant heurter par ceux, derrière, qui n'avaient pas vu le prodige ! L'Elfe et tous ceux qu'il transportait avaient disparu, laissant la troupe cagoulée décontenancée. Le chef du groupe, une Amazone désormais impure, leva le bras pour sonner la retraite.

Kent avait fait latéralement dix pas et observait la scène. Maîtrisant pour la première fois la Magie de l'invisibilité, il rendit un hommage muet à Jorus.

Le Fêlé comprit ce jour comment Passe-Partout avait eu connaissance de la disposition du camp de Tecla au cirque et admit que sa stratégie pouvait être payante, les Nains s'avérant plus efficaces sur le plancher d'Avent que dans les airs ! Un vrombissement inquiétant lui fit lever la tête.

– Maintenant ! dit Passe-Partout.

L'arc Sombre lâcha deux traits qui firent mouche. Thor et Saga rejoignirent les paumes de l'enfant. Le Fêlé para une attaque au flanc en se décalant. Au même instant, un essaim d'insectes fondit sur les cagoulés à droite. Quatre Nains enragés surgirent comme des balles de la gauche. Les machines à donner la mort se mirent à l'œuvre…

Kent courait dans la Forêt d'Émeraude. Bringuebalé, Darzo, qui ne sentait plus ses bras accrochés à la ceinture, réussit à crier :

– Jolie esquive ! Tu les as bien eus !

L'Elfe sourit malgré la gravité de la situation et rétorqua sans cesser d'avancer :

– Sauf pour mon tir ! J'ai abattu trois sous-fifres alors qu'ils ont maintenant des chefs de groupe ! La prochaine fois, je ne me tromperai pas de cible !

Il s'arrêta brusquement et tendit l'oreille : plus loin, la clameur de la bataille. Il se tourna vers Darzo qui lui dit sombrement :

– Vite ! C'est chez nous, au village !

Kent attrapa son arc dans une main, trois flèches dans l'autre et s'élança.

Josef, morne, servait sans entrain l'équipe édifiant les nouvelles fortifications, des Océaniens et des Mortagnais s'offrant une pause méritée. Son visage s'éclaira dès qu'il vit sa fille sortir de sa chambre avec des couleurs ! Elle décocha un sourire à son père en guise de « tout va mieux » et rejoint la table de travail au fond de l'auberge. Joey, littéralement absorbé, écrivait frénétiquement.

– Tout seul, Jokoko ? le surprit-elle.

– Ah ! Carambole ! J'ai trouvé ! Trouvé ! cria-t-il, provoquant l'arrêt brutal des conversations de comptoir.

Il calma soudain ses ardeurs.

– Tu… tu vas bien ?

Elle ne répondit pas, regarda par-dessus l'épaule de son studieux camarade et à son tour s'exclama :

– Incroyable ! Tu l'as déchiffrée !

Jokoko posa un point final à sa copie et fièrement déclara :

– Voici la lettre de Faxil Doubledor à son fils !

Avant même de la consulter, Carambole sentit l'émotion monter. Tout ce qui touchait Passe-Partout la rendait ainsi.

Combattant inlassablement les envahisseurs, Passe-Partout songea que détourner les cagoulés sur sa personne permettrait au Petit Peuple d'organiser sa résistance, ou sa fuite. Il convint que, cette fois-ci, le Déchu avait mis le paquet ! Ils réussirent toutefois à percer le cercle ennemi et à le perturber. L'aide d'Elsa et de ses Fées en couverture aérienne fut précieux. Les troupes au sang noir reculaient devant leurs coups.

Barryumhead prit le temps de s'attarder sur le corps d'un ex-humain que les Bonobos venaient de trucider selon la méthode traditionnelle des Fonceurs Premiers Combattants et lui arracha un collier de cuir. Une fiole pendait du lacet.

– Attention Prêtre ! Pur, c'est de l'inconscience ! le héla Passe-Partout, omettant de lui avouer qu'il en avait bu récemment.

Méfiant, Barryumhead ouvrit le flacon et le tendit à l'enfant. Le goulot sous ses narines, ce dernier déclara :

– Joli coup ! C'est de la potion !

Gerfor, à son tour, lui lança une aumônière en râlant :

– Moi, j'ai eu moins de chance !

Il constata effectivement que le Nain ne récoltait que ces cubes de métal inutiles et plaça machinalement la bourse à sa ceinture. Les broussailleux sourcils du Prêtre se froncèrent jusqu'à disparition complète de ses yeux, résumant l'autre question muette à laquelle Passe-Partout répondit sans attendre :

– Une sorte de coup de fouet pour tes invocations. Tu ne risques ni l'évanouissement ni la mort ! Comme la potion de Sagar.

Tout comme Kent lors de la domestication des ptéros à Mortagne, la préparation permettait à tout Magicien de remettre son « réservoir d'Énergie Astrale » à niveau, et parfois au-delà. Le Fêlé aurait pu sourire à l'interprétation adaptée au Nain, mais n'eut que l'occasion de crier :

– Repliez-vous !

Le Colosse, au vu de la centaine d'archers apparaissant au bord de la clairière, se positionna dans la seconde devant le 'petit' comme un bouclier humain. Gerfor n'accepta de reculer qu'avec l'idée de prendre de l'élan pour les pulvériser. Elsa s'approcha de Passe-Partout. Ce dernier pensa que son chef d'escadrille ailé allait lui suggérer un plan. Elle voletait si près de ses yeux gris qu'il put discerner une larme sur son visage de Fée. Il comprit aussitôt que le village Peewee était attaqué, que la ligne d'archers l'empêcherait de tenter de les aider et qu'il allait perdre son appui aérien. Elsa lui adressa une succession de signes et disparut. La voix cassée par l'émotion, Passe-Partout déclara :

– À mon ordre, courez du côté opposé !

Les cagoulés bandaient leurs arcs sous le commandement du cri d'un oiseau, mi-merle, mi-corbeau, perché dans la frondaison. Un vrombissement soudain et l'essaim d'Elsa s'abattit sur les archers.

– Maintenant ! hurla Passe-Partout.

Sup arriva sur ces entrefaites et tança Jokoko.

– Tu fais pleurer Carambole ? Fais gaffe !

Carambole posa sa main sur l'épaule de Sup.

– Joey n'y est pour rien. Enfin presque ! Tiens, lis ça ! ajouta-t-elle en souriant entre ses larmes.

Le regard de Sup pétilla d'excitation.

– Tu as réussi, Jokoko ! Plus rien du manuscrit de Dollibert ne nous sera étranger maintenant !

À son tour, il dévora la lettre et eut un pincement au cœur.

« Moi, Faxilonoras Doubledor, du clan Doubledor, Prince de cette noble et longue lignée, frère de Tilorah Doubledor, Prêtresse Sombre de Mooréa, des ''Terres d'en dessous'' à mon fils.

Si tu lis ces mots, c'est que l'occasion de te donner un prénom à ta majorité guerrière, comme le veut notre tradition, n'aura pas été possible. Tu seras le seul Sombre à choisir le tien.

L'histoire de notre espèce se résumait à une existence autarcique, sans aucun contact ou presque avec le ''Monde du dessus''. Notre société vivait recluse, considérant Avent avec indifférence.

Aussi incroyable que cela paraisse, même ma sœur, Prêtresse de Mooréa, n'avait reçu de signe de la Déesse nous permettant de nous préparer à l'invasion des humains. J'ai longtemps pensé que cette volonté farouche d'éradiquer notre peuple provenait d'une haine primale. Je peux jurer aujourd'hui qu'il n'en est rien ! En en fréquentant quelques-uns lors de mes incursions à la surface, je découvris que tous avaient été manipulés par une force inconnue.

La menace venait d'Avent, Ovoïs en ignorant tout ! À l'origine, juste quelques prêtres à robes noires influencèrent magiquement les humains et les envoyèrent au sacrifice dans nos cavernes. Malgré notre ardeur au combat et toute notre Magie, à un contre vingt, nous n'avons pu résister. Tous les miens sont tombés, piégés comme des taupes dans leurs propres galeries, écrasés par cette déferlante au nombre sans cesse croissant d'assaillants hurlant leur haine.

Je ne dus mon salut qu'à un passage dont moi seul connaissait l'existence.

Mais à la réflexion, notre Déesse devait se douter de quelque chose, ou craindre quelqu'un. Ma sœur Tilorah, sur la demande de Mooréa, avait couché pour la première fois les fondements de notre Magie sur parchemin. Ce manuscrit, ce testament, devait ensuite être donné à la surface au dernier Dragon d'Avent. Tilorah me confia cette mission. C'est ainsi que je connus Orion, héros du Continent, détenteur des couteaux de l'Alliance divine, qui devint mon compagnon de route. Sans lui, d'ailleurs, jamais ces écrits n'auraient eu comme gardien le Ventre Rouge ! Il était bien le seul qui pouvait entrer en contact avec lui. Il répondait au nom de Sébédelfinor, et n'avait pour consigne que de le remettre dans le futur à un Elfe Sombre qui le lui réclamerait. Par reconnaissance et par amitié, j'offris à Orion mon arc, ''Katenga''. Le présent qu'il me fit en retour s'avéra le plus beau cadeau que l'on puisse recevoir dans une vie : l'amour !

Il me présenta Stella, sa petite fille, qui devint ma compagne et ta mère. Un Sombre et une humaine ! L'union de deux continents !

Après la disparition d'Orion, une rencontre avec un Mage nommé Dollibert m'a éclairé. Nos échanges furent riches. Sa curiosité insatiable de nos coutumes et pratiques n'avait d'égale que sa volonté de faire progresser la Magie humaine. Ses connaissances sur les communautés d'Avent étaient grandes.

Rencontre probante ! Il partageait inexplicablement le sentiment de Stella, alors enceinte, que ta vie ne pouvait être qu'exceptionnelle. C'est lui qui, par ses doutes fondés, m'a convaincu que la culture Sombre ne mourait pas avec moi. Un manuscrit pouvait être détruit et l'immortalité du Ventre Rouge n'étant que relative, je décidais de gagner à nouveau ''les Terres d'en dessous'' pour construire l'ultime sauvegarde de notre peuple que seul un Doubledor pourrait s'approprier. Toujours anticipative, ma sœur m'avait devancé dans cette tâche. Je n'ai eu qu'à ajouter une sphère de savoir, la noire. À cette lettre, je joins la clef des portes dont l'une se trouve à l'endroit où tu es né. Ainsi, le Feu Sacré des Sombres te mènera au lieu où notre mémoire n'est conservée que pour toi, dans l'hypothèse où le Dragon ne soit plus en mesure de te la donner à la surface.

J'ai la certitude que seul quelqu'un de notre communauté sera l'ultime rempart contre cette menace qui plane maintenant sur le Continent. Dollibert parlait d'une prophétie des Clairs attendant le Petit Prince des Elfes. Le Sauveur d'Avent !

Stella disait que ton mélange de bons sangs ne saurait mentir ! Il me convient de penser qu'il ne peut s'agir que du dernier des Sombres... D'un Doubledor... De toi, mon fils ! »

— Incroyable ! Orion est donc l'arrière-grand-père de Passe-Partout ?! Quelle lignée !

— Si nous avions un doute sur sa capacité à devenir le sauveur d'Avent, le voilà dissipé ! Ainsi, seuls les Sombres pouvaient lutter contre le Déchu. Et c'est pour cette raison qu'ils ont été les premiers à mourir... Là, pas de hasard ! Cette stratégie, de longue date, a été mûrement réfléchie.

Jokoko se mit à penser à haute voix :

– Oui… Éradiquer les Sombres, puis les Clairs. La seule qui pouvait permettre de combattre le Déchu était Moboréa. Mais affaiblie par leur disparition, elle risque la…

– Garde ça pour toi ! lança Carambole, se souvenant de sa promesse à Anyah.

Kent devina que les Peewees devaient défendre chèrement leur peau ! Malgré leur nombre impressionnant, les cagoulés ne cessaient de buter contre des obstacles plus ou moins visibles pour pénétrer l'ultime bastion de la Forêt d'Émeraude.

L'affrontement faisait rage aux alentours du village. Avec acharnement, le Petit Peuple donnait du fil à retordre à l'envahisseur. Leurs capacités magiques, utilisables en groupe, permettaient de compenser la différence de taille par rapport à leurs agresseurs. Kent vit, sans aucune raison apparente, tomber un ork corrompu. Toute la difficulté résidait à apercevoir les Peewees. Leur hauteur les rendait peu visibles, mais leur don elfique s'avérait inestimable pour se dissimuler dans leur habitat naturel. En fin stratège, le Clair détailla l'environnement et calculait leurs chances. L'armée noire n'était pas moins nombreuse dans le ciel que dans la forêt et les Petits Elfes allaient rapidement s'épuiser en capacité magique. Darzo, suivi de ses compagnons, glissa le long de son cousin Clair, interprétant l'atermoiement de Kent comme un renoncement.

– Adieu, Kent ! On nous attend là-bas…

L'Elfe avisa les Peewees, surpris qu'ils pensent que cette bataille n'était pas la sienne. Un sourire apparut sur son visage.

– Vous ne voulez pas que je vous emmène ? C'est sur ma route !

Il songea à Gerfor qui s'enthousiasmerait du moment, accrocha deux flèches à la corde de son arc et courut lui aussi vers là où on l'attendait.

– Ils sont trop nombreux… Et surtout organisés !

– Nous allons dans le sens opposé du camp Peewee !

– Nous ne sommes utiles que vivants ! clama le Fêlé.

– Ils nous suivent par les airs !

– Et à pied !

– Perdez les oiseaux dans la forêt ! Nous allons nous occuper de ceux qui sont derrière ! grogna Gerfor. Et par Sagar, assez de fuir ! marmonna-t-il en se cachant dans un buisson.

Quel que soit le chemin emprunté par Passe-Partout qui changeait pourtant fréquemment de direction, ils entendaient toujours les croassements au-dessus de leurs têtes. Le Fêlé se demanda si l'enfant savait où il allait et imagina bien vite que ce vert émeraude serait la dernière couleur qu'il verrait de sa vie. À l'instar des Nains, malgré l'immense lassitude physique qu'il ressentait, il préférait mourir ses épées à la main plutôt que de détaler comme un sorla sans espoir de terrier ! Passe-Partout finit par faire halte, indiqua une direction et murmura :

— Derrière cette nouvelle trouée, la canopée est tellement dense qu'ils ne pourront pas la franchir par les airs.

— Et alors ? L'idée, c'est quoi ?

L'esprit encore occupé par la lettre du père de Passe-Partout, Sup avait failli oublier les symboles gravés sur la selle de l'étalon gardé par Guilen. Il tendit le parchemin à Jokoko et l'interrogea du regard.

— Forbabirazio ? C'est du Clair ! Cela veut dire 'Qui file comme le vent'... Où est-ce que tu as trouvé ça ?

— Une inscription sur un cheval sans cavalier, marmonna Sup, pensif, qui ajouta : et Kentobirazio alors, ça signifie quoi ?

— 'Souffle de vent'. Tu vois, c'est la même racine ! Le nom complet de l'Elfe Kent, n'est-ce pas ? répondit Jokoko, devenu traducteur officiel du groupe.

Carambole et Sup croisèrent le regard du récent Mortagnais, visiblement content de lui, et assistèrent à la brusque disparition de son sourire ainsi qu'au changement de couleur de son teint, pourtant déjà « clair » de peau, qui vira au blanc. Il chevrota :

— Sur la carte de Carambole... volée par Pyrah... J'ai vu un endroit dénommé Fizzibirazio...

— Et alors ? s'exclamèrent en chœur les deux autres.

— Littéralement, cela signifie 'Les Quatre Vents'... Là où les Elfes renaîtront, selon la prophétie d'Adénarolis ! Avec cette carte, le Déchu sait maintenant où ça se trouve...

Les quatre Nains grimacèrent, témoignage d'un plaisir sans égal de voir l'ennemi se jeter dans leurs bras. Barryumhead avisa la fiole prélevée sur le cagoulé, en avala une gorgée et demanda secrètement au Dieu de la Forge et de la Guerre force et courage pour ses frères et lui.

La Forêt d'Émeraude retentit de nouveau des cris de Gerfor et de ses comptes fantaisistes des victimes qu'il destinait à Sagar !

— Il faut traverser cette trouée et nous abriter de l'autre côté, souffla Passe-Partout.

— Nous allons nous mettre complètement à découvert ! s'inquiéta le Colosse.

— On ne les entend plus, là-haut. Et Gerfor s'occupe de nos arrières. Tentons le coup en la longeant sans nous faire remarquer. Faisons-nous discrets !

— Qu'est-ce que tu fabriques ?

Passe-Partout délaçait sa ceinture pour la ranger dans son sac à dos, réajusta ce dernier en serrant les attaches et fit de même pour son carquois après y avoir bourré le fond de feuilles émeraude.

– Les flèches et mes couteaux "historiques" ballottent en courant et font trop de bruit.

Par mesure de sécurité, le Fêlé l'imita et ressangla son attirail. À pas de loup, ils se faufilèrent à proximité de la lisière, prenant soin d'éviter les endroits trop exposés.

– Je crois que nous les avons semés, chuchota Passe-Partout.

La déclaration ne dupa pas le Fêlé : son 'protégé' envisageait déjà de bifurquer pour revenir au cœur de la Forêt d'Émeraude ! Il tourna les yeux vers la clairière à contourner.

– Ben ça alors ! Valk !

Passe-Partout pivota brutalement et dévisagea le Fêlé.

– Mais cache-toi !

– Me cacher de Valk ? Tu rigoles ? C'est probablement grâce à elle si nous ne sommes plus poursuivis !

– Fêlé ! C'est un seigneur noir, pas Valk !

Ce fut au tour du Colosse de le prendre pour un dément :

– Tu avais de bons yeux jusqu'à maintenant ! déclara-t-il en signalant de la main sa présence à la Belle de la Compagnie de Mortagne.

Passe-Partout ne l'écoutait plus. Thor et Saga s'envolèrent avec force. Un sourire ravageur de la Belle plus tard, une horde d'Amazones au sang noir se dressait devant eux. Les deux couteaux, déjà de retour dans les paumes du lanceur, avaient cependant frappé en plein visage une ex-Folle de Sagar venue s'interposer entre lui et sa cible !

Ils se remirent à courir comme des sorlas, directement vers l'endroit qu'ils comptaient atteindre discrètement. Non plus pour se cacher, mais pour, cette fois, éviter l'encerclement ! Tout le monde savait sur Avent que mieux valait affronter quatre Orks en même temps qu'une seule Amazone !

Kent infligeait de lourdes pertes aux cagoulés. Sa dextérité à l'arc lui permettait de faire mouche à tous les coups. Lorsqu'elle s'alliait à ses nouvelles possibilités magiques qu'il combinait maintenant avec plus de facilité, cela le rendait redoutable ! Aussi put-il aider et sauver nombre de Peewees devenus impuissants à combattre.

Il ne trouva aucun chef de guerre sur son parcours, en déduisit qu'ils devaient déjà être au cœur du village, et ne put s'empêcher de penser que ce chemin qu'il empruntait, qui l'entrainait vers là où on l'attendait, se refermerait irrémédiablement derrière lui.

Les Bonobos au contact ne déméritaient pas. Malgré leur lourde carcasse, ils alliaient rapidité et brutalité, déstabilisant les adversaires. Gerfor jouait l'électron libre ! Baignant dans son élément en égorgeant à tour de bras, il profitait des coups de boutoir des jumeaux sur l'ennemi déséquilibré, évitant des joutes de bretteurs interminables qui mettaient à mal sa moyenne de cagoulés décapités ! La composante nouvelle de ce commando de choc était Barryumhead. Transfiguré, ses invocations amélioraient les performances des Nains ou amoindrissaient celles de l'adversaire. Il ne se contentait d'ailleurs plus de formuler ses désirs à Sagar. Entre deux prières, son glaive frappait, juste et fort !

Avec gourmandise, le belliqueux Gerfor visait maintenant la ligne arrière des corrompus. Encore quatre ou cinq Orks au sang noir et il allait pouvoir se frotter à des Amazones ! Il en rêvait ! Abattre une Folle de Sagar au combat le propulserait au rang de Champion des Fonceurs ! Une légende vivante à Roquépique ! Il tailla en pièces son dernier cagoulé et, dans tous les sens du terme, vit son fantasme de circonstance s'envoler ! Répondant à un signal invisible, les Amazones mutèrent en oiseaux et disparurent.

– Comment as-tu su pour Valk ? haleta le Fêlé.

– Je n'ai pas su, j'ai vu ! rétorqua Passe-Partout en évitant une branche basse.

– Nous ne voyons pas la même chose ?

– Non, vraisemblablement !

Ils croisèrent un premier touba, signe qu'il s'approchait de la forêt traditionnelle. L'enfant s'arrêta, sortit son arc et son carquois qu'il accrocha sur un buisson à portée de main. Puis il coupa une racine montante et se fit aider par le Colosse pour la tendre entre deux jeunes arbres, à cinquante pieds de là, pour revenir à son pas de tir. Le Fêlé, pour faire bonne figure, s'arma de quelques pierres. Les premières Amazones au sang noir ne tardèrent pas et se prirent les chevilles dans le piège. Celles qui suivaient, stoppées net par la chute des précédentes, devinrent des cibles idéales. L'arc Sombre faisait merveille, mais la densité des bois les camouflant offrait le même avantage à leurs poursuivantes. Pour éviter l'encerclement fatal, les deux fuyards se remirent à courir. Passe-Partout voulait gagner les hauteurs, la forêt traditionnelle, en empruntant une sente étroite mentionnée par Darzo lors de son séjour chez les Peewees. Il lui fallait atteindre la falaise et la retrouver !

Un coup d'œil vers le Colosse et l'enfant pensa qu'ils n'en auraient pas le temps. Après des heures de combats incessants, le Fêlé accusait maintenant une fatigue visible et son rythme s'en ressentait. Non seulement la pression montait parce qu'ils n'arrivaient pas à les semer, mais les ex-Amazones gagnaient du terrain ! Le Fêlé avait la désagréable impression de sentir leur respiration dans son cou. Ils avaient eu beau bifurquer de droite comme de gauche pour les perdre, rien n'y faisait !

Une roche à l'aplomb, face à lui, le stoppa net dans son dernier slalom. Passe-Partout, à l'arrêt, cherchait déjà une issue. Le Fêlé grimaça devant l'évidence de leur situation : une impasse, ils étaient faits comme des rats ! Courir lui était devenu insupportable et fuir impossible. Le Colosse sortit ses deux épées et lentement se retourna.

CHAPITRE XVI

L'air grave, la Déesse des Mers s'adressa à Sagar :
– Ma sœur ne tiendra pas longtemps dans cet état.
– Sans Magie sur Avent, le Déchu gagnera sans bataille, psalmodia le Dieu de la Guerre.
Le Messager prit enfin la parole pour déclarer :
– Continuez à faire progresser votre prêtrise respective sur le Continent, c'est l'une des clefs !
Quant à Mooréa, seul Gilmoor...
Sa phrase resta en suspens. Antinéa et Sagar le regardèrent fixement. Sans un mot...
Longuement... Le Messager s'inclina :
– Je m'en charge.

Lorbello. Extrait de « Le Réveil de l'Alliance »

Le nombre d'ennemis à terre démontrait que, malgré leur petite taille, les Peewees n'en demeuraient pas pour autant des proies faciles ! Un cagoulé reniflant à quatre pattes le tronc creux servant de domicile à Jorus s'écroula, la gorge transpercée par Kent. Ce dernier constata que les pièges inventés par Passe-Partout à l'époque de sa présence chez les Peewees avaient tous fonctionné. Les corps sans vie cloués aux arbres environnants et les chausse-trappes avaient mis à mal la première ligne d'envahisseurs. Mais pas la seconde. Ni celles qui suivirent... Kent jeta son carquois devenu inutile et ajusta son ultime flèche, qui finit entre les deux yeux d'un cagoulé faisant des moulinets à ras du sol avec son glaive. Au loin retentit une voix.

– Merci du coup de main... Cousin !

Darzo, l'arc bandé, surgit de sa cachette. Il accompagnait Faro, la mine affligée, qui déclara :

– Nous croulons sous le nombre. Un carnage. Tant de morts ! Beaucoup d'entre nous ont fui pour survivre, c'était la seule solution pour s'en sortir...

Kent nota que Darzo et le chef du Petit Peuple, eux, étaient restés sur place sans observer ce sage conseil. Le temps d'une courte accalmie, les deux Peewees grimpèrent sur les épaules de leur cousin Clair.

– Attention ! cria Darzo en tirant trois flèches, façon Kent, sur un groupe de cinq Amazones qui pénétrait le cœur du village.

Une guerrière noire touchée au visage y perdit un œil. Kent dégaina son épée ainsi que sa dague et se propulsa vers elles en hurlant !

Observant les Amazones corrompues s'envoler, consterné par ce qu'il considérait comme une fuite des plus lâches, Gerfor s'adressa en chef de guerre à ses compagnons de combat :

– Elles ont eu peur de nous, par Sagar ! clama-t-il.

Il renifla bruyamment, jeta un coup d'œil circulaire et assista à la désormais traditionnelle remise en forme de son équipe par Barryumhead. Le Prêtre, satisfait de l'œuvre de son Dieu sur ses frères, finit de boire la fiole prélevée à l'ennemi. Il goûta particulièrement l'effet immédiat de ce philtre lui permettant cette proximité avec Sagar. Il en remercia *in petto* Passe-Partout et se tourna vers Gerfor pour le questionner du regard. Les yeux porcins du chef du commando se plissèrent.

Quelle couardise, ces Amazones ! Et nous ? Perdus au beau milieu d'un endroit inconnu, sans savoir quel but nous devons atteindre ni quelle direction prendre...

En panne décisionnelle, il ne trouva rien à dire. Les Bonobos tendirent un index boudiné dans l'axe supposé de l'origine d'un cri. Délivré de ce grand moment de solitude, Gerfor beugla :

– C'est Kent ! En avant !

– M'est avis que ton état s'est bien amélioré ! fit l'herboriste en examinant le fond de son œil.

Carambole lui décrivit ses accès soudains de migraine, accompagnés parfois de sortes d'hallucinations. Fontdenelle, quoiqu'inquiet, haussa les épaules d'ignorance.

– Je crains, jeune fille, que tu sois le premier cas sur Avent présentant ces symptômes ! Je te passerai une préparation tout à l'heure... Tu peux t'allonger pour ta séance.

Disciplinée, Carambole s'installa et observa les modifications organisationnelles opérées par l'herboriste qui, tout en remplissant les coupes des mélanges adéquats, s'expliqua en souriant :

– J'ai tout sous la main pour éviter de courir. Une idée suggérée par les enfants de l'hôpital. Un peu de rangement ne fait pas de mal !

À sa deuxième inspiration, Carambole entra dans un profond sommeil. Fontdenelle, toujours anxieux de cette situation qu'il ne maîtrisait en rien, scrutait ses moindres mouvements. Il discerna un léger soubresaut...

Le Colosse ne laissa aucune chance à la première assaillante et en blessa une autre. Passe-Partout tenta de joindre ses couteaux pour aider le Fêlé, en vain. Réactif, l'enfant les envoya dans la mêlée, tuant deux ennemies. Sortir l'arc Sombre ne lui paraissait pas la bonne solution, il risquait de toucher son compagnon toujours en mouvement.

Le Fêlé ferraillait comme un démon ! Mais contre des adversaires aguerris et en surnombre, sans aucune possibilité de fuir ou de reculer, il savait, par expérience, que sans appui extérieur, il ne pouvait s'agir que de son dernier combat. Son esprit fut brusquement gagné par la sérénité. Il n'était là que par et pour Passe-Partout. Sa raison de vivre devenait sa raison de mourir.

– Sauve-toi ! Dégage d'ici ! lui hurla-t-il.

Passe-Partout avisa un groupe d'Amazones corrompues fondre dans sa direction. Thor expédia celle en-tête dans la Spirale.

– Et toi ? cria son protégé, inquiet.

– Je te couvre !

Acculé, le dos contre la roche lisse, l'enfant vit ses assaillants s'organiser en l'encerclant. Son regard gris ne décela aucune faille dans le mur qui s'approchait inexorablement de lui.

Pas de fuite possible... Pas assez d'élan pour les passer à l'acrobate... Deux porte-lances dangereux de part et d'autre.

Il fallait créer un espace tout en sachant que ses adversaires se jetteraient sur lui dès qu'il engagerait le combat. Ses chances étaient minces.

Créer un espace...

En un éclair, la solution lui apparut. Avec une précision de chirurgien, Thor et Saga se fichèrent dans les carotides des deux lancières, provoquant la ruée des autres. Il se concentra avec un sang-froid sans pareil. Dans une seconde, huit lames le transperceraient sans merci !

– Axil Levitat Ivit !

Son corps s'éleva dans les airs, à un pied au-dessus de ses agresseurs dont les épées ne rencontrèrent que le vide. Deux guerrières corrompues lâchèrent leurs armes et se jetèrent sur lui. La plus athlétique lui enserra les chevilles, l'empêchant de poursuivre son ascension. Une seconde remontait déjà en s'agrippant à sa ceinture puis ses épaules pour atteindre son cou. Sa Magie ne pourrait supporter une troisième ex-Amazone qui s'accrocherait à lui. Il dégagea un pied et l'envoya violemment dans le visage de la première, lui faisant lâcher prise tout en suffoquant de l'étranglement de celle qu'il portait sur son dos. L'étreinte cessa lorsque les couteaux revenus de leurs précédentes cibles s'enfoncèrent dans les coudes de l'attaquante, mais le poids demeura. L'obstinée s'agrippait en dernier recours à son sac à dos ! Passe-Partout puisa dans ses ressources en Énergie Astrale pour continuer à monter, en pure perte. Une flèche le frôla et rebondit sur la falaise. Il pesta. Une seule solution, qu'il mit en œuvre sur le champ : couper les sangles de son sac et, débarrassé de sa charge, léviter avec vélocité vers le sommet.

Sans perdre de temps, les Amazones restées au sol commencèrent à muter en oiseaux noirs pour le poursuivre. De sa hauteur, les yeux gris distinguèrent le tragique spectacle s'offrant à lui. Une marée de corrompues submergeait le Colosse.

Mon père Sombre, Gary... Et maintenant le Fêlé...

Pendant son ascension, malgré la cacophonie, Passe-Partout crut entendre crier son nom dans la mêlée informe.

À Autran, le courage et l'abnégation du Fêlé ravissaient le public du Barde. Les yeux de l'auditoire de l'auberge des Ventres Rouges se tournèrent vers l'homme de haute stature, au front marqué d'une large cicatrice, qui fuyait les regards appuyés emplis de fierté.

– Bel exemple d'humilité, murmura Jonanton, le fossoyeur, à Ugord, son voisin.

Amandin, sans commentaire, reprit le cours de son récit.

Carambole entra dans le vide éthéré, approcha cette fois Ovoïs avec facilité, mais n'arriva pas à capter Mooréa. Redoublant de concentration et de prières, elle perçut enfin un signal. Faible et discontinu, elle crut le perdre à de nombreuses reprises. Elle savait que la Déesse de la Magie se mourrait faute de disciples l'invoquant et sentit l'urgence de l'instant. Elle n'aurait pas de seconde chance ! La voix qui résonna dans son esprit chevrotait comme celle d'un condamné.

Adénarolis… Le Déchu m'a enlevé les Peewees ! Ton Petit Prince… Le réveil des Clairs… Les Quatre Vents… L'ultime solution !

Carambole paniqua. Passe-Partout se trouvait à la Forêt d'Émeraude ! Elle chassa ces pensées en se faisant violence et récupéra le lien avec la Déesse. Habilement, elle lança :

Le Petit Prince aura besoin des humains pour retrouver les Quatre Vents !

Mooréa sembla disparaître. Carambole l'invoqua avec une ferveur redoublée. Un flux mental puissant l'envahit.

La Magie humaine… En voici les bases ! Les Quatre Vents… Vite !

Carambole s'observa suspendue dans le vide, jeta un coup d'œil à Ovoïs et s'obligea à réintégrer son corps de chair et de sang.

Guidés par les cris de l'Elfe, les quatre Nains déboulèrent avec fracas dans le village Peewee dévasté. Kent croisait le fer avec difficulté, les Amazones corrompues ne lui octroyant aucune liberté de mouvement. L'une d'entre elles, à coups d'épée et de bottes, détruisait l'arbre de Jorus en agrandissant l'entrée de son antre pour y passer la main. Elle en extirpa pêle-mêle ses meubles, son bureau dans lequel était enchâssé l'Œil, et finit par trouver ce qu'elle cherchait. Une bourse en cuir qu'elle s'empressa d'enfouir dans une poche de sa tunique. Avant qu'elle réalise, l'un des jumeaux la percuta en pleine poitrine, et Kent retrouva le moral :

– J'ai failli attendre ! Moi qui rêvais de mourir en ta compagnie !

La présence des Fonceurs Premiers Combattants lui redonnait de la force et un appui de poids ! Tels des sangliers enragés, Gerfor et le second Bonobo se ruèrent dans la bataille et heurtèrent violemment trois Amazones impures, offrant l'opportunité à Kent de se débarrasser définitivement d'une belligérante aguerrie. Les agiles ex-Folles de Sagar se remirent rapidement en formation, à trois contre trois, cette fois ! Le premier jumeau opta pour quelques pas en arrière afin d'obtenir un juste élan et s'autorisa un dernier saut pour occire son adversaire sonnée par sa précédente percussion ! Il hésita cependant une fraction de seconde à l'exclamation de son chef, Kent en écho :

– Valk ?!

L'apparition soudaine de la Belle surprit les combattants. Kent sentit la morsure d'une lame sur son bras, Gerfor reçut un coup de pommeau sur le casque ! Sans un mot, arborant son sourire ravageur, Valk projeta violemment une flèche sur un rocher proche et frappa deux fois dans ses mains. Les répercussions de ces gestes anodins furent saisies par tous : la pierre de soleil éclata sous le choc.

Les Amazones au sang noir mutèrent en oiseaux. Le feu, nourri par une substance huileuse, se répandit à l'allure d'un Nain au combat. À son tour, Valk se transforma en un gigantesque volatile ébène. Un cri rageur, et elle rejoint ses comparses, survolant les fumées âcres du village Peewee en flammes !

Arrivé sur le plateau, à plus de cent cinquante pieds de hauteur, Passe-Partout atteignit le sol pour découvrir la forêt surplombant celle d'Émeraude qu'il venait de quitter en y laissant le Fêlé. En contrebas, une épaisse fumée gagnait le ciel. Une émotion surgie du passé tenta de le submerger. Il la contint. Semer ces oiseaux de malheur qui le poursuivaient sans cesse demeurait une priorité. Il avisa les toubas en face de lui : une véritable jungle. À croire qu'il serait le premier à fouler cet endroit !

Il grimpa sur une branche de ces arbres semblables à ceux qui composaient la forêt de Thorouan, agrippa une liane et se dit que les cagoulés ailés allaient avoir du mal à le pister !

Sur le chemin du retour vers l'auberge, des réminiscences enfouies refluèrent. Ceux des derniers moments de Parangon. Carambole se remémora alors le moindre détail, avant qu'elle sombre dans l'inconscience et y compris pendant ! Artarik n'avait qu'à bien se tenir, elle lui réservait un chien de sa chienne ! Ses mots demeureraient gravés à jamais.

« *Tu perds ton temps, Fontdenelle ! Ce n'est qu'une fille d'aubergiste ! Tu le gâches déjà suffisamment avec cet imposteur de Passe-Partout ! Le Petit Prince des Elfes, selon Parangon ! Tu parles !* »

Elle ferma les yeux pour tenter d'occulter les mille morts qu'elle souhaitait lui infliger. Car autant elle pouvait endurer bien des remarques désobligeantes à son égard, autant elle ne tolérait pas celles destinées à Parangon, et encore moins à Passe-Partout ! Après une grande inspiration, elle vit clair dans le jeu d'Artarik, depuis ses débuts comme scribi jusqu'à son accession auprès du Magister. Un parcours semé d'intrigues, de mensonges et de manipulations !

Comment ai-je fait pour le supporter ?

Sa façon de réfléchir la heurta. Elle évoquait une analyse, un sentiment, qui ne pouvaient être les siens !

Comment ça, ''je'' ?

Elle réalisa alors le pouvoir de cette passation « Animagique ». Le Magister ne lui avait pas uniquement transmis sa considérable Énergie Astrale, mais aussi la totalité de sa mémoire, de ses lectures et de ses synthèses. L'intégralité de sa vie ! Elle referma les yeux pour éviter la migraine d'un trop-plein un peu trop rapide pour elle.

Après un périple aérien destiné à semer les volatiles noirs à sa poursuite, opérant des virages à cent quatre-vingts degrés et des virevoltes de toutes sortes, Passe-Partout s'arrêta pour souffler. Le corps au repos, son esprit tourmenté vagabonda alors vers ceux qui lui étaient proches. Le Fêlé, Gerfor, Kent, Elsa, Jorus, Darzo... Qu'étaient-ils devenus ? Il voulut se convaincre de dénouements heureux pour chacun. Mais au fond, que pouvaient-ils faire, eux, une poignée contre une armée ?

Naïf, sot et présomptueux, voilà ce que je suis ! *Et j'assume toute la responsabilité de cette situation* !

Un son feutré, en haut, le sortit de sa séance d'autoflagellation. Il leva les yeux, incrédule. Au-dessus de lui bruissaient des battements d'ailes qui ne lui évoquaient en rien ceux des borles. Ces foutus volatiles noirs avaient, malgré tous ses efforts, retrouvé sa trace ! L'évidence le frappa. Dans sa course effrénée, les vrais oiseaux qu'il dérangeait donnaient aux cagoulés emplumés sa localisation.

Passe-Partout prit la décision de s'enfoncer au cœur de cette forêt inextricable, là où il se noierait au milieu d'autres gêneurs arboricoles, brouillant ainsi sa piste.

Après tout, je ne me suis jamais perdu ! pensa-t-il avec justesse.

Il saisit une nouvelle liane qu'il secoua afin d'en estimer la robustesse et s'élança de nouveau.

Carambole avait conscience du malaise créé chez ses comparses en s'isolant. Elle tenta d'expliquer ce qu'elle vivait, ce qu'elle ressentait :

— C'est comme si j'avais une seconde intelligence, dix fois supérieure à la mienne, qui voulait m'investir... Ou plutôt m'absorber ! Ce qui me fait peur, c'est de ne plus pouvoir être moi-même.

Jokoko leva une ombre de sourcil.

— Trop d'informations d'un coup. Je comprends ! Quel moyen as-tu trouvé pour éviter l'envahissement ?

Carambole plissa ses lèvres, exprimant la difficulté de la tâche.

— Je n'ouvre qu'à peine la ''porte''. Cela me laisse le temps de digérer un peu à chaque fois ce flot de savoir !

Pétri d'interrogations, Sup tourna la tête de droite à gauche.

— Cette formule de ''passation'' a été donnée à Parangon par Passe-Partout. Tu nous as appris que cette même situation s'est produite entre Dollibert et lui. Alors pourquoi n'a-t-il pas reçu la mémoire du premier Mage d'Avent ?

La logique implacable n'ébranla pas la Magicienne qui répondit :

— Passe-Partout est un métis. Sa part d'Elfe Sombre a pris le dessus et il ne peut avoir accès à la Magie des humains. Seule la manne d'énergie est passée... et probablement quelques menus souvenirs.

— Comme la grotte du Croc Acéré ! sourit Jokoko qui poursuivit : c'est la même chose pour moi ! Je tiens de mon père et ne peux exercer que la Magie des Elfes Clairs. Enfin, le peu que j'en connais.

Sup revint vers Carambole :

– La Magie humaine… Maintenant que tu l'as, ça consiste en quoi ?

Carambole souffla :

– Les bases transmises par Mooréa ne reposent principalement que sur la guérison, la communication et la défense… Peu de choses en Magie offensive !

Sup releva les mots choisis. « *Bases transmises* » … Carambole ne détenait aucun pouvoir défini ; elle devait travailler pour trouver ! Pour l'aider, au-delà du manuscrit de Dollibert, il imaginait bien Jokoko au milieu des bouquins de Parangon. À condition d'avoir accès à son antre, interdit à tous et surtout à lui ! L'envie de sortir Artarik le crétin avec perte et fracas de la Tour de Sil le chatouillait de plus en plus souvent ! Carambole le fixa à cet instant précis, alors qu'il serrait et desserrait le poing.

– Patience, Sup ! Je serai bientôt prête et te donnerai volontiers un coup de main pour tes louables desseins !

Sup sourit avec gêne. Sa complicité avec la jeune femme n'expliquait pas à elle seule cette soudaine communion de pensée.

Les mains en sang, à bout de souffle, Passe-Partout choisit une branche géante, suffisamment fournie pour se camoufler, et tendit l'oreille. Las ! Malgré tous ses efforts, les croassements caractéristiques de l'ennemi volant se faisaient encore entendre au-dessus de lui.

La panique le gagna. Il accrut sa vitesse de progression, puisant dans ses ultimes réserves d'énergie pour se propulser hors de portée de cette escadrille qui le traquait sans relâche. Il prit d'ailleurs des risques irréfléchis pour s'extraire de cette continuelle pression. Concentré sur ses poursuivants, il ne s'aperçut que trop tard du piège naturel dressé devant lui. Entraîné par son élan, il fut stoppé net au beau milieu de deux vieux toubas, à l'orée d'une clairière, et suspendu à trente pieds du sol !

Tapie non loin, la Korkone ne s'approcha pas immédiatement de sa proie. Le bruit alentour l'incitait à la prudence. Son moucheron pouvait toujours tenter de s'échapper, il ne s'englueraient que mieux au cœur de sa toile…

Le feu gagnait la Forêt d'Émeraude, se propageant par son épaisse canopée. À l'inverse, les troncs se consumaient lentement, racines comprises, provoquant une chaleur insoutenable. Fuir, pour autant qu'il fût possible ! Kent, cerné par le brasier, sentit la peur l'envahir. La voix de Darzo, à sa ceinture, le délivra de cette inertie transformant ses jambes en plomb :

– Par là ! Vite !

Gerfor et ses Nains lui emboîtèrent le pas. Au-dessus, un nuage d'oiseaux macabres encadrait quelques ptéros conduits par des cagoulés qui s'éloignaient du Bois aux Vertes Gemmes en flammes.

Tout mouvement lui était impossible. Ses deux avant-bras collés sur les fils arachnéens, mains comprises, l'empêchaient d'attraper son arc, d'appeler ses couteaux ou d'entreprendre des gestes magiques. Bien entendu, il avait eu vent, au travers d'horribles récits, de l'existence de l'araignée scorpion, plus connue sur Avent sous le nom de Korkone, et ne savait guère ce qu'il fallait le plus craindre : l'arrivée du monstre lui inoculant son venin ou ses poursuivantes qui se serviraient de lui comme cible ! Il ferma les yeux.

Cette fois est la bonne...

À l'autre bout de sa toile, patiente, la Korkone attendait. À l'atterrissage de cinq oiseaux noirs sur son terrain de chasse, elle saliva d'appétit lorsqu'elle les vit se transformer en « humaines », sa gourmandise favorite.

Passe-Partout reconnut celle que le Fêlé avait prise pour Valk. Sans perdre une seconde, elle banda son arc et ajusta Passe-Partout. L'image qui vint à l'esprit de l'enfant fut celle de Gary, son père adoptif, assassiné de façon similaire à Thorouan par les sbires de Tecla. Dans les derniers rayons du soleil couchant, il eut le temps de voir le trait arriver.

Un choc violent dans la poitrine ! Son épaule devint incandescente, puis sa cuisse.

Une ultime flèche. Plein cœur.

Sa tête bascula contre la toile de la Korkone. Un sang abondant coulait de ses plaies. Un faible râle s'échappa de sa bouche tordue de douleur...

CHAPITRE XVII

Le Déchu tenait sa revanche en remportant une victoire sans précédent ! Grâce à son métamorphe, il oubliait les errements de Tecla et d'Albred !

Certes, asservir les Amazones avait été coûteux, au point qu'il n'avait plus les moyens, à moins de retrouver Bellac, de poursuivre le développement de son armée de sangs noirs, mais Sagar accusait la perte de ses 'Folles' et Mooréa agonisait de la disparition des Gardiens de la mémoire Elfique, éradiqués avec l'aide de sa créature inspirée par Séréné.

Lorbello. Extrait de « Origines du Dieu sans Nom »

Si la Korkone en avait eu la capacité, elle aurait arboré un sourire carnassier. Ses nouvelles proies lui tendaient les pinces, coincées entre elle et son piège ! N'écoutant que son estomac, elle se propulsa à une vitesse inouïe et attrapa dans son élan deux Amazones qu'elle jeta avec adresse dans sa toile, les engluant dans son garde-manger. Les femmes au sang noir firent front : deux d'entre elles se placèrent devant la troisième qui entreprit de se métamorphoser. L'arachnide lança sa queue de scorpion sur les deux gardes du corps qui l'évitèrent de justesse. Le grand oiseau ébène prit son essor, abandonnant ses deux sbires au monstre, et se dirigea vers Passe-Partout. Avec un luxe de précautions pour ne pas se coller à la toile, en vol stationnaire, le mi-merle mi-corbeau arracha la bourse accrochée à la ceinture de l'enfant, poussa un cri de victoire et regagna le ciel. Au sol, la bête opéra un quart de tour et, cette fois, piqua à une vitesse vertigineuse ses deux proies déjà engluées, les tuant net !

Les deux autres corrompues attaquèrent le monstre araignée sur les flancs. L'une sectionna d'un coup une patte. La seconde eut moins de chance et n'échappa pas à la pince qui la coupa en deux, faisant jaillir son sang noir. La tisseuse, déséquilibrée, saisit de ses mandibules la dernière Amazone. Loin de s'avouer vaincue, l'ex-guerrière asséna plusieurs coups sur la base d'un des crocs la retenant et réussit à lui faire lâcher-prise. N'ayant cure de l'entaille au ventre par laquelle ses organes jaillissaient, l'ex-Folle de Sagar frappa une autre patte, parvenant à la mutiler, et tomba au sol en se vidant de ses entrailles. L'araignée scorpion, titubante, dut compenser pour se tourner vers elle, lui offrant son abdomen que lui creva la guerrière corrompue avant de disparaître, noyée par des fluides nauséabonds s'échappant de la plaie comme un torrent.

La Korkone agonisante tressauta et, dans un dernier spasme, s'abattit de tout son poids sur le corps sans vie de l'Amazone, leurs sangs maudits se mêlant dans la mort.

Tergyval croulait sous les problèmes. Le poids des responsabilités devenait tel qu'il semblait se ratatiner. Josef leva un sourcil en guise de question, attitude qui engendra une réaction inattendue.

– Aurais-tu oublié de me communiquer certaines informations ?

Les yeux de l'aubergiste s'agrandirent de stupeur ! Comment le Capitaine des Gardes pouvait-il envisager que lui, Josef, principal informateur de la Cité des Libres, puisse lui cacher quoique ce soit ? Il poursuivit ses tâches de tavernier, ignorant délibérément celui qu'il jugeait insolent. Désemparé, Tergyval perdit le peu de superbe qui subsistait en lui :

– Je suis à cran, Josef… Les Mortagnais sont en plein doute. Des rumeurs concernant l'avenir de Mortagne, pessimistes, sourdent de toutes parts. C'est un désastre, tout est remis en question dans les rues : les décisions de Perrine, les miennes, celles des chefs de guilde ! Les gens sont moroses, sans espoir !

Il reprit sa respiration et, les dents serrées, déclara :

– Le pire est au sujet de Passe-Partout… Adoré hier, ils le brûlent aujourd'hui et le considèrent responsable de leurs malheurs, de la venue des cagoulés et même de la guerre !

Josef cassa le broc qu'il essuyait frénétiquement.

– Ils ne peuvent remettre en cause l'engagement de Passe-Partout !

– Merci pour Perrine et pour moi, soliloqua Tergyval qui ajouta, de nouveau abattu : j'en déduis que tu n'es au courant de rien.

– Si je ne dispose pas de renseignements, et que Sup non plus, ami, c'est que cette vendetta est fomentée à partir de la Tour de Sil !

Ce fut au tour de Tergyval de lever un sourcil.

– L'absence de source, selon tes sources, confirmerait la source ?

– Pardon ? interrogea Josef, perdu.

Toujours une oreille trainante, Sup s'approcha et dit à Tergyval :

– Nous n'avons aucune information des Scribis, et cela ressemble bien à ce crétin d'Artarik d'enfumer les Mortagnais ! Surtout au sujet de Passe-Partout !

Tergyval se tut, visiblement lassé. Sup se surprit lui-même à lui confier :

– Notre combat est aux côtés de Passe-Partout, pas à Mortagne !

Le visage du Capitaine des Gardes se tourna vers le chef du gang. Ses yeux fouillèrent les siens.

– Qu'est-ce que tu en sais ?

Pour la première fois, l'ex-gamin des rues soutint son regard. Tergyval discerna dans le sien une volonté sans failles. Il réussit à décocher un sourire complice.

– Notre combat, tu dis ? À ma connaissance, tu ne sais pas te battre !

La réponse de Sup, empreint de certitude, tomba comme une évidence.

– Enseigne-moi ! J'apprends vite !

Carambole et Jokoko, estomaqués de l'aplomb de Sup, sans parler du culot dans la forme employée, marquèrent un temps d'arrêt. Depuis son retour d'Océanis, le Capitaine des Gardes pressentait que son utilité dans ce conflit dépasserait éventuellement les murailles de Mortagne. Et combattre l'ennemi ne pouvait s'envisager que proche de l'Enfant de Légende !

La raison de Tergyval était flagrante, identique à celle de Sup : rejoindre Passe-Partout !

Fouillant une terre carbonisée parsemée de rares squelettes d'arbres autrefois vert émeraude, les Nains, pourtant réputés infatigables, peinaient à tenir debout, harassés par leurs recherches incessantes. Kent, d'ordinaire souple et aérien, caractéristiques de sa nature elfique, trainait sa longue carcasse à l'instar d'un mort-vivant. Ils ne réussirent à trouver et sauver qu'un couple de Peewees réfugié dans un trou de sorla suffisamment profond pour y survivre. Asilophénadoria et Péroduphilis ne quittaient plus leur grand frère Clair qu'ils assistaient du mieux qu'ils pouvaient pour retrouver l'Enfant de Légende. Sur leurs indications, ils débouchèrent dans un lieu où les deux combattants avaient laissé des traces. Seuls le Fêlé et Passe-Partout pouvaient, à eux seuls, pourfendre autant d'ennemis !

Les Nains paraissaient s'accommoder de l'innommable puanteur que dégageaient les corps calcinés. Le long de la falaise, où une accumulation impressionnante de cadavres informes s'entassait, un bonobo extirpa une épée à deux mains de facture unique. Malgré la distance, eu égard à l'odeur, l'Elfe fit un geste lent, signe qu'il reconnaissait l'arme. Gerfor se frappa la poitrine du poing en posant un genou à terre :

– Un brave parmi les braves ! Sagar, grave son nom sur ta forge divine !

Kent accusa le coup. Il savait que le Colosse ne se trouvait jamais bien loin de son protégé et se fit violence pour approcher du charnier. Ce fut Gerfor qui découvrit le sac à dos de Passe-Partout, en piteux état, noirci par la chaleur de l'incendie, à moitié brûlé par les flammes. Dès qu'il s'en saisit, des objets s'échappèrent d'une poche. Deux couteaux, dont un reconnaissable entre mille. La poignée ouvragée ne laissait plus de doute quant à son propriétaire qui jamais ne s'en serait séparé : le loup grimaçant de Garobian, père de…

– Passe-Partout ! hurla Gerfor.

Le Prêtre Nain déclara d'un air morne :

– Il faut prévenir Mortagne. Je m'y emploie de suite.

Anyah n'eut pas le temps de se réjouir de la bonne santé de Barryumhead. L'Elfe fut bref dans son énoncé. Lugubre, il narra leur cuisante défaite. Et leurs pertes… La Prêtresse d'Antinéa accusa le coup par le silence qui s'ensuivit. De la bouche du Nain en transe s'échappèrent enfin quelques mots atones, hachés par l'émotion :

– Revenez. Revenez à Mortagne. Votre place est désormais parmi nous.

Les larmes aux yeux, Kent tourna les talons et s'en fut, abattu. Barryumhead dira plus tard qu'il ressemblait à un vieillard tremblant prêt à tomber.

L'audience du Barde se dissipa quelque peu. Les regards en coin vers l'homme à la cicatrice, interrogatifs, généraient des commentaires en messe basse. Amandin profita de ce moment pour se restaurer et patienta. Devant le mutisme têtu de l'arbitre et du conteur, Assandro lança :

— Donc, Passe-Partout n'est pas l'Enfant de Légende et n'a rien à voir avec notre Doubledor ?!

Il se tourna et désigna du pouce le géant :

— Et lui… Qui est-ce ?

Ignorant le propos, le Barde esquissa une moue de plaisir marquant de nouveau son goût pour le vin servi, abandonna un sourire de circonstance et poursuivit son récit…

Les jeunes novices du temple d'Antinéa soutenaient leur Prêtresse, terrassée par la nouvelle. Fallait-il informer Mortagne de cette catastrophe ? Les conséquences en seraient traumatisantes et dramatiques, pour Avent comme pour Ovoïs !

D'un geste sec, elle se dégagea de la pression physique et morale de son aréopage, pour le moins inquiet à son sujet, et jeta un coup d'œil vers son aquarium. Rien ! Rien que le ballet habituel des poissons multicolores. Si l'Enfant de Légende avait touché l'eau, elle l'aurait su dans l'instant ! Mais l'absence prolongée de son espion aquatique prouvait les dires de Kent. Désemparée, sans le laisser entrevoir par ses suivantes, elle leva la tête et invoqua Antinéa. Le prodige de son élévation ravissait toujours les novices. Le contact s'établit sur le champ. Anyah sentit plus que jamais la proximité de sa Déesse. Elle la supplia de lui donner une indication, une direction, une confirmation… mais n'obtint aucune réponse.

— Concernant Valk, je crois que la sagesse nous impose un repli stratégique, déclara la Prima.

Tergyval leva un sourcil interrogateur et la laissa poursuivre.

— Il serait judicieux qu'elle se mette au vert quelque temps !

Le regard fixe, le Capitaine rétorqua :

— Artarik ne tient pas compte des témoignages de ceux de « La Mortagne Libre » !

— Ils sont considérés comme complices ! Et ton attitude musclée envers les gardes sur place n'a pas arrangé les choses ! La rue prétend que tu protèges ta compagne.

Tergyval desserra les dents :

— Je devais me rendre à Port Vent, dans le cadre de l'Alliance. Je pars dès demain.

— Port Vent ? souleva Perrine, étonnée.

— Ils ont besoin de notre aide. C'est le moins que nous puissions faire pour eux. Les activités de Mortagne suivent leur cours normal, ou presque. Heureusement que les Océaniens nous donnent un coup de main !

La jeune Prima esquissa un maigre sourire.

— Autrement dit, Tergyval, tu as sciemment freiné les travaux sur les fortifications de la Cité et préféré les ''pièges à volants'' du type batterie de tir individuel sur les remparts ! Tu crois que je n'ai pas remarqué les barils de résine de torve disposés çà et là dans Mortagne ? Prêts à être déversés sur les points stratégiques où sont susceptibles de se poser sauriens ou oiseaux ? T'imagines-tu que je n'ai pas entendu que la fabrique de vannerie a été transformée en manufacture d'arcs et de flèches ?

Le Capitaine des Gardes, à son tour, ne put faire autrement que de se dérider. Décidément, rien n'échappait à la première Dame !

– Pour se protéger d'ennemis ailés, nul besoin d'ériger des murs !

– Je te l'accorde, répondit Perrine qui, pragmatique, poursuivit : l'analyse de ton bref exposé est toutefois incomplète... Tu voulais me dire à mots couverts que nous devons une fière chandelle aux Océaniens parce que les Mortagnais sont démotivés. Et donc que je dois me méfier, en ton absence, du travail de sape d'Artarik !

Ébahi devant cette lucidité et ne se sachant pas si explicite, Tergyval laissa Perrine s'approcher. Son visage contre son torse, elle conclut d'une petite voix :

– Ne reste pas trop longtemps éloigné... Et dis à Valkinia de bien profiter de l'air du large pour moi...

– Tu pars à Port Vent ? s'exclama Josef avec surprise.

Tergyval exposa ses raisons auprès de l'aubergiste qui accueillit ses motivations avec une moue dubitative.

– Aucune nécessité d'y aller en personne, Tergyval ! Un de tes lieutenants suffisait largement. Port Vent n'est pas Océanis !

– Je ne m'y rends pas seul, Valk m'accompagne.

– Dis-moi que tu as besoin de prendre l'air et je comprendrais mieux ! rétorqua Josef.

Sup ne perdait pas une miette de la conversation et dansait d'un pied sur l'autre, histoire que Tergyval s'aperçoive de son existence. Amusé par le comportement du chef du gang, le Capitaine des Gardes faisait durer le plaisir.

– Nous partons demain matin. J'ai de la place pour un accompagnant supplémentaire. Carambole ne serait pas intéressée ?

La jeune fille fit non de l'index. Occupée à ses chères études avec Jokoko, jamais elle n'aurait, pour rien en Avent hormis retrouver Passe-Partout, lâcher ses recherches pour accéder à la Magie humaine. Le regard de Tergyval, insistant, se posa alors sur Joey qui haussa les épaules en montrant d'un geste ample les différents tas de parchemins s'amoncelant sur la table de travail.

– Ne reste que toi, Sup !

– Je vais voir si je peux me libérer ! répondit pompeusement le chef de gang, un large sourire aux lèvres.

– Dites au gang que je veux rencontrer Carambole. Sans délai !

La voix sèche d'Anyah jeta le trouble chez les novices qui s'activèrent. La Prêtresse s'effondra sur un sofa.

Sa décision était prise. Aucune réponse d'Ovoïs, surtout de sa Déesse... Passe-Partout mort... Il fallait prévenir ceux qui comptaient sur l'Enfant de Légende, leur apprendre la vérité. La triste vérité...

Valk trouvait Port Vent fort inspiré. Site fortifié plus ancien que Mortagne, chargé d'histoire, il fut en des temps reculés le repaire de pirates écumant le sud du Continent. Réalisé entièrement en pierres de taille, du palais aux maisons et des remparts aux rues, ce havre se dressait, fier, face à l'océan que sa construction dominait, à la différence de la Cité des Libres dont l'édification se situait en retrait des eaux.

— Difficilement prenable par la mer ou la terre, souffla Sup.

Tergyval acquiesça en songeant qu'il n'aurait que bien peu à faire en ce lieu pour prévenir de conflits classiques. Mais rien ne protégeait les citadelles d'attaques aériennes ! Ils firent la connaissance de Bernaël le troisième, conduisant Port Vent. Personnage haut en couleur, élégant et fantasque, il aimait éperdument la vie, la bonne chère et les femmes ! Le Capitaine mortagnais et Sup disparurent de son univers dès qu'il aperçut Valk ! Le 'gouverneur', tel qu'il convenait de l'appeler, voulut se montrer sous son plus beau jour pour s'attirer les faveurs de l'aventurière. Laissant les mondanités à la Belle, Tergyval entreprit de dérider le morne Chef des Armées de Port Vent, répondant au nom de Ducale, homme peu loquace, vraisemblablement aussi étroit d'esprit que d'épaules et peu enclin aux changements d'habitudes. Comme à Océanis, les dirigeants appréhendaient mal un danger qu'ils n'avaient pas eux-mêmes vécu. Ducale considérait de surcroit que les « cagoulés » ne disposaient d'aucune raison tangible pour attaquer sa ville ! Tergyval bataillait courtoisement, mais fermement, pour tenter de lui démontrer l'inverse. Sup, dans les pas du Maître d'armes, emplissait sa mémoire de tous ces détails sans en perdre une miette ! Suivant sans problème les deux conversations, il finit pourtant par se concentrer sur celle qu'entretenait Valk, plus intéressante que le monologue de Tergyval. La Belle usait largement de son charme et déliait habilement la langue du gouverneur de Port Vent. En peu de temps, tous les endroits incontournables de la ville, son organisation générale et les personnages influents lui furent connus et, par voie de conséquence, retenus par Sup ! Le chef de gang de Mortagne n'arrivait pas à déterminer l'information précise qu'elle recherchait, mais dans le tas de toutes celles fournies par le bavard Bernaël, il ne faisait aucun doute qu'elle y figurait.

Le Grand Chambellan du Palais de Mortagne, errant désespérément dans ses couloirs, aperçut, par une des fenêtres donnant sur la cour intérieure, la Prêtresse d'Antinéa demandant audience. Le phénomène, suffisamment rare pour éveiller son intérêt, l'interpella d'autant plus qu'Anyah, cette fois, était accompagnée par la fille de l'aubergiste renégat et l'étudiant analphabète ! Ravi des dernières dispositions sécuritaires de Tergyval empêchant quiconque de franchir les portes du Palais, il profita un moment du bonheur de voir arrêtés à la grille ceux considérés comme disciples de l'imposteur Passe-Partout qu'il vouait aux gémonies. Sa curiosité néanmoins aiguisée par leur présence, il descendit à la porte principale et clama :

— Par les Dieux, gardes ! Que se passe-t-il ?

– Ces personnes désirent rencontrer la Prima sur l'heure !

Avisant la mine sombre d'Anyah et le visage d'une blancheur de craie de son ex-étudiant, le Grand Chambellan remarqua surtout Carambole et ses yeux rougis par d'incessantes larmes. Il interpella les plantons :

– Laissez entrer ! Je me charge de les faire patienter, le temps que la Prima se libère de son conseil extraordinaire !

Il se drapa pompeusement du revers de sa toge et pria le groupe de le suivre.

CHAPITRE XVIII

— Faudra-t-il qu'Avent tombe après la mort de Mooréa pour que ta haine de la Magie disparaisse avec le Continent ?
Gilmoor ne broncha pas. Le Messager pensa que le propos avait fait mouche et surenchérit :
— Agir en Ovoïs n'est pas interdit comme intervenir sur Avent !
La réponse de Gilmoor fit écho dans la sphère :
— Mooréa subit le destin que nous, les Dieux, avons choisi !
Il se tourna enfin et prononça d'une voix étrange :
— À part toi.
Un long silence s'ensuivit que le Messager ne sut pas briser.
Alors Gilmoor proféra :
— Je ne peux la réanimer. Seulement gagner du temps.

Lorbello. Extrait de « Crise en Ovoïs »

Les voyageurs de Mortagne furent invités par Bernaël dans la plus belle et confortable taverne de Port Vent. Carolis, son gérant, les accueillit avec un plaisir sincère et les assura de tout son concours afin que leur séjour soit le plus agréable possible. Valk ne tarda pas à le solliciter :

— L'échoppe, en face, est bien tenue par Nétuné ?

— Notre Maître Tatoueur ? Sa renommée n'est plus à faire chez les… ''Voyageurs''. Cela ne m'étonne pas que tu connaisses son nom !

Toujours attentif, Sup comprit enfin l'intérêt de Valk pour Port Vent, tout en ignorant les raisons, et fut ravi d'entendre :

— Tu m'accompagnes ?

Franchir la porte du Maître Tatoueur les propulsa dans une autre dimension. Sur les murs de la salle d'accueil s'affichaient de multiples dessins et esquisses d'une complexité extrême. La précision du trait égalait celles des couleurs que Nétuné déclinait avec brio. Le peintre sur peau était un véritable artiste ! Valk montra à Sup l'aquarelle d'un Dragon jaune en furie d'un réalisme surprenant et demeura bouche bée devant une fresque représentant le combat d'Orion contre l'hydre d'Avent Port. Une voix éraillée sortit la Belle de sa contemplation :

— Je verrais quelque chose de plus discret sur un si joli corps !

Sup resta interdit devant l'apparition d'un homme âgé au regard profond, imposant rien que par sa présence. Valk, peu impressionnée par les membres de la gent masculine, arbora son sourire ravageur :

– Oui… Comme un loup grimaçant ?

Nétuné leva légèrement le menton et déclara :

– Laisse-moi deviner… Tu es Valkinia, de la Compagnie de Mortagne. Nous avons un ami commun…

– Avec une cicatrice… Là ? compléta-t-elle en désignant son front.

Le tatoueur hocha la tête, pinçant ses lèvres avec fierté.

– Un homme de valeur, avec un lourd passé… J'aimerais bien revoir ce cher Félérias !

L'Amazone fronça les yeux ; le chef de gang tendit l'oreille.

– Il s'appelle le Fêlé !

– Ce surnom lui va bien !

Sup exultait. Passe-Partout avait baptisé ainsi le Colosse à cause de sa cicatrice. Sans connaître son vrai nom, il l'avait affublé d'un diminutif correspondant à sa réelle identité !

– Ouvre la porte du musée, garde !

– Oui, Rassasniak, obtempéra la sentinelle postée à cet endroit.

– Mesure de précaution depuis le larcin opéré par la blonde aventurière ! crut bon d'ajouter le Grand Chambellan qui les installa à la table où trônait la maquette de la future Mortagne.

– Nous allons patienter quelque peu ici, le temps que notre Prima clôture son haut conseil.

Fielleux, il visa le maillon faible du groupe et d'une voix doucereuse, proféra :

– Je te vois dans une peine infinie. J'ose espérer qu'il ne s'agit pas de la perte d'un proche.

Entre deux sanglots, dans un état qui ne lui permit pas de détecter la perfidie de la question, Carambole répondit par un hochement de tête. Ce qui suffit largement au bonheur de Rassasniak. Connaissant les sentiments que nourrissait la jeune fille à l'égard de Passe-Partout, il ne doutait plus de l'identité du disparu ! Le Grand Chambellan jubila intérieurement. Le morveux trublion ne pouvait donc être l'Enfant de Légende décrit dans les prophéties Elfes, il avait eu raison ! Il demanda obséquieusement à prendre congé.

Un coup de couteau dans le ventre ! La douleur de Perrine était tangible. Toute la diplomatie d'Anyah déployée dans son annonce n'atténuait en rien le vide qu'elle ressentait de ces deux inestimables pertes. Certes, elle songeait au devenir incertain de Mortagne sans Passe-Partout, mais surtout n'envisageait aucun avenir sans la présence du Fêlé ! Elle réussit à prononcer d'une voix blanche :

– Qui est au courant à part nous ?

– Personne. Mais je crains que Rassasniak n'ait deviné… Autrement dit, tout Mortagne le saura demain, ajouta-t-elle sombrement.

Jokoko songea à Sup qui aurait dit : tout le profit de ce désastre revient à Artarik…

Seul et anéanti, Josef ressassait les propos émus de Jokoko quant à leur visite de la veille au Palais. Les yeux rougis par le manque de sommeil, l'aubergiste craignait d'affronter l'immense peine de sa fille. Sans Passe-Partout, le monde ne serait plus jamais le même. La moindre de leur action semblait imprégnée de son essence. L'enfant, même s'il n'était pas celui de la légende, était devenu, bien malgré lui, un guide.

Il n'aurait pas apprécié que je pense cela de lui...

Il aperçut Jokoko, silencieux, qui descendait l'escalier. Muni de deux sacs, le jeune homme se dirigea directement vers sa table de travail. L'observant du coin de l'œil, Josef le vit s'immobiliser, incapable de ranger les livres et parchemins, n'osant débarrasser ainsi l'aimable désordre auquel tous s'étaient habitués. L'étudiant devança la question :

— Carambole a dit que cela ne servait plus à rien, qu'il faudrait que je ramène ce qui ne nous appartient pas à la Tour de Sil.

L'aubergiste baissa la tête, ne sachant quoi répondre. À cette heure pourtant matinale, Vince apparut après une ouverture musclée de la porte et, essoufflé, cria :

— Fontdenelle ! Accusé ! Empoisonné Perrine !

Josef courut dans les rues de Mortagne, se précipitant au Palais. À travers les grilles, il entendit tempêter l'herboriste.

— Lâchez-moi ! Par tous les Dieux, mais lâchez-moi !

Les gardes finirent par se dessaisir du vieil homme gesticulant, non sans l'encadrer étroitement.

— M'est avis que Mortagne devient folle ! Moi ! Suspecté d'avoir attenté à la vie de Perrine !

Sali dans son honneur, il époussetait convulsivement sa robe quand il repéra Josef.

— J'espère qu'il te reste une chambre pour moi ! Je suis interdit d'exercer et mis à la porte de ma propre maison ! De la folie te dis-je ! On ne m'autorise qu'à prendre quelques affaires personnelles !

Josef suivit l'étrange cortège formé de l'herboriste entre deux gardes préposés à sa surveillance. Un malheur n'arrivant jamais seul, il appréhendait sa réaction quant à la mort de son locataire. Une ombre attira son attention. Vince, qui accompagnait discrètement l'ensemble ! L'aubergiste vit Fontdenelle qui, tout en râlant, levait les bras au ciel. Il le trouva démonstratif à l'outrance et bien vite comprit. Chaque main en l'air ne comportait pas le même nombre de doigts : il parlait à Vince en « code gang » ! Arrivé devant son échoppe, tandis qu'il tentait vainement d'obtenir des détails sur l'arrestation et ses motifs, Josef aperçut le manège des garnements qui débarrassaient par une fenêtre de derrière ce que Fontdenelle souhaitait soustraire aux yeux des gardes.

De retour à l'Auberge, il laissa éclater la colère de Fontdenelle, ne trouvant ni les bons mots ni l'opportunité de lui apprendre la triste vérité concernant Passe-Partout. L'herboriste, lui, gesticulait en faisant les cent pas :

— M'accuser, moi, d'avoir empoisonné Perrine ! Crétins ! Sous prétexte qu'une de mes potions trônait sur sa table de chevet ! La moitié de Mortagne est dans la même situation et ils ne sont pas malades des médecines que je leur donne ! Je l'ai vue comme endormie, de loin, ils ne m'ont pas laissé l'approcher ! Qu'est-ce qu'elle a bien pu prendre pour entrer dans une telle catalepsie ? Si elle était morte, cet abruti m'aurait condamné à la pendaison sur le champ ! Cet hypocrite de Rassasniak, c'est lui qui m'a accusé sans preuve ! Tu te rends compte ? Ils voulaient me mettre en prison !

Fontdenelle se laissa tomber sur une chaise.

— Moi, au service de Mortagne depuis tant de cycles, assigné dans une résidence qui n'est pas la mienne !

Josef songea fugacement à la raison pour laquelle Artarik avait libéré l'herboriste et revint à sa problématique du moment : lui parler. Vince entra dans l'auberge et fit un signe à Fontdenelle qui le remercia.

— Mes bagages annexes sont dans ta cour, à côté de la malle apportée par Gerfor, déclara-t-il sobrement avant d'ajouter : où sont Carambole et Joey ?

Josef déglutit avec difficulté, cherchant la force de lui apprendre la terrible nouvelle.

— Il faut que je te dise... quelque chose... d'important...

— Plus important que ce que je vis en ce moment ? M'est avis que non !

— Si, bien plus grave... C'est au sujet de Passe-Partout. Il est...

Fontdenelle blêmit. La voix éraillée de l'aubergiste lui fit lever un regard implorant. Il balbutia :

— Non... Pas ça, s'il te plaît...

Valk ne se lassait pas de la verve de Nétuné. Cet homme avait dû croiser tous les Aventuriers de l'intégralité des Compagnies d'Avent ! Sa culture des nombreuses bizarreries du Continent lui était transmise par ces 'voyageurs'. Un tatouage de qualité prenait du temps et ses toiles vivantes, comme il se plaisait à les appeler, lui contaient leurs victoires, doutes et peurs. Nétuné formait un « jeune apprenti prometteur » qui répondait au nom de Dariusilofolis que Valk, élégamment, salua selon la coutume Claire. L'Elfe errait dans la campagne un des rares jours où Nétuné s'autorisait une sortie. Connaissant la détresse de ce peuple face à la perte du 'Signal' de leur Reine, le Maître Tatoueur le recueillit. Le Clair écoutait religieusement les récits de Valk sur les exploits de la Compagnie de Mortagne et sentit une bouffée de fierté à l'idée qu'un des siens faisait front en se battant pour sa communauté. Lui, comme tous les Elfes qui tentaient de survivre à la surface d'Avent, ne trouvait plus la force de le faire.

— Je suis aussi casanier que feu Parangon de Mortagne ! Paix à lui dans la Spirale, conclut Nétuné.

— Tu dois avoir autant de connaissances que le Magister ! le complimenta Valk.

— Que non, ma belle ! Moi, je collectionne les contes, anecdotes et légendes. Lui était l'historien d'Avent ! Il voulait la vérité de la grande Histoire. Moi, je ne détiens que des bribes de petites histoires.

Valk trouva l'humilité du Maître Tatoueur tout à son honneur et n'envisageait pas qu'un Aventurier, aussi rustre soit-il, puisse lui mentir. Et pas seulement à cause des nombreuses aiguilles dont il se servait pour ses tableaux vivants ! Les piqures, douloureuses, n'invitaient certes pas à la mythomanie, mais c'était son regard profond qui, selon elle, ne pouvait recueillir que des propos sincères.

— Alors ? dit-il en souriant.

— Je vais me ranger à ton avis. Deux dauphins bondissant hors de l'eau, symbole de la Cité des Libres, me conviennent bien.

— Peut-être que ce dessin deviendra l'emblème de la Compagnie de Mortagne ! J'aimerais bien le faire à Félérias, à côté du loup… Nous verrons bien ! Puisque je n'aurai malheureusement plus l'opportunité de baratiner Garobian, son frère, allergique à mes aiguilles…

Il soupira, comme nostalgique, se reprit et déclara :

— Dos nu, jeune fille ! Magnifions cette épaule !

À « La Mortagne Libre », le mutisme régnait. Un silence oppressant envahissait l'espace, chacun fuyant le regard de l'autre. Prostré derrière son comptoir, figé comme une statue, Josef contemplait le vide. Lentement, Jokoko rangeait parchemins et manuscrits qui n'avaient vraisemblablement plus lieu d'être étudiés. Fontdenelle, abattu, se demandait comment la nouvelle de la mort de son "neveu" ne lui avait pas été fatale après sa montée de tension due à l'injustice qu'il avait subie. L'herboriste se trouva gêné de ne considérer que sa petite personne, puis songea à un autre qu'ils ne reverraient plus. Leur douleur se polarisait sur Passe-Partout, ils en oubliaient le Fêlé qui n'avait pu perdre la vie qu'en le protégeant. Fontdenelle adressa une pensée reconnaissante au Colosse, imaginant son abnégation face à l'adversaire.

Carambole s'isola à la table de travail. L'amour éperdu qu'elle vouait à son héros se transformait en une tristesse infinie qui l'envahissait, sa disparition lui enlevant sa seule raison d'exister. Elle sombra dans un noir absolu, son esprit s'abîmant dans une totale désespérance. La tête posée sur ses bras croisés, elle ferma les yeux, insensible à son entourage inquiet de la voir tomber dans une léthargie proche de la mort. Dans le tréfonds de son subconscient, une force luttait contre l'anéantissement qui terrassait irrémédiablement la jeune Magicienne. Une entité enfouie qui ne pouvait envisager un deuxième empierrement, qui combattait ces ténèbres qu'engendrait Carambole, et qui prit forme, se faisant connaître en dévoilant son visage, pour murmurer quelques mots…

Le désespoir cessa alors de grandir et se recroquevilla en une silhouette, en un corps éthéré, allongé, abandonné, celui de Carambole se laissant soulever, protégé par Parangon.

Le monologue de Valk narrant les épopées de la Compagnie de Mortagne se ponctuait de grimaces et de râles. Les aiguilles de Nétuné ne déposaient leurs couleurs sur la peau de la Belle qu'au prix de douleurs sourdes et récurrentes. On commençait à entrevoir l'esquisse de l'œuvre de l'habile Maître qui buvait les paroles de l'aventurière. Il n'était d'ailleurs pas le seul à écouter ses récits. L'assistant tatoueur Elfe vibrait particulièrement aux exploits de Kent, son frère Clair. Bien sûr, Sup ouvrait grand ses deux oreilles pour faire sienne cette histoire qu'un jour il transformerait en légende !

— Ainsi, le jeune Passe-Partout a rencontré le dernier des Dragons et lui parle ?!

Valk fut surprise de la ferveur dans la voix du Maître tatoueur. L'Elfe crut bon d'ajouter :

– Nétuné est un spécialiste des Dragons.

– Sacré Dariusilofolis ! Toujours diplomate ! Tu veux dire un fasciné, un obnubilé, un fou plus simplement !

Ses yeux brillaient à l'évocation de ces êtres qui, pour lui, n'avaient pas d'équivalents sur Avent.

– Des créatures exceptionnelles, d'une intelligence rare, que l'on a décrites comme des bêtes sauvages ! Quand on pense qu'aucun d'entre eux n'a jamais avalé un humain, Elfe ou Nain ! Le déchiqueter parce qu'il est attaqué, oui ! Mais aucun Dragon ne s'est délecté de chair de bipèdes ! Nous ne sommes pas à leur goût ! Et au sujet de ton Ventre Rouge, sais-tu, jeune fille, qu'un seul homme a pu lui parler ? Son nom était Orion ! Héros parmi les héros ! Je me demande ce qu'il a de commun avec ce Passe-Partout dont les exploits que tu me narres sont tout aussi exceptionnels. En ce qui concerne Orion, tout ceci se déroulait à une autre époque, lorsque coexistaient les Dragons verts, jaunes et rouges sur le Continent. Tous avec des caractères bien différents... Et une constante ! Chacun d'entre eux ne peut expectorer son feu que six fois par combat... ou peut-être par jour. Enfin, c'était bien avant que ces chasses aveugles de soi-disant aventuriers les fassent disparaître.

Énervé par ses propres paroles, Nétuné cessa de piquer Valk.

– Des couards ! Tous attendaient qu'ils s'endorment lors de la couvée pour les massacrer ! Ne leur restait plus qu'à inventer une belle histoire pour passer pour des héros !

Valk se releva brusquement et avisa Sup :

– La raison du vol de l'œuf dans le musée de Perrine !

– À la condition qu'il soit toujours viable après tous ces cycles, souleva l'attentif chef de gang.

– Peut-être. Mais qui dit œuf, dit que le Déchu tiendrait le 'Gardien' pour fixer Bellac et puiser toute l'Eau Noire qu'il souhaite !

Immobile, aiguille en main prêt à l'enfoncer, Nétuné fit une moue dubitative :

– Ce ne doit pas être la seule raison... Le Dragon possède autre chose que cherche ton Déchu, malheureusement ! ajouta-t-il en invitant Valk à retrouver sa position couchée. Tu as raconté qu'il n'y a pas que l'œuf qui a été volé au musée de Mortagne. Ces cubes de métal ne représentent rien lorsqu'ils sont séparés. Mais réunis, ils composent l'enveloppe de Séréné, la Sphère Noire. La légende relate qu'après qu'Ovoïs l'ait vaincue, le Dieu Messager descendit sur le Continent d'Avent pour éparpiller ces morceaux afin que jamais personne ne puisse la reconstituer.

Sa main quitta l'épaule de Valk. Il leva les yeux au plafond.

– Quant au dernier des Dragons, il faut bien admettre que celui-ci est d'un genre particulier, choisi par Mooréa pour son immortalité ! Sauf à lui enlever le cœur... C'est ce détail qui m'incite à croire que ton Déchu n'est peut-être pas intéressé seulement par la Fontaine.

Nétuné se concentra à nouveau sur son œuvre.

– Et ces sangs noirs dont tu parles ne sont rien comparativement à un Dieu présent sur le Continent dont les pouvoirs viendraient directement de Séréné ! On peut en conclure, d'après ce que tu m'as raconté, qu'ils s'épaulent l'un l'autre pour conquérir Avent et, par voie de conséquence, pour détruire Ovoïs !

— Comment savoir où le Dragon se terre ? grimaça la Belle à la suite d'une piqure.

— À l'époque où ils étaient nombreux, chacun avait son repaire. Aujourd'hui, le Ventre Rouge peut occuper n'importe lequel d'entre eux ! Étant le dernier de tous, il a le choix de sa résidence, soupira Nétuné, décourageant Valk.

Las de veiller au sommeil profond de Carambole dont l'état inquiétant, mais jugé stationnaire par l'herboriste, ne nécessitait que patience, Jokoko prit l'initiative de sortir de l'auberge. À peine si Fontdenelle lui accorda un regard en entendant la porte jouer. Il cligna des yeux le temps de s'habituer à la lumière extérieure et fut frappé du peu d'animation de la rue. Il bifurqua en direction du marché de Cherche-Cœur. Il fallait bien s'alimenter, même si personne à « La Mortagne Libre » n'avait plus goût à rien !

Trop peu de monde... Où sont passés les habitants ?

Il ne croisa qu'un couple âgé marchant lentement, la tête basse, qui ne lui rendit pas son salut de courtoisie pourtant coutumier dans la Cité des Libres. Lorsqu'il accéda à la Place, l'absence de marchands et de chalands le heurta. Seuls quelques étals sommaires, tenus exclusivement par des Mortagnais, étaient installés. Les produits, clairsemés sur les bancs, ne pouvaient qu'à peine satisfaire les besoins fondamentaux. Une boule au ventre monta en lui en voyant que cette mascarade de marché était encadrée de gardes ! Joey passa devant l'un d'entre eux au regard inquisiteur. L'homme ne le reconnut pas. Pourtant, peu de temps auparavant, ce fut lui qui, avec le sourire, l'avait accompagné à la Tour de Sil lorsqu'il avait franchi pour la première fois, comme réfugié, la porte principale de Mortagne. Accès fermé aujourd'hui, ce qui semblait expliquer, pour part, la présence d'une surveillance armée sur la place et l'absence de forains étrangers dans la Cité ! Il choisit des œufs et tenta de protester quand la fermière, mal aimable, lui demanda une contrepartie outrancière en espèces sonnantes, mais se ravisa, payant à la hâte le tarif prohibitif exigé. Du coin de l'œil, il venait entrevoir Guilen s'adresser au supposé responsable des soldats en le désignant. Mal à l'aise, il rebroussa chemin, se contentant de son maigre achat.

La panique le gagna à la vue des signes échangés par les cerbères. Il pressa le pas, puis se mit à courir. La meute le poursuivit en dégainant leurs lames. Il finit par sentir dans son dos la respiration du plus rapide d'entre eux ! Soudain, une ombre sortie d'un porche pour traverser la rue attira son attention. Crocheté aux genoux par l'inconnu qui disparut aussi vite, le garde s'affala sur le pavé. Joey détala jusqu'à l'auberge et y pénétra, haletant. À peine eut-il refermé la porte, la main vissée sur la poignée, qu'un projectile brisa l'un des carreaux de la devanture de « La Mortagne Libre ». Dans la rue de la soif, une voix haineuse retentit :

— Un empoisonneur et maintenant un métis ! Qu'est-ce qu'attend Artarik pour flanquer le feu à ce repaire de mécréants ?

Interloqués, Josef et Fontdenelle s'approchèrent de Jokoko, plus rouge de colère que d'essoufflement.

— Guilen m'a vendu !

N'arrivant pas à se calmer, il déclara, atone :

— Je ne peux plus rester ici. La vie d'un métis ne vaut pas cher sur Avent...

CHAPITRE XIX

– Nous savons tous deux que Séréné ne peut se reconstituer totalement sur le Continent, dit Antinéa au Messager. Cela reste notre seul avantage sur le Déchu.

– Pour le moment ! Il s'apercevra bien vite qu'une partie des cubes de la Sphère Noire ont été disséminés dans l'Océan !

– Je ne veux pas que mes Hommes Salamandres soient associés à ce conflit !

Le Messager se détourna de la Déesse. Antinéa parlait pour elle, et uniquement pour défendre ses dernières ouailles lui permettant de tenir debout ! Il rétorqua :

– Le Déchu peut ignorer où chercher ces ultimes cubes de métal noir. Pas Séréné !

Lorbello. Extrait de « Le Réveil de l'Alliance »

Livide, Kent se jeta dans la retenue d'eau formant un lac à l'endroit où ils avaient été contraints de se replier pour éviter les flammes ravageant la Forêt d'Émeraude.

Ce fut de ce lieu surplombant le pays Peewee qu'ils la virent disparaître. Durant des jours… Il avait fallu attendre que la chaleur baisse pour entreprendre une recherche de survivants.

À la limite de la suffocation, l'Elfe songea fugacement à ne plus regagner la berge. Une ombre subaquatique se dirigeant vers lui le fit changer d'avis. Ruisselant, il s'assit sur un rocher, lourdement, incapable ne serait-ce que de hurler son désarroi. Tout ce qui constituait sa vie s'effondrait. Il se sentait vide, sans but, sans une once d'espoir. Il repensa aux olives de Jorus, dans sa besace. Mourir aujourd'hui, en pleine conscience de son impuissance, plutôt que d'errer, l'âme tourmentée, dans ce monde funeste, serait une délivrance.

Et à quoi sert d'être vivant si je n'ai plus d'utilité…

À quelques mètres de là, Gerfor faisait les cent pas, maugréant après les Dieux, ayant peine à contenir sa rage. Les Bonobos, muets comme à leur habitude, restaient immobiles et acceptaient les coups de poing que leur chef, au cours de sa marche désordonnée, leur administrait comme s'ils étaient responsables de cette dramatique situation. Barryumhead, affligé, priait Sagar, l'interrogeant avec déférence et insistance sur les raisons de la mort du Fêlé et surtout celle de Passe-Partout. Ce fut lui qui rompit le silence en posant la question fatidique que tous redoutaient.

– Que faisons-nous maintenant ?

Asilophénadoria et Péroduphilis tendirent l'oreille. Gerfor stoppa ses déambulations. Kent redressa enfin la tête pour déclarer gravement :

– Faites ce que vous voulez… Allez où ça vous chante ! Quelle importance ?

Gerfor se remit en mouvement, poussé par une colère qui enflait, menaçant d'exploser. L'Elfe venait, en trois phrases de disloquer le groupe. Il grinça :

— Si je tenais un oracle de Zdoor entre mes mains, je le saignerais jusqu'à la dernière goutte !

Barryumhead ouvrit les yeux et se redressa immédiatement, extirpé de sa méditation par un Gerfor qui simulait face à lui une décision mûrie par une longue réflexion.

— En route vers la Cité des Libres !

Kent haussa les épaules de dépit en voyant les Bonobos préparer en urgence leur maigre paquetage. Péroduphilis attira l'attention du chef des Nains :

— Dans ce chaos, tous les ptéros ont disparu. Le mieux est de se rendre par l'est à Carminal, une communauté humaine à deux jours de marche. Vous y dénicherez peut-être des chevaux... Ensuite, le plus simple et le plus rapide sera de rejoindre la côte. Un bateau vous emmènera plus sûrement à Mortagne.

Gerfor fit une ultime tentative, avisant Kent en tendant son menton. Ce dernier demeura de marbre, assis sur sa pierre, les yeux fixés sur le miroir d'eau.

— Je reste ici... Ma route devait me conduire vers mes frères et sœurs Elfes. Je n'en trouverai pas d'autres que les Peewees. Adieu !

Les quatre Nains frappèrent leurs poitrines comme un seul homme. Gerfor n'envisageait plus de le faire changer d'idée. La mort dans l'âme, leurs chemins se séparèrent.

Carambole se réveilla, hébétée. Fontdenelle tenta en vain de lui parler. Mais la jeune femme, muette et hagarde, livrait un combat inédit, une lutte intérieure qui l'épuisait. Parangon s'efforçait de prendre les commandes de son psychisme, profitant de son état de faiblesse. Son entourage, affolé, voyait ses yeux bouger à la manière de ceux de Jokoko lorsqu'il se concentrait. L'herboriste lui fit avaler de force un liquide conçu spécifiquement pour elle, par précaution, en cas de « Retour de Voyage » difficile. Carambole eut une brusque montée d'adrénaline, se redressa, droite comme un i sur son lit, et trouva la force mentale de repousser son envahisseur jusqu'à l'enfermer dans un coin de son esprit. Fontdenelle souffla à la visible amélioration de son état et voulut l'interroger. Elle l'arrêta d'un geste, l'invitant fermement à la laisser tranquille ! Au-delà de l'herboriste, ceux de l'auberge s'exécutèrent aussi en se repliant dans la grande salle, surpris de la réaction singulière de la jeune Magicienne.

L'épisode douloureux vécu par Jokoko eut un effet positif sur les 'Enfermés de La Mortagne Libre'. La menace sournoise, mais réelle, qui pesait sur leurs personnes permit de dialoguer à nouveau. Malgré leur immense peine, l'instinct de préservation reprenait le dessus. Même Carambole sortit de son isolement volontaire. À la surprise générale, en posant la bouilloire dans l'âtre, elle demanda à l'étudiant de n'omettre aucun détail sur sa « promenade ». À la description du marché de Cherche-Cœur et de la délation, Josef et Fontdenelle s'entre-regardèrent de manière entendue. Paradoxalement, ce fut Carambole qui résuma ce que seuls ceux de l'ancienne génération pouvaient connaître :

— Retour des heures noires d'humains manipulés par une prêtrise obscure. Ce qui entraîna l'éradication des Elfes Sombres et une grande partie des Clairs... L'histoire se répète !

L'aubergiste ne put convaincre Fontdenelle de rester tranquille. Il fallait que l'herboriste en ait le cœur net ! Il enfila une robe large à cagoule prêtée par Josef, pour ne pas se faire remarquer, et sortit par la cour de l'établissement. Bien lui en prit ! Il s'aperçut de la présence d'un garde surveillant « La Mortagne Libre » et attendit que l'homme se retourne pour se diriger vers Cherche-Cœur. Sa réputation d'empoisonneur le précédant, ayant perdu toute crédibilité aux yeux des Mortagnais, il cacha son visage derrière la capuche. À son tour, il éprouva de la déception au vu de l'offre restreinte des marchands mortagnais. Égaré dans ses pensées nostalgiques d'une récente Cité animée, Fontdenelle sursauta lorsque Vince, successeur de Sup, l'interpella en le bousculant maladroitement :

— Venir ! Vite !

Il se laissa tirer par la manche, songeant que l'absence de vocabulaire devait demeurer le critère principal de recrutement du gang. Vince l'amena vers un rassemblement de Mortagnais écoutant religieusement un harangueur qui lui, en revanche, n'aurait eu aucune chance de rejoindre la bande à Sup. Il ne manquait pas de verve sans avoir rien à vendre, enfin, rien de tangible !

— Car, sœur et frère de Mortagne, je te le dis aujourd'hui et te le prouverai demain ! Le Nouvel Ordre t'apportera la paix dans le cœur et dans l'âme ! À travers un Dieu ! Un seul ! Avent croit en des divinités multiples et surannées qui ne pensent qu'à leurs querelles internes, qui ne défendent que leur carré de pré, qui se moquent éperdument des habitants du Continent ! Je te le dis aujourd'hui et te le prouverai demain ! Ce Dieu unique te donnera courage et confiance ! Un renouveau t'attend ! Le Nouvel Ordre !

Fontdenelle reconnut la voix de Narebo, chef de guilde des vanniers de Mortagne, interpeller le prêcheur :

— Tu prouveras quoi, demain ?

L'œil du bateleur s'alluma. Il n'espérait que cette remarque.

— Demain, à la même heure, je serai là avec un prêtre du Nouvel Ordre ! Je te raconterai mon histoire ! La preuve ? Oui ! Demain, tu l'auras ! Demain, tu sauras !

L'homme abandonna la margelle de la fontaine de Cherche-Cœur et s'éloigna la tête haute, le regard tourné vers le ciel. Les commentaires de l'auditoire firent froid dans le dos de l'herboriste. Décidément, Mortagne devait être désespérée pour croire le premier beau parleur prosélyte qui passait ! Un coup de menton de Fontdenelle et Vince se mit à le suivre sans se faire remarquer.

Le tribut payé en Fées était colossal. Elsa ratissa toute la Forêt d'Émeraude à la recherche de survivantes de son peuple, le jour comme la nuit. Au nombre d'une vingtaine de rescapées, sa communauté ne méritait plus le nom d'essaim. Marquée par des scènes cauchemardesques qui hantaient le peu de moments qu'elle s'accordait de repos, Elsa songeait aux multiples lieux dans lesquels ses consœurs auraient pu se réfugier. Évaluant le niveau de lassitude de sa maigre troupe, elle donna le signal du départ vers les contreforts du Mont Eyrié, à l'est de ce que fût leur forêt, et ne regretta pas sa décision de persévérer.

Elle retrouva quelques membres de sa communauté, perdues, choquées, mais vivantes !

Infatigable, elle escorta des survivants Peewees vers un endroit de fortune leur permettant de rassembler ce qui subsistait de leur peuple, sur un plateau calcaire reliant l'étendue boisée et le Mont Eyrié où une silhouette gracile, les cheveux blonds au vent, passait l'essentiel de son temps à contempler le vide, assis sur un rocher, face à un lac de montagne.

Fontdenelle, soucieux, emprunta le portillon de la cour sans se faire remarquer et apostropha Josef dès son entrée dans la salle.

– M'est avis que ton établissement est devenu une annexe de la prison du Palais !

Il ne reçut en retour qu'un haussement d'épaules fataliste, prit une profonde inspiration et poursuivit :

– Mortagne est dans le même état que la Prima ! Une catalepsie collective qui se ressent rien qu'en se promenant dans les rues ! Ce n'est pas tout...

L'aubergiste se leva, blême, attendant la suite.

– Perrine étant hors service, en l'absence de Tergyval, celui qui assure l'intérim n'est autre que cet escogriffe de Rassasniak !

Le sang montant à la tête de Josef lui fit changer de couleur.

– De plus, ce matin, un 'messie' arrivé de nulle part prône une nouvelle religion monothéiste ! Le pire est que le Mortagnais moyen est à l'écoute de ses discours ! Jamais je n'aurais envisagé cela des habitants.

Fontdenelle fit une pause, sentant la colère de Josef sur le point d'exploser. Celui qui portait haut les couleurs de Mortagne la Libre, au point d'avoir baptisé son établissement ainsi, bouillait !

– Et le pompon, c'est que ce prédicateur ramène demain un prêtre de ce 'Nouvel Ordre' pour exhorter les Mortagnais !

Fontdenelle ferma les yeux et cracha :

– Avec la bénédiction de Rassasniak ! Vince l'a vu donner l'accolade à ce bateleur à la porte de la Cité !

Encore traumatisées par les nuées noires les ayant réduites à peu de chose, les survivantes du peuple des Fées se regroupèrent par réflexe au bruit caractéristique d'un battement d'ailes en approche. Vaillante, Elsa prit la tête de son clan, prête au combat ! La tension retomba dès qu'elle aperçut le plumage argenté d'un rapace qui piqua vers le sol en tournoyant bizarrement, semblant l'inviter à le rejoindre. Intriguée, elle s'envola dans sa direction, s'avança près du Staton manifestant une impatience visible, et comprit les raisons du déplacement désordonné de l'aigle. La blessure ouverte sous son aile nécessitait des soins immédiats ! L'oiseau fixa intensément la Fée, indiquant par là que la priorité n'était pas son état de santé. Elsa s'interrogea sur ce regard, déjà croisé en des circonstances peu banales, lors de la remise du couteau à Passe-Partout dans la clairière de Jorus. Décontenancée, elle finit par se rappeler que ces yeux d'or appartenaient à Dorryan, la Licorne ! L'agacement du rapace s'accrut. Elsa cessa ses élucubrations et se concentra sur le Staton. L'aigle indiqua une direction d'un mouvement de tête et prit son essor avec difficulté. La Fée le suivit instantanément, escortée de ses sœurs.

Une bonne centaine de personnes patientait autour de la fontaine de Cherche-Cœur, dont Fontdenelle déguisé, aux côtés de Josef remonté comme une arbalète en charge ! Un long silence salua l'entrée théâtralisée du prosélyte et de son accompagnant à la silhouette chétive, en robe de bure noire dont l'ample cagoule lui couvrait l'intégralité du visage. Le prêtre du Nouvel Ordre gardait ses deux mains croisées dans les manches de son vêtement, lui donnant l'apparence d'un fantôme. Le prédicateur monta avec souplesse sur la fontaine pour constater que ses arguments de la veille avaient porté ses fruits.

– Mortagnais ! Je m'appelle Etorino, je viens d'Abtoud, au nord-est d'Avent. Un homme du Continent, comme toi ! Travaillant dur la terre avec pour seul but de nourrir ma famille… Comme toi ! Priant avec ferveur pour que les moments fastes durent et que les malheurs cessent ! Comme toi ! Quels retours de mes invocations ? Finalement, je ne récoltai pas plus et mes bêtes ne moururent pas moins ! L'espoir placé dans mes croyances s'éteignit lorsque je perdis dans un incendie tous ceux que je chérissais… Terrassé de la disparition de ma femme et de mes enfants, je décidai d'en finir avec la vie. La corde sur ma gorge, je m'apprêtais à donner le coup de pied libérateur au tabouret sur lequel j'étais juché, maudissant tous les Dieux d'Avent de mon infortune… C'est alors que le Nouvel Ordre m'apparut, me rendant force et espoir !

L'homme, ému, se tourna vers le 'fantôme' en robe noire, immobile, la tête basse.

– Encore merci à toi !

Des murmures suspicieux brisèrent le silence. Fontdenelle rentra la tête dans les épaules lorsqu'une voix sonore s'éleva, celle de Josef.

– Tout le monde peut retrouver force et espoir ! Y compris sans le concours des Dieux !

Etorino sourit.

– Hier, je disais : « Viens et tu verras ! Viens et tu sauras ! ». Quelqu'un souhaite-t-il confier sa peine ou sa blessure au Nouvel Ordre ?

Apostrophée, la populace s'entre-regarda, silencieuse.

– Alors, Mortagnais ! Vous ne voulez pas la preuve hier promise ?

Fontdenelle, levant à peine sa capuche, reconnut la femme qui s'approcha. Il connaissait sa détresse.

– Mon nom est Amalys. Mon fils est atteint d'une maladie inexpliquée qu'aucune potion d'Avent ne sait guérir.

Le bateleur lui tendit la main.

– Il faudrait que notre sœur le voie au plus tôt.

Tous se tournèrent instinctivement vers la frêle silhouette. Pour la première fois, elle montra son visage de femme, ses traits fins, mais figés, son regard grave et déterminé. Sans une parole, elle suivit Amalys.

– Ma question va te paraitre incongrue, mais il faut que je sache…

Carambole regarda de ses yeux tristes l'étudiant toujours en quête de connaissances.

– Que voulais-tu dire par « les bases de la Magie transmises par Mooréa » ?

Les pensées de la jeune fille se trouvaient à des lieues de la préoccupation de Jokoko, elle répondit toutefois :

– Je suis au milieu d'un grand espace fermé, comme un Palais… Je n'éprouve aucune peur ni angoisse. Je peux y entrer et sortir à ma guise. Mais je ne dispose d'aucune clef pour ouvrir chacune des portes que je vois sur les pans de cette immense pièce !

– Tu te retrouves dans une situation identique à celle de Parangon : beaucoup de possibilités magiques et pas de formules !

Carambole baissa la tête en disant :

– Les bases sont peut-être le contexte… Le contexte est éventuellement ce Palais… Le Palais est un rêve récurrent, tout y est toujours à la même place. Quelle importance, maintenant ?

Tous les sens en éveil, Elsa suivait son guide ailé à travers la haute forêt qu'elle ne connaissait guère. Le Staton finit par s'enfoncer dans une trouée et plana le long de ce couloir bordé de toubas, évitant les lianes se dressant sur leur chemin. Au bout, une toile d'araignée géante fermait l'accès à la clairière.

Plusieurs cadavres à terre. Elsa redoubla d'attention. Le sang lui monta au visage lorsque le Staton se posa maladroitement à la lisière, près d'un corps qu'elle aurait reconnu entre mille.

CHAPITRE XX

Séréné franchissait une nouvelle étape. Le Déchu en eut récompense !

Il investit dans sa prêtrise ce qu'il lui restait d'Eau Noire, l'opportunité lui étant enfin donnée d'asservir Avent sans combat ! Mortagne serait idéale comme première proie… Les autres ports de l'ouest suivraient.

Il lui fallait se rapprocher de la mer pour l'Anti-Ovoïs. L'ex-Dieu de la Mort jeta un coup d'œil sur son futur chef de guerre, encore en cage. Si ses prosélytes étaient aussi efficaces qu'il le pressentait, peut-être n'en aurait-il plus besoin.

Lorbello. Extrait de « Origines du Dieu sans Nom »

Le prédicateur meublait l'absence de la prêtresse du Nouvel Ordre en vantant les mérites du monde meilleur que proposait son Dieu. Talentueux, il hypnotisait la foule qui se laissait bercer. Des cris de liesse l'arrêtèrent net, illuminant son visage. Amalys revenait, tenant son fils par la main. La religieuse, derrière eux, marchait humblement, tête baissée, effacée. L'enfant apeuré regardait dans toutes les directions, ne comprenant pas les raisons de sa présence au beau milieu de ces gens qui le pressaient. Stupéfait, Fontdenelle glissa à Josef :

— Cela faisait plusieurs lunes qu'il ne quittait pas son lit !

— L'œuvre du Nouvel Ordre, Mortagnais ! Maintenant, tu vois ! Maintenant, tu sais ! Rejoins-nous ! Quand tu invoqueras notre Dieu, il te répondra dans ton cœur et dans ton âme !

Périadis, l'ex-architecte de Mortagne après son éviction musclée décrétée par Perrine, clama :

— Comment s'appelle ton Dieu ?

— Demain, nous revenons… Demain, tu verras. Demain, tu sauras !

Ils quittèrent la fontaine de Cherche-Cœur, laissant abasourdis les Mortagnais entourant le fils d'Amalys dans les jambes de sa mère, terrorisé devant tant d'attentions tactiles de la part d'étrangers. Fontdenelle, par réflexe, s'approcha de l'enfant. Identifié par les badauds, il brava les regards réprobateurs et s'agenouilla pour l'observer :

— Comment te sens-tu, Agardio ? fit doucement l'herboriste en lui abaissant la paupière.

Le jeune garçon s'échappa sans répondre. Sa mère, hautaine, déclara d'une voix forte en reconnaissant Fontdenelle :

— Ne touche pas à mon fils, empoisonneur ! Tes potions n'ont servi à rien, comme toutes mes prières à Antinéa, d'ailleurs !

Elle leva les yeux, ses bras écartés, implorant le ciel. Un Mortagnais s'approcha et la supplia :

– Dis-nous qui tu invoques !

Elle répondit d'une voix étrange.

– Viens demain... Tu verras et tu sauras !

En compagnie de Fontdenelle, Josef regagna l'auberge sous les insultes des présents et l'escorte des gardes de la Cité. Sur le seuil, l'un d'entre eux cracha :

– Un rebelle avec un empoisonneur et un métis ! Il vous est désormais interdit de sortir d'ici ! Ordre d'Artarik !

Fontdenelle eut fort à faire pour que le propriétaire de « La Mortagne Libre » n'écartèle pas sur place le fanfaron. Poussé à l'intérieur, Josef, furieux, frappa sur son bar et hurla :

– D'où viennent-ils, ces illuminés ? Nouvel Ordre, tu parles ! Je commence à penser que Passe-Partout avait raison ! Les Dieux nous compliquent plus la vie qu'ils nous la rendent belle !

Ulcéré, il se mit à marcher sous les yeux de Carambole et Joey qui ne reconnaissaient pas l'aubergiste, rarement dans un tel état d'énervement. Il s'adressa à l'herboriste en pleine introspection :

– Quand je songe que je te croyais responsable de la disparition de mes clients, tu parles ! Avec Perrine malade et Tergyval absent, je ne dois pas m'attendre à un quelconque geste d'Artarik et encore moins de Rassasniak ! J'ai traité ces crétins de tant de noms d'oiseaux que tout Mortagne sait ce que j'en pense ! Aujourd'hui, je suis enfermé comme toi, dans mon propre établissement, dans ma propre Cité que je trouve de moins en moins libre !

Il se rendit compte que Fontdenelle ne pipait mot depuis leur départ de la fontaine, mais continua sur un ton grinçant :

– Et cette manière de parler ! Tu verras ! Tu sauras ! Il s'adresse à chacun sans jamais utiliser le collectif !

Excédé par son mutisme persistant, Josef s'approcha cette fois de lui :

– Quant à toi, tu m'énerves encore plus à te taire !

Blême, l'herboriste ânonna :

– Ce n'est pas possible... Cet enfant... Agardio... Il est toujours malade... Toujours malade !

Marchant en tête à un rythme déraisonnable, Gerfor cherchait surtout à éviter le regard de Barryumhead, sentant le poids de la réprobation de son Prêtre vissé sur sa nuque. Discipliné et respectueux, ce dernier suivait les directives de son chef, mais se trouvait effectivement loin de partager l'ultime, prise selon lui plus par fierté que par conviction. Pour lui, jamais Gerfor n'aurait dû écouter Kent !

Les Fonceurs Premiers Combattants de Roquépique atteignirent Carminal un jour avant le délai prévu par le Peewee. Inépuisables Nains ? Jusqu'à un certain point ! Barryumhead se demandait pourquoi Gerfor, par principe, voulait par-dessus tout battre les records des temps de déplacement ! Ils furent surpris de l'accueil spontané des habitants. Pourtant étrangers à deux titres, si l'on considérait la curiosité naïve des enfants qui n'avaient jamais croisé un Nain de leur existence et le fait d'être extérieurs à cette communauté, les paisibles villageois les invitèrent sans méfiance à se restaurer et à dormir. Ce bourg reculé jamais n'avait connu les affres de bandits ou de voleurs, et encore moins des cagoulés !

Résolu à ne plus marcher à une cadence infernale, Barryumhead négocia avec ferveur quatre chevaux de trait à un fermier interloqué, peu accoutumé aux âpres méthodes d'achat des Nains. Gerfor regardait les bonobos aider le forgeron de Carminal à raviver son feu et tordre des fers à sabots. Il pensa à son casque en barryum bleu, ce métal que seul Passe-Partout pouvait faire fondre. L'émérite Fonceur Premier Combattant de Roquépique déprimait pour la première fois de sa vie.

En peu de temps, Elsa répertoria les blessures de Passe-Partout. Il avait perdu beaucoup de sang, beaucoup trop. Elle appela à la rescousse ses sœurs qui s'affairèrent autour des plaies les plus ouvertes avec le peu de Magie qu'il leur restait, tentant de faire reculer l'infection qui le gagnait.

Le Staton attira l'attention d'Elsa. Dans son regard d'or, elle découvrit la confirmation de ce qu'elle entrevoyait comme solution. La Fée fonça à la verticale et franchit la canopée de la forêt de toubas. Sans se soucier de sa propre sécurité, elle s'élança vers les contreforts du Mont Eyrié, là où se trouvait le seul qui pouvait sauver Passe-Partout.

La peau du visage brulée par le soleil, Kent ne prenait plus soin de se nourrir. Atone, son absence de goût à la vie se traduisait par une quasi-immobilité le réduisant à l'état d'ectoplasme. Il se laissait envahir par des morceaux de son passé, d'images déformées se noyant dans un esprit devenu embrumé. De Dordelle au siège de Mortagne, du repère de Tecla à la Forêt d'Émeraude, autant de scènes se juxtaposant, dominées par la nostalgie, se succédaient et revenaient en boucle faute d'entrevoir un avenir. À la galerie de portraits d'amis qui défilaient, il s'excusa auprès de Faro, tombé dans la Forêt en flammes lors de sa fuite, et de Jorus de ne pouvoir honorer sa promesse. Ses traits se durcirent.

J'ai failli !

Un accès de rage lui fit jeter une pierre dans le lac. Étrangement, l'onde circulaire se répéta, atteignant plusieurs fois les pourpres, abondantes au bord, tels des ricochets qu'il n'avait pourtant pas souhaités. Il sourit à l'astre du jour et, face à lui, murmura :

– Le soleil… La vérité. Symbole du Dieu de la Vie… Gilmoor, qui me rend fou avant la mort ! Quelle ironie !

Il ferma ses yeux devenus douloureux et tomba sur le dos, étourdi de lumière, et se mit à rire comme un dément. Il se redressa aussi vite, sa tête dodelinant de droite à gauche, son regard fixant la surface du lac. Kent y vit une mer en furie :

– Antinéa ! Toute la rage des océans ne sauvera pas ta sœur !

Puis une armée de sangs corrompus envahissant Avent.

– Quant à toi, Sagar, ta guerre est perdue !

Enfin un Staton déployant ses ailes argentées.

– Lorbello… Le Porteur de messages ! Le seul qui reste à délivrer est : « il est trop tard ! ».

Darzo grimaça. Le Clair divaguait. Accompagné d'une poignée de Peewees, non loin de Kent, mais à l'abri du soleil, le petit Elfe broyait du noir. Il avait tout tenté pour sortir son cousin de l'obscurité confuse dans laquelle il avait fini par se complaire. En vain.

Comment redonner le goût de vivre et l'espoir à quelqu'un qui n'écoute plus ?

Il avait baissé les bras, se sentant atteint du même syndrome que lui, et se murait dans le silence, s'interdisant d'insulter à haute voix le destin qui accablait son peuple et de blasphémer comme lui.

Un bourdonnement caractéristique lui fit lever les yeux, comme ses congénères. Toutes les têtes convergèrent vers leur cousin Clair. Malgré de multiples voltiges afin d'attirer son attention, Elsa n'arrivait pas à accrocher le regard vide de Kent qui poursuivait son chapelet d'invectives aux nuages :

– Vous, les Dieux, avez lâché Avent ! Et sans Passe-Partout, les sangs noirs se répandront sur le Continent !

Il leva un doigt rageur :

– Qui vous invoquera alors ?

Rouge de colère et de soleil, sa longue carcasse s'effondra sur la berge du lac. Il murmura :

– Plus de quête, plus de Quatre Vents... Sans lui... Sans toi...

Elsa mobilisa toutes ses forces télépathiques et lui adressa avec violence deux mots :

Passe-Partout !

Comme les Peewees, l'Elfe se redressa d'un bond. Le message de la Fée s'imprimant dans son esprit lui fit l'effet d'un électrochoc ! Son regard redevint mobile et s'accrocha à la petite Fée virevoltante. Elsa effectuait des prouesses aériennes pour le garder éveillé tout en lui parlant mentalement. Réintégrant la réalité, Kent bredouilla :

– Que... Tu... Où... Où est-il ?

Déroutante, Elsa désigna la retenue d'eau. Considérant les plaques écarlates de son visage, l'Elfe crut qu'elle lui proposait de se rafraîchir. Alors qu'il émergeait de son plongeon dans le lac glacé, les Peewees lui indiquèrent les fleurs violettes poussant sur la rive. Galvanisé par la perspective de retrouver Passe-Partout, il s'habilla au plus vite et cueillit quelques pourpres avant de s'élancer derrière la Fée qui commençait à trouver le temps long.

Anyah, terrée dans son temple, ne voyait plus âme qui vive. Lorsqu'on lui avait rapporté les rumeurs de propagation d'une nouvelle religion, elle avait balayé d'un geste méprisant cette mouvance qu'elle jugeait anecdotique. Mais force était de constater que sa salle de prière restait désormais vide d'ouailles et d'invocations à sa Déesse. Il fallait répliquer, montrer qu'Ovoïs demeurait présent dans la vie quotidienne des Mortagnais. Elle implora Antinéa de toutes ses forces, lui demanda un prodige visible pour rassembler les habitants de la Cité autour de son nom, et fut entendue. Elle sut que les pêcheurs mortagnais ne sortiraient pas pour rien aujourd'hui. La Déesse de la Mer pourvoirait amplement à garnir leurs filets.

À fixer Elsa pour ne pas la perdre de vue tout en courant, Kent ne cessait de slalomer et de se faire gifler par les branches basses. Les Peewees, dont Darzo, embarqués à sa ceinture, avaient fort à faire pour ne pas être éjecté de leur « véhicule ». L'Elfe parvint à la clairière de la Korkone, le visage pourpre, essoufflé et marqué de diverses égratignures. Mais sa douleur lui importait peu. Son attention se polarisa aussitôt sur Passe-Partout. Les Fées avaient fait ce qu'elles avaient pu. Cependant, les blessures de l'épaule et de l'aine commençaient à suppurer. La fièvre montait en flèche. Kent se concentra sur sa Magie et, fort des cours dispensés par Jorus, put mesurer les besoins en manne astrale pour chacune des lésions. Ce qui ne le rassura pas ! Le dilemme était de taille. Il ne pouvait soigner qu'une des deux, avec le risque que l'infection gagne quand même Passe-Partout par l'autre. Kent prit une décision, finalement sa seule option. Il se tourna vers Darzo qui blêmit :

– Comment ça, une infusion ? En pleine forêt ? Sans matériel ?

Un geste las balaya ses propos considérés comme détails insignifiants, et l'Elfe se pencha vers le corps de l'enfant maintenant secoué de soubresauts.

Darzo pesta et appela les Fées à la rescousse. Quelques secondes d'échanges silencieux et les survivantes de la Forêt d'Émeraude se mirent à l'ouvrage. Certaines tissèrent une sorte de filet en double exemplaire tandis que d'autres s'affairèrent à fabriquer deux cônes en baguettes souples entrelacées. Darzo tira de sa poche un morceau de cristal. Aidé d'Asilophénadoria et Péroduphilis, il érigea deux tiges de bois parallèles fichées en terre avec, en son centre, un tas de brindilles sèches. Attendant que le soleil se fraie un chemin dans l'épaisse frondaison, il canalisa les rayons sur les branchettes qui s'embrasèrent. Les deux cônes grossièrement formés par le groupe ailé furent tapissés intérieurement de feuilles de toubas et enfermés chacun dans un filet. Elsa donna son aval pour transporter le premier après l'avoir rempli d'eau et le déposer au-dessus du foyer. Une Fée, en vol stationnaire, se positionna en faction pour évaluer l'ébullition du liquide. À l'identique, l'autre entonnoir fut placé au fond du second filet et laissé de côté. Darzo détacha les pétales de la fleur violette. Elsa guettait le signal pour les jeter dans le cône fumant. Un groupe bourdonnant commença alors à tisser un carré végétal aux mailles fines, travail qui fut réalisé avec une rapidité déconcertante !

Kent imposait ses mains sur les plaies. Il avait pris la décision de soigner les deux lésions, au début magiquement puis par la méthode de l'herboriste de Mortagne. Le risque restait grand pour Passe-Partout, tout comme pour l'Elfe qui s'exposait à une mort certaine en asséchant sa manne astrale ! Darzo se demandait déjà comment administrer la potion au malade, car le Clair, a minima, sombrerait dans l'inconscience à l'issue de cette épreuve. Ce qui ne tarda pas à arriver...

Dans un ultime réflexe, Kent, agenouillé près du corps du blessé, s'écarta pour ne pas s'affaler sur lui. Dans un dernier souffle, il balbutia :

– Darzo... À toi, maintenant...

Vince et Carl devenaient maîtres en apparitions et disparitions spontanées ! Le gang se présenta à l'auberge demander assistance à Fontdenelle en cette gestuelle agile et rapide que seul ce dernier comprenait. À la fin de « l'entretien », le vieil homme les réprimanda :

– Vous auriez dû venir plus tôt m'en informer ! Pauvre Abal !

L'herboriste se précipita vers sa trousse. Il en sortit un flacon et un pot qu'il tendit à Vince.

Quelques signes échangés plus tard, les deux ectoplasmes s'évaporèrent. Fontdenelle se tourna vers Joey :

– C'est Abal qui t'a sauvé la mise dans la ruelle. C'est lui qui s'est jeté dans les jambes du garde. Ils l'ont laissé pour mort après l'avoir roué de coups de botte ! Il est vraiment mal en point… Mon âge ne me permet pas d'aller de lui rendre visite, le repaire du gang est pour moi inaccessible.

Elsa déposa les pétales dans l'eau frémissante et signifia à ses congénères de retirer le cône du foyer par le filet le maintenant. L'équipe de soutien le positionna à hauteur d'une branche basse accessible. Même opération avec le second godet tenu à la verticale par un autre groupe ailé, à la perpendiculaire du premier, au niveau du sol. Une troisième brigade souleva le carré tissé et le tendit entre les deux. Darzo grimpa jusqu'au premier cône et le bascula. Le breuvage traversa le tamis improvisé pour remplir le récipient de fortune placé dessous. Tous se propulsèrent vers Passe-Partout. Darzo remercia *in petto* Kent qui avait surélevé la tête de l'enfant. Avec difficulté, il réussit à lui faire avaler le liquide par petites gorgées. Les Fées portaient un poids disproportionné pour leur taille et ne furent pas fâchées que leur labeur s'achève. Hormis que Darzo leur intima de recommencer l'opération, cette fois pour l'Elfe qui lui causait maintenant du souci ! Il ignorait si l'infusion de pourpres agirait sur Kent, mais voulait tout tenter afin de le soustraire à cette inconscience persistante.

Elsa bourdonna lentement. Darzo haussa les épaules et déclara, fataliste :

– Nous avons tout fait au mieux. Ne reste que l'attente…

Une trainée de poudre à Mortagne… Chacun y allait de ses louanges quant aux exploits accomplis par le Nouvel Ordre. À croire qu'il suffisait de demander pour être exaucé ! De désirer pour obtenir ! Et surtout de prier ce Dieu inédit encore et encore pour que ses vœux se réalisent ! Le dernier phénomène en date : une pêche fabuleuse jamais vue de mémoire de Mortagnais, attribuée au Nouvel Ordre grâce à l'acte de foi dévot d'Amalys, la mère d'Agardio, qui ne cessait de remercier celui qui avait guéri son fils ! Au grand dam d'Anyah, anéantie de constater que le miracle demandé et exécuté par sa Déesse profitait à la partie adverse…

Josef et Fontdenelle s'épuisaient à clamer que les prodiges déclarés par les Mortagnais n'en demeuraient pas moins que des souhaits d'usage, des vœux du quotidien, rien de divin. Non seulement aucun argument n'y faisait, mais leurs remarques devenaient blasphèmes !

La Cité des Libres ne jurait plus que par le Dieu du Nouvel Ordre que dorénavant tout le monde connaissait sous son véritable et honorable nom : Ferkan !

CHAPITRE XXI

Gilmoor resta seul avec le Messager.
– Ainsi, le sort d'Ovoïs ne réside qu'entre les mains de ce gamin d'Avent…
– Oui, Père. Mais nous savons tous deux qu'il ne s'agit pas de n'importe quel enfant !
Le Dieu des Dieux gronda :
– Il est des choses qu'il est inutile de me rappeler !

Lorbello. Extrait de « Le Réveil de l'Alliance »

Darzo inspecta avec prudence la clairière. Plus particulièrement la carcasse de la Korkone pour tenter de comprendre ce qui s'était produit. L'Araignée Scorpion avait été tuée par les Amazones corrompues, comme en témoignaient les nombreuses blessures et surtout le coup fatal porté à l'abdomen par celle qui restait à moitié ensevelie sous les entrailles malodorantes du monstre. Une gourde attira son attention, non loin de son cadavre. Il l'ouvrit et en sentit le contenu. Une exclamation de joie et un appel à la rescousse retentirent dans la forêt !

— Vite ! Faisons-la boire à Kent !

Kent s'éveilla en toussant : Darzo avait vu juste. Les corrompus se nourrissaient d'Eau Noire diluée, autrement nommée par les initiés 'la potion'. Reconstituer la manne astrale du Clair, ne serait-ce que partiellement, permettait d'éviter tout bonnement sa mort !

Kent oublia de remercier ses cousins. Ses premiers mots furent pour Passe-Partout. Ses premiers gestes aussi…

À Mortagne, les événements s'enchaînaient à une allure folle !

Artarik, par décrets successifs, imposa restrictions de circulation et couvre-feux dans la vie quotidienne des habitants, une sorte d'emprisonnement dans leur propre Cité. Et toutes ces mesures privant de liberté les Mortagnais, prises à la hâte et à effet immédiat, ne suscitèrent aucun commentaire de leur part, valant acceptation !

La première, anodine pour les passants, fut de poster deux gardes en permanence devant l'établissement de Josef, avec pour mission d'empêcher quiconque d'y pénétrer, et d'en filtrer les sorties, limitées à une par jour. Le motif avancé arguait l'assignation à résidence de Fontdenelle qui avait tenté de s'échapper de « La Mortagne Libre », mais n'avait pas eu l'occasion de faire un pas à l'extérieur sans que les cerbères lui rappellent qu'il était prisonnier dans l'auberge.

Le mot était jeté, son sort scellé. Prisonnier !

Josef se doutait que ses prises de position pour Mortagne permettaient à Artarik de le coincer aussi, faisant d'une pierre, deux coups avec Fontdenelle. Et au total trois en isolant le 'métis' Jokoko ! Il eut beau vouloir parlementer, râler, invectiver les gardes qui pourtant s'arrêtaient auparavant à l'auberge comme clients, il se faisait rabrouer sous menaces et inviter à regagner son comptoir. Ils apprirent par la sortie quotidienne de Carambole, ainsi que par le gang par ailleurs recherché pour vol, que Mortagne ne tolérait plus de nouveaux entrants et filtrait les déplacements de ses habitants au compte-goutte.

Découlant naturellement de cette décision, sur la suggestion de Guilen, les ptéros furent libérés. Le couvre-feu institué empêchait, sous peine de mort sans procès, tout mouvement dans la Cité après le coucher du soleil. Seuls les 'néo-scribis', ayant troqué leurs toges blanches contre des robes de bure noires, étaient autorisés à circuler à leur convenance, peu importaient le lieu et l'heure. Les dévotions ou invocations à une divinité autre que Ferkan méritait le tribunal du Nouvel Ordre, dont le juge se trouvait être Rassasniak. Les filles du lupanar de Lumina furent arrêtées et jetées au cachot, comme les novices du temple d'Antinéa, Anyah en tête. Un collectif se réclamant de cette observance, constitué d'habitants de la Cité convertie, démantela la statue d'Antinéa de son piédestal. Puis s'ensuivit l'obligation de cinq prières quotidiennes, dont trois minimums en public, à heures fixes. Contrevenir à ces règles exposait aux coups de fouet qu'il valait mieux, disait-on, subir de la part des gardes plutôt que des Scribis ! L'interdiction de regroupement de plus de cinq personnes paracheva l'ensemble.

En l'espace de quelques jours, Mortagne la Libre passa sous le joug d'une croyance inédite à laquelle la population semblait souscrire de bon cœur. Les Océaniens venus prêter main-forte à Mortagne furent escortés manu militari à bord de leurs bateaux pour un retour sur l'heure !

– Le Nouvel Ordre fait place nette, soupira Jokoko.

Carambole leva les yeux et, les dents serrées, répondit :

– C'est de ma faute ! Tout s'est précipité quand ils ont su que Passe-Partout était…

Elle eut un hoquet ; le mot restait imprononçable. Elle avala sa peine et poursuivit :

– Ils ne sont pas parvenus à faire tomber Mortagne par la force. Et c'est pourtant si facile, regardez ! À quoi bon envoyer des armées alors qu'une ville peut te manger dans la main par la ruse et la manipulation ?

Josef écoutait sa fille. Le bon sens indéniable de Parangon filtrait dans ses déclarations. Asservir au lieu d'anéantir… Et s'il s'agissait d'une nouvelle manœuvre du Déchu ? En ce cas, en tant que mécréants, leurs vies ne pesaient pas lourd ! Il fallait rapidement trouver un moyen de s'extraire de ce nid de sectaires que l'on appelait, il y a encore quelques jours, des Mortagnais libres ! Il jeta un regard bref sur la trappe menant à sa cave.

Assis auprès de l'enfant, la sourde angoisse de Kent se manifestait par une gestuelle saccadée et nerveuse. L'Elfe avait retrouvé l'espoir, Passe-Partout devait maintenant se réveiller ! Il était, selon la prophétie, le seul lien qui le conduirait aux Quatre Vents, la dernière volonté du Prêtre Peewee, et ce qu'il jugeait comme sa quête.

L'anxiété monta lorsqu'il réalisa que celui qu'il considérait comme le Sauveur du Continent pourrait très bien prendre une décision contraire à celle souhaitée ! À l'affut du moindre mouvement, Kent fixa de nouveau Passe-Partout, mordant d'impatience ses longs doigts.

Dans les rues de Port Vent, Sup retrouvait ses réflexes mortagnais, cherchant les recoins, les issues et autres passages tortueux pour écourter les distances, se cacher ou tout bonnement disparaître. Une mélodie attira son attention sur le bout d'une venelle. Il s'approcha de l'attroupement autour d'une formation musicale, sourit en reconnaissant le chanteur et attendit la fin du morceau.

– Salut ! l'apostropha Erjidi. Tu es bien loin de chez toi et tu as bien raison.

Le ton d'Erjidi était grave ; Sup fronça les sourcils en le dévisageant.

– Oui, mon gars, on ne peut plus ni entrer ni sortir de Mortagne ! Une histoire de fou ! Et bientôt, ce sera pareil ici ! déclara-t-il en désignant un autre groupe encerclant un religieux en robe noire. Mais je vois à ta mine que tu n'es pas au courant... On raconte que celui qu'on appelait le héros de Mortagne, le fameux Passe-Partout, est mort... Perrine est tombée malade... C'est Artarik qui dirige aujourd'hui la Cité.

Il tendit le menton en direction du prêtre et son hâbleur au verbe haut haranguant les passants portventois :

– Et ces disciples de cette soi-disant religion en ont profité pour contrôler Mortagne...

Erjidi prit un instant de réflexion et rectifia :

– Pas de Mortagne en fait, mais des Mortagnais, ce qui est pire !

Anéanti, Sup rejoignit le groupe qui écoutait en silence un homme au regard hypnotique vantant les mérites de ce 'Nouvel Ordre'. Il n'entendit qu'un « Oh ! » général et tenta d'apercevoir quelque chose en se hissant sur la pointe des pieds, sans grand résultat. Il avisa une Portventoise âgée quittant la foule. Elle marmonnait, l'air dépité.

– Que s'est-il passé ? Je suis arrivé trop tard.

La vieille femme le sonda de ses yeux clairs et déclara d'un ton sec :

– Le mendiant qui se tient à côté du prêtre en noir boitait. Un accident de pêche lui avait fait perdre l'usage d'une jambe. Une prière et voilà, il marche ! Ceux d'Ovoïs ont du souci à se faire, mon garçon !

Et elle s'en fut en maugréant, laissant Sup pantois.

Un nouveau Dieu qui fait des miracles dans la rue ? s'interrogea-t-il en se faufilant pour gagner le premier rang.

– Voilà, Portventois ! Un seul Dieu pour tout Avent ! Alors, prie-le afin qu'il exauce tes vœux ! Rejoins le Nouvel Ordre ! Invoque Ferkan !

Sup revint en courant à la taverne de Carolis. Il fallait que Tergyval sache !

L'attente auprès de Passe-Partout paraissait interminable ; les garde-malades se succédaient à son chevet. Juché sur la poitrine de son ami, guettant le moindre rictus, Darzo fut le premier qu'il vit après avoir cligné de nombreuses fois les yeux.

– Tu reviens de loin ! lança le Peewee.

Le mouvement pour tenter de se redresser lui arracha un râle. Kent s'avança :

– Je vais t'aider.

Il se laissa empoigner par l'Elfe. Entre deux cris de douleur comprimés, son regard embrassa la forêt et les quelques proches réunis. Sa mémoire resurgit d'un coup à leurs mines décomposées et il posa la question que redoutait Kent :

– Où sont les autres ?

D'une voix morne, Kent lui rapporta, sans rien omettre, la débâcle de la bataille de la Forêt d'Émeraude. Passe-Partout demeura silencieux, accusant le coup sans frémir à chaque disparition de ceux qu'il considérait de sa famille. Bien après le terme du récit de Kent, il resta sans réaction, les yeux grands ouverts braqués sur les frondaisons dans un mutisme absolu. Tous connaissaient son passé. Il devait resurgir, le ramenant constamment à la mort de ses pairs. De ses pères...

De la peine à la colère, de la tristesse à la haine, il trouva finalement la force de se concentrer sur ce qui lui paraissait avoir du sens. Il ne pouvait plus rien pour ceux qui avaient donné leur vie, hormis les honorer et poursuivre le combat auquel ils croyaient à travers lui. Il regretta que les ultimes mots de Faro lui imposent comme destination le même lieu que celui écrit dans la prophétie d'Adénarolis. Bien que détestant l'idée de cette destinée que tous lui prêtaient et qu'il ne partagerait jamais, il voulut se conformer aux dernières volontés de l'Archiprêtre Peewee.

– Dès que je serai sur pieds, nous irons chercher les Quatre Vents, murmura-t-il avant de fermer les yeux, envahi par une profonde lassitude.

Entouré de mille attentions par ses soignants, magiques ou non, Passe-Partout parvint à se lever, ignorant les douleurs persistantes de ses blessures. Kent lui proposa de rejoindre le camp de fortune, près du lac. Il accepta d'un hochement de tête. Au sortir de la forêt dominant celle d'Émeraude calcinée, embrassant du regard le pénible tableau de désolation, l'image du Fêlé avalé par les Amazones corrompues s'imposa à son esprit. Elsa fut la seule à voir ses yeux virer au gris. Il déglutit longuement, songeant que cette vision le hanterait jusqu'à la fin de ses jours.

Les gardes laissèrent Carambole regagner l'auberge après l'avoir fouillée, cette fois plus que consciencieusement. Josef, à bout, ne put s'empêcher d'exploser et sortit en insultant les cerbères ! S'agissait-il d'une nouvelle consigne aussi ridicule que les précédentes ou d'un excès de zèle de vils libidineux ? À deux contre un, ils l'empoignèrent et le rouèrent de coups, l'obligeant à reculer. Se précipitant pour l'aider, Joey encaissa une violente manchette sur la nuque avant que Fontdenelle ouvrît la porte pour leur permettre de se mettre à l'abri.

– Les chiens ! éructa Josef qui s'approcha de Jokoko, sa main sur la tête.

– Nous ne tiendrons pas longtemps sous cette pression, déclara Carambole.

– Les Mortagnais se sont transformés en morts-vivants ! grimaça Joey en se massant l'arrière du crâne.

– Voilà tout ce que l'on a bien voulu me vendre… Un sorla ! Payé à prix d'or ! se lamenta Carambole en vidant son panier.

Fontdenelle, assis face aux braises rougeoyantes de l'âtre, résuma sans entrain la situation.

– Nous étions gênants. Ils nous ont écartés au vu et au su de tous, pour l'exemple ! Je viens seulement de comprendre la raison pour laquelle je n'ai pas été enfermé en prison : pour mieux asservir les autres ! Mais maintenant que les Mortagnais sont tous sous le joug de cet Ordre, nous n'avons plus d'importance ! Nos vies sont en danger.

Josef accusa le coup. Fuir ne lui correspondait guère. Il fixa sa fille, qui soutint son regard, et finit, vaincu, par baisser la tête. Il soupira :

– Nous partons ce soir… Appelle Vince !

À cause de ses plaies, Kent refusa à Passe-Partout un plongeon dans la retenue d'eau. Toujours silencieux, il exécuta strictement les prescriptions de son infirmier et se lava sur la berge, enviant quelque peu l'Elfe qui, lui, effectuait avec bonheur des ablutions nécessaires ! Ses gestes restaient lents et douloureux. Le Clair utilisait sa Magie au fur et à mesure de sa reconstitution naturelle, ce qui ne lui permettait pas de le soigner rapidement. Passe-Partout ressassait les derniers instants de son parcours en compagnie du Fêlé. Et quelque chose ne collait pas. À différents moments de leur progression, ils auraient dû échapper à leurs poursuivants ! De même, lors de sa fuite dans la forêt de la Korkone, les oiseaux n'avaient jamais perdu sa trace malgré ses frasques aériennes ! C'est d'ailleurs ainsi qu'éprouvé, il avait fini englué dans la toile géante ! Des images lui revinrent : les flèches le frappant, dont celle en plein cœur le laissant pour mort. Fichée dans son plastron de sylvil lui servant de protection pour la première fois. Sa dernière vision avant de perdre connaissance : l'Amazone. La fausse Valk. Le métamorphe, se transformant en mi-merle mi-corbeau, volant vers lui et s'attardant à sa ceinture.

Bien sûr ! Les cubes de métal… Soi-disant sans valeur selon Gerfor !

À la surprise de tous, Passe-Partout se mit à parler à haute voix :

– Dressés comme des chiens de chasse pour les retrouver ! Mutés en oiseaux pour couvrir plus de territoire !

Les yeux dans le vague, il analysait ces informations. Son regard s'éclaira.

– Nous avions pourtant été prévenus par le Staton lorsqu'il avait subtilisé la bourse du Fêlé… Les pierres noires ! Il y en avait dans le musée du père de Perrine à Mortagne ! Et dans la stèle creuse dans la tombe d'Orion ! Ces cubes disséminés sur Avent sont des fragments de Séréné, éparpillés par le Messager, le Dieu Staton !

Ruisselant, Kent crut bon de compléter :

– Celui-là même qui nous a permis de te retrouver !

Passe-Partout se remémora sa brève métamorphose en aigle. Son 'homologue' Staton conservait des traces de résine de torve sur ses serres. Il avait sauvé les plumes de cet oiseau à Thorouan ! Froidement, il répondit :

– Une vie contre une vie ! Il me la devait, nous sommes quittes !

Il grimaça de colère. Les Dieux devenaient à ses yeux les seuls responsables de ce désastre et des nombreux morts dans les rangs de ses proches !

Valk montra son épaule magnifiquement ornée par Nétuné à Tergyval, fier que sa compagne ait adopté les symboles mortagnais. Il sourit à la Belle, oubliant pour un moment les motifs de sa présence à Port Vent, jusqu'à l'apparition du chef de gang.

Blanc comme un sorla des neiges, Tergyval ne digéra pas les propos syncopés du haletant Sup ! Quand bien même avait-il eu besoin de s'éloigner de Mortagne, il n'était pas question de la voir se déliter en une poignée de jours d'absence ! Sa décision fut nette et sans appel, les ptéros parés au décollage dans l'heure. Plus par courtoisie que par sympathie, il prévint les notables de Port Vent de leur départ anticipé. Tous trois se polarisaient sur la nécessité de rejoindre la Cité. Valk et Tergyval, affectés par la mort de Passe-Partout, restaient stupéfaits du ton léger de Sup lors de son annonce. Et que dire de son attitude ! Concentré sur les préparatifs de leur retour, il ne présentait aucun signe de peine ou de tristesse.

– J'espère que ton saltimbanque n'a pas raconté n'importe quoi ! grinça le Capitaine.

Sup le rassura d'un geste ; la Belle le vit même sourire ! Il pensait à Erjidi. Si les informations s'avéraient fantaisistes, le barde allait entendre parler du pays. Le Maître d'Armes le traquerait jusqu'aux limites d'Avent !

Vince apparut dans l'auberge comme s'il sortait d'une chambre et se tint droit comme un I face à Josef, attendant la consigne qui ne tarda pas.

– Nous quitterons Mortagne à la tombée de la nuit, définitivement... Préparez un maximum de provisions, du matériel de pêche, des cordes et quelques armes, si possible... Fais en sorte que tout soit disponible à l'embarcadère sud. Si tu veux te joindre à nous, avec Carl et Abal, vous êtes les bienvenus. Il faudra simplement que tu déplaces discrètement ta barque à l'endroit convenu. Si tu choisis de demeurer à Mortagne, prends soin de toi.

Vince disparut dans l'instant. Carambole se tourna vers son père, intriguée :

– Deux gardes devant la porte, des patrouilles durant le couvre-feu, comment allons-nous accéder au port ?

Josef, sans un mot, se dirigea vers la cave de l'auberge.

CHAPITRE XXII

Le passé resurgissait, noyant le Messager dans un océan de nostalgie. Ce Continent qu'il chérissait se laissait grignoter, dominer, envahir. Le Déchu ne cessait de progresser alors qu'en Ovoïs, pour des principes d'un autre âge, l'inertie prévalait !

Envers et contre tout, il rallierait Antinéa et Sagar à sa cause. Gilmoor pourrait toujours manifester son courroux, Avent valait bien cent colères du Dieu des Dieux !

Lorbello. Extrait de « Pensées du Messager »

À l'approche de Mortagne par les airs, Tergyval discerna au loin un mouvement inhabituel dans la forêt face à la Cité et cria :

– À droite ! Toute !

Obéissant, Sup tira sur les rênes de son jeune ptéro et suivit l'ordre, non sans exprimer sa surprise par un geste d'incompréhension à Valk. Remontant le fleuve sur une lieue, en quelques battements d'ailes, Tergyval amorça sa descente vers un refuge édifié sur un tertre. Le chef de gang saisit alors les raisons du détour. Le Capitaine venait chercher du renfort auprès de ses guetteurs postés à distance de Mortagne. Sup nota cependant l'inquiétude de Tergyval, se traduisant par une conduite nerveuse de sa monture.

Ils se posèrent non loin de l'enclos. L'un des sauriens des gardiens y gisait sans vie. L'autre râlait faiblement. Tergyval sortit son épée et coupa d'un coup un arbrisseau qu'il amena au ptéro agonisant. La bête se jeta dessus et mâchonna goulûment les feuilles fraîches. Un doigt sur la bouche pour intimer le silence et ils s'avancèrent lentement vers le refuge des guetteurs. La porte entr'ouverte ne présageait rien de bon. Ce qui s'ensuivit confirma leurs doutes. Les deux gardes avaient été assassinés par un cagoulé allongé lui aussi sur le sol, mort. Sup observa le corps du corrompu présentant une particularité inédite.

– Il a été vidé de son sang ! s'exclama le chef de gang.

Tergyval s'attarda sur la coupure au cou et la blessure caractéristique autour de la plaie : des traces de mâchoire. Il avait été violemment attaqué à la carotide ! Valk fit une grimace de dégoût. Tergyval se souvint alors, lors du siège de Mortagne, de l'explication de Fontdenelle quant à la nourriture des corrompus, une sorte de soupe à base d'Eau Noire. Il se releva et déclara :

– Il semblerait qu'ils n'avaient plus à manger... Bonne nouvelle s'ils s'entre-dévorent !

Puis il s'empara de l'arc de son guetteur et d'un carquois de flèches aux pointes en pierres de soleil et sortit du refuge en marmonnant :

– On va descendre à couvert en survolant le Berroye.

Les trois cavaliers s'engouffrèrent dans la forêt formant un tunnel protecteur pour ensuite planer à quelques pieds au-dessus de l'eau, en direction de Mortagne.

– Vois !

Sup fronça les sourcils. Que faisaient tous ces ptéros en lisière des bois, si proche de la Cité ? Ils atterrirent arme au poing à proximité de cet inédit rassemblement ptéroïdien. Valk s'avança et comprit :

– Leurs yeux ! Ce sont les sauriens de Guilen ! Ils attendent leurs maîtres !

Camouflés, ils allèrent de surprise en surprise en scrutant Mortagne.

– Le pont-levis est fermé, dit Sup.

– Les gardes ne sont pas aux points de faction habituels, renchérit le responsable de la sécurité.

– Pas un bruit. On dirait une ville… morte ! Que se passe-t-il donc derrière ces remparts ? ajouta Valk.

Tergyval ne releva pas. Il réfléchissait déjà tout haut à une stratégie :

– Plus un seul saurien dans les murs de Mortagne… Arriver en ptéro me semble beaucoup trop risqué. Il nous faut une entrée plus…

Sup se dressa et le coupa :

– Je vais y aller… Je sais comment pénétrer sans passer par la grande porte !

Tergyval resta sans voix. Ainsi le gang connaissait des issues que lui, Capitaine des Gardes, ignorait ! Il finit par soupirer :

– Et je suppose que tu ne peux y parvenir que seul…

Un haussement de sourcil pour toute explication et Sup disparut le long des berges. Il se dévêtit derrière un fourré, entreposa veste, chemise et pantalon dans son sac et entra discrètement dans l'eau des lices, ne nageant que d'une main, l'autre émergeant, tenant sa besace au sec. Loin des regards, dans une meurtrière désaffectée de la haute muraille, il poussa un cri plaintif de chien. Le temps de se rhabiller et la réponse à son appel arriva.

Du haut du rempart, Vince lui fit signe de s'écarter. Une corde tomba d'une ouverture. Sup l'empoigna et commença son ascension, les yeux rivés sur la main de son second qui, d'un geste, pouvait à tout moment lui intimer l'ordre de redescendre. Les deux compères se saluèrent rapidement et foncèrent de toit en toit par des chemins connus d'eux seuls. Dans son langage particulier, Vince voulut détailler à Sup la succession des événements survenus à Mortagne, à commencer par la disparition de celui à qui le gang devait tout, pensant que son chef ignorait la terrible nouvelle de la mort de leur mentor. Sup l'arrêta d'un geste, le visage fermé, et lui demanda d'en venir à ce qu'éventuellement il ne savait pas déjà. Il n'en crut pas ses oreilles !

– Perrine ! Empoisonnée par Fontdenelle ? Anyah emprisonnée ? Et « La Mortagne Libre » ?

Son second baissa la tête :

– Chez Josef, enfermés. Demain, couic… Au plus vite, partir ! dit-il en montrant les potences dressées sur le parvis du temple d'Antinéa.

Sup blêmit. Il avait confirmation des propos d'Erjidi à Port Vent. En quelques jours seulement, la Cité était tombée aux mains de religieux inconnus et dangereux, priant un nouveau Dieu appelé Ferkan. Quels subterfuges avaient-ils utilisés pour y parvenir ?

– Vite ! À l'auberge !

Carambole suivit Josef qui descendait dans sa cave par la trappe au sol. Sans un mot, il remua quelques caisses vides disposées au centre et libéra un passage vers le mur de barriques. Encastrés dans la paroi, les tonneaux ne laissaient apparaître que la face d'où l'on pouvait tirer le vin, légèrement en relief pour permettre leur remplissage par le haut. Il se dirigea vers le côté droit et s'accroupit devant l'un d'eux. Carambole s'aperçut pour la première fois que le fût sur lequel se penchait son père n'était équipé ni de robinet ni de bouchon supérieur. L'aubergiste fit jouer un mécanisme et ouvrit le baril comme une porte. Un courant d'air chargé en iode emplit la cave. Josef se tourna vers sa fille :

– Le quartier de la rue de la soif est le plus ancien de la Cité, à une époque où la méfiance devait régner ! Ce tunnel a sûrement dû être conçu et utilisé par des pirates. Tu vois, la seule raison pour laquelle ta mère a accepté que je prenne cette auberge est ce chemin de contrebandier. Il mène à la mer en toute sécurité et personne n'en connaît l'existence.

Josef ferma les yeux un moment pour chasser cette montée de nostalgie et poursuivit :

– Il nous faut voyager léger. Veille à ce que tout le monde n'emporte que le minimum. Sauf sur les provisions ! Prends tout ce que nous avons ! ajouta-t-il en se glissant sans la barrique. Je vais voir si tout est en ordre et faire un peu de ménage au besoin. Une éternité que je ne sois pas passé par là !

Carambole transmit la consigne à Fontdenelle et Jokoko qui grimaça en avisant ses nombreux livres. Elle mit à cuire l'ultime sorla et s'affaira à regrouper les victuailles. Dans ses va-et-vient, elle surveillait les rondes des gardes dans la rue de la soif. Le plus inquiétant fut lorsqu'elles cessèrent, devenues inutiles par les dorénavant quatre cerbères campant devant « La Mortagne Libre » ! Les préparatifs achevés bien avant la tombée de la nuit, tous attendirent sans bouger dans un silence de mort. Josef, décomposé, imaginait mal qu'il allait fuir son propre établissement ! Carambole sentait sa détresse aux détours de ses regards s'attardant sur chaque espace de ce lieu qui l'avait vu naître. Le comptoir et ses casiers trop bien rangés, la cheminée où finissait de rôtir le sorla, les tables sans godets… et, père et fille les yeux humides, le tabouret haut de Passe-Partout…

Ils sursautèrent en entendant un bruit sec à l'étage. Vince et Sup apparurent en haut de l'escalier. Le revenant de Port Vent, sans plus d'explications, s'exclama :

– Prêts ?

Malgré les circonstances, ils tombèrent en souriant dans les bras de leur camarade. Sa présence toutefois fit ressurgir leur inquiétude quant à la folie qui animait désormais Mortagne.

– Seule certitude, il vous faut absolument partir ce soir ! Vince, Carl et Abal vous accompagnent.

Sup s'interrompit et avala sa salive. Mal à l'aise, il chercha les mots pour exprimer ce qu'il venait d'apprendre, sans y parvenir, et choisit la manière directe :

– Mortagne a été ensorcelée. Ils ont décidé de vous arrêter à l'aube et de vous exécuter.

Les… les potences sont montées.

Les concernés déglutirent à leur tour avec difficulté. S'ils avaient eu ne serait-ce qu'un doute quant à leur fuite, il était maintenant dissipé ! Sup poursuivit :

– J'espère que le tunnel de Josef est sûr. À la tombée de la nuit, le gang aura chargé l'embarcation de Vince à l'endroit convenu.

Il avisa les maigres bagages cachés sous l'escalier et ajouta :

– Vous pouvez vous en prendre un peu plus. La barque est grande et profonde. Je dois y aller. J'ai Valk et Tergyval dans les bois qui doivent s'impatienter !

Josef talonna les deux compères jusqu'à l'étage. Avant qu'ils ne s'échappent par les toits, il confia à Sup :

– Je conduirai en tête le bateau de Passe-Partout pour nous diriger, mais je ne sais pas naviguer...

Sup comprit le désarroi de l'aubergiste et tenta de le rassurer :

– Positionne la voile au vent du sud, il est dominant en ce moment, et suis la côte en cabotant de crique en crique. Mais attention, uniquement après avoir laissé Mortagne loin derrière toi à cause des récifs ! Tu ne voudrais pas rendre le bateau à Passe-Partout en mauvais état ?

– Mais Passe-Partout est mort ! lui asséna Josef, interloqué.

Le chef de gang leva un sourcil, secoua négativement la tête et haussa les épaules en serrant celles de Josef. D'un sourire contrit, il répondit :

– Pas le choix. Là, il faut fuir !

Face à Sup, Tergyval contenait mal sa rage. Savoir Perrine aux mains d'inconnus le rendait fou.

– Par où es-tu passé, que j'y aille ! Je dois en avoir le cœur net !

– Le gang ne peut plus nous aider à entrer. Ils préparent leur fuite… Et puis, tu es trop lourd pour les toits !

– Eh bien, je ferai sans eux et par un autre chemin ! Me reste à trouver lequel !

S'attendant à ce type de velléité de la part du bouillonnant Capitaine des Gardes et ne pouvant le faire accéder à la Cité par son passage secret, Sup avait réfléchi à une manière différente d'atteindre Mortagne. Il parvint finalement à le calmer quand, autoritaire, il asséna :

– D'accord, mais ce sera sans Valk ! Trop risqué... Attention, Tergyval, une fois sur place, tu ne pourras compter sur personne ! Maintenant, patientons que la nuit tombe pour y aller.

Le Dragon tomba en piqué sur un groupe de chevreuils et en préleva deux de ses puissantes serres, les tuant dans l'instant pour éviter leurs aboiements caractéristiques. Tous ses efforts de discrétion afin de rejoindre sa destination ne sauraient être mis à mal par ces proies ! Il se servit de la complicité de la nuit sans lune pour préparer son arrivée et plana autour des deux pics au cœur desquels se situait sa tanière. Le Dragon fut surpris de ne pas voir autant de feux que d'habitude dans la partie habitée par celles qui le vénéraient. Mais depuis les mutations des sangs noirs, son attention se polarisait plus sur le ciel et ses occupants qu'au sol ! Il n'atterrit devant sa caverne qu'avec la certitude de se retrouver seul, déposa ses proies dans son antre et réserva des blocs de pierre pour en fermer l'accès. Le prédateur des prédateurs put enfin souffler après ces jours et ces nuits de cavale incessante...

Parmi les nombreux nids de Dragon à sa disposition sur le Continent, celui-ci demeurait le plus vaste. Et depuis l'extérieur, personne ne pouvait imaginer que l'un des deux pics fut totalement creux ! Il leva les yeux sur les parois de l'immense cône dont il occupait le centre sans pouvoir en apercevoir la pointe, à moins de s'envoler pour y accéder. Il se contenta de tendre l'oreille pour se rassurer qu'aucun gêneur, à poils ou à plumes, n'avait investi l'endroit et, apaisé, débuta son attente. Pourquoi tardait-il ? Où était donc le gamin en qui il avait placé sa confiance ? Dans sa longue vie de Dragon, il ne l'avait précédemment accordé qu'une fois, à juste titre ! Avait-il décidé de renouveler cet acte de foi parce que la Magie des Sombres qu'il détenait lui permettait d'exiger une contrepartie intéressante ? Non. Certes, une négociation nécessitait une loyauté réciproque, mais Sébédelfinor avait tout bonnement misé sur les gènes du Petit Prince qui n'avait cure d'une éventuelle récompense. Ses pensées s'assombrirent :

Pourvu que les sangs noirs ne lui barrent pas la route !

Lorsque la pénombre commença à noircir Mortagne, Carambole alluma des bougies plus ou moins courtes dans les pièces à l'étage, côté rue de la soif, justifiant d'une présence pour ceux de l'extérieur. Elles s'éteindraient seules, faisant croire aux gardes que les occupants s'étaient endormis. Avant de regagner la cave, la jeune fille laissa ouvertes les fenêtres du couloir menant aux chambres et donnant sur les toits. Une fausse piste pour les cerbères qui chercheront inévitablement leurs traces... Josef compta son petit monde et avisa la somme de bagages à emporter. Il fronça les sourcils à l'attention de Jokoko et sa malle de documents, sans plus de commentaires.

Tergyval s'étonna que Sup enfourche son ptéro, s'attendant à entrer dans Mortagne à la nage ! Dans l'obscurité, les cavaliers firent planer leurs sauriens au-dessus de l'enclos de Guilen. Les braseros éteints, la piste n'était plus susceptible d'accueillir quiconque. À l'aveugle, ils bataillèrent pour atterrir et cachèrent leurs montures. Sup guida ensuite Tergyval jusqu'au trou réalisé dans la clôture du périmètre pour venir nourrir incognito son jeune ptéro. Il donnait sur une ruelle étroite jouxtant l'arrière du Palais. Tergyval connaissait particulièrement bien cette venelle, seuls ses gardes et lui-même avaient la possibilité de l'emprunter. Au fond de l'impasse se situait l'accès au poste des geôliers et par la même la prison. Trois étages au-dessus, il devina ses appartements et, quelques fenêtres plus loin, ceux de Perrine. Sup colla son oreille à la porte.

– Ils sont deux... Avec un peu de chance, ils me poursuivent et te laissent le champ libre. On se retrouve à l'enclos au plus vite ! Je vais les occuper...

Et il frappa vigoureusement du poing. Un garde ouvrit, ahuri de voir quelqu'un à cet endroit et à cette heure.

– Salut ! Je cherche un abruti qui invoque Ferkan. Ce ne serait pas toi, par hasard ?

L'homme rugit et s'élança à sa poursuite. Tergyval, stupéfait de la méthode employée par Sup, en profita pour pénétrer discrètement le local des cerbères. Il aperçut l'autre, assis dos à la porte, qui n'avait pas daigné se déplacer. Le coup partit vite et fort. Il s'affala sur la table. Le Maître d'Armes subtilisa les clefs au râtelier et monta l'étroit escalier.

Sébédelfinor leva brusquement la gueule. Le calme abandonnait la nuit !

S'extirpant de sa tanière, il s'envola dans la direction opposée aux bruits confus et s'éleva. Les airs demeuraient tranquilles, à l'inverse du tumulte s'accentuant dans la vallée. Dans la pénombre, des armes s'entrechoquaient. En bas, on se battait.

En toutes circonstances, le Dragon se moquait des conflits des bipèdes et les ignorait. Mais il attendait quelqu'un, le porteur de quelque chose à ses yeux inestimable ! Et la fragilité de l'objet ne supporterait pas un combat. Il plongea.

Pour maintenir son poursuivant en haleine, Sup réapparaissait de temps à autre. Mais leur nombre augmentait et la traque s'intensifia, couvre-feu oblige ! Il pensa à son mentor, maître en déplacements rapides, et sourit.

Je veux que tu sois fier de moi ! songea-t-il.

Il dut faire appel à toute son ingéniosité et ses connaissances des recoins de Mortagne pour les semer.

– Bien ! Vous allez au bout du tunnel jusqu'à la grille… Là, vous m'attendez !

Obéissante, la troupe s'exécuta sans bruit. Josef plaça des fûts vides devant la façade et se laissa à peine une ouverture pour s'introduire dans la barrique factice. Du bout des doigts, il en coulissa avec difficulté un dernier près de l'issue de secours afin de la masquer au mieux, fit jouer le mécanisme de fermeture et rejoignit le groupe. Arrivé à la lourde grille, Josef se concentra sur les bruits extérieurs. N'entendant que le ressac, il attrapa une clef pendante accrochée au plafond. Ils franchirent un épais mur d'algues qui obstruait, mais camouflait efficacement l'entrée secrète, et se retrouvèrent face à l'océan. Dans la nuit d'encre, la voix de Vince chuchota :

– Attention…

Tergyval ouvrit la porte de la prison et s'approcha des cellules. Sa colère monta d'un cran. Au sol, à moitié dénudée, gisait une des novices d'Anyah... En face, Duernar le bûcheron, encore entravé, le visage tuméfié, le cou brisé... Une cage avec deux filles enchaînées, vouées à Lumina, venant de la Maison du Plaisir qu'il avait cessé de fréquenter depuis Valk... Une seconde novice du temple d'Antinéa, dans un état aussi pitoyable que la première... Et d'autres cachots emplis d'innocentes victimes !

Viol ! Torture ! Certains morts ! Assassinés !

Sup, haletant, avait traversé la Cité, rendant fous ses poursuivants. Il sauta la statue renversée d'Antinéa et se faufila comme un félin du parvis du temple de la Déesse de la Mer jusqu'au port. À l'aplomb du rempart dominant la plage, à la lumière des seules étoiles, il reconnut les deux bateaux des fugitifs, vides et anormalement amarrés.

Bizarre... Ils devraient être là, prêts à déguerpir, voire déjà partis !

Un bref coup d'œil en contrebas et il comprit la raison de leur retard ! Délaissant le ponton d'accostage, Sup s'approcha du garde en faction qui rêvassait sur le sable et l'apostropha :

— Eh ! Comique ! Viens m'attraper !

Vince les invita à le retrouver là où il était tapi, en suivant sa voix et en toute discrétion. Non loin, Carl et Abal, tous deux allongés au fond de la grande barque, épiaient chacun leur tour un imbécile de planton qui scrutait la mer sans bouger. Camouflés derrière des monceaux de varechs vomis par les vagues, Vince et ceux de « La Mortagne Libre » désespéraient de le voir tourner les talons !

Entendre la voix de Sup l'interpeller à ce moment fut une délivrance.

CHAPITRE XXIII

Celui dont le nom avait été effacé des mémoires d'Avent le faisait naître à nouveau : Ferkan. Le Déchu devait recevoir ses premières invocations avec délectation !

Le Messager prit acte de cette cruelle défaite et reconnut que la stratégie déployée par le Fourbe s'avérait imparable. La moitié des Dieux d'Ovoïs mourrait bientôt et le gêneur au sang mêlé éliminé, plus rien ne saurait l'atteindre.

Cube après cube, Séréné gagnait en ampleur et en pouvoir. Le Fourbe en profitait pleinement et se félicitait des heureuses initiatives de Pyrah. Le métamorphe venait enfin de repérer l'antre du Dragon ! Sa nouvelle armée de prosélytes investirait sous peu l'intégralité d'Avent grâce à l'Eau Noire générée par Bellac enchaînée au Ventre Rouge.

Sébédelfinor ! Son ultime étape !

Après... Après seulement, la Fontaine pourrait reprendre sa liberté.

Il regarda Pyrah, qui, avant de se transformer, s'était saisie de l'œuf de Mortagne.

Lorbello. Extrait de « Origines du Dieu sans Nom »

Sébédelfinor plana au-dessus des belligérants. Sa vision nocturne confirma ses doutes. À côté d'un Nain et d'un guerrier massif ferraillant avec force, un groupe de cagoulés encerclait une silhouette de plus petite taille, le submergeant. Le Dragon se mit à bouillir, au sens littéral du terme. Passe-Partout et sa compagnie se faisaient déborder ! Un passage rasant permit d'éliminer une dizaine d'agresseurs, Sébédelfinor s'interdisant de cracher son feu au risque de les anéantir tous sans distinction. La colère s'empara du prédateur des prédateurs lors de son deuxième survol. Le groupe encerclé par les sangs noirs tombait sous les coups répétés des glaives. Ses ailes fauchèrent les ennemis encore debout, ses griffes et ses mâchoires déchiquetant les quelques corrompus qui, ignorant la peur, osaient dresser leurs lames contre lui.

Sur le charnier, le silence remplaça les cris et les entrechocs des armes.

Le Dragon se posa, retourna délicatement le corps le plus menu et le reconnut. Il tenta un message mental qui n'aboutit pas... Passe-Partout avait été tué sous ses yeux. Jamais de sa longue vie, il n'avait connu un tel trouble. Fébrile, il chercha un sac ou une besace, et trouva. À l'intérieur, l'œuf de Mortagne était intact. Il s'en empara, regarda avec émotion le cadavre de celui qui avait tenu parole, et s'envola dans la nuit.

Bien après le départ du Ventre Rouge, le corps de Passe-Partout se mit à frémir. Quelques spasmes plus tard et en lieu et place du jeune homme se dressa le métamorphe, celui-là même qui remplaçait, il a peu, la jeune Pyrah. Un nuage d'oiseaux noirs se posa et muta. Deux corrompus se penchèrent sur les dépouilles de la fausse Compagnie de Mortagne et relevèrent un ex-humain, celui à la plus haute stature, pour lui attacher les poignets. Un troisième, en robe de bure, l'approcha pour effectuer quelques passes de ses mains agiles, lui faisant ouvrir les yeux. Si la possibilité lui en avait été donnée, le métamorphe aurait ri aux éclats ! Il avait dupé le Dragon. Le convoi s'élança à pied, dans un silence absolu, vers le bout de la vallée, droit sur les Drunes.

Maintenant, il faut disparaître ! pensa Sup qui venait de rajouter le garde de la plage à la liste de ses poursuivants.

Il remonta vers la ville, se dissimula au passage de deux néo-scribis vêtus de noir et tourna dans la rue de la soif. Un dernier coup d'œil et il emprunta une impasse étroite, escalada la façade d'un bâtiment, pénétra par une fenêtre restée ouverte et se cacha. Les gardes s'éparpillaient dans la Cité. Nostalgique, il regarda une ultime fois le repaire secret du gang avant de le quitter par les toits.

– Tergyval...

Un chuchotement, son nom à peine audible. Il courut vers la dernière geôle.

– Anyah !

Il chercha fébrilement la clef. Elle s'accrocha à son cou en gémissant de douleur. Ses lèvres et ses pommettes tuméfiées la rendaient méconnaissable. L'absence de vêtements révélait les innombrables bleus qu'elle ne pouvait dissimuler. Elle murmura :

– Des chiens... Ils sont devenus des chiens...

– Ne dis rien. Tu peux marcher ?

Groggy, la Prêtresse fit malgré tout signe que oui. Il la couvrit de sa cape pourpre de Capitaine de la Garde de Mortagne et l'enserra par les épaules.

Tergyval n'avait plus qu'une idée en tête. Déterminé, il gravit de nouveau l'escalier, soutenant une Anyah chancelante, et franchit la porte d'accès au Palais. Dans une rage visible, il ne prit aucune précaution en arpentant le couloir menant à ses appartements. Les pieds sur le bureau, l'homme qui occupait son fauteuil tenta vainement de s'opposer à lui, mais la lutte fut de courte durée. Anyah s'autorisa même un coup de pied au corps sans vie du garde à terre en reconnaissant un de ses violeurs et suivit Tergyval qui déjà se ruait dans la partie privative de la Prima.

Le gang entreprit de rapprocher la barque du voilier, pourvu d'un mât rétractable, que Passe-Partout avait emprunté aux pêcheurs de perles d'Opsom pour rentrer à Mortagne. Une fois arrimés, les deux bateaux gagnèrent la pleine mer, chacun pagayant discrètement, s'éloignant en silence de Mortagne la Possédée. Jugeant la distance suffisante, Josef hissa la toile qui se gonfla du vent du sud et l'entraîna au gré du souffle. Ému, le capitaine de fortune regarda au loin et salua une dernière fois sa Cité devenue invisible. Il se tourna et déclara :

– Dormez ! J'aurai besoin de vous demain !

Porteur de son trésor et d'une peine immense, le Dragon s'empierra soigneusement dans son antre. Il se sentait coupable de n'être pas arrivé plus tôt et pesta contre le luxe de précautions qu'il prenait pour sa sécurité. Il fallait se rendre à la raison : les Sombres avaient désormais totalement disparu de la surface d'Avent ! Mais le dernier de ce peuple lui avait donné l'opportunité que sa propre lignée ne s'éteignît pas. Il plaça ce bien tant convoité au centre de sa couche, dévora les chevreuils et s'installa avec lenteur et prudence avant de l'envelopper de sa masse. D'une longue inspiration naquit en lui le feu des Dragons, celui qui, comprimé dans son ventre, permettra à l'œuf d'éclore dans quelques semaines. Une intense chaleur l'envahit. Il laissa la fièvre monter et l'engourdissement le gagner. Ses yeux d'or clignèrent. Un dernier regard alentour valida la tranquillité du repaire.

Une ultime pensée pour Passe-Partout, et il s'endormit.

Allongée sur son lit, les mains croisées sur la poitrine, Perrine reposait. À la vue de sa pâleur, Tergyval s'empressa de détecter un signe de vie. Les dents serrées, après plusieurs essais, il finit par sentir son pouls. Avec mille précautions et autant de déférence, il la souleva et signifia silencieusement à Anyah de le suivre. Revenant sur ses pas, il tomba nez à nez avec le Grand Chambellan qui voulut crier aux renforts. Rassasniak hurla, mais de douleur ! Un coup de botte dans le genou le fit ployer et le second dans la mâchoire sécha l'échalas.

– De la part de notre regretté Passe-Partout ! Partons maintenant ! grinça le Capitaine.

Anyah attrapa la manche de Tergyval, le questionnant du regard :

– Des troubadours de passage à Port Vent nous ont appris la triste nouvelle. Nous avons fait au plus vite pour rentrer...

Suivi de près par la Prêtresse d'Antinéa, il s'empressa de sortir du Palais par l'escalier emprunté à l'aller, s'assurant de fermer à clef toutes les portes derrière lui.

Lorsque Sup atteignit l'enclos de Guilen, il trouva un Tergyval particulièrement impatient.

– Vite ! Tu prends Anyah !

Il n'osa pas contredire le Maître d'Armes, mais la Prêtresse, pourtant loin d'être obèse, représentait un poids supplémentaire non négligeable pour son jeune ptéro ! Tergyval asséna fermement :

– On avisera après ! Priorité, sortir d'ici !

Tergyval parlait comme un membre du gang. Sup ne lui avoua pas ce qu'il pensait de son langage et acquiesça. Les mouvements des gardes et des scribis de Mortagne s'intensifiaient singulièrement. Le passage du Capitaine au Palais ne devait pas y être étranger !

Josef angoissait. Diriger deux embarcations en pleine nuit sans rien connaître en navigation était une folie ! Derrière lui, tout le monde dormait, heureusement. Il se rappela les conversations des marins à son comptoir et repéra avec facilité ce groupe d'étoiles indiquant le nord, nommé triangle de Gilmoor.

— Le Dieu de la Vie, soupira l'aubergiste, les yeux au ciel. Pourvu que cela nous porte chance… Pour une fois !

Bien plus tard, luttant contre le sommeil et accroché à la barre, Josef, naviguant à l'aveugle, aperçut une lueur, loin sur la droite.

Probablement un feu sur la côte.

Il remercia muettement l'inconnu qui avait allumé ce brasier lui confirmant qu'il se trouvait à bonne distance du rivage.

Laissant Mortagne derrière eux, Tergyval et Sup rejoignirent Valk. Pourtant court, le vol fut éprouvant pour le jeune ptéro. Le Capitaine posa sa main sur l'épaule du chef du gang.

— Tu as pris de gros risques pour les attirer sur toi ! Culotté comme méthode !

Sup sourit. Il était reconnu par la première lame de Mortagne ! Par un expert en stratégie ! Modeste, il répondit :

— Technique du Beleb enseignée par Passe-Partout ! Je le remercierai, la prochaine fois, de me l'avoir apprise !

Le Capitaine baissa la tête et ne rétorqua pas, conscient que si Sup n'avait trouvé en lui que le déni pour se protéger de la disparition de son héros, il valait mieux ne pas le contredire. Il poursuivit sur un autre sujet :

— Gros avantage. Sans sauriens, ils ne peuvent pas nous pourchasser, souffla-t-il en se penchant, inquiet, sur Perrine.

Valk, atterrée par le récit de son compagnon sur les événements frappant Mortagne, s'approcha d'Anyah pour l'aider à s'asseoir contre un touba.

— Port Vent ? suggéra la Belle.

Tergyval désapprouva d'une grimace. Non seulement il n'y avait pas l'équivalent de Fontdenelle à Port Vent, mais dans l'état où devait se trouver la ville, une Prêtresse d'Antinéa n'y ferait pas de vieux os ! Cependant il lui fallait prendre une décision dans l'urgence, la Prima ne tiendrait pas longtemps dans cet état.

— Alors, Océanis ! proposa Sup, qui poursuivit : le bateau de Josef se dirige vers le nord, avec Fontdenelle à bord !

Le Capitaine souleva la Prima, la cala dans ses bras et murmura :

— Chances plutôt minces… Nous partons tout de suite !

Il se tourna vers la Prêtresse. Épuisée, elle s'était endormie contre l'arbre. Il pinça les lèvres. La mimique, induisant que le transport d'urgence ne pouvait concerner que Perrine, fit réagir Sup :

— Il faut laisser Anyah récupérer. Quant à moi, je veux pouvoir guider Josef et les autres jusqu'à Océanis en les rejoignant à ptéro, et je ne les repérerai qu'en plein jour.

Ébahie par la perspicacité de Sup qui ne lassait pas de la surprendre, Valk conclut :

– Donc, je reste avec toi pour transporter Anyah.

Tergyval acquiesça.

– À l'arrivée, tu sais qui demander.

Puis s'adressant à Sup :

– Ah ! Prends ça !

Il fouilla dans sa botte pour en extraire une dague effilée qu'il lui tendit. Interdit, la lame dans les mains, le chef de gang demeura immobile et sans voix pendant que Tergyval disposait Perrine le plus commodément possible sur son ptéro et déclarait en s'envolant :

– On se retrouve au plus tôt à Océanis.

Sa contenance revenue, Sup chercha Valk des yeux. Elle semblait s'être assoupie, appuyée au même tronc qu'Anyah. Il écouta le silence relatif dans l'obscurité et réalisa qu'en ce qui le concernait, ce bivouac à la belle étoile, en forêt, s'avérait une grande première. Le débrouillard chef de gang se sentait quelque peu démuni sans ses repères habituels et dans cet environnement inconnu !

Finalement, je ne suis qu'un citadin… Un rat des villes ! se dit-il en se tournant vers la servante d'Antinéa, dormant elle aussi à poings fermés.

Il puisa un peu de courage en se remémorant les périples de celui qu'il respectait par-dessus tout.

Combien de nuits Passe-Partout avait-il passées, lui, seul dans les bois ?

À moitié rassuré, il avisa son jeune ptéro se goinfrant des fougères environnantes. Il envia son insouciance et serra le pommeau de la dague de Tergyval :

– Truc ! S'il y a danger, tu grognes fort, hein ?

Les yeux rougis par le manque de sommeil, Tergyval aperçut Océanis aux premières lueurs de l'aube. Repéré aisément par les sentinelles n'ayant pas eu d'autres visiteurs à ptéro que Valk ou lui, les portes de la ville s'ouvrirent aussitôt. Elliste se précipita à sa rencontre, accompagné de Baroual, le médecin de Bredin 1er, prévenu de la présence d'un blessé. Tergyval donna le peu d'indications qu'il détenait au praticien attentif sur les causes de l'état de Perrine, lui recommanda la plus grande prudence et l'informa de l'arrivée imminente de Fontdenelle par la mer ainsi que de Valk et Sup, par les airs, menant une seconde patiente potentielle. Baroual fit la moue en apprenant la venue d'un confrère, mais affirma œuvrer pour la Prima comme s'il eut s'agit de quelqu'un de sa famille. Elliste remarqua autour du cou de Tergyval la présence du pendentif, cadeau de ses maîtres.

– N'était-il pas destiné à ce fameux Passe-Partout ?

Le Capitaine des Gardes de Mortagne résuma à celui d'Océanis l'essentiel des graves nouvelles qui les accablaient, et surtout celle qui l'empêchait de remettre le collier au héros à qui Cleb et Bart voulaient l'offrir.

– Tu es exténué, Tergyval ! Viens te reposer. Nous parlerons plus tard.

Elliste l'invita à le suivre dans une chambre préparée à la hâte à son intention.

– Pas longtemps…

– Je te réveille, pas de souci !

Elliste donna quelques ordres aux bonnes fins d'accueillir les futurs arrivants. Inquiet des propos tenus par Tergyval, il demanda audience aux deux éminences grises d'Océanis pour les en informer. Bart blêmit en apprenant la mort de Passe-Partout. Cleb eut du mal à conserver son calme.

– Lors de sa précédente visite, Tergyval nous avait prévenus d'une possible invasion guerrière ! Celle-ci est d'un tout autre genre !

Bart se tourna vers Elliste et cracha d'une voix rauque :

– Vois si Océanis n'est pas touchée par ces missionnaires de malheur !

CHAPITRE XXIV

– Maître, de la visite ! proféra l'esclave d'une voix de crécelle.

Antinéa précéda Sagar dans la sphère Ovoïdienne du Messager gravement blessé.

– Que me vaut l'honneur de cette agréable entrevue ? s'étonna-t-il, sarcastique.

La Déesse des Océans prit la parole :

– Lorbello, nous t'avons souvent mis à l'écart…

– Souvent ? Ne faisant pas partie du sérail, vous ne m'avez jamais accepté ! répondit-il sèchement en grimaçant de douleur.

– Nous regrettons cette attitude à ton égard ! ajouta Sagar.

Le Messager se détourna et, mettant fin à l'entretien, déclara :

– Développez votre prêtrise sur Avent ! Préparez vos armées ! Et, Dieux d'Ovoïs, pour votre devenir, priez ! Priez qui vous voulez !

Lorbello. Extrait de « Crise en Ovoïs »

Une grosse décharge d'adrénaline réveilla Sup. Il se redressa dans un sursaut, les yeux balayant le campement de droite et de gauche, coupable de s'être assoupi. Le cœur en bataille, il repéra Anyah et Truc, tous deux paisiblement endormis, et prit une longue inspiration. Par chance, aucune alerte ne s'était produite pendant la nuit. Il chercha Valk, invisible, toucha délicatement Anyah pour la sortir du sommeil, et chuta sur son auguste postérieur, déséquilibré par la Prêtresse qui le repoussa en un violent mouvement réflexe ! Confuse, elle bredouilla :

– Pardonne-moi… J'ai cru que c'était les chiens du Palais.

Sup se releva en lui signifiant qu'elle était toute excusée et fouilla dans sa besace à la recherche de quelque chose à manger. Truc profita de l'instant pour retourner à ces chères fougères. Tout en proposant à la Prêtresse du sorla séché, le chef du gang lui glissa :

– Il faudrait partir…

Anyah le regarda tristement et se leva en gémissant. Sup lui tendit sa collation et se confronta alors à une situation inédite : son bras ne rencontra que le vide. Un soubresaut, une convulsion, et il la vit quitter la terre ferme ! Incrédule, Sup la suivit des yeux. Une voix différente de celle d'Anyah s'échappa de la bouche de la Prêtresse.

– Qui es-tu ?

Interloqué et méfiant, Sup répondit en bégayant :

– Su… Am… Amandin !

– Je n'ai pas de temps à perdre, Amandin ! L'Enfant de Légende est vivant et doit se rendre au plus vite aux Quatre Vents ! Vous devez l'aider à trouver cet endroit ! Anyah sait comment l'informer !

La Prêtresse retrouva sa pâleur en regagnant le sol. Exténuée, elle s'effondra littéralement sur elle-même, retenue de justesse par Sup qui amortit sa chute. Valk apparut sur ses entre faits, les mains chargées de baies rouges fraichement cueillies, et s'approcha du chef de gang penché sur Anyah. La Belle comprit immédiatement avoir manqué un événement de taille ! Elle semblait au plus mal alors que Sup, lui, jubilait. La Prêtresse réussit à murmurer :

– Bonne nouvelle... Mais je ne sais pas où se trouvent les Quatre Vents...

Et elle sombra dans l'inconscience. Valk ne s'expliquait pas l'excitation de Sup qui s'affairait avec fébrilité à harnacher son ptéro :

– Il faut que l'on parte au plus vite ! arriva-t-il à dire entre deux hoquets d'hilarité.

À cet instant, Valk douta qu'il lui restât une once de raison et vérifia par elle-même l'état d'Anyah. Cherchant son pouls, qu'elle finit par trouver, elle lança à Sup :

– La bonne nouvelle t'est-elle exclusivement réservée ?

Un sourire jusqu'aux oreilles, Sup se saisit de la besace de Valk et l'installa sur la croupe de son ptéro. Le saurien ne reconnaissant pas sa maîtresse voulut lui exprimer son extrême mécontentement, ce qui fit rapidement rappliquer Valk pour le calmer ! Ignorant le danger encouru, Sup semblait parler tout seul :

– Non... Il faut la partager, cette nouvelle, au contraire ! Mais pas à tous, non ! Uniquement à ceux qui luttent pour Avent... Les corrompus ne doivent rien savoir !

Excédée, l'Amazone l'attrapa par le col d'un air ne tolérant pas de non-dit.

– Crache le morceau maintenant, ou je te jette à mon ptéro !

Malgré la menace et l'étranglement, Sup ne cessa d'exulter et parvint à lâcher la fabuleuse révélation divine.

– Passe-Partout... est... en vie !

Abasourdie, la guerrière retrouva dans la seconde ce sourire ravageur qui l'avait quitté depuis quelque temps. Elle serra dans ses bras le chef de gang, lui laissant de cet instant un souvenir impérissable. S'activant à leur départ, Sup, redescendu sur terre, confia à la Belle :

– Incroyable ! J'ai parlé à Antinéa ! Au passage, les Dieux sont mal informés. Heureusement que j'ai en mémoire l'endroit précis où se trouvent les Quatre Vents !

– La carte de Carambole ! Traduite par Jokoko et subtilisée par Pyrah ! se souvint Valk.

– Exact ! Quoique je ne sache pas comment transmettre sa localisation à Passe-Partout...

Valk leva la main et tendit son index :

– Anyah doit pouvoir entrer en relation théopathique avec Barryumhead, si toutefois les Nains l'ont retrouvé ! Aide-moi à la redresser.

Elle pressa quelques baies rouges et réussit à les faire boire à la Prêtresse :

– Un truc à Passe-Partout... Cela devrait marcher !

Quelques minutes plus tard, les yeux d'Anyah clignèrent et elle n'hésita pas à fournir un effort supplémentaire. La cause des Quatre Vents primait sur sa propre santé ! Elle rassembla le peu de forces qu'il lui restait et se concentra. Sup trépignait. Il leur fallait retrouver la barque de Josef ; ceux qui voguaient vers Océanis devaient connaître en priorité la bonne nouvelle !

Le Prêtre se tint la tête, comme frappé d'une migraine subite ! Les jumeaux s'élancèrent pour le soutenir et firent signe à Gerfor qui, oubliant son différend avec Barryumhead, se précipita, leur proximité telle qu'on eût cru qu'il voulait l'embrasser. Une lassitude extrême se percevait dans la voix d'Anyah :

– Mortagne est tombée aux mains d'une divinité nouvelle. Nous fuyons vers Océanis. Gerfor, Passe-Partout est vivant. Tu entends ? Vivant !

Le sang du Nain ne fit qu'un tour. Il bondit et se mit à courir vers son cheval pour l'enfourcher. S'apercevant un peu tardivement qu'il n'était pas seul, il revint vers le groupe pour relever Barryumhead, bien inutilement d'ailleurs, le religieux supportant de mieux en mieux les contacts théopathiques. Le Prêtre de Roquépique lança à son chef un regard de réprobation éloquent. Gerfor bougonna en guise d'excuse et sonna le départ :

– En avant, par Sagar !

Les Nains talonnèrent leurs montures, direction la Forêt d'Émeraude.

En arrière serait plus juste, pensa Barryumhead.

Les chevaux de trait, peu habitués à galoper et de surcroît à ce rythme, ne tiendraient pas jusqu'à destination. Gerfor décida d'une nouvelle halte à Carminal et se rua chez le marchand de bestiaux local. L'homme fut surpris de les revoir si vite et effaré de constater que ses clients, exigeants à l'aller, s'étaient transformés en chalands à qui tout convenait ! Gerfor paya le prix demandé sans négocier, à tel point que le commerçant, connaissant maintenant la réputation des Nains et désireux de ne pas entacher celle de son acheteur, lui offrit des provisions de bouche pour le voyage ! Le groupe repartit sur le champ avec des montures fraiches, dans un nuage de poussière.

Anyah, soumise à deux sollicitations théopathiques successives, faisait peine à voir. Elle libéra Sup de son embarras sur une décision à prendre la concernant et argua dans un souffle :

– Nous devons y aller... Attachez-moi au ptéro...

En installant Anyah le mieux possible, Sup s'offrit un excès de confiance jubilatoire.

– Au fait ! Quel est celui d'entre nous qui n'a jamais cru à la mort de Passe-Partout ?

Valk s'assurait que sa passagère fut bien arrimée à la croupe de son saurien et sourit de la boutade sans se retourner.

En inventoriant ses affaires, constatant des manques, Passe-Partout décida de ranger la cape de plumes de Dollibert dans un sac à dos et d'y attacher l'arc de son père à la sangle. Le vêtement ne lui avait pas servi à grand-chose et l'arme était devenue inutilisable. La corde s'était abîmée jusqu'à casser au contact de la toile de la Korkone quand il s'y était englué. Il s'aperçut que sa veste de sylvil paraissait neuve. Plus aucune trace des traits stoppés par l'armure légère ! Il chercha Elsa pour lui manifester sa reconnaissance, tendit l'oreille pour la repérer à son bourdonnement caractéristique et ne discerna qu'un bruit de sabots lointain. Au pied du Mont Eyrié, des volutes de poussière confirmèrent la progression de chevaux. Il jeta un regard en coin à Kent :

– Le retour des Nains !

Le Clair accusa le coup. Il s'était mal comporté avec eux, principalement avec Gerfor, et appréhendait quelque peu leurs retrouvailles. Darzo grimpa sur l'épaule de son cousin et, à l'aide de son quartz, leur signifia leur position en y faisant se réfléchir le soleil.

La saleté collait à leurs robes trempées de sueur, les montures peinaient à parcourir la dernière lieue escarpée et pierreuse. Le détachement de la Horde de l'Enclume ne tarda pas à rejoindre Passe-Partout. Gerfor le souleva de terre pour le serrer jusqu'à l'étouffement.

– Par Sagar ! Je n'aurais pas dû écouter le Clair !

Le Nain se tourna vers Kent et le toisa. L'Elfe leva la main, paume visible, et déclara :

– Accepte mes excuses… Sincèrement.

Gerfor observa ses pairs afin de trouver la réponse appropriée. Les jumeaux, fidèles à leur habitude, ne lui furent pas d'un grand secours. En revanche, le rictus affiché de son Prêtre, interprété comme un pardon, l'inclina à rétorquer avant de se jeter contre le ventre de Kent :

– Ne me refais jamais ça ! Je te couperai en morceaux ! Comme Valk qui a retourné sa veste !

Passe-Partout leva un sourcil et lâcha d'un ton amer :

– Ce n'était pas Valk ! Le Fêlé s'est laissé prendre, lui aussi.

Gerfor retrouva son humeur des mauvais jours :

– Nous savons ce que nous avons vu !

– Et je ne le remets pas en cause ! Moi, je vois une forme humanoïde, couverte de plumes noires, avec une tête sans visage. Il s'agit de quelqu'un qui veut ressembler à Valk !

– Et tu serais le seul à voir… cette chose ? déclara Gerfor.

– Je ne me l'explique pas plus que toi. Reste que notre ennemi a monté d'un cran ses créations, et celle-ci peut vraisemblablement prendre l'apparence qu'elle veut !

Le Nain jeta un regard porcin circulaire. Passe-Partout s'amusa de sa méfiance :

– Gerfor, aucun d'entre nous ici n'est autre chose que lui-même.

Kent baissa les yeux :

– Comment savoir, sans ta présence, si celui qui se tient à côté de toi est réellement ton allié ?

Un long silence s'ensuivit. Gerfor commençait à comprendre tout l'enjeu futur de leurs relations et préféra changer de sujet.

– Ah ! Ceci t'appartient ! grogna-t-il en tendant à Passe-Partout le livret d'Erastine, le couteau de dépeçage et le poignard de Gary.

L'enfant sentit une boule se former au creux de son estomac. Le manche à la gueule grimaçante lui rappelait que le dernier de la Compagnie des Loups avait définitivement disparu. Il balbutia :

— Bien sûr... Il te fallait des objets personnels, reconnaissables, pour attester que j'avais quitté le monde des vivants. Je suppose que tu as l'épée à deux mains du F...

Sa voix s'étrangla. Il n'arriva pas à prononcer son nom. Gerfor renifla et sans transition déclara :

— Bien ! Où allons-nous ?

Kent croisa ses longs doigts, comme pour une prière :

— Avant de mourir, Jorus a supplié que nous rejoignions les Quatre Vents.

Barryumhead ajouta :

— Anyah a insisté aussi.

Les sourcils froncés de Gerfor le restèrent. L'angoisse de Kent, attendant la réponse de Passe-Partout, se lisait sur son visage. Rompant le silence, ce dernier annonça :

— Je n'ai qu'une parole ! Nous pourrons partir quand je serai plus en forme... Si quelqu'un sait au moins quelle direction prendre !

Le maigre sourire de Kent, fugace, laissa place au désarroi, ignorant tout, lui aussi, de l'endroit qu'on nommait les Quatre Vents. Gerfor se tourna vers son Prêtre qui s'affairait sur les blessures de l'enfant. Négligeant ostensiblement son chef, Barryumhead fixa l'Elfe qui lui rétorqua :

— Je suis à court de Magie. Si ton Dieu peut faire quelque chose, n'hésite surtout pas !

Le religieux Nain se concentra et psalmodia un appel à Sagar, imposa ses mains sur les zones encore sensibles et s'écarta pour voir le résultat de son « opération ». D'évidence réussie puisque Passe-Partout se releva en effectuant des mouvements d'échauffement, laissant entendre que plus aucune gêne ni douleur n'entravait ses gestes. Mieux, les pansements de feuilles étaient devenus inutiles, ses plaies réduites à de minces cicatrices roses !

— Tu as amélioré tes compétences ! Ainsi que tes facultés de récupération !

Le Prêtre se dirigea sans un mot vers son cheval et l'examina comme pour préparer son départ. Même les jumeaux eurent une lueur d'étonnement dans le regard ! Gerfor l'interpella :

— Où vas-tu ?

D'une bonhommie désarmante, à jamais détaché des choses de ce monde, Barryumhead répondit :

— Nous n'irons pas bien vite à cheval, mais plus rapidement qu'à pied !

Affligé, la tête dans ses mains, Gerfor s'emporta :

— Foutu Prêtre ! Pour aller où ?!

Enfourchant lentement sa monture, Barryumhead laissa le rouge empourprer le visage de son chef et l'informa sans ambages :

— Là où Passe-Partout doit aller ! Là où nous devons tous aller ! Là où Anyah m'a dit de me rendre… Endroit qui te serait connu si tu ne t'étais pas précipité sur ton cheval sans écouter la fin de ce qu'elle avait à t'apprendre !

Gerfor plissa ses petits yeux pour raviver ses souvenirs. Égal à lui-même, à la seule évocation du nom de Passe-Partout, il avait effectivement bondi sans attendre la conclusion des propos de la Prêtresse d'Antinéa.

– Et tu n'as maintenant plus besoin d'une tierce personne pour communiquer avec Anyah ! s'extasia l'enfant, qui ajouta, pensif :

– De la théopathie en direct… Tu es devenu un cas unique !

– Grâce à toi. Je n'oublierai jamais, souffla Barryumhead, reconnaissant.

Exalté, Kent se jeta sur ses affaires. Passe-Partout s'accroupit devant Darzo, qui fit non de la tête et montra la vallée consumée.

– Nous mettrons des lustres, mais nous la rendrons vert émeraude de nouveau.

Elsa bourdonna autour d'eux. Il comprit que les Fées ne seraient pas non plus du voyage. Le regard de Darzo plongea dans celui de son ami :

– Quelque chose me dit que la renaissance de la Forêt d'Émeraude sera plus aisée après ton passage aux Quatre Vents !

Le Peewee faisait référence à la prophétie de la première Prêtresse de Mooréa. Gerfor crut bon d'ajouter :

– Le quatrain d'Adénarolis aux oracles de Zdoor…

Kent tiqua et releva :

– Ce n'est pas un quatrain, Gerfor ! Trois, ce serait un tercet… Là, il y a cinq lignes !

– C'est donc un quintrain ! déclara avec aplomb le Nain.

Passe-Partout n'eut pas le cœur d'en rire. Pour le fond comme pour la forme, cette prophétie lui faisait venir le gris aux yeux ! Kent s'approcha de lui :

– Au nom du peuple Elfe, mon frère, merci de ce choix !

Passe-Partout apprécia. Ainsi, le Clair lui reconnaissait cette faculté. Celle de choisir ! Et non parce qu'un hypothétique destin figurait dans une prédiction ! Il sauta sur la croupe du cheval de Barryumhead et tapota l'épaule du Nain :

– Par où, les Quatre Vents ?

Un index boudiné lui indiqua le sud.

ÉPILOGUE

Assandro nettoyait fébrilement son comptoir. L'auditoire de l'Auberge des Ventres Rouges n'osait pour le moment briser le silence, mais les mouvements et quelques gestuelles indiquaient une bonne dose d'impatience mêlée à un énervement tangible. Jonanton, le fossoyeur, se lança après quelques œillades et coups de menton des participants le désignant d'office.

— Bien ! Le Protecteur de notre île et Passe-Partout ne font donc qu'un, résuma-t-il.

Encouragée, Rosamaud, sa compagne, poursuivit :

— Votre présence ici ne présage rien de bon. Vous nous signifiez le départ de Doubledor !

— Elle a raison ! Vous allez nous l'enlever ! crachèrent Anaysa et Stéfano, tous deux préoccupés de l'avenir de leurs troupeaux.

Ugord surenchérit :

— En tant que responsable de la sécurité d'Autran, je partage cette inquiétude ! Nous n'avons plus de vols, pillages ou viols depuis qu'il est arrivé ici, cela doit faire maintenant environ dix cycles !

Amandin sortit un étrange engin de sa poche et l'ouvrit :

— Ma clepsydre indique dix cycles moins un jour exactement.

Un brouhaha informe emplit l'auberge. La réponse du Barde confirmait les soupçons de tous. L'homme à la cicatrice se leva, ce qui eut pour effet d'atténuer considérablement le tumulte.

— La décision de Passe-Partout, Doubledor, protecteur d'Autran ou quel que soit le nom qu'on lui prête, lui appartient ! Faites donc confiance à celui qui vous soutient depuis une décade. Il n'a jamais laissé tomber quiconque !

Assandro soupira :

— Tu comprends, Barde, Autran est aux portes des 'Mille Iles', un gigantesque archipel qui porte bien son nom ! Auparavant, les pirates et autres malfrats des mers s'arrêtaient systématiquement ici. Nous avons de l'eau douce, des fruits, du gibier… Une escale rêvée pour eux ! Depuis la venue de Doubledor, plus aucun bateau ne peut accoster sans craindre son courroux. Les chaloupes repartent plus vite qu'elles n'arrivent ! Ugord l'a vu se battre contre cinq hommes armés jusqu'aux dents. Il les a humiliés et jetés dans la Mer des Sargos à grands coups de botte dans leurs fondements… Et toujours sans un mot ! Il est une Légende dans l'Archipel. Il va même aider ceux des îles voisines !

Amandin fronça les sourcils. Passe-Partout aurait alors considérablement développé sa capacité de lévitation pour parcourir autant de distance en mer ! À moins que…

Jonanton se tourna vers l'homme à la cicatrice, élu arbitre :

— Quant à toi, je te trouve bien éloquent pour un mort !

Amandin fit un geste au géant, lui signifiant de ne pas intervenir, et sourit, énigmatique :

— Les choses ne sont pas toujours ce qu'elles paraissent…

Le propos elliptique engendra de nombreuses grimaces. Amandin ajouta :

– La suite de cette histoire devrait vous rassurer sur les décisions à venir de votre Protecteur.

Assandro jeta un bref coup d'œil sur l'assistance et constata que tout le monde se rasseyait.

– Soit ! déclara-t-il en servant de nouveau le Barde.

La porte de l'auberge s'ouvrit bruyamment : une entrée fracassante et typique !

– Où est-il ? renifla l'arrivant.

– Bonjour, Gerfor ! répondit Amandin de manière appuyée.

Le Nain examina l'assemblée silencieuse de ses petits yeux inquisiteurs et s'attarda sur le géant à la cicatrice :

– Ah, tu es déjà là, Tergyval !

PETIT LEXIQUE D'AVENT TOME 2

Ovoïs : la Sphère céleste des Dieux

Spirale : l'Enfer d'Ovoïs
Séréné : l'Anti Ovoïs
Gilmoor : le Dieu des Dieux, Vie, Soleil, Vérité, Lion blanc
Ferkan : le Dieu de la Mort, Frère de Gilmoor, Corbeau
Sagar : le Dieu de la Guerre, Forge, Chasse, Nains, Sanglier
Mooréa : la Déesse de la Magie, Guérison, Médecine, Staton
Antinéa : la Déesse de la Mer, Pêcheurs, Dauphin
Varniss : la Déesse de l'agriculture, la Famille, Vache
Lumina : la Déesse de l'Amour, Plaisir, Beauté, Lynx
Lorbello : le Dieu du Commerce, des Voleurs. Le Messager

Avent : le Continent

Abtoud : Ville au nord-est d'Avent
Alta : Chaînes montagneuses Mortagne nord-est
Anta : Chaînes montagneuses au sud d'Avent
Anteros : Ville voisine de Mortagne au pied de l'Alta
Avent Port : Ville au nord de Mortagne
Boischeneaux : Village nord Thorouan où repose Dollibert
Carminal : Ville à l'ouest de la Forêt d'Émeraude
Croc Acéré : Montagne sud de Mortagne
Dordelle : Lieu de massacre des derniers Clairs
Dunba : Port de pêche. Nord Mortagne
Drunes : Région d'Avent où vivent les Amazones
Fizzibirazio : Les Quatre Vents
Mont Eyrié : Montagne dominant la Forêt d'Émeraude
Mont Obside : Montagne nord-est d'Avent
Opsom : Port de pêche. Nord Mortagne, origine de Cleb et Bart
Parguienne : Ville de naissance de Jokoko
Pebelem : Bourg ouest de Mortagne
Port Nord : Ville portuaire du nord
Port Vent : Ville au sud de Mortagne
Roquépique : Monts à l'est d'Avent. La Horde de l'Enclume
Tarale : Ancien nom de Port Vent
Toramoni : Ville refuge de Jokoko après Parguienne
Varmont : Ville de naissance du Fêlé

Thorouan

Gary : le Chasseur. Père adoptif de Passe-Partout
Félina : Mère adoptive de Passe-Partout
Candela : Fille de Gary et de Félina
Bortokilame, dit Bortok : Chef du village de Thorouan
Boron : le petit âne de Bortokilame

La Forêt d'Émeraude : les Peewees

Farodegionilenis, dit Faro : Chef du Village des Peewees
Darzomentipalabrofetilis, dit Darzo : Ami de Passe-Partout
Jorusidanulisof, dit Jorus : Prêtre des Peewees
Elsaforjunalibas, dite Elsa : Elfe du peuple ailé. Amie de Passe-Partout
Asilophénadoria : Rescapée de la Forêt d'Émeraude
Péroduphilis : Rescapé de la Forêt d'Émeraude

Elfes Clairs

Kentobirazio, dit Kent : L'Elfe ami de Passe-Partout
Adénarolis : Première Prêtresse de Mooréa
Bessinalodor : Elfe. Compagnie des Loups. Mort à Dordelle
Carasidoria : Elfe. Compagnie des Loups. Morte à Dordelle
Dariusilofolis : Apprenti tatoueur chez Nétuné

Elfes Sombres

Tilorah Doubledor : Dernière Prêtresse des Sombres
Faxilonoras Doubledor, dit Faxil : Père biologique de Passe-Partout

Nains

Barryumhead : Prêtre de Sagar
Fulgor Ironhead : Roi des Nains de la Horde de l'Enclume
Terkal Ironhead : Fils de Fulgor, Roi des Nains de la Horde de l'Enclume
Gerfor Ironmaster, dit Gerfor : 'Ami' de Passe-Partout
Horde de l'Enclume : Peuple Nain de Gerfor
Zdoor : Oracles Nains
Bonnilik Plumbfist : Jumeau Nain, un des 'Bonobo'
Obovan Plumbfist : Jumeau Nain, un des 'Bonobo'

Objets

Thor : L'un des deux couteaux des Dieux
Saga : L'un des deux couteaux des Dieux
Katenga : L'arc de Faxil
Barryum bleu : Métal indestructible, rare

HÉROS

Amandin : Le Barde Conteur
Le Fêlé : Le Colosse. Ami de Passe-Partout
Kentobirazio, dit Kent : L'Elfe. Ami de Passe-Partout
Garobian : Le 'Frère' du Fêlé
Orion : Héros légendaire d'Avent
Valkinia, dit Valk : La Belle guerrière. Amazone amie de Passe-Partout
Bessinalodor : Elfe. Compagnie des Loups. Mort à Dordelle
Carasidoria : Elfe. Compagnie des Loups. Morte à Dordelle
Salvinia : Guerrière. Compagnie des Loups. Morte à Dordelle
Adrianna : Amazone. A élevé Valk
Dollibert : Premier Mage d'Avent

ANIMAUX ET MONSTRES

Sorla : Espèce de lièvre
Hoviste : Sorte de langouste
Sébédelfinor : Dragon, le Ventre Rouge, le Gardien
Kobold : Monstre farceur d'Avent
Orks : Humanoïdes idiots et belliqueux
Ptéro : Cousin des Dragons, ailé, indestructible
Diplo : Cousin des Dragons, sans ailes, indestructible
Borle : Oiseau de la forêt
Doryann : La Licorne
Tecla : Un des quatre Seigneurs du Dieu Sans Nom
Albred : Un des quatre Seigneurs du Dieu Sans Nom
Korkone : L'Araignée Scorpion
Plouf : Le poisson-espion d'Anyah
Forbabirazio, dit Forb : Cheval d'Erastine

AUTRES PERSONNAGES

Ungfar : Pêcheur d'huîtres d'Opsom
Cleb : Pêcheur d'huîtres d'Opsom
Bart : Pêcheur d'huîtres d'Opsom
Erastine : Chasseuse de Dragons
Etorino : Le bateleur prosélyte du Nouvel Ordre
Erjidi : Troubadour d'Avent

Mortagne La Libre. La Cité. Port de l'ouest d'Avent.

Suppioni : Sup, chef du gang
Vince : Gamin du gang
Carl : Gamin du gang
Abal : Gamin du gang
Narebo : Chef de Guilde des Vanniers
Duernar : Bûcheron
Josef : Le Patron de ''La Mortagne Libre''
Carambole : Fille de Josef
Fontdenelle : Herboriste, Pharmacien, Guérisseur, Préparateur
Perrine : La Prima. Première Dame de la Cité
Anyah : Prêtresse du temple d'Antinéa
Tergyval : Le Capitaine des Gardes, Maître d'Armes, Conseiller
Parangon : Le Magister. Chef de la Guilde Scribi. Mage. Conseiller
Guilen : Chef de Guilde des Marchands de chevaux
Tour de Sil : Siège de la Guilde des Scribibliothécaires
Berroye : Fleuve, en son delta se situe Mortagne
Périadis : Architecte
Artarik : Premier scribisecrétaire de Parangon
Rassasniak : Le grand Chambellan du Palais
Joey Korkone, dit Jokoko : L'étudiant. Fils de Briss et Ficca Korkone.
Ofélia : Première novice d'Anyah, au temple d'Antinéa
Amalys : Femme de Mortagne
Agardio : Fils d'Amalys
Albano : Scribisecrétaire de Parangon

Dans la Campagne, l'océan

Cibelle : Feuille pour infusion
Colanone : Arbuste aux feuilles empoisonnées
Coralia : Amibe géante
Donfe : Herbe médicinale, revigorante
Fabrigoule : Plante pour infusion
Ferve : Fougère cicatrisante
Follas : Herbes en touffe. Poussent au bord des cours d'eau
Gariette : Mélange de plantes médicinales
Goji : Chêne massif au tronc clair. L'arbre sacré des Clairs
Kojana : Algue permettant l'apnée totale
Maelis : Fleur du sud. Son pistil est une drogue
Paliandre : Arbre au bois dur, ignifugé
Pourprette : Feuille mauve pour infusion
Sargos : Algue comestible
Strias : Baies rouges sucrées, revigorantes
Surge : Baie violette au pouvoir cicatrisant. Calmant puissant
Torve : Arbre résineux. Sève utilisée comme ciment à Mortagne
Touba : Arbre au tronc et branches gigantesques

Aux Drunes

Pérénia : Reine des Amazones
Pyrah : Nièce d'Adrianna

Océanis

Bredin 1er : Roi d'Océanis
Cleb et Bart : Éminences grises de Bredin 1er
Elliste : Capitaine des Gardes. Maître d'Armes. Ami de Tergyval
Baroual : Médecin de Bredin 1er

Port Vent

Bernaël le 3ème : Gouverneur de Port Vent
Nétuné : Maître tatoueur
Carolis : Patron de l'auberge « La Portventoise »
Ducale : Chef des armées de Port Vent

Mille Îles. L'Archipel. Mer des Sargos

Autran : Île principale de l'Archipel
Assandro : Patron de l'auberge des « Ventres Rouges »
Jonanton : Le fossoyeur
Rosamaud : Compagne de Jonanton
Stéfano : Éleveur
Anaysa : Éleveur. Compagne de Stéfano
Ugord : 'Shérif' d'Autran

LA LÉGENDE
DE DOUBLEDOR

LES INFRANCHISSABLES

PERCEURS DE ROCS

ASTRIES ◉

CLAIVE LEVÉ

MONT OBSIDE

ROQUÉPIQUE

FEUX DE FORGE

◉ THOROUAN

LA CÔTE PUTRIDE

COL DE L'OUBLI

TERRES GELÉES

LE BERROYE

◉ ABTOUD

VARMONT ◉

◉ DORDELLE

CIRQUE

FORÊT D'ÉMERAUDE

MONTEYRIÉ

LES MILLE ÎLES

TORAMONI ◉

CARMINAL ◉

LE BERROYE

FORÊT DE PALIANDRE

BOISCHENEAUX

MER DES SARGOS

FALAISES DES TROLLS

AUTRAN ◉

OCÉANIS ◉
◉ DUNBA
◉ OPSOM
IRISA ◉

LES DRUNES

◉ PARGUIENNE

LE BERROYE

COL DE FONTENÈGE

CONFINS

◉ PORT NORD

AVENT PORT ◉

◉ PEBELEM

ALTA

MORTAGNE

LE CROC ACÉRÉ

LES QUATRE VENTS

LE CONTINENT D'AVENT

MER D'ANTINÉA

ANTÉROS ◉

◉ PORT VENT

ANTA

MARAIS

GOBLAND

N O E S

« AVENT » PROPOS

Sa victoire sur Avent réjouissait le Déchu. Uniquement appelé ainsi par ses ennemis, il mesurait sa conquête du Continent par les invocations sans cesse croissantes des disciples que développait sa caste de prosélytes dans l'ouest. En Ovoïs, Mooréa devait être moribonde ou morte, les autres tomberaient tôt ou tard…

Depuis les Drunes, Ferkan jeta un coup d'œil derrière lui. La cohorte harassée de centaines d'orks enchaînés, entourée de ses gardiens, allait bientôt goûter les bienfaits d'un bain d'Eau Noire. De nouveau, il détenait Bellac, figée grâce au repos forcé du Ventre Rouge enfin à sa merci au cœur des Deux Crocs.

Bellac, la Fontaine de la manne des initiés ! Matière première de la Magie, elle lui était indispensable pour créer ses armées, ses prêtres, et les nourrir.

Le Déchu s'attarda sur l'immense dispositif roulant abritant Séréné, l'Anti-Ovoïs. Le monument mobile était tiré par seize diplos, chacun dirigé par un cavalier concentré sur la moindre dérive de sa monture. La Sphère Noire lui distillait ses pouvoirs en contrepartie de sa reconstitution. Mais Séréné tardait à lui donner les derniers sorts, exigeant sa complétude ! Ses armées corrompues avaient retrouvé l'intégralité des débris éparpillés sur le Continent. Restait que le prédécesseur de Lorbello, lors de la dispersion des cubes de métal, en avait jeté dans l'océan !

Plus rien ne s'opposait à sa conquête d'Avent hormis un détail, somme toute d'importance, qui allait le forcer à changer ses plans : son engagement auprès de Séréné !

Quelle perte de temps ! Contraint à créer des armées d'abrutis pour rechercher des morceaux de la Sphère plutôt que d'utiliser l'Eau Noire pour générer de nouveaux religieux et métamorphes !

Car s'il avait pu penser qu'Avent tomberait entre ses mains sans combat grâce à ses prêtres, la même tactique ne pouvait être employée envers le peuple des fonds sous-marins. Les affronter demeurait la seule option.

Il songea à son ultime transformation, se trouvant dans l'obligation de la repousser puisqu'elle nécessitait la mort du Dragon. S'il le supprimait maintenant, il libérerait définitivement Bellac et perdrait la source lui permettant de créer ces armées serviles, et inutiles pour lui.

Ce contretemps l'exaspérait : au moment où ses troupes étaient suffisamment nombreuses pour venir à bout de toute résistance sur Avent, il se voyait contraint par Séréné d'en mobiliser une bonne moitié pour retrouver ses derniers morceaux !

De colère, il attrapa un ork récemment corrompu et le projeta contre un rocher. Quand il était Dieu de la Mort, en Ovoïs, les cycles d'Avent qui se succédaient lui importaient peu. Mais l'immortalité de nouveau à sa portée, son impatience grandissait ! Et puis, qui lui certifiait qu'il serait tranquille une fois Séréné totalement reconstituée ?

Il lui fallait jouer serré. Le temps qu'il perdait devait être mis à profit pour arriver à ses fins. Il se calma en pensant que sa stratégie avait payé. Ferkan ne regrettait pas son choix quant à son troisième seigneur de guerre. Oubliées les errances de Tecla et Albred ! Pyrah, son métamorphe, faisait montre d'un zèle sans pareil ! Il avait successivement réduit les Amazones à sa solde, soumit Mortagne, éradiqué les petits Elfes de la Forêt d'Émeraude et surtout éliminé le morveux. Le dernier des Sombres ! Le seul qui pouvait contrecarrer ses projets communs avec Séréné, l'Anti-Ovoïs. Et bien qu'il l'ait toujours considéré comme un imposteur, le faire disparaître par sécurité de la surface d'Avent ôtait bien des doutes. Mais le fin du fin de l'efficience du métamorphe fut de retrouver et d'asservir le prédateur des prédateurs, l'ultime Ventre rouge, et lui offrir sur un plateau d'argent !

Cependant composer avec Séréné passait inéluctablement par l'océan. Après tout, peut-être le peuple sous-marin l'invoquerait-il, lui aussi ? Cette idée réjouissante eut pour mérite de l'apaiser.

Tant que Bellac, enchaînée au Dragon endormi, lui fournissait à nouveau toute l'énergie nécessaire, il pouvait se permettre d'attendre. Les thermes des Amazones, transformées en piscine à mutation, noieraient sous peu les futurs corrompus, ces milliers d'orks qui combattraient les habitants sous les flots et les derniers récalcitrants non encore convertis sur le Continent.

Il fallait pour cela passer quelques ordres. Il missionna un commando ailé pour rejoindre un endroit nommé « les Quatre Vents » où subsistait, selon la rumeur, une ultime poche d'Elfes Clairs. Un dernier « nettoyage » de principe, une poignée de survivants invoquant une Déesse de la Magie probablement proche de ce que fut sa Spirale, mais qui ne saurait néanmoins l'inquiéter.

Puis Ferkan convoqua son métamorphe qui avait eu vent d'un secret bien gardé permettant de plonger dans les profondeurs marines sans respirer, à proximité d'une ville non encore investie par ses prêtres noirs. Un port appelé Océanis…

PROLOGUE

Vêtu d'une armure d'apparat brillante, coiffé d'un casque bleu nacré orné de deux cornes d'un animal inconnu, le Nain de l'Enclume en imposait ! Quoiqu'impressionnant, il avait cependant moins marqué par son arrivée que par sa réflexion. Dans l'Auberge du Ventre Rouge, les regards de tous se tournèrent vers l'arbitre désigné, l'« Étranger », qui n'en était dorénavant plus un.

Gerfor éclata de rire :

– Vous l'avez tous pris pour le Fêlé ?! Sup vous a bien eu !

Railleur, il avisa le Barde :

– Ça sent pas bon ! Effet de surprise loupé, hein, Sup ?

– Mon nom est Amandin ! Et toi, pour une fois, tu ne sens pas trop mauvais ! explosa-t-il.

Une voix discrète stoppa la joute des deux compères.

– Mais... Le Fêlé est donc bien mort, risqua Jonanton, le fossoyeur.

– Il a rejoint Sagar ! affirma Gerfor.

– Ce qui n'est exact qu'en partie, susurra Amandin, mystérieux.

Gerfor renifla bruyamment, manifestant ainsi son mépris et le désir de changer de conversation.

– Bon, il est où ?

Le Nain avait beau forcer le respect par sa présence et ses exploits racontés par le Barde, les clients de l'Auberge le toisèrent de haut.

– Ça ne va pas recommencer ! Encore un qui veut nous enlever notre protecteur ! Ugord, fais ton boulot ! Tout le monde accoste sans contrôle sur notre île ! pesta Stefano.

Ugord ne dit mot. Son « boulot », depuis longtemps, lui était grandement facilité par l'existence dudit Protecteur. Il ne se souciait plus que de la sécurité des gens du village et avait quelque peu délaissé les côtes.

Amandin sortit de nouveau sa clepsydre et annonça d'une voix détachée :

– Encore quelques heures de patience, mon bon "Fonceur Premier Combattant". Prends donc à boire !

– Qui paye ? interrogea le concerné.

Assandro leva les yeux au ciel. Depuis la venue du Barde, il avait l'impression de vider ses barriques sans que jamais personne ne remplisse son coffre ! Fataliste, il sortit plusieurs godets. Sans savoir pourquoi, il pressentait des arrivées supplémentaires, et n'attendit pas longtemps pour se le voir confirmé !

La porte de l'auberge s'ouvrit de nouveau. Sur le seuil, quelques politesses excessives sur le ton de la plaisanterie et un Elfe Clair richement vêtu se fendit d'une courbette gracieuse tout en se décalant.

– Mes Dames...

Deux femmes souriantes, rivalisant de beauté, pénétrèrent tour à tour dans l'établissement. La première tenait par la main une petite fille aux yeux verts profonds, de la même couleur que son accompagnatrice. La seconde, distinguée, la tête sertie d'un bandeau doré tirant légèrement ses cheveux en arrière, laissait paraitre deux oreilles caractéristiques. Elle tendit son bras à l'Elfe qui, galamment, s'en saisit, puis fit un signe amical au Barde. Après un regard furtif et inquiet sur la porte de l'auberge qui demeurait fermée, Amandin lui adressa un salut complice, reprit ses esprits et, face à son auditoire impatient, le fil de son récit…

CHAPITRE I

Lorsque le Messager sortit de sa période d'intense fièvre, son regard accrocha celui d'un être d'une laideur repoussante penché au-dessus de lui. Il se saisit de son avant-bras grêle, chassa de son front brûlant les longs doigts difformes.

– Maître... Non ! hurla la créature en s'arrachant avec difficulté de l'emprise.

Le Messager réprima un cri de douleur. Son flanc gauche n'était qu'une plaie ouverte.

– Vois les limites de tes errements sur Avent ! tonna la voix courroucée de Gilmoor. Imagine les conséquences si tu avais été...

– Tué ? Père ! Le petit est en route vers les Quatre Vents et...

Le Dieu des Dieux le coupa brutalement.

– Il est trop tard ! Les jeux sont faits ! Le Déchu gagne du terrain et gagne tout court ! Qu'Avent se débrouille dorénavant sans Ovoïs !

Le Messager voulut protester, mais fut arrêté d'un geste.

– En dernier ressort, je ferais mon affaire de mon frère. Quant à Séréné, Ovoïs sous ma conduite l'a déjà vaincue une fois. Dans l'immédiat, fini les enfantillages avec le Continent, je viens d'ordonner la fermeture de la Sphère Céleste ! Ainsi, plus d'interventions divines... D'aucune sorte ! J'interdis de fait aux Dieux tout déplacement et toute communication avec Avent.

Le silence qui suivit accrut la gravité de la sentence. La voix autoritaire retentit à nouveau :

– Voici Workart le bilieux. Il te soigne depuis ton arrivée ici... Et ne fera rien d'autre que cela jusqu'à ton complet rétablissement.

La créature au long cou, sur lequel une tête énorme semblait posée en équilibre instable, s'inclina dans un pitoyable déhanché.

Lorbello. Extrait de « Crise en Ovoïs »

Comme une litanie, le Prêtre de Sagar récitait l'itinéraire communiqué par sa consœur du temple d'Antinéa :

– Sud, sud-est du mont Eyrié. Pointe Blanche en mire. Passer par les gorges à l'est. Traverser la plaine. Franchir le col de Fontamère. Rejoindre plus bas le bois aux félins jusqu'à la faille de Confins. Repérer un haut sommet en forme de crochet. À son pied, les Quatre Vents.

Assis derrière Barryumhead, sur la croupe de son cheval, Passe-Partout embrassa une dernière fois du regard la vallée consumée. Là où de fiers arbres offraient au ciel leurs cimes de ce vert si particulier... Avant... Avant le déferlement des cagoulés, des corrompus, des sangs noirs...

Il grimaça. Ses pensées s'assombrirent l'espace d'un instant. Sa détermination s'émoussa, sa volonté s'effrita, s'effondra, s'effaça... Bousculé entre ses premiers souvenirs d'enfant à

Thorouan et la Forêt d'Émeraude dévastée par les flammes, l'engeance du Déchu lui avait volé une partie de sa vie, jalonnant son parcours de violence, de peine et de mort. Combien de membres du Petit Peuple, Fées comprises, avaient disparu ?

Jorus l'Archiprêtre... Mort dans les « mains » de Kent. Faro, leur chef... Introuvable ! Et le Fêlé... Sacrifié pour que lui vive !

La colère froide qui montait fit virer ses yeux de bleu à gris. L'ennemi d'Avent, son ennemi, changeait, évoluait, progressait via une magie déroutante basée sur l'asservissement et la mutation ! De guerriers transformés en piscine en « Sangs Noirs » jusqu'au métamorphe, « l'amélioration » était de taille !

Pendant sa convalescence, Passe-Partout avait tenté de reconstituer le puzzle et, malgré quelques zones d'ombre, pensait ne pas être loin de la vérité. Le Déchu, autrefois Dieu de la Mort en Ovoïs, avait planifié son action en différentes étapes. Il y régnait encore pendant sa toute première offensive, lorsqu'il fomenta l'éradication des Sombres du monde d'Avent. En se servant de prêtres manipulateurs disséminés chez les humains, il arriva à les dresser contre ce peuple jusqu'à l'éteindre ! Parallèlement, il tenta de faire disparaître les Elfes Clairs de la même façon. Mais sa mère adoptive, Félina, la Reine, en coupant le 'Signal', contrecarra son funeste projet. Toutefois Mooréa s'affaiblissait, privée de la ferveur des survivants Clairs. Cette période, peu glorieuse pour les Aventiens, distingua ceux de la future Compagnie de Mortagne. La jeune Valkinia vit son père et ses frères, le visage déformé par une haine sans fondement, partir en guerre sainte contre les cavernicoles. Kent, l'Elfe Clair, défendant sa Reine à Dordelle, subit la déferlante humaine qui les submergea. Dordelle, là où la Compagnie des Loups, fidèle à sa philosophie, vint aider les Clairs à résister... Là où le Fêlé et Gary luttèrent contre leurs pairs au plus près de la Reine des Elfes... Là où Félina et Gary s'enfuirent pour qu'ils finissent, des cycles plus tard, du côté de Thorouan, par recueillir un orphelin atypique, mi-Sombre mi-humain, et l'élèvent avec une petite fille née de leur union... Thorouan où ils périrent de la main de Tecla, l'un des seigneurs de guerre du Déchu...

C'est alors que le Dieu de la Mort commença la deuxième étape de son plan. Banni d'Ovoïs sur Avent par son frère, Gilmoor, le Dieu des Dieux, il chercha à reconquérir ses pouvoirs perdus. Il savait où demeurait l'essence même de la Sphère Noire, Séréné, vaincue par Ovoïs. Détruite lui paraissait d'ailleurs un terme plus adéquat ! Après son explosion, ses morceaux furent disséminés sur le Continent aux bonnes fins que jamais quiconque ne puisse la reconstituer. Le Déchu tenta donc de créer une armée de corrompus pour investir Avent de la manière la plus classique qui soit : la guerre ! Pour cela, il lui fallait se doter de Bellac, la Fontaine d'Eau Noire, la nourriture des Magiciens, attachée à son gardien, le dernier des Ventres Rouges, le Dragon appelé Sébédelfinor. Une fois le prédateur des prédateurs prisonnier, la Fontaine s'immobilisa, permettant au Dieu sans nom d'y puiser à foison le précieux liquide pour générer à partir de n'importe quel être d'Avent cette repoussante sous-espèce décérébrée !

Au cours de sa stratégie d'occupation d'Avent, il avait dû récupérer les premiers morceaux de Séréné qui, en retour, lui procura des pouvoirs suffisamment étendus pour concevoir de nouveaux genres mutant en oiseaux, des prêtres aux sorts méconnus, et maintenant des métamorphes... Ces fameux cubes noirs, sans valeur selon Gerfor, à cause desquels les « oiseaux-chiens de chasse » n'avaient jamais perdu sa trace lors de sa fuite en forêt, couverte par le vaillant Fêlé !

Comment un métis comme lui pourrait-il arrêter cette invasion ? Car il était bien devenu, presque contre son gré, le héros désigné par ceux qui voyaient en lui le Sauveur d'Avent...

Les Oracles Nains de Zdoor, les Elfes Clairs se référant à ce fameux « quintrain » prophétique de la Prêtresse de Mooréa, Adénarolis, les Peewees qui tenaient en garde ses écrits… Jusqu'à Parangon, le Magister de Mortagne ! Il n'endossait que malgré lui ce rôle d'Enfant de Légende, ressemblant de moins en moins à un enfant et sans désir aucun d'accéder au rang de Légende. Il y avait peu, englué dans la toile de la Korkone, « épinglé » par le métamorphe, il aurait dû mourir de ses blessures et de la fièvre !

Il se mordit les lèvres. Sans l'Aigle divin qui avait indiqué l'endroit où il agonisait, sans Darzo, Kent et Elsa, sa petite Fée, personne ne l'aurait jamais retrouvé. Pour quel obscur motif ce Dieu, revêtant la forme d'une Licorne ou d'un Staton, opérait-il sur le Continent d'Avent et régulièrement dans sa vie jusqu'à le sauver ? Il ne pouvait s'agir que de Lorbello, le Dieu Messager qu'il avait libéré dans sa jeunesse d'une branche de résineux sur laquelle il s'était englué, lui aussi ! Une vie contre une vie, ils étaient quittes.

Même si Passe-Partout considérait ses interventions courageuses, il ne comprenait pas les raisons pour lesquelles Lorbello restait le seul à œuvrer en dehors d'Ovoïs. Les blessures qui lui avaient été infligées lors de l'attaque de la Forêt d'Émeraude démontraient que l'immortalité des Dieux demeurait discutable sur Avent ! Motif pour lequel ils ne sortaient d'ailleurs pas de leur Sphère Céleste, les couards ! Il ne voulait rien leur devoir. Les Aventiens se débattaient aujourd'hui dans des problèmes générés, de son point de vue, exclusivement par Ovoïs, désignant ceux y résidant comme uniques responsables de cette situation sur le Continent.

Mais force était de constater qu'il fallait les prendre en considération. Pour le moment… Il ignorait quand et comment, mais il réglerait ses comptes avec Ovoïs !

Passe-Partout regrettait bon nombre de ses décisions passées. Il aurait dû revenir à Mortagne et rapporter l'œuf du musée de Perrine à Sébédelfinor. Même sans savoir où se trouvait Eau de Roche, l'endroit de leur rendez-vous, il l'aurait cherché grâce au livret d'Erastine répertoriant les antres des Dragons d'Avent. Cette décision n'aurait probablement pas empêché la disparition de la Forêt d'Émeraude, mais aurait-elle épargné celle du Fêlé ? Devant lui, sur la croupe du cheval de Gerfor, il voyait la garde de l'épée du Colosse, avec une forme de huit gravée horizontalement, la rendant unique. À cette évocation, son esprit s'embruma de nouveau.

Les images confuses de ceux à qui il devait tout se superposèrent jusqu'à s'imposer à lui. Ils apparaissaient, souriants, étonnamment proches. Presque palpables. L'espace d'un instant, leur présence lui fit oublier cette colère sourde et insistante. Juché sur l'épaule du Fêlé, Jorus souffla d'une voix douce et bienveillante :

– Les Quatre Vents…

Passe-Partout secoua la tête, revenant à la réalité. Les jumeaux de la Horde de l'Enclume, Gerfor et Kent, ses « Compagnons de Mortagne », n'attendaient qu'un signe de sa part pour prendre le départ. Vraisemblablement désireux de renouer avec de vieilles habitudes, il se tourna vers eux en désignant Barryumhead :

– Suivons le GPS, notre guide !

Bien qu'accoutumés aux diminutifs distribués à tout le monde par l'enfant, l'absence de sourcil levé de l'Elfe et les yeux plissés du Nain confirmèrent la nécessité d'une explication.

– Le Grand Prêtre de Sagar ! Allez, en route vers les Gorges de l'est !

Après une demi-journée de progression silencieuse, une voix râleuse se fit entendre :

– Ces chevaux ont des enclumes à la place des fers ! clama Gerfor.

Après un coup d'œil amusé en direction de Passe-Partout, Kent rétorqua :

– Ne me dis pas que tu regrettes les déplacements à ptéro !

Gerfor grimaça, signe qu'il cherchait une répartie adaptée à l'ironie du propos. Ne la trouvant pas, il botta en touche, sa mauvaise foi en étendard :

– Sauriens abrutis ! Tous disparus !

Une édifiante parenthèse muette s'ensuivit. Tous se remémoraient la chute de la Forêt d'Émeraude et ses conséquences. L'incendie ravageur avait fait fuir les ptéros. Même attachés magiquement à leurs maîtres, l'instinct de survie prédominait. Désireux de rompre ce désagréable silence, Kent entreprit de narrer son voyage depuis son départ de Mortagne. Malgré la douleur lorsqu'il évoquait les lieux et les êtres chers aujourd'hui disparus, Passe-Partout l'écoutait avec attention, admirant cette foi inébranlable qui le transportait, cette certitude de trouver les Quatre Vents et de rétablir le lien éthéré permettant de ressusciter son peuple. Pourtant désigné par Jorus et Faro comme celui par qui il renaîtrait, l'enfant ne se sentait, lui, habité que de doutes. À part l'accueil des Peewees et son initiation via les olives, bonne part de son parcours, de Thorouan à la fin de la Forêt d'Émeraude, tout le répugnait. Il s'emmurait dans cette haine viscérale ne le rendant pas particulièrement participatif. Lors d'une pause, Kent releva un détail qui semblait le tracasser :

– Les Amazones Cagoulées se sont acharnées sur le repaire de Jorus, flairant probablement la présence des cubes noirs. Elles s'en sont d'ailleurs emparées, mais j'ai pu récupérer cet objet dont j'ignore l'intérêt.

Il ouvrit sa besace et tendit un mini plateau de table dans laquelle s'enchâssait une agate. L'enfant, ému de voir la miniature du bureau de Parangon, le frotta délicatement pour le débarrasser d'une fine couche de poussière. L'Œil s'alluma alors faiblement. Passe-Partout l'inclina sous différents angles en le fixant avant de déclarer :

– Je ne connais qu'une manière de la recharger en Magie. Pour le reste, seuls Jorus et Parangon savaient comment cela marche.

D'un geste las, il voulut le rendre à Kent qui déclina d'un signe :

– S'il y en a un qui trouvera le moyen de le faire fonctionner à nouveau, c'est bien toi. Prends-le !

La sente trop escarpée n'autorisait plus de progression à cheval. Ils durent franchir la dernière lieue à pied et avec difficulté. Les pierres du chemin de montagne roulaient sous les sabots et les bottes, obligeant les cavaliers exténués à haranguer leurs montures, inquiètes à chaque faux pas. L'arrivée sur un immense plateau verdoyant fut saluée comme une délivrance et un bref arrêt permit à tous une pause méritée. En scrutant les alentours, Kent s'exclama :

– Troupeau !

– Et qui dit troupeau, dit berger, observa Passe-Partout.

Gerfor posa sa main en visière et examina l'endroit où paissaient tranquillement les animaux :

– Un troupeau de quoi ?

Le groupe s'approcha de ce qui s'apparentait à une sorte d'ovin de taille imposante, pourvu de grandes cornes. Les Bonobos regardèrent leur chef avec des yeux brillants. Dans ce cas précis, point besoin de parler pour se faire comprendre ! Gerfor exprima à haute voix l'appel du ventre déguisé des jumeaux :

– Des bêtes comme ça, ça doit forcément être bon à manger !

Passe-Partout souffla ; ses chasses fructueuses nourrissaient déjà sans problème le groupe. Mais ses prises se limitaient aux sorlas et les Nains entrevoyaient avec gourmandise la possibilité de changer d'ordinaire. Kent désigna l'unique bosquet planté non loin, mit ses mains en porte-voix et cria dans cette direction. Si un gardien de troupeau devait demeurer en cet endroit, nul doute qu'il ait choisi cet emplacement pour s'y établir. Ce ne fut qu'à la troisième tentative, qu'une réponse se fit entendre en retour.

– Qu'est-ce que vous voulez ? Vous n'avez rien à faire ici ! Passez votre chemin !

De petite taille, un homme s'avançait lentement vers eux. En retrait, un compagnon à quatre pattes suivait les traces de son maître, les yeux rivés sur le groupe, négligeant Kent camouflé derrière un arbre, arc bandé. La main sur le pommeau de leur glaive, les Nains se tinrent prêts à défourailler. Passe-Partout leur fit un signe et se dirigea vers le berger. À sa manière de jongler avec son bâton de marche, il laissait entrevoir sa capacité à s'en servir autrement que pour l'aider à se déplacer ! Aguerri, l'enfant se polarisa sur le chien. L'animal restait d'un calme inquiétant, preuve d'un dressage de qualité. À dix pas, Passe-Partout leva sa main droite. Le gardien du troupeau stoppa lui aussi et l'observa jeter ses couteaux à terre.

– Vois, nous n'avons pas de mauvaises intentions.

L'homme s'accroupit ; le chien se posta à ses côtés. Un coup de menton, un ordre bref, et le molosse fila auprès de l'enfant qui se laissa flairer. Puis s'abaissant au niveau de sa gueule, il croisa son regard et le caressa. Visiblement rassuré par le comportement de son animal, le berger déclara :

– Qu'est-ce que vous cherchez ? Il n'y a rien par ici !

Son visage s'éclaira lorsqu'il aperçut Kent sortant de sa cachette :

– Je comprends mieux, maintenant... Mais c'est la première fois que je vois un Clair en compagnie d'autres que ceux de son peuple, souffla-t-il.

Thor et Saga furent ramassés comme des lames ordinaires. Les rappeler magiquement aurait dévoilé sa stratégie dans l'éventualité d'une attaque simultanée des deux gardiens du troupeau.

– Ce qui signifie que tu as déjà croisé des Clairs, rétorqua Passe-Partout, qui poursuivit : celui-ci se nomme Kent. Voici les Nains Gerfor, les Bonobos et... GPS ! Moi, c'est Passe-Partout.

Le montagnard changea brusquement d'attitude et de ton. Sa méfiance disparut pour faire place à une convivialité goguenarde :

– Des Clairs ? Quelques dizaines, effectivement, à qui j'ai toujours montré le même chemin... Celui que vous n'allez pas pouvoir prendre maintenant, ajouta-t-il le nez en l'air.

– Nous sommes pressés ! tenta Kent.

– Je n'en doute pas... Mais il va pleuvoir. Et après, la nuit va tomber.

Ils suivirent le berger et son chien jusqu'à un abri de fortune construit dans une trouée naturelle cernée de jeunes arbres. Passe-Partout, surpris, s'attendait à un type de bâtisse moins rustique considérant le temps que devait passer le gardien de troupeau, seul, dans ces montagnes. L'homme devança la question :

— Vous cherchez Fontamère, forcément. C'est là que nous aurions dû nous rencontrer. Plus haut ! Là où est ma vraie maison ! Mon nom est Antoun du Pas du Loup, mais les villages m'appellent Solo.

— Les… villages ? s'étonna Passe-Partout.

— Je suis le berger pour "les Cincaperchés"… Là-haut, rétorqua-t-il, évasif.

Devant sa moue interrogative, Solo se fendit d'une explication :

— Les cinq, cachés, perchés…

Pas plus avancé par cette réponse alambiquée, Passe-Partout abandonna leur hôte pour se concentrer sur le paysage, cherchant des yeux ces éventuels hameaux « perchés » et le troupeau. Le ciel noircissait à vue d'œil. L'orage gronda. Des trombes d'eau s'abattirent sur le plateau.

— C'est la première fois que nous voyons cette espèce d'animal.

Le berger souleva un sourcil, ne s'attendant pas à un quelconque intérêt envers son cheptel.

— Ce sont des mouquetins, une race rustique de la montagne.

— Belles bêtes, conclut l'enfant en s'attardant sur le troupeau rassemblé sous une pluie battante.

— Et délicieuses à manger, vous allez le constater ! sourit Solo en ravivant les braises du foyer, aidé par les Nains se réjouissant de pouvoir déguster autre chose que du sorla !

Le groupe prit un peu de bon temps, ce soir-là. Solo, quoique fruste, manifestait une intelligence pratique générée par sa proximité avec la nature et ne devenait loquace qu'en narrant sa vie de montagnard. Il évoqua avec fierté les multiples ressources de ses bêtes : viande, graisse, laine, jusqu'aux cornes que les 'Fonceurs' imaginaient bien en manche de poignard.

— Ou en décoration sur mon futur casque de barryum bleu ! déclara Gerfor.

De la part d'un autre, le propos eût été interprété comme un rappel de la promesse du héros du cirque de Tecla, avec un brin de raillerie. Dans la bouche du Nain, nulle malice, un simple état de fait !

Tout en caressant le chien de Solo collé à lui, Passe-Partout glana au passage des informations sur la flore d'altitude et pensa à compléter l'encyclopédie de Fontdenelle lorsqu'il le reverrait. Les voyageurs, pour un temps, oublièrent les cagoulés, les corrompus et autres sangs noirs, en se délectant de mouquetin rôti. Repus, les invités de Solo ne tarirent pas d'éloges sur la qualité de la viande. Heureux, le berger déchaussa une pierre du muret derrière lui, sortit de sa cachette une gourde en peau et proposa une liqueur à base de miel fabriquée par un des Cincaperchés en vantant ses mérites. Les Nains n'attendirent pas la fin de son argumentation pour avancer leurs godets avec avidité ! Seul Passe-Partout déclina avec politesse, non sans en avoir humé le parfum. Solo perdit alors toute sa réserve et se mit à parler de cette contrée qu'il chérissait par-dessus tout. Il tendit négligemment un doigt vers la gauche :

— En bas à l'est, les falaises des Trolls. Ces géants abrutis vivent dans les grottes en altitude. Leur jeu préféré est d'envoyer des rochers sur les bateaux pirates, neuf cents pieds en contrebas. Je ne vous raconte pas les trésors qui gisent au fond de l'eau !

Les yeux des Nains s'éclairèrent dans la pénombre à l'évocation de richesses immergées.

– À l'ouest, sur le flanc de la montagne, les Cincaperchés, cinq hameaux dont je suis l'unique berger et, au sud, votre passage, le seul qui mène là où les Elfes veulent se rendre. Par Fontamère. Mais…

Ni Kent ni l'enfant ne mouftèrent au propos concernant leur destination. Mais Antoun méritait le surnom que lui attribuaient les villages. Habitué à la solitude, il ne semblait pas curieux de la vie des autres, pas plus que les motifs de la présence de ses invités. Cependant Kent s'impatienta et lui demanda les raisons de ses réserves quant à l'endroit où ils comptaient se rendre. Solo, averti des moindres recoins retors de ces hautes contrées, se montra plus précis :

– Fontamère… En partant d'ici, le plus court est de prendre à l'est, en direction de ce pic blanc, au loin. Puis franchir les gorges, traverser la lande et suivre la sente jusqu'au col, celle que mes troupeaux ont créée au fur et à mesure de leur passage.

Son visage se durcit brusquement.

– Parce qu'avant, j'amenais mes mouquetins au col de Fontamère ! Avant que je m'en fasse chasser par ce Monstre !

– Monstre ? interrogea Gerfor, subitement intéressé par la conversation.

– Un Kobold ! Il fait froid dans le dos ! Farceurs, qu'on les surnomme ! Pas lui ! Celui-là plonge dans vos souvenirs, vous en extirpe tous les mauvais, les dissèque et s'en moque ! Il vous rend fou ! Une vraie plaie !

Les Nains et Passe-Partout se cherchèrent du regard. Aucun d'entre eux n'avait entendu parler, de près ou de loin, de ce type de monstre sur Avent ! Seul Kent eut un mouvement de gêne.

– Y aurait-il un moyen de contourner Fontamère ?

Le berger balaya d'un geste la question.

– On peut toujours tout contourner, mais dans cette montagne, il faudra compter une dizaine de jours pour éviter cet endroit. Avec un peu de chance, il aura disparu pour aller tourmenter d'autres Aventiens ! Cette région est constituée de deux plateaux successifs, celui-ci étant le premier. Le chemin pour atteindre le second est escarpé, mais abordable pour les montures. Cela ne sera pas le cas ensuite ! Et comme je me doute que, sur votre route, Fontamère ne soit qu'une étape, il vous faudra après en redescendre. Et sans les chevaux, cette fois ! La faille pour accéder aux bois en contrebas, dans la vallée, pour se rendre à la Pointe Blanche, est à peine praticable pour des bipèdes. Alors les montures, vous devrez vous en passer ! Ensuite… Terre inconnue ou presque… En ce qui me concerne !

– Ou presque ? releva Passe-Partout.

Solo fit la moue, prit une rasade d'eau-de-vie et poursuivit :

– En bas commence une forêt immense qu'il faudra traverser… Elle est infestée d'énormes félins qui y ont élu domicile.

Il se tordit les mains et d'une voix émue lâcha :

– J'ai prévenu de ce danger tous les Clairs qui sont passés par ici. Aucun n'est jamais revenu pour me dire s'ils ont trouvé ce qu'ils cherchaient… J'espère seulement qu'ils n'ont pas été dévorés par ces fauves.

D'un air paradoxalement détaché, Kent déclara :

– Pas de soucis. Ce ne sont pas quelques chats qui peuvent impressionner les Clairs !

Le berger dodelina de la tête en servant de nouveau les Nains de son précieux liquide, sans s'oublier.

– Bah, il s'agit quand même de très gros chats, marmonna-t-il en vidant cul sec son godet.

Claquant sa langue de plaisir, il fronça les sourcils, cherchant à retrouver le fil de ses pensées :

– Ah, mouais... Derrière Pointe Blanche, il n'y a que des marais glauques à perte de vue. On y meurt d'un battement de cil : sables mouvants, insectes géants, fièvres subites et fatales. Un mal pour un bien d'ailleurs ! Cette terre maudite empêche ceux qui sont de l'autre côté de nous envahir, les Gobelins !

En revanche, tous les 'voyageurs' d'Avent avaient entendu parler de ces gnomes sanguinaires à moitié fous qui ne valaient pas mieux que les orks ! Gerfor, les yeux brillants, cria :

– Par Sagar ! Nous enrichirons notre tableau de chasse !

– Je pense qu'il ne sera pas nécessaire d'aller jusqu'à Gobland.

Solo leva un index pour attirer l'attention et vida un nouveau godet :

– Après la forêt aux félins, la faille de Confins ! Appelée ainsi parce qu'elle marque la frontière d'Avent. Un pont suspendu permet de la traverser. En face, "Les Bourrasques", un mont infranchissable où les vents capricieux s'engouffrent et ressortent tellement violemment que vous ne pouvez pas tenir debout ! Là sont les Quatre Vents !

La stupeur s'empara des Compagnons. Solo s'aperçut de sa bourde et n'en mena pas large lorsqu'une paire d'yeux gris capta les siens à deux doigts de son visage.

– Aucun d'entre nous n'a cité cet endroit. Et tu as dit n'avoir jamais demandé à un Clair où il se rendait. J'attends une explication !

Le berger, impressionné par l'enfant qui n'avait pas l'air de plaisanter, balbutia :

– Une... une Elfe que j'ai recueilli... à bout de forces et de Magie... Atteinte de fièvre, elle parlait dans son sommeil. C'est... c'est comme cela que j'ai appris le nom.

Passe-Partout, effrayé par sa soudaine détermination, recula d'un pas et relâcha la pression qu'il exerçait sur l'homme. Kent assura la relève et asséna :

– Qui nous dit que tu ne nous envoies pas à la mort comme tous ceux de mon peuple ?

Piqué au vif, le berger se redressa :

– Ce chemin est le bon et je n'en ai pas caché les dangers ! J'espère que tous ceux à qui je l'ai indiqué soient aujourd'hui sains et saufs.

Si, à cet instant, Kent le jugea sincère, Passe-Partout ne desserra les dents que bien plus tard, attendant le sommeil sonore de Solo. Un geste convenu à l'intention de Gerfor et les tours de garde s'organisèrent...

CHAPITRE II

Le Messager regardait son soignant s'affairer à panser inlassablement ses blessures. Ainsi, Workart, par sa constante prévenance, lui était devenu non seulement familier, mais indispensable. Traité comme esclave en Ovoïs, à l'instar de ses trois frères, celui que Gilmoor appelait le bilieux n'était plus aux yeux du convalescent cette ombre discrète délaissant ses besognes ingrates pour s'effacer dès l'apparition d'un maître. Mieux ! Un lien de confiance s'établissait, basé sur l'attachement qu'ils avaient tous deux pour le Continent.

– Maître, excusez mon impudence, mais Sagar pourrait accélérer ta guérison. Il en a la capacité.

– Je le sais puisqu'il l'a appris à son prêtre ! Mais non, je ne veux rien devoir à mes pairs !

Le Messager regretta son emportement et poursuivit en changeant de ton et de sujet :

– Ainsi, Mooréa vous a pourvu d'omniscience et de téléportation…

– D'empathie accrue, maître ! Mes frères et moi "voyons" tout ce qui constitue un individu, sa vie, son passé, son environnement.

– Je m'étais toujours demandé comment les objets magiques arrivaient sur Avent sans qu'elle n'y ait jamais mis les pieds !

Workart sourit à l'analyse de ce Dieu pas comme les autres.

– Reste que le message, les trois souhaits ou ce qui est à transmettre ne s'effectuent pas sans contrepartie.

Lorbello. Extrait de « Crise en Ovoïs »

À Océanis, réveillé bien plus tôt que prévu, Tergyval se dirigeait vers la chambre où reposait Perrine.

– Sans siège ! Sans affrontement ! Sans guerre ! marmonnait-il.

Il avait suffi d'un gourou, d'ailleurs plus hâbleur que missionnaire, pour entraîner toute une population à ne croire qu'en un seul Dieu. Un bateleur appelé Etorino qui ne devait être, en outre, qu'un pion sur l'échiquier, créant la faille pour que s'introduise une reine : la prêtresse au sang noir. À l'aide d'une Magie inconnue distillée par le Déchu et Séréné, elle avait rendu les Mortagnais serviles. Un comble pour ceux que l'on surnommait « Les Libres » ! Tous devenus esclaves du 'Nouvel Ordre' de Ferkan !

Amer, l'ex-Capitaine des gardes de Mortagne songea à ce qu'il apparentait à un acte manqué. Quelque part, il avait fui la Cité. Las d'organiser une protection de façade, discutable depuis l'avènement des déplacements à ptéro, fatigué des critiques incessantes des guildes et surtout de la population, épuisé par ses responsabilités de notable, il s'était servi du prétexte de l'alliance des provinces de l'ouest pour se rendre à Port Vent. Poussé aussi par la nécessité d'écarter Valk de la vindicte du successeur de feu Parangon, Artarik, qui l'accusait de vol dans le Palais de Perrine !

Comme par hasard, en quelques jours, Mortagne était tombé telle un fruit mûr aux mains de l'ennemi pendant son absence ! Et le comble : il lui avait fallu se réintroduire dans sa propre ville, à la manière d'un cambrioleur, grâce à la complicité de Sup ! Certes, il avait sauvé la Prêtresse d'Antinéa, enfermée dans la prison dont il avait eu la charge durant tant de cycles. Mais la Prima… Empoisonnée, vraisemblablement par Rassasniak et Artarik ouvrant grandes les portes de la Cité aux envahisseurs ! Lui qui pensait il y a peu que sa place ne pouvait être qu'en dehors de Mortagne pour combattre l'ennemi, aux côtés de Passe-Partout ! Aujourd'hui, il culpabilisait. Par son action, ses décisions, et peut-être son attachement à l'enfant de Légende et la belle Amazone, n'avait-il pas favorisé sa propre personne, et de fait facilité la progression des prosélytes ?

Il entra dans la chambre. Baroual, le médecin du Roi d'Océanis, se trouvait au chevet de la Prima. Le Capitaine des Gardes de Mortagne fut satisfait de constater que l'homme tenait parole en consacrant tout le temps nécessaire aux soins de Perrine. La question du regard n'apporta qu'une réponse muette et malheureusement négative. Baroual entraîna Tergyval dans le couloir :

– Aucune amélioration… Je crains le pire.

Tergyval déploya sa haute stature et serra les poings, intimidant le médecin qui fit un pas en arrière malgré l'affliction qu'il lut dans ses yeux.

– Pardonne-moi. C'est la colère contre les renégats de Mortagne qui me fait réagir ainsi. Merci de ta présence auprès de notre Première Dame.

Il regagna le vaste appartement qu'il occupait et regarda machinalement par la fenêtre. Dominant toute la cité, il s'aperçut du manège des gardes d'Elliste, son homologue Maître d'Armes à Océanis. Discrètement, mais efficacement, ils exécutaient des contrôles, frappaient aux portes, interrogeaient les habitants. L'information donnée à Cleb et Bart, les deux « éminences grises » de Bredin 1er, selon laquelle les envoyés du 'Nouvel Ordre' pouvaient avoir investi leur ville, n'était pas prise à la légère !

Le soleil dardait ses premières lueurs orangées sur la côte ouest d'Avent, et il n'était pas le seul à rayonner ! Sup jubilait, chevauchant son jeune ptéro, « caravolant » devant Valk qui le suivait non loin. La Belle, elle, n'affichait pas le même sourire béat que son compagnon de voyage. Focalisée sur sa passagère inconsciente attachée à la croupe de son saurien ailé, elle occupait son temps à s'assurer qu'Anyah ne glisse pas sous le ventre de sa monture. Il lui tardait qu'elle recouvre ses esprits ! Mais après les affres subies dans les geôles du Palais de Mortagne et de son dernier contact théopathique avec son homologue Nain, la Prêtresse éprouvée avait besoin de récupérer.

Sup, à l'inverse, se délectait de la superbe vue que lui offraient l'océan et ses vagues inlassables se jetant sur les falaises. Il jouissait de l'instant, songeant au tournant, selon lui positif, que prenait sa vie. Et ce n'était pas parce qu'une Déesse d'Ovoïs s'était adressée à lui ! Pas plus qu'avoir montré à Tergyval qu'il détenait un réel potentiel dans cette lutte singulière ! Non, il devenait celui qu'il voulait être : un membre actif de la Compagnie de Mortagne. Œuvrant par et pour celui qu'il admirait. Le seul qui lui avait fait confiance depuis le début, à lui, le gamin des rues, le chef de gang de la Cité, il n'y a si longtemps, des « Libres ». À lui qui jamais ne crut en la disparition du Petit Prince des Elfes. Quoi qu'il en coûtât, il rejoindrait Passe-Partout, et se battrait à la vie, à la mort à ses côtés !

Son sourire s'estompa. Aider son mentor impliquait en premier lieu de retrouver les deux barcasses occupées par ses congénères du gang accompagnés par ceux de l'auberge de « La Mortagne Libre », évadés de leur propre ville envahie par des prosélytes manipulateurs. Pourvu que Josef, bombardé capitaine de vaisseau pour l'occasion, ait suivi ses conseils… Pour le repérer aisément, il ne fallait pas qu'il se soit trop éloigné de la côte. Pour l'heure, le vent du sud soufflait sans discontinuer en direction d'Océanis, là où Tergyval avait emmené en catastrophe la Prima empoisonnée par Artarik et Rassasniak, tous deux à la solde du 'Nouvel Ordre' imposant sa loi à Mortagne !

— Crétins ! cracha-t-il en se concentrant sur l'océan.

Au large d'Opsom, petit village de pêcheurs que Sup voyait pour la première fois, de nombreux bateaux cabotaient. Aucun ne ressemblait à l'attelage particulier du voilier pliable de Passe-Partout entraînant la barque d'Abal.

Mais où sont-ils ? pensa le chef de gang, inquiet.

Il entendit la voix de Valk :

— On ne pourra pas tenir encore longtemps les ptéros en vol sans escale ! Le mien commence à fatiguer !

Sup ignora la remarque et désigna la croupe du saurien de la Belle. Anyah se réveillait enfin. Valk l'aida à se redresser et coupa les liens qui la maintenaient par sécurité sur la monture ailée.

— Les voilà ! cria Sup, soulagé.

— Mais ils voguent vers le large ! observa Valk.

L'inquiétude quitta Sup en s'approchant. Josef tirait des bordées comme un marin accompli, optimisant la progression de son curieux convoi. Un passage au ras des bateaux attira l'attention des évadés de Mortagne.

— Des ptéros ! Ils nous attaquent ! hurlèrent en chœur Carl et Abal.

Jokoko leva le nez de ses cordages, laissant Josef batailler seul avec la voile. Carambole, une main sur les yeux et l'autre tendue vers le second saurien, balbutia :

— Non… Non, on… On dirait Valk… Avec une passagère !

Un bref regard au retour du premier saurien amena un sourire au capitaine d'occasion.

— Et là, c'est Sup ! cria Josef en désignant le « cavalier » arrivant en piqué.

Le chef de gang tira sur les rênes de sa jeune monture, l'obligeant à freiner brutalement sa course. L'inexpérience du binôme rendit la stabilisation fastidieuse, l'un et l'autre tentant de trouver l'équilibre en vol stationnaire. Jugeant sa position assise suffisamment digne, Sup prit une grande bouffée d'air pour enfin hurler.

— Passe-Partout est vivant ! Vous entendez ? Vivant !

Les évadés de Mortagne restèrent un bon moment sous le choc. Des regards croisés… Des sourires complices… Puis un cri de joie : celui de Carambole.

Prévenus de leur arrivée, les gardes en poste à la porte principale d'Océanis accueillirent les cavaliers ailés. Les yeux écarquillés d'Anyah et de Sup, découvrant les richesses de la ville, divertirent Valk qui se remémora sa précédente visite, accompagnant Tergyval pour rencontrer Bredin 1er. Son attitude n'avait pas été bien différente face aux beautés architecturales et artistiques de cette cité ! La Belle passa de l'amusement au rire en voyant

Sup la bouche ouverte devant les lustres monumentaux ornant les hauts plafonds. La lumière filtrait dans les nombreux cristaux et les faisait scintiller comme des diamants ! Elliste s'approcha de lui et le prévint :

— Ce sont des morceaux de verre ! De jolis morceaux, certes, mais du verre ! Pas des pierres précieuses !

Sup haussa les épaules, lui suggérant ainsi d'aller jouer « le père la morale » auprès de quelqu'un d'autre ! Valk continua d'en rire :

— Tu as peur qu'il te vole un lustre ?

— Non, pas nécessairement lui ! J'ai pris quelques renseignements sur son "gang". Je l'avertis simplement par précaution afin qu'il en informe ses membres. Je crains juste d'éventuels menus "prélèvements" alors que notre Maître Verrier, qui officie d'ailleurs dans le palais, se ferait une joie de leur fabriquer ce qu'ils veulent, pour peu qu'ils s'intéressent à son travail.

L'air ailleurs, Sup cessa tout signe d'attention pour le décorum en général, et pour Elliste en particulier ! Tergyval se précipita à leur rencontre. Peu de mots dans l'émotion de ces retrouvailles. Un regard appuyé à la Prêtresse afin de juger de son état, une pression sur l'épaule de Sup lui signifiant sa fierté et une langoureuse étreinte à la Belle résumèrent son soulagement d'être à nouveau réunis.

— Perrine ? questionna Valk.

Le Capitaine tordit la bouche et réussit à dire :

— Le médecin du Palais reste pessimiste.

Les yeux de Sup s'allumèrent :

— Fontdenelle arrive avec les autres ! Il saura !

Le groupe fut présenté aux émissaires de Bredin 1er, non sans passer par Elliste qui facilita leur introduction. Sup aurait aimé continuer à discuter avec les éminences grises du roi, mais son impatience grandissait. Il coupa la parole à Cleb qui s'informait de la santé d'Anyah après les sévices subis dans les geôles de Mortagne.

— Josef, Fontdenelle et les autres vont arriver par la mer ! Désolé, mais je veux être là pour les accueillir.

Le visage d'Elliste se ferma devant l'impertinent. Cleb arrêta son capitaine des gardes et rassura Sup :

— Nos côtes sont surveillées. Tu en seras prévenu dès qu'ils apparaîtront !

Valk arbora son sourire ravageur :

— je crois qu'il a surtout besoin de partager autrement qu'oralement la bonne nouvelle !

— Une bonne nouvelle ? Chose rare aujourd'hui... Laquelle ?

Les yeux brillants, Sup déclara d'une voix forte :

— Passe-Partout est vivant !

Le chef de gang ne sut que bien plus tard l'importance que portaient Cleb et Bart à l'égard de son modèle. Aussi fut-il surpris de l'intérêt que ses hôtes manifestèrent. Il dut raconter, avec l'aide de Valk, ce qui leur permettait une telle affirmation. Retrouvant sa combativité, le stratège Tergyval se tourna vers Anyah :

– Ce qui signifie que tant que Barryumhead se trouvera proche de Passe-Partout, nous pourrons communiquer avec lui !

Malgré le risque encouru à chaque contact théopathique, l'ombre d'un sourire naquit sur le visage de la Prêtresse d'Antinéa qui opina du chef.

Juché sur le phare dominant le port d'Océanis, escorté de deux gardes, Sup ne boudait pas son plaisir de se hisser ainsi à la position de notable. Il scrutait l'horizon, voulant plus que tout être le premier à découvrir les bateaux des évadés de Mortagne. Un des cerbères désigna le large, croyant les apercevoir. Sup le foudroya du regard, lui signifiant deux choses. Un : qu'il s'était trompé, et deux : qu'il n'avait pas besoin de son aide ! Les sbires détournèrent alors la tête et ne pipèrent plus mot. Quelques minutes plus tard, Sup, sautant de joie, s'écria :

– Là-bas ! C'est eux !

Il se tourna vers le gardien du phare qui orientait déjà son gigantesque miroir, créant un faisceau visible à l'intention des arrivants grâce aux derniers rayons du soleil bientôt couchant. Sup distança les deux gardes et s'élança vers le port dès qu'il aperçut la réponse, en lumière, de ses acolytes.

Le petit monde des rebelles de Mortagne se congratulait, heureux de se retrouver sain et sauf. Sup remarqua le teint olivâtre de Jokoko, dénotant une allergie tangible au tangage des transports maritimes, et s'en moqua gentiment. Attachés viscéralement à Mortagne et ses symboles, Josef et Carambole félicitèrent Valk sur son choix de tatouage. Tous furent présentés à Cleb et Bart qui les invitèrent à prendre possession des appartements réservés à leur intention et de disposer à leur convenance des thermes du Palais.

– Reposez-vous ce soir et cette nuit. Un banquet en votre honneur sera organisé demain où nous discuterons des décisions à prendre pour les jours à venir ! dit Cleb.

– Voilà qui est bien parlé ! rétorqua Carambole, résolue à ne plus perdre de temps.

L'ex-pêcheur de perles détailla la jeune fille. Il lut, de son visage à sa posture, une détermination sans faille.

Serait-ce donc le porte-parole du groupe qu'il y aura lieu de considérer, pensa-t-il en jetant un œil furtif à Tergyval échangeant avec Fontdenelle sur l'état de santé de Perrine.

Dans ce rôle, je m'attendais plutôt au Maître d'Armes de Mortagne !

– À plus tard ! lança Bart, faisant signe à Elliste.

Vince, Carl et Abal n'avaient jamais connu un tel luxe ! Sup, leur guide jusqu'à leurs appartements, se régalait de leurs exclamations à chaque nouvelle découverte. Seul Abal, le plus jeune, restait en retrait, manifestant une visible réserve. Sup attendit une accalmie pour obtenir toute leur attention :

– Le gang prend du grade. Nous ne sommes plus d'obscurs gamins des rues, vous comprenez ? Dans Océanis, et surtout au palais, on ne touche à rien ! Ni aux tapis, ni à la vaisselle, ni aux lustres ! Maintenant, nous sommes de la Compagnie de Mortagne, des Compagnons de Passe-Partout !

Les trois compères se dandinaient, ne sachant quelle contenance adopter. Leur chef avait bien changé, son langage aussi ! Ils considérèrent alors qu'à Océanis, il fallait bien se tenir et que tant qu'ils agiraient pour le compte de Passe-Partout, cela leur convenait. Sup ferma les yeux, inspira profondément et, dans un sourire empli de fierté, proféra sobrement :

– Je savais que je pouvais compter sur vous !

De sa chambre, Josef regardait le soleil se coucher sur l'océan. Il avait mené son petit monde à bon port, c'était bien le cas de le dire ! Devenir marin, et surtout capitaine, l'avait extrait d'une vie maîtrisée, connue, réglée. Il pensa à son existence d'aubergiste de Mortagne, à son épouse disparue le jour de la naissance de son joyau, sa fille Carambole, et soupira. Enfilant une chemise propre laissée sur le fauteuil à son attention, il osa exprimer sa crainte à haute voix :

– Quel rôle vais-je pouvoir jouer maintenant ?

Jokoko fit un tour sur lui-même.

– Tout cet espace rien que pour moi ?!

Sa chambre lui paraissait démesurée, au point de songer qu'à Mortagne, une famille de cinq pourrait y vivre ! Il secoua la tête pour tenter de modifier sa manière de raisonner et en terminer avec ce complexe de sang-mêlé. Cette attitude d'auto victimisation le réduisait dans ses actes, ses pensées, dans sa vie toute entière ! Il avait enfin une place, sa place, dans cette famille de rebelles. Il devait s'en montrer digne. Il leva le menton :

– Ma moitié de Clair me crie que l'autre métis est le Petit Prince des Elfes ! Il va trouver les Quatre Vents ! Et pour une bonne part, grâce à moi !

Carambole regardait sans voir le faste des lieux. Les yeux dans le vague, assise sur son lit surdimensionné, elle revivait les derniers jours passés dans leur Cité tombée aux mains de… Au fait, de qui ? Elle peinait à nommer l'ennemi. Les Mortagnais seuls s'étaient retournés contre eux. Elle releva la tête, pleine d'espoir : tous ceux qui comptaient pour elle étaient encore en vie ! Ces « Rebelles » qui œuvreraient pour soutenir celui qui occupait ses pensées depuis ce jour où il avait franchi le seuil de « La Mortagne Libre ». Ses yeux brillèrent à l'évocation de son héros. Venant de nulle part, une voix s'imposa.

La clef de voûte, c'est le Dragon !

Carambole se retourna. Il n'y avait personne d'autre qu'elle dans la pièce. La surprise passée, les sourcils froncés, elle s'interrogea à haute voix :

– Tu l'as déjà dit sur ton lit de mort ! Admettons… Mais où le trouver ?

Le seul qui peut approcher le Dragon est Passe-Partout !

Elle ferma les yeux. Nul besoin de chercher une quelconque présence extérieure lui soufflant de manière autoritaire des pistes pour agir. La voix entendue, celle de Parangon enfouie en elle-même, se manifestait de nouveau. Elle réussit à contrer son envahissement en imaginant rapidement des solutions aux suggestions du Magister et recouvrit la totalité de son libre arbitre pour déclarer :

– Savoir ce qu'il faut faire est une chose. Amener mes pairs à faire ce que je veux en est une autre !

Carambole pressentait que le groupe des réfugiés de Mortagne ne pourrait être conduit que par Tergyval, Valk ou son père.

– Même Sup et Jokoko ont plus de capacités que moi pour s'imposer comme chefs !

Anyah tentait, sans y parvenir, d'oublier les heures de calvaire dans les geôles de Mortagne. Le pire, indépendamment de ce qu'elle avait subi, restait les cris d'effroi et de douleurs de ses novices qu'elle entendait encore et toujours.

Elle plongea la tête dans l'eau chaude des thermes du palais d'Océanis pour les faire cesser... Sans succès. Anyah se rendit vite compte qu'elle n'arrivait à contenir les plaintes récurrentes de ses sœurs qu'en se concentrant sur un seul objectif : punir les responsables de cet endoctrinement asservissant ! Elle n'avait pas grande idée de la stratégie à employer pour se faire. Cependant, toute son énergie était, et serait, mobilisée pour cela. Prête au sacrifice, elle pria Antinéa avec une ferveur accrue.

Fontdenelle se perdait dans le labyrinthe des nombreux couloirs du palais. D'un tempérament casanier, peu accoutumé aux changements, les événements récents l'avaient bousculé dans son quotidien d'herboriste, l'atteignant plus qu'il ne le laissait transparaitre. Il avait à peine regardé la luxueuse chambre qu'il occupait, et n'était d'ailleurs pas certain de la retrouver seul ! Né à Mortagne, y ayant passé et consacré toute son existence, ce déracinement le déstabilisait au point qu'il se demandait l'utilité de l'avoir quittée.

À mon âge, la survie est-elle aussi importante ?

Il tenta de se reprendre et rebroussa chemin dans le couloir qu'il venait d'emprunter.

La vie ne vaut que si l'on sait quoi en faire...

— Ah, la chambre de Perrine devrait être par ici...

— Perrine, là ! s'entendit-il répondre en langage « gang » par un Vince survolté à l'idée de découvrir le palais et ses secrets, et d'un Carl hilare et sautillant. Plus loin, Abal, la mine renfrognée, suivait ses deux acolytes en freinant des quatre fers. Il passa près de Fontdenelle en grinçant.

— Mortagne, c'est mieux...

Les garnements de la Cité, fidèles à leur image, investirent tout l'édifice pour en connaître le moindre recoin. Une habitude de survie qui, d'expérience, leur avait souvent sauvé la mise dans Mortagne ! Ils se jouèrent des gardes inattentifs, car peu sollicités, pour fouiller des endroits interdits tels que les sous-sols. La géographie des lieux, incluant la salle d'armes, les geôles, les appartements des gardiens et les caves de stockage n'eurent bientôt plus de secrets pour eux. Ils allaient remonter lorsque Carl imposa une halte et désigna une lueur sur la paroi d'un couloir non encore visité. Avec discrétion, ils s'approchèrent de l'immense local dans lequel une jeune femme seule, vêtue d'un grand tablier à la manière d'un maître de forges, soufflait dans un bâton creux duquel finit par jaillir une bulle vacillante qu'elle modela ensuite selon son envie. Lorsqu'elle déposa sa création sur un plateau, les garçons, fascinés par sa dextérité, sortirent de leur mutisme.

— Un vase, chuchota Abal.

— Entrez, jeunes gens ! lança la demoiselle sans cesser de fixer sa dernière sculpture.

— C'est comme ça que tu fais tout ce qui est en verre ? l'interrogea Vince, stupéfait du nombre d'objets que la souffleuse détenait sur son lieu de travail.

— Moi, c'est Analys, sourit-elle. Vous devez être nos invités venus de Mortagne, je me trompe ?

Les présentations faites à la hâte, Carl désigna une coupe transparente contenant des petites sphères irisées de multiples couleurs. Analys devança la question :

— Ce sont des billes, des échantillons... Pour mes essais de tonalités.

Hypnotisé par les nuances que paraissait dompter le maître verrier, le gang resta sans voix.

– Celles-ci sont teintées dans la masse, mais je peux aussi les faire creuses pour les remplir d'un élément coloré.

– Comme les lustres ! Tous de la même couleur ! clama Vince.

– Bien vu ! Je vais vous montrer.

Analys sortit un récipient de son four et y trempa le bout de son bâton évidé. Elle souffla à peine, le tourna rapidement entre ses mains et jeta sa création dans l'eau froide.

– Et voilà, une sphère à remplir de la taille d'une bille ! dit-elle avec satisfaction.

– Rien à voir avec les fioles de Fontdenelle ! rit Vince en observant la collection de flacons rangés sur les étagères.

– Toutes biscornues ! renchérit Carl.

Fasciné, Abal restait, quant à lui, collé sur le vase contenant les billes. Analys lui tendit une bourse en peau et proféra d'un ton complice :

– Tu peux remplir le sac, si tu veux !

Abal ne se fit pas prier. Il en préleva quatre avec une infinie précaution, constitua un socle en triangle avec trois d'entre elles et coiffa cette base de la dernière. Puis il s'éloigna, choisit une cinquième agate et ferma un œil pour viser le petit tas édifié. Un seul coup lui suffit pour atteindre sa cible ! Il se tourna vers ses aînés en annonçant, triomphant :

– Mieux que "Casse Pierres" !

Vince et Carl opinèrent du chef. Malgré les circonstances, Abal pensait à jouer.

– Vince, je vois qu'elle te plait, prends cette fiole, tu en feras cadeau à ton Fontdenelle ! Il faut que nous nous quittions maintenant. À tout à l'heure, à la fête donnée en votre honneur ? J'y suis conviée moi aussi !

Dans la Cité qui fut un temps dit « Des Libres », un conseil de la nouvelle gouvernance se tenait à l'endroit habituel où les chefs de Guilde venaient défendre leurs intérêts corporatistes auprès de la Prima de Mortagne. Aujourd'hui, différence notable en ce lieu autrefois de réunion, point de longue table où chacun pouvait faire valoir son point de vue. Celle-ci avait rejoint le feu de l'âtre afin de le nourrir. Un trône sur estrade, pour tout mobilier, avait été érigé au fond de la salle devenue immense. Symbole d'un pouvoir sans partage, ce siège rehaussé accueillait une silhouette que l'on devinait frêle, vêtue d'une robe de bure noire trop large. Devant elle, deux individus agenouillés, tête baissée, attendaient que soit prodiguée « religieusement » la bonne parole. La petite prêtresse laissa s'installer un silence long et calculé, et se leva brusquement, un index accusateur tendu vers les deux soumis. Une voix s'éleva dans l'ombre, celle d'un homme que tout Mortagne maintenant connaissait :

– Artarik et Rassasniak ! Comment traduire l'incommensurable déception qu'est celle du 'Nouvel Ordre' envers votre travail ? Vous nous aviez promis tous les mécréants de cette ville sur un plateau d'argent ! Nous devions en faire des exemples pour les habitants ! Or, Plus de Prima ! Plus d'herboriste ni d'aubergiste renégat à offrir en potence à la populace ! Comment imaginez-vous défendre la cause de Ferkan avec un tel relâchement ? Le 'Nouvel Ordre' doute de votre foi en notre Dieu Unique ! Il pense même que des Mortagnais ne sont pas encore convertis et qu'en plus, ils fomentent un complot contre nous !

Le bonimenteur du marché de Cherche-Cœur déambulait de long en large devant le chef des Scribis et le Grand Chambellan, escomptant une réaction de l'un d'entre eux. La voix apeurée de Rassasniak tenta de se faire entendre.

— Cela ne se reproduira plus, Monseigneur…

Etorino s'accroupit, son front touchant celui du Majordome qui ne leva pas les yeux, et lui cracha au visage :

— J'espère bien ! Ce que le 'Nouvel Ordre' attend, ce sont les mesures à appliquer dans la Cité pour compenser vos impardonnables échecs !

Artarik, finalement soulagé de ne pas avoir pris la parole en premier, retrouva courage et déclara :

— Nous avons doublé les tours de garde, augmenté la sécurité du Palais et de ses prisons. Toute sortie de la ville n'est autorisée qu'accompagnée d'un militaire, doit être dûment notifiée et répertoriée au préalable et…

Rassasniak ne voulut pas être en reste et surenchérit :

— Et nous trouverons d'autres mécréants et les pendrons à la place de ceux qui nous ont échappé. La garnison aura carte blanche pour punir quiconque ne priant pas Ferkan aux heures d'invocation. Nous allons détruire le temple d'Antinéa ! Et le rebâtir pour la plus grande gloire de Ferkan !

Le bateleur prosélyte n'en crut pas ses oreilles : c'était mieux qu'envisagé ! Seule la petite prêtresse vit son sourire satisfait. Elle ne lui fit qu'un signe. Etorino retrouva son air courroucé et lâcha :

— D'ici peu, nous recevrons du monde. Faites place nette dans l'entrepôt de vannerie. Ah, et faites pendre cet abruti de Guilen ! Avoir libéré les ptéros de Mortagne était une ineptie. Maintenant, sortez d'ici et appliquez vos engagements ! Sinon…

Comme deux cafards, les deux ex-notables de Mortagne s'éclipsèrent à reculons, l'échine courbée et les yeux au sol…

CHAPITRE III

Antinéa et Sagar apparurent avec fracas dans la sphère du Messager. La Déesse des Océans haussa les épaules de mépris en le surprenant à converser avec l'esclave. Grave, elle déclara :

– Gilmoor est devenu fou ! Nous ne pouvons plus joindre nos prêtres, et le Déchu connaît l'endroit où se situent les Quatre Vents !

Le Messager se raidit à l'annonce, augmentant ses douleurs déjà insupportables.

– Comment le sais-tu si tu n'as plus de contact ? grimaça-t-il.

– Nous recevons les invocations, tout de même ! Répondit-elle comme s'il eut s'agit d'une évidence.

– Où se trouvent ceux qui cherchent les Quatre Vents ?

– En pleine montagne, proche d'un lieu nommé Fontamère ! lâcha Sagar.

– Pourquoi ai-je déjà entendu parler de cet endroit ?

Le Messager se tourna vers son infirmier au long cou et l'interrogea du regard :

– Je ne peux, Maître… Le Maître des Maîtres m'a ordonné de rester en Ovoïs ! argua-t-il d'une voix tremblante.

– N'est-ce pas le terrain de jeu de l'un d'entre vous ?

– Si, celui de Zorbédia, murmura la créature en baissant la tête.

Le Messager ferma les yeux de dépit. Le plus fantasque des quatre ! Mais il n'avait pas le choix. Workart sortit, non sans saluer avec déférence les Dieux présents et grinça :

– Je m'en occupe, Maître.

Lorbello. Extrait de « Crise en Ovoïs »

Au petit matin, les Compagnons prirent congé du berger passablement embarrassé, Passe-Partout ne lui accordant ni regard ni parole. Solo accepta cette mise à l'écart et pesta contre les troubles liés à l'absorption de liqueur de miel. Il offrit à Gerfor une paire de cornes de mouquetin et flatta l'encolure du cheval mené par Kent :

– Vraiment désolé pour hier soir… Je gage que vous parviendrez au but, comme, j'espère, tous ceux passés avant. Une seule chose me ferait plaisir : vous revoir !

Kent sourit au souhait du berger et lança un regard à l'enfant. Passe-Partout obtempéra et se tourna vers lui :

– Je te promets que tu auras de nos nouvelles !

L'ambiguïté du propos perturba Antoun qui ne sut quoi répondre.

Ils le laissèrent à sa solitude habituelle et reprirent la « route » dans la direction indiquée. Ils arrivèrent bien vite aux gorges et descendirent de cheval pour emprunter l'étroit passage, autrement dit un goulot malaisé propice à un traquenard ! Le groupe entama sa progression en limitant le bruit. Un devant, l'autre derrière, les Bonobos, les yeux en l'air, veillaient au grain.

Ils gagnèrent en altitude et le froid, au sortir de la ravine, se fit mordant. Chacun chercha dans sa besace de quoi se couvrir. Passe-Partout enfila sa cape de plumes en Staton et devança l'Elfe :

– À défaut de me transformer en oiseau, au moins me tiendra-t-elle chaud !

Il accrocha les deux serres du fermoir et haussa les épaules, démontrant par ce geste que le vêtement de Dollibert n'avait plus rien de magique.

– Je la préfère comme ça, souffla Gerfor, résolument réfractaire à la mutation provoquée par la cape.

Cette halte autorisa de nouveau les échanges et la question fatidique fut aboyée par le Fonceur :

– Kobold, c'est quoi ?

Kent leva les yeux, paraissant chercher ses mots.

– Une légende d'Ovoïs... Chez les Clairs, on la raconte aux jeunes. Au tout début, quand Mooréa voulut partager sa Magie sur le Continent, elle créa des êtres, un pour chaque communauté d'Avent, afin de les éduquer spécifiquement pour chaque peuple.

Devant la mine contrariée de Gerfor, allergique à tout ce qui touchait de près ou de loin à la Magie, diplomatique, l'Elfe rectifia :

– Enfin, peut-être pas tous... Les autres Dieux, Gilmoor en tête, y virent une manœuvre de la Déesse pour s'arroger de nouveaux adeptes.

– C'est d'une évidence affligeante ! Voler des croyants à ses pairs est assimilable à de la concurrence déloyale ! C'est consternant ! Comme tout ce que font les Dieux ! coupa Passe-Partout.

Kent ignora le propos outrancièrement disproportionné et poursuivit :

– Fou de rage, Gilmoor arrêta le processus de création de ces êtres avant la fin programmée par Mooréa. Mais fidèle à son principe de vie, il ne put se résoudre à les éliminer. Moitié Ovoïdiens et moitié Aventiens, les Kobolds prêtèrent alors allégeance au Dieu des Dieux qui exigea d'eux la promesse de toujours dire la vérité. C'est depuis cet événement que Gilmoor et Mooréa... euh... s'ignorent.

Passe-Partout ironisa :

– S'ignorent ? Tu parles ! Ils doivent se détester, oui ! Bon, ces Kobolds, à quoi ressemblent-ils ? Quels sont leurs pouvoirs ? Au son de ta voix, on a plutôt l'impression qu'il faut les craindre.

Un geste las indiqua son embarras vis-à-vis des Nains, puis il se décida de répondre :

– Ils sont décrits magiques et puissants... Le problème résiderait dans leur comportement décalé, avec une logique qui leur est propre. Ils considèrent souvent les Aventiens comme des sous-orks ! On les croit omniscients, énigmatiques et railleurs. Il existerait un flegmatique, appelé le nonchalant, un nerveux, le philosophe, un bilieux, dit l'organisateur et un sanguin, couramment surnommé le farceur.

Passe-Partout secoua la tête et pensa :

Décidément, ceux d'Ovoïs ne valent pas mieux que le dernier des Aventiens ! Et des gens subtils comme Kent arrivaient à les vénérer ? Incompréhensible !

Perplexe, il regarda son compagnon, puis la fontaine de Fontamère qu'il pouvait désormais discerner au loin. Un monument en pierre façonnée avec, en son centre, un pilier sculpté duquel surgissaient des gueules de monstres crachant une eau claire. Sans raccords ni jonctions, l'édifice paraissait créé dans la masse avec une précision extraordinaire. Au sommet de la colonne, au milieu du bassin, une statue assise en tailleur d'un réalisme stupéfiant, la tête calée entre ses mains, parachevait l'œuvre anonyme d'un artiste talentueux.

– Les robinets comme la statue sont des gargouilles, spécifia Kent qui s'empressa d'ajouter : créatures purement imaginaires !

Le mouvement sur le pilier central fut imperceptible. Passe-Partout, sur le qui-vive car prévenu du danger par le berger, appela ses couteaux et se concentra sur le monstre de pierre coiffant la fontaine. Il ne rêvait pas : il respirait ! Décontenancés, les Nains et le Clair observaient l'enfant sans comprendre les raisons de sa méfiance et dégainèrent leurs armes. Une voix de crécelle rompit le calme régnant à Fontamère :

– Voici donc le Petit Prince des Elfes, le Sauveur d'Avent !

La réflexion déplut forcément à Passe-Partout, bien qu'il appréciât l'ironie du ton. La statue tourna lentement dans leur direction, sa tête disproportionnée balançant sur un long et maigre cou la maintenant à peine. Accrochés à une face de cauchemar, deux pupilles rouges dévisageaient le groupe, provoquant une panique irraisonnée chez les Nains. Même Kent, troublé, lâcha un « Oh ! » à la disparition de la « Statue gargouille » ! Momentanée, car l'être magique se rematérialisa assis sur la margelle ceinturant la fontaine et, ignorant ceux qui s'apprêtaient à fondre sur lui, soliloqua de sa voix grinçante :

– Voyons… Faisons une synthèse. Nous avons un jeune métis affublé de titres qu'il ne réclame pas, ne sachant guère d'où il vient et vraisemblablement où il va, accompagné d'un Elfe caractériel investi d'une mission autoproclamée et de Nains sans discernement en quête d'une gloire qui ne saurait être partagée que par leurs pairs… Jolie brochette dont le chemin s'arrête ici !

Kent souffla :

– Il doit s'agir du farceur, Zorbédia, si mes souvenirs sont bons…

Passe-Partout obligea le regard rubis du Kobold à croiser le sien que le bleu avait quitté :

– Que cherches-tu ?

L'être semblant fait de pierre se mit à rire :

– Ton esprit étriqué ne peut comprendre !

Du tac au tac, il rétorqua :

– Puisque, pour toi, nous sommes insignifiants, laisse-nous passer !

La voix se modula, le monstre hideux ricana :

– Il est vrai que je suis largement en mesure de vous en empêcher !

– Assez joué ! Qu'est-ce que tu veux ?

Les yeux rouges de la statue se plissèrent.

– Justement ! Jouer ! Avec toi… Selon mes règles… Sans armes.

Passe-Partout prit une longue inspiration pour contenir sa colère. Le seul divertissement lui venant à l'esprit à ce moment précis se présentait sous la forme d'un lancer de couteaux avec, dans le rôle de la cible, le Kobold ! Il rétorqua les dents serrées :

– Expose-les, mais je ne te garantis pas qu'elles me conviennent.

– Rien de bien méchant, Petit Prince. Si tu m'attrapes, tu passes !

– Et si je veux passer sans jouer ?

– Le parcours risque d'être long et laborieux jusqu'aux Quatre Vents, répondit-il, menaçant.

Campé fièrement devant lui et malgré tout ce qu'avait pu lui apprendre Kent sur les Kobolds, Passe-Partout lança :

– Écarte-toi de mon chemin !

– Nous jouerons tout de même ! ricana le monstre en disparaissant.

Les yeux de tous les compagnons le cherchèrent sans succès. Une claque magistrale sur le postérieur de l'enfant le fit se retourner d'un bond, ne croisant que le vide tandis qu'il entendait :

– Un, zéro !

À peine le temps d'une respiration et il reçut un coup douloureux sur le sommet du crâne, accompagné d'un ironique « Deux, zéro ! » qui l'exaspéra !

À « Huit à rien ! », agacé par les disparitions et réapparitions du Kobold, Passe-Partout sentit que la situation lui échapperait définitivement s'il continuait à s'énerver. Il puisa aux tréfonds de lui-même, à la recherche d'une paix intérieure lui permettant une concentration maximale et y parvint, au point qu'il ne laissa pas le monstre scander le score à venir et, a fortiori, infliger une nouvelle gifle humiliante. Le regard fixe, il calcula les probabilités de déplacement du 'Farceur' et analysa les mouvements de l'air qu'il générait au moment précis de ses surgissements. Sa main se projeta alors dans le vide avec une rapidité inouïe. Saisi fermement au cou, le Kobold stoppa net. Ses yeux rouges roulèrent à la fois de surprise et de peur en croisant ceux gris de celui dont il croyait triompher avec facilité.

– Je n'ai vraiment plus envie de jouer ! cracha Passe-Partout en l'envoyant sans ménagement bouler dans l'herbe. On s'arrête ici ! poursuivit-il en désignant la cabane à ses compagnons, bouche bée devant sa nouvelle prouesse. De mémoire d'Aventien, jamais personne n'avait ouï dire que l'on put empoigner et maîtriser un Kobold ! Kent retrouva rapidement ses esprits et s'adressa à la créature visiblement perturbée par sa défaite.

– Kobold, tu as perdu ! Tu nous dois la vérité ! Donne, délivre ou réponds !

Le monstre se releva lentement, tête baissée. Le regard vaincu, il attendait. L'Elfe tendit le menton dans sa direction et fixa Passe-Partout qui comprit que seul le gagnant du jeu détenait le pouvoir de poser les questions. Pris de court, il lança :

– Par où, le chemin pour les Quatre Vents ?

– En bas, une patte d'oie, trois possibilités. Il te faudra emprunter celui de gauche, vers le bois aux félins, répondit le monstre d'une voix désabusée.

Ainsi, la légende rapportée par Kent était réelle, le Kobold ne pouvait pas mentir !

– Où se trouve Sébédelfinor ?

– Évident ! Là où tu as rendez-vous avec lui.

Face à la colère affichée de celui qui l'avait battu, Zorbédia regretta son ton badin et tenta de se rattraper :

– J'allais y venir… Eau de Roche n'existe pas. Le lien télépathique s'est rompu avant la délivrance totale du message. Il voulait dire « Aux Deux Rochers ».

Passe-Partout hésita, souhaitant lui demander où se situaient les Deux Rochers, mais se ravisa :

– Où se trouve le Déchu ?

Il discerna ironie et suffisance dans la réponse du Farceur qui lui souffla avec délectation :

– Aux Deux Rochers…

– Tu te fiches de moi ?!

Le monstre se tenait maintenant face à lui, figé comme la statue dont il avait pris l'aspect, et resta muet. Kent secoua la tête et glissa à son jeune compagnon qui ne décolérait pas :

– La légende dit que les Kobolds ne répondent qu'à trois questions. Celle-ci est en trop, il ne parlera plus.

Excédé, l'enfant ramassa son sac à dos en grinçant :

– Tout ceci est insensé. Comment ces créatures peuvent-elles imaginer qu'elles survivront si le Déchu investit Avent ?

Il se retourna vers Zorbédia, interloqué par le propos, et lui asséna :

– Crois-tu que tu pourras torturer les sangs noirs qui n'ont ni pensée ni conscience ? Tu n'es qu'un sous-produit des Dieux, un rebut d'Ovoïs et de ses inconséquences, et tu disparaîtras avec ! Maintenant, va jouer ailleurs !

Les yeux furibonds, la créature lança d'une voix glacée :

– Le rebut des Dieux en salue un autre !

Il s'évanouit dans un bruit assourdissant qui fit longtemps écho dans la vallée, autant privée des derniers rayons du soleil s'effaçant derrière les montagnes que de sa présence. Haussant les épaules, Passe-Partout pensa qu'ainsi Solo serait averti du départ du monstre de Fontamère.

– Il est dorénavant établi, si l'on en croit la gargouille, que je ne suis pas au bon endroit ! maugréa-t-il.

Kent s'alarma. Pas question que sa quête s'achève ici avec son Petit Prince qui rebrousse chemin pour tenir sa promesse donnée au Dragon ! Son visage pâlit, donc proche de la transparence pour un Clair. L'enfant, comprenant le malaise, cessa de le tourmenter et désigna le sud :

– Trop tard, de toute façon… Nous continuerons notre route vers les Quatre Vents.

Il se tourna vers la maisonnette de Solo.

– Mais avant, on va se reposer là, souffla-t-il, visiblement épuisé.

Vaste et confortable, la cabane du berger offrait au groupe un abri sûr pour la nuit. Gerfor et ses compagnons regardaient Passe-Partout avec respect. Vaincre une créature magique ! Pour un Nain, ce type de victoire dépassait le stade de l'exploit ! Ignorant ces nouveaux signes de déférence, leur héros, les yeux cernés, se blottit dans un coin de la pièce principale, son sac à dos en guise d'oreiller et balbutia :

– Pas très faim… Je vais m'allonger un peu.

Kent sourit. Sa lutte contre le Kobold, inhabituelle, réclamant plus de mental que de physique, l'avait vidé de ses forces. L'enfant s'endormit profondément, exempté de tour de garde cette nuit-là.

Indépendamment de ses contrôles de sécurité accrus en ville, Elliste s'assura que tous les réfugiés de Mortagne avaient pris leurs marques au sein du palais d'Océanis et songea à s'octroyer un moment pour souffler. Croisant Tergyval qui descendait de l'immense escalier, il l'apostropha sur un ton railleur :

– Mon Maître ! Où t'entraîne ce pas décidé ?

Le « Maitre » se mit à sourire à son tour.

– Voir si ta garde soigne nos ptéros comme il se doit ! Ils n'ont pas l'habitude de ce genre d'animal !

– Certes ! Je t'accompagne si tu le veux bien.

Tergyval répondit d'un geste ample l'invitant à le suivre. Ils ne tardèrent pas à atteindre l'enclos de fortune où le lad assigné aux sauriens, quoique peu rassuré par ces montures spéciales, s'en occupait avec bravoure. Tergyval en profita pour éclairer Elliste sur la manière de les capturer, de les dresser et de les mener, non sans susciter un intérêt visible dans les yeux de son ancien élève.

– Tu veux faire un tour ? Si l'on a un moment avant la fête, bien sûr ! suggéra Tergyval.

Elliste sembla réfléchir, évaluant en silence si cette escapade bousculerait trop son emploi du temps, et répondit :

– Tu pourras te poser sur la plus haute terrasse du palais ?

– Je te vois venir ! Pour prolonger la promenade, tu envisages d'atterrir directement sur le lieu de réception ! Allez, en selle !

Le lad regarda en secouant la tête les deux Maîtres d'Armes s'envoler et maugréa :

– Si c'est ça les transports modernes…

Tergyval aurait pu lui faire mener son ptéro, sa monture n'étant pas magiquement attribuée à un cavalier précis. L'Elfe Kent, avant son départ pour sa quête, avait réussi ce prodige sur un nombre restreint de sauriens, le sort exigeant une dépense énorme d'Énergie Astrale. Mais une leçon de pilotage nécessitait plus de temps qu'ils n'en disposaient, et aucun des deux hommes ne souhaitait arriver en retard à la réception ! Il expliqua en revanche à Elliste tous les détails du vol à ptéro en situation. Quelques figures acrobatiques plus tard, où le Maître d'Armes d'Océanis s'accrocha avec force au plastron de Tergyval, ils atterrirent en douceur sur la terrasse du Palais où s'achevaient les derniers préparatifs de la fête de bienvenue.

– Nous sommes les premiers ! déclara Tergyval.

– Et je préfère qu'il en soit ainsi… Merci pour la balade !

Il fit signe à une servante :

– Sarabine ?

Les deux hommes prirent place dans un petit salon. Elliste tendit le doigt vers le cou de Tergyval.

– Je vois que, depuis notre dernière rencontre, tu n'as pas eu l'occasion de le remettre à qui de droit !

La jeune fille déposa devant eux une carafe de vin et deux coupes finement ciselées. Tergyval toucha le bourgeon baignant dans sa fiole d'eau de mer :

– Je n'ai jamais connu les raisons de ce présent, un symbole ?... Merci, euh... Sarabine, c'est bien ça ?

La demoiselle opina brièvement du chef et, en silence, remplit le verre d'Elliste qui répondit sur le ton de la confidence :

– Le secret de mes maîtres originaires d'Opsom. Cette algue fait encore la fortune d'Océanis !

– Je croyais que les perles des huîtres profondes suffisaient à votre bonheur ?

Elliste regarda alentour, s'assurant que personne ne voyait son geste mimant l'absorption du bourgeon, et chuchota :

– Tu l'as dit. Profondes. Ceci aide beaucoup à aller les chercher...

Puis, d'une voix plus forte, apercevant de son verre rempli :

– Merci, Sarabine !

Le maître d'hôtel, reconnaissable à sa livrée bleue et or, frappa le sol de son long bâton sculpté pour réclamer le silence et annonça avec emphase l'arrivée du Monarque d'Océanis. Bredin 1er entra dans la salle de réception, serré de près par ses éminences grises. Il avançait de façon étrange, cherchant son pas comme un jeune garde fraîchement recruté, bras droit, jambe droite, bras gauche, jambe gauche, dédaignant les saluts et révérences de ses invités. Indépendants l'un de l'autre, ses yeux roulaient dans leurs orbites en une course asynchrone, déroutante pour celui désireux d'accrocher son regard. Sa cour formant une allée jusqu'à la gigantesque tablée parée de victuailles de toutes sortes soigneusement disposées, Bredin s'arrêta brusquement en découvrant l'immense buffet, et se mit à loucher, cette fois fixement, sur l'étalage de nourriture. Retrouvant un dynamisme soudain, il échappa à la vigilance de Cleb et Bart et s'élança comme un enfant gourmand dans une échoppe de sucreries. Pourtant habitués aux frasques de leur Monarque, les invités se figèrent, ne sachant quelle contenance adopter. Bart rattrapa Bredin qui déjà se bâfrait de viandes en sauce, à demi allongé sur la table, et lui chuchota à l'oreille. La bouche pleine, la chemise maculée d'innombrables taches de couleurs diverses, Bredin grommela et signifia d'un geste à son conseiller qu'il l'importunait. Bart se tourna alors vers Cleb en haussant discrètement les épaules et déclara sur un ton faussement enjoué :

– Le Roi Bredin 1er vous convie à festoyer !

Des applaudissements polis naquirent à cette annonce et gagnèrent en volume pour saluer l'entrée des évadés de Mortagne, surtout celle de Valk ouvrant le groupe, ensorcelante dans sa toge de soirée valorisant ses charmes ! Fontdenelle suivait, cherchant parmi les invités, essayant de deviner qui était la créatrice de la fiole qui lui avait été offerte. Anyah se tenait tête haute, tentant de camoufler cette lassitude qui ne la quittait plus, et s'agrippait au bras de Josef. Carambole fermait la marche, entourée du gang et de Jokoko, comme une protection rapprochée. Verres en l'air, Cleb et Bart s'apprêtaient à leur souhaiter la bienvenue au nom de tous en lieu et place de leur Roi qui poursuivait sa boulimie maladive. Leurs sourires s'estompèrent rapidement.

À peine le temps, à son tour, de lever sa coupe qu'Elliste bondit en entendant hurler son nom. Il s'élança vers l'homme en livrée bleue et or, à l'autre bout de l'immense salle, qui gesticulait en sautillant sur place. Tergyval, les sourcils froncés, observait la scène du salon qu'il n'avait pas quitté. L'homme, vraisemblablement responsable de la réception, congestionné, finit par tendre un index tremblant vers une frêle silhouette se dirigeant prestement vers la terrasse.

— Sarabine ! cria Elliste à l'attention de Tergyval.

Le Maître d'Armes de Mortagne se leva, comme propulsé par un ressort, pour suivre la jeune fille à l'extérieur. Son sang ne fit qu'un tour ! Celle qui venait de lui servir un verre de vin se recroquevillait sur elle-même pour se transformer sous ses yeux. Il se saisit de son épée et tenta de l'atteindre en un large mouvement, sans résultat. Un regard noir, un cri, et Sarabine devenue oiseau s'envola dans le soleil couchant. N'écoutant que son instinct de combattant, Tergyval sauta sur son ptéro et le prit en chasse.

Décomposé, le maître d'hôtel avait trouvé le cadavre de la jeune Sarabine dans un placard des cuisines, et hurlé à pleins poumons lorsqu'il l'avait aperçue bien vivante en train de remplir les coupes des Capitaines des Gardes ! La plus grande confusion régnait dans la salle de réception. Les réfugiés de Mortagne, arrivés à l'heure en invités disciplinés, assistèrent sidérés au désordre ambiant. Sur la terrasse du palais d'Océanis, Valk, les yeux rivés sur l'horizon, tenta d'entrevoir Tergyval, en vain. La Belle, en tenue de soirée, songea bien à courir vers l'enclos des ptéros. Mais sans armes ni protections, sans savoir l'exacte direction prise par son ami, l'entreprise s'avérait inutile.

D'autant que dans peu de temps, il fera nuit noire, nota Carambole, dont le regard clair balayait maintenant la salle.

Cleb, tendu comme un arc, donnait des consignes strictes à Elliste. Le comportement du Maître d'Armes d'Océanis, apparemment fébrile, laissait à penser que la culpabilité le tenaillait. Bart tentait de calmer les crises de nerfs des invités. Pour la première fois, Océanis était touchée au cœur par cet ennemi jusqu'alors inconnu. Au milieu des cris et des sanglots, les yeux de Carambole finirent leur course pour s'attarder sur leur groupe. Fontdenelle, affligé, revenait des cuisines après avoir vu le corps sans vie de la vraie Sarabine. Josef, à sa droite, soutenait Valk, le regard baissé et, à sa gauche, Anyah, terrifiée, pleurait à chaudes larmes. Les trois jeunes du gang, aux côtés de leur chef et Jokoko, l'observaient étrangement, attendant de sa part une réaction. Tous atteints, ils voyaient ressurgir l'ombre d'un ennemi qu'ils pensaient avoir laissé derrière eux. Elle entendit une voix au plus profond d'elle-même.

Le temps est venu. Plus d'atermoiements ! Prends l'ascendant ! Maintenant !

Elle ne sut jamais s'il s'agissait de Parangon ou de son propre subconscient qui lui indiquait comment se comporter, et se fit violence :

— Écoutez-moi tous ! Pas question de fuir Océanis comme nous avons fui Mortagne ! Pour aller où, d'ailleurs ? Anyah, prépare-toi à joindre Barryumhead ! Jokoko doit dire à Passe-Partout ce que contient la lettre de son père Sombre. Nous devons le tenir au courant de la situation et l'interroger au sujet du Dragon. Il aura peut-être une piste. Rendez-vous dans ma chambre à minuit ! Avec un peu de chance, Tergyval sera rentré !

Elle les quitta, les abandonnant pour le moins pantois. Fontdenelle, les yeux écarquillés, lui, n'en revenait pas !

– M'est avis qu'il faudra nous habituer à la nouvelle Carambole. Pourvu qu'elle ne me demande pas encore un "voyage", je n'ai rien emporté pour le réaliser !

Josef se tourna vers Anyah :

– Il reste un peu de temps pour te reposer avant ce contact. Je t'accompagne à ta chambre.

– Qu'elle prenne cela, s'interposa l'herboriste en tendant une fiole sortie de sa poche. Je vais voir Perrine et vous retrouve chez Carambole.

Sup saisit l'épaule de Jokoko :

– Nous n'allons pas pouvoir lire le courrier intégral de son père à Passe-Partout. Je me charge de lui résumer l'essentiel pour ne pas tuer Anyah et Barryumhead dans un trop long contact !

Valk se dirigea vers Elliste et coupa le monologue de Cleb réprimandant son chef de la sécurité :

– Dès que Tergyval rentre, je veux le savoir dans l'instant ! Tu entends ? Dans l'instant !

Les yeux rivés sur l'oiseau noir, Tergyval s'approchait progressivement de lui grâce au vol puissant de son ptéro et décida de le suivre à une distance lui permettant de ne pas le perdre de vue. Il se laissa entraîner au nord d'Océanis, vers les hautes falaises surplombant majestueusement l'océan. L'oiseau disparut au sommet d'une des tours naturelles en pierre. Méfiant, Tergyval effectua une reconnaissance aérienne du plateau où il avait trouvé refuge et repéra une silhouette, humaine celle-là, essayant de se camoufler derrière un amoncellement de roches. Il atterrit, descendit lentement de sa monture, arme à la main, et tenta de se concentrer. Las ! Il n'entendait que la bise océane sifflant sans discontinuer à cette altitude. Jetant des regards furtifs tous azimuts tel un animal traqué, il soupira et redoubla d'attention, constatant qu'à cause du vent, « tous ses sens en éveil » ne se résumaient finalement qu'à un seul !

Il se concentra sur l'amas rocheux derrière lequel la soi-disant servante d'Océanis se dissimulait. Mais l'attaque, inattendue, vint du ciel. Un coup de bec violent sur la tempe le déstabilisa. Aveuglé par deux ailes noires, de colère, il balaya l'air de son épée, arrachant de sa main libre l'oiseau accroché à son visage. Par ce geste désespéré, sa lame frappa par hasard un autre ennemi ailé. Son corps blessé à mort se boursoufla pour reprendre son apparence d'origine. Tergyval crut vivre un cauchemar éveillé ! À ses pieds, le cadavre éventré d'une guerrière des Drunes et, face à lui, cinq corrompus, dont trois orks, un humain et une Amazone, bien vivante celle-là, et tous armés jusqu'aux dents ! Deux orks se jetèrent sur lui. Il eut à peine le temps de dégainer sa seconde lame pour parer leurs attaques tordues et ne répliqua que sur l'un d'entre eux. Il se baissa, anticipant de nouvelles charges, puis se redressa brusquement, et élimina ses agresseurs. Il dévisagea alors les trois restants qui approchaient. Ceux-là se révéleraient moins aisés que la piétaille expédiée dans la Spirale. Le dernier ork, monumental, s'avança. Tergyval opéra par instinct un pas de côté, devançant l'assaut du monstre qui s'élançait sur lui, facilitant ainsi le contre de son épée à deux mains qui s'abattit sur le Sang noir après un habile moulinet. La deuxième lame du Capitaine lui sectionna un genou. L'ork s'affaissa et se coucha définitivement après un talon de botte en plein front. Son épaulette amortit un estoc de l'humain corrompu qu'il n'avait pas vu venir. L'homme bougeait avec une vélocité inouïe. Les coups pleuvaient... Droite... Gauche... Tergyval, sous la poussée, n'eut d'autre choix que de reculer, ne pouvant que contrer un bretteur aussi vif qu'imaginatif ! Rapidement, il atteignit deux limites physiques : celle de la fatigue et le bord de la falaise ! L'urgence d'une réaction lui remémora un combat d'entraînement avec le Fêlé qui lui avait alors confié :

– Tu es un excellent escrimeur... et deviendrais redoutable avec un poil plus de fourberie !

Son adversaire du moment continuait à frapper sur un rythme soutenu. Il fallait que cela cesse ! Faisant mine de ployer sur une charge, il lâcha sa lame droite. Le « sang noir » profita de la faille pour l'atteindre à la tête. Cette passe anticipée, Tergyval s'accroupit pour l'esquiver et dégaina la dague cachée dans sa botte. Utilisant le déséquilibre de son ennemi entraîné par l'élan d'une épée n'ayant rencontré que le vide, le Capitaine lui planta le couteau dans la gorge jusqu'à la garde. L'Amazone au sang noir se précipita à son tour. Tergyval ne connaissait que trop les talents des guerrières des Drunes. Elle s'acharna avec l'avantage de deux armes contre une. Il recula d'un pas, ses talons au bord du gouffre. La sueur coulait jusque dans son œil, lui brouillant la vue. L'Amazone effectua un tour sur elle-même et abattit ses deux lames sur l'épée de Tergyval.

Au moment de l'impact, il croisa son regard, celui de la servante d'Océanis. Il crut que la déraison le gagnait : en l'espace d'une seconde, il avait changé d'adversaire ! La puissance du coup et la surprise lui firent lâcher son arme. « Sarabine » entreprit alors, pour son ultime passe, le même mouvement de rotation. Tergyval recula. La première lame lui frôla la gorge, tranchant le collier en cuir autour de son cou. La deuxième arriva plus haut. Par réflexe, il pencha la tête en arrière. Pas suffisamment hélas pour l'éviter. De gauche à droite, aiguisée comme un rasoir, l'épée lui taillada le front. Trop en retrait pour conserver l'équilibre, la dernière image qu'il vit fut celle de Valk. Le crâne en sang, horrifié, le Maître d'Armes de Mortagne s'abîma dans le vide...

CHAPITRE IV

– Gilmoor refuse de m'entendre ! Moi, la Déesse des Océans ! Considérée comme la dernière des Aventiennes !

Sagar surenchérit :

– Je me demande si son intérêt n'est pas de nous laisser tous mourir, comme Mooréa, Varniss et Lumina, pour régner seul !

Les Dieux écoutaient les prières de leurs prêtres. Une première ! Las de se contenir, le Messager explosa :

– Arrêtez votre comportement d'enfants gâtés ne sachant que geindre pendant que le Déchu casse votre jouet favori ! Que d'auto-apitoiement, de vaines et ineptes querelles ! Peut-être Gilmoor vous suggère-t-il d'envisager d'œuvrer de concert ? À force de vous regarder dans la glace, vous avez oublié jusqu'au miroir ne reflétant que votre ego surdimensionné !

Les Dieux, peu accoutumés à se faire tancer, demeurèrent interdits. Admiratif, Workart couvait de ses yeux rouges celui qui osait dire tout haut ce que les esclaves d'Ovoïs taisaient.

– Vous avez voulu prendre tout votre temps ; les immortels d'Ovoïs n'en sont pas dépourvus. Mais force est de constater que celui d'Avent, plus court, vous a rattrapé !

Lorbello. Extrait de « Crise en Ovoïs »

Kent surveillait Passe-Partout endormi. Gerfor abandonna ses comparses à la tâche de raviver l'âtre et le rejoignit :

– Je suis sûr qu'il s'agit bien de celui qui sauvera mon peuple, souffla Kent.

Le Nain se renfrogna et cracha :

– Elfe de peu de foi ! C'est une évidence depuis le début ! Les oracles de Zdoor ne se trompent jamais !

Le Clair sourit. Son compagnon ne respirait que par ses certitudes et la grandeur de son Dieu. Il lui prit l'avant-bras :

– Je suis fier de notre amitié, Gerfor, et souhaite dans l'avenir, si Mooréa le veut, que nos deux peuples puissent tisser des liens aussi forts que ceux que nous avons créés ensemble.

Le regard vide du Nain lui indiqua que son envolée lyrique résonnait autant qu'un prêche dans le désert ! Une oreille plus attentive s'approcha :

– Non seulement Mooréa le voudra, mais Sagar l'exigera, glissa Barryumhead.

– Sagar ! reprirent en chœur les jumeaux sur un ton mesuré pour préserver le repos de Passe-Partout.

– Surprenant Prêtre ! Toi qui ne parlais jamais !

Barryumhead visa de son index l'enfant assoupi :

– Sa vocation est de libérer les peuples, mais aussi chaque membre de ces peuples ! Je te fais la promesse, si nous sortons vivants de cette quête, de rameuter tous les Nains. Pas uniquement ceux de la Horde de l'Enclume, mais également tous les autres clans au-delà de Roquépique, pour se battre à vos côtés contre les armées du Déchu !

– Ton clan a déjà perdu un Roi, Fulgor Ironhead, dans ce conflit, fit Kent.

Le Prêtre Nain acquiesça :

– Lourd tribut, je te le concède. Mais nous avons contribué à libérer Mortagne, une ville d'humains. Pour la première fois dans l'histoire d'Avent, ceux de Roquépique se battaient pour une cause plus vaste que celle les concernant en propre. Fulgor l'avait compris. Il existe d'autres tribus que celle de l'Enclume, et malgré les rivalités et dissensions entre les Hordes, je ne désespère pas de parvenir à les unir.

Kent apprécia et répondit :

– Les compétences associées de nos deux communautés me semblent prometteuses. À mon tour de te jurer que je ferai tout pour que ma Reine accompagne ce mouvement !

Gerfor, quelque peu satellisé par la conversation, en retira, selon lui, l'essentiel et clama :

– Après les Quatre Vents, nous irons lever notre armée ! Et moi, Gerfor, le premier de Roquépique à avoir été promu "Citoyen Permanent de Mortagne", libérerai de nouveau la Cité !

Kent observait alors Barryumhead et découvrit un demi-sourire sur son visage. Une expression nouvelle, décalée. Une nuance inhabituelle chez un Nain !

Carambole se passa de l'eau sur le visage. Était-ce l'agression de ce soir ou la pression continuelle de Parangon, parasitant toutes ses pensées, qui la mettait tant mal à l'aise ? Elle s'allongea machinalement sur son lit pour tenter de faire le point. Après quelques minutes de réflexion portant sur les motivations du métamorphe quant à sa présence à Océanis, la stratégie inconnue, mais invasive du Déchu, et les décisions que les réfugiés de Mortagne devaient envisager, elle grimaça et se surprit à dire à haute voix :

– Tout ne nous ramène toujours qu'à une solution : Passe-Partout.

Cette idée à peine évoquée que sa tête se retrouva brusquement prise dans un étau. Le vertige qui s'ensuivit, comme happée dans un tourbillon, fut tel qu'elle s'accrocha aux draps de son lit. Lorsque le calme se rétablit, sonnée, elle tourna sa pensée vers son agresseur intérieur.

Pour échanger, il te faudra trouver une autre méthode ! Entrer en catalepsie n'est pas de mon goût !

Les circonstances l'exigent ! Le temps presse et les décisions à prendre doivent l'être maintenant !

Carambole sentit monter la colère ; pour la première fois de sa vie, elle la laissa l'envahir et explosa.

Et ces décisions seront les miennes ! Pas celles d'un fantôme de Magister caché dans mon subconscient qui me dicte la conduite à tenir ! Je viens de comprendre la manière dont l'"Animagie" opère. Il s'agit d'une passation, pas d'une cohabitation ! Je saurai te bloquer à ta prochaine tentative d'envahissement et t'empêcherai de me submerger ! Jusqu'à t'anéantir et rendre ainsi toute ta longue vie de Magicien vaine ! Tu parles de décision rapide ? Dis-moi maintenant si c'est cela que tu veux !*

Un silence interminable s'ensuivit, puis un timide soupir :

Non...

Carambole enfonça le clou :

Alors, achève définitivement la passation !

Tu me demandes de mourir une deuxième fois.

Je t'offre au contraire l'éternité ! Tu survivras en moi et au-delà de moi, dans tous les avatars qui me succéderont. Et puis, en y songeant bien, sans cette formule révélée à Passe-Partout par Dollibert, tu ne serais pas en mesure de négocier quoique que ce soit !

La rudesse du ton, surprenant même celle qui l'utilisait, fit mouche. Le blanc interminable s'acheva sur l'ultime décision de Parangon :

Soit... Adieu, Prima Carambole !

Un flot de pensées la submergea. La totalité de la mémoire du Magister, ses travaux, ses analyses. Une vie entière, celle d'un autre, à trier, classer, digérer...

Le gang arriva au rendez-vous fixé par Carambole et frappa à sa porte. Plusieurs fois. Sans réponse. Inquiet, Sup tendit l'oreille et perçut des gémissements de douleur. Comme un seul homme, les quatre garnements de Mortagne se précipitèrent dans la chambre. Carambole se tordait sur son lit, agitée de violents soubresauts. Ses gestes désordonnés ainsi que des propos décousus, incompréhensibles, alertèrent Sup :

– Vite ! Fontdenelle ! intima-t-il.

L'ordre bref, en langage « gang », dénotait radicalement de son nouveau style verbal, mais eut l'effet immédiat de voir ses trois sbires s'éparpiller dans le labyrinthe des couloirs du palais, l'herboriste ne brillant pas par son sens de l'orientation.

Les évadés de Mortagne passèrent toute la nuit à veiller sur Carambole. Fontdenelle avait épuisé sans résultats tout son savoir de guérisseur. Même la prière d'Anyah, pourtant proférée avec ferveur, ne parut pas d'un grand secours. Blême, Josef, après les avoir houspillés tous deux, avait fini par réaliser que tout avait été tenté pour la calmer et se contenta de la maintenir lorsque ses convulsions spectaculaires donnaient l'impression qu'elle allait se briser. Au milieu des plaintes et des cris de douleur, ils saisirent quelques mots, quelques noms. Avent, Mortagne, Les Quatre Vents, revenaient souvent. Mais aussi Parangon, le Dragon et surtout Passe-Partout. Elle ne s'apaisa définitivement qu'une heure avant l'aube, permettant à ses accompagnants de se reposer, sauf son père qui ne la quitta pas des yeux et Valk qui, ne voyant pas réapparaître Tergyval, choisit d'enfourcher son ptéro pour essayer de le retrouver.

On ne balaye pas une vie de marin d'un revers de main ! songeait Rayder, nostalgique.

Au soleil levant, face à l'océan, sur une charrette tirée par un âne ravi de la longue pause que son maître s'octroyait, il se remémorait une existence dans laquelle la terre ferme n'avait que peu de place. Engagé tout jeune comme mousse, il avait gravi tous les échelons jusqu'à patron de chalutier, pour finir pêcheur de perles.

Plongeur de perles, plus exactement ! pensa-t-il. Travaillant pour le compte d'un seul client : Océanis ! Grâce à Cleb et Bart qu'il connaissait depuis des lustres.

Il soupira. Même avec l'aide du kojana, la vie de plongeur restait courte. Aussi avait-il pris la décision d'arrêter pour confier à ses trois enfants cette activité particulière, pour ne pas dire singulière, y compris dans sa conception ! Deux serments les liaient, lui et sa famille, à Océanis, proférés à haute voix devant la statue d'Antinéa, Déesse de la Mer, puis celle de Lorbello, Dieu du Commerce. L'un l'interdisait de prélever quoique ce soit sur sa pêche, l'autre imposait de garder le secret de cette algue permettant de longues apnées. Le tout rémunéré à la valeur de ces engagements ! De fait, Rayder et les siens demeuraient à l'abri du besoin pour quelques générations à venir. Il eut honte, tout à coup, de penser qu'il était riche ! Rien ne le laissait deviner. Sa vieille charrette et son âne arthrosique présageaient plutôt de l'inverse. Jusqu'à ses cueillettes et ces sorlas attrapés au collet, activités qui remplissaient plus son temps libre que ne subvenaient à d'absolues nécessités.

Il était l'heure de quitter cet endroit. Rayder claqua plusieurs fois les rênes sur le postérieur du bourricot, jugé lunatique par son propriétaire, pour retrouver le chemin de sa maison, à Irisa, où l'attendait la patiente Chantelle, son épouse. Son dernier regard vers l'océan se figea sur une forme allongée, léchée par les vagues mourantes sur la grève.

Le regard embué, Valk fixait l'épée de Tergyval. Bien avant l'aube, elle avait suivi la direction qu'il avait empruntée, fini par trouver le lieu de son dernier combat… et son arme. Les oiseaux de mer qui tournoyaient déjà au-dessus des cadavres l'avaient largement aidée à repérer l'endroit. Sur place, les corps de corrompus vaincus par le Capitaine des Gardes de Mortagne. Mais point de Tergyval. Ni de métamorphe, d'ailleurs. La Belle s'était penchée à l'aplomb de la falaise, là où la lame gravée des deux dauphins tenait encore en équilibre.

— Personne ne pourrait survivre à une telle chute, murmura-t-elle d'un air morne aux réfugiés de la Cité réunis au chevet de Carambole.

Elle avait pourtant cherché, épuisant son ptéro, sur tout le périmètre en contrebas, sillonné le bord de l'océan, l'océan lui-même. En vain. La mer lui avait pris son compagnon.

Le moral déjà en berne du groupe accusa ce nouveau coup. Le silence prédomina un long moment dès lors, dans la chambre de la jeune Magicienne, jusqu'à l'exclamation de Joseph, au bord des larmes :

— Enfin, tu es revenue !

— Et toi, tu es toujours là, répondit Carambole d'une voix faible.

Elle esquissa un sourire en apercevant les visages des réfugiés de Mortagne qui successivement s'approchaient.

— Je deviens coutumière des catalepsies et vous dois une explication.

— Avale ça d'abord, fillette ! intima Fontdenelle, soulagé.

La « fillette » fronça les sourcils, plus pour l'amertume du breuvage que par la concentration nécessaire pour rendre intelligible son exposé. Si son corps n'était que douleurs, son esprit demeurait parfaitement clair, organisé, « rangé », dira-t-elle plus tard. Quelle impression étrange d'accéder à des souvenirs n'étant pas tout à fait les siens ! Une quantité d'informations disponibles nourries par l'expérience de quelqu'un d'autre que Carambole parvint à bloquer avant qu'elle ne la submerge. Elle tentait d'expliquer le phénomène de la passation « animagique », cette fois définitif, quand Fontdenelle releva un sourcil :

– Toute la mémoire de Parangon ? insista-t-il d'un ton inquiet.

Carambole acquiesça en accentuant son sourire.

– Oui, toute ! Je serais discrète sur certains aspects, ne te fais pas de soucis... Il y a plus grave !

Fontdenelle conserva sa mine préoccupée. Lors d'un décès, valoriser les qualités du défunt et taire ce que l'on considérait comme défauts, anomalies ou vices étaient de mise. L'herboriste appréciait peu que les amitiés particulières de Parangon et Dollibert puissent être connues de tous. Un râle de la jeune fille le sortit de ses pensées. Carambole, blême, soupira :

– Les derniers instants du Magister furent pénibles...

Sup songea que de vivre la mort de quelqu'un d'autre comme s'il s'agissait de la sienne devait être insupportable ! Il trouva Carambole différente, plus forte. Comme grandie. Elle avait gagné en maturité d'un seul coup et ce qu'elle déclara confirma l'impression déjà partagée par tous :

– La clef de voûte, c'est le Dragon ! L'hypothèse de Parangon reste malheureusement la plus plausible.

Avant même que l'un des évadés lui demande de préciser sa pensée, elle se tourna vers Anyah :

– Il nous faut joindre Passe-Partout. Sup, tu t'en chargeras et... sois concis ! Inutile de lui parler de moi et de mes changements ; préservons Anyah et Barryumhead.

Réveillé de bonne heure après une nuit complète, Passe-Partout feuilletait le livret d'Erastine, la tueuse de Dragons. Kent s'approcha.

– Un souci ?

Sans lui accorder un regard, il tourna le cahier vers l'Elfe.

– Crois-tu qu'il s'agisse de l'endroit où s'est réfugié Sébédelfinor ?

Le Clair jeta un bref regard aux deux montagnes quasi identiques esquissées et opina du chef :

– Tu pensais à ce que t'a révélé le Kobold ? Bien vu ! Aux Deux Rochers... C'est bien ce qui est écrit en dessous du dessin, confirma-t-il.

– Aucune autre mention ?

– Si... Une suite de lettres et de chiffres. Probablement un moyen pour localiser l'endroit. Mais seule Erastine connaissait le sens du code employé.

Le regard de Passe-Partout se perdit dans l'étude du croquis :

– J'avais donc mal compris. Eau de Roche... Aux deux Rochers...

– Ou bien mal perçu ? interrogea L'Elfe.

– Je n'ai pas entendu la fin, d'où l'erreur !

Rituel matinal pour le Prêtre Nain, Barryumhead voulut invoquer Sagar. Sa ferveur le propulsa dans une transe nouvelle, l'isolant totalement du monde. Il apprécia ce moment de béatitude jugé comme une proximité enviable avec son Dieu, et entama une prière de remerciement pour l'issue heureuse du combat mené par Passe-Partout contre le Kobold. Cet état lui permit de déceler une possibilité supplémentaire : sentir la présence d'Anyah qui déployait de gros efforts pour entrer en communication. Barryumhead la capta, mettant ainsi un terme aux dépenses d'énergie de sa consœur, et s'ouvrit du même coup à ceux qui l'entouraient. Kent et les Nains se rendirent compte que le Prêtre présentait un trouble jusque-là inconnu. Un mouvement d'épaule de l'Elfe et Passe-Partout s'approcha de lui.

– Les mêmes rictus que lorsqu'Anyah veut parler par théopathie. Bizarre ! Normalement, ce contact le fatigue au point qu'il doive s'asseoir. Là, il se tient debout comme toi et moi !

Une voix connue s'échappa de la bouche du Prêtre.

– Sup ? Quelle surprise ! y répondit Passe-Partout.

– Moi aussi, je suis content de t'entendre ! Nous avons peu de temps, comme tu le sais. Voici les tristes nouvelles...

Les mines s'allongèrent à l'évocation de la chute de Mortagne, de la fuite en bateau et de l'empoisonnement de Perrine, toujours entre la vie et la mort. Les poings se serrèrent quand Sup relata la présence du métamorphe à Océanis et la disparition de Tergyval. Sup ne s'embarrassa pas de détails superflus, l'histoire des évadés de Mortagne contée par ses soins fut brève, et brutale pour ceux qui la découvraient. Le temps de communication leur était compté, précisa-t-il en ajoutant que la Prêtresse faiblissait à vue d'œil. Passe-Partout réfléchit à toute vitesse :

– Sup, écoute-moi bien ! Tu réponds seulement par oui ou par non. Te souviens-tu des proportions de dilution pour la potion de Fontdenelle que tu livrais à Josef, pour traiter les "gueules de bois" de l'auberge ?

– Oui.

– Tu crées la même avec, comme base, de l'Eau Noire. Un verre, tous les matins, à Anyah ! Et uniquement à Anyah !

– Pour quoi faire ? ne put s'empêcher de dire le malheureux Sup.

– Sup !? le rappela à l'ordre Passe-Partout.

– Oui !

– Ensuite... Le Déchu détient à nouveau le Dragon dans un lieu nommé "Aux Deux Rochers", c'est là que se trouve aussi Séréné et forcément Bellac, la Fontaine.

Sortant de sa torpeur malgré sa peine, Valk ne put se garder d'intervenir.

– Aux Deux Rochers ? Les Rochers jumeaux ?

Même retransmis de la bouche de Barryumhead, Passe-Partout discerna dans le ton de la Belle un désespoir ne présageant rien de bon !

– Salut, Valk ! Si tu sais où se situe cet endroit et si tu t'y rends, n'effectue que des reconnaissances ! Sois discrète ! Ne te fais pas repérer ! Ne tente rien avant que nous les découvrions !

La voix de Sup prit le relais, rompant sa promesse de ne répondre que par oui ou non :

– Passe-Partout, qu'Adénarolis soit folle ou non, le salut d'Avent ne repose que sur ta réussite aux Quatre Vents. Nous avons malheureusement de bonnes raisons de penser que les cagoulés savent où se trouve cet endroit, alors prudence ! Ah, autre chose : seule la Magie Sombre peut affronter Séréné. Aussi…

Il poursuivit, mal assuré :

– Nous t'avons emprunté la lettre de ton père Sombre.

– Tu me l'aurais empruntée si tu m'avais demandé la permission ! rétorqua sèchement Passe-Partout.

– Jokoko en avait besoin pour traduire un autre écrit dans la même langue, argua lamentablement Sup.

– Et alors ? Qu'avez-vous appris de cette traduction à la suite de ce vol ?

Sup avala sa salive et se lança :

– Ton père s'appelait Faxilonoras Doubledor, Prince des Doubledor et frère de la grande Prêtresse Tilorah Doubledor. Il connaissait Dollibert qui l'a convaincu de faire un double de la Magie des Sombres. Il t'écrit que cette sauvegarde existe en Sub Avent.

Muet de stupeur, Passe-Partout accusa le coup. Sup en profita pour lui glisser :

– Dollibert devait penser qu'un grimoire, même donné en garde à un Ventre Rouge, n'offrait pas une garantie suffisante… Ah ! Ton père parle aussi de ta mère, Stella. Elle était la fille d'Orion. Tu es donc le petit fils du plus grand héros d'Avent ! Anyah est au bord de l'évanouissement… Je te quitte…

Les mâchoires de Passe-Partout se serrèrent. Jokoko lui avait pris Carambole, et maintenant lui volait ses affaires ! Pas dupe de la raison de sa colère, Kent tenta une diversion :

– Doubledor… Joli nom !

Le regard en coin en réponse, éloquent, eut pour impact de mobiliser les pensées du nouvellement baptisé ailleurs que sur la personne de Jokoko. Il se tourna vers Barryumhead, droit comme un I, qui attendait sa décision.

– Pas fatigué ? l'interrogea-t-il, surpris.

– Non ! La potion de Sagar fait des miracles. La preuve !

Passe-Partout opina du chef. Les effets de sa tisane, bien que créée empiriquement, restaient prometteurs !

– Au fait, je trouve que c'est une bonne idée d'avoir dit à Sup de fabriquer cette fameuse potion, lâcha Kent.

– Oui… Pourvu que cela ne nous porte pas préjudice dans l'avenir. À propos, puisque tu en parles, rétorqua Passe-Partout en sortant de sa besace la fiole d'Eau Noire.

Une moue de déception s'afficha lorsqu'il versa la dernière goutte du flacon dans le godet du Prêtre.

– À la santé de Perrine ! À Tergyval ! soliloqua-t-il sombrement.

Les Nains, d'une seule voix, clamèrent :

– À Tergyval ! Que Sagar l'accueille en Héros !

— Un de plus à venger, en ce cas, murmura Passe-Partout.

Kent, quelque peu ironique, préféra l'optimisme :

— Tergyval est un dur à cuire, ne l'empierrez pas trop vite ! À Orion, Dollibert, Stella… Et aux Doubledor !

Il vida sa potion d'un trait, retrouva rapidement son sérieux et ajouta :

— Incroyable de penser que Mortagne est tombée sans attaque, sans soldats, sans ptéros.

Sinistre, Passe-Partout compléta :

— Ils n'en ont même plus besoin. Tu as entendu Sup : tous les sauriens domestiqués lors de "la Grande Machination" sont dans les bois, face à la Cité. Ils peuvent attendre longtemps leurs maîtres, eux-mêmes sous influence magique !

— Par Sagar, nous pourfendrons tous ces traîtres et libérerons Mortagne ! ragea Gerfor.

— Pas aussi simple ! Tu l'as dit, ce sont des soumis et non des cagoulés corrompus. Vas-tu liquider des Mortagnais au sang rouge ?

— Ils le méritent ! Ils ont changé de camp !

Face à l'hermétisme du Nain, Passe-Partout renonça à palabrer. La voix de Barryumhead s'éleva :

— Sagar ne considérerait pas leur extermination comme un haut fait guerrier ! Les responsables de leur transformation, oui !

Valk ouvrit grand les yeux et, comme dans un rêve, se remémora les montagnes des Amazones.

— Le Dragon… Aux Deux Rochers ! Autre nom des Drunes !

Elle mordit ses splendides lèvres, furieuse contre elle-même de ces détails qui refaisaient surface et qu'elle avait naguère jugés sans importance.

— La Reine avait parlé du Maître à qui mon adversaire vaincue devait être remise en lieu et place de Pyrah ! Le Maître… Curieux, d'ailleurs, que ce monde de femmes reconnaisse un Maître ! À part Sagar qu'elles vénéraient… Non, peu probable qu'il s'agisse du Dieu de la Guerre ! Qui pouvait bien être ce Maître ?

Sup et Carambole n'osèrent pas interrompre la Belle qui poursuivit sa réflexion à haute voix :

— On les appelait les Folles de Sagar, mais aussi les Adoratrices du Dragon… Le Maître serait-il le Dragon à qui les Amazones donnaient les leurs en sacrifice ?

Elle secoua la tête :

— Non. Nétuné m'a appris que le Ventre Rouge détestait la chair des bipèdes… Et c'est pourtant ainsi que ma tutrice, Adrianna, en est sortie vivante ! clama-t-elle, le visage soudain éclairé. Ces offrandes l'indifféraient ! Il les laissait passer et elles se bannissaient elles-mêmes, revenir dans leur communauté étant impossible !

Son regard s'assombrit d'un seul coup :

— Le Dragon est donc bien aux Drunes… J'aurais tellement aimé y retourner avec Tergyval…

CHAPITRE V

Du temps où exerçait le prédécesseur du Messager, ceux d'Ovoïs se servaient des Kobolds pour transmettre leurs faveurs sur le Continent. Joueurs invétérés, les créatures faisaient « payer » les Aventiens au hasard, ou nommés par les Dieux, en monnayant le cadeau divin par le biais d'une devinette, d'une énigme, ou d'un casse-tête. Le plaisir de ces êtres résidait uniquement dans le tourment que provoquait l'obsession d'une recherche intense, généralement longue et douloureuse intellectuellement. Apparaissaient des pluies fines sur une région trop aride, des pêches miraculeuses après de nombreuses sorties infructueuses en mer, le retour d'un être cher que l'on croyait perdu... De la même façon, des objets magiques issus d'Ovoïs arrivaient sur Avent, comme les couteaux de l'Alliance, le livre muet des humains ou les médailles des communautés. Le Messager découvrit alors avec effroi que les Kobolds, à leur insu, avaient distribué des « faveurs » de Ferkan à des Aventiens choisis et instillé le poison menant au Grand Conflit, à la disparition des Sombres et d'une partie des Clairs !

Lorbello. Extrait de « Les Pensées du Messager »

Les Compagnons laissèrent les chevaux à Fontamère. Solo avait dit vrai : la sente à emprunter n'autorisait que le passage d'un homme à la fois et son étroitesse par endroit était telle que les Nains devaient progresser de profil.

En ces moments peu propices aux échanges, Passe-Partout réfléchissait à sa parenté révélée. Ainsi, il était le petit-fils de la plus grande légende d'Avent ! Par sa mère, Stella, humaine, compagne de Faxil Doubledor, son père biologique, Elfe Sombre. Un demi-sourire accompagna cette évocation. Il songea à Gary, son père adoptif, lui contant les hauts faits d'armes d'Orion. La fierté d'appartenir à cette prestigieuse lignée s'estompa rapidement. Après une prophétie encombrante, la génétique justifiait-elle à nouveau une destinée tracée à l'avance, immuable ? Il secoua la tête :

On ne peut choisir ses géniteurs, mais le cours de sa vie, si !

Dans leur progression malaisée, Kent, marchant devant lui, glissa. Passe-Partout le retint de justesse. L'Elfe retrouva tant bien que mal son équilibre et se fit railler :

— Ça va se reproduire si tu continues à scruter le ciel plutôt que de regarder où tu mets les pieds !

Le Clair ne répondit mot. Il levait la tête au moindre bruissement. La « conversation » via Barryumhead le hantait. Si les soupçons de Sup étaient fondés, à partir de maintenant, il s'attendait à tout moment voir apparaître des oiseaux noirs. Et ce n'était pas la crainte de les affronter qui l'inquiétait ! Il voulait conserver un avantage sur l'ennemi : les corrompus ne devaient pas savoir que le dernier des Sombres était vivant.

La descente acrobatique terminée, ils accédèrent à la vallée et aperçurent l'orée de la fameuse futaie qu'il leur fallait traverser.

– Il doit s'agir du Bois aux marguays, déclara Kent avec une légèreté troublante.

Passe-Partout ne réagit pas. Tous ses sens en alerte, il scrutait les arbres, tentant d'y déceler un danger. Barryumhead, la main sur le pommeau de son glaive, interrogea le Clair :

– Marguays, c'est quoi ?

– Des félins vivant en meute et particulièrement redoutables ! lui confia l'Elfe, totalement détendu.

Étonné de la désinvolture de Kent, le regard en coin, il attendit la suite.

– Mais moins pour les Clairs, ajouta-t-il, énigmatique.

Passe-Partout en conclut qu'il valait mieux rester sur ses gardes, n'étant qu'à moitié Elfe, et pas Clair ! Il redoubla d'attention sans pour autant ralentir.

– Thor ! Saga ! ordonna-t-il tout à coup, ses deux couteaux apparaissant simultanément entre ses mains.

Une bande d'une centaine de grands fauves tachetés les cernait. Son dernier souvenir avec le Fêlé, en matière d'encerclement, lui laissait un goût amer. Une certitude s'imposa : s'ils attaquaient tous en même temps, la quête des Quatre Vents finirait ici.

– Calme, Doubledor... Calme, murmura Kent, un tantinet taquin, en s'accroupissant.

Passe-Partout l'imita. Les quatre Nains, glaive en main, s'approchèrent.

– Les marguays sont des félins dangereux et sauvages..., poursuivit le Clair sur un ton résolument badin, avant d'ajouter :... pour tout Avent, sauf pour nous. Un lien particulier qui remonte à la nuit des temps les unit aux Elfes. Une sorte d'alliance pacifique. Ils ont dû être aussi perdus que nous lors de la disparition du "signal". Le fait qu'une meute si importante soit établie ici démontre que nous sommes proches du but.

Ne bougeant plus d'un pouce, Passe-Partout vit deux fauves s'avancer lentement, souples et élégants. Le mâle fixa Kent intensément. Une conversation muette dut s'instaurer, à l'instar de celle que lui-même pouvait avoir avec le Dragon. La femelle l'enveloppait de ses yeux jaunes marbrés de jade. D'une inquisition discrète, elle tenta d'entrer en contact. L'enfant accepta de ressentir sa présence mentale, de se rendre réceptif, fort de son expérience avec le « Gros ptéro ». Sans résultat. De dépit, il pinça ses lèvres et eut le sentiment que "la marguay" partageait sa déception. Elle s'approcha au plus près et, d'un coup de truffe sur le torse, lui suggéra une caresse qu'il s'empressa de lui procurer. Pendant que le mâle rugissait à la meute, Kent se releva en souriant et précisa :

– Nous avons encore quelques jours de marche avant d'atteindre Confins. Ces marguays n'attendaient que toi. Ils vont nous escorter. Méfiance tout de même, Horias, avec qui je viens de communiquer, a vu quelques oiseaux noirs dans le coin !

L'Elfe discerna un voile gris assombrir les yeux de Passe-Partout et ajouta :

– Et il n'est pas question que tu interviennes. Il faut qu'ils continuent à te croire mort ! Si nous les croisons, tu devras te cacher ; les femelles marguays y veilleront. D'ailleurs, chez ces félins comme chez les Clairs, ce sont les femmes qui règnent. Katoon, dont tu viens de faire la connaissance, n'est autre que la Reine de ce clan. Elle s'est attribuée une mission particulière : ta protection !

Malgré l'aide de son époux, Chantelle avait peiné à soulever le poids mort du corps massif de l'étranger.

– Tu parles d'une chasse ! soupira-t-elle entre deux efforts pour le sortir de la charrette.

– Regarde les attaches de sa cape. C'est un notable ! Et je n'allais pas le laisser se noyer alors qu'il respire encore après une chute de vingt pieds ! rétorqua Rayder.

Ils l'installèrent dans une vaste chambre où Chantelle entreprit de le déshabiller. Après différentes palpations, elle dodelina de la tête d'incompréhension.

– Incroyable ! Jamais vu autant de bleus en une seule fois ! Son corps n'est qu'une plaie… Mais a priori, il n'a rien de cassé. La blessure au front, en revanche, est de toute autre nature !

Rayder acquiesça :

– Seule une lame peut provoquer une telle entaille. Pour le reste, sa chute a sûrement été amortie par les arbres poussant à flanc de falaise. Il a dû être sacrément balloté ! Un vrai miracle qu'il en soit sorti vivant !

Rapportant une bassine d'eau chaude pour laver le corps de l'infortuné, Chantelle bougonna :

– Vivant, certes, mais dans quel état ! Bien ! Et la suite des opérations ? Que comptes-tu faire ?

Rayder haussa les épaules :

– Ce sera à lui de nous le dire.

Levant les yeux au ciel en poursuivant le nettoyage des innombrables blessures de l'étranger, Chantelle énonça comme pour elle-même :

– Mouais, à condition qu'il se réveille…

Un sourire complice à sa sœur en avalant un bourgeon de kojana et Coralanne sauta du bateau. Sa pirouette comique provoqua immanquablement une moue désabusée de Chiarine à l'intention de la cadette qui préparait un filet à carrelet.

– Cesse de faire la tête ! Tu prends toujours tout au sérieux ! lui reprocha Charlise.

Chiarine lui tira la langue pour toute réponse et se concentra sur la tâche du jour, la récolte de l'algue permettant l'apnée sans contraintes. Rayder, leur père, avait décidé d'arrêter de naviguer, d'ailleurs plus sous la pression de Chantelle, leur mère, que par choix personnel, et s'était employé à créer les endroits les plus favorables à la culture du kojana. Ses trois filles poursuivaient sa mission. Des hectares sous-marins de ce bulbe précieux faisant la fortune d'Océanis, et la leur ! De quoi alimenter une armée de pêcheurs de perles ! Pour l'heure, un unique carrelet suffirait pour leur prochaine plongée, d'autant que le bourgeon se conservait presque indéfiniment s'il restait immergé dans l'eau de mer. Charlise jeta le filet lesté et profita du moment pour se repaître du spectacle du large. Comme son père, elle n'arrivait pas à s'en lasser. Troublant cet instant de quiétude, des bruits d'oiseaux lui firent lever les yeux. La main sur le front, Chiarine tenta d'identifier l'espèce qui tournoyait au-dessus de leur bateau, sans succès. Ni les cris ni la couleur ne lui évoquaient un volatile marin connu.

– Jamais vu ce type d'oiseau dans le coin, ni ailleurs, confirma sa sœur.

La corde du carrelet se tendit trois fois. Charlise s'approcha pour l'aider à le sortir. Quelques minutes plus tard, le pont regorgeait de bulbes verts qu'elles s'empressèrent de mettre « en conserve » dans des pots remplis d'eau de mer. Coralanne, ruisselante, les épaula afin d'en finir au plus vite et monta la voile pour regagner les « parcs à huîtres ». Les yeux au ciel, la plongeuse s'interrogea à son tour en apercevant les oiseaux :

– Ils sortent d'où, ceux-là ?

– On n'en sait rien ! Ils doivent nous prendre pour un chalutier et attendent inutilement le poisson rejeté par-dessus bord, rétorqua Chiarine.

Déambulant dans les rues d'Océanis, Sup passait d'échoppe en échoppe, s'efforçant de dénicher le précieux liquide évoqué par Passe-Partout pour Anyah. La pauvre Prêtresse se trouvait de nouveau dans un état de faiblesse tel, après l'échange théopathique avec le Nain, qu'ils l'avaient confiée à Baroual afin qu'il tente de la remettre sur pied.

La plupart ne savent même pas ce qu'est de l'Eau Noire. Ce n'est plus une course, c'est une quête ! pensa-t-il après un énième « Non, y a pas de ça chez moi, jeune homme ! ».

Il se souvenait d'une recherche identique à Mortagne, et qu'in fine Passe-Partout en avait découvert sur une indication qui le laissait encore perplexe, dans quelques pouces d'eau, sous un rocher. Aussi prit-il comme un signe l'information selon laquelle un ancien marin devenu marchand, à moitié collectionneur, à moitié brocanteur, regorgeait soi-disant de choses atypiques.

– Le musée de Perrine en plus grand, quoi ! s'était-il surpris à dire à haute voix.

Selon les renseignements fournis, Sup suivit le bord de mer. L'objectif : une maison isolée sur un môle dominant l'océan. Il entendit des rires d'enfants et serait passé sans les voir tant la crique dans laquelle ils s'amusaient restait invisible du chemin surplombant le littoral. Par curiosité, le chef du gang de Mortagne s'approcha. Dès qu'ils le virent, les deux jeunes cessèrent leur activité séance tenante et tentèrent de jouer aux contemplatifs, les yeux rivés sur les vaguelettes. Avenant, le rusé Sup les héla :

– Salut ! Je cherche l'échoppe d'un ancien pêcheur, on m'a dit qu'il vendait de produits de toutes sortes !

Les gamins semblèrent rassurés de voir qu'il s'agissait de quelqu'un à peine plus âgés qu'eux et se détendirent. L'un d'entre eux se leva :

– La maison de Dacodac ? C'est un peu plus loin, là-bas.

Les yeux de Sup balayèrent la crique. Sur des rochers à peu près plans, une bouteille vide. Par terre, des bris de verre. Mal camouflé, un objet insolite dépassait de la poche d'un des jeunes.

– Merci ! Vous faites quoi, là ?

Quelques regards embarrassés pour tout commentaire, Sup s'assit à côté d'eux, les encombrant volontairement de sa présence :

– Je m'appelle Su… Amandin. Je viens de Mortagne. Je ne connais pratiquement personne à Océanis et… sais garder un secret !

Sup gagna la confiance du binôme en répondant aux innombrables questions et s'aperçut qu'il n'était, pour le coup, plus du tout interrompu lorsqu'il relatait avec passion les exploits de Passe-Partout ! Une intense satisfaction en outre l'envahit en voyant les yeux de son auditoire briller à mesure qu'il parlait ! Evahé et Mahann, conquis, finirent par partager leur secret.

— On en avait assez de jouer à "Casse-Pierres". Et comme on n'a pas le droit de tirer à l'arc, voilà ce qu'on a inventé, déclara Mahann.

Evahé sortit de sa poche un morceau de bois en forme de Y. Une sorte de sangle étroite était fixée sur les sommets des deux branches, avec, en son centre, un carré de peau. Il le tendit à Sup. Interloqué par l'objet, il saisit le manche de la main gauche et, instinctivement, exerça une traction sur la partie en cuir. À sa grande surprise, les deux "lanières" s'étiraient et reprenaient leur forme initiale, comme une corde d'arc. Sup fit rapidement le rapprochement entre le flacon cassé et le jouet, siffla d'admiration, chercha un caillou et dit :

— Je peux essayer ?

Mahann l'invita à tirer en désignant la bouteille posée sur le rocher. Le premier essai la fit exploser. Estomaqué de la précision et de la force de l'engin, Sup les interrogea :

— Qu'est-ce que c'est que cette sangle extensible ? Et comment s'appelle ce truc ?

— On le nomme "Casse-Bouteilles" ou "Tire-Caillou" ou "Lance-Galet" et le cordon vient de la sève d'un arbre qui pousse dans les îles ? Au loin. Enfin, d'après le Gros, souffla Evahé.

— Où puis-je me procurer ces "Lance-Galets" ?

— On peut t'en fabriquer le nombre que tu veux, mais la lanière extensible est rare et coûte cher ! affirma Mahann.

— Qui la vend ?

Evahé et Mahann répondirent d'une seule voix.

— Ben... Le Gros ! Dacodac, chez qui tu dois aller !

Sup trouva facilement la demeure de Dacodac, unique bâtisse existante dans ce coin. Il passa la porte de la maison, richement ornée, et, dès le seuil, ne sut plus où donner du regard ! On ne distinguait plus un pouce de mur ou de plafond tant le nombre d'objets posés, accrochés ou pendus avait fini par occuper la totalité de l'espace. Il se gratta la tête, cherchant par où commencer pour trouver ce dont il avait besoin, lorsqu'il entendit une voix.

— Gamin, il n'y a rien ici à la portée de ta bourse !

Sup répondit sèchement à celui qu'il ne voyait pas.

— Ne te fie jamais aux apparences !

Le silence qui s'ensuivit profita au chef de gang pour repérer le commerçant acariâtre. Et sa surprise fut à la dimension du gabarit de l'individu : énorme ! L'homme devait peser trois fois le poids d'un Tergyval, à moitié de sa taille ! Sup se demanda même comment il arrivait à se mouvoir.

— Qui es-tu et que veux-tu ?

— Mon nom est Amandin et je viens de Mortagne, répondit Sup, s'habituant à son identité autoproclamée.

– Un des rescapés… Donc tu es hébergé au palais. Bien, bien ! Je suis Damon Codacson, mais tout le monde m'appelle Dacodac ! proféra-t-il sur un ton détendu.

L'homme, plus qu'imposant, suscitait le respect. Sup ne se laissa pas pour autant impressionner et compléta :

– Hébergé au palais et même le bienvenu !

L'énorme visage de Dacodac se déforma en une étrange mimique que Sup interpréta comme un sourire.

– Ce qui signifie surtout que je saurai où te trouver… Que cherches-tu ?

Sup-Amandin lui décrivit le liquide, déclenchant un mouvement de panique chez le marchand.

– À part les différents alcools que je parviens à reconnaître, les flacons sont entassés dans la réserve. Il te faudra te débrouiller seul !

Sup sourit. Les potions n'étaient d'évidence pas sa spécialité.

Arrivé dans la pièce fourre-tout, Sup comprit que faute de pouvoir identifier les contenus des fioles, le négociant remisait pêle-mêle des coffres vermoulus dans lesquels récipients de toutes couleurs et de toutes formes s'empilaient. Vu le stock, Sup trouva impensable de passer deux jours, nuits incluses, à ouvrir et sentir chacun pour dénicher de l'Eau Noire ! Il revint vers Dacodac, non sans avoir aperçu, pendu à un crochet, les fameux liens extensibles essentiels à la fabrication des "Lance-Galets". Sur un ton innocent, il les désigna :

– C'est quoi, ça ?

– Produit naturel ! Dur à extraire et à travailler ! argumenta intuitivement le commerçant averti.

– Ce n'est pas la réponse à ma question ! le contra Sup.

– Étanchéité d'amphores, de barils, fixations d'éléments de bâtiment… Ses utilisations sont vastes et nombreuses.

– Bien, merci, répliqua Sup en apercevant un objet rond muni d'un mécanisme actionnant différentes aiguilles sur plusieurs cadrans.

– Et ça, à quoi ça sert ?

– À mesurer le temps d'Avent, les heures, les jours, les cycles… Une clepsydre ! Un bijou intelligent qu'il ne faut jamais oublier de graisser et de remonter. Une pure merveille !

Sup s'en désintéressa aussi vite et se dirigea vers la sortie. Dacodac, viscéralement, n'envisageait pas qu'une personne entre dans sa boutique sans acheter quoi que ce soit et interpella Sup, qui s'attendait à être hélé.

– Ben, et les fioles ?

– Désolé, mon temps est précieux ! Je ne vais pas le gâcher en fouinant dans ce capharnaüm.

– Et si je te livre tout au palais ?

– Peut-être… Mais non ! Trop de travail de tri… Et pas certain de trouver ce que je cherche !

– Je te fais un prix pour le lot complet !

– Ça ne vaut que le prix du transport, Dacodac, et tu le sais bien !

Dacodac réfléchit, la plupart des fioles entreposées étant effectivement hors d'âge, et rebondit :

– Et les élastiques ? Et la clepsydre ?

Sup-Amandin sourit à nouveau et négocia, non sans plaisir, avec le ventripotent marchand.

Le médecin de Bredin avait délaissé Anyah dont l'état nécessitait, selon lui, du repos, pour courir en urgence vers la chambre de Perrine. Fontdenelle, fier de sa dernière création, une nouvelle potion, passa peu après la porte. Baroual lui interdit l'accès au lit, le retenant par le bras, la tête basse. L'herboriste comprit aussitôt et se figea, le regard tourné sur la fluette forme couchée sur le drap de soie blanc. Tremblant, il rangea maladroitement dans sa besace la fiole d'Analys contenant le remède destiné à l'infortunée. Sa dernière composition ne servait plus à rien. Perrine venait de mourir... Une larme roula sur sa joue tandis qu'il se dégageait de l'emprise de son homologue, sourd aux paroles de réconfort, d'explication ou d'excuses dont il n'avait cure. Un genou à terre, il s'empara de la main de la Prima, la baisa tendrement et la reposa sur sa poitrine. Réprimant un hoquet de douleur, Il admira les traits fins et désormais détendus de celle qui fut une si juste régente, se perdit une ultime fois dans ce regard qui ne pétillerait jamais plus, puis lui ferma les yeux.

Abal rangea ses billes, rejoignit Vince et Carl pour retrouver les autres Mortagnais, puis ils se séparèrent pour plus d'efficacité. Afin de tromper son ennui, Josef trainait dans les cuisines du palais. Il y découvrait les spécialités d'Océanis et échangeait avec le chef sur leur savoir-faire respectif. Valk, de son côté, tentait d'endiguer ses peines en travaillant sans conviction avec Jokoko sur un projet de carte d'Avent, partageant leurs connaissances du terrain pour l'établir de la manière la plus fiable possible.

Carambole, continuellement troublée par sa schizophrénie mentale, fut tirée de sa torpeur pour plonger dans une autre lorsque Elliste, suivi des rescapés de Mortagne, frappa à sa porte. Fontdenelle avait erré sans but dans les couloirs du palais, la tête pleine de souvenirs dont certains remontaient à l'enfance de la Prima, avant que le Capitaine ne le trouve et l'entraine pour annoncer la nouvelle à Joseph, Valk, Jokoko et les gamins du gang. Hormis Anyah, qui s'était pour la première fois décidée à sortir seule pour se rendre au temple d'Antinéa d'Océanis, et Sup, parti en ville en quête d'Eau Noire, ils s'étreignirent longuement les uns des autres dans un lourd moment de silence, unique moyen de partager leur tristesse. Valk brisa d'une voix morne cette communion :

– Elle, au moins, a rejoint celui qu'elle aimait...

Les éminences grises décrétèrent deux jours de deuil pour honorer la Prima de Mortagne. La cérémonie du « départ » s'organisa selon le rite d'Antinéa. Une barque richement ornée fut trainée au large d'Océanis, son corps reposant en son sein sur un lit de fleurs. Au terme des prières proférées par Anyah assistée des novices du temple de la ville, les meilleurs archers tirèrent alors tour à tour une flèche enflammée pour atteindre l'embarcation funèbre. Ce fut Elliste qui eut l'honneur d'envoyer Perrine de « l'autre côté ».

CHAPITRE VI

Sans y être invité, Gilmoor apparut dans la Sphère du Messager et ignora Workart qui recula en s'inclinant.

– Trouve-moi quelqu'un pour remplacer le Dieu de la Mort !

Le Messager se souvint alors de l'échange de regards étonnés avec la créature difforme.

– Il émane de son Cimetière des Âmes une plainte crescendo, continuelle, qu'il y a lieu de faire taire ! À croire que mon frère se délectait des cris déchirants de la Spirale !

Le bilieux donnait à manger aux Statons en fixant de loin son maître qui resta perplexe tandis que le Dieu des Dieux se volatilisait. Le Kobold entendit le Messager proférer :

– Pourquoi Gilmoor se soucie-t-il du bon fonctionnement de sa demeure alors que l'incendie menace ?

Lorbello. Extrait de « Crise en Ovoïs »

Chantelle tamponnait consciencieusement la profonde plaie de son malade. Elle rythmait ses journées en fonction de l'étranger toujours inanimé, se découvrant une vocation de soignante attentionnée, lui parlant même, tout en vaquant à ses nouvelles occupations.

– Cette blessure laissera inévitablement des traces, soliloqua Chantelle en examinant son front.

À une vitesse fulgurante, son poignet fut agrippé avec une force peu commune. Elle poussa un cri.

– Tout doux, mon beau ! Je suis là pour t'aider.

La pression de la poigne s'atténua jusqu'à ce qu'elle puisse se dégager. Frottant son avant-bras endolori, elle avisa son « invité » :

– Je m'appelle Chantelle. Tu as été ramassé sur la plage par Rayder, mon mari. Considérant tes blessures, tu as fait une sacrée chute !

Tout en discourant, Chantelle observait les réactions du Géant. Ses yeux inquiets, hagards, roulaient de haut en bas et de droite à gauche avec une vélocité surprenante. La femme du pêcheur de perles tenta de freiner ce moment de panique :

– Tu te trouves à Irisa, près d'Opsom, et cela fait maintenant trois jours que j'attends que tu te réveilles. Quel est ton nom ? D'où viens-tu ?

Le malade regardait fixement le plafond. Il réussit à ânonner :

– Je ne sais pas...

Rayder rentra chez lui chargé de deux paniers de champignons. Son épouse n'attendit pas qu'il ouvre la bouche.

– Notre noble étranger a repris connaissance. Il va bien. Enfin presque… Si le choc, par miracle, n'a engendré aucune fracture, en revanche, il a complètement perdu la mémoire !

Les sourcils froncés d'étonnement, Rayder se rendit à la porte de la chambre du blessé. Un « entrez » proféré d'une voix morne l'invita à s'avancer. La haute stature se tenait debout, face à la fenêtre, ses longs cheveux noirs lâchés sur les épaules. Il se tourna vers le maître des lieux :

– Rayder, je suppose. Désolé de ne pouvoir me présenter.

– Qui que tu sois, tu es le bienvenu.

– Merci, répliqua laconiquement le Géant.

Rayder sentit le profond désarroi de son hôte et crut bon de lui assurer :

– Nous ferons tout pour t'aider à te souvenir.

– Pourquoi ferais-tu ça ?

Frappé par la remarque, mais conscient que le monde d'Avent n'invitait pas à la confiance, il répondit simplement :

– Peut-être parce que le premier devoir d'un marin est de toujours secourir quelqu'un en détresse.

Rayder vit l'imposante carcasse s'affaisser et regarder le sol.

Après la triste cérémonie du dernier voyage de Perrine, tous se réunirent dans la salle du conseil d'Océanis sans s'adresser la parole. Un planton fit irruption et brisa le silence en criant :

– Capitaine ! Une livraison importante de Dacodac !

Elliste devint rouge de colère.

– En quoi cela me concerne-t-il ?

– La commande émane d'un certain "Amandin", inconnu chez nous. On a pensé qu'il devait s'agir de quelqu'un de Mortagne, répondit misérablement le garde.

– C'est pour moi ! s'exclama Sup.

Tous le dévisagèrent, décontenancés par ce nouveau nom de baptême.

– Enfin… Pour nous, rectifia-t-il.

Il expliqua les raisons de cette livraison impressionnante de coffres et de cantines vermoulues, remplies de fioles et de flacons qui ne pouvaient se passer de l'expertise de Fontdenelle pour les identifier.

– Que l'on paye Dacodac, souffla Elliste à son planton.

Dans les jours qui suivirent l'adieu à la Prima, les réfugiés mortagnais s'évertuèrent à ne pas se croiser pour éviter de replonger dans cette noirceur qui les envahissait au contact les uns des autres. Fontdenelle se terra dans les caves du palais où les caisses de Dacodac avaient été déposées et profita de sa proximité avec Analys pour la questionner sur son art. Sup, accompagné des membres du gang, retourna voir Evahé et Mahann pour se faire fabriquer les « Casse-Bouteilles » en leur apportant des « élastiques ». Anyah se retira dans le temple d'Antinéa pour prier sa Déesse et enseigner aux novices présentes, ravies d'apprendre d'une Prêtresse de son niveau. Josef ne quittait plus les cuisines du palais et prépara même un banquet royal en servant son sorla aux herbes. Seuls Valk et Jokoko travaillaient ensemble à la constitution d'une carte d'Avent qu'ils voulaient précise. Carambole trouva enfin la méthode pour compartimenter ses souvenirs et ceux, nombreux, de Parangon, et ne souffrait plus de migraines ou de brusque coup de fatigue qui l'anéantissaient. Dorénavant en capacité de comparer ses propres analyses avec celles du Magister, elle tentait de résoudre l'énigme de la Magie des humains donnée par Mo8a lors de son dernier « voyage ». Méticuleuse, elle explorait sa deuxième mémoire à la recherche d'indices lui permettant de progresser. En rêve, elle voyait toujours cette immense pièce et toutes ces portes fermées. Une piste pour les ouvrir serait la bienvenue.

Le temps passait, à Irisa, sans que le géant n'arrive à percer l'épais brouillard dans lequel il pénétrait dès qu'il tentait une incursion dans sa mémoire. Il participait volontiers aux tâches diverses auxquelles s'adonnait l'ex-pêcheur, qui l'emmenait partout où il allait pour raviver ses souvenirs par un lieu, un propos, une situation. Par prudence, ils évitèrent toutefois le bourg d'Irisa, Rayder redoutant une rencontre fortuite avec son agresseur. Cependant cette nouvelle vie campagnarde, faite de cueillette et de levée de collets, n'évoquait rien à son hôte qui se pliait de bonne grâce à le seconder, sans prendre d'initiatives.

— Il ne peut être que noble ou notable. Il ne connaît aucun geste se rapportant à notre milieu, glissa Rayder à Chantelle, et poursuivit : les enfants rentrent demain. Nous irons les accueillir à la jetée. La mer l'aidera peut-être à réveiller sa mémoire.

Chantelle jouait du couteau avec dextérité, transformant ses légumes en petits cubes sans regarder ce qu'elle faisait :

— J'espère qu'il ne s'agit pas d'un bon comédien. Notre secret de cultures marines doit en rester un ! Et s'il arrive quoi que ce soit à nos filles, Rayder le pêcheur de perles, je te jure par Antinéa que ce qui t'a permis de les avoir te fera défaut définitivement ! menaça-t-elle.

— Je ne crois pas. Ce n'est pas un bandit de grand chemin. Il est vraiment perdu, ça se voit dans ses yeux ! rétorqua Rayder.

— Tu es prévenu ! conclut Chantelle.

Le lendemain, Rayder amena Tergyval à l'endroit où mouillait le bateau familial. Ses enfants ne sauraient tarder. En les attendant, il épiait le géant à la large cicatrice rosée, voir si un déclic naissait au contact de l'océan. Les efforts de l'amnésique étaient visibles, de nombreux tics l'agitaient. Et la déception se lisait dans ses yeux à chaque tentative de concentration. Rayder rendit hommage à cette combativité.

— Tu es en train de te ficher de moi ! gronda faussement l'étranger.

Pas dupe du ton employé, Rayder joua le jeu :

— C'est ta cicatrice… On dirait qu'on t'a ouvert le crâne et refermé avec de la résine de torve, comme un objet cassé ! Ou fêlé… Ah ! Voilà mes filles !

Il se dirigea vers le ponton pour leur faire signe, laissant le géant pensif. En observant Rayder, Tergyval songea alors qu'il ne devait pas avoir d'enfants. La joie qu'éprouvait le pêcheur lui était a priori inconnue. Seul sur la grève, il le vit s'adresser à elles, sans entendre leur conversation. Les explications que le pêcheur leur donnait concernaient sans aucun doute sa présence.

Un bruissement dans les arbres. Il se retourna brusquement… sur un inoffensif borle. Sur le qui-vive, les poings serrés, le cœur battant la chamade, il s'interrogea :

À quoi bon me mettre dans un tel état pour un oiseau ?

– Viens m'aider à amarrer le bateau ! lui cria Rayder.

Tergyval se retrouva face à trois jeunes filles en pleine santé qui le saluèrent avec curiosité :

– Voici donc notre invité sans mémoire, lâcha Coralanne.

Une moue embarrassée du géant et un regard désapprobateur de Rayder firent cesser toute nouvelle velléité de plaisanterie. Gêné, le père désigna ses enfants :

– Mon aînée, Coralanne, puis Chiarine et ma cadette, Charlise, qui ont repris de bon cœur, enfin, je crois, l'entreprise familiale.

– Bonjour. Désolé de ne pouvoir me présenter en retour, répondit sombrement Tergyval.

Rayder monta sur le bateau, souleva un des caissons, puis un autre jusqu'au dernier, et se tourna vers ses filles, les paumes ouvertes, le regard interrogatif. Coralanne bredouilla :

– Oui, c'est tout, Père. Deux champs sur trois se sont fait piller.

Rayder blêmit. Il ânonna :

– Qui… qui a pu faire ça ? Comment ont-ils su ? Avez-vous vu quelqu'un ou quelque chose d'inhabituel ?

– Rien, à part ces drôles d'oiseaux.

– Oiseaux ? Quels oiseaux ?

– Des noirs. Ils nous ont suivis comme des oiseaux de mer après un bateau de pêche.

Rayder tenait dans ses mains tremblantes la seule caisse ramenée. D'ordinaire, la récolte en produisait cinquante ! Une vague lueur s'alluma dans le regard de Tergyval. Il murmura, sourcils froncés :

– Des oiseaux noirs…

Il se toucha le front, jeta un coup d'œil inquiet aux arbres alentour puis fixa intensément Rayder en déclarant d'une voix ferme :

– Ce que tu tiens contient des bulbes d'algues vert foncé. Tu travailles pour Océanis, pour Cleb et Bart.

Tergyval sentit une certaine tension poindre chez Rayder et sa famille et, pour éviter tout malentendu, récita, soulagé :

– Je suis Tergyval, Capitaine des Gardes de Mortagne, réfugié à Océanis.

Il ajouta dans un souffle :

– Et je crains devoir rejoindre le palais au plus vite.

Dès leur retour chez ses hôtes, Tergyval se fendit d'explications. Chantelle et Rayder se concertèrent sur la solution la plus rapide pour gagner Océanis : le bateau s'avéra l'option retenue, et considérant ces circonstances exceptionnelles, Rayder ne se fit pas prier pour reprendre la mer !

Fontdenelle tendit une jolie petite fiole de verre à Anyah :

— M'est avis qu'il y avait beaucoup de choses à jeter dans les coffres achetés par Sup, hormis quelques trésors que j'ai pu identifier. Voilà la préparation que Passe-Partout préconise pour tes invocations.

Avec un demi-sourire, il en sortit une autre et la donna à Carambole :

— Ton cas est similaire. Mais Passe-Partout l'ignorait.

À la mine contrariée de Jokoko, Fontdenelle blêmit. Lui aussi pouvait prétendre à cette médication spéciale, mais il l'avait tout bonnement oublié. Il tenta de se rattraper :

— Tu n'auras qu'à passer à mon nouveau laboratoire, à côté d'Analys, j'en ai fabriqué d'avance.

Sup s'extasia sur le travail du maître verrier d'Océanis ; l'herboriste renchérit :

— Pas seulement beaux ! Ces flacons permettent des mesures parfaites, à la goutte près ! Comme les billes d'Abal, toutes calibrées de façon identique. Quand on pense qu'elle crée tout cela en soufflant dans un bâton creux !

Sup s'empara d'une agate dans le sac d'Abal. Son regard passa alternativement du lustre ornant l'endroit à la sphère multicolore qu'il fit rouler entre ses doigts, comme pris d'une révélation.

Carambole but l'exacte quantité préconisée par l'herboriste en même temps qu'Anyah. Elle sentit immédiatement la chaleur caractéristique de l'Énergie irradier son ventre et lâcha.

— Comment savoir si c'est efficace ? Je détiens une manne astrale énorme depuis la passation avec Parangon, mais ne vois pas comment l'utiliser à part pour ouvrir et fermer des portes ou faire de la lumière avec une boule... Finalement, j'ai un réservoir colossal sans robinet !

Sup rebondit à la réflexion :

— Tu manques de formules, comme Passe-Partout !

Jokoko le coupa :

— Dans tes sorts déjà acquis, tu peux ajouter celui qui permet de transférer sa Magie à sa mort ! À propos, si un initié n'a plus besoin de prononcer de formules dès l'instant qu'il les connaît, celle-ci a la particularité de ne servir qu'une fois !

Tous sourirent à la plaisanterie : l'Animagie ne pouvait être bien évidemment réalisé que lors de son dernier souffle !

Anyah, en revanche, sentait ses capacités augmenter, notamment celle d'invocation à sa Déesse qu'elle jugeait prioritaire, et s'éclipsa pour prier.

Joey poursuivit plus sérieusement :

— Les formules ne sont que des clefs pour provoquer le sort. Et il te faut les trouver.

Avec méthode, Carambole balaya la mémoire de Parangon ayant trait à ses recherches en Magie humaine. L'essentiel de ses connaissances se cantonnait aux seules transmises par Dollibert. L'unique voie envisagée par le Magister se basait sur sa certitude du parallélisme des Magies. Malgré toutes ses tentatives de mise en perspective de cette théorie, aucun résultat n'avait pu voir le jour. Carambole s'interrogea sur le bien-fondé de ce postulat et chercha les raisons de cet entêtement. Parangon partait du principe que le socle magique était identique à tous les initiés, humains Clairs ou Sombres. S'apercevant que générer de la lumière et ouvrir des portes appartenaient aussi à leurs capacités, il avait passé son temps à copier les autres sorts dont il connaissait les formules. Ses multiples essais sur la lévitation et l'invisibilité l'avaient laissé exsangue sans aucun résultat. Il avait prononcé tant de formules au hasard, engageant chaque fois d'énormes quantités d'Énergie Astrale ! Carambole prit la mesure de l'empirisme et la dangerosité de ce type d'expérimentation, car à zéro, la mort guettait.

Le parallélisme des Magies... Était-ce la bonne logique ?

Carambole laissa vagabonder son esprit, entraînée vers cette immense salle aux innombrables portes qu'habituellement elle ne visitait qu'en rêve depuis sa « rencontre » avec Mooréa. Pour la première fois, elle la vit éveillée, la pénétra, gagna le centre et soupira :

– Autant d'obstacles que je ne puis franchir.

Les formules ne sont que des clefs pour provoquer le sort, avait déclaré Jokoko. Un déclic... Elle prononça tout haut celle, basique, de la boule de lumière :

– Lumimagie !

Derrière elle s'ouvrit une porte ! Un sourire apparut sur ses lèvres. Elle entra dans la salle désormais accessible. La faible lueur que diffusait la sphère née dans sa paume l'éclairait à peine.

– Elle est trop vaste... Et ma chandelle magique insuffisante !

Prise d'inspiration, elle approcha sa main gauche au-dessus de la boule, comme pour l'enserrer, et se mit à lentement l'éloigner, visualisant mentalement l'action d'étirement afin de la faire grossir. Dans le même temps, elle sollicita sa manne astrale et sentit une pression chaude dans son ventre. La sphère gonfla, nimbant de lumière la totalité de la pièce.

Jokoko contempla la carte d'Avent qu'il venait de terminer. Valk bailla et tendit le doigt vers l'endroit où ils avaient situé les Drunes.

– C'est là que tout se jouera, au pied des Deux Rochers ! Bon, assez pour aujourd'hui, je vais me coucher. Et toi ?

Jokoko haussa les épaules.

– Pas fatigué. Je vais travailler un peu sur le manuscrit de Dollibert.

Joey laissa la Belle regagner sa chambre et s'attela à un passage ardu qu'il avait commencé à déchiffrer à Mortagne, traitant de la Magie naissante des humains. Après une bonne heure de décryptage, il se gratta la tête en relisant ses notes. Le premier Magicien d'Avent considérait que si certaines bases étaient communes à tous, le développement de chacune devait obéir à une logique de spécificité des différents peuples.

Parangon se trompait donc lourdement en tentant de copier les sorts des Clairs. Cela signifierait que chaque communauté a non seulement ses propres formules, mais aussi sa propre Magie !

La chandelle en bout de vie s'éteignit sur son exclamation, l'invitant au repos.

Le lendemain, Jokoko sortit de son lit comme un sorla en fuite et courut vers la chambre de Carambole. Il croisa Sup et les membres du gang qui perçurent aussitôt que le jeune métis était porteur d'un message important ! Ils le suivirent jusqu'à la salle de réfectoire où Carambole, plus matinale que lui, buvait une tisane en parlant à Josef qui ne quittait plus les cuisines. Tel un dément, sans même un bonjour, il attaqua par ce qu'il avait appris la veille du grimoire de Dollibert.

– Carambole, Parangon se trompe ! Dollibert pense qu'il n'existe pas de passerelles entre les Magies ! Euh... si tu préfères... chacun ses formules, chacun sa Magie !

Il s'assit, définitivement essoufflé. Sup regarda Carambole qui semblait parfaitement comprendre le propos, alors que son équipe et lui le trouvaient du plus grand hermétisme. Son front se dérida et elle se mit à sourire :

– J'en suis venue à la même conclusion. C'est une nouvelle fois Dollibert qui a raison. Souviens-toi de ce que m'a confié Mooréa lors de mon dernier « voyage » : "En voici les bases !". Rien de ce qu'elle m'a transmis ne laisse entrevoir des pistes pour l'invisibilité ou la lévitation pourtant explorées par Parangon. En fait, ces capacités ne font tout bonnement pas partie des possibilités magiques humaines !

Elle relata alors sa « visite » dans ce qu'elle appelait son « palais de la Magie ». Sup se frottait le menton et déclara :

– Il te suffit d'inventer des formules ne portant que sur les thèmes voulus par la Déesse !

Il se renfrogna et aussitôt ajouta :

– Vaste tâche ! Il doit aussi y avoir une logique quelque part.

Carambole parut absente un moment et parla tout haut :

– Une logique ? Sûrement ! Lumimagie, Ouvrimagie, Animagie...

Ils se tournèrent face à face, les yeux brillants d'excitation, et clamèrent à l'unisson :

– Pas une logique commune ! Une racine commune !

– Voilà qui restreint le champ des recherches ! s'enthousiasma le studieux Jokoko.

CHAPITRE VII

L'impatience du retour de Zorbédia grandissait à mesure que les blessures du Messager passaient à l'état de mauvais souvenirs. Maintenant entouré des trois Kobolds restés en Ovoïs, il regardait les Statons venus manger dans leur espace réservé et émit à haute voix :

— Plus aucune visite de mes pairs…

— Ils reviendront, Maître, à de bien meilleurs sentiments ! dit le Nerveux.

— Ont-ils bien le choix ? proféra le Flegmatique.

— Aucune structure ne se fonde sans cohésion, conclut Workart.

— Le voilà ! clamèrent-ils en chœur à l'apparition d'un brouillard vert.

Hormis un habit de couleur différente, l'exacte réplique des trois autres se matérialisa devant le Messager, méfiant.

— Tu ne risques rien, Zorbédia. Fontamère ! Raconte ! Jeta Anatote le Nerveux.

— Ça s'est bien passé, répondit-il, gêné.

L'air contrit et le ton employé firent monter le rouge au large front de Workart.

— Tu ne l'as pas tourmenté ?! Pas lui !

Penaud, le Kobold se mura dans le silence. Incrédules, les trois autres se regardèrent et grincèrent de rire :

— Tu n'as pas joué, tu l'as défié… Et tu as perdu !

Lorbello. Extrait de « Crise en Ovoïs »

Durant plusieurs jours, l'étrange caravane se déplaça à travers steppes et bois jusqu'à l'aplomb d'une faille rocheuse au fond de laquelle un torrent coulait, quelque deux cent quarante pieds plus bas. Gerfor eut toutes les peines du monde à cacher son immense désarroi. Le franchissement s'effectuait auparavant par un pont. Ses petits yeux allaient tour à tour des pieux vides à droite à ceux de gauche, puis aux cordes de la passerelle, ces dernières lamentablement pendues à la verticale sur l'à-pic d'en face, à soixante pieds de distance. Il se renfrogna, toisa Kent qui souriait, désinvolte face à une situation jugée inextricable par le Nain, et l'apostropha sévèrement :

— Nous sommes à Confins, l'Elfe ! Les Quatre Vents sont de l'autre côté ; tu touches à ton but ! Tu ne peux pas l'atteindre et ça te fait rire ?!

Tous regardèrent l'endroit désigné par Gerfor : une grotte au pied de la montagne jouxtant la faille.

— On va devoir faire le tour, suggéra-t-il.

Sans cesser de sourire, Kent s'approcha du vide. Le fond de la gorge ne se discernait qu'à peine. Goguenard, il pencha la tête en direction de Passe-Partout, qui comprit le message :

– Non, Kent ! Je ne m'en suis servi que deux fois… Et là, c'est haut !

– Tu as le vertige ? Toi qui te transformes en Staton ? Enfin, quand ça fonctionne !

L'Elfe lévitait déjà au-dessus du vide :

– Allons chercher ces fichues cordes de l'autre côté pour attacher la passerelle. On ne va pas faire des lieues de marche supplémentaires alors que nous sommes arrivés !

Les marguays se couchèrent. Les Nains observaient le prodige du Clair en attendant, inquiets et curieux, celui du demi-Sombre. L'Elfe coupa court :

– Jeune homme, en avant pour notre premier vol en commun sans ptéro !

Peu convaincu, Passe-Partout récita sa formule magique et s'éleva à son tour. De quelques pouces et en évitant le gouffre, juste au cas où…

– Allons-y ! lança Kent comme s'il s'agissait d'une balade de santé.

L'interpellé le rejoignit avec crainte, le dépassa même, à l'horizontale, pour atteindre le plus rapidement possible l'autre rive, et soupira de soulagement dès qu'il toucha la terre ferme !

– Coup de maître ! Mais il te faut m'aider à rapporter la passerelle ! ironisa Kent, toujours au-dessus du vide.

Blanc comme un linge, Passe-Partout s'y contraint, plus adroitement cette fois.

– Prends la corde ! intima le Clair, qui ajouta : la différence entre les prodiges de nos deux peuples est de taille. Moi, je lévite, toi, tu voles !

L'ex-élève de Jorus fronça les sourcils au souvenir des propos de son professeur, à l'école de la Forêt d'Émeraude. Les Sombres deviennent légers… Timidement, il suivit Kent et s'aperçut qu'il pouvait se déplacer à sa guise par la seule force de sa volonté, en soulevant le poids du pont en cordes, de surcroît ! De retour auprès de leurs compagnons, ils aidèrent les Nains à l'arrimer solidement aux pieux. Malgré l'apparente robustesse de la passerelle de fortune, son balancement incessant au-dessus du défilé ne rassurait personne ! Katoon ouvrit la marche, talonnée par tous les marguays qui respectaient une distance raisonnable entre eux pour éviter une surcharge de l'ouvrage. Les grognements sonores de Gerfor pendant son franchissement firent longuement écho dans la gorge menant aux Quatre Vents !

– Nous sommes hors d'Avent, aux Bourrasques, d'après ce que nous en a dit Solo ! déclara Kent en lui assénant une tape virile de réconfort avant de se tourner vers Passe-Partout. Comment te sens-tu ?

– Je n'ai aucune idée de la manne à dépenser, et même de mon propre volume d'Astral. J'ai peur que tout s'arrête brusquement faute d'énergie !

Fort des cours administrés par Jorus, Kent rétorqua :

– Eh bien présentement, je te trouve très en forme !

Passe-Partout s'aperçut que c'était effectivement le cas. La pratique de la Magie ne le mettait plus sur les genoux comme dans un passé récent.

– Ce qui signifie que tu as augmenté ta capacité astrale. Tes infusions d'Eau Noire ne doivent d'ailleurs pas y être étrangères, dit-il avant d'ajouter sur un ton enjoué : voici donc une des entrées, vraisemblablement celle de l'est !

Ils s'approchèrent de la bouche rocheuse et stoppèrent brusquement. D'autres avant eux avaient tenté d'y pénétrer. À leurs dépens. Des cadavres par dizaines jonchaient le sol, disloqués, comme broyés par la main d'un géant. Tous au sang noir. Le groupe s'apprêtait à les enjamber lorsque soudain cessa le calme des hautes prairies. Du ventre de la montagne naquit un sifflement, d'abord léger, puis de plus en plus strident. À la surprise générale, Kent ordonna :

– Nous devons patienter et nous protéger !

Chacun appliqua docilement la consigne. Gerfor et ses acolytes Nains se postèrent au plus proche de l'accès. Derrière eux, les marguays se rassemblèrent auprès de Passe-Partout.

– En attendant, le Déchu savait avant nous où se trouvaient les Quatre Vents ! hurla-t-il pour couvrir le tumulte suraigu.

– Peut-être… Mais ses sbires n'y entreront pas, alors que nous, oui !

Il aurait aimé partager l'enthousiasme de l'Elfe. Mais à cent pieds face à la grotte, les corps des cagoulés se soulevaient pour être projetés au loin par la force du vent, comme pour faire place nette. Le souffle sortait maintenant du boyau à une vitesse inimaginable, avec la vélocité d'un cyclone dévastant tout sur son passage !

– C'est le seul endroit pour y accéder ? s'époumona-t-il.

Kent, brutalement soucieux, cria à son tour :

– À mon signal, nous nous engouffrons ! Tu restes derrière moi ! Toujours !

Passe-Partout désespérait. Au vu des dernières consignes de Kent, il s'était auto persuadé de l'imminence de leur entrée dans la montagne. Finalement, des heures à patienter dans l'attente que le vent s'apaise ! Quelques accalmies s'étaient bien manifestées, mais de trop courte durée. Il saluait la détermination de Kent, mais comprenait de moins en moins cette obstination à vouloir accéder aux Quatre Vents par cette brèche. Cela lui semblait désormais totalement impossible ! Il se tourna vers l'Elfe pour lui exprimer son point de vue. Le nez en l'air, l'inquiétude de Kent n'avait rien à voir avec la grotte.

Un rugissement… Katoon s'approcha de son protégé jusqu'à l'empêcher de bouger. Et pour cause ! Il leva la tête et aperçut un nuage d'oiseaux noirs.

Bravant avec peine la force du vent, les marguays se déployèrent le long du souffle invisible pour faire face à l'ennemi. Tactique imparable ! Une première vague de cagoulés ailés fondit sur le groupe avec, en ligne de mire, Kent et Passe-Partout complètement à découvert, sans aucune possibilité de se cacher. Tombant dans le piège tendu par les félins, les oiseaux noirs furent littéralement éjectés par la trombe expulsée de la grotte, à des coudées de là ! Brisant leur élan, les suivants évitèrent le souffle et piquèrent sur le commando. Le sifflement cessa brusquement, remplacé par un filet d'air anodin.

– Maintenant ! s'égosilla Kent en se ruant dans le boyau, serré de près par son accompagnant mitigé quant à cette décision.

Kent stoppa sa course pour créer magiquement une boule de lumière qui leur éclairerait le passage. Passe-Partout entendait au loin les feulements et rugissements des marguays défendant l'entrée des Quatre Vents et s'apprêtait à s'insurger lorsque Kent le pressa de nouveau.

– Vite ! Cette accalmie ne durera pas éternellement !

Suiveur, il s'exécuta et se mit à galoper. À mesure qu'ils progressaient, le boyau se rétrécissait au point qu'un seul homme de front avait du mal à se mouvoir. Ils durent ralentir leur allure jusqu'à marcher. Le vent redoubla, gagnant chaque seconde en intensité, les obligeant à lutter pour faire ne serait-ce qu'un pas. Passe-Partout pensa que l'option de Kent n'était ni plus ni moins qu'une folie ! Ils allaient finir broyés sur les parois de la caverne, emportés par le souffle qui bientôt empêchait toute progression. Malgré la relative protection de l'Elfe devant lui, arc-bouté pour maintenir son équilibre face à la force de l'air, il reculait ! Il hurla :

– Nous n'y parviendrons pas par ici !

Il fit signe de rebrousser chemin à son acolyte qui, ses cheveux longs à l'horizontale, lui sourit et cria :

– Seuls les Clairs sont autorisés à passer !

La lumière de la boule se dissipa. Kent marmonna une formule magique que l'enfant avait déjà entendue à la Forêt d'Émeraude, mais pas pour le même usage. Accompagné d'un geste rapide, le souffle cessa aussi vite qu'il était apparu. Déséquilibré, Passe-Partout mordit la poussière tant son corps était plié vers l'avant pour compenser. C'est en se relevant qu'il comprit le prodige. Un bouclier invisible les protégeait. Le vent enrageait autour d'eux, soulevant sable, pierres et cailloux. Ces derniers crépitaient sur le mur transparent généré par la Magie de l'Elfe, mais jamais ne les atteignaient.

– Jorus m'a appris, murmura-t-il, concentré sur son sort. Allons-y.

Ils pénétrèrent plus avant dans le tunnel. Comme porté par son créateur, le champ de force avançait en même temps qu'eux. Kent semblait l'adapter en fonction des rafales de plus en plus violentes. Passe-Partout s'ébahit de la maîtrise acquise par son compagnon. Sa performance lui demandait à présent un effort surhumain. Il pilotait son mur invisible avec difficulté. Les deux compagnons accusaient de surcroit une fatigue latente née des longues heures de marche et d'attente. Le visage crispé du Clair, la sueur qui perlait de son front et surtout leur progression qui ne se mesurait dorénavant qu'en pouces alertèrent Passe-Partout. S'ils échouaient maintenant, le vent, à cet endroit plus violent qu'un cyclone, les emporterait comme des marionnettes !

– Kent, ça va ?

L'Elfe n'émit plus qu'un son guttural. Il semblait à bout de forces.

– Là, de la lumière ! En face ! Le bois et pas une ronce qui bouge ! Je vois un accès sur le côté ! Encore une dizaine de pas ! s'écria Passe-Partout.

Galvanisé, Kent redoubla d'efforts. Ses grimaces le rendaient méconnaissable et trahissaient son intense concentration.

– La lisière ! Encore un pas ! Attention aux épines ! s'égosilla son guide.

Ils tombèrent au pied des troncs heureusement dépourvus d'aiguillons acérés larges comme des lames. À cet endroit, pas le moindre zéphyr, alors que les vents se déchaînaient d'un tunnel à l'autre, longeant des protections mobiles tressées abritant l'écrin de verdure dans lequel ils avaient trouvé refuge. Au sol, Kent ne parvenait plus à bouger un muscle. Pour un praticien de la Magie, aller ainsi au bout de son Énergie Astrale pouvait le conduire droit dans la Spirale. Conscient de son état, Passe-Partout ne trouvait que des mots d'une extrême banalité pour le réconforter. Une voix sèche les ramena à la réalité.

– Pas un geste !

Quatre Clairs, chacun muni d'arc chargé de deux flèches, les tenaient en joue. Reconnaissant ses pairs, Kent sourit avant de perdre connaissance.

Passe-Partout se leva lentement ; les traits visant sa gorge suivirent son déplacement.

– S'il vous plaît, aidez mon compagnon, implora-t-il dans le même dialecte qu'utilisé par les nouveaux arrivants, en Elfe, avant de tomber lourdement à terre.

Les Clairs s'adressèrent des œillades furtives, comme pris de court. Ils lâchèrent leurs arcs pour se pencher sur les deux intrus sans dire un mot. Ils approchèrent le jeune homme avec une précaution frisant la déférence. Et ils se posaient une seule question : était-il possible qu'il s'agisse de lui, cet Enfant de Légende que le peuple Clair attendait ?

Pendant que les Elfes s'échinaient à redonner des couleurs à leur frère, Passe-Partout saisit la mécanique du système naturel du « piège à vents » construit par leurs occupants. Quatre tunnels débouchaient sur ce dôme de verdure, formant une croix presque parfaite. Les vents, de quelque direction qu'ils vinssent, s'engouffraient dans les boyaux. Les goulots d'étranglement en augmentaient la vitesse, rendant l'accès au carrefour impossible. La force de l'air expulsée repoussait l'intrus qui, porté comme un fétu de paille, se fracassait contre les étroites parois. Rien d'étonnant à ce que cet endroit fut systématiquement contourné par les voyageurs ! Mais les Elfes avaient amélioré leur protection en redirigeant le vent. Des murs épais de ronces géantes enchevêtrées, disposés sur un axe, pivotaient selon sa provenance vers un unique boyau plutôt que de s'étioler dans trois tunnels différents. Même avec l'avènement des déplacements à dos de sauriens, il était impossible d'accéder à ce bois par le ciel. Le dôme protecteur, d'une densité identique aux parois amovibles, ne permettait aucune intrusion. La plus petite caresse d'une seule épine empoisonnée de ces ronces provoquait une mort aussi certaine qu'immédiate ! Passe-Partout pensa que les cagoulés n'auraient pu y pénétrer par les airs qu'avec force de sacrifices de cavaliers à ptéro lancés sur la calotte végétale pour la faire céder. Il tourna la tête de droite à gauche :

– Le paradoxe est que l'on entende le sifflement constant du vent, qu'il vienne de derrière, de devant, de droite ou de gauche, alors qu'à l'endroit où nous sommes, pas le moindre souffle ! s'exclama-t-il à haute voix, les yeux dans le vague.

– Ils ne comprennent pas l'Aventien, répondit Kent se redressant avec difficulté au beau milieu de ses guérisseurs.

Pour la première fois depuis l'embrasement de la forêt d'Émeraude, Passe-Partout put voir sur son visage déformé par l'immense fatigue une joie rayonnante !

Tout était devenu flou ensuite. Passe-Partout se souvenait, comme dans un rêve, d'avoir été porté. Était-ce la tension de ces derniers jours puis le relâchement soudain dû au but atteint ? Ou alors la Magie elfique de guérison qui l'engourdissait ainsi ? Tout à la fois ? Il se réveilla dans un lieu étrange : une grotte spacieuse faiblement éclairée par une sorte de lichen luminescent. Pas de porte ; la caverne s'ouvrait sur une autre pièce encore plus vaste et sobrement meublée. Un coffre sur lequel ses vêtements et armes étaient soigneusement rangés. Une table où trônait une coupe de fruits de multiples variétés. Il en choisit un, le seul qu'il connaissait, et le mordit à pleines dents tant la faim le tenaillait. Il n'avait aucune idée du temps passé en cet endroit. *Plusieurs heures*, songea-t-il, puisque son ventre gargouillait. Une voix douce lui parla en langue Elfe :

– Les autres fruits sont aussi bons que celui-ci. Tu peux les manger sans crainte.

Il se retourna sur une créature au physique typique des Clairs. Mais la beauté de la femme, frisant la perfection, demeurait unique !

Peut-être Valk en équivalent humain et en brune, se dit-il.

Il se reprit et rétorqua en Elfe :

– J'ai l'habitude de ne consommer que ce que je connais. "Avent est souvent dangereux" m'a-t-on mis en garde il y a fort longtemps.

Le sourire rayonnant qu'engendra sa répartie créa un lien surprenant, comme si son interlocutrice obtenait une réponse à une question non encore formulée.

– "Mais c'est notre terre, notre glaise, et si au revoir n'est qu'adieu, qu'à Dieu ou Déesse ne plaise !". Ce proverbe n'a pas sa place aujourd'hui. Il va falloir te préparer, notre Reine t'attend.

Enfin l'intégralité de cette maxime, ou était-ce une comptine, venait de lui être révélée ! Revenant à la réalité, il se raidit d'un coup.

– Les marguays ? Les Nains ?

– Tous sains et saufs. Ce qui n'est pas le cas de l'ennemi.

– Et Kent ? s'exclama Passe-Partout, coupable de ne pas avoir pensé à lui plus tôt.

– C'est grâce à lui et son lien avec Horias que nous avons des nouvelles de ceux restés dehors. Il va bien et a pris un peu d'avance sur toi. Il est impatient.

– Je comprends… Il a retrouvé les siens, atteint l'objectif de sa vie.

D'un geste, elle balaya cet accès de mélancolie.

– Aujourd'hui ne peut être triste ! Suis-moi !

Passe-Partout se laissa précéder par la gracieuse silhouette à qui il n'avait pas osé demander le nom, marcha sans crainte le long d'une large coursive tapissée du lichen fluorescent créant des ombres éparses et une lumière diffuse dont on n'arrivait pas à déterminer la provenance. Il se découvrit apaisé, sensation agréable et nouvelle dont il profita pleinement. Pour la première fois depuis longtemps, il se sentait en parfaite sécurité.

Le couloir déboucha sur une caverne imposante servant d'écrin à un jardin qui n'avait pas d'équivalent sur Avent. Ses yeux tentaient de reconnaître des espèces ou essences. En vain. Passe-Partout sourit :

Fontdenelle deviendrait fou ici !

Les arbres, fleurs et plantes ne correspondaient en rien à ce que ce passionné mortagnais de la botanique avait pu répertorier durant sa longue vie ! Il franchit une haie formée de fougères violacées qui s'écartèrent avant même qu'il ne les effleure, et tomba sous le charme d'une rétention d'eau d'où s'échappaient des volutes de vapeur. Dans la source chaude souterraine, un Elfe, entouré de deux de ses semblables féminins, procédait à une toilette inédite. Passe-Partout reconnut aussitôt Kent qui se laissait frotter le dos de bon cœur !

– Nous les rejoignons ? souffla son accompagnatrice, nue comme au jour de sa naissance, qui l'aida à se débarrasser de la toge qu'il ne se souvenait pas avoir revêtue.

Il s'approcha à la nage de son compagnon de route qui l'accueillit avec euphorie :

– Enfin, te voilà ! Dépêchons-nous !

Passe-Partout se demanda s'il n'avait pas été floué de quelque chose d'important dans sa vie de jeune homme : la douceur avec laquelle il fut bichonné par son guide Elfe éveilla en lui des sensations insoupçonnées ! Il fut ramené à la réalité lorsque son hôtesse l'invita, après un long massage, à plonger pour se rincer la tête. Dans un état second, il ouvrit les yeux sous l'eau et crut apercevoir un poisson que lui seul pouvait reconnaître ! Incrédule, balbutiant avec énergie sa surprise, il se calma au contact du corps divinement apaisant de son accompagnatrice. Pour peu de temps hélas ! Avec un sourire qui ne le quittait plus, Kent paracheva d'ébrécher sa quiétude en le pressant. Passe-Partout se laissa essuyer avec volupté, et habiller avec regret ! Ses vêtements paraissaient neufs, y compris son plastron de Sylvil ! Thor, Saga, le couteau de Gary jusqu'à sa lame de dépeçage brillaient de mille feux. Il se tourna vers son guide qui se parait une toge argentée du plus bel effet. Sa bienfaitrice ne le quittait pas des yeux, lui donnant l'impression d'être la personne la plus importante d'Avent ! Face à elle, il écarta les bras, guettant dans son regard une anomalie dans sa présentation. Sa voix douce lui répondit :

– Le temps est proche. Nous devons y aller.

– Aller où ? rétorqua-t-il d'un ton paniqué.

– Sois tranquille. Tu es chez toi, ici. Plutôt deux fois qu'une, d'ailleurs… Tu es prêt ?

Il opina machinalement du chef, s'empara de la main tendue et se laissa guider dans le labyrinthe des couloirs des Quatre Vents.

Agrippé au bastingage, Tergyval, titubant, observait avec intérêt et admiration l'équipage des pêcheurs de perles d'Irisa. Son capitaine restait coi. D'un geste de sa part, ses trois filles s'acquittaient des manœuvres permettant au navire de fendre les flots malgré les vents contraires. Rayder barrait avec maestria, le regard mobile, attentif au moindre détail, avec un double objectif en tête : gagner Océanis en un temps record pour ramener le Maître d'Armes de Mortagne et montrer à sa progéniture que rien n'avait entamé ses qualités de navigateur !

Avec difficulté, Tergyval se contentait de distribuer de l'eau. Son manque d'équilibre amusait Charlise, Chiarine et Coralanne qui ne parvenaient à boire que des moitiés de godets ! Après un parcours hésitant de la proue à la poupe, il prit place auprès de Rayder qui lui indiqua l'ouest. Les deux mains en visière, il scruta l'horizon et découvrit au loin trois énormes nefs.

– Des vaisseaux de Port Nord… Cela faisait un bail ! émit-il, surpris.

Rayder leva momentanément les yeux au ciel avant de crier une consigne aux filles :

– Cap sud, sud-est ! Maintenant !

Puis s'adressant à Tergyval :

– On arrive bientôt à Océanis. Tu as raison, il s'agit bien des vaisseaux de Port Nord. De la totalité de la flotte de Port Nord, en fait !

Les normes de sécurité imposées par Elliste et appliquées avec soin retardèrent l'entrée du bateau de Rayder au port. La situation se débloqua dès lors que le pêcheur déboutonna le haut de sa chemise pour dévoiler au responsable de l'appontement un anneau d'argent pendant à une chaîne du même métal. L'objet eut pour effet immédiat de relâcher des tensions. Obligeant l'escorte à se déplacer au pas de charge, Tergyval accéda très vite au palais où il n'eut nul besoin de montrer quoi que ce soit comme laissez-passer pour y pénétrer !

Anyah, les yeux brillants d'une joie sans pareil, arborant un sourire que personne ne pensait plus lui voir, courut vers Sup qui, sur la terrasse de la salle de réception, s'entraînait à « Casse-Bouteilles » avec des billes « empruntées » à Abal. Comme affolée, elle l'interpella :

– Sup ! Passe-Partout est aux Quatre Vents !

Le chef de gang lâcha son arme et leva les bras au ciel.

– Co… Comment le sais-tu ?

Anyah haussa les épaules :

– Disons qu'un espion me renseigne. Allons l'annoncer aux autres !

Arcbouté sur la rambarde dominant la ville, Sup se retint de crier sa joie aux Océaniens vaquant à leurs occupations ! Il se tourna vers la Prêtresse, interdit et tremblant, en désignant la rue en contrebas.

– Je crois que je viens de voir le Fêlé rentrer dans le palais !

Ils parcouraient désormais un dédale de boyaux souterrains sans lichens luminescents. Définitivement nyctalope, cela ne dérangeait guère Passe-Partout. Son accompagnatrice, ignorant cette capacité, lui tenait la main avec douceur, mais fermeté, pour le guider sans encombre dans l'obscurité. L'étrange couple déboucha à l'entrée d'une caverne imposante, éclairée par des globes de pierres scintillantes sans aucune suspension visible. Il aurait préféré une lumière franche ou le noir absolu ; celle présente, diffuse, annihilait toute vision précise de l'ensemble. Pour s'accoutumer à ce nouvel environnement, il cligna des yeux à de nombreuses reprises et entrevit finalement devant lui un groupe de Clairs souriants l'accueillant avec chaleur. Sa bienfaitrice fit un geste les invitant à s'éloigner. Sans heurt ni précipitation, ils s'écartèrent de part et d'autre telle une haie d'honneur. L'un d'eux s'adressa à la jeune Elfe en baissant respectueusement la tête :

– Que Mooréa te bénisse, Corinnaletolabolis ! Ainsi que le Petit Prince !

Ce sera Corinna, pensa Passe-Partout en regardant devant lui.

Maintenant, il voyait. Distinctement ! Ainsi, les frères de Kent n'avaient pas été totalement éradiqués comme ses ancêtres Sombres. Devant lui, une foule de Clairs, aussi étonnante qu'impressionnante, s'ouvrait pour lui faire passage.

Lorsque Tergyval entra dans le palais de Bredin 1er, les évadés de Mortagne pensèrent voir le Fêlé. Sa tenue sombre, ses cheveux noirs lâchés sur ses épaules et sa cicatrice lui barrant le front lui conféraient de prime abord les mêmes singularités que le Colosse. Valk lui tomba dans les bras et ils s'abandonnèrent à une longue étreinte respectée par tous. Émue aux larmes, la Belle hoqueta :

– J'ai cru t'avoir perdu…

– Comment ai-je pu t'oublier ? murmura-t-il.

Tergyval mit involontairement un terme aux manifestations de joie en demandant des nouvelles de Perrine. Sa mâchoire se serra à l'annonce de sa disparition. La rage emplit son regard et lorsqu'il ouvrit la bouche, tous songèrent qu'elle allait éclater sans modération !

Il fut pourtant stoppé net par quelqu'un dont l'assurance s'avéra telle que le propos ne souffrit aucune contradiction. Carambole gronda :

— Nous allons leur faire payer au centuple !

Surpris d'un tel aplomb, surtout de la part de la fille de Josef, il desserra les poings et acquiesça d'un seul mouvement de tête.

À l'écart, Bart et Cleb échangeaient avec le marin d'Opsom. Tergyval le présenta, ainsi que sa famille, aux réfugiés. Rayder eut droit à de chaleureux remerciements et une accolade de Valk que beaucoup d'hommes auraient enviée, pendant que Sup dévisageait avec insistance l'aînée du pêcheur. L'émotion des retrouvailles passée, Tergyval raconta de manière précise les raisons de son absence. Ce ne fut que lorsqu'il relata le moment où il avait recouvré la mémoire qu'il s'enlisa dans ses explications. Seul Fontdenelle en comprit les motifs. Le Capitaine des Gardes de Mortagne connaissait le secret d'Océanis et avait dû faire le serment à Rayder de ne pas l'ébruiter. L'herboriste s'approcha des deux lieutenants de Bredin et leur avoua en aparté :

— Passe-Partout m'avait confié les propriétés du kojana. Il semble que les corrompus savent qu'il existe et où on peut le trouver.

— Pourquoi ont-ils besoin d'aller sous l'eau ? ragea Bart.

Carambole, non loin, entendit le propos colérique. Son esprit analysait déjà toutes les composantes qu'elle tenait à disposition, y compris les souvenirs de Parangon : l'absence du bourgeon autour du cou de Tergyval, subtilisé par la « servante », les champs sous-marins pillés, la fortune d'Océanis, jusqu'à la tombe d'Orion visitée par son héros. Elle arriva rapidement à la conclusion qui s'imposait et déclara :

— Le Déchu cherche à reconstituer Séréné. Il lui manque les fragments dispersés par Lorbello dans l'océan. Et il se trouve que le kojana d'Océanis pourrait bien l'aider dans cette tâche !

Fontdenelle fut à nouveau sidéré du discernement de Carambole qui fixait les éminences grises d'Océanis :

— Nous garderons votre secret, soyez-en sûr. Reste qu'il faut nous attendre à une nouvelle invasion de sangs noirs sur le littoral pour chercher des morceaux de Séréné sous les flots !

— De Port Vent à Port Nord, la distance, la surface et la profondeur sont énormes. Cela exige des moyens colossaux pour y parvenir !

— Il les a ! s'emporta Carambole, attirant l'attention de tous. Il a dû de nouveau soumettre le Ventre Rouge et reprendre possession de Bellac. Il ne manque donc pas de matière pour fabriquer une multitude d'armées de corrompus. Et avec l'aide de Séréné, il ne s'agit plus seulement de crétins décérébrés ! On en a eu malheureusement un avant-goût avec le Métamorphe !

Elle s'assombrit d'un coup :

— De Port Vent à Port Nord… Idéalement, le camp de base de leurs investigations en mer devrait géographiquement se situer à égale distance des deux cités. Et ce point central, c'est Mortagne !

Ignorant tout du « Changement » de Carambole, Tergyval rétorqua sèchement :

— Hypothèses et élucubrations !

Le Capitaine des Gardes de Mortagne eut l'immense surprise de voir tous les réfugiés se tourner vers lui, la mine réprobatrice. Les semonces qui allaient suivre avortèrent grâce au claquement d'une porte d'où jaillit Elliste.

– C'est grave ! Port Nord est tombée aux mains des prosélytes ! Toutes les villes côtières de l'ouest sont sous leur joug... Hormis Océanis !

Rayder ajouta :

– Pour des raisons évidentes de sécurité, jamais les trois nefs de Port Nord ne sont sorties en même temps en mer. Et leur destination n'était pas Océanis !

Bart et Cleb relevèrent la tête, attendant la suite. Elliste poursuivit :

– Par précaution, j'ai mis notre garnison en alerte. Le paradoxe, c'est que leur flotte est effectivement au large et se dirige vers le sud.

Tous froncèrent les sourcils. Paradoxe ?

– Nous sommes la dernière ville à conquérir et... ils ne nous attaquent pas !

Carambole opina du chef et souffla en regardant Tergyval du coin de l'œil :

– Plus au sud, hein ? Ils vont à Mortagne !

Il n'aurait jamais imaginé qu'il restât autant d'Elfes ! L'allée qui se dessinait face à lui s'étendait au loin, jusqu'à un kiosque de pierre. Intimidé, Passe-Partout interrogea du regard son guide qui ne cessait de sourire. D'un signe de main, elle le pria de le précéder. Il progressa alors comme dans un rêve, fendant un rassemblement de Clairs aux visages réjouis. Tous le saluaient selon la coutume Elfe, mais révérencieusement et dans un silence de temple rompu par des murmures évoquant le nom de celui décrit dans la prophétie d'Adénarolis. S'il avait cédé à ses pulsions, il aurait rebroussé chemin pour fuir comme un sorla dans le labyrinthe des Quatre Vents ! En s'approchant du kiosque, il distingua trois silhouettes qui s'avançaient sur le bord du rocher plat. Au fur et à mesure de sa progression, il constata qu'il s'agissait de trois femmes Elfes portant la même toge argentée que Corinna. Au pied de l'escalier taillé dans le bloc de pierre l'attendait Kent, radieux. Passe-Partout lui glissa :

– Tu as retrouvé ta famille...

Kent posa ses mains sur les épaules du garçon et plongea son regard dans le sien :

– Je ne suis pas le seul.

L'Elfe étendit ses longs bras et le serra jusqu'à l'étouffement, puis l'invita à gravir le piédestal rocheux. L'enfant entama cette ascension lentement, accompagné par un chant sourd entonné par la communauté des Clairs. À Mortagne comme aux Quatre Vents, quelle que soit la manière de le propulser au premier rang, il abhorrait ces formalismes accompagnant ce statut de héros qu'il redoutait d'endosser. Hésitant, il s'arrêta à mi-parcours de la haute volée de marches et se retourna. Même s'il ne partageait pas la ferveur émanant de la foule, cette dernière le portait presque physiquement. Une brève pression de la main de Corinna lui indiqua qu'il leur fallait poursuivre. Lorsqu'il accéda sur la plate-forme, ce qui lui parut durer une éternité, Corinna le dépassa et rejoignit les vestales parées de cette même robe argentée. Face à lui, au son de la cantilène lancinante, elles s'écartèrent pour une dernière haie d'honneur, découvrant un trône de pierre devant lequel se tenait, debout, une silhouette féminine de petite taille, vêtue d'une toge blanche cousue de fils d'argent la faisant briller dans cet éclairage diffus. Il exécuta ses derniers pas vers celle qui régnait sur la communauté des Clairs et pensa au bonheur de Kent dont la quête, ici, prenait fin. Ils avaient trouvé la Reine des Elfes !

Les chants s'estompèrent jusqu'à cesser. Passe-Partout, impressionné par le brusque silence, se retourna une nouvelle fois. Corinna et ses trois sœurs étaient figées, les yeux rivés au sol, comme la foule des Clairs en contrebas, Kent compris ! Son attention revint sur la Reine. Un instant de panique le gagna. Y avait-il un protocole à respecter ? Il aurait souhaité un geste, une parole, quelque chose qui lui éviterait de commettre un impair ! Mais rien. Elle aussi avait la tête baissée. Il ne restait que deux pas pour la toucher.

Parvenu face à elle, ne sachant quelle contenance adopter, il s'inclina lui aussi. Une éternité s'écoula avant qu'une voix amusée le sorte de cette situation inconfortable.

– Cela faisait longtemps, si longtemps que j'attendais ce moment, Passe-Partout.

L'intéressé, au probable mépris de toute convenance, leva son regard. L'émotion lui serra la gorge. Son envie de hurler s'étrangla. Il ne réussit qu'à murmurer :

– Candela...

CHAPITRE VIII

Il revint à la mémoire du Messager un détail d'importance, un jour où il fut invité à résoudre un litige divin en Ovoïs. Tous reconnaissaient ses talents de médiateur et requéraient ses services lors d'affrontements qu'il ne valait mieux pas faire arbitrer par Gilmoor ! Le différend opposait Mooréa à Sagar et concernait une intrusion des Nains dans le monde des Sombres. Le Messager suggéra qu'il serait judicieux que ces deux peuples commercent entre eux plutôt que de guerroyer. Un tunnel percé par hasard ne saurait être une base sérieuse de conflit armé sur Avent et d'une brouille divine dans la Sphère Céleste !

Tous en acceptèrent les termes, s'appropriant l'idée, comme à l'accoutumée...

Seul le Dieu de la Mort applaudit à la résolution de ce litige. Et pour cause ! L'accès aux Sombres lui était offert sur un plateau d'argent !

Lorbello. Extrait de « Pensées du Messager »

Ils ne purent profiter de la joie d'une étreinte prolongée. Au contact de leurs corps naquirent des rayons de lumière en forme d'étoile, éloignant par réflexe Passe-Partout de sa sœur, qu'il dévisagea, inquiet de sa santé après ce choc. Il reçut en retour un sourire magnifique, mêlant allégresse et victoire. Candela se contenta de lui prendre la main et se tourna vers son peuple. Stupéfait, il s'aperçut alors que toute l'assemblée avait un genou à terre !

– Sœurs et frères ! Voici celui qui m'a été donné comme parent ! Celui-là même décrit par la prophétie comme le Petit Prince des Elfes, l'Enfant de Légende ! Mon frère, Passe-Partout !

L'émotion de ces retrouvailles fraternelles fut perceptible par tous, même si la communauté des Clairs, en psalmodiant en chœur un fervent « Mooréa », embarrassa le héros de la fête ! Candela se planta devant lui. Sa robe aux reflets argentés magnifiait sa frêle silhouette et ses cheveux auburn savamment relevés en chignon lui conféraient un port de tête digne de la Reine qu'elle était. Il la trouva sublime et sourit en pensant qu'il découvrait pour la première fois ses oreilles en pointe. Sa main droite serrait doucement la sienne. La gauche lui tendit un sautoir en or et s'adressa à lui sur le ton de la confidence :

– Accomplis la prophétie. Donne-nous notre renaissance.

Passe-Partout fronça les sourcils, mais il ne lui fallut que deux secondes de réflexion pour comprendre ce qu'elle lui réclamait. Il lâcha à regret la douce pression qu'exerçait Candela, détacha de son collier la médaille gravée de la feuille de goji et la glissa sur la chaîne. Le simple contact du sceau des Clairs sur la peau de Candela fit jaillir cinq faisceaux illuminant l'immense grotte et surtout sa sœur qui rayonnait, dans tous les sens du terme ! Les rais se replièrent au sein du médaillon ; la Reine étendit alors ses bras :

– Maintenant, Peuple Elfe, lève-toi !

Répondant à son injonction, une autre clameur s'éleva, invoquant une seconde fois la Déesse de la Magie. Passe-Partout sut à cet instant ce que signifiait le « Signal » et eut la certitude que la portée de ce lien dépassait largement la caverne des Quatre Vents. Généré par le sceau des Clairs, catalysé par sa nouvelle Reine, l'appel éthéré résonna dans tous les Elfes disséminés sur Avent. Partout sur le Continent et dans ses moindres recoins, des Clairs esseulés désormais redressaient la tête, retrouvant un sens à la vie. Galvanisés par le symbole de leur renouveau, tous convergeaient vers la source d'émission, désertant des cachettes improbables, grottes et forêts, où ils survivaient sans but, reclus depuis longtemps. Trop longtemps...

Sup et Anyah, suivis du gang, déboulèrent comme deux étudiants de guilde, hilares et insouciants. Ils crièrent :

– Passe-Partout est aux Quatre Vents !

La nouvelle vola la vedette à Tergyval qui, ignoré par les nouveaux arrivants, se frappa la poitrine côté cœur. Carambole ferma les yeux de bonheur ; les événements récents n'avaient pas entamé ses sentiments pour son héros. Fontdenelle tomba dans les bras de Josef. Bart et Cleb se congratulaient. Seul Jokoko afficha une mine mi-figue mi-raisin. Sa joie semblait ternie par une sourde crainte, ce qui n'échappa guère à Carambole qui voulut le rassurer :

– Un grand moment pour Mooréa et pour tous les Clairs !

À peine eut-elle prononcé ces mots que Joey se plia en deux comme après un coup de poing au plexus ! Il fit un geste pour éloigner les nombreuses mains s'approchant de lui et balbutia :

– Le... le Signal... Ma Reine...

Un genou à terre, immobile, il semblait en prière. Sa moitié Elfe distillait en lui un sentiment nouveau, l'appartenance à un groupe, à un clan, à un peuple ! Le lien l'éveillait à la fois à la communauté des Clairs et à chaque individu la composant. Mais ce qui l'enchanta, dans tous les sens du terme, fut la proximité que sa Reine désirait entretenir avec lui. Il lui délivra volontiers ses connaissances, son savoir, se sentant privilégié, choisi, élu ! Lorsqu'il se releva, les traits tirés, les yeux exorbités et le regard flou, il déclara :

– Ma Reine, la Reine des Clairs, s'appelle Candelafionasolis ! Fille de Félinadorotelis ! Je ne me doutais pas qu'un jour, je serais fier d'être métis, comme Passe-Partout et comme Elle !

La nouvelle, clamée par le demi-Elfe comme une information essentielle, laissa de marbre son entourage. Agacé par l'incompréhension générale, Joey ajouta sèchement :

– Son frère l'appelait Candela !

– La Reine des Elfes est la fille de Garobian et de Félina ?! La sœur de Passe-Partout ?! fit écho Sup, enthousiasmé.

Il prit Joey dans ses bras et le serra jusqu'à ce que l'infortuné, au bord de l'asphyxie, n'émette une longue série de plaintes. Le chef de gang exultait ! Le fait que Jokoko reçoive « le Signal » signifiait que son mentor avait mené à bien sa quête. Bouillonnant d'entrain, il regarda Fontdenelle :

– Il a réussi ! Réussi !

Pas peu fière, Valk songea à l'abnégation sans faille de Kent, son compagnon de route. Son ami Elfe avait eu raison de croire au renouveau des Clairs et s'en voyait aujourd'hui récompensé. Pour la première fois depuis un certain temps, Anyah entra en prière avec Antinéa. Cette information lui vaudrait une affinité sans pareil avec sa Déesse ! Mais lorsqu'elle rouvrit les yeux, on ne put y lire qu'un profond désarroi :

– Antinéa doit m'en vouloir de mes manquements. Je n'ai pas de réponse...

Carambole jeta un bref regard à Fontdenelle. Ce dernier n'aurait plus à craindre des « voyages » par les fumées des plantes des oracles Nains. Elle sentit poindre l'angoisse de la culpabilité. La première ferveur du peuple Elfe allait monter vers Mooréa et vraisemblablement la réveiller. S'être fait passer pour Adénarolis lui serait peut-être reproché.

Bah ! L'essentiel est que Passe-Partout ait favorisé la renaissance de la communauté des Clairs ! Et qu'il soit vivant !

Nétuné regardait la rue principale de Port Vent, désormais déserte, à travers les planches clouées sur la devanture de son échoppe.

Tout a été trop vite, pensa-t-il tristement.

Dans sa ville récemment occupée, le célèbre tatoueur n'avait eu d'autre choix que de se cloîtrer dans son atelier, faisant ainsi croire aux prosélytes que plus personne n'y résidait. La genèse de cet enfermement avec Darius, l'Elfe recueilli le suivant sans discussion, remontait au début de l'invasion des prêtres de Ferkan. A peine leur décision de fuir Port Vent prise, ils avaient dû se réfugier chez son voisin, le patron de l'auberge portventoise, pour échapper à une rafle massive des habitants afin de les « transformer ». Carolis, ayant pris soin de les cacher, avait accueilli en toussant le prosélyte menant la milice et prétexta, entre deux quintes, un mal incurable et contagieux. Jusqu'à montrer sa manche maculée de sang après s'être essuyé la bouche ! La brigade de Ferkan s'éloigna bien vite, non sans le cloîtrer dans son établissement en condamnant l'accès par l'extérieur ! Ils signalèrent en outre, par une affiche placardée sur sa devanture, que l'endroit demeurait dangereux. Quand Darius émit l'idée de procéder de même sur la porte de l'échoppe de Nétuné, ce dernier lui fit remarquer qu'il s'agissait d'une excellente initiative à la condition expresse qu'il put sortir de la taverne pour s'en charger sans être pris ! L'Elfe songea bien à démonter le mur de planches obturant l'entrée de l'auberge, mais s'était ravisé. Cette prison restait leur meilleure chance d'échapper à l'occupant. Carolis les emmena alors dans sa cave et leur montra un tunnel camouflé derrière un amoncellement de caisses de bouteilles vides. Avec le sourire, il leur rappela que Port Vent, en des temps anciens, se nommait Tarale, le repaire des pirates. Sous la ville, un dédale de chemins secrets et de caches reliait les bâtiments des uns aux autres. Seuls les vieux portventois, dont lui, en connaissaient l'existence. Il précisa :

– Attention, plus personne n'entretient ces passages ! Il est probable que certains soient écroulés ou, pour le moins, occupés par des rats depuis des lustres. Cette galerie-ci mène aux habitations d'en face, pratiquement chez toi ! Mais je ne me suis jamais risqué au-delà.

Darius, mu par une énergie inhabituelle, se précipita dans le tunnel. Tendant l'oreille, Nétuné et son hôte entendirent peu après des bruits sourds et confus et... plus rien. Leur attention fut attirée plus tard et plus haut par des claquements secs à l'extérieur. Par une fissure entre deux planches, ils aperçurent l'Elfe, clouant sur la devanture de l'échoppe du tatoueur des panneaux de bois. Lorsqu'il revint, les mains pleines de peinture, il expliqua que personne n'oserait plus se hasarder dans la rue. Et pour cause ! La possible contagion évoquée par l'affiche sur l'auberge se voyait confirmée dans le texte écrit grossièrement par le Clair sur la porte d'en face et dissuadait de fait toute intrusion.

Les jours passaient, sans grand intérêt. Pour ne pas périr d'ennui, Nétuné dessinait des Dragons et laissait à Darius la conquête des tunnels sous Port Vent. Les provisions de l'auberge leur permettaient de ne pas avoir à chercher de nourriture dans la ville occupée. Ce soir-là, le Maître tatoueur entendit des bruits inhabituels. Une chandelle dans une main et un poignard dans l'autre, il se rendit dans sa remise où s'amoncelait tout ce qu'il ne parvenait pas à jeter, soit la totalité de ses affaires. Il surprit Darius en train de fouiller dans une malle enfouie sous une montagne de peaux et de tapis dont lui-même avait complètement oublié l'existence. Autre fait singulier, l'ardeur déployée dans sa recherche par son ami Elfe détonnait vraiment de sa nonchalance, pour ne pas dire son apathie, coutumière.

– Darius ? Que t-arrive-t-il ?

– Le meilleur, pour moi et tous les Clairs ! Le Signal, Nétuné ! Le Signal ! Ma Reine m'appelle enfin !

Le Clair se tourna lentement. Ses yeux, hier fuyants, brillaient d'un nouvel éclat. Sa silhouette courbée, soumise, appartenait au passé. Il paraissait plus grand, changé, habité. Éblouissant ! Il tenait dans ses mains un double fourreau qu'il enfila pour y placer deux épées courtes, chargea sur son épaule un carquois et empoigna un arc de guerre. Nétuné ne s'était jamais douté de la présence d'un tel arsenal dissimulé chez lui !

– Nétuné, tu resteras mon ami au-delà de nos morts. Aujourd'hui, je rejoins les miens pour sauver Port Vent ! Ne bouge pas d'ici jusqu'à ce que je vienne te chercher.

Darius emprunta le tunnel jusqu'à l'auberge d'où il avait aménagé une sortie sur l'extérieur. Par la fissure entre deux planches, Nétuné le vit déboucher dans la rue éclairée par la lune et s'élever dans les airs pour gagner les toits de Port Vent.

Tergyval avait éprouvé le besoin de s'isoler pour réfléchir et pris le temps de se recueillir face à l'endroit où la flèche d'Elliste avait frappé la barque mortuaire de Perrine. Il sentait qu'il perdait pied, comme si le monde s'écroulait autour de lui. Les explications de Fontdenelle sur la transformation de Carambole le hantaient. Il avait toujours voué le plus profond respect à Parangon, admirant son intelligence et sa culture. De savoir qu'il vivait encore à travers la fille de Josef le perturbait. Arrivé dans l'immense salle de réception, déserte à cette heure-ci, il s'installa à une table et, le regard dans le vague, tenta de mettre de l'ordre dans ses idées.

Depuis la chute de Mortagne, tout avait radicalement changé. S'il avait souvent pesté contre le poids des contraintes de sa condition de Capitaine des Gardes, il les regrettait presque maintenant. Presque… Il n'oubliait pas son engagement auprès de Passe-Partout, en dehors de La Cité, croyant dur comme barryum que la libération d'Avent ne reposait que sur lui. Ce qui l'anéantissait, au fond, c'était la succession de ses échecs. En quelques jours d'absence et pour la première fois, il avait perdu…

D'abord son duel contre le métamorphe. Puis sa mémoire qui l'avait lâché et écarté d'Océanis et de ceux de Mortagne sur lesquels il n'avait plus aucun ascendant. Les changements qui s'opéraient chez Carambole lui conféraient le statut de Magister et de

Prima. De fait, plus personne n'avait besoin ni de son avis ni de son expertise ni de l'homme. Hormis Valk, et encore… Une odeur familière le tira de ses idées noires.

— Acceptes-tu un vieil ami à ta table ?

Josef se tenait devant lui, une assiette fumante dans une main, une bouteille et deux godets dans l'autre. Tergyval, d'un geste théâtral, l'invita à prendre place. Le plat, un sorla façon « Mortagne Libre », permit à Josef de parler sans être interrompu par le Capitaine des Gardes qui s'en régalait.

— On se connaît depuis longtemps, n'est-ce pas ? Je t'observe depuis un moment et pense deviner ce qui gamberge là-haut ! dit-il en se tapotant le front de son index. Tu vois, Tergyval, en ce qui me concerne, je ne quitte plus les cuisines de Boboss, le chef du palais, dans lesquelles je me fais discret. L'aubergiste fort en gueule de « La Mortagne Libre » a disparu dès que j'ai mis le pied à Océanis. J'étais quelqu'un à la Cité, quelqu'un que je ne peux plus être ici. Tu sais, mon acte héroïque a été accompli : ramener les enfants à bord d'un bateau ! Nous sommes tous arrivés sains et saufs à bon port, alors que jamais de ma vie, je n'ai barré la moindre barcasse ! Dès l'accostage, plus personne n'a eu besoin de moi. Sans compter que ces enfants que je protégeais sont passés à l'âge adulte en un rien de temps ! Ma fille devenue Magicienne qui se comporte comme Parangon. Jokoko incontournable en organisation et en analyses. Sup l'illettré qui promet d'être un excellent orateur. Y compris les membres du gang, qui ont évolué en autonomie et anticipent les situations ! Le pire, c'est que tous ne cessent de progresser, alors que moi pas.

— Je crains de vivre la même situation, Josef ! J'ai la douloureuse impression d'être écarté, insignifiant, alors que j'ai constamment mené, géré, dirigé. Et gagné !

Son regard se voila.

— Jusqu'à mon dernier duel… Et voici qu'après quelques jours d'absence, à peine de retour, mon avis ne compte pas, ne compte plus ! J'ai perdu les rênes alors que j'ai toujours conduit… Je lève mon verre aux destitués que nous sommes devenus !

Josef ne réagit pas au toast proposé. Sans quitter Tergyval du regard, il balaya ses dires d'un geste :

— Et c'est là où tu te trompes !

Tergyval s'attendait à une empathie complice et blêmit. Le ton autoritaire tranchait radicalement de celui employé jusqu'alors. Josef poursuivit avec la même fermeté :

— Tu n'y es pas du tout ! C'est toi qui te mets à l'écart, et pour de sombres raisons d'ego ! Moi, Josef, j'ai atteint mes propres limites. Ce qui est loin d'être ton cas ! Moi, je suis un battant, pas un combattant ! Un homme, pas un meneur d'hommes ! À toi de trouver ta place et les ressources pour aller de l'avant, plus haut, au-delà de toi ! Tu en as les capacités !

Il se leva sans avoir touché à son verre et conclut en le quittant :

— Ce n'est pas seulement en voulant ressembler physiquement au Fêlé que tu y parviendras ! Sinon, ici, il y a du sanglier et du sorla aux herbes tous les jours. Enfin, tant qu'on pourra sortir pour les chasser.

Passe-Partout dévisageait sa sœur. Il l'enviait. Transfigurée par le Signal, elle portait en elle l'assurance, la confiance et une vision que lui ne percevait guère. À son corps défendant, il était devenu l'Enfant de Légende que la prophétie d'Adénarolis, la demi-folle, décrivait. Ses sentiments du moment combinaient la satisfaction du devoir accompli pour le renouveau des Clairs et la détestation d'avoir été manipulé pour un dessein étranger au sien. Il tenta de se recentrer en fixant de nouveau les oreilles pointues de Candela dépassant légèrement de sa longue chevelure auburn. Elle éclata de rire en remarquant cette « attention ».

– La Reine des Elfes ne porte plus de bonnet ?

– Que de temps passé depuis, murmura-t-elle tristement.

Passe-Partout sentit que le moment était venu d'éclairer Candela sur son parcours et se mit à parler comme jamais, sans omettre aucun détail, jusqu'à évoquer ses doutes et ses échecs. Selon la situation décrite, elle riait, s'émouvait, et souvent frémissait ! Lorsqu'il conta son entrée à la porte des Quatre Vents, achevant son récit, elle le regarda fièrement et lui dit :

– À mon tour…

Grave, elle lui narra l'histoire de sa découverte par Garobian alors qu'il n'était qu'un nouveau-né.

– Ton père et ta mère ont été tués sous les yeux de Gary. Lui qui venait prêter main-forte à Faxil l'a vu exécuter "La Danse de la Mort" Sombre. S'il est tombé ensuite, d'après Félina, c'est pour avoir utilisé toute son Énergie Astrale dans ce combat. Les sorts magiques sont exigeants.

Passe-Partout, ému, baissa les yeux :

– Gary aurait pu me laisser à la grotte.

– Je pensais que tu connaissais mieux ton père adoptif ! répondit-elle avant d'ajouter : Félina ne s'est jamais trompée sur ton compte. Une vraie Reine ! Sans signal…

Devant le trouble de sa sœur, il s'approcha et la prit par les épaules. Elle finit par sourire :

– Pardonne-moi. Je ne comprends que maintenant tous les choix de notre mère. Toutes ces années, je m'interrogeais de savoir si ton option avait été la bonne.

Passe-Partout fronça les sourcils.

– Option ?

– Cela devrait te faire plaisir ! Félina ne croyait pas au destin, comme toi.

La surprise dans les yeux de son frère en disait long. Elle poursuivit avec amusement :

– Adénarolis est une icône chez les Clairs ! C'est elle qui apporta la Magie à notre peuple en approchant Ovoïs et Mooréa. Mais pour ce faire, elle a dû prendre ou inhaler pas mal de plantes qui poussent sur Avent. Ce qu'elle écrivait sur la fin ne reflétait pas l'interprétation qu'on en a faite.

– J'vois pas le rapport avec l'"option Passe-Partout" ! bougonna l'hôte des Quatre Vents.

– J'y viens… Nous-mêmes avons cru à ces prédictions plutôt obscures et nombre de lettrés Elfes prétendaient que de tout ce qui émanait d'elle, rien ne saurait être farfelu, encore moins issu d'hallucinations provoquées par des drogues. C'est ainsi que ces présages, élevés au rang de vérité, s'intégrèrent dans la culture du peuple Clair, et des autres !

– Adénarolis était donc, sur la fin, définitivement folle. Et ensuite ? bouillonnait Passe-Partout.

Candela abrégea ses tourments.

– Félina constatait en revanche la foi inébranlable de ceux persuadés que la destinée existe. Pour se donner raison, ils ont eux-mêmes modelé le contexte afin que la prophétie aboutisse !

– C'est de la manipulation pure et dure ! s'insurgea-t-il.

– J'appellerais plutôt cela de la suggestion, contredit sa sœur.

Il leva les yeux sur la voûte et laissa trainer son regard sur l'immense pièce taillée à même la pierre.

– Si je suis devenu l'Enfant de Légende, ce serait parce que Jorus, Parangon, le Fêlé et tous ceux que j'ai approchés m'ont attribué ce titre ? La robe a donc fait le Prêtre.

– En quelque sorte… À mon tour de te parler du passé ! Après le massacre de Dordelle, Félina et Gary s'enfuirent avec quelques gardes qui se sacrifièrent un à un pour le leur permettre. Notre mère arriva naturellement à la conclusion que tant que le Signal émettait, tous les Clairs n'auraient tôt ou tard de cesse que de la rejoindre. Facilement repérables, ils se seraient fait tuer les uns après les autres. Elle le coupa donc en donnant l'amulette à Gary, et ils purent ainsi se fondre, même si c'est un bien grand mot, dans la communauté de Thorouan, là où je suis née. Décision difficile, car en disparaissant, elle désunissait tous les Clairs survivants en passant pour morte. C'est l'acharnement de Tecla à chercher Garobian qui l'a conduit à Félina ! Je reste persuadée que rien ne pouvait trahir l'isolement dans lequel elle s'était volontairement plongée. Mais au cas improbable où quelqu'un la retrouverait, elle avait anticipé cette ultime solution… Je me souviens de la froideur de ses choix au moment de l'invasion de Thorouan. Elle savait qu'elle allait mourir… D'après ton récit, je peux maintenant reconstituer ce qu'il s'est produit. Dans mes rares périodes de récréation, je jouais avec Araméa, tu te rappelles ? La fille du cultivateur voisin. Les sbires de Tecla ont alors investi Thorouan avec une violence qui n'avait d'égale que la soudaineté. Tous les villageois furent frappés par le glaive ou les traits. J'ai vu Araméa tomber devant notre porte. Mais je me suis enfuie tel que nous en avions décidé, notre mère et moi, sans me retourner, quelques minutes avant toi, par ton chemin secret des toubas. Félina a dû prendre le corps de ma compagne de jeu et la faire passer pour moi.

Son regard se perdit.

– Ils l'ont brulée vive, serrant le cadavre d'une autre. Ce subterfuge permettait de gagner à nouveau du temps.

Passe-Partout grimaça :

– Le temps que tu apprennes le métier de Reine et que je devienne une "option" convenable !

Candela acquiesça et poursuivit :

– Ce "métier" m'a été enseigné en dix fois moins de temps qu'il n'aurait fallu, pendant que tu partais jouer en forêt et accompagner Garobian à la chasse.

Passe-Partout se renfrogna, elle le rassura :

– Ce n'est pas un reproche ! Tu devais acquérir autonomie et expérience, et surtout ignorer par qui tu étais élevé.

Elle reprit son souffle en observant son frère, impétueux :

– Quand Gary t'a trouvé, il en conta précisément les circonstances à Félina. C'est à ce moment que tes origines mi-humaines mi-Sombres firent écho à la prophétie d'Adénarolis. Tous patientaient avec fatalisme dans l'espoir que ce qui était écrit se traduise dans les faits.

Interloqué, Passe-Partout la regarda et répondit :

— En fait, elle ne m'attendait pas ! J'étais juste... l'une des "options" qui lui tombait littéralement dans les bras !

Candela opina en souriant :

— Sans être un esclave à sa solde ! Elle t'a aimé comme son propre enfant... Jusqu'à donner sa vie pour nous deux.

Perdu, Passe-Partout arbora une moue quelque peu dubitative. Elle s'obstina :

— Tout le monde croyait en cette prophétie ! Il fallait créer les circonstances pour que la prédiction se réalise !

— Et quelles "circonstances" Félina a-t-elle provoquées pour moi ?

— Une seule. Elle t'a suggéré de te rendre chez les Peewees.

Passe-Partout tournait la tête de droite à gauche.

— Ah oui... Pas de la manipulation, mais de la suggestion ! Et bien sûr, elle a aussi "suggéré" aux Peewees que j'allais venir.

Les yeux de Candela brillaient.

— Inutile. Le Petit Peuple t'attendait selon la tradition orale Elfe. Tu as gardé ta liberté d'action et de pensée, tout le temps ! Chaque fois, ton chemin ne s'est tracé que par tes choix, dictés par ton seul libre arbitre ! C'est uniquement le contexte qui t'a entraîné dans cette aventure, qui s'achève aux Quatre Vents.

Candela laissa le silence s'installer. Passe-Partout, les yeux baissés, s'était calmé. Elle reprit tranquillement :

— Tu as joué ta partie... Jusqu'au bout ! Aux peuples d'Avent de contribuer à l'Alliance du Continent. Les Elfes devront bientôt rejoindre les Nains et les humains.

— Et vous battre contre le Déchu et ses cagoulés en une guerre classique ? ironisa-t-il.

Candela le regarda en coin, conservant un mutisme attentiste. Passe-Partout releva lentement la tête et proféra d'une voix solennelle :

— Arrête de te comporter comme Félina ! L'"option" demeure valide ! D'après Adénarolis, il me reste deux seigneurs noirs à éliminer. Tu disais : "qui s'achève aux Quatre Vents". J'ai l'impression que tout commence ici, au contraire. Faxil, Félina, Gary, Jorus, Faro, Parangon et le Fêlé seraient-ils morts juste pour que j'arrive en ces grottes ?

Candela se fit muette, laissant à son frère le soin de préciser sa pensée.

— Le dernier de mes pères me faisait remarquer que la Prophétie ne comportait pas de fin. Je n'abandonnerai pas Avent sous le joug de ce Déchu sans participer à cette lutte ! Je reste l'ultime Sombre, le seul qu'il peut craindre, d'ailleurs pour des capacités magiques que je ne possède pas ! Or, Sébédelfinor, et uniquement lui, pouvait me transmettre les pouvoirs de mes ancêtres.

Il se tut un instant ; évoquer le Dragon lui provoquait une réelle gêne.

— L'"option" en avait deux, en réalité. Soit découvrir les Quatre Vents, soit apporter l'œuf au

Ventre Rouge. J'ai choisi les Quatre Vents. Et d'après le Kobold de Fontamère, cette décision a envoyé Sébédelfinor dans les bras de l'ennemi ! Si je trouvais une manière différente de m'approprier la Magie des Sombres, je pourrais l'affronter. Comme je te l'ai raconté, il existerait une autre possibilité si j'en crois la lettre de mon père. Ensuite, j'irai régler mes comptes avec ceux restés lâchement en Ovoïs !

La combativité du discours plut à la jeune Reine des Elfes qui eut toutefois un mouvement de recul, considérant le pamphlet sur les Dieux quelque peu blasphématoire. Énigmatique, elle le fixa :

— Intéressante cette nouvelle "option" que tu viens d'exprimer. Félina ne pouvait pas l'anticiper à l'époque.

— Mais que toi, Candela, a forcément envisagée ! ironisa Passe-Partout qui revint à la charge. Et si je n'avais pas libéré le Staton de ce piège meurtrier ?

— L'ours de Gary, évoqua-t-elle, nostalgique. Cette rencontre reste un mystère… Je dirais que c'est ce jour où tu es devenu une autre "option". Celle d'un Dieu. Ce qui a multiplié les circonstances !

La mémoire de Passe-Partout ouvrit tous ses tiroirs, cherchant une faille au raisonnement de sa sœur qui patientait :

— Et Dollibert ? Qui m'aurait suggéré de le rencontrer à Boischeneaux ?

Candela balança sa tête de droite à gauche. Son rictus exprimait un doute.

— Un coup de pouce des Dieux ? D'un seul ? Une coïncidence ?

Elle soupira et poursuivit :

— Tu ne pouvais ensuite que gagner l'unique ville qui s'était opposée au massacre des Clairs : Mortagne !

— Suggestion, encore, de Jorus fort de ses liens avec Parangon !

— Mais pas de destin ! Tout comme ta rencontre avec celui que tu as surnommé le Fêlé, le frère de Gary, notre père, qui le pensait mort ! Aucune prédestination… Et dans ce cas précis, aucune suggestion ! À la réflexion, Félérias, dans la ligne de son engagement à Dordelle, ne pouvait que se rendre à Mortagne, la seule ville d'Avent ayant pris fait et cause pour les Elfes.

— Tu as dit Félérias ?

Candela pinça les lèvres. Évoquer le Fêlé réveillait une douleur chez son frère.

— C'était son vrai nom.

Passe-Partout resta silencieux. La plupart des crises existentielles qu'il avait traversées, attribuées à un chemin tracé qu'il récusait, paraissaient aujourd'hui bien désuètes. Il songea à ses ultimes échanges avec le Colosse. Ce dernier avait raison : peu importait qu'il s'agisse de hasard ou de destin ! Il ouvrit la bouche, mais la referma aussitôt.

— Oui ? Qu'est-ce que tu veux me dire, Petit Prince ?

Il se mit à rire.

— Petit Prince ! Enfant de Légende ! Libérateur d'Avent ! Ce ne sont que des noms de "circonstances". Appelle-moi Passe-Partout.

— Et pourquoi pas Doubledor ? répondit-elle avec une pointe de malice.

Taquin, il tendit la main pour gentiment la bousculer, et Candela se figea. Le contact eut sur lui un effet désagréable. Sa sœur, elle, se nimba d'une lumière émanant du sceau des Elfes porté à son cou. La chaleur se fit telle qu'il n'eut d'autre choix que de retirer prestement sa paume de son épaule. Si le phénomène s'était déjà produit au moment de leurs retrouvailles, Passe-Partout s'interloqua cette fois de sa durée ! Inquiètes, les quatre vestales, dont Corinna, accoururent vers leur Reine pour assister au prodige. Candela étendit les bras. Des fouets de lumière grise surgirent du sceau, zébrant son corps comme pour la saisir. Sa tête bascula vers l'arrière. Elle s'éleva alors lentement dans les airs.

– Mooréa, soufflèrent en cœur les Prêtresses.

Sur les lèvres de Passe-Partout se dessina un rictus. Les Dieux et leurs manifestations continuaient à le harceler ! Après quelques minutes qui lui parurent interminables, les rayons aux courbes argentées rétrécirent progressivement et se réfugièrent dans le médaillon, tandis que, doucement, Candela rejoignait le sol. Elle peina à retrouver son équilibre ; son frère et Corinna se précipitèrent à son secours. Les yeux cernés, le teint blême, elle murmura :

– Mooréa est réveillée.

Les Prêtresses s'éparpillèrent, sauf Corinna qui soutenait encore sa Reine, désireuse d'accrocher le regard de Passe-Partout pour le moment uniquement concentré sur l'état de sa sœur.

– Tu ne peux imaginer ce que cela signifie pour le Peuple Elfe. Sois en de nouveau remercié, chuchota-t-elle avant de sombrer en souriant dans l'inconscience.

Une armée de Clairs surgit pour soulever Candela. Corinna se voulut rassurante :

– Rétablir le Signal demande beaucoup d'énergie, ce n'est que transitoire.

Passe-Partout reconnut les formules de guérison psalmodiées par la vestale. Des couleurs revinrent sur le beau visage de Candela. Ses yeux s'ouvrirent, elle lui tendit les bras. Ils se laissèrent aller l'un contre l'autre, cette fois sans mauvaise surprise !

– Alors ? Mon chemin par les toubas de Thorouan n'était pas tant secret que ça ? Et toi aussi, tu as marché seule ! Toi jusqu'aux Quatre Vents, moi jusqu'à Mortagne.

Candela parvint à s'asseoir et n'émit qu'un demi-sourire à la plaisanterie. Passe-Partout en comprit les raisons.

– Ce parcours aérien nous a sauvé la vie à tous les deux. Félina en avait salué la discrétion et pendant tes absences, je me suis entraînée à le franchir, sans jamais atteindre ton niveau d'agilité !

Son regard s'assombrit.

– À l'extrémité du passage, il y avait ton nid d'aigle dominant Thorouan. C'est de là que j'ai vu notre maison brûler, de là que j'ai vu Gary périr sous les flèches de Tecla. J'ai couru longtemps dans la direction prévue, jusqu'à épuisement, sans savoir précisément où se trouvaient les Quatre Vents... J'ai failli mourir de nombreuses fois sur cette route. Le pire fut dans les montagnes. À bout de forces et de Magie, la maladie aurait pu m'emporter sans l'intervention d'un humain, un berger, qui m'a sauvé la vie.

– Solo ? De Fontamère ?

– Exact. Cela ne m'étonne pas que tu l'aies rencontré, il a aidé beaucoup de Clairs à parvenir à Confins.

Passe-Partout songea qu'il avait sûrement jugé trop hâtivement le gardien des mouquetins. Recouvrant ses forces, Candela poursuivit d'une voix plus assurée :

– Quelques Elfes avaient déjà trouvé refuge ici. Au cours des cycles, d'autres nous ont rejoints grâce aux marguays. Depuis, nous attendons... Plutôt, nous t'attendions !

Devant les sourcils froncés de son frère, Candela tendit son index vers sa poitrine, pointant les deux médaillons qui lui restaient.

– Celui avec les ailes de Staton devra être remis avec le vêtement en plumes au Mage successeur de Parangon.

– Avec plaisir ! répondit Passe-Partout en montrant la fameuse cape. Je m'en fiche comme de mon premier couteau !

– Ton premier couteau ? Ça m'étonnerait, tu l'as toujours sur toi ! Celui de dépeçage de père, glissa-t-elle avec nostalgie.

– Tu as raison... Mauvais exemple, admit-il. Mais pour ce qui est de ce truc en plumes, sa Magie n'a fonctionné qu'une seule fois ! Depuis, rien !

– Elle appartenait à Dollibert, n'est-ce pas ? le coupa-t-elle d'un air grave.

– Oui... Il n'en avait plus besoin.

Candela ignora la réplique maladroite de son frère. Son regard s'égarait de la cape aux médailles suspendues à son cou. Son silence agaça Passe-Partout qui l'interpella. Comme sortie d'un songe, elle cligna plusieurs fois des yeux, lui sourit et gloussa :

– Je crains que l'histoire de ce vêtement t'écorche les oreilles !

D'un geste las, il lui signifia qu'il pouvait tout entendre et rétorqua, blasé :

– Je suppose que les Dieux sont encore derrière !

Candela évita une réprimande sur l'irrespect de la remarque.

– Dollibert était bien le premier Mage humain d'Avent. Le Staton est l'un des symboles de la Déesse Mooréa. Cette cape est un cadeau de sa part.

Passe-Partout grimaça et voulut piquer sa sœur au vif :

– Faut savoir ! Le Staton que j'ai sauvé de son piège, celui qui m'a accompagné lors de ma première transformation et qui a aidé Darzo à me retrouver dans la forêt, ne peut être Mooréa puisqu'elle était mourante !

– Exact ! Il s'agit de Lorbello. Mooréa ne peut intervenir en propre sur Avent. Elle a prêté certains de ses attributs au Messager.

Passe-Partout se raidit. Décidément, il n'arrivait pas à comprendre les procédés des pensionnaires d'Ovoïs :

– Si les Dieux ne peuvent ou bien surtout ne veulent s'exposer sur Avent, pourquoi Lorbello le fait-il, lui ?

Candela plissa ses lèvres et, sibylline, répondit :

– C'est une longue histoire... qu'il t'appartient de découvrir.

Elle s'approcha du médaillon et le toucha. Une aura bleue anima un court instant le vêtement de plumes. Sur un ton moins grave, elle ajouta :

– Voilà. La cape pourra te transformer une fois de plus.

– Une fois seulement ?

– Son pouvoir est permanent pour un Mage humain qui lui transmet l'énergie nécessaire. Lorsqu'il est "chargé", n'importe qui peut s'en servir. Mais une fois ! Elle a été conçue pour la Magie humaine, pas pour les Sombres ou les Clairs.

– Pourtant toi et moi sommes pour moitié humains ?!

– Il faut croire que le sang Elfe a pris le dessus pour toi comme pour moi.

Passe-Partout sortit de son sac l'objet sauvé de la Forêt d'Émeraude, le bureau de Jorus avec la petite gemme noire enchâssée, et interrogea sa sœur du regard :

– Il s'agit de sphères magiques permettant aux initiés de communiquer entre eux. Il y en a eu plusieurs disséminées sur Avent. Peu fonctionnent, hélas, faute de Magiciens ! Les Clairs n'en ont pas besoin.

Elle rit.

– La sphère, c'est moi !

– Toi ? Ah oui, le Signal ! Et celle-ci, comment s'en sert-on ? questionna Passe-Partout en reportant son attention sur l'Œil.

– De la manière la plus simple qui soit ! L'initié impose sa main dessus en songeant à celui qu'il veut joindre. Si son contact est présent, ils peuvent se parler ou s'écrire. Cette Magie nous vient de notre Déesse. C'est pour cela que ces objets ont dû avoir du mal à se connecter entre eux pendant son absence.

Le ton de Candela, décryptant son fonctionnement comme d'une facilité évidente, déstabilisa Passe-Partout qui se souvint de la compensation qu'avaient dû réaliser Jorus et par la suite Parangon, en insufflant leur propre Magie dans l'Œil. Il leva un sourcil :

– Et l'Animagie ?

– Je pense à une transmission de facultés qui n'a pu agir que partiellement chez toi du fait que tu n'es pas complètement humain. Il n'y a pas d'équivalence chez les Clairs, je suis désolée, dit-elle d'une voix à nouveau lasse.

– Ça ne va pas ? s'inquiéta son frère.

– On ne peut rien te cacher ! Ce n'est rien… Le processus est en route. Maintenant, je souhaiterais te parler de ton autre médaillon.

L'air grave de sa sœur capta toute son attention.

– Celui-ci est le tien. Il te vient de ton père biologique et symbolise le feu sacré des Sombres. Il est une des clefs de Sub Avent et selon la lettre de Faxil, la seule solution de recouvrer ta Magie en dehors du Ventre Rouge !

– Une clef ? répéta-t-il.

– Littéralement ! Les Quatre Vents font partie de Sub Avent et tu es entré avec Kent par une des rares portes de la surface. En fait, tu es déjà chez tes ancêtres. Comme nous tous d'ailleurs !

Elle reprit sa respiration :

– Si Avent est souvent dangereux, Sub Avent l'est tout autant. Ce qu'en racontent les légendes n'invite pas à y faire une promenade !

Passe-Partout haussa les épaules :

– Les légendes sont colportées par ceux-là mêmes qui ne veulent pas être dérangés ! Les Peewees ne rendaient pas fous les voyageurs qui pénétraient la Forêt d'Émeraude. Ils leur faisaient peur pour éviter que d'autres ne soient tentés d'y passer !

– Ce que tu dis est vrai. Mais nous avons pu, il y a des lustres, nous en rendre compte par nous-mêmes, lorsque des Prêtres Clairs ont désiré reprendre contact avec nos lointains cousins, les Sombres…

Il soupira : Candela semblait considérer sa source comme sûre et le fait formellement établi, ce dont lui doutait. Sans s'émouvoir de son interruption passive, elle continua :

– Indépendamment des monstres des galeries, des rivières acides et des tunnels labyrinthes, les cavernicoles avaient fermé la porte à toute relation avec la surface. Notre souhait de rapprochement s'est donc soldé par un échec.

Passe-Partout sentit qu'elle ne lui disait pas tout et s'abstint de commenter pour la laisser poursuivre.

– Ton médaillon, à partir d'ici, te permettra de t'introduire dans les dédales souterrains pour rejoindre le monde des Sombres. Avant que nous quittions les Quatre Vents, je t'indiquerai à quel endroit se trouve la porte menant au-delà. Enfin, si tel est ton choix.

Passe-Partout garda le silence, se leva et se mit à arpenter l'immense grotte. Marcher l'aidait à se concentrer. Malgré le tumulte dû aux préparatifs de départ des Clairs que l'on pouvait percevoir des différentes issues de la salle, il analysa bien vite la situation, prit une décision et se rassit en face de Candela.

– Si le Ventre Rouge est de nouveau prisonnier du Déchu, je ne vois pas comment récupérer la Magie des Sombres autrement qu'en me rendant en Sub Avent. D'autant que je sais que mon père biologique y a laissé un double du manuscrit confié au Dragon. À la condition qu'il ne s'agisse pas de quelque chose à lire ! ajouta-t-il, ironique, avant de poursuivre avec sérieux. Pas d'alternative ! En fait, j'ai tellement de gens à venger que je ne peux m'arrêter là !

Candela acquiesça.

– Je respecte ton choix, souffla-t-elle.

– Pas de ça entre nous, Candela ! lança-t-il avec une pointe de sarcasme. Tu t'attendais forcément à cette décision. J'ai conscience que ma sœur me donne le choix alors que la Reine me considère comme une "option" !

Candela se raidit à la fermeté de Passe-Partout, qui finit par lui sourire.

– Mais je n'en prends pas ombrage puisque mon choix est de rester cette "option" !

Elle fit un signe de main. Les vestales entrèrent, Corinna en première ligne, mouvement d'évidence destiné à clore leur tête-à-tête.

– Il est temps pour moi, mon frère.

Interrogatif, il sollicita une explication.

– Je vais devenir la Reine des Elfes. Définitivement.

Le regard de Passe-Partout vira au gris. Avec un sourire bienveillant, elle caressa son visage, s'attardant au coin de ses yeux et compléta :

– Un passage douloureux auquel tu n'as pas à assister... Quoi qu'il arrive, quoi qu'il advienne, je resterai toujours ta débitrice au nom de mon peuple... et surtout ta petite sœur, ne t'inquiète pas !

CHAPITRE IX

- Mooréa !

Du fond des Quatre Vents, relayé sur tout le Continent, les invocations des Clairs montèrent jusqu'en Ovoïs. La Déesse des Mers, à son chevet, la vit tout à coup reprendre des couleurs. Ses yeux lavande s'ouvrirent. Elle déclara :

- Le Fourbe ne perd rien pour attendre !

Antinéa serra sa jumelle sur son cœur, savoura quelques secondes du bonheur de retrouver sa sœur et lui confia :

- Gilmoor a fermé Ovoïs à tout contact avec l'extérieur. Nous ne pouvons joindre personne sur le Continent !

Un voile assombrit son regard particulier puis disparut au profit d'une lueur que connaissait bien Antinéa.

- Non, Mooréa, n'agis pas contre lui !

Les yeux lavande ne reflétaient maintenant qu'une détermination sans faille. Quatre étranges silhouettes apparurent dans la Sphère de la Déesse de la Magie.

- Tu nous as appelés, Maîtresse, dit le bilieux en s'inclinant.

- Nous ne pouvons ouvrir les portes, Maîtresse, sans craindre le courroux de Gilmoor, plaida Anatote.

- N'ouvrez qu'une fenêtre, alors ! rétorqua fermement Mooréa.

Le lymphatique regarda le sanguin. Un coup affirmatif de son énorme tête plus tard et dans un brouillard verdâtre, il s'évanouit.

Lorbello. Extrait de « Crise en Ovoïs »

Passe-Partout ressentait pour la première fois de son existence une sorte de paix intérieure. Aux Quatre Vents, il n'avait nul besoin, à chaque pas ou geste, d'envisager le pire ! Tous ses sens aiguisés à l'alerte permanente se mettaient en pause, et cet état de détente inédit le reposait vraiment ! N'ayant pas grand-chose d'autre à faire que de visiter l'immense labyrinthe souterrain servant de refuge aux Clairs dans lequel aucun espace ne lui était interdit, il eut le sentiment de voir une ruche en plein labeur. Il interrogea Corinna, jamais très éloignée de lui.

- Je trouve cette fébrilité pour le moins inhabituelle... N'est-ce pas ?

L'ombre qui voila le regard de son guide, ainsi que son mutisme, démontrait qu'il avait raison et il se dit alors que sa quiétude ne durerait pas. Il se tendit d'un coup, honteux de n'y penser que si tardivement, et balbutia :

- Où sont Gerfor et les Nains ?

- Tous sains et saufs, ne t'inquiète pas ! le rassura Corinna d'une voix douce.

– Où sont-ils ?

– Tes amis rejoignent leur clan de l'Enclume.

– Pourquoi pas Océanis ? Ou Mortagne !

– Cette explication te sera donnée par notre Reine.

Passe-Partout faillit exploser. Quelques heures de relâchement et il n'était plus au courant de rien ! Il se calma en songeant qu'il ne demeurait heureusement plus seul décisionnaire :

– Bon, allons voir ma sœur !

Le comportement de la Prêtresse laissa entendre que le moment était mal choisi. Il feignit de ne pas s'en rendre compte et se dirigea d'autorité vers les appartements de la Reine. Passe-Partout ne ralentit pas malgré les apostrophes de Corinna qui tentait diplomatiquement de le faire changer d'avis. Le têtu arriva rapidement aux portes gardées de la grotte de Candela. Les factionnaires essayèrent de le dissuader d'entrer, mais le regard devenu gris de leur sauveur modéra leur attitude. À l'intérieur, il découvrit Candela allongée, inanimée. Accompagnée à son chevet d'un Clair aux cheveux d'argent, trois autres vestales conversaient avec Kent. L'Elfe s'avança vers lui. Son air inquiet ne le réconforta pas, bien au contraire.

– Ce n'est pas le moment, Frère ! Notre Reine n'est pas en état.

Acide, Passe-Partout rétorqua :

– Ta Reine est ma sœur, mon Frère ! Et si elle a besoin de quelqu'un, je suis là !

Kent aurait eu plus de chance de convertir Gerfor au culte de Mooréa que de l'empêcher d'approcher Candela et le laissa lui prendre la main. Il pensa intensément à ces liens qui les unissaient et, malgré lui, se propulsa dans un état psychique d'ouverture déjà pratiqué avec le Gros Ptéro. Une voix s'imposa à lui.

Salut, frérot ! Quelle déclaration d'amour !

Passe-Partout dévisagea d'abord l'Elfe aux cheveux d'argent puis Kent et les Prêtresses.

Ne cherche pas, tu es le seul à m'entendre. Félina m'avait dit que tu disposais certainement de cette capacité qui te vient de ton grand-père... Même processus télépathique qu'avec le Dragon... Elle m'avait aussi prévenu que le moment de la renaissance du Signal serait pénible physiquement. En fait, c'est insupportable ! Chaque Clair se lie à moi, et c'est une bonne nouvelle, ils sont nombreux ! Plus nombreux que je n'aurais imaginé ! Le temps d'"absorption" sera un peu plus long que prévu. Peux-tu dire à Zoriusacelonabulis, mon maître-soignant, de me lâcher l'autre main et de me donner simplement de l'eau sucrée ? Nous pourrons ensuite poursuivre notre conversation privée !

Tous les présents furent interloqués de la demande concernant sa sœur, mais exécutée comme un ordre sur le champ ! Le guérisseur Clair retrouva le sourire dès que sa Reine eut repris des couleurs après administration de la « potion ». Et Passe-Partout entendit Candela de nouveau.

Écoute-moi attentivement... Excepté Océanis, de Port Vent à Port Nord, toute la côte ouest est aux mains de prêtres prônant une nouvelle religion avec pour Dieu unique, le Déchu ! La Magie de Séréné, basée sur la manipulation et l'asservissement, lui permet d'annexer sans guerre les territoires. Pour lui, c'est une double réussite ! Plutôt que de les tuer ou de les transformer en sang noir, il en fait des adeptes qui l'invoquent ! En revanche, j'ignore encore la raison pour laquelle il s'est polarisé sur la côte. Seule ville dans la région qui résiste :

Océanis. C'est là que résident maintenant nos alliés. Corinna a réussi à entrer en théopathie avec ton compagnon Prêtre de Sagar. Barryumhead a l'ambition de lever une armée de Nains, au-delà même de Roquépique ! Tous veulent suivre l'exemple de la Compagnie de Mortagne !

Que reste-t-il de la Compagnie de Mortagne ? Kent et moi sommes ici. Le Fêlé est mort. Gerfor ne pourrait rejoindre que Valk, émit Passe-Partout avec une pointe de tristesse.

D'autres s'en réclament aujourd'hui et constituent le socle de la résistance au Déchu. Ils sont tes Alliés ! Le Déchu et Séréné sont aux Drunes, autrefois village des Amazones. Le Fourbe y détient le Dragon et malheureusement Bellac. Il y a fort à parier qu'il y puise à foison pour recréer ses armées. Mais grâce à toi, Mooréa est revenue à la vie et il va vite s'en apercevoir ! Nous allons marcher jusqu'aux Deux Rochers pour l'empêcher d'investir Avent.

Les Drunes... Aux Deux Rochers... Le même endroit. C'était là que je devais lui remettre l'œuf !

Passe-Partout fit revivre à Candela le souvenir de son dernier entretien psychique avec Sébédelfinor. Elle acquiesça mentalement :

Ce type de conversation nécessite une certaine proximité. Lorsque le Dragon poursuivi s'est éloigné, les informations se sont hachées.

Aux Deux Roches, devenu Eau de Roche... Je comprends. Quand comptes-tu partir ?

Au plus tôt. Nous n'avions pas prévu que l'ennemi pouvait voler, que ce soit à ptéro ou en se mutant en oiseau ! Avec le peu de chevaux que nous avons, nous serons lents par rapport à eux.

Bah, il te suffit de capturer des sauriens et de les dompter ! Kent est un spécialiste !

C'est une bonne idée, mais je crains que nous n'en ayons pas le temps. Nous avons une autre solution, moins aérienne...

Passe-Partout jeta un coup d'œil par-dessus son épaule. Les Clairs accéléraient le mouvement. Des monceaux de sacs apportés par les uns étaient convoyés par d'autres. La pièce où reposait sa sœur ne comportait plus que son lit. Tout le reste, mobilier et ornement, avait disparu comme par enchantement.

Comme il est convenu que je ne vous accompagnerai pas, je voudrais savoir si nous pourrons continuer à communiquer ensemble à la manière d'Anyah et Barryumhead.

Tel que nous le faisons maintenant ? Non, là, il s'agit d'une conversation télépathique de proximité entre deux êtres en connexion. Pour une liaison à distance, comme son nom l'indique, la théopathie fonctionne grâce aux Dieux... Tu souhaites te convertir, frérot ?

Sa grimace mentale engendra un rire de même nature. Corinna, ignorant la conversation muette entre sa Reine et Passe-Partout, posa sa main sur l'épaule de son « protégé ».

— Je viens de communiquer avec une Prêtresse d'Antinéa pour la première fois. Une que tu connais !

— Je n'en vois qu'une : Anyah ! Comment sait-elle où je suis ?

Corinna sourit :

— Anyah comme Antinéa ont fini par te localiser.

Passe-Partout se demanda quelle méthode utilisait la Déesse de la Mer et sa religieuse pour le traquer. Son guide aurait pu éclairer sa lanterne sur ce point, mais son regard changea, comme tous les Clairs présents. Elle se tourna vers Candela qui, inquiète, s'exclama à haute voix :

– Ils ont trouvé le moyen d'entrer aux Quatre Vents !

Pensant les grottes imprenables, son frère leva un sourcil de surprise. Candela poursuivit :

– Nous ne pouvons diriger la trombe d'air sur les quatre tunnels à la fois. Un ou deux d'entre eux demeurent sans protection pendant que les autres sont ventilés. Et comme tu l'as vu, le système tourne de façon aléatoire.

Passe-Partout comprit et conclut :

– Dans le cas présent, notre faiblesse vient du temps de franchissement. Le vent attrapera toujours, fatalement, quelqu'un qui progresse à pied dans le boyau, mais...

Candela le coupa :

– Mais les oiseaux volent à plus grande allure qu'un simple marcheur.

Elle cligna des yeux et décréta :

– Cela va modifier notre calendrier. Repoussons-les sur tous les fronts ! Dès qu'ils auront reculé, détruisez les tunnels nord, sud et ouest. Nous partirons par celui à l'est demain et condamnerons son accès ensuite.

Les couloirs des Quatre Vents résonnèrent aussitôt des pas pressés des Clairs s'organisant selon les directives de leur Reine. Malgré la gravité du moment, Passe-Partout ne put s'empêcher de lâcher :

– Je n'ai plus d'alternative pour sortir d'ici.

Candela répondit sèchement :

– Les circonstances l'exigent ! Je rends ainsi définitivement les Quatre Vents à Sub Avent... Moi non plus, je n'ai pas le choix, avoua-t-elle, adoucie, sur le ton de la confidence.

Zoriusacelonabulis, le guérisseur aux cheveux d'argent, vite renommé Zorius par Passe-Partout, se précipita vers sa Reine. Vivement repoussé, cette dernière se dressa sur son séant et, les traits tirés, donna ses ordres :

– Tout devra être prêt au plus vite pour notre départ ! Kent, pourras-tu diriger l'équipe des Éclaireurs ?

L'Elfe répondit immédiatement par l'affirmative, mais émit une réserve :

– Ma Reine, nous avons peu de chevaux et aucun ptéro. Comment s'assurer l'avance nécessaire pour ouvrir la route ?

Candela lui adressa un sourire qui l'hypnotisa.

– Nous avons les marguays... Tu prendras la tête de vingt éclaireurs, et Horias comme monture, vous vous connaissez déjà ! Dès que nous aurons chassé l'envahisseur de nos portes, nous nous dirigerons vers Port Vent.

– Pourquoi Port Vent ? questionna Passe-Partout.

– Première ville de la côte ouest occupée. Nous allons la libérer des prosélytes grâce à un contact sur place. Des renseignements sur l'ennemi nous seront par ailleurs utiles.

– Un contact ? À Port Vent ?

Candela lui attrapa affectueusement les mains :

– Grâce au Signal. Un Clair du nom de Dariusilofolis. Euh... tu l'appellerais Darius. Recueilli par un homme bon appelé Nétuné.

Passe-Partout eut un pincement au cœur. Le tatoueur de la Compagnie des Loups ! Il revoyait sa signature au bas du dessin d'un loup grimaçant sur le bras du Fêlé. Sa sœur ajouta :

– À propos de contact, j'en ai un autre à Océanis, et celui-là ne jure que par toi, mon frère ! Il s'ouvrirait les veines si tu le lui demandais !

– Je ne connais personne à Océanis ! Et il n'y a pas de Clair chez les réfugiés mortagnais ! s'exclama Passe-Partout.

– C'est vrai, il ne l'est qu'à demi. Un peu comme toi et moi !

D'après son ressenti, le seul qui vendrait son âme pour lui ne pouvait être que Sup. Et il ne le savait pas métis !

– Joey Korkone, cela ne te dit rien ?

Passe-Partout accusa le coup. Le dégingandé aux yeux ronds ?! Jokoko, celui qui lui avait ravi Carambole ?! Candela secoua la tête, percevant ses pensées.

– Tu ne connais pas grand-chose aux femmes, mon frère chéri ! Enfin, grâce à lui, j'ai un peu plus de précisions sur tes ancêtres ! Même ta généalogie est hors normes !

Passe-Partout paniqua ; elle le rassura :

– Tu ne vas pas recommencer ! Non, ce n'est pas parce que tu es le fils d'un prince Sombre, lui-même frère de la première Prêtresse de Sub Avent, et petit-fils du plus grand héros du Continent que ton destin est tracé !

Interrogatif, Passe-Partout releva la tête. Elle entendit sa pensée :

Mon cas est bien différent du tien. Une fille de Reine devient Reine, un point c'est tout ! Quoique, si j'avais eu le choix, j'aurais pris les mêmes options, agi de manière identique et assumé les conséquences.

Elle se tendit soudainement et déclara :

– Le temps presse. Corinna va te montrer la porte dont tu as la clef pour te rendre en Sub Avent. Pour toi, le danger commence là ! Embrasse-moi, mon frère... Et fais en sorte que cet au revoir ne soit pas un adieu !

– Se revoir est la seule option ! Mais où ?

– Si tout se passe comme je le prévois, nous remonterons par la côte jusqu'à Port Vent.

– D'accord, mais moi, je ne sais pas où je sortirai des entrailles d'Avent ! Si je n'y reste pas...

– Je ne doute pas que tu rejoindras la surface. Ensuite, la cape en Staton t'aidera pour nous retrouver au plus vite !

Avec égard, mais fermeté, il fut raccompagné hors de l'appartement de la Reine en compagnie de Kent et de Corinna.

– Rapide, comme au revoir, souffla-t-il.

– Notre Reine a beaucoup de décisions à prendre ! déclara Kent.

La déférence du ton employé amusa Passe-Partout. Il lui jeta un regard en coin goguenard, le soupçonnant d'un autre sentiment que le profond respect d'un sujet à sa souveraine.

Après le départ précipité de Darius, le Maître Tatoueur de Port Vent tourna bien vite en rond et éprouva le besoin d'une compagnie. Aussi rejoignit-il Carolis par le souterrain. L'aubergiste, assis à une de ses tables, passablement désœuvré, l'accueillit avec chaleur :

– Content de ta présence ! Je serais bien venu chez toi, mais ton Elfe a été catégorique : ne pas bouger ! proféra-t-il en l'imitant, puis sur un ton plus sérieux : qu'est-ce qu'il lui est arrivé ? En un clin d'œil, l'apathique s'est transformé en guerrier ! C'est la première fois que je le vois dans cet état !

Nétuné tenta de lui expliquer le rétablissement du Signal et ses conséquences sur un Clair. Peine perdue, il n'obtint qu'un regard vide témoignant d'une incompréhension totale du phénomène. Obéissants, les deux hommes ne quittèrent pas les lieux, dressant l'oreille au moindre craquement du plancher de l'étage, isolés du monde extérieur et ignorants du temps qu'il leur faudrait patienter.

Galvanisé par le Signal, Darius s'éclipsa discrètement de Port Vent, mémorisant toute information sur les défenses de la ville. Les positions des gardes, des factions, des relèves, rien ne lui échappait. Se servir à nouveau de sa Magie Claire l'euphorisait ! Lévitant lentement au-dessus des remparts à la tombée de la nuit, il s'enfonça sans encombre dans la forêt. Son pas décidé l'entraînait vers un groupe de Clairs nouvellement formé. Altier et fier, il souriait.

Carambole, Jokoko et Sup contemplaient leur œuvre. Forts de tous les éléments en leur possession, et surtout de leurs mémoires, ils avaient reconstitué la carte d'Avent. Sup sortit d'une poche des cubes en verre de diverses couleurs et les montra à ses acolytes tel un trophée.

– Pour devenir une carte d'état-major, il nous faut symboliser les armées !

Jokoko apprécia l'intention et en posa un premier, noir, sur les Drunes, un autre, bleu, sur les Quatre Vents et un troisième, rouge, sur Roquépique. Il regarda Carambole et lui tendit le blanc. La jeune Magicienne le serra dans sa main et proféra :

– L'Alliance des Peuples selon la prophétie… Les humains manquent à l'appel…

Son visage devint alors d'une pâleur effroyable, à faire frémir un Clair ! Elle se tint le ventre, pliée en deux, et tomba à genoux en gémissant :

– Mooréa…

Les garçons la soutinrent jusqu'au plus proche divan. Inquiet, Sup se précipita vers la porte, la présence de Fontdenelle lui paraissant urgente ! Joey l'arrêta dans son élan.

– C'est inutile, il ne pourra rien ! Mooréa appelle sa Magicienne.

Loin du tumulte des préparatifs, Corinna se dressait, respectueuse, sur le seuil de la grotte servant d'appartement à Passe-Partout qui l'invita immédiatement à entrer. Elle s'approcha, lui serra l'avant-bras et ne prit la parole qu'après ce contact :

– Nous partons demain, annonça-t-elle d'une voix bizarre qu'il jugea mitigée. Je dois t'amener à l'endroit où tu pourras accéder à Sub Avent. Nous y retrouverons Kent.

Passe-Partout se raidit, troublé à différents titres : par les rapports tactiles permanents de son guide, qu'il appréciait par ailleurs de plus en plus, et par la confirmation du retour des Elfes Clairs à la surface, impliquant, en ce qui le concernait, son départ pour une quête bien solitaire ! Corinna, inquiète de sa réaction, poursuivit :

– Essaye de bien repérer le chemin pour y parvenir tout seul… Au cas où…

Il ne lui avait pas avoué ses dons. Elle ne savait pas qu'il voyait comme en plein jour dans le plus sombre des tunnels et que jamais il ne se perdait ! Peut-être lui avait-il caché ses capacités pour conserver ce lien particulier… Elle le prit de nouveau par la main, pour son plus grand plaisir, et l'entraîna dans les galeries. Kent l'accueillit avec chaleur au beau milieu d'une grotte carrefour. Nombre de boyaux menant on ne sait où partaient dans toutes les directions, hormis…

– Voilà donc la fameuse porte conduisant à Sub Avent, hoqueta Passe-Partout, étouffé par l'accolade musclée de Kent.

Il avisa la fresque sculptée qui dissimulait efficacement l'accès au monde de ses ancêtres paternels. Rien ne laissait supposer une ouverture. Corinna, fidèle à son rôle de guide, relata :

– Elle représente Tilorah, grande Prêtresse des Sub aventiens. L'équivalent de Candela pour nous, les Clairs… Dans sa main gauche, son attribut magique : une sphère. L'autre tient dans sa paume le feu sacré des Sombres.

– Ainsi, voici la sœur de mon père, murmura-t-il.

Passe-Partout fronça les sourcils et s'attarda sur la gravure symbolisant l'emblème des cavernicoles. Au centre, il y aperçut un orifice de la taille d'une pièce de monnaie, invisible sauf à avoir le nez dessus. Corinna tendit l'index vers sa poitrine :

– La clef est autour de ton cou. Il est probable que d'autres portes la nécessitent. Aussi ne l'oublie pas dans l'une d'entre elles !

Machinalement, Il tripota ses deux médaillons et dit gravement :

– C'est donc ici que nos routes se sépareront demain.

– Il le faut… Et en ce qui me concerne, c'est tout de suite ! Je dois partir de mon côté, rétorqua Kent, qui ajouta : les Éclaireurs précèdent toujours les troupes… Je remonte avec toi.

Au retour, Kent observa celui qui, un jour, l'avait emmené pour la première fois à « La Mortagne Libre ». La silhouette du garçon d'alors avait bel et bien disparu ! À côté de lui marchait un jeune homme. L'Elfe n'était d'ailleurs pas le seul à le couver du regard ; l'attitude de Corinna envers lui ne trompait personne !

– Dis-moi, en bon Aventien et bon Mortagnais, as-tu franchi les portes du temple des Prêtresses de Lumina ?

– Au bout de la rue de la soif ? Jamais. Sauf pour livrer les médecines de Fontdenelle à leurs occupants, répondit immédiatement l'ex-coursier de Mortagne.

Malicieux, Kent déclara :

– Il est de coutume, pour les humains qui atteignent la majorité sexuelle, de s'y rendre afin de rencontrer une personne expérimentée qu'on ne trouve que chez ces vestales du plaisir.

Passe-Partout, les yeux fixés sur le bout du tunnel, confia avec nostalgie et surtout une grosse dose de gêne :

– J'ai le souvenir des escapades nocturnes de Tergyval et du Fêlé, avant qu'ils fréquentent Valk et Perrine... Mais est-ce bien le moment de discuter de cela ?

Kent éluda :

– Revenons à la toute première fois, si tu veux bien... Chez les Clairs, le principe est identique. À part qu'il n'est pas nécessaire de passer par une vestale de la Déesse de l'Amour !

Passe-Partout comprit soudain le sous-entendu de son aîné et la volonté de rapprochement de sa charmante guide ! Définitivement troublé, le jeune homme déclara dans un souffle :

– Ma moitié humaine choisit la coutume de la Prêtresse...

– Donc de Mooréa, faute de Lumina ! le coupa Kent, mutin et stratège.

Derrière eux, Corinna affichait un visage radieux.

Parvenus jusqu'aux appartements du Petit Prince, arriva le temps des adieux :

– Sois prudent, Frère ! Dirent ensemble les deux compères, ce qui leur arracha un sourire dédramatisant l'instant.

– Rendez-vous sur le Continent ? ajouta Passe-Partout sur un ton volontairement léger.

– Quelque part du côté de Port Vent... Le moment venu, soliloqua l'Elfe.

Kent le salua sobrement, selon la tradition des Clairs, se détourna et s'éloigna à grandes enjambées dans les couloirs des Quatre Vents en s'imposant de ne pas se retourner.

CHAPITRE X

Le Messager, étonné et amusé du récit de Workart, résuma ses propos :

– Ainsi, vous avez la possibilité de vous affranchir des ordres de Gilmoor et rouvrir Ovoïs quand vous le souhaitez !

– Pour un temps limité seulement, Maître.

– Oui, celui nécessaire pour ne pas vous faire remarquer ! rit le Messager tout en se tenant le côté gauche.

Un souffle dans la Sphère et Mooréa prononça :

– Je pourrais raccourcir ta période de convalescence.

Le Messager déclina d'un geste ; il ne désirait rien de la Déesse de la Magie. Les yeux lavande de Mooréa se perdirent, quittant ceux restés fixes du Messager.

– Je ne croyais pas que ce moment viendrait un jour, mais merci à toi.

La marque d'attention, inédite, ne l'ébranla pas pour autant.

– Grâce à tes initiatives sur Avent, tu m'as sauvé la vie… Merci !

Le Messager songea alors que son seul objectif demeurait de protéger ces terres auxquelles il tenait tant. Sauver Mooréa ? Oui, par voie de conséquence puisqu'elle n'était qu'une étape dans le processus de libération du Continent !

– De rien, répondit-il sobrement.

Lorbello. Extrait de « Crise en Ovoïs »

À l'apparition du Signal, Carambole avait vu juste : Mooréa l'appelait. Mais l'invitation s'assimilait toutefois plus à une convocation !

Elle sortit de son corps et parcourut le chemin jusqu'à Ovoïs sans fumées inhalées. Aspirée par un flux d'une incroyable puissance, elle craignit moins le haut-le-cœur que la confrontation qui allait suivre ! Elle s'arrêta net, suspendue dans l'espace, cernée par une myriade d'étoiles avec Ovoïs l'irisée non loin. Quelques secondes vécues comme une éternité d'une solitude intense, puis les astres scintillèrent. Dans un mouvement lent et méthodique, les lumières dansèrent harmonieusement, lui donnant l'impression d'un ballet féérique, jusqu'à former le contour d'un visage. Celui d'une femme d'une grande beauté… Son appréhension grandit lorsque les paupières étincelantes se mirent à s'ouvrir et les lèvres à bouger, inutilement d'ailleurs, aucun son n'étant nécessaire dans ce type de conversation.

Voici donc celle qui se fait passer pour une autre !

Carambole devinait la présence de la Déesse dans tout son être ; les mots résonnaient dans sa tête, la voix était sèche. Elle choisit de rester muette. L'intrusion était palpable, ressentie comme un viol au premier abord, mais la colère qui prédominait décrut rapidement, jusqu'à s'éteindre. Après tout, les intentions de Carambole étaient nobles et, à proprement parler, elle n'avait pas menti à Mooréa sur son identité, ne l'ayant tout bonnement jamais évoquée !

Les humains sont plus complexes que les Elfes dont la foi est pleine et entière ! La méfiance est de mise avec votre mentalité particulière ! Vous pouvez être doubles : fourbes et loyaux, altruistes et calculateurs dans le même temps !

Carambole s'interrogea sur cette analyse. D'après ce qu'elle en savait, ironiquement, les Dieux fonctionnaient avec des codes similaires. La Déesse regrettait-elle son investissement magique envers les humains ? En ce cas, elle n'avait rien à faire ici, appelée par Mooréa, si ce n'était pour que l'expérience se poursuive !

Ce type de raisonnement n'existerait pas chez un Elfe ! Vous, vous cherchez à tout comprendre. À tout disséquer. Je vais te faciliter la tâche : je n'ai pas d'autre alternative que de miser sur toi. Le temps nous est compté face au Déchu ! Toutefois, si tu survis à cette guerre, les charges à assumer seront lourdes en tant que première Magicienne. Les acceptes-tu ?

Sans savoir ce qu'il lui serait réclamé dans l'avenir, Carambole répondit muettement :

Oui !

Aider son héros à vaincre l'ennemi passait par son intronisation magique. Elle non plus n'avait pas le choix. À l'évocation de cette conclusion, la présence de Mooréa se fit plus légère dans son esprit :

Le Continent risque de basculer vers le néant. Les Elfes sont en route et les Nains en passe de l'être. Restent les humains à fédérer !

Carambole paniqua. Quelles capacités possédait-elle pour rassembler ? Son récent rôle de leader ne concernait qu'un aréopage de personnes proches. Elle s'imaginait mal en tribun convaincant face à une masse d'anonymes !

Si tu ne trouves pas ces compétences en toi, cherche-les à tes côtés ! L'heure n'est pas aux doutes !

Sa voix se fit plus douce :

Je t'accorde les pouvoirs de base de la Magie humaine que je te demande de garder secrets. Pas question que le Fourbe en prenne connaissance ! Je note que tu étais proche de les découvrir par toi-même ! À toi, si tu as un avenir, de les faire progresser. J'avais donné à Avent un médaillon, un catalyseur de sorts. Dollibert, le premier Mage du Continent, en était détenteur. Il te faudra le retrouver pour faciliter ta nouvelle condition. Ah, vu les circonstances, je vais ajouter une faculté qui ne sera pas transmissible à de futurs Initiés, celle de la théopathie, bien que je n'exige pas de toi que tu deviennes Prêtresse ! Retourne à ton "Palais", tout y est dorénavant disponible !

L'emprise cessa. La conversation, ou plutôt le monologue, s'achevait. Carambole s'attendait à redescendre lorsqu'elle entendit :

Ton héros est en Sub Avent pour tenter de récupérer la Magie des Sombres. Fais-moi savoir, dès qu'il réapparaîtra, s'il l'a obtenue ou non. Quelle que soit l'issue, tout doit être prêt quand il en ressortira. Reste-moi fidèle, Carambole ! La fourberie ne me sied guère !

La jeune Magicienne ouvrit les yeux à Océanis et rassura Sup et Jokoko, penchés sur elle, inquiets sur son état. Après un succin résumé de son entretien divin, ils comprirent l'urgence d'une quête qu'elle ne pouvait qu'accomplir seule et s'éclipsèrent, jugeant cependant excessive la sévérité de Mooréa.

Ce matin-là, Passe-Partout se réveilla dans un état second de plénitude bienheureuse inconnue pour lui jusqu'alors. Des souvenirs récents affluèrent. Brûlants. Sa main chercha sa compagne de la nuit, ne trouvant que le vide. Le silence pesant le fit se dresser d'un coup. Il se leva, nu comme un ver, et courut dans les boyaux et tunnels des Quatre Vents. Personne ! Les Clairs avaient quitté leur retraite de Sub Avent.

Il regagna sa grotte. Ses affaires y étaient pliées, en ordre. Il avait pourtant encore en mémoire le feu dévorant qui l'animait hier soir et le souvenir qu'à aucun moment le rangement ne s'avéra la priorité lorsqu'il se fit déshabiller ! Un sac de victuailles séchées et une gourde d'eau accompagnaient une fiole en verre ouvragé, posée en évidence au milieu de son paquetage. Il l'ouvrit et la porta à ses narines : sa potion de Sagar. Sur le flacon, peint à la main, un mot en Elfe Clair. Un des rares qu'il savait lire ! Un nom : Corinna. Il sourit.

Après quelques heures de repos, Carambole pénétra dans la pièce principale de son « Palais » où des portes avaient été ajoutées. Toutes celles déjà visitées étaient entr'ouvertes et munies d'inscriptions gravées. Parmi celles-ci, une supplémentaire où elle put lire la prière d'invocation de la théopathie. Les autres, fermées, étaient marquées comme les extensions futures de sa Magie, si futur il y avait.

Elle entreprit un rapide tour avant d'entrer dans une de ces pièces. L'hypothèse émise avec Jokoko était la bonne : « Armuri Magie », « Protectori Magie », « Guéri Magie », « Furi Magie », « Réparti Magie » « Téléporti Magie » et « Suppri Magie » complétaient « Lumi Magie », « Ouvri Magie », et bien sûr « Ani Magie ». A priori, la Déesse avait pris la décision d'étendre la palette magique à disposition des humains et ne pas la restreindre à la protection et la guérison. « Furi Magie » paraissait plutôt un charme offensif !

Au travail ! se dit-elle.

Grâce à la passation de Parangon, Carambole détenait une manne d'Énergie Astrale importante qui lui permit d'aborder tous ces pouvoirs. Indépendamment de produire de la lumière, d'ouvrir des serrures et de transmettre sa mémoire à sa mort, elle avait désormais la possibilité de se protéger par une armure magique en cas d'affrontement et de se prémunir de sorts dirigés contre elle, la capacité de guérir ou d'asséner une onde de choc, ainsi que d'annuler un envoûtement et de partager sa Magie avec quelqu'un de son choix. La téléportation en revanche, permettant de se déplacer d'un endroit à un autre instantanément, quelle que soit la distance, était tellement coûteuse en Énergie qu'il lui semblait inconcevable de la réaliser.

Lorsque sortie de son palais intérieur, elle voulut tenter la théopathie, elle se servit de l'expérience d'Anyah qui la conseilla. Sup et Jokoko assistèrent à cette première mise en contact. Disciplinée, Carambole en vit immédiatement les effets : Anyah lui parla sans bouger les lèvres !

Incroyable ! Tu es déjà au deuxième stade ! Cela t'évitera de communiquer avec la voix d'un autre, ce qui n'est pas très agréable. Fais attention, cette faculté consomme énormément d'Énergie et sa gestion demeure problématique !

Combien de fois, qu'il s'agisse d'elle ou de Barryumhead, étaient-ils restés exsangues après un rapprochement théopathique trop long ? Forte de son impressionnante capacité astrale et apte à quantifier les dépenses à effectuer pour exercer chaque sort, Carambole apprenait vite. Munie de cette nouvelle compétence, elle chercha à joindre la Reine des Elfes et fut surprise de la rapidité du contact.

Bonjour, Carambole… Je suis Candela, sœur de notre cher Passe-Partout.

Elle rit mentalement au mutisme de Carambole. La jeune femme, dépassée par ses propres pouvoirs, peinait à admettre qu'elle s'entretenait avec la Reine des Clairs ! Candela la mit à l'aise, notamment lorsqu'elles parlèrent de Passe-Partout. Mais les problèmes que devait affronter Avent reprirent vite l'ascendant dans leur conversation, échangeant sur leurs situations et positions mutuelles. À ce titre, Carambole évoqua l'image de sa carte d'Avent et les présences d'amis et d'ennemis, connues et soupçonnées.

Excellent ! Nous allons pouvoir travailler efficacement en nous servant de ce support. En le consultant mentalement, je t'indiquerai l'endroit précis où nous nous trouvons pour agir !

Agir ? Comment et en quoi ?

Nous devons reconquérir de façon particulière les villes occupées. Avec douceur. Une par une. Les propos sur leurs combats, rapportés par Kent et Passe-Partout, m'ont fait envisager que la Magie du Déchu, ou celle de Séréné, fonctionne de manière différente. Les Aventiens sont ensorcelés par les prêtres prosélytes et non transformés ! Je crois qu'il nous faut cibler les sangs noirs et surtout les religieux, mais pas les humains devenus esclaves malgré eux. Ma conviction est qu'en supprimant ces religieux envoûteurs à leur tête, les habitants retrouveront leur libre arbitre. Notre première destination : Port Vent ; des renseignements précieux m'ont été communiqués par un Clair sur place. Ensuite, direction Mortagne… Une chose encore ! Nous avons rendez-vous avec mon frère dès sa sortie de Sub Avent, bien qu'en ce qui nous concerne tous, les délais restent imprécis. Bonne chance !

Le lien théopathique rompu, Carambole se sentit vidée et espéra que la pratique aidant, elle supporterait de mieux en mieux ces contacts à distance.

Passe-Partout emprunta la galerie indiquée la veille par son guide. Devant la fresque, il prit une grande inspiration et glissa le médaillon de son père dans le creux gravé du sceau des Sombres. La crainte lui imposa un pas en arrière, ce qui lui permit d'observer un nouveau prodige de ses ancêtres. L'amulette Sombre s'illumina et dissémina en croix quatre rayons bleus rejoignant autant de points, formant ainsi un rectangle en hauteur, dessinant une porte dont le médaillon occupait la place de la serrure. Après un court instant, elle s'ouvrit sans bruit, n'offrant à la vue que du noir ébène. Passe-Partout récupéra sa clef, regarda de gauche et de droite le couloir qu'il quittait, vide de toute âme, et franchit le seuil menant en Sub Avent. Ses prédispositions de « voyageur » aussitôt s'activèrent, et il regretta fugacement de devoir pour cela enfouir les souvenirs de ses ébats de la veille. La fermeture de l'accès en Sub Avent, d'un chuintement pourtant ténu, réveilla sa méfiance. Il appela d'instinct ses couteaux. Parfaitement nyctalope, il avisa l'imposant boyau s'enfonçant sous la terre, tendit l'oreille pour finalement n'entendre que le silence, prégnant, total, qui envahissait l'endroit. Un sourire fugace, il rangea les deux lames divines dans son plastron et murmura :

– Bienvenue à la maison…

Carambole invita les réfugiés de Mortagne dans la salle du conseil de Bredin 1er, inutilisée par Cleb et Bart, où elle avait étalé la carte d'Avent récemment créée. Elle attendit que tout le monde soit présent et prît la parole. Son air grave et déterminé lui conférait une assurance nouvelle qui inspirait le respect. Un peu à l'écart, Tergyval se demandait s'il s'agissait bien de la jeune fille qui, il y a peu encore, lui servait sa boisson avec timidité !

– Bien… Merci à tous d'être là ! Je vais vous faire une synthèse de ce que nous savons des positions de chacun, et surtout de celles des armées du Déchu, pour prendre les décisions qui s'imposent afin de faciliter la tâche à Passe-Partout.

– Avons-nous de ses nouvelles ? questionna Fontdenelle.

Carambole acquiesça de la tête et donna la source de son information. Respect et admiration se lurent dans le regard de son auditoire. Avec un soupçon de jalousie, Anyah, qui n'obtenait plus rien de sa Déesse malgré de ferventes prières, ajouta :

– Mooréa t'a donc confié qu'il est en passe de quitter les Quatre Vents et s'apprête à rejoindre Sub Avent, la terre de ses ancêtres Sombres, pour tenter d'acquérir sa Magie.

– Oui. Passe-Partout a exécuté la prophétie d'Adénarolis, l'Alliance des peuples. Les Elfes, et j'espère les Nains, seront aussi sous peu en marche ! Nous devons être fins prêts pour son retour. Il se trouve approximativement ici !

Elle posa un petit cube de verre gris à proximité d'un plus gros, bleu, et déclara :

– Aux Quatre Vents, et bientôt sous la terre d'Avent.

En stratège accompli, Tergyval avait déjà compris la symbolique des autres pions. Analysant l'ensemble, il prit la parole en les désignant :

– Le rouge indique les Nains à Roquépique et le noir le Déchu aux Drunes… Il manque les trois bateaux au large d'Océanis.

Carambole lui renvoya un regard amusé et tendit trois voiliers façonnés par Analys à l'ex-Capitaine des Gardes, bluffé par son anticipation. De nouveau dans son élément, les yeux rivés sur la carte, il continua à réfléchir à haute voix, ne remarquant même pas Carambole poser un index sur ses lèvres, intimant aux autres de se taire.

– Il doit donc diviser ses forces pour retrouver les bribes manquantes de Séréné dans l'océan. Il possède la capacité d'écraser Océanis et pourtant ne le fait pas… Quoique nous n'ayons aucune certitude sur ses ressources en hommes… Aux Drunes comme ailleurs…

– Les Clairs remontent par Port Vent et, grâce à une complicité in situ, vont tenter de la conquérir. Candela pense qu'en supprimant les prosélytes, l'envoûtement que subissent les habitants disparaîtra, ajouta Carambole.

Tergyval se tourna vers le groupe, l'œil vif et le verbe haut :

– Il doit achever la reconstruction de Séréné. C'est peut-être le moment de le contrer avant qu'il n'accroisse encore sa puissance ! Quelles sont ses forces ? Nous manquons d'éléments, notamment sa position et ses armées aux Drunes. Il faudrait s'y rendre pour jauger son nombre de combattants !

Il tendit un doigt vers les bateaux de verre :

– De même, il sera nécessaire de le contrecarrer sur la côte, étant entendu que les Elfes, remontant par Port Vent, pourront venir en renfort par le sud ! Mais nous ne sommes qu'une poignée ! Que faire sans véritable armée hormis des opérations ponctuelles et en prenant de gros risques ? Non, sans hommes, je ne vois pas comment…

Carambole se saisit de sa main et y glissa un cube en verre de couleur blanche.

– Toi seul est apte à créer cette armée d'humains dont l'Alliance a besoin. Bart et Cleb ne regarderont pas à la dépense. Déjà, Elliste patiente dehors et attend tes ordres. J'ai conscience que ceux recrutés ici ne suffiront pas et qu'il en faudra d'autres pour te rejoindre. Aussi, pour les opérations commandos auxquelles tu pensais, à part Océanis, y a-t-il un endroit où nous pourrions selon toi trouver des soldats ?

Un franc sourire étira le visage de Tergyval. Il posa le cube blanc sur la Cité des Libres et déclara avec aplomb :

– La Reine des Elfes va investir Port Vent avec une complicité dans la ville. Et si nous faisions la même chose ? s'enquit-il en se tournant vers Jokoko. On pourrait s'infiltrer... Et leur reprendre Mortagne !

À la naissance d'un brouhaha de joie, Carambole réclama d'un geste le silence.

– Nous ne pouvons actuellement que présumer du délai pour l'arrivée des Elfes à Port Vent, cette période doit être mise à profit pour organiser les troupes océaniennes et notre départ. Si victoire il advient, l'armée des Clairs remontera alors la côte pour gagner Mortagne.

– Beaucoup d'inconnues, répliqua Joey, ses yeux mobiles concentrés sur le Signal. Et ma Reine n'a aucune idée du temps qu'il faudra à son frère pour sortir de Sub Avent.

L'excitation régnait au sein des réfugiés, et rien ne fut aisé dans la répartition des tâches ! Le gang ne tenait plus en place, en particulier Abal qui répétait inlassablement « Retour Mortagne ! » en sautillant comme un sorla des neiges ! Valk, Tergyval et Sup discutaient ferme sur le choix de celui qui effectuerait la reconnaissance aux Drunes. Le pragmatique Jokoko ajoutait au bruit ambiant en parlant tout seul et commençait à ranger documents et livres qu'il comptait bien rapporter à la Cité ! Fontdenelle, affligé par ce manque de rigueur, les observait, incrédule, se souvenant de réunions pas si anciennes, celles de la Compagnie de Mortagne, où les obligations de chacun s'imposaient vite et bien, et surtout dans la discipline ! Il jeta un regard implorant à Carambole qui réaffirma son autorité sur le groupe :

– Le gang, ça suffit ! Valk ira avec Anyah aux Drunes ! Un seul ptéro sera nécessaire. Quant aux autres, nous avons un gros travail de préparation avant de regagner Mortagne ! Nous partirons dès que Valk et Anyah seront rentrées !

Le ton était donné, et personne ne trouva rien à redire, même si la grimace de Sup parlait d'elle-même ! Valk arbora un sourire vainqueur et s'enfuit, entraînant Anyah. Tergyval, fataliste, haussa les épaules et murmura au chef du gang :

– Notre nouvelle Prima a raison. La naissance de la première armée humaine aura lieu ici et mon rôle est de la former. Valk a déjà été aux Drunes et, accompagnée d'Anyah, nous avons la garantie de recevoir les informations au fur et à mesure de par leur capacité à converser à distance. Quant à toi, tu es devenu incontournable dans l'organisation et la logistique. Conclusion : Carambole a bien fait de choisir Valk !

Décontenancé par l'acceptation de Tergyval, Sup tenta :

– Si la décision devait te revenir, tu...

– J'aurais pris la même ! ne le laissa-t-il pas terminer. Exactement la même ! La différence, à mon désavantage, c'est qu'il m'aurait fallu plus de temps de réflexion pour aboutir au même résultat !

Pour toute réponse, Sup rentra la tête dans les épaules, frustré.

La progression dans le tunnel s'avéra vite malaisée. Après une longue marche l'entraînant au cœur de Sub Avent, ou « Les Terres d'en Dessous » selon les Elfes, Passe-Partout s'aperçut que de nombreux éboulements rendaient l'exercice difficile. Le boyau, considérablement rétréci, déboucha d'ailleurs sur le vide !

Il s'était méfié dès qu'il avait senti un courant d'air lui balayer le visage, indiquant une issue prochaine. Et une de taille ! La caverne qu'il découvrit correspondait à deux fois celle où siégeait sa sœur au milieu de tous les Clairs ! Et à cent soixante pieds de profondeur ! Il avisa l'abîme et sourit :

Belle défense naturelle ! On se protège comme on peut... En attendant, ce n'est pas par ici que les envahisseurs humains de l'époque ont pu pénétrer en Sub Avent !

Il récita avec un peu d'angoisse la formule de lévitation et se retrouva suspendu, savourant un instant sa grisante légèreté, avant d'entreprendre la descente. Dès que ses pieds foulèrent le sol, Passe-Partout exulta, se jugeant cette fois bien moins maladroit que lors de ses précédents essais. Un coup d'œil circulaire lui permit de voir que le tunnel l'ayant conduit jusqu'ici n'était pas unique sur le flanc de la falaise. À diverses hauteurs, de multiples chemins souterrains stoppaient au bord du vide de ce... Carrefour ? Tel semblait bien être le cas. En face de lui, il dénombra neuf ouvertures, autant de possibilités s'offrant à lui... Intuitivement, il savait que toutes menaient à la cité de ses ancêtres. Il ne craignait pas de s'égarer, cela ne lui était jamais arrivé. Mais perdre un temps précieux à explorer chaque galerie, pour peu que certaines soient effondrées, serait insupportable ! Il s'approcha des accès et chercha un signe gravé dans la roche, espérant secrètement trouver celui du feu sacré. Las ! Il y avait bien des inscriptions, toutes différentes, au-dessus de chaque entrée, mais incompréhensibles.

Bah... Plus personne ne sait lire le Sombre, se dit-il, résigné, en pensant qu'à cet instant, il n'était pas mieux loti que n'importe quel Aventien égaré à la porte de l'antre des cavernicoles !

Cet intermède détourna son attention et il ne vit qu'au dernier moment une paire d'yeux dorés le fixer et bondir. Un réflexe de survie lui fit ployer les genoux pour éviter qu'une sorte de rampant sur pattes géant lui arrache la tête ! Il pivota pour faire face à son ennemi, Thor et Saga en main, et assista à un spectacle souterrain peu commun ! Obnubilé par la recherche d'une possible sortie, il n'avait pas non plus senti l'approche sournoise d'une créature mi-chauve-souris mi-humaine, de deux fois sa taille, que le lézard au regard d'or, en deux grognements sourds, égorgea avant de s'avancer nonchalamment vers lui. Une onde de panique l'envahit en l'observant recracher avec violence les chairs du monstre restées entre ses redoutables crocs. Passe-Partout fronça les sourcils : les grommellements de l'animal s'apparentaient à un langage, sa queue battait l'air comme celle du compagnon à quatre pattes de Solo à Fontamère ! Une intuition étrange lui fit rengainer ses couteaux. Il s'accroupit et tendit prudemment la main. Lentement, le lézard s'approcha et chercha la caresse de la paume sur son museau.

Un saurien domestique ! Un chien-lézard en Sub Avent... Incroyable ! se dit l'enfant en se redressant tandis que son nouvel ami sautillait autour de lui.

— Mais tout cela ne m'indiquera pas la direction à prendre, souffla-t-il.

Les yeux d'or se figèrent. Le reptile se dandina vers la septième porte, sa tête s'inclina vers Passe-Partout et il opéra un tour sur lui-même pour l'inviter à le suivre.

– Va pour celle-ci, Cabot Lézard ! rit-il en rejoignant l'animal.

Fréquemment, le regard particulier s'attardait sur lui pour s'assurer qu'il le talonnait, à l'instar d'un guide attentionné. Leur progression lui sembla une éternité, d'autant plus déroutante que le temps se mesurait difficilement sans soleil, et l'épuisa. Il fit signe à « Cazard », récemment baptisé, qu'une halte s'imposait et s'effondra dans un creux pierreux à même le sol. Les mouvements nerveux de la queue de son nouvel ami à quatre pattes et ses trépignements agités l'alertèrent. Il se releva pour suivre l'animal qui lui indiqua par un grognement une anfractuosité sur le flanc de la paroi du boyau, à hauteur respectable.

Prudent, le Cazard ! pensa Passe-Partout qui, surpris, le vit se lover sous la « couche », contre la surface rocheuse, s'aidant de ses ventouses lui permettant cette excentricité.

Fontdenelle avait disparu dans son nouveau laboratoire, jouxtant celui d'Analys, dans les sous-sols du palais. Elle l'avait d'ailleurs grandement aidé dans son installation, tant sur le plan matériel que sur le plan de ses connaissances, au point que l'herboriste disposait d'un espace de travail bien plus vaste et mieux équipé que celui de Mortagne ! Pour l'heure, il discutait justement avec elle d'un projet qu'il ne pouvait voir aboutir qu'avec son concours. Le concept de base avait été suggéré par Sup après avoir tiré une agate d'Analys avec un Casse-Bouteilles. Ayant manqué sa cible, le projectile avait volé en éclats contre le mur, résultat qui l'avait laissé songeur, mais précurseur d'une idée qu'il lui soumit peu après : et si Fontdenelle incluait une préparation de type somnifère dans une bille creuse ?

Analys fit la grimace :

– Le problème reste l'équilibre entre le calibre, l'épaisseur de la paroi et le poids ! Je peux enfermer ton liquide dans des sphères vides, comme celles utilisées pour les lustres, mais elles seront trop grosses, pas faciles à transporter, et surtout fragiles !

L'herboriste se gratta la tête :

– M'est avis que je pourrais concentrer la potion, sûrement la solidifier. Mais aurait-elle les mêmes propriétés ?

– Cela est de ta compétence, Fontdenelle ! En auras-tu le temps avant de partir ? Ceci dit, en attendant, je me suis procuré les flèches en pierre de soleil que Tergyval a rapporté de Mortagne. Je vais essayer de les emprisonner dans des billes… Ça devrait marcher !

Sup et le gang aidaient activement Tergyval et Elliste à lever des volontaires pour constituer la base de la première armée humaine d'Avent. Sans beaucoup de difficultés pour le recrutement, d'ailleurs ! Les Océaniens, maintenant informés que la seule ville libre de l'ouest d'Avent demeurait la leur, souhaitaient qu'elle le reste ! Sup assistait les deux Maîtres d'Armes aux entraînements des nouveaux soldats en se débrouillant pour obtenir le matériel nécessaire : armes, protections, cibles, jusqu'aux négociants en chevaux ! Il rachetait le moindre mulet disponible pour équiper la future armée de Tergyval, au point que tous les forgerons, ferronniers, charpentiers et marchands de tout poil, d'Océanis et d'ailleurs, ne connaissaient plus que lui comme intermédiaire pour le palais. Même Dacodac entretenait avec lui des relations amicales ! Et tous l'appelaient Amandin…

Rayder et ses filles avaient promis à Bart et Cleb deux choses : la première, de fournir un effort supplémentaire de travail pour financer cette force de frappe coûteuse, la seconde, de recruter dans les villages côtiers proches d'Opsom des hommes et des femmes volontaires pour s'engager auprès d'Elliste et Tergyval.

Jokoko allait s'entraîner chaque matin avec les soldats. Puis il actualisait sur sa carte d'état-major les déplacements des Clairs en fonction des informations transmises par le Lien alimenté par Corinna, une des vestales de sa Reine. En suivant, il recevait Sup qui lui relatait l'avancée dans la constitution de la nouvelle armée océanienne. Tout au long de ses interminables journées, Il attendait avec impatience le contact d'Anyah, partie avec Valk en repérage sur l'ennemi, et désespérait du silence de Barryumhead. Où se trouvaient les Nains ? Sur la route de la Horde de l'Enclume ? S'ils étaient parvenus à Roquépique, il l'aurait su par la Prêtresse. Pour s'occuper l'esprit, avec obstination et grâce au Lien, il tentait de calculer la date d'arrivée la plus vraisemblable des Clairs à Port Vent.

Lorsqu'il lui avait été proposé par Cleb et Bart de devenir Commandeur des armées des provinces de l'ouest, Tergyval avait pensé son rôle plus politique que militaire. Les événements lui démontraient que les probables offensives à venir se passeraient de négociations diplomatiques !

CHAPITRE XI

Le Dieu de la Guerre, noir de colère, fustigea les oracles de Zdoor.

– Comment ai-je pu laisser ces parasites diriger Roquépique en mon nom ?! hurla-t-il.

Le Messager sourit et opina du chef. Sagar commençait à entrevoir qu'il lui fallait oublier le temps de ce confort laxiste vis-à-vis de ses principales ouailles.

– Il serait peut-être judicieux de leur montrer qui est leur Dieu… Et ce qu'il veut !

Il abandonna quelques secondes le Dieu de la Forge à méditer sur cette idée avant d'ajouter :

– Bousculer la hiérarchie des Prêtres de Zdoor serait une bonne option.

Sagar leva les bras au ciel en jetant un regard implorant à Mooréa qui déclina d'un non franc de la tête. Antinéa défendit la position de sa jumelle :

– Ouvrir à nouveau les portes d'Ovoïs éveillerait les soupçons de Gilmoor ! Des représailles seraient à craindre dans tout Ovois, et il m'en coute de l'admettre. Ne crois-tu pas que j'aimerais rassurer ma Prêtresse de Mortagne qui doit penser que je l'abandonne ?

Le regard du Messager en croisa un autre, rouge et complice, celui de Workart qui resservit à boire au Dieu de la Guerre.

Lorbello. Extrait de « Crise en Ovoïs »

Roquépique, le fief de l'Enclume, appelée aussi la Montagne Creuse.

L'histoire racontait d'ailleurs que le fondateur de cet endroit y délogea un Dragon pour s'y installer ! Davidian Heavymetal était son nom… Le premier Roi de la Horde de l'Enclume et de tous les Nains, une figure emblématique de ce peuple. Cette forteresse, réputée imprenable par sa situation, l'était également dans sa conception. Un écrin cerné d'une haute chaîne montagneuse, au centre d'une vallée où tout intrus était immanquablement repéré à des lieues à la ronde ! Il n'existait en outre qu'un unique accès pour pénétrer le cœur de ce fort naturel, qu'une seule porte : la bouche béante et monumentale de Davidian Heavymetal taillée à même le roc ! Les créateurs avaient fait courir au-dessus de ses lèvres sculptées un lierre fourni faisant figure de moustache. Un nez épaté se frayait un passage dans cette abondante végétation. Plus haut, deux yeux colériques, énormes et rouges, parachevaient le tout. La légende colportait avec fierté qu'il s'agissait des plus gros rubis jamais trouvés dans les entrailles d'Avent par les mineurs Nains. Mais personne n'y croyait vraiment, les habitants de Roquépique ayant pour réputation de cacher leurs richesses plutôt que de les étaler ! Quant à la Montagne Creuse, il se disait que les étages inférieurs demeuraient trois fois plus nombreux que ceux s'érigeant vers la cime !

Faisant écho dans la vallée, quatre chevaux fourbissaient un dernier effort pour accéder à l'entrée de la forteresse, le terme d'un épuisant périple : Heavymetal Hall !

Malgré la protection rapprochée de son nouvel ami à écailles, Passe-Partout ne dormit que d'un œil. Après un temps malaisément quantifiable, un frôlement chatouilleux sur le visage le fit sursauter. Aussitôt dressé sur son séant, ses couteaux une fois encore appelés par réflexe, il croisa le regard d'or et aperçut une longue langue fourchue se rétracter derrière une rangée de crocs de la taille d'un pouce. Machinalement, il s'essuya la joue en grimaçant, décontenancé par ce contact trop familier, râpeux et quelque peu humide. Cazard dodelina de la tête, fouetta de la queue et se détourna de son « Maître », l'invitant à poursuivre leur périple cavernicole. Après s'être rapidement étiré, Passe-Partout emboita le pas chaloupé du lézard. Au sortir du boyau, ce dernier choisit sans hésiter une des multiples possibilités ; le reptile connaissait visiblement tous les chemins de ce que le jeune explorateur considérait maintenant comme un labyrinthe. Plus loin, un escalier taillé à même la roche les contraignit à descendre encore plus dans les entrailles de Sub Avent. Le lézard s'arrêta avant l'ultime marche, léchée par un magma glauque à la surface de laquelle éclataient des bulles libérant des odeurs âcres. Interloqué, Passe-Partout s'adressa à son guide à écailles :

– Tu ne me feras jamais tremper un doigt de pied dans ce marigot putride !

Un grognement plus tard, Cazard, très naturellement, se dirigea sur le côté et entreprit, grâce à ses ventouses, de s'agripper à la paroi pour se déplacer latéralement. Son accompagnateur fronça les sourcils et ne bougea pas d'un pouce : l'animal était équipé pour éviter cette zone dangereuse, soit, mais pas lui ! Le lézard cessa sa progression acrobatique pour le fixer. Passe-Partout lut dans ses yeux d'or une surprise mêlée d'impatience en constatant l'inertie de son jeune suiveur. Un éclair lui traversa l'esprit. Bien sûr ! Il ne se déplacerait pas comme lui, mais survolerait cet obstacle malodorant ! Une lueur de satisfaction sembla filtrer du regard de Cazard lorsqu'il s'éleva pour poursuivre sa « route ». Lui faillit céder à la panique en pensant à la manne astrale permettant d'alimenter ce sort. Calcul hasardeux, car non mesuré, il n'osait envisager ce qu'il resterait de lui s'il tombait dans ce bouillon acide, faute d'Énergie ! Refoulant cette option pessimiste, il se focalisa sur les défenses naturelles qui protégeaient le domaine des Elfes cavernicoles et se posa la question de nouveau :

Comment les humains ont-ils pu éradiquer le peuple des Sombres en leur propre sein ? Ils n'ont pas pu passer par là ! Par quel accès alors ? L'histoire du "Grand Conflit" ne le mentionne pas.

Il se remémora les récits des descendants de ceux, manipulés par cette force étrange, qui avaient forcé l'entrée des tunnels pour commettre l'irréparable. Était-elle magique ? La fin du boyau où coulait cette rivière putride lui donna une nouvelle raison de s'interroger sur la manière de pénétrer dans le royaume des Elfes Sombres quand il déboucha dans une grotte gigantesque dont le fond ne constituait qu'un contrefort rocheux et parfaitement lisse. Il pouvait voir la porte, imposante, taillée dans la montagne à cent pieds de hauteur, ne rendant son accès possible que par lévitation. Cazard l'attendait d'ailleurs sur le seuil, ayant escaladé pendant que Passe-Partout cherchait des réponses à ses questions. Usant de son pouvoir, il arriva peu après aux côtés du lézard, lui flatta le museau et sentit le début d'une lassitude malheureusement connue. Il atteignait les limites de son Énergie Astrale.

C'est en levant la tête qu'il aperçut par la grande porte y menant une ville majestueuse taillée dans le roc. Une grotte monumentale où chaque édifice, bâtiment, maison, était minutieusement sculpté à même la pierre.

Passe-Partout abandonna vite l'idée d'envisager sa superficie tant ce qu'il voyait en longueur, largeur et hauteur lui semblait démesuré. Il suivit le lézard, n'entendant que le crissement de ses pas sur le sol rendu sablonneux par le temps et l'érosion, vers ce qu'il identifia comme le cœur de l'ancienne Cité de son géniteur. Il imagina un instant ces mêmes artères grouillantes d'Elfes à peau sombre, vaquant à leurs occupations quotidiennes. Mais une hache fichée dans un crâne, une lance dans le thorax d'un autre malheureux, contre une porte, la dure réalité des squelettes disloqués jonchant les rues, tous âges, sexes et communautés confondus, le ramena à ce génocide incompréhensible. Des armes par milliers, épées, dagues, cimeterres ou flèches, souillés du sang de deux peuples, témoignaient de la violence des combats, et marcher sur les dalles noires pavant la ville sans écraser un os relevait du prodige. Debout au milieu de ce rappel cauchemardesque des monstruosités du passé, Passe-Partout ragea intérieurement :

Ma vie, ma lignée même, n'aura été marquée que par les massacres et la mort...

Il parvint à se calmer en levant les yeux sur les façades de la rue, la plupart ornées de fresques et de statues d'un réalisme stupéfiant. La particularité architecturale des habitations restait identique à toutes : la porte d'entrée en hauteur, demeurait inaccessible pour un Aventien lambda sans escalier !

Évidemment, pas besoin de marches quand on lévite !

Il zigzagua longtemps dans ce gigantesque cimetière sans tombes, comme le lézard dandinant qu'il suivait. Cazard s'arrêta, se retourna et, d'un coup de tête, l'invita à regarder en face. L'avenue débouchait sur une immense place. Celle de Mortagne, Cherche-Cœur, aurait pu y tenir cent fois ! L'affrontement, à cet endroit, avait dû être terrible. Passe-Partout eut froid dans le dos devant le volume de vestiges humains qu'il voyait. Les armes restées à côté de leurs porteurs laissaient pensif, la plupart de facture douteuse. Épées courtes forgées à la va-vite, boucliers de bois bricolés, et surtout des masses, des fléaux, des fourches... Ceux des terres du dessus étaient partis avec leurs outils du quotidien pour faire la guerre !

Au centre de la place trônait une colonne de pierre monumentale. À son pied, les vestiges d'un jardin qu'on devinait autrefois entretenu. Beaucoup d'espèces inconnues poussaient avec difficultés au milieu d'une sorte de lichen rampant, envahissant l'espace comme les ronciers de la surface. Malgré l'horreur ambiante, Passe-Partout distingua, en s'approchant, des arbres aux essences jamais vues auparavant. Sur la flèche rocheuse, et sur chacune de ses quatre faces, dix sceaux parfaitement exécutés y étaient gravés. Il reconnut le sien, sculpté au plus haut, dominant tous les autres, et toucha par réflexe la médaille qui n'avait quitté son cou que pour ouvrir la porte des Quatre Vents. Le lézard guettait l'enfant, attendant un signe qui ne tarda pas.

— Je suppose que nous sommes arrivés, souffla-t-il.

Cazard se dandina vers le côté opposé, face à une gigantesque porte de pierre. Passe-Partout hocha la tête. S'il ne savait pas lire les pictogrammes gravés sur la partie supérieure de sa surface, il aperçut le sceau du feu sacré qui ornait le centre du mur. Sur toute celle inférieure, une fresque grandeur nature représentait des personnages en couleurs d'un réalisme parfait.

— Que des religieux et des guerriers... De tous les sexes... Mes ancêtres !

Presque au milieu, une Prêtresse tenait dans sa main droite un sceptre long au bout duquel une sphère rouge rayonnait. L'artiste avait même pris la peine de sculpter la lumière générée par la boule. Dans celle de gauche, gravée de profil, un sceau en creux, de nouveau celui des Sombres. Passe-Partout devina qu'il fallait y placer son médaillon pour actionner la serrure, lorsque son attention fut attirée par quelque chose de connu. À la droite de la Prêtresse, un guerrier Sombre en imposait, richement vêtu, tenant un cimeterre à la garde ornée. Ceux classiques qui jonchaient les rues n'étaient visiblement pas de la même qualité que celui représenté dans la pierre, avec sa lame large finissant en deux sections !

Comme la langue de Cazard... se dit-il.

Le Sombre saluait, paradoxalement selon la tradition des Clairs, et surtout arborait un arc en bandoulière ressemblant au sien. Bien que ne distinguant que la partie haute dépassant de son épaule, la poupée en mithrill, il reconnut la facture unique de l'arme donnée à Orion, celui qu'il avait cherché à Avent Port, le même qu'il portait aujourd'hui : son arc !

Passe-Partout avala sa salive, sans pour autant enlever la boule qui nouait sa gorge. Pour la première fois, il voyait son père.

Valk et Anyah survolaient une partie de terre d'Avent inconnue. La Belle guidait son saurien à basse altitude. En cas de mauvaise rencontre, elle se mettrait ainsi plus facilement à l'abri. Au cours de leur périple, elles s'aperçurent de la crainte des nombreux villageois qui s'abritaient dans leurs maisons ou couraient se cacher dans la forêt proche de leur lieu de culture ou d'élevage. La peur régnait sur Avent et la vue d'un ptéro ne favorisait pas la confiance. Derrière Valk, Anyah priait avec conviction et ferveur, interpellait sa Déesse, lui demandait son aide, son support. En vain. Antinéa restait désespérément absente.

Quand, au loin, Valk repéra les montagnes jumelles, elle prit la décision de gagner la terre ferme et s'en justifia auprès de sa passagère :

– Il est trop tôt pour approcher les Drunes. Nous allons attendre un peu que le soleil décline. La nuit, tous les sorlas sont gris, comme on dit !

À couvert, les deux femmes sur le qui-vive observaient le ciel et se félicitèrent de leur prudence. Une bande d'oiseaux noirs cernant un convoi de ptéros à barils les survola.

– Ils protègent les caravanes de ravitaillement... Les choses changent ! commenta Valk, se remémorant la fois où Kent et Passe-Partout, déguisés en cagoulés, avaient investi le cirque de Tecla, type d'infiltration impensable aujourd'hui.

Carambole travaillait sans relâche à ses nouveaux pouvoirs et ne s'arrêtait que faute de carburant astral. Malgré l'énorme capacité héritée de Parangon, la somme de tous les sorts et l'intensité voulue pour chacun ne lui permettaient nullement de dépenser sans compter. Elle rejoignait ensuite Jokoko pour échanger leurs informations ou discuter de la gestion de la Magie, Joey étant particulièrement nul dans ce domaine. Et lors des courtes pauses qu'ils s'octroyaient, ils n'oubliaient surtout pas la potion de Sagar préconisée par leur héros !

Prenant son rôle à cœur, Carambole avait tenu à rencontrer Bart et Cleb pour les prévenir de leur départ imminent et surtout des événements qui le motivaient. Mêlant la gravité à l'enthousiasme, surtout à la réapparition prochaine de Passe-Partout, les deux éminences grises de Bredin l'assurèrent de leur soutien, et ce pour toute initiative des réfugiés :

– Discuter des affaires d'argent avec Amandin va nous manquer. Nous allons le regretter... Concentre-toi sur votre voyage à Mortagne, nous pourvoirons à ce qui vous est nécessaire !

– Toutes mes excuses quant à ces constantes sollicitations. Je me demande si, un jour, nous pourrons vous remercier.

Cleb éclata de rire :

– La future Prima de Mortagne devra vite relancer l'activité phare de la Cité ! On manque de cordes et de paniers de toutes sortes !

Son visage redevint grave :

– C'est nous qui devons des excuses à Mortagne, nous qui avons mis du temps à comprendre l'enjeu… La meilleure façon de nous remercier sera de libérer Avent de ce fléau !

Lorsqu'une semi-pénombre recouvrit les Drunes, les deux espionnes regagnèrent le ciel a priori vide. Valk voulut s'approcher de la zone qu'elle connaissait, mais dut louvoyer pour atterrir à l'endroit de sa précédente visite chez les Amazones. La région grouillait de sangs noirs, certains édifiant avec lenteur une fortification à la lisière de la forêt dans laquelle elle avait disparu des yeux de Tergyval, emmenée par les Folles de Sagar. À proximité de l'ennemi, elle lut une forme de panique dans le regard d'Anyah. La Belle lui proposa de se cacher au creux d'un touba et d'aller seule en reconnaissance au-dessus des Drunes. La Prêtresse accepta immédiatement, comme si la guerrière exauçait le plus cher de ses vœux ! Le soleil s'enfonça sous l'horizon lorsque Valk récupéra son ptéro dans l'arbre voisin et prit cette fois de l'altitude. Entre chien et loup, elle survola les Deux Rochers.

Cette immersion au sein des sangs noirs perturbait Anyah. Inquiète jusqu'à l'angoisse, recroquevillée au cœur du touba, elle replongeait lentement dans cet état de prostration tel que vécu dans les geôles de Mortagne. Elle trouva refuge dans la prière et invoqua avec dévotion Antinéa, tentant d'obtenir une bribe de considération.

Tergyval convainquit Jokoko et Sup de l'accompagner aux salles à manger du palais. Ils y croisèrent Josef qui semblait faire dorénavant partie des meubles ! Le Capitaine lui exprima leur volonté de retour à Mortagne. Josef le laissa parler sans l'interrompre, apprécia sa combativité retrouvée et nota que cette dernière s'inscrivait dans l'acceptation de sa nouvelle position dans la hiérarchie du groupe. Il eut alors un sourire contrit :

– Ce retour aura lieu sans moi… N'insiste pas, Tergyval, je m'en suis déjà ouvert à toi sur ce point !

Sup et Jokoko restèrent cois. L'aubergiste de « La Mortagne Libre », celui qui les avait recueillis, logés et nourris, ne pouvait pas les lâcher là, maintenant ! Il les empêcha de surenchérir et asséna :

– Je ne veux pas devenir un poids et ne demande qu'une chose : prenez garde à ma fille !

Il se leva, détacha un lacet de cuir de son cou et s'empara d'une imposante clef qu'il remit à Tergyval :

– Je suppose que vous rentrerez dans Mortagne comme nous en sommes sortis… Bien ! Les cheminées de Boboss vont fumer ! Donner à manger à une armée va m'occuper à plein temps !

Il les quitta, se dirigeant vers les cuisines. Avant de disparaître, il se retourna et déclara :

– Chacun sa place ! Et, en quelque sorte, ma manière de participer à l'effort de guerre !

Reconnue dès son arrivée, l'équipe menée par Gerfor fut accueillie dans l'immense citadelle de pierre et escortée de galerie en galerie jusqu'en son sein. Des générations de Nains à les façonner, des vies entières passées à creuser, excaver et fondre après extraction. Si Gerfor éprouvait du plaisir à rentrer chez lui, il n'enviait pas le quotidien de ses pairs et ne regrettait nullement la seule extraction de Roquépique qui vaille, selon lui : la sienne !

Le Roi Terkal Ironhead allait les recevoir. En attendant, chacun des arrivants vaqua à ses occupations. Les Bonobos, fait rarissime, se séparèrent. L'un partit boire quelques chopes au cercle des « Fonceurs Premiers Combattants », avec ses amis d'entraînement. L'autre rejoignit sa compagne et son fils. Retrouvailles chaleureuses dans les deux cas, mais désespérément silencieuses considérant l'éternel mutisme des jumeaux. Délaissant Gerfor, Barryumhead s'extirpa de la foule en liesse pour se rendre au principal temple de l'Enclume, celui des Oracles de Zdoor. Il avait fait une promesse à Kent et s'emploierait à l'honorer, ne se doutant pas qu'il s'agissait là d'une mission impossible ! Le Prêtre ne soupçonnait pas un seul instant que son Monarque refuserait de rallier l'Alliance. Mais si son accord ne paraissait qu'une formalité, le compte n'y était pas ! Bien que le nombre de guerriers de l'Enclume envoyés précédemment lors du siège de Mortagne aient été suffisant, pour libérer le Continent, il lui fallait beaucoup plus de combattants ! Dans la région aux alentours de Roquépique vivaient quatre autres communautés de Nains qu'il devait convaincre. Et les seuls susceptibles de l'aider à amener Terkal à unifier les cinq clans demeuraient les Oracles de Zdoor, réputés plus proches de Sagar et du Roi, l'Archiprêtre de la confrérie en étant le premier conseiller. Il savait ces hauts religieux méprisants et vantards. Sa première difficulté sera de les persuader, lui, l'obscur Prêtre d'un ordre de combattants. La seconde complication, pour ne pas dire obstacle, restait la haine cordiale que se vouaient les hordes entre elles, conséquences d'une concurrence effrénée depuis des lustres qui avait conduit à une détestation ancestrale de chacun vis-à-vis des autres !

Barryumhead soupira ; sa promesse ne serait pas facile à tenir. Il se dirigea vers l'élévateur, appelé « Tire Nains » par les occupants de Roquépique, un système de poulie doté d'un contrepoids. On suspendait par la ceinture le téméraire désireux de gagner du temps afin qu'il accède à la cime en un temps record par l'action du mécanisme faisant tomber un rocher en sens inverse : une possibilité de parvenir rapidement à l'ultime étage de la Montagne Creuse, celui des Oracles de Zdoor.

Le préposé à l'accrochage nettoyait les dernières taches rougeâtres de l'aire de « départ » du monte-charge et pestait. Barryumhead comprit que son prédécesseur n'avait pas atteint sa destination ! Le Nain lâcha son seau d'eau et se retourna vers le Prêtre :

– Tu peux y aller, j'ai fait une réparation provisoire ! Ça devrait tenir...

Barryumhead vit en effet un nœud grossier à la corde le maintenant et lui fit un signe de tête. Le « groom » glissa le crochet dans sa ceinture, ainsi qu'une paire de gants, avant d'actionner sans prévenir le mécanisme. Barryumhead atteint bien vite le vingtième étage de la Montagne Creuse... et vomit ! Puis il se dirigea en titubant vers l'entrée du Temple de Sagar où il fut considéré comme un intrus ! Les Oracles paraient leur Archiprêtre de ses plus beaux habits. Nouvellement nommé pour cause d'accident de « Tire Nain », le représentant de Zdoor devait se présenter à son Roi pour accueillir Gerfor Ironmaster, leur héros de guerre, et congédia, faute de temps à lui consacrer, le pauvre Barryumhead qui ne put placer un mot. Raccompagné manu militari à la porte, qui se referma à double verrou derrière lui, le Prêtre des « Fonceurs Premiers Combattants » n'eut d'autre option que de redescendre, songeant aux arguments à fournir à Terkal, puisqu'il devait se passer de l'aide des Oracles ! Il avisa la barre de métal qui traversait verticalement la Montagne Creuse et chercha des yeux les plates-formes intermédiaires pour se réceptionner en cas de chute. Il ne retint que la première, vingt pieds au-dessous, enfila les gants donnés par le gardien du « Tire Nain » et se laissa glisser le long de la rampe, se jurant de proposer plus tard des plans concrets pour une tyrolienne mécanique aux risques moindres.

Arrivé au niveau zéro, il jeta ses protections dans une barrique prévue à cet effet, secoua ses mains brûlantes et se dirigea d'un pas rageur vers la salle plénière du Heavymetal Hall où il jouerait sous peu sa dernière carte.

Le lézard scrutait bizarrement Passe-Partout, ne comprenant pas l'émotion qui étreignait l'enfant découvrant l'image de son père. Sans montrer une quelconque impatience, Cazard attendait qu'il se produise quelque chose. Finalement amusé par son immobilisme, son maître lui lança :

— Je ne suis pas le seul à vouloir rentrer chez moi, apparemment !

Le regard doré resta fixe, lui confirmant que l'Aventien lui était totalement étranger.

— La communication entre nous va se limiter à peu de choses, soupira Passe-Partout en détachant le médaillon pour l'insérer dans le creux de la main de la Prêtresse, discernant une fine fente entre la représentation de cette dernière et celle de son père, suggérant l'ouverture des deux battants.

Un bruit sourd le fit sursauter. Un vieux mécanisme invisible se mit en mouvement et deux pans de mur se déployèrent vers l'intérieur, arrachant des lichens, balayant le sol des ossements, armes et vêtements, vestiges des combattants qui avaient ferraillé jusque dans l'enceinte du lieu qu'ils révélaient. Le lézard s'y invita en le devançant, non sans lui jeter une œillade que son suiveur interpréta comme un remerciement. Intimidé, il découvrit un étrange parc. Les mousses luminescentes avaient envahi les parterres autrefois constitués de fleurs grises striées de jaune dont quelques spécimens vaillants surgissaient çà et là. Au centre d'un jardin circulaire trônait un olivier noir majestueux. La surprise de Passe-Partout ne fut pas d'en trouver un ici, mais la taille des fruits demeurait inédite. Plus du double de ceux de la Forêt d'Émeraude ! Le lézard l'attendait en haut d'un escalier monumental, derrière le clos, face à une porte s'ouvrant sur une sorte de château sculpté, comme toute la ville, à même le roc. L'existence même des marches l'interpela ; il n'en avait pas vu une seule jusqu'ici ! Il enjamba avec précaution les quelques squelettes présents : beaucoup d'humains et probablement les derniers cavernicoles défendant la demeure des Doubledor. Cazard se faufila entre les volumineux battants, Passe-Partout à sa suite qui s'imprégnait déjà des lieux où vivaient ses ancêtres. Un nombre incalculable de statues de Sombres, Prêtres et Prêtresses, archers et guerriers jalonnait le premier corridor. Le réalisme des postures était tel que l'on s'attendait à les voir descendre de leur socle ! Ce couloir desservait de part et d'autre d'immenses salles au mobilier et décorations toujours intacts.

Les humains ne sont pas arrivés jusqu'ici, se dit-il en constatant qu'aucun corps ne reposait au sol.

Le lézard stoppa devant une porte marquant la fin de cette longue enfilade. Deux trappes au plafond s'ouvraient vers l'étage, sans escalier. Son guide à quatre pattes n'envisageait cependant pas de le lui faire visiter ! Curieux, l'apprenti sub aventien aurait bien sacrifié le peu d'Énergie Astrale qui lui restait pour léviter et continuer son exploration du domaine, mais Cazard, pour la première fois, manifesta son impatience en grognant, son museau résolument tourné vers le pan rocheux. Passe-Partout fit mine de l'ignorer et vit le symbole de sa famille en creux, au centre. Il y glissa son médaillon et la porte lentement bascula.

Encapuchonnée comme un sang noir, Valk s'éleva le plus haut possible par l'est des Drunes et s'aperçut de curieux mouvements au sol. Cette vision d'ensemble, aux dernières lueurs du couchant, lui offrit de considérables informations. Les Drunes constituaient naturellement une forteresse. Les Deux Roches, en contrebas, surplombaient la forêt, dense, difficile d'accès. Le village d'origine des Amazones, à ses pieds, avait subi d'importantes modifications. Sa surface avait triplé et les baraquements nouvellement créés, tout comme les enclos à ptéros, laissaient à penser que l'ennemi disposait d'un nombre de combattants impressionnant. Le palais de la Reine des Folles de Sagar avait vraisemblablement dû être investi par le Déchu lui-même, eu égard à la pléthorique garde présente, et les bâtiments alentour par sa prêtrise. À proximité, la « Piscine », ex thermes des Amazones, se trouvait directement alimentée par Bellac grâce à un système de goulottes que l'on devinait bricolé à la va-vite. Juste avant la nuit, Valk vit les derniers infortunés sortir du bassin, une cinquantaine, au bas mot ! Non loin, elle repéra une cage, gardée elle aussi, dans laquelle séjournait une silhouette massive, prostrée.

Un futur candidat au bain d'Eau Noire ! ragea-t-elle.

À quelques pas de la Fontaine, un étrange hangar hautement surveillé intrigua la cavalière ailée. Par sa surface et son volume, le bâtiment avait été conçu de façon inédite : sans fenêtre, avec une porte à deux battants occupant les deux tiers de la façade.

Le soleil allait disparaître et la Belle décida de réduire son altitude pour s'approcher du camp à la faveur de la pénombre naissante. Elle put alors discerner, au pied des Deux Rochers, l'entrée de la grotte grouillant de sangs noirs aux aguets : l'antre du Dragon, apparemment prisonnier. La nuit tomba d'un seul coup. Valk tira sur les rênes de son ptéro pour contourner les deux crocs et faillit percuter un convoi ennemi rentrant au bercail. Afin d'éviter que ce type d'incident ne se reproduise et évacuer le secteur sans encombre, elle poursuivit son ascension jusqu'aux cimes des Drunes. Au sommet, un cri d'oiseau rageur l'enjoint à la prudence et elle regagna, protégée par l'obscurité, l'endroit où elle avait laissé Anyah. La Belle eut du mal à le repérer et préféra finir à pied, trainant son ptéro derrière elle. Désorientée, elle se résigna à appeler Anyah, d'abord tout bas et, n'obtenant pas de réponse, plus fort. Elle perçut enfin des murmures, puis des claquements bizarres vers lesquels elle se dirigea, et retrouva Anyah, tétanisée.

La Prêtresse avait perdu toute maîtrise d'elle-même, recroquevillée au cœur du touba, et le bruit étrange entendu par Valk n'était autre que celui de ses mâchoires. Dans le noir, elle pouvait deviner son regard fiévreux d'animal traqué et la prit dans ses bras. Les tremblements secouant son corps s'atténuèrent à son contact.

Le silence de la nuit ne dura hélas pas. Elle aurait dû s'en douter. Les mouvements aperçus précédemment au sol n'étaient pas des manœuvres ordinaires. L'ennemi quittait les Drunes. En nombre ! Sans discontinuer, des flots d'ombres cliquetantes et grondantes, couvrant heureusement les hoquets incessants d'Anyah, se succédèrent à leurs pieds. Les lueurs fantomatiques des torches révélaient des orks vociférant des grognements agressifs, côtoyant des humains silencieux. Des sangs noirs ! Une colossale armée de corrompus, se dirigeait vers le sud !

Il fallut quelques heures pour que règne de nouveau la quiétude de la nuit. Anyah, prostrée contre Valk, ne bougeait plus que pour s'y accrocher de plus belle. La guerrière ne pouvait plus compter sur la Prêtresse pour transmettre de messages et, dès qu'elle eut la certitude que tout danger fut écarté, prit la décision de retourner immédiatement à Océanis pour rendre au plus tôt son rapport de vive voix.

Thor et Saga en main, Passe-Partout entra prudemment dans cette nouvelle pièce. Son regard balaya l'ensemble du vaste espace. Pour un autre que lui, un nombre important de flambeaux auraient été nécessaires pour éclairer convenablement l'endroit. Mais son don inné, issu de son père, lui permit de détecter en un instant que rien en ce lieu ne bougeait plus depuis longtemps. Il nota toutefois qu'un stock de torches, posées dans un coin à l'entrée, restait à disposition.

Au cas où le candidat n'ait pas hérité de la capacité nyctalope des Sombres ! pensa-t-il.

Il récupéra son médaillon dans la « serrure » ; la porte se referma sur un ultime grognement de Cazard, peut-être de satisfaction. L'animal ne l'avait pas suivi jusque dans ce gigantesque laboratoire, car il semblait bien, selon ses premières observations, qu'il s'agissait d'un lieu de recherches. D'innombrables étagères ployaient sous des grimoires et des cahiers soigneusement rangés, des fioles et des récipients de toutes tailles, tous répertoriés, estampés, étiquetés. Un mélange de la Scribibliothèque de Parangon et de l'échoppe de Fontdenelle. Passe-Partout eut une pensée émue pour ces deux infatigables découvreurs dont la notion d'ordre obéissait à une tout autre logique ! Au fond, il avisa un râtelier d'armes sur lequel étaient accrochés un cimeterre, un arc endommagé par le temps et un carquois de flèches. Mais ce qui le laissa interdit fut la statue au centre de la pièce. Il paraissait impossible qu'un artiste, aussi doué soit-il, puisse arriver à une telle perfection du détail ! Et pour cause. Une fois de plus, la mort lui faisait face.

Assise sur un trône richement travaillé, l'exacte réplique momifiée de la Prêtresse peinte sur la fresque de l'entrée semblait l'attendre : Tilorah, grande Prêtresse des Sombres et sœur de Faxil Doubledor, son père ! Le cœur de Passe-Partout battait la chamade. Il découvrait la véritable apparence d'une Elfe Sombre autrement que sculptée sur une porte. Il eut un mouvement de recul et réprima l'envie de toucher Tilorah, ne voulant pas déclencher une catastrophe ou abîmer l'image qu'elle avait souhaité conserver. Si ce n'était les nombreuses toiles d'araignée tissées le long de son corps, il n'aurait pas été surpris de voir sa tante se lever pour l'accueillir. Il s'entendit dire :

– Comment as-tu réalisé ce prodige ?

Dans sa main gauche, elle arborait encore le fameux sceptre que coiffait cette mystérieuse sphère. Passe-Partout remarqua que le liquide ou le gaz enfermé, toujours en turbulence, paraissait animé d'une vie propre. Tandis qu'il s'approchait, le globe devint rouge vif. Il irradiait de mille feux, comme habité d'une présence intérieure crépitante et dotée d'une furieuse envie de fuir sa prison par ses tourbillons incessants. Il sentit la volonté de la Chose, affamée, de se nourrir du peu de manne astrale qui lui restait. La lumière diffusée se réverbérait sur les fils de toile d'araignée qui, pour certains, atteignaient le plafond.

L'équilibre de la sphère paraissait instable, lui donnant l'impression qu'elle n'était pas, ou mal, fixée au manche. Passe-Partout s'éloigna de sa tante ; la lueur diminua jusqu'à s'éteindre.

Il observa que, camouflée dans les plis de la toge de Tilorah, sous la poitrine, une fine ceinture lui maintenait le buste. Son collier large cachait une attache identique, retenant sa tête au trône. La Prêtresse s'était donné beaucoup de mal pour rester présentable alors que sa mort remontait à des cycles ! Sa main droite reposait sur sa cuisse, un verre cassé au sol. Du même côté, sur un guéridon, une bouteille sans contenu. Sa paume ouverte semblait l'inviter à la prendre pour la saluer, avec, dans son prolongement, un grimoire où apparaissaient quelques lignes en langage Sombre.

– Un livre ! Il fallait bien s'y attendre ! pesta Passe-Partout.

Il était sûr que les deux feuillets en évidence lui apprendraient ce qu'il était censé réaliser. Il ragea. Ne rien pouvoir comprendre, lui, le survivant, l'ultime de ce peuple ! Jamais il ne déchiffrerait ces lignes. Tout ce chemin pour rien… Il se souvint des propos de Kent : plus personne ne sait lire ou écrire le Sombre !

Avec une infinie précaution, par dépit autant que curiosité, il tourna la page de gauche, celle de droite étant la dernière de l'ouvrage, et sourit de toutes ses dents. Des dessins, plutôt des croquis ! Des images se succédaient les unes aux autres, comme une histoire. Quatre au total, sur lesquelles Tilorah se représentait elle-même de profil, assise sur son trône, de façon identique. Seul le « visiteur » changeait de posture, tenant la main de la Prêtresse, s'agenouillant, puis lisant, et enfin entrant. Chaque illustration indiquait une étape que devait franchir l'intéressé. Et il ne fallait pas sortir de l'école des Scribis pour comprendre qui il symbolisait ! Tilorah avait tout prévu, y compris que le dernier des Sombres serait analphabète !

Ce moment de réjouissance passa vite. Passe-Partout se gratta la tête en découvrant des dessins successifs. Tournant les pages, il ne voyait pas la cohérence de l'ensemble puisqu'à la réflexion, pas dans le bon ordre. Il faillit hurler contre les religieux qui ne faisaient pas les choses comme les autres et songea peut-être que les Elfes cavernicoles lisaient de droite à gauche. Il commença donc par celui de la fin.

Pensant avoir raison, il hocha la tête. À bout d'Énergie Astrale, par précaution, il prit une rasade de potion de Sagar. Un regard circulaire à la grotte, un second plus appuyé à la quatrième esquisse. Allait-il accomplir ce que l'on attendait de lui ? Il soupira en songeant aux "circonstances" de Candela et se remémora sa promesse. Il s'agenouilla et serra la main de Tilorah. Une décharge, suivie d'une pression. Son corps commença à vibrer crescendo et il ne parvenait pas à s'extraire. L'appréhension se transforma en panique quand le tremblement s'accentua et déclencha ce qu'il redoutait : la sphère rouge se détacha du sceptre. Il tenta de la rattraper de sa main gauche, libre, et faillit se luxer l'épaule dans un mouvement acrobatique désespéré. En vain. Parallèlement, un des fils d'araignée relié au bâton de pouvoir céda et une petite bille noire tomba. La boule écarlate s'explosa au sol, libérant une fumée rougeâtre et épaisse. Les éléments crépitants, affranchis de leur geôle de verre, se mirent à tournoyer à une cadence telle que l'œil ne pouvait plus suivre leur course. Puis, d'un coup, ils se fixèrent, dessinant progressivement un visage lumineux. Les fumerolles noires dégagées par la petite sphère rampèrent jusqu'à lui et le pénétrèrent insidieusement. Passe-Partout, prisonnier, spectateur de cette scène hors du commun reconnut les contours de plus en précis du portrait souriant.

– Tilorah, balbutia-t-il.

Tout avait été orchestré pour qu'il se trouve dans l'exacte position, au moment choisi, pour vivre cet instant qui ne pourrait jamais plus se répéter. La chute de la boule trop savamment programmée, il n'aurait dans tous les cas jamais pu la rattraper. L'image luminescente de la Prêtresse bougea ses lèvres. Il entendit distinctement :

– Aurodil Pragma Ivit !

Sa vision se brouilla. Une force extérieure l'envahit, sensation identique à une autre déjà subie, et il lui sembla que son crâne allait exploser. À l'instar de la passation de Dollibert, dans la forêt de Boischeneaux, il revivait ce même épisode douloureux, mais au centuple cette fois ! Il pensa : Animagie cavernicole... et sombra dans l'inconscience.

CHAPITRE XII

– Tout indique que le Déchu veut récupérer les débris de Séréné sous l'océan, chez mes hommes salamandres ! s'indigna Antinéa. Il me faudrait les prévenir et en informer ma prêtresse à Océanis !

– Bah, ils sont disséminés sur des milliers de lieues ! Le temps qu'ils les retrouvent ! rétorqua Sagar, distant.

– Croyant bien faire, pour m'être agréables, les amphibiens les ont cherchés, découverts et regroupés dans leur capitale sous-marine !

Le Messager et Mooréa tiquèrent. Sagar, poursuivant son absence d'empathie, soliloqua :

– Quoique... L'important n'est-il pas l'Alliance des Nains ?! Tant que mon nom résonne sur les champs de bataille !

Le Messager esquissa une grimace et ne put s'empêcher de répondre :

– Profites-en bien, cela ne durera pas longtemps.

L'air courroucé du Dieu de la Guerre n'effraya personne. Calme, le Messager ajouta :

– Sans le regroupement de tous les clans Nains et aussi vaillants soient-ils, les Clairs, les humains et ta Horde de l'Enclume ne suffiront pas en nombre à vaincre les armées du Déchu. Tu entendras donc l'invocation de ton nom, Sagar, mais fort peu de temps !

Mooréa apaisa la tension en ajoutant :

– Nous allons t'aider pour ton prêtre, mais il te faudra y mettre du tien !

Sagar se figea. Tous les Dieux et Kobolds présents se tournèrent vers lui, inquiets. Mooréa chercha des yeux Zorbédia et ordonna :

– Maintenant !

– Maîtresse... Gilmoor...

– Prenons le risque ! Ouvre une porte pour Sagar, vite !

– Et mes hommes salamandres ? Et ma prêtresse ? s'indigna Antinéa.

Affolé, Zorbédia leva ses longs bras grêles au-dessus de sa lourde tête. Le prêtre de Sagar, celui des amphibiens, plus la religieuse réfugiée à Océanis : trois portes à ouvrir. Gilmoor s'en apercevrait dans l'instant ! Mooréa croisa le regard rouge et hésitant du Kobold, se pinça les lèvres et souffla :

– Une pour Sagar, une pour Antinéa... Pour toi, ma sœur, une seule possibilité : tant pis pour ta prêtresse !

Lorbello. Extrait de « Crise en Ovoïs »

Barryumhead et les Bonobos suivaient Gerfor, invités à monter sur la haute estrade taillée dans la pierre pour rejoindre leur Monarque et sa cour. La grande majorité des Nains de Roquépique avaient pris place dans la fosse pour acclamer leur héros, leur souverain et, bien sûr, Sagar ! Ce ne fut qu'après les « Gloire à... », et bien après plusieurs centaines de poitrines frappées bruyamment, que Terkal Ironhead, Roi de la Horde de l'Enclume, demanda à Gerfor le récit de leurs exploits. Et l'intéressé ne se fit pas prier, prenant soin de tirer consciencieusement la couverture à lui à chaque occasion. Elles furent nombreuses !

À l'issue du long monologue enflammé de son valeureux Fonceur, Terkal se leva, provoquant la génuflexion de tous ses sujets, et déclara :

— Tu es un digne représentant de notre Horde ! Grâce à tes actions, le rayonnement de Roquépique s'étend sur toutes les communautés des Nains et sur tout Avent ! Mon père, Fulgor, que Sagar l'accueille dans sa forge, a eu raison de t'honorer de sa confiance ! Gerfor Ironmaster, héros parmi les héros !

L'esplanade retentit d'un vacarme rare, ce jour-là ! Barryumhead dut s'y prendre à plusieurs fois pour attirer l'attention de son Roi qui participait lui-même à la liesse générale en haranguant la foule dès que l'ambiance s'essoufflait. Après de vains gestes, il s'approcha pour s'adresser directement à Terkal, jugeant le moment trop important. La gêne cependant l'emporta et il bafouilla quand il croisa le regard mesquin du conseiller, à la droite de son Monarque, celui-là même qui l'avait éconduit vingt étages plus haut ! Il se reprit, s'octroya une profonde inspiration et prononça enfin son discours préparé avec soin.

À la fin de son allocution s'ensuivit un long silence jurant particulièrement avec le brouhaha ponctuant les propos de Gerfor. La nouvelle éminence grise, l'Archiprêtre fraîchement nommé, chuchota à l'oreille du Roi. La réponse ne se fit pas attendre :

— Je t'ai écouté parce que tu as accompagné et aidé le héros Gerfor. En des circonstances moins propices, tu sais que jamais tu n'aurais pu t'exprimer ! Voilà ma décision. Dès demain, nous lèverons une armée pour marcher sur les Drunes. Nous n'avons nul besoin des autres nains pour écraser l'ennemi ! La gloire de la victoire sera nôtre ! Celle de La Horde de l'Enclume, par Sagar ! Et maintenant, buvons !

Barryumhead baissa la tête, faisant fi des acclamations des sujets de Terkal en liesse. Son Roi venait d'enterrer l'espoir de réunification de tous les clans. Il avait perdu, et le passé de sa famille n'y était pas étranger. Il refusa la cervoise qu'on lui tendit, s'éloigna des festivités bruyantes et invoqua Sagar avec une rare dévotion. Les cris de ses semblables s'estompèrent alors jusqu'au silence. Il atteignait cette plénitude tant désirée, celle où l'on est seul au milieu de tous. L'effet de bulle... Dans sa transe, il sentit une force le pénétrer, l'envahir, le posséder. Ses paupières se fermèrent et, devant les mines ahuries de ses congénères, lentement il s'éleva. Une voix éclatante s'échappa de ses lèvres, provoquant aussitôt le mutisme de tous.

— Valeureux guerriers du Heavymetal Hall, écoutez-moi ! Accomplissez la prophétie des Oracles de Zdoor que ses actuels représentants ont quelque peu oubliée ! L'Alliance à venir appelle tous les peuples ! Et forcément tous les Nains, sans distinction de clans ! L'issue de cette réunification ne tient qu'à Roquépique ! Et la gloire reviendra à la Horde de l'Enclume !

Lorsque Barryumhead toucha de nouveau le sol et rouvrit les yeux, il trouva sa communauté prosternée, hormis Terkal qui le fixait étrangement. Profitant de l'instant, il soutint son regard avec orgueil ! Le Monarque stupéfait proféra d'une voix étranglée :

— Sagar ?

Barryumhead répondit avec assurance :

— Sagar.

La salle explosa en une seule et même voix.

– Sagar !

Terkal congédia son Oracle de conseiller à la manière des Nains, dépourvu de toute finesse, et voulut nommer Barryumhead à sa place. N'exprimant aucun désir d'ascension sociale, agissant tel Gerfor en son temps, le Prêtre déclina l'offre pourtant gage d'une belle revanche sur la malédiction familiale vieille de plusieurs générations ! Sa vie avait basculé le jour où il avait croisé Passe-Partout et ne se projetait qu'à ses côtés. Diplomate, il en accepta cependant la charge de façon transitoire, pour assurer les préparatifs de départ et surtout mener à bien les inévitables négociations avec les différents clans. Une convocation à Heavymetal Hall de toutes les communautés était un objectif inenvisageable sachant que chaque Roi considérait le simple déplacement dans le fief d'un autre comme une allégeance. Fort de son récent charisme grâce au soutien de son Dieu, mais aussi des connaissances acquises en dehors de Roquépique, Barryumhead n'attaquera pas de front les Monarques. Il aurait plus de chances par leurs Prêtres ! Il utilisa la théopathie et réussit à converser, surprenant les contactés, avec chaque chef religieux des divers clans.

Tous pensèrent alors qu'il était indéniablement l'Élu de Sagar, sans que jamais Barryumhead ne l'affirme. Pour conserver la main mise sur tous les serviteurs du Dieu des Nains, il choisit la rétention d'informations. Ainsi, la communication à distance qu'il leur enseigna demeurait limitée, avec pour unique interlocuteur : lui ! Ils ne pouvaient que le joindre, mais jamais converser entre eux. Sous son impulsion, les Prêtres convainquirent rapidement leurs dirigeants respectifs de se déplacer jusqu'au Heavymetal Hall. Aucun ne souhaitant subir le courroux de leur Dieu, ils se plièrent à cette obligation. La réunion improbable de tous ces clans se détestant fut baptisée le « Pacte des Nains », événement facilité une nouvelle fois par le coup de pouce « ascensionnel » de Sagar, propulsant son « élu » au-dessus de tous, y compris socialement. Barryumhead en profita pour promouvoir Terkal au rang de Chef des Armées des Hordes, mandat toutefois limité à la durée du conflit. Se sentant poussé des ailes, Terkal, en privé, se surnomma « Roi des Rois des Nains » après cette distinction. Il valait d'ailleurs mieux que les autres Monarques l'ignorent.

Au cours du trajet retour, Valk n'eut pas à craindre de perdre Anyah ! Collée à son dos comme un sac ajusté du même nom, elle avait pu sentir ses doigts agripper sa cotte de mailles et le souffle de ses propos contre son oreille. La Prêtresse récitait des litanies inintelligibles et hoquetait des plaintes adressées à Antinéa qui ne lui répondait plus. Au cœur du ciel d'encre, Valk repéra le triangle de Gilmoor parmi les étoiles et lança sa monture vers Océanis. Derrière elle, au loin, elle voyait les lueurs des torches ennemies s'étaler sur une demi-lieue et nota le changement de direction : plutôt sud-est selon sa nouvelle estimation.

Luttant contre la fatigue, elle vola tout le reste de la nuit, ne comptant pas sur Anyah pour lui faire la conversation. À son arrivée à Océanis, brisée, à bout de forces, elle se fit aider pour débarquer la Prêtresse du ptéro et s'engouffra dans les couloirs du palais. Carambole fut la première alertée du retour de Valk et courut jusqu'à elle :

– Anyah ?

La Belle, méconnaissable tant l'épuisement déformait ses traits, chercha ses mots et rétorqua :

– Ce n'était pas une bonne idée de l'amener aux Drunes. Je crains que la proximité des cagoulés ait réveillé des peurs que nous croyions dépassées. De plus, elle se plaint continuellement de l'abandon d'Antinéa, qui ne répond plus, selon elle.

Tergyval lança un regard à Fontdenelle, qui ne parut pas surpris, et s'adressa à sa compagne :

— Autrement dit, nous ne pourrons pas compter sur elle.

Valk souffla ensuite les informations essentielles à Carambole qui, debout devant la carte d'état-major, reconstituait les Drunes selon les détails présentés par l'espionne.

— Va te reposer, dit Tergyval, préoccupé.

Il la serra longuement dans ses bras avant de la laisser filer et replongea dans ses réflexions, oubliant la présence de Carambole et de Fontdenelle qui le sortit de sa torpeur :

— M'est avis que la santé d'Anyah n'arrange pas ton organisation !

— Après la défection de Josef, en ce qui le concerne pour d'autres raisons, j'admets que je ne m'y attendais pas. Il est toutefois préférable qu'elle craque maintenant plutôt que plus tard, en pleine action !

Il haussa les épaules de dépit :

— J'avais échafaudé un plan… Enfin, une ébauche… La capacité d'Anyah et Carambole à "converser" à distance y était un atout, mais sans notre Prêtresse…

Fontdenelle le toisa, l'invitant à finir sa phrase.

— J'ai du mal à placer Carambole au centre de ma stratégie par crainte de la mettre en danger. Et dans cette nouvelle configuration, j'y suis contraint !

— M'est avis que tu devrais plutôt demander son opinion à l'intéressée elle-même ! Et que tu serais surpris de sa réponse !

Non loin, penchée sur sa carte sans pour autant perdre une miette de la conservation, Carambole fit sursauter Tergyval par son ton véhément :

— Parce que je suis la fille de ton vieux complice d'aubergiste ? Parce que je n'ai jamais été au combat ? Oublie un peu Josef et rappelle-toi que si Mortagne n'a pas pris feu pendant le siège, c'était peut-être parce que les filles et fils de la Cité veillaient sur les toits !

« La Nuit des Enfants ». Tergyval en gardait un souvenir ému, mais avait négligé l'implication de la petite fille de l'auberge qui avait initié ce combat contre les flammes menaçant la ville ! Il tenta de se racheter :

— Pardonne-moi, Carambole. Mais si l'un d'entre nous faillit à cette mission, je ne donne pas cher de notre peau !

Changeant sciemment de sujet, elle déclara sans ambages en désignant la carte :

— Il semble qu'il leur soit urgent d'achever la reconstruction de Séréné. Les renforts terrestres observés par Valk gonfleront probablement sous peu les effectifs des trois vaisseaux de Port Nord.

Tergyval s'approcha de la représentation des Drunes effectuée avec soin par Carambole et tendit le doigt vers la multitude de cubes ébène posés au sud des Deux Rochers.

— Tu ne t'es pas trompée sur le nombre ?

Carambole ferma les yeux et répondit d'une voix tremblante :

— Il en manque… Je n'en avais pas suffisamment en noir…

Nerveux, Jokoko et Carambole s'occupaient à des tâches décousues. Le lien des Clairs et un bref message théopathique de la Reine des Elfes les avaient informés de l'imminence de l'attaque de Port Vent. L'un jouait avec les armées de verre sur la carte d'Avent, l'autre faisait les cent pas. Immobiles et muets, Tergyval, Sup, Fontdenelle et le gang les observaient, guettant la moindre lueur dans leur regard ou la plus petite grimace. Jokoko se contracta soudain et se mit à opiner de la tête, comme s'il parlait à quelqu'un qui ne serait vu que par lui. Ses yeux cessèrent de bouger en tous sens et il leva ses grands bras au ciel.

– Merci Mooréa ! Les Clairs ont libéré Port Vent !

Les acclamations fusèrent tandis que Carambole se figeait. Tous firent silence et laissèrent la jeune Magicienne à son contact.

Comme tu dois le savoir, nous avons repris Port Vent à l'ennemi. Rapidement, j'en conviens ! Et je t'en expose les raisons. Tu te souviens que je soupçonnais une évolution de la magie des prosélytes grâce à Séréné. Dans les récits de Kent, de Passe-Partout, ou ceux de Jokoko qui a été précieux dans ce domaine, les habitants n'ont pas été envoûtés individuellement. L'invocation quotidienne à Ferkan nourrit l'enchantement d'asservissement des religieux noirs. Neutraliser la prêtrise les libère du sort !

La joie de Carambole fut cependant de courte durée. Le silence s'appesantit dès lors qu'elle aborda les forces cagoulées en marche, sans compter la présence des trois nefs au large !

Ils visent Mortagne, c'est une évidence ! Je mets tout en œuvre pour y parvenir avant eux. Ah, toujours aucune nouvelle de Passe-Partout.

Le contact cessa, laissant Carambole groggy. Les yeux de Jokoko roulaient dans ses orbites ; il s'exclama après un rapide calcul :

– Si leur destination est Mortagne, les sangs noirs y arriveront avant les Clairs !

Tergyval acquiesça :

– Tu as raison… Et il ne faut surtout pas qu'ils y rentrent !

Carambole valida l'extrapolation de Tergyval : dans les fortifications de la Cité, les cagoulés et les oiseaux seraient indélogeables ! Un affrontement en rase campagne s'avèrerait préférable. Elle détestait penser de la sorte, avoir à effectuer ce type de choix ! Elle croisa le regard du Capitaine qui envisageait à ce moment-là la même stratégie.

– Sauf à retourner les Mortagnais contre l'occupant… Si nous arrivons par l'intérieur à supprimer les prêtres de Ferkan…

Tergyval redressa sa haute stature. Le mouvement de ses longs cheveux découvrit sa cicatrice. Carambole crut alors voir le Fêlé ! Il déclara :

– Il est temps de partir…

Candela échangeait avec Nétuné dans l'auberge portventoise où ce dernier s'était réfugié. Le Maître tatoueur, en son for intérieur, s'extasiait de la simplicité de la Reine des Elfes, elle-même sidérée par la sagesse et les connaissances de Nétuné !

Darius entra et, infiniment respectueux, posa genou à terre devant elle. Ivre de bonheur, il rendait hommage à celle qui, comme pour tous ses congénères, s'était fait attendre. Il jeta un bref coup d'œil complice à Nétuné, ému et fier de la prouesse de son protégé. Candela le remercia de son excellent travail d'information pour la reconquête de Port Vent, prise à l'ennemi sans aucune perte côté Clair ! La stratégie de commando déployée par Kent sur la ville avait ensuite suffi. Une opération millimétrée ! Ses Éclaireurs avaient frappé de nuit, dans un premier temps sur les remparts et tours de guet, supprimant tous ceux susceptibles de donner l'alerte. Un temps plus long fut nécessaire pour nettoyer les rues des milices patrouillant inutilement durant un couvre-feu que toute une population sous contrôle acceptait sans broncher. Finalement Kent, à la tête de son commando, neutralisa les prosélytes et sbires responsables de l'envoûtement des Portventois en s'introduisant dans le palais. Les habitants se réveillèrent à l'aube avec des migraines et des souvenirs confus, découvrant leur ville envahie d'Elfes.

Puis vint le moment de vérité. Si la Magie cagoulée pouvait excuser les débordements, voire les exactions de certains, la manipulation d'origine, sous le couvert d'une nouvelle religion, avait bel et bien était acceptée par la population. Ce n'était qu'ensuite qu'ils s'étaient laissés entraîner jusqu'à l'envoûtement, oubliant leur libre arbitre ! La culpabilité rongeait les habitants, ne sachant plus que faire pour remercier leurs libérateurs que pourtant ils auraient combattus avec acharnement, jusqu'à leur dernière goutte de sang, sous le joug des prêtres de Ferkan. Alors que les Clairs avaient tout orchestré pour épargner leurs vies !

— Il suffit donc de neutraliser les religieux prosélytes pour délivrer les envoûtés ? s'interrogeait Nétuné.

Candela acquiesça :

— C'est un sort qu'ils doivent nourrir. Une sorte de "lien", comme chez les Clairs. Le couper libère la personne sous emprise. Elle recouvre ainsi sa conscience.

— Et se retourne contre celui qui l'a asservi ! rit Nétuné.

— Frapper à l'origine du mal permet de sauver des quantités considérables de vies et de gagner de nouvelles recrues à sa cause, confirma la Reine des Elfes. Grâce à Darius, nous connaissions précisément le nombre et les positions des prosélytes, de toutes les gardes et relèves, des forces cagoulées en place. Notre victoire ne tenait qu'à une rigoureuse synchronisation entre les opérations. La moindre alerte aurait jeté les Portventois dans les rues, dressés contre nous !

Passe-Partout ne sut jamais combien de temps il resta inanimé au pied du trône de la Prêtresse des Sombres. La migraine qui accompagna son réveil, d'une rare violence, lui enserrait les tempes jusqu'à vomir. L'importance du mal polarisait toute son attention, au point qu'il ne se souciait plus que d'une chose : l'arrêter. S'imposait à lui la certitude que quelqu'un cherchait à pénétrer son cerveau pour commander ses pensées, sa manière d'être. Il refoula cette invasion, agissant par réflexe comme pendant ses conversations télépathiques avec le Dragon, et compartimenta ses idées. Les attaques cessèrent brutalement, la douleur hélas pas. Les deux mains sur les tempes, il se dirigea vers le laboratoire et fouilla parmi les flacons, en quête de n'importe quoi qui puisse le soulager.

— Potion de vie... Eau de pierre de Kobold... Eau Noire... Infusion de lakeen... C'est ça qu'il me faut !

Il retira le bouchon, sentit le produit et le but. Quelques instants plus tard, les insupportables battements devinrent moins fréquents et s'estompèrent jusqu'à disparaître. La tête encore lourde, il se tourna vers sa tante et se remémora la passation Animagique.

– Un exploit, Tilorah ! Concentrer ta Magie dans cette sphère pour que la formule soit prononcée même après ta mort !

Il s'empara du flacon de vie et l'approcha de ses lèvres :

– J'ai connu de meilleurs moments. Toujours entre deux eaux… J'ai faim en fait ! Bah, la potion me permettra de tenir un peu.

Il s'arrêta net. Comment pouvait-il le savoir ? Il avisa de nouveau le laboratoire de Tilorah et ses fioles étiquetées. Il avait pu les déchiffrer… Et même constat pour les grimoires de la bibliothèque dont il examina les tranches. Il lisait ! Ce qu'il vivait demeurait unique et incroyable ! Il connaissait des formules qu'il n'avait jamais pratiquées, était imprégné d'informations, de données, d'expériences qu'il n'avait jamais lui-même éprouvées ! Un flux le submergea ; il ferma les yeux, laissa la vague l'envahir et comprit. La peur l'effleura un instant. La mémoire d'une longue vie d'Elfe Sombre devenait sienne, et ferait à jamais partie de lui ! Il était Passe-Partout avec les souvenirs de Tilorah et ne serait dorénavant plus tout à fait le même.

Candela ne parvenait pas à savourer sa victoire. Sa deuxième après la sortie des Clairs des Quatre Vents où son armée avait balayé les sangs noirs désireux de l'envahir. Devenue une Reine de guerre, elle se hissait au rang de la longue lignée des Monarques Clairs que comptait l'histoire de son peuple, et ne s'en réjouissait pas. Port Vent n'était qu'une étape, probablement la plus simple. Elle avait déjà donné l'ordre à Kent et ses Éclaireurs de repartir et préparait ses troupes à marcher vers le nord plus rapidement qu'elle ne l'avait envisagé. Une précipitation née de deux communications théopathiques consécutives. D'abord avec Carambole qui lui apprit le mouvement des armées du Déchu vers la côte ouest puis celle de Barryumhead qui lui confirma que le Déchu manœuvrait afin d'obtenir les ultimes fragments de Séréné dispersés dans l'Océan par Lorbello. Elle soupira à la révélation faite à cette occasion : le peuple des grands fonds n'a eu de cesse que de les rechercher et les rapporter dans leur cité sous-marine pour plaire à Antinéa !

Ce qui signifiait deux choses, une bonne et une mauvaise. La première, que les Hommes Salamandres n'étaient pas une légende, attestant que son frère n'avait pas divagué lors de son dernier voyage à Avent Port. La seconde, désastreuse, impliquait que les armées du Déchu, pour peu qu'elles trouvent le moyen d'entrer dans la capitale abyssale, n'auraient qu'à ramasser le tout sans se fatiguer. Un gain de temps qui lui en octroyait à elle bien moins que celui anticipé !

Elle avait revêtu son armure aux épaulettes blanches, enfourché son cheval bai, et regardait devant elle ses divisions de Clairs prêtes au départ. La ville des Hommes Salamandres se situait là où mouillaient les trois nefs. Là où son frère, qui n'était pas réapparu à la surface, trouva une nouvelle famille après Thorouan. Ses yeux s'attardèrent sur ceux qui les avaient rejoints, un corps constitué d'humains portventois volontaires, tous ralliés à la cause. Par respect pour eux, elle renonça au Lien, inaudible pour les non-Elfes, et cria :

– Mortagne ! Au plus vite !

Anyah avait fui le palais dès son retour des Drunes. N'osant affronter le regard de quiconque, elle avait rassemblé son maigre paquetage et s'était rendue au bord de l'océan, dans un lieu isolé. Après avoir psalmodié une prière tout en touchant la surface de l'eau, elle avait parlé à l'écume mourant à ses pieds pour ensuite courir jusqu'au temple d'Antinéa, au cœur d'Océanis. Les novices l'accueillirent à bras ouverts, considérant sa présence dans leur communauté comme un honneur. Anyah parvint à leur cacher la terreur permanente qui l'étreignait, la honte de s'être désolidarisée de ses compagnons Mortagnais et, par-dessus tout, la détresse de la perte de sa proximité avec Antinéa. Elle ne sollicita qu'une cellule dépourvue de confort, avec pour seul luxe un aquarium en son sein. Réfugiée dans la maison de sa Déesse, elle se proclama recluse, n'acceptant qu'à peine le contact de ses novices qui l'investirent pourtant Archiprêtresse d'Océanis.

Depuis ce phénomène de transfert, Passe-Partout vivait une sensation inédite. Il suffisait que naisse une interrogation, aussi banale soit-elle, pour éprouver deux réactions : la première inhérente à sa propre expérience, la seconde à celle de quelqu'un d'autre ! Isoler la mémoire de Tilorah dans un coin de la sienne produisait cet effet bizarre, mais acceptable. Laisser libre le flot d'informations d'une vie, longue en plus, d'Elfe Sombre l'aurait rendu fou !

Il avait maintenant des réponses précises à nombre de ses questions, toute l'histoire du peuple de ses ancêtres lui étant dorénavant connue ! Il survola la période légendaire de la scission entre les Clairs, lorsqu'une partie d'entre eux décida de gagner les sous-sols d'Avent pour devenir au fil du temps les Sombres et créer ce lieu, « Traba Und Trabas », signifiant littéralement « Les Terres Sous Terre » en bon aventien. Ses pairs ne souhaitaient aucun contact avec la surface, suivant toutes les pistes afin d'exploiter leurs propres ressources, ne voulant dépendre de personne.

Arriva le moment du « Grand Conflit ». Il ragea. Cette période n'était qu'une première tentative de celui qu'on nomma le Déchu. Les humains avaient été déjà envoûtés par des prêtres à sa solde pour envahir les galeries de Sub Avent ! À l'époque encore en Ovoïs, Ferkan œuvrait dans l'ombre pour annexer Avent. Et la raison de se polariser sur les Sombres dans un premier temps devenait limpide : les capacités d'asservissement de Séréné ne fonctionnaient pas sur ce peuple ! De plus, la Magie Sombre était la seule qui pouvait tenir Séréné en échec. Le fameux équilibre des pouvoirs voulu par Mooréa...

– Porte bien son nom de Fourbe ! Il commençait à affaiblir Mooréa et préparait son arrivée sur Avent pour reconstituer la Sphère Noire !

Il apprit aussi que la manière d'envahir Sub Avent en nombre fut paradoxalement provoquée à l'origine par les Nains ! Mineurs dans l'âme, ils exploitaient une galerie proche des « Terres d'en Dessous ». Lorsqu'ils pénétrèrent accidentellement chez les Sombres, ces derniers considérèrent cette intrusion comme une attaque qui faillit bien conduire à une guerre ! Un arrangement fut cependant trouvé : le boyau serait abandonné par les foreurs impénitents et, en contrepartie, servirait aux deux peuples pour commercer. Les Elfes Sombres, de tempérament autarcique et peu enclins aux mélanges, acceptèrent à la condition d'une fréquence mesurée et déterminée à l'avance. Ainsi furent convenus des échanges deux fois par cycle d'Avent et l'accès demeurait vide de tout occupant le reste du temps. Il avait suffi que Ferkan suggère à ses prêtres de l'époque d'inciter quelques humains à creuser en aval un tunnel jusqu'à la galerie pour que la route du massacre des Sombres soit tracée. Dans un tel cas de figure, les systèmes de défense Sombres, obligeant tout arrivant à léviter pour parvenir en Sub Avent, n'avaient été d'aucune utilité.

Mais Passe-Partout ne partageait pas les conclusions de Tilorah. Prêtresse de Mooréa, elle épousait sans contestation toutes les décisions de sa Maîtresse, au même titre qu'en tant que cavernicole xénophobe, tout ce qui n'était pas sub aventien demeurait suspect et donc à fuir ! En fouillant, il s'aperçut que la responsabilité du massacre n'incombait pas à l'origine aux Nains, mais bien aux Dieux. Principalement à Sagar et Mooréa qui, plutôt que de laver leur linge sale entre eux, avaient pris ceux d'Ovoïs à témoin de leur ridicule brouille ! Ce fut lors de l'une de leurs querelles que Ferkan apprit l'existence de cet accès. Quant à l'origine des pouvoirs magiques offerts aux Sombres par la Déesse pour ne jamais tomber sous le joug de Séréné si d'aventure elle devait ressurgir, il ne s'agissait que d'un calcul de Mooréa, s'arrogeant ainsi un peuple n'invoquant que son nom pour conserver une chance de survivre au cas où la Sphère Noire envahirait Avent et menacerait Ovoïs.

Les Dieux, décidément, ne trouvaient aucune grâce aux yeux de Passe-Partout, qui ne voyait que manipulations et copinages pour un seul bénéfice : le leur !

CHAPITRE XIII

Le Dieu de la Guerre, satisfait, affirma avec suffisance :

– Cette reprise en main de Roquépique a été réalisée avec brio ! Quelle prestation ! se congratula-t-il.

Le Messager sourit. Pour une fois que Sagar agissait, Ovoïs allait en entendre parler pendant longtemps.

– N'aurais-je pas pu profiter de cette ouverture pour parler à ma prêtresse ? s'enquit Antinéa.

– Sans que Gilmoor s'en aperçoive ? Certes pas ! répondit Mooréa.

La Sphère Céleste gronda. Les tremblements les firent vaciller. Le Dieu de la Forge leva les yeux vers le Messager.

– Préparons-nous à subir le courroux du Dieu des Dieux, murmura-t-il.

Lorbello. Extrait de « Crise en Ovoïs »

Passe-Partout voyagea ailleurs, dans ses nouvelles connaissances, et explora la Magie des Sombres dont Tilorah fut la dernière et la plus grande des Prêtresses. Il s'appropria bien vite les formules, ce qu'il pouvait en obtenir, et décela de nouveau les limites du système.

Les recherches de Tilorah l'avaient faite progresser de manière exponentielle et ses pouvoirs, aujourd'hui siens, étaient énormes. Son drame restait son potentiel astral qui, lui, ne se développait que peu alors que ses découvertes l'entraînaient à toujours plus utiliser de carburant pour leurs applications. L'Eau Noire, pourtant, ne lui manquait pas grâce à l'olivier dans le domaine ! Elle n'avait pas trouvé ce que lui, Passe-Partout, par empirisme, avait conçu : la potion de Sagar, simple mélange à boire quotidiennement qui permettait d'emmagasiner un peu d'Énergie Astrale et surtout d'en augmenter le volume de stockage. Tilorah se contentait donc de la « Potion magique » qui démultipliait sa puissance pour un temps limité afin d'élaborer ses expériences. C'est ainsi que, seule dans son laboratoire, elle avait accompli une œuvre inédite, exceptionnelle, pour en faire bénéficier le dernier des Sombres : extirper ses connaissances, goutte après goutte, les matérialiser dans sa sphère rouge pour les transmettre à l'ultime Doubledor, en l'occurrence, lui. Passe-Partout grimaça, revivant sa douleur à chaque extraction qui réclamait inlassablement la totalité de son Énergie Magique. Dopée par la potion, pour l'équivalent d'une larme !

Il commença à avoir du mal à réfléchir, tiraillé par la soif et la faim, se jeta sur son sac et ne découvrit plus grand-chose à avaler. Le peu qui restait se trouvait gâté. Pourtant il sourit :

Ma nouvelle mémoire me dit qu'un verger existe derrière le Domaine... Et aussi que les lézards sont au service des Sub aventiens ! Allons voir !

Il apposa le médaillon sur la porte de pierre qui joua. Cazard attendait patiemment.

Maître Doubledor, grommela-t-il.

Abasourdi, Passe-Partout répondit lui-même en grognant :

J'ai faim.

Oui, Maître.

Il suivit le lézard, réalisant qu'indépendamment du Sombre, de l'Aventien et du Clair, il savait dorénavant parler le « Cazard ». Amusé, il songea qu'il n'existait pas d'ouvrages lézard, alors qu'il pouvait désormais lire, mais aussi écrire, les trois autres langues ! Ils contournèrent par l'extérieur jusqu'à un immense verger. Plutôt ce qui avait dû en être un, les lichens luminescents ayant repris là quelques droits ! Cazard s'arrêta au pied d'un arbre noir où pendaient des fruits de même couleur, en forme de fioles. Il s'approcha du tronc et, d'un magistral coup de queue, en fit tomber une myriade à terre.

Bon, Maître, dit-il.

Passe-Partout savait que le lézard ne le trompait pas. Ce fruit intraduisible en Aventien, rebaptisé dans l'instant « Zelit », avait la préférence de sa tante qui le considérait comme une gourmandise. Il sortit son couteau de dépeçage et en ouvrit un. Seule la pulpe noire, un peu gluante, était comestible. L'aspect n'incitait pas au festin, mais la faim l'emporta.

Bon, Maître, répéta Cazard.

Non seulement le goût sucré acide était agréable, mais sa chair paraissait nourrissante. Passe-Partout en dévora quelques-uns ; manger lui redonna des forces. Assis dos au tronc, il pensa au sacrifice de Tilorah pour que le patrimoine Sombre ne tombe pas dans l'oubli et à son père qui l'avait amené jusqu'ici. Mais quelque chose ne collait pas. Les souvenirs de la Prêtresse aidant, il apprit que Faxil avait demandé à Tilorah de créer un double de la Magie de leur peuple en Sub Avent. Mais alors, rien sur celle, combative, promise dans sa lettre déchiffrée par ce voleur de Jokoko ? Il s'essuya la bouche avant de proférer :

– Dis-moi, Cazard, le dernier Sombre que tu as croisé avant moi est-il venu jusqu'ici ?

Le regard inexpressif de l'animal contraint Passe-Partout à reformuler :

– Toi voir Faxil Doubledor ici ?

Il crut s'adresser aux membres du gang de Mortagne ! La réponse tomba :

Oui...

– Où ?

Maître suivre.

Cazard pivota et l'entraina de nouveau devant l'antre de la Prêtresse. L'apprenti cavernicole sourit de la fidélité du lézard aux Doubledor. S'il savait maintenant que son père était revenu aux « Terres d'en Dessous », il n'avait pas pour autant découvert ce que ce dernier avait ajouté dans sa formation magique.

Bon sang, la lettre !

Il avait tellement peu l'habitude de s'intéresser aux écrits qu'il l'avait oubliée ! Dès sa nouvelle entrée, un coup d'œil par terre lui montra que deux sphères étaient en réalité tombées. Le col de la plus petite était maintenu par un fil s'apparentant à celui d'une toile d'araignée. En jetant un regard appuyé au plafond haut du laboratoire, il aperçut une sorte de potence. Il comprit. La rouge avait entraîné la noire dans sa chute par l'opération d'un montage de fortune ajouté par Faxil. En colère contre lui-même, il s'approcha de la bouteille et du verre vides sur le guéridon pour se saisir de la lettre. Dès son arrivée, s'il n'avait pas su la déchiffrer, au moins aurait-il dû d'entrée reconnaître l'écriture fine de son père ! Il parcourut avec émotion ces lignes qu'enfin il comprenait :

Mon fils... Bienvenue aux "Terres sous Terre", alors qu'en surface, tu viens de naître ! Et l'exercice de t'écrire m'est pénible... Désolé de ce stratagème inventé par Tilorah. Nous devions nous assurer que le processus "Animagique" se déroulerait sans accrocs. Le sacrifice de ma sœur n'aura donc pas été vain si tu lis ces lignes. Tu es maintenant détenteur d'un pouvoir rare chez les Sombres. Rare, mais exigeant ! Voici la formule qu'il ne te faudra prononcer qu'en pleine possession de l'intégralité de ton Énergie Magique : "Elbarapim Ivit".

Tu en connais la conclusion, probablement ! Tu seras sans forces après son utilisation, totalement exsangue. Le proférer une fois permet de te l'approprier et le déclenchera ensuite selon ta volonté. Aussi prends toutes les précautions pour éviter une situation où tu serais à la merci de tes adversaires. Au fond, sauf le respect dû à ma sœur, j'espère que tout ceci ne servira à rien et que je serai moi-même ton professeur. Je retourne auprès de toi et de Stella,

Faxil Doubledor

Passe-Partout éprouva un trouble immense. À mesure qu'il lisait le message, une première pour lui, il voyait véritablement son père le lui réciter dans son esprit, mélangeant les souvenirs réels de Tilorah et le propos sur parchemin. L'effet était saisissant... et poignant. Il voulut en savoir plus et se dirigea vers une partie de la paillasse où, considérant les plumes et documents rangés à cet endroit, vraisemblablement Tilorah notait les éléments de ses expérimentations. En évidence, une lettre de sa main, qui ne lui était pas destinée.

Faxil, j'ai réalisé magiquement ce dont nous avons convenu. Je l'ai fait uniquement pour répondre au souhait de Mooréa que je vais rejoindre en buvant l'eau de pierre des Kobolds !

Mon sacrifice ne servira que dans la perspective de transmettre notre savoir au dernier des Sombres, qui est malheureusement celui qui sauvera le monde de la surface alors que je n'ai que faire du devenir de ce peuple qui nous a anéantis !

À Mooréa, mon frère !

Passe-Partout réprima son malaise. Le ton employé par sa tante laissait augurer que frère et sœur n'avaient pas tissé de liens proches. Pour autant, il comprenait la colère de Tilorah envers les humains. Sa curiosité s'aiguisa. Volontairement, il s'abandonna aux pensées de la Prêtresse. Dans l'histoire de son clan, les Doubledor dominaient dans la hiérarchie des Sombres. À chaque mort de Grande Prêtresse, les familles de dix Domaines proposaient leurs meilleures candidates qui se mesuraient entre elles dans une rude compétition pour prétendre à la première place. Extrêmement convoitée, cette position permettait à la gagnante de porter son Domaine au-dessus des autres en nommant les personnes de son choix à tous les postes régaliens de la société Sombre.

— C'est comme si Anyah dirigeait Avent ! commenta Passe-Partout, spectateur des scènes défilant successivement dans son esprit.

Ainsi, tous les mâles Doubledor devinrent Princes et occupèrent les fonctions de chef des armées, police et justice, sous la responsabilité de Tilorah détenant un pouvoir sans partage. Seul son père, le plus jeune d'une importante fratrie, n'avait bénéficié d'aucune nomination. Son titre de Prince demeurait de fait purement honorifique. Il aurait pu rester oisif, mais d'un tempérament curieux, meubla son temps à visiter le monde « d'au-dessus ». Ce qui lui valut nombre de réprimandes de la part de Tilorah avec laquelle les relations n'étaient pas au beau fixe ! Et que dire de ses amitiés avec ceux de la surface, comme Dollibert et Orion, qui relevaient du domaine de l'inconcevable pour sa sœur ! Il hallucina en revivant les scènes précises où Tilorah, dans une colère noire, reprochait à Faxil d'avoir donné l'arc enchanté par la « Fontaine de Mooréa » à Orion et prêté un lieu secret de leur famille au premier Mage humain !

Passe-Partout sourit. Son père, le rebelle de « Traba Und Trabas » ! Faxil suivait une logique selon laquelle seuls offraient une richesse ceux vers qui on s'acquittait du premier pas... Pour preuve, les notions magiques de l'Animagie furent rapportées de la surface par son biais et communiquées à Tilorah. Et bien que Dollibert fut à l'origine de cette découverte, la Prêtresse s'en empara bien vite ! Par pragmatisme, sans doute ! Pour asseoir son autorité en Sub Avent, mieux valait toujours avoir un coup d'avance, et surtout ne pas le partager avec les autres ! Ainsi, laisser l'ensemble des cavernicoles dans l'ignorance des progrès uniquement réservés pour son Domaine permettait à Tilorah de mener d'une main de fer les « Terres d'en Dessous ».

La manière qu'avait la Prêtresse d'interpréter les actions de son père déplaisait à Passe-Partout. Selon elle, tout ce qui pouvait écorner le dogme des Sombres, dont le conservatisme autarcique, s'avérait dangereux pour l'équilibre de son peuple et de son pouvoir. Par voie de conséquence, la xénophobie promue au rang de valeur s'imposait de fait ! Faxil s'écartait gravement de cette ligne, qu'il franchissait allègrement à chacune de ses incursions à la surface.

Passe-Partout referma la boite à souvenirs de Tilorah. Était-ce la génétique ? Il n'aurait pas agi différemment de son père. D'ailleurs, Gary et le Fêlé non plus ! Il se sentit tout à coup fier de sa parenté, de sa famille, de ses amis, de ses pairs ! Défendre des valeurs donnait du sens à la vie. Des idéaux foulés au pied par un Dieu Déchu qui n'avait de cesse que de vouloir asservir Avent !

Candela pesait ses chances face à un ennemi en surnombre et pensa qu'un coup de main serait le bienvenu. Pendant que son armée sortait de Port Vent, elle réunit ses vestales pour leur donner une fonction de relais direct dans son déploiement de force. Par obligation, l'une d'entre elles devait rester auprès de sa Reine. Elle demanda à Corinna de remplir ce rôle et l'interrogea :

– Aucune nouvelle des Nains partis rejoindre Roquépique ?

Corinna fit signe que non et voulut anticiper la suite en apposant ses index sur ses tempes. Candela leva la main, la stoppant dans son action :

– Laisse, je m'en occupe.

Tout était prêt. Les formations caractéristiques de chaque clan Nain, le « Glaive levé », les « Feux de Forge », les « Hurleurs de Guerre », et bien sûr l'Enclume, tenant chacun bien haut ses couleurs, n'attendaient que le signal de leur chef, fier sur son destrier. Devant les quatre autres monarques, Terkal tardait à le donner, non pas qu'il goûtait ce moment de pouvoir en le prolongeant, mais il guettait un signe de l'Élu pour intimer l'ordre du mouvement de cette gigantesque armée. Barryumhead ignorait son Roi et se concentrait pour annoncer par théopathie à Anyah l'imminence de leur départ, étonné de ne pouvoir la joindre. Fier d'avoir tenu sa promesse envers Kent, il s'apprêtait à envoyer le geste convenu à Terkal, mais en fut empêché par un appel de la Reine des Elfes.

L'échange fut plus long que la première fois, complice et constructif, partageant tous deux une admiration sans bornes pour leur frère et ami que Candela pensait retrouver sous peu, dès son retour en surface. Ils allaient combattre ensemble, côte à côte, le plus grand ennemi qu'Avent ait connu et Ovoïs engendré. Comme l'avaient prédit les oracles de Zdoor et le « Quintrain » d'Adénarolis, Passe-Partout avait réuni les Elfes, les humains et les Nains. Candela annonça quitter Port Vent libéré et diriger ses troupes vers Mortagne. L'entretien tout juste achevé, Barryumhead dut prendre une décision importante. La Reine des Elfes avait besoin de renfort, et il ne pouvait mobiliser toute l'armée des Nains en direction de Mortagne. En revanche, une parade lui vint :

– Fonceurs Premiers Combattants de l'Enclume ! En retrait !

Gerfor grimaça de colère. Avec sa volonté farouche et éternelle d'être le premier, il avait placé l'élite de sa Horde devant tous et se voyait renvoyer sur la touche ! Barryumhead haussa les épaules ; son Roi s'impatientait. Pour le plus grand plaisir de Terkal, il leva un index boudiné qui déclencha le départ de la plus importante force armée jamais observée chez les Nains. Sans Gerfor et ses Fonceurs...

L'armée des clans en marche, ce dernier attendait de pied ferme son Prêtre pour lui sauter à la gorge. Pourquoi l'empêchait-il de prendre sa part de gloire dans la Grande Guerre des Drunes ? Barryumhead, connaissant le tempérament ô combien ombrageux de son compagnon, lança à distance :

– Les troupes du Déchu vont affronter celles des Clairs sur la côte ! Ils ne pourront les vaincre sans le renfort de l'élite des Nains ! Vous !

Gerfor renifla. Son Prêtre venait de gagner quelques secondes de vie. Loin des grands discours, Barryumhead ne prononça ensuite que deux mots. Un « Sagar ! » retentissant plus tard, les Fonceurs Premiers Combattants détalèrent comme des sorlas débusqués par des prédateurs affamés. En un clin d'œil bien solitaire, le nouveau conseiller de Terkal rattrapa l'aréopage de son Roi en marche vers les lointaines Drunes. Il songea en souriant au pouvoir des mots. Deux seulement avaient suffi : le premier lui évitant une mort certaine, le second lui garantissant l'indéfectible amitié de Gerfor ! « Mortagne » et « Passe-Partout ».

Passe-Partout connaissait désormais toutes les formules de base de la Magie Sombre et comment les utiliser. Les contraintes s'avéraient similaires à celles des Clairs : jamais deux sorts à la fois et une distance limitée. Beaucoup demandaient une Énergie Astrale phénoménale, ce qui rendait leur pratique, même pour une Prêtresse de bon niveau, irréalisable ! Grâce aux calculs établis par Tilorah, il comprenait mieux maintenant les explications de Jorus pendant les classes de la Forêt d'Émeraude. Si un charme requérait une valeur de cinquante alors que le réservoir de l'initié n'en contenait que quarante, son application était impossible ! À l'équivalence entre capacité et coût, le point zéro, une seule issue : fatale !

Sa tante Sombre, par souci d'économie, avait fait un pas énorme dans ses recherches : l'optimisation de l'Énergie selon le besoin. Un rayon de mort, le premier donné par Sébédelfinor, à pleine charge contre un sorla était une ineptie, au même titre qu'investir trop de manne pour soigner une égratignure ! Sa table de calcul permettait d'adapter la bonne dose à la situation avec une gestion du temps maîtrisée. Il se souvint des litanies murmurées par Barryumhead lors de ses sorts de guérison. Une manière d'égrener les secondes et minutes en priant !

Ce que Tilorah ignorait, c'était la façon d'augmenter sa « capacité de stock ». Passe-Partout, lui, l'avait trouvée par la dilution de l'Eau Noire, et ce grâce à sa passion des plantes et des tisanes, née de l'enseignement de sa mère adoptive puis de Fontdenelle.

Avec tous ces pouvoirs, si les Sombres avaient connu la potion de Sagar, jamais ils n'auraient été vaincus par les humains se dit-il. *Si Tilorah l'avait découverte et qu'elle leur en avait fait part,* crut-il bon de préciser.

Coupée du monde du dehors, enfermée volontaire, l'annonce du départ des réfugiés parvint à Anyah au hasard d'une conversation entre deux de ses novices.

– Les Mortagnais s'en vont demain. Une moitié sur leurs drôles de dragons volants, l'autre par bateau mené par un pêcheur d'Opsom...

Ses yeux s'embuèrent malgré elle. Terrée dans sa chambre austère, Anyah prit conscience que sa décision d'isolement entraînait pour elle une conséquence inattendue. Dorénavant vouée corps et âme à sa Déesse, force était de constater que la proximité divine s'était étiolée jusqu'à complète disparition. À l'angoisse de la perte du seul lien souhaité se mêla la honte de sa désertion. Elle ne ferait pas partie du voyage. Sup l'avait sollicitée plusieurs fois en frappant à la porte du temple, mais elle n'avait pas daigné le recevoir. L'Archiprêtresse déglutit avec difficulté. Antinéa l'entendait-elle toujours malgré son absence de réponse ? Elle tomba à genoux et pria avec ferveur pour ses compagnons mortagnais.

Passe-Partout s'affola. Bercé par l'histoire de ses ancêtres, la notion du temps lui avait totalement échappé. Il se fustigea d'avoir oublié la raison pour laquelle il se trouvait ici, en Sub Avent, et les circonstances qui l'y avaient amené.

Il décida alors de se concentrer sur le sort de combat des guerriers Sombres. Déjà contraignant en invocation, son père lui ayant écrit qu'il l'était encore plus développé par ses soins, un bref calcul lui permit de gagner en optimisme. Il détenait a priori deux fois plus de capacité que sa tante, sa rencontre Animagique avec Dollibert n'y étant pas étrangère, et actuellement à un niveau de remplissage d'Énergie Astrale de quatre-vingts pour cent. L'incantation en exigeait environ vingt pour cent. Prudent, il joua cependant la sécurité et se fabriqua une potion pour gonfler sa manne, fit claquer sa langue et prononça la formule mythique de la Danse de la Mort.

La Danse de la Mort des Sombres se composait d'une série d'attaques et de parades. Combiné avec un peu d'agilité et d'adaptation, ce mouvement fluide ne laissait en théorie que peu de chances à son ou ses adversaires. Ce pouvoir, développé par Faxil, reposait sur un mélange de techniques de combat et d'une formule Sombre augmentant la rapidité des gestes. Passe-Partout la simula avec Thor et Saga en mains, comme s'il la connaissait depuis toujours. Il finit à genoux, non pas faute d'Énergie Astrale, ses calculs restant larges, mais à cause de l'exigence physique qu'elle imposait. Le final de l'envolée n'était autre qu'une botte d'escrime complexe et redoutable que l'inventeur appelait le « coup du ciseau », les deux lames s'entrecroisant sur la gorge du bretteur désarmé.

La formation de Faxil s'exerçait en trois étapes. La première : les mouvements seuls, d'abord lents puis de plus en plus rapides. La seconde : les mêmes avec un adversaire. Et l'ultime danse, avec un nombre incalculable d'ennemis. La phase Une franchie, Passe-Partout se releva, essoufflé, avec le sourire ! La figure reflétait toutes les postures de combat des Sombres, attaques et parades comprises. Il avait reproduit les déplacements de son Maître d'Armes qu'il voyait dans son esprit, et découvrir son père en action le ravissait, même s'il considérait avoir du chemin à parcourir pour l'égaler en technique ! Une différence de taille existait cependant entre eux : il possédait beaucoup plus de manne astrale que lui.

N'empêche, cette Magie est coûteuse ! Si je dois enchaîner plusieurs sorts, je vais me retrouver dans une position fâcheuse.

Passe-Partout estima qu'il était temps de remonter à la surface. Il avait consacré des heures à répéter les formules, s'approprier les dépenses nécessaires à chacune, travailler les combinaisons possibles. Il lui fallait désormais préparer son départ. Il sortit de l'antre de Tilorah où l'attendait son servile serviteur à quatre pattes et contempla avec tristesse la place emplie de squelettes. Sub Avent ne méritait pas de rester un gigantesque cimetière.

– Cazard !

Oui, Maître Doubledor.

– Es-tu le seul lézard, ici ?

Non, Maître… Maître pas content Cazard ?

Passe-Partout leva les yeux en l'air et chercha ses mots :

– Maître content, Cazard ! Mais Traba Und Trabas très sale. Lézards nettoyer ville et Cazard besoin aide !

Le regard du saurien sembla s'allumer à l'idée d'exécuter les ordres de son Maître, qui précisa :

– Attention ! Enterrer corps ! Garder et mettre ensemble armes, vêtements et objets. Mettre ensemble. Ranger.

Oui, Maître. C'est tout, Maître ?

Il resta estomaqué. Les consignes lui paraissaient loin d'être anodines. Il y en avait pour des cycles à nettoyer la ville ! Toutefois, Passe-Partout ne se démonta pas :

– Non. Il me faut de la viande.

Oui, Maître.

Et le reptile s'éloigna, sa queue se tortillant plus qu'à l'accoutumée. Sceptique quant à la bonne compréhension des ordres donnés, le dernier des Doubledor parcourut le verger du Domaine et cueillit divers fruits, tubercules et légumes qu'il connaissait aujourd'hui grâce à la mémoire de Tilorah. Il savait lesquels se cuisaient, surtout se conservaient, et dans quelles conditions. Dès qu'il eut fini, par curiosité, il sortit sur la place et fut surpris de voir l'endroit investi d'une cinquantaine de lézards œuvrant à leur rythme, ramassant avec délicatesse, malgré leur grande taille, les ossements et les armes, les amenant ensuite en des lieux précis qu'il ne pouvait discerner de là où il se tenait. Incrédule, il s'apprêtait à appeler Cazard lorsqu'un cri inhumain résonna. Il lâcha son sac et, ses deux couteaux en main, se propulsa de l'autre côté, derrière la stèle monumentale de ses ancêtres.

Le spectacle était peu ragoutant. Un animal plus gros qu'un mouquetin, à poil ras et six pattes, venait de s'arrêter définitivement de beugler, décapité sous les crocs d'un saurien. Un second lui fouillait le ventre qu'un troisième avait ouvert. Cazard apparut :

Viande, Maître ! Et corde pour Katenga.

Passe-Partout fit appel à cette mémoire qui n'était pas sienne. Ainsi, il s'agissait d'un mastopore, paisible herbivore de Traba Und Trabas, vivant en troupeau, que les Elfes Sombres élevaient pour se nourrir. Mais pas que. Le congénère de Cazard prélevait l'intestin de l'animal en prévision d'une corde manquante sur l'arc judicieusement nommé par son lézard, celui sur lequel il n'avait placé qu'une liane de fortune inopérante pour tirer, mais pratique pour le transporter. Il fronça les sourcils en constatant ce faisant que les souvenirs de sa tante dataient quelque peu en ce qui concernait le maniement des armes et leur fabrication. Tilorah, dès son plus jeune âge, se polarisait déjà sur la Magie et non l'art guerrier ! Heureusement, la technique de la torsade ressemblait à s'y méprendre à celles des Clairs que Faro lui avait enseigné à la Forêt d'Émeraude. Il lui fallait découper quatre rubans d'intestin et les tresser ensemble en deux fois. Un peu de graisse et le tour était joué ! Il dit à Cazard :

– Un cuisseau et boyau propre !

Oui, Maître.

Passe-Partout se dirigea dans la cuisine de sa demeure. Il alluma un feu dans la cheminée équipée d'un fumoir, avisa un crochet au plafond qui ferait l'affaire pour tendre les boyaux à entrelacer et attendit que Cazard lui apporte ce qu'il lui avait demandé.

Sa première tresse finie et sa viande découpée posée sur le fumoir, il retourna dans l'antre de Tilorah pour un dernier inventaire. Il fallut faire un choix, ne pouvant tout transporter. Il privilégia le carquois de flèches, qu'il trouva cependant particulièrement lourd, et des fioles d'Eau Noire qu'il confectionna à partir des olives du jardin du Domaine, et délaissa les préparations de sa tante utilisées pour insuffler ses connaissances dans la sphère rouge. Les élixirs de puissance, de courage et d'agilité augmentant ses capacités pour une période donnée lui tendaient les bras, mais la raison l'emporta. Après tout, il saurait si besoin les fabriquer, ayant hérité des facultés de la Prêtresse. Ignorant combien de temps son périple en Sub Avent allait durer pour retourner en surface, il se dota aussi de provisions de bouche. Il râla après avoir cherché dans les souvenirs de Tilorah un itinéraire pour sortir de la ville, mais force était de constater que sa tante ne quittait que rarement le Domaine Doubledor !

À l'inverse de mon père, dont je n'ai pas la mémoire, songea-t-il en s'éloignant du laboratoire, non sans avoir salué Tilorah à la manière des Clairs.

Passe-Partout acheva la deuxième torsion à sa corde et la tendit sur Katenga. Le premier essai se couronna de succès. L'arc compensait même l'éventuelle inexpérience du tireur, bien que ce ne fut pas son cas. Sa main gauche bleuit en le bandant. Il fut ravi de découvrir à cet instant que l'enchantement de l'arme avait été réalisé par hasard, en tombant accidentellement dans la Fontaine d'Eau Noire lorsqu'elle stationnait en Sub Avent. Mooréa n'y était donc pour rien. Enfin, pas directement.

Pour contrer la pointe de colère qui l'envahit, il remisa ces souvenirs dans leurs tiroirs. Les Dieux et Déesses, leurs agissements ou leur inertie selon leur bon vouloir le poussaient rapidement à monter dans les tours ! Il se surprit à penser :

Avant moi, Katenga avait été l'arc de mon père et de... mon grand-père !

Il s'arrêta, interdit, et le regarda... Puis ses couteaux... Il portait les mêmes armes que ses aïeux. Ce constat le perturba, le ramenant à une notion très éloignée de ses convictions profondes, du libre arbitre de ses décisions, ainsi que de « l'option » de Candela. Il emballa sa viande fumée et chargea son sac à dos devenu trop petit. Pour faire de la place, il songea à laisser en Sub Avent le bureau de Jorus, mais se ravisa. Descendant les innombrables marches de l'entrée sur lesquelles gisaient, entre autres, les dépouilles de Thénos, Foxal et Dromis, ses oncles qui défendirent jusqu'au bout leur maison, il sortit du Domaine des Doubledor.

Passe-Partout referma la grande porte machinalement, comme s'il avait toujours vécu ici. Brusquement, il se retourna en percevant les bruits feutrés de mouvements se voulant discrets et cligna plusieurs fois des yeux en voyant des dizaines de lézards qui, disciplinés, déblayaient les abords de la stèle avec une précision militaire. Cazard se présenta devant lui. Le nouveau maître des lieux donna un coup de menton :

– Montre-moi !

Cazard pivota, traversa une place déjà métamorphosée qui paraissait plus vaste encore que lors de son arrivée et l'entraîna jusqu'à un bâtiment d'où allaient et venaient ses congénères. N'y subsistaient plus que des étagères et un comptoir, vestiges d'un commerce vraisemblablement important dans le passé. L'endroit ne recueillait que des armes et outils de facture humaine que les lézards classaient méticuleusement. Les fourches avec les fourches, les boucliers avec les boucliers et même pas un glaive mélangé avec une épée ! Passe-Partout, bluffé par la capacité organisationnelle des sauriens, ne sut quoi dire et se laissa guider vers le bloc voisin, autrefois habitation, dans lequel les lames et arcs Sombres commençaient à s'entasser. Il y trouva un cimeterre court adapté à sa taille, ainsi qu'un fourreau dorsal lui étant destiné, le passa et l'ajusta.

Il avisa un carquois en peau lui paraissant plus léger que celui récupéré chez Tilorah, ainsi qu'un sac à dos plus grand, et effectua le transfert. L'ensemble porté lui semblait correct et ne l'empêchait pas de se mouvoir avec rapidité en cas de nécessité. Satisfait, il accompagna Cazard dans les autres lieux où les lézards rapportaient les objets. Il découvrit alors une salle au trésor à faire pâlir les Nains de Roquépique ! Colliers, bagues, pièces de monnaie, pierres précieuses, toutes les choses de valeur étaient entreposées et classées par importance. Impressionné par le zèle de son armée à quatre pattes, il voulut le complimenter. Réfléchissant à la formule de remerciement et d'encouragement la plus compréhensible par l'animal, il s'astreint à un modeste :

– Très bien !

Le lézard remua la queue et grogna :

Corps Nobles Sombres ramenés devant Domaines... Autres Sombres, cimetière... Corps ennemis dans fosse...

Passe-Partout ne sut pas ce qui l'étonna le plus. Était-ce la faculté d'anticipation de ces animaux ? Ou celle de reconnaître parmi cet enchevêtrement de dépouilles qui fut qui ? Il hocha la tête, incapable de trouver une réponse adéquate, pensant être au bout de ses surprises.

Et Domaine Doubledor, Maître ? Et autres Domaines ?

Incroyable ! Le lézard songeait aux endroits qui lui seraient inaccessibles ! Il rétorqua :

– Quand je reviendrai, Cazard ! Quand je reviendrai ! Je dois partir !

Oui, maître !

Cazard poussa un feulement étrange. Les sauriens suspendirent leurs tâches et se regroupèrent pour former une allée. Il marcha derrière le sien et abandonna la place en voie de nettoyage à ceux qui grognaient son nom. Celui du dernier des Sombres. Lui, le gamin de Thorouan, fils adoptif d'un combattant de la légendaire Compagnie des Loups et de la Reine des Clairs, et petit-fils d'Orion, le héros mythique d'Avent ! Lui, recueilli par les gardiens de la mémoire des Elfes dans la Forêt d'Émeraude, puis distingué par Mortagne, et membre de sa Compagnie... Enfant de nulle part et de partout, il était salué de son nom ! Doubledor !

CHAPITRE XIV

Alors Gilmoor convoqua tous les Dieux en assemblée, hormis Lumina et Varniss, sorties de leur coma par Mooréa, mais encore faibles faute d'invocations. Il tonna comme jamais dans la Sphère Céleste :

– Vous m'avez délibérément désobéi ! J'avais prévenu du danger d'intervenir sur le Continent ! Nous sommes contraints aujourd'hui à des compromissions avec les Aventiens qui seront lourdes de conséquences dans l'avenir !

Mooréa se redressa et le défia :

– La première ingérence n'est pas de notre fait !

La colère divine gronda :

– Tout a commencé le jour où tu as apporté la Magie aux Aventiens, maudite ! Obligeant tout Ovoïs à développer une prêtrise pour quémander des invocations que nous obtenions sans efforts dans le passé !

L'index tendu vers la Déesse de la Magie tremblait d'exaspération. Gilmoor ajouta :

– Les esclaves d'Ovoïs ne détiennent plus aucune clef pour atteindre Avent ! Eux-mêmes sont consignés dans la Sphère Céleste avec interdiction de se rendre sur le Continent ! Je vous avais prévenu : aucune intervention !

Lorbello. Extrait de « Crise en Ovoïs »

Le retour des réfugiés chez eux s'organisait. Sur le quai où mouillait le bateau de Rayder, dans lequel ce dernier vérifiait pour la énième fois le matériel, épaulé par ses filles, les Mortagnais trépignaient. Elliste tendit la main à Charlise et Chiarine, aidant les deux plus jeunes à quitter le navire. Seule Coralanne serait du voyage pour seconder leur père. Fontdenelle, Jokoko et les membres du gang prirent enfin place à bord. Rayder leva la tête. Le temps était au beau, mais les vents comme à l'accoutumée contraires. Il renifla, fit signe à Coralanne qui détacha les bouts pour les jeter sur le ponton. Josef s'en saisit et les enroula avant de rendre leur salut, gorge serrée, à ceux qui quittaient Océanis. Les voiles levées, le marin chevronné pesta : il allait devoir lutter contre les rafales. Au sortir de la zone portuaire, le patron pêcheur de perles écarquilla les yeux, pensant à une hallucination. À la proue, surgissant majestueusement de l'océan, deux dauphins les précédaient, ouvrant la voie. Barrant dans leur sillage, il s'exclama :

– Suivre le symbole de Mortagne est de bon augure !

Elliste, Josef et les deux filles de Rayder accompagnèrent Tergyval, Valk et Sup jusqu'au nouvel enclos à ptéros. Après avoir chargé leurs montures, ils s'embrassèrent longuement. Dans les bras de son maître, Elliste murmura :

– Comment savoir où et quand te rejoindre ?

Tergyval le tint par l'épaule tandis qu'il haussait les siennes :

– Rien de plus facile maintenant qu'Anyah a choisi de rester à Océanis !

– Pour autant qu'elle accepte de transmettre l'information, objecta Elliste.

– Tu trouveras le moyen !

– Libère Mortagne ! rétorqua le Capitaine océanien d'une voix enrouée qui se voulait enjouée, coupant court aux adieux. Entre ceux d'ici, les Portventois et les Mortagnais, ton armée d'humains n'aura pas à rougir au milieu des Elfes et des Nains !

Valk fit un signe discret et s'avança vers les deux hommes :

– Il est temps de partir… Nous devrions arriver à la nuit tombée.

– Prenez garde à vous ! Et à bientôt aux Drunes ! proféra Elliste.

Les ptéros, sous les injonctions de leurs cavaliers, prirent leur élan et leur envol vers la mer.

Passe-Partout traversa Traba Und Trabas par le côté opposé de celui emprunté lors de sa venue, longeant les bâtiments toujours totalement dépourvus d'escaliers, don de lévitation oblige !

Hormis au Domaine Doubledor où le summum du luxe Sombre était d'avoir suffisamment d'espace pour en construire un ! L'étalage de sa richesse conduit souvent à des réalisations aussi ineptes qu'inutiles ! songea-t-il.

Il passa devant la fameuse caverne ouverte en son temps par les Nains et qu'exploitèrent les humains pour envahir la Cité des Sombres. Un nombre considérable de corps jonchait l'endroit. Le tunnel en amont s'était écroulé, rendant l'accès d'entrée ou de sortie vers Avent impraticable. Sa longue marche dans la ville lui fit croiser les portes de deux Domaines Sombres. Sur l'une d'entre elles, il remarqua le même principe de sceau en creux pour y pénétrer. Celui des Doubledor fonctionnerait-il sur les accès d'autres familles ? Peut-être que les sauriens, dans leur grand ménage, trouveront-ils des médaillons permettant leur ouverture ? Passe-Partout se surprit à penser :

Pour quoi faire ? Redonner la splendeur de Traba Und Trabas pour une population de… lézards ?

Lorsqu'il atteint la frontière de l'immense ville délimitée par une porte monumentale identique à celle franchie à l'est, il se tourna vers Cazard :

– Nettoie toute la Cité !

Oui, Maître Doubledor.

Un dernier regard à la mégalopole de ses ancêtres. « Axil Levitat Ivit », et il sauta dans le vide.

Les marguays ne ménageaient pas leurs efforts. Les Éclaireurs Clairs progressaient vite. Chevauchant pour sa part Horias, Kent dirigeait la fine fleur des combattants Elfes, tous surentraînés. Kent avait craint quelques réticences pour sa rapide promotion en tant que chef de guerre, mais elle s'avérait acceptée avec conviction par tous. Ses hommes l'honoraient de leur confiance et le suivaient avec abnégation. Il s'en tirait particulièrement bien ! Aidé par Candela, sa Reine qui, grâce au lien, compilait les informations de chaque cavalier pour les lui restituer, il ne pouvait que prendre de bonnes décisions !

Son escouade parvenait à couvrir des lieues avec une équipe restreinte. Lors de la première alerte, Kent détourna les Éclaireurs les plus proches vers l'origine du contact et intima l'ordre aux plus éloignés de se replier pour le rejoindre. Il se posta autour de la zone présumée d'avancée de l'ennemi. Corroborées par ses guetteurs embusqués, ses propres observations l'inquiétèrent : que des sangs noirs... À perte de vue !

Sachant maintenant lire les signes inscrits sur les tunnels, Passe-Partout privilégia les accès menant à l'ouest-nord-ouest et progressait prudemment. En sortant d'une galerie étroite, face à lui, un spectacle inouï s'offrait à ses yeux ! Une grotte immense tapissée de lichens luminescents abritait un lac démesuré. Sa vision de nyctalope se délecta des reflets à sa surface et de cette impression de profondeur abyssale. Tendant l'oreille, il discerna des bruits feutrés. Prudent, il jeta un caillou et vit, au loin, un troupeau de mastapores s'enfuir dans un désordre total.

L'eau est donc bonne à boire... Et un brin de toilette ne me ferait pas de mal ! se dit-il.

Tout en remplissant sa gourde, il jaugea son Énergie Astrale et constata qu'il arrivait un peu mieux à la gérer. Il avait dû s'en servir pour franchir des passages ardus et bien que cette capacité ne nécessitât pas beaucoup de manne comparativement à celui de la « Danse de la Mort », il préférait compter et recompter sa charge de « carburant ».

Si j'ajoute les charmes de camouflage, de protection, de guérison...

Passe-Partout extrapolait toutes les combinaisons possibles en évaluant les dépenses successives. Et la totalité des sorts bout à bout l'entraînerait tout bonnement à zéro d'Énergie Astrale... Tout droit dans la Spirale.

Continuer à boire ma potion... Augmenter le réservoir de manne reste la seule option, pensa-t-il en plongeant la tête sous l'eau.

Un remous l'alerta. Ruisselant, Thor et Sagar en main, il se mit en position de défense. Son rire résonna en écho dans la caverne quand deux gros globes oculaires au bout d'autant de tentacules sortirent de l'onde.

— Plouf ? Qu'est-ce que tu fais là ? Tu es décidément partout ! Dans la moindre flaque !

Les deux yeux se mirent à cligner. Le message muet était clair.

— Moi aussi je suis content de te voir !

Passe-Partout s'arrêta net.

— Dans la moindre flaque ! Depuis l'aquarium dans le temple à Mortagne... C'était toi lorsque j'ai sabordé le vaisseau des cagoulés pendant le siège de Mortagne ! Les remous au lac de la Forêt d'Émeraude ! Toi encore dans les thermes des Quatre Vents ! En fait, tu es partout où il a de l'eau !

Son sourire le quitta et, violemment, il lui asséna :

— Tu n'es qu'un suppôt d'Antinéa ! Je comprends mieux les conseils d'hygiène proférés par

Anyah ! Il me suffit de plonger dans une fontaine pour que tu connaisses l'endroit où je me trouve ! Fais ta toilette, tu parles ! Le seul moyen de savoir si je suis vivant passe par toi !

Les yeux mobiles se plissèrent tristement. Passe-Partout soupira :

– Oublie ce que je viens de te dire...

Partagé entre cette amitié étrange le liant à un poisson et la présence récurrente des Dieux par son intermédiaire, il se résigna et le pointa du doigt :

– C'est risible ! Je parle maintenant couramment trois langues, sans compter le Cazard, mais pas le Plouf ! Mais peut-être comprends-tu ce que je dis ?

Les deux tentacules se tendirent, les globes oculaires semblant acquiescer. Passe-Partout considéra ce signe comme une invitation à poursuivre, ce qu'il fit :

– Je n'aurai échangé en Sub Avent qu'avec des animaux ! Il faut le vivre... Bien ! Si tu le peux, raconte à ta maîtresse que je suis devenu un Sombre, elle comprendra, et que j'essaye de regagner Avent. A priori dans la direction de Mortagne. C'est là où je devrais retrouver ma sœur, Candela !

Il sourit avant d'ajouter :

– C'est la Reine des Elfes, rien que ça ! Plouf ?

Les yeux avaient disparu d'un seul coup. Des remous déformaient le miroir en surface. Une queue immense fouetta l'eau jusqu'à éclabousser Passe-Partout qui recula, Thor et Saga en main. Puis plus rien, le silence total reprit ses droits. La grotte se refléta à nouveau sur le lac. Inquiet, il balbutia :

– Plouf ?

La queue écailleuse réapparut comme un bouchon et se stabilisa pour flotter. Elle se prolongeait jusqu'à une gueule qui ne mordrait plus jamais, et heureusement ! Le monstre des abysses disposait de milliers de dents effilées telles des aiguilles ! ses souvenirs récents lui apprirent qu'il s'agissait d'un « Medonélas », monstre d'eau douce aveugle des bas-fonds de Traba Und Trabas. Dans un nouveau remous, Plouf ressurgit comme s'il ne s'était rien passé. Passe-Partout éclata de rire à l'attitude calme et attentive du poisson signifiant clairement : Où en étions-nous ?

– Je ne sais plus... Si c'était pour prendre un bain, on va oublier !

S'amusant encore de la situation, il sortit de sa besace des fruits séchés du jardin des Doubledor et en proposa à Plouf qui déclina. Il s'empara alors précautionneusement un flacon d'Eau Noire préparé à partir des olives et sa gourde. Le poisson observa avec attention le protocole de dilution opéré par Passe-Partout. Ce dernier jeta négligemment :

– J'espère qu'Anyah suit ce traitement avec sérieux, elle sera moins atteinte par ses invocations de sorts si elle respecte scrupuleusement ce mélange ! À boire une fois par jour ! M'est avis que je me prends pour Fontdenelle ! ajouta-t-il en secouant la tête.

Il se leva, rangea ses affaires et dit au poisson :

– J'ai de la route... Au prochain trou d'eau, si tu veux bien !

Sur leurs marguays traversant plaines et forêts à une allure folle, les Elfes Clairs rejoignirent leur chef. Kent venait de donner l'ordre d'abandonner leur position pour se replier en un lieu stratégique surélevé, proche du Berroye et d'une futaie, non loin de Mortagne. Il disposait de suffisamment d'éléments transmis au fur et à mesure à Candela pour organiser l'affrontement inéluctable et compilait toutes les informations glanées par ses Éclaireurs.

Si tel était son objectif, le Déchu investissait des forces considérables pour récupérer les ultimes morceaux de Séréné ! Que des sangs impurs, déduction basique sur la simple observation des carrioles tirées par des diplos qui, vraisemblablement, transportaient de quoi les alimenter en soupe d'Eau Noire ! Quelques prêtres accompagnaient le convoi et naviguaient entre les trois lignes formées par les corrompus. La dernière comprenait toute l'intendance nécessaire à ce mouvement de troupes, la seconde, l'énorme masse d'orks et d'humains au sang noir, archers et piétaille. Enfin la première, celle du front, dénotait radicalement du reste : surarmée, suréquipée, composée de combattants expérimentés, dont nombre d'Amazones, l'ensemble survolé par une nuée d'oiseaux ébène, quelques ptéros montés, et précédé par un monstre bipède à tête d'ork de quarante pieds de haut que Kent, jamais, n'avait vu de sa vie !

Les cagoulés n'avaient pas besoin de repos et progressaient rapidement, trop rapidement… Il ne fallait pas qu'ils atteignent Mortagne avant ses frères ; cela signifierait qu'ils se trouveraient en position d'assiégeant ! Contre un ennemi en supériorité numérique et avec une capacité de défense aérienne énorme, les Elfes ne disposeraient alors d'aucun moyen de les en déloger. Malheureusement, d'après ses calculs, à cette allure, ils arriveraient avant l'armée des Clairs conduite par Candela.

Après le départ des Mortagnais, Elliste sortit superviser l'entraînement des Océaniens et interpella un de ses adjoints, préposé au maniement de l'épée, qui, entre autres, s'était occupé de Sup et de Joey.

– Palixte ! Ta sœur est toujours novice au temple d'Antinéa ?

L'homme, surpris que son capitaine l'apostrophe sur sa famille, acquiesça.

– Dis-lui simplement qu'il faut que je la rencontre rapidement.

Les Fonceurs Premiers Combattants, après des jours de marche forcée, établirent un campement de fortune. Gerfor avait estimé qu'il était temps de faire une pause ! Cette décision, exceptionnelle et appréciée par tous les Nains, cachait en fait le désarroi de leur chef. Il avait demandé aux jumeaux de franchir la rivière en tant qu'éclaireurs et attendait leur retour. Stationné près d'un gué, dans un grand moment de solitude, il n'osait pas s'avouer qu'il était totalement perdu. Les Bonobos ne le renseignèrent guère plus. Tout au mieux, le rivage opposé, moins accidenté, leur permettrait une progression facilitée. Le Nain considéra qu'un cours d'eau se jetait systématiquement dans l'océan, et que s'ils pouvaient s'y rendre plus rapidement par l'autre côté, cette opportunité s'imposait. Il décida alors de traverser la rivière et de suivre la berge jusqu'à la mer.

À Autran, la voix coléreuse du Nain résonna dans l'auberge des Ventres Rouges. Coupant la parole à Amandin, il vociféra :

– Je savais où j'allais et ce que je faisais !

N'aimant que peu cette manière d'être interrompu, le conteur l'apostropha sèchement :

– Pour rejoindre Mortagne à partir de Roquépique, tu n'as aucun besoin de passer le Berroye ! Autrement dit, si tu t'es retrouvé rive gauche, c'est que tu l'as franchi inutilement au moins une fois. Comme tu es arrivé par le bon côté du fleuve, à l'opposé de celui par lequel les Elfes sont parvenus, tu t'étais bien, à l'origine, trompé de direction !

Amandin leva la main avant que le Nain ne puisse rétorquer quoique ce soit :

– Sans cette décision, je t'accorde toutefois que la bataille contre les armées du Déchu aurait été de toute autre nature !

– Gloire aux Fonceurs ! Gloire à Sagar ! clama Gerfor.

– Sûrement, souffla Amandin qui poursuivit son histoire.

Coralanne s'amusait à observer son père barrer, tentant d'anticiper les changements de cap des dauphins, voulant à toute force naviguer selon ses sensations, ses décisions, et ne pas suivre bêtement ses guides en proue.

Quand vint la dernière bordée avant d'arriver à Mortagne, Rayder dû réduire considérablement la vitesse. La Cité baignait dans un noir total. Aucun phare et pas la moindre lumière en ville pour se diriger. Abal, connaissant particulièrement cette partie du port, fut d'un grand secours pour slalomer entre les barques et permit aux Mortagnais d'approcher l'endroit choisi pour accoster. Trop heureux de rentrer chez lui, il se déshabilla et plongea pour conduire l'embarcation au milieu des derniers récifs formant écueil. Presque arrivé sur la plage, il tenta de se mettre debout pour franchir les derniers pouces avant la terre ferme, une corde à l'épaule pour guider le bateau, cherchant son équilibre entre roches et sargos sur lesquelles il glissait. Une main l'agrippa pour l'aider. Sup le guettait. À son tour, Coralanne entra dans l'eau pour faciliter le transfert des bagages. Tous s'obligeaient au silence absolu, les contraignant à remercier Rayder et son second par un geste que l'équipage d'Océanis ne put malheureusement pas apercevoir dans l'obscurité.

Passe-Partout se trouvait maintenant bien loin de la Cité des Sombres, les cavernes et boyaux empruntés n'étaient plus que grossièrement taillés. Sans compter les éboulis dus à des affaissements de terrain et les impasses, rien ne favorisait son parcours. À part quelques bruyants troupeaux de mastopores fuyant sa présence, deux moitiés chauve-souris moitié humain dont il s'était débarrassé, un serpent aux yeux d'or, énorme, mais inoffensif, il s'était habitué à l'agitation feutrée de la faune souterraine qui ne l'impressionnaient plus.

S'il n'avait plus aucun doute sur la direction à prendre, Passe-Partout avait cependant perdu tous ses repères de temps, ne s'arrêtant que brièvement lorsqu'il était fatigué ou affamé, pour dormir et se restaurer un peu après une longue marche entrecoupée de lévitations. Sa partie humaine avait hâte de retrouver la surface et ce rythme jour-nuit absent des « Terres sous la Terre ». Pendant une pause, mâchonnant du mastopore fumé, constatant que le cuisseau arrivait à la fin, il conclut qu'il ne devait pas être loin de son but. Pourtant, sa route restait linéaire, sans gros dénivelés. En fait, à aucun moment il ne remontait de manière significative. Les galeries parcourues, marquées en cavernicole très probablement par son père, n'en finissaient pas ! Il trouvait son périple long, sans pour autant pouvoir le mesurer. Après avoir repris quelques forces, il emprunta un boyau étroit sur laquelle ne figurait pas une direction, mais le blason des Doubledor, le feu sacré des Sombres !

Une galerie privée aussi loin de Traba Und Trabas ? Étrange !

S'ensuivit un chemin malaisé dans lequel un Nain ne se serait pas faufilé, et il aboutit dans un cul-de-sac, sans inscriptions ni gravures ! Pas plus de coursive ou de tunnel ! Aucune sortie possible ! Hormis... Un léger courant d'air attira son attention, au-dessus de lui, une issue sous la forme d'un trou, une cheminée vraisemblablement, accessible uniquement par un Elfe.

Tergyval sortit la clef de la grille après que le gang se soit débarrassé de l'amoncellement d'algues devant la porte et tous purent s'introduire dans le boyau. Le temps de camoufler le passage par des sargos, ils se dirigèrent vers l'accès secret de l'auberge de « La Mortagne Libre ». L'arrivée par le tonneau factice fut fastidieuse. L'ouverture ne permettait qu'un individu à la fois et les bagages à transiter nécessitaient des manipulations laborieuses. Dès que Tergyval confirma que personne n'occupait les lieux, ils pénétrèrent dans la cave dans un silence de temple. L'odeur de vin envahissait l'espace et piquait les narines. Épée en main, Valk monta l'escalier et leva lentement la trappe donnant dans la salle principale de l'auberge pour s'assurer à nouveau que les cagoulés n'y avaient pas élu domicile. « La Mortagne Libre » demeurait déserte, jusqu'aux chambres... Du sous-sol à l'étage, tout avait été renversé, cassé, vandalisé. Tergyval jeta un regard nostalgique au fût de vin fin que Josef réservait pour les grandes occasions, percé comme les autres, expliquant l'odeur entêtante dans la cave. Après que le gang eut opéré un tour complet de l'établissement, Sup déclara :

– On est tranquille ! Ils ont même barricadé l'auberge par l'extérieur en clouant des planches ! On se débrouillera pour en supprimer une ou deux plus tard pour accéder à la rue... Dans l'immédiat, on ne peut entrer ou sortir d'ici que par les chambres à l'étage et par le chemin des contrebandiers. Ah, ces crétins ont éventré la caisse de Gerfor ! Mais le moule est intact... A priori.

Aidé de Jokoko, Tergyval redressa une table et déclara :

– Pour le moment, cela se déroule beaucoup mieux que prévu... Passons à la phase d'observation !

N'attendant que cet instant, Sup et le gang se ruèrent à l'étage et investirent les toits de Mortagne.

Durant l'absence du gang, les rapatriés remirent un semblant d'ordre dans l'auberge. Carambole, à la surprise de tous, retrouva ses vieux réflexes et prépara un repas avec les moyens du bord. Tergyval décloua avec le plus grand soin les planches qui condamnaient l'accès à la cour intérieure et les reposa avec des fixations de fortune faisant illusion vu de l'extérieur. Ils pourraient ainsi aisément sortir de l'auberge.

À la lumière de la lune, Sup se servit de sa clepsydre pour mémoriser les temps de ronde des milices et les moments de relèves. Il réalisa vite que la surveillance actuelle de Mortagne était en tout point équivalente à celle mise en place par Tergyval à l'époque de la Cité des Libres. Optimisée par le Capitaine des Gardes au fil du temps, notamment depuis l'avènement des ptéros, les prosélytes ne l'avaient en rien modifiée. En revanche, les milices captaient toute son attention. Nouvelles dans la protection de la ville, elles n'obéissaient pas à une logique fixe en matière d'itinéraire ou de temps de présence. Il envoya ses trois sbires pour les étudier de près, mais pas uniquement dans ce seul but.

Descendus des toits avec agilité, Vince, Carl et Abal arpentaient les rues désertes de Mortagne. Hormis par endroit la lueur chancelante d'une bougie que l'on devinait derrière des tentures n'occultant que partiellement un foyer, le gang aurait pu croire leur Cité morte, le couvre-feu décrété par les occupants prosélytes étant respecté par tous. Telles des ombres, ils prêtaient attention au moindre bruit, prenant garde à ce que leur propre pas ne résonnât pas sur les pavés. Ils repérèrent facilement la première milice à sa marche lourde. Indétectables dans la pénombre, ils les laissèrent passer devant eux. La lumière des torches dévoila des visages fermés au regard fixe. Leur rythme de progression semblait anormalement lent. Rien à voir avec celui initié par Tergyval, plus dynamique et martial, quand il déployait ses hommes ! Abal se paya le culot de les suivre en les imitant, tout en leur tirant la langue. Cette escapade nocturne leur permit de noter trois rondes avec autant de parcours différents, tous suffisamment espacés pour que les membres du gang se rendent sans souci à l'endroit précis indiqué en priorité dans leur mission. Cependant, dans l'esprit de Tergyval et confirmé de vive voix, cette étape n'ayant aucun caractère obligatoire, elle ne devait s'effectuer qu'avec la certitude d'aucun danger proche. Et ce fut en toute mauvaise foi, s'estimant en parfaite sécurité, qu'ils stoppèrent dans l'ombre de la rue, en face de l'échoppe de Fontdenelle...

Ils firent pénétrer le plus petit d'entre eux par une fenêtre haute de la maison, non condamnée comme les autres. Dans l'obscurité, Abal glana à l'aveugle tout ce qu'il put trouver et les fourra en vrac dans des sacs récupérés sur place. Puis, dans la cour, il préleva un godet de résine de torve de l'une des barriques, revint à l'intérieur et jeta l'ensemble par l'ouverture pour être ramassé par ses comparses. Chargé de son butin, le gang regagna les toits de Mortagne et bien vite l'auberge, en toute discrétion.

Sup ne rejoignit le groupe qu'à l'aube, pas peu fier d'avoir considérablement amélioré ses connaissances sur le fonctionnement de sa clepsydre. En calculant les fréquences des temps de patrouille des milices, il s'était aperçu qu'elles ne devaient rien au hasard et en informa Tergyval qui sembla satisfait. Le plan envisagé pouvait s'appliquer. Réaliste, Carambole lâcha cependant :

– Il faudrait pour cela que les Elfes parviennent à Mortagne avant l'ennemi. Et ce n'est pas encore gagné...

Le boyau vertical, aussi étroit que celui de l'accès, lui paraissait interminable. Passe-Partout lévitait lentement, craignant de se cogner à un rocher saillant. Les yeux levés vers l'hypothétique sortie, il ne voyait rien laissant présager la fin du voyage dans ce noir absolu, somme toute très relatif pour un nyctalope. Sa seule distraction hormis éviter les écueils fut de s'apercevoir de la raréfaction graduelle des lichens luminescents, jusqu'à leur complète disparition.

Retour à la surface, se dit-il comme pour s'encourager.

Mais force était de constater que son ascension ne s'achevait pas pour autant, au point qu'il dut se rassurer en faisant appel à « La Table de Calcul » de Tilorah pour contrôler son niveau d'Énergie Astrale afin de poursuivre sereinement sa progression.

Après un temps jugé trop long, il fut contraint d'arrêter sa course sous peine de s'assommer. Flottant sur place, il fronça les sourcils et tourna sur lui-même. Derrière lui, un pan droit et lisse jurant particulièrement dans cet environnement de roches tourmentées. Mais un sourire étira ses lèvres lorsqu'il glissa son médaillon dans une gravure en creux repérée en son centre. La porte se déroba et Passe-Partout n'en crut pas ses yeux. Il était dans la grotte de Dollibert !

CHAPITRE XV

Non sans raison, Gilmoor s'était mis en tête que chacun de ses pairs n'agissait sur Avent qu'en fonction de ses propres intérêts. En leur supprimant toute possibilité de communication avec leur prêtrise, le Dieu des Dieux jouait gros. Si le Déchu s'emparait du Continent avec l'appui de Séréné, Gilmoor avait la certitude qu'il n'aurait de cesse que de vouloir le combattre, et qu'il triompherait à nouveau !

Le sentiment du Messager, bien différent, reposait sur une autre hypothèse, tout aussi plausible, mais écartée par le Maître d'Ovoïs : si Séréné était vaincue par le dernier des Sombres et que le Déchu l'emporte sur les alliés, Avent à sa solde n'invoquerait plus que lui, et Ovoïs ne s'en remettrait pas.

Lorbello. Extrait de « Pensées du Messager »

Après quelques heures d'un sommeil agité, Sup trouva Tergyval debout et fébrile, fixant avec une insistance maladive une représentation de Mortagne griffonnée sur papier. À ses côtés, Carambole et Jokoko, visiblement mal à l'aise, qui acquiesçait à ses gestes sans qu'il prononce le moindre mot. Dès que le Capitaine s'aperçut de la présence du chef de gang, il retrouva l'usage de la parole.

— Vous neutraliserez les postes de garde en passant par les toits dans cet ordre précis !

Il raya une à une les positions des sentinelles et revint sur la première. Son stylet tapa frénétiquement sur l'emplacement à éliminer.

— Dès celui-ci supprimé, je sortirai de l'auberge avec Jokoko, Valk et Carambole. Tout devra se dérouler après la ronde de la milice qui passe par la rue de la soif. Objectif : la Tour de Sil ! Carambole gagnera ainsi les appartements de Parangon pour nous servir de phare !

La moue d'incompréhension d'une partie de l'assemblée l'agaça :

— De repère ! Comme une tour de guet !

Il poursuivit :

— Nous continuerons tous les trois jusqu'au Palais et y pénètrerons par l'accès aux geôles. Puis, une fois à l'intérieur, nous ouvrirons l'entrée de la terrasse de la façade est pour que vous puissiez nous prêter main-forte. Normalement, le temps d'élimination des gardes et celui qu'il faudra pour nous introduire dans la prison devraient correspondre... Le gang sera ensuite en mesure de tenir le poste de commande de la porte principale et attendra l'ordre de Carambole pour la déverrouiller. Nous ferons ainsi le ménage dans le Palais et laisserons le champ libre aux Clairs, comme cela a été réalisé à Port Vent !

Sup trouvait le Capitaine résolument optimiste et lâcha :

— Bon... On y va quand ?

– Ce soir, émit Jokoko d'une voix blanche.

– Les Elfes arriveront dans la nuit, ajouta Tergyval comme pour s'en persuader.

Sup grimaça d'incertitude. Ils disposaient d'éléments que lui ignorait. Il finit par se tourner vers Carambole et lui jeta un regard implorant :

– Les Clairs seront bien là cette nuit ? Et si oui, nous ne savons pas si l'ennemi surgira avant eux…

Carambole hocha la tête, ce qui ne le convainquit pas pour autant. Certes, leur plan faciliterait l'entrée de leurs alliés et préparerait au mieux le combat. Dans le cas inverse, si les sbires du Déchu franchissaient en premier les portes de Mortagne, les Clairs n'auraient d'autre possibilité que d'assiéger la Cité, avec eux dedans !

Il soupira :

– Je ne pense pas que l'on ait bien le choix. Si nous ne faisons rien et que les Clairs arrivent avant les cagoulés, tous les Mortagnais envoûtés se lèveront contre eux…

La mine résignée de Tergyval pour confirmation, il ajouta :

– Passe-Partout ?

– Pas de nouvelles, répondit Valk qui inspectait son équipement de combat.

– C'est aussi la raison pour laquelle Carambole doit se rendre chez Parangon.

Sup sourit.

– Bien vu ! La gemme noire du Magister ! Carambole pourrait tenter de le joindre !

Valk ricana :

– Une gemme noire ? Bien sûr ! Tu crois que Passe-Partout porte cette masse dans son sac à dos ?

Sup l'arrêta avant qu'elle ne hausse les épaules.

– L'Œil est proportionnel à la taille des Peewees. Kent lui a remis le bureau de Jorus dans lequel il est enchâssé.

– Et comment sait-on qu'il est en sa possession ? Rétorqua Valk, vexée.

Sup la dévisagea comme si la réflexion était inepte.

– Ben, par le "lien" ! Kent, puis Candela et Joey.

Gênée, Valk grommela entre ses magnifiques lèvres sans qu'aucun son n'en sorte.

Grâce aux matériaux ramenés de son antre par le gang, Fontdenelle créait une sorte de pâte gluante sur le fourneau de la cuisine de l'auberge. Avec une infinie précaution, il chargea les sphères creuses d'Analys de ce mélange encore chaud et les ferma hermétiquement avec de la résine de torve. Il parvint à réaliser une vingtaine de projectiles et les aligna devant lui. Puis il observa le rat qui s'étourdissait à chercher une issue à sa cage, lorsque Carambole entra en se bouchant le nez :

– Il sent drôle, ce truc !

L'herboriste haussa les épaules, se saisit d'une bille, du rongeur dans sa prison, et se dirigea vers la cave. Valk et Sup le suivirent par curiosité et assistèrent à son expérience. À bonne distance, Fontdenelle jeta la sphère de verre avec force contre le sol, au plus proche de la bestiole. Une épaisse fumée se dégagea, les faisant fuir tous les trois ! La trappe refermée,

Valk se tourna vers le vieil homme :

– C'est quoi, ça ?

– M'est avis qu'il devrait s'agir d'une méthode de neutralisation douce.

– Devrait ? releva Carambole.

Une bonne heure s'écoula avant de pouvoir pénétrer de nouveau dans la cave.

– Le rat est mort ! s'exclama Sup.

L'herboriste se gratta la tête. La dose était probablement trop forte pour un rongeur... Ou trop forte tout court !

– Manque de temps pour rectifier la composition... Et de toute façon, plus de billes à remplir !

Ainsi, la grotte du premier Mage d'Avent n'était qu'une extension des possessions du Domaine Doubledor ! Cet endroit, bien loin de Traba Und Trabas, avait été prêté à Dollibert par Faxil. Passe-Partout se remémora le tombereau d'injures proférées par Tilorah à son père à cette occasion ! Quant à ses souvenirs propres, lors de sa seconde visite, il avait bien remarqué le sceau du feu sacré des Sombres gravé sur le mur intérieur de l'antre, mais n'avait à l'époque pas fait le rapprochement. Il rit en pensant que, quand bien même l'ouverture découverte, le repère se trouvant pratiquement à la cime du Croc Acéré, il ne se serait pas risqué dans le vide sans lévitation !

Un frôlement l'alerta. Lestement, il se munit de son arc. Des yeux rouges le fixaient : des rats, et de bonne taille ! Le jeune Sombre au regard devenu gris banda Katenga et, en rechargeant rapidement, en abattit trois tandis qu'il prononçait pour la première fois une formule apprise aux « Terres d'en Dessous ». Il laissa alors les suivants lui sauter dessus, et ils eurent fort à faire contre l'armure magique qui, comme une aura, enveloppait son corps ! Le test fut édifiant. Bien que ses bras et ses jambes soient dépourvus de la protection en Sylvil, le sort rendait vaines les attaques de leurs dents pointues. Thor et Saga achevèrent le travail avec efficacité pendant que les derniers s'enfuyaient par le trou où, jadis, Dollibert entrait, transformé en Staton.

Un coup d'œil sur la pièce désertée et Passe-Partout constata qu'il avait été temps d'intervenir ! Les rongeurs, après avoir dévoré les parchemins, commençaient à entreprendre les grimoires. Il ouvrit l'armoire massive à l'intérieur intact et y plaça les livres pour les protéger. Tout en procédant à ce rapide sauvetage, il s'interrogea quant à la présence de ces goinfres. Parangon lui avait pourtant bien précisé « Salle Magique » et que tout ce qui entrait et sortait de ce lieu ne pouvait que l'être aussi ?! Il avait d'ailleurs payé de sa personne en testant son analyse, se brûlant lors d'une tentative ! Mais les rats, eux, n'avaient rien de spéciaux. Le Magister avait-il fait fausse route ?

Dans l'auberge, les compagnons répétaient dans leur tête le parcours nocturne à réaliser. Le gang poursuivait sa mission. Abal avait choisi les toits. Le plus petit, et le plus discret, épiait les faits et gestes des groupes de toutes sortes. Carl et Vince avaient accepté d'affiner leurs observations en se fondant dans la masse des Mortagnais. Ils en étaient revenus avec des informations surprenantes. Le nouveau culte imposait aux habitants nombre de contraintes, dont les prières obligatoires pour tous, où qu'ils se trouvent et quoi qu'ils fassent. Ils imploraient ainsi Ferkan avec ferveur à heures fixes, pratique qui faillit bien démasquer les deux garnements ! À peine s'étaient-ils habitués à un rythme de marche plus lent, déambulant comme des fantômes, qu'il leur fallut stopper net pour murmurer des psaumes !

– Passe-Partout serait là, il dirait : « Encore un coup tordu d'un Dieu pour obtenir des invocations ! ».

Tergyval esquissa un sourire en coin et répondit :

– Ils ne prient pas la nuit… Du moins pas dans la rue avec le couvre-feu.

Après avoir réglé sa clepsydre en fonction des observations de Vince et de Carl, Sup s'improvisa oracle en annonçant à l'avance le passage des milices dans la rue de la soif, confirmé peu après par les bruits de bottes, pour sa plus grande satisfaction. Vint alors le moment de l'action. Après s'être souhaité bonne chance, Valk les suivit jusqu'à l'ouverture sur les toits et, dans la pénombre, aperçut le sourire radieux d'Abal qui préférait définitivement Mortagne occupée à Océanis libre ! Le gang et son chef disparurent dans la nuit avec pour cible le premier poste de garde, au bout des remparts sud, proche de l'endroit où ils accédaient à leur repaire secret. À la fenêtre de l'étage, la Belle guetterait la confirmation de leur mission accomplie. Elle alluma une chandelle.

Fontdenelle tremblait, inquiet, et regardait alternativement Tergyval, immobile et grave, ou Jokoko, plutôt nerveux. L'attente devint aussi lourde et pénible que le silence dans l'auberge. Fin prêts, tous piaffaient d'impatience que Valk relaie le signal de Sup.

Le gang surplombait maintenant le poste de garde visé, au rempart sud, doté d'une vue plongeante sur la rue de la soif. Un coup d'œil sur sa clepsydre et Sup sut qu'il ne restait guère de temps avant la relève. Le but était de neutraliser simultanément les deux groupes.

Deux hommes arrivèrent. Sup paniqua. Par habitude, il s'attendait à des plaisanteries de soldats, ce qui, somme toute, faisait partie des coutumes. Ce moment où les quatre plantons échangeaient quelques mots n'eut pas lieu, mais le chef de gang se reprit. Deux gestes désignèrent autant de cibles et de tireurs. Carl et Abal bandèrent leur « Tire Caillou » et projetèrent les billes au pied des gardes. La fumée âcre les fit immédiatement tousser et la seconde suivante, ils perdaient connaissance. Si l'objectif était atteint, Sup s'alarma sur les moyens mis à disposition. Le nombre de projectiles fabriqués par Fontdenelle ne serait pas suffisant ! Vince sauta sur l'autre versant du toit et grimpa jusqu'à entrevoir la fenêtre du couloir de l'auberge. Il visa la lumière vacillante au loin, et la bille d'Analys, pleine celle-là, coupa en deux la chandelle.

Valk donna le signal du départ. Avant de repositionner les planches sur la devanture, Fontdenelle vit ses trois compagnons disparaître dans la rue de la soif, happés par la nuit. Les calculs de Sup aidant, ils arrivèrent sans encombre à proximité de la Tour de Sil. Tergyval plaça son index sur ses lèvres, intima d'un geste de se tapir dans l'ombre d'une ruelle perpendiculaire et s'approcha seul de l'entrée. Le cerbère présent, peu sollicité, ne s'attendait guère à une visite nocturne, et encore moins à une garde d'épée en plein front ! Tergyval tira l'infortuné par les bottes et le camoufla sous l'escalier de gauche. Jokoko et Carambole, sous le couvert de Valk, sortirent de l'ombre et après un coup d'œil complice au Capitaine, gravirent le colimaçon droit sur la pointe des pieds.

Les portes défilèrent. Pas âme qui vive. Jokoko stoppa Carambole dans son élan au moment d'atteindre le premier degré et lui signifia de faire silence. Un ronflement sourd leur parvenait. Jokoko grimaça. Chaque palier devait être gardé par un planton et tous ne seraient pas assoupis avant de gagner le niveau des appartements de Parangon. Il s'empara du poignet de Carambole et se concentra. Une grande première pour lui : le sort d'invisibilité d'une part, et pour deux personnes en même temps d'autre part !

Carambole, sans rien ressentir de particulier, passa sa main libre devant ses yeux, et ne la vit pas. Elle n'eut cependant pas le loisir de s'en étonner, entraînée d'autorité par son compagnon pour poursuivre leur ascension. Montant cette fois quatre à quatre les marches, trompant les gardiens de chaque étage de la Tour, ils accédèrent essoufflés au sommet, à l'ultime palier où se trouvait le bureau du Magister. Un prêtre en robe de bure noire, vraisemblablement endormi, se tenait assis dos contre la porte sans clef de feu Parangon. L'ouvrir sans l'éveiller s'avérait mission impossible. Joey serra les dents et se contorsionna pour chercher une des billes de Fontdenelle dans le fond de sa poche sans lâcher Carambole. Après s'être postés à couvert plus bas dans l'escalier, il abandonna la jeune Magicienne, les rendant immédiatement tous deux visibles, et remonta les quelques marches pour projeter la sphère au pied du religieux. Ce dernier disparut, enveloppé par la fumée dense. L'odeur entêtante les obligea à reculer. Ils patientèrent plusieurs minutes que la brume se dissipe, puis Jokoko, retenant sa respiration, déplaça le corps du prêtre contre le mur, dans la même position, le temps que Carambole, la main sur le visage, ouvre la porte par Magie. Il murmura :

– Je te laisse… Enferme-toi et, par Mooréa, ne réponds à personne ! Tu te souviens des consignes ? Ah, mets ça à l'abri !

Il sortit de son sac le Livre Muet de Dollibert, lui tendit et s'évapora. Carambole entendit son pas feutré d'homme invisible dans les marches de la Tour de Sil et referma scrupuleusement derrière lui. Elle jeta alors un regard circulaire dans l'antre de Parangon, éclairée par la lune, et s'habitua à la semi-pénombre tranchant avec la lumière des torches dans l'escalier. Le désordre indescriptible qui y régnait n'avait rien à voir avec celui du feu Maître de la Tour de Sil. La volonté de saccager lui sauta aux yeux. Elle s'empara de quelques ouvrages qui jonchaient le sol, ne serait-ce que pour ne pas trébucher. Préparée mentalement à cette étape, elle avait fait remonter les souvenirs du Magister sur l'organisation de son travail et sa façon de ranger, et sourit à cette évocation. Parangon ne brillait pas par ses qualités d'agencement ! Puis elle pensa immanquablement à Fontdenelle, du même acabit que son ami de la Tour de Sil, avant de reprendre ses esprits et de s'activer sur les raisons de sa présence ici.

Elle reposa le grimoire muet dans sa boite de verre, en lieu et place de l'ersatz fabriqué par Sup, et déverrouilla les deux battants vitrés donnant sur l'entrée principale et sur la mer. La seconde suivante, elle sursautait d'effroi ! Une famille de rongeurs la frôla, profitant de la fenêtre ouverte pour fuir. La peur passée, elle plaça des bougies sur les rebords et songea à la « mission » confiée par Tergyval, jugée essentielle par ce dernier :

– Attends le signal lumineux que Sup t'enverra depuis le rempart est dominant la porte principale. À cet instant, allume une chandelle, une seule, pour que je puisse agir ! Sans cela, notre plan échouera !

Elle ne se leurrait pas sur ce rôle, somme toute secondaire, mais que le Capitaine lui faisait miroiter comme vital ! Elle l'avait d'ailleurs accepté pour une tout autre raison…

Elle s'approcha du bureau du Magister et de la gemme enchâssée en son centre. Joindre Passe-Partout restait pour elle l'unique priorité. Pourvu que l'Œil miniature de Jorus soit toujours en sa possession et à portée de son héros ! Les souvenirs de Parangon lui indiquèrent de passer sa main au-dessus de la pierre noire qui se mit à luire faiblement.

Réfléchissant à ce problème de rats tout en récupérant ses flèches sur leurs cadavres, Passe-Partout fut pris d'une brusque sensation de chaleur dans le dos. Les secousses des sangles de son sac lui suggéraient la présence d'un être vivant accroché et il s'en délesta bien vite sur le sol. Sa besace entrouverte du bout du pied, il entrevit une faible lueur à l'intérieur et décida de poursuivre avec précaution. Le peu de viande fumée qui lui restait et les quelques fioles sorties, il constata avec surprise que l'Œil de Jorus s'animait. L'extirpant à son tour, le petit bureau s'allumait par intermittence et la gemme clignotait. Par réflexe, il posa la main dessus et entendit une voix lointaine et déformée émettant un message. Il provenait soi-disant de Mortagne et s'adressait à lui. Méfiant, il ferma le globe noir qui cessa de briller tout en continuant à faiblement vibrer.

Qui pouvait bien se servir de l'Œil de Parangon ? De son point de vue, il s'agissait d'un piège, Mortagne étant entre les griffes des prosélytes ! Si l'ennemi le savait toujours vivant et en possession de la gemme de Jorus, il se ferait inévitablement repérer. L'idée de le détruire lui traversa l'esprit, mais il n'en eut pas le cœur et le déposa sur le bureau de Dollibert. Gagner l'extérieur devenait urgent. Il avisa le boyau qui le mènerait sur les flancs du Croc Acéré. Il lui fallait sortir d'ici maintenant.

Passe-Partout sauta au bord du trou d'accès pour s'y faufiler, voulut ramper, et ne put progresser d'un pouce. Se sentant un moment prisonnier, il râla contre sa corpulence l'obligeant à reculer si près du but. Son dépit augmenta avec l'Œil qui ne cessait de vibrer, mais il s'interdit de sombrer dans une panique qui l'empêchait de réfléchir et maugréa :

– C'est bien la peine d'arriver à Mortagne pour se retrouver coincé dans la grotte de Dollibert ! Je ne vais pas redescendre en Sub Avent, tout de même !

Sa colère retomba brusquement et il se traita de tous les noms d'oiseaux. Parce qu'il pouvait en devenir un, justement !

– Voyons si la Reine des Elfes a le pouvoir qu'elle prétend !

Une pensée pour Dollibert qui avait, en cet endroit, de nombreuses fois accompli ce geste, un dernier regard à l'Œil qui vibrait de plus belle, et il joignit à nouveau les deux serres de la cape en plumes.

Tous les chemins, décidément, mènent à Mortagne ! songea le rapace Passe-Partout dominant à haute altitude la Cité dite des Libres.

L'avantage de sa mutation en Staton permettait de bénéficier de la vision lointaine et précise de l'Aigle. Tout lui indiquait qu'il avait passé beaucoup de temps en Sub Avent ! Il forma de larges cercles pour s'imprégner de la situation. Au loin, à l'est, avançait l'armée des Clairs. Les forces adverses, de l'autre côté du Berroye, se trouvaient bien plus nombreuses que les Elfes et plus proches de Mortagne. En haute mer mouillaient trois bateaux de grande capacité. Quant à la Cité, les gardes occupaient leurs postes habituels et quelques sauriens chevauchés par des cagoulés patrouillaient au-dessus des remparts. Passe-Partout ignorait la raison de ce regroupement de sangs noirs autour de la ville et calcula bien vite que le cumul des troupes au sol et celles susceptibles de débarquer n'allait pas dans le sens d'une reconquête facile ! Le soir pointait, lui permettant de ne pas être repéré par les cerbères à ptéros. Il lui fallut prendre une décision cruciale. Dès lors qu'il redeviendrait lui-même, il ne pourrait plus se transformer en Staton.

Première option : voler jusqu'à rejoindre sa sœur ou Kent. Mais l'armée des Clairs n'arriverait probablement qu'à la nuit tombée. À quoi servirait-il, que ce soit auprès de l'un ou de l'autre, si le combat ne s'engageait que le lendemain matin ? La seconde : saborder les navires. Bien qu'il n'en fût pas à son coup d'essai, il se voyait mal atterrir sur un pont, se transformer et filer dans la cale pour y faire un trou. Il serait peu probable que l'ennemi à bord le laissa faire ! De plus, il y avait trois bateaux ! Troisième option : frapper au cœur de Mortagne. Se servir du coucher de soleil pour planer jusqu'à la Tour de Sil et débusquer le Mage se prenant pour Parangon ! Peut-être abattrait-il une tête envoûtant les Mortagnais.

Passe-Partout enregistra la routine des gardiens à sauriens, contourna Mortagne par la mer, se stabilisa à hauteur du dernier étage de la Tour de sil, au-dessus du bureau de Parangon, et pria la bonne fortune de tomber sur une fenêtre ouverte. La chance joua en sa faveur, car la semi-pénombre du soir camouflait le plumage argent, plutôt voyant, du Staton, et l'un des fenestrons se trouvait entrebâillé. Il se posa sur la margelle et tendit l'oreille. Des battements d'ailes caractéristiques de ptéros, au loin, indiquaient qu'ils quittaient le port pour gagner le large. Au-dessous de lui, il perçut aussi des pas se rendant de la fenêtre à la table de travail du Magister. D'un coup de bec, il poussa totalement l'ouvrant afin de pénétrer à l'étage. Arrivé au centre de la pièce, sa tête d'oiseau fouilla son poitrail pour dénouer les attaches. En quelques secondes, il redevint lui-même. Discrètement, il descendit l'escalier et stoppa derrière une silhouette plutôt menue, vêtue d'une ample robe à capuche, qui, de ses mains, tentait d'activer l'Œil de l'imposant bureau de Parangon. D'une pensée, il appela Thor et Saga et leva par habitude ses paumes en l'air pour s'en saisir. En vain. Interloqué, il baissa le regard sur son plastron de Sylvil et constata leur présence ; pour la première fois, les couteaux divins ne lui avaient pas obéi. Ses yeux devinrent gris. La Magie de son adversaire paraissait bien puissante ! Il sortit la dague de Gary et amorça le coup fatal qu'il allait porter, lorsque l'ennemi proféra un juron.

– Bon sang ! Comment marche ce truc ? Il faut absolument que je joigne Passe-Partout !

– Carambole ? réussit-il à dire, incrédule, tandis qu'il camouflait son bras armé dans le dos.

La silhouette se retourna paniquée, les deux mains en avant en réflexe défensif.

– Passe… Passe-Partout ? ânonna-t-elle avant de lui sauter au cou.

Sup et le gang avaient neutralisé tout le rempart sud. Il fallait dorénavant agir rapidement et nettoyer le côté opposé avant d'attaquer celui de l'est pour maitriser la porte principale. Prévenus par le signal de Carambole du haut de la Tour de Sil, Tergyval, Valk et Joey s'étaient frayé un chemin, plutôt biscornu, afin d'éviter les milices et longeaient maintenant les ex-écuries des ptéros de Guilen. Ils se cachèrent dans la partie basse du Palais, à proximité de l'accès des geôliers, par là même où le Capitaine des Gardes exfiltra Anyah et la malheureuse Perrine. Et ils attendirent…

– Tu es Magicienne ?! déclara Passe-Partout pour rompre cette étreinte qui l'embarrassait.

– Toi, tu es bien devenu Sombre, répondit-elle en le couvant de ses grands yeux.

Il fit discrètement disparaître le couteau de Gary en détournant son attention :

– Visiblement, j'ai un peu de retard sur les événements survenus à la surface pendant mon absence. Tu pourrais peut-être…

Carambole prit une longue inspiration et lui condensa les épisodes importants les concernant, un monologue que Passe-Partout n'interrompit pas, bouillant parfois d'une colère contenue, notamment au moment du récit de la mainmise de Mortagne par les prosélytes ! Et il ne se calma pas lorsqu'il dut, en plus, se fendre de la promesse d'épargner les Mortagnais envoûtés, jugés par la jeune Magicienne comme victimes ! Pendant toute la narration, il arpenta la salle d'une fenêtre à une autre, furibond et redoutant une éventuelle attaque des deux côtés de la Cité, dont une possible approche des bateaux ennemis.

– Voilà en résumé la situation ! Kent tente de bloquer les renforts envoyés par le Déchu. Tergyval, Valk et le Gang sont sur les remparts pour neutraliser les gardes. Nous en sommes à… attendre.

– Ainsi, nous sommes tous deux "Animagiques", commenta Passe-Partout, toujours en mouvement.

Il lui conta à son tour succinctement son périple, de la Forêt d'Émeraude jusqu'au Croc acéré, éludant sa nuit tumultueuse aux Quatre Vents. Carambole ne l'interrompit pas, se laissant bercer par sa voix, tremblant aux dangers, souriant aux retrouvailles avec sa sœur, vibrant à ses décisions ou ses actes. Lorsqu'il acheva son récit en évoquant la présence des rats dans l'antre de Dollibert, Carambole s'exclama :

– Bizarre ! Quant à moi, ils ont fui par la fenêtre sans demander leur reste dès que je suis entrée !

Passe-Partout et Carambole, sans se concerter, se tournèrent vers le grand Livre Muet et énoncèrent ensemble :

– C'est lui qui protège l'endroit où il se trouve !

Et de tous les dangers, visiblement ! pensa-t-il en se remémorant la désobéissance de Thor et Saga.

– Puisque nous en sommes aux objets magiques…

Il défit de son collier le médaillon gravé de l'aile de Staton et lui tendit :

– Attention ! Avec Candela, c'était impressionnant !

Carambole s'en saisit sans l'ombre d'une hésitation. Une aura lumineuse, accompagnée d'un frisson, parcourut son corps. Passe-Partout, lui, avait reculé de cinq pas !

– Étrange, ce sentiment de maîtrise !

Rassuré par la discrétion du phénomène, il s'approcha et lui confia :

– Un catalyseur, d'après Candela.

– Effectivement, il aide à concentrer ou répartir la Magie.

– Que signifient ces mouvements ? s'exclama-t-il, penché à la fenêtre.

– Rien qui vaille… Et toujours aucun signal de Joey.

– Où est le Jokoko ? asséna-t-il.

– Joey ? Avec Tergyval et le gang.

Un silence s'ensuivit, parfaitement interprété par Carambole qui n'avait pas évoqué son nom dans son précédent récit. Le handicapé des sentiments que demeurait son héros aurait systématiquement du mal à les exprimer ! Elle prit le parti de lui dire clairement les choses :

— Jokoko et moi n'avons que des relations de profonde amitié... Moi, je n'ai jamais aimé qu'une seule personne ! Depuis le premier jour où il est apparu dans l'Auberge... Celui qui m'a sauvé la vie : toi.

Ils attendaient depuis trop longtemps. Avec patience. Mais l'inquiétude montait, comme le bruit des bottes dans les rues. Joey agrippa la manche de Tergyval : quelque chose ne tournait pas rond.

Arrivés sur le rempart ouest, le gang assista à un ballet imprévu. Les soldats affluaient comme si la Cité devait supporter un siège et les éclats de voix sur le chemin des gardes qu'ils venaient de quitter ne trompaient pas : leur mission était compromise. Heureusement à couvert sur les toits dominant l'enceinte, Sup donna l'ordre de tirer les billes à la va-vite et de faire marche arrière, non sans prévenir Carambole, la mort dans l'âme, par le signal convenu. Son commando avait échoué.

Carambole se tut brusquement, faisant avorter sa déclaration. Une lueur filtrait dans l'obscurité qu'elle avait implorée ne pas voir. Sup lui indiquait une alerte ! À son tour, elle alluma deux chandelles installées sur le rebord puis posa sa main sur l'épaule de Passe-Partout. Il se tourna vers elle et murmura :

— Je ne sens pas bien ce coup-là.

— Nous avons perdu, confirma-t-elle d'une voix étranglée.

Il se raidit et se dégagea de Carambole :

— C'est quoi le plan de repli ? la questionna-t-il en enlevant la cape de plume.

— Le port, côté plage... L'endroit le moins gardé de la Cité.

Il lui tendit le vêtement d'argent :

— Cela te revient aussi, Carambole, en tant que Magicienne. L'héritage de Dollibert, premier Mage humain. Fais-en bon usage dans l'avenir, si toutefois nous en avons un...

Carambole recula, effrayée de son ton grave :

— Pourquoi dis-tu cela ?

Passe-Partout ouvrit la fenêtre côté mer, vérifia ses équipements et monta sur le rebord.

— Une des particularités des Sombres est de voir la nuit. La ville grouille déjà de monde jusqu'au port. Reste-là, Carambole ! Ne sors sous aucun prétexte ! En cas de danger, tu n'as qu'à joindre les deux serres de la cape, l'effet magique devrait être permanent sur toi. En te transformant en Staton, tu auras une chance de t'extraire de ce guêpier. Emporte le livre de Dollibert avec toi dans tous les cas ! Il te protégera !

Sur l'instant, elle ne comprit pas ce qu'il voulait lui signifier et ne pensa qu'à le retenir, lui dire qu'elle l'aimait, lui demander comment il comptait faire à cette hauteur, comment il comptait faire tout court... Et faillit hurler lorsqu'elle le vit se jeter dans le vide !

Les yeux de Jokoko roulaient dans ses orbites, comme à chaque nouvelle importante du Lien. Tergyval et Valk devinèrent son désespoir au timbre de sa voix :

– L'ennemi est aux portes de la ville… L'armée de Candela est à une lieue du Berroye… Seuls Kent et ses Éclaireurs Clairs tentent de leur barrer la route, mais ils ne sont qu'une poignée !

Le Capitaine des Gardes accusa le coup. Il tourna vivement la tête vers le sommet de la Tour de Sil et vit le signal de Carambole indiquant le repli. Il baissa les yeux. Ils avaient perdu.

En rage d'avoir échoué, Sup et le gang accédèrent aux chaumes des maisons du port. Il était convenu que le point de ralliement serait la plage, à proximité de l'entrée des contrebandiers menant à « La Mortagne Libre » et lieu de stationnement de leurs ptéros. Ils n'eurent d'autre choix, faute de bâtiments, que d'abandonner les toits pour se dissimuler à terre entre deux bateaux de pêche en cale, derrière la capitainerie. Parvenir à l'endroit du rendez-vous tenait du défi ! Valk serra le bras de Tergyval, encore, et murmura :

– Nous pouvons remonter en suivant les Mortagnais qui sortent de chez eux et se dirigent vers le centre. Camouflons nos visages et fondons-nous dans la masse.

Tergyval eut un dernier regard sur les terrasses du premier étage du Palais, gardé par des hommes en armes. S'il avait eu un ultime espoir de mener un baroud d'honneur malgré les circonstances, il l'abandonna et se rangea à la suggestion de la Belle en rabattant sa capuche. Instinctivement, ils se mirent à courir, mais durent rapidement se raviser pour ne pas se faire remarquer. Les Mortagnais, tous munis d'armes de fortune, marchaient vers le centre de la Cité comme s'ils se promenaient. Aucun affolement dans leur comportement, aucune agitation. Avec des visages graves et les yeux dans le vide, ils semblaient écouter une voix intérieure qui les dirigeait telles des marionnettes. Dans la pénombre éclairée sporadiquement par les torches portées par quelques hébétés, le souffle court et la tête baissée, les trois compagnons accompagnèrent le mouvement dans un silence assourdissant et à l'allure commune. Trop lente à leur goût pour rejoindre la plage !

CHAPITRE XVI

– Tu viens me faire changer d'avis ? En pure perte !

Le Messager ignora cette fin de non-recevoir.

Gilmoor se tourna vers lui et, paradoxalement calme, ajouta :

– Les décisions du petit ont été, jusqu'à présent, plus judicieuses pour l'avenir d'Avent que toutes celles prises par les Dieux d'Ovoïs réunis.

Le ciel cessa brusquement de gronder.

– Nous savons tous deux d'où il vient… Qu'il en soit donc ainsi !

Lorbello. Extrait de « Crise en Ovoïs »

Le gang restait coincé dans sa cachette. Sup constata que le port était maintenant gardé sur toute sa longueur par une douzaine de factionnaires. Et encore ! Le nombre devait être plus important jusqu'à la plage, mais sa vue ne portait pas aussi loin du fait de l'obscurité. Plus haut sur les quais, les Mortagnais, tels des marionnettes, s'agglutinaient, attendant vraisemblablement qu'on leur suggère l'endroit où se rendre. L'attroupement se passait dans un silence angoissant, presque absolu, au point que le gang ne communiquait plus que par gestes. Entre les gardes et les envoûtés, Sup n'envisageait même pas de déambuler dans la foule avec son groupe sans se faire remarquer. Il jeta un regard à la Tour de Sil : deux chandelles y brûlaient. Et il avait beau chercher partout autour de lui, aucune solution ne lui paraissait viable pour se sortir de ce pétrin.

Passe-Partout savait qu'il lui fallait agir vite. Si sa sœur avait repris Port Vent en supprimant les religieux cagoulés pour stopper la possession magique que les habitants subissaient, il lui suffisait de retrouver la fameuse prêtresse du Déchu décrite par Carambole et l'occire, elle et ses sbires. Il lévita au-dessus de Mortagne dans laquelle une foule arpentait les rues à une allure anormalement lente, tentant d'apercevoir l'un ou l'autre de ses compagnons. Sans succès. En revanche, deux choses captèrent son attention. Un mouvement de groupe venant vraisemblablement de Cherche-Cœur, très encadré, se frayait un passage dans la cohue et se dirigeait vers le Palais. Puis, au loin, des feux s'allumèrent de part et d'autre du Berroye, ceux de la rive droite plus nombreux que ceux de la gauche.

Les Elfes sont encore loin de Mortagne… Tiens bon, Kent ! pensa-t-il en s'élevant au-dessus de la résidence de la Prima.

Il observa le bâtiment, cherchant le moyen d'y pénétrer. Les deux derniers étages étaient pourvus de terrasses gardées par des envoûtés en armes, trois visibles au plus haut, cinq en dessous. Il atterrit en silence derrière le trio de cerbères qui scrutait la rivière et l'arrivée de leurs alliés. Il aurait pu entrer dans le Palais sans qu'ils s'en aperçoivent, mais là n'était pas son plan. Aussi les apostropha-t-il :

– Oh ! Les lourdauds !

Il ne crut pas si bien dire : ils se retournèrent, arme à la main, avec une lenteur pathétique. Probablement grâce à sa capacité innée de se déplacer avec vitesse et agilité, il trouvait tous ses contemporains indolents, mais là ! Il songea que l'envoûtement subi devait provoquer ce type d'effet secondaire et… fort arrangeant dans ce contexte précis ! De plus, il les distinguait comme en plein jour, ce qui était loin d'être leur cas. Comme prévu dans son plan, il ferrailla un peu, juste assez pour attirer les gardes du dessous à ce niveau. Mais ne voyant rien venir, ses adversaires se battant résolument en silence, il se décida à en écorcher deux. Une estafilade de cimeterre au premier, une entaille à la cuisse du second pendant qu'il sonnait le troisième. Et toujours rien : pas un cri, pas une plainte, pas de bruit des étages inférieurs !

Passe-Partout souffla de dépit. Il finit par désarmer les deux blessés et, du plat de sa lame, les assomma. S'il n'avait pas fait la promesse à Carambole de limiter les morts, il aurait gagné du temps ! Il pinça les lèvres. En désespoir de cause, pour attirer l'attention, il s'empara des trois épées à terre et les jeta sur la terrasse où les gardes restaient immobiles. Le vacarme les poussa enfin à bouger. Constatant que le balcon au-dessous s'était vidé, Passe-Partout enjamba la rambarde et l'atteignit en lévitant.

Hommes, femmes, enfants, les habitants étaient tous descendus dans les rues. Jamais Tergyval n'avait mis autant de temps pour traverser Mortagne et arriver au port. Au milieu d'une populace aussi dense que soumise, le groupe échangeait des regards de gibier traqué. Durant tout le trajet, leurs gorges serrées de passer à proximité de la Tour de Sil, de remonter la rue de la soif, les trois compagnons n'avaient en tête que le spectacle affligeant auquel ils venaient d'assister sur la place de Cherche-Cœur. Une estrade y dominait le flot de Mortagnais hébétés. Une escouade de gardes surarmés protégeait un carré d'individus, ceux-là mêmes qu'ils auraient dû neutraliser dans le Palais. Une petite prêtresse en robe de bure, à l'instar d'un chef d'orchestre, paraissait mener les mouvements de la foule, secondée par le bateleur prosélyte reconnu par Jokoko, Etorino, et les deux traîtres à Mortagne que Tergyval désirait par-dessus tout découper en menus morceaux, Rassasniak et Artarik. Valk cherchait Sup et le gang en levant la tête par à-coup. Jokoko, troublé, gardait la main sur la poignée de sa dague. Tergyval, les yeux virés au sol, tentait d'imaginer un plan pour s'extraire de ce populo et regagner « La Mortagne Libre ». Il rageait de constater que les Mortagnais, par un ordre qu'il ne percevait pas, restaient quasi immobiles sur le quai. Aucun ne descendait sur le bord de mer où étaient amarrés les bateaux et le long duquel des gardes alignés tous les vingt pieds surveillaient cette partie vide. Le premier qui dénoterait de cette foule uniforme par son comportement, une parole ou un rythme différent, serait immédiatement repéré. Une méthode déroutante des prosélytes pour les débusquer !

Passe-Partout se précipita à l'intérieur et condamna la porte de communication à l'étage en fondant le verrou au moyen de son tout premier pouvoir, donné par le Dragon et heureusement contrôlé en puissance et précision grâce à l'enseignement de Tilorah. Le rayon de mort, canalisé sur la serrure, emprisonna les cinq envoûtés. Fier d'avoir respecté sa parole en ne trucidant personne, il descendit prudemment les marches jusqu'aux salles de réunion jouxtant les appartements de Tergyval et de Perrine, se débarrassa de deux sbires manquant de rapidité à sortir leur arme de leur fourreau et poussa avec fracas les deux battants.

L'effet de surprise joua quelques secondes en sa faveur. Une des portes violemment ouvertes avait sonné le soldat en faction ; le plat du cimeterre l'assomma définitivement. Le revenant de Sub Avent rangea sa lame avec une vélocité déconcertante et esquiva une flèche tirée depuis le fond par un cerbère posté à côté d'un trône qui n'existait pas du temps de Perrine. Thor et Saga volèrent, perforant chaque épaule de l'archer. Rassasniak, le Grand Chambellan, s'enfuit dans une salle contiguë. Passe-Partout la savait sans issue et s'avança tranquillement face à l'estrade. Une silhouette menue en robe de bure occupait le fauteuil surélevé, entourée de deux prêtres encapuchonnés, d'Artarik, l'ex-adjoint de Parangon, et d'un homme qu'il devina être Etorino. Les deux couteaux rejoignirent les paumes de leur possesseur, qui surprit les sourires narquois des deux sournois tandis que le trio noir baissait la tête, leurs index sur les tempes. Dans la lumière vacillante des torches, personne ne s'aperçut de la détermination du regard gris. Thor et Saga filèrent de nouveau avec adresse et atteignirent les deux prêtres avant même qu'ils bougent les lèvres. La panique se lut alors dans les yeux d'Etorino et d'Artarik. La frêle silhouette se leva, découvrant son visage, ses mains tendues vers lui.

Ce fut à Passe-Partout de sourire. La puissance du sort était tangible, mais la Magie de Ferkan, puisée dans celle de Séréné, restait inopérante contre les Sombres. Et il était le dernier de ce peuple ! Il voulut transformer Thor et Saga en lance pour abattre la prêtresse, en pure perte, ses lames refusant la fusion.

— Elle n'est qu'un sous-fifre, grinça-t-il.

Pensant qu'il hésitait, elle tenta de nouveau une formule. Les couteaux frappèrent avant même que ses mains se lèvent. Etorino et Artarik se mirent à courir de tous côtés, implorant sa grâce. Les jumeaux bleutés les touchèrent dans les parties charnues de leur anatomie, les empêchant de s'éloigner du danger que représentait Passe-Partout qui alla chercher Rassasniak geignant dans la pièce adjacente. Le Grand Chambellan entrava consciencieusement les deux blessés, l'archer, le garde de la porte, et fut à son tour ligoté par celui qu'il détestait le plus au monde. Les liens de chacun vérifiés, ce dernier, jusqu'alors silencieux, prit la parole :

— Les Libres décideront de ce qu'il y a lieu de faire de vous. Vous n'êtes pas envoûtés... Maintenant, dites-moi ce que je dois savoir sur la prêtresse !

Terrorisés, les traîtres parlèrent, ne lui apprenant que peu de choses sur l'occupant. Sans un mot, il disparut dans les couloirs du Palais, ouvrit une fenêtre et lévita jusqu'à la rue en contrebas. Scrutant la foule, Passe-Partout fut désappointé de ne constater aucun changement de comportement des habitants malgré la neutralisation de la petite religieuse cagoulée. Il bifurqua vers le seul endroit d'où il pourrait obtenir la meilleure vue d'ensemble de la situation.

Valk, Jokoko et Tergyval, sur les quais éclairés par quelques torches éparses, piétinaient comme les envoûtés en se dirigeant vers la gauche, vers le débarcadère, étape intermédiaire sur le chemin restant à parcourir. Inquiet, Joey jetait de temps à autre un œil alentours et croisa celui d'un des ex-plantons de Tergyval en poste au Palais. Il voulut prévenir ce dernier de l'insistance avec laquelle l'individu regardait l'épée du Maître d'Armes, reconnaissable à la garde ornée de deux dauphins. Lorsque l'index du soldat se tendit vers Tergyval, la panique qui suivit fut indescriptible.

Sup ressassait toutes les possibilités pour sortir de sa cachette, y compris l'option de contourner le port et le traverser à la nage. Un tumulte au-dessus d'eux fit lever les têtes du gang comme un seul homme. Une bousculade et des cris devenus étranges dans ce monde silencieux mobilisèrent leur attention. Sup y vit l'opportunité de tromper la vigilance des gardes et s'élança, suivi de près par ses garnements, de l'ombre de cabanons à l'arrière de maisons de pêcheurs, jusqu'au débarcadère.

Repérés, Tergyval et Valk firent le vide autour d'eux par de grands moulinets. Les Mortagnais envoûtés s'agglutinaient, ignorant ceux déjà tombés sous les coups, les obligeant à reculer vers l'escalier du quai menant au bord de mer, les plaçant dans une situation particulièrement délicate. Les gardes en faction se dirigeaient maintenant vers eux sous les yeux du gang aux premières loges de cette prise en étau.

— Ça va ? murmura Passe-Partout en dévisageant Carambole.

Elle sursauta à la présence de son héros assis sur le rebord de la fenêtre. À sa grande surprise, elle s'élança vers lui, déposa un baiser empressé sur ses lèvres, puis redevint grave :

— C'est le chaos ! Kent et ses Éclaireurs doivent avoir du mal face à l'ennemi. L'armée des Clairs vient à peine de franchir le Berroye. Et quand bien même, ils seront à un contre trois !

— Tu ne peux rien faire avec ta Magie ?

— Hélas non, je me trouve trop loin de tout.

Passe-Partout songea à la règle d'or des dix pieds de distance pour que toute formule fonctionne et se rendit à l'évidence : d'après ce qu'il venait de vivre, les prêtres de Ferkan s'en étaient affranchis. Les traits fatigués de Carambole l'inquiétaient. Son regard appuyé fut balayé d'un geste par la jeune Magicienne :

— Rien que de la concentration… Quelqu'un veut entrer en contact avec moi. Je me méfie.

Il connaissait les exigences de la théopathie et salua sa défiance.

— Essaye de séparer tes pensées, de compartimenter. C'est peut-être ma sœur qui cherche à te parler.

Des cris les firent se précipiter à la fenêtre. Carambole, blême, tendit le doigt en direction du débarcadère :

— Le port !

Passe-Partout n'avait pas besoin de la lumière des torches pour voir une foule serrer de près un plus petit groupe, armes à la main. Même à cette distance, il reconnut Valk et Tergyval rien qu'à leur manière de se mouvoir :

— J'ai pourtant éliminé la tête comme vous me l'avez conseillé, ma sœur et toi !

Il souffla de dépit et disparut dans la pénombre.

Tergyval, Valk et Jokoko, lames et dague aux poings, tenaient en respect une meute hébétée qui s'avançait doucement, mais sûrement. Les moulinets des deux épéistes retardaient le moment, inéluctable, où le nombre ne pourrait que les submerger. Jokoko, terrorisé, son long couteau pointé devant lui, suivait le déplacement circulaire de ses compagnons. Comme venue du ciel, une voix retentit tout à coup dans l'obscurité, faisant lever quelques têtes de soldats, ralentissant l'assaut final de la foule :

– Mortagnais ! Réveillez-vous !

Certains visages placides se mirent à grimacer, comme pour se débarrasser d'une gêne. D'autres tremblaient ou essuyaient leurs fronts humides. Sur le qui-vive, les yeux en perpétuel mouvement, Valk aperçut au-dessus de l'attroupement une silhouette descendre silencieusement, une étrange épée à la main.

– Passe-Partout ! hurla-t-elle.

Lorsqu'il atteignit le sol, les badauds se figèrent, impressionnés par le prodige. Et le miracle se produisit. Une voix clama :

– C'est la belle guerrière et le Fêlé !

– Non, c'est Tergyval ! Notre Capitaine !

Le nouvel arrivant jeta un coup d'œil au Maître d'Armes. Effectivement, avec la balafre au milieu du front, la confusion était de mise et la ressemblance à s'y méprendre !

– Passe-Partout ! Seigneur !

Le héros de Mortagne ne releva pas la remarque de l'inconnu l'affublant de ce titre et fendit la populace, ses amis en ligne de mire. Pour ses compagnons comme pour lui, le tintement des armes tombant au sol devint la plus belle musique entendue jusqu'alors !

– Qu'est-ce qu'il nous est arrivé ?

Comme les Portventois avant eux, les Mortagnais paraissaient se réveiller avec une grosse gueule de bois. Couvrant les murmures de confusion, un cri s'éleva dans la nuit, une voix connue.

– Alerte !

Sup, en contrebas, désignait l'océan. Tous les regards fixèrent le bord de mer éclairé par les lueurs des torches. Des barques accostaient, par dizaines ! Pire encore, ils entendirent au-dessus de leurs têtes des battements d'ailes par centaines ! Les trois nefs au large lâchaient leurs troupes.

– Un plaisir de te voir ! proféra Tergyval, soulagé malgré les circonstances.

– Jolie lame ! renchérit la Belle.

Passe-Partout toisa ses compagnons, ignorant Jokoko, et répondit :

– Plaisir partagé… Le dernier sûrement.

Il leva son cimeterre et cria :

– Pour Mortagne !

Cette fois, une clameur retentit. Enfin ! La Cité des Libres retrouvait son essence dans sa renaissance.

La lame de Sub Avent ne frappait plus du plat et les adversaires en goûtant tombaient comme des mouches. Le trio suivait le jeune héros. Valk et Tergyval, telles deux machines à donner la mort, trouaient la nuée ennemie. Parfois, des cagoulés chutaient en se tenant la tête sans qu'aucune arme ne les touche. Dans ses mouvements d'attaque s'apparentant plus à une danse qu'à un déplacement orthodoxe de duelliste, Passe-Partout repéra les trois garnements du gang, camouflés derrière une barque, lancer de drôles de projectiles avec un engin qu'il n'arriva pas à identifier. Il les salua d'un bref acquiescement de tête et se reconcentra sur ses adversaires. Tout en lacérant les envahisseurs, il s'aperçut bien vite que les bateaux de débarquement croissaient de façon inquiétante. Les chaloupes n'en finissaient pas de vomir des cagoulés. Le nombre, tout ce que redoutait le dernier des Doubledor depuis son périple en Sub Avent ! Quels que soient les pouvoirs, la puissance, la Magie, une légion de combattants aurait toujours raison du plus vaillant des guerriers !

Sup avait rejoint le groupe et se battait aux côtés de Jokoko, juste derrière Tergyval et Valk. Le manque de réactivité et de rapidité des Mortagnais fraichement réveillés devint un piège dans lequel l'ennemi les enferma. La « Compagnie de Mortagne » fut encerclée par des sangs noirs ignorant la peur. Une poignée contre une foule. À cet instant, Passe-Partout aurait pu léviter pour s'extirper de ce guêpier, s'il avait été seul. Mais jamais il n'abandonnerait ses compagnons. Se servir de la Danse des Sombres n'était plus du domaine du possible pour cause d'Énergie Astrale insuffisante. N'en restait qu'à peine pour un rayon de mort. Son ultime option tenait de l'héroïsme, ou de l'inconscience.

Un cri et il se rua, à l'ancienne, sans artifices, dans cette dernière bataille, suivi à la seconde par le trio galvanisé par son sursaut. L'énergie du désespoir leur permit une nouvelle percée. Les moulinets lestes du cimeterre créèrent un vide, tuant ou blessant ceux qui ne s'étaient pas reculés rapidement pour l'éviter. En un éclair, Passe-Partout rengaina son arme, profita de l'espace pour joindre ses poignets et invoqua son plus terrible sort. Le rayon bleu-mauve jaillit de ses mains, ouvrant un couloir fumant.

– Fuyez ! cria-t-il, épuisé, un genou à terre.

Un choc violent sur la tête, immédiatement suivi d'un autre à l'épaule, et sa lame recourbée tomba sur le sable. Une masse venue du ciel l'avait heurté et le sonna sur place.

Vince, le plus précis du gang au « Casse Bouteilles », tirait des billes sur les oiseaux tournoyant au-dessus du groupe et en avait atteint un. Le coup adroit, mortel pour le volatile, avait hélas précipité l'animal sur le port dans sa forme originale. Un trou dans le front, l'ork gisait sur Passe-Partout, l'immobilisant à terre. Fataliste, l'infortuné attendait que s'abatte le glaive d'un corrompu Nain face à lui. Vidé, il ne pensait plus à rien, regarda l'océan tout proche qui ondulait étrangement, puis revint sur le cagoulé qui tout à coup grimaçait. Trois pointes transperçaient sa poitrine. Du sang noir coulait de ses lèvres.

Des détonations sourdes se firent entendre au loin. Catapultés depuis la mer, des filets lestés tombèrent sur ses assaillants, les emprisonnant de leurs épaisses mailles. Une douleur à la clavicule qui lui vrillait le crâne, à la limite de l'inconscience, Passe-Partout vit sortir de l'eau des ombres revêtues d'écailles et se jeter sur les forces ennemies. Une tête de batracien posée sur des épaules massives, des pieds et des mains palmées, ces hommes poissons se battaient avec courage et intelligence, épargnant les convertis pour ne s'attaquer qu'aux corrompus. Au cœur du tumulte des combats qui se poursuivaient, le temps parut se suspendre.

Dans un état second, Passe-Partout perçut des mouvements confus autour de lui. Débarrassé de l'encombrant ork qui l'oppressait, il se sentit soulevé par les aisselles par deux humanoïdes étranges, lui arrachant un cri de douleur. Les mains palmées l'aidèrent à tenir debout et il crut faire l'objet d'hallucinations, vivant la scène comme dans un rêve.

Sur le port, une armée amphibie, munie de tridents, de javelots et de filets, se battait aux côtés des Mortagnais. Au milieu de ce surprenant affrontement, il fut amené avec égards à un « homme batracien » de haute stature qui lui parla dans un langage guttural inconnu. Un nez absent, une bouche large aux lèvres minces et pourvue d'ouïes, la créature désespérait se faire comprendre.

Titubant, privé d'énergie, le discernement de Passe-Partout chancelait. Sa tête tournait. L'effort de communication avec son sauveur demeurait impossible. L'Homme-Poisson, a priori leur chef, s'approcha, prenant enfin la mesure de l'état du jeune héros. Il posa sa main palmée sur son épaule, lui arrachant un rictus de douleur. Quelques borborygmes inintelligibles plus tard, une chaleur bienfaisante irradia sa clavicule, jusqu'à disparition complète de toute souffrance. « Chop », nouvellement et muettement baptisé, se croisa les bras et lui parla de nouveau. En vain. Les yeux mi-clos, au bord du malaise, il perçut son irritation de ne pas parvenir à se faire comprendre. Le mi-homme mi-batracien finit par enlever sa veste pour dévoiler son torse nu et se tourna de profil. L'absence d'écailles sur le côté gauche et les cicatrices présentes ravivèrent la mémoire du sauveur des profondeurs, qui pourtant n'avait pas les idées claires. Il se souvint de son coup de main sous-marin à Avent Port et de la créature collée à une amibe géante. Il esquissa un sourire en songeant à Plouf qui l'avait entraîné dans cette folle histoire de sauvetage d'un amphibien menacé d'être digéré par un monstre des abysses. Ainsi, l'Homme Salamandre avait survécu... Passe-Partout secoua mollement la tête. Il n'entendait plus le fracas des armes ni le bruit des ailes de ptéro. Son esprit embrumé pensa que le renfort inattendu venu de la mer avait fait plier l'ennemi. À moins qu'il ne soit en train de s'évanouir...

Chop recula et cria brièvement un ordre, ce qui rameuta sa cohorte déployée sur la jetée de Mortagne. Il lui renouvela son salut, main droite levée. En un effort surhumain, Passe-Partout lui rendit à l'identique, ravi que son épaule réponde sans douleur à ce geste. Le manque d'Énergie Astrale l'emporta sans prévenir. Il tomba.

Nos rencontres finissent toujours de la même façon, pensa-t-il en perdant conscience pendant que les ombres écaillées regagnaient précipitamment leur élément.

CHAPITRE XVII

Le Déchu pratiquait un changement incompréhensible dans sa méthode d'envahissement du Continent. L'évidence apparut au Messager : L'ex-Dieu de la Mort mettait un frein à sa stratégie de dissémination de prosélytes au profit d'une armée colossale de corrompus, probable décision de Séréné. La Sphère Noire devait exiger sa complétude, les derniers fragments se trouvant sous l'océan.

— La contrepartie promise par Séréné doit être alléchante pour que le Fourbe accepte ce changement de programme !

Lorbello. Extrait de « Pensées du Messager »

Passe-Partout se réveilla dans le lit de Carambole, à l'Auberge de « La Mortagne Libre ». Les yeux verts de la Magicienne le couvaient. Il se raidit.

— Tout va bien ! Nos sauveurs amphibiens sont repartis s'occuper des trois nefs. Ils ne peuvent rester longtemps à l'air libre... Et nous n'avons à déplorer aucune perte chez nos proches... Comment te sens-tu ? demanda Fontdenelle, s'asseyant à ses côtés en le scrutant.

Passe-Partout remua tous ses membres, jaugea de sa vitalité mise à mal, mais redevenue satisfaisante. Ce qui n'était pas le cas de son Énergie Astrale, en berne, elle.

— Bois ça, puis ça... M'est avis que tu connaissais déjà ces créatures de l'océan, mon garçon !

— Combien de temps suis-je resté inconscient ? Des nouvelles des Clairs ?

— Deux heures au plus... Quant aux Clairs, le contact qui cherchait à me joindre n'était autre que ta sœur, répondit Carambole, souriante.

Fontdenelle regardait son protégé suivre ses prescriptions et déclara :

— Grâce à la relation quasi permanente avec la Reine des Elfes, Carambole va pouvoir t'en parler.

Attentif, Passe-Partout apprit qu'enfin les Clairs avaient franchi le Berroye et soulagé Kent et ses Éclaireurs qui avaient empêché l'armée du Déchu d'entrer dans Mortagne, pas sans dommages, hélas, ayant malheureusement perdu la moitié de ses effectifs.

— Et Gerfor ?

Carambole haussa les épaules :

— En route, je suppose... Sans Prêtre pour l'accompagner, pas de communication possible... Le jour va bientôt se lever. Les Mortagnais se préparent à prêter main-forte aux Clairs pour affronter l'ennemi, cette fois commun !

— Il faut que j'y retourne, dit-il en se redressant.

– Il fait nuit noire ! rétorqua Carambole.

– Justement !

– Pas avant de boire cela maintenant, asséna Fontdenelle qui s'attendait à cette décision. Je me suis permis de fouiller ton sac à dos.

Après absorption de la préparation, Passe-Partout mit la main sur son ventre avec l'impression qu'un incendie s'y déclarait. Il calcula sa manne astrale, revenue à la moitié de sa capacité.

– Joli coup, Monsieur l'herboriste ! Amélioration de la potion de Sagar ?

– On ne peut rien te cacher... Euh, c'est mon premier essai, il est possible que l'effet ne soit pas pérenne.

Son protégé n'écoutait déjà plus. Il sauta du lit et se harnacha de son attirail. Les yeux verts baissés, mais ne pouvant camoufler son inquiétude, le sourire de Carambole l'abandonna.

– Je reviens vite, annonça-t-il en vérifiant une dernière fois la présence des lames jumelles dans leurs fourreaux.

Un geste amical à Fontdenelle et il disparut par la fenêtre du premier étage de l'auberge.

Passe-Partout tira avantage de son sort de lévitation et de son don de nyctalope. L'ennemi ne s'attendait pas à une attaque par les airs en pleine nuit ! Il fit un carnage, abattant oiseaux et corrompus à ptéros. La configuration du conflit en vue aérienne lui fournit un aperçu des forces en place. Le groupe des Mortagnais menés par Tergyval et Valk avait rejoint Kent par la gauche, les Clairs par la droite. Aucune présence des Nains, hélas ! Le nombre, encore, jouait en leur défaveur : derrière la ligne de front devant laquelle se massait l'Alliance, la foule compacte des armées cagoulées. Les siens se retrouveraient à ferrailler à un contre trois après élimination du premier mur ennemi. Si les forces d'Avent s'étaient unies pour affronter ensemble celles du Déchu, elles butaient maintenant contre un obstacle de taille : un monstre de quarante pieds ! Une tour de défense vivante. Un ork du nord ! Un géant harnaché de métal ! Si les orks, selon les Aventiens, étaient d'une laideur repoussante, celui qui stationnait devant les armées de l'alliance faisait passer ses congénères de plus modeste gabarit pour des modèles de beauté. Son front bas reposait sur des arcades proéminentes. Ses canines remontant sur sa face pustuleuse arrivaient au niveau de ses yeux vides de toute expression. Un cri inhumain jaillit de sa bouche édentée. Il s'avança. Dans sa main droite, une hache double, et dans la gauche, un fléau. Des armes disproportionnées, comme le monstre qui les manipulait alternativement en balayant devant lui, empêchant toute intrusion ! Sur ses hanches, deux cages sanglées à sa ceinture et ses cuisses abritaient des archers munis d'un stock de munitions impressionnant. Juste derrière lui, un front d'ex-Folles de Sagar corrompues, menées par un trio de prêtres postés en hauteur, et en retrait, le gros des troupes cagoulées, avec une première ligne constituée de tireurs à l'arc.

Passe-Partout amorça sa descente auprès de ses compagnons regroupés. Après les embrassades d'usage, mais sincères, la dure réalité reprit le dessus.

– Tu as dû voir le tableau du ciel. Nous avons perdu beaucoup de frères et de marguays, souffla Kent qui poursuivit : et les rares qui passent le géant du nord se font démolir par les Amazones. La nuit les empêche pour le moment d'avancer, mais au grand jour, ce monstre va nous écraser. Rien ne l'arrêtera !

Si le Déchu n'avait plus besoin d'investir dans des machines de guerre depuis les ptéros, et plus récemment les « cagoulés oiseaux », avec ce type d'ork gigantesque, il lui était tout aussi inutile de construire des tours d'attaque. Le groupe observait Passe-Partout, attendant qu'il propose une solution. Il analysa la situation pour le moins inédite et, manquant d'éléments, finalement les questionna :

– L'invisibilité ?

– Ne fonctionne plus dès que l'on atteint le géant. Leur prêtrise doit avoir un charme qui annule le nôtre.

– La lévitation ?

– Nous sommes trop lents et devenons une cible parfaite pour les archers en cage.

Passe-Partout pesta contre cette règle divine empêchant d'utiliser deux sorts à la fois. Il eut été fort pratique pour les Clairs d'être invisible et léviter en même temps !

– Des nouvelles de Gerfor ?

– En route... Où précisément ? Nous n'en savons rien.

Il pinça les lèvres. Le temps pressait, le soleil allait se lever.

– Abal ! Tes projectiles sont tirés avec le truc dans ta poche ?

Surpris et flatté d'être interrogé par son « maitre », le plus jeune des garnements répondit :

– Oui. « Casse Bouteilles ». Billes. Fontdenelle.

Le langage gang avait le mérite d'aller à l'essentiel.

– L'une d'entre elles est en pierre de soleil ?

– Oui. Reste une !

Passe-Partout souffla. Un coup donc !

– Sup ! Combien de distance pour un tir de précision ?

– Cinquante pieds maximum pour Vince.

Il se tourna alors vers Kent :

– Le sort de psychokinèse qui vous sert à léviter permet de soulever des charges, n'est-ce pas ?

Kent s'affola.

– Des petits objets seulement !

– Et en vous mettant à plusieurs ?

Interdit, l'Elfe avoua muettement qu'il n'y avait jamais songé.

– Possible. Selon le poids, il faudra beaucoup d'Énergie Astrale.

– Fais venir les Prêtresses de ma sœur.

Candela, accompagnée de son carré de vestales, avait exigé de rejoindre le front malgré l'avis contraire de ses conseillers de guerre. Dès qu'elle apprit la présence de son frère, le retrouver devint une priorité. Et Corinna ne l'aurait pas contredite ! La contrepartie de ce déplacement en zone à risque fut un déploiement exceptionnel de gardes formant un cordon que même Passe-Partout aurait peiné à franchir. C'est toutefois en l'étreignant, profitant de cette proximité mentale n'appartenant qu'à eux, qu'il regarda sa sœur avec un air vainqueur.

— Tu es sûr ? ânonna Candela.

En retrait, Corinna, informée par le lien avec sa Reine, renchérit :

— Jouable !

Passe-Partout crut entendre le Fêlé et jugea cela de bon augure. Il se retourna et déclara :

— Voilà ce que nous allons faire !

Au jour bientôt naissant, l'ennemi s'anima. L'ork géant remuait ses épaules comme un sportif à l'échauffement, les archers encagés préparaient la prochaine charge.

Menés par Tergyval, Valk, Jokoko et Sup, la première troupe humaine se mit en marche. Les bras puissants du monstre commencèrent à faire tournoyer ses armes, menaçant de les écraser ou de les découper si d'aventure ils se risquaient à l'approcher. La nuit allait se dissiper. Avant de s'élancer, Passe-Partout proféra :

— Si nous échouons, repliez-vous dans la Cité ! Ne les affrontez pas ici !

Il disparut au-dessus d'eux dans un silence de temple.

Lévitant à la verticale, il vit les feux s'allumer et entendit les bruits sourds de ses complices, au loin sur sa gauche. L'effet escompté de la diversion ne tarda pas. Les oiseaux noirs survolèrent l'aire ennemie et se propulsèrent dans la minute vers les foyers sonores. L'espace libéré, il se plaça au-dessus du géant. Un dernier coup d'œil de nyctalope vers le sol pour s'assurer des positions adverses et il détailla l'armure de l'ork du nord. Le vieux précepte Elfe lui revint en mémoire : *le crétin frappe le rocher au centre !*

Le premier rayon de soleil apparut. Passe-Partout bascula et plongea, tête en avant. Silencieux, telle une ombre, sa descente l'amena au-dessus du casque du géant. Fait de mithrill, les soudures des deux éléments le constituant étaient visibles et paraissaient fragiles. D'évidence, la facture de cette protection ne venait pas de Roquépique ! Il était temps d'enclencher la première partie, et non la moindre, de l'offensive. Et cela devait débuter par un exploit qu'il n'avait jamais réalisé jusqu'alors.

— Concentration... Pas deux sorts à la fois, râla-t-il.

Il coupa son charme de lévitation et, en chute libre, joignit ses poings.

Maintenant...

Le rayon des Sombres frappa comme prévu la base du casque de l'ork, mais l'onde de choc le déstabilisa. Faute de retrouver promptement ses esprits, il allait s'écraser au pied du géant.

Concentration...

Il évoqua dans l'urgence sa Magie. Sa chute cessa brutalement dans un haut-le-cœur, un moindre mal, et il flotta à nouveau, à seulement cinq pouces du sol. Au même instant, le casque explosait en deux parties qui tombèrent à terre. Le monstre grogna et lâcha son épée, son énorme main se portant à la tête dorénavant sans protection. Son regard se posa sur son agresseur qu'il découvrit à ses pieds. Le fléau se leva avec la ferme intention de balayer l'importun. Rapide, Passe-Partout se faufila derrière lui et lança Thor et Saga à une vitesse vertigineuse en direction de sa cuisse, là où se croisaient les sangles du protège-rotule en métal. Les deux lames se fichèrent jusqu'à la garde dans le seul endroit exposé de sa jambe. L'ork plia genou à terre et gronda, plus d'impuissance que de douleur. Coup doublement réussi puisque les deux archers embarqués, ballotés dans leurs cages, devinrent inopérants.

Protégé par une armée qui le couvait comme un bien précieux, Vince, les yeux rivés sur le géant, attendait son heure, le moment où, blessée par son mentor, sa cible serait à la hauteur souhaitée.

– Maintenant ! ordonna Corinna.

Les quatre Prêtresses soulevèrent magiquement le gamin des rues. Maladroitement pour démarrer. Mais une fois son équilibre rétabli, seul, comme suspendu dans l'espace, il banda son « Casse Bouteilles » à cinquante pieds du monstre, visa et tira. Toute la stratégie de Passe-Partout reposait sur ce coup. Vince déglutit lentement. Les yeux rivés sur l'ork, il ne percevait pas le danger des flèches ennemies le prenant à son tour pour cible. Corinna, alertée par le lien, se désolidarisa de ses sœurs, arracha d'autorité un écu à un soldat natif de Port Vent, se propulsa en lévitant à la hauteur de Vince et le protégea in extremis des traits arrivant en masse. Lors de sa redescente, protégé par la Prêtresse, le jeune garnement avait le sourire et le sentiment euphorique du devoir accompli.

La bille de pierre de soleil explosa sur le front de l'ork du nord et l'aveugla. Pour tenir de ses mains sa monstrueuse gueule qui fumait, il lâcha le fléau qui tomba au sol à proximité de son épée. Ses cris de colère couvraient ceux des armées Elfes et humaines qui, débarrassées de cette tour d'attaque vivante, courraient maintenant vers l'ennemi. En tête, les marguays et les Éclaireurs menés par Kent atteignirent Passe-Partout qui avançait sur l'adversaire en évitant les traits lancés au hasard par les lignes arrière. Kent fut de nouveau impressionné par cette certitude qui habitait celui qu'on appelait l'enfant de Mortagne. La peur ne paraissait jamais l'envahir !

– Joli coup, dit-il en parant deux flèches ennemies de son épée.

Son jeune ami en fit de même tout en rendant une caresse au félin que montait l'Elfe. Horias ronronna de plaisir avant de rugir.

– Les Amazones sont en première ligne ! cria Kent, les voyant se ruer sur eux.

– Oui... Avec trois prêtres derrière elles ! Ce sont eux qu'il faut abattre en priorité ! répondit Passe-Partout. L'un d'entre eux envoûte le géant blessé, je ne sais pas lequel !

– Par Mooréa ! Les tirs ne cessent pas ! hurla l'Elfe en coupant en deux un trait qu'Horias faillit prendre sur son crâne de fauve.

– Les archers sont loin, derrière les Orks, eux-mêmes derrière les Folles ! À nous de jouer maintenant ! proféra le héros de Mortagne, les yeux désormais gris orage.

– En avant ! ordonna Kent à ses Éclaireurs.

Le groupe n'eut plus à se soucier des volées de flèches adverses en accrochant l'ennemi au corps à corps. Malgré les griffes et les épées, les crocs et les traits, le mur de guerrières Amazones ne s'effritait pas facilement. Passe-Partout jouait du cimeterre avec maestria, le combat rapproché rendant peu efficace l'utilisation des couteaux divins. Les coriaces ex-Folles de Sagar ne se laissaient pas rosser impunément. Les pertes Elfes commençaient à atteindre Kent qui sentait dans sa chair la douleur de ceux qui tombaient. Il regagna espoir en voyant Tergyval et Valk avancer, suivis de Jokoko et Sup qui, au contact, ne déméritaient pas ! Ils avaient inventé un moyen de combattre ensemble, dos à dos en tournant sur eux-mêmes, les rendant redoutables. Le quatuor galvanisé conquérait chaque pouce carré de terrain, poussé par une troupe d'Aventiens plus motivée qu'entraînée.

Tous talonnaient Passe-Partout. Devaient-ils dire Doubledor le Sombre ? Devenu une machine à tuer, son cimeterre donnait la mort à chaque charge malgré les capacités reconnues d'épéistes des Folles de Sagar. Derrière le groupe de choc, les armées des Clairs et des humains tardaient à les rejoindre. Les tirs incessants des archers empêchaient toute progression. De plus, le géant aveugle, bavant de rage, balayait de ses mains l'espace au hasard, se déplaçant sur les genoux. L'approcher restait une gageure et l'atteindre un miracle ! Quant aux Elfes qui parvenaient à se faufiler, ils furent contraints de se passer de Magie. Les différents essais d'invisibilité pour doubler le monstre s'étaient soldés par des échecs et avaient siphonné pour la plupart leur manne astrale.

Passe-Partout franchit enfin la ligne des Amazones en se débarrassant de l'une d'entre elles plutôt récalcitrante. Il avisa le mur défensif ennemi suivant, non loin, constitué d'orks et d'humains corrompus, réputés moins expérimentés au combat, mais plus nombreux. Sa détermination à atteindre les prêtres noirs revint avec force en entendant les cris de ses alliés, derrière, rejetés avec violence par le géant. Des airs, il en avait vu trois sur ce monticule... Devenus quatre. Le dernier arrivé ne portait pas de robe de bure. Thor et Saga bleuirent intensément : il n'était autre que celui qui avait cru le tuer dans la clairière de la Korkone. Et Passe-Partout n'était pas le seul à lui en vouloir !

Le quatuor Tergyval, Valk, Jokoko et Sup, désormais en osmose, avait frappé stratégiquement. La brèche créée avait permis une percée significative dans laquelle s'engouffrait leur armée. Plus proche de la tête ennemie que Passe-Partout et Kent, ils furent les premiers à apercevoir les trois prêtres et la nouvelle venue.

— Sarabine ! grinça Tergyval.

— Pyrah ! hurla Valk qui se débarrassa d'un ork trop entreprenant et se précipita vers elle.

La pluie de flèches stoppa brusquement, faisant taire ses sifflements permanents en altitude. Le motif de ce revirement échappa à Passe-Partout, la progression de l'armée des humains et des Clairs en étant grandement facilitée, et donc stratégiquement discutable. Il voulut courir jusqu'au lieu où se tenaient les prêtres et sut dans l'instant pourquoi les traits ennemis avaient cessé. Les oiseaux noirs, par centaines, s'abattaient sur eux !

— Fonce ! Avec tes Éclaireurs !

Le ton était ferme. Kent n'osa le contredire et obéit en ordonnant la charge. D'un coup de patte, Horias balaya un cagoulé tandis que son cavalier en découpait un autre. Tous s'engouffrèrent, laissant un peu d'espace à Passe-Partout. Ce dernier, en un éclair, calcula son réservoir d'Énergie Astrale et râla :

— Pas de quoi faire la fête !

Il s'éleva dans les airs et s'empara de Katenga, qu'il arma. Agir vite avant de devenir l'unique cible visible des archers ennemis ! Valk s'était jetée sur le métamorphe, qu'il visa pour détourner son attention. Sa flèche changea in extremis de destinataire : trop de risque d'atteindre la Belle. Il réajusta, abattit un prêtre noir et se saisit d'un second trait. Le deuxième tir se couronna de succès ; un autre religieux tomba. Il sentit deux violents coups dans son plastron de sylvil. Deux archers venaient de le toucher.

— Merci les Fées, soupira-t-il.

Il ne put décocher une troisième flèche. Regagner le plancher des sorlas devint prioritaire. Un nuage d'oiseaux noirs l'attaquait. Les poupées acérées en mithrill de Katenga servant de bâton pour les chasser occasionnèrent de nombreuses blessures à l'ennemi ailé. Dès que ses pieds touchèrent la terre ferme, il s'élança, cimeterre en main, sur la nuée en phase de mutation et ne lui laissa guère le loisir de répliquer. Il fut bientôt entouré d'une dizaine de cagoulés l'empêchant d'atteindre son but, le métamorphe que combattait Valk. Dans ce chaos, la seule bonne nouvelle vint de l'arrière : les cris de joie des soldats ayant réussi à abattre le géant. Ils allaient enfin pouvoir grossir les rangs des alliés.

Au cours de l'affrontement, en première ligne et fer de lance de son équipe, Kent constatait une hargne, une volonté et un courage démultipliés chez les sangs noirs. Il connaissait les différentes approches et capacités au combat des corrompus, selon qu'ils étaient humains, Amazones ou orks. Mais cette fois, même le plus incompétent des adversaires donnait du fil à retordre ! Grisé de nouveau par l'action, l'Elfe entreprenant se retrouva dans une situation critique qui l'obligea à imaginer un stratagème puisé dans un passé récent. Luttant avec fierté aux côtés de Kent, l'ex-pensionnaire du Maître Tatoueur de Port Vent le suivait comme son ombre, accompagné de deux autres Clairs. Darius trouvait que son chef prenait des risques inconsidérés au contact de l'ennemi. Sa fougue l'avait notamment entraîné à foncer sans retenue dans les rangs adverses sans attendre sa garde rapprochée. Envahi de tous côtés par les assaillants, il crut alors l'avoir perdu à jamais. Mais Kent, dos au mur, cabra Horias prêt à bondir et disparut avec sa monture, laissant les sangs noirs décontenancés, pour réapparaître à l'opposé de l'endroit d'où il s'était évaporé et bénéficier de l'effet de surprise pour attaquer de nouveau ! Grâce au Lien, l'information fut immédiatement partagée et l'astuce copiée par l'ensemble des Éclaireurs disposant de suffisamment de manne astrale. Se rendre invisible au moment précis où le marguay prenait son impulsion pour sauter révéla en outre que l'utilisation de la Magie était redevenue possible. La suppression du premier prêtre par Passe-Partout ne devait pas y être étrangère.

Tergyval fulminait. Valk l'avait devancé ! Elle se battait, avec pour seule motivation la haine contre celle qui l'avait trompée aux Drunes. Le Capitaine se trouva entouré d'orks après le départ précipité de sa compagne et redoubla d'efforts en rageant. Il avait déjà vécu le subterfuge : Valk ferraillait contre elle-même ! La ressemblance était telle qu'on eut dit deux jumelles se confrontant. Il n'arriva à les différencier que lorsque l'une d'elles perdit une épaulette de métal après un coup habile, découvrant un tatouage que le métamorphe ignorait. Son soulagement de pouvoir les distinguer fut hélas de courte durée. Dans ce combat, la Belle était loin d'avoir le dessus. Il se débarrassa de deux cagoulés archers improvisés fantassins, se propulsa vers les belligérantes, et se trouva face à six prêtres surgis de nulle part ! Son épée tournoya pour faucher les gêneurs encapuchonnés l'empêchant d'atteindre sa compagne. Sa lame, à cent lieues de frapper des corps solides, ne rencontra que le vide, le déséquilibrant à chaque passe. Il se jeta devant l'un d'eux qu'il essaya d'occire. En vain. Son arme ne fendait que l'air ambiant. Las de ses gestes inutiles, il s'arrêta et tenta de comprendre. Les prêtres, tous identiques, le cernèrent et portèrent de concert leurs mains aux tempes. Tergyval leva rageusement son épée, cligna plusieurs fois des yeux, puis son esprit s'embruma.

Collés comme des siamois, Sup et Jokoko, qui talonnaient Tergyval, vécurent une situation inouïe. Alors que Valk combattait avec courage une autre Valk, leur Capitaine restait figé, arme brandie, face à un religieux en robe de bure noire. La lame tardait trop à s'abattre sur le prêtre, et ce qui suivit acheva de les déstabiliser. Tergyval se retourna et les chargea ! Pour la première fois depuis le début de l'affrontement, ils se séparèrent pour échapper à la fureur de leur meneur qui, le regard absent, les chassaient avec la ferme intention de leur faire la peau. Tous les efforts à lui faire entendre raison demeuraient stériles. Arrivés en renfort, les alliés Elfes et humains eurent à leur tour fort à faire pour essayer de maîtriser Tergyval qui se battait contre eux comme un démon.

Valk peinait. Pyrah paraissait connaître toutes les techniques d'escrime, et surtout les siennes ! Forte de ses capacités de duelliste, elle avait envisagé un échange plus court et tenta bien sa fameuse botte, dite d'Arianna, mais en pure perte. Le métamorphe l'avait littéralement baladée durant la combinaison, rendant ses attaques mièvres et sans puissance, les parant avec violence, anticipant chaque mouvement. Le coup de grâce fut psychologique, asséné de manière inattendue, en un éclair : Pyrah se transforma en elle ! Valk en perdit son épaulette de protection par un estoc réussi de son adversaire, et l'espoir de sortir vainqueur de ce face-à-face.

Passe-Partout assista stupéfait à la brusque volte-face de Tergyval. Le voir se jeter sur sa propre troupe et la combattre avec fureur lui semblait impossible. Il en comprit cependant la raison en apercevant, derrière Valk ferraillant avec le métamorphe, le dernier prêtre noir.

Les archers de l'ultime ligne ennemie avançaient à grands pas, cette fois glaive en main. Les volées de flèches ayant cessé, les oiseaux se massèrent au-dessus d'eux et plongèrent, grossissant le bloc, déjà énorme, de leurs adversaires. Cabrant Horias, Kent fit signe à Passe-Partout. Il n'avait d'autre choix que de lancer la dernière offensive sans l'aide des renforts partis derrière l'équipe de Tergyval, en complète infériorité numérique. Des hurlements s'élevèrent au loin. Son complice au regard gris redressa la tête. Cette fois, ils venaient en retrait de la ligne des cagoulés.

Enfin ! sourit-il fugacement, avant de s'élancer en criant :

– En avant !

Pyrah frappait la Belle avec une intelligence stratégique, les coups principalement portés sur les failles de son armure. La perte de l'épaulette n'était que le début d'une série orchestrée. Le casque et la cotte de mailles de Valk finirent par céder.

Les deux couteaux divins se fichèrent jusqu'à la garde dans la gorge du prêtre noir. À peine revenus, Passe-Partout les remplaça par son cimeterre pour se débarrasser des combattants les plus rapides parvenus jusqu'à lui et atteignit enfin son but : le métamorphe, qui prenait définitivement le dessus dans son duel contre la Belle.

Tergyval se réveilla comme sorti d'un mauvais rêve. Hébété, cerné de ses hommes sur la défensive qui l'observaient bizarrement, il n'avait aucun souvenir d'événements récents. Au vu du nombre d'alliés à terre, il balbutia une excuse inappropriée et se tourna vers la ligne ennemie. Sa compagne subissait les assauts répétés du métamorphe. Il poussa un cri. Son cauchemar se poursuivait : Valk venait de terrasser Valk.

Seul Passe-Partout percevait la réelle apparence du Seigneur Noir et, malheureusement, son habileté de bretteur. Corps à corps, lame contre lame, la Belle cédait sous la pression de son adversaire et finit par prendre la garde de son épée en plein front. Étourdie, affaiblie, elle recula en titubant. Une passe latérale magistrale et, à genoux, les mains sur son ventre ensanglanté, elle attendit l'estoc fatal.

Dans l'urgence, le demi-Sombre se baissa et projeta son cimeterre comme un couteau en direction du métamorphe qu'il parvint à toucher dans le dos, l'empêchant de porter le coup de grâce. La fausse Valk se retourna, à peine égratignée par la lame recourbée tombée à ses pieds, et lui montra alors sa tête sans visage et son impatience en le défiant, épée levée bien haut à son attention. Passe-Partout courut sans l'ombre d'une hésitation vers le monstre qui repoussait d'une moue dédaigneuse son arme dans la poussière.

Baignant dans la sueur, après des lieues de course, ceux de l'Enclume accédaient enfin aux abords de Mortagne. Avec convoitise, les Nains observaient les lignes arrière de l'ennemi. Entouré de ses fidèles Bonobos, Gerfor en grimaçait de plaisir. Occupés à ferrailler de l'autre côté contre les alliés, les cagoulés avaient concentré leurs forces sur le front. Aucun oiseau ne volait au-dessus des Fonceurs et peu de gardes restaient présents auprès des chariots.

Le héros guerrier de l'Enclume attira l'attention de son équipe. Son doigt boudiné se dirigea théâtralement vers sa gorge et, d'un geste lent et évocateur, indiqua transversalement la fin qu'il envisageait pour tous les sangs noirs. Puis il leva le bras et clama :

– Pour Sagar ! À trois !

Et compta avec délectation :

– Un… Deux…

Pour courir seul comme un dératé sur les corrompus. Jamais ses Nains n'entendirent « Trois » ! Derrière la dernière ligne des troupes rivales déboula un régiment de fous furieux sous les cris de Sagar ! Les Fonceurs Premiers Combattants de la Horde de l'Enclume perforèrent l'arrière de l'armée du Déchu. Une oreille exercée aurait pu, dans ce chaos, reconnaître la voix de Gerfor et, dans d'autres circonstances, sourire de ses comptes fantaisistes d'ennemis abattus. La surprise fut totale et la débâcle adverse tout autant ! Les Nains survoltés se jetèrent sur les sangs noirs, faisant voler membres et têtes. Ce jour-là, en Ovoïs, Sagar dut se réjouir de la masse d'invocations.

Le renfort de Gerfor redonna du cœur à l'ouvrage aux équipes de Kent et Tergyval. L'effet d'étau déstabilisa l'ennemi et galvanisa les troupes alliées. L'objectif : rejoindre les Nains ! Remotivés, ils n'eurent de cesse que d'éliminer ce flot de cagoulés arrivé aux portes de Mortagne, pourtant redouté par le nombre.

Tergyval, Sup et Jokoko s'étaient précipités sur Valk baignant dans son sang :

– J'ai trouvé plus fort que moi, murmura-t-elle à son compagnon avant que ses paupières se ferment.

Affolé, Tergyval appliqua ses larges mains sur la plaie, tentant d'arrêter le flux vermillon qui s'en échappait. Son regard embué mendiait de l'aide. Jokoko s'agenouilla. Ses yeux globuleux tournaient dans tous les sens. Il se pencha sur Valk et mobilisa toute sa Magie dans son invocation. Sup leva la tête. Sur sa droite, un affrontement auquel ses compagnons et lui ne participaient plus. À sa gauche, un duel se préparait, un combat qu'il attendait avec crainte et impatience.

Tel un félin jouant avec sa proie, le métamorphe se déplaçait autour du cimeterre de Passe-Partout, sûr que son adversaire n'aurait de cesse que de le récupérer. Mais celui qui s'avançait n'avait cure de la lame recourbée. Dans ses deux mains bleuissaient les couteaux divins. Le visage grave, les yeux couleur métal, sa voix prononça distinctement :

– Tu vas mourir.

Un clap pour joindre ses paumes et les jumeaux fusionnèrent. Un cimeterre apparut. Passe-Partout chargea. Mais ses coups ne blessaient guère la créature. Les minuscules écailles recouvrant son corps constituaient une armure sans avoir l'inconvénient du poids ! Il combina alors une multitude de techniques d'attaque et fit rapidement fléchir le métamorphe. Le combat échappait au Seigneur de Guerre du Déchu qui voulut revenir à la marque. Au moment où il se baissait pour s'emparer du cimeterre au sol, il dut cependant parer une nouvelle offensive, suffisamment ferme pour l'arrêter dans sa dynamique. Les deux lames dorénavant en sa possession tournoyèrent et, pour la première fois, il obligea *le morveux de demi-Sombre* à reculer. Ce dernier pondéra la haine qui l'envahissait, songea au déséquilibre de cette nouvelle donne et y répondit de façon spectaculaire.

Sup écarquilla les yeux. La main gauche de Passe-Partout s'éleva et frappa l'autre tenant le cimeterre bleuté. Le chef de gang compta et recompta : Thor et Saga avaient de nouveau matérialisé le vœu de leur détenteur, son mentor levait maintenant deux armes recourbées, et contre-attaqua immédiatement !

Les yeux d'Amandin brillaient. Il s'interrompit, les deux mains en l'air comme munies d'épées, et déclara à la manière d'un possédé :

– C'était la première fois que nous assistions à la "Danse de la Mort" apprise de son père. Avec quelle dextérité, quelle agilité, quelle maîtrise Passe-Partout jouait de ses cimeterres, les armes de ses ancêtres Sombres !

L'auditoire de l'auberge se demanda si le conteur avait perdu toute raison et le regarda, muet, achever ses virevoltes contre d'imaginaires ennemis.

Amandin cligna plusieurs fois des yeux, comme s'il revenait à lui. Il lui fallut un moment pour réaliser qu'il se trouvait à Autran, dans l'auberge du Ventre Rouge ! Il bredouilla quelques mots d'excuse pour s'être laissé emporter par son récit, puis retrouva sa verve et poursuivit...

Le jeune héros poussait le métamorphe dans ses derniers retranchements sans parvenir pour autant à exploiter une faille dans ses parades aussi ingénieuses que ses propres attaques. Sentant les premières crampes dans ses bras, il murmura la formule de combat de Faxil. S'ensuivit un ballet de légende exécuté par un danseur hors pair !

Son adversaire subit alors un déluge de coups, tous portés avec violence et précision. Les deux derniers firent voler à distance le cimeterre adverse et sa propre épée. Il stoppa net.

Imbécile, se dit-il, à genoux, épuisé, incapable de porter le coup fatal.

L'ultime once de sa manne astrale venait de disparaître et il savait que cette situation, pour un initié, pouvait signifier la mort. Le métamorphe, désarmé, voulut profiter de sa faiblesse et ramasser une lame au sol. Il dut y renoncer. Katoon, de sa patte massive de marguay, immobilisait le cimeterre de Sub Avent. Cherchant du regard l'autre épée, il avisa Horias, le félin de Kent qui rugissait à côté de sa compagne. Son corps se boursoufla et rétrécit. Acculé, le troisième seigneur de guerre préparait sa fuite. Un instant plus tard, Il prenait lourdement son envol.

Les deux lames recourbées redevinrent Thor et Saga et Passe-Partout les rengaina, hagard, pour se saisir de Katenga qu'il déposa à terre. Comme munies d'une volonté propre, les couteaux frappèrent ses paumes. Dans un dernier sursaut, il les joignit d'un coup sec. À la distance d'où Sup l'observait, ce dernier crut qu'il avait fondu les armes divines dans ses paumes, n'ayant pu apercevoir la flèche bleutée née de la fusion. Chancelant, ses yeux gris fixes sur l'ennemi qui s'éloignait, il râla :

– Tu vas mourir...

Les doigts lâchèrent le trait qui fila dans le ciel. L'oiseau noir, au loin, poussa un cri strident. On retrouva plus tard le corps du métamorphe, la gorge transpercée de part en part.

Sup se précipita vers Passe-Partout qui suffoquait en implorant de l'aide. De nombreux Elfes s'approchèrent, autant pour le soigner que pour le protéger. Dans cette guerre où l'ennemi se battait sans faiblir, sans jamais se rendre, l'armée des humains, le groupe de

Kent et les Nains de Gerfor finirent par se rejoindre pour éliminer les derniers sangs noirs. Ceux qui mutaient en oiseaux tombaient sous l'habileté des archers. La bataille prit fin, offrant la victoire aux Alliés. Mais à quel prix ?

CHAPITRE XVIII

L'attaque des forces aventiennes avait précipité certaines décisions du Déchu. « L'après-complétude » de Séréné devait l'embarrasser. Pourquoi la Sphère, la totalité de sa puissance et de ses pouvoirs retrouvés, ne le considérerait-elle alors pas comme un vulgaire vassal ? Ou ne se débarrasserait-elle pas de lui ?

Le repli de ses armées cagoulées ne s'avéra qu'un stratagème de plus. Le Fourbe savait le « morveux » toujours vivant et près du village des Drunes. Il se désolidarisa de Séréné en démobilisant ses troupes, laissant les Aventiens s'approcher d'elle et de sa bulle protectrice que lui seul pouvait franchir.

Deux possibilités s'offraient alors à lui. Soit Séréné l'emportait et, débarrassé du métis, il écraserait les alliés. Soit la Sphère échouait et il serait soulagé d'une associée devenue encombrante. Dans les deux cas, il gagnait le temps nécessaire pour procéder à son ultime métamorphose.

Lorbello. Extrait de « Pensées du Messager »

Du haut de la Tour de Sil, Carambole entendit résonner les clameurs des Mortagnais. La confirmation de la victoire, transmise par Candela grâce à leur désormais proximité théopathique, la réjouit. Momentanément seulement, eu égard aux nombreuses pertes et aux blessés dont Valk et surtout Passe-Partout faisaient partie. Sa présence dans l'antre du Magister ne se justifiait plus. Elle s'empara d'un sac et y glissa la cape en Staton, toucha le médaillon donné par son héros, prit une profonde inspiration et traversa le bureau de Parangon. Prudente, elle entrebâilla la porte et jeta un coup d'œil sur le palier. Le prêtre déplacé par Jokoko se maintenait dans l'exacte position où il l'avait installé, assis contre le mur, drogué par la préparation de Fontdenelle. Après avoir fermé magiquement l'accès, elle s'accroupit auprès de lui et s'aperçut bien vite qu'il ne se réveillerait plus jamais. Un bruit de pas derrière elle, accompagné d'une plainte, la fit se retourner, debout, sur le qui-vive. Le garde de l'étage inférieur, se tenant la tête, répétait en boucle :

– Qu'est-ce qu'il m'arrive ? Qu'est-ce que nous avons fait ?

Sans bouger d'un pouce, elle rétorqua :

– Les Mortagnais ont été envoûtés et manipulés.

Les mains vissées sur son crâne, le planton répondit :

– C'est un cauchemar. Le Scribi que j'étais n'osera plus jamais se regarder en face.

Puis, la considérant plus attentivement, il ajouta :

– Tu es Carambole… De « La Mortagne Libre » … J'ai mal à la tête !

– Approche-toi, l'enjoignit-elle d'un ton apaisant.

Elle imposa ses paumes sur ses tempes et le fixa, peu rassurée. Pour la première fois, elle mettait en œuvre sa Magie de guérison, et l'effet fut immédiat ! Abasourdi, l'homme la regarda différemment après avoir cligné des yeux.

– Par Mooréa, merci, Parangon a une héritière ! Je m'appelle Albano et suis à ton service !

Son mal envolé, ses souvenirs affluèrent et le submergèrent de honte. Il tomba à genoux.

– Relève-toi, Mortagne a besoin d'aide, murmura Carambole.

Albano suivit celle qu'il considérait désormais comme sa nouvelle maîtresse. Avant de sortir de la Tour de Sil, il revêtit de nouveau sa robe de Scribi, marque du retour de son libre arbitre et de sa volonté de rédemption. Carambole le pressa de se hâter, souhaitant regagner l'Auberge familiale pour y accueillir ses compagnons, et surtout conservant le fol espoir d'y voir Passe-Partout !

Le parcours entre la Tour de Sil et la rue de la soif s'avéra fastidieux malgré la courte distance. Albano rameutait les Mortagnais hébétés en vantant la jeune fille qui se trouva rapidement dans l'impossibilité de faire un pas. L'emprise de la foule l'obligea à demander avec fermeté de l'air au moment où une femme implorante lui tendit son enfant à soigner. Les dires du Scribi furent prouvés par l'exemple, déclenchant des « Oh ! » Et des « Ah ! » admiratifs mêlés de surprise. Albano alors déclara :

– Nous avons un successeur à Parangon ! Sa Magie lui vient de Mooréa, pas d'une divinité fourbe ne songeant qu'à nous utiliser !

Un silence de temple s'installa. L'ascension d'une servante d'auberge au poste de Magister de Mortagne les laissait hésitants. Le Chef de Guilde des vanniers s'approcha et annonça tristement :

– La splendeur de notre Cité s'est éteinte. On parlera demain de Mortagne la Honteuse ! Ce n'est pas ta Magie, aussi puissante soit-elle, qui nous rendra l'honneur d'être Mortagnais.

Dans les propos de Narebo, Carambole ressentit au plus profond le désespoir de toute une ville. Elle oublia son empressement et se surprit à rétorquer :

– Tu as raison, Mooréa ne te rendra pas ton honneur. Tu ne le regagneras que par toi-même, comme d'ailleurs tout un chacun ici ! Avent ne se souviendra pas de la disgrâce de Mortagne, mais de ce que nous aurons fait pour nous racheter !

Sa voix portait si fort et avec conviction que le groupe présent crut entendre Parangon ! Un homme s'approcha et respectueusement demanda :

– Mais que devons-nous faire pour cela ?

Carambole le prit par les épaules et le fixa.

– Accueillir les Clairs et les Nains venus nous sauver. Soigner les blessés, s'occuper de nos morts… Poursuivre nos activités et rejoindre l'armée des alliés pour défaire, une fois pour toutes, l'ennemi ! Redevenir les Libres !

Dans les rues de la Cité, le flot des suiveurs de la jeune prodige ne cessait de gonfler. Par ses conseils avisés, ses actes magiques et ses propos pleins d'avenir, la fille de Josef se transforma en Dame Carambole avec la complicité zélée d'Albano qui rameutait à la cause les indécis, échaudés par la manipulation récente des prosélytes. Impatiente de rentrer, mais n'osant le montrer, elle arriva plus tard que voulu à « La Mortagne Libre », après avoir soigné un nombre considérable d'hommes, de femmes et d'enfants et convaincu les Mortagnais de se relever de ce déshonneur qui les rongeait. Demeuré dans les rues de La Cité, Albano, infatigable, poursuivait sa tâche. Autoproclamé organe officiel de Carambole, il répandait sa bonne parole. Le bouche-à-oreille fit son œuvre. La ville se remit en ordre de marche, portée par l'espoir de leur nouveau Magister que certains appelaient déjà, avec un infini respect, la Prima Carambole. Les retrouvailles avec Joey furent brèves. Elle se précipita dans sa chambre et avisa son lit sur lequel reposait Passe-Partout, le teint blafard. Elle bouscula l'herboriste et imposa ses mains sur les tempes de son héros en détresse.

– M'est avis, fillette, que tu pourrais faire attention à ma vieille carcasse !

Préoccupée, la jeune Magicienne ne releva pas et le bombarda de questions. Fontdenelle souffla avant de répondre :

– Un peu plus de trois heures… Pas blessé… Pas de fièvre… M'est avis qu'il a trop puisé dans sa manne astrale.

Carambole n'ignorait pas ce que cela signifiait. Elle poursuivit :

– Potion ?

– Dangereux, trop violent.

– Ta mixture avant qu'il ne rejoigne les Clairs ?

– Pas de recul. Trop de risques.

Carambole fouilla dans ses souvenirs. Une révélation ! Elle retourna le sac à dos de Passe-Partout et y trouva des flacons d'Eau Noire rapportés de Sub Avent. Elle jeta un coup d'œil à son malade qui respirait encore mal bien que son visage ait repris quelques couleurs grâce à son charme de guérison. Jokoko comprit ses intentions. Il se concentra et récita l'exacte proportion du remède envisagé. Fontdenelle l'interrogea du regard.

– Potion de Sagar, lâcha-t-il, laconique.

Ses yeux tournèrent bizarrement. Il ajouta à l'attention de Carambole :

– Ma Reine arrive.

La Magicienne acquiesça et se propulsa dans la cuisine de l'auberge.

Candela entra dans « La Mortagne Libre », suivie de près par Corinna, Kent et Darius. Elle sourit à Carambole qui tenait une fiole au col effilé. Après une étreinte intense, mais brève, des présentations courtes et un baiser affectueux de Kent, tous s'en retournèrent dans la chambre de Carambole, y trouvant Fontdenelle inquiet, Jokoko respectueusement agenouillé et Passe-Partout tremblant. Corinna retint un cri et imposa ses mains sur les tempes de ce dernier. Les caresses du bout des doigts de la Prêtresse et ses larmes engendrèrent un regard noir de Carambole. Elle interrompit le charme tactile en repoussant la jeune femme et redressa la tête de son aimé afin de lui administrer la potion. Les yeux des deux rivales se croisèrent alors, scellant dans un silence lourd de sens une inimitié éternelle.

La porte de l'établissement s'ouvrit avec fracas. Gerfor, hilare, précédait les jumeaux et Sup fermant la marche. Ce dernier s'évertuait à calmer la volubilité du Nain, sans succès.

– Et de trois ! Trois seigneurs noirs ! Il en manque un ! répétait-il à l'envi. Les oracles de Zdoor l'avaient prévu ! Sagar, merci !

Les Bonobos ne quittaient pas du regard leur chef pour se frapper la poitrine dès lors qu'il évoquait le nom de leur Dieu. Déjà passablement agacée par l'attitude de Corinna, Carambole sortit comme une furie de la chambre et réclama avec véhémence le silence. Jamais personne, hormis Passe-Partout, n'avait parlé à Gerfor de la sorte, au point que tout le monde se tut dans la seconde ! Le meneur des « Fonceurs » finit par baisser les yeux et la tête face à la jeune fille déterminée. Il fit un signe aux Bonobos qui disparurent par la cour de l'auberge et s'installa devant l'unique fenêtre à sa taille, faisant mine de s'intéresser à l'animation de retour dans la rue de la soif. Carambole s'éclipsa, les lèvres pincées et la démarche martiale, mais retrouva son calme en entrant dans la chambre. La respiration de Passe-Partout s'améliorait, ses tremblements cessaient. Fontdenelle s'affaissa sur une chaise et souffla de soulagement.

– Nous pourrions le laisser se reposer seul, maintenant, suggéra Candela, façon habile de ne froisser aucune susceptibilité quant à la surveillance du malade, considérant le désastre de la relation entre Carambole et Corinna.

Mais rien n'y fit. Ni l'une ni l'autre n'accepta abandonner son poste. Impuissante, Candela resta, plus pour épier les rivales que pour veiller son frère.

Au chevet de Passe-Partout se trouvaient les trois femmes de sa vie, dont deux qui s'activaient à qui mieux mieux pour lui apporter toutes les attentions nécessaires, et au-delà ! Candela sentait palpable la tension entre Carambole et Corinna qui s'enfermaient dans une indifférence froide, générant une absurde concurrence. La Reine finit par s'astreindre à contrôler que les soins dispensés ne deviennent pas contre-productifs tant chacune s'appliquait à être la dernière à prodiguer l'ultime geste qui la désignait comme la sauveuse du héros de Mortagne !

Puis, enfin, Candela souffla. Une première fois d'aise lorsque la respiration de Passe-Partout, désormais régulière, laissa augurer un proche rétablissement. La seconde de dépit quand elle le vit bouger au moment où les deux prétendantes, sans se concerter, imposèrent leurs mains en même temps. De guerre lasse, elle rejoignit la salle de réception de l'Auberge et annonça elle-même à ceux présents que son frère ne tarderait pas à reprendre connaissance. Darius, Kent, Gerfor et Sup accueillirent avec enthousiasme la nouvelle. Les sourires de nouveau accrochés à leurs visages, l'humeur badine du chef des Éclaireurs Elfes retrouva de sa splendeur. Il observait depuis un moment Gerfor arpenter la « Mortagne Libre » tel un marguay en cage. Le Nain n'oserait jamais avouer à quiconque qu'il attendait Passe-Partout comme Sagar en personne ! Admettre son impatience ou confesser que sa vie ne valait la peine d'être vécue qu'en sa « Compagnie » aurait pu passer pour la seule motivation à le revoir, mais le Clair n'était pas dupe.

– Où sont allés les Bonobos, Gerfor ? questionna le Clair.

Le Nain renifla de manière sonore et rétorqua sèchement :

– Partis me faire une course.

– Une course ? De quelle nature ? poursuivit le perfide Kent.

Accélérant le pas, le chef des Fonceurs bougonna :

– Négocier avec le forgeron.

– Quelle étrange idée ! s'amusa l'Elfe qui, d'un coup de menton, montra à Sup que le moule de son casque avait disparu de la cour intérieure.

– La dernière fois que Cervono a loué sa forge, il a fait la fête pendant une lune avec l'argent que lui a laissé le voyageur, affirma Sup d'un air détaché.

Il n'en fallut pas plus pour que Gerfor soit piqué au vif ! Il sortit de l'Auberge en pestant, bousculant sans égard les gardes Clairs postés à la porte. Sup fit un clin d'œil à Kent qui ne put s'empêcher d'ajouter :

– À l'époque, il a dû investir plus de temps à confectionner le moule de son casque qu'à se répandre sur la tombe de Fulgor !

Passe-Partout se réveilla. Son regard bleu faussement inquiet passa successivement sur les visages de ses soignantes aux sourires radieux.

– Il n'y a donc que de jolies femmes dans la Spirale ? plaisanta-t-il.

Candela et Carambole, rassurées, se mirent à parler toutes deux en même temps. Les souvenirs des événements récents ressurgirent et le héros de Mortagne, trop vite, retrouva un air grave. Il les coupa :

– Les autres ?

Corinna, effacée, mais attentionnée, laissa s'exprimer sa Reine et sa rivale. Il grimaça à la nouvelle de l'état de Valk, toujours entre la vie et la mort, et en eut l'explication par sa sœur.

– La plaie de son éventration a été magiquement résorbée par Joey, ce qui a immédiatement fait cesser l'hémorragie. En revanche, pour les dégâts sur les organes, la Magie ne peut rien. Valk ne doit s'en remettre qu'au Dieu auquel elle croit.

Passe-Partout ferma les yeux. Retour à la réalité : la Magie qui ne peut pas tout et les Dieux qui ne feront rien…

Autorisé à se lever par Fontdenelle, le héros de la Cité se restaurait à la table de « La Mortagne Libre » et échangeait sur les pouvoirs de l'ennemi avec tous les présents. Enfin, presque tous ! Il ignora délibérément Jokoko qui racontait précisément ce qu'il advint à Tergyval pendant l'assaut. Pourtant absente du théâtre des opérations, Carambole résuma :

– Les prêtres noirs ont probablement entre autres la possibilité de se démultiplier. Pas physiquement, certes, uniquement en image, mais de façon à camoufler l'original qui pratique le sort ! Quant à notre Capitaine, il s'est tout bonnement fait envoûter. Le religieux lui a intimé l'ordre de se retourner contre son camp !

Passe-Partout rebondit :

– Ils ont le pouvoir de les manipuler à distance, d'augmenter leurs capacités de combattant et, dès qu'ils meurent, le sort se rompt. L'un d'entre eux s'occupait du géant ork et les deux autres des troupes de sangs noirs.

– Comme notre Lien, d'une certaine façon, murmura Candela, stupéfaite du condensé de Carambole et de son frère.

La vivacité d'esprit de Passe-Partout et la faculté d'analyse de la jeune Magicienne créaient un duo fonctionnant à merveille, au grand dam de Corinna qui ne recueillait pas du héros l'attention qu'elle souhaitait. La Reine des Elfes secoua la tête :

– Le Déchu n'en restera pas là. Des bribes de Séréné lui manquent toujours. Il n'obtiendra la totalité des pouvoirs de la Sphère Noire qu'en les récupérant.

– Nous savions qu'il fallait le frapper avant qu'il ne nous frappe, soupira Passe-Partout. Nous devons aller au plus vite aux Drunes. Où en sont les Nains ?

– J'ai eu une "conversation" avec Barryumhead tout à l'heure. Ils atteindront le site bien avant nous, répondit Candela.

Revenu de la forge, Gerfor, distant jusqu'alors, leva brusquement la tête en entendant parler de son Prêtre et désormais ami, et laissa trainer une oreille.

– Attention, il ne faut pas qu'ils se fassent repérer. Seuls, ils sont perdus !

– Barryumhead comprend l'enjeu et ralentit les Hordes.

Passe-Partout ne put s'empêcher de sourire :

– Réfréner des Nains prêts au combat ? Quelle gageure !

Pour une fois, Gerfor n'intervint pas et trouva même que de retarder ses semblables sur le front des Drunes était une excellente initiative. Il n'appréciait pas l'éventualité que l'armée de Terkal lui enlève trop d'ennemis à abattre !

– J'ai cru comprendre que les Océaniens nous rejoindront ? poursuivit Passe-Partout.

– Il nous faut la contacter, rétorqua soudainement Candela d'un ton incertain.

Bien qu'interloqué par le propos de sa sœur, il continua sur sa lancée :

– Plus sérieusement, quand pouvons-nous partir ?

La Reine des Clairs se concentra quelques instants sur le Lien et répondit d'une voix timide :

– Demain pour moi.

Carambole se tourna vers son Lien, en l'occurrence Sup, qui confirma :

– Idem pour les humains, sans Valk.

Passe-Partout s'assombrit ; sa « Compagnie de Mortagne » s'étiolait peu à peu. Il se leva brusquement :

– Je vais la voir ! Carambole, dis-moi où je peux la trouver.

– J'ai fait rouvrir "l'hôpital" de Fontdenelle pour accueillir tous les blessés. Elle est là-bas.

L'herboriste se redressa à son tour :

– M'est d'ailleurs avis que c'est à cet endroit qu'est ma place, je t'accompagne, fiston !

Candela réglait avec Darius et Kent les détails de leur départ prochain. Jokoko, dorénavant un rouage indispensable dans l'organisation, jouait le rôle d'assistant. Carambole était sortie pour s'enquérir des avancées de ses décisions auprès d'Albano. Le Scribi hyperactif paraissait infatigable et anticipait les désirs de sa nouvelle maîtresse, au point qu'elle ne trouva rien à redire sur les choix du zélé. Jokoko, au-delà de la fébrilité des préparatifs, ressentait un trouble chez sa Reine, jusqu'à provoquer des absences inquiétantes. Et il se posa encore plus de questions en constatant le même comportement de Corinna et Carambole. La réponse lui fut donnée peu après, quand Carambole arriva enfin à obtenir la connexion théopathique avec celle qu'elle désespérait atteindre.

– Anyah s'est déclarée recluse ! Elle n'a accepté mon contact que lorsque j'ai évoqué l'aide apportée par Antinéa par l'intermédiaire des Hommes Salamandres. Information perturbante : elle ne croyait pas du tout à l'intervention de sa Déesse, mais la remerciera quand même. Elle ne veut plus parler à quiconque, sauf à Antinéa !

– Elle peut tout de même prévenir Elliste de notre départ aux Drunes ? s'alarma Kent.

– Anyah n'adresse même plus la parole à ses vestales. Elle ne sort plus de sa chambre, rétorqua Carambole, catastrophée.

Jokoko trouva l'inquiétude de Carambole démesurée. Si la Prêtresse d'Antinéa avait fait ce choix, grand bien lui fasse, point final ! La remarque de Candela éclaira un peu plus Joey.

– Et je suppose qu'elle t'a confié ne plus avoir aucun retour à ses prières.

Le regard de Carambole suffit à la Reine des Elfes.

– Comme nous, donc… Mooréa ne répond plus à aucune invocation depuis la fin de la bataille contre les sangs noirs.

Soulagée de ne pas être la seule dans ce cas, la jeune Magicienne avança :

– Les Dieux n'accompagnent pas nos initiatives.

Candela opina et songea que cette information n'allait pas plaire à tout le monde !

Valk, malgré les soins, restait aux portes de la Spirale. Passe-Partout essaya de réconforter celui qui, de plus en plus, ressemblait à s'y méprendre au Fêlé. Tergyval, dévasté, demeurait à genoux auprès de sa Belle. Les yeux embués, à court de mots, une infinie tristesse s'immisçait en lui. Son regard ne quittait plus Fontdenelle qui s'activait de son mieux. L'herboriste ne débordait pas d'optimisme et cachait la réalité au Capitaine en lui demandant inlassablement de laisser le temps œuvrer. Avant qu'il soit happé par l'immense tâche qui l'attendait, sollicité par des bénévoles venus en masse soutenir ''l'hôpital'', Passe-Partout, à bout de patience, s'échauda :

– Une maladresse de ce Jokoko, hein ? C'est à cause de lui si…

Fontdenelle l'arrêta d'un geste.

– Si elle est vivante, ce n'est que grâce à lui ! Sans son intervention, elle aurait perdu ses boyaux sur le champ de bataille. La Magie ne peut pas tout, tâche de t'en souvenir ! Et c'est d'ailleurs pour ça que je vais maintenant tenter de guérir des malades avec mes propres moyens plutôt que chercher à rendre coupables des gens qui font de leur mieux pour le bien de tous !

Passe-Partout ne répondit pas et regarda s'éloigner l'herboriste vers les lits alignés, sa première halte pour discuter avec un Elfe Clair. Sans entendre la conversation, il comprit par leurs gestes que le Clair l'informait sur les priorités.

L'alliance des peuples ! La vraie ! pensa-t-il avec plaisir, oubliant la remontrance de Fontdenelle.

Il sortit songeur de ''l'hôpital''. Quelle richesse et que de liens tissés grâce à ces échanges de compétences ! Alors enfant, sa mère adoptive, Félina, l'avait initié aux décoctions, tisanes et remèdes par les plantes, ce qui avait facilité ses relations avec Fontdenelle et son entrée dans Mortagne. L'ex-Reine des Elfes avait compris bien avant tout le monde que la Magie ne pouvait pas tout !

En plus, avec cette foutue manne astrale qui fond comme neige au soleil !

Il secoua la tête. Le tableau d'évaluation de Tilorah ne fonctionnait qu'en principe. Entre la théorie et la pratique existait un fossé qu'il n'arrivait pas à combler. Il lui devenait maintenant facile, par calcul, d'anticiper ses besoins. Mais que de lacunes encore ! Il se remémora alors l'école de la Forêt d'Émeraude et Jorus énoncer un problème pour matérialiser ses concepts. Il imagina son professeur, docte, l'exposer :

– Je me déplace en lévitation sur une distance de soixante pieds après m'être protégé magiquement pour le combat. Je prévois d'envoyer un rayon et faire une Danse de la mort pour terrasser mon adversaire. Question une : Combien d'Énergie Astrale dois-je dépenser ? Question deux : Combien m'en reste-t-il ?

L'expérience lui avait enseigné que ce calcul purement livresque se confirmait rarement. Pour peu que la distance soit mal appréciée, qu'un poids supplémentaire s'ajoute, qu'un ennemi soit plus coriace ou que le rayon nécessite plus de puissance ou plus de temps d'utilisation, à la fin, l'initié se retrouvait sans forces vives. Dans le feu de l'action, il était ô combien compliqué de compter ! Lui revint à l'esprit que la fabrication de la sphère rouge lui ayant permis d'obtenir la Magie des Sombres n'avait pas été sans douleur pour Tilorah. Tombait-elle évanouie à chaque goutte de mémoire astrale produite ? Sa prêtresse de tante ne pouvait risquer la mort à chaque étape d'un processus coûteux en manne sans quoi elle ne l'aurait jamais achevé ! Rabattant sa capuche, il trouva un banc, s'assit et fouilla dans les souvenirs de sa parente sub aventienne.

CHAPITRE XIX

– Maître, nous autorises-tu une question qui nous hante, mes frères et moi ? émit respectueusement le bilieux.

– Aucune question n'est inopportune, rétorqua le Messager.

Workart se lança :

– Comment se fait-il que tu n'aies pas subi les affres du défaut d'invocations des Aventiens comme Mooréa, Varniss et Lumina ? Les échanges, la négociation, le commerce sont mis à mal en ces temps de guerre. Ce repli sur soi n'invite pas à te prier ! Tu aurais dû...

– Tomber malade... Comme les Déesses, souffla le Messager.

Après un long silence, il déclara :

– Je reçois les invocations, mais ne m'en nourrit pas. Je ne suis pas Ovoïdien, Workart.

Lorbello. Extrait de « Crise en Ovoïs »

Après avoir visité tous les bâtiments de la Cité et interrogé un nombre considérable d'habitants, le gang au complet déambula dans les rues de Mortagne à la recherche de Passe-Partout. Passant à proximité de la Tour de Sil, Sup voulut entrer pour la seconde fois dans ''l'hôpital'' de Fontdenelle pour tenter de nouveau sa chance. Il tomba sur Gerfor qui se cachait tant bien que mal à un croisement. Discrètement, il se dirigea vers lui et le fit sursauter.

– Passe-Partout ? Il est là.

Et il tendit son index boudiné vers une silhouette ramassée sur elle-même, immobile, assise sur un banc. Sup s'approcha.

– Passe-Partout ?

Rien ne paraissait pouvoir distraire l'interpellé perdu dans ses pensées.

– Doubledor ? insista Sup.

Un œil bleu le toisa. Un sourire en coin se dessina.

– Je t'ai trouvé grâce à Gerfor.

Passe-Partout repéra non loin l'ombre massive du Nain, mal dissimulée.

– Quel têtu ! Nous ne partirons pas d'ici sans passer par la forge !

Sup ne put s'empêcher de rire.

– Il attendra que tu récupères de la manne astrale ! Je n'ai pas envie de te retrouver entre la vie et la mort pour un casque !

Passe-Partout tapa amicalement sur l'épaule de Sup.

– Et si je te disais que j'ai trouvé le moyen de faire en sorte que ça ne se produise plus ?

Le visage de Sup s'éclaira.

– Un truc de Sub Avent ? Je parierais sur quelque chose qui vient des Doubledor !

– Décidément, tu deviens… Tu es surprenant ! Où est le chef de gang que j'ai connu lors de mon arrivée à Mortagne ?!

Sup bomba le torse, comblé du compliment.

– Sup disparaît peu à peu… Comme toi. Passe-Partout ne laisse-t-il pas la place à Doubledor ?

Le héros de Mortagne se fit songeur. Le souvenir de l'allée d'honneur des lézards de Sub Avent remontait à la surface. Ils ne grognaient qu'un seul nom, et ce n'était pas Passe-Partout !

– En ce cas, il te faut un nouveau nom, toi aussi ! déclara-t-il.

Abal, dans sa naïveté touchante, lâcha :

– Déjà fait, ça ! Maintenant, Amandin !

– Très bon choix ! Au fait, tu me cherchais ?

– Ta sœur te réclame.

– Allons voir Candela ! Mais avant…

Passe-Partout fit signe à Gerfor de les rejoindre. Le Nain jubila.

La braise rougeoyante, parfaite, uniforme, attentivement surveillée par les Bonobos, servait de lit accueillant à un moule travaillé en forme de boule. Plus exactement de deux demi-sphères reliées par une bande de métal vissée pour assurer l'étanchéité de l'ensemble. Le forgeron de Mortagne regardait avec fascination œuvrer les Nains, en oubliant la présence des garnements du gang qu'il n'avait jusqu'à lors jamais toléré dans son atelier. Cervono ne passait pas pour un apprenti dans la région. Certains voyageurs l'appelaient même Maître, le prodigieux créateur de l'épée de Tergyval ! Pourtant, de sa longue expérience il n'avait vu une telle précision apportée à une pièce. Des casques, il en avait confectionnés de toutes sortes, mais toujours en plusieurs morceaux qu'après seulement il assemblait. Jamais en une fois, et encore moins sous la houlette de Nains ! Gerfor avait privatisé sa forge et les Bonobos minutieusement préparé l'opération. L'erreur était proscrite. Si la structure cassait ou coulait, le moule deviendrait inutilisable.

Le creuset, spécifiquement créé pour l'occasion, était équipé d'une rigole large au départ, qui se rétrécissait pour aboutir en deux points distincts de la matrice. Sur son plateau, des lingots de métal bleus, les anciennes chaînes qui retenaient Sébédelfinor au cirque de Tecla, fondues par le tout premier sort acquis par le demi-Sombre. Exactement la même Magie que Gerfor lui demandait de renouveler. Il était le seul à pouvoir réaliser ce prodige et le lui avait promis. Discipliné, Passe-Partout réclama à Cervono un tabouret qui l'élèverait au-dessus de l'ensemble pour optimiser le flux, et attendit le signal du Nain. Gerfor vérifia une nouvelle fois son installation, déglutit avec difficulté et donna un coup de tête nerveux. L'enjeu était d'importance ; le rayon devait être assez puissant pour fondre le barryum sans pour cela détériorer le creuset.

Le neveu de Tilorah se concentra. Fort de sa découverte dans la mémoire de sa tante, il allait essayer une gestion inédite de son Énergie Astrale. Le feu des Sombres se déchaîna, attaquant la matière la plus dure d'Avent. Le barryum bleu se mit à couler, pour la plus grande joie des Nains qui s'activaient à maintenir la matrice à une température constante. Le liquide emplit la rigole et se répandit jusqu'aux deux orifices. Le métal résistait, mais le fondeur ne relâcha pas son effort. Les yeux brillants de Gerfor passaient de Passe-Partout au creuset et du creuset au moule. Le désir de posséder ce casque lui faisait oublier la Magie sans laquelle jamais il ne naîtrait et que pourtant il redoutait.

– Stop ! ordonna-t-il.

Le rayon cessa. Sup tendit les bras, anticipant un malaise de son héros.

– Tout va bien, Amandin... Tout va mieux ! lui dit-il d'un ton complice.

Muni d'épais gants, Gerfor positionna deux bouchons de métal sur les orifices. Les Bonobos, équipés d'énormes pinces, s'emparèrent alors de la sphère au trois quarts enfoncée dans la braise et la transportèrent jusqu'à un baquet d'eau glacée. Ils l'y plongèrent, soulevant des nuages de vapeur. Le chef des Fonceurs, ruisselant de sueur, frappa l'épaule de Passe-Partout. Le gang partit chercher une seconde bassine pour compléter le refroidissement. Au fond du récipient, Abal remarqua une forme oblongue de métal et s'en saisit tandis que les Nains immergeaient à nouveau la boule contenant le casque. Gerfor, couvant des yeux son trésor, n'accorda plus dès cet instant aucune attention à personne.

– Il aurait pu, pour une fois au moins, dire merci ! cracha Sup en sortant de la forge.

Passe-Partout haussa les épaules sans rien répondre.

Brisco, l'ex-lad de Guilen devenu responsable des écuries proches du Palais, se trouvait dépassé par les événements. Dans son enclos devaient cohabiter chevaux, mulets, marguays, et maintenant ptéros ! Un véritable casse-tête, considérant en sus la présence sur le site d'une centaine d'Elfes attendant leur affectation.

Sur le paddock où régnait un désordre abrutissant, Kent et Darius tentaient d'organiser le futur fer de lance de l'armée des Clairs. Candela avait souhaité modifier sa ligne d'Éclaireurs en créant une équipe aérienne en supplément de la terrestre traditionnelle. Les marguays échus à Darius et les ptéros à Kent, ce dernier réenvoûtait les sauriens mâles précédemment stationnés dans la forêt pour constituer son armada, tout en formant basiquement ceux qui la conduiront. L'idée de Candela, stratégiquement excellente, tardait à aboutir dans ce capharnaüm et le temps dont ils manquaient cruellement devenait le pire ennemi des deux chefs Elfes.

– Je te sens tendu... Tout va bien ?

Passe-Partout sourit à Sup et lui raconta son périple en Sub Avent. Le chef du gang se délecta de chaque mot prononcé ; c'était la première fois qu'il s'adressait à lui de la sorte.

– C'est ainsi que je détiens une bonne partie de la mémoire des Sombres par l'intermédiaire de ma tante, Tilorah. Lorsque tu m'as vu sur le banc, j'étais en train de chercher dans son vécu le moyen de gérer l'Énergie Astrale. Et j'ai trouvé ! L'expérience chez Cervono a d'ailleurs conforté ma découverte !

– Que d'excellentes nouvelles ! Pourquoi cette tension, alors ?

Passe-Partout regarda attentivement Sup. Il n'avait décidément plus rien du gamin crasseux qui l'aidait à distribuer les remèdes de Fontdenelle à son arrivée à Mortagne !

– Tu as raison... Ce qui me hérisse le poil est cette dépendance permanente à ceux d'Ovoïs.

Prends Tilorah ! Elle avait une somme considérable de défauts, mais elle travaillait sans relâche, avec précision et rigueur. Les résultats de son labeur ne sont que de son fait !

— Alors qu'elle en attribuait le mérite à sa Déesse, n'est-ce pas ? comprit Sup.

Passe-Partout acquiesça, pensant à ses innombrables prières la remerciant de lui offrir ce qu'elle avait obtenu seule, par sa constance et son acharnement.

— Mes rapports avec les Dieux sont compliqués. Si, un jour, toute cette histoire est racontée, ce ne sera pas dans les temples ! ironisa-t-il, les yeux dans le vague.

Ce fut au tour de Sup de sourire en songeant :

Non, certes pas dans les temples... Partout ailleurs, plus sûrement !

D'humeur guillerette, il lâcha :

— Au fait, il est inutile de te cacher derrière ta capuche, tout le monde te reconnaît ! Mais rassure-toi. Ils ne viendront pas pour t'affubler de titres incongrus, ils ont bien trop honte !

Il dévoila lentement son visage, l'œil aux aguets. Effectivement, têtes baissées, les regards étaient pour le moins fuyants et le mal-être tangible ! Seule une petite fille quitta les jupes de sa mère pour se planter devant lui :

— Je sais qui tu es ! Tu es Passe-Partout Doubledor ! Le Sauveur d'Avent !

Passe-Partout lui caressa la joue et se fendit d'une mimique appuyée pour Sup qui éclata de rire. Arrivé à proximité de la rue de la soif regorgeant d'Elfes armés jusqu'aux dents, il le questionna sur un détail qui le turlupinait depuis un moment :

— Dis-moi, ces boules de verre et vos drôles d'appareils pour les lancer, ils viennent d'où ?

Sup résuma alors la genèse des « Casses Bouteilles » et plus largement de ses activités au palais d'Océanis.

— Dommage qu'on ne puisse pas fabriquer ces billes creuses à Mortagne, conclut Passe-Partout en franchissant la barrière des Clairs défendant « La Mortagne Libre ».

Les visages de Carambole et Corinna s'illuminèrent à la vue de leur héros, et s'assombrirent aussitôt en s'apercevant chacune de la joie de l'autre ! Candela le prit dans ses bras, voulant s'assurer de son état de santé qu'elle jugea correct, mais perdit son sourire. Durant cette brève étreinte, l'espace d'une seconde, leur complicité télépathique se rétablit. Passe-Partout, devenu grave, interrogea sa sœur :

Dis-moi ce qu'il se passe !

Une bonne et une mauvaise nouvelle. Sur les indications de Sup, la bonne est que nous avons récupéré une centaine de ptéros dans les bois proches de Mortagne. Je me suis permis de t'emprunter de l'Eau Noire pour fabriquer de la potion de domestication. Cela nous donnera un avantage offensif contre le Déchu... La mauvaise : nous avons voulu contacter Anyah, à Océanis, pour que ses troupes humaines se joignent au combat, comme prévu entre Tergyval et Elliste. Anyah s'est décrétée recluse et ne parle plus à personne ! Nous n'avons personne d'autre sur place pour prévenir Océanis de notre départ.

Passe-Partout se tourna vers Sup, interrogatif. Ce dernier lui apprit les raisons de la Prêtresse d'abandonner tout lien avec le monde d'Avent. Le jeune héros entra dans une rage froide :

— Vous et vos Déesses ! Autant je peux comprendre la peur, mais pas ce choix d'enfermement et la volonté de ne s'adresser qu'à son Dieu !

Sup s'autorisa une suggestion :

– Je pourrais y aller en ptéro et les prévenir.

Les yeux de Passe-Partout devinrent gris.

– Non, il n'en est pas question !

Il tendit le doigt vers sa sœur et Carambole.

– Vous allez joindre votre Déesse pour qu'elle parle à sa jumelle ! Qu'Antinéa oblige au moins sa Prêtresse à communiquer avec les humains ! À moins qu'elle ne se contente de ses invocations pour continuer à exister… Faut-il vous rappeler que le Continent est en guerre ? Combien de morts encore pour comprendre que les seuls sacrifiés sont ceux d'Avent, pas d'Ovoïs !

– Mooréa ne nous répond plus, lâcha lamentablement Candela.

Désespéré, Passe-Partout baissa la tête, prit son sac à dos, ses armes et tourna les talons en maugréant :

– Vous n'êtes même pas certaines de partir demain. Après tout, faites ce que vous voulez…

Après l'emportement de Passe-Partout, les jeunes femmes, toutes deux vouées à Mooréa, se sentirent démunies. Et leur malaise ne s'arrêta pas là. Tergyval, sorti de ''l'hôpital'' par Fontdenelle pour aller se reposer, les affligea un peu plus en apprenant cette nouvelle consternante. D'une humeur exécrable, il donna raison au « petit ». Son attitude, ses propos, son allure, on eût dit le Fêlé de retour ! Il redevint lui-même après avoir laissé éclater sa colère, concluant tristement :

– Valk se bat contre la mort ! Je veux rester à ses côtés. Vous partirez sans moi.

Sup bouillait ! Même Jokoko roulait ses yeux d'incompréhension. Malgré les sorties tonitruantes de Passe-Partout et de Tergyval, les deux jeunes femmes discutaient de la meilleure manière de s'adresser à Mooréa pour obtenir satisfaction. Au mépris de tout respect, le chef du gang les interrompit sèchement :

– Faites intervenir Barryumhead si vous n'êtes pas en mesure de contacter votre Déesse ! Profitez-en pour lui suggérer qu'Elliste emporte des billes creuses et, tout à fait accessoirement, pensez au remplaçant de Tergyval, quelle que soit la date de départ !

Contre toute attente, surmontant sa nature discrète, Joey, d'une voix sourde, ajouta :

– Ma Reine, Mooréa n'a survécu que grâce à l'action de Passe-Partout aux Quatre Vents. Quant à toi, Carambole, ta condition de Magicienne n'a pu être révélée que par l'intermédiaire du Livre Muet de Dollibert, trouvé et rapporté par lui. Concernant les Hommes Salamandres, ils devaient une fière chandelle à celui qui a sauvé leur Prêtre dans les profondeurs d'Avent Port. Il s'agit encore et toujours de Passe-Partout !

Sup resta stupéfait de l'intervention de Jokoko comme de l'attitude des jeunes femmes qui ne surent quoi répondre. Le chef du gang eut de nouveau l'envie d'enfourcher son ptéro pour se rendre à Océanis, mais se souvint du veto de son mentor. Il avait bien remarqué qu'il était parti avec son équipement et, par un signe, avait demandé à ses acolytes de ne pas le lâcher d'une semelle. Suivi d'un Jokoko excédé, il quitta l'Auberge en claquant la porte pour le rejoindre.

La pilule passait mal. Passe-Partout ressassait tout ce qu'il vomissait sur les Dieux. Finalement, l'attitude de Carambole et de sa sœur démontrait qu'Ovoïs manipulait ses sujets au même titre que le Déchu !

Si chaque décision nécessite un aval divin, jamais nous ne gagnerons cette guerre !

Les décisions ! Il avait dû en assumer de nombreuses, et pas toujours en pleine connaissance de cause, mais jamais avec le besoin d'un quelconque cautionnement ! Aujourd'hui, il en prenait une nouvelle et, selon lui, la seule qui vaille ! Car s'il n'avait pas été contraint de se rendre aux Quatre Vents, puis à Sub Avent, il serait parti au secours de celui auprès duquel il n'avait pu tenir promesse. À bien y réfléchir, s'il parvenait à libérer de nouveau Sébédelfinor, le Déchu perdrait Bellac, ce qui mettrait un terme à toutes ses « créations » : corrompus, oiseaux mutants et métamorphes ! Bien sûr restaient de nombreuses inconnues : Séréné, le quatrième seigneur de guerre et le Déchu.

Si j'en tenais compte, je ferais comme tous : rien !

Et cette inertie n'était pas sa décision.

Le gang avait filé Passe-Partout dans ses moindres déplacements et son parcours dans la Cité ne pouvait s'analyser que d'une seule manière. Après un arrêt au Palais pour interroger les trois traîtres, une pause à Cherche-Cœur et une déambulation au paddock des ptéros, l'unique question que se posaient les garnements fut la raison, de leur point de vue futile, de son bain de mer. Sup exprima à haute voix ce que tous soupçonnaient.

– Il va partir.

Un bref silence, des yeux roulant dans leurs orbites pour l'un, des sautillements pour deux autres.

– Je te suis, Sup ! déclara Jokoko.

– Moi aussi ! dirent en chœur Vince et Carl.

D'un geste, le plus jeune déclina. Le chef de gang n'insista pas.

Les tâches furent rapidement réparties pour un départ en urgence. Après les pertes en Clairs et en fauves dans la reconquête de Mortagne, les deux capitaines s'épuisaient à comptabiliser leurs effectifs. Kent croyait en avoir fini avec cette gestion d'hommes et de montures ô combien fastidieuse, lorsque Darius lui fit remarquer :

– Tu t'es trompé ! Tu as plus de cavaliers que de ptéros !

Kent, surpris, se mit à recompter lui-même chaque animal, constatant que Darius avait raison : il lui manquait deux sauriens.

Après le départ de son héros, Carambole s'effondra, ses doutes quant au bien-fondé des intentions d'Ovoïs alimenté par les sorties successives de Sup, Tergyval et Jokoko. Candela, partagée, tentait d'agencer les pièces du puzzle dans un ordre tel qu'elle espérait y dénicher une bien-pensance plus conventionnelle.

– Si Passe-Partout est allé aux Quatre Vents, c'est à l'aide des écrits d'Adénarolis, Prêtresse de Mooréa. La condition de Magicienne de Carambole est une grâce donnée à l'origine par cette même Déesse. Concernant les Hommes Salamandres, ils ne seraient jamais intervenus sans l'aval d'Antinéa, sœur jumelle de Mooréa !

Accompagnée de Corinna, elle pria de toutes ses forces pour présenter la situation sous cette forme qui ne pouvait que plaire aux Dieux. Invocation qui demeura sans réponse. Perdue dans ses conjectures, Carambole garda pour elle ce qu'elle pensait de la santé mentale d'Adénarolis, du plus grand des hasards qui lui fit décorner une page du Livre Muet et surtout de l'appui des habitants des abysses, provoqué par Anyah et non Antinéa selon elle, avant que la Prêtresse ne se déclare recluse. Découragée, la jeune Magicienne s'enferma dans sa chambre et s'allongea sur son lit dans lequel elle sentait encore l'odeur de Passe-Partout.

Albano, motivé comme jamais, recollait inlassablement les morceaux d'une Mortagne éparpillée. Il parvint, sous la bannière de Carambole, à mobiliser les forces de la Cité et passait son temps à stimuler toute initiative qui redonnait vie à la ville. Il venait de féliciter les ouvrières de la guilde des vanniers d'avoir réouvert le bâtiment pour y fabriquer des flèches, lorsqu'un de ses suiveurs attira son attention en lui indiquant le sommet de la Tour de Sil.

– Staton ! entendit-il autour de lui.

L'aigle divin se dirigea lourdement vers les toits du Palais, comme si sa seule intention était de se faire voir de tous les habitants. Albano cria :

– Mooréa est avec nous, Mortagnais !

Il courut jusqu'à l'auberge, répétant son appel en désignant l'oiseau argenté. Haletant, il arriva devant le barrage des Clairs défendant l'accès de « La Mortagne Libre » et exigea de rencontrer Carambole. Alertée par le vacarme extérieur, Corinna s'avança vers le Scribi gesticulant, attestant de sa bonne foi en tendant son index vers le Staton qui survolait maintenant la rue de la soif à basse altitude. Candela haussa les épaules. L'aigle ne pouvait être que son frère pensant marquer les esprits pour les pousser à partir aux Drunes dans les délais convenus. Elle alla frapper à la porte de la chambre de Carambole :

– Carambole ! Passe-Partout a dû enfiler la robe de Dollibert pour nous forcer la main ! Carambole ?

L'absence de réponse l'inquiéta. Elle insista avant d'entendre une voix bizarre rétorquer :

– J'arrive.

Abal avait pris pension sur les toits de Mortagne. Il surveillait le ciel pour apercevoir l'inéluctable départ de Passe-Partout. Il grimaça en avisant le Staton raser les chaumes de la Cité. Il avait déjà vu l'aigle divin voler, mais jamais à portée d'un archer ! Ce fut en le suivant des yeux jusqu'au Palais qu'il remarqua un ptéro se détacher de la file tournoyante des apprentis cavaliers formés par Kent. Il fit un signe de ses deux mains puis un autre indiquant la direction à prendre, le dernier en forme d'adieu au gang qui, au loin, décollait sans lui. Puis, tel un équilibriste, il slaloma de toit en toit pour accéder à la fenêtre de l'auberge.

– Tu es blanche comme un linge ! Ça va ?

– Oui, oui... J'ai dû m'assoupir, répondit Carambole.

La liesse de la Reine et de son aréopage provoqua un regain d'activité dans « La Mortagne Libre ». Carambole n'y prit pas part ; son esprit embrumé ne retrouva toute sa lucidité que quelques secondes plus tard. Elle bégaya :

– A... Anyah ?

Carambole ! Je viens de faire prévenir Elliste de partir demain pour les Drunes. Je transgresse à mon vœu de silence pour la dernière fois en te parlant. J'espère qu'Antinéa ne me tiendra pas rigueur de briser ce serment... Je crois qu'elle m'en aurait d'ailleurs beaucoup plus voulu si je ne l'avais pas fait... Adieu, Carambole. Je retourne à mon mutisme et mes prières. Qu'Ovoïs bénisse votre expédition !

Carambole, les yeux ronds, répondit au regard insistant de Candela :

– Elliste et son armée d'Océaniens partent demain. Je serais curieuse de savoir qui a pu la joindre.

— Probablement Barryumhead ! Il a été plus persuasif que nous.

Abal apparut en haut des marches de l'auberge, chercha ses mots et ânonna :

— Sup, Vince, Carl, Jokoko ! Partis !

— Partis ? Mais où ça ?

Le garnement avait craint de devoir se lancer dans une longue explication. Le langage gang eut le mérite de résumer la situation :

— Ptéros. Suivre Passe-Partout. Drunes !

Sa mission accomplie, laissant cois la Magicienne de Mortagne, la Reine des Elfes, sa première Prêtresse et ses deux chefs de guerre, il tourna les talons en déclarant :

— Moi, Mortagne ! Voir Cervono, projet important !

Darius s'approcha de Kent, l'air grave, et lui souffla :

— Tu as au moins l'explication de la disparition de deux ptéros.

À cet instant, Kent n'eut qu'une envie, celle d'enfourcher un saurien et de partir lui aussi ! Il regarda sa Reine et finalement renonça. Candela ferma les yeux. Le Staton survolant Mortagne n'avait donc rien à voir avec Passe-Partout. Elle remercia avec ferveur sa Déesse pour ce présage. Peu lui importait qu'il s'agisse de Lorbello ou de Mooréa, le symbole de la présence d'Ovoïs lui suffisait. Enfin un signe des Dieux ! Tout indiquait qu'ils les accompagnaient dans cette démarche. Elle se leva et clama fièrement :

— Nous partons avant le lever du soleil !

Carambole fulmina. Sup lui abandonnait la charge de l'armée des Mortagnais. Et les problèmes ne faisaient que commencer...

Gerfor entra dans l'auberge, coiffé d'un casque orné du plus bel effet. Candela sourit en reconnaissant les deux cornes de mouquetin. Elle eut une pensée pour Solo, le berger, qui lui avait sauvé la vie. Mais ce moment de nostalgie ne dura guère.

— J'apprends qu'ils sont tous partis sans moi ! vociféra le Nain.

Les explications des uns et des autres ne tarirent pas sa colère. Il ne tolérait pas de se retrouver en queue de peloton, entre les Clairs et les Mortagnais, et de surcroît à pied ! Carambole et Candela se tournèrent vers Kent et Darius, mendiant une solution pour contenter le Fonceur furibond. Après moult palabres, il fut convenu que Gerfor et les Bonobos chevaucheraient des ptéros avec Kent et que le reste de la Horde accompagnerait les Clairs pourvus de marguays en les suivant à cheval.

CHAPITRE XX

Sagar s'autocongratulait. La ferveur redoublée de ses Nains contrebalançait avec efficacité la perte de ses Amazones. Sa décision d'investir Barryumhead lui rapportait un nombre d'invocations sans cesse croissant, occultant bien évidemment que ce choix lui avait été suggéré par le Messager.

Mooréa s'était rendue au chevet de Varniss et Lumina. Si sa magie n'avait pas la capacité de les réveiller, les deux Déesses dormaient dorénavant sans ces cauchemars qui, périodiquement, désarmaient leurs soignants.

– Heureusement que ma sœur s'occupe d'elles ! se félicita Antinéa.

– L'étincelle leur permettant de survivre jusqu'à présent leur a été donnée par Gilmoor. Et j'ajouterai que Mooréa en a aussi bénéficié.

Lorbello. Extrait de « Crise en Ovoïs »

Sup et Jokoko s'étaient introduits dans l'enclos où Kent et Darius tentaient vainement de remettre de l'ordre. Il leur fut facile d'approcher des ptéros déjà domestiqués. Sup interrogea du regard son acolyte en désignant un saurien. Joey haussa les épaules :

– Celui que tu veux ! Ils sont tous en multicavaliers.

Le chef du gang sourit à leur bonne fortune. Quoique demandant plus de manne astrale pour parvenir à ce résultat, Kent avait préféré les rendre « universels ». N'importe qui pouvait les enfourcher et décoller, ce qu'ils firent en éloignant discrètement un ptéro docile du groupe. Ils planèrent ensuite à basse altitude, à l'ombre des remparts, jusqu'à la plage où Sup avait camouflé le sien lors de son retour d'Océanis. Ceux de Valk et Tergyval s'y trouvaient aussi, mangeant des branches feuillues sous la surveillance de Vince et Carl. Le temps de charger armes et victuailles sur les deux sauriens et ils s'envolèrent par la mer, contournant Mortagne pour ne pas être repérés.

Chevauchant le ptéro emprunté dans le paddock de Brisco, Passe-Partout suivait les méandres du Berroye. Certes pas le chemin le plus court pour se rendre aux Drunes, mais faute d'une localisation précise, il ne pouvait se référer qu'à une conversation surprise entre Tergyval et Valk.

– Les Drunes se trouvent pile au nord du deuxième poste de guet sur la rive droite du fleuve !

Il le survolait donc, à l'affut du premier passage à gué en partant de la Cité. Il ne s'était pas retourné en fuyant la ville, songeant à l'addiction de ses proches pour ce qu'il appelait les

« Parasites d'Ovoïs ». Arrivé là où le Berroye pouvait être franchi à pied, il bifurqua vers la gauche et entrevit le toit de l'abri de la première sentinelle. Ne lui restait plus qu'à maintenir sa direction et à écarquiller les yeux pour repérer le second dans lequel il comptait faire étape.

Sup et ses compagnons avaient pris de l'altitude et forçaient leurs montures ailées à une allure de chasse. Tous en alerte, ils scrutaient le ciel pour apercevoir Passe-Partout parti un bon moment avant eux. Chaque volatile au loin faisait l'objet d'un bras le désignant, mais mis à part des rapaces en quête de gibier, leur mentor demeurait introuvable. Sup désespérait. D'après ses calculs, ils auraient dû le rejoindre. À moins que lui aussi ait décidé de voler à bride abattue… Ou bien avait-il opté pour un autre chemin ? Il grimaça. Dans cette hypothèse, lui tomber dessus avant la nuit allait devenir compliqué.

– En bas ! À droite ! C'est lui !

Sup acquiesça en souriant et ordonna une descente rapide, et acrobatique, en spirale serrée. Lorsqu'ils parvinrent à l'entrée de la cabane de guet, il s'étonna du manque de précaution de Passe-Partout ; son ptéro n'était pas attaché à couvert. Il ne comprit le piège qu'après deux sifflements consécutifs, suivis d'autant de chocs sourds. Jokoko, sa cape trouée de flèches à hauteur des aisselles, se retrouva cloué sur la porte. Sup se retourna et entendit une voix provenant du touba face à lui :

– Si vous vous comportez ainsi, vous ne vivrez pas longtemps !

Tentant sans succès d'apercevoir son mentor, il s'adressa directement à l'arbre :

– Pourquoi faudrait-il que nous nous méfiions de toi ?

– Que faites-vous ici ? Où est Abal ? rétorqua Passe-Partout, stoïque, en lévitant d'une branche haute jusqu'au sol.

– Abal a fait le choix de rester à Mortagne.

– Et vous n'avez pas attendu l'accord des Dieux pour me suivre ?! ironisa-t-il, amusé par l'absence de réponse à sa première question. Depuis le temps, vous devriez pourtant savoir que me rejoindre est synonyme de mort prématurée !

Jokoko le surprit en opinant du chef à l'unisson du gang. Pour la première fois dénué d'une quelconque animosité contre lui, il le libéra des deux flèches qui le maintenaient sur la porte. Joey considéra ce geste comme un signe d'affection de celui qu'il avait choisi de suivre avant même de le connaître. Au coin du feu, se régalant d'un sorla à la broche, ils restèrent une partie de la nuit à converser. Sup et Jokoko racontèrent comment ils avaient épaulé Carambole envers et contre tout, sans forfanterie ni prétention, sûrs que l'avenir d'Avent passait par celui qui les écoutait et ne souhaitant qu'agir dans son sillage. Ils étaient à des lieues d'envisager une récompense ou un gain éventuel. Seule primait la libération du Continent. Passe-Partout fut touché de cette confiance teintée d'admiration et comprit alors qu'il comptait plus de points communs avec Jokoko que de réels griefs. À son tour, il leur narra son périple d'Avent Port aux Quatre Vents, sans omettre la Forêt d'Émeraude.

– Sup, tu raconteras à Joey mon escale à Sub Avent… Il va falloir dormir un peu, chuchota-t-il en interrompant son récit, avisant Vince et Carl, tête contre tête, déjà au pays des rêves.

Sup fit mine de ne pas l'avoir entendu :

– Avant de quitter Mortagne, tu t'es arrêté chez Perrine et au bord de l'océan, mais je …

Passe-Partout aurait éclaté de rire s'il n'avait pas eu peur de réveiller les garnements !

– Je remarque que tu es passé maître dans l'art de la filature ! Au Palais pour en savoir un peu plus sur la Magie de l'ennemi. Les trois traîtres ne s'étaient pas fait envoûter, ils avaient peut-être des informations sur les religieux noirs. En fin de compte, il s'avère qu'ils en connaissent moins que nous sur les prosélytes !

– La mer, je crois deviner : tu as contact avec les Hommes Salamandres !

– Non, démentit-il. Depuis Avent Port, le Prêtre des abysses pensait me devoir une vie et il a payé sa dette. Je n'ai pas de lien sous-marin hormis...

Les yeux de Jokoko se mirent à rouler :

– Hormis ce poisson aux deux tentacules !

– Oui ! s'exclama Sup qui reconstituait maintenant toute l'histoire de son modèle. Celui de l'aquarium du temple d'Antinéa à Mortagne ! Tu as forcé la main à Anyah pour les renforts océaniens par son intermédiaire ?

Passe-Partout opina en rajoutant :

– Et nous aurons ces fameuses billes creuses dont tu m'as parlé... Allons-nous coucher !

Sup s'entortilla dans sa couverture, mais une dernière question le taraudait.

– Pour demain ?

– Si Sébédelfinor est de nouveau prisonnier du Déchu, ce qui est l'hypothèse la plus vraisemblable, mon objectif est de le délivrer. Je crois que le vol de l'œuf par le métamorphe dans le musée de Perrine n'y est pas étranger.

– Valk a rencontré Nétuné à Port Vent ; le Maître Tatoueur est un véritable spécialiste en Dragons, confia Jokoko tout en se battant avec son sac à dos peu enclin à lui servir d'oreiller. Il pense que si le Déchu court après Sébédelfinor, ce n'est pas uniquement parce qu'il détient la Fontaine d'Eau Noire.

Son mentor fronça les sourcils et le laissa poursuivre.

– Sur Avent, les Dieux perdent leur immortalité, et le Déchu n'échappe pas à la règle. La récupérer passe par le seul être capable de vivre éternellement sur le Continent : le dernier des Ventres Rouges.

Passe-Partout émit un doute :

– Ils sont mortels ! En son temps, Parangon me confiait même que les chasseurs de Dragons étaient des lâches, qu'ils attendaient leur sommeil pour leur pourfendre le cœur.

– Ce qui est vrai. C'est leur cœur qui leur donne l'immortalité. Et le Déchu doit vouloir le lui prendre !

La conversation cessa brusquement. Le feu crépitait, trouant le silence.

– Merci, Joey, murmura Passe-Partout après un moment de réflexion. Tu viens de transformer une promesse en quête. Nous partirons demain à la rencontre des Nains. Ils ne doivent plus être loin des Deux Rochers... Bonne nuit !

Sup tordit la bouche. N'était-ce pas là un subterfuge élégant pour se débarrasser d'eux et se rendre seul aux Drunes ?

À Océanis, Elliste attendait le signal de Mortagne pour prendre le départ, rongeait quelque peu son frein et occupait son temps à des tâches de contrôles, la plupart superflues. Bart et Cleb n'avaient pas lésiné sur les moyens. Peaufinant l'inventaire des armes de guerre mis à sa disposition, le Capitaine océanien constata qu'il avait ordonné l'acheminement de plus de matériel que ses soldats pouvaient utiliser, mais se rallia au principe de prudence. Mieux valait trop que pas assez ! Un œil sur les écus de grande taille aux couleurs de sa ville, il fut apostrophé par son second :

– Mon amie veut te parler !

Absorbé par ses comptes, Elliste, sans se retourner, lui asséna sèchement :

– Qu'est-ce que ça peut bien me faire !

Sentant toujours la présence de son lieutenant, Elliste lui fit face pour le tancer vertement. Il se radoucit sur le champ en voyant derrière lui une vestale d'Antinéa, en robe turquoise, qui le salua respectueusement :

– Notre Prêtresse, Anyah La Recluse, vient, par la grâce de notre Déesse, de faire une annonce : les troupes Claires quitteront Mortagne demain matin et il est impératif d'emporter des billes d'Analys, pleines et creuses. Comme je ne fais que répéter les termes employés par ma maîtresse, j'espère que vous excuserez ma maladresse.

– Ne sois pas désolée... Merci de ce message !

Elliste aboya plusieurs ordres. Le palais d'Océanis ressembla alors à une fourmilière piétinée.

Bart et Cleb, les deux éminences grises de Bredin 1er, endiguaient mal leur nervosité. Océanis se coupait de toute sa force de défense en envoyant ses hommes d'armes aux Drunes. Bart prit fermement Elliste par l'épaule et déclara comme pour s'en persuader lui-même :

– Nous nous débrouillerons pendant ton absence.

Cleb fronça les sourcils et s'enquit d'un détail :

– Tu as vu pour le matériel supplémentaire ?

Elliste opina.

– J'ai pu rajouter des chariots. Nous partons avec tout ce que nous pouvons emporter en armes et victuailles. Sur site, ce ne sera pas de trop !

Cette fois, les sourcils de Cleb se levèrent.

– Des chariots ? Mais tu vas te retarder !

– Nous sommes les plus proches des Drunes. À l'allure où nous progresserons, nous devrions arriver en même temps que les Clairs, affirma Elliste.

Kent assista au départ de Darius qui chevauchait Horias à sa place. Le fauve rugit une dernière fois avant de s'enfoncer dans la nuit. Au paddock, son équipe patientait, chaque Clair immobile à côté de son ptéro. Le seul à dénoter dans ce tableau empreint de discipline demeurait Gerfor qui arpentait l'enclos en marmonnant.

Lorsque vint le signal, les cavaliers allumèrent leur torche avant de s'élancer au-dessus de Mortagne. Les premiers attendaient les suivants en volant en cercle, tous visibles dans la nuit. Kent décolla en dernier, prit la tête de ce ballet aérien aux lueurs fantomatiques puis jeta son flambeau, indiquant à ses hommes d'en faire de même. Le ciel redevenu noir marqua leur départ, salué au sol par la clameur des soldats Clairs et Portventois rejoints par ceux de la Cité des Libres. Leurs pas décidés quittèrent alors Mortagne.

L'angoisse se lisait dans les yeux de Barryumhead. Parvenus à la périphérie des Drunes, ils stationnaient à environ une lieue de l'ennemi. Malgré tous les stratagèmes utilisés par le Prêtre pour ralentir leur progression, l'armée de Terkal avait atteint sa destination trop tôt, et la patience n'était en rien l'apanage de sa communauté. Barryumhead s'épuisait à tempérer les troupes et calmer les appétences au combat des guerriers. Il naviguait de clan en clan pour argumenter et tenter de démontrer la nécessité de temporiser. Expliquer l'inexplicable pour un Nain ! Pourquoi attendre alors que l'ennemi se trouvait là, à portée ?

Chaque tribu possédait sa ligne d'élite à l'instar des « Fonceurs » de la Horde de l'Enclume. Pour les « Feux de Forge », il existait les « Lanceurs Porteurs de Mort », dont les plus adroits à la hache de jet constituaient le corps. Les « Infranchissables » du « Glaive Levé », équipés d'une armure lourde, formaient un front que personne ne pouvait pénétrer. Enfin, les « Perceurs de Crocs », dont le commando de choc nommé les « Hurleurs », experts en combat rapproché, maniait avec dextérité deux courtes lames. Tous à cet instant ne rêvaient que de batailles.

Barryumhead usait de son aura pour calmer leurs ardeurs et se fit prendre de court, non par les troupes ni par leurs Monarques, mais par leur commandant en chef, Terkal Ironhead lui-même ! Le titre autoproclamé de Roi des Nains lui montait à la tête. Cette position acceptée du bout des lèvres par ses pairs, selon lui, devait perdurer. Pour cela, il lui fallait se montrer au-dessus, au-delà, trouver une idée confortant son rang : une décision de Roi des Rois ! Il opta pour la pire. Au nom de Sagar, il clama la guerre, excitant les Monarques, prétextant que les Hordes n'avaient cure de renforts, qu'ils balayeraient l'ennemi d'un tour de main, qu'eux seuls seraient les héros d'Avent ! Et qu'il en serait le Roi.

Sup ouvrit les yeux et fronça aussitôt les sourcils. Passe-Partout avait disparu. Rapidement il se leva, réveillant Vince, Carl et Jokoko dans sa précipitation. Au-dehors, accroupi face aux braises, son mentor faisait chauffer de l'eau. Sans se retourner, il l'apostropha :

– Bien dormi, Amandin ?

Flatté, Sup sourit et rétorqua :

– Oui ! Et toi, Doubledor ?

Passe-Partout opina d'un air distrait et acheva de préparer sa Potion de Sagar qu'il versa dans deux godets pour en tendre un à Joey. L'attention particulière alla droit au cœur du demi-Clair qui l'avala d'une traite et invita ses compagnons à les rejoindre.

– Puisque vous êtes là… Vous qui avez refait la carte d'Avent, combien de temps nous faudra-t-il en ptéro pour atteindre les Drunes ?

Jokoko répondit sans l'ombre d'une hésitation :

– Nous y serons en soirée, en tenant compte des arrêts techniques.

Passe-Partout sourit. Il avait mal jugé Joey. Sa manière de fonctionner cadrait parfaitement avec celle que pratiquait la Compagnie de Mortagne !

Carambole observait Candela dans ses prises de décisions de chef de guerre et, silencieuse, s'en inspirait. L'absence de Tergyval poussait la Reine des Elfes dans ses derniers retranchements. Une multitude de détails à gérer dans la seconde s'accumulait, mais elle ne flanchait pas. En marche pour mener une bataille, pas de place pour l'atermoiement ! Les retours via le Lien des Éclaireurs de Kent et Darius leur offraient un gain de temps non négligeable et leur troupe hétéroclite de Clairs, Portventois et Mortagnais progressait sans encombre.

Mortagne... La Cité laborieuse ne savait plus quoi faire pour panser ses plaies. Au nom de Dame Carambole, Cervono travaillait jour et nuit, sans relâche, haranguant les uns, encourageant les autres. Sous son action, nettoyé de toute trace des envahisseurs, le Palais avait retrouvé son aspect d'origine. La Tour de Sil recouvrait sa fonction première. Les Scribis avaient remis leurs toges et repris leurs places. L'hôpital occupait maintenant toute l'aile gauche de l'édifice et, grâce aux Clairs restés à la Cité, bénéficiait de l'aide nécessaire pour soigner blessés et malades, sous la houlette de Fontdenelle qui, malgré son âge, ne comptait ni son temps ni ses pas. Dans cette course exigeante, exténuante, il ne s'arrêtait que lorsqu'il faillait à son devoir. Et pour lui, perdre une vie était perdre tout court.

L'herboriste ferma des yeux qui ne verraient plus la lumière. La mort venait de remporter une partie. La gorge serrée, il se redressa en se tordant les mains. Il détestait ce moment où les potions, onguents et médecines devenaient inopérants, où la Magie n'avait plus de prise, cet instant où, faute de mots, il ne pouvait que faire non de la tête à celui qui lui mendiait du regard un espoir supplémentaire. Il venait de s'y résoudre. Le hurlement de Tergyval résonna dans tout le bâtiment.

Le Capitaine des Gardes cria sa haine et sa colère à l'océan. La barque en flammes emportait sa Belle dans la baie de Mortagne. Il resta sur la plage bien au-delà de la complète disparition de l'embarcation, immobile, un genou à terre. Lorsqu'il se releva, il arpenta les rues les yeux vitreux, ignorant les regards empathiques des passants. Muni de son équipement de combat récupéré à « La Mortagne Libre », il marcha jusqu'au Palais, négligea les gardes qui le saluaient et ouvrit une cache secrète de son appartement, y prélevant un arc court et un carquois. Deux épées se croisaient sur son dos. Celle de Valk avait rejoint la sienne.

Le lendemain du départ d'Elliste, Cleb et Bart se rendirent au réfectoire et passèrent par Boboss pour rencontrer Josef, terré dans les cuisines du palais. Les deux lieutenants de Bredin 1er l'invitèrent à s'asseoir. Leur mine grave paniqua l'ex-aubergiste. Était-il arrivé quelque chose à Carambole ? Cleb ouvrit sans détour la conversation :

— Tu es le dernier mortagnais à Océanis...

Josef souffla. Le propos ne concernait pas sa fille. Il haussa un sourcil :

— Anyah est aussi de Mortagne !

Bart soupira :

– Ses vestales l'ont trouvée morte ce matin, dans son lit. Le médecin de Bredin a conclu à un empoisonnement.

– Mais qui pouvait bien lui en vouloir ?

– Personne. Elle dit dans une lettre que son existence n'avait un sens que par et pour Antinéa. Elle raconte le silence de la Déesse. Apparemment, une détresse insupportable pour elle.

Josef baissa la tête et s'en fut sans un mot. Bart et Cleb le laissèrent à sa peine et rejoignirent leurs appartements. En chemin, le premier exposa une conclusion que le second n'osait encore admettre.

– Nous venons de perdre le seul lien avec ceux qui se rendent aux Drunes. Aucune des vestales d'Anyah ne pratique la théopathie !

Repérer les Drunes fut malheureusement chose facile. Les Nains étaient entrés en guerre sans attendre l'appui des renforts de l'Alliance. Du ciel, l'équipée de Mortagne, médusée, les traita de fous ! En formation caractéristique, ils allaient de toute évidence se faire engloutir par l'armée adverse. À croire même que les sangs noirs ne leur permettaient d'avancer que pour mieux les submerger ! Seule la présence de quelques véloces autour de la tortue les empêchait pour le moment de les encercler. Probablement ceux de l'Enclume, dont la manière de se battre ressemblait à s'y méprendre à celle de Gerfor et ses Fonceurs. Ses derniers avaient de surcroit fort à faire avec les attaques d'innombrables oiseaux qui piquaient sur eux avant de muter en guerriers armés. Passe-Partout fit un signe à Sup ; ils atterrirent en urgence.

– Ils vont se faire massacrer ! s'exclama Sup dès qu'il toucha le sol.

– Fonce sur l'arrière-garde ! Tu devrais y trouver Barryumhead. Tente de le dissuader d'agir de la sorte ! Les autres ne devraient pas tarder à arriver !

– Mais qu'est-ce qui leur a pris ? pesta le chef du gang.

Passe-Partout haussa les épaules et lui lança :

– Tu sais tirer à l'arc ?

– Pas ma spécialité.

Le demi-Sombre se débarrassa de Katenga et le lui tendit avec un carquois.

– L'arme devrait compenser, soliloqua-t-il en remontant sur son ptéro tandis que Carl et Vince ramassaient des pierres, les plus rondes et les mieux calibrées pour leurs « Tire Cailloux ».

Joey l'apostropha :

– Tu vas partir seul aux Drunes ?

Passe-Partout empoignait déjà les rênes du saurien.

– J'ai une chance de me faufiler dans le désordre créé par les Nains. Si je peux délivrer Sébédelfinor, cela pourrait rééquilibrer les forces… Jokoko ? Je sais que depuis que tu m'as retrouvé, tu luttes contre le Lien qui t'unit à ma sœur. Merci de m'avoir prouvé ainsi que tu n'étais pas un espion à sa solde. Je te demande de le rétablir maintenant pour l'informer de ce qui se passe ici.

Et il élança son ptéro.

Même si rejoindre les Nains par l'arrière-garde restait la meilleure option, le parcours de Sup et de ses compagnons se révéla ardu. Les oiseaux du Déchu les repérèrent dès qu'ils amorcèrent leur descente. Le chef du gang jugea de fait très rapidement la capacité exceptionnelle de l'arc Sombre. La première attaque des volatiles les frappa avec une rare violence. L'un d'eux s'accrocha au col de Carl qui essuya quelques coups de bec virulents avant d'être transpercé par une flèche de Katenga. Son geste de remerciement resta au stade de l'intention, le cagoulé mort mutant d'oiseau en guerrier. Les deux serres se transformèrent en mains qui l'étranglaient et le poids inerte du sang noir faillit le précipiter dans le vide. Au « Tire cailloux », Vince manquait rarement sa cible. S'il n'arrivait pas à tuer les assaillants ailés, au moins les gênait-il dans leurs piqués. Dirigeant les ptéros vers le sol, Jokoko et Carl se concentraient sur leur descente acrobatique, constamment harcelés par des agressions aériennes. Les attaques cessèrent dès qu'ils atterrirent au milieu des Nains protégeant leurs Rois, les nombreuses lances levées, dissuasives, les maintenant en respect.

Passe-Partout contourna la ligne de front à une altitude jamais atteinte. Frigorifié, il regretta un instant d'avoir donné la cape en plume, isotherme, à Carambole. Il discerna au loin la masse compacte de l'ennemi face aux forces unies des Hordes. La morsure des lames qu'ils subissaient s'avérait bien pire que celle que lui infligeait le froid. Galvanisé, il harangua sa monture, dépassa les crocs jumeaux, loin du conflit et d'éventuels guetteurs, et piqua vers le sol qu'il rasa pour remonter sur la paroi nord d'un des deux pics. À mi-hauteur, il avisa une anfractuosité encaissée dans son flanc, invisible d'en bas. L'endroit idéal pour camoufler son saurien.

Jokoko admirait le calme de Sup. Cela faisait un temps immémorial qu'ils patientaient, à côté de leurs ptéros, cernés par une escouade menaçante de Nains qui pointaient leurs armes sur eux ! Sup avait crié en arrivant :

– Barryumhead ! Vite !

L'urgence de la situation échappait vraisemblablement à cette garde rapprochée. Le Prêtre se faisait attendre.

CHAPITRE XXI

Les échanges entre le Messager et les Kobolds d'Ovoïs poussaient le Dieu du Commerce à des réflexions qu'il n'aurait pas eues sans leur contact.

– Ovoïs m'a fait oublier d'où je viens. Dans mes incursions sur le Continent, je regrette aujourd'hui ma mesure, ma prudence et mes propos trop elliptiques.

Le bilieux grinça, les yeux d'un rouge brillant :

– Maître, si tu avais été dirigiste, les Aventiens t'auraient suivi, écouté, adulé, et n'auraient agi que selon tes ordres. Cependant, dans ta grande bienveillance, tu leur as laissé le choix de leur destin !

– Pourvu qu'ils prennent les bonnes décisions, Workart ! proféra le Messager.

Lorbello. Extrait de « Crise en Ovoïs »

Avec prudence, Passe-Partout descendit le croc en lévitant, se cachant derrière les reliefs, s'attendant à tout moment à tomber sur des sentinelles. Il finit par les apercevoir plus bas, autour de l'entrée présumée de la caverne du Dragon. Il s'accroupit pour les observer à couvert et retint un cri de douleur en retournant sa paume, rouge du simple contact avec la roche. Ses bottes collaient au sol. Toute la montagne était brûlante, hormis vraisemblablement à sa base, là où les corrompus montaient la garde ! La chaleur paraissait irradier de l'intérieur du pic. Il en eut confirmation en tombant sur une faille entre deux blocs et lutta contre la température oppressante pour s'y faufiler.

L'air ambiant dans le croc jumeau, suffocant, baignait dans un noir total. Obscurité relative, évidemment ! Ses yeux de Sombre corrigèrent sur l'instant cet inconvénient. À trente pieds sous lui reposait un dos écaillé ; immobile, le « gros ptéro » dormait. La température ne redevint supportable que lorsqu'il toucha le sol. Aucun corrompu ne gardait l'espace de la caverne. Il s'approcha de la gueule de Sébédelfinor.

Incroyable ! Il couve ! songea-t-il.

Ainsi, tu n'es pas mort s'entendit-il répondre dans sa tête. *En ce cas, mon temps est compté.*

Un long silence s'installa durant lequel le Ventre Rouge parcourut l'esprit de Passe-Partout, qui se laissa imprégner à son tour des pensées de celui qui le « visitait ». En quelques secondes, le jeune héros fut éclairé.

L'œuf, ce n'était pas moi !

Le subterfuge pour capturer le Dragon avait été réalisé de main de maitre : la mort feinte de Passe-Partout dont le métamorphe avait pris l'apparence, une copie réussie de la Compagnie de Mortagne parachevant le tableau, et surtout l'œuf du musée de Perrine, tant convoité par Sébédelfinor ! Crédible, le piège avait fonctionné sans problème. Sa confiance envers le héros de Mortagne et sa disparition une fois sa promesse tenue, tout s'était déroulé comme le Déchu l'avait prévu et tel que Parangon l'avait décrit à Passe-Partout : le Dragon s'était retiré dans son antre, provoquant la hausse de sa chaleur interne nécessaire pour la couvaison et le sommeil profond qui en résultait. Le petit-fils d'Orion explosa :

– Sors de cette léthargie et rejoins l'Alliance ! Rejoins-moi ! Viens m'aider. En quelques souffles, l'affaire sera réglée !

Sur une journée, seuls six demeurent possibles, ironisa Sébédelfinor qui poursuivit gravement *: trop tard. Si j'arrête maintenant, ma progéniture ne connaîtra pas Avent.*

Passe-Partout songea alors que le Déchu avait trouvé le moyen idéal pour immobiliser la Fontaine d'Eau Noire en contraignant le Dragon, paradoxalement de son plein gré ! Il voyait battre frénétiquement son cœur, unique partie de son corps dépourvue d'écailles. Une pensée s'imposa en lui. Ses yeux s'agrandirent d'effroi.

Ce qui me rend vulnérable pendant mon sommeil... Je le sais et en accepte l'augure. Il me tuera dans tous les cas... Mon ultime rôle désormais consiste à mobiliser suffisamment de chaleur pour l'œuf.

Ainsi, le Dragon continuerait de couver par-delà sa mort. L'idée révulsa Passe-Partout :

– J'aurais dû venir directement aux Drunes plutôt que de chercher les Quatre Vents !

Tu as fait le bon choix ! Je ne t'aurais donné que des formules magiques et pas la manière de t'en servir. Sans ton passage en Sub Avent, tu n'aurais jamais obtenu la manne astrale nécessaire pour les mettre en œuvre !

Mentalement, l'héritier des Sombres haussa les épaules.

– Admettons... Mais quel intérêt aurait le Déchu à te tuer ? Il perdrait sur le champ la Fontaine d'Eau Noire qui recouvrerait sa liberté !

C'était vrai jusqu'à maintenant... Mais tu es là, toi, le seul qui puisse l'abattre grâce à la Magie Sombre ! À moins qu'il redevienne immortel...

– Cesse tes propos elliptiques !

Une des bases de la Magie de Séréné est la transmutation, tu l'as constaté avec les oiseaux ou le métamorphe. Il peut récupérer mon immortalité.

– Tu n'es pas éternel, Sébédelfinor ! On peut te transpercer le cœur !

Ou bien me le prendre...

Abasourdi, Passe-Partout entrevit la stratégie du Déchu. Une manœuvre prévue de longue date, depuis Ovoïs, alors que l'ex-Dieu de la Mort préparait soigneusement son installation sur le Continent ! Asservir le Dragon pour créer ses armées de sangs noirs grâce à Bellac. Rechercher les bribes éparpillées de Séréné sur Avent. Accéder ainsi à une Magie lui permettant d'imaginer de nouvelles générations de guerriers et sa caste de prêtres pour soumettre les Aventiens. Son unique obstacle ? Lui, Passe-Partout ! Ou plutôt Doubledor, le dernier des Sombres, le seul apte à le vaincre, car insensible aux pouvoirs de Séréné. Ses yeux virèrent au gris métal. Sa présence aux Drunes condamnait le Dragon qui acceptait son sort pour protéger sa descendance. Il lui fallait abattre le Déchu avant qu'il ne touche à une écaille de Sébédelfinor, c'était la seule option ! Mais comment l'approcher au milieu de ces milliers de corrompus et d'oiseaux le défendant ? Le renfort des alliés, même en sous-nombre, contribuerait à l'aider, mais ils étaient encore loin. Et ce n'était pas avec l'attaque solitaire et absurde des Nains qu'il obtiendrait un effet de surprise suffisant !

Le Dragon n'attendit pas la fin de son cheminement, considérant qu'il s'agissait plus d'un inventaire d'incertitudes qu'une analyse menant à une décision. Il prit une profonde inspiration qui fit reculer Passe-Partout. La dernière fois qu'il avait entendu Sébédelfinor procéder de la sorte, il avait cru finir en tas de cendres ! Mais point de feu expectoré. En revanche, la température de la grotte devint rapidement intolérable. Un instant déstabilisé, l'intrus des Crocs Jumeaux perçut la réponse :

Je mets tous les atouts de mon côté pour assurer ma suite. Quoi qu'il advienne, la couvaison arrivera à son terme.

– Quelle chaleur, souffla le demi-Sombre, dégoulinant déjà de sueur.

Tu ne vas pas pouvoir rester, s'amusa le Dragon. Avec ce feu intérieur, je vais m'endormir pour de bon, et pour un long moment !

Bouillant sur place, il lévita pour tenter inutilement d'échapper à la fournaise.

– Je ne sais pas encore comment, mais je vais nous sortir de là !

Après ma mort, tu veilleras sur ma descendance.

– Tu ne mourras pas ! rétorqua-t-il, heurté par ce fatalisme.

Promets-moi de t'occuper de ma descendance !

– Tu t'en chargeras toi-même ! … Mais oui, je te le promets.

Sorti de l'aiguille creuse en nage, Passe-Partout profita de la nuit tombée pour se rafraîchir. Les clameurs de guerre s'étaient éteintes. La position des Nains se devinait facilement grâce aux flèches enflammées tirées au jugé par l'ennemi, plus pour les maintenir en éveil que pour les atteindre physiquement. Il tenta d'apercevoir si un mouvement au loin pouvait lui donner l'espoir d'une arrivée imminente des Clairs et haussa les épaules. Même proches, ils se feraient suffisamment discrets pour ne pas être repérés. Il ne vit pas d'autre choix que de rejoindre les Hordes. Mais avant, il marmonna à voix basse.

– Salut, Machin… À tout de suite…

Et il sauta dans le vide. Son vol en lévitation l'entraîna au-dessus du cœur des Drunes, là où le Déchu, lui semblait-il, avait établi ses quartiers en lieu et place des Amazones. Sans bruit, il s'approcha suffisamment pour déterminer la fonction de chaque bâtiment. S'ils devaient passer les lignes défensives des corrompus pour investir les Drunes, autant savoir où et qui frapper ! Lorsqu'il retourna vers la montagne creuse retrouver Machin, Passe-Partout avait désormais la certitude que l'énorme hangar édifié à la va-vite, muni d'une porte géante, abritait Séréné. Il s'était aussi aperçu d'une faiblesse de la « piscine à fabriquer du sang noir », elle-même bricolée dans l'urgence. En revanche, l'ex-Palais de la Reine des Amazones, probablement la résidence du Déchu au vu du nombre de corrompus posté, était gardé comme une forteresse. La cage plantée entre la « piscine » et le Palais conservait tout son mystère. Une énigme pour Passe-Partout qui n'avait pu entrevoir qu'une silhouette massive recroquevillée à l'intérieur. Enfourchant Machin, il survola les limites des Drunes à haute altitude, planant silencieusement au-dessus des sentinelles ailées amassées sur les frontières au sud, face aux Hordes. Il les dépassa puis piqua sur le site du cantonnement, à l'arrière, où il remarqua la présence de sauriens et de marguays : les Éclaireurs Clairs étaient arrivés.

Sup et Jokoko accoururent dès qu'ils reçurent l'information qu'un espion à ptéro avait été capturé par les Nains de faction au nord du campement. Sûrs qu'il s'agissait de Passe-Partout, la raison de leur empressement faisait écho à leur vécu récent. Même après d'incessantes palabres, les gardes statiques ne bronchaient pas et restaient menaçants, Barryumhead ayant tardé à les soustraire aux cerbères qui les encerclaient. La peur d'un scénario catastrophe galvanisait leur course. Dans l'hypothèse probable où leur mentor s'agacerait de cette situation, il les ridiculiserait au combat, attisant l'ambiance déjà explosive qui régnait entre les chefs de guerre. Ils le libérèrent et sauvèrent in extremis l'orgueil Nain : le demi-Sombre aux yeux couleur ardoise, excédé par les plantons obtus, allait passer à l'action !

Passe-Partout fut chaleureusement accueilli par Barryumhead et invité à entrer dans la fastueuse tente où les Monarques parlementaient, le verbe haut, face à Kent et Darius qui se regardaient, visiblement abattus par l'absence de solutions. Lorsque le Clair l'aperçut, il se jeta dans ses bras comme un apprenti nageur à un objet flottant ! Darius lui emboita le pas. Barryumhead, le visage marqué, rejoignit la discussion royale dont les membres avaient totalement occulté l'arrivée du jeune Doubledor. Darius, affligé, lui résuma la situation :

– Leur souhait est de continuer à se battre. La venue prochaine de nos troupes provoque l'inverse de l'effet recherché. Les Nains ne veulent pas attendre les alliés ! Malgré les pertes subies, ils s'invectivent sur le manque de courage d'un clan ou l'absence de combativité d'un autre ! Terkal a un réel problème de discernement et sa soif de pouvoir dépasse toute raison. Comment peut-on avoir comme stratégie d'envoyer ses armées à la mort ?

Il fit un signe discret vers un Monarque éloigné des palabres vindicatives que proféraient ses pairs.

– Seul le Roi des Hurleurs semble comprendre l'enjeu.

Passe-Partout entendait Barryumhead tenter de convaincre les têtes couronnées au nom de Sagar, en vain. Sourds à ses arguments, ils prétendaient tous détenir la vérité et l'exprimaient en une cacophonie abrutissante. Écœuré, le Prêtre Nain s'écarta pour s'entretenir avec un Fonceur survolté, détenteur d'un message.

– Les Océaniens viennent d'arriver, avec Elliste comme chef ! annonça Sup, un large sourire aux lèvres.

– Allons à sa rencontre ! On n'avancera pas avec ces... Rois. Des nouvelles de ma sœur ?

– Encore loin... Font de leur mieux, balbutia Jokoko en lien direct avec elle.

Le frère de Candela grimaça :

– Trop de temps perdu avec les Dieux ! Vince, Carl, venez avec nous ! Barryumhead ?

Le Prêtre bomba le torse, toisa les Monarques et lança un regard à Minguard Silverhand, Roi des Hurleurs, qui seul s'était tu à l'entrée de Passe-Partout. À son tour, il fixa ses homologues incapables de s'entendre et suivit le groupe.

Distant, Minguard, talonné par Barryumhead, voulait se faire par lui-même une opinion de celui que l'on présentait comme « Le Sauveur d'Avent ». Aussi, durant le trajet jusqu'aux troupes océaniennes, écouta-t-il beaucoup sans jamais intervenir dans les conversations à voix feutrées.

Passe-Partout eut l'impression de toujours avoir connu Elliste. Il lui trouva forcément de nombreux points communs avec le Capitaine des Gardes de Mortagne. Mais la vivacité de son regard et cette énergie qui l'habitait l'éloignaient de Tergyval, d'un tempérament docte et rigide. Les accolades chaleureuses entre Elliste et le groupe Sup-Jokoko lui firent chaud au cœur. Cette même émotion éprouvée quand il retrouvait ses compagnons. Sup avait grandi de façon spectaculaire. Le comportement d'Elliste à son égard et leurs propos complices démontraient le chemin personnel parcouru par le gamin crasseux et analphabète de Mortagne. Le visage du Capitaine d'Océanis s'assombrit lorsqu'il apprit l'état de Valk et l'absence de son Maître d'Armes. Il s'attendait à se battre à leurs côtés et, d'un seul coup, se trouvait bien solitaire en tête des bataillons humains. Il chassa cet instant de cafard et clama :

– Ah ! Venez voir, j'ai des choses pour vous !

Le groupe traversa le campement de fortune. Les Océaniens présents, par un signe de la main, un salut aventien ou une parole, accueillirent l'équipe qu'entraînait leur chef vers les chariots. Darius conversait avec Barryumhead, accompagné du Roi Minguard, très attentif aux propos de l'Elfe qui relatait l'éclair de génie de Kent au combat.

– ... Et c'est alors qu'il disparut avec son marguay pour réapparaître derrière eux ! Quel coup de maître ! Nous l'avons vite imité !

Barryumhead acquiesça. Minguard, fidèle à sa communauté résolument allergique à la Magie, ne put s'empêcher d'esquisser une grimace et grommela :

– Les méthodes des Nains sont plus frontales.

Passe-Partout, qui suivait discrètement la conversation, ajouta, ironique :

– Et de fait plus visibles !

Le chef des Océaniens adressa un geste à son adjointe :

– Zabella ?

La jeune femme au corps doré, qu'on devinait noueux, sourit à Jokoko et Sup et souleva la bâche d'un des chariots.

– Voici ce que l'un d'entre vous, par Anyah, a demandé, annonça Elliste.

Vince approcha et découvrit des stocks impressionnants de billes en verre du calibre adapté pour leur « tire cailloux ». Le capitaine montra une caisse esseulée et spécifia :

– Là sont les creuses, enveloppées pour éviter la casse.

Le groupe contourna les chariots et tomba sur des monceaux d'armes et de protections. Passe-Partout s'écria :

– Riche idée que ce supplément de matériel ! Pas de pavois ?

– Les pavois sont plutôt la spécialité des Portventois. Mais j'ai des écus, plus grands que des boucliers, incrustés de métal.

– On s'en contentera... Glaives, arcs, flèches... Des lances... Des lancettes ! Je vois que Cleb et Bart n'ont pas lésiné sur les moyens !

– J'espère qu'un jour tu me diras comment tu es tombé dans les bonnes grâces de mes patrons ! Lança Elliste.

Passe-Partout sourit en coin. Comment lui expliquer que les deux éminences grises d'Océanis n'étaient, à l'époque de leur rencontre, que de modestes pêcheurs de perles à la moralité contestable ?

– Je ne crois pas, non… Combien as-tu d'archers habiles ?

Le temps qu'Elliste lui réponde, il se tourna vers les deux Clairs :

– Vos Éclaireurs ont-ils un bon niveau de Magie ?

Une main vacillante et une moue dubitative indiquèrent que les deux chefs n'en savaient rien. Les critères de recrutement des cavaliers terrestres et aériens reposaient sur d'autres qualités. Inquiet de leur mutisme, Passe-Partout voulut se rassurer.

– Ils ont tout de même le minimum requis !

Quatre yeux exempts de sourcils s'agrandirent, comme pour le confirmer. Sa stratégie commençait à se mettre en place… Après tout, peu de manne astrale devrait suffire, à condition d'être correctement utilisée. Minguard tenait une mini lance dans ses mains et songea que cette arme serait plus efficace que la traditionnelle hache de jet que les Nains avaient coutume de manier.

– Ces lancettes sont fabriquées avec habileté et soin ! Je dois retourner auprès de mes pairs pour établir notre stratégie de demain, déclara le Roi des Hurleurs.

– Mais elle est déjà définie ! La même que ce matin ! s'exclama Barryumhead.

– Certes ! Mais la place de chaque clan dans la formation est loin d'être déterminée, rétorqua le Monarque.

Le Prêtre de Sagar pesta :

– Sur Avent, les humains sont décrits comme égoïstes et individualistes. Je suis affligé de voir aujourd'hui que ce sont les miens que l'on pourrait présenter ainsi !

Toujours en réflexion, Passe-Partout aborda directement le Roi :

– Les Hurleurs pourraient-ils se positionner à l'arrière de la tortue ?

Minguard le fixa, menaçant. Son interlocuteur ne cilla pas.

– Tu demandes à un souverain d'occuper la place que personne ne veut dans un affrontement ?!

– Oui ! À demain… Ou pas.

Barryumhead escorta le Roi le temps de lui expliquer diplomatiquement que le héros de Mortagne ne plaisantait jamais lorsqu'il s'agissait de mener un combat. Quand il revint, il admit que Minguard l'avait écouté, mais pas répondu.

– Nous les aiderons contre leur gré, rétorqua Passe-Partout. Barryumhead, as-tu continué à prendre la Potion de Sagar ?

Le Prêtre opina et ajouta :

– Tant qu'il restait de l'Eau Noire.

Interrogatif, le jeune Doubledor regarda chacun à la ronde. Plus personne n'en avait. Il soupira de dépit et demanda à Elliste de trouver un endroit où ils pourraient se réunir.

La tente dans laquelle ils s'engouffrèrent n'offrait qu'un seul confort, celui de pouvoir faire un feu en son centre sans qu'il se remarque de l'extérieur. La provenance du tissu et sa fabrication demeuraient secrètes. Quant au prix, Elliste roula des yeux, laissant entendre que le tarif au pouce de cette toile avoisinait celui d'un lingot de mithrill ! Sup ne put s'empêcher de rire lorsqu'il leur apprit que Dacodac en était le fournisseur exclusif !

Passe-Partout commença à jeter les bases de l'organisation qu'il entrevoyait pour le lendemain et s'interrompit pour s'adresser au chef des armées océaniennes. Le sérieux avec lequel il lui parla capta immédiatement son attention :

– Je vais probablement répéter quelque chose que tu sais déjà, mais tant pis ! Dis bien à tous les Océaniens que les cagoulés, corrompus ou sangs noirs, quel que soit le nom qu'on leur donne, ne sont plus humains. Cette guerre se déroule sans négociations, sans prisonniers et... sans pitié. L'ennemi se battra jusqu'à son dernier souffle sans jamais reculer. Que tes soldats frappent pour tuer, pas pour blesser !

Elliste opina. Il en avait déjà informé ses troupes, mais si Passe-Partout insistait sur ce point, peut-être devrait-il en faire autant. Un hochement de tête à Zabella, qui lui répondit de façon identique, lui donna la certitude de ce rappel le soir même.

Le développement de la stratégie pour entrer dans les Drunes se poursuivit après cette parenthèse. Elliste sourit aux explications du demi-Sombre. Avant de le rencontrer, il pensait que tous exagéraient ses capacités, mais se trouva ravi de cette méprise. Sous ses yeux s'étalait maintenant une feuille de route où chacun avait sa place, son rôle, sa mission en fonction de ses propres aptitudes, avec la particularité de les associer à celles des autres, une nouveauté en matière de technique militaire !

Le signal. Une fois encore, les Nains en formation tentèrent de percer le mur de sangs noirs, polarisant leur attention. Kent s'élança avec ses Éclaireurs à ptéro, chaque monture pourvue de deux cavaliers. L'un des lézards ailés était flanqué de Joey et de Sup, muni de Katenga. Comme à Mortagne, ils se positionnèrent en carrousel, bien visibles de l'ennemi, et tournèrent au-dessus d'un endroit dégagé. Les oiseaux noirs quittèrent alors leur position à l'aplomb des Nains pour se diriger en masse vers les sauriens. Suivant scrupuleusement le plan, Kent et ses Clairs firent piquer leurs montures au sol, atterrirent et formèrent une corolle, gueules de ptéro vers l'extérieur. Le ciel s'assombrit d'une nuée de volatiles prêts à fondre. Les Éclaireurs, immobiles, n'attendaient plus qu'un mot de leur meneur. Il le prononça dès qu'une première vague plongea sur eux. Un phénomène inédit se produisit alors : rien... Enfin presque ! La corolle disparut brusquement, déstabilisant les oiseaux qui furent contraints soit d'atterrir en catastrophe, soit de remonter de manière acrobatique. Dans le premier cas, au sol, la plupart mutèrent en corrompus, cherchant des yeux les Clairs évanouis.

Ce moment attendu engendra un second signal lancé par Elliste. Des archers, disposés à différents niveaux pour augmenter l'amplitude des tirs, du plancher des sorlas aux cimes des arbres, cernaient le lieu d'atterrissage des Clairs. Un déluge de flèches s'abattit sur la nuée noire ainsi que sur ceux qui s'étaient transformés. Les Clairs à ptéros réapparurent au-dessus de la masse des volatiles, les poussant à perdre de l'altitude pour devenir une cible idéale pour les tireurs à pied. Kent jouait aux coups doubles en tuant les oiseaux, qui mutaient en guerriers dans leur chute pour s'écraser lourdement sur les ennemis au sol ! L'objectif final : les rabattre tous à terre.

Après que les Éclaireurs ailés aient nettoyé le ciel, la troupe de Darius chargea les oiseaux transformés. Les tirs cessèrent dès que les marguays entrèrent dans l'affrontement. Derrière les félins montés, les Océaniens d'Elliste suivaient en formation analogue à celle des Nains. D'en haut, les Clairs à ptéros virent avec fierté le bataillon marcher résolument sur l'adversaire. Reconnaissables entre mille, les écus aux couleurs de leur ville reflétaient le soleil levé depuis peu !

Kent et son équipe livraient déjà bataille aux oiseaux stationnés au-dessus des Nains. Darius talonnait maintenant la tortue océanienne qui arrivait à proximité de celle constituée par les Hordes et attira une partie des corrompus les débordant sur le flanc. Les premiers ennemis surgissant face à l'armée compacte d'Elliste tombèrent dans l'embuscade programmée. Les lances disposées en quinconce les empêchaient d'approcher, à moins de s'empaler, ce qui évidemment se produisit, les sangs noirs prompts à démontrer leur capacité sacrificielle ! La pique sur laquelle s'embrochait un adversaire ne pouvait être qu'abandonnée par le défenseur, ou alors récupérée à la condition de sortir du carré de combat. Rien de tel pour désagréger la compacité d'une tortue, hormis que Passe-Partout y avait songé. Au sein de la formation se trouvaient des archers sans écus, protégés par un autre muni de deux boucliers, aptes à bander sans gêne leur arme. Dès qu'un lancier devait quitter son poste, un tireur le remplaçait et le couvrait le temps de son absence. De plus, la vigilance de Darius et de ses marguays, mobiles et rapides, confortait l'ensemble par les extérieurs et compensait ses éventuelles faiblesses. L'accès des Drunes qui vomissait ses flots de sangs noirs était à portée des Océaniens, au grand dam des Nains qui ne progressaient guère.

Vince et Carl, fiers d'avoir été nommés gardes du corps, entouraient Passe-Partout qui suivait de loin l'avancée des alliés. C'était la première fois qu'il ne participait pas à un combat. Tous ceux présents la veille l'avaient supplié de s'économiser sur cet affrontement qui risquait de trainer en longueur. Ce fut le pragmatique Jokoko qui le décida :

– D'après le "quintrain", il te reste un seigneur de guerre à abattre et, en prime, Séréné que toi seul peux arrêter ! La logique veut que tu sois en pleine possession de tes moyens, tout simplement. Laisse-nous la piétaille, Doubledor !

Dans une poignée de secondes, le front océanien allait taper dans le dur ! Les Nains, maintenant libérés du volume d'ennemis qui les auraient tôt ou tard submergés, reprenaient leur progression. De nouveaux oiseaux s'amassaient. Le pari était risqué, mais il leur fallait le réussir !

Le choc provoqua un bruit effroyable ! Mur contre mur, les Océaniens accusèrent ce contact avec discipline et exécutèrent la manœuvre convenue. Les lanciers ne lâchèrent leurs armes qu'avec un corrompu embroché et se postèrent à genoux, écu de face. En deuxième et troisième rang, les tireurs bandaient leurs arcs avec deux flèches, à la manière de Kent qui leur avait dispensé sa technique la veille. La carapace se désolidarisa avec méthode, ligne par ligne, élément par élément, individu par individu. Ceux du centre, détenteurs de deux écus portés au-dessus de leurs têtes, en passèrent un à ceux qui jouaient les électrons libres en cas de trou. Les premiers sortis attaquèrent sur les côtés, laissant le champ ouvert aux archers. Lorsque les traits se tarirent, les Océaniens et Océaniennes, glaives et lames à la main, se jetèrent sur les corrompus. La tortue des alliés se désagrégea totalement et dévoila son noyau : un groupe de guerriers suréquipés ! Les gardes les plus émérites d'Océanis suivaient leur chef secondé de Barryumhead, lui-même escorté de Clairs, tous portant épée, arc court de combat et quatre carquois ! Dopés par le Prêtre de Sagar, ils entrèrent avec fureur en lice, rejoints par les Clairs chevauchant les marguays pour un corps à corps acharné.

Un nouveau nuage de volatiles apparut et fondit sur les alliés. Kent reprit les rênes du ptéro et le malmena. Derrière lui, son accompagnant Clair se tenait le ventre pour éviter qu'il lui remonte dans la gorge ! Aussitôt que le saurien stoppa ses pirouettes, ils recommencèrent à tirer et réalisèrent un massacre. Mais Kent se rendit compte que cela ne suffirait pas. Il esquiva un groupe d'oiseaux l'attaquant de face et monta en chandelle. À peine remis du haut-le-cœur provoqué par la manœuvre qu'une autre masse noire s'avança. Cette fois, les rapaces les touchèrent, blessant son copilote au cou. Kent, à la dague, réussit à se sortir de ce mauvais pas. Un coup d'œil alentour, entre deux salves de flèches, lui apprit que nombre de ses Éclaireurs n'avait pas eu pareille chance. Sur les conseils de Passe-Partout, Jokoko et Sup volaient à haute altitude, là où les oiseaux se trouvaient moins nombreux. Si Katenga faisait des merveilles dans les mains du chef de gang, les deux complices firent le même constat que leur ami Clair. Sup songea que le stock de traits embarqués par ptéro, pourtant colossal, ne pouvait rivaliser avec le volume des nuées ennemies !

Au sol, rongeant son frein, le stratège des Drunes, attentif au déroulement de la bataille, prit la mesure de l'enjeu et une décision.

– Vince ! Carl ! On va les aider !

Rapidement, les deux du gang installèrent des sacs de billes sur le dos du saurien, à leurs ceintures et dans leurs poches. Leur meneur tendit un index à l'attention de Vince. Il lui répondit par un hochement de tête. Les ptéros s'élancèrent vers les Drunes. Passe-Partout utilisa dans un premier temps un arc. Bien que ses couteaux soient plus précis, ils avaient moins de portée. Dans son sillage, Vince et Carl s'appliquaient. Le premier, devenu spécialiste du « tire cailloux », faisait mouche quasiment à tous les coups et se paya le luxe de pratiquer comme les tireurs formés par Kent, lâchant deux billes en même temps dès qu'un amas d'oiseaux se présentait. Passe-Partout piqua vers la terre pour feinter une nuée particulièrement dense. Suivant l'exacte manœuvre de leur leader, Vince et Carl crurent s'évanouir ! Proches des combats au sol, ils purent constater l'avancée importante des Océaniens sur la porte des Drunes, et dans une moindre mesure celle des Nains. L'ensemble grignotait la frontière du camp du Déchu malgré le nombre de corrompus, mais les Clairs tardaient. Comme une prière, Passe-Partout grinça :

– Dépêche-toi, Candela !

CHAPITRE XXII

– J'ai donné aux Sombres l'arme ultime d'Ovoïs, cette force que la Sphère Céleste, au commencement, a utilisée pour abattre Séréné.

– Tout va pour le mieux dans le meilleur des mondes, puisqu'un Sombre est encore sur Avent ! ironisa le Messager.

– Il n'est qu'à demi Sombre, et la puissance pour atteindre la Sphère Noire nécessite l'Énergie Astrale de dix Elfes.

Le Messager accusa le coup. Il ignorait si son protégé détenait ce potentiel.

Lorbello. Extrait de « Crise en Ovoïs »

– Là ! hurla Vince.

Survolant le champ de bataille, au-dessus de la percée océanienne, Passe-Partout entendit au milieu du chaos des clameurs poussées par une horde de fous furieux qui percutait l'ennemi. Une silhouette trapue se releva, son casque bleuâtre maculé de sang noir, et cria :

– Et de deux !

Un regain d'espoir. Le demi-Sombre tira sur les rênes de son saurien pour remonter. En attendant sa sœur, la présence des Fonceurs Premiers Combattants permettrait peut-être d'ouvrir une brèche vers la porte des Drunes. Restaient les armées ailées ennemies, dont le volume ne paraissait pas décroître ! Il abandonna son arc et se jeta dans la première nuée. Du bleu, ses lames virèrent rapidement au noir, et la situation des cavaliers alliés au cauchemar !

Certains Clairs se faisaient déséquilibrer par la masse de volatiles s'abattant sur eux, et désarçonner s'ils tuaient un oiseau. Mutant en guerrier pour passer de « L'autre Côté », le poids supplémentaire du corrompu les entraînait dans le vide. L'inquiétude de Kent montait ; chaque perte d'Éclaireur le frappait comme un coup de poignard. Dans son dos, un cri lui glaça les veines. Les rapaces s'acharnaient sur son binôme. Il eut beau lâcher les rênes de son ptéro pour débarrasser le Clair des oiseaux qui le griffaient et le piquaient, rien ni fit. Aveugle, en sang, l'archer mourut. Il dut se résoudre à le jeter par-dessus bord pour se dépêtrer des charognards encore accrochés qui dépeçaient le Clair. Puis, épée à la main, il batailla contre ceux qui revenaient à la charge.

Sous ses yeux, sans pouvoir leur prêter assistance, Sup et Joey se retrouvaient en danger. Truc, le jeune ptéro de Sup, n'appréciait guère de se faire agresser par les rapaces. Il entreprit donc de les mordre dès qu'ils passaient à portée. Son attitude permit de les dévier de leurs principales cibles et concourir largement à la protection de ses cavaliers. Sauf au cinquième qu'il parvint à attraper, le tuant sur le coup, mais qu'il ne lâcha pas. Horrifié et démuni, Kent vit le ptéro piquer du nez, avec sur son dos Sup et Joey s'agrippant comme ils pouvaient, entraîné par le poids du corrompu dans sa mâchoire. Une chute immédiatement suivie d'un groupe de rapaces qui voulait profiter de la détresse du duo sans défense. Une explosion retentit et la gueule de Truc prit feu. La surprise lui fit lâcher le corps du sang noir et il secoua la tête, étouffant les flammes. Jokoko, par réflexe, tira sur les rênes, esquivant de justesse les rapaces derrière eux. Un cavalier à ptéro surgit au-dessus de Kent. Ses traits éclataient au milieu des nuages de corrompus ailés, les désorganisant.

— Tergyval, souffla Kent.

À terre, le commando aux marguays bataillait ferme. Profitant d'une avancée des soldats humains pour un répit de quelques secondes, Darius caressa Horias. En retrait du front océanien, il rengaina son épée pour prendre son arc et abattit deux oiseaux. Le cri de joie qui suivit un choc magistral capta son attention. Un Nain avec un drôle de heaume se relevait en clamant le nom de son Dieu. Le chef de guerre de Candela plissa les yeux. Le temps de s'interroger sur l'identité de l'auteur de cette technique de combat pour le moins singulière, les sangs noirs furent littéralement enfoncés par d'autres énergumènes adoptant la même méthode ! Son regard s'attarda sur le premier, au casque bleuté, qui effectuait une percée remarquable au mépris de sa sécurité. Il demanda à Horias de sauter pour rejoindre le Nain qu'il présumait chef et décocha un trait adroit sur un ork corrompu qu'il trouvait trop proche du guerrier. Ce dernier se retourna et dit d'un air mauvais :

— Celui-là était à moi !

Puis cherchant derrière Darius :

— Où est Kent ?

Un signe lui désignant le ciel rappela à Gerfor que les conflits, dorénavant, ne se déroulaient plus exclusivement sur le plancher des sorlas. Quelques Éclaireurs entourèrent Darius. Parallèlement, les Fonceurs, et en premier lieu les Bonobos, se remirent en position derrière leur meneur. Face à eux, une nouvelle ligne de corrompus approchait. Au vu du nombre, le Clair aurait ordonné le repli. Il ne connaissait pas encore Gerfor et sa grimace, expression de son immense satisfaction ! Sans état d'âme, tête baissée, les Nains s'élancèrent, et Darius entrevit aussitôt les avantages de ce type d'attaque. Ils déstructuraient la ligne ennemie en la percutant, rendant plus aisé le combat à marguay contre des groupes isolés au lieu d'une masse compacte.

La brèche dans la forteresse adverse s'ouvrit un peu plus tard, grâce à Passe-Partout, et pas du tout de la manière dont tous l'avaient envisagé à l'origine !

Les corps des corrompus jonchaient les abords des Drunes. Les alliés peinaient à atteindre l'orée de la forêt et sa palissade érigée, surtout son entrée qui crachait encore et encore des sangs noirs. L'arrivée fracassante de Gerfor ne fut pas seulement remarquée par les Clairs et les Océaniens, mais aussi par les Monarques Nains. Ces derniers persistaient dans leur stratégie inefficace. Las des palabres inutiles et des invectives permanentes de ses pairs, Minguard ordonna à ses Hurleurs de quitter la tortue. Son positionnement à l'arrière de la formation, qui lui avait valu quelques quolibets grinçants, facilita le mouvement de ses troupes. Le Roi avait mis sa fierté de côté en acceptant cette place ingrate, se promettant néanmoins d'étriller celui qui la lui avait conseillée dans l'hypothèse où les Nains franchiraient la porte des Drunes en premier. Ils en étaient encore loin. Lorsque Minguard vit Gerfor agir, il donna l'ordre de procéder de même et les Deux Rochers comprirent pourquoi on les appelait les Hurleurs !

Kent tendit le bras, désignant la porte des Drunes à Passe-Partout avec qui il volait de conserve. Contrarié par la présence d'un ork du nord, le geste à l'attention de Carl et Vince, ainsi que Kent, fut perçu comme une injonction plutôt qu'une invitation. Les troupes au sol ne franchiraient jamais une entrée gardée par ce type de monstre ! L'abattre devenait une priorité, mais la configuration ailée ne se prêtait pas au plan imaginé par le chef d'escadrille. Les trois ptéros s'élevèrent alors à une altitude telle qu'aucun oiseau ne put les suivre. Passe-Partout hurla ce qu'il fallait et allait faire.

Tremblant, Vince et Carl accrochèrent à leur ceinture et sur leur dos tous les sacs que le saurien portait, et se regardèrent comme s'il s'agissait de la dernière fois. Puis les trois montures se mirent à planer les uns au-dessus des autres, à la même vitesse, Passe-Partout posté entre les garnements et Kent. La peur au ventre, les deux du gang glissèrent chacun sur un flanc de leur ptéro et descendirent lentement le long du baudrier en cuir jusqu'à l'étrier dont ils finirent par se saisir des deux mains. Approximativement à l'aplomb, Machin maintenait sa position, son maître debout sur son dos. Ce dernier compta. À « trois », ils lâchèrent. Carl tomba acrobatiquement à califourchon sur le saurien, retenu de la main gauche par Passe-Partout. Vince eut moins de chance. Dans la manœuvre, il heurta son homologue et ripa. Heureusement, l'autre main de son mentor lui évita la chute fatale. Une partie du corps dans le vide, d'un coup de reins il se saisit d'une sangle du ptéro et son acolyte parvint à le hisser derrière lui. Une inspiration profonde plus tard, Carl entendit :

– Bon ! Encore un étage !

Pas tout à fait remis de ses émotions, l'intéressé lâcha :

– Ah non !

– Pas le temps de discuter ! Trois sur Machin, pas possible !

Passe-Partout abandonna les rênes à Vince, se tourna vers Carl, agrippa ses avant-bras et, sans prévenir, se jeta dans le vide. Le long hurlement de Vince faillit lui éclater un tympan, mais il se concentra sur sa tâche. À l'envers sur le flanc de son ptéro, la cheville accrochée à l'étrier, ses poignets souffraient et saignaient des ongles de celui qu'il tenait à bout de bras. Kent s'approcha suffisamment près pour que l'infortuné entende clairement :

– À « trois », tu lâches Passe-Partout ! Un…

Carl se demandait encore comment il ne s'était pas évanoui, mais à « Trois ! », il desserra sa prise. La chute fut heureusement courte et son instinct de survie sans faille. Kent manqua d'étouffer des deux bras qui enlacèrent son cou jusqu'à l'étrangler !

– En avant ! cria aussitôt Passe-Partout qui fit piquer Machin vers la porte des Drunes.

Derrière la palissade, laissant la piétaille au sang noir le devancer, un ork géant apparut aux yeux des alliés, qui n'entrevoyaient que sa tête et ses épaules. Pour franchir la porte, pourtant haute, il lui fallait se baisser ! La présence du monstre les impressionna tous, surtout les Océaniens qui observaient un spécimen de cette espèce pour la première fois. Passe-Partout tordit les rênes de son ptéro dans sa direction. La créature était équipée à l'identique de celui de Mortagne, et le demi-Sombre savait qu'il serait impossible de l'abattre de la même façon. L'embardée de Machin secoua Vince qui s'entendit dire :

– À toi de jouer !

Le garnement s'empara d'une agate qu'il plaça avec précaution dans son « Tire Cailloux ». À une allure folle pour semer les oiseaux qui le pistaient à nouveau, Passe-Partout lança le ptéro droit sur le géant et, à moins de quinze pieds du monstre, bifurqua à quatre-vingt-dix degrés. Décochée habilement par Vince, la bille fila dans sa direction, ciblant son nez proéminent. La gueule de l'ork explosa. Son corps décapité chancela. La masse sans vie s'écroula de tout son poids, écrasant des corrompus ainsi que la palissade et la porte des Drunes.

Le chef d'escadrille transmit les rênes du saurien à Vince, non sans l'avoir congratulé de ce coup d'éclat. Thor et Saga n'en finissaient plus d'aller et de venir, usant le moral du lanceur qui n'arrivait pas à voir le nombre de rapaces diminuer. Il repensa à cette dernière nuit, éprouvante, et remercia in petto sa tante Sombre sans laquelle ils n'auraient pas vaincu ce monstre avec autant de facilité. Après avoir quitté Elliste, aidé de Sup et du gang, il avait sacrifié une bonne part de sommeil à « liquéfier » son rayon de mort selon la méthode inventée par Tilorah. La bille creuse tirée par son acolyte enfermait une goutte du résultat de cette première expérience. Une nuit pour une goutte ! Avec une dépense folle en Énergie Astrale ! Il rappela ses couteaux en songeant que le jeu, pour le moment, en valait la chandelle.

L'écroulement de l'enceinte n'affola pas ceux qui l'avaient érigée. Fidèles à leur conditionnement, les ennemis continuaient de déferler. Ils enjambaient les corps, y compris celui de l'ork du nord, et inlassablement se jetaient, le regard vide, sur les alliés. Gerfor et ses Bonobos, noirs du sang de leurs victimes, avaient rejoint Barryumhead et sa garde de Clairs. Nain avant d'être Prêtre, il fracassait du corrompu avec sa hache double. Elliste, non loin lui aussi, s'acquittait parfaitement de son rôle de Capitaine au sein des Océaniens. Les yeux partout, pour éviter les pertes de ses pairs, il criait des ordres ou des conseils, retransmis au mot près par son second en la personne de Zabella. Barryumhead se rendit compte dans l'action que ses capacités, employées différemment, pouvaient s'optimiser. Depuis la Potion de Sagar qui lui fournissait plus d'énergie pour accomplir ses sorts, il avait acquis une meilleure gestion du « carburant ». Les Clairs autour de lui acceptèrent bien volontiers de servir de cobayes. Lorsque le besoin de force, de courage ou d'habileté se faisait ressentir, Barryumhead leur distillait l'exacte dose nécessaire et, par principe, remerciait son Dieu de ses bienfaits. Mais sachant cette méthode utilisable par des Magiciens, il doutait de plus en plus de l'origine, résolument divine selon sa communauté, de ses pouvoirs ! Gerfor s'approcha de son Prêtre pour le saluer. Les Bonobos, à côté de leur chef, s'apprêtaient à se frapper la poitrine dès sa déclaration achevée et Sagar évoqué. Une vague de Nains beuglant, déboulant comme des dératés pour heurter la ligne ennemie, empêcha leur meneur de formuler quoi que ce soit. Agacé, Gerfor reconnut les Hurleurs de Forge. Après cette première charge plutôt réussie, un groupe se détacha et se posta face à Barryumhead et Gerfor.

– Roi Minguard ! prononça avec déférence le Prêtre.

Gerfor roula ses petits yeux et grinça :

– Méthode des Fonceurs, pas des Hurleurs !

Minguard ne se soucia pas de l'irrespect de la remarque envers sa personne.

– Il faut savoir changer pour autre chose qui fonctionne ! Que Sagar bénisse cette technique et son auteur ! déclara-t-il, emphatique. Auteur que je pense avoir devant moi !

Flatté par le compliment, même venant d'un Roi d'une tribu concurrente, Gerfor renifla en guise de réponse. Puis, comme pris de frénésie, il se retourna pour courir vers les corrompus en beuglant encore plus fort que les Hurleurs, entraînant dans son sillage tous les Nains présents, pas seulement ceux de l'Enclume. Minguard regarda avec orgueil ce déferlement et déclara :

– Terkal a eu raison sur un point. Toutes les Hordes ensemble sont imbattables !

Barryumhead fit un geste large, rendant hommage à sa protection rapprochée constituée d'Elfes Clairs, et compléta :

– Et Passe-Partout nous a montré qu'alliés les uns aux autres, nous sommes invincibles !

Le Roi opina, émit un grognement, et son groupe se propulsa à son tour contre l'ennemi. Barryumhead sourit en constatant que ses gardes du corps Clairs, redoublant de pugnacité, faisaient de même : le Lien leur confirmait que Candela entrait dans la région des Drunes.

Du ciel, Passe-Partout souffla de soulagement en apercevant l'armée Elfe. L'apport de soldats frais faciliterait leur marche jusqu'au cœur des Drunes. Par contre, il s'inquiétait que sa sœur et Carambole ne disposent pas de renfort ailé. Si Kent et ses Éclaireurs, Jokoko, Sup, ainsi que le gang, parvenaient pour le moment à tenir à distance les oiseaux noirs, pour tous, la fatigue commençait à se faire sentir. Lui-même avait mal aux épaules à force de lancer ses lames, et son ptéro grognait maintenant à chaque sollicitation. Vince et Carl ne munissaient leurs « Tire Cailloux » que de vulgaires galets, Kent ne tirait plus qu'une flèche à la fois et les traits en pierres de soleil de Tergyval se raréfiaient. Il était grand temps de redescendre. Mais pour atterrir en toute sécurité, il fallait échapper aux oiseaux noirs toujours aussi présents… et nombreux !

Passe-Partout se creusait la tête pour trouver une solution lorsqu'elle lui fut donnée par l'ennemi lui-même. Tous les rapaces, comme rappelés par leur maître, abandonnèrent leurs positions et piquèrent vers le centre des Drunes. En les suivant du regard, le commando à ptéro s'aperçut d'une activité intense auprès de la « piscine », effervescence qu'il ne parvenait pas à expliquer, au même titre que cette retraite globale du ciel. Du côté opposé, une moitié de la force des Clairs aidait les Océaniens ainsi que les escadrons Fonceurs et Hurleurs à franchir la porte écroulée, l'autre moitié à sortir les Nains en formation tortue de leur bourbier. Les Mortagnais et Portventois avaient jeté les armes de fortune dont ils s'étaient munis au départ et ramassaient épées, glaives et boucliers au sol. La bataille sous le couvert de la forêt se profilait, terrain où les Clairs demeuraient imbattables ! Passe-Partout ne s'inquiétait pas de cette étape. Il craignait les surprises de l'ennemi quand ils arriveraient dans le camp historique des Amazones ! L'œil torve, il amorça sa descente vers le carré des chefs de guerre formé de la garde rapprochée de la Reine des Clairs qu'il jugea trop visible du ciel.

L'apport de l'armée des Clairs fit toute la différence, notamment pour pénétrer dans la forêt des Drunes. Les Elfes combattaient dans un environnement qu'ils maîtrisaient. Naturellement, Candela envoya des troupes fraîches d'archers et rapatria les commandos de Darius et Kent. Elliste et les Océaniens leur emboîtèrent le pas. Les Portventois et les Mortagnais, après leur aide aux Nains des Hordes pour se débarrasser des corrompus, rallièrent aussi cette base. La mort dans l'âme, Gerfor et ses Fonceurs, Minguard et ses Hurleurs quittèrent le champ de bataille. Barryumhead, pédagogue, argua que leurs qualités de combattants brillaient plus en terrain découvert et qu'un peu de repos avant l'attaque du camp des Drunes ne serait pas du luxe ! Non loin du carré Clair, toutes les tribus regagnèrent donc leur bivouac où leurs Monarques réglaient déjà leurs comptes.

Passe-Partout chercha Tergyval des yeux et apprit qu'il accompagnait les Clairs dans la forêt. Ses mâchoires se contractèrent en pensant que son attitude autodestructrice, liée à l'absence de Valk, ne présageait rien de bon. Lorsqu'il entra dans la tente réservée à la Reine et son aréopage, les présents lui adressèrent nombre de hochements de tête respectueux, y compris le Roi Minguard qui choisit de se poster auprès du héros du jour plutôt qu'au centre avec Candela, ses Prêtresses, et bien sûr Carambole. Barryumhead, lui, manquait à l'appel. Passe-Partout, le visage grave, effaça dès la première tirade le sourire de sa sœur :

– Nous aurions subi moins de pertes si tu n'avais pas attendu un signe des Cieux ! argua-t-il sans préambule.

Elle accusa le coup. Il était probablement le seul à pouvoir parler ainsi à la Reine des Elfes ! Mais connaissant l'impétuosité de son frère, elle répondit d'une voix forte :

– Bonjour, Passe-Partout ! Pour une belle première victoire ! Et oui, il nous fallait une manifestation d'Ovoïs pour mener à bien cette guerre, et nous l'avons eu !

Le héros fronça les sourcils. Candela reprit :

– Un Staton divin a survolé Mortagne et s'est même posé devant l'auberge !

Un brouhaha s'ensuivit. Hormis le gang, dans l'assemblée, chacun adressa une prière au Dieu qu'il adorait. Observateur, Passe-Partout vit Carambole baisser la tête. Sa gestuelle ne correspondait pas à un recueillement. Il ne la lâcha pas du regard et obtint sa réponse. Lorsque leurs yeux se croisèrent, il sut la vérité : Carambole avait forcé le destin en se transformant en Staton grâce à la cape qu'il lui avait donnée !

– Alors si les Dieux nous accompagnent ! clama-t-il, ironique, en prenant sa sœur puis Carambole dans les bras.

Corinna s'approcha, le dévorant du regard. Il lui adressa un sourire qu'elle interpréta comme une marque complice qui l'emplit de bonheur. Attentive, elle lui tint les épaules et exerça une légère pression. S'ensuivit une chaleur bienfaisante supprimant toutes douleurs générées par les gestes répétitifs effectués au-dessus des Drunes. Carambole pesta de ne pas y avoir pensé avant elle et invita son héros à se joindre au groupe où Kent et Darius rendaient compte de la bataille. Kent mettait l'accent sur les capacités des guerriers humains et Nains. Tout en ne perdant pas une miette de son discours, Darius se remémora l'époque pas si lointaine où il se terrait chez le Maître Tatoueur d'Océanis et s'emplit de fierté de forcer aujourd'hui l'admiration de ses pairs pour ses décisions de Chef des Éclaireurs. Plein de sagesse, il insista sur les réussites dues à la coopération, inventoriant les combinaisons de combat employées grâce à l'addition des compétences de chaque peuple. La prise de conscience sauta aux yeux de tous : l'Alliance ne demeurait pas nécessaire, mais vitale ! Ce fut dans un brouhaha d'acquiescements enthousiastes que Barryumhead entra en compagnie des Monarques Nains.

Ils bouillaient intérieurement, cherchant un responsable à leur échec, à leur honte ! Ils le trouvèrent en voyant Minguard au sein des coalisés. Les invectives fusèrent sans cohérence. Si l'un le traita de traître, l'autre lui reprochait d'avoir fait cavalier seul ! Ils finirent par s'insulter entre eux. Carambole, Candela, Elliste, tous tentèrent de les calmer, sans succès. Excédé, Passe-Partout hurla :

– Taisez-vous !

Comme un seul homme, les Monarques se tournèrent vers lui, la main sur le glaive. Terkal gronda :

– Sais-tu à qui tu parles ?

Marquant le camp qu'ils avaient choisi, Gerfor, Barryumhead et Minguard se postèrent autour de leur jeune stratège. Les couteaux divins apparurent dans ses paumes. Il en imposait, immobile, ses yeux gris habités de la certitude de vaincre. Tout indiquait qu'au moindre frémissement d'une aile de moucheron, la machine à tuer se mettrait brutalement en marche, la peur lui étant définitivement étrangère. Il ne craignait pas les Dieux, et ce n'était pas une poignée de Monarques, fussent-ils Nains, qui l'impressionnerait ! Le moment de flottement fut rompu par Minguard :

— Rois ! Il s'agit de l'Enfant de Légende des oracles de Zdoor, détenteur des couteaux forgés par Sagar !

Passe-Partout assit son autorité en attendant que chacun lève sa main du pommeau de son arme. À ce moment seulement, les deux lames le quittèrent pour leurs fourreaux. Il effectua alors un signe vers sa sœur et Carambole qui purent prendre la parole. Candela profita du silence revenu et, concise, résuma la situation. Observant qu'au fur et à mesure de son monologue, tous, dont Kent et Darius, avaient rejoint son frère, elle s'adressa directement aux Rois Nains satellisés par le groupe :

— L'enfant de Légende a réussi l'Alliance des peuples ; la guerre des Drunes le démontre. Nous avons chacun des caractéristiques, des capacités, des pouvoirs différents ! Lorsque nous les mettons en commun, les combinons, nous gagnons. Peu importe le temps considérable qu'il aura fallu pour nous en apercevoir, pourtant, dès le commencement, nous avions cet exemple sous les yeux !

À cette affirmation, quelques sourcils levés demandèrent éclaircissement :

— La Compagnie de Mortagne ! Un Nain, un Clair, deux humains, dont une femme et un…

Elle se tourna vers son frère :

— Un demi-Sombre ?

Passe-Partout valida d'un hochement de tête et d'un demi-sourire. L'ambiance d'un coup moins pesante permit à Terkal d'intervenir sans s'amoindrir :

— Que proposes-tu ?

Le regard vainqueur, Candela fixa Carambole. Cette dernière profita de l'avantage pour s'arroger les faveurs des Monarques.

— Vous avez montré une résistance hors norme par vos formations défensives. Nous allons nous en servir comme base pour investir les Drunes !

Flattés, les Nains écoutèrent attentivement le plan développé par Carambole. Elle conclut :

— À vous, Chefs de Guerre, de poster les équipes les plus efficaces aux bons endroits et de les faire intervenir aux bons moments !

— Nous devons être prêts dans environ trois heures, compléta Candela, répétant ce que ses nettoyeurs Clairs lui transmettaient par le Lien.

Passe-Partout prit d'autorité la parole et déclara :

— Nous n'avons affronté que le menu fretin des armées du Déchu, ceux que l'on appelle les cagoulés, les sangs noirs ou les corrompus. Les oiseaux mutants sont tous d'anciens guerriers, Amazones, Nains, Elfes ou humains choisis à l'origine pour leurs capacités combattantes. Ils se sont repliés en masse au cœur des Drunes. La bataille qui nous attend ne sera pas identique à celle que nous venons de mener !

Elliste souleva un point important :

— Je crois avoir compris que seul un Sombre peut triompher de l'Anti-Ovoïs. Si le Déchu tient ses pouvoirs de la Sphère Noire, ne pourrions-nous pas le vaincre uniquement en détruisant Séréné ?

Carambole acquiesça :

– C'est la raison pour laquelle notre objectif est cette "grange" dans laquelle la Sphère se trouve.

CHAPITRE XXIII

La santé du Messager s'était beaucoup améliorée. La joie de pouvoir se lever se mut hélas rapidement en déception : bouger ne se résumait qu'à faire les cent pas dans Ovoïs définitivement clos par la volonté de Gilmoor.

– Quand je pense que tu as failli finir comme ton prédécesseur, souffla Antinéa.

– Et sous la même forme ! rétorqua-t-il.

Les yeux dans le vague, en veine de confidences, la Déesse des Mers déclara :

– Ma jumelle avait envoyé les Kobolds qui le retrouvèrent, abattu d'une flèche par un chasseur. Ils rapportèrent sa dépouille. C'est ainsi qu'est née la cape en plumes, des mains de Mooréa.

Lorbello. Extrait de « Crise en Ovoïs »

Chaque Chef de Guerre se rendit auprès de ses troupes pour organiser le départ. Pendant la préparation de l'offensive, Passe-Partout nota que sa sœur, à différents moments, souffrait de courtes absences. Mais ce phénomène récurrent ne l'inquiéta plus dès lors qu'il comprit qu'il ne s'agissait que de l'effet du Lien. L'une de ces inattentions, cependant, la fit blêmir. Elle fixa brièvement son frère, la mine triste, et retrouva vite son air figé. Plus tard, Candela insista pour que Passe-Partout se repose. Il accepta. Après tout, bien qu'ayant participé à l'élaboration de leur stratégie, il ne détenait aucune armée en propre. Corinna voulut l'accompagner à la tente dressée à son intention. Les voyant s'éloigner, Carambole se joignit à eux. Autant éviter une proximité non souhaitée ! Préoccupé, l'objet de toutes les attentions féminines présentes interrogea la jeune Magicienne :

– Qu'est-ce qui t'autorise à penser que tout s'arrêtera en détruisant Séréné ?

– Les analyses de Parangon et les moyens mis en œuvre par le Déchu pour trouver les derniers morceaux de la Sphère.

Passe-Partout fit la moue. Au grand dam de Corinna, Carambole monopolisa la conversation en précisant les éléments de réflexion du Magister, monologue que le demi-Sombre perçut comme inutile et ennuyeux. Du remplissage ! Sa voix sonnait faux. Il la coupa :

– Qu'est-ce que tu as réellement à me dire, Carambole ?

Démasquée, la jeune Magicienne chercha ses mots. Il lui facilita la tâche :

– Valk est morte, n'est-ce pas ?

– Co... Comment le sais-tu ?

Passe-Partout éluda d'un geste las la question, avisa la couche qui lui était réservée et se tourna vers les deux rivales :

– Laissez-moi, maintenant, émit-il d'une voix morne.

Quelques observations l'avaient mené à cette déduction : le retour de Tergyval seul, sa volonté de le rester, cette soif de se battre et enfin l'attitude de Candela lors d'un message du Lien. Il s'abandonna à la haine. Encore un proche, un de la Compagnie, qu'il perdait ! Encore un motif qui nourrissait son désir de vengeance, celle qui l'animait au point de ne plus penser qu'à cela, ni à la prophétie, ni à la coalition, à Avent ou à lui-même. Le plan des alliés visait Séréné, mais lui voulait la peau du Déchu ! Il finit par céder à un sommeil peuplé de fantômes.

Kent le réveilla une paire d'heures plus tard. Ils tombèrent sans un mot dans les bras l'un de l'autre. Arrivé au carré principal, il ne vit que sa sœur et Carambole, les traits tirés.

– Tout est prêt ! déclara Candela, qui ajouta gravement : tu avais raison, Passe-Partout. Mes troupes ont facilement conquis la Forêt des Drunes. Non seulement il ne s'agissait que de pauvres corrompus inexpérimentés au combat, mais en plus, leur nombre demeurait restreint.

– La partie se jouera au cœur du village des Drunes… Et uniquement là !

Il s'éloigna, Kent et Corinna sur ses talons, et croisa Elliste, des cernes sous les yeux.

– Pour moi qui me suis reposé, je ne suis pas revenu au sommet de ma forme, physique comme Magique. Je vois que tout le monde part en guerre, la plus dure qu'Avent jamais ne connut, littéralement exténué !

Corinna crut bon d'ajouter :

– Nous ne resterons jamais loin. Toutes nos forces deviendront vôtres, ne t'inquiète pas.

Passe-Partout demeura dubitatif. Si le charme de guérison pouvait requinquer quelqu'un avec efficacité, ce n'était que par le biais d'une dépense en Énergie Astrale. Et gourmande avait été la première partie de la bataille ! Lui-même, après l'expérience de liquéfaction de son rayon, ne pavoisait pas en carburant ! Le discours de Corinna se voulait rassurant, mais personne ne se dupait sur l'utilisation excessive de la Magie durant les premiers affrontements. Probable que ceux en disposant ne se retrouvent pas sous peu dans le même état que lui !

Comme par hasard… se dit-il.

Sans y prendre garde, absorbé par ses pensées, Passe-Partout arriva au beau milieu de la machine de guerre élaborée par les alliés, et au centre de toutes les attentions sans pour autant qu'on le lui fasse remarquer par des signes de déférence. Le message était bien passé : ceux qui l'abordaient appliquaient des consignes strictes, la rusée Candela y veillait ! Le cheval sur lequel elle était juchée se postait intelligemment assez proche pour toujours garder un œil sur lui et suffisamment éloigné pour éviter tout échange mental. Il ricana intérieurement :

Elle me met dans un cocon et imagine que je ne m'en aperçois pas !

Il regarda le ciel vide d'oiseaux. Katoon ronronnait de plaisir aux caresses qu'il lui prodiguait mécaniquement. Il n'était pas dupe. Ce gigantesque dispositif de guerre ne poursuivait qu'un but : l'amener devant Séréné pour que lui, le dernier des Sombres, la neutralise. Pour la première fois, il observa les forces se mettre en place sans être partie prenante de l'organisation.

Minguard et deux autres Monarques positionnaient les Hurleurs derrière les Infranchissables, devançant les archers Clairs et humains, en alternance avec les Lanceurs océaniens menés par Elliste et Zabella. Le reste des troupes, savamment mélangées, entourait le précieux noyau où se tenaient Candela et ses Prêtresses, Terkal, Carambole, Sup et Jokoko.

Passe-Partout stationnait aux côtés de Darius et ses marguays, affublé d'une garde rapprochée constituée des Fonceurs Premiers Combattants conduits par Gerfor et les Bonobos, ce qui l'amusa particulièrement. Barryumhead, à sa gauche, lui avait glissé qu'il accomplissait le vœu le plus cher de Gerfor et, en d'autres circonstances, il aurait éclaté de rire. Le chef des Fonceurs pariait certainement sur le fait que l'Enfant de Légende déclencherait plus de bagarres, et donc plus de gloire à récolter ! Candela attendait le retour de ses responsables de guerre et se tourna vers Kent et ses Éclaireurs à ptéros, volontairement cantonnés. Vince et Carl, restés avec le Clair, lui firent un signe de la main : la Reine des Elfes leva le bras. Ils pénétrèrent alors la Forêt des Drunes.

La marche des troupes se déroula effectivement sans heurts. La forêt avait été nettoyée. Contre une communauté issue de cet environnement, les quelques abrutis au sang noir s'étaient vite fait laminer. Les guetteurs Clairs, camouflés aux yeux de tous sauf à ceux de Passe-Partout, veillaient cependant toujours au grain. Seuls les cliquetis des équipements trahissaient la présence de cette armée muette. Le jeune héros songeait au repli de l'ennemi, qui ne présageait rien de bon, et à la préparation de la formation alliée, conçue dans les moindres détails. Tergyval volatilisé, Elliste s'était montré un atout majeur en regroupant par compétence les Portventois et les Mortagnais pour les fondre dans son corps océanien, créant au passage une équipe de tireurs munie de mini-lances. Il avait même suscité l'intérêt chez « Les Lanceurs de Hache » de la Horde des Feux de Forge qui voyait dans cette lame de jet un avantage guerrier utile, chaque Nain pouvant transporter plus de « lancettes » que de haches. Le Capitaine d'Océanis avait fait ratisser le champ de bataille pour ramasser toutes les armes et flèches récupérables. Minguard se distinguait par son tempérament rassembleur, radicalement différent de celui de Terkal qui pratiquait volontairement l'inverse. Le Glaive Levé et ses Infranchissables, Les Feux de Forge et ses Lanceurs, l'Enclume et ses Fonceurs, tous l'appelaient respectueusement le « Roi Combattant » depuis son choix de suivre les alliés en se propulsant à la tête de ses Hurleurs, élite de son clan des Perceurs de Crocs. Barryumhead avait beaucoup œuvré à ses côtés, au point que tous les Nains se demandaient s'il ne prenait pas quelques distances avec Terkal, son propre Monarque.

De son côté, le Prêtre s'était arrogé les religieux de chaque tribu. Il leur avait appris quelques formules « guerrières », les possibilités de s'octroyer ou de donner du courage, de la force, de la rapidité. Prudent, il n'avait pas confié tout son registre, dont la capacité de soigner. Sachant que ni lui ni ses pairs ne détiendraient assez d'Énergie Astrale pour s'occuper des nombreux blessés, Barryumhead s'était tourné vers la Reine des Elfes et ses vestales. Candela approuva sans discussion sa requête. Toutefois, l'aide que proposèrent les Clairs pour l'assister passa mal aux yeux des Nains ! Leur hermétisme à la Magie s'effrita tout de même lorsque le religieux, convaincant, leur fit admettre que leur pouvoir de guérison venait de Mooréa, comme les siens de Sagar. Au vu des premiers résultats obtenus par Zorius et les Prêtresses de Candela, soignant fractures, luxations et plaies avec efficacité, les Hordes, pragmatiques, s'étaient finalement inclinées. Gerfor avait même déclaré :

– Il vaut mieux mourir en pleine forme, par Sagar !

Au sortir de la forêt des Drunes, les Éclaireurs de tête se firent balayer par la première ligne de défense ennemie formée de deux orks du nord encadrant des sangs noirs.

Les quelques blessés ramenés par les Éclaireurs furent pris en charge par Zorius. Les malheureux laissés au front finirent hélas piétinés par les géants. Blême, Candela leva le bras. Ses Prêtresses s'approchèrent des archers de sa garde et les touchèrent en priant Mooréa. Tous atteignirent leur cible, mais ne firent qu'augmenter la colère des monstres, agacés par les multiples piqûres des traits. Darius hurla :

– Voilà Kent ! Mais il est seul !

Un ptéro lancé à une allure inimaginable fonçait droit vers les orks du nord. Son cavalier, vêtu de noir, maîtrisait parfaitement sa monture et le démontra en tirant plusieurs flèches sur un des géants, à l'endroit précis de son corps dépourvu de protections : son énorme gueule. Sa mâchoire explosa au premier trait, lui arrachant un croc. Le second atteignit l'œil, lui embrasant la face.

– Des pierres de soleil ! C'est Tergyval !

Le monstre aveuglé par les flammes tenta d'abattre son agresseur avec son fléau d'armes, au jugé, et y parvint. Mauvais coup du sort, frappé au flanc, le ptéro vrilla vers le sol. Cependant, les mouvements désordonnés du géant blessé freinaient l'avancée ennemie, offrant aux alliés un répit pour se regrouper.

Kent arriva avec son escadrille. Fort de l'exploit solitaire de Tergyval et sachant qu'il n'aurait droit qu'à une unique salve, il vola au ras des troupes amies pour remonter en cloche face à l'ork et décocher flèches et billes. Les oiseaux noirs fondirent alors sur les Éclaireurs Clairs, l'obligeant à changer d'objectif. La gueule hérissée d'une multitude de traits, le géant hurla. Fou de douleur, ses gestes devinrent anarchiques, au point que les corrompus à ses pieds tâtèrent du métal de son fléau d'armes. L'opportuniste Minguard profita de cette faille dans le mur ennemi pour s'y engouffrer, montrant la voie à Darius qui apostropha son protégé :

– C'est le moment ! Tu entends ?

Passe-Partout dévisagea le Clair, estimant l'idée totalement saugrenue. Seulement un ork sur deux était blessé. La priorité demeurait de les abattre plutôt que de les contourner. Darius ignora les états d'âme de son compagnon d'armes et donna un coup de menton à un ordre invisible. Faisant cabrer Horias, il cria :

– Ma Reine et Carambole s'en occupent !

Il n'en fallut pas plus pour que Barryumhead, Gerfor et ses Fonceurs se mettent à courir. Dubitatif, cerné de Clairs à marguays qui s'élançaient, Passe-Partout finit par suivre Darius qui peinait à rattraper les Nains hystériques qui le devançait.

Galvanisés par la réussite de leurs frères à ptéros, les archers Clairs, dopés par les vestales de Candela, ajustèrent leurs tirs vers le monstre affaibli par Tergyval et Kent. La nuée de flèches, comme un essaim, frappa le géant sur ce qu'il lui restait de visage. Il s'affaissa sur les genoux avant de s'écrouler à terre, écrasant de sa masse les deux cages et leurs occupants attachés à son torse. Les alliés les plus proches s'engouffrèrent dans la brèche laissée par l'ork au sol et engagèrent un corps à corps contre, cette fois, une pléiade de sangs noirs rompus au combat.

Le monstre valide se protégeait la face d'une main sans cesser d'avancer et, de l'autre, augmentait la vitesse de rotation de son fléau d'armes. Malgré les nombreux traits pourtant ajustés, les archers ne parvenaient pas à l'atteindre au visage et le géant de quarante pieds balayait par poignées les coalisés qui ne reculaient pas promptement.

La combinaison des Fonceurs et des Éclaireurs à marguay, elle, fonctionnait à merveille.

Les Nains, par leurs coups de boutoir répétés, déstabilisaient les combattants ennemis. L'habileté des Clairs faisait le reste. Protégé comme un trésor sacré, le frère de Candela n'eut que peu d'occasions de briller. Sa garde personnelle guettait les prêtres qui manipulaient leurs troupes et, sitôt repérés, un archer, voire deux, lui réglait leur compte. Hormis un loup noir camouflé dans un buisson, que Thor envoya dans la Spirale d'un coup à la jugulaire, et une ex-Amazone bien campée sur ses deux jambes, avec laquelle il échangea quelques passes de haute volée avant que le cimeterre Sombre la fauche, il dut se résigner à attendre son heure.

L'obstacle franchi, Darius et son protégé se retournèrent. Les autres ferraillaient encore ferme. Au-dessus d'eux, Kent et ses cavaliers abattaient du volatile à tour de bras, au point qu'il fallait se méfier des corps sans vie, mutés dans leur forme originelle, qui chutaient régulièrement du ciel ! Tous virent le dernier ork du nord fléchir et s'effondrer… de façon inédite ! Perplexe, Passe-Partout observa le monstre se défaire de son armure, sans d'ailleurs qu'il la touche d'une quelconque manière. Chaque épaulette, genouillère, jusqu'à son casque et sa cotte de mailles, se détachèrent en même temps et tombèrent lamentablement à terre. Presque nu, il devint alors une proie de choix pour les archers et lanceurs qui ne cessèrent d'alimenter leurs tirs, y compris pendant sa chute. Les alliés avançaient maintenant sans gêne sur les corrompus ; ils ne tarderaient pas à les rejoindre. Kent et ses Éclaireurs atterrirent non loin de lui. Par réflexe, il leva les yeux : pas d'oiseaux, pas de mouvements, plus rien.

L'Elfe tomba dans les bras du jeune homme, puis dans ceux de Darius. Sup, Jokoko, Vince et Carl ne furent pas les derniers à se congratuler. Seuls les Nains, pourtant heureux de voir saufs leurs compagnons de combat, évitèrent les effusions. Passe-Partout désigna le ciel à Kent, qui lui répondit :

— Ils ont effectué un repli stratégique dans le village historique des Drunes. Les poursuivre aurait été dangereux.

Le demi-Sombre sourit intérieurement : son ami Clair avait bien changé depuis les Quatre Vents ! En d'autres temps, le caractériel qu'il était les aurait harcelés jusqu'au bout d'Avent !

— Le Déchu et Séréné sont là, tout proche, dit Passe-Partout.

— Et maintenant, ils doivent savoir que tu es vivant, ajouta Kent.

Darius vérifiait les équipements de ses Éclaireurs, leur santé, sans négliger les marguays, et ordonna d'écarter les blessés, Clairs ou fauves. Puis il reconsidéra son unité et souffla :

— Nous ne sommes qu'un peu plus de la moitié de ceux présents au départ.

— C'est mon cas aussi, déclara Kent.

— Beaucoup de perte chez nous ! Surtout les Hurleurs de Forge à cause de ces loups ! cracha Barryumhead.

Passe-Partout ragea. Toutes ces vies envolées pour des querelles entre Dieux ! Il tenta de penser à autre chose afin d'étouffer sa colère et ne pas exploser. Regardant aux alentours, il avisa un campement sommaire : quelques souches pour s'assoir, un feu souffreteux et un chaudron.

— Sup, Jokoko ! Et si l'on fabriquait de la Potion de Sagar ?

Le gang se rua sur les braises pour les raviver et s'occupa, sous les directives de Jokoko, de transformer la bouillie d'Eau Noire, nourriture des suppôts du Déchu, en boisson revigorante en Magie.

Elliste et Minguard avaient levé leurs épées. Le deuxième mur d'ennemis vaincu, eux aussi comptaient leurs morts. Trop nombreux. Les corrompus accompagnant les orks du nord n'avaient strictement rien à voir avec la piétaille du début de bataille. Tous d'anciens guerriers rompus au combat qu'ils avaient eu du mal à dominer. Le Carré protégeant Carambole et Candela approcha. Son frère se posta devant cette dernière :

– Comment avez-vous fait pour le deuxième géant ?

La Reine regarda fièrement la jeune Magicienne et fit un geste en souriant. Un bourdonnement résonna dans l'air. Les yeux de Gerfor s'agrandirent de manière inhabituelle.

– Les papillons, souffla-t-il.

– Elsa !? s'écria Passe-Partout en tendant la main. Mais toi et tes sœurs n'aviez pas la possibilité magique de...

– Avec la complicité de Carambole, si ! déclara Candela.

La jeune charmeresse rougit lorsque la Reine relata ce qu'elle considérait comme un haut fait de guerre.

– L'idée de frapper l'ork du nord sur les faiblesses de son armure, tel que tu l'avais fait la première fois, nous paraissait la meilleure option. Mais comment l'atteindre jusqu'à quarante pieds de hauteur ? L'arrivée d'Elsa et de son essaim fut l'élément déclencheur !

Passe-Partout jeta un œil complice à la créature ailée. Candela en profita pour reprendre sa respiration :

– Carambole dispose d'un pouvoir particulier, celui de partager un de ses sorts. Elle possède l'équivalent de ton rayon de mort qu'elle peut invoquer et attribuer à qui bon lui semble.

Devant la mine dubitative de la Magicienne, sa sœur précisa :

– À la condition, bien sûr, qu'il s'agisse d'un détenteur d'Énergie Astrale. En l'occurrence, toutes les Fées en sont pourvues !

Toisée par son héros admiratif, Carambole l'entendit murmurer :

– Tu as donc donné à chacune une parcelle de ton rayon qu'elles ont placé sur les soudures de l'armure de l'ork !

Devenir la personne la plus importante à ses yeux la désarçonna un peu. Elle balbutia :

– Je n'ai fait que t'observer et te copier.

– Tergyval a bien ouvert la voie, lui aussi ! Au fait, où est-il ? s'inquiéta-t-il brusquement, cessant de jouer avec Elsa.

Distancée par l'échange entre Carambole et Passe-Partout, Corinna brûla la politesse à sa Reine.

– Nous venons de le retrouver. Il est mal en point après sa chute. Nos frères le soignent.

– On y va, maintenant ? déclara l'impétueux Gerfor.

Le demi-Sombre regarda sa sœur à nouveau perdue dans les méandres du Lien et lui demanda :

– Qu'est-ce qu'on a ?

La mine défaite, Candela annonça :

– L'ennemi s'est regroupé pour défendre le cœur des Drunes. Une véritable concentration de sangs noirs et un nombre considérable d'oiseaux. Séréné est surprotégée.

Elliste et Minguard s'approchèrent :

– Nous sommes obligés de fondre nos deux armées en une pour faire front. Plus assez de soldats.

– Affardel, Monarque de la Horde du Glaive levé, est tombé en héros ! Par Sagar ! clama Minguard, faisant frapper toutes les poitrines de ses guerriers présents.

Carambole se pencha vers Candela et lui murmura à l'oreille. La Reine acquiesça et déclara :

– Roi Minguard ! Acceptes-tu de mener seul en première ligne une coalition d'humains, d'Elfes et de Nains ?

Le Monarque des Perceurs de Crocs, flatté par l'attention, fixa fièrement Terkal Ironhead. Le « Roi des Rois », peu participatif jusqu'à lors, se sentit obligé de prendre la parole :

– J'allais justement proposer cette idée.

Carambole désamorça le début d'une probable polémique :

– Il serait bon que les Fonceurs rejoignent Minguard en avant et que les archers et lanceurs soient dirigés par Elliste derrière.

Candela inspira profondément : la décision qu'elle venait d'adopter s'apparentait à un va-tout et elle l'exposa avec une pointe d'appréhension :

– Carambole a raison. De plus, ma garde royale s'ajoutera aux troupes combattantes, y compris mes Prêtresses ! Darius et ses Éclaireurs assureront seuls notre défense.

Le commando de l'Enclume entourant Terkal depuis le début du conflit se tourna vers lui et, sans un mot, le dévisagea. Sous la pression, le Monarque de Roquépique n'eut d'autre choix que d'abonder dans le sens des alliés. Il souffla de soulagement lorsqu'il fut convenu que Gerfor, Barryumhead et les Bonobos resteraient dans le Carré de commandement dédié à la protection du jeune héros, et dont il bénéficierait aussi. Avant de réunir sa troupe ailée pour le décollage, Kent serra intensément Passe-Partout dans ses longs bras et adressa un regard à sa Reine. Le Clair savait, par un de ses cavaliers, ce qui les attendait au-dessus des Drunes. Aucun d'entre eux n'avait la moindre chance d'en revenir.

CHAPITRE XXIV

Les Kobolds fascinaient le Messager. Pas uniquement par leur intelligence, largement supérieure selon lui à de nombreux Dieux en Ovoïs, mais par leurs pouvoirs. Ces techniciens de la Sphère possédaient le don de téléportation instantané leur permettant, par leur seule volonté, de se déplacer à l'endroit de leur choix, qu'il s'agisse d'Avent ou d'Ovoïs. Une autre de leurs facultés, et pas des moindres : une omniscience totale centrée sur la vie de l'individu et de l'environnement lié à son parcours. Tourmenter un Aventien en sachant tout de lui devenait facile et ils en avaient fait un jeu. Cependant, eux aussi cantonnés à l'intérieur de la demeure des Dieux, ils n'évoquaient jamais le manque de leur divertissement favori.

Lorbello. Extrait de « Crise en Ovoïs »

Promu au rang de Commandeur, le Roi Minguard donna le signal du départ. À cheval, aux côtés de Carambole, Sup, Jokoko et le gang regardaient fixement le dernier objectif. Une fois encore, Passe-Partout observa la nouvelle formation se mettre en marche. Il n'y avait plus de clans, plus de Hordes. Tous allaient combattre ensemble. Malgré lui, il ne put s'empêcher de songer au passage du « quintrain » d'Adénarolis parlant de l'alliance :

Trouver l'unité au moment de mourir...

Un rictus. Il s'en voulut d'avoir eu cette pensée fugace. La raison pour laquelle les armées du Déchu s'étaient repliées lui échappait encore. L'ennemi avait pour lui la supériorité numérique. Pourquoi les sangs noirs n'avaient-ils pas continué à les combattre en dehors du camp des Drunes ? Ils allaient fément le découvrir. Les marguays feulèrent à l'unisson et suivirent la troupe alliée. Ils n'attendirent pas longtemps pour entrevoir le corps adverse défendant l'entrée du village et s'apprêtèrent à serrer de près les Nains, tous devenus Fonceurs par la volonté de Minguard.

À l'arrière, la cellule médicale, gérée de main de maitre par le guérisseur personnel de Candela, ne chômait pas. Zorius était sur tous les fronts, dispensant soins et surtout conseils avisés à ses aides qui, par excès de sécurité, dépensaient trop d'Énergie Astrale pour réparer les dommages. Le charme approprié devait être prodigué avec équilibre, la quantité de manne utilisée correspondre au besoin, pas au-delà ! Le risque demeurait si toutefois l'investissement était réalisé en deçà, engendrant une inefficacité sur le malade et, de surcroît, une partie du réservoir magique perdue pour le soignant. Toute sa pédagogie se centrait donc sur la base d'un diagnostic correct. Hélas, même ses immenses connaissances avaient des limites. Un cas particulier le préoccupait actuellement, un humain au physique largement au-dessus de la moyenne, incapable de l'informer de ses maux, car inconscient. Sa Reine, par le Lien, lui avait demandé, en d'autres termes ordonné, de s'en charger personnellement. Zorius se caressait le menton, ne sachant pas par où commencer pour soigner ce géant venu de Mortagne que l'on appelait Tergyval. Tout ce que connaissait le Mage Elfe sur les circonstances l'ayant amené ici résidait dans une chute vertigineuse faite à ptéro, qui aurait probablement tué tout un chacun. Après l'avoir débarrassé de ses protections de combat, à part bleus, blessures et contusions multiples, Zorius n'observa pas de dégâts apparents. Alors que faire ? Si sa colonne vertébrale était en miettes, l'intégralité de sa Magie ne suffirait pas à le remettre sur pied. Il l'examinait plus attentivement quand les cris de ses soignants lui firent lever les yeux au ciel.

En accord avec Candela, Kent et ses Éclaireurs avaient décollé et investi une bonne partie de leur manne astrale pour voler invisibles, montures comprises. Son équipe, passée d'armée à commando considérant les pertes subies, prit de l'altitude et approcha rapidement le site. Le charme de camouflage empêcha ses hommes de voir le visage de Kent changer de couleur. Sous son ptéro, un nuage d'oiseaux noirs masquait les Drunes, dense au point qu'il ne parvenait pas à distinguer les bâtiments ! Le Clair ferma un instant les yeux. Même si chaque archer ailé faisait mouche, ils ne disposeraient pas de suffisamment de flèches en rapport du nombre. Ses paupières s'ouvrirent. Il apparut soudain au regard de tous et donna le signal d'attaque.

Aux portes des Drunes, les alliés découvrirent les ennemis massés, coiffés par une myriade de rapaces. Jokoko déclara, blême :

– On en abat un et trois se relèvent !

À côté, Passe-Partout, observant la scène, cracha :

– Encore une illusion !

Il se pencha vers sa sœur :

– Un sur deux seulement bien réels, en face comme au-dessus !

Candela acquiesça et se concentra sur le Lien. Les Clairs les plus proches d'Elliste et de Minguard informèrent leur chef de guerre. Kent et ses Éclaireurs, prévenus par le même canal, soufflèrent d'aise. Un regard complice entre Elliste et Minguard sonna simultanément la charge. Dès que les Nains prirent du champ, les archers se mirent à l'œuvre, tirant le maximum de traits avant le contact physique des Fonceurs. Ces derniers, avertis de la possibilité de traverser des mirages de sangs noirs, n'anticipaient pas le moment d'impact en fonction de la cible qu'ils voyaient. Leur cavalcade tête baissée ne s'arrêtait que lors d'un obstacle tangible, chacun priant Sagar pour qu'il s'agisse d'un corrompu. Le premier choc fut un succès, au point que l'un d'entre eux, ne pénétrant sur des pieds de long qu'une série d'images successives, acheva sa course frontale contre le prêtre générant l'illusion, la faisant cesser séance tenante ! Elliste et sa troupe, découvrant enfin des ennemis en chair et en os, les chargèrent avec violence, las de pourfendre de leurs épées des reflets inconsistants.

Les Elfes à marguay apparurent au-dessus du village et profitèrent de la panique dans la nuée adverse pour abattre un maximum de corbeaux. L'amas de rapaces se désolidarisa en deux parties. La première, plus importante, s'organisa pour donner du fil à retordre à Kent. La seconde piqua sur la bande de terre vide laissée par les Fonceurs et l'armée d'Elliste et affronta archers et lanceurs. Avant de se poser et de muter, une poignée d'oiseaux quitta le groupe pour disparaître derrière les alliés.

Amandin se racla la gorge :

– Nous pensions qu'ils n'agissaient qu'en réponse de nos attaques. Or, ces déplacements faisaient partie d'une stratégie savamment orchestrée. En nous permettant cette trouée dans leur ligne, ils avaient séparé nos forces !

Le conteur plissa les yeux et secoua la tête :

— Sans la présence d'esprit de Passe-Partout...

Il dévisagea tour à tour chaque visiteur de l'Auberge du Ventre Rouge, avant de poursuivre :

— ... Aucun d'entre nous ne serait ici et cette histoire ne vous serait point narrée !

Il murmura :

— Pour autant qu'un autre que moi eût pu la raconter, ce dont je doute... Où en étais-je ? Ah oui... Les oiseaux dont une partie s'envole à l'arrière des positions alliées... Là où...

... Là où Zorius agissait à tâtons avec le Capitaine de Mortagne. Il avait repéré et réparé une épaule déboîtée, deux doigts tordus, une cheville enflée, mais l'inconscience persistante de Tergyval ne lui apportait aucune piste pour d'éventuels traumatismes supplémentaires.

Les cris de ses auxiliaires cherchant leurs épées l'affolèrent. Devant lui mutaient des oiseaux en guerriers surarmés. En dépit de son grand âge, de surcroît pour un Clair, sa main se dirigea par réflexe vers le poignard ouvragé ornant sa ceinture. Son équipe surgit et fit barrage pour le protéger. L'idée de fuir, instinctive, les traversa, mais s'avéra impossible. Deux de ses gardes de fortune tombèrent. Son tour viendrait bientôt. Il appela alors toute sa manne astrale et la diffusa sur l'intégralité du corps de Tergyval, l'inondant de la bienfaisance de l'onde magique de guérison, sans aucun calcul. Puis il s'écroula, vidé de sa substance. Avant de sombrer, il eut néanmoins le temps d'entrevoir une silhouette massive se dresser et se jeter sur les corrompus.

Tergyval n'était plus que colère et haine. Appliquant le conseil du Fêlé, mêlant sa science du combat à la sauvagerie qui dorénavant l'animait, il se métamorphosait en monstre de guerre. À peine réveillé par le médecin de Candela, il s'était levé et, à mains nues, avait désarmé un ork et subtilisé sa dague pour la ficher dans le cœur d'un autre à qui il prit le glaive. Dès la lame en sa possession, tout le sang noir qui coulait dans les veines des soldats ennemis se répandit sur le sol. Les Clairs sauvés par Tergyval se mirent sur le champ à ses ordres. Ils furent brefs : prendre soin de Zorius, lui restituer ses deux épées, ses protections, son arc et son carquois, et lui indiquer où trouver un ptéro disponible !

Lanceurs et archers s'attaquèrent à la menace descendue du ciel prenant forme devant eux. Au fur et à mesure de leur mutation en guerriers, les corrompus se démultiplièrent. Cette magie dupliquant les combattants déstabilisa les alliés, incapables de différencier lesquels étaient réels, lesquels étaient répliques.

Luttant tel un forcené au-dessus du champ de bataille, Kent faisait pleuvoir des cagoulés. Le dernier oiseau atteint d'une de ses flèches à bout portant se trouvait à l'aplomb du Carré de la coalition et, comme une pierre, chuta en retrouvant son corps d'origine. Sup hurla, alertant in extremis Carambole qui tira sur le mors de sa monture. Anticipant l'écart du cheval de la jeune Magicienne, Katoon cabra, soulevant Passe-Partout. Un peu de hauteur lui permit alors d'entrevoir la présence de...

– Prêtres ! Proches ! Astor, Ravakar, attention !

Il apostrophait les lieutenants remplaçant Elliste, Zabella, et Minguard partis devant, Astoranovinolius, un Clair expert au maniement des armes à distance et Ravakar Brasshand, Roi Nain de la Horde des Feux de Forge. Ceux qui croisaient le fer contre des ennemis en chair et en os n'entendirent hélas pas les cris de Passe-Partout dans le fracas de la bataille. Candela, elle aussi occupée à dégager son cheval pour échapper au corps sans vie tombé du ciel, ne relaya pas l'alerte par le Lien. Les Prêtres noirs, camouflés par des images de corrompus, se tenaient bien trop proches des deux chefs de guerre et le résultat fut quasi immédiat. Astor et Ravakar, les yeux révulsés, se retournèrent contre leur camp ! L'Elfe frappa de ses flèches meurtrières ses propres troupes. Le Nain pourfendit ses deux gardes personnels et se jeta sur ceux qui le suivaient. Carambole, sans prévenir quiconque, éperonna son cheval en direction du Monarque, talonnée avec un temps de retard par Jokoko et les Bonobos, alarmés de son comportement et censés assurer sa protection. Ne s'attendant pas à un quelconque mouvement de la Magicienne, Passe-Partout resta un instant bouche bée. Mais dans cette situation critique, l'attitude la plus déroutante demeurait celle d'Astor qui poursuivait son œuvre de destruction sans qu'aucun des membres de sa troupe n'ose répliquer. Résigné, Il se hissa debout sur Katoon immobile et banda Katenga. Il n'avait pas d'autre choix ; la mort dans l'âme, il tira. À l'exact instant où le trait aurait dû frapper Astor, un ptéro le faucha de son aile membraneuse, l'envoyant bouler et l'assommant.

– Tergyval, murmura Passe-Partout, le remerciant d'un signe de main.

Non sans mal, Carambole parvint à rejoindre Ravakar qui malmenait les quatre Nains tentant de le maintenir à terre. Ses petits yeux fixes, il râlait et bavait. La Magicienne s'accroupit auprès de lui, capta son regard et prononça « sa formule » pour la première fois, misant quelque peu au hasard sur une quantité de manne astrale adaptée pour rompre l'envoûtement. Lorsqu'elle se releva, constatant que le Roi avait cessé de gesticuler, un corrompu isolé qui se battait à proximité la chargea de son épée. Un Bonobo l'arrêta dans son élan, lui perforant le ventre. Derrière lui stationnait un prêtre noir qui fixait Carambole. Elle le défia sans broncher. Un combat silencieux s'ensuivit, chacun attaquant et parant mentalement. La jeune Magicienne ne sut jamais lequel serait sorti vainqueur de cette joute inédite. Libéré de son emprise, Ravakar fondit sur le religieux, le transperça de son glaive et le souleva pour le regarder rendre l'âme de plus près. Son attention se porta alors sur Carambole et il hocha la tête. Elle y vit un remerciement et entendit un retentissant :

– Pour Sagar !

Plus motivé que jamais, Ravakar entra de nouveau en lice, cette fois contre des adversaires existants ! La mort infligée aux prêtres avait d'un coup effacé les guerriers nés de leurs sorts. Passe-Partout restait vigilant, mais empli d'une sourde contrariété. Katenga aurait avec plaisir supprimé l'envoûteur si Ravakar ne l'avait pas devancé ! Il louait le coup d'éclat de Carambole, mais réprouvait le risque encouru, et imaginer la perdre le rendait fou. Il chassa vite ce bref état d'âme pour se concentrer sur Astor. Le prêtre le manipulant se croyait camouflé par une armée d'images, sauf qu'un Sombre y demeurait insensible. Il calcula rapidement la distance : cinquante pieds.

– Katenga…

Ses mains bleuirent. La flèche fusa et frappa le religieux en plein cœur. Astor sortit de sa torpeur tandis qu'un cri de joie retentissait chez les alliés. Face à eux, plus de la moitié des combattants disparaissaient ! Le nombre d'ennemis à abattre devenait un objectif enfin réaliste. Candela hurla :

– En Avant ! Pour Avent !

La troupe neutralisa la poche de corrompus et ne tarda pas à atteindre le fer de lance de leur armée bataillant toujours aux portes des Drunes sous la houlette d'Elliste et de Minguard.

L'électron libre Tergyval, atout précieux à mi-hauteur, arrivait au bout de son stock de flèches. Il avait sorti de l'ornière nombre d'alliés au sol en situation critique, mais s'approchait à présent dangereusement du front adverse pour devenir la cible privilégiée des archers cagoulés. Décidé à rejoindre Kent, d'une main ferme il tira vers lui les rênes de son ptéro afin de le forcer à remonter à la verticale. Cette manœuvre lui sauva la mise. L'embardée du saurien offrit son ventre aux traits ennemis. Il entendit le tintement de celles atteignant sa bête et le sifflement des autres qui le frôlaient !

Ravakar et ses Nains s'étaient fondus dans la troupe de Minguard. Les deux Monarques se congratulèrent, fait rare entre Hordes, avant de se lancer de nouveau dans l'affrontement. Minguard chercha des yeux Carambole qui lui rendit son signe de la main, attention particulière pour le désenvoûtement pourtant magique de Ravakar qui la toucha. Une reconnaissance digne d'un Roi ! Elle se tourna alors vers celui en titre. Derrière... bien derrière le Carré, protégé comme une forteresse, Terkal empestait la peur !

Kent apprécia le renfort de Tergyval. Tout son corps rechignait, en premier lieu ses bras du fait des moulinets incessants qui découpaient des oiseaux dont le nombre ne paraissait pas baisser. Cependant, sa plus grosse crainte résidait dans le découragement qui guettait ce qu'il restait de son armée d'Éclaireurs. Le Capitaine des Gardes de Mortagne apporta néanmoins un regain de confiance à ses troupes par un coup chanceux en tirant sur un volatile noir qu'il explosa littéralement ! Au même instant, le ciel se purgea partiellement d'« oiseaux images ». Le moral du commando ailé, las de viser des cibles que leurs traits traversaient ou frapper le vide de leurs épées, se gonfla d'un nouveau souffle. Dans cette trouée fugace créée par Tergyval, il put observer les mouvements ennemis au sol et en aperçut un plutôt étrange : des corrompus tentaient de jeter un humain dans la « piscine » et la silhouette gesticulante, probablement enchaînée, ne semblait pas accepter son sort !

Pourquoi transformer quelqu'un en sang noir maintenant, en pleine guerre ?!

Kent piqua sur le village, mais regretta bien vite sa curiosité lorsqu'il se vit coincé entre deux nuées, l'une qui le poursuivait et l'autre venant à sa rencontre. Il ne dut son salut qu'à ses capacités de cavalier et aux qualités de sa monture ! D'un retournement, positionnant son saurien en demi-tonneau, il changea d'altitude et désorienta les oiseaux qui se heurtèrent. Les ailes du ptéro frappèrent quelques rapaces et leurs corps en mutation tombèrent à l'aplomb de la « piscine ». L'un d'entre eux, dans sa chute, explosa avec fracas la rigole qui reliait Bellac au bassin. Non loin, la fameuse « grange » se trouvait maintenant cernée de corrompus montant la garde. Un mouvement aux portes de l'ex-palais de la Reine des Amazones attira son attention. Une silhouette massive entourée de sangs noirs sortait du bâtiment. Vraisemblablement, le Déchu désertait le cœur des Drunes.

Gerfor rongeait son frein. À peine avait-il pu trucider deux soldats ennemis depuis le début de l'assaut, ou peut-être trois, il ne s'en souvenait plus très bien ! Il jetait des regards implorants vers Passe-Partout qui tardait à se décider à entrer en lice. Par bonheur, Kent le délivra de son inaction. Par le Lien, il fit part à Candela d'un mouvement suspect du Déchu dans le village et un renforcement de la garde autour de la « grange » dans laquelle ils présumaient que Séréné s'abritait. Elle partagea l'information avec son frère qui déclara :

– Il ne manquerait plus qu'il s'enfuie !

Katoon cabra. Gerfor faillit exploser de joie ! Et il n'était pas le seul. Ayant pris goût au combat, Jokoko posa ses mains sur l'épaule des deux Bonobos :

– Il nous faudrait une brèche pour passer !

Après une brève concentration magique du demi-Clair, les jumeaux foncèrent vers la ligne ennemie à une allure vertigineuse, suivis de loin par Jokoko, haletant, sabre en l'air. Sup, surpris que son acolyte fasse cavalier seul, resta sur place, comme l'impétueux Gerfor, en retard pour une fois, qui balbutia :

– Par Sagar ! Et moi ?

Et il fila derrière ses Fonceurs comme un sorla chassé par un prédateur.

Interdite, Carambole regardait Joey s'engouffrer derrière les Bonobos. Son trouble alerta Passe-Partout qui retint Katoon. La jeune Magicienne, les yeux dans le vague, récita les vers connus de tous :

> AUX QUATRE VENTS ! NOTRE PEUPLE RENAITRA
> DE DEUX FIGURES D'AVENT VIENDRA LA SOLUTION
> DE QUATRE PARENTS MÊLÉS LE PETIT PRINCE APPARAITRA...

L'empêchant d'achever le quintrain, l'habituel concerné ne put éviter un trait d'ironie.

– Tu vois bien que Jokoko, selon Adénarolis, pourrait être l'Enfant de Légende ! Tout dépend bien de l'interprétation !

Certain qu'il ne pouvait y avoir qu'un seul et unique Sauveur d'Avent en la personne de celui qui menait Katoon, Sup profita de ce bref échange, qu'il considérait de fait comme inepte, pour s'adresser à lui :

– Je dois rejoindre Jokoko. Tu me déposes ?

Décontenancé, Passe-Partout se sentit obligé de répondre :

– Monte !

Ses yeux redevinrent gris. Il murmura quelques mots à l'oreille de la femelle marguay et s'élança dans la brèche créée par les Bonobos magiquement survitaminés.

La bataille des Drunes prit alors un tout nouveau tournant. Plus de formations ni de stratégie, les forces de chaque camp s'engagèrent dans un désordre indescriptible où la réussite collective ne se traduisait plus que par l'addition de victoires individuelles. Suivant Passe-Partout et Sup, le Carré des alliés entra en lice, accueilli par les hourras des combattants. Sup rejoignit Jokoko et, ensemble, ils retrouvèrent les automatismes de leur système attaque-défense en duo, méthode enseignée par leur instructeur, Zabella, à Océanis. Le cimeterre du demi-Sombre ne laissait aucune chance à ses adversaires. Après quelques secondes, une dizaine de corps avaient mordu la poussière. Avisant deux corrompus se ruant sur lui, il rengaina sa lame recourbée et appela les couteaux divins. La vitesse d'exécution fut telle que Sup aurait pu jurer que son mentor ne les avait jamais lancés. Pourtant les guerriers au sang noir tombèrent, se tenant la gorge. Thor et Saga virevoltaient en complète synchronisation avec les griffes et les crocs de Katoon. La monture et son cavalier donnaient l'impression de ne plus faire qu'un !

Candela surprit tout le monde par son habileté à l'arc. Corinna et ses sœurs appuyaient magiquement les Clairs entourant leur Reine et distribuaient avec une redoutable efficacité force, dextérité et protection en fonction des besoins. Gerfor, fidèle à lui-même, s'esclaffait à chaque victoire en lançant des chiffres extravagants. Progressant sur le flanc droit, les marguays de Darius précédaient Carambole qui rejoignait l'armée des Nains et des humains, dirigée par Elliste et les trois Monarques. Peu versée dans la science du combat, elle se sentait inutile. Impuissante, elle avançait, couchée sur son cheval, protégée par les Éclaireurs de Darius, jusqu'à ce qu'elle entende les cris de Ravakar et Minguard. Ils voyaient leurs Fonceurs et Hurleurs tomber, comme à bout de forces, les uns après les autres, et devenir des proies faciles. Un nouveau charme des prêtres du Déchu qui affaiblissait l'adversaire ! Carambole chercha l'origine de l'envoûtement et le trouva de manière étrange. En se concentrant sur la ligne devant Minguard, elle capta un flux mental équivalent à celui du précédent religieux noir contre lequel elle avait lutté. Elle remonta jusqu'à lui.

– Minguard ! Le grand à casque rouge !

Le Roi comprit immédiatement. Il entrevit au sol une lancette océanienne et s'en empara puis, d'un lancer rageur, l'envoya avec force et précision vers la cible désignée par Carambole. Hurleurs et Fonceurs se libérèrent aussitôt de l'emprise mentale. Le Nain se tourna vers la Magicienne et lui rendit hommage, poing contre poitrine, le même geste réservé à son Dieu, auquel elle crut bon de répondre par un salut aventien.

Les Fées perturbaient les corrompus. Sans relâche, en les importunant, les aveuglant, elles facilitaient l'avancée des alliés. Lorsque, épuisée, Elsa se posa sur l'épaule de Passe-Partout, elle attira son regard vers le ciel qui ne désemplissait pas. Si l'ardeur des Éclaireurs ailés ne faiblissait pas, la somme d'oiseaux non plus ! Le demi-Sombre envisagea les archers menés par Elliste pour appuyer l'équipe de Kent. Mais au sol, tous s'étaient munis de lames pour affronter l'ennemi au corps à corps. La force alliée ne bénéficiait plus d'assez de combattants pour en détacher certains à cette tâche. Elsa bourdonna bruyamment : deux nuages fondaient sur eux, le premier sous forme d'une pluie de flèches et le second noir d'oiseaux !

Déjà ardue, la mission de Kent se compliqua encore. Ses Éclaireurs disparaissaient les uns après les autres, laissant des montures seules, sans cavaliers, à tournoyer lamentablement, tentant parfois de happer un rapace à leur portée. Un trait frappa le flanc de son saurien, manquant de lui transpercer le mollet. Il ne pouvait s'agir d'une flèche perdue tirée par un de ses acolytes. Le peu de Clairs restant avait abandonné leurs armes de jet au profit d'épées pour voler, littéralement, dans les plumes de l'ennemi ! Surpris, il se tourna vers le lanceur qui ne pouvait se trouver qu'à l'horizontale et repéra un corrompu muni d'un arc chevaucher une de ses bêtes. Non loin, un oiseau mutait sur le dos d'un autre lézard solitaire. Kent pesta contre sa décision d'envoûter les montures « à Maîtres Multiples ».

Ptéros universels ! Dire que c'est moi qui en ai eu l'idée !

Il fit plonger son saurien, évitant ainsi les flèches qui lui étaient destinées, et vit l'un des siens tomber, criblé de traits.

Bon sang ! Nous ne pouvons pas tenir un arc et une épée en même temps !

Le découragement l'envahit brusquement.

Passe-Partout alerta ses proches de la pluie de flèches à venir. Le Carré put se préserver de la volée sifflant à leurs oreilles. Un son aigu, long et insupportable. Son sang ne fit qu'un tour et il chercha Barryumhead du regard. Il pourfendait un corrompu de son glaive tout en se protégeant d'un bouclier ramassé au sol :

– Barryumhead ! Tu as toujours ta flûte ?

L'interpellé leva le nez, pensif, et ne resta de marbre que parce qu'il s'agissait d'une interrogation de l'Enfant de Légende. En plein combat, il aurait envoyé son écu à la tête de quiconque d'autre ayant posé cette question ! Il grinça :

– Oui.

Passe-Partout désigna le nuage fondant sur eux et cria :

– Joue-nous le même air que la dernière fois !

Katoon s'avança jusqu'à coller le Nain pour le protéger le temps qu'il fouille dans sa besace. Un son strident esquinta les oreilles des Fonceurs à côté de leur Prêtre, mais le résultat fut immédiat ! À l'instar de l'enfant-rapace, transformé en Staton par le truchement de la cape de Dollibert, les oiseaux noirs commencèrent à voler de façon anarchique et les plus proches à convulser, comme s'ils toussaient. Les mutations se multiplièrent, en plein vol. Une pluie de corrompus s'abattit sur les alliés. Le challenge devint d'éviter les corps durant leur chute. Les Fonceurs grimaçaient de plaisir. Le ciel qui leur tombait sur la tête leur offrait des proies faciles à trucider !

Tel un berger, Barryumhead se déplaça, émettant des notes aiguës. Quoiqu'épouvantable pour la coalition, cette musique était celle de la victoire et tous regardaient le Prêtre Nain comme un héros. Candela se tourna vers son frère, insistante. Il haussa les épaules d'impuissance. Sur la même longueur d'onde, tous deux cherchaient un moyen d'amener la flûte à Kent. La lévitation, bien que lente, restait la meilleure option. À la condition d'accepter de devenir une cible parfaite ! Un ptéro ? Aucun n'était disponible ! Au milieu des corps en mutation tomba un Clair. La pression augmenta d'un cran sans pour autant aider à trouver une solution. Barryumhead, hilare et sourd, cessa de souffler dans son instrument de torture et le brandit sous les acclamations des alliés. L'air vibra d'un souffle que le Prêtre ne perçut pas. C'est alors que la flûte lui fut subtilisée ! Quelque chose d'argenté fila à vive allure vers le nuage noir.

– Staton ! cria un Portventois.

– Les Dieux, murmurèrent Candela et ses vestales.

– Carambole, lâcha Passe-Partout, constatant son cheval bai sans cavalier.

CHAPITRE XXV

Antinéa se lamentait de la perte de sa prêtresse, morte à Océanis. Mooréa bouillait d'une colère sourde et frappa violemment dans une des parois de la Sphère, toutes hermétiquement fermées par l'unique volonté de Gilmoor.

– Et je n'ai pas pu donner les formules de la magie humaine à la seule susceptible de succéder à Dollibert ! ragea-t-elle.

– À force de distiller les informations pour mieux exister et de vouloir passer pour indispensable, voilà le résultat ! rétorqua le Messager, songeant que lui-même aurait gagné à être plus direct dans ses explications.

– Ce n'est qu'à moitié vrai, concéda la Déesse de la Magie. Mais lui transmettre l'intégralité était impossible et trop vite l'aurait tuée !

Lorbello. Extrait de « Crise en Ovoïs »

Kent s'était résigné à mourir. Il ne subsistait qu'une poignée d'Éclaireurs et l'audace de Tergyval, frisant l'inconscience, ne suffirait plus à vaincre l'ennemi ailé. Lorsqu'il aperçut, d'un vol maladroit, l'oiseau divin s'orienter vers lui, harcelé par les rapaces noirs, il lança son ptéro dans sa direction et joua de la lame pour l'aider à se frayer un passage. Quelle ne fut pas sa surprise quand, derrière lui, Carambole apparut et se mit à souffler dans une flûte ! Son premier réflexe fut de la supplier d'arrêter immédiatement ses notes stridentes, mais dès qu'il en constata les effets, il accepta bien volontiers de sacrifier ses tympans ! Devant ses yeux, les volatiles se boursouflaient, augmentaient de volume, mutaient pour retrouver leur forme originelle et finissaient par choir. Alors qu'il lui semblait combattre depuis un temps immémorial, la jeune Magicienne l'en avait débarrassé en quelques minutes.

Il atterrit le premier et n'attendit pas pour embrasser Carambole ! Cinq Éclaireurs suivirent, puis Tergyval. La troupe à ptéro des Clairs avait payé un lourd tribut dans la lutte aérienne. Les survivants rejoignirent au sol les alliés qui venaient de vaincre les sangs noirs. Passe-Partout, sans un mot, se dirigea vers Tergyval posté en retrait et le serra dans ses bras. Dans les yeux du Capitaine des Gardes ne se lisaient plus que colère et haine qui ne cesseraient qu'avec la mort. Restait une dernière étape, convenant fort bien au compagnon de feu Valkinia : marcher jusqu'au cœur du village des Drunes pour en finir.

La résistance des armées du Déchu s'avéra ténue, insignifiante. Les quelques tentatives furent vite réprimées par les alliés qui, bâtiment après bâtiment, nettoyèrent les lieux. L'ex-Palais de la Reine des Amazones, dans lequel ils purent constater que le Déchu avait établi ses quartiers, demeurait désert. Restait un attroupement défensif autour de la « grange », des gardes positionnés en un arc de cercle parfait. Toujours les premiers au front, les Nains s'aperçurent que l'abri de Séréné était coiffé d'une coupole transparente, vibrante, semblable à une aura. Une demi-bulle, comme la décrivit plus tard Gerfor, omettant que tous la trouvaient menaçante. Et tel était le cas !

Darius et Minguard laminèrent la piétaille autour de la bâtisse. Lorsque les commandos en tête, à la manière des Fonceurs, tentèrent de passer en force la paroi du dôme, ils se désintégrèrent littéralement. Un Océanien trop curieux tendit son doigt sur le film vibrant et le perdit dans un hurlement. Le Roi des Perceurs de Crocs jeta ensuite une épée contre le mur transparent. La lame disparut dans un bruit sourd. Sans solution, ils se tournèrent vers Passe-Partout. Une dernière caresse à Katoon, qu'elle lui rendit par un frôlement de son museau, et il descendit de sa monture pour lentement marcher vers l'infranchissable obstacle, réajustant son plastron de Sylvil. Ses compagnons d'armes se raidirent à la vue du jeune homme avançant sans crainte et retinrent leur respiration lorsqu'à son tour, il s'approcha de la demi-sphère.

Seul un sombre peut vaincre Séréné... Et je ne le suis qu'à moitié !

À peine un léger picotement... Sa main la traversa. Derrière lui, un long soupir collectif avant une nouvelle inspiration tandis qu'il effectuait le pas décisif... Il franchit la barrière dans un furtif bruissement, comme à travers un rideau.

Passe-Partout n'eut pas le loisir d'entendre les cris de joie des alliés observant l'Enfant de Légende entrer là où personne, à part lui, ne le pouvait. Concentré, il était dans sa bulle, et en avait pénétré une autre. Il avait enfin atteint le cœur des Drunes qui abritait la « grange » enfermant Séréné. À droite, la « piscine » et son bâtiment attenant dont l'alimentation par Bellac avait été coupée. Derrière, la forêt dont une partie se trouvait encapsulée par le demi-globe. D'une superficie imposante, le lieu semblait exister par lui-même, hors d'Avent. Hormis la légère vibration qui émanait de la paroi de la coupole, aucun bruit, pas un souffle d'air. Une scène étrange vue de l'extérieur, spectacle angoissant que d'observer leur héros, seul, minuscule face à cette gigantesque bâtisse.

Le sol trembla, malmenant l'équilibre de tous, affolant les chevaux et alarmant les fauves. La « grange » s'effondra comme un château de sable des plages d'Océanis, dans un silence absolu pour les témoins hors de la bulle. Séréné apparut alors. Belle, énorme, redoutable, parée de ces milliers de petits cubes patiemment amassés par les cagoulés. Les pierres autrefois disséminées sur Avent, noires, ternes et froides, paraissaient vivantes sur la structure ronde, chacune chargée d'une énergie qu'elle transmettait aux autres, nimbant l'ensemble d'un halo sombre aussi inquiétant que superbe. Un globe presque parfait. Presque... Des manques sur la Sphère en rotation rappelaient que nombre de ses pièces reposaient encore sous l'océan, chez les Hommes Salamandres. Le temps demeurait en suspens tandis que Séréné tournoyait sur elle-même à quelques pouces du sol, imperturbable.

Cantonnés à l'extérieur du rideau infranchissable, les alliés écarquillaient les yeux. Passe-Partout semblait attendre.

À l'intérieur, en revanche, se déroulait une scène d'un tout autre acabit ! Le fracas de la « grange » lors du tremblement de terre ébranla le jeune héros qui faillit tomber. Par réflexe, il propulsa Thor et Saga dans ses paumes. Chaque cube se mit à briller, auréolant Séréné d'une curieuse lumière noire. À l'instant même où ils s'éteignirent, du centre de la Sphère naquit un flux d'énergie d'une puissance incommensurable qui se concentra sur un point, une cible : lui. Le moment de vérité ! Il s'attendait bien à un coup tordu, mais pas de cette ampleur, et pas aussi vite ! Il dut lutter pour ne pas plier sous le souffle du rayon qui le traversa. Sans l'atteindre.

Le calme revenu, il jeta un regard derrière lui et se rassura en constatant que la vague magique de Séréné n'avait pas dépassé le mur du dôme invisible. S'il était maintenant convaincu que la Sphère ne pourrait rien contre lui, il doutait que ce soit le cas pour les alliés ! La fixant de nouveau de ses yeux gris, il calcula l'Énergie Astrale nécessaire pour la frapper et perçut alors des pensées qui pénétraient son esprit.

Voici donc celui que Ferkan m'avait juré avoir neutralisé.

La voix de Séréné résonnait dans sa tête. Grave, posée, un tantinet ironique. Habitué aux conversations muettes, Passe-Partout compartimenta immédiatement et ne lui laissa accès qu'à un espace restreint. Le peu que l'Anti-Ovoïs tira de sa brève incursion mentale l'édifia sur la détermination sans faille et l'absence totale de peur de son « interlocuteur ». Le demi-Sombre s'attendait maintenant à une fourberie, ou une manipulation quelconque. Après la tentative d'élimination ratée, ne restait plus que la négociation. Il vit juste et le style s'avéra direct.

Tu vaux infiniment plus que le Déchu et pourrais devenir le maître d'Avent !

La flatterie, avec pour argument le pouvoir ! Fort des bassesses de sa tante, Doubledor refoula son envie de vomir, ne laissa aucun indice pouvant le trahir et lâcha une pensée :

Je ne crois pas aux promesses d'un Dieu !

Je ne suis pas un Dieu, mais le véhicule de celui qui, par mon aide, pourrait défaire Ovoïs : toi !

Passe-Partout se mordit la lèvre inférieure. Sa défiance envers ceux qu'il détestait lui avait échappé et Séréné en profitait pour taper juste. La Sphère augmenta insensiblement sa vitesse de rotation et poursuivit :

Tu n'as qu'un mot à dire, qu'un geste à faire.

De gris à gris acier, Séréné ne fut pas dupe de la couleur changeante de ses yeux et scintilla de nouveau.

Le mot, c'est non ! Le geste, le voilà !

Il joignit ses deux mains.

De la forêt à l'arrière du bâtiment, près de la « piscine », surgit une troupe d'une centaine de corrompus. Séréné se mit à tournoyer sur elle-même à une allure folle. La garde rapprochée de la Sphère, constituée de l'élite des guerriers au sang noir, fondait sur lui. Instinctivement, il dirigea ses mains en direction de cette meute. Il hésita cependant quelques secondes. Son rayon magique n'abattrait au mieux que la première ligne et, dans la foulée, sans l'appui des alliés incapables de pénétrer le dôme, il se ferait submerger par les combattants suivants.

Un rire ironique résonna dans sa tête. Il le trouva déplacé, ce qui décupla sa colère ! Face à la Sphère dont la vitesse de rotation ne permettait plus de discerner les manques de matière, il se concentra et s'isola en une fraction de seconde. Séréné venait de lui dévoiler sa faiblesse. Il lui fallait anticiper le mouvement, comme avec le Kobold. Ignorant l'armée ennemie qui fondait vers lui, il polarisa toute son attention sur le globe tournoyant. Le rayon des Sombres frappa avec précision, à un endroit dépourvu de cubes. L'exécuteur perçut mentalement un cri de rage mêlé de douleur. Le cœur de Séréné se fit incandescent. La boule explosa.

À l'extérieur de la bulle, d'autres cœurs battaient la chamade. L'immobilité de Passe-Partout demeurait une énigme pour la plupart des alliés, surtout les Nains. Ceux ayant des notions de théopathie pouvaient néanmoins comprendre la lutte invisible qui se jouait. Lorsqu'ils virent l'armée ennemie s'amasser en nombre face à leur jeune héros, seuls des gestes de fureur et des cris de colère manifestèrent leur impuissance. Attendre sans affrontement les minait. La libération ne vint qu'au moment où la Sphère éclata en pièces.

Des milliers de cubes s'éparpillèrent, certains sifflant aux oreilles de Passe-Partout, d'autres frappant au hasard les corrompus. Lorsqu'il tomba, touché par des morceaux soufflés par l'explosion, il sentit le vent sur sa peau et entendit les clameurs des alliés qui le rejoignaient. Les Nains le dépassèrent en hurlant et foncèrent dans le tas. Les Elfes et les humains qui les suivaient de près croisèrent le fer avec les sangs noirs avant qu'ils ne puissent atteindre le jeune héros. Tous les chefs de guerre se regroupèrent autour de lui pour le protéger et fourbirent leurs lames pour défendre celui qui venait de vaincre l'Anti-Ovoïs.

Les échanges s'éternisaient, les passes d'armes n'en finissaient plus. La dernière poche de corrompus ne s'en laissait pas conter ! Même Gerfor et son casque devenu légendaire devaient s'y prendre à plusieurs fois pour terrasser un ennemi. Barryumhead, les sœurs Prêtresses de Corinna et Candela enchantaient sans relâche les soldats les plus proches d'eux, dopant ainsi leurs capacités. Nouvelle complice d'Elsa, Carambole, elle, réitéra son sort de partage avec les Fées.

Dans un affrontement traditionnel, abattre Séréné aurait imposé à tout adversaire normalement constitué de déposer les armes. Mais il s'agissait là de corrompus, ex-guerriers d'élite, qui se fichaient complètement de la défaite de la Sphère Noire ! Ils n'existaient que pour se battre jusqu'à la mort, jusqu'au dernier, et eux étaient frais. Les alliés ne disposaient plus de la même forme physique. Candela se tourna vers les Éclaireurs survivants de l'équipe de Kent.

– Vite ! intima-t-elle.

Comme un essaim, les Clairs se précipitèrent sur les cubes, imités par les humains, les entreposèrent en sacs séparés et les chargèrent sur tous les ptéros disponibles. Kent pinçait ses fines lèvres. Il entendait ses compagnons de combat ferrailler dur pendant que lui s'occupait de ramassage ! Il se plia néanmoins aux ordres.

– Nous ne pourrons pas tout prendre, déclara-t-il une fois la tâche ingrate accomplie.

– Elliste et Minguard emporteront le reste ! Plus ces maudits cubes seront éparpillés, mieux se portera le Continent ! confia-t-elle, l'air inquiet, et conclut : tu dirigeras le convoi à ptéros ! On se retrouve aux Quatre Vents !

Ébranlé par l'injonction de sa Reine, Kent n'envisageait pas d'abandonner le Carré des chefs de guerre ni de s'éloigner de Passe-Partout ! Candela remarqua son trouble et l'empêcha de plaider sa cause :

– Je ne prends pas le risque d'une reformation de Séréné ! Nous ne nous en relèverions pas ! Une fois balayée cette dernière poche d'ennemis, nous serons vainqueurs, mais exsangues, trop faibles pour faire face à une nouvelle menace. File ! Vite !

La mort dans l'âme, silencieux, Kent jeta un coup d'œil à l'endroit où gisait Passe-Partout. Corinna s'activait auprès de lui. Rassuré par le Lien sur son état, il enfourcha son ptéro chargé de sacs et donna le signal du départ du convoi.

Candela ne souffla que lorsqu'elle le perdit de vue. Elle s'approcha du groupe protégeant son frère que sa Prêtresse soignait avec zèle. La violence de l'explosion avait touché le jeune homme sur tout le corps. Il n'avait dû son salut qu'à son plastron de Sylvil et à la chance qu'un cube ne lui perfore pas le crâne. Avec l'assistance d'Elsa, patiemment, Corinna s'attardait sur la moindre bosse, le plus petit bleu, l'infime égratignure, et ne compta pas sa manne pour le remettre sur pieds !

Des cris de joie s'élevèrent de la zone de combat. Minguard venait d'embrocher le dernier corrompu que Gerfor avait bousculé. Passe-Partout revint à lui et remercia la Prêtresse d'une caresse sur la joue. Blême, vidée de sa substance, Corinna ne put se relever qu'avec son aide, acclamée par l'ensemble des alliés.

Doubledor avait vaincu l'Anti-Ovoïs ! L'Enfant de la Légende devenait une légende. Carambole leva les yeux au ciel :

– C'est fini ! Merci, Mooréa !

Candela la rejoignit et déclara d'un ton neutre :

– Avec la disparition de Séréné dans laquelle le Déchu puisait ses pouvoirs, probablement.

Terkal Ironhead sortit de son silence pour vanter les siens, oubliant l'alliance, et proclama :

– Que Sagar bénisse ce jour de victoire où mon peuple a brillé !

Formule qu'aucun Nain ne valida de quelque façon que ce soit. Le « Roi des Rois » se frappa la poitrine. Seul. Barryumhead lui tourna ostensiblement le dos et chercha Sup des yeux. Il finit par l'apercevoir et se dirigea vers lui. Tout était bon pour s'éloigner de Terkal qu'il ne respectait plus. Gerfor et les Bonobos lui emboîtèrent le pas.

Sup, Vince et Jokoko gravitaient autour de la Fontaine d'Eau Noire. Comme des félins mus autant par la curiosité que la crainte, les Nains s'approchèrent à leur tour de Bellac. La Fontaine des Initiés, vue de face, faite d'une seule pièce monumentale d'obsidienne anthracite, représentait une femme assise en tailleur d'une exceptionnelle beauté, censée évoquer la Déesse de la Magie. Ses deux bras comprimaient sur sa poitrine une outre de laquelle de l'Eau Noire coulait à flots dans un plateau posé sur ses cuisses.

En se hissant sur le bord, Joey comprit qu'il ne s'agissait que d'une illusion d'optique souhaitée par le sculpteur. Le bassin, creusé dans le socle qu'il venait d'escalader, était invisible du sol. Il fit part de son observation à Sup, déterminé à prélever du liquide de Bellac. L'Eau et la Fontaine demeuraient mystérieuses et, comme toute chose inconnue, présumées dangereuses ! Aucun des deux compères ne trouva le courage d'y tremper les mains. Ils cherchaient un bâton pour y accrocher une gourde quand les Nains arrivèrent. Sup eut soudain un trait de génie :

– Gerfor, donne-moi ton casque !

L'interpellé se raidit. Autant lui demander une partie de lui-même ! Joey tenta de le convaincre :

– En le tenant au bout d'une lance par la lanière, on pourra récupérer du liquide sans mettre un doigt dedans !

Barryumhead appuya la requête ; Gerfor le retira en maugréant. L'un des Bonobos tendit une pique ramassée non loin. Sup y accrocha le heaume bleuté et lentement le plongea dans le bassin. Vince, le nez en l'air, hurla :

– Flèches !

Sup sursauta. Le casque lui échappa et tomba dans la Fontaine. Gerfor songea bien à rosser le maladroit, mais la nuée de traits l'en dissuada. Du côté du Carré, la même alerte agita les marguays.

La voix d'Amandin s'étrangla. Il interrompit son récit. Les yeux dans le vague, il chercha son godet et le renversa. Un timide et chevrotant « Merci » plus tard, quand Assandro lui remplaça, il réussit alors à balbutier :

– J'ai appelé ce qui suit « le massacre des Drunes »… Nous avions cru que la disparition de Séréné marquerait le dénouement de cette guerre, oubliant que le Déchu était surnommé le Fourbe ! J'en suis à songer aujourd'hui qu'il avait même manipulé Séréné pour arriver à ses fins ! L'ex-Dieu de la Mort abattait ses dernières cartes et pas les moindres ! Nous étions harassés, exsangues et démobilisés. Beaucoup d'alliés, pensant l'affrontement terminé, avaient abandonné leurs boucliers et leurs armures. Au nuage de traits qui fondit sur eux, ils n'adoptèrent plus qu'une protection de réflexe : leurs deux bras levés vers le ciel. Dérisoire. Ce ne fut pas tout. De la forêt jouxtant les deux crocs, une nouvelle armée s'avança, compacte, dirigée par un guerrier mesurant une tête de plus que les autres. On devinait par ses gestes qu'il commandait aux archers placés derrière ses corrompus. Alors les flèches tombèrent de nouveau. Nombreuses. Meurtrières.

Le silence régnait dans l'Auberge d'Autran. Amandin se racla la gorge. Sa voix n'avait plus la même chaleur.

Une hécatombe.

À proximité des gardes Elfes de Candela et des Nains cantonnés à la protection de Terkal, les marguays les alertèrent en rugissant, une poignée de secondes avant la première volée de traits concentrée sur le Carré. Les quatre Prêtresses, sans se concerter, mobilisèrent leurs dernières forces astrales pour léviter et se placèrent devant leur Reine. Face au danger imminent, Horias et ses félins cabrèrent soudain à la verticale, offrant leurs poitrails de fauves, et désarçonnèrent sciemment leurs cavaliers, leur sauvant ainsi la vie.

Tous furent criblés des traits venus du ciel. Hormis Candela et Carambole, protégées par les Vestales dont Corinna, la plupart des gardes Elfes attachés à leur souveraine gisaient. Seuls les Nains et les humains, en fonçant vers l'ennemi en marche, menés avec rage par Minguard, Ravakar, Tergyval et Elliste, arrivèrent à échapper à cette salve assassine.

Précipité au sol par Horias, Darius constata que leurs corps de félins érigés en bouclier avaient pour but de préserver des flèches Passe-Partout et Terkal, abrité par l'ensemble du Carré.

Candela se jeta sur le compagnon de la Reine des fauves et partagea mentalement sa douleur lors de son dernier grognement, avant que ses yeux ne se ferment. Carambole s'agenouilla auprès de Corinna, ultime Prêtresse qui présentait encore des signes de vie. La jeune Magicienne voulut rassembler le peu de manne astrale qu'il lui restait pour tenter de la sauver, sans savoir par quel bout commencer tant son corps, hérissé de traits, n'était que plaies. La souffrance déformait son visage. Elle souffla :

– Inutile de gâcher de l'Énergie… Prends soin de Passe-Partout…

Candela se redressa d'un coup. Pas de temps pour la peine ni le deuil. Les deux crocs tremblaient, provoquant des chutes de rochers. Au pied des monts jumeaux apparut le Ventre Rouge. Les mouvements lents de ses ailes membraneuses s'apparentaient à un langage des signes. Le Dragon distillait ses ordres à sa dernière armée qui, au lieu d'attendre le choc des alliés, préféra l'attaque. Tous les regards se tournèrent vers lui, y compris ceux du groupe formé de Barryumhead et ses Nains, Jokoko et Sup. La terre gronda et vibra sous leurs pieds, progressivement, jusqu'à les jeter au sol ! Dans un vacarme assourdissant, Bellac s'éleva lentement et se volatilisa. Une plainte monta :

– Mon casque !

La disparition de la Fontaine inquiéta Jokoko pour une tout autre raison. Sa libération impliquait la mort de son geôlier, Sébédelfinor ! Or, le Ventre Rouge dominait les Drunes au pied des deux crocs ! Joey regarda Sup. Ils comprirent en même temps :

– Le Déchu est devenu Dragon !

Le bruit sourd d'un objet tombé du ciel retentit non loin.

– Mon casque, souffla Gerfor en se précipitant.

– Attends ! cria Joey.

À terre sur la partie bombée, Jokoko s'en empara par les cornes au mépris des menaces explicites de son possesseur. Il ignora la colère du Nain et en avisa le fond puis, d'un geste à Sup, lui demanda une gourde. Il rendit son casque à Gerfor après avoir transvasé les quelques gouttes du précieux liquide subsistant. Sans un mot, l'acariâtre Fonceur s'en revêtit et, accompagné d'un borborygme rageur, s'élança vers le front allié qui allait combattre.

Candela opéra un rapide point par le Lien. Son armée de Clairs, plus exactement ce qu'il en restait, devrait se passer de montures, aériennes ou terrestres. Les Elfes, comme les humains et les Nains, se battraient de la façon la plus classique qui soit, d'autant que les réserves magiques individuelles approchaient le zéro. Elliste, avec à ses côtés Tergyval, montrerait l'exemple en menant ses fantassins qu'il savait démoralisés, les humains n'ayant pas la capacité d'abnégation des Clairs ni leur discipline, et encore moins la volonté inébranlable des Nains. Tous avaient cru fêter la victoire des Alliés et la gloire de Passe-Partout, et ils ne se voyaient pas reprendre la lutte contre l'ennemi.

Restaient ceux dont la vie ne valait vraiment d'être vécue qu'en combattant. Les infatigables, indomptables, têtus, dirigés par Minguard qui leva son glaive et rameuta tous les siens au nom de Sagar ! Les Fonceurs, Hurleurs, Perceurs et Infranchissables répondirent à l'appel et accélérèrent leur vitesse de progression. Gerfor, suivi des Bonobos et de Barryumhead, rattrapa et dépassa même Minguard et Ravakar pour se fondre dans ce front.

Définitivement silencieux, volontairement absent de toutes décisions émanant du Carré, ne se nourrissant que de sa colère, Tergyval courait au côté d'Elliste, deux épées à la main. Les corrompus arrivaient à grandes foulées. Les Nains, hurlant tête baissée, se précipitèrent au contact. De loin, Passe-Partout s'aperçut du manège et s'empara de Katenga, invitant les quelques Elfes restés près de Candela à faire de même. Les soignants de Zorius, moins habiles, vinrent cependant gonfler les rangs des archers Clairs. Le jeune héros leur conseilla de tirer au-dessus du front pour atteindre au hasard les sangs noirs positionnés à l'arrière.

Un désastre.

Les derniers corrompus combattaient avec intelligence. Non seulement il s'agissait de la fine fleur des armées du Déchu, mais en prime, la stratégie collective mise en œuvre tenait compte des habitudes d'attaque des coalisés. Les premières lignes ennemies évitèrent les boulets Nains qui se jetaient sur eux, les esquivant souvent de façon acrobatique. Un seul but, celui de les laisser passer. Les fronts suivants, compacts, se constituaient de sangs noirs, genoux à terre, en position de défense. Chacun tenait deux lances sur lesquelles les alliés, pris de court, vinrent s'empaler. L'un des jumeaux Plumbfist, blessé à la cuisse, fut achevé par une ex-Amazone alors qu'il se battait en boitant. Son frère, fou de rage, réussit à renverser la guerrière. À califourchon sur elle, il la tua à mains nues, de coups répétés, et fut fauché par un glaive. Ironie du sort, il s'agissait d'un ex-Nain, à son tour expédié de « l'autre côté » par Tergyval. La force corrompue ayant évité la vague des Fonceurs ferraillait déjà avec les chefs des alliés, tandis que derrière, les lanciers dégainaient leurs lames. La masse ennemie se scinda alors en deux dans une synchronisation parfaite, laissant apparaître un rideau d'archers.

C'est à cet instant que le deuxième Roi Nain tomba. Ravakar venait de terrasser un ork au moment où le front de tireurs se manifesta. Cibles faciles, à presque bout portant, le Monarque, son Prêtre et ses gardes furent fauchés, criblés. Elliste et Tergyval eurent plus de chance, leurs adversaires les masquant involontairement de ceux qui bandaient à nouveau leurs armes. Astor le Clair s'écroula, touché par un trait décoché de côté.

– Maintenant ! hurla Passe-Partout, faisant siffler les siennes.

Une pluie de flèches naquit des mains des Clairs, à la manière de Kent. Chacun en propulsait deux, voire trois ! Il fallait empêcher les ennemis d'agir, les blesser si possible, les tuer dans le meilleur des cas. Darius, chevauchant une Katoon folle de rage d'avoir perdu son compagnon, se chargea ensuite d'éliminer la ligne des archers au sang noir. Aidé par un commando de Nains dont le chef de file ne reculait devant rien, il prit des risques insensés face à des gaillards de trois fois sa taille. Passe-Partout reconnut Gerfor à son casque et devina Barryumhead à ses côtés. Sup, Jokoko et Vince l'avaient rejoint au Carré. Candela, la mine défaite, voyait et « sentait » tomber ses Clairs encore et encore. Carambole, qui ne cachait pas ses larmes, constatait la même hécatombe chez les humains. La jeune Magicienne « préparait » les Fées pour la dernière fois. Les niveaux d'Énergie Astrale, pour toutes et tous, se retrouvaient à zéro.

La dernière à être dopée par Carambole, Elsa, fit un clin d'œil à Passe-Partout en voletant près de lui. Il se tourna vers ses compagnons de Mortagne. Sup anticipa :

– Pas d'oiseaux, cette fois ! On y va ?

Son mentor réussit à sourire. Son regard embrassa alors le carnage face à lui, s'attarda sur les crocs, là où le Dragon Déchu se tenait il y a peu, puis sur le ciel, vide d'ennemis ailés.

– Je n'arrive pas à croire qu'il ait disparu !

– C'est un pleutre qui se cache derrière ses marionnettes ! grinça Jokoko.

Décidément, ce demi-Clair lui plaisait ! Il se recentra sur l'essentiel. Ses yeux changèrent de couleur. Ils partirent tous rejoindre le front où la bataille faisait rage, accompagnés de la garde des Clairs de Candela. Leur Reine avait jugé sa protection non prioritaire et ignoré le gémissement de Terkal.

Au fur et à mesure de sa course, Passe-Partout évaluait les forces et les faiblesses des alliés. Il dévia pour soutenir le groupe de Darius en difficulté. Katoon, blessée, gisait au sol, privant le chef des Éclaireurs de monture. L'apport du commando, et surtout de son leader, renversa rapidement la situation, ce qui rameuta bon nombre d'Aventiens remobilisés à la cause et prêts à le suivre. Sup, tout en luttant avec son acolyte, remarqua que son mentor avait modifié sa façon de combattre. Les couteaux ne revenaient, une fois lancés, que lorsqu'il le décidait, ce qui lui permettait de les envoyer sur des cibles à mi-distance, de sortir son cimeterre et de ne les récupérer qu'après son adversaire à terre, son arme rengainée. En l'espace de quelques secondes, il faisait trois victimes quand Joey et lui croisaient encore l'épée contre un seul ennemi. Les choses se compliquèrent au moment où, Gerfor et Minguard les ayant rejoints, ils arrivèrent à hauteur de Tergyval et d'Elliste.

Au milieu des sangs noirs, un colosse avançait. Au vu des corrompus s'écartant prestement sur son passage, il devait s'agir de leur chef. Pour le contrer, quelques Nains s'élancèrent, dépassant Minguard. Les deux épées à deux mains tenues par le géant les découpèrent avec sauvagerie sans le faire ciller. Darius et Gerfor se ruèrent à leur tour.

Sans aucun état d'âme, Darius attaqua l'ex-humain aux deux brancs[1]. Trois passes plus tard, une feinte, et l'une des deux lames du colosse le faucha, lui coupant la tête d'un tranchant net. Le Fonceur, bouche bée, se crut pris d'hallucination et se statufia. La seconde arme du bretteur opéra un tour sur elle-même et frappa de haut en bas le Nain. Avant l'impact, pour la première fois de son existence, il hurla de terreur :

– Non !

Le coup porté à la tête avec une force rare aurait dû le couper en deux. Mais l'épée du colosse se brisa sur son casque, l'envoyant tout de même au pays des songes ! Son cri inhabituel les alerta tous. Les plus proches, Tergyval et Elliste, se débarrassèrent de leurs adversaires et se propulsèrent vers la brèche où s'étaient infiltrés Darius et Gerfor. Il leur fallut encore batailler avant d'y parvenir, mais le rideau des combattants au sang noir précédant leur maître finit par s'étioler.

Les deux Capitaines atteignirent le chef de guerre ennemi. Elliste eut une seconde de surprise, regarda Tergyval et fonça tête baissée contre le colosse qui écrasait une Fée d'une pichenette. L'estoc de l'Océanien fut balayé comme s'il eut s'agit d'un coup d'éventail. La contre-attaque de l'épée à deux mains, en deux passes, le mit à genoux, désarmé. Tergyval cria :

– Fêlé ! Non !

---

1. Épée à deux mains

CHAPITRE XXVI

Après un long silence, Sagar clama :

– Mes Nains se battent comme des braves ! De vrais héros !

Les jumelles ricanèrent. Antinéa souffla à sa sœur :

– Ce n'est pas ce que j'entends de la part des miens.

Au cœur de la guerre des Drunes, prévenue par l'entremise permanente de la Reine des Elfes et de sa magicienne humaine, Mooréa cracha :

– La stratégie de tes monarques va conduire les alliés à leur perte !

Pendant que Sagar, vexé, fulminait, le Messager interpela les « techniciens » de la Sphère Céleste.

– Chacun d'entre nous a une vision personnelle de la situation et sa propre version. N'existerait-il pas une possibilité de mettre toutes les prières et invocations en commun pour se faire une idée réelle du conflit ?

Le bilieux se tourna vers le sanguin, qui grinça une expression déjà entendue sur le Continent :

– Jouable !

Lorbello. Extrait de « Crise en Ovoïs »

N'en croyant pas ses yeux, Passe-Partout pensa à une nouvelle ruse de métamorphose, mais balaya bien vite cette option, la Magie permettant ces transformations n'ayant aucune prise sur lui. Il s'agissait bien du Fêlé, du vrai, que tous avaient présumé mort dans la Forêt d'Émeraude ! Il se mordit les lèvres.

La silhouette derrière les barreaux de la cage, près de la « piscine », ce devait être lui.

Il aurait pu le tirer de là, alors que maintenant, son ami de toujours était devenu un corrompu ! Pire, leur chef ! Un bref regard à ses couteaux d'un bleu intense le lui confirma.

Furieux de n'avoir pu sauver Elliste, Tergyval se jeta sur le Colosse de Mortagne. Les deux géants, presque identiques, ferraillèrent ferme ! Le Capitaine des Gardes parait sans arrêt les assauts de celui qu'il considérait comme son modèle. Quand, en de rares occasions, il avait l'opportunité de porter un coup, inconsciemment il le retenait et subissait des contre-attaques d'une sauvagerie inouïe. Il manqua d'ailleurs par deux fois de se faire embrocher tel un sorla. La première : un Mortagnais hardi voulant lui prêter main-forte prit l'estoc fatal lui étant destiné. La seconde : l'arrivée de Passe-Partout. Accrochant son regard éteint par son bain d'Eau Noire, le demi-Sombre appela silencieusement ses couteaux et prononça son nom :

– Fêlé...

L'épée à deux mains, maniée d'une seule, tournoya jusqu'à le pointer.

– Fêlé, non !

L'attaque du Colosse ne put être esquivée que d'une extrême justesse. Le saut effectué par-dessus sa lame entraîna Passe-Partout derrière son adversaire. Le roulé-boulé qui s'ensuivit lui permit de reculer lentement dans la futaie de jeunes toubas, loin de la fureur du combat qui se poursuivait. Il tentait de se persuader qu'il avait bien en face de lui le dernier Seigneur de guerre du Déchu, que son ami de Mortagne n'existait plus, qu'il n'était qu'un sang noir. Il n'y parvenait pas. Si sa moitié Sombre se préparait au duel, celle humaine se laissait submerger par l'émotion :

– Souviens-toi, Fêlé ! Gary ! Les Loups !

Le corrompu n'entendait pas, ne cillait pas, et le chargea de nouveau. Passe-Partout effectua un saut périlleux arrière pour éviter son coup latéral.

– Josef… Carambole ! L'auberge ! Valk ! Kent ! Gerfor ! La Compagnie de Mortagne !

Les attaques du Fêlé s'intensifièrent au point que l'agilité ne suffisait plus. Il joignit ses deux couteaux et dévia l'épée d'un long bâton apparu entre ses mains.

– Et Perrine, Fêlé ! Perrine !

Il ne sut jamais si, à cet instant, le nom de la femme qu'il aimait raviva un souvenir enfoui dans son cerveau devenu noir. Toujours est-il que le Colosse ne contra pas la frappe sur sa tempe, le faisant d'ailleurs à peine chanceler. Passe-Partout recula jusqu'à toucher de son dos un jeune touba et poursuivit :

– Et Fontdenelle, Parangon, Anyah ! Rappelle-toi !

L'espace entre eux permit au Fêlé de s'élancer et de porter une attaque de taille. Il ne le détourna pas, mais à la dernière seconde, exécuta un pas de côté, laissant l'épée se ficher dans l'arbre qu'elle traversa de part en part. Désarmé, le Colosse reçut en retour une volée de coups de bâton par un danseur doué d'une vélocité inouïe. À peine portait-il sa main à son visage que son genou était touché, puis son flanc, avant de viser à nouveau la tête. Virevoltant et frappant son adversaire, malgré lui, il continuait de lui parler :

– Et moi ! Passe-Partout, celui que tu as toujours protégé ! Moi ! Le fils que tu n'as pas eu !

Les coups pleuvaient. Le Colosse reculait dans la futaie en vacillant sans tomber pour autant. À bout de forces, il fallut bien arrêter ces mouvements incessants. Épuisé, haletant, désespéré, l'enfant de Mortagne le fixa et déclara :

– Tu es et resteras Félérias, le Fêlé pour moi. Tu es un de mes pères. Et un père ne tue pas son fils.

Il laissa choir le bâton, croyant apercevoir un fugace changement dans son regard. Las, ce dernier s'élança vers lui ! Dans un ultime réflexe, il l'esquiva en se jetant sur le côté. Fichée dans le touba que le demi-Sombre cachait, son épée l'empala.

Cloué, l'ex Fêlé appuya des deux mains sur le tronc pour s'extirper et tomba sur le sol. Il perdait à flots son sang noir. Penchés sur lui, deux yeux bleus humides le fixaient en silence. « La Spirale » l'appelait, et lorsque le regard de son second père redevint celui bienveillant qu'il avait toujours connu, Passe-Partout désigna la lame enfoncée dans l'arbre et bredouilla :

– Je sais que tu as vu ce piège de débutant.

Le Colosse balbutia :

– Passe… Partout…

L'Enfant de Légende lui ferma les paupières et se redressa. Détaché du tumulte qui l'entourait, il considéra à peine les corrompus se faire laminer par les alliés. La disparition de leur chef ne devait pas y être étrangère. Anéanti, il leva la tête vers les Deux Crocs. Le Dragon s'était volatilisé. La réflexion de Jokoko le concernant lui revint en mémoire. Au fond, le Déchu avait récupéré son immortalité perdue lors de sa chute sur le Continent. Peut-être même avait-il manipulé Séréné à cette seule fin. Fallait-il pour autant le considérer comme une victoire ? Passe-Partout en douta en voyant les alliés survivants s'affairer auprès des nombreux blessés qui jonchaient le sol, au milieu d'un champ de cadavres. Aucun d'entre eux, y compris les Nains, ne manifesta de joie à l'arrêt des combats. Pas de cris au nom de Sagar, d'Antinéa ou de Mooréa, ces Dieux qui avaient brillé par leur absence tout au long du conflit dont ils demeuraient pourtant la cause !

Passe-Partout ramassa son bâton, le retransforma en ses deux couteaux qu'il rangea dans son plastron de Sylvil, ignora les quelques Clairs mal dissimulés chargés de le surveiller et entreprit d'empierrer le Fêlé.

Non loin, Zabella se recueillait auprès du corps d'Elliste, tenant dans ses mains l'épée du Capitaine des Gardes d'Océanis, laissant Tergyval, à genoux, parler à sa dépouille. Lui qui n'avait pas desserré un mot depuis la mort de Valk... Barryumhead, avec l'aide de Minguard, avait réussi à réveiller Gerfor qui, à l'inverse, restait silencieux devant les Bonobos. Katoon feulait, couchée aux côtés d'Horias hérissé de flèches. Carambole, Candela et Zorius ne prodiguaient plus que des soins classiques. Plus aucun Elfe ne détenait de manne astrale pour ne serait-ce qu'envisager de guérir une griffure. Les deux jeunes femmes pleuraient, songeant aux vies qu'elles auraient pu sauver en d'autres circonstances. Les Fées bourdonnaient au-dessus du charnier à la recherche du moindre mouvement.

Dès le champ de bataille ratissé, les alliés, épuisés, retournèrent vers le camp de base pour se reposer. Leur nombre s'était considérablement réduit. Carambole, au jugé, calcula qu'il ne subsistait que vingt pour cent de l'armée de départ. Tous se demandaient aux uns et aux autres des nouvelles d'un disparu. Souvent, la réponse faisait courber l'échine de celui qui l'avait posée. Barryumhead et Minguard comptaient les rescapés Nains. Rapidement, hélas. Dans cette guerre, les Hordes avaient payé le lourd tribut. Aucun Prêtre à part Barryumhead n'avait survécu et, le pire, deux de leurs Rois étaient morts : Affardel et Ravakar. Minguard, passablement énervé, subit alors un affront inédit considérant les circonstances. Terkal Ironhead, grand seigneur, s'avança au milieu des siens et clama :

— Les Nains sortent vainqueurs de cette bataille mémorable bénie par Sagar et moi-même !

Pour la seconde fois dans l'histoire de ce peuple, aucun ne répondit hormis Minguard qui s'approcha du « Roi des Rois » et lui administra une gifle monumentale en crachant :

— Retourne dans le trou que tu n'aurais pas dû quitter ! J'irais moi-même à Roquépique demander aux oracles de Zdoor qu'ils t'enlèvent ton nom ! Par Sagar !

Un son mat retentit dans le silence qui suivit sa déclaration : la totalité des Nains présents se frappait la poitrine.

Les inséparables Sup et Jokoko entouraient Vince, gravement blessé. Ils l'avaient emmené à l'écart du Carré devenu trop grand, à proximité du lieu où se tenait plus tôt Bellac. Joey s'empara de l'outre dans laquelle il avait transvasé le fond d'Eau Noire du casque de Gerfor. Sup lui subtilisa avant qu'il en avale le contenu.

— Tu es fou, elle est pure ! Tu risques ta peau !

— Pas le temps de faire de la potion. On ne peut pas laisser Vince comme ça !

Sup scruta son complice du gang, grimaça et lui rendit la gourde. Une goulée plus tard, le Demi-Clair blêmit, tordu de douleur. Entre deux spasmes, il se concentra sur sa formule de guérison et usa de toute son énergie pour le sort. La seconde suivante, il tombait à côté de celui qu'il désirait soigner. Sup les regarda, désemparé. Il se trouvait maintenant avec deux compagnons inanimés, loin du Carré.

Tergyval serrait dans ses bras Carambole qui craquait nerveusement, accablée par l'étendue du massacre. Elle se contint lorsque les Nains entrèrent. D'une pâleur extrême, Candela prit la parole :

— La bataille des Drunes a pris fin. Le Dragon a fui. Il restera toujours un danger pour Avent. Que notre alliance de ce jour puisse durer afin qu'au moment où la menace se présentera à nouveau, nous soyons en mesure, ensemble, de la repousser !

Tous acquiescèrent avec sincérité. Minguard plissa ses petits yeux et dit :

— En quoi un Ventre Rouge deviendrait-il un risque pour Avent ?

Candela regarda Carambole. La jeune Magicienne se fit violence pour répondre :

— Roi Minguard... Ce n'est pas un simple Ventre Rouge. Il s'agit du Déchu, fort des pouvoirs donnés par Séréné, qui s'est approprié son enveloppe et, par là même, son immortalité perdue lors de sa descente sur le Continent.

— Bah ! Il n'a plus d'armée, plus de Fontaine pour fabriquer des sangs noirs ! Nous le traquerons ! Si la légende dit vrai, on peut tuer un Dragon en lui perçant le cœur !

Carambole secoua la tête :

— Les tueurs de Dragons n'étaient en fait que des lâches qui attendaient que l'animal couve pour l'assassiner pendant son sommeil.

Minguard leva le menton et fièrement déclara :

— Nous attendrons donc qu'il couve ! Même si ce combat manque de superbe, il n'en débarrassera pas moins Avent de ce cauchemar.

— Celui-ci ne couvera jamais. Il est le dernier de son espèce.

Passe-Partout avait croisé les mains du Colosse sur sa poitrine. Habité d'une tristesse infinie, lentement il disposait chaque pierre autour de son corps. L'histoire se répétait, inlassablement. Combien de parents, combien d'amis avait-il perdus ? Au nom de qui et de quoi ? Pour quel résultat ? Le Déchu restait sur Avent et n'aurait de cesse que de chercher à l'asservir dans le seul but de détruire Ovoïs. De nouveau immortel, il avait largement le temps de fourbir un plan. Positionnant la dernière pierre sur le visage de son compagnon, Passe-Partout se releva et prononça :

— Repose en paix, Fêlé... S'il y a quelque chose de "l'autre côté", j'espère que tu y retrouveras Gary, Félina, Perrine, Valk... Tous ceux que tu as aimés.

Il fronça les sourcils. Qu'est-ce qu'il lui avait pris de proférer cette oraison funèbre ? S'il admettait le postulat d'une vie après la mort, cela s'apparentait à une reconnaissance implicite d'une volonté divine ! Il secoua la tête pour évacuer cette idée ridicule et s'apprêtait à rejoindre le peloton des Clairs mal camouflés lorsqu'il entendit :

Cet endroit existe bien ! Je l'ai appelé la Spirale, une sorte de tourbillon dans lequel les âmes m'invoquaient constamment pour en sortir... Les prières des Aventiens se sont toutefois avérées beaucoup plus nourrissantes !

L'éclat de rire qui suivit résonna longtemps dans son crâne. Il se sentit envahi mentalement et ferma son esprit à celui qui y avait pris ses aises.

– Ferkan, souffla-t-il.

Quelle perspicacité, morveux ! À propos, merci de m'avoir débarrassé de Séréné qui devenait… Encombrante ? C'est bien le terme : encombrante !

Passe-Partout ne put s'empêcher de penser à ce qu'il leur avait échappé. Un ricanement interrompit ses questionnements :

Simple ! Une fois la presque totalité de la Magie de Séréné conquise, il ne me restait que l'immortalité à obtenir, disponible sur Avent au "cœur" de ton ami le Ventre Rouge ! Bellac, les sangs noirs et les prêtres endoctrinant les Aventiens m'indiffèrent désormais. Je compte asservir tous les habitants du Continent, les contraindre à adorer le Tout-Puissant Dragon ! Oh, mais pas pour me nourrir, non. En tant que Ventre Rouge, je n'ai plus besoin d'invocations. Mais Ovoïs, lui se verra privé des prières de ses ouailles et les Dieux mourront ! Tous ! Comme tes amis que tu as eu la bonté de regrouper pour me faciliter la tâche…

Passe-Partout se tourna vers les Clairs cachés dans la futaie et hurla :

– Dispersez-vous ! Le Lien, vite !

Pauvre petit métis sans Magie ! Tu as perdu beaucoup de compagnons… et ce n'était qu'un début !

Une clameur monta des alliés. Le Dragon piquait droit vers eux. Une débandade anarchique. Le bruit caractéristique de l'inspiration. Une vague de feu.

Candela sauta sur Carambole pour faire rempart de son corps. Quelques Clairs tendirent de maigres écus au-dessus d'elles. Katoon rugit de colère en protégeant Minguard et Barryumhead. Gerfor grimaça, attendant l'onde brûlante. Il pensa son temps venu de rejoindre Sagar, comme Terkal Ironhead qui couinait sa peur et pour lequel le Chef des Fonceurs ne leva pas le petit doigt.

Paniqué, Sup avait secoué sans ménagement ses deux comparses. Éloignés de l'impact du feu, ils avaient échappé à la mort. Pour l'instant ! Le Dragon passa au-dessus de leurs têtes, et ne tarderait pas à revenir ! Jokoko se réveilla et vomit. Malgré d'atroces crampes à l'estomac, il se redressa en titubant et aida Sup et Carl à transporter Vince dans la futaie de toubas. Fuir, ce que firent tous les survivants en s'éparpillant dans la forêt des Drunes.

Les conséquences du souffle furent dramatiques. Son amplitude n'avait laissé aucune chance aux Fées, Elsa en tête, qui disparurent, carbonisées.

Dans le Carré, Carambole soutenait Candela, gravement brûlée sur tout le dos. De Katoon ne restait qu'un bloc de chair informe et fumant duquel s'extirpèrent Minguard et Barryumhead, suivis de Gerfor lui-même surpris d'être en vie. En revanche, Terkal Ironhead et sa garde n'avaient pas survécu à la vague de feu, au même titre que nombre de Clairs et d'humains. Barryumhead, les yeux fixés sur le cadavre de son Roi, fut tiré de sa torpeur par Minguard qui posa sa main sur son épaule :

– Mieux vaut la mort que la honte de perdre son nom, proféra-t-il.

Passe-Partout avait escaladé un imposant touba jusqu'à sa canopée et observait le Dragon en vol. L'esprit totalement fermé pour se rendre indétectable, il le vit tournoyer en planant au-dessus des Drunes. L'option la plus vraisemblable qu'il restait au prédateur des prédateurs pour éradiquer les Alliés était d'embraser la forêt. L'empêcher d'agir nécessitait deux choses : l'attirer à découvert pour le combattre et l'abattre en visant son seul point faible. Le vol feutré du Dragon passa près de lui. Ses yeux gris s'arrondirent de stupeur : son poitrail était recouvert d'écailles !

Il descendit lestement de son arbre et se rendit où Sup et Jokoko avaient trouvé refuge. Carl veillait Vince toujours inconscient. Joey se tenait le ventre. Sup vit la détermination de son mentor et dit :

– Nous sommes à tes ordres ! Qu'est-ce que tu envisages ?

– Lui prendre son cœur, comme il l'a fait à Sébédelfinor.

– Tu as vu qu'il s'est bricolé une protection à cet endroit-là ! Grimaça Jokoko. Il a dû prélever des écailles sur le corps du vrai Dragon. Si la finalité de cette transformation demeurait l'immortalité, il ne risque plus de la perdre ! Et toutes les flèches, épées et lances du monde d'Avent ne perceront pas ce bouclier.

Pas de réponse de celui qui allait s'élancer vers le champ de bataille au milieu de la Forêt des Drunes, lorsque Joey émit une plainte :

– Foutue Eau Noire ! Je vais en crever !

– Eau Noire ? releva Passe-Partout.

Sup raconta l'origine du mal de Joey et lui déconseilla de boire le reste de la gourde ! Peine perdue. Son mentor exigea le flacon et demanda la quantité ingurgitée par Jokoko. Sans explications, il laissa Katenga et son carquois à Sup et disparut dans la futaie. Arrivé à la clairière, il déboucha l'outre et la renifla. Après une grimace, il avala une gorgée et crut mourir étouffé. Avisant le fond, il décida de le finir en le buvant d'un trait.

Trop fort pour la faible capacité de "réservoir" de Jokoko ! pensa-t-il.

Le breuvage lui brûla toutefois gosier et boyaux, mais ne l'incommoda pas. Il calcula alors son niveau d'Énergie Astrale, jugé à peine satisfaisant, et ouvrit son esprit pour accrocher celui du Dragon. Rapidement, leur lien se restaura. Repéré dans l'instant, le Déchu se posa sur le charnier du champ de bataille.

Mourir en héros n'aurait du sens que si des survivants racontaient ton histoire... Ce ne sera pas le cas, regarde !

Son inspiration fut telle que sa gueule bascula vers l'arrière, découvrant son immense poitrail. L'occasion pour Passe-Partout de s'apercevoir que Jokoko avait vu juste. Les écailles protégeant son cœur s'ajoutaient bien à sa carapace naturelle, décalées par rapport à l'alignement des autres. Le temps de le constater, et il fut contraint de plonger pour éviter de justesse le feu qui s'échappait de sa gorge !

Des cris derrière lui. Un ricanement dans sa tête. Le Déchu jouait avec lui comme un marguay avec un sorla. Il savait que Passe-Partout esquiverait son attaque ; la vague brûlante n'était destinée qu'au groupe réfugié au bord de la clairière, là où Sup et Carl veillaient sur Jokoko et Vince. L'envie de lui asséner un rayon de mort effleura le demi-Sombre. Caché derrière un arbre, il attendit le moment opportun.

Morveux peureux ! Tu finiras bien par sortir de ton trou !

Une nouvelle inspiration. Le Dragon se tourna et cracha vers un autre coin de la futaie où des retardataires aidant les blessés tardaient à se dissimuler. L'instant parfait ! Il lévita, l'atteignit par l'arrière, se glissa sous son ventre et se camoufla entre ses pattes avant. Son pari était risqué et le calcul devait être juste. Sous le poitrail du monstre, il entendait le bouillonnement de son feu intérieur et sentit sa chaleur intense l'envahir. Le Dragon inspirait à nouveau. Proche du malaise, Passe-Partout s'élança, plongea en roulé-boulé sur le sol et se retourna avec agilité. Le long cou déployé basculait l'énorme gueule vers l'arrière, dévoilant son torse. Les deux mains se joignirent et envoyèrent le rayon à l'exact emplacement protégé par le surplus d'écailles. Le bouclier artificiel explosa sous le choc et surprit le saurien géant qui cracha inutilement son feu de mort au ciel, épargnant cette fois nombre d'alliés réfugiés dans la futaie. Thor et Saga apparurent dans ses paumes et volèrent vers le cœur désormais visible. Les couteaux n'atteignirent hélas jamais leur cible. Ils rebondirent avant de toucher le Dragon et tombèrent lamentablement à terre. L'inquiétude monta d'un cran quand Passe-Partout l'entendit inspirer à nouveau. Il fila entre ses pattes et évita le mouvement fourbe de sa queue qui l'aurait balayé comme un fétu de paille.

Donc, tu possédais encore de la Magie ? Aussi inutile que tes couteaux d'ailleurs ! Tu pensais que des lames forgées en Ovoïs pourraient m'atteindre ?

Le feu lui roussit les jambes. Moins de vélocité et il ne serait resté de lui qu'un tas de cendres ! Passe-Partout dut subir le rire suffisant du Déchu et, tout en courant, rappela Thor et Saga qui, pour la première fois, ne revinrent pas. Décontenancé, il songea qu'il ne pouvait plus le vaincre que magiquement. Mais son Énergie Astrale résiduelle ne le lui permettait guère. Parvenant à un touba, il l'escalada jusqu'à atteindre la hauteur du prédateur et tâcha de se faire repérer. Le Dragon, sûr de lui, s'approcha lentement en prenant une nouvelle inspiration. Au moment où le feu sortit de sa gueule, Passe-Partout se laissa tomber comme une pierre et n'invoqua son sort de lévitation qu'au dernier moment, juste avant de s'écraser. Son arbre et ceux alentour s'embrasaient ; sa feinte sembla fonctionner. Le monstre, les yeux rivés sur l'incendie, cherchait une silhouette en flammes dans les frondaisons. Au sol, l'ex-enfant de Thorouan dégaina le poignard de Gary et le lança de toutes ses forces en direction du cœur du Dragon.

Plus de Magie Sombre, Plus de lames d'Ovoïs... Et si un couteau d'Avent faisait l'affaire ?

Le cracheur de feu balança son énorme gueule de droite à gauche et balaya l'arme au manche à tête de loup d'un coup de museau :

Tu réfléchis trop, morveux ! Je t'entends et je te vois !

Désespéré, Passe-Partout se mit de nouveau à courir du côté opposé pour s'offrir de l'espace le temps que le Dragon se retourne.

– Imbécile que je suis !

Dans l'affolement, non seulement il laissait fuiter sa pensée, mais en plus, il se dirigeait à l'endroit où Candela, Carambole et consort s'étaient cachés !

Exactement ! Morveux et crétin !

Passe-Partout ne supportait plus ces injures à répétition et cette prétention ! Il ferma totalement son esprit et se promit de s'y tenir. Haletant, il trouva toutefois le souffle pour crier :

– Partez ! Écartez-vous d'ici !

Une voix inconnue lui rétorqua :

– Impossible ! Candela blessée !

La forêt l'absorba de nouveau. Il s'arrêta une poignée de secondes pour retrouver sa respiration et sa lucidité. De colère, il cracha :

– Le feu du gros ptéro me fatigue !

Une illumination… Il releva la tête, prit une longue inspiration et lâcha une réflexion :

Mieux qu'un couteau ! Mon cimeterre pour atteindre le cœur du gros ptéro…

Puis il referma ses pensées. Sa ruse ralentit le Dragon. Certain de sa supériorité, il patientait en jubilant. L'important pour Passe-Partout restait qu'il ne crache pas son feu sur ses compagnons pour le contraindre à sortir du bois. Il en jaillit toutefois, en courant comme un sorla vers le monstre, comme s'il jouait sa dernière carte ! Le Ventre Rouge balança un coup de patte griffue dans sa direction. Avec agilité, et surtout sans lévitation, il l'esquiva. Le Dragon sembla rassuré que son pitoyable adversaire ne détienne effectivement plus de Magie. De sa hauteur, tout en inspirant et cette fois sans le quitter des yeux, la pensée du Déchu l'effleura :

Tu vas tenter une attaque inutile ! Ton cimeterre ne me fera pas plus d'effet que ton rayon ou tes couteaux ! Tu m'auras mené la vie dure, morveux ! Et je ne suis pas un gros ptéro !

Les deux ailes membraneuses repliées sur son cœur, sa gueule bascula pour cracher largement son feu afin de ne laisser aucune chance de fuite au demi-Sombre. La force du souffle fut telle que le sol s'embrasa, consumant à terre les cadavres. Le regard du Fourbe fouilla l'espace pour déterminer lequel de ces corps fumants était celui du « morveux ». C'est alors qu'à son tour, il entendit :

– Tu vas tenter une attaque inutile ! Ton feu ne me fera pas plus d'effet que les précédents ! Tu m'auras mené la vie dure, gros ptéro ! Et je ne suis pas un morveux !

Le Dragon tourna sa tête monstrueuse de droite et de gauche sans l'apercevoir et, par réflexe, prit une inspiration qu'il contint. Passe-Partout se trouvait très exactement à la base de son crâne et suivait ses mouvements, l'empêchant de le voir. Il était parvenu à cet endroit en réalisant une ascension magique jamais tentée auparavant. Lorsque le cou de la bête entraînait sa gueule vers l'arrière, il avait remarqué qu'à cet instant, le saurien géant ne pouvait plus observer ce qui se passait en dessous de lui. Une impulsion, comme pour sauter, une invocation de lévitation, le vidant cette fois définitivement de son Énergie, et un vol en diagonale rasant le côté de l'aile repliée lui permirent non seulement d'éviter le souffle de feu, mais aussi de disparaître du champ de vision du Déchu. Il lâcha de nouveau son esprit :

– Tu vas mourir, pensa et prononça-t-il.

Fou de rage, le Dragon se retourna, bougeant sa tête en tous sens. N'arrivant pas à voir son adversaire, pris de panique, ses ailes se déployèrent pour décoller. Passe-Partout bondit alors sur le sommet de son crâne et s'accrocha à deux excroissances osseuses. Sentant le contact, le saurien géant secoua de nouveau sa gueule, cette fois avec violence, sans pour autant faire tomber l'inopportun.

Au bord de l'asphyxie, le monstre se dirigea vers la futaie où se trouvaient les survivants du Carré. L'inspiration prise par précaution ne pouvait pas durer éternellement, il lui fallait expectorer son feu ! Et l'employer pour obliger son adversaire à se découvrir lui paraissait avoir du sens. Mais Passe-Partout ne bougea pas. Il sourit malgré son regard gris. Haineux, le Dragon cracha violemment vers le bois où l'on percevait déjà des cris de peur. De l'air chaud. Sans aucun feu ni flamme. Pas même une flammèche.

Quota dépassé, entendit-il dans son esprit.

Paniqué, le Déchu battit des ailes pour s'élever à la verticale. Solidement arrimé d'une seule main, Passe-Partout sortit son couteau de dépeçage, celui qu'il n'avait jamais pu rendre à Gary à Thorouan. Avec une froideur ne correspondant pas à la situation inconfortable dans laquelle il se trouvait, il avisa le sommet du crâne de sa monture.

– Tu n'es qu'un gros ptéro et tu vas mourir en ptéro!

La lame, d'un coup violent et précis, s'enfonça au milieu des trois bosses.

CHAPITRE XXVII

Les quatre Kobolds croisèrent leurs regards rouges. Un étrange ballet fait d'apparitions et de disparitions instantanées s'ensuivit. Puis le calme revint ; Anatote et Prasock s'incinèrent devant Mooréa.

– Maîtresse… Ne reste que le Lien.

La Déesse de la magie comprit sur le champ et se concentra. Sagar sursauta, Antinéa sourit. Le Messager sentit une présence en son esprit lui demandant ouverture, qu'il donna dans l'instant. La Sphère Céleste s'assombrit. Sur un des « murs » de l'espace commun apparut une image, d'abord floue, qui progressivement se densifia. Une poignée de secondes plus tard, ils virent la bataille des Drunes comme s'ils y participaient.

Lorbello. Extrait de « Crise en Ovoïs »

Sup regardait le cadavre de Carl, encore fumant, méconnaissable. Il avait fait rempart de son corps pour protéger Vince, alors inconscient, et en avait payé le prix. Anéanti par la perte d'un des membres du gang, il fut sorti de sa torpeur par le cri d'alerte de Joey :

– Attention ! Le revoilà ! Mais…

Le Dragon piquait vers le sol, une silhouette accrochée à son cou. La scène incongrue, irréelle, les laissa sans voix.

Après le fracas de sa chute et le silence hébété qui s'ensuivit, les poings se dressèrent vers le ciel. Tous ne prononçaient qu'un seul et même nom, celui de leur sauveur !

Les survivants valides sortirent précipitamment de la Forêt des Drunes et approchèrent la masse inerte du Ventre Rouge. Assis à côté du monstrueux cadavre, la nouvelle légende d'Avent essuyait consciencieusement son couteau de dépeçage. L'émotion de Carambole se lisait sur son visage rayonnant pourtant fatigué. Elle se remémora l'Auberge de son père, le soir où Valk et Kent arrivèrent à la Cité. Le premier combat de la future Compagnie de Mortagne contre les sangs noirs. Elle revoyait ce gamin qui nettoyait sa lame avec minutie et d'un calme ovoïdien après l'affrontement. Elle se souvint du regard interrogateur du Fêlé à son sujet.

Passe-Partout leva la tête face aux alliés se frappant la poitrine en cadence. L'hommage le mit mal à l'aise. Il s'approcha de Carambole et lui glissa :

– Occupe-toi de ma sœur…

Il ramassa Thor et Saga tombés à terre, récupéra Katenga et son carquois que Sup lui tendit, silencieux d'admiration, avant de s'éclipser dans la forêt des Drunes pour y disparaître. Au loin, derrière lui, il entendait encore scander son nom.

Les alliés restèrent quelques jours aux Drunes où un camp de fortune fut établi en commun.

Pour la première fois dans l'histoire du Continent, Clairs, Nains et humains travaillaient ensemble. Les Énergies Astrales se reconstituant naturellement avec le temps, les blessés purent enfin bénéficier de soins, dont Candela, brûlée sur tout le dos par le feu du Dragon, et Vince, qui finit par sortir du coma dans lequel il était plongé. À peine rétablie, la Reine organisa selon les rites et croyances de chacun les funérailles de ceux tombés lors des batailles. Une autre tâche, et pas des moindres, fut d'offrir une dernière demeure décente aux nombreux morts. Seul Terkal, par la volonté de Minguard et l'accord de Barryumhead, fut enseveli anonyme, dans un endroit éloigné des sépultures des combattants Nains et sans bénédiction au nom de Sagar. Les Hordes voulaient oublier ce personnage qui avait couvert de honte son peuple et son histoire. Pas de couard chez les Nains, encore moins un Roi !

Vince et Jokoko faisaient le lien entre tous. Les débrouillards facilitaient le travail de cette communauté naissante. Carambole répertoriait tous les matériels récupérables, avec l'aide de Barryumhead auprès duquel elle aimait discuter de la Magie, matière qui avait cessé de faire peur au Prêtre. Elle avait aussi missionné une équipe pour tenter de retrouver des ptéros envoûtés.

Comme Passe-Partout, le chef du gang de Mortagne avait disparu. La raison en était connue de tous. Il pistait celui qu'il suivrait jusqu'à la fin.

Peu de temps avant que ne surgisse la nuit, Sup le trouva agenouillé face à la tombe du Fêlé. De l'arbre derrière lequel il se cachait, impossible de comprendre les propos de Passe-Partout qui s'adressait au Colosse, sauf quand sa voix s'élevait, lorsque sa colère montait en évoquant les Dieux d'Ovoïs. À bout de forces, Sup s'endormit finalement contre le touba, et ragea quand il s'éveilla. Son mentor s'était de nouveau volatilisé ! Le temps d'évacuer la confusion de son esprit embrumé et il retrouva sa trace. Sup pressa le pas et grimpa en direction de la caverne des deux crocs. La pente demeurait rude pour parvenir au plateau accédant à la base des montagnes jumelles. Il pensa alors aux Amazones qui l'avaient précédé sur ce même chemin, bannies de leur clan. Du sang noir frais attira son attention. Il ne s'y trompa pas. Quelques corrompus avaient gouté du tranchant du cimeterre.

Il en reste ! Foutus cagoulés ! songea-t-il en tendant l'oreille à l'entrée de la caverne partiellement effondrée.

Ne percevant aucun bruit, il se décida à en franchir le seuil, mais se ravisa. Une chaleur de four régnait à l'intérieur ! Sup se posta derrière des blocs de pierre, non loin de l'accès, et patienta. De l'endroit où il se trouvait, une vue imprenable sur les Drunes lui offrait la possibilité de se distraire en observant les alliés s'affairer. Sa longue attente fut rythmée par les brèves sorties de Passe-Partout. Trempé de sueur, il venait respirer du bon air et retournait dans la grotte une fois rafraichi.

La journée passa, puis la nuit. Sup considéra que l'hommage rendu à Sébédelfinor s'éternisait ! Même si son héros avait bien des raisons de s'en vouloir quant à sa mort, il n'était pas dans ses principes d'honorer interminablement les disparus. Il se gratta la tête lorsqu'il l'aperçut sortir de la caverne, Katenga en main, et s'enfoncer dans la forêt. Pourtant malade de curiosité, il resta à son poste pour le voir revenir, peu de temps plus tard, chargé de trois sorlas. Sup trouva son appétit pour le moins aiguisé et attendit à nouveau. Un jour, et encore une nuit ! Sup commençait à regretter sa précipitation à vouloir le suivre et pensa à Carl qu'il aurait pu empierrer de ses mains.

Sa patience fut récompensée à la dernière sortie de Passe-Partout. De son plastron de Sylvil déboutonné émergeaient deux têtes miniatures... de Dragon ! Et la surprise se poursuivit, surtout lorsqu'il cria :

– Amandin ! Viens m'aider ! Je n'y arrive pas !

Un moment épique ! Après une main brûlée et deux éclats de rire, les compères se trouvèrent assis en compagnie de deux nouveau-nés, pouvant chacun tenir dans une paume, qui s'appuyaient sur leurs petites ailes membraneuses pour maladroitement se déplacer en se crachant mutuellement dessus ! Avec un large sourire sur le visage, que Sup fut ravi de revoir, Passe-Partout déclara tout en donnant à manger aux dragonnets :

– Des faux jumeaux. Ils m'appellent Père, cela me fait drôle !

Sup imagina ce lien de pensées qui unissait les bébés à leur protecteur et dit :

– C'est bien de tenir promesse.

– Au moins celle-là, répondit gravement le demi-Sombre qui allongea le bras pour séparer les deux fripons qui se battaient.

Sup fit de même puis, rassuré du sort de son mentor, se dirigea vers la sente pour regagner les Drunes.

– C'est inutile ! Viens !

Contre toute attente, ce dernier escalada l'un des deux pics.

– Mon ptéro... Machin... est attaché plus haut.

La montée s'avéra ardue. Sup ne s'en plaint pas. Passe-Partout aurait pu léviter pour retrouver son saurien plutôt que de cheminer en sa compagnie !

Redescendus des deux crocs en planant, ils atterrirent à la lisière de la futaie. Le campement fourmillait d'une intense activité. Le héros des Drunes eut chaud au cœur de voir Elfes, humains et Nains travailler de concert, d'entendre des rires, et chaud tout court de ses deux « chauve-souris » inquiètes du brouhaha et grimpant en température !

À son approche vers ce qui fut le Carré, tous arrêtaient leur occupation pour le saluer, main droite sur la poitrine. Sup constata qu'aucun de ceux croisés, et ils furent nombreux, ne cria son nom. Encore une fois, la consigne le concernant était bien passé.

Le trio de Nains, constitué du Roi Minguard, du Prêtre Barryumhead et de l'éternel Fonceur Gerfor, l'accueillit avec fierté. Jokoko et Vince, sourire aux lèvres, restaient aux côtés de Tergyval. Malgré l'envie, ils laissèrent les effusions à Carambole et Candela, qui serra son frère avec force pendant que la jeune Magicienne pleurait de joie.

Les Dragonnets, le regard méfiant en dépit des messages de réconfort adressés par leur « père », lui volèrent quelque peu la vedette en attirant l'attention des curieux. Passe-Partout fixa chaque visage dans ce silence interminable. Tous le considéraient avec un profond respect. Il craignait le discours retraçant ses exploits qui transformerait cette estime en déférence, moment pénible qu'il exécrait, et qui ne vint pas ! Minguard prit la parole à la manière des Nains, en allant directement à l'essentiel :

– Nous serons bientôt prêts pour le départ. J'ai vu que tu avais empierré ton ami, le Fêlé. Gerfor et Barryumhead souhaiteraient, avec ton accord, lui donner une sépulture convenable et durable.

Passe-Partout fut agréablement surpris par la requête. Au fond, il était la seule famille du Colosse et l'avait mis en terre à la va-vite pour protéger sa dépouille des prédateurs à quatre pattes.

– Oui... Merci de cette attention, Roi Minguard.

– Pour toi, Minguard suffira, souffla-t-il en grimaçant un pur sourire nanique.

Le Monarque s'attendait à cette décision. Sur le champ, un groupe de son Clan transportant des pierres admirablement taillées se précipita vers le lieu où reposait le Fêlé.

Le demi-Sombre observa quelques instants sa sœur, Reine des Elfes, discuter à bâtons rompus avec le Roi Nain Minguard, lui-même plaisantant avec la Magicienne humaine Carambole. Des barrières étaient tombées. La vie continuait sur des bases différentes qui séduisaient l'Enfant de Légende, mais ne parvenaient pas à le dérider.

Fallait-il ces sacrifices pour en arriver là ?

Cette interrogation le hantait, l'empêchant de penser. Il allait sombrer dans ce cafard rempli de fantômes lorsque les avisés Sup et Jokoko s'approchèrent et lui tendirent un godet.

– Du jus de baies, ne t'inquiète pas ! se moquèrent-ils en le regardant sentir le breuvage.

Trinquant ensemble, Jokoko déclara :

– Tu vois de tes yeux l'Alliance des Peuples !

Passe-Partout le toisa, s'attendant à un hommage. Joey rit de bon cœur :

– Tout reste à faire... par les autres !

Le jeune héros secoua la tête. Jokoko, de manière indirecte, venait de lui signifier que, sans son exploit, rien ne serait plus à construire.

– On va manger ? les coupa Sup.

Encore un moment redouté. Les prières préludant le repas allaient fuser ! Passe-Partout serrait déjà les dents. Après une discussion rapide, il fut convenu que Barryumhead n'en prononce qu'une au nom de tous les Dieux. Elle se résuma ainsi :

– Dieux ! Que l'union de nos peuples soit bénie de tous ! Et qu'Ovoïs puisse se rassembler comme Avent !

Le héros des Drunes s'étonna, tant de la forme que du fond. Les choses changeaient. Enfin, pas nécessairement toutes ! Les Clairs présents s'éloignèrent peu à peu de Passe-Partout. L'odeur de la jeune femelle dragon les incommodait vraiment ! Il remarqua, en revanche, que cela ne provoquait aucun effet sur les moitiés d'Elfes comme Jokoko et Candela.

Devant un sorla aux herbes dont la recette ne lui était pas inconnue et qu'il donnait en petits bouts aux jumeaux à écailles, il finit par croiser le regard transparent de Carambole qui le couvait. La pression enfin retombée, il se laissa aller en se perdant dans ses yeux et redécouvrit l'agréable de cette situation. Le charme se rompit lorsqu'une chaleur proche de la brûlure envahit sa poitrine. Les bébés repus s'étaient endormis contre lui et, comme pour tous les Ventres Rouges, leur feu intérieur s'activait durant leur sommeil. Désemparé, Passe-Partout se tourna vers Carambole qui se pencha sur eux :

– Je n'ai pas beaucoup d'expérience en dragonnets, sourit-elle avant d'ajouter : viens avec moi.

Tous se levèrent quand il se redressa. Ce qui l'agaça ! Il suivit Carambole jusqu'à une tente où un lit de fortune, une table, un tabouret et un banc avaient été vraisemblablement fabriqués sur place. N'osant plus faire un mouvement de peur de réveiller les deux endormis, Passe-Partout resta immobile, les bras ballants, le regard à la fois perdu et inquiet. Carambole se moqua gentiment de son héros :

– C'est embêtant de devoir dormir debout, dit-elle le plus sérieusement du monde en attrapant un grand panier pour le bourrer de paille.

– Maintenant, dépose-les délicatement dans la corbeille avec ton plastron.

– Avec mon plastron ?

– Oui ! Ils se sentiront en sécurité en ayant ton odeur avec eux.

– Bon... D'accord ! Mais... je ne peux pas les laisser tout seuls... Dis à ma sœur et aux autres que je ne les rejoindrai pas.

– Je ne vais pas les retrouver non plus, répondit Carambole en s'avançant lentement vers lui jusqu'à se tenir proche... Très proche.

Elle plongea ses yeux dans les siens. Depuis leur première rencontre, il savait qu'il s'y noierait un jour.

Réveillé au milieu de la nuit par des cris, Passe-Partout se leva précipitamment, conscient qu'il était le seul à les entendre. Ses dragonnets, malgré la température extérieure clémente, se plaignaient du froid ! Il avisa les torches sur pied dont les flammes créaient des jeux d'ombres et de lumière sur les toiles de la tente, les approcha du panier des jumeaux, puis se tourna vers Carambole, profondément endormie. Il ne put s'empêcher de sourire. Les nouvelles revendications de ses petits le détournèrent à regret de ses agréables pensées.

– Voilà qu'ils ont faim, maintenant !

Pendant qu'il fouillait dans son sac à dos, la main de Carambole se posa sur son épaule.

– Tout va bien ?

Sa voix le transporta. La douce chaleur qui l'inonda le fit se retourner. Elle s'était enveloppée de la couverture, telle une toge, et le regardait. Pour la première fois de sa vie, il éprouva un sentiment unique, différent de tout ce qu'il avait vécu. Elle enroula ses bras autour de son cou. Il ne voyait plus que ses yeux dans lesquels dansaient les flammes des torches et s'abandonna à un baiser langoureux qui ne dura hélas pas. Frustrée, Carambole l'interrogea du regard.

– Ils ont faim, ils ont froid, s'excusa-t-il en désignant les deux dragonnets qui le fixaient.

Carambole sourit. Elle ôta le plaid qui lui servait de vêtement et, complètement nue, s'approcha des bébés pour les en recouvrir pendant que Passe-Partout leur donnait des bouts de viande séchée sortis de son sac. Soucieux, il exposa ses doutes tout en poursuivant sa becquée :

– Je ne sais rien d'eux, à part qu'ils détestent manger les humains ! Quelles quantités doivent-ils ingurgiter ? À quel moment ? Combien de temps dorment-ils ? Quand dorment-ils ? À quelle température ?

Carambole lut tout son désarroi pour le futur dans la moue d'ignorance qui s'ensuivit. Elle voulut dédramatiser :

– Personne n'est prêt à devenir parent ! On se débrouillera ! déclara-t-elle en matérialisant une boule de lumière qu'elle approcha des bébés, collés l'un contre l'autre, pour les réchauffer.

Elle stoppa son charme dès qu'ils furent endormis et les emmaillota complètement de l'étoffe abandonnée par ses soins.

– C'est toi qui vas avoir froid, maintenant ! chuchota-t-il.

– Je n'aurai plus jamais froid avec toi ! Et surtout contre toi…

Elle se blottit contre son corps et fit à nouveau de lui l'homme le plus heureux d'Avent.

Trois jours entiers demeurèrent nécessaires pour nettoyer le champ de bataille. La joie de la victoire se mélangeait étrangement à la douleur des pertes de proches qu'inlassablement les alliés inhumaient. Passe-Partout, comme n'importe quel autre, creusait ou empierrait sans relâche. L'histoire se répétait…

Il se revit à Thorouan où, petit garçon, il avait enseveli son village. Il ne s'arrêtait que pour s'occuper de ses bébés qui, malgré un feu entretenu auprès d'eux, se plaignaient régulièrement du froid. Alors que le Carré réuni annonçait la possibilité de lever le camp dès le surlendemain, à la surprise de tous, il se proposa d'accompagner les chasseurs pour engranger les provisions nécessaires à leur départ. Sup ne put s'empêcher de penser qu'après le passage en forêt de son mentor, la race des sorlas allait disparaître des Drunes, plaisanterie largement diffusée qui arriva à dérider les alliés harassés de ce dur labeur de fossoyeur !

Pendant ces rares moments de repos, les échanges ne se limitaient pas au passage d'un plat ou d'un morceau de pain. Le Carré palabrait sur l'avenir d'Avent avec passion, chacun avec des problématiques bien différentes ! Minguard demeurait le seul Roi Nain de toutes les Hordes. Pour éviter des luttes intestines, il envisageait, dès son retour, d'aider à désigner au sein de chaque clan les dignes successeurs de ceux morts aux Drunes.

Si elle n'avait pas à s'occuper d'une quelconque relève, Candela, elle, se souciait de son futur lieu de résidence, les Quatre Vents n'étant qu'un point de ralliement pour les Clairs, choisi en son temps par sa mère, Félina.

Carambole se grattait la tête. Tergyval lui avait déclaré qu'il l'accompagnerait jusqu'à Mortagne, mais qu'il en partirait ensuite, abandonnant sa charge de Capitaine des Gardes de la Cité. La jeune Magicienne s'interrogeait sur les assignations des postes à responsabilité, y compris celui de Prima !

Passe-Partout s'amusait de ces conversations croisées, sans y participer. Pourtant souvent interpellé ou cité, il ne donnait jamais son avis, sciemment. L'évidence de cette posture, obscure pour le Carré, sauta bien sûr aux yeux de Sup et de Joey qui saluèrent la modestie, la sagesse et l'intelligence de leur mentor. Considéré comme le plus remarquable des héros qu'Avent ait jamais porté, chacune de ses suggestions aurait eu valeur de loi, et lui qui détestait la notion de contrainte n'allait pas obliger les autres à emprunter un chemin tracé par ses soins !

Sup observait Passe-Partout qui arrivait à sourire, même rire par moment. Ne plus avoir à se battre, comme de trouver l'amour, l'avait transfiguré. Les instants où il se retrouvait seul en sa compagnie, pour son plus grand bonheur, il constatait que leur complicité croissait, au point qu'un regard suffisait pour qu'ils se comprennent. Et lorsqu'il lui adressait la parole, il l'appelait Amandin ! Cette reconnaissance de la part de l'être qu'il admirait le plus sur Avent le comblait. Il se souvint longtemps du soir où Doubledor, après une interminable discussion du Carré, lui confia :

– Leurs palabres me font rire. Tu verras que Minguard finira seul Roi de tous les Nains, aidé de Gerfor et surtout de Barryumhead qui vient de lui glisser qu'il lui serait d'un grand secours "pour l'aider à déterminer le plus digne à prendre la tête de chaque Horde". Une simple étape avant qu'il lui déclare que personne n'en est capable hormis lui ! Tiens, et les Clairs ! Tu paries que Candela établira ses quartiers aux Quatre Vents après m'en avoir demandé l'autorisation, pensant qu'en tant qu'ultime Sombre, j'en suis propriétaire ! Et même qu'elle s'appuiera sur Minguard pour en augmenter la surface ! Quant à Carambole, elle ne le sait pas encore, mais elle a largement la carrure pour endosser la position de Magister et de Prima de Mortagne ! Mais tout cela doit être défini entre eux, sans mon concours...

Lorsque revint l'équipe des chasseurs emmenée par Passe-Partout, le soleil était haut et inondait les Drunes. Sans surprise, le gibier ravi à la forêt abondait ! Les cuisiniers s'en emparèrent pour cuire et fumer la viande, assurant que les provisions couvriraient grandement les exigences du voyage. Carambole enlaça son héros comme si elle ne l'avait pas vu depuis un cycle.

– Tout est fin prêt pour notre retour à Mortagne. Si tu savais comme j'ai hâte !

Passe-Partout répondit en souriant. Avait-il hâte, lui aussi, de quoi que ce soit ? Seule certitude : le besoin de se poser ! Avec Carambole, assurément. À Mortagne ? Pourquoi pas ? Son existence jusque-là rudoyée aspirait au calme. Toutefois, devenu malgré lui un guerrier, un héros, un meneur, se glisser dans la peau d'un Aventien classique lui paraissait un défi.

Ses dragonnets, malmenés par les secousses incessantes de leur actif père chasseur, donnaient des signes de fatigue. Les yeux clairs de Carambole passèrent des bébés à leur protecteur :

– Va te reposer avec eux. Le dernier banquet des alliés a lieu ce soir, tu as le temps de te refaire une santé !

Puis elle l'embrassa.

Passe-Partout se dressa sur son séant. L'odeur de brûlé le sortit brusquement de sa couche. Les deux dragons se battaient et n'avaient rien trouvé de mieux que de se cracher des flammèches l'un sur l'autre ! La paille de leur panier commençait à se consumer. Exaspéré, il ne fit pas de détail pour éteindre le feu naissant et aspergea largement le berceau à l'aide d'un broc, inondant les perturbateurs. Quatre yeux d'or se fixèrent alors sur leur « père », l'air étonné. Il s'amusa de l'attitude piteuse qu'ils adoptèrent quand, encore trempés, il les plaça dans son plastron. Désormais bien réveillé, il rangea ses affaires dans son sac à dos, déposa Katenga et son cimeterre à côté, s'assura que tous ses couteaux avaient rejoint leurs gaines et sortit de la tente. Une clameur des alliés l'interpella. Dans la lumière du soir, il vit les Nains, Elfes et humains les mains levées vers le ciel, ou agenouillés, tête baissée.

Au-dessus du Carré, deux silhouettes lévitaient, bras écartés, suffisamment haut pour être aperçues par tous. Barryumhead et Candela flottaient. Il s'approcha, ignora Sup et Jokoko se précipitant sur lui, et apostropha froidement Carambole :

– Tu n'es pas là-haut, toi aussi ?

Désarmante, elle lui répondit avec bonne humeur :

– Je ne suis que Magicienne, pas Prêtresse !

Ce qui ne l'empêcha pas de tourner son regard, comme les autres, vers le prodige aérien, tout en poursuivant :

– Un Staton a survolé le camp juste avant. Cette fois, je te promets que ce n'était pas moi !

Si Jokoko et Sup esquissèrent un sourire, se souvenant du subterfuge de Carambole à Mortagne pour décider Candela à partir plus vite en guerre, Passe-Partout, lui, bouillait, au point que ses deux protégés, ressentant sa colère, présentèrent des signes d'agitation.

Lorsque les deux Prêtres regagnèrent le sol, le visage bienheureux, il interrompit Minguard et Gerfor dans leur élan à clamer le nom de leur Dieu. Cinglant, il lâcha :

– Vos Dieux viennent récolter les lauriers de votre victoire, mais ne vous ont pas aidé à ramasser vos morts !

Les croyants encaissèrent le blasphème. Seul Doubledor osait analyser les actions de ceux d'Ovoïs selon des critères humains. Candela essaya de calmer son frère. Vainement. Ce dernier chercha quelqu'un du regard :

– Où est Tergyval ?

– Parti se recueillir sur les tombes, souffla Jokoko.

Mauvais, Passe-Partout rétorqua :

– Lui, au moins, a un comportement digne !

Il lâcha la main que Carambole lui tenait et tourna les talons. La jeune Magicienne voulut le rattraper, Sup l'arrêta :

– Il va se calmer… Joey et moi allons le surveiller.

Les feux du campement s'allumèrent dès le soleil couché. La liesse générale fut quelque peu ternie par l'absence remarquée du héros des Drunes et, dans une moindre mesure, de celle de Jokoko et Sup.

Carambole attendit son retour une bonne partie de la nuit et finit par s'endormir pendant une paire d'heures, avant l'aube, moment convenu du départ des alliés. Elle ne le vit pas plus à son réveil. Candela la rassura. Par le Lien, Joey l'informerait pas à pas des faits et gestes de son frère.

Jusqu'au lever de la lune, Passe-Partout s'était recueilli sur la tombe d'Elliste, devant la pyramide de pierre sur laquelle l'urne des cendres de Fées reposaient, celle de Carl, puis le mausolée du Fêlé. Ensuite, il était monté sur le plateau, au pied des deux crocs, et avait disparu dans la caverne. Sup et Joey pensaient que leur héros désirait rendre un dernier hommage au Dragon, songeant qu'ils ne tarderaient pas à rejoindre les alliés. Ils veillèrent toute la nuit sans voir le bout du nez de leur mentor.

À l'aube, tous s'attelèrent au départ. Menés par Zabella, les Océaniens repartant vers l'ouest quittèrent les premiers les Drunes. Carambole jetait des regards inquiets à Candela qui lui faisaient muettement signe que la situation n'évoluait guère. Sup s'impatienta en constatant que Jokoko luttait contre l'insistance de Candela par le Lien. Il l'obligea à trancher :

– Nous récupérerons nos ptéros et vous rejoindrons. Inutile de nous presser, on ne peut qu'attendre !

La mort dans l'âme, Candela donna le signal du départ. Le convoi des alliés se mit en branle sous les yeux des deux compères qui, au loin, le vit disparaître vers le sud. N'en pouvant plus, au risque de se faire envoyer danser par Passe-Partout, Sup décida d'entrer dans l'antre du Dragon. Il se ravisa en remarquant un Staton se poser sur un rocher, non loin de lui et de l'accès de la caverne. Il se camoufla sans bruit, attirant l'attention de Jokoko sur la présence de l'oiseau divin.

– Ce n'est pas Carambole, murmura-t-il.

Les deux guetteurs immobiles assistèrent à la plus étrange rencontre de leur vie.

CHAPITRE XXVIII

Lorsque les Dieux assistèrent à la chute de Séréné, le Messager se refusa à participer à la liesse ovoïdienne assortie de propos inutiles vantant les mérites des uns ou des autres, sûrs que la partie était jouée. Il demanda à Zorbédia une vue générale des Drunes et eut confirmation de ses doutes. Non seulement le Déchu sortait du palais sous bonne garde pour se diriger vers les deux crocs, mais un groupe distinct de prêtres et de femmes s'éloignait vers le nord, fuyant la zone de guerre ! Mooréa s'approcha de lui et dit :

– C'est un héros ! Je jure de le protéger jusqu'à la fin des temps !

Le Messager tendit le doigt vers la fenêtre et clama :

– Ce n'est pas fini !

Puis il songea qu'avec le Fourbe, rien ne serait jamais réellement terminé.

Lorbello. Extrait de « Le Réveil de l'Alliance »

Lorsque Passe-Partout se résolut à sortir de la montagne creuse, il parlait à haute voix aux deux dragonnets. Son sac à dos s'était empli d'objets volumineux, de formes hexagonales, peut-être octogonales, vraisemblablement lourdes.

– J'aurais du mal à trouver un environnement aussi chaud, dans l'avenir... Enfin, si vous avez passé une bonne nuit de sommeil, c'est déjà ça de gagné !

Son ton enjoué suggérait qu'il avait dépassé sa colère. Sup grimaça. La présence de l'aigle argenté ne lui disait rien qui vaille.

Les deux ailes du Staton se déployèrent et se refermèrent dans un bruissement. Par réflexe, Thor et Saga apparurent dans les paumes de Passe-Partout. Ses yeux gris jaugèrent le rapace divin. Il rengaina ses couteaux et, sarcastique, lâcha :

– J'ai eu mon compte d'oiseaux, ces derniers temps !

Une nuée argentée auréola le Staton jusqu'à ce qu'il disparaisse. Lorsque la brume s'estompa, la Licorne, celle que les Peewees appelaient Doryann, se révéla.

– Tu peux te transformer en Troll, je ne te calculerai même pas ! asséna-t-il.

La créature divine s'illumina jusqu'à totalement l'éblouir. À sa place, il vit un homme en armes, de haute taille, sans casque. Passe-Partout s'arrêta, intrigué. Il connaissait ce visage. Le guerrier s'amusa de sa surprise et tendit les deux mains. Le phénomène auquel le demi-Sombre assista le laissa pantois : Thor et Saga allèrent chacun rejoindre les paumes de celui qui lui faisait face.

– Orion, souffla-t-il.

Un large sourire plus tard et les couteaux de nouveau dans son plastron de Sylvil, il entendit une voix grave :

– Cela fait longtemps que l'on ne m'a plus nommé ainsi !

Passe-Partout prit un ton emprunté et ajouta, ironique :

– Comment dois-je t'appeler ? Lorbello ? Doryann ? Staton ? Orion ou… Grand-Père ?

– Je suis le Messager, le Dieu du Commerce et des Échanges, répliqua l'intéressé.

– Et celui des voleurs, du déguisement et du mensonge ! aboya le demi Sombre, retrouvant son aplomb.

Le sourire d'Orion se figea quelque peu.

– Ce que je m'apprête à délivrer est une invitation.

– À te suivre ? Tu peux toujours rêver !

Lorbello souffla :

– D'accord… Il est temps que tu connaisses toute la vérité…

– La vérité ? Plutôt ta vérité ! Je doute déjà de ce que tu vas me dire !

– Alors oublie le Messager. Écoute ton grand-père.

Passe-Partout se tint coi, se rendant finalement compte qu'il parlait à quelqu'un de son sang pour la première fois. Lorbello s'assit dans l'herbe, il en fit de même.

– Quand j'ai connu Faxil, ton père, il faisait des allers-retours entre les Terres d'en dessous et Avent. Nous sommes devenus de véritables amis, au point qu'il demanda mon concours pour apporter le fameux manuscrit de la Magie des Sombres à Sébédelfinor. Le Chasseur de monstres que j'étais savait où il se cachait et, surtout, je demeurais le seul qui pouvait communiquer avec lui, tel que tu l'as fait et le fais encore avec les dragonnets. En remerciement, il me donna en cadeau cet arc que tu portes, Katenga. Cette arme fut trempée dans la Fontaine d'Eau Noire, lors de notre voyage, comme le cimeterre de ton père, d'ailleurs, qui doit toujours se trouver dans la grotte où Faxil et ma fille ont été enterrés par Garobian.

Passe-Partout le cueillit sèchement :

– Tu crois pouvoir m'attendrir avec ces histoires ? Que cherches-tu ? À créer une proximité ? Un lien tardif sous prétexte de parenté ? Je vais t'arrêter tout de suite ! Moi, je suis d'Avent, toi, d'Ovoïs ! Et ce que j'ai vécu depuis ma naissance m'autorise à penser que tout ce que m'inspirent les Dieux, c'est de la méfiance !

Lorbello aurait certainement perdu patience s'il n'avait pas été le grand-père de l'énergumène ! Il poursuivit avec calme :

– À l'origine, il existait deux Sphères Célestes, Ovoïs et Séréné. Depuis toujours en guerre, leur affrontement final a eu lieu au-dessus d'Avent et des différentes terres appartenant à ce monde… Ovoïs vainquit Séréné qui s'abîma sur le Continent. Bloqués dans les cieux, les occupants de la Bulle ovoïdienne n'eurent d'autre choix que de s'établir ici. Elle comptait alors de très nombreux habitants, et Gilmoor en était le chef. Quelques lustres plus tard, faute de « nourriture », il n'en resta plus que huit… Comme tu le sais maintenant, ces êtres supérieurs ne survivent que grâce aux prières de ceux qui croient en eux. Et la « nourriture » manquait cruellement sur cette terre. Alors Gilmoor fit progresser, évoluer les peuplades de ce monde pour qu'elles invoquent aujourd'hui ceux de la Sphère. Le premier déséquilibre eut lieu bien avant la période dite du "Grand Massacre", cette psychose d'origine inconnue s'emparant des humains qui se mirent à haïr les Elfes, surtout les Sombres, jusqu'à les éradiquer de la surface d'Avent. Puis des monstres obscurs semèrent la terreur sur le Continent. Dérogeant à sa propre règle de non-intervention, Gilmoor envoya le Messager de l'époque, mon prédécesseur, pour découvrir les raisons de ce chaos. La plus touchée d'Ovoïs, Mooréa, par la perte d'Elfes n'invoquant que son nom, lui donna certains de ses attributs pour faciliter sa mission, le Staton et la Licorne. Il ne revint jamais de la surface d'Avent. Gilmoor décida alors que plus jamais un des siens ne mettrait un pied sur le Continent. Il ne fallait pas que les Aventiens sachent que l'on pouvait tuer un Dieu ! Gilmoor incrimina Mooréa, la rendant responsable de ce chaos en offrant sa Magie aux Aventiens pour s'arroger plus d'adeptes. Quelque temps après, ils se réconcilièrent…

Il eut un rictus révélateur.

– … et façonnèrent les couteaux de l'Alliance. Missionné par Gilmoor, j'en fus le premier possesseur et pus abattre l'hydre d'Avent Port. Entre autres monstres, d'ailleurs, mais l'histoire n'a retenu que celui-là ! En fait, il s'agissait d'une première tentative d'invasion du Déchu. Ses créatures étaient probablement destinées à supprimer les Elfes Sombres, mais sont vite devenues incontrôlables… La deuxième fut la bonne, malheureusement : le massacre des Sombres par les humains ! Prévoyant sa venue inéluctable sur Avent avec l'idée de reconstruire Séréné, le Déchu avait détruit, sans se salir les mains, les seuls qui ne pouvaient craindre la Magie de la Sphère Noire… Tu connais la suite.

Lorbello observa Passe-Partout qui le railla :

– Pauvres Dieux qui n'en sont d'ailleurs pas ! Incapables, malgré leur omniscience d'êtres supérieurs, de percevoir que l'ennemi sévissait déjà dans leur propre famille. Ton Dieu de la Vie est vraiment en dessous de tout ! Il a lâché Avent, abandonné le Continent aux griffes de monstres puis de prosélytes ! En n'envoyant à chaque fois qu'un « Coursier » dont le premier se fait tuer, il s'est contenté d'assister au massacre d'une bonne partie des Clairs et de la totalité des Sombres !

Sa tirade achevée, il applaudit en le fixant droit dans les yeux :

– Quant à toi, Héros légendaire d'Avent, ami de l'ultime Dragon et de mon père, tu te fais recruter par Ovoïs alors que tu es d'origine aventienne. Bel avancement ! Laisse-moi maintenant, j'ignore la raison pour laquelle je t'adresse la parole !

Sentant la négociation lui échapper, le Messager voulut calmer le jeu.

– Beaucoup de choses pourraient t'être révélées… Savoir pourquoi toi et moi étions les seuls à pouvoir communiquer avec le dernier des Ventres Rouges. Ou bien parce que tu souhaiterais mieux connaître ton père Faxil, ou ma fille, Stella, qui n'est autre que ta mère… Peut-être qu'eux-mêmes apprécieraient de te parler, d'ailleurs… Ou Valk, Perrine, Jorus, Faro, bientôt le F…

Passe-Partout se retourna. Il avait bizarrement regagné son calme.

– Ainsi, toute cette manœuvre pour m'inviter à t'accompagner en Ovoïs.

Orion sourit.

– Tu n'as pas idée de la récompense ! Dois-je considérer ta réponse comme un oui ? Es-tu prêt pour la cérémonie des remerciements ?

Passe-Partout se força à rester posé en n'exprimant rien de sa crispation maladive à la perspective d'un hommage.

– Après tout ce que je viens de déblatérer sur Ovoïs et les Dieux, tu vas m'y emmener quand même ?

Le Messager éclata de rire.

– Ta colère s'effacera bien vite, tu verras !

Un éclair éblouissant obligea le cavalier à fermer les yeux. Devant lui, belle et fière, se dressa Doryann, qu'il enfourcha avec un demi-sourire.

Passe-Partout fut certain d'avoir traversé le ciel pour arriver en Ovoïs. L'endroit où il se matérialisa ne ressemblait à rien de ce qu'il connaissait. Les « murs » arrondis, luminescents, rejoignaient le sol. Le « plafond », comme réalisé d'un seul morceau, sans portes ni ouvertures, donnait l'impression que la « pièce » pouvait s'agrandir et s'ajuster selon les besoins. Quatre créatures identiques à l'allure étrange s'affairaient à des tâches incompréhensibles auprès d'énormes armoires métalliques desquelles des lueurs de différentes couleurs s'allumaient ou s'éteignaient. Il reconnut immédiatement les manipulateurs de ces façades éclairées : les quatre Kobolds qui sévissaient sur le Continent. Aucun d'entre eux ne fit attention à lui, de sorte qu'il ne sut pas lequel il avait vaincu à Fontamère. D'instinct, il ferma son esprit. Son visage resta grave malgré les sourires du groupe divin rassemblé autour d'un homme d'âge mûr, de haute stature, au regard bleu glacial et direct, qui l'accueillit :

– Bienvenue dans le sein du sein, le berceau des Dieux, Passe-Partout Doubledor, nouveau héros du Continent !

L'invité se renfrogna, toujours peu enclin aux titres ronflants. Gilmoor alla droit au but :

– Tes actes de bravoure méritent récompense ! Aussi, moi, Gilmoor, Dieu des Dieux d'Ovoïs, après ton grand-père, te donne la charge qui incombait à Ferkan dans notre famille ! Ta famille ! Après avoir été légende d'Avent, tu seras Immortel d'Ovoïs !

Un long silence accompagna la proposition. Lorbello s'était approché de Mooréa qui souriait. Sagar, une coupe à la main, attendait sa réponse pour porter le premier toast. Antinéa, Lumina et Varniss, les bras ouverts se préparaient à l'entourer et le serrer.

Être un Dieu, même celui de la Spirale ! Devenir immortel ! Qui pouvait refuser une telle récompense ? Passe-Partout comprit les propos elliptiques de Lorbello. Posséder le titre de Dieu de la Mort lui offrirait peut-être l'accès à une quelconque survivance de ceux qui avaient compté à ses yeux... Qui ne serait pas tenté de revoir et de parler à des disparus qui nous furent chers ?

Le temps paraissait suspendu. Tous s'attendaient à une décision enthousiaste et rapide. Elle ne fut ni l'une ni l'autre.

– La réponse est non, prononça distinctement Passe-Partout pour éviter qu'on le lui fasse répéter.

Une ambiance délétère naquit alors. Gilmoor n'avait pas pour habitude qu'on lui tienne tête ! Sa rage provoqua l'apparition d'un éclair entre ses doigts. Lorbello s'interposa :

– Père, non !

Deux yeux gris se plissèrent.

– Ma famille est sur Avent ! Jamais je ne ferais partie d'un groupe de parasites qui fait résoudre par d'autres les problèmes qu'il engendre !

La foudre de Gilmoor crépita, les mains de Passe-Partout bleuirent.

– Comment peux-tu avancer cet argument ? Sans moi, il n'y aurait rien sur Avent !

– Ta responsabilité de Père t'engageait à protéger tes enfants, en ce cas ! Toi, le Dieu des Dieux, soi-disant l'être le plus puissant de tous les temps, n'a même pas levé un petit doigt pour sauver le Continent !

– La loi d'Ovoïs prime ! Pas d'intervention sur Avent !

– Pour tous ceux de la Sphère, sauf toi ! Règle créée par toi-même et que tu n'as pas respectée !

La colère de Passe-Partout, sourde et froide, dérouta l'assistance. Personne, jamais, n'avait parlé sur ce ton à Gilmoor ! Il poursuivit avec véhémence :

– Tu es intervenu sur Avent ! Lorbello t'a appelé Père ! Ta seule contribution sur Avent a donné lieu à une lignée ! D'ailleurs, cette loi n'a-t-elle pas été édictée juste après tes frasques et non des suites de la mort du prédécesseur de Lorbello ?

– Sans moi, tu n'existerais pas et n'aurais pu sauver Le Continent !

– Tous ceux que je considère comme mes pères sur Avent m'ont élevé, soigné, protégé, jusqu'à périr pour moi ! Pas toi, mon arrière-grand-père ! Et quant à libérer Avent… Je n'aurais pas eu à résoudre une situation qui n'a de source que les errements d'Ovoïs ! Tes errements !

– Tu oses affirmer qu'Avent se porterait mieux sans nous, les Dieux ?

– Oui !

Le Dieu des Dieux entra alors dans une colère folle. L'éclair qu'il avait façonné de ses mains frappa avec violence les nuages noircissant le ciel. Tous s'attendaient à le voir s'attaquer à l'enfant qui le défiait sans l'ombre d'une quelconque crainte. Gilmoor gronda :

– Comment oses-tu ?! Ta famille, dis-tu ? Tu ne la reverras jamais ! Je te bannis à jamais d'Avent et d'Ovoïs ! Pendant dix cycles ! Durant ton exil, tu ne pourras adresser la parole à aucun humain, Elfe ou Nain sous peine de le voir trépasser sous tes yeux ! Un pied sur le Continent te condamnera à une mort immédiate ! Tous t'oublieront. Je m'emploierai à te faire disparaître de leurs mémoires, et tu auras le temps de réfléchir à ma proposition qui ne se renouvèlera pas ! Lorbello, Mooréa, Exécution !

Pâle comme un linge, Mooréa fit un signe hésitant à un des quatre Kobolds, qui ouvrit un pan métallique et appuya sur un champignon couleur rubis, pour finalement se retourner et annoncer d'une voix de crécelle :

– Maître, dysfonctionnement des horloges !

La colère de Gilmoor monta encore d'un cran. Sa fureur résonna dans la bulle ovoïdienne lorsqu'il leva les bras aux cieux, provoquant une volée de coups de tonnerre assourdissant. Les Dieux et leurs esclaves difformes s'inclinèrent, les mains sur les oreilles. Debout, résistant à Gilmoor et au vacarme, Passe-Partout perçut un signe entre Mooréa et Lorbello qui l'agrippa par le coude. Il se souvint qu'à ce moment, ses deux couteaux disparurent. Il s'accrocha à la crinière de Doryann dans la lumière éblouissante.

Le temps d'un clignement de paupière et l'insolent d'Ovoïs se retrouva sous les étoiles, face à Sup et Jokoko, tous deux passablement inquiets de son absence prolongée. Les compères faisaient cuire un sorla pour tromper l'ennui de l'attente :

– Vite ! Il faut que je voie Carambole !

– Mais ils sont partis… Depuis ce matin !

Passe-Partout le dévisagea, incrédule, et s'aperçut qu'il faisait effectivement nuit.

– Tu as disparu une journée entière.

La dernière pensée de Doryann l'emplit :

Je serai à ce même endroit à l'aube. Tu n'as que ce délai pour faire tes adieux. Gilmoor ne plaisante jamais ! Au lever du soleil, n'adresse plus la parole à personne !

Il comprit alors la gravité de la punition du Dieu des Dieux. Dix cycles d'Ovoïs de bannissement ! S'il comptait bien, il était resté une heure en Ovoïs. Dans ce laps de temps, Sup et Jokoko l'avaient attendu dix heures sur la terre d'Avent. Il blêmit.

Soit cent cycles d'exil !

La vie d'un humain sur Avent ne dépassait que très rarement les quarante ! Même si sa moitié Sombre l'autorisait à penser qu'il vivrait plus longtemps, jamais il ne reverrait ceux qu'il considérait comme sa famille. Anéanti, il se posta près du feu, aussitôt entouré par ses deux compagnons. Les yeux de Jokoko roulèrent dans ses orbites au cours du récit qu'il leur fit de son voyage en Ovoïs. Sup pleurait silencieusement.

Avant que le soleil, symbole de Gilmoor, n'apparaisse, le sol résonna du bruit des sabots de Dorryan.

Tes derniers mots doivent être prononcés maintenant ! Ne prends pas le risque de tuer tes amis.

Passe-Partout se leva en se saisissant de ses affaires et rassura d'une pensée les deux dragonnets qui n'appréciaient guère les déplacements en Licorne.

– Amandin… Joey… Merci d'avoir toujours été présents… Faites attention à Carambole… À ma sœur… À la terre d'Avent. Le Continent le mérite.

Le premier rayon de l'astre du jour parut. Une dernière et poignante étreinte, et Dorryan piaffa, le rappelant à l'obligation d'un silence total. Ses yeux devinrent gris acier. Il pinça ses lèvres jusqu'à trembler.

Lorsque se volatilisèrent la Licorne et son cavalier, Sup, en larmes, se pencha sur son sac et glissa un marqueur sur le cadran de sa clepsydre, pointant tristement le moment précis de la disparition de Doubledor. Jokoko, effondré, restait prostré en fixant les braises du feu mourant. Il avait fermé son esprit aux sollicitations incessantes de sa Reine à laquelle il ne savait comment annoncer qu'elle ne verrait plus jamais son frère. Il songea à Carambole qui perdait à jamais son « héros », à tous, privés de celui qu'ils avaient suivi depuis le début.

Joey finit par céder, la mort dans l'âme, lorsque l'insistance mentale fut telle qu'il n'eut plus la force de la repousser. Le Lien lui renvoya un cri d'horreur qui lui vrilla le crâne. Ce même cri stoppa la marche des alliés. Les chants de liesse se turent dans les gorges serrées. Le retour dans les foyers, sinistre, resta dans les mémoires à l'instar d'une amère retraite de troupes vaincues.

L'émotion d'Amandin remontait à la surface, noyant sa voix dans un flot de tristesse. Mais le silence qui s'ensuivit ne dura pas.

Ugord se tourna vers Jonanton :

– Je commence à saisir la raison pour laquelle nous ne communiquions que par messages ou par signes.

Il s'interrompit, plissant les yeux.

– Je suis le premier à avoir approché notre Protecteur... Cela remonte environ à dix cycles !

Assandro n'en finissait pas de laver et d'essuyer des godets. Il s'arrêta, souffla et interpella le Barde :

– Je ne comprends pas une chose fondamentale dans toute ton histoire. Jamais nous n'avons entendu parler d'un autre Dieu de la Mort que l'actuel, Flérion ! Ferkan, frère de Gilmoor, Déchu d'Ovoïs, jamais nous ne l'avons évoqué, encore moins invoqué.

Amandin opina du chef :

– Gilmoor peut gommer des mémoires le nom et donc les actes de quelqu'un. Il l'a fait pour son frère. La preuve ! Connais-tu celui du prédécesseur à Lorbello, mort sur le Continent ?

– Non.

– Moi non plus ! Gilmoor l'a effacé. En revanche, nous pensons que Lorbello a toujours été le Messager, Dieu du Commerce et des Échanges ! Comment crois-tu que les flèches Staton sont apparues sur Avent ? Et la veste de Dollibert ?

Ce fut au tour d'Assandro d'acquiescer :

– Admettons... Alors pourquoi Gilmoor n'a-t-il pas effacé celui de Passe-Partout après l'affront ?

– Parce que la Guilde des Conteurs n'a de cesse de raconter son histoire sur le Continent, et aujourd'hui ailleurs ! affirma fièrement Amandin.

Assandro ne fut pas convaincu par la réponse du Barde, mais n'eut pas l'occasion de le lui dire. Deux jeunes enfants entrèrent à grand bruit dans l'auberge d'Autran.

– Père ! Père ! Il y a plein d'étrangers sur la place !

– Mathéus ! Mathilda ! hurla Jorem, faisant entendre pour la première fois sa voix depuis le fond de la taverne. Qu'est-ce que vous faites ici ? Où est votre mère ?

Deux paires d'yeux bleus désarmants le fixèrent.

– Là ! Dehors ! En train de parler avec le Roi des Nains.

Stupéfaites, Anaysa et Lilo, la compagne d'Ugord, se précipitèrent à la fenêtre. L'air renfrogné à l'attention de son « shérif », cette dernière le rabroua :

– Il va bientôt y avoir plus de visiteurs que d'habitants dans le village d'Autran !

Anaysa se tourna vers Amandin :

– Si je compte bien, la pénitence de celui que tu appelles Doubledor, qui est sans nul doute notre Protecteur, a été transformée en cycles d'Avent au lieu de cycles d'Ovoïs ? Les Dieux ont changé d'avis ? Une réduction de peine, en quelque sorte, qui se termine aujourd'hui ! C'est pour cela qu'il y a tout ce monde !

Une lumière s'alluma dans les yeux embués du conteur :

– Juste ! Et à ce sujet...

Il sortit sa clepsydre et la consulta avec attention. Avec un sourire, il déclara :

– Il me reste encore un peu de temps… J'aurais quelques difficultés à vous parler de ce qui s'est produit en Ovoïs, n'ayant pas eu l'opportunité d'y être présent, mais je pense que Mooréa, avec la complicité du Kobold, a utilisé l'horloge d'Avent plutôt que celle d'Ovoïs !

Jonanton fit une moue dubitative :

– S'il s'agit de celui de Fontamère, comme je le crois, il n'avait pas beaucoup de raison d'aider Passe-Partout qui l'avait vaincu.

– Sauf à considérer comme bonne la logique de Doubledor. Souviens-toi de son propos à Fontamère. Si Avent était tombé aux mains des corrompus, il n'aurait plus tourmenté grand monde !

Amandin regarda de nouveau son étrange machine à compter le temps :

– Amis d'Autran, merci de votre hospitalité et de votre écoute, mais nous devons y aller.

Le géant à la cicatrice se leva, passa devant lui et lui tapa sur l'épaule avant de sortir. Le couple Elfe sourit et en fit de même. L'élégante aux yeux clairs avisa l'aubergiste et lui dit :

– Ta main, Assandro !

Surpris, il lui tendit et eut droit à un salut qu'il ne connaissait pas. Carambole le remercia chaudement en la lui serrant. Assandro sentit bien qu'un petit objet avait transité de la paume de la Dame dans la sienne. Ce n'est que lorsqu'elle sortit avec sa fille, non sans adresser un signe à l'auditoire de l'auberge, qu'il retourna sa main et l'ouvrit. Rien de moins qu'une perle d'Irisa s'y trouvait.

CHAPITRE XXIX

La sentence du Dieu des Dieux, irrévocable, venait de tomber. Antinéa eut un regard appuyé vers Mooréa qui fit un geste discret en direction de Zorbédia, Ce dernier s'écria :

– Maître, dysfonctionnement des horloges !

Lorsque Gilmoor, fou de rage, quitta l'enceinte après le départ de Lorbello et de l'Enfant de Légende, tous les Ovoïdiens fixèrent le Kobold farceur. Fidèle à lui-même, il clama ironiquement de sa voix de crécelle :

– Incroyable ! Seule celle d'Avent tourne, maintenant !

Les jumelles s'avancèrent.

– Dix cycles d'Avent ! Effet à l'aube !

Goguenard, Zorbédia répondit :

– La sentence manquait effectivement de précision.

Puis pensa :

Voilà qui me laisse une chance de prendre ma revanche !

Lorbello. Extrait de « Le Réveil de l'Alliance »

Une foule ! La place principale d'Autran était noire de monde. Interdit par le nombre, le Barde fronça les sourcils. Il n'avait prévenu, informé et convié personne ! Au plus loin que portait son regard, des groupes dialoguaient, riaient, se congratulaient. Dans ce salon extérieur, huppé et démesuré, la plupart étaient vêtus de toilettes d'apparat, y compris les Nains arborant armes et armures brillantes de mille feux, rivalisant avec celles des Clairs.

Du beau monde, assurément ! Chaque dirigeant d'Avent s'était déplacé avec sa délégation et sa garde personnelle. Là, le nouvel homme fort d'Océanis, Palixte, successeur de Zabella et d'Elliste, plaisantait avec une des vestales de Candela. De l'autre côté, la première confrérie des Prêtres de Roquépique échangeait avec des religieux de différentes confessions, venant principalement des provinces de l'ouest. Amandin goûtait ces mélanges sans être dupe. Beaucoup ne s'entendaient pas particulièrement, mais tous au moins se parlaient. Comment tout le gratin d'Avent pouvait-il se promener ici sans qu'aucun n'ait reçu la moindre missive d'invitation de sa part ?

À moins que...

Amandin chercha du regard une personne en particulier et la trouva. Il avança vers un quatuor de Religieux devisant, en désigna un en robe de couleur gris foncé. Ce dernier reconnut le Barde et éclata de rire en découvrant l'air faussement blessé de son accusateur, l'index tendu. Ils finirent par s'embrasser.

– Trostan, espèce de misérable ! C'est toi qui as passé l'information ?

Le Prêtre lui répondit entre deux hoquets :

– Tu ne t'attendais tout de même pas à être seul le jour du retour du plus grand héros d'Avent ?!

Amandin pencha la tête comiquement, lui laissant entrevoir qu'il l'avait espéré, ce qui alimenta de nouveau l'hilarité du religieux. Trostan… Arrivé à Mortagne peu de temps après la bataille des Drunes, il avait acquis une des maisons vacantes dans la Cité, nombreuses du fait des disparus de la guerre contre le Déchu. L'habitation devint un temple, le deuxième de la ville après celui d'Antinéa, lieu dédié à Flérion, le Dieu de la Mort. Peu à peu, grâce à son empathie naturelle et surtout un accompagnement remarquable des mourants, des défunts et de leurs familles à un moment pénible, il s'était rendu incontournable. Il s'était en outre forgé une place de choix dans la société mortagnaise par le biais d'une autre corde à son arc, plus exactement une attribution oubliée de son Dieu : celle du sommeil. Aidant efficacement l'équipe soignante de « l'hôpital » par cette capacité, il s'était vite rapproché et lié d'amitié avec Fontdenelle, et avec Amandin qu'il écoutait toujours avec délice. Le Prêtre éprouvait un attachement particulier pour l'histoire et la personne de Doubledor. Bizarrement, il obtint de son Dieu l'endroit de son bannissement.

Trostan détenait donc le lieu, Amandin, la date, qu'il n'avait bien sûr confié qu'à lui. Il n'avait de son côté rien promis quant au silence de ce qu'Amandin considérait comme un secret ! Le Barde se consola en songeant qu'il demeurait seul à connaître l'heure exacte grâce à ses marqueurs sur sa clepsydre. Perdu dans ses pensées, il réalisa bientôt avoir ignoré les interlocuteurs de son vieil ami.

– Bienvenue à vous trois, déclara-t-il sans conviction.

– Voici Chimèle de Port Vent, Addicta d'Océanis, et Léthos de… nulle part !

Amandin salua les deux représentantes de Varniss et de Lumina et s'interrogea sur cet autre prêtre du Dieu de la Mort et du Sommeil.

– De nulle part ?

Léthos, d'une tête de plus que le Conteur, le dévisagea. Son physique particulier, crâne rasé, totalement imberbe, faisait ressortir de grands yeux noirs, profonds, sondant Amandin :

– J'ai choisi de rejoindre le Traqueur, dit-il d'une voix envoûtante.

Fuyant son regard hypnotique, Amandin s'extirpa de cette sensation d'abandon acceptée bien malgré lui et s'écria :

– La Compagnie du Fêlé, comme Vince !

Puis il revint à la charge.

– Je crois être bien placé pour savoir qu'aucun d'entre vous ne connaît Doubledor. Que justifie votre présence à Autran ?

Addicta le considéra avec un intérêt dérangeant, s'approcha comme si son contact lui devenait vital et lui murmura voluptueusement à l'oreille :

– Contrairement à tous, nous avons été invités.

Sa gestuelle tactile ne trompait personne. Si Coralanne s'était trouvée en face d'elle, la Prêtresse de Lumina aurait rejoint la Spirale du Dieu de la Mort en moins de temps qu'il n'en aurait fallu pour le dire !

– Mais… Par qui ? balbutia Amandin, distrait par une main lui agrippant l'épaule.

– Et tu n'as pas fini d'être surpris ! dit une voix enjouée.

– Alors ça ! Si je m'attendais !

Ils tombèrent dans les bras l'un de l'autre.

– Maistre Brizz ! Port Vent ne te manque pas ?

– Certes pas ! J'aime trop le sorla aux herbes de Josef ! s'amusa Brizz qui ajouta : Port Vent ? Non, loin de là ! Les locaux de la Tour de Sil, le matériel mis à disposition et les Scribis enlumineurs, j'ai tout ce qu'il me faut pour exercer ma passion !

Amandin regarda son ami, disciple de Parangon, inconditionnel des arts et de la littérature. À l'origine modeste relieur portventois, il ne rêvait qu'à une chose : trouver le moyen de dupliquer des écrits pour les transmettre au plus grand nombre et, les yeux brillants, attendait la question fatidique.

– Et alors ?

– Les premiers manuscrits des Chroniques d'Avent sont sur le point de paraitre grâce à la Scribibliothèque de Mortagne. J'y suis parvenu !

Amandin faillit l'étouffer. Brizz venait d'inventer l'imprimerie.

– Les livres respecteront la mémoire d'Avent. La vérité, ainsi, ne saura être travestie !

– Y compris par celui qui a pourtant la Vérité en charge, précisa Amandin qui se retourna en entendant son nom.

– Sup ! Pardon, Amandin ! Quel plaisir ! Dis-moi, tes voyages ne t'entraîneraient pas un peu vers Océanis ? Euh... Le plus tôt possible !

– Salut, Abal ! Bonjour, Zabella...Tergyval, nous nous sommes déjà vus ! plaisanta-t-il avant d'ajouter, espiègle : ou peut-être devrais-je t'appeler Traqueur ?

– Tu viens de révéler le plus grand secret d'Avent ! lui répondit ironiquement l'intéressé.

Amandin rit à la réflexion. Tout le Continent connaissait le Traqueur, meneur de la Compagnie dite « du Fêlé », un aventurier doublé d'un chasseur. Et pas n'importe quelle chasse ! Celle de ceux, héritiers de la Magie de Séréné, qui voulaient la faire renaître sur Avent. Le Barde répondit à son ex-collègue du gang :

– Tu as un problème avec Océanis ? J'ai vu Cleb et Bart, là-bas, va en discuter avec eux !

Abal fit une grimace éloquente :

– Il n'y a que toi qui peux négocier avec le gros. Dacodac me facture ses lanières élastiques à prix d'or et Carambole hurle ! En parler à Cleb ou Bart ? Inutile ! Ils sont fichus de payer Dacodac à notre place et Carambole ne veut pas.

– S'agit-il de tes énormes « Casse Bouteilles » pour la défense antiaérienne de Mortagne ?

– Oui. L'invention d'Abal est de tout premier ordre, mais chère à l'achat ! Confirma Zabella, la remplaçante de Tergyval comme Capitaine des Gardes de Mortagne.

Amandin rassembla ses souvenirs.

– Les élastiques sont issus de la sève d'arbres qui poussent exclusivement sur une île au large d'Océanis... Tu n'as qu'à lui dire que s'il ne baisse pas ses prix, tu affrètes un bateau pour aller toi-même chercher la matière première sur place. Il sait que nous en avons largement les moyens !

Abal fit un signe de tête à son ancien chef. Sûr qu'avec les relations privilégiées entretenues avec Rayder, plus exactement avec Coralanne, Amandin aurait tôt fait d'évincer l'intermédiaire, et Dacodac le craignait !

Tergyval, le Traqueur, curieux, se tourna vers Zabella :

— Bonne idée que ces « tire cailloux » géants ! Vous lancez quoi avec ?

— Des billes, de différentes grosseurs et différentes matières ! Toutes fabriquées par la tour de plomb créée par Abal, hormis celles en verre que nous faisons façonner par Analys, d'Océanis.

Abal s'était aperçu, chez le forgeron lors de la réalisation du casque de Gerfor, que les éclats de métal tombés dans l'eau prenaient une forme oblongue en refroidissant. Il répéta l'opération d'une hauteur plus importante, à partir des tours de garde puis de la Tour de Sil, et, en bas, finit par obtenir une olive. Têtu, pour arriver à la rondeur souhaitée, à force de recherche, il créa une tour hors de Mortagne, le Berroye à ses pieds, et inventa un mélange de plomb et d'arsenic, ainsi qu'une astucieuse passoire pour calibrer sa matière. Il laissa choir l'ensemble dans le fleuve à différents niveaux, jusqu'à recueillir des sphères parfaites. Il imagina ensuite un procédé pour éviter leur oxydation en les frottant avec une huile contenant du graphite. Abal, fort des « Casse Bouteilles » des gamins d'Océanis, mit alors au point le même système géant qui permettait de catapulter des centaines de billes en même temps. Deux trônaient aujourd'hui de part et d'autre du Berroye, dans la zone d'expansion de Mortagne, pour contrer les invasions aériennes. Les sphères creuses d'Analys pouvaient être remplies de substances comme du poison ou des drogues conçues par Fontdenelle, mais également utilisées en « larmes de sort » que Carambole lui délivrait magiquement avec parcimonie, pour des raisons évidentes de sécurité.

Tergyval restait admiratif des progrès réalisés, surtout de la part d'un bonhomme comme Abal sur lequel quelqu'un de normalement constitué n'aurait jamais parié une pièce de bronze ! L'ex du gang venait d'ailleurs de tomber dans les bras d'un autre. Visiblement heureux de le revoir, Vince se laissa bercer par le flot de paroles d'Abal, ne répondant que par oui ou par non. Le deuxième des garnements de Mortagne s'était concentré sur des capacités spécifiques : expert en tir. Tout ce qui lui passait sous la main se transformait en arme létale ! Ses compétences l'avaient poussé à rejoindre le Traqueur, celui-là même qui regardait longuement Zabella, issue de l'armée d'Elliste, qui s'était illustrée lors de la bataille des Drunes et l'avait remplacé au commandement des troupes. Elle avait ramené les Océaniens survivants chez eux et ensuite accepté une charge d'ambassadrice dans l'Alliance de l'ouest. C'est en rencontrant souvent Carambole, avec laquelle elle tissa des liens, qu'elle avoua s'ennuyer dans ses fonctions. Avec l'accord de Cleb et Bart, elle quitta Océanis pour devenir Cheffe de la sécurité de Mortagne en remplacement de Tergyval. Zabella l'interpella sur un ton espiègle :

— La responsabilité de Capitaine des Gardes ne te manque pas ?

— Autant que toi pour ton poste de Diplomate ! rétorqua-t-il.

La plaisanterie fit éclater de rire Zabella qui ne s'offusqua pas de la mine grave de celui qu'on appelait dorénavant le Traqueur, ce dernier n'affichant plus aucun signe de joie depuis dix cycles.

Carambole, Kent, Candela et Jokoko furent rejoints par Amandin. La Reine des Elfes le félicita :

— Bien qu'arrivée à la fin de ton récit, je loue tes talents de Conteur !

– La fin de cette histoire se passe aujourd'hui ! clama-t-il puis, plus sérieusement, s'adressant à Carambole : as-tu des nouvelles de la Cité d'Astries ?

Elle leva les yeux au ciel. Il s'agissait peut-être de la ville la plus grande d'Avent, trois fois plus d'habitants qu'à Mortagne ! Carambole avait récemment rencontré son gouverneur, Livio, et sa femme, Enuma.

– Nous avons des accords solides ! Mais quelle histoire, à notre première entrevue, entre Cassandra et leur fille !

– Elles ne s'entendaient pas ? questionna Candela.

La Magicienne de Mortagne secoua négativement la tête.

– Au contraire, deux "larronnes" en foire ! De quatre cycles à l'époque ! Mais leurs jeux devenaient dangereux. Cassandra a fait exploser sa chambre, pour le plus grand bonheur de Loun, mais pas des parents ! Je me souviens de la frayeur d'Enuma qui tenait son dernier-né dans les bras en s'éloignant de Cassandra dès qu'elle faisait mine de s'approcher d'elle !

– Carambole a détecté le "don" chez Loun, précisa Jokoko.

– Au fait, où est passée Cassandra ? s'inquiéta Carambole.

– Je vais la chercher, dit Kent.

– Je l'accompagne, murmura Joey à Carambole, et suivit l'Elfe sans qu'il s'en aperçoive.

Kent savait pourtant de quoi la gamine était capable. Cassandra : mêmes yeux que sa mère, petite fille au visage d'ange que les Mortagnais surnommaient Casse-Partout à cause des nombreux accidents provoqués, soi-disant involontairement, selon la version de ses proches ! À dix cycles, personne n'avait encore compris la Magie de la gosse. Elle arrivait à mélanger celle des Sombres et des humains et, lors d'une visite de Kent, avait réussi un sort Clair, elle, une humaine ! Enfin, presque humaine… Le phénomène Cassandra restait unique en Avent, à croire qu'elle voulait donner raison à Parangon sur le parallélisme des Magies. D'autant qu'elle ne prononçait jamais de formules ! Depuis sa naissance, elle n'avait jamais émis une parole. Fontdenelle, qui la consultait régulièrement, demeurait persuadé qu'elle le pouvait, mais n'en éprouvait pas le besoin.

Joey s'amusait de la nervosité de l'Elfe qui avait évidemment perdu de vue Cassandra. Quelques sourires forcés en croisant des connaissances et beaucoup d'anonymes ne comprenant pas son empressement, il se trouva arrêté par Jonanton et Rosamaud :

– Tu es Kent, n'est-ce pas ? Nous étions à l'auberge pour écouter cette étrange histoire. Une question : nous sommes surpris qu'aucun Peewee ne soit présent à cet événement !

Pressé, mais courtois, l'Elfe répondit rapidement :

– Les Peewees ne sont qu'une légende.

Peu satisfaite de cette réplique convenue, Rosamaud voulut soulager Kent :

– Si tu cherches la petite aux yeux clairs, elle est juste derrière toi.

Il souffla enfin, se tourna à nouveau vers le couple et déclara :

– Faire revenir à la vie la Forêt d'Émeraude réclame une attention de tous les instants. Darzo aurait aimé être là… Nous avons tout envisagé pour qu'il soit parmi nous. Sans succès. Mais il est quand même présent par le Lien ! Ah, merci pour Cassandra ! conclut-il en leur adressant un clin d'œil.

Il retrouva la petite plantée face à Gerfor. De tailles presque identiques, ils se fixaient les yeux dans les yeux, immobiles, sans qu'aucun des deux ne veuille lâcher. La sensation de déjà-vu sidéra Kent.

C'est de famille ou quoi ?

Il se précipita sans savoir ce qu'il allait dire ou faire. D'ailleurs, peu importait !

Kent fut devancé par Barryumhead qui s'interposa entre les deux figés, les empêchant de poursuivre leur lutte aussi virtuelle qu'inutile.

– Gerfor, Minguard te cherche ! prononcé en même temps que :

– Cassandra ta mère te cherche ! fit éclater de rire Jokoko, considérant la scène comme une chute de pièce de théâtre identique à celles que proposaient les acteurs comiques de l'institut de rhétorique ouvert par Amandin au sein de la Tour de Sil.

Kent salua brièvement Gerfor, qui grognait, et plus chaleureusement Barryumhead.

– J'ai appris que tu avais inauguré une école de Mag… de prêtrise à Roquépique ! Bravo ! On se voit plus tard ! Je ramène Cassandra à Carambole.

Barryumhead fit un signe, comprenant la situation, mais sa moue laissa entendre que Kent ne raccompagnerait Cassandra à sa mère que si la gamine l'avait décidé. Jokoko riait encore en marchant à côté de Kent. Il observait Cassandra avancer d'un pas décidé devant eux, muette comme à l'accoutumée, et prête à tout instant à fausser compagnie à son gardien.

– Tu savais que Barryumhead s'est marié avec une de ses élèves ? Dans l'école qu'il a fondée !

– J'étais au courant ! Elle vient de la Horde des Perceurs de Crocs, comme Minguard !

– Il a également renommé la « Potion de Sagar » en « Élixir du Héros d'Avent » !

– Bel hommage à Passe-Partout ! À moi de te surprendre.

Jokoko tendit l'oreille.

– Il a aussi retrouvé son nom, par la volonté de Minguard !

– Comment ça ?

– Tous les Nains ont un nom et un prénom, sauf lui ! Petit fils de bâtard, à sa lignée fut refusé un patronyme, dans leur plus pure et plus dure tradition. S'il n'était pas devenu Prêtre, il n'aurait été qu'une honte chez les siens !

– Incroyable que je ne me sois jamais rendu compte de ce détail !

– Comme beaucoup ! Son nom est Heavymetal, Barryumhead Heavymetal ! Son grand-père, fils de Davidian, aurait porté la couronne de Roi de tous les Nains. Mais, sans filiation directe, pas de trône !

– Ce n'est pas à ce moment que l'unité de ce peuple s'est divisée en quatre?

– Exact ! Tu as aussi potassé l'histoire de Roquépique ? Révérence !

Jokoko ignora le compliment et soliloqua :

– Je comprends mieux cette volonté de réunifier toutes les Hordes pour l'Alliance. Il devait se nourrir de cette splendeur passée.

Kent tourna la tête de droite à gauche :

— Cassandra ! Bon sang ! Cassandra !

Kent cherchait de nouveau la petite fille qui s'était soustraite à sa surveillance. En toute discrétion, la gamine avait tout bonnement rejoint sa mère qui discutait avec Candela :

— Ah, te voilà ! Reste près de moi, s'il te plaît ! Non, il n'y a plus de gang à Mortagne. Les enfants jouent enfin à « Casse Pierres » dans les rues. Tous les gosses d'Avent ne devraient pas avoir une autre préoccupation que celle-ci.

— À propos de Mortagne... Lors de notre dernier contact théopathique, tu avais des soucis d'organisation, me semble-t-il.

Carambole leva les yeux au ciel. Devenue Prima de Mortagne et en tant que première Magicienne, les fonctions de Magister lui incombaient. Son désormais Scribi en chef, Albano, zélé et fidèle, l'aidait dans ses multiples tâches concernant la Tour de Sil, et tous les Mortagnais l'appelaient la Primagister. Le poste de Grand Chambellan supprimé, elle assumait seule les tracas de la gestion de la ville, des responsables de guilde, de l'hôpital, de l'école de Magie dans laquelle elle professait. Ses recherches l'avaient d'ailleurs entraînée à découvrir le moyen de connaître les pouvoirs d'un objet, une particularité nouvelle qui lui permit notamment de déterminer les capacités du casque de Gerfor après avoir été trempé dans l'eau de Bellac. Même le barryum bleu n'aurait pu amortir le coup violent que le Fêlé, corrompu, lui avait porté à la tête. Or sa vie ne fut sauvée, grâce à la Magie, qu'en contrepartie d'une copieuse migraine ! Et au-delà de ces nombreuses tâches, il fallait ajouter celle de la gestion de l'Alliance !

Déléguée, la sécurité se trouvait heureusement entre les bonnes mains de Zabella. Mortagne s'agrandissant, de nouvelles échoppes s'installaient, le marché de Cherche-Cœur, doublé en surface, fonctionnait maintenant trois fois par semaine. Des maisons s'étaient construites en périphérie de Mortagne, au bord du Berroye, non loin de la tour de plomb d'Abal.

— Ça va mieux, beaucoup mieux qu'au début ! répondit-elle en regardant Tergyval qui discutait avec Cleb et Bart, et émit en aparté.

— Il a toujours l'épée à deux mains du Fêlé et celle de Valk... Il revient à Mortagne une fois par cycle pour rendre hommage à la Belle. Puis d'un ton plus enjoué : notre ex-Capitaine est devenu malgré lui un des grands représentants de Mortagne et de l'Alliance. Avec sa Compagnie, il s'est fixé comme objectif de traquer les cagoulés sur Avent ! Pas les sangs noirs qui sont tous finalement morts de faim, mais les prêtres de Ferkan. Il a notamment nettoyé une secte de Séréné à Abtoud, berceau d'Etorino, le bateleur prosélyte, et remis les dirigeants de la ville en place. Depuis, Bihab et Crystal font partie de l'Alliance, créant une nouvelle route commerciale entre le nord-est et l'ouest d'Avent. Leurs filles, Nessie et Fosia, convaincues du bien-fondé de ce traité, écument les cités et villages pour les rallier à la cause !

Jokoko les avait rejointes, laissant Kent continuer à pister Cassandra à qui il adressa une œillade réprobatrice, et participa à leur échange :

— Ambassadeur, comme Amandin, notre premier chef de guilde des conteurs, et ses sbires formés à sa propre école ! Depuis huit cycles, ils parcourent tous les chemins d'Avent pour expliquer, raconter les exploits de Passe-Partout. Beaucoup de citadins et de villageois ont pu apprendre ainsi l'histoire d'Avent. Et surtout en déduire ce que le Continent serait devenu sans notre héros !

— Où est Kent ? demanda Candela, le cherchant des yeux.

Jokoko et Cassandra se regardèrent, complices, et forcément sans un mot. Assandro les interrompit en leur proposant des boissons. Ils s'aperçurent que l'ensemble des habitants d'Autran s'étaient mobilisés pour assurer le service. Agréablement surprise, La Reine des Elfes accepta bien volontiers et rendit grâce à l'aubergiste du « Ventre Rouge » en lui précisant que « Candela » restait préférable à « Majesté ». Carambole le remercia à son tour. Il répondit en haussant les épaules, lui rappelant maladroitement que son dédommagement couvrait plus que largement cette attention.

Un verre à la main, Amandin salua Cleb et Bart, qui discutaient avec Tergyval.

– As-tu des nouvelles de nos étudiants océaniens à ton école de Mortagne ?

– Mahann et Evahé ? Aux dernières nouvelles, ils briguaient les premières places de la classe au cours d'Erjidi ! Le troubadour d'Avent s'est reconverti en professeur et son enseignement est très prisé.

– Et de notre cher Fontdenelle ?

Amandin pinça ses lèvres :

– Il ne quitte plus son échoppe, par force... Il ne peut plus marcher. Abal lui a confectionné un fauteuil à roulettes. Il passe son temps à des recherches sur les plantes sous-marines.

Il se pencha pour plus de discrétion :

– Il a réussi à concentrer le kojana pour des apnées très longues. Coralanne et ses sœurs, interlocutrices privilégiées de l'herboriste, approchent maintenant les Hommes Salamandres qui ont accepté dernièrement d'éparpiller leurs cubes de Séréné sous l'océan. Vu le temps qu'ils avaient mis à les chercher pour les regrouper, la discussion n'a pas été facile !

Tergyval resta grave malgré un ton taquin :

– Tu es bien placé pour obtenir des informations dans cette association !

Amandin sourit. Coralanne était devenue la compagne déclarée, quoique très indépendante, du Barde. Cleb insista au sujet de l'herboriste :

– Fontdenelle doit être maintenant le personnage le plus âgé d'Avent que je connaisse.

Amandin éclata de rire et leur confia :

– Lorsqu'on parle de la mort à Fontdenelle, il répond : m'est avis que ce jour n'arrivera pas avant que j'aie l'occasion de revoir mon "neveu" parti contre son gré pour un long voyage !

– J'espère qu'il attendra, après l'avoir revu, et en profitera encore de nombreux cycles.

Minguard signala discrètement à Kent que la gamine se trouvait en compagnie de sa mère, faisant à nouveau souffler d'aise l'Elfe. Acceptant un verre servi par Ugord, il s'arrêta pour trinquer avec le Roi des Nains qui voulut plaisanter :

– Portons un toast de Monarque à Monarque !

Kent soupira, cette fois de dépit. La blague devenait lourde avec le temps. En tant que compagnon de Candela, tout le monde pensait qu'il pouvait prétendre au titre ! Mais chez les Clairs, et pour les Clairs, il n'était... rien. L'appeler Roi ou Prince demeurait assimilable à une insulte. En revanche, il avait été promu Général, commandant toutes les armées Claires, aériennes à ptéros, terrestre montée, avec marguays et chevaux, terrestre tout court, et chargé de l'école de guerriers qu'il avait lui-même créée aux Quatre Vents. Et toutes ses responsabilités n'étaient pas... rien ! Il décida de choquer le verre de Minguard en répondant :

– Beau-frère de mon frère, je préfère ce titre !

– À la famille ! clama Minguard, accompagné de Gerfor et Barryumhead.

Le Prêtre Nain, les yeux dans le vague, prononça alors :

– Quelle belle journée !

Gerfor, promu d'Émissaire de Roquépique à Ambassadeur du Roi de toutes les Hordes, principal interlocuteur de l'Alliance, ne saisit pas la nuance dans la voix de Barryumhead, laissant entrevoir que celui qu'ils allaient accueillir après tant de cycles demeurait l'élément fondateur de l'idée que le Prêtre se faisait de la famille. Kent resta pantois devant la sensibilité du Monarque Nain, ce peuple ne brillant habituellement pas par cette caractéristique ! Minguard avait missionné Barryumhead comme accompagnateur permanent de Gerfor, preuve qu'il souhaitait réellement la réussite de la coalition ! Le Fonceur Premier Combattant interrogea l'Elfe :

– Et Josef ?

– À Mortagne. Il s'attend à une invasion de curieux lors de notre retour et prépare son auberge en vue du flux probable !

– Bah ! En dix cycles, il a plus que doublé sa surface et son nombre de lits !

– Il devrait y avoir énormément de monde, Gerfor ! D'ailleurs, as-tu retenu une chambre ?

Les yeux porcins du Fonceur cherchèrent du secours. Minguard sourit. Barryumhead lui vint en aide :

– J'ai réservé, bien sûr, depuis longtemps… Tiens ! J'étais avec Zabella, ce jour-là, et fais la connaissance de son ami Boboss, d'Océanis, qui lui rend maintenant régulièrement visite depuis que Josef a quitté les cuisines du palais de Cleb et Bart. Un vrai bonhomme, ce Josef ! Loyal, droit et fidèle ! Il est émouvant derrière son comptoir, face à un tabouret haut toujours vide ! Et qui le reste, même si l'auberge est bondée ! Tabouret haut à qui parfois il parle…

Barryumhead aperçut Amandin et l'interpella :

– Excuse-moi… Amandin !

Le Conteur, tout sourire, s'approcha.

– Dis-moi ! Je profite de ce que Jokoko n'est pas avec toi… A-t-il opté pour un camp ?

Amandin s'esclaffa à la mine de Gerfor ne comprenant pas la question :

– Ah, Joey ! Joey Korkone… Jokoko ! Pour que tu appréhendes le bonhomme, je vais te refaire l'histoire, rassure-toi, sans fioritures. À l'époque, fidèle à lui-même, il entreprit de réorganiser de fond en comble la Tour de Sil, faisant table rase du joyeux capharnaüm dans lequel seul Parangon y trouvait son compte. Une vraie Scribibliothèque ordonnée, digne de ce nom ! Aidé du zélé Albano et de moi-même, il créa le premier institut de la connaissance en Avent. Par un agencement précis, il parvint à libérer suffisamment d'espace pour que la première Guilde des Initiés, plus celle des Conteurs, puissent y travailler à l'aise. Ce n'est que lorsque je décidai de parcourir les routes d'Avent, pour raconter inlassablement l'histoire de celui qui sauva le Continent, qu'il se rappela qu'il était à moitié Clair ! Il partit alors aux Quatre Vents et, boulimique de savoir, suivit avec succès l'école de Magie sur place. Puis Mortagne lui manqua et il y revint, pour vite se rendre compte que se fixer lui était impossible. Il se résolut à… choisir de ne pas choisir… Sa vie permutait ainsi entre ses deux mondes dans lesquels il se sentait bien, selon ses envies. La question qu'il se pose encore aujourd'hui est la suivante : Est-ce que Passe-Partout, si les Sombres existaient toujours, aurait eu ce sentiment bizarre à la fois de fusion et de non-appartenance ?

Barryumhead et Minguard sourirent sans une parole.

Gerfor opina du chef et dit :

– Pour sûr !

– Salut, Furtif ! Cela faisait un moment ! s'exclama Joey.

– Longtemps, oui ! répondit la silhouette menue de l'homme en noir qui lui tomba dans les bras.

– Pas trop dur de travailler avec le Traqueur ?

– Non. Tergy, ça va. Léthos, bizarre !

Jokoko sourit à l'évocation du prêtre de Flérion ayant rejoint lui aussi la Compagnie du Fêlé dans laquelle Vince s'était engagé corps et âme. L'ex du gang de Mortagne avait suivi Tergyval dans sa mission d'éradication des héritiers de Ferkan. Personne ne l'appelait plus par son nom depuis son départ de Mortagne. Il était devenu un combattant redoutable, alliant une précision aux armes de jet de toutes sortes à une rapidité de déplacement qui lui avait valu son nouveau patronyme. En revanche, ses progrès en communication restaient désespérément nuls. Furtif parlait toujours en langage gang !

– Allons rejoindre Amandin !

Candela regardait Kent plaisanter avec Minguard et Barryumhead. Gerfor avait quitté le groupe pour courir après Assandro. Carambole, envieuse du bonheur qui se lisait dans ses yeux, la questionna :

– Comment as-tu su ? Que c'était lui et pas un autre ?

La Reine des Elfes la dévisagea, interloquée.

– Mais comme toi lorsque tu as vu mon frère ! Une attirance, des choses à partager, la souffrance de son absence, le plaisir de se retrouver... Je ne vais pas te décrire ce que tu as toi-même connu ! C'était drôle, d'ailleurs, nous essayions de camoufler nos sentiments toutes les fois, et elles furent nombreuses, où nous communiquions par le Lien.

Carambole baissa la tête. Son angoisse venait surtout de ce qu'elle allait vivre plutôt que ce qu'elle avait vécu ! Candela comprenait sa crainte sans la partager. La proximité mentale de la Reine et la Magicienne n'était pas nécessaire pour saisir que la Primagister de Mortagne attendait cet instant depuis une éternité et le redoutait maintenant qu'il était proche. Elle ferma les yeux et arbora un magnifique sourire :

– Une pensée des marguays par le Lien. Même eux sont impatients !

Ce qui eut le mérite de distraire Carambole qui l'interrogea :

– À quel endroit se sont fixés les fauves ?

– Leur territoire s'est considérablement agrandi. Depuis les Quatre Vents, le bois aux félins... jusqu'à Fontamère.

– Là où le fameux Solo t'a trouvée malade ?

Candela acquiesça d'un air nostalgique :

– Je dois ma vie d'enfant à trois personnes ! À Thorouan : mon père, Garobian ou Gary, selon. Et mon frère ! Je suis persuadée que les cagoulés m'auraient rattrapée sans leur sacrifice et soutien. Ensuite à Fontamère : le berger qui m'a soignée de la fièvre.

– Solo ! Antoun, je crois ? Sup, enfin, Amandin, m'en a parlé.

– Ma première sortie en tant que Reine en temps de paix fut de le retrouver à Fontamère. Il n'accepta aucune récompense de ma part, disant qu'il avait déjà été largement payé par Passe-Partout l'ayant débarrassé du Kobold indélicat ! Depuis, non seulement les Cincaperchés restent inaccessibles en raison de leur nature, mais de plus protégés par les Marguays ! À l'époque, Gerfor avait fait partie du voyage, trop heureux de se régaler de mouquetins, mais pas que ! Il avait profité de ce déplacement avec quelques Nains issus des Fonceurs pour tâter du Troll des falaises qui manquait à son tableau de chasse. Cette opération eut le mérite de pouvoir explorer les bateaux pirates coulés par ces monstres abrutis et d'en extirper les trésors engloutis ! Pour cela, les filles de Rayder, accompagnées de Sup et de Jokoko, et grâce au kojana, ont pu plonger sans risque de se prendre des rochers sur la tête. C'est d'ailleurs là que Coralanne et Sup… pardon… Amandin ont fait plus ample connaissance ! Je me souviens particulièrement bien de cette période. Juste après, j'ai dû faire face à une arrivée colossale de Clairs et j'ai paniqué. Je ne savais plus où les mettre !

– C'est aussi à ce moment que tu as eu confirmation que l'Alliance n'était pas un vain mot !

– Tu as raison ! Il est vrai que d'innombrables Elfes, après le rétablissement du Signal, nous ont encore rejoints, démontrant qu'en son temps Félina, en le rompant, avait pris la bonne décision pour sauver un maximum de Clairs. Pour accueillir tout le monde, j'ai eu l'aide de Minguard qui m'a envoyé des spécialistes de son ancienne Horde des Perceurs de Crocs. Le résultat fut au-delà de nos espérances. En deux ou trois forages latéraux, ces "magiciens de la roche" ont trouvé d'autres galeries menant à de nouvelles cavernes abandonnées pour des raisons inconnues par nos cousins Sombres ! Aujourd'hui, nous sommes à l'aise.

Carambole interrogea du regard Candela :

– Non, je n'ai pas été plus profond… Et je n'irai pas. Sub Avent appartient à mon frère.

Cassandra, qui pour une fois n'avait pas la bougeotte, écoutait d'une oreille attentive les échanges de ses parentes. Son attention, comme celle de tous, fut toutefois perturbée par les clameurs des Nains priant Sagar. Amandin, de loin, leur fit signe en montrant sa clepsydre.

– Le temps est proche, proféra Candela, imitant la litanie de Jorus, le premier à pressentir que l'enfant de Thorouan allait devenir celui de Légende. Elle regrettait l'absence d'un membre du peuple de la Forêt d'Émeraude. À son tour, elle invoqua Mooréa. Dans la masse, la voix d'un religieux en robe gris sombre se fit entendre, puis celle de la Prêtresse de Varniss, de Lumina, du représentant de Lorbello, du nouveau responsable du temple d'Antinéa de Mortagne, le chœur des oracles de Zdoor et des vestales des Quatre Vents. Ne manquait qu'un envoyé de Gilmoor.

Seuls, Barryumhead et Candela s'élevèrent dans le ciel. Dans la foule, chacun priait avec ferveur la divinité de son choix. Depuis dix cycles, le rapport à Ovoïs avait quelque peu changé. Dans toutes les villes d'Avent, des bourgades jusqu'au moindre hameau, les lieux de culte de chaque Dieu d'Ovoïs fleurissaient, avec un officiant dans la plus petite masure appelée pour l'occasion chapelle. Ainsi, à Mortagne, tous possédaient un espace de prière où chacun pouvait se recueillir, faire des demandes ou des offrandes. Une concurrence redoutable s'établit de fait entre ceux d'Ovoïs qui se grappillaient des invocations devenues, avec le renouveau du Continent, nombreuses !

Barryumhead et Candela étaient lentement redescendus. Tous les Prêtres cessèrent de psalmodier. Les silhouettes agenouillées, comme les têtes, se relevaient :

– C'est l'heure, et tout le monde est là, murmura Joey à Vince, tout en donnant un coup de coude à Amandin.

– Pas encore... Pas tout à fait, répondit mystérieusement son acolyte en consultant de nouveau sa clepsydre.

Jokoko fit un tour d'horizon, sorte d'appel visuel pour contrôler un éventuel absent qu'il aurait omis. Sans succès.

– À part Fontdenelle et Josef qu'on n'a pas pu emmener, ainsi que Darzo qui n'a pas pu venir, je ne vois pas, déclara-t-il.

Amandin savait ce qu'il allait se produire. Le propos mystérieux et appuyé d'Addicta prenait tout son sens. Si tous les Prêtres des différentes confessions étaient présents, ce ne pouvait être que par l'entremise de leur Dieu ! La poignée de secondes restante promettait d'être... divine.

Les yeux de Carambole s'embuèrent, sa gorge se serra. Cassandra ressentit l'émotion, pourtant contenue, et accepta la douleur engendrée par l'écrasement de ses petits doigts par la main de sa mère.

– Que le spectacle aérien commence ! jubila Amandin.

Sept rapaces de grande envergure apparurent. À leur tête, un Staton argenté, suivi d'un autre identique au plumage plus clair. Derrière, un aigle à la couleur métal, un bleu vert, puis un beige et un marron. Un corbeau gigantesque fermait la marche. Ils se posèrent à distance de la foule, en hauteur, restant bien en vue de tous.

– D'accord, comprit Joey qui ajouta sur un ton badin : il manque le blanc. Pas étonnant !

– Il est aussi le Dieu de l'orgueil. Bien mal placé en ce jour ! dit Amandin en tendant un index tremblant vers le ciel.

Au loin, deux trop grands oiseaux faisaient leur apparition, attirant les regards de tous. Les ailes membraneuses, visibles maintenant, ne laissaient plus de doute quant à leur origine : deux Dragons se posèrent majestueusement.

Un silence aussi impressionnant que les Ventres Rouges dominait le village d'Autran. Une silhouette athlétique se détacha du cou de la femelle et lévita jusqu'à atterrir à quelques pieds du cordon formé par ceux devenus les notables d'Avent. On n'entendait que les respirations inquiétantes des deux lézards géants.

Plus grand, les épaules larges, ses bras découverts laissaient saillir des muscles harmonieux. Celui pour lequel tous étaient là s'avança lentement. Ses cheveux longs, lâchés, lui donnaient l'apparence d'un Clair. Il portait son plastron de Sylvil réalisé par les Fées, dans lequel on devinait deux couteaux, celui de Gary au manche de loup et l'autre de dépeçage, devenu aussi légendaire que lui. D'un fourreau dorsal, saillait la garde d'un cimeterre court. Il arborait Katenga en bandoulière et un mini carquois à sa ceinture. De ses yeux azur, il balaya la foule.

Le silence fut rompu par les clameurs et applaudissements des villageois accueillant leur Protecteur. « Doubledor ! » était maintenant scandé par ceux d'Autran.

Passe-Partout s'attarda sur chacun de ceux qu'il n'avait pas vus depuis une éternité. Son regard teinté d'émotion exprimait à la fois la joie et la retenue. Il n'avait pas prononcé un mot durant dix cycles et craignait de devoir le faire. Amandin, les larmes aux yeux qui passaient de son mentor à sa clepsydre, lui fit un signe de la tête, lui indiquant que son temps de bannissement était révolu. Rompant la ligne, Cassandra se libéra de l'emprise de sa mère et se dirigea directement vers les Dragons. Spectacle pour le moins insolite qu'une gamine face à une paire de Ventres Rouges adultes ! Quatre yeux d'or la couvèrent, et la fillette sourit. Elle s'avança sereinement vers le héros d'Avent et lui prit la main. Puis elle le regarda intensément et, pour la première fois de sa vie, prononça :

– Seb… Del… Frère… Sœur… Hein ? Pa-Pa !

Muet depuis dix cycles, Passe-Partout, ému, s'exclama d'une voix rauque :

– Même la faculté de donner des diminutifs à tout le monde passe dans les gènes !

Se baissant, il lui dit à l'oreille :

– D'ailleurs, je préfère « Papa » à « Père ».

Et bouleversé par ses propres paroles, il la serra dans ses bras.

Dans un désordre total, chacun voulut s'approcher pour toucher, embrasser, enlacer celui qui leur avait tant manqué. L'étreinte silencieuse et appuyée de Carambole éloigna la foule empressée. Émue aux larmes, elle laissa la place, emmenant sa fille. Amandin, volontairement en retrait, accrocha enfin le regard bleu de son mentor qui avançait vers lui :

– Amandin !

– Doubledor !

Ils se congratulèrent longuement avant que le Conteur lui montre un mouvement au loin. L'un après l'autre, les Aigles divins étendaient leurs ailes pour disparaître. Seuls le Staton argenté et le grand Oiseau Noir restèrent quelques secondes, et prirent leur essor ensemble pour rejoindre les deux compères. Ils les survolèrent en planant jusqu'à frôler leurs visages, tellement proches que les deux amis purent voir les marques de résine sur les pattes du Staton et la balafre blanche, horizontale, barrant le front du Corbeau.

ÉPILOGUE

Gilmoor profitait pleinement de sa solitude pour errer dans Ovoïs, déserte. Pour la première depuis des lustres, serein, il goûtait ce temps exempt de toute préoccupation. Sa main fermée jouait avec des objets qu'il manipulait machinalement, se dirigeant vers les parties communes de la Sphère Céleste. Les discrets Kobolds l'avaient installé comme au spectacle, pour qu'il assiste au retour du seul être qui avait osé lui tenir tête.

Il sourit. Dieu colérique de l'orgueil, se reconnaissant dans ce tempérament, il n'était pas peu fier que sa descendance tienne de lui.

Depuis la fin du conflit, le Continent débordait d'énergie. Et par voie de conséquence Ovoïs qui n'avait jamais reçu, en fréquence et en nombre, autant d'invocations ! Les Quatre Vents connaissaient un rayonnement sans pareil profitant sans conteste à Mooréa. Sous la houlette de Minguard, la réunification des Nains au Heavymetal Hall réjouissait Sagar. Les Aventiens travaillaient de nouveau la terre, élevaient des animaux, à la joie de Varniss. Tous les bateaux avaient repris la mer, pour la pêche ou le transport, et les marins priaient Antinéa. Les Aventiens retrouvant du temps pour eux se laissaient aller au plaisir, accompagnés par Lumina. Même Lorbello disposait désormais d'un réseau de représentants sur le Continent ! Et tous les Aventiens, évidemment, remerciaient le Dieu de la Vie !

Jamais il ne l'avouerait, mais Mooréa avait eu raison d'insister sur le développement des religieux. Leur présence participait à la croissance d'Avent et bien sûr à la multiplication des invocations.

Ovoïs était devenu un havre de paix.

Il louait le choix de Lorbello en la personne de Flérion. Décidément, ceux d'origine aventienne demeuraient les plus efficaces dans la Sphère Céleste ! Il s'en était fallu de peu pour cette nouvelle recrue. Les sbires de Ferkan avaient manqué de temps pour achever sa transformation en seigneur noir. Heureusement pour Ovoïs, il lui restait suffisamment d'humanité pour devenir un Dieu. Mêlant imagination et efficience, Flérion avait fait taire la Spirale en créant des espaces célestes paradisiaques pour y accueillir les âmes. Seules quelques-unes, perdues, tourneraient inlassablement pour l'éternité, sans espoir de rédemption. Surveillée de près par le nouveau Dieu de la Mort, celle de son frère, le Fourbe, y était singulièrement tourmentée.

Et quel plaisir de voir à nouveau les Dragons sur le Continent, prédateurs orgueilleux qu'il affectionnait, avec lesquels il entretenait des relations proches, en d'autres temps, lors de ses déplacements sur Avent !

Il regarda une dernière fois son arrière-petit-fils et fit un signe aux Kobolds qui l'accompagnaient comme son ombre. La fenêtre ouverte sur Autran s'éteignit. Il songea à sa clémence envers son jeune parent en ne rectifiant pas son temps de bannissement et en renonçant à effacer son nom de la mémoire d'Avent. D'une part, Doubledor verrait à son grand dam qu'en dix cycles, les Dieux étaient devenus incontournables. D'autre part, puisqu'il y avait un après en Avent, mieux valait que tous sachent que la plus grande légende de ce monde était de son sang !

Les Statons venaient de rentrer dans la Sphère Céleste.

Assis sur son trône, il ouvrit la main et déposa dans l'urne à proximité les cubes noirs avec lesquels il jouait.

PETIT (!?) LEXIQUE D'AVENT TOME 3

Ovoïs : La Sphère Céleste des Dieux
Spirale : l'Enfer d'Ovoïs
Séréné : L'Anti-Ovoïs
Gilmoor : Dieu des Dieux, Vie, Soleil, Vérité, Lion blanc
Ferkan : Dieu de la Mort, Frère de Gilmoor, Corbeau
Sagar : Dieu de la Guerre, Forge, Chasse, Nains, Sanglier
Mooréa : Déesse de la Magie, Guérison, Médecine, Staton
Antinéa : Déesse de la Mer, Pêcheurs, Dauphin
Varniss : Déesse de l'Agriculture, la Famille, Vache
Lumina : Déesse de l'Amour, Plaisir, Beauté, Lynx
Lorbello : Dieu du Commerce, des Voleurs. Le Messager
Flérion : Nouveau Dieu de la Mort

Avent : Le Continent
Abtoud : Ville au nord-est d'Avent
Alta : Chaînes montagneuses Mortagne nord-est
Anta : Chaînes montagneuses au sud d'Avent
Anteros : Ville voisine de Mortagne au pied de l'Alta
Avent Port : Ville au nord de Mortagne
Boischeneaux : Village Nord Thorouan où repose Dollibert
Carminal : Ville à l'ouest de la Forêt d'Émeraude
Croc Acéré : Montagne sud de Mortagne
Dordelle : Lieu de massacre des derniers Clairs
Dunba : Port de pêche. Nord Mortagne
Drunes : Région d'Avent où vivent les Amazones
Fizzibirazio : Les Quatre Vents
Les Bourrasques : Nom aventien des Quatre Vents
Mont Eyrié : Montagne dominant la Forêt d'Émeraude
Mont Obside : Montagne Nord est d'Avent
Opsom : Port de pêche. Nord Mortagne, origine de Cleb et Bart
Parguienne : Ville de naissance de Jokoko
Pebelem : Bourg ouest de Mortagne
Port Nord : Ville portuaire Nord de Mortagne
Port Vent : Ville au sud de Mortagne
Roquépique : Monts à l'est d'Avent. La Horde de l'Enclume
Tarale : Ancien nom de Port Vent
Toramoni : Ville de refuge de Jokoko après Parguienne
Varmont : Ville de naissance du Fêlé

THOROUAN

Gary : Le Chasseur. Père adoptif de Passe-Partout
Félina : Mère adoptive de Passe-Partout
Candela : Fille de Gary et de Félina
Bortokilame : Bortok. Chef du village de Thorouan
Boron : Le petit âne de Bortokilame
Araméa : Amie de Candela

MORTAGNE : LA LIBRE. LA CITÉ. PORT DE L'OUEST D'AVENT

Suppioni : Sup, chef du gang
Vince : Gamin du gang
Carl : Gamin du gang
Abal : Gamin du gang
Narebo : Chef de Guilde des Vanniers
Duernar : Bûcheron
Josef : Le Patron de « La Mortagne Libre »
Carambole : Fille de Josef
Fontdenelle : Herboriste, Pharmacien, Guérisseur, Préparateur
Perrine : La Prima. Première Dame de la Cité
Anyah : Prêtresse du temple d'Antinéa
Tergyval : Le Capitaine des Gardes. Maître d'armes. Conseiller
Parangon : Le Magister. Chef de la Guilde Scribi. Mage. Conseiller
Guilen : Chef de Guilde des Marchands de chevaux
Tour de Sil : Siège de la Guilde des Scribibliothécaires
Berroye : Fleuve. En son delta se situe Mortagne
Périadis : Architecte
Artarik : Premier Scribisecrétaire de Parangon
Rassasniak : Grand Chambellan du Palais
Joey Korkone : Jokoko. L'étudiant. Fils de Briss et Ficca Korkone
Ofélia : Première Novice d'Anyah, au temple d'Antinéa
Amalys : Femme de Mortagne
Agardio : Fils d'Amalys
Cervono : Maître de Forge
Brisco : Lad de Guilen
Albano : Scribisecrétaire de Parangon
Zabella : La nouvelle Capitaine des Gardes

AUX DRUNES

Pérénia : Reine des Amazones
Pyrah : Nièce d'Adrianna

OCÉANIS
Bredin 1er : Roi d'Océanis
Cleb et Bart : Éminences grises de Bredin 1er
Elliste : Capitaine des Gardes. Maître d'Armes. Ami de Tergyval
Baroual : Médecin de Bredin 1er
Analys : Souffleuse de verre
Sarabine : Serveuse au palais
Dacodac : Damon Codacson, l'énorme et riche marchand
Evahé : Gamin au « Casse Bouteille »
Mahann : Gamin au « Casse Bouteille »
Boboss : Patron des cuisines du palais
Palixte : Adjoint d'Elliste

PORT VENT
Bernaël le 3ème : Gouverneur
Nétuné : Maître Tatoueur
Carolis : Patron de l'auberge « La Portventoise »
Dariusilofolis : Darius. Elfe Clair. Apprenti Tatoueur chez Nétuné
Ducale : Chef des Armées

SUB-AVENT : LES TERRES D'EN DESSOUS. (TRABA UND TRABAS).
Cazard : Le « cabot lézard »
Medonélas : Monstre aquatique
Mastopore : Bovin cavernicole

LES MILLE ÎLES : L'ARCHIPEL
Autran : Île de l'Archipel
Assandro : Patron de l'auberge des Ventres Rouges
Jonanton : Le fossoyeur
Rosamaud : Compagne de Jonanton
Stéfano : Éleveur
Anaysa : Compagne de Stéfano
Ugord : « Shérif » d'Autran
Lilo : Compagne d'Ugord
Jorem : Marin pêcheur. Père de Mathéus et Mathilda
Mathéus : Fille de Jorem
Mathilda : Fille de Jorem

FONTAMÉRE
Cincaperchés : Les cinq cachés perchés (villages)
Confins : Faille. Frontière d'Avent

GOBLAND : PAYS DES GOBELINS

QUATRE VENTS : LES BOURRASQUES

IRISA : PORT PROCHE D'OPSOM
Rayder : Pêcheur de perles
Chantelle : Épouse de Rayder
Coralanne : Fille aînée de Rayder
Charlise : Fille cadette de Rayder
Chiarine : Fille de Rayder

HÉROS
Amandin : Le Barde Conteur
Le Fêlé : Le Colosse. Ami de Passe-Partout
Kentobirazio : Kent. L'Elfe. Ami de Passe-Partout
Gerfor Ironmaster : Gerfor. « Ami » de Passe-Partout
Garobian : Le « Frère » du Fêlé
Orion : Héros légendaire d'Avent
Valkinia : Valk. La Belle guerrière. Amie de Passe-Partout
Bessinalodor : Elfe. Compagnie des Loups. Mort à Dordelle
Carasidoria : Elfe. Compagnie des Loups. Mort à Dordelle
Salvinia : Guerrière. Compagnie des Loups. Morte à Dordelle
Adrianna : Amazone ayant élevé Valk
Dollibert : Le premier Mage humain d'Avent
Barryumhead : Prêtre Nain de Sagar
Bonnilik Plumbfist : Jumeau Nain. L'un des Bonobos
Obovan Plumbfist : Jumeau Nain. L'un des Bonobos

LA FORÊT D'ÉMERAUDE : LES PEEWEES
Farodegionilenis : Faro. Chef du Village des Peewees
Darzomentipalabrofetilis : Darzo. Ami de Passe-Partout
Jorusidanulisof : Jorus. Prêtre des Peewees
Elsaforjunalibas : Elsa. Elfe du peuple ailé. Amie de Passe-Partout
Asilophénadoria : Rescapée de la Forêt d'Émeraude
Péroduphilis : Rescapé de la Forêt d'Émeraude

ELFES CLAIRS

Adénarolis : Première Prêtresse de Mooréa
Dariusilofolis : Darius. Apprenti Tatoueur chez Nétuné
Corinnaletolabolis : Corinna. Prêtresse de la Reine
Candelafionasolis : Reine des Elfes Clairs
Zoriusacelonabulis : Zorius. Médecin de la Reine
Astoranovinolius : Expert archer
*Goji : L'arbre sacré des Clairs
*Forbabirazio : Qui file comme le vent
*Kentobirazio : Souffle de Vent
*Fizzibirazio : Les Quatre Vents

ELFES SOMBRES

Tilorah Doubledor : Dernière Prêtresse des Sombres
Faxilonoras Doubledor : Faxil. Père biologique de Passe-Partout
Thénos, Foxal et Dromis : Frères de Faxil et Tilorah Doubledor

NAINS : ROQUÉPIQUE

Fulgor Ironhead : Roi des Nains de la Horde de l'Enclume (Fonceurs)
Terkal Ironhead : Roi des Nains de la Horde de l'Enclume (Fonceurs)
Gerfor Ironmaster : Gerfor. « Ami » de Passe-Partout
Horde de l'Enclume : Peuple Nain de Gerfor
Zdoor : Oracles Nains
Barryumhead : Prêtre de Sagar
Bonnilik Plumbfist : Jumeau Nain. L'un des Bonobos
Obovan Plumbfist : Jumeau Nain. L'un des Bonobos
Davidian Heavymetal : Le premier Roi des Nains
Heavymetal Hall : Le fief de la Horde de l'Enclume
Minguard Silverhand : Roi de la Horde des Perceurs de Crocs (Hurleurs)
Affardel Steelfist : Roi de la Horde du Glaive levé (Infranchissables)
Ravakar Brasshand : Roi de la Horde des Feux de Forge (Lanceurs)

MARGUAYS : LES FÉLINS

Katoon : Reine des marguays
Horias : Compagnon de Katoon

AUTRES PERSONNAGES

Ungfar : Pêcheur d'huîtres d'Opsom
Cleb : Pêcheur d'huîtres d'Opsom
Bart : Pêcheur d'huîtres d'Opsom
Erastine : Chasseuse de Dragons
Etorino : Le prosélyte du Nouvel Ordre
Erjidi : Troubadour d'Avent
Antoun : Berger de Fontamère, surnommé Solo
Chop : Chef et Prêtre des Hommes Salamandres

OBJETS

Thor : L'un des deux couteaux des Dieux
Saga : L'un des deux couteaux des Dieux
Katenga : L'arc de Faxil
Barryum bleu : Métal indestructible et rare

ANIMAUX ET MONSTRES

Sébédelfinor : Dragon, le Ventre Rouge, le Gardien
Kobold : Monstre farceur d'Avent
Orks : Humanoïdes idiots et belliqueux
Ptéro : Cousin des Dragons, ailé, indestructible
Diplo : Cousin des Dragons, sans ailes, indestructible
Doryann : La Licorne
Tecla : Un des quatre Seigneurs du Dieu Sans Nom
Albred : Un des quatre Seigneurs du Dieu Sans Nom
Korkone : L'Araignée Scorpion
Plouf : Le poisson-espion d'Anyah
Forbabirazio : Forb, cheval d'Erastine
Cazard : Le cabot lézard de Sub Avent
Medonélas : Monstre aquatique de Sub Avent
Zorbédia : Le Kobold « Sanguin »
Workart : Le Kobold « Bilieux »
Anatote : Le Kobold « Nerveux »
Prasock : Le Kobold « Flegmatique »

DANS LA CAMPAGNE, L'OCÉAN

Borle : Oiseau de la forêt
Cibelle : Feuille pour infusion
Colanone : Arbuste aux feuilles empoisonnées
Coralia : Amibe géante
Donfe : Herbe médicinale, revigorante
Fabrigoule : Plante pour infusion
Ferve : Fougère cicatrisante
Follas : Herbes en touffe, poussent au bord des cours d'eaux
Gariette : Mélange de plantes médicinales

Goji : Chêne massif au tronc clair. L'arbre sacré des Clairs
Hoviste : Sorte de langouste
Kojana : Algue permettant l'apnée totale
Lakeen : Plante de Sub Avent. Anti douleur et revigorante
Maelis : Fleur du sud. Son pistil est une drogue
Marguay : Félin géant
Mastopore : Herbivore à six pattes de Sub Avent
Mouquetin : Ovin de montagne
Paliandre : Arbre au bois dur, ignifugé
Pourprette : Feuille mauve pour infusion
Sargos : Algue comestible
Sorla : Espèce de lièvre
Surge : Baie violette au pouvoir cicatrisant. Calmant puissant
Strias : Baies rouges sucrées, revigorantes
Touba : Arbre au tronc et branches gigantesques
Torve : Arbre résineux. Sève utilisée comme ciment à Mortagne
Zelit : Fruit à pulpe noire gluante de Sub Avent

PRÉSENTS À AUTRAN
Cassandra : Fille de Carambole
Trostan : Prêtre de Flérion, Mortagne
Chimèle : Prêtresse de Varniss, Port Vent
Addicta : Prêtresse de Lumina, Océanis
Brizz : « Maistre » Inventeur de l'imprimerie
Zabella : Nouvelle Capitaine des gardes de Mortagne
Traqueur : Nouvelle identité de Tergyval
Furtif : Nouvelle identité de Vince. Compagnon du Traqueur
Léthos : Prêtre de Flérion. Compagnon du Traqueur
Seb : Dragon mâle
Del : Dragon femelle

CITÉS À AUTRAN
Bihab : Dirigeant d'Abtoud
Crystal : Dirigeante d'Abtoud. Compagne de Bihab
Nessie : Fille de Bihab et Crystal
Fosia : Fille de Bihab et Crystal
Livio : Gouverneur d'Astries
Enuma : Gouverneur d'Astries. Épouse de Livio
Loun : Fille de Livio et Enuma

MENTIONS LÉGALES

REMERCIEMENTS

Merci à mes enfants, sans vous, rien ne se serait jamais passé ! Puissent tous les Dieux d'Avent que je vois les vôtres, un jour, feuilleter les « Chroniques ».

À ma famille et mes proches, d'accepter avec patience mes rêveries ainsi que mes absences.

À toi, Magic Brice (Sybbris), de supporter mes exigences en répondant toujours présent.

À Laureline Roy (œil de lynx) d'Air'Elle Association, mon infatigable relectrice et correctrice.

À Boboss et Greg G., pour leur soutien.

À Benoît F. du CAC, premier cartographe d'Avent.

À Navol, Stitch, Lucie Bernard et Candice, grandes lectrices et chroniqueuses.

À Jupiter Phaëton, fervente défenderesse des indépendants.

À celles et ceux qui m'ont envers et contre tout encouragé, si vous saviez comme vos avis ont compté et comptent toujours.

À tous les collégiens d'A.C., dont certains m'ont bluffé de leurs analyses perspicaces !

À vous tous, lecteurs de cette trilogie !

Merci aussi à la musique qui a accompagné l'écriture de ces volumes, surtout à David C., Ian G., R. J. D., Jörne L., vos mélodies s'entendent dans nombre de lignes de ces trois ouvrages !

NOTE DE L'AUTEUR

Vous pouvez me retrouver sur les réseaux sociaux ou m'écrire à l'adresse : **lacompagniedemortagne@gmail.com**.

À très vite !

Phil Cartier

Printed in Great Britain
by Amazon